唐史演义
五代史演义

中国历朝通俗演义

1935年会文堂铅印本简体版权威定本

蔡东藩 著

北京理工大学出版社
BEIJING INSTITUTE OF TECHNOLOGY PRESS

版权专有　侵权必究

图书在版编目（CIP）数据

唐史演义；五代史演义 / 蔡东藩著 . — 北京：北京理工大学出版社，2019.10（2019.12重印）

（中国历朝通俗演义）

ISBN 978-7-5682-7537-8

Ⅰ.①唐… Ⅱ.①蔡… Ⅲ.①章回小说 – 小说集 – 中国 – 现代 Ⅳ.① I246.4

中国版本图书馆 CIP 数据核字（2019）第 185486 号

出版发行 /	北京理工大学出版社有限责任公司
社　　址 /	北京市海淀区中关村南大街5号
邮　　编 /	100081
电　　话 /	(010) 68914775（总编室）82562903（教材售后服务热线）
	68948351（其他图书服务热线）
网　　址 /	http://www.bitpress.com.cn
经　　销 /	全国各地新华书店
印　　刷 /	三河市华骏印务包装有限公司
开　　本 /	880毫米×1230毫米　1/32
印　　张 /	29
字　　数 /	1004千字
版　　次 /	2019年10月第1版　2019年12月第4次印刷
定　　价 /	408.00元（共6册）

责任编辑 / 魏　诺
责任校对 / 陈　玉
责任印制 / 边心超

图书出现印装质量问题，请拨打售后服务热线，本社负责调换

目 录

唐史演义

《唐史演义》自序 ……………………………………………… 3
《唐史演义》世系图 ……………………………………………… 5
第 一 回　溯龙兴开编谈将种　选蛾眉侍宴赚唐公 ……………… 7
第 二 回　定秘计诱杀副留守　联外助自号大将军 ……………… 12
第 三 回　攻霍邑阵斩宋老生　入长安拥立代王侑 ……………… 18
第 四 回　记艳闻李郎遇侠　禅帝位唐祚开基 …………………… 23
第 五 回　李密败绩入关中　秦王出奇平陇右 …………………… 28
第 六 回　盛彦师设伏毙叛徒　窦建德兴兵诛逆贼 ……………… 34
第 七 回　啖人肉烹食段钦使　讨乱酋击走刘武周 ……………… 39
第 八 回　河朔修和还旧俘　郑兵战败保孤城 …………………… 45
第 九 回　擒渠歼敌耀武东都　奏凯还朝献俘太庙 ……………… 50
第 十 回　下江东梁萧铣亡国　战洺南刘黑闼丧师 ……………… 56
第十一回　唐太子发兵平山左　李大使乘胜下丹阳 ……………… 61
第十二回　诛文幹传首长安　却颉利修和突厥 …………………… 67
第十三回　玄武门同胞受刃　庐江王谋反被诛 …………………… 73
第十四回　纳弟妇东宫渎伦　盟胡酋便桥申约 …………………… 78
第十五回　偃武修文君臣论治　易和为战将帅扬镳 ……………… 83
第十六回　获渠魁扫平东突厥　统雄师深入吐谷浑 ……………… 89
第十七回　长孙后临终箴主阙　武媚娘奉召沐皇恩 ……………… 95
第十八回　灭高昌献俘观德殿　逐真珠击败薛延陀 …………… 101
第十九回　强胡内乱列部纷争　逆迹上闻储君被废 …………… 107

第二十回	易东宫亲授御训	征高丽连破敌锋	113
第二十一回	东略无功全军归国	北荒尽服群酋入朝	118
第二十二回	使天竺调兵擒叛酋	征龟兹入穴虏名王	123
第二十三回	出娇娃英主升遐	逞奸情帝女谋变	129
第二十四回	武昭仪还宫夺宠	褚遂良伏阙陈忠	134
第二十五回	下辣手害死王皇后	遣大军擒归沙钵罗	140
第二十六回	许敬宗构陷三家	刘仁轨荡平百济	146
第二十七回	发三箭薛礼定天山	统六师李勣灭高丽	151
第二十八回	伐西羌连番败绩	易东宫两次蒙冤	157
第二十九回	裴总管出师屡捷	唐高宗得病告终	162
第三十回	被废立庐陵王坐徙	违良策徐敬业败亡	169
第三十一回	敕告密滥用严刑	谋匡复构成大祸	175
第三十二回	武则天革命称尊	狄仁杰奉制出狱	181
第三十三回	安金藏剖心明信	僧怀义稔恶受诛	186
第三十四回	累次发兵才平叛酋	借端详梦迭献忠忱	192
第三十五回	默啜汗悔婚入寇	狄梁公尽职归天	198
第三十六回	证冤狱张说辨诬	诛淫竖中宗复位	204
第三十七回	通三思正宫纵欲	窜五王内使行凶	210
第三十八回	诛首恶太子兴兵	狎文臣上官恃宠	216
第三十九回	觇夜宴特献回波辞	进毒饼枉死神龙殿	222
第四十回	讨韦氏扫清宿秽	平谯王骈戮叛徒	228
第四十一回	应星变睿宗禅位	泄逆谋公主杀身	234
第四十二回	赠美人张说得厚报	破强虏王晙立奇功	239
第四十三回	任良相美政纪开元	阅边防文臣平叛虏	245
第四十四回	信妾言皇后被废	丛敌怨节使遭戕	251
第四十五回	张守珪诱番得虏首	李林甫毒计害储君	256
第四十六回	却隆恩张果老归山	开盛宴江梅妃献技	262
第四十七回	梅悴杨荣撒娇絮阁	罗钳吉网党恶滥刑	268
第四十八回	洗禄儿中蕃贻羞	写幽怨长门拟赋	274
第四十九回	恋爱妃密誓长生殿	宠胡儿亲饯望春亭	280
第五十回	勤政楼童子陈箴	范阳镇逆胡构乱	287
第五十一回	失潼关哥舒翰丧师	驻马嵬杨贵妃殒命	292

第五十二回	唐肃宗称尊灵武　雷海青殉节洛阳	299
第五十三回	结君心欢暱张良娣　受逆报刺死安禄山	306
第五十四回	统三军广平奏绩　复两京李泌辞归	312
第五十五回	与城俱亡双忠死义　从贼堕军六等定刑	317
第五十六回	九节度受制鱼朝恩　两叛将投降李光弼	323
第五十七回	迁上皇阉寺擅权　宠少子逆胡速祸	330
第五十八回	弑张后代宗即位　平史贼蕃将立功	336
第五十九回	避寇乱天子蒙尘　耀军徽令公却敌	342
第六十回	入番营单骑盟房　忤帝女绑子入朝	348
第六十一回	定秘谋元舅除凶　窃主柄强藩抗命	354
第六十二回	贬忠州刘晏冤死　守临洺张伾得援	359
第六十三回	三镇连兵张家覆祀　四王僭号朱氏主盟	366
第六十四回	叱逆使颜真卿抗节　击叛帅段秀实尽忠	372
第六十五回	僭帝号大兴逆师　解贼围下诏罪己	378
第六十六回	趋大梁德宗奔命　战贝州朱滔败还	384
第六十七回	朱泚败死彭原城　李晟诱诛田希鉴	389
第六十八回	窦桂娘密谋除逆　尚结赞狡计劫盟	395
第六十九回	格君心储君免祸　释主怨公主和番	401
第七十回	陆敬舆斥奸忤旨　韩全义掩败为功	407
第七十一回	王叔文得君怙宠　韦执谊坐党贬官	412
第七十二回	擒刘辟戡定西川　执李锜荡平镇海	418
第七十三回	讨成德中使无功　策魏博名相定议	424
第七十四回	贤公主出闱循妇道　良宰辅免祸见阴功	430
第七十五回	却美妓渡水薄郾城　用降将冒雪擒元济	436
第七十六回	谏佛骨韩愈遭贬　缚逆首刘悟倒戈	441
第七十七回	平叛逆因骄致祸　好盘游拒谏饰非	447
第七十八回	河朔再乱节使遭戕　深州撤围侍郎申命	452
第七十九回	裂制书郭太后叱奸　信卜士张工头构乱	458
第八十回	蛊敬宗逆阉肆逆　屈刘蕡名士埋名	463
第八十一回	诛叛帅朝使争功　诬相臣天潢坐罪	469
第八十二回	嫉强藩杜牧作罪言　除逆阉李训施诡计	475
第八十三回	甘露败谋党人流血　钩垣坐镇都市弭兵	481

第八十四回	奉皇弟权阉矫旨	迎公主猛将建功	486
第八十五回	兴大军老成定议	堕狡计逆竖丧元	492
第八十六回	信方士药死唐武宗	立太叔宦毙李首相	497
第八十七回	复河陇边民入觐	立郓嫠内竖争权	503
第八十八回	平浙东王式用智	失安南蔡袭尽忠	508
第八十九回	易猛将进克交趾城	得义友夹攻徐州贼	513
第九十回	斩庞勋始清叛孽	葬同昌备极奢华	519
第九十一回	曾元裕击斩王仙芝	李克用叛戮段文楚	524
第九十二回	镇淮南高骈纵寇	入关中黄巢称尊	530
第九十三回	奔成都误宠权阉	复长安追歼大盗	536
第九十四回	入陷阱幸脱上源驿	劫车驾急走大散关	542
第九十五回	襄王煴窜死河中	杨行密盗据淮甸	548
第九十六回	讨河东王师败绩	走山南阉党失机	554
第九十七回	三镇犯阙辇毂震惊	一战成功邠宁戡定	560
第九十八回	占友妻张夫人进箴	挟兵威刘太监废帝	565
第九十九回	以乱易乱劫迁主驾	用毒攻毒尽杀宦官	571
第一百回	徒乘舆朱全忠行弑	移国祚昭宣帝亡唐	576

五代史演义

《五代史演义》自序			585
《五代史演义》世系图			587
第一回	睹赤蛇老母觉异征	得艳枭雄偿夙愿	589
第二回	报亲恩欢迎朱母	探妻病惨别张妃	594
第三回	登大宝朱梁篡位	明正义全昱进规	599
第四回	康怀贞筑垒围潞州	李存勖督兵破夹寨	604
第五回	策淮南严可求除逆	战蓟北刘守光杀兄	610
第六回	刘知俊降岐挫汴将	周德威援赵破梁军	615
第七回	杀谏臣燕王僭号	却强敌晋将善谋	620
第八回	父子聚麀惨遭剚刃	君臣讨逆谋定锄凶	625
第九回	失燕土伪帝作囚奴	平宣州徐氏专政柄	630
第十回	逾黄泽刘鄩失计	袭晋阳王檀无功	636

回次	标题	页码
第 十一 回	阿保机得势号天皇　胡柳陂轻战丧良将	641
第 十二 回	莽朱瑾手刃徐知训　病徐温计焚吴越军	647
第 十三 回	嗣蜀主淫昏失德　唐监军谏阻称尊	652
第 十四 回	助赵将发兵围镇州　嗣唐统登坛即帝位	657
第 十五 回	王彦章丧师失律　梁末帝陨首覆宗	662
第 十六 回	灭梁朝因骄思逸　册刘后以妾为妻	668
第 十七 回	房帏溺爱牝鸡司晨　酒色亡家牵羊待命	673
第 十八 回	得后教椎击郭招讨　遘兵乱劫逼李令公	679
第 十九 回	郭从谦突门弑主　李嗣源据国登基	685
第 二十 回	立德光番后爱次子　杀任圜权相报私仇	690
第二十一回	王德妃更衣承宠　唐明宗焚香祝天	696
第二十二回	攻三镇悍帅生谋　失两川权臣碎首	701
第二十三回	杀董璋乱兵卖主　宠从荣骄子弄兵	707
第二十四回	毙秦王夫妻同受刃　号蜀帝父子迭称雄	712
第二十五回	讨凤翔军帅溃归　入洛阳藩王篡位	718
第二十六回	卫州廨贼臣缢故主　长春宫逆子弑昏君	724
第二十七回	嘲公主醉语启戎　援石郎番兵破敌	729
第二十八回	契丹主册立晋高祖　述律后笑骂赵大王	735
第二十九回	一炬成灰到头孽报　三帅叛命依次削平	741
第 三十 回	杨光远贪利噬人　王延羲乘乱窃国	747
第三十一回	讨叛镇行宫遣将　纳叔母嗣主乱伦	753
第三十二回	悍弟杀兄僭承汉祚　逆臣弑主大乱闽都	759
第三十三回	得主援高行周脱围　迫父降杨光远伏法	765
第三十四回	战阳城辽兵败溃　失建州闽主覆亡	770
第三十五回	拒唐师李达守危城　中辽计杜威设孤寨	777
第三十六回	张彦泽倒戈入汴　石重贵举国降辽	782
第三十七回	迁漠北出帝泣穷途　镇河东藩王登大位	788
第三十八回	闻乱惊心辽主逭返　乘丧夺位燕王受拘	794
第三十九回	故妃被逼与子同亡　御史敢言奉母出戍	799
第 四十 回	徙建州晋太后绝命　幸邺都汉高祖亲征	804
第四十一回	奉密谕王景崇入关　捏遗诏杜重威肆市	809
第四十二回	智郭威抵掌谈兵　勇刘词从容破敌	815

第四十三回	覆叛巢智全符氏女	投火窟悔拒汉家军	820
第四十四回	弟兄构衅湖上操戈	将相积嫌席间用武	825
第四十五回	伏甲士骈诛权宦	溃御营窜死孱君	831
第四十六回	清君侧入都大掠	遭兵变拥驾争归	836
第四十七回	废刘宗嗣主被幽	易汉祚新皇传诏	842
第四十八回	陷长沙马希萼称王	攻晋州刘承钧折将	848
第四十九回	降南唐马氏亡国	征东鲁周主督师	853
第 五 十 回	逐边镐攻入潭州府	拘刘言计夺武平军	858
第五十一回	滋德殿病终留遗嘱	高平县敌忾奏奇勋	863
第五十二回	丧猛将英主班师	筑坚城良臣破虏	869
第五十三回	宠徐娘赋诗惊变	俘蜀帅得地报功	875
第五十四回	李重进涉水扫千军	赵匡胤斩关擒二将	880
第五十五回	唐孙晟奉使效忠	李景达丧师奔命	886
第五十六回	督租课严夫人归里	尽臣节唐司空就刑	891
第五十七回	破山寨君臣耀武	失州城夫妇尽忠	897
第五十八回	楚北鏖兵阇城殉节	淮南纳土奉表投诚	902
第五十九回	惩奸党唐主施刑	正乐悬周臣明律	907
第 六 十 回	得辽关因病返跸	殉周将禅位终篇	913

中国历朝通俗演义

唐史演义

大阪文庫

《唐史演义》自序

　　昔石晋刘昫暨史官张昭远等，纂成唐史二百卷，历述唐朝二百九十年事，后人少之，谓其纪次无法，事实零落，于是宋仁宗庆历年间，复出新编，都二百二十五卷，计十有七年而始成，主其事者为欧阳修、宋祁。夫欧、宋为北宋名儒，视刘昫、张昭远辈，文名较盛，又经十余载之征文考献，凡五代时之未曾刊行者，至此已尽流传，据以参证，应得精详。况草创者难为力，润色者易为功，得新掩旧，可不待言。然议者犹讥其用字奇涩，未免不文，刊削诏令，不无太略，甚矣作史之难也！

　　顾作史固难，读史亦难。《旧唐书》凡二百卷，《新唐书》且多至二百二十五卷，畴能一一尽窥，阅读无遗？外此如孙甫之《唐史记》，赵瞻之《唐春秋》，陈彭年之《唐纪》，袁枢之《唐史纪事本末》，或百卷、数十卷不等，即终日埋案披览不辍，恐亦未能悉诵也。后生小子，学识有限，欲取唐史而尽读之，匪惟不暇，抑病未能。乃转而采诸坊间诸旧小说，如所谓《隋唐演义》《说唐全传》《薛家将》《征东》《征西》《罗通扫北》，以及《西游记》《长生殿》《镜花缘》《绿牡丹》诸书，日夕展览，目为实迹，庸讵知其语出无稽，事多伪造，增人智识则不足，乱人心术且有余耶？

　　鄙人不敏，曾举宋、元、明、清诸史事，编为通俗演义，陆续印行，海内大雅，不讥舛陋，且谓可得通俗教育之助。爰再溯流而上，就唐事以为演述，共成百回，以正史为经，务求确凿，以轶闻为纬，不尚虚诬。徐懋功未作军师，李药师何来仙术？罗艺叛死，乌有子孙；叔宝扬名，未及儿女。唐玄奘取经西竺，宁惹妖魔？薛仁贵立绩天山，岂借子妇？则天淫秽，不闻私产生男；玉环伏诛，怎得饭真圆耦？种种谬妄、琐亵之谈，辞而辟之。破世俗之迷信者在此，附史家之羽翼者亦在此。子虚、乌有诸先生，谅无从窃笑于旁也。惟书成仓猝，未经重订，亥豕鲁鱼，在所不免，匡我未逮，是所望于海内诸史学家！中华民国十有一年，岁次壬戌夏正重九之辰，古越蔡东藩自序于临江书舍。

唐朝世系图

唐二十一帝，历十四世，共二百八十九年

第一回　溯龙兴开编谈将种
　　　　选蛾眉侍宴赚唐公

　　桑麻无恙，鸡犬不惊，村夫野老，散坐瓜棚豆架旁，笑谈大唐遗事，什么晋阳宫，什么凤凰山，什么摩天岭，什么薛仁贵征东，什么罗通扫北，什么巴骆和，什么宏碧缘，最出奇动人的，是盖苏文兴妖作怪，樊梨花倒海移山，唐三藏八十一难，孙悟空七十二变，说得天花乱坠，神怪迷离；其实是半真半假，若有若无。咳！我想这班村夫野老，能识得几个字？能读过几句书？无非藉神社戏剧、茶肆盲词，灌输了一些见闻，就借那闲着时候，说长论短，谈古说今，自称为大唐人，戏述那大唐事，究竟唐朝有若干皇帝？多少版图？一古脑儿莫明其妙。甚且把神功妖法、子虚乌有等谈，信为真有，看似与国无害，与家无损，哪知恰有绝大关系。二十年前的义和团、红灯照，不曾说有齐天大圣附身、黄莲圣母下世么？京津一带愚夫妇，脑中记着唐乱话、西狗屁，遂以为古今一律，仙人间出，迷信得甚么相似，终弄到联军入境，京邑为墟。看官试想！有益呢？无益呢？有损呢？无损呢？谈仙说怪诸书，多借唐事影射，故本编缘起，格外痛斥。

　　小子就史论史，即唐叙唐，单把那一十四世的唐祚，二百九十年的唐史，兴亡衰废，约略演述，已不下数十万言，看官恐已怕烦，要说甚神仙？谈甚鬼怪？本回是一个开场白，理应将唐朝本末，总揭一段，譬如振衣提领、张网握纲一般。有了大关节目，然后按次叙下，有条有绪，自己觉得不是瞎说，旁人也识得不是乱言。说部之须有楔子，即本此意。曾记前人留一笑谈云："汉经学，晋清谈，唐乌龟，宋鼻涕，清邋遢。"汉、晋、宋、清诸朝，自有专书交代，不必向本编声明，只"唐乌龟"三字，究作什么解？相传龟与蛇交，非偶相从，因此世间做丈夫的，纵妻外淫，往往被人唤做乌龟。唐朝开国的时候，曾把晋阳宫内的妃嫔，取作侍姬，恐隋主不甘负着龟名，要来问罪，没奈何拚死兴兵，议行大事，一番大侥幸，竟得隋江山，好容易登了大宝，划尽群雄，收拾海内二百九十三州，作为李氏私产。所有东夷南蛮，西戎北狄，统是年年进贡，岁岁来朝，九天阊阖开宫殿，万国衣冠拜冕旒，这真是唐朝实事，并不是唐人虚谈，就是大唐人的名目，从此传闻海外，我中国人常以此自夸，相沿到今，不过天道好还，报应不爽，你要人家去做乌龟，人家亦要你的子孙去做乌龟。太宗、高宗的时候，是唐朝极盛时代，宫闱里面，已是不明不白。太宗奸污弟妇，是皇弟去做乌龟了。高宗皇后武则天，简直是生性好淫，广置面首，伟岸如怀义，俊美如昌宗，陆续召将进去，充作幸臣，是皇帝去做乌龟了。嗣是韦后恃宠，中宗点筹，玉环洗儿，禄山抓乳，绿头巾成为家法，元绪公竟作秘传，乌龟乌龟，数见不鲜。嗣是乃有倚势的宦官，嗣是乃有挟权的藩镇，内外交讧，就把那李氏的国脉，一日一日的斲丧下来。看官以为宦官藩镇的祸祟，与女宠无与，谁知是因果相连，源流有自，不宠寿王妃，何来高力士？唐室宦官专政，自高力士始。不近大腹儿，何有三节度？安禄山兼领三镇，为唐室藩镇之所由始。龟奴龟子，玩弄朝纲，执掌兵政，于是此行彼效，你争我赛，乐得依样画葫芦，去挟制那乌龟皇帝。历久相沿，积重难返，阉宦可以弑主，将弁可以逐帅，十军阿父，势焰薰天，指田令孜。三镇大臣，兵戈犯阙。王行瑜，李茂贞，韩建。黄巢杀人八百万，季述数君数十罪，南面称尊的天子，逐朝与傀儡相似，今日被人幽，明日被人劫，又明日被人废死。甚至大家夫妇，委身国贼，好一座锦绣江山，竟被那砀山无赖朱阿三，轻轻的移夺了去，说将起来，煞是可怜。但总由列祖列宗，贻谋未善，所以子子孙孙，累得吃苦，连乌龟都无暇做得，岂不是自作自受，近报在自身，远报在儿孙么？看官记着！这一部唐朝演义，好做了三段立论：第一段是女祸，第二段是阉祸，第三段是藩镇祸，依次产出，终至灭亡。若从根本问题上解决起来，实自宫闱淫乱，造成种种的恶果。所以评断唐史，用了最简单的三字，叫做唐乌龟，这真所谓一言以蔽之呢。斩钉截铁，扫除枝叶。

　　宗旨既明，请看正传！话说唐朝开国的始祖，姓李名渊，字叔德，系陇西成纪人氏，为西凉武昭王李暠七世孙。东晋时暠据秦凉，自称为王，传子李歆，为北凉所灭。歆生重耳，重耳生熙，熙生天锡，天锡生虎。虎仕西魏有功，赐姓大野氏，官至太尉。嗣与李弼等八人，佐周伐魏，号为八柱国，殁封唐国公。子昞仕隋，袭封唐公。昞妻独孤氏，与隋文帝的独孤皇后，是同胞姊妹，因此文帝与昞，名为君臣，实关姻娅。昞生子渊，体具三乳，日角龙庭，文帝尝称为不凡子，格外垂爱，独孤姊妹俱贵，且各产皇帝，确是难得。命复姓李。昞殁，令渊袭爵，历授谯、陇二州刺史。炀帝嗣位，升任太守，又召为殿前少监卫尉少卿。及炀帝征辽东，遣渊督运兵粮，接济军士。会楚公杨玄感，即隋故相杨素子，起兵作乱，围攻东都。渊飞书奏闻，炀帝慌忙引还，命渊为弘化留守，备御玄感。既而玄感败死，渊留守如故，御下宽简，颇得众心。

　　先是隋政荒暴，谣诼日繁，起初是喧传市巷，后来竟传入宫庭，连炀帝也常有所闻。看官道是何等谣言？一说是："桃李子，有天下。"一说是："杨氏将灭，李氏将兴。"蒲山公李宽子密，即李弼曾孙。曾因余荫入朝，授官左亲侍，炀帝见密额锐角方，目分黑白，遂说他顾昞非常，即令罢职。玄感发难，密实与之谋，兵败后亡入瓦岗，往投翟让，也想援据谶语，称孤道寡，哪知真命天子，别有一李，不是他的李姓。也是汉刘歆之类。炀帝既逐去李密，复疑到郇公李浑身上，诬他谋反，杀身夷族。真是冤枉。一面添造龙舟，东巡西幸。旋闻李渊得将士心，因又疑忌起来，遣使至弘化，传召李渊。渊因李浑被族，正怀着兔死狐悲的观念，陡然奉召，料知炀帝不怀好意，不如托词称疾，装着一副病容，接见来使，且把许多黄白物，作了程仪，浼他委婉覆命，但说是待病少痊，即当往朝行在。来使得了金银，乐得做个人情，便唯唯如命的告别而去。钱可通灵。到了行在，当然将李渊病重，复旨了事。炀帝正恣意淫乐，也无心顾及李渊，便搁置了好几月。

会有渊甥王氏，在后宫充役，为炀帝所见，不由的记起前事，突问王氏道："尔舅为什么事情，好几月不来见朕？"王氏忙答道："恐怕是病尚未愈，所以迟延。"炀帝微笑道："索性死了，倒也好了。"说毕自去。王氏怀舅心切，免不得写了密书，寄与李渊。渊展书后，不瞧犹可，瞧毕数行，顿惹得惊魂不定，左思右想，无法脱祸，只好再仗那阿堵物，输送炀帝幸臣，托他斡旋，自己纵酒韬晦，免人伺察。毕竟金钱可以买命，富贵又来逼人，李渊方怀忧虑，偏有诏命下来，加授山西河东慰抚大使，令讨捕群盗。渊拜命乃发，进次龙门。适贼帅母端儿，率众数千，来薄城下，经渊麾下数十骑，控弦出击，连射皆中，贼前驱多仆，余众骇散。渊乘胜搜剿，连破余贼敬盘陀柴保昌等，收降数万人，威声愈震。出手便已胜人。捷书驰报行宫，炀帝大悦，乃改拟北巡，启跸出雁门。冤冤相凑，来了一大队突厥兵，头目叫作始毕可汗，可汗，系突厥主子称呼。竟欲拦途掩击，劫夺乘舆。炀帝闻报，忙驰回雁门，据关自守。始毕可汗，竟调集番兵数十万，把雁门关围住，日夕攻扑，害得炀帝惶急万分，传檄天下，徧令勤王。

屯卫将军云定兴，应诏募兵，指日赴援，可巧有一将门种子，济世英雄，竟到定兴军营，报名入伍，看官道是何人？便是抚慰大使李渊的次子李世民。唐室江山，全赖李世民造成，故先行提出。世民母窦氏，本是一个女中豪杰，他父名毅，曾仕周为上柱国，尚武帝姊襄阳长公主。窦女生时，发垂过颈，三岁发与身齐，授读《女诫》《列女传》等书，过目不忘。及隋高祖杨坚篡周，女自投床下，慨然道："恨我非男子，不能救舅家。"毅忙掩女口，命勿妄言，暗地里却很自惊异，尝语公主道："此女有奇相，且智识不凡，宜为她小心择婿。"乃就屏间画二孔雀，遇人求婚，先令试射，阴约中目，方将女许字。那时贵胄王孙，争来角射，几乎门限为穿。偏偏张弓发矢，都不能达到目的，只好败兴而去。独李渊后至，连发二箭，一中左目，一中右目，因得成就了一段良缘。嗣生四男一女，长名建成，次子就是世民，又次名玄霸，又次名元吉，一女适临汾人柴绍，详情俱见后文。世民生时，有二龙戏跃户外，三日方去，途人相率称奇，母亦料为异征,特加怜爱。越四年,有书生自称善相,进谒李渊,甫见面,即语渊道:"公当大贵,且必有贵子。"渊乃召四子出见,书生独指世民道:"龙凤呈姿,天日露表,将来必居民上。公试记着!此儿年近二十,就能济世安民,愿公勿轻视哩。"渊闻言甚喜,书生即辞去。嗣由渊转了一念,恐书生泄语他人,反致不妙,当即遣人追蹑,不意四处找寻,并无下落,遂惊以为神。乃采济世安民一语,作为次子的定名。世民才阅十余龄,已将古今兵法,揣摩纯熟,复生成一副胆力,到处交游,轻财仗义,端的是天纵英姿,不同凡品。至炀帝被围雁门时,他年已十六岁了。*叙入世民,即插入窦后一段故事,并将兄弟姊妹,亦随手带过,是绝好的销纳文字。*

云定兴见了世民,问过履历,已知他是名家子,更因他相貌魁奇,格外加敬。世民即献计道:"始毕倾国前来,围攻天子,必谓我仓猝不能赴援,因敢猖獗至此。为我军计,应大张军容,布设旌旗数十里,连续不绝,就使到了夜间,亦必鸣钲击鼓,互相哔应。始毕闻我大举,必疑是援兵齐集,望风遁去了。"定兴点首道:"这是一条疑兵计,今日正用得着哩。"*就定兴口中,叙出计名。*当下依计行事,逐队进行。果然始毕可汗堕入计中,即解围自去。炀帝得安返东都。世民居定兴营中,约有年余,并不见有甚么赏典,但听得都下传闻,车驾又南幸江都,杀死了好几多谏官,遂不禁自叹道:"主昏若此,我在此何为?"遂辞别定兴,仍然归里。会草泽英雄,乘着炀帝南幸,又复四起。李渊受诏为太原留守,世民即随父至任。有贼帅甄翟儿,自号历山飞,率悍目来攻太原。渊麾兵出击,深入贼阵,为贼所围,世民提弓跃马,只领着健骑数十,突围而入。贼众前来拦阻,均被世民射退,阵势渐乱。渊乘机杀出,复招集步兵,与世民夹击贼众,杀得尸横遍野,血流盈渠。甄翟儿仓皇遁去,太原复安。

转瞬间又过一年,炀帝尚留驻江都,沉湎声色,那四面八方的草头王,陆续起来,竟把这浩荡中原,变成了四分五裂的世界。自炀帝七年间起,至十三年止,各路揭竿起事,差不多有数十起,除杨玄感已见前文外,由小子胪述如下:

刘武周起马邑。林士弘起豫章。刘元进起晋安。以上均自称帝。朱粲起南阳。自号楚帝。李子通起海陵。自号楚王。邵江海起岐州。自号新平王。薛举起金城。自号西秦霸王。郭子和起榆林。自号永乐王。窦建德起河间。自号长乐王。王须拔起恒定。自号漫天王。汪华起新安。杜伏威起淮南。以上均自号吴王。李密起巩。自号魏公。王德仁起邺。自号太公。左才相起齐郡。自号博山公。罗艺起幽州。左难当起泾。冯盎起高罗。以上均自号总管。梁师都起朔方。自号大丞相。孟海公起曹州。自号录事。周文举起淮阳。自号柳叶军。高开道起北平。张长凭起五原。周洮起上洛。杨士林起山南。徐圆朗起豫州。张善相起伊汝。王要汉起汴州。时德叡起尉氏。李义满起平陵。綦公顺起青莱。淳于难起文登。徐师顺起任城。蒋弘度起东海。王薄起齐郡。蒋善合起郓州。田留安起章邱。张青持起济北。臧君相起海州。殷恭邃起舒州。周法明起永安。苗海潮起永嘉。梅知岩起宣城。邓文进起广州。杨世略起循潮。冉安昌起巴东。宁长真起郁林。李轨起河西。自号凉王。萧铣起巴陵。自号梁王。

这数十起草头王，统是史册上留有名目，可以录述。此外尚有许多么麽小丑，东劫西掠，骚扰民间，实属纪不胜纪，史家总称为群盗，小子也不敢捏造姓名。实事求是。那久驻江都的隋炀帝，还日坐迷楼，采集吴娃，镇日里花天酒地，醉死梦生。一班献媚贡谀的杨家奴，又把各处的警报，匿不上闻，眼见得杨氏基业，是朝不保夕了。

太原留守李渊，目击时艰，时常愁叹，独世民别具志趣，只管倾身下士，结识几个眼前英雄，密图大举。晋阳令刘文静，及宫监裴寂，尝与世民往来。文静器重世民，深自结纳，寂尚不以为然。会寂与文静同宿城楼，遥见境外烽火连天，不禁长叹道："身为穷官，复遭乱离，如何图存？"文静反微笑道："时事可知，我两人果属同心，怕甚么贫穷呢？"寂即转诘道："刘大令有什么高见？幸乞指教！"文静道："乱世出英雄，你不见李公子世民么？"寂摇首道："他虽有些才识，究竟是个少年，能成得甚么大事？"文静道："此子虽属少年，却是个命世奇材，你休得看错哩！"文静眼力过人。寂仍似信非信。越宿，有江都使持诏到来，宣示李渊，略谓"李密叛乱，刘文静与密通婚，应该连坐，着即革职下狱"云云。渊不敢违慢，即将文静拘入狱中。李世民闻文静下狱，急往探望，狱吏见是李公子，当然放入，两下相见，世民代为叹惜。文静道："今天下大乱，还有甚么正当的赏罚？除非有汉高祖光武帝等，崛起世间，拨乱反正，或尚得善恶分明，没有冤死的好人。"世民勃然道："君亦未免失言，难道今世必无异才，只恐肉眼未识真人呢？我来此探君，正欲与君共图大事，岂似寻常儿女子，看着亲友下狱，束手无策，但知向他哭泣么？"文静鼓掌道："好！好！我的眼力，究属不弱。公子果具命世才，我当代筹良策。今天下大乱，群盗如毛，有真主出，正好收为己用，号令天下。即如太原百姓，俱避盗入城，一旦收集，可得十万人，尊公麾下，复有数万兵士，就此乘虚入关，传檄四方，不出半年，就可成帝业了。"世民闻言，沉吟半响，徐徐的答道："君言确是良策，但恐家父不从，奈何？"文静道："这也不难。"说至此，即与世民附耳密谈，寥寥数语，世民已经了解，便告别出狱，自去邀裴寂宴饮。寂颇使酒好博，世民既盛筵相待，复出私钱数万缗，与寂作樗蒲戏，故意的输钱与寂。寂因此兴高采烈,日夕过从。自是两情款洽,世民因以密谋相告,寂踌躇道:"尊公与我,原系旧友,但明言相劝,恐反见拒,看来只好暗度陈仓哩。"世民道:"全仗大力。"寂答道:"现且不必明言,缓日自当报命。"文静嘱世民语,已用虚写,及裴寂替世民划策,亦仍此法,好在用笔不同。世民喜谢,寂即辞出。

隔了一日,设席晋阳宫,请李渊入宴。原来隋高祖初都长安,继在长安城东,营一新城,名曰大兴。炀帝更营都洛阳,号为东都。后来四处游幸,各置行宫。晋阳宫就是行宫之一,宫中设有外监,正副各一人。解释处,万不可少,且隋都隋宫,亦俱得连类表明。李渊留守太原,兼领晋阳宫监,裴寂为副。此次寂请李渊入宴,渊以为责居监守,不妨赴席。寂殷勤迎接,入席坐定,当有美酒佳肴,依次献奉。两人对酌,欢然道故。渊即开怀畅饮,连尽数大觥,已含有五六分酒意。忽听得门帘一动,环珮声来,由渊定睛一瞧,竟走进两个美人儿,都生得十分佳丽,仿佛如姊妹花一般。俗语说得好:"酒不醉人人自醉,色不迷人人自迷。"那两美人婷婷袅袅,趋近席前,向渊参见。渊慌忙答礼,寂即指引两美人,左右分坐,重行劝酒。渊已酒醉糊涂,也不问明来历,一味儿的乱喝,喝到酩酊大醉,即由两美人扶掖去睡,虽不及颠鸾倒凤,已居然偎玉倚香。小子有诗叹道:

> 开樽幸接旧相知,更遇名花索笑时。
> 莫怪隋家浪天子,真人到此也迷离。

究竟李渊醒后,如何处置这两美人,且看下回续表。

首段总揭唐事,以女祸为第一条件,已将全唐二百九十年的大纲,笼括在内。入后叙李家父子,作两段分写,不致直捷无味。插叙四方乱事,出以简括。眉目甚清,一览了然。结末即接入晋阳宫事,标明女祸之开端。观此一回,已见得妙手经营,自成杼柚。虽曰小说,恰具大文,阅者勿视为寻常笔墨也。

第二回　定秘计诱杀副留守
　　　　　联外助自号大将军

却说李渊醉卧晋阳宫,由两美人侍寝,渊此时已入梦境,还晓得什么犯法。待酣睡多时,才觉有些醒悟,鼻中闻着一股异香,似兰非兰,似麝非麝,不由的奇异起来。当下揉开双眼,左右一瞧,竟有两美人陪着,禁不住咄咄称怪。是否开肉弄堂？还是一对解语花，低声柔气，与他说明道："唐公休怪！这是裴副监的主张。"渊又问她姓氏，一美人自称姓尹，一美人自称姓张。渊又问她里居，她两人并称是宫眷。渊即披衣跃起道："宫闱贵人，哪得同枕共寝？这是我该死的了。"二美人忙劝慰道："主上失德，南幸不回，各处已乱离得很，妾等非公保护，免不得遭人污毁，所以裴副监特嘱妾等，早日托身，藉保生命。"屠戮虽或幸免，污辱是已够了。渊频频摇首道："这……这事岂可行得！"一面说，一面趋出寝门，复行数武，恰巧遇着裴寂，渊将寂一把扯住，复呼寂表字道："玄真玄真！你莫非要害死我吗？"寂笑道："唐公！你为什么这般胆小？收纳一两个宫人，很是小事，就是那隋室江山，亦可唾手取得。"渊忙答道："你我都是杨氏臣子，奈何口出叛言，自惹灭门大祸。"寂复道："识时务者为俊杰，今隋主无道，百姓穷困，四方已经逐鹿，连晋阳城外，差不多要作战场。明公手握重兵，令郎阴储士马，何不乘时起义，吊民伐罪，经营帝业哩。"渊嗫嚅道："我世受国恩，不敢变志。"寂尚欲再言，忽有一卒入报道："突厥兵到马邑了，请留守大人，速回署发兵，截击外寇！"渊闻报，匆匆走回。但见副留守王威、高君雅等，已经待着，当由渊与两人共议，决遣高君雅领兵万人，出援马邑，高君雅领命去讫。

渊回忆晋阳宫事，好几日寝食不安；旋接马邑军报，太守王仁恭，出战不利，高君雅与战亦败，渊愈加着急，退入内室，独呆呆的坐着。突有一少年驰入，开口白渊道："大人不亟筹良策，尚待何时？"渊连忙审视，并非别人，乃是次子世民，便回问道："你有何计？"世民悄语道："天下大乱，朝不保暮，大人若再守小节，下有寇盗，上有严刑，祸至无日了。不若顺民心，兴义师，还可转祸为福呢。"渊忿然道："你怎得胡言！我当拿你自首，先告县官，免得牵累。"世民道："儿观天时人事，已到这个地步，所以敢发此议。大人必欲将儿拿送，儿亦不敢辞死。"渊叹道："我岂真没有父子情，忍心告发，置你死地，但你慎勿轻言！"心已动了。世民乃趋出。越日，因寇警益急，世民复入室劝父道："今盗贼日繁，几遍天下，大人受诏讨贼，试思贼可尽灭么？贼不能尽，终难免罪。况世人盛传李氏当兴，致遭上忌，郕公李浑，并无罪孽，身诛族夷，大人果尽灭贼，恐功高不赏，益促危亡。儿辗转筹思，只有昨日的计议，尚可救祸，愿大人勿疑！"渊从容语道："我昨夜细思，你言亦颇有理。今日破家亡躯，由你一人，化家为国，亦由你一人，我也不能自主了。但家属尚在河东，此事不应速发，还当从缓为是。"世民道："大人既已决定，家属即着妥人去接便了。"渊点首示意。世民出室，自去着叠妥人，驰赴河东。

正在悄地安排的时候，那江都复有消息传来，吓得李渊魂不附体。看官道是何因？原来炀帝因渊不能御寇，特遣使至太原，逮渊问罪。渊此时不胜危急,乃召副宫监裴寂,及次子世民入商。寂即进言道:"我前日劝导明公,正防此祸,目下事已急迫,何待踌躇,古人有言:'先发制人,后发被人所制。'请明公三思!"寂说到此句,世民便接口道:"今主昏国乱,尽忠无益,试想偏裨失律,遽罪主帅,这种国法,何时制定?上既乱法,下亦何必守法。"渊喟然道:"倘或弄巧反拙,为之奈何?"寂又应声道:"这可无虑!晋阳士马精强,公又蓄积巨万,借此举事,何患不成?就是代王侑留守关中,代王侑系隋炀帝之孙。年龄尚是幼冲,关陇豪杰,正思择主而事,公若鼓行而西,抚有群豪,取关中正如拾芥,奈何甘受拘囚,自去就死呢?"渊尚迟疑未决,寂复逼进一层道:"前寂令宫人侍公,二公子已恐事觉并诛,时常戒备,今又为了寇警,拘公问罪。倘两罪并发,寂死不足惜,公不要全族诛夷么?"这一席话,说得李渊死心塌地,决计发难。俄闻钦使已到,他即推说重病,不能起床,只着属官邀使入廨,暂且居住。俟病稍瘥,开读诏旨。来使因李渊手握兵权,不便违拗,只好忍气待着。渊与世民等密行部署,意欲杀使祭旗,指日出发,适江都又传到赦诏,仍令渊照旧供职,戴罪图功。渊乃出接诏书,并款待前后使臣,厚贶去讫。前使不知为谁?总算幸保性命。渊稍稍放心,因复延宕了好几日。李渊实在无用。

　　裴寂及世民,随时催促,乃复提议大事。世民保举刘文静,谓可参赞兵谋,因潜召文静出狱。文静见了李渊,献上一计,乃是诈为制敕,令太原西河雁门马邑人民,凡年二十以上,均应当兵,东征高丽。这道矫诏,发将下去,民心怨苦异常,恨不得隋朝皇帝,即日摔去,才消痛恨。既而刘武周进据汾阳宫,世民又入语渊道:"大人身为留守,乃令盗贼窃据离宫,不亟起事,大祸就要临身了。"渊接口道:"正为家属未到,尚在迟疑。"世民道:"家眷闻已启程,想是即日可到。目下事在燃眉,须赶紧布置方好哩。"渊皱眉道:"恐怕兵力未足,一时不能起事。"世民乃走近一步,与渊附耳数语。渊随口称善,计划已定,即召集将佐议事。王威以下,统行到来。渊升帐宣词道:"刘武周僭据汾阳宫,我辈不能往讨,罪当族灭,如何是好?"王威等均再拜道:"惟留守命。"渊复道:"朝廷用兵,例须禀白节度,今贼在数百里内,江都在三千里外,远不济急,进退两难,所以我也不能决议。"威等齐声道:"公位兼亲贤,应与国同休戚,若必俟奏报,恐误事机,目前总以讨贼为要策,一切举措,何妨自专。但教贼焰能平,主上亦不至加罪。"是要你等说此语。渊佯作沉吟,半晌方答道:"众论一致,我也顾不得专擅了。但突厥未退,武周又来,兵分力少,应即添募为是。"威等复齐声道:"这是今日第一要策。"渊又道:"刘文静作令有年,应知此间豪士,我想今日募兵,非他不可,须暂时将他释狱,令充此任,可好么?"众齐声称善。渊即饬人召入刘文静,嘱令开局募兵,随令王威等暂退,静待后命。

威等退去,渊复命池阳人刘弘基,及洛阳人长孙顺德,协同文静募兵。王威等闻了此令,不免疑议起来。看官听着!这刘弘基曾做过右勋侍,长孙顺德也做过右勋卫,他二人本在炀帝左右,只因炀帝出征辽东,二人不愿随行,竟亡命晋阳,暂作寓客。就中还有一段嫌疑,李世民的妻室,是故骁卫将军长孙晟女儿,顺德便是晟的族弟,此次令帮同募兵,显有形迹可疑。<small>世民妻长孙氏亦就此带叙。</small>且陆续募入的兵士,即归他二人统带,并不见派属他将,王威越加疑忌,遂去问那行军司铠武士彟。士彟系文水人,本是李渊心腹,曾劝渊兴兵举义。威偏问及了他,士彟当然代辩。威复道:"他事不必论,惟顺德弘基,是朝廷逃犯,奈何令他统兵?我意欲把他按治。"士彟道:"两人皆唐公门下客,若把他按治,唐公必出来反对,岂不是自寻烦恼么?"威闻言色沮,乃不敢生异。适高君雅回城乞援,威与君雅相见,密谈疑窦。君雅亦谓事有可疑,应相机讨渊。会晋阳遇旱,渊拟至晋祠祷雨,先数日下令斋戒。威以为时机已至,遂与君雅定计除渊,只因兵士多辖渊麾下,不能由彼驱遣,没奈何嘱令晋阳乡长刘世龙,招集乡兵,埋伏祠中,为刺渊计。世龙佯为依从,暗中恰先告李渊。渊召世民入议,世民道:"这两人死期至了,儿正要除此两人,他却自来寻死,真正凑巧。"遂与渊定下密议,翌晨由渊至莅事堂,邀同王威高君雅,共坐视事。忽有开阳府司马刘政会,驰入告密,渊以目示王威,令取状审视。威即命政会呈状,政会抗声道:"所告系副留守事,惟唐公可以取阅。"渊佯作惊讶道:"有这等事么?"乃顾政会取状。但见状上写着,乃是:"副留守王威、高君雅,潜引突厥入寇"等语。渊即递示王威,恶极。威不待阅毕,便攘袂大诟道:"何等叛徒,敢来构陷我两人?"渊冷笑道:"叛徒不叛徒,问你两人便知。"威与君雅知事不妙,即联袂下堂;才经出门,外面已环绕兵士,有一束发金冠的少年,戎服跨马,指挥三吏,立将他二人拿下,送入狱中。看官道少年为谁?便是李世民。三吏为谁?便是刘文静刘弘基长孙顺德。<small>好像缚鸡的容易。</small>

又越两日,突厥兵数万人,果入寇晋阳。渊令裴寂等分头埋伏,竟大开四面城门,洞澈内外。<small>又是个计中计。</small>突厥兵驰入外郭,见内城也是大启,不由的相顾错愕,哗噪了好多时,竟出郭而去。渊于是将王威高君雅,缚至市曹,号令军民道:"召寇攻城,即此两人,尔等以为当斩否?"军民信为实事,哪个不说是该斩。一声号炮,两个血淋淋的首级,堕落地上。<small>想是命中注定,应该枭首,不然,政会告密原是李氏主使,胡后来竟弄假成真耶?</small>已而突厥兵复来攻城,渊遣部将王康达等,率千余骑出战,全军尽覆,城中恟惧。世民想了一计,夜遣将士潜行出城,待至天晓,却张旗鸣鼓,喊呐前来。突厥兵疑为援兵,竟尔退走,城外居民,或被掠取,城内却不损分毫,军民相率欢慰,就是李氏父子,也自觉放下忧怀。

还有一种可喜的事情，李氏家眷，统从河东到来。时窦夫人已殁，所有渊妾万氏以下，及子建成、元吉等，一并进谒；连女夫柴绍，也随同入见。一堂聚首，相对言欢。只三子玄霸，在籍病夭，又有渊妾万氏子智云，途中失散，存亡未卜，欢聚中尚带三分悲悼。渊问柴绍如何同至？绍答道："小婿寄寓长安，备官千牛，刀名。隋东宫官佩刀，侍卫太子。因得二舅兄密书，促婿至此，婿所以奉召前来。途次适遇岳家眷属，幸得随行。"渊不待说毕，忙接问道："我女可同来否？"绍答言未至，渊乃顾世民道："你既召你姊夫，为何不邀你姊同来？"绍从旁代答道："令媛谓不便同行，自有妙计脱祸。"柴绍平生履历，及舍妻来晋之故，均由此叙明。渊又道："这也罢了。但我子智云，年仅十余，此次失去，不知如何下落。"绍劝慰道："吉人自有天相。"世民即进议道："家眷已至，大事待行，须速议出兵，掩人不备，迟恐有变。"渊乃召集刘文静、裴寂等，共议出兵方法。文静道："出兵不难，所虑突厥时来牵掣，今日要策，莫若先通好突厥，然后举兵。"世民接入道："这也是权宜办法。"乃由文静撰一草启，略言"目下欲举义兵，远迎主上，复与贵国和亲，如文帝时故例。详见下文。大汗肯发兵相应，助我南行，幸勿侵暴百姓。若但欲和亲，坐受金帛，亦惟大汗是命"等语。草启既成，复由渊亲自录写，即遣文静为使，驰赴突厥。文静去尚未还，渊不便仓猝发兵，只好整军以待。暇时即忆念智云，屡遣人往河东，探听下落。嗣接使人返报，智云被官吏执送长安，为留守阴世师所害。渊不禁大恸，裴寂等统来劝解。渊含泪道："玄霸幼慧，阅年十六，一病告终，这尚是命中注定，无可挽回。智云颇善骑射，兼能书奕，年比玄霸尚小二岁，不意为吏所捕，惨遭杀戮，我志未遂，我儿先死，岂非一大痛事？"言下又垂泪不止。俗小说中谓玄霸为第一条好汉，后来抛锤击雷，锤还击顶，因致毙命，不知是说何所依据？无非随笔捏造，不值一噱。独于智云略而不谈，经此编黜虚崇实，方成信史。寂等也为唏嘘。

忽报刘文静自突厥归来，当即召入，问明情形。文静道："突厥主始毕可汗，谓请唐公自为天子，方出兵马相助。"寂跃起道："突厥且愿唐公为帝，大事成了。"渊亦转悲为喜。但口中却再三推托，不敢自尊。寂复言："时不可失，机宜亟乘。"文静亦道："今义兵虽集，戎马尚少，胡兵非我急需，胡马却要待用，若稽延不报，恐突厥一有悔意，便失臂助。"渊又道："诸君且更求次策。"寂复道："必不得已，不若尊今上为太上皇，别立代王为帝，安定隋室，一面移檄郡县，改易旗帜。阳示突厥有更新意，免他滋疑。"渊微哂道："这乃所谓掩耳盗铃呢。但事已至此，也顾不得许多了。"乃再令文静往报，约与突厥共定京师，土地归唐公，子女玉帛归突厥。始毕可汗大喜，即先遣使至晋阳，馈马千匹。渊很是欣慰，嗣后贻书突厥，竟至自称外臣，虽是暂时卑屈，终不免一种国耻。大声发聩。这且慢表。

第二回　定秘计诱杀副留守　联外助自号大将军

且说李渊既连结突厥，遂传檄各处，自号义兵。西河郡丞高德儒，拒命不受，渊乃命建成世民率兵攻西河。世民与士卒同甘苦，所过令秋毫无犯，沿途菜果，非买不食，民皆感悦。至西河城下，高德儒闭门拒守，经世民督众猛攻，自为前驱，冒险登城。建成继进，即将全城攻陷，拿住高德儒，斩首示众，外此不戮一人，令百姓各安旧业，远迩称颂。建成、世民遂引兵还晋阳，往返只阅九日。渊大悦道："如此行兵，虽横行天下，亦不难了。"因决意入关，再行募兵，复开仓赈济贫民，老弱领粮，丁壮入伍。裴寂等上渊尊号，称为大将军，开府置官，命寂为长史，刘文静为司马，唐俭、温大雅为记室。大雅且与弟大有，共掌机密，武士彟为铠曹，刘政会及崔善张道源为户曹，姜謩为司功参军，殷开山为府掾，长孙顺德刘弘基窦琮，及王长谐姜宝谊阳屯为左右统军。此外文武各属，量才授任。授世子建成为陇西公，兼左领军大都督，世民为敦煌公，兼右领军大都督，均得辟置官属。柴绍为右领军府长史咨议，刘瞻领西河守。部署粗定，各有专司。长史裴寂，把晋阳宫内的积粟，移送大将军府，得九百万斛。又有杂彩五百匹，铠鍪四十万副，也一并移交。且将尹、张两美人以下，所有宫女五百名，尽遣至军府内服役。从此唐公李渊，才得将如花似玉的两丽姝，实地受用。<small>讽刺语，且为后文伏笔。</small>是年为隋炀帝大业十三年新秋，天气初凉，金风拂暑，<small>百忙中叙入时景，看似闲文，实关史要。</small>李渊亲率甲士三万，出发太原，留子元吉守晋阳宫。建成、世民等皆从行，誓众移檄，统说是尊立代王，所以兴师。行至中途，由前队探卒来报。隋郎将宋老生，及将军屈突通，奉代王侑命，分兵抗拒。屈突通留驻河东。宋老生已领兵到霍邑了。李渊要尊立代王，代王反遣将拒渊，真是两不兜头。李渊道："且进兵霍邑，再作计较！"于是各军奉令，扬镳再进。小子有诗咏道：

汉祖突兴丰沛甲，唐公奋起晋阳戈。
只因近邑兼臣虏，不及刘家天子多。

欲知后来情形，容待下回再详。

李渊发兵，非出本心，世民请之，裴寂劫之，强而后应，经作者依史叙述，叠用曲笔，写出当时情事，益觉波澜层出，趣味横生。王威、高君雅，本庸碌徒，诱而杀之，固属易事。叙笔先虚后实，情迹离奇。刘文静使突厥，外略内详，繁简得当。盖小说之足动人目，全赖用笔曲折，不涉芜衍，否则依事补叙，味同嚼蜡，亦何若返观正史之为得乎？若文笔不足醒目，反凭虚臆造，假为勇力乱神之说以惑世，是尤为荒谬无稽，有乖正义，明眼人固不值一盼也。

第三回　攻霍邑阵斩宋老生
　　　　　入长安拥立代王侑

却说晋阳兵士，奉命再进，行至贾胡堡，距霍邑约五十余里，适值大雨滂沱，不便行军，只得就贾胡堡驻扎。偏偏一雨数日，浸淫不止，眼见得大家坐食，无法进行。李渊恐军粮食尽，特遣府佐沈叔安，还赴太原，再运一月粮济师，叔安领命前去。渊日夜望晴，未见天霁，心中很是焦烦。忽由军校呈入檄文，急忙取阅，但见文中首二句，是："魏公李密，谨以大义布告天下。"不由的失声道："李密也来起义么？"再瞧将下去，是历数炀帝十罪，后文有"罄南山之竹，书罪无穷，决东海之波，流恶难尽。愿择有德以为天下君，仗义讨贼，共安天下"等语。第述檄文中首尾等语，独将炀帝十罪略去。因炀帝罪恶，应见《隋史》，本编不暇再述，故特从删节，免致阅者眩目。再看文末署年月日，乃是永平元年五月日。复自语道："好大的胆量！"语未毕，见世民趋入，乃将檄文递示。世民览毕，置檄案上，随即禀白道："儿闻李密略取河洛，由瓦岗寨盗翟让等，奉他为主，自称魏公，现在有众数十万，声势颇盛，为我军计，不如暂与联络，免得东顾。"渊点首称善，便令温大雅作书约密，联为同盟。书成后，遣使持去。未几，即由去使赍还复书，渊立即披览，略云：

　　与兄派流虽异，根系本同。自维虚薄，为四海英雄，共推盟主，所望左提右挈，戮力同心。执子婴于咸阳，殪商辛于牧野，岂不盛哉？

渊阅至此，不禁微笑道："狂妄极了！"又看将下去，乃是：

　　兄果不弃，俯如所请，望即率步骑数千，亲临河内，面结盟约，共事征诛，则不胜幸甚！

阅毕，复召世民入商，且与语道："密妄自矜大，非折简可以定约，我方有事关中，若遽与绝交，反至更生一敌，不如卑词推奖，令他志骄气盈，为我塞住河洛，牵缀隋兵，我得专意西征，俟关中平定，据险养威，看他鹬蚌相争，坐收渔翁厚利，也不为迟呢？"世民喜道："大人此计甚妙，就照此致复罢！"我亦谓是妙计，但李渊前日，并未闻出一策，此次得此良法，想是福至心灵。乃再令温大雅复书道：

　　渊虽庸劣，幸承余绪，出为八使，入典六屯，颠而不扶，通贤所责，所以大会义兵,和亲北狄,共匡天下,志在尊隋。天生蒸民,必有司牧,当今为牧,非子而谁?老夫年逾知命,愿不及此。欣戴大弟,攀鳞附翼。唯弟早膺图箓,以宁兆民,宗盟之长,属籍见容,复封于唐,斯荣足矣。禋商辛于牧野,所不忍言。执子婴于咸阳,未敢闻命。汾晋左右,尚须安辑,盟津之会,未暇卜期。谨此致覆!

　　大雅写好复书,由渊与世民阅读一周,共称好不置,因复遣人持去。世民且道:"此书一去,李密必专意图隋,我可无东顾忧了。"嗣得去使返报,果然李密得书,夸示将佐,渊愈觉放心。不意探骑突来急报,说是刘武周约同突厥,将乘虚袭击晋阳。又是一波。渊忍不住长叹道:"看来时尚未至,只好赶紧北还。"乃与裴寂等商定行止。寂亦谓霄兵尚强,未易猝下,李密奸谋难测,刘武周惟利是图,不如还救根本,再图后举。渊即议定翌日还军。时世民正出外巡逻,忽闻有还军消息,即返营问明,果有此事,忙入内问渊道:"大人何故还军?"渊略述缘由,且言:"粮食将尽,势难逗留。"世民劝阻道:"今禾菽偏野,何患乏粮?隋将宋老生,素性轻躁,一鼓可擒。李密顾恋洛口,无暇远略。刘武周外附突厥,内实相猜,渠虽远利太原,怎能近忘马邑?况突厥新与我和,亦未必即日败盟。此种传闻,不应轻信。大人创兴大义,有志救民,理应先入咸阳,号令天下,今遇小敌,即欲班师,恐从义诸徒,一朝懈体,大事从此去了。"是极。渊摇首道:"倘晋阳有失,岂不是无家可归?我决意回去罢!"遂促令整装。世民出见建成,拟邀同谏阻,建成道:"我意亦不欲速归,但父亲已有归志,看来是不能中阻了。"世民见建成语带支吾,料是无心入谏,复转商诸裴寂等人。又皆谓不如归去,惹得世民恼恨万分,连夜餐亦不能下咽。辗转图维,拟再进谏,大踏步趋入后营,为李渊亲卒阻住,只说大将军已就寝了。世民悲愤填胸,忍不住痛哭起来。渊闻有哭声,才召世民入问。世民呜咽道:"兵以义动,有进无退,进即生,退即死,怎得不哭。"渊复问何为致死?世民道:"大人试想!行军全仗锐气,一旦退还,锐气消灭,大家溃散,敌人得乘我后路,追击过来,我已瓦解土崩,如何对仗?岂不是束手待毙么?"理解甚明。渊自是亦颇悔悟,复叹道:"左军已发,奈何?"世民道:"左军虽去,想尚不远,儿愿往追回。"渊乃笑道:"成败由汝,汝便去追回罢。"世民欣然趋出,即与建成带领轻骑,夤夜追回左军。

　　越两日,沈叔安运粮亦至,老天有意做人美,渐渐的雾散云消,展开了一道日光,渊命军士曝甲整械,就山麓绕行,避去泥淖,径趋霍邑。宋老生固守不出,建成、世民,先引数十骑至城下,扬鞭指麾后军,作围城状;且令军士辱骂老生。明是挑战。老生忍耐不住,即驱兵三万人,开城出战。渊率百骑驰至,见老生出来对仗,亟令殷开山催召后军。后军如召而至,渊欲令军士先食后战。世民道："敌军已经出城，亟应掩击过去。且灭此再食罢！"渊乃与建成列阵城东，世民列阵城南，城内隋兵，自东门驰出，渊率建成迎头拦杀，隋兵恰也不弱，一拥而上，反将渊军逼退数步。亏得柴绍跃出阵中，挥众力战，才得支持。宋老生又从南门出来，径趋向城东，夹击渊军。世民正在南原观战，亟与军头段志玄，从高原驰下，冲击老生背后，老生只好回马交锋，世民手握两刀，争先杀敌，左砍右劈，连毙数十人，漂血满袖，两刀皆缺；再洒袖易刀，跃马向前。段志玄等紧随马后，拚命奋斗，一当十，十当百，杀得隋军旗靡辙乱，人仰马翻。世民复令军士传呼道："宋老生已擒住了！隋军何不速降？"此时城东的隋军，正与渊军相持，未分胜负。猛闻主将被获，忙即退兵回城。渊趁势进逼。那隋兵似风卷残云，收入城中，竟将城阖住，单剩宋老生一支孤军，进退无路，欲回入南门，被世民截住，欲转入东门，被渊与建成截着。两下里围裹拢来，老生自知穷蹙，下马投濠，寻一死路。可巧刘弘基驰到，把刀一挥，将老生剁作两段。老生部下，也都作了刀头鬼，伏尸数里。一场战事，写得淋漓痛快。渊命军士草草就食，食毕攻城，时已昏暮，大众肉搏齐登，立即攻入，下令降者免死。城中兵吏，皆匍匐乞降，当下揭榜安民，并引见故吏，去留听便。已降的兵弁，欲回关中，概授五品散官，即日遣归。裴寂等谓授官太滥，渊笑道："隋氏吝惜爵赏，因失人心，我奈何效尤哩？"这是欺人之言，看官莫被瞒过。

过了两天，渊即引军趋临汾，守吏开门迎降，慰抚如霍邑故例，复进攻绛郡。郡守陈叔达，系陈高宗子，素有才学，至是闭门拒守。渊一面扑城，一面招降。叔达先拒后从，迎渊入城，渊优礼相待，用为幕宾，再出兵抵龙门。适刘文静引突厥兵五百人，马二千匹，进谒军营。渊慰劳有加，且语文静道："突厥兵少马多，正慰我愿，君可谓不辱使命呢。"文静称谢。正拟督军进河东，往击屈突通，忽有河东户曹任瓌求见，渊即传入，任瓌行过了礼，即向渊进言道："关中豪杰，均翘首瞻望义兵，瓌在冯翊多年，所有豪士，多半知晓，若奉命往谕，必望风投诚，公可从梁山济河，指韩城，逼郃阳，冯翊太守萧造，系一文吏，当然畏服。就是关中积盗孙华等，亦必远迎义师。然后鼓行直进，直据永丰仓，规取长安，关中可坐定了。"渊闻言大喜，即任瓌为银青光禄大夫，令作书招致孙华，自督军转赴壶口。河滨人民，各献舟待济，渊指日渡河。巧值孙华过河见渊，渊握手与语，令他就坐，面授左光禄大夫武乡县公，兼领冯翊太守。徒党亦以次授官，赏赐甚厚。华愿为先驱，引军渡河。渊遣偏师先济，又命任瓌为招慰大使，劝抚河西郡邑。瓌本能言善辩，掉着三寸舌，下韩城，收冯翊，太守萧造，果然奉表请降。将佐等复推渊领太尉，增置官属，渊如言照行。

随即招众会议，酌定所向，裴寂道："屈突通拥着大兵，凭恃坚城，我若舍他西去，进攻长安，万一不胜，退为河东所阻，腹背受敌，岂非危道？计不若先克河东,然后西上。长安恃通为援,通一失败,长安闻风胆落,有甚么难破呢?"此说亦颇有理。道言未绝,即由李世民驳斥道:"裴公说错了!兵贵神速,我今日乘胜西行,正是出人不意的上计。长安人士,智不及谋,勇不及断,我即可唾手取来。若围攻河东,久留城下,长安得缮城固垒,以逸待劳,我虚縻时日,自沮军心,乃是所谓危道呢。况关中豪杰蠭起,未有所属,不亟招徕,转失众望,将来四面皆敌,虽悔何追。"也是一策。渊捻髯与语道:"两说均有可取,我意拟分作两军,偏军攻河东,正军趋长安便了。"乃留兵围河东,自率诸军渡河西进。朝邑法曹靳孝谟,以蒲津中潬二城来降。华阴令李孝常,以永丰仓来归。京兆诸县,亦多遣人纳款。渊乃命长子建成,司马刘文静,率王长谐等屯永丰仓,守潼关以控河东。慰抚使窦轨以下,概受节制。次子世民,率刘弘基等徇渭北,慰抚使殷开山以下,概受节制。两军分头行事。

渊自寓长春宫,冠氏长于志宁,安养尉颜师古,及世民妇兄长孙无忌,均来求见。渊一一接待,用志宁为记室,师古为朝散大夫,无忌为渭北行军典签。会由鄠县使人入谒,呈上文书,由渊展览一周便召柴绍入宫。笑语道:"吾女可谓智且勇了。"说着,即将文书递阅。绍览毕,亦欢慰非常。渊复道:"你可带领骑士,前去迎她。"绍忙将文书邀还,三脚两步的跑了出去。摹写尽致。看官!你道为了什么事情?原来绍赴太原时,曾语妻李氏道:"尊公举兵,招我前去,我欲与卿同行,途中恐多不便,若留卿在此,不免及祸,此事将如何办法?"李氏从容道:"君但速行!我一妇人,容易避祸。且我亦自有别计,请君勿悬念!"成竹在胸,不同常女。绍遂自往太原,李氏潜归鄠县别墅,散家赀,聚徒众,适李渊从弟神通,也亡入鄠县山中,与长安大侠史万宝等,起兵应渊。李氏即与神通合兵,攻下鄠县,又令家奴马三宝,招致关中群盗,如何潘仁、李仲文、向善志等,皆联络一气,略取盩厔武功始平诸县,有众七万。左亲卫段纶,曾娶渊妾生女,亦聚徒蓝田,得万余人,与李氏结为声援。会闻渊已渡河,即由李氏致书禀渊,历叙神通合兵,及群盗归降始末。渊喜出望外,因嘱柴绍往迎。绍正忆念得很,骤得这种喜报,不觉神情飞舞,当下一跃出门,招呼数百骑兵,欢迎佳偶去了。

绍去后,神通及段纶,俱遣使迎渊,就是一班降盗,也都驰表输诚。渊命神通为光禄大夫,段纶为金紫光禄大夫,又作书慰劳群盗,各授官阶,令仍照旧居,听敦煌公世民调遣。世民趋军西进,沿途群盗趋附,几不胜数。及至泾阳,连营数里,约得九万人。隰城尉房玄龄,走谒军门,世民一见如故,署官记室参军,引为谋主。两人互谈军事,娓娓忘倦,几乎相知恨晚。可巧柴绍夫妻,亦引军到来,世民欣然出迎。但见那姊氏首戴雉尾,身环兽甲,腰佩七星宝剑,足踏三寸蛮靴,端的是将门女子,巾帼英雄。极力夸奖。后面随着柴绍,及兵士万余人，望将过去，统是纠纠武夫，无一羸弱，此时也不禁惊喜交集，眉宇生春，随即向姊拱手道："阿姊辛苦了！"李氏笑答道："特来帮助兄弟！"世民称谢。又与柴绍握叙数语，乃令来兵左右驻扎，自引二人入帐，详叙多时，二人复出驻本营。绍居左，李氏居右，各置幕府。当时号李氏营为娘子军。

世民复进兵阿城，军律严明，队伍不乱。一面遣使禀渊，请会师同赴长安。渊已自长春宫出发，至永丰仓，发粟饷军，进屯冯翊，命刘弘基、殷开山等，分兵西略扶风。城中出兵迎战，为弘基击败，向渊告捷。渊喜得捷音，又接到世民军报，乃复启节西行。所过离宫园苑，概令撤销；遣归宫女，各还亲属。想无尹、张二人的美色。及抵长安，世民早已驻军待着，两下会师，共得二十余万。渊命各依壁垒，毋得侵掠民居，并遣使至城下，传谕守吏，愿拥立代王。代王侑系炀帝孙，故太子昭季子，太子早卒，遗子三人，长子倓封燕王，侗封越王，侑封代王。越王侗留守东都，代王侑留守西京，西京便是长安，由京兆内史卫文升等，辅侑守城。文升年已衰老，闻渊军抵城下，忧悸成疾，不能视事。独左翊卫将军阴世师，郡丞骨仪，调兵守御。渊遣人谕意，被他斥回，乃督诸军攻城，并约将士入城后，毋得犯隋氏七庙及代王宗室，有敢违令，夷及三族！将士奉令攻扑，城上矢石交下。孙华冒险越濠，摇旗欲登，被流矢射中要害，竟致殒命。于是渊军益愤，努力进攻，前仆后继，连日不退。军头雷永吉，左执刀，右持盾，首先登城，余众随上，杀散城头守卒，逾城开门，迎纳渊军。阴世师、骨仪等，尚率众巷战，先后为渊军所擒。卫文升闻城已被陷，立即骇死。代王侑在东宫，当然是吓做一团，左右逃命要紧，四处奔散。惟侍读姚思廉，保护代王，从容侍侧。渊军鼓噪入殿，思廉厉声呵止道："唐公举义兵到此，系为匡辅帝室起见，尔等何得无礼？"此人颇有胆气。众闻言，颇为愕然，还立庭下。渊下马趋入，仍执臣礼见代王，并请代王迁居大兴殿后厅。代王年仅十三，能有甚么主意，且见他兵刃环庭，只是抖个不住。思廉到此，也属没法，乃扶代王至阁下，泣拜而去。渊退寓长乐宫，与民约法十二条，悉除隋苛禁，然后牵出阴世师、骨仪等十余人，责他贪婪苛酷，兼拒义兵，喝令斩首。可为妾子智云复仇。所有囚犯，多令释放。

唯马邑郡丞李靖，也在狱中，由渊问他犯罪情由。靖笑道："我未尝犯罪，闻公举事，无从告变，所以自入囚车，令长官传送江都，以便密告天子。不料到了长安，偏值公来围城，城守未知我计，因将我暂行羁住。"渊听这数语，便勃然大怒道："你敢告发我么？左右与我推出正法。"靖大呼道："公兴义兵，欲平天下暴乱，乃竟以私怨杀壮士么？豪爽。渊不答，左右即上前拥出李靖，至外行刑，忽有一人入阻道："杀不得！杀不得！"正是：

　　他日应登名将录，此时特遣救星来。

毕竟何人来救李靖，下回再行报明。

李氏之旗开得胜，在霍邑一战，李氏之马到成功；在长安一役，渊军初至贾胡堡，天雨连绵，久留不进，老生不能出城掩击，其无勇可知。一战而败，陨首城濠，固其宜也。然李氏得此一胜，而军心始坚，故本回叙霍邑战事，有声有色，较为夺目。长安为李唐根据地，据关中以定天下，势如建瓴，非经李世民之定计长驱，则屯兵河东，成否尚未可必。故长安一役，为隋唐兴亡之大关键，叙述自应从详。中间插入娘子军一段，格外摹神。盖巾帼英雄，为历史中仅见之事，不如此摹写，未足以显平阳公主之威名。渊有侠妻，有奇儿，有智女，此其所以终成帝业也。

第四回　记艳闻李郎遇侠
　　　　　禅帝位唐祚开基

却说李靖被军士推出，将要行刑，忽有一人入阻，此人非别，就是敦煌公李世民。世民与靖，曾有一面交，素知他才勇兼全，所以急忙阻住。当即入内白渊道："大人不记得韩擒虎遗言么？擒虎曾谓靖可谈将略，若收为我用，必能立功。请大人不念旧恶，赦罪授官！"渊半晌才说道："我看他状貌魁奇，将来恐不易驾驭。"世民道："儿自有驾驭的法儿，请大人勿虑！"渊乃允诺。世民即出与解缚，好言抚慰。靖入谢后，由世民引置幕府，待若上宾。靖本京兆人氏，表字药师，系隋初总管韩擒虎外甥，擒虎与谈兵事，靖无不通晓，因此擒虎目为将才。

还有一段意外艳事，小子得自传闻，也正好就此叙明。隋炀帝初年，南幸江都，命司空杨素守西京。靖素负豪气，昂然进谒，与素谈论时事，英采逼人。适有美妓执着红拂，侍立素侧，屡以目顾靖。及靖退出，红拂妓竟暗嘱门吏，问靖住址，靖据实以告。及晚宿旅舍，夜半闻叩门声，靖起床开户，一少年持囊竟入，促靖闭门，解紫衣，脱皂帽，竟变成一个初及笄的丽人，靖大为惊异。那丽人答道："公可识妾否？"靖审视良久，但说了"杨家"二字。丽人嫣然道："妾果是杨家的执拂妓。"言已下拜。靖慌忙答礼，且问明来意。丽人道："妾侍杨司空有年，阅人不少，今得见公，姿表绝伦，丝萝不能独生，愿托乔木，是以来奔。"靖答道："杨司空权重京师，倘被闻知，岂不惹祸？"丽人道："他已是尸居余气，有何足畏？现侍儿等多半散去，他亦无心追逐，妾所以放胆前来，愿公勿惧！"靖问及姓氏，答言姓张，排行居长。乃邀与俱坐，续谈衷曲。吐属俊雅,眉黛风流,遂令靖不忍舍割,留作伉俪。*仿佛卓文君夜奔相如。*

嗣恐杨素追捕,同赴太原,投宿灵石旅邸。黎明即起,靖刷马,张梳髻,突有一虬髯客,乘驴来前,至旅邸下驴,取枕欹卧,看张梳头,靖不禁怒起,即欲呵斥。张氏忙摇手阻靖,匆匆梳竟,敛衽向前,问客姓名。客自称张姓,张氏答道:"妾亦姓张。"客喜道:"今日幸逢一妹。"言已,跃然而起。张氏呼靖相见,彼此行过了礼,当由靖购取酒肉,环坐共饮。虬髯客道:"我观李郎现在穷途,如何得此佳丽?"靖答道:"他人不便与言,如兄磊落光明,不妨实告。"遂具陈始末。虬髯客道:"今将何往?"靖答言将避地太原。客略略点头,随手取出一囊,笑顾靖道:"我也有下酒物,李郎能同食否?"靖谦言不敢。哪知囊内是一个人头,一副心肝,由客取置杯前,用匕首切好薄片,大嚼而尽,且语靖道:"这是天下负心人,我已衔恨十年,今始被我杀死,可消宿恨。"全是侠客行径。靖只唯唯连声,不敢细诘。虬髯客又道:"看李郎仪容器宇,不愧丈夫,吾妹可谓得偶,但未知太原一带,尚有异人否?"靖答道:"有一人与靖同姓,年方弱冠,龙表凤姿,愚看他是个真主。此外不过与靖相伯仲了。"虬髯客道:"此人现作何事?"靖答言是将门子。客点首道:"是了是了。李郎可俾我一见否?"靖答道:"有友人刘文静,与他友善,靖当托文静作一介绍,但兄何故定要一见?"虬髯客道:"太原现有奇气,想当应在此人身上,我所以定要一见。惟现在尚有琐事,不便偕行,待至太原再会,李郎当候我汾阳桥,幸勿误约!"靖愿如客言。客驾驴径去,疾行如飞,转眼间便不知去向了。

靖知是侠士,即与张氏启行入太原,至汾阳桥待客。客果如约而来,相见甚喜,即同往刘文静家。虬髯客自称善相,愿见李公子。文静本赏识世民,闻客善相术,正欲证明确否,遂遣人迓世民过谈。世民不衫不履,裼裘而来,神气扬扬,貌与常异。虬髯客不觉变色,招靖密语道:"果是真天子,我已料定十分的八九,尚有道兄一人,令他见面,能料到十成,百无一失了。"靖转告文静,文静允订后会期,因即告别。届期,虬髯客引一道士,与靖相见,复同谒文静。文静方弈棋,即邀道士入局对弈,又飞书邀世民观棋。俄而世民到来,长揖就坐,顾盼不群。道士怅然,敛棋入匣道:"此局全输,不必再弈了。"话中有话。遂罢弈请去。既出,语虬髯道:"此处已有人在,君不必强图,可别谋他处罢。"言讫,飘然自去。虬髯客留语靖道:"李郎信人,妹尚栖身无所!我当为筹一安宅,今日便偕返西京,何如?"靖有难色。虬髯客道:"你怕杨素么?他已死了。况有我同行,你怕甚么?"靖乃挈同张氏,与虬髯再返京中,果然素已早死,另派代王侑留守,便放心驰入京城。虬髯客复语靖道:"今日暂别,明日可与妹同诣某坊小宅,我当伫候。"语毕,掉臂径去。

翌旦,靖与张氏同至某坊,果见一小板门,才叩一二声,即有人出迎,延入重门,豁然开朗。室宇宏丽异常,奴婢数十人,导靖夫妇入东厅,厅内陈设,穷极珍奇。至虬髯出见,纱帽紫衫,迥殊前饰。后面随一少妇,华服雍容,亦端庄,亦秀丽。靖料是虬髯妻室,即与张氏上前相见。虬髯客格外殷勤,导靖夫妇入中堂。四人甫经对坐,即有侍役搬入盛肴,开筵相待;并出女乐侑酒,列奏庭中,乐止酒酣,虬髯令苍头异出宝箱,约二十具,分陈左右。因指告靖道:"此皆我历年所积,今特赠君夫妇。我本欲在此建业,今既遇有真人,不应再留。太原李氏,真是英主,三五年内,当致太平。李郎具有长材,得辅真人,将来必位极人臣,妹独具慧眼,得配君子,将来夫荣妻贵,亦足为儿女子生色。非妹不能识李郎,非李郎不能遇妹,虎啸风生,龙腾云合,原非偶然的际遇。李郎将我所赠,安心佐命,施功立业,努力前途,后此十数年,东南数千里外,传有异闻,便是我得意时候。妹与李郎,可沥酒相贺。"说至此,即将文簿匙钥等,一并交出,并命家僮拜靖夫妇,且嘱道:"两人即你等主人,不得违慢!"靖与张氏,逡巡欲辞。那虬髯客已挈妻入内,须臾即戎装出来,拱手告别,出门乘马,也不多带行囊,只有一奴随着,扬鞭东去。奇极怪极!阅至此当浮一大白。靖夫妇送客出门,倏忽不见,乃惘然返室,检点箱椟,价值不赀。复遗有兵书数箧,内详风角鸟占云祲孤虚等术。靖乘暇揣摩,更有所得,因此料事如神。后至唐太宗贞观年间,东南蛮奏称海外番目,入扶余国,杀主自立,国已大定。靖知虬髯成功,入告张氏,共沥酒向东南拜贺,藉践前约,世人称为风尘三侠,便指李靖夫妇,及虬髯客三人。事有所本,不得谓为虚诬。这且不必絮表。

单说李靖既得巨赀,格外豪放,到处交游,官吏交相荐誉,遂得显名仕籍,入朝为殿内直长,旋出任马邑郡丞。闻李渊已起兵太原,料他必进攻长安,因借告变为名,自入槛车,解送长安,先行待着。果然长安被破,不出所料,至见了李渊,自知命未该死,乐得当面唐突,不愿乞怜。世民曾与靖会面,且尝闻韩擒虎遗言,自然有意怜才,竭力营救。嗣是靖留居世民幕中,遇事劻襄,无不效力。渊安民已毕,不再加戮,乃奉代王侑为皇帝,即位大兴殿,改元义宁。遥尊炀帝为太上皇,渊自为大丞相,都督内外军事,普封唐王,以武德殿为丞相府,设官治事。仍用裴寂为长史,刘文静为司马,召前尚书左丞李纲为相府司录,专掌选事,前考功郎中窦威为司录参军,使定礼仪,一面追谥祖父虎为景王,父昞为元王,夫人窦氏为穆妃,又命长子建成为世子,次子世民为京兆尹秦公,四子元吉为齐公。

布置已定,忽报西秦霸王薛举僭称秦帝,遣子仁杲入寇扶风,且谋取长安。世民自请出击,渊因令率部众前行,到了扶风境内,遇着仁杲,即大刀阔斧的杀将过去。仁杲抵挡不住,纷纷逃走。扶风太守窦琎,及河池太守萧瑀,均迎谒世民。世民接见如礼,引二人还见乃父。渊命琎为工部尚书燕国公,瑀为礼部尚书宋国公,复遣使慰谕河东,招降屈突通。通正与刘文静等相持月余,尝遣牙将桑显和袭文静营。文静与段志玄等尽力痛击,斩馘无算。显和只带数骑逃回。通势日蹙,留显和遏潼关,自引兵东趋洛阳。显和即率众降文静,文静遣窦琮等,与显和合军追通,通结阵自固。琮遣通子寿劝父归降,通见寿至阵前,大骂道:"此贼何来?前与汝为父子,今与汝作仇雠。"随命左右用箭射寿,寿狼狈奔还。显和出呼通众道:"今京城已陷,汝等皆关中人,去将何往?不若赶紧投降,尚可归见家属。"通众俱释械愿降。通自知不免,下马东向,再拜痛哭道:"臣力屈至此,非敢负国,天地神祇,实所共鉴。"欠一死。部众也不与多言,竟拥通至文静营。文静送通至长安,渊再三慰谕,命为兵部尚书,赐爵蒋公,且遣至河东城下,招谕尧君素。君素登城见通,欷歔泣下,通亦垂泪沾襟,因呼君素道:"我军已败,义兵所指,莫不响应。事势至此,君应早降!"君素正色道:"公为国大臣,主上以关中委公,代王以社稷托公,奈何负国降敌,且为他人作说客呢?"通叹道!"君素!我因力屈乃降。"君素道:"我力尚未屈,何用多言!"说至此,竟自下城。通也觉怀惭,返报李渊。渊因君素家属,寓居长安,即命人将他家眷拘住,令君素妻致书劝降。君素仍然不答。渊调虞州刺史韦义节等,逼攻河东,令刘文静东略弘农各郡,又遣从子孝恭等,抚慰山南山东。云阳令詹俊等,往徇巴蜀,各地陆续投诚。

至义宁二年,渊命建成为抚宁大将军,世民为副,统兵七万,出徇东都。元吉为镇北将军,都督太原十五郡军事。三子受命渡河,东南分趋,忽由江都传到急报,炀帝为宇文化及所弑,另立秦王浩为帝了。渊不禁恸哭道:"我北面事人,不能往救故主,敢忘哀痛么?"未免做作。原来炀帝久驻江都,荒淫日甚。从幸诸臣,无论文武,俱有归志。将作少监宇文智及、与郎将司马德勘、直阁裴虔通等,推兄许公化及为主,谋弑炀帝,乃乘夜纵火,引兵入玄武门,直至东阁,把炀帝牵出,历数过恶,将帝缢死。所有炀帝弟蜀王秀、子齐王暕、赵王杲,及长孙燕王倓以下,无论宗室外戚,一并枭首。又杀大臣虞世基、裴蕴、来护儿、萧巨、许善心等十余人。惟炀帝侄秦王浩,素与智及交好,智及乃转告化及,立浩为帝,令居别宫,只许发诏画敕,不得与闻政事。化及自为大丞相,总百揆,拥众十余万,据有六宫妃嫔,连炀帝后萧氏,也公然被他奸宿,宣淫无忌,一如炀帝。炀帝遇弑,详见《隋史演义》,故此处特从简笔。令弟智及为左仆射,士及为内史令,裴矩为右仆射,特录士及、裴矩两人,为后文降唐张本。留左卫将军陈棱守江都,自劫萧后、秦王浩等,出发江东,拟还长安。沿途仪卫甲仗,悉拟乘舆。夺江都人舟楫,取道彭城水路,陆续启行。虎贲郎将麦孟才,虎牙郎钱杰,与折冲郎将沈光,谋诛化及,事泄被杀。既至彭城,水道不通,复夺百姓牛车，得二千辆，并载宫人珍宝，所有戈甲戎器，无车可载，统令军士背负登途。道远军疲，相率嗟叹。司马德勘复联络郎将赵行枢等，议杀化及，且遣人诣曹州，密结孟海公为外助。孟海公见首回。哪知化及恶贯，尚未满盈。孟海公覆报未来，德勘等机谋已泄。化及佯拟出猎，召德勘等同行，帐下藏着伏兵，竟将德勘等拿下，一并处死。德勘有应死之罪，不得与麦孟才同例。

那时魏公李密，屯兵巩洛，阻住化及。吴兴太守沈法兴，又起据江表十余郡，声讨化及。梁王萧铣，因炀帝被弑，居然称帝，徙都江陵。李渊连得外报，也跃跃欲动，召还建成、世民，胁代王侑禅让帝位。渊受隋禅，明是逼迫而来，故本编书法，概不为讳。看官！你想代王侑是一个庸雏，性命都悬诸渊手，无论渊什么说，只好唯唯从命。一班攀龙附凤的臣僚，当然代为拟诏，今日加唐王九锡，明日许唐王戴十二冕旒，建天子旌旗，出警入跸。至五月戊午日，宣告禅位，其词云：

天祸隋国，大行太上皇遇盗江都，酷甚望夷，衅深骊北，悯予小子，奄造不怒，哀号永感，心情糜溃。仰维荼毒，雏复靡申，形影相吊，罔知启处。相国唐王，膺期命世，扶危拯溺，自北徂南，东征西怨，致九合于诸侯，决百胜于千里。纠率夷夏，大庇旺黎，保父联躬，繄王是赖。德侔造化，功极苍旻，兆庶归心，历数斯在。屈为人臣，载违天命。在昔虞夏，揖让相推，苟非重华，谁堪命禹？勉强附会。今九服崩离，三灵改卜，大运去矣，请避贤路。予本代王，及予而代，天之所废，岂其如是？庶凭稽古之圣，以诛四凶，幸值维新之恩，预充三恪。雪冤耻于皇祖，守禋祀为孝孙，朝闻夕陨，及泉无恨。今遵故事，逊于旧邸，庶官群辟。改事唐朝，宜依前典，趣上尊号。若释重负，感泰兼怀。假手真人，俾除丑逆。济济多士，明知朕意！

禅位诏下，即遣刑部尚书兼太保萧造，司农少卿兼太尉裴之隐，奉皇帝玺绶，至唐王邸中。渊三揖三让，才行受命，吾谁欺，欺天乎？乃改大兴殿为太极殿，择于甲子日登基。是日辰刻，先遣萧造祭告南郊，然后即位。渊年逾五十，须眉斑白，因推五运为土德，服色尚黄，戴黄冕，着黄袍，由侍卫等拥登帝座。宗室贵戚及大臣，趋跄入殿，列班朝贺，跪伏三呼，历史上称为唐高祖皇帝。乃颁诏改义宁二年为唐武德元年，大赦天下。官吏各赐爵一级。义兵过处，给复三年。罢郡置州，改太守为刺史。退朝后赐百官宴，赏赉金帛有差。越日，授世民为尚书令，从子瑗为刑部侍郎，裴寂为右仆射，刘文静为纳言，萧瑀、窦威为内史令，李纲为礼部尚书，窦琎为户部尚书，屈突通为兵部尚书，独孤怀恩为工部尚书。殷开山以下，各晋授官秩。废隋大业律令，另颁新格，即就都城立四亲庙。追尊高祖熙为宣简公,曾祖天锡为懿王,祖虎为景皇帝,庙号太祖。父昞为元皇帝,庙号世祖。祖妣及母皆称后。追谥妃窦氏为太穆皇后,追封皇子玄霸为卫王。立世子建成为太子,封世民为秦王,元吉为齐王,又推恩宗室,凡从弟蜀公孝基以下,封王约得十人。独降故隋帝侑为酅国公,给宅京师,追谥隋太上皇为炀皇帝。江都太守陈稜,因备天子仪卫,改葬炀帝于江都宫西吴公台下。被杀王公,俱列瘗炀帝墓侧,隋朝自此了结。惟东都留守官段达、王世充、元文都等,得炀帝凶问,奉越王侗为皇帝,改元皇泰,与唐为敌。此外各据一方的草头王,互相吞并,最强悍的数部,尚角逐中原,扰攘了好几年。小子有诗叹道:

    历年龙战血玄黄,大统终教属李唐!
    成即帝王败即贼,繇来天道是无常。

欲知各处战争情形,请看官续阅下回。

  红拂夜奔,虬髯让室,事见张说所著《虬髯客传》,而正史不录,论者以为近诬。窃谓张说仕唐,距李靖不过数年,说以能文著名,讵屑以荒唐不经之语,留贻后世。且后世若以说为虚谈,亦将置诸敝麓,何至流传至今,播为艳闻?是可知红拂虬髯,必有其人。曾见《隋唐演义》中,演述是事,且全载二人姓名。红拂妓名出尘,虬髯客名仲坚,而说传无之。张说犹未知其名,宁编《隋唐演义》者,顾独能知之乎?故本编详姓略名,存说传之真也。炀帝被弑,化及骄淫,麦孟才、司马德勘等,先后败事,而于孟才则书谋诛,于德勘则书谋杀,一字不苟,书法直追紫阳。及李氏受禅,名之曰胁,代王封公,名之曰降,书法谨严,尤足与纲目并传,是固足以补正史之未逮,而不得徒目为小说也。

第五回　李密败绩入关中
　　　　　　秦王出奇平陇右

  却说越王侗既称帝东都,命段达、王世充为纳言,元文都为内史令,共掌朝政。会闻宇文化及率众西来,上下震惧,有士人盖琮上书,请招谕李密,合拒化及。元文都等赞成琮议,即用琮为通直散骑常侍,赍敕赐密。先是密亡命入瓦岗,适东都法曹翟让,逃狱至瓦岗寨,纠众为盗。有单雄信、徐世勣、王当仁、王伯当、周文举、李公逸等,群起响应。密遂劝让举义,让自谢不能。凑巧东都

第五回　李密败绩入关中　秦王出奇平陇右

来一李玄英,入伙访密,自述民间歌谣,有桃李章,共计五语。语云:"桃李子,皇后绕扬州,宛转花园里。勿浪语,谁道许。"玄英下一解释,桃逃同音,李指李氏子,释为李氏子逃亡。皇与后统言君主,宛转花园,谓隋主在扬州,终无还日,将宛转自毙园中。莫浪语谁道许两语,暗藏一个密字,因此闻李密名,遂来寻访。既与密遇,即将歌谶告密。密益觉自负,意欲藉让起事。让有军师贾雄,素为让所亲信,密遂与雄相结,嘱令说让。雄乃语让道:"李密系蒲山公后裔,将来必成大事。"让谓密能自立,何必从我。雄复道:"将军姓翟,翟有泽义,蒲非泽不生,故须倚赖将军。"玄英所解已是附会,雄说更觉穿凿。让信以为真,与密情好日笃。密遂劝让攻下荥阳诸县,齐郡丞张须陀,骁勇善战,奉调守荥阳,引兵击让。让欲奔回瓦岗,密竭力劝阻,且为让划策,用埋伏计掩击须陀。须陀败死,让大喜,令密自立一营,号蒲山公营。密又与让袭据兴洛仓,连败东都援兵。让于是推密为主,号为魏公,改元永平,置长史以下官属。让为上柱国司徒东郡公,亦得置吏。单雄信、徐世勣等,俱任大将军,各领所部。祖君彦为记室,传檄讨隋。略取河南诸郡,与唐通书结好,就在此时。第三回既见大略,故本回再行补叙。凡赵魏以南,江淮以北,所有揭竿诸徒,多半归附。

让奉密命,为行军总管,夜率步骑袭东都,焚掠外郭。东都居民,悉数迁入宫城,由王世充等登陴固守。让乃退去。巩县长柴孝和,监察御史郑颋,及虎牢守将裴仁基,次第降密,密各授官职。又得秦叔宝、名琼以字著世。程咬金、罗士信、赵仁基等,均令统兵,声势大振。嗣是与东都将士,屡相攻击,胜败不一。武阳郡丞元宝藏,又举郡降密,密封宝藏为上柱国武阳公。宝藏令门客魏征作启谢密,征系巨鹿人,少贫好读书,始为道士,由宝藏召为书记。密爱他文辞惬当,特召为参军,兼掌记室。征后为太平宰相,故此处叙明履历。宝藏更会同徐世勣军,袭破黎阳仓,发粟赈民,选丁壮为兵。不到十日,得兵三十万名。永安、义阳、弋阳、齐郡,闻风趋附。连窦建德、朱粲等,亦遣使附密。

会王世充调兵十万,来攻洛口,与密夹水列阵。密渡洛与战,为世充所败,奔还洛南,柴孝和等溺死。世充涉洛追击,恰被密回军击退,败窜石子河,再战又败,世充西走,于是密威益振。所有降附诸徒,且奉表劝进。密以东都未平,暂从缓议。偏翟让兄弘,竟语让道:"天子汝当自为,奈何与人?汝若不为,不妨与我。"让司马王儒信,亦劝让自为冢宰,夺密大权。让迟疑未决。总管崔世枢,左长史房彦藻,受让责侮,潜以所闻告密,且劝密除让。密尚未肯从。左司马郑颋道:"毒蛇螫手,壮士断腕,公奈何顾恋私义,自误大局?"导密卖友,不足为训。密乃与数人定计。置酒召让。让与兄弘,及兄子摩侯,司马王儒信,践约入席,俱为所杀,密乃声明让罪,慰抚各营。让本残忍,身死后没人衔哀。但因密忍心负友，也未免心怀顾忌，渐渐的疑贰起来。

密进攻东都，复与王世充相持，越王侗且募兵益世充。偏世充屡战不利，密得据金墉城，东都大震。唐抚宁大将军李建成，副将军世民，又率兵至东都，名为援师，实是略地。城中越加惶急。密军乘势攻城，建成麾兵阻密，密乃引退。既而建成等还归长安，密再拟进攻，适值宇文化及，引兵至黎阳，密将徐世勣扼守仓城，忙遣人向密告急。密回驻清淇，与化及隔水遥语。密朗声道："汝本匈奴皂隶，投入中国，父兄子弟，世受隋恩，累世富贵，举朝无比。主上失德，不能死谏，反行弑逆，不学诸葛瞻的忠诚，反效汉霍瑀的悖恶，天地不容，汝将何往？若速来归我，还可饶汝性命。"化及瞪视良久道："今日只可言战，说甚么书语？"密顾语左右道："化及庸愚至此，还想自作帝王，一何可笑！虽折杖亦可驱他了。"乃深沟高垒，不与化及争锋，且寄语世勣，亦令他掘堑固守，俟化及粮尽退师，再击未迟。化及大修攻具，进攻仓城，苦为城堑所阻，不能得手。世勣从堑下穿通地道，潜师出击，纵火焚化及营。化及大败，攻具多被毁去，惟尚未肯退兵。

密正恐东都夹击，巧值盖琮赍书到来。以上俱是补叙前事。密乃将计就计，自草降表，愿灭化及以赎罪。当下遣使赍表，与盖琮同报越王。越王侗时已称帝，再回顾一语以醒眉目。即册拜密为太尉，兼封魏公，俟荡平化及，入朝辅政。册使既去，元文都等以密肯来降，天下可定，遂就上东门置酒作乐。未免太早。王世充独正色道："朝廷官爵，轻授贼人，敢问意欲何为？"文都闻言，很是不平，因说世充私通化及，不可不防。由是两人有隙。既而化及粮尽退师，北趋魏县，密追蹑得胜，报捷东都。文都等相率称贺，世充偏扬言道："文都等系刀笔吏，看不透盗贼心肠，将来必为李密所擒。且我军屡与密战，杀他部下兵士，前后不可胜计，若密来执政，部众必图报复，我辈将无噍类了。"文都得知此语，转告段达，欲乘世充入朝，伏甲除患。不料段达反通报世充，世充遂乘夜袭含嘉门。文都闻变，即奉隋主侗御乾阳殿，闭门拒守。世充进攻太阳门，斩关直入，令段达进执文都，乱刀处死，即遣部将代为宿卫，然后入见隋主，拜伏谢罪。隋主本无权力，怎好加责，只得引与共语。世充更披发为誓，词泪俱下，说得隋主易疑为信，竟命世充为右仆射，总督内外诸军事。嗣是大权尽属世充，兄弟子侄，各掌重兵，隋主似傀儡一般，一切不能自主，只有南面拱手罢了。

李密已逐去化及，拟入朝东都，闻变乃还，令开洛口仓，即上文兴洛仓。赈民，不设限制，随意取给。群盗竞来就食，不下百万口。东都兵民，亦多因丐食来降，粒米狼戾，随散道旁。密喜语贾润甫道："这乃所谓足食呢。"润甫道："国以民为本，民以食为天，今百姓襁负而来，无非为就食计，乃有司毫不爱惜，一任取携，待至米尽民散，何人与公成大业呢？"言之有理。密乃令润甫判司仓，参军事。王世充揽权东都,阴图取密,佯遣使与密讲和,愿以布易米。密军多米乏衣,许与交易。东都兵民得食,遂无人出降。密方知堕世充计,绝不与交。哪知世充已挑选精兵,饱饲战马,张着永通字号的旗帜,悉锐来攻。密留王伯当守金墉,邴元真守洛口,自引兵出偃师北境,迎击世充。裴仁基献策道:"世充悉众前来,东都必虚,此处可分兵扼守要路,不与他战,另遣精兵三万,绕道河西,径袭东都,世充若去还援,我好前后夹攻,不患不胜了。"的是好计。密颇以为善。偏单雄信、陈智略、樊文超等,主张速战,遂致密亦有战意。仁基苦劝不从,顿足叹道:"公将来必自悔呢!"魏征亦以为言,郑颋目为迂论。密遂主张速战。世充夜遣轻骑潜入北山,伏溪谷中,命兵士皆秣马蓐食,待晓即发,突击密军。密新破宇文化及,士卒已疲,又藐视世充,毫不预防。至敌兵已至军前,仓猝列阵,已是不及。那世充手下的士卒,统是江淮悍旅,拚死冲来,锐不可当。密军尚勉强招架,忽伏兵乘高而下,驰压密营,竟将密众冲作数截。世充又索得一人,状貌类密,把他两手反绑,牵过阵前,佯呼道:"李密已擒住了!"军士大呼万岁。密军已将败退,怎禁得这番哗乱,不由的误认为真,顿时大溃。单雄信、陈智略等,皆降世充。裴仁基、郑颋、祖君彦等,统被世充手下擒去。

密狼狈奔回洛口,谁知守将邴元真,已潜遣人迎世充,反为世充图密。密自知力不能支,东奔虎牢。王伯当亦弃去金墉城,退保河阳。当下集众会议,密尚欲南阻河北,北守太行,东连黎阳,再图进取。诸将道:"兵新失利,众心危惧,若更逗留,恐人尽叛亡,如何能进取呢?"密长叹道:"孤所恃惟众,众既不愿,孤也没法了。"已经一败涂地,还要称孤道寡,岂非增丑?说至此,欲拔剑自刎。伯当忙将密抱住,夺去密剑,且劝且泣,众无不泪下。密乃语众道:"诸君如不相弃,当共归关中,密身虽无功,诸君必保富贵。"众皆应命。密又语伯当道:"将军室家重大,不应与密同行。"伯当道:"昔萧何尽率子弟随从汉王,伯当岂因公失利,遂敢叛去。生愿同行,死愿同殉。"卒成死谶。左右统为感泣,从密入关,共二万人。所有密遗下将帅,与据住州县,多降东都。就是程咬金、秦叔宝等,亦投入世充麾下。惟徐世勣尚守住黎阳,不愿叛密。密既入关,语徒众道:"我拥众百万,解甲归唐,山东连城数百,知我在此,亦当同附,比诸汉时窦融,功亦不小,唐主念我有功,谅应以台司见处呢?"不脱骄态。伯当道:"诚如尊论。"及至长安,入谒唐主,但授密为光禄卿,赐爵邢国公,密大失所望。廷臣又多轻密,因此密复怀异心,这且待后再表。

且说唐高祖李渊,既定都长安,便欲平定陇西。陇西为薛举所据,有众十数万,声势颇盛。举本陇西土豪,为金城府校尉。金城令郝瑗,命举剿盗,举反囚瑗僭号,初称西秦霸王,继且称帝,立子仁杲为太子。仁杲善骑射,绰号万人敌,所至皆捷,尽有陇西。惟扶风一战,为世民所败。应第四回。及武德元年六月,薛举寇泾州,诏遣世民率八总管兵,出都拒战。师至豳岐,世民患疟,令长史纳言刘文静,及司马殷开山,代掌兵事,且嘱勿妄战。开山与文静,违世民诫,竟耀兵高墌,被举潜师袭击,大败亏输。总管慕容罗睺、李安远等皆战殁,士卒十亡五六。世民也只得引还。文静等坐是罢官。越二月,举复遣仁杲围宁州,为刺史胡演击退。未几,举即病死,仁杲嗣立。唐秦州总管窦轨,奉命征仁杲,败绩而还。仁杲复进围泾州。骠骑将军刘感,出城遇伏,为敌所擒,射死城下。长平王李叔良,率兵往援,入城固守,仅得自全。以上是补叙文字。高祖闻警,乃再授世民为西讨元帅,出击仁杲。兵至高墌,仁杲使骁将宗罗睺,率众抵御。罗睺自恃勇悍,径至世民营前,耀武扬威,指名搦战。世民佯若不闻,但命将士坚壁自守,不得妄动,违令立斩。仍然是一条老法子。偏罗睺日来挑战,且加谩骂,惹得唐军性起,个个摩拳擦掌,欲与死战。只是军令难违,不得不入帐请令。世民宣谕道:"我军新败,士气沮丧,贼正恃胜而骄,轻视我军,我宜闭垒自固,养足锐气,彼骄我奋,乃可克敌了。诸君若违我军令,休得后悔!"诸将半信半疑,只因权在他手,不好与他争论,便耐着性子,退出帐外。今日不战,明日又不战,直至五六十日,仍然不战,将士都愤闷得很。

忽由敌营来了一将,带着数百骑,诣营乞降。世民召入,问他姓名,叫作梁胡郎,自言营中乏食,不免就擒,所以率部来降。诸将虑他有诈,复入帐谏阻。世民叱道:"梁将军是见机君子,休得多疑!"遂用好言劝慰,令居后营。一面遣行军总管梁实,移营浅水原,诱敌来攻。反去挑敌,妙极。睺大喜,尽锐攻梁实营。实据险不出。营中乏水,人马数日不饮。罗睺却围攻甚急。世民乃召语诸将道:"今日可出战了。"右武侯大将军庞玉,奋然愿往。世民道:"庞将军可出阵浅水原南,倘贼兵并力来攻,应与奋斗,不得怯退!我自当引兵援应。"庞玉奉命带领部众,至浅水原南,择地布阵。阵方列就,那罗睺已移兵来攻,仗着人多马众,包围庞玉部军,四面环击。庞玉抖擞精神,督军酣战,怎奈敌众层层进逼,凭你如何奋勇,总是杀他不退,反将部兵伤害若干名。庞玉大呼道:"元帅料敌如神,定有精兵来援,大众幸勿畏缩,须要拚死杀敌!我也不愿求生了。"部众闻言,再接再厉,真个是血肉相搏,天地为愁。忽见罗睺阵中,纷纷散窜,一大帅手持长矛,当先突入,后面随着健将数人,奋勇进来,援应庞玉。玉见来帅不是别人,正是西讨元帅秦王世民,不禁踊跃异常。军士无不感奋,便与世民等合击敌众,外面又有唐军接应,表里夹攻,喊杀连天。罗睺部卒已疲,禁不起这支生力军;更兼前后受敌,眼见得抵挡不住,四散奔逃。世民麾军追击,斩首数千级,复提出健卒二千骑,亲自带领,一直穷追。

窦轨系世民从舅,叩马苦谏道:"仁杲尚据坚城,我军虽破罗睺,未可轻进。且收军暂憩,再定进止!"世民道:"我已熟筹过了,今日战势,已如破竹,不可再失了。舅勿复言!"兵法所谓静若处女,出若狡兔,便是此道。遂进攻仁杲所居的折墌城。仁杲列兵城外,与世民夹着泾水。两阵相对,未及交锋。仁杲骁将浑干等数人,已渡水降世民军。那时仁杲知不能战,亟引兵退入城中。日已向暮,大军继至,合力围城,到了夜半,守将多缒城投降,仁杲计穷力竭。没奈何奉表投诚,开城纳世民军。世民入城后,收得精兵万余人,男女五万口。诸将皆入贺世民,且问世民道:"大王一战而胜,遽舍步兵,又无攻具,直趋城下。众皆谓城未可取,乃不日即平,偏为大王所料。敢问大王凭何测度,得此奇功。"世民道:"罗㬋部下,统是陇外悍卒,我出其不意,将他击破。他四处散溃,伤毙不多,我若缓追,他俱入城,再为仁杲收抚,复成劲旅,据城固守,势必难图。惟乘胜急攻,溃卒无城可归,当然散归陇外。折墌虚弱,仁杲破胆,无暇为谋,不降何待? 我所以得告成功哩。"于是诸将皆罗拜道:"大王胜算,诚不易及。"世民道:"我用谋,诸将用力,均为国家建功,何分彼此?"众益悦服。

世民乃押送仁杲还长安,入朝献俘。高祖谕世民道:"薛举父子,多杀我士卒,必尽诛薛氏私党,方可阴慰冤魂。"世民正欲奏阻,早有李密出班奏道:"薛举残杀无辜,所以致亡。陛下一视同仁,除仁杲外,既已降服,不可不抚。"密欲笼络薛党,故有是请,不应视为仁人之言。高祖乃命斩仁杲于市,并首谋数十人,余皆赦罪不问。总计薛氏父子据陇西,五年而亡。仁杲已死,有部将旁企地,已降复叛。企地羌人,举父子倚若长城,他自商洛出汉川,有众数千,四处剽掠。大将庞玉往剿,反为所败。企地至始州,掳得王氏女,逼令野合。女有智谋,须企地屏去部众,方肯从命。至部众去远,复欲与企地行合卺礼。企地为色所迷,取酒同饮。女佯作媚态,劝企地连饮数十觥,企地顿时醉倒。女拔企地佩刀,用力刺企地喉,企地立毙,乃枭首潜奔,送首梁州。梁州刺史以闻,诏封王氏女为崇义夫人。小子有诗咏道:

　　　　悍盗翻为弱女诛,诰封应降大唐都。
　　　　看她仗剑刺喉日,巾帼居然过丈夫。

薛举已平,忽报宇文化及弑秦王浩,自称许帝,朱粲也自称楚帝,取唐邓州,杀死刺史吕子臧,及抚慰使马元规。窦建德复改国号夏,纪元五凤,免不得又有一番征讨事情,容至下回依次叙明。

　　本回叙李密及薛举父子事,前后划清,两不相混,看似寻常叙述,而详略处颇费苦心。且隋唐之交,群雄并起,几不胜举,非经犀利之笔,依次表明,则梳枇不清,易眩人目。尤难在事不同时,兴亡夹出,总叙则失之混淆,分叙则失之间断,此岂率尔操觚,所得成章乎,若论夫李密之败,咎在骄盈,薛仁杲之亡,未始非骄盈所致。古人有言:"骄必败。"密以才智称,尚蹈此失,遑论仁杲耶?故必忍其乃有济,使骄即不足观,谓予不信,盍观是编!

第六回　盛彦师设伏毙叛徒　窦建德兴兵诛逆贼

　　却说宇文化及、及朱粲、窦建德等,僭号称尊,气焰日盛。唐高祖欲依次往讨,忽有一青年妇人,浑身缟素,跟跄趋入,号啕大哭。高祖见了此妇,也不禁老泪潸潸。下笔奇突。看官道此妇是谁?原来是高祖第五女桂阳公主,自高祖受禅后,所有各女,无论嫡出庶出,俱封以公主名号。柴绍妻系是嫡出,特封平阳公主。此女佐父有功,且窦后所生,只此一女,故本文叙桂阳公主处,又附笔带入。此外庶出各女,惟桂阳公主聪颖工诗,亦为高祖所爱,下嫁华州刺史赵慈景。慈景美丰姿,且有膂力,高祖因河东未下,刺史韦义节屡战不利,乃命他为行军总管,与工部尚书独孤怀恩,再率兵往攻。怀恩兵至蒲坂,不设壁垒,骤为隋将尧君素所袭,仓猝败走。独赵慈景挺刃力战,陷入敌阵,卒因力尽援绝,为君素所擒,枭首城外。警耗传达长安,高祖方遣使持诏,诘责怀恩。那桂阳公主,已自闻知,遂易装入见高祖,泣请添兵派将,往报大仇。高祖情关儿女,未免怆怀,不得已劝谕再三,令返家守丧。一面命秦王世民为陕东大行台,所有蒲州及河北兵马,并受节制。世民促独孤怀恩进兵围蒲州,君素百计备御,终不能下。高祖屡遣降将招谕,且允赐铁券,准令免死。君素始终不从。再令君素妻至城下,呼君素道:"隋室已亡,君何自苦?"君素道:"天下名义,岂是妇女所能知晓?"两语说出,接连是飕的一声,那妻已被射倒,急由唐兵救回,已是半死半活了。世民闻君素不降,再调兵助攻。君素以死自誓,每语及国家,无不唏嘘泣下。尝语将士道:"我为国家大义,不得不死。若天已绝隋!别有他属,我当自行断首,付与君等,持取富贵。今城池尚固,仓储甚丰,胜败尚未可知,诸君幸勿怀异呢!"将士等一律感激,且因他平日驭下,严而有恩,因此遵嘱静守。既而仓粟告罄,人自相食,君素部下薛宗,竟刺杀君素,持首出降。隋室忠臣,只有君素一人。怀恩正欲进城,不料城门复闭,他将王行本,复约束兵民,乘城拒守。怀恩不能入,只得把君素首级,函解京师,再行攻扑。偏行本骁悍得很,竟招募死士,出捣怀恩。怀恩不及防备,竟被击退。城内粮道复通,守备益固。这消息报入唐廷,当然下诏切责。怀恩为独孤太后从子,自恃懿戚,负气不下,因遂怀怨望,反与王行本连和,谋附刘武周,及武周为世民所败,始悉怀恩奸状,给令入觐,缚置诸法。另遣将军秦武通攻蒲州，一鼓即下。行本出降，亦枭首以徇。这事已在武德三年，小子因事迹相连，所以一气叙下。惟桂阳公主寂寂寡欢，时增怅触，高祖恐她忧郁成疾，索性劝她再醮，更嫁杨师道，竟得寿终，李唐家法，可见一斑。这且搁下不提。

且说李密出降后，因未得台司，心甚不乐。高祖格外羁縻，常呼他为弟，并把舅女独孤氏，给作妻室。无如狼子野心，不论什么恩礼，总难满他欲壑。王伯当任左武卫将军，亦未如愿，因此两人时设秘谋，常有叛志。适遇大朝会，密列职光禄，应该进食。他却甚以为辱，退语伯当。伯当遂劝密他去，密乃向高祖献策道："臣虚蒙恩宠，毫无报效，回忆山东人士，皆臣旧部，臣愿自往收抚，去讨东都，仰托陛下洪威，取世充当如拾芥呢。"高祖便道："朕闻东都将士，多叛世充，本欲弟乘隙往讨，弟却自愿效力，还有何言！"密复请与旧部王伯当、贾闰甫同行，高祖悉从所请，且引密同升御榻，酹酒为誓。密再拜受命，即偕王、贾二人启行。群臣多进谏道："李密狡猾好叛，今遣使东往，譬如投鱼赴水，纵虎归山，必一去不返了。"高祖笑道："帝王自有天命，非小子所能取，就使叛去，也不足畏。今且令他二贼交斗，我得坐收彼弊，亦未始非目前良策。"此语亦不免自夸。群臣乃默然俱退。密等既出关，长史张宝德独上封章，言密必叛。高祖意乃中变，谕密单骑还阙，与商大计。密得谕，语闰甫道："既遣我去，复召我还，想必朝中有人播弄。我若诣阙，恐无生理，不若袭破桃林，劫取兵粮，渡河而东，直达黎阳，然后可图大事。君意以为何如？"闰甫道："主上待公甚厚，不宜背德，况国家姓名，适应图谶，天下终当一统，公既已委贽称臣，复生异图，就使得破桃林，急切亦无从集兵，一称叛逆，何人相容？今为公计，不若且应朝命，示无贰心。主上见公恭顺，必更遣往山东，此后再作计较便了。"金玉良言。密忿然道："唐令我与绛、灌同列，我如何受命？且彼姓李，我亦姓李，彼若应谶，我亦应谶，彼得关中，我得山东，天与不取，后且受殃。君系我故友，奈何不与我同意？"闰甫又泣谏道："公姓虽云应谶，但近观天时人事，相去甚远。自翟让被杀后，人人都说公弃恩忘本，今日何人再肯助公？大福不再，请公三思！"实是苦口。密听到此处，不由的怒气上冲，竟拔出腰刀，欲杀闰甫。亏得伯当上前劝阻，才觉罢手。伯当亦婉谏道："贾君所言，未始无见，请公审慎为是！"密瞋目道："你亦来说此语么？"伯当道："义士为友尽忠，不以存亡易志。公必不见从，伯当愿与公同死，但恐徒死无益呢？"伯当既知无益，何不自去？密竟杀朝廷使人，撕毁来诏。闰甫恐随行惹祸，竟奔熊州。

密也无暇追回，竟至桃林县署，语县吏道："奉诏暂还京师，随来家属，请暂寄县舍。"县令自然允诺。迟至日暮，密挈妇女数十名，径入县舍。县令复出迎密，不意那当先健妇，竟拔出利刃，恶然一刀，将县令头颅劈碎，倒毙地上。更可怪的,是妇女卸除裙饰,个个变成了赳赳武夫。当下焚库劫仓,掠取粮械,并驱掠徒众,直趋南山,乘险东行,遣人驰赴襄城,通告刺史张善相。善相系密旧将,因令发兵来迎,外面却扬言赴洛。右翊卫将军史万宝,适镇熊州,由贾闰甫报知变端,遂语行军总管盛彦师道:"密系骁贼,又有王伯当相助,必为大患。"彦师笑道:"但用兵数千人,即可枭二贼首级。"万宝道:"计将安出?"彦师道:"兵法尚诈,此时不便与公明言,俟彦师杀贼回来,再与公说明未迟。"胸有智珠。言已,即率兵五千人,逾熊耳山,南据要道,高处伏弓弩手,低处伏刀斧手,且下令道:"俟贼半渡,同时并发。"有偏将问彦师道:"密欲向洛,公乃入山,是何用意?"彦师道:"密素狡诈,向洛乃是伪言,他实欲去走襄城,依张善相,我料他必经此道。若纵令入谷,山路崎岖,但教一人断后,我便不能为力,今我先得入谷,贼必为我擒了。"好诈者卒以诈败。于是静伏以待。果然密与伯当等,逾山而南,彦师早已瞧着,待他半渡,麾伏出击。密部下不过千人,更因首尾两分,不能相救。上面箭似飞蝗,下面刀似削草,凭他如何刁狡,逃不出这张罗网。才经数刻,即将密众杀尽。密与伯当,同时授首。彦师奏凯而回,即将两人首级,函送长安。总计密自起兵至此,六年乃灭。彦师得授爵葛国公,拜武卫将军,仍镇熊州。

时徐世勣尚据黎阳,未有所属,高祖曾遣降臣魏征,征本随李密入关,故云降臣。招世勣降。世勣仍将版籍献密,令他自呈。及密既受戮,高祖复传首相示,世勣北面号恸,表请收葬。有诏许归密尸。世勣举军缟素,葬密于黎阳山南。高祖因他不负故主,称为纯臣,特授黎州总管,封莱国公,赐姓李氏。他本籍隶曹州,以字成名,后人呼他为徐懋功,便是他的表字。俗小说中过誉懋功,说他算无遗策,实则未足取信。故本文倒载而出,特别点明。高祖既除去李密,乃拟出师东征。忽由幽州递到降表,乃是罗艺举州来降。当下阅罢表文,立即颁诏,授为幽州总管。艺将薛万彻、万均,各授官爵。还有黄门侍郎温大雅弟大临,曾在艺处为司马,亦召入长安,命为中书侍郎。看官道罗艺是何等人物?艺本襄阳人,曾仕隋为虎贲郎,随征辽东,留屯涿郡,剿盗屡有功。但素性好刚,为诸将所忌。艺因激动众愤,捕杀郡丞,库储赐战士,仓粟给穷人,境内大悦。柳城、怀远诸城,次第归附,遂自称幽州总管,雄长一隅。及宇文化及至山东,遣使招艺,艺慨然道:"我本隋臣,如何降贼?"因即将来使斩首,为炀帝发丧三日。既而窦建德、高开道等,亦遣人招艺,艺谓属将道:"建德等皆剧贼,不足与共功名,惟唐公起义关中,民望所归,王业必成,我不如归附唐公罢?"温大临极力赞成,艺便命大临草表,赍送长安。至接受诏敕后,突闻窦建德率众十万,自冀州来寇幽州。艺欲出城逆战,薛万均献议道:"敌众我寡,出战必败,不若使羸兵背城,阻水列阵,一面由万均带领健骑,埋伏城旁,待他渡水来攻,将值半济,出兵掩击,定可得胜。"艺依计而行。建德果引兵渡水,甫至中流,伏兵猝发。万均持槊跃马,领着健骑数百人,截击建德。建德知是中计,急忙退还,已是伤亡无数。再分兵旁掠近邑,又被艺遣将击退,建德乃返乐寿城。乐寿系建德根据地,号为金城宫。他本漳南农人,投入军伍,以骁勇得充队长,后因庇匿罪犯,为郡县所侧目。适张金称聚众河曲,高士达聚众清河,四处剽掠,独不入建德里门。郡县益疑建德通盗,捕戮建德家人。建德独奔赴士达,士达奇建德才,委以兵权。隋涿郡太守张绚,出师往讨,被建德用计击毙,威名益著。会隋太仆杨义臣讨平张金称,乘胜击高士达,建德劝士达暂避兵锋,士达不从,一战毕命。建德独率百骑亡去,俟义臣退军,复还为士达发丧,招集旧部,势复大振,自称长乐王,据乐寿为都城,备置百官。寻有大鸟五头,集建德宫。群鸟数万相从,经日始去,建德以为祥瑞,改元五凤。又得玄圭一方,目为天锡。竟以夏禹自拟,复改国号为夏。嗣是破隋将军薛世雄,杀伪魏帝魏身儿,略取冀易定等州,有胜兵十余万人。惟与罗艺对仗,竟至败还。随笔叙出建德履历,好为后文开局。

　　建德懊怅异常,再欲简选精兵,往攻幽州。可巧宇文化及到了魏县,檄招建德,建德召群下会议,且与语道:"我本隋民,隋系我君,今宇文化及,敢行弑逆,就是我的大仇,我欲为天下诛逆,可好么?"此语却是有理。纳言宋正本答道:"大王奋布衣,起漳南,所有隋室列城,陆续趋附,大都是慕义前来。化及本隋室姻戚,乃敢弑君篡国,真是仇不共天,大王应即日发兵,声罪致讨,方不愧为义师呢?"建德大喜,亲自督兵,往攻化及。是时唐淮南王李神通,也奉高祖诏命,进击魏县。化及不能抵御,东走聊城,魏县为神通所拔,且追逼化及,化及自知势孤,就将隋宫中所劫的珍宝,贻送海曲贼帅王薄,乞他援助。王薄贪了贿赂,遂带领徒众,来到聊城,与化及合力拒守,支撑了好多日。突闻窦建德亦督兵来攻,城中很是恐慌,更因粮食将尽,多有怨言。化及不得已投书唐营,情愿出降。神通怒骂道:"弑君逆贼,尚想屈膝求生么?"安抚副使崔世干入谏道:"他愿降,不妨允许。"神通复叱道:"我军暴露已久,无非为诛逆起见,现逆贼已食尽计穷。且夕可克,我当入城诛逆,藉示国威,且好取他玉帛,赏给战士,若今日受降,试问师出何名?且将何物作赏哩?"神通未免太愚,岂降贼不应再诛,贼物不应再取耶?世干又道:"今建德方至,化及未平,内外受敌,我军必败。目前功已垂成,不战可下,奈何贪他玉帛,拒降不受呢?"神通大怒,竟将世干囚住军中。既而宇文士及从济北运粮入城,化及军又得食,遂复拒战。贝州刺史赵君德,在神通麾下,奋勇登城。神通反鸣金收军。君德孤掌难鸣,只好退下,回诘神通何故收军?神通道:"建德兵已将到,不便攻城。"君德向东遥望,尚未见有兵卒到来,料知神通忌功,只好付诸一叹。过了一宵,才闻钲鼓喧天,窦建德督众驰至,神通见他势盛,便引军退去。名曰神通,实是不通。

化及因唐军已退,单敌建德,便放胆出兵,与建德交战。不到数合,被建德杀得七零八落,纷纷败回。化及先策马入城,败军一拥而入,复闭门拒守。建德纵兵围攻,由王薄等登陴防御,相持至晚,幸还没有疏虞。是夕,攻城益急,王薄自恐有失,忙遣人往请化及,同来捍守。至去使返报,化及已安寝了。想是自知必死,乐得与隋宫后妃尽欢一宵。王薄愤愤道:"今夕何夕,还好安寝?想这等酒色狂徒,总难成事,我还顾他做什么?"言已,即令部下大开城门,迎纳夏军。建德麾兵入城,搜捕化及,化及正与萧后酣睡,独斥萧后,笔法严刻。猛闻外面喊杀连天,方才披衣起床,走出寝门,向外乱闯。刚值建德兵到,一把抓住,捆缚起来。还有宇文智及、杨士览、武元达、许弘仁、孟景等,或策马狂奔,或持兵死斗,结果是路穷力绝,均为所擒。建德既扫尽化及余众,即请萧后出见。萧后无可躲避,没奈何靦颜出来。建德对着萧后,却恭恭敬敬的行了臣礼,对着淫妇,行什么臣礼?建德见理不明,故终无结果。复立炀帝神位。素服含哀,然后把宇文智及、杨士览、武元达、许弘仁、孟景五人,推到神主前,枭斩致祭。惟化及尚囚住槛车,并二子承基、承趾,统行拘着。一面收集传国御玺,及卤簿仪仗,并萧后以下等人,下令回国。既至乐寿,方将化及父子,一律磔死。

建德性不渔色,妻曹氏不衣纨绮,婢妾只十余人,得隋宫人数千,悉数遣归,惟萧后无从安顿,独从宫中辟一别室,令她安居。萧后华色未衰,不愿寂处,怎奈建德性格,迥异化及,徒对着春花秋月,闷坐怆怀。凑巧隋义成公主,自突厥来迎萧后。建德问萧后愿否出塞,萧后满口应承,乃遣人送萧后前行。还有炀帝幼孙政道,系齐王暕遗腹子。未曾遭难,向来随着萧后,也令他一同前去。到了突厥,由义成公主接着,当然欢迎。突厥主处罗可汗,系始毕可汗弟,承袭兄位,颇也礼待萧后,且立政道为隋主,令居定襄,萧后方耐心住下。可与处罗作连床梦否?

看官!你道隋朝的义成公主,如何出居突厥?我亦要问。说来又是话长,由小子约略叙明:突厥本匈奴别种,向居漠北,后魏末年,部酋土门,自称伊利可汗,号妻室为可敦,拥众数万,势日强盛。传子俟斤,号木杆可汗。复并吞邻国,威行塞外。北齐北周,分后魏地,互相攻击,各与突厥连姻,倚为外援。及隋文帝篡周自立,俟斤侄沙钵略可汗,欲为周复仇,屡次寇隋,反为隋军所败。隋又行反间计,令俟斤子阿波可汗与沙钵略相攻,夺沙钵略地,自立为国,称西突厥。沙钵略大恐,乃向隋乞和,岁修朝贡。沙钵略死,传弟莫何可汗,莫何又传沙钵略子都蓝可汗。嗣因莫何子染干,向隋求婚,文帝以宗女安义公主,嫁与为妻,礼赐特厚。都蓝因猜忌染干,举兵袭击。染干败走归隋,隋封为启民可汗,赐居夏、胜二州间。安义公主病殁,复将宗女义成公主,给为继室,启民感激非常。寻闻突厥内乱,都蓝被杀,启民乃北归,得主突厥,事隋益恭。启民死,子始毕可汗立。胡俗,子可妻母,复以义成公主为可敦,始毕甚强,隋末群盗,多半臣附,就是唐高祖亦向他称臣。始毕死后,传弟处罗可汗,义成公主复与他配做夫妻。总算随缘。因闻隋室已亡,萧后等寄寓夏国,乃遣使来迎,这也算是钟情骨肉,不忘母家呢。补叙处万不可少。

惟窦建德既遣送萧后,复奉表东都,报明诛逆情形,隋主侗封建德为夏主,建德北面拜受,不意过了两三月,那隋主侗竟被鸩身亡,小子叙述至此,不禁感喟起来,因随记一绝句道:

纷纷乱贼走中原,谁顾三纲及五常?
追溯祸源非旦夕,祖宗造孽子孙当。

欲知隋主侗被鸩缘由,容至下回再叙。

叙事文中,亦有借宾定主法。看本回叙事文,可分四截。前半回先述尧君素事,次述李密事,君素,隋之忠臣也。有君素之忠,以衬李密之诈,君素死且不朽,李密死且贻讥,故君素足为文中之宾,而李密可为文中之主。后半回因罗艺事,折入窦建德事,盖罗艺事少,而建德事多,就时事之相因,连类叙及,是艺为宾而建德为主,宗旨与前半回不同,而文法则同。标目曰击毙叛徒,又曰捕诛逆贼,特举其大者言之。密既投唐,又欲作乱,是明明叛徒也。化及弑君,人人得诛,建德虽一剧盗,亦以诛逆之名畀之,作此书者固寓有史法乎?

第七回　啖人肉烹食段钦使　　讨乱酋击走刘武周

却说隋主侗称帝东都,本是一个现成傀儡,毫无权力,王世充专掌朝政,起初尚佯作谦恭,后来擅杀元文都,及战胜李密,傲然自大,渐露逆谋,到了皇泰隋主侗年号,已见上文。二年三月,竟自称郑王,加九锡。越月,竟将隋主幽禁殿中,自备法驾入宫,居然称帝,改元开明,废隋主为潞国公,立子玄应为太子,玄恕为汉王,余如兄弟宗族等十九人皆为王。世充图逆时,尝使人献印剑,又捏称河清,且罗取杂鸟,书帛系颈,自言符命,纵鸟令去,为野人捕献,各给厚赏,僚属多知他虚诞,啧有烦言。程咬金已改名知节,自李密败后,与秦叔宝同降世充,至是语叔宝道:"王公器量浅狭,好作妄语,此种行为,仿佛似老巫妪,难道好作拨乱主么? 我等须亟图变计。"颇有识见。叔宝亦以为然，可巧唐骠骑将军张孝珉等，来攻世充，世充率知节、叔宝等，赴九曲城，迎战唐兵。尚未交锋，知节、叔宝竟率数十骑西驰百步，复下马遥拜世充道："蒙公厚待，极思报效，只因公猜忌信谗，仆等不便托足，留恐有祸，因此告辞。"态度雍容，不同凡众。世充望见，即饬人追还，哪知两人早已上马，扬鞭驰去，竟入唐营。害得世充瞠目结舌，转恐部将效尤，不若返登大位，颁给赏爵，或可维系军心，乃收兵不战，竟返东都，逼隋主侗下禅位诏，隋主不肯，因把隋主软禁，外面仍托名受禅，也有三表陈让，及敕书敦劝等情，其实统是他一手做成，隋主毫不与闻。

裴仁基及子行俨，本李密部将，因为世充所擒，投降东都。仁基为尚书，行俨为大将军，颇有威名。世充未免怀忌，二人亦心不自安，密与左丞宇文儒童等，谋杀世充，复立隋主，偏有人报知世充，立将二人杀毙，并夷三族，复想出了斩草除根的法儿，竟遣兄子仁则，及家奴梁百年，携了毒酒，去鸩隋主。隋主侗幽禁含凉殿，不能自由行动，惟每日祷佛祈福。呆鸟。及为仁则等所逼，复布席礼佛道："自今以后，愿不复再生帝王家。"也属可怜。乃硬着头皮，饮了鸩酒，一时尚未绝命，被仁则用帛勒死。最可怪的是铜山西崩，洛钟东应，潞国公侗被郑所弑，鄅国公侑病殁唐都，两边都追谥恭帝，不谋而合，岂非奇闻？了代王侑，暗寓刺唐之意。

唐高祖因群雄未靖，剿抚兼施，忽淮安土豪杨士林，聚众万人，袭击伪楚，自称楚帝的朱粲，残虐不仁，大失众望，骤闻外兵攻入，部下多半骇散。粲引亲卒赴淮源，与士林战不多时，又复大溃，慌得粲连忙返奔，直至菊潭，手下已不过百骑，眼见得不能为帝，只好遣人入关，向唐乞降。唐命粲为显州道行台，加封楚王，并遣散骑常侍段确，持节慰问。确至菊潭，与粲相见，粲置酒款待，颇极殷勤。这位段钦使素来嗜酒，对着这种杯中物，好似蚂蚁遇膻，一杯未了，又是一杯，接连喝了数十杯，不觉喜极欲狂，随口乱语，当下笑对朱粲道："闻足下喜吃人肉，究竟人肉有甚滋味？"粲听了此语，明知他有意嘲笑，也忍不住忿怒起来。原来粲前时剽掠淮汉，专掳妇女婴孩，或烹或蒸，作为食品，尝语徒众道："世间美味，无过人肉，但使他国有人，何忧饥馁。"想是老虎变的。因此每破州县，不惜仓粟，往往焚去，至是闻段确相诘，遂勃然道："人肉最美，吃醉人肉，越加适口，好似吃糟猪呢。"确怒骂道："狂贼狂贼！你今日归朝，不过一个唐家奴，你还想吃醉人肉么？"粲此时亦含有酒意，便瞋目道："吃你何妨！"说至此，即指麾左右，就座上拿确，确随员只有数人，哪里招架得住？都被他陆续捆住，一刀一个，尽行杀死，吩咐军士洗刷烹调，供大家饱餐一顿，乘着果腹时候，索性将菊潭人民，屠戮垂尽，径往东都投降王世充。世充令署龙骧大将军。

唐高祖闻段确被烹，顿时大愤，亟欲发兵讨粲，旋接外廷军报，粲已奔投王世充去了。高祖乃召群臣商议，群臣以世充方强，非旦夕可能剿灭，应先储粮积粟，秣马厉兵，俟军实已足，然后出师，可期必胜。于是制定租庸调法，法以人丁为本，田有租，身有庸，户有调，酌量定额，支配悉均，又编置十二军，分屯关内诸府，皆取天星为名。每军将副各一人，无事督耕，有事出战，渐渐的兵精粮足，所向无前。兴邦之本，故特表明。是时宇文士及，尚在济北，伊妹曾入唐为昭仪，颇得高祖欢心，高祖又素善士及，遂召为上仪同。还有故隋臣封德彝，与士及同时入朝，高祖因他谄诈不忠，罢遣就舍，德彝揣摩迎合，挟策干进，也得入拜内史舍人，寻且迁官侍郎。独民部尚书刘文静，初因佐命有功，甚邀主眷，至泾州一役，违令致败，坐罪夺职。见第五回。后来陇西告平，仍复爵邑，列职尚书，文静自恃材能，意尚未足，且因裴寂任右仆射，位在己上，功出己下，更觉愤愤不平。平时与寂论事，屡有龃龉，遂生嫌隙，会家中屡见怪物，文静弟文起，召巫禳灾，披发衔刀，诵咒镇符。有文静妾失宠衔怨，竟令兄上书告变，诬文静兄弟为巫蛊事。高祖遂令裴寂问状，冤家碰着对头，当然锻炼成狱，定了死刑。秦王世民固请道："前在晋阳，文静曾首建大计，乃告寂知。及入关以后，恩宠悬殊。文静怨望，不可谓无，谋反事断不致有，宜赐恩赦罪，矜全首功。"高祖尚是踌躇，偏裴寂又入奏道："文静才略过人，性实阴险，今天下未定，若留此人，必为后患。"睚眦之怨，一至于此。高祖点首称善，即令拿下文静兄弟，推出斩首。文静临刑长叹道："高鸟尽，良弓藏，此语果不谬呢！"何不早学范大夫？用佞戮功，类志之，以见高祖之谬。文静既死，裴寂益得上宠，忽由晋阳递到急报，乃是刘武周屡攻并州，乞即济师。高祖乃命寂为晋阳道行军总管，助太原都督齐王元吉，拒守并州。寂奉命出都，适有一队人马，押着一个草头王，入都献俘。城闉内外，一出一入，正是戈鋋蔽日，旗纛摩空，说不尽威武气象。看官道囚解进京的俘虏，究是何方草寇？小子于第一回中，叙及四方枭雄，曾有李轨起河西一语，轨系凉州豪民，喜赒人急，为乡里所悦服，寻为武威司马。自薛举据有金城，轨亦欲乘势称雄，遂结豪民及诸胡，攻克内苑城，自称凉王，薛举遣将击轨，反为轨兵所败，轨因连拔张掖、敦煌、西平、枹罕诸郡，尽有河西地。唐欲西讨薛举，曾遣使赍给玺书，称为从弟，令他助征陇右，轨颇自喜，遣弟懋入朝，懋得受命为大将军，与唐使张俟德还河西，册轨为凉王，兼凉州总管。哪知轨已僭号称帝，改元安乐，及俟德到来，居然南面召见，俟德面折廷争，乃稍加礼貌，且私与群下会议道："李氏已有天下，历数所归，我不如削去帝号，东向受封为是。"轨若抱定此旨，也不至悬首藁街。尚书右仆射曹珍道："大凉奄有河右，已为帝国，奈何再受人册封？必欲以小事大，请援萧詧事魏故例，对梁称帝，对魏称臣。"轨点首道："此策甚善。"因作表谢唐，遣左丞邓晓，偕张俟德入朝奉表，高祖展览表文，首二句是："皇从弟大凉皇帝臣轨，奉表兄大唐皇帝陛下。"不由的气忿道："轨称朕为兄，明明是不守臣礼呢！"当下拘晓入狱，贻书吐谷浑，吐读如突，谷读如欲。令起兵击轨。吐谷浑为鲜卑支族，建牙西域，隋时叛服靡常，炀帝尝遣将出征，部酋伏允，败奔党项，有子顺曾入质隋朝，留居长安，隋末大乱，伏允收还故地，唐高祖与他连和，遣归质子，伏允甚喜，愿奉朝贡。至得高祖书，即发兵进逼河西，轨不得不出兵防御，国内未免空虚。轨有属将安修仁，受轨命为户部尚书，与吏部尚书梁硕有隙，轨子仲琰，亦因硕傲不为礼，与修仁朋比谮硕，轨竟将硕鸩死。硕尝助轨有功，自被鸩死后，群下多怀疑惧，阴生贰心。修仁兄安兴贵，却在唐为官，尝与修仁通书，得知河西虚实，于是上书唐廷，愿诣凉州招轨。高祖召问兴贵道"轨据有河西，僭称皇帝。岂汝口舌所能下？"兴贵道："臣家居凉州，颇有宿望，为民夷所附。弟修仁现在轨下，得轨信任，轨若听臣，不必说了，否则臣伺隙以图，亦无不济。"高祖乃遣令西行，不数日已到凉州，由修仁替他先容，得进任左右卫大将军。修仁因说轨道："凉州偏僻，财力凋敝，虽有胜兵十万，无险可扼，终难成事。且西北与戎狄为邻，非我族类，必为我患。今唐室席据京师，略定中原，战必胜，攻必取，混一区宇，便在目前，若举河西地归唐，唐必世予封爵，就是汉朝窦融，也未足比拟了。"轨迟疑半响，方奋然道："唐为东帝，我岂不得为西帝？汝今从东来，莫非为唐做说客么？"兴贵忙谢道："古人有言，'富贵不归故乡，如衣锦夜行。'今同宗均蒙委任，何敢生异？不过愚见所及，略表区区，可行与否，仍候钧裁！"轨乃无言。兴贵退出，即与修仁暗结诸胡，里应外合，踏破大凉城。轨战败被擒，由兴贵兄弟，囚轨入都。高祖责他倔强，命斩西市，授兴贵兄弟为左右武侯大将军，各赐田宅及金帛，河西遂平，总计李轨兴亡，只隔三年。邓晓释出狱中，入朝谢恩，舞蹈称庆。高祖正色道："汝非凉国使臣么？国亡不慽，主死不悲，乃反欲取悦朕心，奸佞可知！汝事轨不忠，尚肯尽心事朕么？"言毕，将晓斥退，可见马屁亦不易拍。晓报颜自去。

　　高祖已无西顾忧，乐得锐图东略，偏沈法兴僭号毗陵，自称梁王，李子通僭号江都，自称吴帝，真个是一波才平，一波又起。刘武周又猖獗得很，屡寇并州，齐王元吉，力不能拒，添了一个行军总管裴寂，总道他老成练达，决胜无疑，谁知他一败涂地，反把那晋州以北的城镇，尽行失去。那齐王元吉，闻败惊心，夜携妻妾奔还长安，好好一座太原城，平白地让与刘武周，险些儿将河东一带，拱手畀人，这岂非出人意外么？看官欲知唐军败状，且先说明刘武周来历。折入刘武周，也不肯使一直笔。武周祖籍瀛州，随父匡徙居马邑，少善骑射，喜交豪杰，兄山伯尝詈辱道："汝择交不慎，必覆吾宗。"武周竟赴洛阳，投入隋太仆杨义臣帐下，后随炀帝征辽，得补校尉。未几返至马邑，太守王仁恭爱他骁勇，令统帐下亲卒，随侍左右，日久相狎，与仁恭侍儿有染，情好日深，他恐事发被诛，索性先下手为强，密结里中恶少年，入杀仁恭，持首出徇郡中，无人敢动。<small>奸淫好杀，怎得有好结果。</small>当下开仓赈穷，收得徒众万余人，自称太守，雁门丞陈孝意、虎贲郎将王智辩，合兵往攻，被他击败，乘胜入汾阳宫，掠得宫人，献与突厥。突厥报以良马，并赠狼头纛一面，立他为定扬可汗，他遂僭称皇帝，改元天兴。适易州贼帅宋金刚，有众万余，与魏刀儿连结。刀儿为窦建德所灭，金刚往援，也为所败，乃率残众投奔武周，武周大喜，封为宋王，委以兵事。金刚亦喜得知遇，愿效驰驱。武周有妹及笄，尚未适人，此时正在择婿，金刚独出去故妻，做了自荐的毛遂，武周方有意笼络，允把妹子嫁给了他。<small>盗贼心肠，不谋而合。</small>他遂劝武周进图晋阳，南向争天下。武周命为西南道大行台，统兵三万入寇，破榆次，拔介州，进攻并州及太原。唐左武卫大将军姜宝谊，及行军总管李仲文，出师往剿，俱为所掳。宝谊被杀，仲文逃归。齐王元吉一再告急，高祖乃遣裴寂往征。寂引军至介休，驻营度索原，汲饮涧水。金刚遏住上流，寂军无水可饮，移营他就。仓猝间为敌所乘，竟至全营溃乱，散亡略尽。寂一日一夜，奔回晋州。元吉大惧，召司马刘德威入议，德威也无法可施，勉强说了一个"守"字。元吉佯嘱德威道："汝率老幼守城，我领强兵出战。"德威唯唯而出。谁意元吉托词出兵，夜间挈着妻妾，一溜烟的逃归长安。<small>补叙已完，下段是承接文字。</small>于是宋金刚攻入晋州，刘武周攻入并州及太原。总管裴寂，日日退兵。寇锋直逼绛州，陷入龙门，未几又陷入浍州。浍州附近，为虞、泰二州，当然吃紧。寂并不往防，但络绎发使，促州吏收民入城，焚民积聚。民惊扰愁怨，群思为乱。夏县民吕崇茂，乘势聚众，起应武周，自称魏王，四出劫掠。寂连得警报，只好往剿崇茂，偏部下都不耐战，一经对垒，便有退志。崇茂鼓众杀来，眼见得寂军倒退，纷纷溃散，寂也飞马逃回，没奈何拜本乞援。高祖令永安王李孝基，与陕州总管于筠，内史侍郎唐俭等，助剿崇茂，一面发出手敕，饬关中守将，严行堵御，所有河东一带，暂行弃置。

这敕一下，恼动了秦王世民，即奋然上表道："太原为王业所基，乃是国家根本，河东殷实，京邑全仗资助，若因兵势稍挫，遽尔轻弃，恐河东不保，必及关西，愿假臣精兵三万，出讨武周，定能殄平剧贼，克复汾晋。"<small>唐室只赖此人。</small>高祖乃尽发关中将士，归世民节制，令击武周。世民即于武德二年十一月，引兵至龙门，巧值河冰方坚，扬鞭急渡，到了柏壁，前面驻有敌营，敌帅就是宋金刚，世民择险驻军，坚壁不战，惟传檄各郡，令他接济军需，各郡吏正相观望，骤闻世民为帅，争来趋附，陆续输运粮食，解到军前。<small>是谓声望服人。</small>世民休兵秣马,但命偏裨抄掠敌营,敌出即退,敌退复进,惹得金刚性起,率众来攻。世民仍按兵不动,只用硬弓强矢,接连射去,一骁将应弦而倒,金刚乃退,世民照旧办事。蓦接夏县败报,永安王孝基等,全军覆没,连孝基以下,均被掳去,不由的大愤道:"贼势有这般厉害吗?待我自去督剿罢!"言未已,有二将军入帐道:"此处不便移军,但由末将等前去,即可破敌。"世民视之,乃是兵部尚书殷开山及行军总管秦叔宝,便大喜道:"二将军既愿同往,胜似我行。惟贼已得胜,必然还军,最好是中途邀击,攻他无备,定可得胜。"二将领命前行,途次探得消息,系是武周部将尉迟恭字敬德。寻相,往助崇茂,夹攻唐军,因致败没;现已掳得李孝基等,还军浍州,将至美良川了。叙明孝基被掳情由。当下兼程前进,驰至美良川,正值尉迟恭等率军半渡,两将麾军急击,任你尉迟恭如何骁勇,已是不能成军。唐兵东劈西斫,前刺后戳,斩得敌首二千余级,方才收军。惟尉迟恭等遁去,孝基等亦不能夺回。两将恐穷追有失,驰还大营。世民录两将功,仍然不战。诸将屡请出捣敌营,世民道:"金刚悬军深入,兵精将猛,利在速战,我闭营养锐,静挫寇锋,待他粮尽,自当遁走,那时自可追击哩。"自是两军相持,竟至逾年。已是武德三年。

刘武周寇潞州,被唐将王行敏击退,转寇浩州,又被唐将李仲文、张纶等击走,接连丧师失律,军威大挫。宋金刚锐气亦衰,粮运不继,只好回军北走。世民督兵追逐,一昼夜行二百余里,至高壁岭,只有少许敌军,不值唐兵一扫。将士请驻军待粮,世民不从,忍饥疾驰,一直至雀鼠谷,始追及敌军。金刚且战且行,交锋至八次,俱被世民杀败,俘斩达数万人,金刚落荒遁去。世民已三日不解甲,二日不进食。军中止有一羊,乃命烹食,分给将士,稍稍疗饥,复引兵趋介休。金刚已入介休城,尚有余众二万,开门出战,背城列阵,世民令前军应敌,自率后军绕出敌后,夹击金刚。金刚大败,轻骑复遁。世民追击数十里,斩首三千级。尉迟恭、寻相等,尚守介休,世民遣使招谕,两人遂降。尉迟恭部下计八千人,世民令参入各营,且命恭为右府统军。屈突通虑恭为变,屡谏世民。世民道:"我方喜得良将,请君勿言!"旋由陕州总管于筠,自敌营逃归,报称刘武周在并州,现已势穷,有北遁意。世民即驱军薄并州。到了城下,城门已是大开,刘武周早出城遁去了。世民平河东,与陇西相似,而笔下无复语,亦见苦心。小子有诗赞世民道:

    披襟独具大王风,谋定应成百战功。
    薛氏已亡刘亦灭,威名从此振西东。

  毕竟刘武周遁往何处?容至下回表明。

朱粲也，李轨也，刘武周也，皆据有一隅，悍然称尊。粲势最弱，性最不仁，禽兽犹不食其类，粲乃以人食人，何其残忍乃尔？段确奉命慰谕，竟为所烹，虽确亦有自取之咎，而粲之恶益著矣。李轨喜赒人急，乃为乡里所推，乘乱称雄，较诸朱粲，毋乃霄壤，然小加大，疏间亲，塞明蔽聪，不亡何待？武周逆乱背德，虐不若粲，而不义亦甚，所恃者一宋金刚，而金刚甘负糟糠，忍心害理，犹之一武周也。惟连陷汾晋，厥锋甚锐，元吉遁，裴寂逃，孝基等且被擒，微秦王世民，其何自克复乎？本回依次叙述，俱有声采，其间插入立法用人一段，亦关紧要，不得视为闲笔，妙在随势曲折，穿插无痕，于另笔提入处，亦有钩心斗角之工。首段承接前回，因越王侗事，遂连及代王侑，按诸唐史岁月，毫不紊乱，非熟读史事，及笔性聪明，乌能有此巧构也？

第八回　　河朔修和还旧俘
　　　　　　郑兵战败保孤城

　　却说武周闻金刚败还，料唐军必攻并州，即开城遁往突厥。世民入并州城，不戮一人，再进军攻晋阳，守将杨伏念举城迎降。侍郎唐俭，前与永安王孝基，同被擒禁，俭至此得释，惟孝基已为武周所杀。孝基为世民从叔，尸骸暴露，由世民收尸殓葬，一面分兵收服余郡，于是武周所得州县，悉数归唐。宋金刚收集残众，意欲回兵再战，奈部众闻一战字，统是胆战心惊，又复散去。金刚也只得北走突厥，已而自突厥走上谷，为突厥所追获，腰斩以徇。武周居突厥数月，亦欲亡归马邑，偏被突厥闻知，也将他杀死。先是武周南寇，谋臣苑君璋进谏道："唐以一州兵取三辅，三辅指关中言。所向披靡，此乃天命，非人力所可与争。太原南多险阻，今悬军深入，后无援应，一或失败，尽隳前功，不如北结突厥，南结唐朝，南面称孤，最为上策。"武周不听，及败奔突厥，方泣语君璋道："不用公言，竟至如此。"嗟何及矣。君璋随武周奔突厥，武周被杀，突厥命君璋为大行台，统领武周部曲，后来引突厥攻代州，为刺史王孝德击退，唐屡遣人招降，一再抗命，且进扰马邑及太原，至突厥渐衰，方率所部降唐，得拜安州都督，兼芮国公，竟得贵显终身，这且搁过不提。

　　且说世民既平定太原，上书报捷，静待后命。高祖命李仲文为并州总管，唐俭为并州道安抚大使，留镇晋阳，促世民班师回朝。世民奉诏还都，饮至受赏，不消细表。高祖召宴群臣，酒酣与语道："今薛、刘二寇，已皆剿灭，此外如王薄、郭子和蒋弘度、徐师顺、李义满、綦公顺等，均次第来降，借高祖口中，叙入群盗，以省笔墨。惟窦建德、王世充，负固恃强，屡寇边境，建德且虏朕从弟淮安王及朕妹同安公主,朕决不与干休,现拟先讨建德,后讨世充。"世民独进言道:"世充残虐,神人共愤,臣意拟先行往讨,一面与建德暂行议和,令归我皇叔、皇姑。俟世充平后,移军北指,建德如肯投诚,不必说了,否则再剿未迟。"先讨世充,名正言顺。高祖道:"建德若肯归我弟妹,自当先讨世充了。"及宴饮已毕,乃派使赴洺州,与建德修好,索还淮安王神通及同安长公主。

原来神通曾为山东安抚大使,防御建德。建德竟连陷邢、沧、洺、相等州,神通不能拒,往依黎阳李世勣,且令慰抚使张道源镇守赵州。建德进薄赵州城下,道源与总管张志昂,登城拒守,禁不住敌军猛扑,竟被攻入。两张巷战不支,一并成擒。建德叱令斩首,国子祭酒凌敬道:"人臣各为其主,彼坚守不下,实是忠臣。大王若将他杀死,奈何策励臣下?"建德乃将二人释缚,留居军中,再引兵趋卫州,前队过黎阳三十里,李世勣遣骑将邱孝刚,率二百骑侦探敌踪,途中与建德相遇,孝刚素善马槊,自恃骁勇,即突击建德,建德败走,后军进援建德,孝刚寡不敌众,竟至战死,建德迁怒黎阳,引兵还攻,城中不及预防,突被攻陷。淮安王神通,竟被掳去,同安公主为高祖胞妹,本嫁隋刺史王裕,寓居黎阳,也为所掳。还有秘书丞魏征,曾奉高祖命招降世勣,羁留未返,事见第六回。至此亦作了俘囚,世勣仓猝走脱,连家属都不及携奔。建德拿住世勣父盖,迫令招降,世勣得了父书,默想多时,方还见建德。建德令世勣为左骁卫将军,仍守黎阳,惟留盖为质,授魏征起居舍人,馆待神通及公主,复自督兵攻滑州。滑州刺史王轨,正拟守城,蓦为怨奴刺死,携首献建德军前。建德问明原委,大怒道:"奴敢杀主,悖逆极了。"即令左右缚奴处斩,仍返轨首至滑州,嘱令合尸以葬。建德颇知仁义。吏民感悦,即日请降。嗣是附近州县,统望风输款,并豫州盗徐圆朗,亦致书投诚。

建德乃还都洺州。世勣仍欲归唐,恐祸及乃父,谋诸故人郭孝恪。孝恪道:"君新附窦氏,动必见疑,计惟先为立功,俾他信任,然后可图反正呢。"世勣乃袭破嘉县,进击新乡,掳世充将刘黑闼,押献建德。建德大喜,署黑闼为将军,且嘉奖世勣。世勣复请取孟海公所据曹、戴二州,建德遂遣妻兄曹旦,率众五万,往会世勣,并言将亲自策应。世勣闻曹旦传言,拟俟建德至营,掩杀了他,乘势夺还父盖,及建德土地归唐,那知待了数日,并不见建德到来。曹旦又侵掠河南,人民交怨,世勣忍耐不住,率部众袭曹旦营,偏曹旦预先防备,无隙可乘。自思不便再留,即与郭孝恪等数十骑奔唐。建德闻世勣西去,不过长叹数声,群下请速诛徐盖,建德道:"世勣唐臣,为我所虏,不忘本朝,也是忠臣的素志,我何忍罪及乃父呢?"竟释盖不诛。

惟与罗艺一再交兵,始终不克。大将军王伏宝,勇冠军中,免不得侮弄诸将,诸将因此挟仇,诬称他有叛志。建德信为真情,遽令处死。伏宝大呼道:

第八回 河朔修和还旧俘 郑兵战败保孤城

"陛下奈何听信谗言,自斩左右手呢?"建德仍以为诳语,竟把他枭首示众。这是建德第一错着。嗣是失一骁将,战数不利。可巧唐使到来,赍书通好,建德恰也情愿,许将淮安王神通及同安公主,偕唐使同归,一面起兵二十万,复攻幽州,仗着兵多将勇,四处缘梯,鼓噪登城,不意背后忽突入敌军,悍鸷绝伦,锐不可当。建德部下,立脚不住,当然倒退。城内复杀出罗艺,自率精兵来攻建德,建德仓皇失措,不及收军,慌忙返走;那踊跃登城的将士,也下城窜去,脚生得长的,还幸逃性命,稍迟一步,便做了无头鬼,横尸城下。看官道建德背后的敌军,从何而来?其实就是城中二薛。薛万均兄弟,因见建德大举前来,自恐不能坚守,乃募敢死士百人,凿通地道,潜行而出,掩至建德后面,一阵痛杀。又得罗艺出来夹攻,便将建德击退,罗艺乘胜薄建德营,建德已招集全军,填堑出战,麾众奋斗,究竟艺兵寡力单,杀不过建德,只好败回城中。建德复进兵围城,艺与万彻万均等,勉力捍御,且遣使告急渔阳,求发援兵。渔阳为高开道所据,自称燕王,他本沧州人氏,世业煎盐,隋末朔方盗起,也纠众作乱,始据北平,继陷渔阳。适怀戎僧人高昙晟,戕官据县,自号大乘皇帝,以尼静宣为后,建元法纶,和尚配尼姑,确是相当。遣使与开道约为兄弟,开道引众往从,留居三月,竟掩杀昙晟,并有怀戎部曲,尼姑皇后,如何发落?可惜史中不载。也居然改易正朔,署置百官。既接罗艺来书,乐得发兵扬威,自率二千骑驰救幽州。建德见援兵到来,恐再蹈覆辙,也即退还。罗艺出迎开道,入城宴叙,席间劝开道归唐,开道也即照允,遂因艺遣使进表,愿作唐藩。唐封艺为燕郡王,开道为北平郡王,均赐姓李氏,艺与开道,各受册封,辖境如故。

是时唐高祖因东和建德,弟妹来归,即遣秦王世民,督诸军讨王世充。世充曾屡寇唐境,多不能下,反失去爱将罗士信。罗士信及李君羡田留安,依次投唐。唐以士信骁勇,命为陕西道行军总管,随世民东征。世民即用为先锋,进围慈涧,王世充闻唐军东下,派兄弟子侄等,防守各城,且恐群下叛亡,特立厉禁,一人失踪,全家俱戮。即此一法,已足致亡。自将战兵三万,援慈涧城。世民亲率轻骑,往侦世充,途中猝与相遇,众寡不敌,竟为所围,乃左右驰射,箭无虚发,射毙世充部下数十人。世充骁将燕琪,跃马来刺世民,相去数步,但听箭簇一响,已是应声而倒,立被唐军擒住。世充知不可取,引兵退去。世民驰还营中,翌日率步骑五万,直抵慈涧,援应士信,守兵骇散,弃城归洛。世民驱军入城,因派遣诸将,分道进兵。行军总管史万宝,自宜阳南入龙门,将军刘德威,自太行东围河内,上谷公王君廓,自洛口断敌饷道,怀州总管黄君汉,自河阴攻回洛城,四路偏师,奉令而去。世民自督大军,连营北邙,步步进逼,且传檄各郡,劝令速降。洧州长史张公谨与刺史崔枢,举城归附,邓州土豪,也执世充所署刺史,献俘军前。总管黄君汉一军,用舟师袭破回洛城,连下二十余堡,世充子玄应,趋攻回洛,连日不克,于是世充自统锐卒,列阵青城宫,来敌世民。世民隔水置阵,与他相对。世充遥语世民道:"隋室倾覆,唐帝关中,郑帝河南,世充未尝西侵,王独举兵东来,是何用意?"世民令宇文士及应声道:"四海以内,皆奉大唐正朔,独公执迷不悟,为此前来问罪。"何不责他杀逆事,想是投鼠忌器,所以讳言。世充又道:"天下扰乱,已历数年,长安洛阳,各有分地,若相与罢兵讲好,岂不甚善?"世民又使士及回应道:"我只奉诏取东都,不闻令我讲好,公若解甲归降,当可保全富贵,否则决一胜负,不必多言!"世充乃默不复语。相持至暮,各自退归。既而显州总管田瓒,举所部二十五州降唐。瓒系杨士林长史,士林击败朱粲,奉表唐廷,献汉东四郡版籍,唐命为显州道行台。士林阳受唐封,暗中却南通萧铣,北结世充。唐正欲遣将往讨,士林已为瓒所杀,竟向世充处请降。世充令为显州总管。至是瓒闻唐军大举,屡败世充,乃复举属地归唐。自是襄汉声闻,与世充绝不相通。唐总管史万宝,进攻甘泉宫,王君廓又进拔辗辕,河南大恐,各州县相率来降。

世民在军,每夕必检查将士,忽不见降将寻相,并前时河东降卒,亦多亡去。寻相与尉迟恭曾同时归降世民,至寻相一逃,尉迟恭当然遭嫌。屈突通、殷开山等竟将尉迟恭拿下,入帐白世民道:"敬德注见前。骁勇绝伦,恐滋后患,不如趁早杀却,借杜祸根。现已拿至帐下,听候处决!"世民瞿然道:"二君以寻相叛去,遂疑及敬德么?要知敬德若叛,必不落寻相后。今敬德尚存,显见得无叛志呢。"说至此,即趋出帐外,亲与释缚,又引入卧室内,取金相赠道:"丈夫意气相期,勿以小嫌介意,必欲他去,此金可作路资,聊表袍泽谊,我怎肯因谗害正呢?"尉迟恭闻言下拜,不禁涕泣道:"大王如此相待,恭非木石,宁不知感,誓为大王效死,厚赠实不敢受。"世民扶他起身道:"将军果肯屈留,金不妨受。"尉迟恭仍然固辞,世民乃道:"留此以作后赏。"恭拜谢而退。世民真善于驭将。

隔了一宿,世民率五百骑巡行战地,猝遇王世充掩至,步骑不下万余,为首的乃是单雄信,手持长矟,来刺世民。世民忙拔刀招架,怎奈短不敌长,几乎手忙脚乱,突来了一员大将,从刺斜里横戳雄信,雄信坠马,由他部下救去。那来将护住世民,驰出战线;再率骑兵还战,出入世充阵中,左挑右拨,横厉无前。屈突通复引大兵继至,来援那将,一番酣斗,斩首至千余级。世充丧胆宵去,留冠军大将军陈智略断后,那将追赶过去,趁手一矟,立将智略击落马下,由唐军活捉而来,乃收兵回寨,进谒世民。世民起座迎劳道:"众将疑公必叛,我谓公无他意,相报竟这般速么?"遂赐他金银一箧,那将方才拜受。究竟那将是谁?看官不必多猜,便可知是尉迟敬德。当下检验俘虏,除陈智略外,获得排矟兵六十名,俱称愿降。世民安插已毕,复来了敌将张镇周,亦入营投诚,均由世民推恩录用。嗣是远近闻风,争相趋附。杜才干以濮州降,杨庆以管州降,魏陆以荥州降,王雄以阳城降,王要汉以汴州降,徐毅以随州降,接连是许亳十一州,都来请降。

转眼间已是武德四年,梁州总管程嘉会,亦率部众来降。世民复招抚淮南杜伏威,助剿世充。伏威本齐州人,与同里辅公祏,亡命为盗,出没江淮,据有历阳,自号吴王。及得世民招谕,乃输款唐廷,受唐封册,即遣部将陈正通、徐绍宗率精兵二千,来助世民,攻下大梁。世民复挑选精骑十余骑,均着皂衣玄甲,分为左右队,令秦叔宝、程知节、尉迟恭、翟长孙为偏帅,自为统帅,每战即作为冲锋,无坚不破。屈突通、窦轨等,按视行营,为世充所袭,几至败衄。世民闻警,急率玄甲兵往救,驰入敌阵,好似苍龙搅海,骇浪奔腾,杀得世充弃甲曳兵,逃归洛阳。世充子玄应,因攻回洛城不下,移戍虎牢,至是闻世充败归,亦收运储粟,拚命还洛。简直是同去就死了。世民乃使宇文士及,驰还长安,奏请进围东都。高祖准奏,并语士及道:"返语尔王,如得洛阳,乘舆法物,图籍器械等,可收取来朝。子女玉帛,悉赐将士。"士及受命,还白世民。世民仍移军青城宫,壁垒未立,王世充已率健卒二万,出临谷水,负险列阵,唐将皆有畏心。世民驻营北邙,登高遥望,下语诸将道:"贼势穷了,悉众前来。侥幸一战,我今日若得破他,他自然不敢再出了。"此语寓激励意,所以释诸将之疑虑。遂召屈突通入帐,令率步卒五千,渡水挑战,临行时授以要语道:"如已交锋,速即纵烟,我当亲来接应。"通唯唯而去。

世民令将士裹甲以待,自己专瞭望烟起,俄见隔岸有青烟一缕,飞入云霄,因即一跃上马,当先驰去。将士等鱼贯而进,踊跃渡河,与通合军力战。世民欲知敌阵厚薄,独率数十骑冒险突入,从阵前杀到阵后,众皆披靡。蓦见前面有长堤阻住,只好退转,仍从敌阵中杀回。那时人自为战,不能相顾,世民与从骑相失,随身只一邱行恭,世充部下,有数骑来追,且用强箭射世民。世民身上,好似有神祇护卫,箭不能入,偏马竟中箭欲踣,险些儿将世民掀翻,亏得世民先已跳下,才免倾跌,马竟倒毙。世民专喜冒险,若非神助,恐亦难免。行恭忙回马接箭,箭一到手,发无不中,接连射毙数人,追骑不敢径前,乃下马授世民辔,请他上马,自在马前步行,手执长刀,距跃大呼,砍死敌人复数名,始得突阵而出,返入大军,再行督战。世充亦麾众死斗,两下里鼓声大震,又混战了三四个时辰,忽散忽合,屡荡屡决,世充才不能支持,引兵退去。世民乘胜追杀,直抵东都,事有凑巧,罗士信已屠灭千金堡,王君廓亦袭据虎牢城,各有捷报到来。世民喜道:"世充失去二险,差不多似瓮中鳖、釜底鱼了,洛阳虽坚,怕不为我所取么?"遂四面围攻,昼夜不息,城中守御甚严,大炮飞石,足重五十斤,掷至二百步,强弩似车辐,硬簇似巨斧,射远且至五百步。唐军受着矢石,无不立倒,世民射书谕降,守将屡欲内应,均被世充察出,一律杀死。

还有世充所署的御史郑颋,自愿削发被缁,亦为世充所疑,斩首市曹。世民屡攻不下,又贻世充书,晓谕祸福,亦不见报。唐将士多疲敝思归,总管刘弘基请班师,世民摇首道:"目今大举前来,无非为一劳永逸起见,东方诸州,已望风款服,惟洛阳孤城,尚未能下,我料他亦不能久持,功在垂成,奈何弃去?"言之甚是。乃下令军中道:"洛阳一日不破,大军一日不还,敢言班师者斩!"诸将乃不敢复言。嗣接高祖密敕,亦令世民退军,世民遣封德彝入朝,嘱他面奏道:"世充只有一城,智尽力穷,且暮可克,今若还师,贼势复振,更相连结,将来转势大难图了。"德彝受教而去,忽接到东方警报:窦建德起兵十万众,来援洛阳,管州被陷,刺史郭士安遭害,荥阳阳翟等县,亦多失守;建德部众,水陆并进,不日将到此地了。唐将士均相顾失色,连世民亦颇费踌躇,正疑虑间,有巡官入报道:"夏主窦建德遣使致书,现来使静候营外。"世民道:"引他进来。"巡官去后,即引来使入见世民,正是:

  目击危城如累卵,笑看外使枉投辕。

  欲知来使如何致词?且看下回叙明。

  隋末群雄,郑夏最强,然窦建德非王世充比也,建德起自漳南,投入戎伍,位不过百人长耳,与世充之居高官,食厚禄者,本不相同。及奉表皇泰,擒诛化及,为隋讨逆,师出有名。且虏淮南王神通,暨同安公主,仍以宾礼相待,毫不侮辱。他如诛王轨奴,不杀李世勣父,其识量毋亦过人乎?唐与通和,即还旧俘,假令安居河朔,长此修睦,唐亦无隙可乘,何至遽灭?惜乎其志不坚定也。世充大逆不道,敢鸩嗣君,罪不亚于化及,秦王世民,决议东征,而夹水一语,未尝声讨,得毋以掩耳盗铃,内省不能无疚耶?但大兵一至,河内瓦解,不仁者宁能得国?其得苟延数年,犹幸事也。故本回叙述建德,不掩其长。所以原建德之犹善。至叙述世充,极言其败,所以嫉世充之不仁。

第九回　擒渠歼敌耀武东都
　　　　奏凯还朝献俘太庙

  却说秦王世民,见了来使,问明姓名,叫作李大师,曾在建德处充任礼部侍郎,当由他呈上一函,经世民拆阅毕,不禁微笑道:"来书欲我退军潼关,返郑侵地,试想我军到此,已将一载,费去了若干粮饷,丧亡了若干军士,才得这数十郡县,今洛阳旦夕可下,反劝我退兵还地,能有这般容易么?"大师道:

"贵国既有志安民，不应穷兵黩武，还是得休便休，罢战修和，一来可休息兵民，二来免伤动和气。"世民听到末语，激动三分怒意，便瞋目道："郑夏本系敌国，我灭世充，与尔国何干？今尔国前来劝阻，究是何意？"大师道："敝国为休兵息民起见，所以遣大师前来致书，代郑请和，殿下若不肯俯从，敝国现已发兵，不便收回了。"世民更怒道："尔国出兵，我亦何怕？"说至此，即喝令左右，将大师牵至帐后，羁住军中，一面召僚佐会议，诸将多面面相觑。统是饭桶。郭孝恪独进言道："世充穷蹙，势将出降，今建德远来相救，这是天意欲亡他两国，我军可据住武牢，伺间而动，必能破敌。"言未已，又有一人接口道："世充保守东都，府库充实，部下皆江淮精锐，很是耐战，只因缺了粮饷，所以困守孤城，坐以待毙。若建德来与合兵，输粮相济，恐贼势益强，战争不了，今请分兵困住洛阳，深沟高垒，休与争锋，大王亲率骁锐，先据成皋，以逸待劳，决可破灭建德，建德既破，世充自下，不出两旬，两虏酋俱就缚了。"确是妙算。世民视之，乃是记室薛收，便答道："君言甚善，我意亦作此想，即当照行。"萧瑀、屈突通等，闻世民言，且上前劝阻："请退保新安，依险自固。"世民驳斥道："建德新破孟海公，将骄卒惰，不足一战。我出据武牢，扼他咽喉，他果冒险来争，我自有法抵御。若逡巡不进，不出旬月，世充必溃，城破兵强，气势自倍，一举两克，即在此行，否则贼入武牢，诸城新附，必不能守，两贼并力，与我相争，我军尚能自固么？"萧瑀等乃默然而退。世民召回屈突通，令佐齐王元吉，围住东都，不得浪战，自率李世勣、程知节、秦叔宝、尉迟敬德等，共三千五百骑，东趋武牢去了。

看官！你道窦建德何故救郑？原来世充屡战屡败，早遣兄子代王琬及长孙安世，往河朔乞援，建德本与世充有嫌，互相侵伐，至是亦不愿赴援，偏中书侍郎刘彬进劝建德道："天下大乱，唐得关西，郑得河南，夏得河北，鼎足三分，互相牵制。今唐举兵临郑，自秋涉冬，唐兵日增，郑地日蹙，唐强郑弱，势必不支，郑亡必将及复，我亦不能自保了。不如解仇除忿，发兵援郑，夹击唐军，唐若败退，郑可袭取，合两国兵士，乘唐疲敝，攻入关中，天下亦不难统一呢！"良心太狠，反足致亡。这一席话，说得建德鼓掌称善，便召入郑使，允发援兵。惟因孟海公占据周桥，恐他乘虚来袭，俟剿平孟海公，然后出师。琬与安世，拜谢而去。建德遂出兵赴周桥，击孟海公。海公系济阴人，好弄拳棒，不喜文字，隋末群盗纷起，他也聚众为盗，占据曹州的周桥，自称录事。因地居偏僻，无人注目，被他安住了六七年，及建德兵到，海公不识好歹，就率众与他对仗。建德兵经过百战，海公兵统是乌合，一经交战，胜负立分。海公逃回周桥，被建德一鼓攻入，把他活捉了去，立刻杀死，余众皆降。建德留降将戍周桥，遂率众西趋，陷管州，拔荥阳、阳翟等县。兵遵陆行，粮从水运，途次遇着郑将郭士衡，系是王世充弟世辩差来，有兵数千，迎接建德。建德进至成皋东原，筑宫板渚，作为行辕，一面遣报世充，一面致书唐营，不亟进兵，便是失着。尚眼巴巴的专待李大师归报。痴心妄想。哪知唐秦王世民，已带着骁骑，历北邙，过河阳，径入武牢来了。

建德待使未至，遣侦骑出营探望，甫经三里，见前面有骑士四人，为首的执弓，随后的执槊，威风凛凛，控马前来，侦骑还疑是巡卒，正要动问，忽听得一声大喝道："我是秦王，你等看箭！"语音未了，箭声已到，一骑便撞落马下，余骑慌忙逃回。原来世民既入武牢，即率五百骑来探敌营，沿途设伏，留李世勣、程知节、秦叔宝等，分头伏着。单领尉迟敬德，及从骑二人前进。至射死敌骑一名，两从骑请世民回马道："敌骑还报，必有大军来攻。不如速返！"世民顾敬德道："我执弓矢，公执槊，虽有百万敌骑，亦怕他甚么？"此言亦未免太夸。正说着，前面尘头大起，有五六千骑，驰逐而来。两从骑不觉失色，世民从容道："汝两人不必惊慌，尽管返行，我自与敬德断后。"于是勒马以待，看敌骑将至，即引弓注射，每发一箭，必毙一敌，敌三却三进，世民复射毙数人。敬德舞槊前迎，也刺杀敌骑十余人，敌骑不敢进逼。世民反佯作怯状，逡巡退却，那敌骑不知是计，一拥追来，才经里许，伏兵猝发，世勣等上前奋击，斩首三百余级，擒住敌将殷秋、石瓒，余众窜去。世民乃收兵回营，作书报建德道：

　　赵魏之地，久为我有，今为足下所侵夺，不情孰甚？但以淮安见礼，公主得归，故相与坦怀释怨，世充前与足下修好，已尝反复，今亡在朝夕，更饰词相诱，足下乃以三军之众，仰哺于人，千金之资，坐供外费，甚非策也。今前茅相遇，已遽崩摧，郊劳未通，能无怀愧。故抑止锋锐，冀闻择善，若不获命，恐后悔且难追矣，幸足下垂察焉！

书成后，遣人赍递建德，建德不答。嗣是两人相持，屡有战事，建德毫无便宜，反失去许多人马，唐将王君廓又率轻骑千余，截击建德饷道，把建德大将张青特，擒了回去，建德方有惧意。祭酒凌敬献议道："唐兵现据武牢，势难前进，为大王计，不如统兵渡河，攻取怀州河阳，戍以重兵，然后张旗鸣鼓，逾太行，入上党，徇汾晋，趋蒲津，据河东以窥关西，最为上策。"建德道："我若往取河东，洛阳还能不亡么？"凌敬道："依臣言，却有三利：唐兵俱在洛阳，我得乘虚入境，师出万全，这便是第一利；拓地可以得众，形势益强，兵不疲敝，这便是第二利；我军既入唐境，唐兵必还救关中，郑围自然得解，这便是第三利。失此机会，旷日持久，恐洛阳必亡，我军亦将坐困了。"此计若行，唐军且疲于奔命，郑、夏何至偕亡！建德沉吟良久道："卿言亦是。"方说此语，那郑使代王琬及长孙安世，又来乞援，一入帐前，即拜倒地上，泣请速进。仿佛是催命符。

第九回　擒渠歼敌耀武东都　奏凯还朝献俘太庙

弄得建德忐忑不定,只好应允进兵。琬与安世,方才起身,留住建德营内,一日三催,且暗把金帛馈送诸将,托他敦促建德。诸将俱入白建德道:"凌敬书生,何知战事？大王宜急速进兵,无庸迟疑！"建德乃下令进攻武牢,凌敬忙入谏道:"大王奈何不用臣言？"建德道:"众议皆主张进兵,这是天助成功,定期大捷,卿言不便相从。"敬叹道:"不用臣言,大王休得后悔！"建德怒起,竟令左右将敬扶出,自己踱入宫中。

建德妻曹氏,也随军到此,上前相迎,见建德面有愠色,便问明情由。建德略述数语,曹氏道:"祭酒所言甚善。今大王乘虚入河东,不患不克,若再连结突厥,西抄关中,唐必还师,郑围自解。若在此屯留,老师费财,何日可成？望大王详察！"建德道:"这非妇女所能知,你若听信妇女,何至于死。我为救郑而来,郑正危急得很,我乃舍此就彼,岂非失信？且将士亦疑我畏敌了。"遂不从曹氏语,即于次日调齐兵马,自板渚出牛口,列阵达二十里,鼓行而进。唐将士见建德势盛,恰也有些胆怯。世民带领尉迟敬德等,登一高邱,立马遥望,半晌才道:"贼起山东,未尝遇着劲敌,今虽结成大阵,我看他部伍不整,纪律不严,徒然靠着人多,有何益处？我且按兵不出,待他锐气已衰,阵久兵饥,势且自退,乘此追击,无不获胜。今与诸公预约,过了日中,必能破敌了。"敬德等皆唯唯如命。

那窦建德轻视唐军,遣三百骑渡过汜水,直薄唐营,且大呼道:"唐营中如有勇士,请出来决斗！"叫了数声,但见唐营开处,走出一员大将,领了二百长槊兵,前来搏战,旗帜上面写着一个斗大的"王"字,才知他是王君廓。君廓与夏兵交锋,约有几十个回合,不分胜负,各自引还。不意尉迟敬德跃马出营,随身只有二骑,一是高甑生,一是梁建方,竟追蹑夏兵背后,径抵建德阵前。可巧郑使代王琬,骑着隋炀帝所乘的青骢马,昂然立着,他正看夏兵归营,毫不防备,猛听得一声道:"哪里走？"余音未毕,那身子不知不觉,被别人抓了过去,剩下坐骑,也有人牵住,此时急呼救命,由夏阵内驰出数骑,闻声赴援,偏见了铁骑铁甲的唐将,正是持槊的尉迟敬德,不由的倒退数步。敬德擒住王琬,高甑生牵住琬马,竟安安稳稳的驰还大营。原来世民望见建德阵前,立着王琬,骑着一匹良马。遂指示敬德,说了好马二字。敬德即自请往取,世民禁他不住,他竟与高梁二将,控马过去,连人带马都擒夺过来。世民恐敬德有失,亟令宇文士及,领着三百骑接应敬德,且与语道:"若敬德已归,汝可绕出敌阵,由东驰归,敌若坚壁不动,速即驰还,毋轻惹祸。"仍是一个诱敌计。士及领计前行,途次接着敬德,见他立功而归,当然欣慰,就趁势往绕敌阵。敌兵争来拦截,士及不与鏖斗,但夺路东去。世民早已瞧入眼中,且见夏兵多向河饮水,或散坐阵前,便指麾众将道:"贼势已懈,急击勿迟！"世民败敌,专用此策。李世勣程知节秦叔宝等，一闻将令，便即出马先驱，世民也不愿落后，挺身前往，余军依次随着，渡过汜水，直捣夏阵。

建德因日已过午，军不得食，正召集将士，商议行止，忽闻唐军到来，不及整列，忙令骑兵出战，自率步兵退后，依踞东坡。世民瞧着，命窦抗领兵绕击建德，自与尉迟敬德等拦杀骑兵，一阵捣乱，把敌骑杀得零零落落，尽行散去，再乘胜前进。适值窦抗被建德击退，势将不支。世民大呼突阵，敌皆披靡，还有淮阳王李道玄，系高祖从兄子。挺身陷敌，直上南坂，穿过敌阵，复自敌阵杀还，中矢如猬，勇气不衰。惟马负重伤，不能再用，世民给他副马，令勿再入敌中，一面督军大战，尘氛滚滚，天日皆昏。程知节秦叔宝及西突厥人史大奈等，卷斾齐进，冲出敌后，复张起大唐旗号，飘扬天空。夏兵相顾错愕，顿时大溃。唐军追奔三十里，斩首三千余级，建德为槊所伤，窜匿牛口渚中，唐车骑将军白士让杨武威两人，已是瞧着，骤马赶来，吓得建德浑身乱抖，连马上都坐不安稳，正要向芦林中躲避，已被士让追及，一槊刺中马股，马负痛一蹶，立将建德掀下。士让再用槊刺建德，建德忙摇手道："休要杀我，我便是夏王，若能相救，富贵与共。"呆话。士让本不认识建德，因见他金甲灿烂，料非常人，所以穷追不舍，偏建德自行供认，喜得心花怒放，一跃下马，把建德捆住，带回营中。这番厮杀，夏国十数万雄兵，死的死，逃的逃，尚有五万人作了俘虏，就是世充长孙安世，及世辩将郭士衡，统被擒住。

世民收军升帐，检点敌囚，那白士让杨武威上帐献功，报称拿住窦建德。世民大喜，即令将建德推入，建德立而不跪，世民冷笑道："我自讨王世充，干你甚事？你却越境前来，犯我兵锋，今日何如？"乐得嘲笑。建德对答不出，反说两句趣语道："今不自来，恐烦远取。"既已被捉，还想乞怜，建德何无英雄气？世民复笑了一笑，令把建德置入囚车，然后将所有俘虏，悉数遣还乡里，再派将士往视板渚，只有虚设的一座行宫，里面已寂无一人了。将士返报后，世民遂押着建德，回抵洛阳城下，用鞭指建德囚车，仰呼城上道："王世充！你看囚车里面，是什么人？便是来救你的窦建德。"世充正在城楼，向下一瞧，果见一人闷坐囚车。便问道："囚车内是否夏王？"建德道："不必说了，我来救你，先作囚奴，你真害得我好苦呢。"言毕泣下。世充也不禁垂泪，正欲出言相答，那唐营内复牵出囚车三乘，被囚的便是兄子琬、长孙安世，及郭士衡，一时愁上加愁，痛上加痛，险些儿立脚不住，堕下城来。世民复指示世充道："你若不降，我即要将他斩首。"世充呜咽道："且慢！我当出降，大王肯许我免死么？"世民道："准你免死！"世充乃下城，召诸将集议，有说是不如出走，有说是不如死战，弄得世充又复怀疑。凑巧长孙安世，由唐军放他入城，力劝出降，世充乃改着素服，率领太子群臣，共二千余人，开城迎降。见了世民，俯伏流汗，顿

第九回 擒渠歼敌耀武东都 奏凯还朝献俘太庙

首谢罪。一蟹不如一蟹,但不杀世充,得毋由是。世民却以礼相待,命他引入城中,当令萧瑀等封好府库,籍收金帛,颁赐将士,又复查核降将罪恶,得段达王隆崔洪丹薛德音杨汪孟孝义单雄信杨公卿郭什柱郭士衡董睿张童儿王德仁朱粲郭善才等十余人,罪迹较著,俱缚至洛水上,一一处斩。人民独仇恨朱粲,争拾瓦砾,投击粲尸,须臾如冢。何不将他尸寸斩,喂饲猪狗?世民观隋宫殿,不禁长叹道:"逞侈心,穷人欲,怎得不亡?"乃命撤端门楼,焚乾阳殿,毁则天门阙,废诸道场,再传檄大河南北,谕令速降。除州行台王世辩,系世充弟,闻世充降唐,并接到檄文,遂举徐宋十三州,至河南道安抚大使任环处请降。建德妻曹氏,与左仆射齐善行等,遁还洺州,余众议立建德养子为主,再图规复。善行谓不如降唐,乃出金帛尽赏兵士,悉数遣归,自奉建德妻曹氏,及右仆射裴矩,行台曹旦等,赍着传国玉玺,并破宇文化及时所得珍宝,乞降唐廷。他如魏征等人,早已入关,仍作唐臣。淮安王神通,乘势慰抚山东。徇下三十余州,于是郑夏两国的土地,尽为唐有。

世民奏凯还朝,共率铁骑万匹,甲士三万人,分作前后两队,沿途鼓吹,返入长安,诏令献俘太庙,然后将建德世充牵至殿阶,候高祖发落。高祖御殿,先召入世充,世充跪下,三呼万岁,复磕了好几个响头。高祖叱道:"汝残虐不仁,朕已早闻,最可恨的是杀我降臣李公逸张善相,非将汝正法,无以慰冤魂。"世充又叩首道:"臣罪原应伏诛,但秦王已许臣不死了。"是时秦王世民在侧,高祖顾语道:"有是语否?"世民应声道:"确有是说。"高祖又道:"朕非必欲诛世充,但杞州总管李公逸,越境来朝,被世充逻捕杀死,伊州总管张善相,自李密伏诛,即举州来归,为朕竭力守城,世充屡次往攻,朕无暇发兵往援,致遭陷害。善相不负朕,朕负善相,至今回思二臣,很是悼惜。今既获住世充,不诛何待?"借高祖口中,补叙李公逸张善相事,但不责其篡弑之罪,究属非当。数语说毕,把那世充的灵魂,已吓得不知去向,只是抖个不住。世民也觉不忍,竟替他代请道:"仁主网开三面,还乞明察!"世民不免多事。高祖乃令将世充暂禁,再召建德入殿,建德虽然下跪,却不似世充的哀求,高祖责他背盟败约,他竟俯首无言,于是也将建德囚住。越二日,竟下了一道诏命,窦建德斩首东市,王世充赦为庶人,挈族徙蜀。臣下便依诏奉行,总计建德起兵至灭,凡六年,世充篡位至灭,凡三年。后人讥高祖不诛世充,独斩建德,未免失刑。小子也有诗咏道:

> 罪同罚异本非宜,乱贼当诛更有辞。
> 怪底唐廷成倒置,误刑误赦启人疑。

世充将行,偏有一将出报父仇,把他杀死,自首请罪,究竟此人为谁,且待下回叙明。

　　窦建德之援王世充，不当援而援者也。建德尝称臣皇泰，皇泰主为世充所弑，是建德与世充，应有不共戴天之仇。奈何大举往援乎？况与唐修和，口血未干，遽尔背好与恶，不信孰甚？乃惑于刘彬之说，竟欲学卞庄刺虎之技，自以为智，实则甚愚。迨凌敬献议而复不从，曹氏进言而又不悟，外有良臣，内有贤妻，反至以身殉仇，诛死东市，谓之不愚得乎？建德被擒，世充自慑，素服出降，势有必至，故本回详于建德，而略于世充，惟建德可赦而不赦，世充当诛而不诛，唐高祖之贻讥后世也宜哉。

第十回　下江东梁萧铣亡国　　　　　战洺南刘黑闼丧师

　　却说王世充奉诏徙蜀，出居雍州廨舍，正要启程，忽有数骑持敕而入，令世充出外跪读。世充即与兄世恽趋出，刚要下跪。突有数人下马，拔出腰刀，将他兄弟杀死。看官道是何人？原来是定州刺史独孤修德，带领兄弟来报父仇。他父名机，尝事越王侗，越王被弑，机欲诛逆归唐，为世充闻知，屠戮全家，幸修德弟兄寓居长安，才得免害。修德仕唐，得为定州刺史，既闻世充被擒，只望高祖将他正法，偏偏有诏特赦，顿令他无从泄冤，当下想出一法，诈传上命，往杀世充。既已得手，遂上书自首，情愿受罪。其迹可诛，其情可悯。高祖因他父忠子孝，特别减轻，但饬令免官罢了。还算明白。世充子玄应，及兄世伟，相率就道，行至中途，密图叛亡，被监吏察觉，飞奏唐廷，诏令一体就戮，于是全族诛夷。篡弑之报。这且不必细表。

　　且说河朔已平，窦氏余众，散归乡里，就中骁桀诸徒，仍然暋不畏死，纠众横行。地方官吏，免不得遣役往捕，加以捶挞，因此益生异心，官吏恐他肇祸，当即奏闻。有诏召窦氏故将入京，范愿董康买曹湛高雅贤等，名均在列。大家私相聚议，范愿先开口道："王世充举洛降唐，大臣如段达单雄信等，均就诛夷，我辈若入长安，想亦同彼一辙，试思我辈自十年以来，身经百战，九死一生，今何惜余年，不再起事？且夏王得淮安王，待以客礼，释归唐阙，唐得夏王，立即杀死，我等均受夏王恩厚，今不替他报仇，既无以对夏王，复无以见天下士，自问岂不惶愧么？"高雅贤接入道："诚如君论，我因官役时来侦察，欲将家属他徙，偏这班狐群狗党，先已闻风，把我家眷捕去数人，亏我不在家中，才得脱身，今又来给我入京，明明是置我死地。同是一死，何不他图？"董康买

第十回　下江东梁萧铣亡国　战洺南刘黑闼丧师

曹湛等都齐声赞成。当下谋举主帅,议久未决,问诸卜筮,谓当以刘氏为主。雅贤道:"漳南刘雅,非夏主旧将么?我等便去请他出来便了。"遂偕往漳南,同见刘雅。雅问为何事?大众以密谋相告。雅摇首道:"天下方才安定,我但求耕田种桑,做个老百姓罢了,不愿再谈兵事。"语却有理。雅贤等变色道:"这般说,是不愿出去么?"雅亦奋然道:"这是由我自便。"雅贤等又逼一句道:"你不愿去,是没有故人情谊了,我等亦将与你无情。"雅即起立道:"你等与我无情,亦属何妨。"说至此,不防范愿竟拔出腰刀,向雅乱斫,余众亦趁此动手,雅只赤手空拳,如何对敌?眼见得是不能活了。大众既杀了刘雅,一哄而回。范愿复提议道:"前汉东公刘黑闼,勇略冠群,性又仁善,我尝闻刘氏当王,今欲收夏王亡众,共举大事,非此人不可。"乃再往见黑闼。黑闼亦漳南人,初属李密,继归王世充,复降窦建德。见第八回。建德用为将军,封汉东郡公。及建德败死,回里务农,适在园中锄菜,蓦见范愿等携手前来,便即迎入室中,问明来意。范愿略述秘谋,黑闼稍稍逊让,经高雅贤再行敦促,因即乐从。当下宰杀耕牛,与同饮食,定计聚众得百人,便袭据漳南县城,戕官发粟,招徕旧党,不到数日,有众数千。又进攻鄗县,贝州刺史戴元祥、魏州刺史权威,合兵往援,黑闼用埋伏计,诱入槛阱,两刺史同时败死,兵械俱为所虏,黑闼遂设坛漳南,立建德神主,率众祭告,大意是"起兵复仇"四字。乃自称大将军,出兵东向,攻陷历亭,杀守将王行敏。饶阳盗崔元逊,袭据深州,杀刺史裴晞,响应黑闼。兖州盗徐圆朗,自洛阳平定后,已拜表降唐,授爵鲁国公,兼兖州总管,至是也与黑闼连和,自称鲁王。兖郓陈杞伊雏曹戴诸州土豪,陆续趋附,山东大震。

是时唐廷方欲南下江陵,命夔州总管李孝恭,高祖从侄。大造战舰,练习水军,指日待发。偏值山东警报,络绎前来,乃令淮安王神通为山东道行台右仆射,宣抚各郡。将军秦武通,定州总管李玄通,会同幽州总管李艺,即罗艺。共讨黑闼,东师已发,乃下南军。南征萧铣,较黑闼为迟,而平定恰先于黑闼,故从此间插入。南军为讨萧铣而发,铣系梁宣帝萧詧曾孙,见首回。为隋萧后亲属,炀帝任为罗川令,隋末为巴陵校尉董景珍等所推,尊为梁王,改元鸣凤,服色旗帜,皆如梁旧。起兵五日,远近归附,已达数万人。未几又自称皇帝,徙都江陵,封董景珍以下功臣七人为王,召邓州人岑文本为中书侍郎,委曲机密,遣鲁王张绣出徇岭南。郡县多降,再令部将苏胡儿取豫章,杨道生取南郡,威振一方。凡南自交趾,北距汉水,西至三峡,东达九江,俱为所有,胜兵达四十万,武德二年,杨道生进寇峡州,为唐刺史许绍击退。铣又遣将陈普环,率舟师入峡,复经许绍邀击西陵,据险破敌,擒住普环。铣心终不死,尚屯兵安蜀城,窥视巴蜀。高祖命李靖经略夔州,因为铣兵所阻,久不得进,诏令许绍责靖逗留，处以死罪，绍代为奏解，靖才得免。既而董景珍弟谋乱，事泄被诛。景珍已出守长沙，惧罪降唐。铣令张绣攻景珍，珍登城语绣道："功成者死，君岂不闻，为怎么相攻呢？"绣不肯听，竟麾众围城，城内食尽，景珍欲突围出走，为部下所杀。铣以绣为尚书令，绣未免骄盗，又为铣所杀。自是功臣诸将，渐渐离心，兵势日弱一日。败亡之象。

　　唐峡州刺史许绍，复拔梁荆门镇，黔州刺史田世康，又下梁五州四镇。李靖遂献取梁十策，上达唐廷。高祖即命赵郡王李孝恭为夔州总管，整练舟师，李靖为行军总管，兼孝恭属下长史，委以军事。武德四年秋八月，孝恭阅兵夔州，巧值秋汛暴涨，江水泛滥，靖劝孝恭速即进兵，诸将多以为非。靖勃然道："用兵全尚神速，今我军初集，铣尚未知，若乘着江涨，顺流东下，掩他不备，我料铣不及施防，定为我所擒了。"观李靖言，才知前日阻兵，并非有意逗留。孝恭大为赞赏，便奏请出师日期，自率战舰二千余艘，与李靖等即日东下，越荆门宜都二镇，直抵彝陵。铣将林士弘，驻兵清江，毫不设备，被舟师一鼓捣入，获住战舰三百艘。士弘踉跄走脱，由唐军追奔至百里洲，再与士弘接战，又得大胜，长驱入北江。江州总管盖彦举，以五州来降。铣方罢兵营农，闻唐师猝至，仓猝征兵，一时未能遽集，只好调齐宿卫兵士，前来拒战。孝恭将与交锋，靖力言不可，偏诸将一齐请战，靖说道："铣为救败计，悉锐来拒，此锋殆不可当。不若泊舟南岸，坚持不动，待他锐气已衰，或分兵归守，那时出去奋击，庶可得志。"秦王世民善用此策，李靖所言亦然，英雄所见，大略相同。孝恭不从，留靖守营，自率锐师出战，果然败走，退保南岸。铣众散驶江心，收掠军资，靖见他舰队散乱，独请往攻，孝恭方悔不用靖言，至此自然照行，遂令靖督兵出击。铣兵正四散掠取，不意唐军杀来，大家逃命要紧，还有何心恋战？靖纵兵追逐，杀敌无算，乘胜直抵江陵，冲入外郭，分兵拔水城，大获战舰，尽令散掷江中。诸将又动起疑来，共来语靖道："所得敌舰，正足利用，奈何弃掷江流，反为敌有？"靖笑道："诸君有所未知，今萧铣属地，南出岭表，东距洞庭，我悬军深入，若攻城未破，援兵四集，我且表里受敌，进退两难，虽有舟楫，亦无用处。今将敌舟散掷，令沿江而下，彼远来援兵，必疑是江陵已破，未敢轻进，往来探伺，动淹旬日，待彼察悉，我已早拔此城了。"的是妙计。遂下令围城。铣在城中，日望援兵到来，哪知援兵已中靖计，望见沿流舟楫，果然怀疑不进，交州总管邱和，长史高士廉，司马杜之松等，来朝江陵，因见全城被围，吓得倒退，竟诣孝恭处请降。铣内外阻绝，惶急万分，商诸岑文本，文本劝铣出降。铣乃语群下道："天不祚梁，势难再支，若必待力屈乃降，恐满城生灵，必遭涂炭，奈何为我一人，贻害百姓？罢罢！不如早日出降便了。"群下都相顾无言。铣乃以太牢入告太庙，然后下令出降，守陴皆哭。铣率群臣缌缞布帻，至唐营谒见

第十回　下江东梁萧铣亡国　战洺南刘黑闼丧师

孝恭，惨然道："有罪惟铣一人，百姓无罪，请免杀掠！"妇人之仁。孝恭满口答应，及入城，诸将竟欲大掠，孝恭亦模棱两可，岑文本入白孝恭道："江南人民，遭隋虐政，更兼群雄相争，受苦不堪，日夜延踵跂颈，仰望真主，今王师到此，所以萧氏君臣，决计归命，为民息肩，今若纵兵俘掠，士民失望，恐从此以南，处处阻碍，无复向化了。"孝恭称善，乃严申军令，禁止杀掠。诸将又言："敌将拒斗，死有余辜，应籍没家资，赏给军士。"李靖亟劝阻道："王师入境，应使义声载道，彼为主而死，实是忠臣，奈何与叛逆同科呢？"恭孝亦依言申禁，城中安堵，鸡犬不惊，南方州县，闻风款附。援兵来了十数万，亦皆解甲归降。孝恭乃送铣至长安，高祖面加诘责，铣长叹道："隋朝失鹿，群雄共逐，铣无天命，因致失算，若以为罪，也无所逃死了。"比王窦二人，恰高出一筹。高祖竟命斩都市。总计铣建国号梁，五年而亡。孝恭受命为荆州总管，靖得封永康县公，兼上柱国，招抚岭南。铣部将刘洎李砻志等，皆举城率众，乞降靖前，连南方酋领冯盎等，亦多令子弟入谒，南方悉平。

　　杜伏威归唐后，助世民平王世充，见第八回。唐授伏威为东南道行台尚书令，兼江淮安抚大使，仍封吴王。闻唐又平定南方，更欲借公济私，屡出兵击李子通。子通沂州人，素业渔猎，有膂力，先依长白山盗左才相，得部众万人，才相败死，了过左才相。子通南奔，渡淮依杜伏威，嗣与伏威有嫌，自往海陵，潜兵袭伏威营。伏威败走，子通复移众攻江都，逐去太守陈棱，自称皇帝，建元明政。伏威记念前仇，尝遣辅公祐攻子通，陷丹阳，进屯溧水，子通率众迎战，一再失利，并因粮食已尽，遂弃了江都，走保京口，嗣复转入太湖，收集散卒二万人，往袭沈法兴。法兴曾为吴兴郡守，因隋乱起事，纠众掩入毗陵，再下江表十余州，自署江南道总管。武德二年，僭号梁王，改元延康。平时横行杀戮，将士离心，突闻子通兵至，相率哗散。法兴不得已，退奔吴郡。贼帅闻人遂安，遣部将叶孝辩往迎，法兴随孝辩趋会稽，忽萌悔意，竟欲袭杀孝辩，孝辩偏已觉着，麾众围住法兴，法兴无法可施，投江溺死。自法兴起兵至此，仅历三年。李子通得据有法兴属地，余威复振。伏威又遣王雄诞往击。雄诞为伏威养子，素有勇名，与子通交战苏州，子通走保独松岭，雄诞命偏将陈当世，乘高据险，多张旗帜，夜间缚炬林中，照彻山谷，吓得子通昼夜不安，毁营南走，退入余杭，雄诞进薄城下，四面猛扑，子通料不可守，开城出降，被雄诞执送伏威，伏威转献唐廷，高祖赦子通罪，赐宅给田，令居京师，后来子通谋叛，亡命蓝田，为关吏擒获，才致伏法。子通僭号七年而亡。了结沈法兴李子通，回应第七回。新安贼帅汪华，据有黟歙等县，已有数年，至是也为雄诞击败，窘蹙请降。就是闻人遂安，进据昆山，又由雄诞单骑招降。于是淮安江东，尽属伏威。

　　独高开道本已降唐，受封北平郡王，因闻刘黑闼势盛，复密与连结，自称燕王，一面通使突厥，为自固计。此时唐廷已出征黑闼，无暇顾及高开道。黑闼势日猖獗，唐淮安王神通，及李艺等合兵往击，均为所败。黑闼复进陷瀛州，杀刺史卢士睿，再陷定州，执总管李玄通。玄通引刀自刺，溃腹而死。又陷冀州，杀刺史麹棱。赵魏境内，所有窦氏故将，争杀唐吏，响应黑闼，黎州总管李世勣，屯戍宗城，闻黑闼率众来攻，自恐力不能敌，急往洺州，途次被黑闼追及，所率步卒五千人，不值黑闼一扫，还亏世勣命不该绝，才得孑身奔走，那时顾命要紧，还有何心顾及洺州？眼见得全城失守了。黑闼到了城下，筑坛东南，先告天地，次祭建德，然后入城，嗣是下相州，取黎州，入卫州，才阅半年，已将建德旧境，一律收复。又遣使北连突厥，作为外援。唐将军秦武通，洺州刺史陈君宾，永年令程名振，俱自河北遁归长安，高祖也觉着急，只好再令秦王世民，及齐王元吉，共赴山东，再讨黑闼。时已为唐武德五年。黑闼自称汉东王，改元天造，定都洺州，用范愿为左仆射，董康买为兵部尚书，高雅贤为左领军，凡窦建德故将，悉复旧位，一切行政，均遵故制。

适值秦王世民，鼓勇而东，先将相州夺还，再进军肥乡，列营洺水南岸，逐层进逼。幽州总管李艺，也率兵数万，来会世民。黑闼留范愿守洺州，自领精兵拒艺，暮宿沙河，世民遣程名振夜运大鼓，共六十具，至城西二里堤上，一齐槌击，顿时鼓声大震，响彻远近，连城中都摇动起来。好一条疑兵计。范愿大惊，遣人驰告黑闼，黑闼慌忙还城，但遣弟十善，与行台张君立，率兵万人进战，到了徐河，与艺兵一场角斗，大败而逃。洺水人李玄感，举城降唐，世民使王君廓入城，与玄感共守，黑闼还攻洺水，因城在水上，不便进攻，就从东北两隅，筑二甬道，济兵薄城。世民引兵往援，直至三次，均被黑闼击回，乃召诸将问计。李世勣已在军营，便进言道："贼筑甬道，已将告成。若达城下，城必不守，不如令君廓突围出来，再作计较。"言未已，有一少年自请道："末将愿往守城。"世民见是罗士信，便道："将军虽勇，奈城已垂危，恐不能守。"士信道："城存与存，城亡与亡。"死计决了。世民乃登城南高冢，张旗招君廓回营，且遣士信接应，士信率二百骑前往，正值君廓杀出，由士信助了一阵，君廓得还，士信驰入，黑闼又复围攻，夜以继日，接连至八昼夜，士信衣不解甲，目不交睫，专在城上督守，才免攻陷。偏老天降下大雪，全城皆白，目为之眩，黑闼乘机攻入，士信尚挺着长矛，刺死敌目数人，敌众都为辟易，奈身上已迭受重创，不能再战，策马返奔。因大雪迷漫，急不择路，竟陷入泥淖中，敌众四面竞集，无从脱身，被他掳去。黑闼爱他骁勇，劝令归降。士信大骂道："黑贼！罗将军肯降你么？"遂被杀死，年才二十余岁。士信齐州人，初归李密，既降王世充，至奔唐后，竟为唐尽忠，这也所谓士死知己呢。俗小说中，有罗成一人，想是罗士信误传。世民因为雪所阻，不得往救，及闻士信殉难，很是悼惜，乃购尸殓葬，追谥曰勇。

黑闼又进兵挑战，世民与李艺合营，坚壁不动，寻探得敌将高雅贤，在营中置酒高会，乃潜遣李世勣出兵袭击，杀入雅贤营内。雅贤时已酣醉，乘马出战，为世勣部将潘毛所刺，坠落马下，正要枭他首级，被雅贤部下救去，但已是气息奄奄，顷刻毙命。世民又遣程名振断敌粮道，凿沉黑闼粮船，焚去黑闼粮车，黑闼尚不肯退，两下相持，直达六十余日。世民料黑闼粮尽，必来决战，乃潜使人堰洺水上流，令他监守，且谆嘱道："待我与贼战，然后决水，勿误勿忘！"黑闼果然渡水南来，进压唐营，世民自统精骑，破他前军，复捣入后队，与黑闼相遇，黑闼督兵死战，自午至暮，斗至数十百合，渐渐的支撑不住。黑闼部将王小胡，语黑闼道："智力尽了，不如早还。"黑闼遂与小胡先遁，余众尚未闻知，勉力格斗，不防洺水大至，泛滥两岸，竟把黑闼部众，漂去了数千人。还有一半留着的，不及逃奔，被唐兵立刻杀尽，黑闼渡过洺水，手下只有二百骑，自知不足敌唐，竟北奔突厥去了。正是：

胡儿惯纳逃亡客，帝子又成伟大功。

世民竟击走黑闼，山东复平，乃移军讨徐圆朗，欲知战事如何，请看下回便知。

讨萧铣者为李孝恭李靖，而李靖之功为大，孝恭不过因人成事而已。讨刘黑闼者为秦王世民，齐王元吉，而功实出自世民一人，于元吉殊无与焉。是回于江东一役，详述靖谋，而孝恭特连类及之，功有攸归，不相掩也。洺南一役，独述世民，不及元吉，功有专属，不容混也。彼如李子通沈法兴高开道等，乘便插入，本属依时叙事之法，但亦俱有线索可寻，互相连系，是非读书得间，安能穿插无痕乎？阅者试静心观之，当知著书人之苦心矣。

第十一回　唐太子发兵平山左
　　　　李大使乘胜下丹阳

却说秦王李世民，移军讨徐圆朗，圆朗大惧，不知所措，河间人刘复礼，语圆朗道："彭城有刘世彻，才略不凡，且有异相。可作帝王，将军若欲自立，恐终无成，不若迎他为主，指挥天下，定可成功。"圆朗颇以为然。即遣使赴浚仪，礼迎世彻，不料又有人谏阻圆朗，引李密杀翟让事，作为证据，惹得圆朗又疑惑起来。为圆朗计，迎刘世彻，原是不合。至世彻率众驰至，留待城外，满望圆朗出迎，不意圆朗却召他入谒，他知圆朗变计，意欲亡去，更恐圆朗出兵追击，反为不妙，没奈何入城进见。圆朗令为司马，将他部众留住，但命亲卒数百人，同他东往，招抚谯杞二州。东人闻世彻名，无不归附，事为圆朗所闻，益加猜忌，竟将他召还，刺死了事。

　　唐秦王世民，正欲进击兖州，忽有朝使到来，促令入朝，乃将兵事属齐王元吉，自己驰驿入都，及谒见高祖，具陈圆朗可取状，高祖因复遣诣黎阳，会大军趋济阴，连拔十余城，声振淮泗，不料诏命又下，复令班师。已伏后事。世民不敢违慢，只得令淮安王神通，及行军总管李世勣任瓌进攻兖州。哪知刘黑闼借到突厥兵士，又复长驱南下，来攻山东，于是淮安王神通，不得不移兵防御，就是幽州总管李艺，也奉诏助攻黑闼。偏黑闼进兵甚猛，就是旧属曹湛董康买等人，亡命鲜虞，也聚众来会，先攻定州，继陷瀛州，刺史马君武被杀。神通自知不支，急请济师，有诏令淮阳王道玄为河北道行军总管，与行台民部尚书史万宝，协同讨贼，再命齐王元吉，作为后应。道玄年才十九，负勇使气，引兵三万，直抵下博，一面约万宝继进。万宝含糊答应，密语部将道："我奉手敕，曾云淮阳小儿，恐致偾事，军务俱委老夫。今王轻躁妄进，若与他同出，必致尽陷，不如以王饵敌，王若失利，贼必争进，我坚阵待着，乃可破敌。"言已，遂约束军士，不准轻出。陷死淮阳，咎有专归。道玄总道他来援，大胆前驱，适有泥淖在前，传令三刻逾沟，自把马缰一扯，两足一夹，便一跃过去。部兵不敢落后，也陆续逾沟；才越半数，那刘黑闼竟带领大众，漫山遍野而来。道玄不及整列，未免着忙，但已碰着大敌，也只可拚出性命，上前抵敌。说时迟，那时快，黑闼鼓众直前，立把道玄围住。道玄仗着勇力，左冲右突，大呼杀贼，可奈敌众越来越多，冲开一层，又有一层，冲开两层，又有四五层，看看手下将尽，自身也受了数创，索性从敌众最多处，闯将进去，格毙了数十人，大吼一声，喷血而亡。写道玄之战死，懔懔有神。部众失了主帅，当然大溃，一大半为贼所杀。这时候的史万宝，方整军出来，但见前面溃兵，纷纷窜回，随后便是刘黑闼大众，大约有四五万，统是雄赳赳的大汉，亮晃晃的利械，不由的害怕起来。万宝方下令进战，偏军士不依号令，反向后倒退，害得万宝也没有主见，只好策马返奔。敌众乘势追上，好似泰山压顶一般，唐军不及逃走的，都冤冤枉枉的送了性命。万宝不死，尚无天道。秦王世民，闻到败耗，不禁唏嘘道："道玄尝从我征伐，见我尝深入贼阵，也不顾利害，冒险轻试，谁料也竟因此毕命呢。"一面说，一面流涕。高祖也为悲悼，追赠左骁卫大将军，谥曰壮。何不加罪史万宝？

　　自道玄败死，山东震骇，洺州总管庐江王瑗弃城西走，州县又降附黑闼，不到半月，黑闼已尽复故地，仍据洺州，作为都城。齐王元吉，及淮南王神通，

第十一回　唐太子发兵平山左　李大使乘胜下丹阳

都逡巡畏缩，不敢向前，高祖欲再遣世民出征，只心中却有些迟疑，一日一日的延宕下去，可巧太子建成，自请东征，顿时喜溢龙颜，立授他为山东道行军元帅，所有河南河北诸州，并受建成节制，建成奉旨，自欢欢喜喜的启程去了。就中却有一段别情，待小子略行表明：原来秦王世民，屡建奇功，受封天策上将，位居王公上，开府置属。世民延揽文豪，共得一十八人，俱号为文学馆学士。所有十八人姓名籍贯，列表如下：

杜如晦杜陵人。　　　房玄龄临淄人。　　　虞世南余姚人。
褚　亮钱塘人。　　　姚思廉万年人。　　　李元道陇西人。
蔡允恭江陵人。　　　薛　收汾阴人。　　　薛元敬收从子
颜相时万年人。　　　苏　勖武功人。　　　于志宁高陵人。
苏世长武功人。　　　李守素赵州人。　　　陆德明苏州人。
孔颖达衡水人。　　　盖文达信都人。　　　许敬宗新城人。

这十八个学士分为三番，轮流值馆。世民暇时，常至馆中讨论文籍，彻夜不倦，且令阎立本图像，褚亮作赞，时人称为十八学士登瀛洲，便是这处的出典。特别表明。太子建成，及齐王元吉，阴忌世民，且因高祖起兵时，曾与世民面约，立为太子，及受禅即位，将佐复以为请，经世民一再固辞，方立建成为太子。建成性耽酒色，又好游猎，元吉酷肖乃兄，而且加甚，高祖屡加训斥，且有易储的意思。建成惶惧得很，遂与元吉协谋，共倾世民。高祖晚年，又多内宠，妃嫔生子，不下二十人，内有张尹二妃，便是晋阳宫内入侍的二姝，妖柔善媚，尤得高祖欢心。是两个开国功臣，理应加宠。尹德妃生子元亨，封酆王，张婕妤生子元方，封周王。建成元吉，谄事妃嫔，各有馈遗不绝，至对着尹张二妃，更为曲意奉承，甚至略迹言情，无微不至。一语够了。独世民不屑内交，就是遇着二妃，亦不过一揖了结，所以宫禁里面，统称赞建成元吉，未尝说及世民。

至世民平洛，高祖遣妃嫔数人，赴洛阳选阅宫女，并收检府库珍物，妃嫔等有私求，世民一律拒绝。淮安王神通有功，世民拨给公田数十顷，偏张婕妤的父亲，也羡此田，令婕妤转求高祖。高祖未悉前情，竟下敕指给。神通因世民已有教令，占先不占后，毅然不与。张婕妤遂入诉道："奉敕赐妾父田，秦王偏夺给神通，未知何意？"高祖遂怒责世民道："我的诏敕，难道尚不及汝的教令么？"世民料有谗言，但亦不欲遽辩，含糊谢罪。高祖余恨未平，复语左仆射裴寂道："此儿久握兵权，为书生辈所教坏，不似前日的恭顺了。"尹德妃父阿鼠，倚势作威，秦王府属杜如晦，行经阿鼠家门，被豪奴拖落马下，殴折一指，且詈道："汝系何人？敢过门不下马么？"如晦狼狈回府，方诉知秦王。那宫监已传秦王入宫，既见高祖，即遭呵责道："我妃嫔家，尚为汝左右所陵侮，况

下民呢?"世民据实陈明,高祖终未肯信,将他叱退。开国之主,尚且如此。无怪夏桀商辛。张尹二妃,因谗间得行,越发装娇撒痴,说得世民一钱不值。且白高祖道:"皇太子仁孝,陛下应把妾母子,托附与他,必能全保。"何如赐为太子妃?高祖信为真言。嗣因世民入宫侍宴,见诸妃嫔环列座前,未免忆念生母,背地下泪。尹张等复交谮道:"海内无事,陛下春秋已高,宜寻宴乐,独秦王侍宴下泪,料他深意,定是憎嫌妾等,陛下万岁后,妾等母子,必不为秦王所容,所以妾等前日,曾愿陛下嘱托太子哩。"高祖劝慰数语,遂日亲建成元吉,渐与世民相疏,就是世民东讨圆朗,忽召忽遣,忽遣忽召,无非是怀疑的见端。

还有太子中允王珪,及洗马魏征,也恐世民功高,将夺储位,因劝建成道:"秦王功盖天下,中外归心,殿下但因名分居长,得就东宫,此时不立大功,恐未能镇服海内。今刘黑闼亡命余生,复据东土,胁从无多,人心未定,殿下可自请出征,讨平残孽,借取功名,且结识山东英俊,作为指臂,庶几储位得安了。"建成依计请行,魏征等一同随往。途次接得相州桓州的警电,接连被陷,倒也惊心。嗣得魏州总管田留安捷报,说已击破黑闼,擒住莘州刺史孟柱,收降敌卒六千人,于是放心前行,会同齐王元吉,直向魏州进发。是时山东州县,多应黑闼,上下相猜,人心离怨,惟田留安待遇吏民,坦然不疑,尝语吏民道:"我与尔曹,均为国御贼,应该同心协力,必欲弃顺从逆,可斩我首,自去求取富贵。"吏民闻言,皆涕泣誓死。内有黑闼旧党苑竹林,阴怀异志,由留安察悉情伪,反引置左右,好言慰谕,委以管钥。竹林竟因此感激,愿为所用。黑闼连攻数次,均被击走。不没田氏。

至建成元吉,行至昌乐,黑闼即引兵来争,两次列阵,均未交锋。魏征语建成道:"前破黑闼,所有贼将,都挂名处死,妻子系虏,所以余众尚存,统为尽力。今宜悉释俘囚,一律慰遣,彼等既得生机,何必自投死路?此离彼散,黑闼自无能为了。"釜底抽薪,莫善于此。建成立即照行,果然黑闼部下,逐日散去;更兼粮食已尽,不能再持,遂乘夜遁走,至馆陶永济桥,桥尚未成,不得径渡。建成元吉,率大军从后追赶,将至桥旁,为黑闼所见,令王小胡背水为阵,自督兵火速造桥。桥已粗成,即策马奔过桥西,众遂大溃,多半弃仗降唐。唐军渡桥追黑闼,才过千人,桥忽崩坏,黑闼得率数百骑遁去。建成收军回营,遣骑将刘弘基,率万人穷追黑闼。黑闼日夜奔走,不得休息。及至饶阳,从骑只百余人,俱有饥色。饶州刺史葛德威,开城出迎,黑闼不欲入城,由德威再三固请,乃随入城中,暂憩市间。当有官役持送酒食,黑闼狼吞虎咽,大喝大嚼,正在兴高采烈的时候,蓦见德威引兵到来,一声吆喝,便把黑闼等围住,拿得一个不留。黑闼弟十善,也同时获住,送诣大营。建成恐中途被劫,遂将黑闼兄弟等,枭首洺州,黑闼临刑叹道:"我本在家锄菜,为高雅贤辈所误,竟致

第十一回　唐太子发兵平山左　李大使乘胜下丹阳

此祸，悔无及了。"黑闼既平，圆朗大惧，淮安王神通，与李世勣合兵，又进攻圆朗，圆朗硬着头皮出城，屡战屡败，结果是弃城夜奔，走至中途，为野人所杀，了结残生。唐军方移攻高开道，巧值开道部将张金树，枭开道首，投营输诚。有诏授金树为北燕州都督，于是东北一带，均已荡平。总计刘黑闼先后僭号凡三年，徐圆朗僭号亦三年，高开道僭号共六年，爝火微光，终归消灭。再作一束，了过三盗始末。

李艺杜伏威，阴惮唐威，先后入朝称贺。高祖封艺为左翊卫大将军，伏威为太子少保，兼行台尚书令，均暂留京师，伏威素与辅公祏友善，亲若昆弟，军中亦称公祏为伯父，畏敬与伏威相等。唐封伏威为吴王，公祏亦得受封为舒国公，既而伏威令养子阚稜为左将军，王雄诞为右将军，推公祏为仆射，表面上是尊重公祏，暗中实夺他兵柄，令二养子监制左右。公祏知伏威意，也托言学道辟谷，借端自晦。以假应假，也是好看。及伏威入朝，留公祏守丹阳，令雄诞握兵为副，且密嘱雄诞道："我至长安，如不失职，毋令公祏为变。"雄诞允诺。哪知伏威一去，公祏即欲举事，可巧雄诞有疾，遂诈为伏威书，嘱代掌兵，一面遣私党西门君仪，唆使雄诞助己为逆。雄诞闻兵权被夺，正疑伏威食言，及与君仪会谈，才知公祏诈计。竟从床上跃起道："天下方定，吴王又在京师，大唐所向无敌，奈何无端为逆，自求灭族呢？雄诞今若从公，不过诞生百日。大丈夫怎可偷生惜死，自陷不义？为语辅公，不敢从命。"君仪返报公祏，公祏即发兵至雄诞寓中，将他拿下，用帛勒死。雄诞虽忠，可惜无才。公祏又诈称伏威不得南还，贻书令起兵北向，遂大修铠仗，厚积粮储，居然自称宋帝，遣部将徐绍宗侵海州，陈正通寇寿阳，用故人左游仙为兵部尚书，兼越州总管，处置军务。

唐廷闻报，即命赵郡王孝恭，率舟师趋江州，岭南道大使李靖，率交广泉桂步兵趋宣州，怀州总管黄君汉出谯亳，齐州总管李世勣出淮泗，四路会齐，同讨公祏。孝恭将发，与诸将宴集，命吏取水，忽变为血，诸将皆相顾失色。孝恭谈笑自如，且语诸将道："这是公祏授首的预兆，令人喜慰，何有他虑？"孝恭此言，颇有大将材。遂调集战舰，即日起行。途次闻黄州总管周法明，为洪州总管张善安所杀，不禁失声道："善安也从贼么？盗心未改，恰是可忧。"嗣复接到捷音，乃是安抚使李大亮，已诱执善安，送往长安，又喜语诸将道："公祏已失去右臂，可保无虞了。"看官道张善安是何人？他本是个兖州贼帅，兖州平后，降唐为洪州总管，至公祏叛命，阴与联络，据住夏口。周法明出兵黄州，进屯荆口镇，夜在战舰中饮酒，善安恰令军士扮作渔人，潜上周船，将法明刺死。李大亮闻法明被刺，即领兵往攻洪州，与善安隔水遥语，谕以祸福。善安道："善安初无反意，只为将士所误，逼我至此，今若再降，恐终不免祸，奈何?"大亮道:"张总管既有降心,便与我同是一家了。"因单骑渡水,径至善安军前,与善安携手共语,示无猜嫌。善安大喜,情愿悔过投诚。大亮与约而归,善安也率数十骑诣大亮营,大亮禁从骑入门,只引善安入谈。善安语毕欲辞,忽大亮背后,闪出武士数人,竟将善安拿住。从骑仓皇遁回,召集全营,来攻大亮。大亮令人示谕道:"我未尝羁留张总管,张总管恐回营以后,将士或有异心,因自愿留住,君等何故恨我?"绝妙好辞。善安部众听了此言,但痛骂张善安,说他卖众媚人,遂陆续散去。大亮即遣人押送善安,径往长安去了。

孝恭闻报后,兼程疾进,连破公祏守兵,拔鹊头镇,复下梁山等三镇,公祏遣部将冯慧亮陈当世等,领舟师三万,屯守博望山,陈正通徐绍宗率步骑三万,屯守青林山,再就梁山下面的江路,连接铁锁,阻住来船,并在两岸筑城结垒,屹成巨障。孝恭与李靖进次舒州,李世勣引步卒逾淮,拔寿阳,次硖石,慧亮等坚壁不战,孝恭遣奇兵断他粮道,敌营遂虞乏食,夜出袭孝恭营,孝恭早已预备,也还他一碗闭门羹,敌无从逞技,只好引还。越日,孝恭集诸将议事,诸将皆前请道:"慧亮等拥兵据险,急切未易攻下,不若直指丹阳,捣他巢穴。丹阳一破,慧亮等不降何待?"孝恭颇欲依议,李靖独出阻道:"公祏精兵,虽多在此地,但手下健卒,料尚不少,今博望诸栅,尚不能拔,公祏保据石头,难道反容易攻取么?若我军进攻丹阳,旬日不下,慧亮等蹑我后尘,腹背受敌,岂非危道?靖看慧亮正通,皆百战余贼,本意非不欲战,但因公祏立计,令他持重,意欲老我师徒,乘懈来击,我今先用赢卒诱他出来,然后驱精兵压贼,一举便可荡平了。"说至此,正值伏威部将阚稜到来,孝恭即差人迎入。原来阚稜随伏威入朝,受命为越州都督,伏威病殁京师,高祖令他抚绥部曲,及助讨公祏,所以奉命南下,来见孝恭。孝恭大喜,当下命赢兵先攻贼垒,自勒精兵结阵,在后待着。果然正通等出兵来追,才经里许,即遇孝恭大军,那时明知中计,也只得挺身接仗,忽见唐军中突出阚稜,免胄语敌众道:"汝等不识我么?敢与我战。"敌众多阚稜旧部,自然倒退,或且下拜。唐军趁势杀出,奋力向前,正通等尚想拦截,奈部众已无斗志,纷纷逃走,随你正通如何骁悍,到此也败退下去。孝恭与靖穷追数十里,毙敌无数。博望青林两戍卒,统皆溃散。李靖遂进薄丹阳,吓得公祏胆战心惊,无心固守,竟潜出后门,带了家属,及从骑数千人,飞风般的遁去了。正是:

诈力两穷惟出走,兴亡各判在须臾。

究竟公祏能否逃生,待至下回续叙。

刘黑闼之乱,谁激之?唐高祖激之也。建德旧将,既不能杀之,又不能用之,故黑闼一起,而啸聚至数万人,迨既奔突厥,死灰复燃,不数月间,又得规复故地,李道玄轻进丧身,史万宝甫战即败,庐江王瑗弃城远遁,齐王元吉逗兵不进,建成才智,不秦王若,而独得平贼者,赖有魏征一策以解散贼心耳。辅公祏挟诈起兵,一王雄诞且不能屈,徒伪托杜伏威之贻书,号令部曲,其不足维系众心,已可想见。阚稜免胄相示,贼即解散,吾犹怪唐廷当日,伏威尚未病殁,何不令其作书谕众,借杜祸萌。必待四路并进,乃得幸克,毋乃晚欤。然尚赖有李孝恭之镇定,与李靖之智谋,才能破敌,类叙之以见二寇之易灭,及高祖之尚属失算云。

第十二回　诛文幹传首长安
　　　　　　却颉利修和突厥

　　却说辅公祏弃城出走,意欲南奔越州,因左游仙已出任越州总管,所以有心往依。偏唐将李靖入丹阳,李世勣不肯放松,连夜追来。公祏奔至句容,从骑只五百人,到了天暮,投宿常州,闻部将吴骚等,拟执己献唐,连忙斩关逃去,随身妻子,一并弃去,只有心腹数十人,走至武康,为野人所攻,西门君仪战死,公祏被擒,送至丹阳,立即枭斩,传首长安。又出兵分捕余党,凡自左游仙以下,多半捕诛,约计公祏僭号,仅阅六月,即就歼灭。江南皆平,高祖闻捷,大喜道:"靖系萧辅的膏肓呢。萧辅指萧铣及辅公祏。虽古韩白卫霍,无以过此。"遂授孝恭为东南道行台右仆射,靖为行台兵部尚书。既而行台罢撤,孝恭改任扬州大都督,靖为都督府长史,惟张善安解入京都,廷讯时委罪诸将,自称无辜,高祖却也赦宥,嗣由丹阳搜得逆书,由孝恭尽行赍献,善安明与公祏通书,无可抵赖,方才伏诛。只公祏伪造伏威的诈书,也由高祖检视,疑为实事,即追除伏威名籍,籍没家资。阚稜恃功不逊,为孝恭所憎,也把他所有田产,一并籍没。阚稜不服,竟与孝恭争论,惹得孝恭怒起,竟诬他与公祏通谋,杀死了事。伏威受枉,阚稜尤觉含冤。孝恭之罪,百口难辞。秦王世民,颇知伏威等含冤,及即位初年,始为昭雪,发还家产,这且慢表。

　　且说唐高祖武德七年,中国大势,已归统一,所有从前盗名窃字,割据州县诸草寇,尽行消灭,只有梁师都尚据朔方,未曾削平。高祖暂息兵争,整顿内治,于是正官阶,定学制,修刑法,官阶分作数级,以太尉司徒司空为三公,次尚书、门下、中书、秘书、殿中、内侍为六省,又次为御史台,又次为太常、光禄、卫尉、宗正、太仆、大理、鸿胪、司农、太府,共九等,又次为将作监,又次为国子学,又次为天策上将府属,又次为左右卫至左右领卫为十四卫，东宫置三师即太师、太傅、太保。三少即少师、少傅、少保。詹事、王公置府佐国官，公主置职司，并为京职事官，州县镇戍，为外执事官。文散官自从一品起，至从九品，分二十八阶，武散官自从一品起，至从九品，分三十一阶，大致是参照隋制，互有损益，学制有国子学，三品以上之子孙入之。太学、四五品以上之子孙入之。四门学、六七品之子孙及庶人之俊造者入之。律学、八品九品之子孙及庶人之习法令者入之。书学、习文字者入之。算学习计数者入之。六种，均隶属国子监，惟崇文馆弘文馆等，为宗亲及功臣子弟入学，不归国子监统辖。此外如各州县乡，一律置学，限年毕业，按次递升，与选举法并行，学校以习经为主要科，选举以命策为主要科，各有进阶，不相混杂。刑法多从隋旧，十恶不赦，谋反、谋大逆、谋叛、恶逆、不道、大不敬、不孝、不睦、不义、内乱。五刑，笞、杖、徒、流、死。八议，议亲、议故、议贤、议能、议功、议贵、议勤、议宾。俱依隋律。另订十二律，名例、卫禁、职制、户婚、厩库、擅兴、贼盗、斗讼、诈伪、杂律、捕亡、断狱。与隋制互有异同，此三条为立国大纲，故特别叙明。就是租、庸、调三法，亦重行订定，人民十六岁以上为丁，每丁给田一顷。岁入租粟二石，便叫作租。丁男随乡所出，输纳绫绢绝绵布麻等，立有定限，便叫作庸。人民每岁应充公役二十日，如不欲充役，当酌出庸值，以日为计，每日出绢三尺，二十日须出绢六丈，便叫作调。倘或有事征发，阅十五日，将调免去，三十日租调俱免，遭小灾免租，遇中灾免调，遇大灾租庸调俱免。士大夫既经食禄，不得与民争利，征取有制，海内称便。唐立租庸调法，已见第十回中，此处再行叙及，因相传为唐室美制故耳。

　　正在整纲饬纪的时候，忽由庆州出一骇闻，乃是都督杨文干造反，全州俱被占领了。原来杨文干尝宿卫东宫，与建成最相亲昵，建成与世民有隙，常与文干密谋，欲害世民，元吉亦尝参议，且语建成道："欲杀世民，但教弟一举手，便足了事，何必多设谋划呢。"谈何容易。文干很是赞成。一日，世民从高祖幸元吉第，元吉令护军宇文宝等，埋伏室内，因潜告建成，欲践前言。建成摇手劝止，元吉艴然道："我不过为兄设法，与我何关得失呢？"建成道："弟不闻投鼠忌器么？父皇已老，倘或受惊，岂非增罪。"建成尚知有父。元吉乃止。建成私募壮士二千余人，为东宫卫士，更调入幽州健骑三百名，分置东宫诸坊，一面荐文干为庆州总管，暗令募选骁壮，送入长安。高祖幸仁智宫，建成居守，世民元吉皆随行，建成语元吉道："秦王此行，且遍见诸妃，渠多金宝，必一律赂遗，诸妃得了厚赂，总替秦王帮忙，我怎得箕踞受祸？安危大计，决诸今日。"元吉笑道："兄前日若依弟言，此人已早除去了。"建成道："今日父皇出行，可以举事。"元吉问计将安出？建成附耳道："如此如此。"元吉道："此计甚妙。"遂与建成别去，建成即阴令郎将尔朱焕，校尉桥公山，

第十二回　诛文幹传首长安　却颉利修和突厥

潜运甲仗，往遗文幹，令他即速起兵，表里相应。焕等行至中途，自恐事泄被祸，径向高祖前告变。高祖大怒，立遣司农卿宇文颖，驰召文幹，元吉闻知，捏着一把冷汗，忙嘱颖传语文幹，令毋入京。文幹既得颖言，便道："一不做，二不休，我不如造反罢！"遂引兵趋宁州，高祖又亲书手诏，促召建成，建成大惧，不敢径行。詹事主簿赵弘智，劝建成贬损车服，轻骑谢罪。建成左思右想，也无别法，不得已轻车减从，往抵行宫，入谒高祖，便投身委地，接连磕头。高祖痛责一番，令左右拘住建成，监禁幕下。那宁州警报，已似雪片般到来，初说被围，继说被陷。高祖忙召世民问计。又要请教令郎。世民答道："文幹竖子，有何足畏？地方有司，如不能剿灭，但遣一将往讨，自可立平。"高祖道："事连建成，恐多响应，不如由汝亲行，待平贼回来，当立汝为太子，黜建成为蜀王。蜀兵脆弱，不足为变，若再跋扈，汝亦容易扫平呢。"此语亦属失当。世民奉命即行。元吉亟贿托妃嫔，为建成缓颊，复浼封德彝劝回上意。德彝本隋室佞臣，此时竟邀高祖宠眷，往往三言两语，得快天颜，内浸外润，不怕高祖不为所迷，仍命建成还守京师，但责他兄弟不睦，后当痛改前非，一面归罪王珪韦挺，及天策参军杜淹，说他撺掇是非，并流巂州。三人真是晦气。世民引军西向，才至宁州附近，文幹部众，已是惊惧万分，因即刺杀文幹，携手迎降。宇文颖也被擒住，押送长安，讯明正法。至世民还军，高祖已经还朝，并不提及易储事。世民料知中变，付诸一笑罢了。天子无戏言，况易储问题，关系重大，奈何轻许，又奈何轻忘？

且说东突厥主处罗可汗，既迎纳萧后，及炀帝幼孙杨政道，见第六回。便欲为隋报仇，有意南侵。更兼梁师都据有朔方，屡遣人至突厥乞师，且愿为向导。处罗乃遣将分出，自拟督兵取并州，安插杨政道，群臣多半劝阻，处罗道："我父失国，赖隋得立，此恩如何可忘？"事详第六回。遂不听群谋，决计亲行。命驾将发，忽然生起病来，二竖为灾，数日殒命。处罗有子奥射设，面丑身弱，隋义成公主，将他废锢，另立处罗弟颉利可汗，自己又嫁与颉利，作为可敦。原来为此。堂堂帝女，四嫁胡主，太不怕羞。公主从弟善经，与王世充使臣王文素，均留居突厥，乃共白颉利道："从前启民可汗，为兄弟所逼，脱身奔隋，幸亏文帝救护，得还故土。今唐天子非文帝子孙，可汗应奉杨政道，南伐唐室，借报前恩。"颉利正席父兄遗业，士马强盛，屡图南略，一闻此言，当然乐从，遂屡次入寇。高祖以中国未宁，不欲与突厥相争，常遣使赍书修好。偏颉利请求无厌，屡将唐使拘住，且与梁师都再四加兵，自武德四年至七年，争战不休，互有胜败。唐并州总管府长史窦静，请就太原广置屯田，即耕即战，秦王世民也以为请，乃依议举行，岁收谷得数千斛，少纾边困。但颉利总出没无定，防不胜防，或劝高祖道："突厥屡寇关中，无非因长安繁丽，意欲入境大掠，得偿欲壑，若陛下弃此不都，把长安化作一炬，那时胡人失望，自不愿再来了。"真是呆话。高祖竟信为良策，即遣宇文士及，赴襄邓间择都，以便南徙。太子建成，齐王元吉，又竭力怂恿，愈早愈妙。愚不可及。独世民进谏道："戎狄为患，自古皆然，陛下以圣武龙兴，奄有中夏，精兵百万，所向无敌，奈何因胡虏扰边，遽欲迁都他避，这不但贻羞四海，并且遗笑千秋。愿假臣儿数万兵士，宽限岁月，保可系颉利颈，生致阙下，万一不能，迁都未迟。"快人快语。高祖也不禁勃然道："此言深合朕意。"当召还士及，取消此议。世民乃退。不意建成复连结妃嫔，共谮世民道："突厥犯边，得赂即退。秦王托词御寇，实欲总握兵权，为篡夺计，陛下奈何不察？"为此数语，又把高祖的心肠，似小辘轳的乱撞起来。名为开国之主，实是一个糊涂人物。

越宿，出猎城南，令建成世民元吉驰射角胜。建成有胡马肥壮，独喜蹶跃，遂持辔授世民道："此马甚骏，能超过数丈深涧，弟素善骑，试一乘何如？"世民即一跃上马，往逐一鹿，鹿将追及，马忽仆倒。世民不待马蹶，已跳出圈外，待马仆而复起，复跃上马身，三仆三跃，毫不受伤，因旁顾左右道："死生有命，岂是暗算所能致死么？"建成闻言，不觉失色。至校猎已毕，又去贿托尹张二妃，尹张二妃，复向高祖饶舌，谓："秦王自言天命所归，将为真主，断不至有浪死的情理。"高祖顿时大怒，先召建成元吉侍侧，然后召世民面斥道："天子自有天命，不是智力可求，汝为什么专想此位哩？"世民忙免冠顿首，请下法司案验。高祖怒尚未解，忽有一内监入报道："突厥大举入寇，前锋已到豳州了。"恰是世民的救星。高祖被他一惊，才将怒意打消，改容慰勉世民，令他仍然冠带，与商战守事宜。世民道："火来水淹，兵来将挡，臣儿愿出去一战。"高祖喜慰道："元吉可随同前去，可战乃战，可和便和。"世民元吉，同声应命，当即出调将士，隔宿启行。高祖亲至兰池饯别，赐世民美酒三杯，元吉一杯。世民并非小孩子，何高祖待之若婴儿。两人饮毕谢恩，炮声一响，大军启行，高祖还跸，世民元吉，均驾马驰去。

将至豳州，闻突厥连营百里，气焰甚盛，元吉已有惧意，世民令侦骑再行探明，俟得返报，说是："颉利突利二可汗，举国入寇，兵士确有数十万人。"世民从容道："两酋同来，我自有法破他，不必多虑。"已有成算。遂驱军再进，径抵豳州，依城下寨。是时关中久雨，粮运阻绝，士卒又久苦征役，疲敝不堪。朝廷及军中，均以为忧。独世民不动声色，措置自如。到了次日，颉利率铁骑万余，奄至城西，列阵五陇坂，昂然待战。世民顾元吉道："今虏骑凭陵，断不可示他怯弱，理应出营与战。弟能与我同往否？"元吉嗫嚅道："虏……虏势这般强盛，勿……勿宜轻出与争。倘或失利，悔……悔不可追。"世民答道："颉利突利，名为叔侄，实具猜嫌，突利乃始毕子，始毕传弟处罗，处罗复传弟

第十二回　诛文幹传首长安　却颉利修和突厥

颉利,兄弟相及,因致突利失位,应亦不平。颉利恐突利生嫌,因令镇守东方,也封他为可汗。今日连兵来此,我正可就中取事。别人怕他,我却不怕,汝不敢往,我当独往。"知己知彼,百战百胜。突利履历,即借世民口中叙过。言毕,即带领百骑,驰诣颉利阵前,大声呼语道:"我朝与可汗和亲,为甚么负了前约,深入我地?我便是秦王李世民,可汗能斗,快出与我斗,若率众来战,我亦不怕,我手下只有百骑,足当汝等万人。"子龙一身都是胆,此语可移赠秦王。颉利闻言,还疑世民是诱敌计,笑而不答。已堕世民计中。世民见突利自为一队,与颉利隔一沟水,遥对作斜角状,因复遣骑将往告突利道:"尔前日与我同盟,有约在前,缓急相救,今乃引兵攻我,奈何没有香火情?"别人用反间计,都从秘密处下手,世民却故意明言,令他启疑,用计尤妙。突利亦寂然不应。突利也堕入计中。世民又故意驰至沟旁,牵缰欲涉,颉利乃遣人来止世民道:"王不必渡沟,我来并无他意,不过欲与王更申盟约呢。"世民乃勒马道:"可汗既欲申盟,但遣一介使臣,即足了事,何必用大兵前来?欲战即来,欲和即退。"再逼数语,妙不可及。颉利乃麾兵少却,会值大雨滂沱,乃各引兵还营,世民语诸将道:"胡虏所恃,惟有弓箭,今积雨连旬,箭胶俱解,弓不可用,他似飞鸟折翼,无从高飞,我却刀槊快利,以长制短。及此不乘,尚待何时?"于是令军士饱餐一顿,冒雨复进。且遣人往谕突利,极陈利害,突利欣然应命。颉利因世民骤出,正在惊疑,亟召突利入商,意欲出战,突利道:"天雨未霁,运饷艰难,我军又深入无继,就使战胜,亦不能深入长安,一或败衄,祸将不测。况秦王素号能军。未见得定是我胜,不若与他讲和为是。"颉利默然,乃遣突利与部帅阿史那思摩,往见世民,申请和亲。世民坦怀相待,突利甚喜,愿与世民结为兄弟,彼此很是款洽,遂定盟而去。

　　世民收军回朝,突厥复遣阿史那思摩入觐,高祖引升御榻,慰劳再三,并封他为和顺王。思摩拜谢欲归,诏令左仆射裴寂,偕思摩至突厥答聘,许他互市,裴寂也修好而还。无如戎狄无信,性好反复,讲和未几,又遣将寇边。高祖不觉动怒,顾语侍臣道:"突厥如此狡诈,朕将督大军亲征,往时通使突厥,以敌国礼相待。所以通用国书,今当改书为敕,问他何故屡扰我境,卿等可替朕草诏便了。"侍臣承旨拟敕。敕文拟定,由高祖阅过,即遣使赍递。看官!你想颉利可汗,本是个骄矜自大的人物,骤然接到诏敕,怎肯顺受?当下将唐使拘住,即发兵分寇灵相潞沁韩朔诸州。代州都督蔺謩,与突厥兵交战新城,失利而还,乃令行军总管张瑾屯石岭,李高迁趋大谷,分御突厥。一面向唐廷告急,高祖命秦王世民出屯蒲州,调李靖为安州大都督,出屯潞州,任瓌为行军总管,出屯太行,李靖甫至潞州,见张瑾单身逃来,报称全军覆没,连长史温彦博,都被擒去。靖留住张瑾,行文至秦王世民,及总管任瓌,约他三路齐进,并力夹攻。世民正拟出发,忽由颉利遣使请和,愿将温彦博放还,仍敦旧好。世民正言诘责,命他速归彦博,才准罢兵。来使唯唯而去。原来彦博被执,颉利因他职掌机要,问及唐廷兵粮虚实,彦博默不一答,竟被徙往阴山,复纵兵进逼灵州。灵州都督王道宗,兜头痛击,杀死虏兵数千人,颉利乃退,嗣闻秦王世民等,将会师前来,又觉惶急异常,乃遣使卑辞乞和,经世民与他定约,慌忙追还温彦博,送归唐营。两下里又算息兵,世民仍入都复旨,自是威名益著,遭忌益深。建成元吉,佯与为欢,邀世民夜宴,置毒酒中。世民哪里晓得?及饮毕归府,猝然心痛,喉中亦非常作痒,竟至咯血数升,卧不能起。百密未免一疏。不死还是大幸。淮安王神通,报知高祖,高祖亲往问疾,由世民呜咽陈词,粗述情由。高祖长叹数声,乃语世民道:"我起自晋阳,得平中原,多出汝力,本拟立汝为太子,汝乃固辞,因立汝兄建成。现在储位久定,不忍再易,但看汝兄弟终不相容,同处京师,暗斗日烈,计惟遣汝出居洛阳,自陕以东,由汝作主,可建天子旌旗,如汉梁孝王故事。"大都耦国,尚为乱本,况一国中有两天子耶?唐天子所嘱诸语,俱属谬误。世民涕泣道:"这非臣儿所愿,臣儿岂可远离膝下。"高祖道:"这是权宜的计策,汝宜顺我意计,免得相残。"世民勉强受命。待高祖回宫,又休养了数日,病势渐愈,乃召集僚属,整顿行装,专待明诏一下,即行陛辞。不料侯至兼旬,并没有明诏下颁,眼见得是又信谗言了。小子有诗叹道:

> 人心最忌是怀私,一寓私心即被欺。
> 况是堂堂天子贵,胡为投杼屡生疑?

究竟世民能否赴洛,且至下回表明。

建成元吉,智勇远不逮世民,乃得此贤兄弟以为助。正应式好无尤,联作指臂,而乃两不相容,私结妃嫔,阴募壮士,且嗾使杨文幹之叛命,欲为表里相应之举,是诚何心哉?岂除去世民,即能安然为嗣皇帝,俨然作皇太弟乎?况文幹一发而即诛,势若发蒙振落。至于出拒突厥,元吉畏缩不前,独世民从容谈笑,卒却强胡,为建成元吉计,亦当自愧弗如,收拾邪念,乃复下毒酒中,惟恐世民不早死,骨肉成仇,一至于此,是真李氏之大不幸也。然推原祸始,实皆由高祖酿成之,立储不慎,已为一误,欲易储而复不易,又为一误。追命世民居洛阳,又复中悔,卒至喋血宫门,手刃同气,可胜慨欤!读是回,可为世之父子兄弟,作一龟鉴焉。

第十三回　玄武门同胞受刃
　　　　　庐江王谋反被诛

　　却说建成元吉,闻世民将往洛阳,又私自相谋道:"秦王若至洛阳,大权在手,势更难制,不如留住长安,尚是一个匹夫,还可设法除他呢。"乃密令心腹数人,迭上封事,只说是"秦王左右,得赴洛阳消息,无不喜跃;此去恐不复来"云云。那时老昏颠倒的唐高祖,又为他所惑,竟将秦王镇洛的嘱言,撇置脑后。世民以高祖一再信谗,也自觉孤危起来。可见玄武门之祸,全是高祖激成。元吉且想出一法,欲招诱秦府骁将,使为己用。他平时所最畏惧的,是秦府中的尉迟敬德,敬德善用槊,又善避敌槊,每当出战,轻骑入敌阵中,敌虽聚槊攒刺,终不至受伤,且往往夺取敌槊,还刺敌人,各将无不畏服。元吉亦常习槊,欲与敬德角艺,敬德请元吉加刃,自己独把刃除去,一往一来,角逐多时,元吉恨不得将敬德一槊刺死,偏敬德似生龙活虎一般,左跳右跃,无从下手,嗣经元吉觑出破绽,兜心一槊,总道他已受创,哪知敬德是卖弄手段,故意直立,令他刺来,待至槊已接近,竟用手接住,奋力一扯,把槊夺去,元吉反剩了一双空手。敬德复将槊给还元吉,令他再刺,元吉再刺再失,三刺三失,方不敢与敬德交手,赧颜而退。史称敬德善槊,一再提及,俗小说中反说他用铁鞭,不知何据。但心中却很是畏忌,密劝建成与他结交,私赠金银器一车。敬德拜辞道:"敬德出身微贱,值天下丧乱。久陷逆地,幸亏秦王提拔,得事圣朝,现欲酬报知遇,尚愧未遇,至于殿下前更无功效,何敢当赐? 若私许殿下,便怀二心,徇利弃忠,恐殿下亦所不取呢。"建成无词可答,只得收回送礼。敬德转语世民,世民道:"公心如山岳,虽积金至斗,公亦不移。但恐非自安计,还应思患预防。"敬德受教而出。隔了数日,果有刺客在门外探望,敬德竟把门大开,安卧不动,刺客逡巡自去。建成元吉,复入诉高祖,诬言敬德有谋反意,高祖竟欲杀敬德,赖世民入朝固请,乃得免罪。元吉又潜谮程知节,有诏出知节为康州刺史。知节语世民道:"大王股肱羽翼,若尽被摧折,身何能久? 知节誓死不去,幸早决计。"世民尚是踌躇,忽又接到诏敕,勒令房玄龄杜如晦两人,出秦王府,于是秦府僚佐,类皆自危。长孙无忌,系世民妻舅,与房玄龄为莫逆交,玄龄私语无忌道:"今嫌隙已成,祸机将发,不早为谋,祸及社稷。公与秦王谊关至戚,不若劝王为周公事,保全家国。存亡安危,正在今日。"无忌告知世民,世民又召问杜如晦,如晦亦劝世民从玄龄言。他如秦府门客,无不怂恿世民,速定大计。只李靖李世勣两人,不发一言。

会突厥兵又来犯边。建成荐元吉将兵北讨,高祖遂将兵事属元吉。元吉请调尉迟敬德为先锋,且悉简秦府精卒,同讨突厥,敬德亟与长孙无忌,入白世民道:"大王尚不早决,祸在目前了。"世民道:"同气相关,怎忍下手?"敬德道:"人情无不畏死,大众愿以死奉王,这是所谓天授了。天与不取,反且受殃,王奈何沾沾小仁,不顾大局?"世民默然不答。忽有率更丞唐府官名。王晊驰入,似欲有言,因见长孙尉迟两人在侧,一时又未敢遽发。世民早已觉着,便起与王晊密谈。晊说了数语,便即退出。世民因告无忌道:"适由王晊来报,谓齐王与太子定计,欲我与太子至昆明池,饯齐王北行,即就席前伏着勇士,置我死地,太子可入求内禅,齐王当立为太弟。"无忌不待说毕,便道:"先发制人,后发为人制,两语可决了。"世民叹道:"骨肉相残,古今大恶,我诚知祸在旦夕,但欲待他先发,然后仗义出讨,方为有名。"观此言,可知世民亦处心积虑。敬德在旁接入道:"大王若再不听敬德,敬德不能留居大王左右,束手就戮,请从此辞。"无忌复道:"王不从敬德言,无忌亦当相随同去。"一推一扯,不怕秦王不上此台。世民乃再召府僚集议,大众齐声道:"大王以舜为何如人?"世民笑道:"舜是古圣人,何消问得。"众复道:"假使舜徇父命,浚井不出,必为涂泥,完廪不下,必为灰烬,怎能泽被天下,法施后世?大王既知舜为圣人,何不权宜行事?"世民道:"且问诸龟卜,再决行止。"众乃取龟为卜,突有一人进来,投龟弃地道:"卜以决疑,不疑何卜,今日箭在弦上,不得不发,难道问卜不吉,便好罢什么?"爽快之至。世民视之,乃是幕僚张公谨,便道:"如公言,事果可行么?"公谨道:"非但可行,且应速行。"世民乃决。遂令长孙无忌,密召房杜二人定计。玄龄如晦,均谢无忌道:"敕旨令我二人,不得事王,今若私谒,必坐死罪,不敢奉教。"无忌还报世民,世民不觉动怒,竟拔出佩刀,持给敬德道:"玄龄如晦,怎敢叛我,公试持刀往观,若彼二人果无来意,可用我刀杀死了他,持首回来。"前缓后急,是前情亦寓做作。敬德遂与无忌同行,见了房杜二人,即与语道:"王已决计,公等宜速入!"玄龄道:"我等四人同去,恐惹人注目,宜各归各行,且我与杜公,亦须改装方可。"于是玄龄与如晦,皆改服方士装,令无忌先行,两人陆续前往,敬德独绕道回秦府。世民即与房杜等定下密谋,越宿照行。

是夕,太白经天,太史令傅奕,密奏太白星现秦野,秦王当有天下,高祖阅奏毕,正值世民入朝,因举原奏示世民,世民请屏去左右,密陈建成元吉,淫乱后宫。高祖大惊道:"有这般事么?"世民又道:"臣儿自问,无丝毫辜负兄弟,偏他二人时欲加害,谓替世充建德复仇,臣儿若果枉死,永违君亲,已是可痛,且魂归地下,亦愧见诸贼,还乞陛下恩宥!"说罢,竟呜呜咽咽的哭将起来。慧

第十三回　玄武门同胞受刃　庐江王谋反被诛

儿也会撒娇。高祖益愕然道："明日即当审问，汝宜早参。"世民应声趋退，即于夜半调兵，命长孙无忌等带领，往伏玄武门。未几天晓，建成元吉，已由张婕妤密遣内侍，走报世民密奏情形。元吉即语建成道："今日入朝，恐防有变，不如托疾为是。"建成道："内有妃嫔，外有宫甲，秦王虽强，恐亦无法可施，我等不如往参，自探消息。"乃俱乘马入玄武门。进至临湖殿，闻高祖已召集裴寂萧瑀陈叔达封德彝宇文士及窦诞等人，临朝会审，仿佛一出六部大审。料知情势不佳，立即返奔，将出玄武门，忽闻背后有人叫道："太子齐王，何故不入朝？"元吉回头一顾，并非别人，就是积世冤家李世民。他也不遑答应，便从弓袋中取出弓箭，接连三射，均被世民闪过。似此没用，焉能济事？最后一箭，经世民接住，也取弓搭着，向建成射去。建成总道是他还射元吉，毫不备防，飕的一声，竟倒撞马下，呜呼哀哉！元吉不暇顾建成，三脚两步的逃至门首，兜头碰着尉迟敬德，又复返走。世民正追元吉，不防元吉回马撞着，两人都坠落马下。元吉先起，夺世民弓，敬德驰救世民，吓退元吉，即扶世民至别室暂憩，又出室去追元吉。元吉欲入武德殿，面奏高祖，偏后面弓弦一响，转身却顾，已是不及，恰巧箭入咽喉，立时晕倒。敬德抢步上前，拔刀下斫，枭取首级，复回至建成尸旁，也将他首级枭下，蓦闻玄武门外，人声马沸，料知外面已有战事，因即携了两首，跨上了马，跑至门前。见张公瑾闭关拒守，便问道："外势如何？"公瑾道："东宫将冯翊冯立，齐府将薛万彻等，领着好几千人，来攻此门，我故将门掩住，免他闯入。"敬德道："长孙公所领伏兵，曾否出击？"公瑾道："区区百骑，怎能退敌？现云麾将军敬君弘，在此宿卫，已领兵杀出去了。"敬德道："待我出兵观战。"公瑾乃放他出门。敬德一马驰出，正值守兵败回，报称："敬将军陷入敌中，已经殉难。还有中郎将吕世衡，也经战死，东宫齐府两军，移攻秦府去了。"敬德大怒，策马径进；驰至秦府门首，为东宫齐府两军所阻，不由的瞋目怒叱道："咄！你等试看这两个首级，系是何人？"说着，即将两首级悬在槊上，擎示两军，且复大声道："奉诏诛此两人，如尔等抗违上命，罪与两人相类，尔等亦何苦寻死呢。快快解散，免同受刑！"东宫齐府两军，见血淋淋的两颗首级，确是建成元吉，且听敬德说着奉诏二字，越觉心虚胆怯，便一哄而散。薛万彻禁遏不住，即带了数十骑，亡奔终南山。冯翊冯立，也各自逃去。

　　高祖因三子俱未朝参，还疑他是彼此避面，乐得模糊过去，再作计较，匆匆辍朝，留裴寂萧瑀陈叔达等待命朝堂，自挈妃嫔至海池中，泛舟为乐。外面打架，甚是热闹，他尚全未闻知，挈眷游湖，也可谓莫愁天子。忽见岸上有一个铁甲铁鍪的大将，持着长槊，匆匆奔来，便遥叱道："来者何人？"那将即下马置槊，倒身下拜道："臣便是尉迟恭。"高祖道："卿来做什么？"敬德答道："秦王以太子齐王作乱,起兵诛逆,恐惊动陛下,特遣臣来宿卫。"高祖惊诧道:"卿且起来!太子齐王现在哪里?"敬德起答道:"已俱授首了。"高祖不觉失色,连侍侧的妃嫔,也都玉容惨淡,战栗异常。高祖亟命内侍,往召裴寂萧瑀陈叔达等人,内侍慌忙驰去;小子乘这来往的空隙,且把尉迟敬德至海池事,略行表明。急忙补叙,不肯渗漏一笔。敬德既吓退宫府两军,复入玄武门回报世民,世民问明情由,便道:"事已至此,我只好入宫谢罪。"敬德道:"且慢!上意尚未可测,容敬德先去探明。"便将两首级交给世民,自己驰入朝堂,晤着裴寂等人,便与他说明原委。裴寂道:"此事如何上闻?"敬德道:"待敬德闯入宫去,宁死敬德,毋死秦王。"言毕,即大踏步跑入里面,禁兵拦他不住,竟被他闯至宫前。有内侍出阻道:"圣上幸海池泛舟。"敬德不待说完,便转向海池跑去。既已谒见高祖,据实陈明,便即拱手立着,过了片刻,裴寂萧瑀陈叔达等人,均随内侍到来。高祖已命拢舟泊岸,便问裴寂等道:"不图今日竟见此事,后事将如何处置?"萧瑀陈叔达齐声道:"太子齐王,自起义以来,未尝预谋。反一立储贰,一封王爵,又不闻有甚么功德,徒然离间骨肉,肇祸萧墙。惟秦王功盖天下,内外归心,为陛下计,正当乘这事变,立为太子,委以军国重务。陛下便可垂拱而治了。"乐得推重秦王。高祖方转惊为喜道:"这本是朕的素愿哩。"敬德在旁,即乘机入奏道:"陛下既愿立秦王,现在外事尚未平靖,请速降手敕,令诸军并受秦王节制。"高祖即顾宇文士及道:"卿速去拟诏,待朕回朝发落。"士及闻命即去。高祖仍带着妃嫔,乘辇入宫,敬德及裴寂等,还至朝堂候旨,既而高祖临朝,由宇文士及呈上草诏,高祖即命士及出东上閤门,宣布诏敕,安定众心。复遣黄门侍郎裴矩,赴东宫晓谕将士,一律罢归。随即语敬德道:"卿去召秦王来!"敬德似飞的去了。高祖仍复还宫,时为武德九年六月庚申日,看似闲笔,恰为承上启下,点醒眉目之文,万不可少。适当盛暑,高祖开襟纳凉,忽见世民趋入,伏地请罪,高祖慰抚道:"近日以来,种种怀疑,几似曾母投杼,不能自解。今建成元吉,胆敢作乱,死有余辜,不过事关骨肉,出此变端,可恨亦可悲呢。"谁叫你酿成此祸。世民仰首,见高祖露着两乳,便用口吮他乳头,眼眶中却簌簌下泪,淋湿高祖胸前。高祖也忍泪不住,世民益复大号。恐是假情。父子正在对泣,那宇文士及及裴矩等,入宫复旨,当然劝慰一番,世民乃告别出外,回入秦府。秦府中人,复白世民道:"斩草不除根,终贻后患,建成元吉,各有子嗣数人,应一并捕诛,方可无虞。"世民也不禁止,一听僚佐所为。于是建成子安陆王承道,河东王承德,武安王承训,汝南王承明,巨鹿王承义,元吉子梁郡王承业,渔阳王承鸾,普安王承奖,江夏王承裕,义阳王承度,统行捕到,一并处死,罪人不孥,况属犹子,谓非世民之忍,其谁信之?秦府僚佐,尚欲搜捕东宫余党,列名计百余人,世民也不加禁,还是尉迟敬德,极力谏阻道:"为

第十三回　玄武门同胞受刃　庐江王谋反被诛

罪只有二人，今已诛死，不宜再及支党。若辗转牵连，恐反激成祸乱，何以求安？"世民乃请旨大赦。高祖因颁发赦文，大致谓："凶逆大罪，止建成元吉二人，其余党与，一无所问。"又诏立世民为皇太子，国家庶事，皆由皇太子处分。自此诏一下，世民虽未受禅，已不啻一嗣皇帝了。句中有刺。

太子洗马魏征，曾劝建成早除世民，至是为世民所知，即召征入见，征长揖不拜，世民益怒，遂呵责道："汝何故离间我兄弟？"征坦然道："先太子若听征言，何至今日受诛？从前管仲为子纠臣，曾射齐桓中钩，人各为主，何必讳言？"世民听了，转易怒为喜道："公可谓抗直了。"遂引为詹事主簿。又召还王珪韦挺杜淹，命珪与征同为谏议大夫。嗣又查得庐江王瑗，曾与建成密通书牍，谋害世民，乃令通事舍人崔敦礼，驰驿召瑗，令他入京对簿，敦礼至幽州，见瑗时，只说是促令入朝，尚未明言对簿事。瑗已自觉心虚，亟召将军王君廓入商。看官听着，庐江王瑗，系太祖孙，高祖从弟，例封王爵，曾与赵郡王孝恭，合讨萧铣，无功可述，移调洛州总管，又因刘黑闼入犯，弃城西走。高祖顾念本支，不忍加罪，改任瑗为幽州都督，且恐他才不胜任，特令右领军将军王君廓辅行。任官务求称职，不应私及亲旧，高祖此举，也是失策。君廓前本为盗，悍勇绝伦，降唐后积有战功，瑗欲倚为心腹，许与结婚，联成亲属，每有所谋，辄为商议，所以奉召入朝，亦邀他入决行止。哪知君廓却自有肺肠，偏视瑗为奇货，欲借他一个头颅，讨好新太子，图些后来的功业。当下眉头一皱，计上心来，便语瑗道："事变未可逆料，大王为国家懿亲，受命守边，拥兵十万，难道一介使来，便从他入京么？况太子齐王，为皇上亲子，尚受巨祸，大王入京，恐未必能自保呢。"说着，即佯作涕泣状。瑗奋然道："公诚爱我，我计决了。"死了死了。遂拘禁敦礼，征兵发难，并召北燕州刺史王诜，参谋军事。兵曹参军王利涉进言道："王今未奉诏敕，擅发大兵，明明是造反了。若诸刺史不遵王令，王将如何起事？"瑗闻言，又不禁忧惧起来，便搓手道："这…这且奈何？"实是没用。利涉又道："山东豪杰，尝为窦建德所用，今皆失职为民，不无怨望，大王若发使驰语，许他悉复旧职，他必愿效驰驱，然后遣王诜外连突厥，由太原南趋蒲绛，大王自整兵入关，两下合势，不过旬月，可得中原了。"瑗大喜，转告君廓。君廓道："利涉所言，未免迂远。试思大王已拘住朝使，朝廷必发兵东来，大王尚能需缓时日，慢慢的招徕豪俊，联结强胡么？现乘朝廷尚未征发，即日西出，攻他不备，当可成功。君廓不才，蒙王厚待，愿作前驱。"这一席话，又把瑗哄动过去，便道："我今以性命托公，内外各兵，都付公调度便了。"君廓索了印信，立即趋出。利涉得知此信，慌忙入白道："君廓性情反复，万不可靠，王宜以兵属诜。幸勿委任君廓。"瑗又生起疑来，正在犹豫未决，似此庸柔，还想造反，一何可笑。忽报君廓调动大军，诱去王诜，将诜杀死了。瑗惊惶失措,接连又有人入报道:"朝使敦礼,已由君廓放出狱中,现正晓示大众,说明大王造反,将来攻杀大王呢。"瑗愈觉惊惶。回顾利涉,已是不知去向,转思君廓已与己结婚,或者所报失实,就是语语是真,也可亲往诘问,奈何叛我至此?遂披甲上马,带领左右数百人,疾驰而出。巧值君廓过来,即欲开口质问,偏君廓已叫着道:"李瑗与王诜谋反,拘敕使擅征兵,诜已伏诛,尔等奈何尚从逆瑗,自取夷戮?快快回头,助我诛逆,可保富贵。"说罢数语,瑗手下俱奔散,单剩瑗一人一骑,哪里还能脱逃?当由君廓指挥众士,将瑗拖落马下,反绑了去。瑗骂君廓道:"小人卖我,后将自及。"君廓也不与多辩,竟将他绞死,传首京师,有诏废瑗为庶人,升君廓为幽州都督。小子有诗叹庐江王道:

  绝无才智敢称戈,事事狐疑可奈何?
  白刃临头还未悟,徒言卖我是由他。

幽州既平,太子世民,令魏征宣慰山东。欲知魏征宣慰情状,且看下回分解。

  尉迟敬德之杀齐王,与王君廓之杀庐江王,两相映照,仿佛一回对偶文字。敬德虽为秦府宿将,然总不得谓非高祖臣,观其跃马禁中,擅杀元吉,绳以《春秋》大义,无君之罪,固已显然。但世民敢杀太子,敬德亦何不可杀齐王?晋赵穿弑灵公,《春秋》且归狱赵盾,况如世民之手刃同胞,夷戮诸子乎?于敬德何尤焉。王君廓之计杀庐江王,为国除逆,较诸敬德之只知秦王,不知高祖,情状迥殊。但庐江王既愿与为婚,倚为心腹,则先当忠告善道,格其非心。吾料瑗性懦弱,当必畏而相从,万一不然,乃声罪致讨,公私两尽,瑗亦尚有何辞耶?狡哉君廓,陷瑗于法,借此图功,《春秋》之律在诛心,盖视敬德为尤忍者。敬德小忠,不能无讥,君廓之忠似大矣,而实则大奸。大奸似忠。亶其然乎?

第十四回　　纳弟妇东宫渎伦
　　　　　　盟胡虏便桥申约

  却说谏议大夫魏征,自宫府平定后,屡劝世民坦示大公,借安反侧;及幽州诛逆,复白世民道:"人心未靖,不再抚慰,祸恐难解。"世民乃遣征宣慰山东,许他便宜行事。征受命东行,途遇太子千牛李志安,齐王护军李思行,由地方官吏押送京师,征慨然道:"前东宫齐府左右,已有诏赦宥,不复按问,今

第十四回　纳弟妇东宫渎伦　盟胡虏便桥申约

复因解二李入京,是赦文转同虚下了,天下尚肯信从诏敕么?"当下将二人释归,然后上闻。世民喜他有识,传语奖勉,一面下令宣布,凡事连东宫齐王,及庐江王瑗,均不准讦告,违令反坐。自是无人告密,内外咸安。就是冯翊冯立薛万彻等,亦均令归里,概不加罪。应该如此。

惟有一种特别加恩的事件,说将起来,乃是当时东宫的趣闻,便是后来唐朝的秽史。元吉身死时,年只二十四岁,留下妃子杨氏,与元吉年貌相当,生得体态风流,性情柔媚,面如出水芙蓉,腰似迎风杨柳。唐室王妃中,要算这个杨氏妇,最为美艳。平时与秦王妃长孙氏,颇称莫逆,往来款洽,两下无猜。元吉谋害世民,她尝暗中谏阻,请勿与世民为仇,偏元吉不肯听从,终落得身亡家破,子姓同诛。杨氏年才花信,怎禁得孤帷寂寞,举目无亲,幸亏长孙氏念娣姒情,尝邀她过来叙旧,好言劝慰,俾解愁烦。一日,正当娣姒坐谈,忽见世民趋入,杨氏即起座相迎,经世民坐定,她忽屈膝下跪,对着世民,竟自请死,反弄得世民语默两难,无从摆布。长孙氏在侧,慌忙劝解,偏杨氏娇啼宛转,楚楚可怜,这是杨氏献媚处,并非记念齐王。那世民虽是绝世英雄,到了此时,也不禁牵动情肠,代为凄楚,况看她淡装浅抹,秀色可餐,一种哀艳态度,真是有笔难描,令人魂销魄荡;急切无可答词,只好离开了座,连称请起。长孙氏忙来搀扶,好容易把杨氏掖起,杨氏还是哭个不住,方由世民婉告道:"王妃休得过悲!齐王谋乱,应该伏法,与王妃无干。我在世一日,总当保护王妃一日,休戚与共,忧乐同尝,幸勿过虑!若嫌在府寂寞,不如徙居我处,好在你娣姒两人,素无嫌隙,彼此相安度日,我也好免得耽忧了。"言为心声,听言已可知意。言至此,复嘱长孙氏好意相待,乃扬长而去。

长孙氏素性温和,事翁尽孝,相夫无违。两语括尽妇德。一经世民谆嘱,总道没有歹心,且与杨氏情好无间,乐得劝她徙居东宫,得以朝夕相亲,互敦睦谊。杨氏本是个随高逐低的人物,当然唯命是从,即日迁居。哪知这位新太子,已看上这娇娇滴滴、袅袅婷婷的弟妇,特地收拾净室,令得安居,凡室中一切布置,均是亲手安排,又密拨心腹侍女数人,作为杨氏室中的服役。好教去做红娘。杨氏也觉心喜,世民平日无事,尝往她室中叙谈,渐渐的不避嫌疑,引得耳鬓厮磨,两情入彀,还有侍侧的宫娥,统是知情识意,就彼此眉来眼去时,凑趣几语,益觉春山脉脉、秋水依依。一夕,夜漏将半,杨氏已经就寝,忽有侍女入报道:"太子驾到。"杨氏慌忙起床,略整衣裳,便即出迎。深夜迎客,其情可知。世民趋入,与杨氏行过了礼,杨氏即启问道:"殿下为何深夜到此?"世民答道:"父皇召我侍宴,多饮了几杯御酒,且参议内禅事宜,至此才得脱身,是以觉得过迟了。"杨氏道:"何日行内禅礼?"世民道:"大约正在本月内。我劝父皇再过数年,奈父皇自称倦勤,定要禅位与我,这也是没法推辞了。"杨氏即跪伏称贺,世民趁着数分酒意,竟用手搀起杨氏,一面说道:"我尚未受禅,怎好受贺?"杨氏轻轻推开世民的手,才半嗔半喜的立将起来。半嗔半喜,四字妙极。此时正值仲秋天气,皓月将圆,清辉入户,更兼银烛高烧,明同白昼。世民就在灯月下面,定睛瞧着杨氏,但见她云鬟半卷,星眼微饧,穿一套缟素罗裳,不妆不束,更显出花容明媚,玉骨轻柔。越是浅妆的美女,越觉好看;越是睡起的美女,越觉好看;越是从灯光月下看美女,越觉好看。杨氏见世民注着双瞳,也不禁还他一笑。世民却转眼顾明月道:"中秋将届,玉兔在辉,想嫦娥在广寒宫,应亦跂望团圆哩。"杨氏却凄然道:"天上也留缺陷,令嫦娥长此寡居。"是凄寂语,是勾引语。世民微笑道:"嫦娥又要得时了。我因步月至此,王妃可偕我赏月否?"杨氏尚未及答,那侍女已凑趣道:"厨下尚有酒肴,待使女们搬了出来,就可赏月了。"世民道:"好极好极。"侍女等连忙出去,不到片时,竟将酒肴携至,且笑语道:"赏月须要登楼。"好几个牵头。世民道:"这个自然,就请主人导引。"杨氏迟疑半晌,经侍女等搀扶了去,不得不移步上楼。还要做什么身分?世民即龙行虎步的,趋上扶梯,那时西轩早启,晚宴初陈,世民邀杨氏入席,杨氏尚有难色,侍女又从旁怂恿,谓有宾不可无主,乃相对而坐,由侍女斟上酒来。古人说得好:"酒为色媒,色为酒媒。"杨氏入席时,尚不免有三分腼腆,及至酒过数巡,渐把那一种羞涩态度,撇在脑后,且抬头看那风流倜傥的储君,毕竟生得不凡,英姿洒落,眉宇清扬,巫峡襄王,未必有此仪表,洛川魏青,几曾得此丰神,回忆那齐王元吉,与世民生本同胞,偏面庞儿一妍一丑,大不相同,想到这里,禁不住意马心猿,竟把平生的七情六欲,一古脑儿堆集拢来。尽情描摹。世民几次温存,她似不见不闻,仿佛痴聋一般,惹得席旁侍女,都吃吃暗笑,杨氏方才觉着,不由的两颊愈红,低头弄带。世民便道:"夜已深了,再尽一杯,便好撤席。"杨氏唯唯遵命,遂各斟一满杯,彼此一饮而尽。好作两人的交杯酒。侍女等撤去残肴,次第出外,单剩两人坐着,好一歇才行进去,那两人都不知去向,寻至里面的卧室,已是朱扉双掩,绣幕四垂,料知他一对璧人,已同去演龙凤配了。虚写得妙。侍女等方各归寝。翌晨,世民乃去。

隔了数日,果然内禅诏下,高祖自称太上皇,传位太子,择吉于八月甲子日即皇帝位。是日黎明,太子世民,先朝见高祖,接受御宝,乃返至东宫显德殿中,南面升座,受文武百官朝贺,遣左仆射裴寂祭告南郊,大赦天下,赐文武官勋爵,蠲关内及蒲芮虞泰陕鼎六州租赋二年,免全国庸调一年,民八十以上赐粟帛,百岁倍赐,各种恩诏,次第颁发,然后退朝还宫,历史上称为唐太宗即位,小子也沿例称为太宗。越十日,放宫女三千余人,又越二日,册立长孙氏为皇后。后系洛阳人氏,其先为魏拓跋氏后,曾为宗室长,因号长孙。父晟仕隋为左骁卫将军,已见首文。后少好读书,循尚礼法,及为皇后,务崇节俭,一

第十四回　纳弟妇东宫渎伦　盟胡虏便桥申约

切服御，不尚繁华。太宗嗣位后，尝与论及新政，后默不一答。再三问及，后温颜对道："陛下岂不闻古语么？牝鸡司晨，惟家之累，妾系妇人，只知治宫中事。外政怎敢预闻？"不没贤后。太宗益加敬重。惟元吉妃杨氏居然纳为妃嫔，日加宠眷。后悔未预防，致成大错，但木已成舟，无法谏止，只好将错便错的模糊过去，就是待遇杨氏，依然和好，不过换了称呼。杨氏初觉自惭，后来成为习惯，也不以为意了。杨花性质，宜乎姓杨。太宗嬖宠杨氏，不得不推恩元吉，欲为元吉加封，又不得不类及建成，乃追封建成为息王，谥曰隐太子，元吉为海陵郡王，谥法乃一刺字，均以礼改葬，后来复改封元吉为巢王，因号为巢刺王，这且慢表。

且说突厥主颉利可汗，与唐廷屡有交涉，忽和忽战，反复无常。伪梁帝梁师都，又屡次怂恿突厥，侵扰唐境。颉利意尚未决，师都竟亲自往朝，面为划策，劝令进兵。于是颉利突利二可汗，复合兵十余万骑，入寇泾州，进次武功。太宗下诏戒严，亟命尉迟敬德为泾州道行军总管，统兵出御。敬德到了泾阳，适与突厥兵相遇，即乘着锐气，杀将过去，突厥兵抵挡不住，被他横冲直撞，斫毙了千余人，一边得胜，一面当然败走，待敬德收军，颉利可汗独从间道趋渭水，驻兵便桥，先遣心腹将执失思力，入都进谒，窥视虚实。太宗召见执失思力，问他何故加兵？思力道："上国给发金币，岁无定额，或作或辍，不加诚意，所以敝国两可汗，特统兵百万，前来请命。"太宗毫不畏惧，且怒叱道："朕与汝可汗面约和亲，赠遗金帛，前后无算，今汝可汗自负盟约，引兵入寇，汝曲我直，我有何愧？朕想汝虽居戎狄，应有人心，怎得全忘大恩，自夸强盛，应先将汝斩首，然后与汝可汗交战，看汝可汗能胜我军否？"理直词严，足使外人气折。思力听了数语，嗒然若丧，没奈何叩首谢罪。萧瑀封德彝入奏道："两国相争，不斩来使，还乞陛下遣还思力，借示宽容。"太宗道："朕若遣还虏使，反令他越加藐视，益肆凭陵，这岂可轻事纵容么？"又顾语思力道："权且寄汝首级，看朕督兵亲征，究竟谁胜谁负？"思力不能还答，只好跪着磕头。太宗又指令左右，将思力拘住门下省，左右奉旨，把思力拖起，出殿去了。

太宗即召集禁军，出拒突厥，自己亲擐甲胄，跨上御马，带着高士廉房玄龄等六骑，出玄武门，径诣渭水。颉利可汗方在营中坐着，专待执失思力归报，忽由军校入报道："唐天子来了！"颉利便上马出营，隔水遥望，但见对面立着六骑，当先的盔甲辉煌，果然是前为秦王，今主中夏的唐天子，正在惊疑未定，那唐天子已朗声道："颉利可汗！朕与汝定约幽州，汝曾设有盟誓，不再相犯，近年汝屡次负约，朕正要兴师问罪，汝却引兵深入，莫非前来送死么？"说至此，又扬鞭指着空中道："天日在上，我国并不负可汗，可汗独负我国，负我就是负天，试问可汗果禁得起否？"颉利听到此语，越觉惊心。那随身带着的兵士，素信神鬼，又看唐天子威风凛凛，诰命煌煌，不由的魂胆飞扬，相率下马罗拜。俄而鼓声动地，旌旗蔽天，似虎似貔的唐军，陆续踵至，摆成一字长蛇阵，烜赫的了不得。颉利吓得面色如土，竟回马入营，闭门静守。

太宗尚驻马待着，萧瑀恐太宗轻敌，叩马固谏，坚请还朝。太宗密谕道："朕筹思已熟，非卿所知。突厥敢倾国前来，直抵郊甸，总道我国内有难，朕新即位，不遑与他争锋，我若示以怯弱，闭城自固，他必纵兵大掠，不可复制，朕为此轻骑独出，示以从容，又特地张皇六师，作必战状。虏既慑我气，复震我威，且因深入我地，隐有戒心，然后与战必克，与和自固。制服突厥，在此一举，卿但看着，虏已无能为了。"瑀乃趋退，果然待了片刻，即有突厥使臣，渡水而来，向太宗前乞和。太宗复诘责数语，来使俯首听命，乃许定和议，限期次日订盟，遣还来使，才返驾回宫，越日又亲幸城西，与颉利相会，就在便桥上面，用白马为牲，歃血立约，颉利欣然领命。盟约既定，彼此麾兵退还，太宗始将执失思力放归。萧瑀复入请太宗道："前未与突厥修和，诸军争请出战，独陛下未许，臣等颇以为疑，既而虏骑自退，究竟陛下凭何神算，得如所料。"也是一个笨伯。太宗道："朕看突厥部众，虽多不整，君臣上下，惟贿是求。当他请和时，可汗独在水西，达官多来谒朕，朕若诱令宴会，乘醉缚住，一面发兵袭击，势如摧枯，再遣长孙无忌李靖伏兵豳州，截他归路，虏若奔还，伏兵前发，大军后追，管教他全军俱覆，片甲不回。不过因朕初即位，国家未安，百姓未富，一与虏战，结怨必多，他若由怨生惧，勤修武备，就令一时不敢入边，他日必来报怨，为患转日甚了。朕所以卷甲韬戈，啖以金帛，彼得所欲，退归本国，志骄气盈，不复设备，然后养威俟衅，一举可以灭虏了。将欲取之，必姑与之，就是这种计策。卿难道未晓么？"计算固胜人一筹。瑀乃再拜道："陛下胜算，原非愚臣所可及呢。"

既而颉利可汗，献入马三千匹，羊万口，太宗不受，但敕归所掠中国人口，且引诸卫将士，习射殿廷，当面晓谕道："戎狄侵陵，无代不有，患在边境少安，人主便佚游忘战，所以寇警猝发，无人敢御，今朕不令汝等穿池筑苑，但愿专习弓矢，居闲无事，朕可为汝等教师。突厥入寇，朕即为汝等统帅，庶几我国人民，可得少安了。"将士相率拜服。嗣是每日朝毕，必教射殿庭，太宗亲自考校，严定赏罚。或谓："朝廷定律，兵刃至御前，例当处绞，今命将卒习射殿庭，万一狂夫窃发，为害甚大。"想又是萧瑀封德彝等所言。太宗微笑道："帝王视四海为一家，全国人民，均朕赤子，朕一一推心置腹，何患不服？奈何把禁中宿卫，先加猜忌呢？"将士等得了此谕，益自感奋，不到数年，尽成精锐。

太宗以改元将届，订旧制，创新仪，定勋臣爵邑，降宗室郡王为县公，立子承乾为皇太子，召张元素为侍御史，擢张蕴古为大理丞，虚衷纳谏，励精图治，转眼间已是残腊,诏定次年为贞观元年。到了元旦,太宗率百官先朝太上皇,然后御殿受朝。嗣是成为常例,不消细述。越日,大宴群臣,命奏秦王破阵乐,太宗语群臣道:"朕昔受命专征,民间遂有此曲,虽未足以言文德,但为功业所由成,未敢遽忘,朕所以命奏此乐呢。"封德彝起立进言道:"陛下以神武平海内,文德何足比拟呢。"不脱佞臣口吻。太宗道:"戡乱以武,守成以文,文武两途,当随时互用,卿谓文不及武,未免失言。难道以马上得天下,便可以马上治天下么?"封德彝碰了一鼻子灰,自觉赧颜,勉强坐下,再饮了几杯,方各散席,谢过了宴,鱼贯而出。小子有诗咏道:

> 隋家都为佞臣亡,遗孽留贻到盛唐。
> 我怪文皇原有识,如何尚使列朝堂。

又越数日,接得泾州警报,燕郡王李艺,竟造反了。那时免不得有调兵遣将等情,容至下回续叙。

好色为英雄所不讳,但既为弟妇,就是艳丽动人,亦岂可纳为嫔御,此在普通人民,犹知不可,况身为储贰,不日将登大宝乎?唐太宗为一代贤君,顾渎伦伤化如此,宜唐室之女祸为独炽也。但杨氏之对于太宗,有杀夫之仇,既不能死,复委身事之,男无行,女无耻,等一秽恶耳。本回连类并诛,描出当时情事,非以导淫,实以儆恶。其有关于风化者,亦岂少哉?若夫突厥入寇,直抵便桥,太宗从容却敌,片语定盟,盖其玩突厥于股掌之上,故能操纵如意,控驭有方,彼萧瑀封德彝辈,亦安足语此?大抵叙述古人,当贬则贬,当褒则褒,绝无私意存于其间,方成信史,观此回益知褒贬之固有真也。

第十五回 偃武修文君臣论治
易和为战将帅扬镳

却说李艺自受封燕王,从征窦建德刘黑闼二寇,积有战功,入朝授左翊卫大将军,甚邀宠眷。见第十一回。艺渐渐骄倨,把朝廷上面的王公大臣,统已看不上眼,凡秦府中的僚佐,与他相遇,他更冷嘲热讽,窘辱多端。高祖恐他在京滋事,且因突厥犯边,意欲借他威名,作为镇压,特命兼领天节军将,出镇泾州。及太宗即位,进艺开府仪同三司,艺因前时得罪秦府中人,心下很是不安,遂有意谋反,借着阅武为名,调集兵士,又伪称奉密诏入朝,竟带着大众,直趋豳州。豳州刺史赵慈皓,出城迎谒,他领兵入城,便与慈皓商议,背叛朝廷,把幽州据为己有。慈皓佯为赞成,暗中却着人飞奏,一面与统军杨岌,密谋诛艺,太宗闻报,即命长孙无忌尉迟敬德两人,统兵往讨。王师方发,已为艺所闻,暗地调查,知是慈皓奏请发兵,因将他拘系狱中。时杨岌已召集州军,出艺不意,攻入城中,艺仓皇拒战,竟至败绩,遂弃了妻孥,只带了亲卒数百骑,投奔突厥,行至宁州,骑卒次第溃散,单剩了数十人,料知艺不能再振,乐得将艺刺死,枭取首级,献送京师。正是死得不值。艺妻孟氏,由杨岌饬兵拿下,严行鞫治,并放出赵慈皓。孟氏自言为女巫所误,原来济阴有李氏女,自言能通鬼神,善疗人疾,辗转流入京都,适值艺挈眷留京,孟氏素好迷信,召女巫入见,问明未来祸福。李氏女见了孟氏,遽倒身下拜,极言孟氏具大贵相,他日必为天下母。孟氏信以为真,又令女视艺,女复信口乱言;谓妃贵即由王贵,现已红光露面,指日当有异征,于是艺遂有叛志。孟氏更从旁怂恿,仓猝一举,便即夷灭。看官!你想巫觋邪言,可信不可信呢?为迷信邪言者作一棒喝。无忌及敬德,驰至幽州,已是光天化日,浩荡升平。当下将艺眷属,押还长安,一古脑儿枭首市曹,不留一人。俗小说中捏造罗成姓名,谓系艺子,殊属可笑。还有幽州都督王君廓,因长史李玄道,尝用法裁制,错疑是朝廷授意,私下猜嫌。太宗亦闻他不守法度,召他入京。他启行至渭南,驿吏稍稍不恭,竟将驿吏杀死,也向突厥奔去,中途为野人所杀,函首入都。太宗顾念前功,特令将遗尸收还,连首埋葬,且加恤妻孥,后经御史大臣温彦博,奏称君廓叛臣,不宜沿食封邑,乃废为庶人。就便带过王君廓,免得另起炉灶。这且按下不提。

且说太宗知人善任,从谏如流,凡中书门下,及三品以上,入阁议事,必令谏官随着,有失辄谏,又命京官五品以上,更宿中书内省,每当延见,必问民疾苦,及政事得失,且尝诏廷臣举贤,各长官均有荐引,独封德彝一无所举。太宗问及情由,德彝答道:"臣非不尽心,但今日未有奇才,因此不敢妄举。"太宗怫然道:"君子用人如器,各随所长。自古人君致治,难道能借才异代么?患在自己不能访求,奈何轻量当世?"德彝无言可答,怀惭而出。先是仆射萧瑀,与德彝善,尝荐为中书令,至太宗践阼,瑀与德彝论事廷前,德彝未尝创议。及瑀已议决,方吹毛索瘢,淡淡的指摘数语,或且待瑀趋退,然后极言驳斥,连太宗也堕入彀中,往往变更前议,不令瑀闻。是谓之奸险。房玄龄杜如晦长孙无忌尉迟敬德等,以佐命首功,得列爵封邑,德彝对着数人,格外巴结,所以房杜诸贤,也亲近德彝,疏忌萧瑀。瑀积愤不平,上书弹劾德彝,反忤上旨。会瑀及陈叔达忿争上前,皆坐不敬罪免官,德彝竟得为仆射,偏偏天不佑年,竟畀他生了一场大病,呜呼毕命,侍御史唐临,才摭拾德彝奸状,说他尝佐导隐太子,及海陵剌王,谋害陛下,因是太宗动怒,追削德彝官爵,改谥为缪,仍用瑀为左仆射。瑀与德彝,相去亦不能以寸。且尝引魏征入卧内,谘询军国重事,令他直陈无隐。想是防封德彝覆辙。征亦感怀知遇,知无不言,言无不尽,太宗迁征为尚书右丞。或评征与亲戚有私,奉诏遣御史大夫温彦博案验,查无实据,彦博入白太宗道:"征不顾形迹,自避嫌疑,心虽无私,亦当预戒。"太宗乃令彦博谕征,征越宿入朝,面奏道:"臣闻君臣同体,应相与尽诚,若上下俱存形迹,恐国家兴衰,尚未敢知,臣却不敢奉诏。"太宗瞿然道:"卿言亦是。"征又再拜道:"臣幸得奉事陛下,愿使臣为良臣,勿使臣为忠臣。"太宗道:"忠臣良臣,有甚么区别?"征答道:"稷契皋陶,君臣同心,安享尊荣,便是良臣。龙逢比干,面折廷争,身死国亡,便是忠臣。"太宗甚喜。赐绢五百匹。

一日,太宗召集群臣,从容坐论,征亦在侧。太宗道:"朕闻西域贾胡,贾胡,是胡人之为商贾者。购得美珠,恐为人窃,特剖身藏着,此事可得闻否?"众臣道:"诚有此说。"太宗道:"如贾胡所为,人皆笑他爱珠亡身,若官吏受赃,与帝王好利,卒致身家两败,岂不是与贾胡相等么?"征随口答道:"昔鲁哀公与孔子言,谓人有徙宅忘妻,孔子答称桀纣且忘自身,比忘妻还加一等,这与贾胡事亦觉相类。"太宗道:"诚如卿论。朕与卿等须自知保身,同心一德,方免为人所笑哩。"征等俱齐声遵旨,太宗又问征道:"人主如何为明,如何为暗?"征对道:"兼听即明,偏听即暗。昔尧清问下民,所以有苗罪恶,得以上闻。舜明四目,达四聪,所以共鲧驩兜,不能蒙蔽。秦二世偏信赵高,被弑望夷;梁武帝偏信朱异,饿死台城;隋炀帝偏信虞世基,也变起彭城阁中,惨遭缢死。可见得人君偏听,非危即亡,必须兼听广纳,近臣乃不得壅蔽,下情无不上达了。"千古名言。太宗点首称善。复问道:"齐后主周天元,均重敛百姓,厚自奉养,力竭致亡。譬如馋人自啖己肉,肉尽必毙,这真所谓愚人哩。但二主究孰优孰劣?"征对道:"齐后主懦弱,政出多门。周天元骄暴,威福在己,虽同是亡国,齐后主要算是尤劣了。"归重主权,未免过于专制。太宗亦叹为知言。征容貌不过中人,独有胆略,常犯颜苦谏,就使逢着上怒,亦必再三剖辩,卒能启迪主聪。太宗尝得佳鹞,置诸臂上,与鹞为戏,忽见征入内奏事,忙将鹞藏匿怀中。征佯作不见,故意絮陈,历久乃退。太宗始探怀取鹞,鹞竟匿死。会令征谒告上冢,征事毕复命,且启奏道:"闻陛下欲幸南山,严装已就,何故迟迟不行?"太宗微笑道:"前日原有此意,恐卿或来劝阻,是以中止。"征乃下拜道:"征怎敢胁制陛下?不过职司补衮,容当尽言,陛下能爱惜物力,遏绝私欲,天下不足虑了。"

太宗又令戴胄为大理少卿,谳狱无冤。孙伏伽为谏议大夫,秉公无隐。李乾祐为侍御史,执法不阿。祖孝孙定雅乐,正音不乱。又进王珪为侍中,珪奉诏入谢,适有一美人侍立御前,由珪瞧将过去,似曾相识,便故作窥视状。

太宗指语珪道："这是庐江王瑗的侍姬呢。瑗闻她有色,杀死她夫,强行占纳。如此行为,怎得不亡?"珪答道："陛下以庐江为是呢,为不是呢?"以子之矛,制子之盾。太宗道："杀人取妻,还要说甚么是非?"太宗亦自忘其身。珪又道："臣闻齐桓公至郭,问父老云,郭何故至亡?父老谓他善善恶恶,是以至亡。桓公益加疑问,父老谓郭君善善不能用,恶恶不能去,所以至亡。今陛下既知庐江王过失,复纳庐江王侍姬,臣以为圣心必赞成庐江,否则何故自蹈覆辙呢?"太宗不禁爽然道："非卿言,朕几怙过了。"待珪趋出,即将侍姬放归母家。太宗尝令祖孝孙教宫女乐,偶不称旨,为太宗所责。珪邀温彦博入谏道："孝孙雅士,今乃令教宫人,更加谴责,毋乃非宜。"太宗怒道："卿等当竭忠事朕,奈何为孝孙作说客呢?"彦博免冠拜谢。珪独不拜,且复道："陛下以忠勖臣,今臣所言,便是忠直,难道心存私曲么?"太宗默然不答。珪竟趋退,彦博亦去。次日,太宗临朝,语房玄龄道："从古帝王纳谏,原是难事。朕昨责二卿,今已自悔,卿等勿为此不尽言呢!"既而用房玄龄杜如晦为仆射,魏征守秘书监,参预朝政。玄龄善谋,如晦善断,太宗每与玄龄谋事,必召如晦决定可否。及如晦到来,往往请如玄龄言。二人同心辅国,谋定后行,又能引拔士类,常如不及,因此唐室贤相,必推房杜。魏征直言敢谏,每事纳忠,自贞观元年至四年,唐室大治,岁断死囚止二十九人,几至刑措。斗米价只三钱,东至海,南至五岭,皆外户不闭,行旅不赍粮,取给道旁。史所谓海宇又安,中外恬谧,却是话不虚传,并非粉饰太平呢。极力赞扬。

太宗复因民少吏多。定议裁并,分中国为十道,列表如后文:

关内道,领雍、华、同、商、岐、邠、陇、泾、原、宁、庆、鄜、坊、丹、延、灵、会、盐、夏、绥、银、丰、胜等州。

河南道,领洛、汝、陕、虢、郑、滑、许、颍、陈、豫、汴、宋、亳、徐、泗、濠、郓、齐、曹、濮、淄、青、莱、棣、兖、海、沂、密等州。

河东道,领蒲、晋、绛、汾、隰、并、汾、箕、沁、岚、石、忻、代、朔、蔚、潞等州。

河北道,领怀、魏、博、相、卫、贝、邢、洺、桓、冀、深、赵、沧、德、易、定、幽、瀛、燕、北燕、檀、营、平等州。

山南道,领荆、峡、归、夔、澧、朗、忠、涪、万、襄、唐、随、邓、均、房、郢、复、金、梁、洋、利、凤、兴、成、扶、文、集、壁、巴、蓬、通、开、隆、果、渠等州。

陇右道,领秦、渭、河、鄯、兰、武、洮、岷、廓、叠、宕、凉、瓜、沙、甘肃等州。

淮南道,领扬、楚、滁、和、寿、庐、舒、光、蕲、黄、安、申等州。

江南道,领润、常、苏、湖、杭、睦、越、衢、婺、括、台、福建、泉、宣、歙、池、洪、江、鄂、岳、饶、信、虔、吉、袁、抚、潭、衡、永、道、郴、邵、黔、辰、夷、思、南等州。

剑南道,领益、嘉、眉、印、简、资、巂、雅、黎、茂、翼、维、松、姚、戎、梓、遂、绵、

第十五回　偃武修文君臣论治　易和为战将帅扬镳

始、合、龙、普、渝、陵、荣、沪等州。

岭南道，领广、韶、循、潮、康、泷、端、新、封、潘、春、罗、南、石、高、东、合、崖、振、邕、南、方、简、浔、钦、尹、象、藤、桂、梧、贺、连、昆、静、乐南、恭、融、容、牢、绣、郁、越南、义、交、陆、峰、爱、罐等州。

十道既定，分疆设守，惟朔方尚为梁师都所据，未曾告平，乃遣右卫大将军柴绍，往讨梁师都，薛万均兄弟为副。师都势已日蹙，又为夏州长史刘旻，及司马刘兰成，屡出轻骑，蹂躏禾稼，且多纵反间，诱降师都部将李正宝等，以致师都益危，大有朝不保暮的形景。刘旻等复入据朔方东城，进逼师都。师都忙向突厥告急。颉利可汗发兵驰援，会同师都，直薄城下，时已日暮，但见城上并无旗鼓，亦无守卒，好像一座空城。师都不免动疑，遂与突厥兵分地扎营，拟待明晨合攻，不意到了夜半，城内突闻鼓声，一彪军开城杀出，统将正是刘兰成。师都先自惊惶，弃营亟走。突厥兵也支撑不住，相继遁去，被兰成追击一阵，伤毙甚多。颉利闻部众败还，大发兵救师都，可巧柴绍等领军驰至，前驱薛万均万彻，与突厥兵相遇，奋力横击，杀死突厥骁将。突厥兵又复惊溃，遂进围师都。朔方天寒，暮春犹雪，羊马多冻死，突厥兵竟引还本国，师都孤立无助，当然危急万分。唐军围攻数日，因城郭坚固，尚不能拔，大众请班师回朝，万均道："诸君不见城头黑气，及城上凄音么？破亡有兆，何患不下？"未几城中食尽，果由师都从弟洛仁，刺杀师都，举城降唐。师都自起兵至灭亡，历十二年，凡隋末群雄中，要算他历年最久，至是同归于尽，于是中国全境，才得统一。唐廷接得捷音，号朔方为夏州，进柴绍为左卫大将军，万均为左屯卫将军，万彻为右屯卫将军，是时绍妻平阳公主已早逝世，追谥为昭。补叙平阳公主之殁，不没娘子军威名。绍还朝后，复出为华州刺史，加镇东大将军，徙封谯国公；既而亦殁，追谥为襄。夫妇俱以功名终身，好算是妻荣夫贵，全唐无比了。这且不必细表。

且说突厥强盛时，统领朔漠诸部落，威振塞外，至突厥分为东西，各部落逐渐分离，或属东突厥，或属西突厥，小子查得当时部落，计一十有五，特为录述如下：

| 薛延陀 | 回纥 | 都播 | 骨利干 | 多滥葛 | 同罗 | 仆骨 | 拔野古 |
| 思结 | | 浑斛薛 | 奚结 | 阿跌 | 契苾 | 白霫 | 颉利 |

这十五部皆居碛北，自颉利政衰，薛延陀回纥等皆叛颉利。唐鸿胪卿郑元璹，奉太宗命，往觇虚实，及还都复旨，进白太宗道："突厥将亡国了。不但各部分散，均有贰心，就是年岁洊饥，民馁畜瘦，也是必亡的预兆，臣料他不出二三年呢。"太宗频频点首。侍臣等闻元璹言，多劝太宗乘间往击，太宗道：

"朕与突厥新盟,口血未干,背盟不信,利灾不仁,乘危不武,就使他种落尽叛,六畜无遗,朕也不欲进击,必待他自来寻衅,然后往讨,那时师出有名,当可一鼓成功了。"侍臣等乃无言而退。偏太宗尚是延挨,颉利竟自速祸,他因薛延陀回纥诸部,陆续叛去,特令突利可汗,率众往击。突利连战连败,甚至所辖诸地,亦多失去,乃轻骑奔还。颉利召突利入帐,厉声诘责,加以鞭挞,幽禁至十余日,才行释放。突利自是生怨,欲叛颉利,颉利且向突利征兵,突利不答,遣使驰入唐都,表请入朝。太宗语侍臣道:"曩时突厥甚强,控弦百万,凭陵中夏,无人敢当,因此骄恣无道,自失民心。今困穷至此,自请入朝,朕不能不喜,又不能不惧。诸卿试想!突厥衰微,无暇入寇,边境从此得安,岂不是可喜么?但朕或失道,他日亦与突厥相似,岂不更可惧么?卿等宜随时纳谏,辅朕不逮,庶不至蹈彼覆辙呢。"能知此道,何患不兴。群臣皆翕然受命。

会颉利闻突利降唐,特发兵往攻,突利又遣使至长安,乞请援师。太宗又召群臣入议,先示谕道:"朕与突利为兄弟,有急不可不救,但与颉利也是同盟。转觉进退两难,卿等以为何如?"杜如晦即应声道:"臣意以为当伐颉利,戎狄有何信义?终当负约,今有机可乘,坐弃不取,后悔将无及了。古人有言:'取乱侮亡',愿陛下出自英断,即速发兵。"太宗虽然称善,意中却主张从缓,但命整备军需,观衅乃动。不意颉利竟来犯边,廷臣请修筑古长城,发民戍堡,阻遏寇锋。太宗微哂道:"突厥灾异相仍,颉利不惧,反增暴虐,甚且骨肉相攻,自取败亡,朕方欲与公等扫清沙漠,难道还要劳动人民,远修堡塞么?"于是遣使至薛延陀,册封酋长夷男为真珠毗伽可汗,赐以鼓纛,令他南图颉利,夷男方为诸部所推戴,欲正汗位,忽接大唐来使,非常欢迎,优礼相待,当下遣弟统特勒,随唐使入贡。太宗赐他宝刀及宝鞭,并面谕道:"归语尔兄!所部中或有大罪,用此刀处斩,小罪用此鞭作笞,幸勿宽纵为要!"统特勒谢赐而还。返报夷男,欣喜不置,遂在郁督军山下,建牙设帐,号令近部,凡回纥拔野古阿跌同罗仆骨白霫诸部,统皆归附,且拟进军突厥,为唐效力。颉利闻这消息,方才惶恐,始向唐遣使称臣,愿尚公主,修婿礼。已是迟了。太宗语来使道:"汝主颉利,与朕同盟,朕好意待遇,始终如一。前援我叛寇梁师都,已是背盟,嗣闻引兵退去,朕还道汝主自悔,愿守前盟,所以朕亦不再加兵,今突利可汗,表请入朝,他是有心效顺,与汝何干?汝主反去攻他,且无端犯我边境。汝主自思!应该不应该呢?朕正要兴师问罪,汝主还妄想和亲,真是可笑!汝去转报汝主,欲要保全性命,不如自缚来降。"来使不敢多言,叩别自去。

可巧代州都督张公谨,也表陈六议,备言突厥可取状,乃于贞观三年十一月,命兵部尚书李靖为行军总管,统兵北征,即以张公谨为副,再令李世勣薛万彻等,为诸道总管,分路进兵。共计兵士十余万,均受李靖节度,大军方发,突利已驰驿来朝,由太宗温颜接见。突利拜舞毕,问答数语,令人使馆听命,随语侍臣道:"从前太上皇仗义起兵,不惜称臣突厥,朕尝引为疚心。今单于稽颡,北狄将平,庶几可雪前耻了。"既而蛮酋谢元深等,依次朝贡。中书侍郎颜师古,请作王会图,留示后世,有诏准奏。贞观三年冬季,户部钩考人口,列为表册,计中国人自塞外归国,及四夷前后降附,共得男女一百二十余万口,太宗览表,亦颇喜慰。至贞观四年仲春,接到北征军捷报,乃是李靖率骁骑三千,自马邑进兵,袭破定襄,颉利仓猝遁去,番目康苏密迎降,献出隋萧后及杨政道二人,为这两人俘献,又惹出太宗一段情史来了,正是:

    故后偷生重作俘,英君好色又生心。

 欲知萧后及杨政道,究竟如何发落,且至下回叙明。

 唐太宗为一代贤君,当即位初年;犹觉励精图治,如恐不逮,故本回不欲从略,特就君臣相儆之词,凡关系重要者,撮要录述,明致治之由来,为后世之橅仿,其寓意固甚深也。然于封德彝之好佞善谗,亦不肯略过;萋斐贝锦,职为乱阶,明如太宗,犹且为佞臣所蒙,况不如太宗者乎?惟太宗既勤内治,复善外攘,国未靖则姑与突厥言和,敛锋以避之,国已靖则始与突厥言战,声罪以讨之,且册夷男,纳突利,以夷攻夷,卒雪前耻而告成功,驭外之道,莫善于此,太宗其可与言文治,抑可与言武略者乎?

第十六回 获渠魁扫平东突厥
    统雄师深入吐谷浑

 却说太宗接着捷音,即降敕一道,颁给李靖,令送萧后及杨政道入都,靖当然遵旨,遣使送二人至长安。太宗坐着便殿,召二人入见。杨政道年尚幼稚,拜伏殿前,身子却颤个不住,连话语都说不清楚。独萧后是见多识广的人,毫不惊慌,从容走近案前,方屈膝下拜道:"臣妾萧氏见驾,愿陛下万岁!"一见太宗,即自居妾媵,可谓不知廉耻。这两语才说出口,几似那呖呖莺声,宛转可爱。太宗垂目下视,但见她鬓鸦高拥,鬟凤低垂,领如蝤蛴,腰似杨柳,还有一双莲钩儿,从裙下微微露出,差不多只二三寸,不禁暗暗想道:"萧后虽有美名,但至今也好有四十多岁了,为何尚这般袅娜,莫非假冒不成?"便柔声启问道:"你果是隋后萧氏么?"萧氏答声称是。太宗又道:"既是隋朝皇后,请即起来!"萧后称谢,才袅袅婷婷的立将起来,站在一边。太宗再行端详,徐娘半老,丰韵具存,眉不画而翠,面不粉而白,唇不涂而朱,眼似秋水,鼻似琼瑶,差不多是褒姒重生,夏姬再世。上文是萧后跪着,故但叙其形声,不及面目,此时已是立着,故独叙面目,不及形声。太宗又自忖道:"这真是天生丽姝,与我巢剌王妃杨氏,好似一对姊妹花哩。"褒姒夏姬天然比例,复添一个巢剌王妃,更是现成对偶。遂命赐宅京师,令左右引出萧后及杨政道,就宅居住。太宗还宫后,心下尚想念萧后,甫越二日,即召她入宫,问及隋室故事。萧后一一应对,并述炀帝奢侈过度,所以致亡。太宗又问在突厥时情形,宇文化及据住六宫,萧后亦曾被淫,何不问及? 也经萧后详叙一番,且泣请道:"臣妾迭遭惨变,奔走流离,此后余生,全仰恩赐,惟死后得给葬江都,得与故主同穴,臣妾尤衔感不尽了。"老淫妇何不早死? 太宗见她楚楚可怜,益加悯惜,遂对她好语温存。萧后本是个尤物,不晓得甚么节烈,但教有人爱她,无不乐从。况太宗正在盛年,生得恣表绝伦,不比那故主炀帝,昏头磕脑,毫无威仪,此时既已入宫,乐得攀龙附凤,再享几年欢乐,于是拿出生平伎俩,浅挑微逗,眉去眼来,那太宗渔色性成,连弟妇且充作妃妾,何论一个亡国故后,彼此情意相同,自然如漆投胶,熔作一片,趁着闲暇的时候,便同去上阳台梦了,这且慢表。

且说突厥主颉利可汗,被李靖袭破营帐,奔往碛石,正思营垒自固,不料唐并州都督李世勣,又自云中杀来,颉利忙遣兵防御白道,偏又为世勣所破,料知碛石亦不能守,复窜入铁山,一面令执失思力,赴唐都谢罪,情愿举国内附。太宗乃遣鸿胪卿唐俭,将军安修仁,同往抚慰,又诏令李靖率兵往迎。靖既接诏,语副将张公谨道:"颉利虽败,部众尚盛,若走度碛北,后且难图。为今日计,宜乘诏使到虏,发兵掩击,虏以为有诏往抚,必不相防,我军一至,不及趋避,必为我所擒了。"公谨道:"诏书许降,行人已往,若我发兵袭击,虽可必胜,但行人得毋被害么?"靖复道:"机不可失,韩信破齐,就用此策,唐俭等何足惜呢?"顾己不顾人,未免太忍。遂勒兵夜发。适值世勣亦率军来会,两下叙谈,意见从同,于是靖为先驱,世勣为后应,沿途遇着突厥逻卒,一律擒获,令作向导。颉利可汗,方接着诏使,闻已许降,心下甚慰,正在设宴款待,忽有亲卒入报道:"唐兵已到,去此不过十里了。"颉利大惊,瞪目视唐使道:"这……这是何故? 大唐天子,既许我归附,复出兵到此袭击,难道也这般无信么?"唐俭等忙起座道:"可汗不必惊疑,我两人从都中来此,未曾到过李总管军前,想是李总管尚未接洽,所以率军前来,若由我两人出去拦阻,定可令他回军,愿可汗勿虑!"说毕,即携手出帐,跨马加鞭,竟自驰去。亏得有此一着,才保生还。颉利听唐俭言,也信为实情,待俭等去后,尚以为不必设防,眼巴巴的望他退军。哪知帐外警报,络绎驰至,有说是唐军只相距七里,有说唐军只相距五里,于是出营遥望,果然唐军浩浩荡荡,疾驰而来,自知不及整兵,慌忙跨

第十六回　获渠魁扫平东突厥　统雄师深入吐谷浑

上千里马，轻身逃去，部众相继四窜。唐军闯入大营，如入无人之境，东斫西砍，杀死多人，复踹入帐后，见有一个盛装妇人，及一个少年男子，抖做一团，也不去问明谁氏，一抓便走。还有帐内外许多番男番女，未及奔逃，都由唐军用索捆缚，一串一串的扯牵了去。霎时间番营荡平，由李靖李世勣择地安营，检点俘虏，不下数万。惟查得盛装妇人，乃是颉利的可敦，便是四次嫁人的义成公主。靖责她无耻，推出斩首。杀得好。再鞫问少年男子，系是颉利子叠罗支，便令囚入槛车，解送京师。

先是颉利可汗，尝命启民母弟苏尼失为沙钵罗设，突厥官名。督部落五万家，建牙灵州西北。及颉利势衰，诸部携贰，独苏尼失尚无违心。颉利走依苏尼失，欲与他同奔吐谷浑。苏尼失迟疑未决，会李靖奏凯还师，但檄令灵州总管任城王李道宗，太宗族弟。出兵追捕颉利。道宗即贻书苏尼失，令执送颉利来献，一面遣副总管张宝相，率军进逼，颉利闻了消息，走匿荒谷。苏尼失闻唐军将到，无法抵御，只好驰追颉利，到处搜寻，才将颉利拘住，返归营帐，巧值唐军掩至，遂把颉利作了赘仪，举众出降，漠南自是无虏廷了。颉利被执至长安，由太宗御顺天楼，盛陈仪仗，召见颉利。颉利俯伏请罪，太宗朗声诘责道："汝籍父兄遗业，淫虐人民，自取灭亡，这是汝第一大罪。与我屡盟，复向我屡叛，这是汝第二大罪。恃强好战，暴骨如莽，这是汝第三大罪。蹂我稼穑，掠我子女，这是汝第四大罪。我欲宥汝，遣使招抚，汝尚迁延不来，这是汝第五大罪。但念汝自便桥以后，总算不甚入寇，尚有一半顾忌，我便待汝不死，汝休要再不知感哩！"颉利闻言，且泣且谢。太宗乃命太仆寺引去颉利，好意管待，给以廪饩。加封李靖李世勣为光禄大夫，各给绢帛，颁诏大赦，赐民五日酺。上皇正徙居大安宫，闻颉利成擒，不禁喜慰道："汉高祖困白登，终不能报，今我子能灭突厥，付托得人了，尚有何忧？"太宗进谒上皇，即奉上皇至凌烟阁，召集诸王妃主，及贵戚近臣十余人，置酒列宴，饮至半酣，上皇自弹琵琶，太宗起舞，诸王等更迭奉觞，为上皇寿。太宗兴高采烈，流连忘倦，直饮到夜静漏迟，方才散席。太宗仍奉上皇还大安宫，余众散归，不必细述。

惟东突厥既已灭亡，余众或西奔西突厥，或北附薛延陀，尚有十万口降唐，拟筹安插，太宗乃诏令群臣妥议方法。当时魏公裴寂，坐罪免官，旋即病殁，蔡公杜如晦，亦抱病谢世，二人为佐命功臣，故就此插叙，作一了结。唐廷上面的大臣，要算仆射梁国公房玄龄。玄龄奉到诏敕，不申己见，专采集众议以闻。中书侍郎颜师古，请就河北安置降众，分立酋长，管领部落，方保无虞。礼部侍郎李百药，竟与师古略同，但请在定襄置都护府，作为统驭，才是安边长策。独温彦博请仿汉建武故事，会降众齐居塞下，因宜适性，令为中国捍蔽，既足全彼生齿，复足实我边疆，好算是一举两得的良法。太宗汇览各议，意欲从彦博所言，遂召彦博入商。秘书监魏征，也入朝参议，便勃然奏阻道："突厥世为寇盗，与中国寻仇不已，今幸得破亡，陛下因他降附，不忍尽诛，自宜纵归故土，断不可留居中国，从来戎狄无信，人面兽心，弱即请服，强即叛乱。今降众不下十万，数年以后，蕃息倍多，必为心腹大患。试想西晋初年，诸胡与民杂居内地，郭钦江统，皆劝武帝驱出塞外，借杜乱源，武帝不从，沿至二十年后，伊洛一带，遂至陆沉，往事可为明鉴，奈何不成？"魏征此言，较诸颜李两议，尤为痛切。彦博偏答辩道："王者无外，待遇万物，好似天无不覆，地无不载，今突厥穷来归我，奈何拒却不受？孔子有言：'有教无类。'若拯彼死亡，授他生计，教以礼义，数年后尽为吾国赤子。又复简选酋长，令入宿卫，彼等畏威怀德，趋承恐后，有什么后患呢？"太宗点首称善。无非好大喜功。征见太宗已偏向彦博，料难挽回，乃默然趋出，彦博亦退。

太宗即敕令突厥降众，处置塞下，东自幽州，西至灵州，皆为降众居地。又分突利故地为四州，颉利故地为六州，左置定襄都督府，右置云中都督府，分统降众，封突利为右卫大将军北平郡王，兼顺州都督，突利受命辞行，太宗面谕道："尔祖启民，避难奔隋，隋立为大可汗，奄有北荒。尔父始毕，反为隋患，天道不容，乃使尔乱亡至此。我本想立尔为可汗，因念启民故事，可为寒心，是以幡然变计。今命尔都督顺州，尔应善守中国法律，毋得侵掠，不但使中国久安，亦使尔宗族永保呢。"突利拜谢而去。太宗再命颉利为右卫大将军，留住京中，苏尼失擒酋有功，特封为怀德郡王，寻授宁州都督。还有阿史那思摩，系随颉利入京，未尝请降，太宗因他忠事故主，特别加抚，授右武侯大将军。嗣复晋封怀化郡王，兼化州都督，使统颉利旧众。此外降附的番目，如执失思力以下，皆授官有差。计五品以上凡百余人，几与朝臣相半，因此番臣入居长安，约近万家。太宗亦未免滥赏。惟颉利留京日久，郁郁不乐，渐渐的形容憔悴，面色衰羸。太宗有时相见，颇为怜悯，乃与语道："卿形枯骨瘦，大约在京不便，故至如此。朕闻虢州地多麋鹿，可以游畋，卿若愿往，朕不妨命为刺史，卿得借此消遣，庶几安享天年。"颉利下拜道："臣系待罪余生，仰蒙陛下洪恩，得陪辇毂，此后得保全骸骨，已是万幸，所有特诏，不敢拜赐了。"太宗乃止。

至贞观七年冬季，太宗从上皇置酒未央宫，颉利等亦奉召入宴，酒过数巡，上皇命颉利起舞，及南蛮酋长冯智戴咏诗。颉利没法推辞，不得已起身下阶，作蛮夷舞。上皇喜语太宗道："胡越一家，为从古所未有呢。"太宗捧觞上寿道："今四夷入臣，皆陛下教诲所及，臣儿智力，未能及此。昔汉高祖亦尝从太公置酒此宫，妄自矜夸，愚见窃所不取哩。"上皇益喜，殿上齐呼万岁。既而退席，颉利愈增惭报，自是怏怏成病，不到两月，竟尔死了。太宗命从突厥旧俗，焚尸乃葬。追赠归义王，谥曰荒。颉利子叠罗支，自被俘入京，太宗仍令

第十六回　获渠魁扫平东突厥　统雄师深入吐谷浑

他侍奉颉利,他独具有至性,事父尽孝,父死,哭泣甚哀。事为太宗所闻,不觉叹息道:"天禀仁孝,不闲华夷,莫谓胡虏无人呢。"遂厚赐金帛,令袭职终身。<u>录此以风世。</u>苏尼失闻颉利死,悲不自胜,也至毕命。突利居顺州数年,奉召入朝,暴死并州道中。太宗令中书侍郎岑文本,撰文为记,刻勒两汗墓碑中,东突厥事,自是了结。惟西突厥据境如故,后文自有表见,容且再表。

且说东突厥既平,四夷君长,多诣阙入朝,推太宗为天可汗。太宗道:"朕为大唐天子,又下行可汗事么?"四夷君长,齐称万岁,且言:"外俗以可汗为尊,不识'天子'二字的名义。今称陛下为天可汗,令外俗知可汗以上,又有天可汗,自然益加畏服了。"太宗暗思夷酋所言,恰也有理,遂当面应允,各夷酋舞蹈退朝。嗣是颁给玺书,敕赐西北君长,皆钤盖天可汗三字。<u>其实未当。</u>贞观四年。高昌王麴文泰入朝,越年,林邑新罗入贡,康国也求内附,太宗以康国僻居西域,缓急不便往援,特却使不受。群臣以太宗威振中外,屡请封禅。太宗初意不从,怎禁奏牍连登,再四乞请,也不由的惹动雄心。独魏征入朝谏阻,太宗道:"卿不欲朕封禅,莫非因功未高,德未厚,中国未安,四夷未服,年谷未登,符瑞未至么?"征慨然答道:"陛下所说六事,虽似面面俱到,但户口未复,仓廪尚虚,若车驾再行东巡,必多增一分劳费。况自伊洛以东,灌莽满目,所有远夷君长,皆当扈跸相从,引入腹地,自示虚弱,适启戎心。并且赏赉不赀,难餍所欲,为了一个虚名,担受若干实害,陛下亦何苦出此?"<u>确是至言。</u>太宗经他一谏,方才省悟。会闻河南北数州大水,更将此事搁过一边,一面再行修政,慎刑辟,除鞭背刑,禁奴仆告主,敕百官选举县令,如有诏敕未便遵行,概令复奏。非大瑞不得表闻。畿内有蝗,捕食数枚,为民祷祝道:"宁食我肺肠,毋食民禾稼。"<u>此事太属矫情。</u>又录死囚三百九十人,纵令还家诀别,限期来秋,再来就死。囚犯果如期皆至,因嘉他有信,一律赦宥。<u>欧阳氏尝论纵囚之误,不为无识。</u>郑仁基有女,貌美多才,太宗特聘为充华。<u>唐女官名。</u>魏征闻她已许字陆爽,即上表切谏,有诏即停止典册。会修筑洛阳宫,将作大匠窦璡,凿池筑山,雕饰华靡,为谏官所劾。太宗即令毁去,且免璡官,中牟丞皇甫德参上言:"修洛阳宫,劳役增赋。俗好高髻,系是宫中所化。"太宗未免动怒,语侍臣道:"德参欲国家不役一人,不收斗租,宫人皆无发,然后得如他意么?"魏征忙解劝道:"言不激切,怎能回天?陛下当谅他忠直,勿事苛求。"太宗意乃渐解,徐徐答道:"朕若加罪德参,何人再敢尽言?"说着,即命赐绢二十匹,寻复拜为监察御史,种种良法美意,不可胜记。惟杀瀛州卢祖尚,及大理寺丞张蕴古,未免滥刑。卢祖尚廉平公直,太宗拟遣他镇抚交趾,祖尚已经表谢,寻复自悔,托疾固辞。及一再谕往,终不受命。太宗怒他违旨,竟将他处斩。<u>祖尚亦未尝无咎,但处以死刑,不免过甚。</u>张蕴古尝献大宝箴,为太宗所嘉奖,特擢为大理丞。嗣因河内人李好德,素有疯疾,妄作妖言,有司将他捕治,经蕴古复讯,谓好德实系病狂,不应坐罪。偏由侍御史权万纪诬奏,略言:"好德兄厚德,任相州刺史,蕴古系相州人,所以阿私所好,故意纵罪。"太宗不复查察,竟将蕴古斩决。全是冤枉。事后俱怀悔意,但已死不能复生,悔也无及了。魏征何不营救?

贞观八年冬季,吐谷浑入寇凉州,诏令李靖为西海道行军大总管,统辖诸军,往讨吐谷浑。又另简五人为行军总管,分道并进:一个是兵部尚书侯君集,为碛石道总管;一个是刑部尚书任城王道宗,为鄯善道总管;一个是凉州都督李大亮,为且末道总管;一个是岷州都督李道彦,淮安王神通子。为赤水道总管;一个是利州刺史高甑生,为盐泽道总管。五道均归李靖调度,再令番将执失思力,契苾何力等,带领本部遗众,随军出征。看官阅过上文,应把吐谷浑三字,早已了过,且吐谷浑可汗伏允,与唐高祖通好,入贡互市,前文亦约略表明。到了贞观年间,伏允已老,权臣天柱王用事,屡劝伏允入寇唐边。伏允昏悖糊涂,遂兴兵内犯,且拘执唐使赵德楷,太宗屡遣使招谕,始终无效,乃遣左骁卫将军段志玄等,率众往击,虽然迭得胜仗,究未曾深入虏境。伏允未经大创,仍然乘隙入寇,于是太宗决意大举,李靖已进任仆射,慨然请行。太宗因他不惮年老,肯为国家效力,格外嘉许。靖与五道总管,陆续进发,任城王道宗,年壮气盛,驱军先进,直至库山,击破吐谷浑步卒,伏允可汗,想出了坚壁清野的计策,命把野草尽行烧去,独率轻兵走入碛中。道宗追了一程,不见一敌,但见火光遍野,赤地千里,自恐进军有失,方择险安营,静待后军。未几各军俱到,李靖亦至,大众聚议进行事宜。李大亮等均谓野草被烧,马无刍可食,必致疲乏,不如见机退师,侯君集独起座道:"虏已败遁,鼠逃鸟散,君臣携离,父子相失,果能协力进取,易如拾芥,此时不乘,更待何时?"道宗亦赞成侯议,李靖遂依计照行,分诸军为两道。靖与李大亮等由北道入,君集与道宗由南道入。北道大军,行至牛心堆,遇着吐谷浑戍兵,一鼓击退,进至赤水源,又击走戍卒。靖部将薛孤儿,分兵进拔曼头山,斩吐谷浑名王,大获杂畜,接济军食,再会大军北进。那时南道一军,也引兵深入,昼行夜宿,直趋二千余里。四无人迹,进至逻直谷,山深径险,居然盛夏降霜。将士越进越冷,且无水可汲,无草可依,人龁冰,马啖雪,君集道宗,不生退志,好容易到了乌海,才见虏帐,当下麾兵杀入,踹破虏营。伏允仓皇遁去,番众也无心接仗,各自逃生,偏是越想逃走,越至速死,一半被唐军截胫割耳,变做了塞外冤魂。伏允狂奔至突伦川,留天柱王在赤海,天柱王拥着精锐,扼险自固。李靖偏将薛万均兄弟,冒险轻进,陷入敌中。天柱王指挥番兵,把二薛困住垓心,二薛分头冲突,不能脱围,甚至中枪失马,徒步奋斗。从骑十死六七,亏得左领军将军契苾何力,率数百骑往援,大呼突入,所向披靡。万均万彻,乘势杀出重围,与何力并军奋击,天柱王乃败北奔逃。至何力等收兵下营,李靖也领军驰到。南北军错杂写来,笔不重复。才休息了一天,靖下令拔营再进,道经碛石山河源,直穷吐谷浑西境,方探得伏允在突伦川。契苾何力愿为先锋,誓擒伏允,薛万均自惩前败,固言不可。何力道:"虏无城郭,但随水草迁徙,他现在聚居一处,若非乘胜袭击,待他云散,尚得倾他巢穴么?"说毕,即自选骁骑千余,竟趋突伦川,万均乃引军后随,途次乏水,将士刺马血为饮。行至突伦川附近,天色已暮,伏允居住帐中,正想安寝,驀闻喊声大起,鼓角齐鸣,四面八方的唐军,杀入帐中来了。正是:

将军飞骑从天降,虏酋余威扫地时。

毕竟伏允能否脱身,待至下回再详。

唐君名将,推李靖为第一人。靖入东突厥,颉利受擒,及征吐谷浑,伏允走死,战功卓著,彪炳旗常,虽未始无将佐之赞襄,而调度有方,终归统帅,卫公固人杰矣哉!俗传靖多异术,而正史无闻,故本书亦不妄阑入,但就史演述而已。至叙入萧后一节,意在暴太宗之过,虽未见正史,而稗乘所传,不为无因,直揭其事,所以惩淫也。间及太宗内治,及误杀卢张两贤,功过不相掩,所以彰善而戒失也。本回总旨,在述突厥吐谷浑两战事,而夹叙及此。乃因事迹错杂,不便从略,特作数行销纳文字,阅者幸勿视为芜琐也。

第十七回　长孙后临终箴主阙　武媚娘奉召沐皇恩

却说伏允可汗,闻唐军又复杀到,慌忙从帐后逃出,跨马疾奔,所有妻妾子女,一齐丢下。契苾何力舞刀直入,还管甚么生命不生命,见一个,杀一个,见一双,杀一双,从骑紧紧随上,各仗着快利兵器,试那番众头颅。番众在昏夜中,仓猝莫辨,还疑唐军有数十百万到来,吓得没命乱跑,但教保住头皮,总算是万分侥幸,霎时间逃得精光,单剩伏允的妻妾子女,聚做一团,在帐后乱抖。何力当然不与客气,指顾军士,一一捆住。尚有杂畜二十余万,搬不胜搬,可巧万均等驰至,遂帮同移取,一古脑儿送至大军,听候李靖发落。靖闻先驱得胜,自然欣慰。适值侯君集等,也进逾星宿川,进至柏海,与靖合军。各路将帅,统行趋集,只有高甑生未至。靖待了两日,方见甑生到来,免不得责备数语。甑生怀恨在心,及靖再拟穷追,他却暗中运动诸将,意图逗挠,凑巧吐谷浑遣使至军,举国请降,表文上乃是慕容顺出名,靖询明来历,乃知伏允穷蹙,已自经死。从李靖传文,不从《通鉴》。伏允子顺为大宁王,不在军中。至伏允死后,乃驰往奔丧。番国因兵败主亡,统由天柱王一人所致,遂戴顺为主,杀了天柱王,奉表唐师,情愿投诚。靖即令飞驿驰奏,有诏封慕容顺为西平郡王,仍得统辖旧部。且命李大亮驻兵数千,暂作声援。外如李靖以下,一律还朝。靖与侯君集等,入朝复旨,太宗一一慰劳,犒赏有差。忽高甑生讦靖谋反,并阴嗾广州刺史唐举义,作为干证。太宗令有司案验,毫无实据,乃坐甑生等诬告律,减死徙边。实有可杀之罪。

既而西平郡王慕容顺,懦弱无刚,竟为国人所戕。顺子诺曷钵尚在少年,避匿得免。大臣争权,国中大乱,李大亮拟往弹压,因恐兵力不足,表请济师。太宗令侯君集引兵往援,君集星夜前进,到了吐谷浑,与大亮同入番帐。番众相率慑伏,不敢违命。君集大亮,查得乱首数人,捕获正法,余众免究,令迎诺曷钵为主,诺曷钵才放心出来,做了可汗,自是感念唐恩,遣使入朝,请颁历书,愿奉正朔,并遣子弟入侍,太宗一一允诺,且封他为河源郡王。至贞观十三年,诺曷钵驰骤入朝,太宗嘉他恭顺,特把宗女弘化公主赐给为妻。诺曷钵非常感谢,挈了公主,仍归本国去了。暂结吐谷浑事。

当李靖出征吐谷浑时,唐室忽遭大丧,太上皇一病不起,竟在垂拱殿中,宴驾归天,享寿七十一岁。太宗因居丧守制,不便临朝,特令皇太子承乾,暂行听政。过了五月,葬上皇于献陵,庙号高祖,谥曰大武。先是筑陵制度,拟仿汉长陵故事,长陵系汉高祖陵。培高九丈。秘书监虞世南上疏,略言:"陛下圣德,度越唐虞,今乃以秦汉为法,似属非宜,应如《白虎通》所云,坟高三仞,以昭俭德。"疏入不报。世南复奏,太宗乃召群臣会议。房玄龄等谓汉长陵高九丈,原陵光武陵。高六丈,今九丈太崇,三仞太卑,不如仿原陵制度,以六丈为定例。太宗依议而行。葬后逾年,乃御殿如初,不意过了半载,长孙皇后又复抱病,逐日增剧,太宗心不自安,命太子承乾,日夕侍母侧。承乾欲请大赦,且延方士入宫禳灾。后呵禁道:"死生有命,非人力可以挽回,若修福果可延年,我生平并未为恶,倘行善无效,我尚何求?况赦令系国家重典,佛老为远方异教,俱皇上所不愿为,怎得因我乱天下法?汝不宜妄奏!"太子乃不敢奏请,惟转告房玄龄。玄龄却入白太宗,太宗叹美不止。群臣遂请特颁赦诏,太宗已有允意,偏为皇后所闻,固请停赦,诏乃不发。会玄龄偶有小谴,令归就第,后时已大渐,与太宗诀别,呜咽陈请道:"玄龄久事陛下,小心慎密,不愧忠良,若非大故,幸勿轻弃。妾家本支,因缘懿戚,得列显阶,无德苟禄,最易取祸,幸勿再委政权,但得以外戚奉朝请,已出隆恩。妾生无益于时,死不可

第十七回　长孙后临终箴主阙　武媚娘奉召沐皇恩

以厚葬,愿因山为垅,毋起坟茔,毋用棺椁,器用瓦木,约费送终,庶不致增妾罪戾,愿陛下勿忘!"语语可为天下法。说至此,喉中痰已作壅,喘息了好一歇,复握太宗手道:"此后陛下为政,能亲君子,远小人,纳忠谏,屏谗慝,省劳役,止游畋,妾虽死无恨了。"太宗不能无过,长孙后实是完人。太宗听到此处,不禁泪下,只是向后点头,反答不出甚么言语。应有此情。后恐太宗伤心,也不欲再谈。又延了一日有余,竟瞑目而逝,年只三十六岁。如此贤后偏不永年,天道诚令人难测。

　　后天性仁厚,抚视庶子,几过所生,妃嫔以下,无不爱戴,训诫诸子,常以谦俭为先。胞兄无忌,本与太宗为布衣交,太宗因他为佐命元功,得出入卧内,且欲引他辅政。后固言不可,举汉吕霍事以为证。太宗不从,竟命无忌为尚书仆射,后反怏怏不悦,密令无忌辞职。无忌乃一再固辞,太宗才行准奏。后喜动颜色,方无戚容。太子承乾乳媪,请增东宫什物,后怫然道:"太子所虑,无德与名,奈何请增什物呢?"后女长乐公主,下嫁长孙冲,太宗以公主为嫡后所出,敕有司资送,视长公主加倍。唐制皇姑为大长公主,皇姊妹为长公主,皇女为公主。魏征进谏道:"昔汉明帝欲封皇子,谓我子不得与先帝子比,今陛下资送公主,反视长公主加倍,臣意窃为未解。"太宗不悦,入告后知,后叹道:"妾尝闻陛下推重魏征,不识何因,今闻征言,乃引礼义导陛下,这真是社稷臣呢。"太宗乃改令减损资奁,并赐征帛四十匹,钱四十万,后亦遣中使赍帛赐征,且传语道:"闻公正直,今才得实,愿公常守此志,勿少变更呢!"征自是不惮极言。太宗一日罢朝,退语后道:"我总要杀此田舍翁。"后问田舍翁为谁?太宗道:"便是魏征,他屡来絮聒,且尝廷辱朕躬,所以必杀死了他,才得泄恨。"观此言,可知太宗纳谏,非出真诚。后闻言退出,添著朝服,复入内拜贺道:"妾闻主明臣直,今朝有直臣魏征,就是陛下的圣明呢。"太宗乃转怒为喜,待遇魏征,优礼如初。后生平最喜观书,虽容栉不少辍,尝采古妇女得失事,为女则三十卷,及崩后,始由宫司奏闻,太宗随阅随泣,览毕举示近臣道:"皇后此书,实足垂范百世,朕非不知天命,为无益的悲恸,但入宫不闻规诫,失一良佐,是以可哀。"乃追谥为文德皇后,就葬昭陵,太宗自著表序,刊镌陵左。又在苑中作一层观,屡望昭陵。一日,引魏征同登,语征道:"卿见陵墓否?"征熟视良久,方道:"臣昏眊不能见。"太宗乃指陵示征,征答道:"臣以为陛下望献陵,若昭陵原是早见哩。"是谓谲谏。太宗为之泣下,乃令毁去层观。惟房玄龄已早令复位,总算依后所托,不负遗言。

　　后生三子,一是太子承乾,一是魏王泰,一是晋王治,就是后来的高宗皇帝,太宗怀念故后,因遂钟爱三子。魏王泰折节下士,又善属文,太宗宠之,为后文易储张本。即令就府中置文学馆,使自引学士。谏臣等稍有异言,乃令王珪为魏王泰师,且谕泰道:"汝事珪,当如事我。"泰承上旨。每见珪必先拜。珪亦以师道自居,不稍贬损。泰尝问珪以忠孝二义,珪语道:"王以皇上为君,事思尽忠,王以皇上为父,事思尽孝。忠孝可以立身,可以成名。"泰复道:"忠孝二字,既已受教,敢问从何处学起?"珪又道:"汉东平王苍,尝称为善最乐,愿王谨记勿忘!"泰乃不复言。太宗闻珪教泰,很是喜慰,语侍臣道:"吾儿可从此无过了。"却也难必。珪子敬直,尚南平公主,太宗第三女。珪以帝女下嫁,素多挟贵,蔑视舅姑,至此独喟然道:"主上每事循法,我当受公主谒见,为国家成一美名。"于是与夫人并坐堂上,令公主执笲盥馈,然后退入。此礼一行,凡公主下降,始行妇礼。特志之以示妇道。珪于贞观十三年病殁,年六十九,赠吏部尚书,追谥为懿。带过王珪。

太宗又令诸子吴王恪、齐王祐、蜀王愔、蒋王恽、越王贞、纪王慎等,分任各州都督,或为刺史。恪督安州,屡出游猎,侵扰居民,侍御史柳范,上书弹劾,恪乃免官。后来谏议大夫褚遂良,奏称:"皇子稚年,未知从政,不应令掌州事,现不若留居京师,待教养有成,乃可遣往治民。"太宗虽以为然,但不过召还一二人罢了。贞观十一年七月,大雨兼旬,谷洛水溢,流入洛阳宫,毁坏官寺民居,溺死约六千余人。有诏令所毁宫室,略加修缮,不得过费;撤废明德宫内的玄圃院,把院中材料,赐给受灾备民家;且命内外百官,各上封事,极言过失。大臣等应诏陈言,多切时弊。魏征上十思疏,尤为剀切。略云:

> 人君善始者实繁,克终者盖寡,岂取之易守之难乎?盖在殷忧,必竭诚以待下,既得志,则纵情以傲物。竭诚则胡越为一体,傲物则骨肉为行路。虽董之以严刑,振之以威怒,终苟免而不怀仁,貌恭而不心服。怨不在大,所畏惟人。载舟覆舟,所宜审慎。诚能见可欲,则思知足以自戒;将有作,则思知止以安人;念高危,则思谦冲而自牧;惧满盈,则思江海下百川;乐盘游,则思三驱以为度,忧懈怠,则思慎始而敬终;虑壅蔽,则思虚心以纳下,惧谗邪,则思正身以黜恶;恩所加,则思无因喜以谬赏;罚所及,则思无以怒而滥刑。总此十思,宏兹九得,简能而任之,择善而从之,则文武并用,可垂拱而治矣。

越年又复大旱,魏征更上十渐疏云:

> 臣奉侍帏幄十余年,陛下许臣以仁义之道,守而不失,俭约朴素,终始弗渝,德音在耳,不敢忘也。顷年以来,浸不克终,谨用条陈,聊裨万一。陛下在贞观初,清洁寡欲,化被荒外,今万里遣使,市索骏马,并访怪珍,昔汉文帝却千里马,晋武帝焚雉头裘,陛下居常论议,远希尧舜,今所为反欲处汉文晋武下乎?此不克终一渐也。陛下在贞观初,护民之劳,

第十七回　长孙后临终箴主阙　武媚娘奉召沐皇恩

煦之如子,不轻营为,顷既奢肆,思用人力,乃曰百姓无事则易骄,劳役则易使,自古未有百姓逸乐而致倾败者,何有逆畏其骄而为劳役哉?此不克终二渐也。陛下在贞观初,役已以利物,出来纵欲以劳人,虽忧人之言,不绝于口,而乐人之事,实切于心,四语最中太宗病源。此不克终三渐也。陛下在贞观初,亲君子,斥小人,比来轻亵小人,礼重君子,重君子也,恭而远之,轻小人也,狎而近之,近之莫见其非,远之莫见其是。莫见其是,则不待间而疏,莫见其非,则有时而昵。昵小人,疏君子,而欲致治,非所闻也。此不克终四渐也。陛下在贞观初,不作无益,而令难得之货,杂然并进,玩好之作,无时而息。上奢靡而望下朴素,力役广而冀农业兴,不可得已,此不克终五渐也。陛下在贞观初,求士若渴,贤者所举,即信而任之,取其所长,常恐不及,比来由心好恶,以众贤举而用,以一人毁而弃,虽积年任而信,或一朝疑而斥。夫行有素履,事有成迹,一人之毁,未必可信,积年之行,不应顿亏,陛下不察其原以为臧否,使谗佞得行,守道疏间,此不克终六渐也。陛下在贞观初,高居深拱,无田猎毕弋之好,数年之后,志不克固,鹰犬之贡,远及四夷,晨出夕返,驰骋为乐,变起不测,其及救乎?此不克终七渐也。陛下在贞观初,遇下有礼,群情上达,今外官奏事,颜色不结,间因所短,诘其细故,虽有忠款而不得伸,此不克终八渐也。陛下在贞观初,孜孜治道,常若不足,比恃功业之大,负圣智之明,长傲纵欲,无事兴兵,问罪远裔,亲狎者阿旨不肯谏,疏远者畏威不敢言,积而不已,所损非细,此不克终九渐也。陛下在贞观初,频年霜旱,畿内户口,并就关外,携老扶幼,来往数年,卒无一户亡去,此由陛下矜育抚宁,故死不携贰。比者疲于徭役,关中之人,劳敝尤甚,市物褴属于廛,递子背望于道,脱有一谷不收,百姓之心,恐不能如前日之帖泰,此不克终十渐也。夫祸福无门,惟人所召,人无衅焉,妖不妄作。今旱蝗之灾,远被邻国,凶丑之孽,起于轂下,此上天示戒,乃陛下恐惧忧勤之日也。千载休期,时难再得,明主可为而不为,臣所以郁结长叹者也。

太宗看到两疏,总算优诏褒答,并给特赐。惟这位魏玄成公,征字玄成。虽然事君以忠,有犯无隐,所说十思十渐,统是抉出太宗的心病,对症发药,但尚有一种大弊,未闻规谏,这也不免是魏公的罅漏。小子依史论叙,反不得不责备贤人了。得《春秋》大义。看官道是什么大弊?原来太宗素性好色,见有美貌钗裙,往往不肯放过,所以弟妇杨氏,及隋后萧氏,一古脑儿收入后宫,充作妾媵。此外妃嫔嫔御,也不可胜数。史传上载着徐贤妃,说她五月能言,四岁通《论语》《诗经》,八岁能属文,至十余岁后,秀外慧中,才名卓著,太宗召为才人,累迁至贤妃,始终宠眷不衰。还有吴王恪母,是隋炀帝女儿,隋亡后辗转入宫，也得恩宠。齐王祐母阴妃、蒋王恽母王妃、越王贞母燕妃、纪王慎母韦妃，都是太宗的佳眷。太宗意尚未足，尚想采选几个美人儿，作为后半世的娱乐。天意似亦恨他渔色，特地产出一个绝世娇姝，教她来搅乱唐宫，闯出一场大祸，酿成千古未有的骇闻。这人为谁？就是人人晓得的武则天。特笔点清。武氏系并州文水人，父名士彟，系高祖故交。高祖留守太原，曾引为行军司铠参军，见第二回。及既受隋禅，士彟得进封光禄大夫，兼义原郡公，累迁至工部尚书，加封应国公，历利州荆州都督，得终天年。他元配为相里氏，生下二子，长名元庆，次名元爽。继娶杨氏，生下三女，长女嫁贺兰氏，青年守寡，次女就是武则天。则天非武氏名，后来武氏篡唐号周，自称为则天皇帝，乳名失传，史册上说她叫作武曌，相传古无曌字，由武氏杜撰出来，以日月悬空自拟，因名为曌。生年十四，已经艳名远播，传入宫廷。太宗正留意物色，既闻有此美人，便遣使征召。武母杨氏，骤然接敕，不禁大恸，握手诀别，且嘱且泣，武氏独谈笑自若，且劝母道："女得往见天子，安知非福？奈何先自悲泣呢？"已是不凡。母乃收泪，送她上车。及到京师，入宫谒见太宗，一些儿不露慌张，盈盈下拜，自陈姓氏，三呼万岁，无不合体。太宗命她起来，举目一瞧，正是芙蓉颜面，豆蔻年华。问她芳龄，不过二七，身子恰已顾长，仿佛有十七八岁形景。太宗略问数语，武氏均应对称旨，最动人的，是一双俏眼，百啭娇喉，恁你铁石心肠，也要被她情牵意转。何况太宗是个色魔，哪有不称心如意？当下命入后宫，待到黄昏时候，便召她侍寝。娇小娃儿，已解风月，太宗尚恐她禁受不起，偏她纵体入怀，毫不怯避，春风一度，啼笑皆妍，更有一种柔媚情形，令人不醉自醉，不迷自迷，太宗虽有许多妃嫔，却未曾经过这般滋味。到了巫峡梦阑，扶桑日上，太宗勉起视朝，看那被底娇娃，尚在朦胧半醒，酥胸露透，眉黛春浓，太宗越瞧越爱，便赐她一个芳名，叫作媚娘，轻轻的呼了几声，武氏才觉惺忪，急欲起床谢恩，那太宗已自走了。视朝以后，便即下诏，册武媚娘为才人，武媚娘当然谢赏。太宗令居福绥宫，且把那老年宫娥彩女等，尽行放出。连从前高祖所宠的尹张二妃，均令出宫归家。可报前恨。就是新近邀宠的萧后，也不复召幸，一心一意的爱恋这武媚娘了。小子有诗叹道：

    商纣丧邦本狐媚，周幽失国兆龙鳌。
    试看唐室留遗祸，也是蛾眉得宠时。

  太宗正在欢娱，忽由西域递来警报，又要扰动兵戈了。欲知详情，且看下回。

  叙长孙皇后之崩，不厌从详，所以彰皇后之贤，而惜其不永天年，为唐宫志悼也。叙武媚娘之入宫,亦不肯从略,所以揭太宗之过,而嫉其至老渔色,为唐室志乱也。中录十思十渐两疏,有褒中寓讥意。何言之?唐代谏臣,莫如魏征,唐代奏议,亦莫若魏征之十思十渐两疏。但长孙皇后之遗言,征应亦闻之,何不再行提及?武媚娘之召为才人,亦何不力加奏阻?徒就普通君德,陈入千百言,吾犹惜其未中主弊也。且太宗遥望昭陵,征独以献陵为请,未尝劝太宗回忆后言,看似为主劝孝,实则父子之亲,不及夫妇,后德可忘,而武氏即进,乱端生矣。著书人连类并叙,不特为太宗惜,抑且为魏征惜也。

第十八回　灭高昌献俘观德殿
　　　　　　逐真珠击败薛延陀

却说高昌王麴文泰,曾于贞观四年入朝,见十六回。高昌东邻吐谷浑,本在西域境内,定都交河。当时西域诸国,闻文泰入朝,各浼他介绍唐廷,愿通朝贡,太宗许令自便。越二年,焉耆王突骑支遣使入贡,道出高昌,使臣到了唐廷,请遵汉时故道开通碛路,以便往来。原来汉时与焉耆通使,另有碛路可行,不必假道高昌。至隋末碛路梗塞,绕道多迂,且恐受高昌牵制,许多不便,因此使臣乞请唐廷。太宗当然允许,偏高昌王麴文泰,以为焉耆通唐,由自己替作先容,今乃请开碛路,自由往来,明明是背本营私,当即遣兵潜袭焉耆,大掠而归。嗣因西域使人,欲往唐廷,必须先请命高昌,否则概不许通。西域有伊吾国,先属西突厥,旋愿内附。文泰与西突厥,连兵攻伊吾,伊吾向唐廷乞援,太宗颁诏高昌,严词诘责,且召他大臣阿史那矩,入都议事。文泰不肯遣发,但令长史麴雍,入唐谢罪,太宗面谕麴雍,促令文泰入朝,麴雍听命而去,偏偏待了半年,毫无音信,但闻文泰复结西突厥,击破焉耆,且号令薛延陀等部落,迫他臣事高昌。于是再遣虞部郎中李道裕,往问罪状,文泰傲不为礼,且自语道:"鹰飞天上,雉伏蒿中,猫游堂奥,鼠伏穴间,尚且各自得所。我为一国主,难道不如鸟兽么?"夜郎自大。道裕知不可理喻,还报太宗。太宗即遣使问薛延陀,愿否同击高昌?薛延陀真珠可汗,答词恭顺,且请发兵为导。乃再遣民部尚书唐俭,右领军大将军执失思力,赍缯帛赐真珠,与商进取事宜。两下约定,唐俭等还朝,遂命交河行军大总管吏部尚书侯君集、副总管兼左屯卫大将军薛万均等,率师征高昌。

文泰闻唐师西来,尚佁然语国人道:"唐朝去我七千里,有二千里统是沙碛,毫无水草,寒风如刀,热风似烧,怎能骤然到此?前时我往见唐廷,眼见秦陇一带,城邑萧条,大非隋比。今来伐我,发兵过多,粮必不济,若止三万以下,我力尚足抵御,以逸待劳,坐乘敌敝,他若屯兵城下,不过二旬,食尽必走,我乃从后蹑击,定可得志。"计非不佳,奈不能久持何?遂安心待着,不加戒备。过了一二月,才有侦骑来报,唐兵已临碛石了。文泰尚未着忙,但问有若干人马?侦骑答称有十万人。文泰始觉心惊,便颤着道:"十万大兵,竟得深入么?这却如何是好?"何不再用前策?侦骑道:"有薛延陀兵为向导,是以来得迅速。"文泰益惧,急得不知所措,即日惹起大病,忽寒忽热,似醒非醒。这叫作寒风如刀,热风似烧。睡着帐中,说了一二日呓语,水米不沾,竟至气绝。子名智盛,平时本没有甚么才干,至此既要治丧,又要御敌,越弄得无法可施,那时也管不得什么存亡,只好料理丧事,再作计较。唐师进次柳谷,闻文泰已死,国中正在发丧,诸将请诸君集,拟乘丧袭击,君集道:"天子因高昌无礼,特遣我辈西征,若袭人墟墓,转觉师出无名,我军此时进去,正要堂堂正正,声罪致讨,才不愧为王师哩!"遂令将士伐鼓行军,进拔田城,掳男妇七千余口,又命中郎将辛獠儿为前锋,夤夜再进,击破高昌防兵,直抵都下。君集督军继至,把高昌都城围住。城中缒出房使,入谒君集,并赍呈文书,君集启视,见上面写着:

  得罪于天子者先王也,天罚所加,身已物故。智盛袭位未几,惟尚书怜察!

  君集阅毕,便语来使道:"汝嗣主若能悔过,当束手出降,待他不死。"来使奉命出营,仍缒上城去。君集静待一日,未见智盛出降,乃令军士囊土填堑,越堑猛攻。城上矢石雨下,伤毙唐军数百人,君集特造巢车,高约十余丈,比城头还超过数尺,得以俯瞰城中,还击矢石,城内守卒,恂惧得很。智盛还望西突厥来援,西突厥本与高昌协约,有急相助,至此曾发兵相救,因闻唐军大至,中道折回,害得智盛孤军无援,没奈何开了城门,出降军前,君集拘住智盛,复分兵略地,连下二十二城,收降八千四十六户,一万七千七百口,得地东西八百里,南北五百里。先是高昌曾有童谣云:"高昌兵,如霜雪,唐家兵,如日月。日月照霜雪,几何自殄灭。"至智盛出降,谣言始验。

  捷书传达长安,太宗欲分土设官,列置州县,魏征入谏道:"陛下即位,文泰就来朝谒,近因骄倨不臣,抗阻西域贡献,乃兴师往讨。文泰身死,天罚已申,为陛下计,应抚他人民,存他社稷,立他子嗣,威德互施,方足柔远。今若以高昌土地,视为己利,改作州县,此后须千余人镇守,数千余人往来,每年供办衣资,远离亲戚,不出十年,陇右且空,陛下终不得高昌撮粟尺帛,佐助中国,有损无益,臣窃为陛下不取哩!"当时未知殖民政策,故魏征之言如此。太宗不从,诏改高昌为西州,更在交河城内,建设安西都护府,留兵镇戍,召侯君集等还朝。君集虏高昌王智盛,及智盛弟智湛等,奏凯旋师。于是唐地东至海,西

第十八回　灭高昌献俘观德殿　逐真珠击败薛延陀

至焉耆,南尽林邑,北抵大漠,皆为州县。凡东西九千五百一十里,南北一万九百一十八里。君集等班师入都,献俘观德殿,行饮至礼,大酺三日。智盛兄弟,进谒太宗,跪伏请罪。太宗加恩赦宥,封智盛为左武卫将军,兼金城郡公,智湛为右武卫中郎将,兼天山郡公,总管侯君集以下,赏赉有差。

忽有弹章上陈,劾奏君集私取珍宝,配没妇女,并未上闻;将士等亦有盗窃罪,君集不自谨饬,所以不能禁制等语。太宗乃令君集诣狱对簿。中书侍郎岑文本谏道:"高昌昏迷不道,陛下命君集等往讨,得指日荡平,凯旋以后,所有将帅以下,悉蒙重赏,乃未逾旬日,便至属吏,虽君集等自罹国法,咎有所归,但恐海内人民,疑陛下录过遗功,转致懈体。臣闻命将出师,果能克敌,贪亦应赏;若至败绩,廉亦应诛。所以汉李广利陈汤,晋王浚及隋韩擒虎,均负罪名,人主因他有功,统加封赏。臣又闻兵志有言,使智使勇,使贪使愚,诚因古今将帅,不能无疵,全赖人君善为器使,方得利用。陛下今日,亦应舍瑕录长,原功宥罪,令君集等再升朝列,复备驱驰,是陛下能屈法加恩,君集等亦当知过益奋了。"太宗乃谢君集罪,释置不问。_{为下文君集怨望张本。}既而又有人讦告万均,说他私奸高昌妇女,万均不服,有诏令万均与高昌妇女对质。魏征复入谏道:"臣闻君使臣以礼,臣事君以忠。今命大将军与亡国妇女对辩,未免有亵国体,如事果属实,原足蒙羞,语出子虚,亦足贻笑。昔秦穆饮盗马士,楚庄赦绝缨罪,陛下道高尧舜,顾反不若两君么?"太宗感悟,乃将万均事搁置,不复提及。

行军总管阿史那社尔,_{即尔字。}从军西征,秋毫不取,及论功行赏,只受老弱敝旧,不及珍异,太宗嘉他廉慎,特赐以高昌所得宝刀,及杂彩千段。他本东突厥处罗可汗次子,率众内附,受封左骁卫大将军,得尚衡阳长公主,_{高祖第十三女,}为驸马都尉,掌卫屯兵,至是复积功封毕国公。高昌既平,吐蕃赞普弃宗弄赞,_{赞普系吐蕃王号。}慕唐威德,遣使入贡,且请和亲。吐蕃在吐谷浑西南,就是现今的西藏地方,源出西羌,或云为三苗遗裔,风俗与中国绝殊,自弃宗弄赞为吐蕃主,颇有智勇,威服四邻。太宗因他入贡,乃遣行人冯德遐,抚慰吐蕃。弄赞见了德遐,谓突厥吐谷浑,皆得尚中国公主,独吐蕃素来向隅,因请中国许婚,情愿多献金宝,德遐答称须归奏天子,候旨裁夺。弄赞乃更遣使臣,赍了表文,及许多珍玩,随德遐入朝。太宗阅过表文,见他意在求婚,亦不加可否。适值吐谷浑王诺曷钵,亦入觐唐廷,太宗与语吐蕃事。诺曷钵以吐蕃僻处,未识王化为词。太宗乃不许吐蕃和亲,遣还使人,使人返报弄赞,谓由吐谷浑王从中谗间,因罢婚议。弄赞大怒,即发兵击吐谷浑。诺曷钵正自唐归国,闻吐蕃大举来侵,自知力不能支,竟遁入青海北隅,民畜多为吐蕃所掠,吐蕃兵进破党项白兰诸羌,率众二十余万,进逼松州西境,击破唐都督韩威。太宗乃复遣侯君集为行军大总管,带同将军执失思力、牛进达刘简等,督步骑五万人,往讨吐蕃。吐蕃主弄赞,正围攻松州城,约有十余日,不意唐军大至,前锋为牛进达,持着一柄偃月刀,盘旋飞舞,杀入阵中,弄赞亟拟对仗,后面复来了执失思力,横槊直入,左挑右刺,没人敢当。松州都督韩威,复从城中杀出,吓得弄赞脚忙手乱,招呼徒众,冲开一条血路,飞奔而去。唐军追击数里,斩首数千级,方才收兵。寥寥数语,写得如火如荼。弄赞经此一败,乃惶恐谢罪,再遣使至唐廷,表明悔过。只和亲问题,始终不肯搁置。太宗也不欲黩武,许彼结婚。弄赞得使臣归报,心下大喜,特遣大论禄东赞,吐蕃称宰相为大论,献金五千两,及珍宝数百件,来唐聘妇。太宗乃命将宗女文成公主,遣嫁吐蕃,且因禄东赞奏对称旨,授右卫大将军,并令江夏王道宗,即任城王李道宗。持节送文成公主入吐蕃。弄赞率众郊迎,见了道宗,询明为公主从叔,执子婿礼甚恭。且见中国衣服仪卫,远过羌俗,未免相形见绌,遂为公主别筑一城,创设宫室,留居公主。自己也满身绮绮,与公主成婚。吐蕃国人好用赭涂面,为公主所嫉视,弄赞下令禁止,且尽褫氍毹,常服华装。并遣诸豪酋子弟,入中国学习诗书,吐蕃也算竭诚归唐了。暂作结束。

一波方平,一波又起,薛延陀真珠可汗,又与怀化郡王阿史那思摩相争,更劳动中国兵戈,惹起一场战祸。说来又是话长,待小子撮要叙明。先是突利自顺州入朝,道死并州,见十六回。太宗命嗣子贺逻鹘袭位。会太宗幸九成宫,突利弟结社率,曾入充宿卫,阴结旧部落四十余人,谋犯御帐,乘便劫贺逻鹘北归,偏偏夜入御营,为折冲将孙武开等击退,他却转入御厩,盗马二十余匹,北走渡渭,途次为戍兵所擒,枭首示众。只贺逻鹘得免死罪,流窜岭外。朝右大臣,遂交章上奏,争说:"突厥遗众,不便内居。"太宗亦有悔意,事后方知,已是迟了。乃赐阿史那思摩国姓,立为泥孰俟利苾可汗,给他鼓纛,令率种落还旧部。思摩等颇惮薛延陀,不敢出塞,太宗再给薛延陀玺书,谕令各守疆土,不得侵犯。真珠可汗迎接诏使,顿首听命。待诏使还归,太宗乃饯思摩行,思摩拜谢,誓言子孙世事唐廷,于是赵郡王孝恭,鸿胪卿刘善,偕思摩同至河上,筑坛受册,礼成乃返。思摩因得建牙河北,有众十万,胜兵四万人,仍辖东突厥故土。偏薛延陀真珠可汗,阳奉唐命,阴具狡谋。竟命嗣子大度设,调发同罗仆骨回纥白霫各部兵,得二十余万,进击思摩。看官!你想思摩初出塞外,诸事草创,所有城郭堡寨,都未曾修缮整齐,部众又没有训练,怎能敌得住薛延陀的大军?全部未战先慌,退入长城,保守朔州,飞章向唐廷告急。太宗不得不遣将往援,乃命营州都督张俭,率所部精兵,及边境降番,出驻东境。兵部尚书李世勣,为朔州道行军总管,统兵六万,骑士千二百人,出镇朔方。右卫大将军李大亮,为灵州道行军总管,统兵四万,骑兵五千,出屯灵武。右屯卫大将军张士贵,率兵一万七千,为庆州道行军总管,出发云中,凉州都督李袭举,为凉州道行军总管,即率凉州戍兵,出遏西方。诸将陛辞请训,太宗面谕道:"薛延陀自恃强盛,逾漠南行,道经数千里,马已疲瘦,见利不能速进,不利又不能速退,朕已饬思摩烧薙秋草,毋为寇资。待他刍粮日尽,野无所获,必当退去。卿等可与思摩互为犄角,待寇已欲退,协力出击,定足破敌,朕可静听捷音了。"诸将听命而行。

薛延陀骑兵三万,由大度设带领,作为前驱,进逼长城,正在登高南望,辱骂思摩。不意尘氛滚滚,枪戟森森,那朔州道行军总管李世勣,带着唐军,遮道前来。大度设不觉惊惶,竟向赤柯泺北走。世勣选麾下骁悍万人,及突厥精骑六千,出长城,逾白道川,追蹑寇后。大度设奔走累日,至诺真水,为唐军追及,乃勒众还战,列阵亘十里。世勣令突厥骑兵,先行出战,为大度设所败,相率退还。大度设乘胜来追,适遇唐军掩至,恐不能力敌,但令部众弯弓注射,万矢俱发。唐军中马多受伤,陆续倒毙。世勣命士卒下马,各执长槊,向前直进,任他箭如飞蝗,竟冒险冲入敌阵,敌众专力射箭,不防唐军杀入,手中剩了空拳,如何招架得住? 没奈何倒退下去。向来薛延陀教兵步战,五人为伍,一人执马,四人前战,战胜乃授马追奔。唐副总管薛万彻,率数千骑入敌阵中,专夺敌马,敌众见马俱失去,越加骇惧,顿时溃散。唐军趁势奋击,斩首二千余级,捕虏五万余人。大度设拚命逃脱,万彻力追不及,才命回军。

世勣既得胜仗,乃率众军还至定襄,驰书告捷。太宗拟饬世勣等,进捣薛延陀巢穴,忽闻左领军将军契苾何力,被薛延陀拘去,转不免迟疑起来。又作一波。原来何力母姑臧夫人,及弟贺兰州都督沙门,均在凉州;何力请旨省亲,且乘便招抚部落,谁料到了凉州,知母与弟俱往降薛延陀;就是契苾诸部落,亦多欲向薛延陀投诚。何力大惊道:"主上厚恩,奈何遽负?"契苾诸部众道:"夫人都督,统已往降,我等不去,尚将何往?"何力道:"沙门尽孝,我尽忠,断不降薛延陀。"契苾部众,竟将何力执住,解至真珠可汗帐前。何力箕踞坐地,真珠胁何力降,何力起身东向,拔刀大呼道:"何力是大唐烈士,怎肯屈辱虏廷? 天地日月,愿鉴愚诚!"说至此,竟把刀向左耳一横,割下鲜血淋漓的一只耳朵,向真珠掷去,且瞋目视真珠道:"请视此耳,我决不降。"蕃将中有是忠诚,想见太宗待遇之优。真珠欲杀何力,独真珠妻,怜他孤忠,从旁谏阻,乃把何力羁禁帐中。这消息传入唐廷,太宗语侍臣道:"何力必不负朕。"侍臣道:"戎狄气类相亲,何力往薛延陀,如鱼趋水,哪里还肯顾念隆恩?"太宗道:"何力心如铁石,你等不信何力,朕却可独保呢。"正说着,薛延陀遣使到来,当由太宗召见,来使乃是真珠可汗的叔父;名叫沙钵罗泥熟。太宗先诘责薛延陀叛状,继复问及何力情形,沙钵罗约略认罪,并极称何力忠诚,说得太宗也为凄恻,顾语侍臣道:"何力果属何如?"侍臣等才服太宗先见,一同俯首。沙钵罗复呈上贡单,内列貂皮三千张,马三万匹,玛瑙镜一架;愿此后罢战修和,并乞许婚。太宗道:"汝主果悔罪投诚,朕亦何惜一女?但须先送归何力,方准和亲。"沙钵罗请使同往,太宗乃命兵部侍郎崔敦礼,偕沙钵罗同往,迎归何力,许真珠得尚公主。真珠喜如所愿,放归何力,且与崔敦礼订定婚期。敦礼与何力同归,陛见太宗,太宗见他左耳已亡,疮痕未愈,不禁为之泣下。何力恰慨然道:"臣受陛下厚恩,杀身亦所不惜,何惜一左耳呢?"太宗乃厚赐金帛,并升授右骁卫大将军。

既而真珠可汗,令侄突利设来唐纳币,献马五万匹,牛及橐驼万头,羊十万口。太宗赐宴殿中,殷勤款待,且许把新兴公主太宗第十五女。嫁薛延陀。何力独密奏太宗,劝阻婚约。太宗道:"天子无戏言,朕已允许,如何反汗?"何力道:"臣闻礼重亲迎,最好是令夷男即真珠可汗名,见十五回。自迎公主,或至京师,或至灵武,臣料夷男必不敢来。夷男不至,何妨绝婚?况夷男性情暴戾,必因婚议不成,激成郁愤,上怒下疑,不出二三年,夷男必忧死,他日二子争立,内乱外离,不战自灭了。"何力料事颇明。太宗点头称善,即遣归突利设,嘱他转告真珠,来迎公主,并言当亲送公主至灵州,与真珠面会。真珠得报大喜,愿诣灵州,臣下交相谏阻,真珠不从,更搜括马羊,充作聘礼。薛延陀本无库厩,所需杂畜,应向各部调索,急切里无从办齐,且往返万里,道涉沙碛,畜口不得水草,耗死过半,因是失期不至。太宗本有意悔婚,遂责真珠愆期,与他绝婚,灵州也不复临幸了。小子有诗叹道:

　　　　帝女胡甘作虏妻,汉为无策语堪稽。
　　　　唐宗失信虽贻议,到底迷途不再迷。

毕竟真珠曾否抗命,待至下回续详。

塞外各国,侈然自大,皆由中国失道,无威无德,乃敢窃据一隅,负嵎称强耳。若果有堂堂之阵,正正之旗,与彼角逐,未有不因而披靡者,试观高昌之灭;与薛延陀之败,并未经过数十百战,一遇唐师,非降即奔。智盛兄弟,被俘入唐,何其弱也?薛延陀真珠可汗,雄长铁勒诸部,亦一蹶不振,入贡请罪;可见驭夷非难,在外攘之得其道耳。独唐太宗与吐蕃和亲;乃至薛延陀既许而复悔,出尔反尔,未免失信。夫和亲原为下策,但既以宗女嫁吐蕃,何妨以宗女嫁薛延陀?否则一律拒绝,自存国体可也。太宗不察,失策于前,食言于后,且待遇夷狄,隐分厚薄,绳以一视同仁之义,太宗其更有愧乎?叙吐蕃事于薛延陀之前,虽系按年列叙,实足为太宗存一比例,表明其驭外之不公,作者固具有苦心,明眼人方能见到也。

第十九回　强胡内乱列部纷争
　　　　　逆迹上闻储君被废

　　却说真珠可汗，闻唐廷下诏绝婚，只好自悔失期，不敢再索，_{实由自惩前}败，只好如此。仍与唐廷修和。太宗益自欣慰，竟将新兴公主嫁与长孙曦。薛延陀事，至后再表，小子要叙及西突厥了。西突厥自阿波可汗，与东突厥屡有战争，后来阿波可汗，为东突厥沙钵略可汗所擒，国人立他族子泥利可汗。泥利亦败死，子达漫立，叫作泥撅处罗可汗。隋炀帝时尝从征高丽，赐号曷萨那可汗。曷萨那一作曷娑那。唐初曷萨那入贡大珠，高祖面谕曷萨那道："朕重王赤心，不爱宝珠。"因将珠给还，特封他为归义王。惟曷萨那朝唐，部众皆不服，竟潜令人刺杀曷萨那，别立射匮可汗。木杆弟，步迦可汗孙。木杆见前文。射匮建牙三弥山，驱策西域诸国，势颇强盛。及病死后，弟统叶护可汗嗣立，具有勇略，广拓属土，尝遣使入贡唐廷，且请许婚。高祖欲从所请，因为东突厥所梗，乃致中阻。统叶护恃强而骄，残虐群下，终弄得众叛亲离，为叔父莫贺咄所戕。莫贺咄自称屈利俟毗可汗，部众又恨他弑主自立，各怀贰心，于是另推泥孰莫贺设_{突厥称掌兵官为设}。为可汗。泥孰不受，闻统叶护子咥力特勒，避难奔康居，特遣人迎立，推为乙毗钵罗肆叶护可汗，且助他复仇，往攻莫贺咄。莫贺咄败奔金山，泥孰率众追击，竟将莫贺咄杀死。肆叶护乃得统辖西突厥全部，偏是肆叶护量小难容，泥孰又功高遭忌，谗言交构，两下怀嫌。肆叶护谋杀泥孰，泥孰乘机脱逃，亡奔焉耆。未几肆叶护为臣下所逐，走死康居，泥孰因国人推戴，迎立为咄陆可汗。咄陆父莫贺设，前曾由统叶护可汗遣入唐廷，通贡修好，太宗时尚未立，与莫贺设约为兄弟，至是闻咄陆嗣位，乃诏鸿胪少卿刘善因持节授册，封为吞阿娄拔利邲咄陆可汗，兼赐鼓纛缎彩万匹。咄陆遣使入谢，盛献方物。既而咄陆去世，弟同俄设立，号沙钵罗咥利失可汗，分全国为十部，各置部长一人，每人授一箭，称为十设，亦号十箭。怎奈部落太多，尾大不掉，_{是即封藩通病}。部长统吐屯拥有劲旅，袭击咥利失。咥利失与战不胜，遁走焉耆。纯吐屯复为他部所杀，全国无主，乃由西方诸部，别迎东突厥始毕可汗子欲谷设为主，叫作乙毗咄陆可汗，咥利失又自焉耆出来，招集余众，再图恢复，所有西突厥东部，复逐渐收服。只西部与他抗衡，彼此互哄，兵连祸结，杀伤不可胜计。后来易战为和，分地自王，约以伊列水为界，水东属咥利失，水西属乙毗咄陆，自是西突厥全部，复分为东西两国，乙毗咄陆势渐强盛，勾通东部大臣俟列发，阴图咥利失。俟列发竟纠众作乱，咥利失没法抵制，奔窜而死。他部不服俟列发，出平乱事，再迎咥列失子，为乙屈利失乙毗可汗。未几又死，从弟乙毗沙钵罗叶护可汗入嗣，通使唐廷，太宗特遣左领军将军张大师持册加封，移牙水北，时称沙钵罗叶护为南庭，乙毗咄陆为北庭。<small>叙次甚明。</small>咄陆又与沙钵罗叶护构兵，屡战不休，且同时入诉唐廷，分争曲直。太宗令他罢兵息战，咄陆不肯听命，竟增兵南攻，击杀沙钵罗叶护可汗，并有南部，复入寇伊州。唐安西都护郭孝恪，率轻骑二千，从间道掩击，杀败乙毗咄陆，乙毗咄陆转攻天山，复由孝恪移师击走，斩首数千级。但乙毗咄陆心终未死，东略失利，再图西略，他欲进攻康居，道过米国，即将他残破，尽掠人畜，毫不给赏臣下。部将泥孰啜，因此不平，自行夺取。乙毗咄陆恨他专擅，立斩以徇，泥孰啜裨将胡禄屋，替泥孰啜报仇，袭击乙毗咄陆，乙毗咄陆率众与战，未及对垒，麾下统已溃散，就使乙毗咄陆勇艺过人，也是无术支持，不得已走保白水胡城，全国大乱，扰扰经年。部长屋利啜等，有心求治，乃遣使请命唐廷，愿废乙毗咄陆可汗，另行择贤嗣位。太宗即命通事舍人温无隐赍诏西行，与屋利啜等商定嗣君，立莫贺咄遗子为乙毗射匮可汗，乙毗咄陆尚思规复，招徕旧部，大众都反唇道："使我千人战死，教他一人独存，我等还要从他么？"利己损人，<small>必致众叛亲离，无论中外，莫不如是。</small>乙毗咄陆得闻此语，料知众怒难犯，转奔吐火罗，西突厥才算统一，由乙毗射匮主持。他因入贡皮币，并且请婚，太宗令割龟兹<small>读若慈</small>。于阗疏勒朱俱波葱岭五部，作为聘礼。<small>太宗亦欲卖女耶？</small>乙毗射匮，也觉承认不下，两下里延宕过去。

　　小子为按时叙事起见，只好将西突厥事，暂行搁置，演述那唐廷内政，免得叙次混淆。自皇子承乾，得立为太子后，<small>承接第十七回。</small>起初因年尚幼稚，没甚过失，及渐渐长成，辄游猎废学。左庶子于志宁、右庶子孔颖达、张玄素等，屡加规谏，均不见从，反且遭嫉。志宁丁母忧，闻太子修治宫室，妨害农功，又好郑卫音乐，以及宠昵宦官、亲近女色等情，遂上书极谏，至再至三，惹得太子怨恨填胸，几与志宁势不两立，暗遣刺客张师政纥干承基两人，往刺志宁，二人入志宁家，见他素服麻衣，寝处苫块，也不禁良心发现，不忍下手，当即返报太子，但说是不便行刺，只好缓图。<small>颇有晋鉏麑风。</small>太子乃暂从搁置，但淫纵益甚。魏王泰有意夺嫡，趁着太子失德的时候，格外招集文士，撰述各书，且搜考古今地理，著成一册括地志，呈献太宗。太宗见他考证详明，很是喜慰，便优畀月给，制逾太子。谏议大夫褚遂良，上书谏阻，太宗反致误会，还道是太子月给过轻，下了一道诏谕，令太子出用库物，有司勿为限制。看官听着！这岂非溺爱不明，酿成祸患么？<small>有子者其听之！</small>太子得了此诏，喜出望外，当然取用无度。时张玄素已调任右庶子，遂上书切谏太子，略云：

第十九回　强胡内乱列部纷争　逆迹上闻储君被废

昔周武帝平定山东，隋文帝混一江南，勤俭爱民，皆为令主，有子不肖，卒亡宗祀。圣上以殿下亲则父子，事兼家国，所应用物，不为限制，恩旨未逾六旬，用物已过七万，骄奢之极，孰有过此？况宦臣正士，未闻在侧，群邪淫巧，暱近深宫，在外瞻仰，已有此失，居中隐密，宁可胜计，苦药利病，苦言利行，伏惟居安思危，日慎一日，节糜费以成俭德，则不胜幸甚！

玄素既上谏书，只望太子回心改过，不负此言，哪知隔日早朝，行过东宫门外，忽有一人短衣便帽，走近玄素面前，突然抽出一条大马簻，向玄素脑门击下。玄素急忙一闪，下簻少偏，已打得皮破血流，大叫一声，晕仆地上。朝臣闻声趋救，好容易叫他醒来，才得复苏，缉拿凶犯，早已飏去。看官试想！禁门内外，有什么暴客？就使有暴客伏着，一经发觉，也是无从脱逃，偏此次被他溜去，眼见得是东宫所遣，容易匿迹了。专事暗杀，成什么太子？玄素不能上朝，由侍役舁回宅中，医治数日，渐得痊可，自知为一书惹祸，但也没处呼冤，只好自认晦气，便算了结。

是时魏征已老，常患疾病，太宗犹时给手诏，令他封状进言。征不忘忠谏，仍应诏直陈。既而褚遂良奏言太子诸王，应有定分，请亟从整核，太宗乃语遂良道："方今群臣忠直，无过魏征，我遣令傅太子，弼成潜德，以副众望。"遂诏令征为太子太师。征称疾固辞，太宗手诏慰勉道："周幽晋献，废嫡立庶，危国亡家，汉高祖几废太子，幸得四皓相助，然后得安，卿即四皓中的一人，愿勿固辞！就使卿疾未愈，亦可卧护青宫，少释朕忧。"这数语很是恳切，累得征无词解免，勉强受职。无如年迈力衰，死期已迫，渐渐的卧床不起，竟至垂危。太宗屡赐药膳，并遣中郎将留宿征宅，日奏起居，至闻征疾加笃，亲自问疾数次，且尚与谈国事，或带着太子承乾，教他亲承师诲，最后一次，且挈了季女衡山公主，同至征榻前，指公主语征道："此女当嫁与卿子叔玉，卿能起视新妇否？"征已不能强起，流涕答谢，太宗亦为泣下。待挈女回宫，夜卧成梦，恍惚见征入朝，作陛辞状。醒来觉此梦未佳，待至天晓，即有人入报，征已谢世，当下匆匆盥洗，即命驾临丧，亲视大殓，抚棺诀别，不觉失声悲号。哭罢还朝，令太子举哀西华堂，且诏内外百官，尽行赴丧，又赐给羽葆鼓吹；陪葬昭陵。征妻裴氏道："征俭约，今葬用羽仪，恐非征志。"悉辞不受，但用布车载柩而葬。有此贤妇，可谓无独有偶。太宗赐谥文贞，追赠司空兼相州都督，临葬时登苑西楼，望哭尽哀。既而自制碑文，并为书石，尝语侍臣道："以铜为镜，可正衣冠，以古为镜，可见兴替，以人为镜，可知得失。征殁，朕亡一镜了。"征貌不过中人，独有胆识，每犯颜进谏，虽遇太宗盛怒，颜色不变，太宗亦为霁威。尝谓征似疏慢，惟朕独见征妩媚，所以言多见从。征殁后尚感念不已，寻命在凌烟阁中绘功臣像，共得二十四人，征列第四。小子综述如下：

长孙无忌	赵郡王孝恭	杜如晦	魏征
房玄龄	高士廉	尉迟敬德	李靖
萧瑀	段志玄	刘弘基	屈突通
殷开山	柴绍	长孙顺德	张亮
侯君集	张公谨	程知节	虞世南
刘政会	唐俭	李世勣	秦叔宝

这二十四人中，如杜如晦魏征段志玄屈突通殷开山柴绍长孙顺德张公谨虞世南刘政会秦叔宝十一人，已经去世，余尚生存。惟君集因破灭高昌，反致下吏，虽然释置不问，心中尝是怏怏。应前回。会郧国公张亮，出任洛州都督。君集先日饯行，座无他人，饮至半酣，佯作醉状，瞋目语亮道："公为何排我？"亮笑答道："我何尝排公？莫非公排我不成？"君集愤愤道："我荡平一国，反触天子嗔怒，如何还能排公？"说着，复攘袂起座道："公与我交好有年，既与我气谊相投，不愿排我，我何妨实意相告。古人有言：'狡兔死，走狗烹，敌国破，谋臣亡。'今我等具有战功，也郁郁不能自活，眼见得是兔死狗烹了。公试想来！应用何策求生？"亮知他已蓄异志，便用言啗他道："亮本不才，还仗我公指教！"君集道："公能助我，莫若起兵。公在外，我在内，内应外合，便可成功。"亮微笑道："公言甚善，待我到了洛州，再行报命。"君集大喜，畅饮尽兴，方才告别。亮即贲夜入宫，密陈君集所言。太宗道："卿与君集皆功臣，今君集与卿相语，旁人不闻，若骤执君集，他必不服，朕随时注意便了。卿且勿言！"这是英主作用。亮即辞行赴任，仰承上意，暂守秘密。偏太子承乾，已窥知君集怨望，私引君集婿贺兰楚石为千牛，官名。嘱他邀入君集，密谈衷曲。君集道："魏王甚得上宠，若殿下不早为备，恐殿下将为隋杨勇了。"杨勇系隋文帝太子，为弟杨广所谮，遂致废死，事见《隋史演义》。太子道："正为此事召公，欲公为我设法，免蹈杨勇覆辙哩。"你若不要他设法？尚不致与杨勇一般。君集道："君集愿为殿下效死。"说至此，又举手语太子道："有此好手，亦当为殿下指挥呢。"恐你亦不怀好意。太子喜甚，厚赠君集。

君集即与太子密图魏王，偏偏天不助逆，疾病缠身，太子本有躄疾，至是加剧，竟致步履维艰，一时不便发难。会东宫有一侍女，名叫俳儿，姿首甚佳，且善歌唱，不愧芳名。为太子所宠暱，日夕不离。足疾由此而生，亦未可知。太宗闻知此事，即召入俳儿，责她蛊惑太子，即加杖百下，俳儿竟因是殒命，太子非常悼惜，且疑由魏王告发，致触父怒，一念恨着魏王，一念记着俳儿，私为俳儿起冢苑中，朝夕祭奠，每至冢旁，辄徘徊泣下。嗣是怨怼日深，按日里托疾不朝，但在宫中聚奴为戏，聊解愁闷。间或令宫奴盗窃民间马牛，亲临烹炙，与一班嬖僮宠婢，同坐而食，侑酒传杯，备极谐媟。有时酒后兴酣，自愿服作突厥衣饰，效突厥语言，命左右亦着胡服，以五人为一小部落，布氈为幄，分戟为阵，外竖五狼头纛，内设穹庐帐舍，高坐堂皇，一呼百诺，命左右烹羔以进，自拔佩刀割肉，与众共啖。啖毕，语左右道："我已做过可汗，譬如今朝死了，汝等可为我行丧礼。"说至此，突然倒地，僵卧不动。左右一齐痛哭，跨马环走，剺面作居丧状。太子忽然起坐，笑语左右道："我一朝有天下，当率数万骑往猎金城，乘便投思摩帐下，解发作一胡官，谅不落突厥后，尔等以为可喜么？"左右当然谀媚，极力称善。至太子入内，方共目为怪物。并非怪物，实是童騃。

会太宗庶弟汉王元昌，所为多不法，屡遭太宗谴责，他遂与太子相亲，时与游戏，尝分左右为二队，由两人戏作统帅，各被氈甲，操竹槊，号令队伍，互相刺击，有不用命，披树为挞，任情殴打，虽死不顾。太子且笑语道："使我今日做天子，明日在苑中置万人营，与汉王分将，两相角逐，一决胜负，岂非是一种快事？"元昌应声道："太子做了皇帝，恐一经失道，谏书纷至，不能似今日的快活了。"太子笑道："这有什么难事？一人来谏，杀死一人，十人来谏，杀死十人，到杀死了几百个，哪个还敢多嘴？我与汉王好尽情玩耍呢。"元昌道："恐不令你为皇帝，你将奈何？"太子道："只有一个魏王泰，我明日便教他死，叔父试看着便了。"是夕即想了一法，遣人诈为魏王记室，密上封事，历言魏王罪恶，有诏捕治上书人，卒不得获，太子又遣张师政纥干承基等往刺魏王，魏王亦阴自戒备，无从下手。可巧东宫娈童称心，及方士秦英韦灵符等，均被太宗收入狱中，一并处死，且传召太子入朝，由太宗严责数十言，太子忍气吞声，返入东宫，即召私党元昌侯君集李安俨赵节杜荷等，密商起事方法，且语众人道："我与贼弟泰誓不共存，他前既谗杀我俳儿，今又谗杀我称心等人，若不亟除了他，就将及我了。"君集不待说毕，便投袂起立道："何不引兵入西宫，杀死此人？"元昌道："此人一死，太子就好入阙为帝，还管什么避忌？直教他弑父弑君。只事成以后，我要向太子索赐一物，太子定要允我。"太子问是何物？元昌道："我前入谒内廷，见御座旁有一美人儿，齐整得很，我后来细底调查，这美人儿且善弹琵琶，有声有色，真正好极了。若太子得做皇帝，此美人儿应当赠我，幸勿自私！"痴心妄想。太子笑道："这算甚么，大事得成，我与叔父且同享富贵，何惜一个美人儿？"杜荷道："事不宜迟，速行为是。愚谓不必往杀魏王，但由殿下自称疾笃，主上必来亲视，那时就好动手了。"太子喜道："甚好甚好，就照这样办罢。"当下与元昌等人，割臂为盟，用帛拭血，烧灰和酒，彼此传饮，誓同生死。不像太子行为，全似江湖强盗，故叙述时，叠书太子，非以美之，实以愧之。

看官听着！元昌侯君集，履历已详见上文。李安俨本事隐太子，很为出力，及隐太子败死，太宗以安俨为忠，召为中郎将，偏他仍为桀犬，依然吠尧。赵节系慈景子，为高祖女长广公主所生，曾任洋州刺史。杜荷系如晦子，尚太宗第十六女城阳公主，本皆皇室懿亲，不知何故勾连逆子，阴图篡弑。想是活得不耐烦，所以自寻死路呢。补出三人履历，也不可少。盟誓既定，拟把侯杜两人的秘谋，次第进行，事尚未发，忽内廷传出急诏，令兵部尚书李世勣，发便道兵速往齐州平乱，太子语纥干承基道："齐王祐也想造反么？他欲造反，何不与我连谋？我宫西墙去大内，不过二十步，朝夕可以发作，岂比齐州路远，多费若干经营呢？"正说着，又有缇骑到来，大踏步趋至太子面前，顾见承基在侧，便将他一把抓住，反剪了去。太子惊问何事，缇骑答言奉诏捕承基，余无别言，竟一哄而去了。仿佛天外奇峰。太子到了此时，还道是自己秘谋，已经发泄，几吓得魂不附体。旋经李安俨入报，谓因齐王祐事，干连承基，与太子无涉，太子稍觉心安。但因京师戒严，也只好把自己秘谋，略缓数日。不到几天，齐王祐被执至京，有诏废祐为庶人，赐令自尽。祐本太宗第七子，受封齐王，兼领齐州都督，生性轻躁，素好游猎。长史权万纪，屡谏不从，恐并得罪，乃陈祐过失，请旨裁夺。太宗手诏切责，祐不胜忿恨，且益暴戾。万纪从旁管束，不听祐出国门，把鹰犬尽行纵去，且劾祐左右数十人。太宗令刑部尚书刘德威，往按得实，召祐与万纪入朝。祐遂与狎客燕弘亮等，商定逆谋，射杀万纪，磔尸泄愤，一面招募壮丁，充当兵役，传檄各州县，以入清君侧为名。李世勣奉诏往讨，尚未至齐州，齐府兵曹杜行敏等，已执祐送京师。太宗也顾不得父子私恩，只好将他处死，徒党连坐数十人。太子承乾，存了兔死狐悲的观念，复有些惶惧起来，凑巧逆谋被泄，一道诏下，废太子承乾为庶人，把他拘禁起来。小子有诗叹道：

前人行事后人看，作子非难作父难。
才识贻谋宜审慎，如何骨肉屡相残。

欲知承乾被废情由，试看下回便知。

三纲五常，为治平之大要，纲常不正，则内乱必生，乌乎治国？乌乎平天下？胡俗烝报相寻，篡逆亦成为常事；故虽有强悍之主，以力服人，而倏兴倏衰，未闻有数十年不变者。观本回之叙西突厥事，已可概见矣。若中国素崇礼义，号为文物之邦，唐太宗为三代下仅见之君，尤称英敏。乃玄武门自戕骨肉，巢王妃可作嫔嫱，敢自渎伦，竟尔作俑，卒至承乾无父，元昌无兄，齐王祐恶逾太子，赵节杜荷等不顾懿亲，内外谋逆，几成大祸。幸天尚佑唐，得以早日扑灭，不至蔓延，然父子兄弟之间，遗憾已多。太宗岂能辞咎乎？夫戎狄之国，犹不能舍纲常而谋治安，况在中华？故本回属事比辞，借往事以箴后世，善鉴古人者，可以知所戒矣。

第二十回　易东宫亲授御训
　　　　　征高丽连破敌锋

　　却说承乾被废的原因,实缘有人讦告逆谋,遂致败露,这人为谁？ 就是被系的纥干承基。承基系狱论死,意欲求生,乃将承乾种种逆谋,密陈刑部,请转奏太宗。太宗闻变,即敕长孙无忌、房玄龄、萧瑀、李世勣四人,与大理中书门下等官,公同查讯,果得实情。太宗乃召入承乾,当面呵责。承乾顿首道:"臣为太子,尚何所求？但为泰所图,心实不甘,因与廷臣等谋及自安。廷臣等导臣不轨,臣一时狂惑,未免受迷,今愿自坐死罪,惟臣被废死,泰若得立为太子,臣死且衔恨呢。"太宗听到此语,怒上加怒,遂顾语侍臣道:"承乾罪大,应该如何处置？"群臣皆面面相觑,莫敢发言。通事舍人来济隋将来护儿子。进言道:"愿陛下不失为慈父,太子得终享天年,便是情法兼尽了。"还是他有点胆识,可谓护儿有儿。太宗乃废承乾为庶人,幽禁右领军府中。当下搜捕党与,把元昌、侯君集、李安俨、赵节、杜荷等,一并拘至,依次鞫讯。元昌无可抵赖,先自伏罪。太宗不忍加诛,拟令减罪免死。高士廉李世勣等,谓不应因亲废法,争论至再,乃赐令自尽。侯君集初讯不服,太宗召他女夫贺兰楚石,证成罪状,君集才俯首无词。太宗语群臣道:"君集有功国家,可否贷他一死？"群臣齐声道:"君集大逆不道,如何赦宥？"太宗乃谓君集道:"今日为国守法,要与卿永诀了。此后徒见卿遗像,怎不痛心？"言已泣下,君集亦伏地大恸。刑官不便徇情,即将他牵出市曹。临刑时,君集语监吏道:"我本不欲反,因蹉跎至此,但为皇上破灭二国,不无微劳,请转奏陛下,乞矜全一子,聊奉祭祀。"监吏允诺,刑毕复命,并述君集言。太宗乃赦他妻子,流徙岭南。李安俨赵节杜荷三人,既已讯实,当即斩决。左庶子张玄素,右庶子赵弘智令狐德棻等,均因不善规谏,坐罪除名。惟于志宁以屡谏见褒,毫不加罪。纥干承基释出狱中,命为祐川府折冲都尉,爵平棘县公。承基得封,未免滥赏,但不忍刺死于志宁,尚有仁心,应该食报。自承乾得罪被废,魏王泰日夕入侍,格外尽孝。太宗嘉他恭顺,面许立为太子。中书侍郎岑文本,及侍中刘洎等,亦皆劝帝立泰。独长孙无忌请立晋王治,太宗嘿然不答。及无忌退后,语侍臣道:"昨日青雀泰小字。投朕怀中,谓臣今日始得为陛下子,臣止一儿,臣死时当将子杀死,传位晋王,这数语甚属可怜,所以朕不忍别立。"言未已,褚遂良应声奏道:"陛下以为可怜,臣实以为可虑,试想陛下万岁后,魏王据有天下,尚肯自杀爱子,传位晋王么？陛下前日正因嫡庶相争，酿成内变，今必欲立魏王，愿先将晋王安插，方保无虞。"太宗迟疑半晌，竟泫然流涕道："这事恐办不到呢。"遂起座入宫。一念萦私，便致憧扰，家庭之难处也如此。魏王泰恐晋王得立，因往恬晋王道："汝与元昌亲善，今元昌败死，汝得毋连及么？"晋王听了此言，不觉忧容满面，偶为太宗所窥，问他何故怀忧？晋王据实奏闻，太宗不觉省悟道："他却有此深心，朕今始知道了。"还算聪明。因出御两仪殿，令晋王相随，召长孙无忌房玄龄李世勣褚遂良等到来，与述泰言，且蹙眉道："我三子一弟，所为如此，我还有怎么生趣？"说至此，竟挺身跃起，自投床上，且从腰间拔出佩刀，竟欲自刎。无忌等忙上前相阻，褚遂良把刀夺去，授与晋王。无忌又请道："立储事大，陛下属意何人，不妨径立，免得滋疑。"太宗道："我已欲立晋王。"无忌接口道："谨遵诏旨。"太宗乃使晋王拜谢无忌道："汝母舅已许汝了。"此语亦失。无忌趋避一旁，太宗又语四人道："公等已与朕意相同，未知外议何如？"房玄龄等齐声道："晋王仁孝，天下归心，请陛下召问百官，谅亦不致异议。"太宗乃转御太极殿，召群臣入谕道："承乾悖逆，泰亦凶险，皆不可立，朕欲就诸子择立一人，卿等以为何人当立？"大众皆欢呼道："莫如晋王。晋王仁孝，当为储嗣。"太宗乃喜。适魏王泰率百余骑，至永安门探听消息，门官入奏太宗，太宗即令卫士辟泰从骑，引泰入肃华门，也禁锢北苑中。次日御承天门楼，颁诏立晋王治为皇太子，大赦天下，赐酺三日。太宗又语侍臣道："我若立泰，是储位可以谋取了。自今以后，太子失道，藩王窥伺，须一并废置，传诸子孙，永为后法，卿等以为善否？"侍臣等当然赞成。太宗复道："今若立泰，承乾与治，均不得生全，治立为嗣，泰与承乾，俱可无恙了。"遂命长孙无忌为太子太师，房玄龄为太傅，萧瑀为太保，李世勣为詹事，李大亮于志宁马周苏勖高季辅张行成褚遂良等，均为东宫僚属。

右庶子杜正伦，辅故太子承乾，密受太宗嘱托，屡谏不从，乃以上语相告。承乾以闻，太宗召问正伦，责他泄言。正伦叩首道："臣欲太子迁善，所以敢述密谕，俾知儆戒呢。"太宗乃不加罪，及承乾事败，正伦左迁交州都督，魏征在日，尝荐杜正伦侯君集有宰相才，至此君集伏诛，正伦坐谪，遂疑征朋比为奸，命仆墓前碑石，罢征子叔玉尚主，一面徙承乾至黔州，泰至均州，承乾越二年病死，葬用国公礼。泰降封东莱郡王，嗣复改封顺阳，后乃晋封濮王，至高宗三年，病逝郧乡，这是后话。惟太子治年只十六，太宗令日侍起居，遇事训导，每食辄语道："汝知稼穑艰难，方得常食此饭。"有时见他乘马，又与语道："汝须知马劳苦，毋竭马力，方得常乘此马。"及太子乘舟，又与语道："水能载舟，亦能覆舟，民犹水，君犹舟，不可不慎。"太子或栖息树下，又尝举"木从绳则正，后从谏则圣"二语，作为箴励。太子但唯唯听命，未尝发言。吴王恪太宗

第二十回　易东宫亲授御训　征高丽连破敌锋

第三子已见十七回中。善骑射，有文武才，英武颇类太宗，太宗见太子柔弱，又移爱及恪，拟改立恪为太子，密语长孙无忌道："雉奴太子小字。柔懦，恐不能主社稷，我意欲改立吴王。"无忌力言不可，太宗冷笑道："公以恪非亲甥，因不欲改立么？"私心又起。无忌叩首道："太子仁厚，将来必为守文良主，愿陛下勿疑！譬如举棋不定，尚且失败，况储贰至重，怎可屡易呢？"太宗乃止。嗣命太子知左右屯营兵马事，每日视朝，饬令随侍，观决庶政，这也好算是随时教导，煞费苦心呢。暗为下文反喝。

且说贞观十七年秋季，新罗国遣使乞师，东伐高丽。高丽居中国东方，就在现今的朝鲜半岛，岛中分列三国，东北为高句丽，简文叫作高丽，南为百济，百济东南为新罗。高丽最强，与百济同盟，谋分新罗国，又率众侵辽西，屡与隋军相争，隋文帝父子，连讨数次，均不能克。高丽益横行无忌，连侵新罗。嗣闻唐室开基，兵势强盛，乃遣使入贡，高祖册封高丽国王高建武为辽东郡王。百济新罗，也相继贡献方物，唐廷又册封百济王扶余璋为带方郡王，新罗王真平为乐浪郡王。三国共受唐封，仍相攻击。新罗王真平忧死，只遗一女善德，由国人拥立为王，勉支危局。会高丽东部大人泉盖苏文，泉为姓，盖苏文为名，大人即部首之称。凶暴不法，高丽王建武，与群下谋诛盖苏文，偏盖苏文侦悉王谋，竟勒兵入宫，手刃建武，剁作数段。且尽杀预议诸大臣，立建武兄子高藏为王，自为莫离支，官名，如中国吏部兼兵部尚书之类。专擅国事，且与百济和亲，再击新罗。新罗女王善德，惶急的了不得，忙遣人乞救唐廷。太宗发使持诏，往谕高丽罢兵。盖苏文拒绝唐使，太宗乃召集群臣，会议出师。褚遂良奏阻道："今中原清晏，四夷畏服，陛下威望日著，震铄古今，今若远渡辽海往讨小夷，果能指日奏功，原是幸事，万一蹉跌，伤威损望，再兴忿兵，安危更不可测了。"太宗道："盖苏文有弑君大罪，今又违朕诏命，侵暴邻国，奈何不讨？"李世勣接入道："前日薛延陀入寇，陛下欲发兵穷追，因用魏征言，坐失机会，否则薛延陀已无遗类了。"是敲顺风锣。太宗点首道："诚如卿言，此次朕拟亲征，定当扫清东夷。"乃敕将作大匠阎立德等，赴洪饶江三州，造船四百艘，载运军粮。且遣营州都督张俭等，发幽营二州兵，及契丹奚靺鞨各部众，先击辽东，借觇虚实。

既而鸿胪卿奏陈高丽贡献白金，褚遂良入谏道："这是《春秋传》中的郜鼎呢，陛下不应受纳。"太宗乃召入高丽使臣面诘道："汝非由莫离支遣来么？"使臣答声称是。太宗怒道："汝等均事高建武，居官食禄，盖苏文弑逆不道，汝等不能复仇，反替他奔走游说，欺我上国，汝等自思，有罪呢？无罪呢？"这数句话，说得来使无词可答。当由太宗指示左右，拘他下狱，当即下诏亲征。褚遂良再疏谏阻，说是："欲征高丽，但须遣一二猛将，数万雄兵，便足了事，不必由御驾亲行。"太宗不从。群臣相继进谏，皆不见听。遂命房玄龄居守，李大亮为副，竟带同太子，南往洛阳，适值薛延陀遣使入贡，太宗与语道："归语尔主，今我父子将东征高丽，汝能为寇，可趁此速来。"来使返语真珠可汗，真珠惶恐，复令原使入谢，情愿发兵助军。太宗复语道："我军已足，不烦尔主费心，尔主果能竭诚事朕，此外尚有何求？"已足吓退真珠。来使听命自去。太宗查得前刺史郑元璹，曾从隋炀帝东征，料他熟悉情形，便自原籍召至行在，问及兵事。元璹答道："辽东路远，粮运迂回，东夷又善守城，不易攻入，还请陛下三思！"太宗怫然道："今日比不得隋朝，公试看朕破虏哩。"元璹托辞老病，谢别归去。太宗即授刑部尚书张亮，为平壤道行军大总管，率江淮岭硖兵四万，长安雒阳壮士三千，战舰五百艘，自莱州泛海，径趋平壤。又命太子詹事李世勣为辽东道行军大总管，率步骑兵六万，及兰河二州降胡，径趋辽东，太宗亲下手诏，声讨盖苏文，诏旨中有以大击小，以顺讨逆，以治乘乱，以逸敌劳，以悦当怨五大义，说得理直气壮，慷慨动人。远近勇士，逐日应募，并献纳攻城器械，不可胜数。太宗因复拟自洛启行，忽由京师遣来急足，报称副留守李大亮病故，并递上遗表，乃是谏阻东征。太宗不觉惊悼，追赠兵部尚书秦州都督，赐谥曰懿，陪葬昭陵。惟遗表上的语言，终未肯信，乃自率诸军发洛阳，直至定州。诏令太子监国，留住定州城，命太傅高士廉，詹事张行成，庶子高季辅，及侍中刘洎，中书令马周，同掌机务。

　　是时尉迟敬德，已经致仕，独趋至行在，面阻太宗道："陛下亲征辽东，太子又在定州，长安洛阳，腹地空虚，倘有急变，如何抵制？且边僻小夷，何足劳动万乘，不若另遣偏师，指日平夷为是。"太宗道："朕已留房玄龄守长安，萧瑀守洛阳，可无他虞。卿若尚可从军，且随朕东征便了。"敬德不便违命，乃扈跸同行。太宗亲佩弓箭，并在鞍后自结雨衣，兼程前进，径诣幽州，当下授计世勣，阳若出师柳城，虚张声势，暗中渡过辽水，直捣盖平。世勣遵旨即行，安抵盖平城下。高丽兵未曾防备，蓦闻唐军到来，慌张得很，当被世勣一鼓攻入，俘得二万余人，获粮十余万石，既而张亮亦率舟师渡海，袭击卑沙城，城濒海岸，四面悬绝，惟西门可上，右骁卫将军程名振，及副总管王大度，夜登西门，砍死守卒数十人，余众溃散，由唐军入城兜拿，拘住男女八千口，两路至幽州报捷。太宗乃欲亲往督师，中书侍郎岑文本，专掌军中粮械，握算持筹，几无暇夕，累得精神枯耗，筋力销磨；倏忽间竟暴卒幽州。太宗临视流涕，追赠侍中，赐谥曰宪，令兵役舁棺归葬，然后启驾东行。途次接世勣军报，已进围辽东城，高丽遣四万人来援，亦被江夏王道宗击走。太宗放心前进，行次辽泽，前面有泥淖二百余里，当由军士畚土填淖，至泥淖最深处，筑桥以渡。及兵已渡过，撤桥以坚士心，至马首山，江夏王道宗率众来迎，太宗慰劳有加。

第二十回　易东宫亲授御训　征高丽连破敌锋

越日,自收数百骑,抵辽东城下,见士卒负土填濠,也下马亲负土石,从官等相率负土,湮塞城濠,遂与世勣合兵,围城至数十匝,喊声动地。会值南风大起,太宗命锐卒缘登冲竿,纵火焚毁城楼,将士乘势登城,守兵抵敌不住,只好退去。世勣督兵杀入,斩馘万余人,获男女四万口,改号辽东城为辽州,遂进攻白岩城。城上矢石交下,右卫大将军李思摩,面中流矢,血渍满颐,太宗亲为吮血,于是将士益奋。高丽乌骨城主,遣兵万余人,来援白岩,将军契苾何力,率劲骑八百名,陷入敌中,为敌所围,尚辇奉御薛万备,单骑往救,敌众前来拦阻,由万备大喝一声,几如雷震,吓得敌众纷纷倒退。万备即杀入核心,见何力腰受槊伤,便教他随着后面,自己当先开路,持着长枪,左挑右拨,杀散敌众,与何力一同回营。何力虽然受创,勇气未衰,复用布束腰,招集从骑,再往击敌。太宗复遣兵策应,杀死乌骨城卒无算,追奔数十里,斩首千余级,看看天色将暮,才收军而回。白岩城主孙代音,闻援兵败退,自知兵力不支,乃遣人请降,太宗临水设幄,亲受降房,改称白岩城为岩州,仍令孙代音为刺史,契苾何力创重,太宗亲为傅药,且搜获何力被刺的仇人,叫作高突勃,令何力自己下刃,借泄前恨。何力入奏道:"彼此各为其主,高突勃冒刃刺臣,忠勇可嘉,臣与他本不相识,并无仇仇,不应将他处死。"可谓知义。太宗一再称善,乃将高突勃赦宥,再进攻安市城。

高丽北部耨萨_{高丽官名}。高延寿高惠真,率兵十五万,来救安市。太宗语将士道:"延寿若引兵直前,连城为垒,据险储粟,掠我牛马,坐困我军,乃为上策。上策不行,把安市城内的兵民,一律迁去,乘夜潜遁,尚不失为中策,若不自度德量力,漫欲与我军相搏,这乃所谓下策哩。朕料他必出下策,卿等看着!延寿等必为我所擒了。"知己知彼,百战百胜。言未已,果有探马来报,延寿等引众前来,距安市城只四十里了。太宗喜道:"朕意原料他如此,但恐他中道逗留,不肯就来送死,应设法诱他速来,方可就歼呢。"遂召左卫大将军阿史那社尔入帐,令带突厥兵千骑,前往诱敌,只准败,不准胜。阿史那社尔领命即去,行了三十余里,见敌众奋勇前来,当下拦住马头,与他交锋,战不数合,便拖械而走。延寿笑语惠真道:"人人说唐军强盛,哪知他这般没用,这真是有名无实哩。"遂驱军大进,直至安市城东南八里,依山布阵。太宗正带着数百骑,登高望敌,遥见高丽兵到来,便返入大营,命李世勣率步骑万五千人,列阵西岭。长孙无忌率精兵万一千人,从山北出狭谷,冲击敌后。自率步骑四千,挟鼓角,偃旗帜,潜登北山,且预约诸军齐进,一闻鼓角声,当尽行趋击。诸军陆续进行,专听北山鼓号,准备厮杀。太宗已至北山,望见李世勣军,已在西岭列阵,正与敌众两阵对圆,两下里跃跃欲动,势将接仗。忽敌阵后面,隐隐有尘沙飞起,料知无忌军已抄至敌后,即命随骑鸣鼓吹角,高张唐帜,诸军鼓噪并进,齐捣敌阵。延寿惠真,仗着人多势旺,尚未着忙,拟分军抵御。突有一白袍将军,大呼陷阵,手中持着一支方天戟,盘旋飞舞,只见戟,不见人,从那一片白光中,戮倒高丽兵无数,未叙姓名,先写忠勇,是用笔不平处。唐军又纷纷随入,眼见高丽兵东倒西歪,阵势大乱,不消一二时,已逃得无影无踪,只剩作一片战场了。连用数见字,是从太宗目中写出。太宗大喜,回营升座,诸将各来报功,共斩虏首二万余级,检验既毕,便问诸将道:"朕适见一白袍将军,当先突阵,锐厉无前,尔等快去将他召来!"诸将闻旨,即去查问此人,当有一雄赳赳的英雄,挺身出认,入见太宗。太宗问他姓名,那人伏地自陈,由太宗嘉奖数语,面授为游击将军,并赐金帛及骏马,正是:

> 试看战阵建功日,便是英雄遇主时。

欲知此人为谁?待至下回表明。

　　魏王泰潜谋夺嫡,至承乾败后,太宗果欲立泰为储贰,幸长孙无忌褚遂良等,一再谏阻,方改立晋王治,司马温公谓唐太宗不私所爱,以杜祸乱之源,可谓知所远谋者,诚非虚语。或以为魏王得立,当无武氏之祸,此语似是而实非。武氏娇小倾城,能蛊晋王治,宁独不能惑魏王泰乎?且魏王狡险,苟得立为太子;入承大统,势必加刃骨肉,尽杀弟昆,恐不待武氏临朝,始见唐宗之尽覆也。若太宗东征高丽,当时议之,后世非之。夫盖苏文有弑主之恶,用王师以讨其罪,谁曰不宜!所朱者,在御跸亲征,致多烦费耳。然如太宗之勇略过人,出奇制胜,实不可没,而其后卒不能平高丽,或亦有天意存乎其间,非尽战之罪也,故本回叙述二事,虽不加褒,亦不加贬;所以昭公论而存直道云。

第二十一回　　东略无功全军归国
　　　　　　　北荒尽服群酋入朝

　　却说唐军与高丽交战,当先冲锋的白袍将校,为太宗所宠遇,优给赏赐。这人为谁?便是大名鼎鼎的薛仁贵。凡遇著名人物,俱用特笔点醒。他本世居龙门,家业耕种,小名是一礼字,因后来建功立业,四海名扬,人人叫他薛仁贵,所以转将小名搁起,但把表字流传,也与尉迟敬德秦叔宝一般。幼时贫贱,好容易茹苦含辛,娶了一个妻室柳氏,正史上不载妻名,小说中说是柳金花,因恐无据,未敢加入。两口儿勤俭度日,渐渐积下微资。仁贵欲改葬父母,柳氏道:"妾观夫君膂力过人,武艺出众,既具绝世英姿,应该待时发迹,今天子将

第二十一回　东略无功全军归国　北荒尽服群酋入朝

征辽东,招求猛将,这是千载一时的机会,君何勿往图功名,自求显达?待至富贵还乡,葬亲也不为迟呢。"此妇却是不凡。仁贵武力,亦借口叙过。仁贵依了妻言,遂往投军营,谒见将军张士贵,士贵令出戍安地。适郎将刘君邛,出剿土匪,为贼所围,仁贵单骑驰救,阵斩贼首,系首马鞍,贼皆慴伏,弃械乞降,乃偕君邛归镇,自是仁贵方有勇名,至高丽安市城一役,亲受主知,威名益著。

　　高丽将延寿惠真,收集余众,依山自固,太宗命诸军围攻,又令长孙无忌,尽撤桥梁,断他归路。延寿惠真,进退两难,不得已率众请降,亲诣军门,来谒太宗,匍伏请命,太宗笑语道:"东夷少年,跳梁海曲,哪知坚持决胜,未及老成?此后尚敢与天子战么?"延寿等伏地不能对。太宗乃简选耨萨注见前。以下酋长三千五百人,各授武职,迁居内地,余皆纵还平壤。高丽各城,余众闻风遁去,惟安市城固守如故。太宗改名北山为驻跸由,刻石纪功。且手书报太子及高士廉道:"朕为将如此,汝等以为何如?"高丽未平,何必出此满语。越数日,移营安市城南,指挥诸将,再行攻城。安市守卒,望见太宗麾盖,辄乘城鼓噪,加以谩骂。太宗怒不可遏,李世勣入请道:"斗大孤城,不患不下,待攻克此城后,所有男子,一并屠戮,陛下当可泄恨了。"太宗道:"朕意拟攻建安城,建安得克,安市在我掌握,这是兵法所谓舍坚攻瑕哩。"世勣道:"建安在南,安市在北,我军粮饷,均在辽东,今若越安市,攻建安,倘贼众断我粮道,如何是好?臣意总在先攻安市,安市一下,鼓行而进,方无后忧。"太宗踌躇半响,方道:"朕命卿为将帅,自当信用公计,但愿勿误朕事哩。"言未已,有两人趋入,跪奏道:"奴等既委身大国,不敢不竭诚献悃,愿天子早立大功,使奴等得与妻子相见。安市城坚兵勇,人自为战,未易猝拔,今奴等带着高丽兵十余万,望旗沮溃,国人闻奴等败降,正在心惊胆落,乌骨城耨萨,老耄无用,若王师朝临,城可夕下。此外当道小城,不战可克,然后因粮进兵,长驱入捣,平壤必不可守了。"为唐划策,却是甚善,所惜返戈授敌,未免无爱国心。太宗闻言瞧着,乃是降将高延寿高惠真。延寿已受命为鸿胪卿,惠真也为司农卿,两人既做了唐官,意欲立功报主,所以并献此策,太宗也颇称善。偏长孙无忌又奏阻道:"天子亲征,与别将不同,总须计出万全,不宜行险侥幸。今建安安市两城,虏众不下十万,若我军进攻乌骨城,后路为虏众所截,终恐不妙,不若先取安市建安,再行进兵为是。"太宗乃止。此时唐兵约数十万,何不分军深入,留太宗在后策应?乃俱顿兵坚城之下,以致老师无功,岂太宗亦聪明一世,懵懂一时耶?诸军仍围攻安市城,李世勣攻城西南,用冲车炮石,击毁城堞。城中竖起木栅,塞住缺口,唐兵仍不能入。江夏王道宗,攻城东南,督众筑土山,高与城等。城主亦培土增陴,更番防御。内外兵士,一攻一守,日必数战,连夜间亦接斗数次。道宗足受矢伤,几不能行,令裨将傅伏爱屯兵山顶,防敌出袭。伏爱私离所部,凑巧土山崩颓,斜压城上,城坍陷数丈,唐军因未得将令,不敢乘隙进薄,反被高丽兵从城缺出来,一阵乱击,将唐军驱散,把土山占夺了去。那时道宗睡卧营中,闻这消息,急忙跃起,跣足至大营请罪。太宗正因土山失守,惹动懊恼,见道宗进来,便瞋目道:"汝实犯死罪,但汉武杀王恢,不若秦穆用孟明,且念汝有战胜辽东的功劳,朕姑赦汝,此后汝应小心,一误不得再误哩。"道宗顿首拜谢。太宗传入伏爱,责他失律致败,推出斩首。嗣是又攻扑了好几日,始终不能得手,转眼间已是初冬天气,辽左天寒,草枯水冻,士马不便久留,粮食亦且垂尽。太宗乃收拾雄心,潜令班师,先拔辽盖二城户口,渡辽内徙,自在安市城下,耀兵扬武,且召语城主道:"朕因天寒思归,待来春再行亲征,汝等能出兵追蹑,最好是今日的机会了。"故意教他来追。城主发城拜辞,太宗复在马上扬鞭道:"汝能固守此城,直至两月有余,可谓忠勇。朕特赐汝良缣百匹,汝可领受!"言至此,命侍臣检出百匹素缣,委置城下,一声号炮,全军启程。太宗率禁卫军先行,诸军陆续随还,着末是大总管李世勣及江夏王道宗两军,压队断后,徐徐退去。城中守兵,屏迹不出,降至唐军去远,方出城收缣,不消细说。

　　太宗渡辽西归,适辽泽泥潦,车马不通,乃命长孙无忌,率兵万人,先行治道,蒭草填涂,用车作梁,然后逐队进发,好容易到了蒲沟,泥淤尤甚,太宗立马沟旁,督军填淖,及行渡渤海,天降大雪,加以暴风,全军都带水拖泥,不堪困惫,有许多该死的兵士,就在途中宛转毕命。总计太宗亲征高丽,共破十城,徙辽盖岩三城户口入中国,共七万人,前后三大战,斩首四万余级,战士也死了二千人,战马十亡八九。太宗才有悔意,在途中叹道:"魏征若在,必不令朕有此行。"乃遣使驰驿,令至征墓前致祭,赐用少牢,复立所制碑铭,并召征妻子诣行在,亲加慰赐。只衡山公主始终不肯嫁给,总是失信。及抵营州,诏命将辽东战亡士卒,悉数舁至柳城东南,祭以太牢,由太宗亲制祭文,临奠尽哀,从臣亦多泣下。游击将军薛仁贵,随侍驾前,太宗回顾与语道:"朕旧将统已衰老,正思得一骁勇士,付以阃外重权,今幸得卿,朕心甚慰。此次东征大功未成,还亏遇一骁将,才算是不虚此行呢。"俗小说中有《征东全传》,谓薛礼如何被厄,如何救驾,说得天花乱坠,谁知多是虚诬,故本编全不阑入。仁贵当然谢奖。俄由定州来了使人,说是奉太子所遣,报称在临榆关内,恭迎御驾。太宗乃亟率三千人,驰入临榆关,与太子会面,太子即进奉御袍,侍太宗更衣毕,谈了一回已往的事情,方随跸西行。原来太宗出征时,曾指身上褐袍,语太子道:"俟回来见汝,再易此袍。"及既至辽左,过了夏秋两季,袍已敝旧,太宗仍然不易。左右请改服新衣,太宗道:"军士衣多破烂,朕独忍换新衣么?"这是笼络人心语。至是易衣至幽州,也即命州吏发出布帛,分赐将士,且将钱布散给高丽降民,欢呼声三日不绝。

第二十一回　东略无功全军归国　北荒尽服群酋入朝

　　再西行至定州，太宗感冒风寒，免不得有些悴容，好几日不思饮食，身上亦乍寒乍热，觉得不爽，未几，又生了几个疮痈，痛苦异常。侍中刘洎，私语同僚道："上体患病，殊属可忧。"哪知此语出口，已有人密报太宗，且加添几句坏话，说得太宗忿怒起来，竟命将刘洎褫职，赐令自尽。先是太宗将东行，令洎兼左庶子，检校民部尚书，辅太子监国，并召谕道："朕今远征，尔佐太子，安危所寄，宜深体朕意。"洎仓猝答道："臣在此，愿陛下勿忧。就使大臣有罪，臣亦当执法加诛。"太宗听到此语，不觉变色，但因他生平忠实，不加驳斥，惟婉戒了几句。此次有人进谗，说他欲行伊霍故事，顿时触起前嫌，骤然赐死。足为言语不谨者戒。看官道是何人谮洎？相传是谏议大夫褚遂良。遂良与洎有宿嫌，因此把他谮死。中书令马周，进谏不从，平白地冤死了刘侍中。既而太宗病势少痊，还归京师，又杀刑部尚书张亮。亮颇好左道，交通巫觋，术家程公颖谓亮卧状若龙，后当大贵，亮颇信为真言。陕人常德发，上书告变，谓亮养假子五百，阴具反谋。太宗命马周案治，亮自言被诬，且历溯佐命旧功，应乞鉴原。马周依言复命，太宗道："亮养假子五百，意欲何为？无非为造反计呢。"乃再令百官复议。群臣阿附上意，多言亮有反意，应该伏诛，独将作少监李道裕，谓："亮叛迹未明，不应遽坐死罪。"太宗不从，竟令斩首。后来太宗亦颇自悔，擢道裕为刑部侍郎，且语左右道："日前李道裕曾议张亮一案，朕虽不从，至今自觉过甚，所以朕命为典刑，当不致误人入罪了。"

　　过了数月，已是贞观二十年仲夏，高丽王高藏，及莫离支盖苏文，遣使谢罪，并献上二美女。太宗笑道："他道朕是吴王夫差，乃欲以美女饵朕么？"遂却还贡献，复议遣将往讨。适值薛延陀一再入寇，乃将高丽事暂行搁起，先图北征。看官阅过前回，曾载着真珠可汗，奉表输诚，为什么此时入寇哩？原来太宗东征未归，真珠可汗因病亡故，他本令庶长子曳莽为突利失可汗，居东方统辖杂种，嫡子拔灼为肆叶护可汗，居西方统辖薛延陀，曳莽性躁，拔灼量窄，两人素不相容。及真珠既殁，曳莽奔丧，恐拔灼图己，先还所部。拔灼果疑他有异志，发兵追蹑，杀死曳莽，自立为颉利俱利薛沙多弥可汗。且闻太宗东征未归，竟乘虚来袭河南，为右领军大将军执失思力所破，败奔碛北，未几，又转寇夏州，太宗已经西归，遣江夏王道宗等，会集执失思力，调集西北数州兵士，出镇西陲。多弥可汗知中国有备，不敢轻进。执失思力会同夏州都督乔师望，出兵掩击多弥。多弥轻骑遁去，余众多为唐军所获，奏凯而归。

　　回纥诸部，闻多弥败还，也出兵攻薛延陀。多弥与战又败，国内骚然。偏多弥尚不肯改过，废弃旧臣，亲信私人，还想窥伺中国，屡遣游骑侦边。自速其死。太宗乃命江夏王道宗，及左卫大将军阿史那社尔，为瀚海安抚大使。又令右领军大将军执失思力，统领突厥兵，右骁卫大将军契苾何力，统领凉州及胡兵,代州都督薛万彻,营州都督张俭,各率所部兵,分道进击薛延陀。薛延陀部众,已是离心离德,闻唐军大举入境,惊慌的了不得,相率骇走道:"天兵到了!"多弥见人心已散,料不可守,即引数千骑西奔,偏遇回纥兵到来,一些儿不肯容情,竟将多弥手下的骑卒,一古脑儿扫得精光。多弥还有何幸,眼见得是身首两分了。回纥酋长吐迷度,且乘势入据薛延陀。薛延陀尚有余众七万口,西走避难,嗣拥立真珠兄子咄摩支,为伊特勿失可汗,还收故土。一面遣使奉表唐廷,自去可汗名号,求居郁督军山北麓。太宗遣兵部尚书崔敦礼,西往招抚,偏是回纥诸部,恐咄摩支卷土重来,将为己患,也遣使至唐,只说咄摩支意怀叵测,将来必遗患碛北。太宗因复命李世勣统兵西行,相机行事,剿抚兼施,并敕李道宗薛万彻等一并进军。世勣至郁督军山,檄谕薛延陀君臣,劝他速降。咄摩支恐不能容,南奔荒谷,世勣再遣通事舍人萧嗣业,招慰咄摩支。咄摩支乃自出乞降。偏部众首鼠两端,未肯投诚,当由世勣纵兵追击,前后斩五千余级,虏男女三万余人,并押送咄摩支至京师,候旨发落。太宗召见咄摩支,因他未尝入寇,拜为右武卫大将军,且拟亲幸灵州,招谕铁勒诸部。铁勒有十五部,已见前文。

是时江夏王道宗,已率兵逾碛北,遇薛延陀遗众拒战,奋力进击,斩首千余级,追奔二百里,乃与薛万彻传檄回纥诸部,令他归附唐廷。回纥等俱愿听命。及太宗启驾至泾阳,回纥拔野古同罗仆骨多滥葛思结阿跌契苾奚结浑斛薛等十一姓,各贡献方物。表文有云:"薛延陀不事大国,暴虐无道,不能为奴等主,自取败亡,部落鸟散。奴等各有分地,不从薛延陀去,愿归命天子,乞赐哀怜,悉置官司,以便奴等有所禀承。"太宗览表大喜,即赐番使宴乐,分赉拜官,并遣右领军中郎将安永寿,偕各使同往,颁给各部长酋长玺书。至车驾已抵灵州,铁勒诸部使臣,陆续踵至,差不多有几千人,相继入谒,共白太宗道:"愿得天至尊为奴等天可汗,子子孙孙,常为天至尊,奴等死无所恨。"太宗喜出望外,因作诗叙述盛事,有"雪耻酬百王,除凶传千古"二语,载入史乘。群臣复请勒石铭功,太宗自然照请,盘桓了好几天,方才回京。

既而回纥仆骨多滥葛拔野古同罗思结浑斛薛奚结阿跌契苾白霫等酋长,俱入都来朝。太宗赐宴芳兰殿,命有司厚加给待,每五日一会。旋下诏改各部名称,以回纥部为瀚海府,仆骨为金微府,多滥葛为燕然府,拔野古为幽陵府,同罗为龟林府,思结为卢山府,浑为皋兰州,斛薛为高丽州,奚结为鸡鹿州,阿跌为鸡田州,契苾为榆溪州,思结别部为蹛林州,白霫为寘颜州,各归原有酋长管辖,赐给各酋长都督刺史名号,分赏金银缯帛及锦袍。各酋长大喜,欢呼万岁,舞蹈扬休。及各酋长辞行,太宗亲御天成殿,再赐宴钱,并令乐官递奏十部乐,作为侑觞,真个是华夷共乐,胡越同堂。宴毕,各酋长醉酒饱德,离座拜谢,且奏称:"臣等既为唐民,往来天至尊处,如回纥以南,突厥以北,应开一大道,称为参天可汗道,途次置六十八驿,各有马及酒肉,以供过使,愿岁贡貂皮,充作此项用费,并请天朝派遣文人,使为各部表疏。"太宗一一允许,各酋长始欢跃而去,于是北荒悉平。

嗣复设立燕然都护府,统辖瀚海等六府、皋兰等七州,特遣扬州都督李素立为燕然都护。素立莅任,抚以恩信,各部落很表欢迎,共献牛马。素立一概却还,只受他薄酒一杯,夷人益加爱慕,遐迩归心。铁勒北部骨利干,也遣使入贡,还有西域结骨部酋,叫作失钵屈阿栈,也重驿来朝,且请太宗授给一官,诏命为坚昆都督。因结骨为古时坚昆国,所以令仍古名,这好算是唐朝全盛的时代,四夷君长,联翩到来,每当元旦朝贺,夷落常数百千人,入殿趋跄,嵩呼华祝。太宗喜语侍臣道:"汉武帝穷兵三十余年,所获无几,怎能似我朝用德绥怀,反得使异俗遐方,同归王化呢。"以德服人,尚恐有愧。侍臣等希旨承颜,乐得称颂功德,说了许多赞美词。那时太宗雄心复炽,又要往征高丽了。小子有诗叹道:

先王耀德不穷兵,何事文皇好战争?
纵使东隅甘听命,春秋朝贡亦虚名。

毕竟太宗曾否再征高丽,且至下回表明。

太宗一英武主,累战皆捷,独东征高丽,顿兵安市城下,岂强弩之末,不能穿鲁缟欤?毋乃所谓暮气已深,不复如前此之冒险进取欤?或谓由李世勣长孙无忌辈,一再劝阻,以致师老无功;靡然退还;不知天子亲征,事权统一,欲进则进,何待踌躇?彼世勣无忌得以劝阻者,无非阴窥上意,乘隙进言耳。不然,世勣等往攻薛延陀,何以直度碛北,不少逗留,扫番众,降夷酋,收服铁勒诸部,不数月间,即荡平北荒,咸行穷海乎?故亲征,美名也,而弊多利少,万乘之主,不堪一挫,诸将又皆怀顾忌,谁敢以乘舆作孤注?此亲征之所以少战功也。至插叙刘张被戮事,尤见太宗之喜怒失恒,已失主宰云。

第二十二回 使天竺调兵擒叛酋
征龟兹入穴虏名王

却说太宗因北荒听命,复欲东征高丽,廷臣会议军情,统说高丽依山为城,不易攻入,前时御驾亲征,高丽人民,不得耕种,势必乏食,今不若屡遣偏师,更迭侵扰,令他东奔西走,无暇农事。不出数年,满野萧条,人心自散,鸭绿江北,可不战自定了。太宗以为良策,乃命左武卫大将军牛进达为青邱道行军大总管,右武侯将军李海岸办副,率兵万人,乘着楼船,由莱州泛海入高丽,再遣太子詹事李世勣,为辽东道行军大总管,右武卫将军孙贰朗为副,率兵三千人,益以营州都督府兵,自新城道入高丽,两路水陆并进。世勣渡过辽河,至南苏城,高丽兵背城拒战,为世勣所破;纵火焚城郭,外郭被毁,内城由守兵扑救,尚得保全。世勣扑攻数日,不能得手,即率军退还。牛进达李海岸入高丽境,累战皆胜,攻克石城,再进至积利城下,高丽兵出城迎战,海岸麾军猛击,斩首至二千级,高丽兵退回城中,合力死守。牛进达料难速下,也航海回来。两军依次复旨。太宗拟发第二次东征令,先敕宋州刺史王波利等,募江南十二州工人,造大船数百艘,预作战备。越年为贞观二十二年,新罗女王金善德逝世,妹真德嗣,太宗遣使册封真德,复令右武卫将军薛万彻,及右卫将军裴行方,率兵三万余人,驾了楼船战舰,再自莱州入击高丽。

东师方发,又拟向西用兵。西域有龟兹国,距唐都约七千里,当高祖受禅时,国王苏代勃驶,曾遣使入朝,及贞观四年,苏代勃驶子苏代叠,复进贡名马,后来称臣西突厥,不修朝贡。苏代叠死,弟诃黎失布毕立,因闻西突厥归命唐廷,也不敢不修朝贡礼。补前此所未详。偏太宗恨他多年失仪,斥还来使,欲命大将往讨,廷臣不敢进谏,当时却有一位巾帼贤媛,宫闱才女,独系念民瘼,忧心国是,草就了一篇奏疏,呈入太宗。足丑须眉。略云:

> 臣妾徐惠上言,妾闻以力服人,不如以德服人。盖以德服人者,逸而顺,以力服人者,劳且逆也。今陛下既东征高丽,复欲西讨龟兹,捐有尽之农功,填无穷之巨浪,图未获之他众,丧已成之我军,妾窃疑之。昔秦皇并吞六国,反速危亡之基,晋武奄有三方,反成覆败之业,岂非矜功恃大,弃德轻邦,图利忘危,肆情纵欲之所致乎?是故地广者,非常安之术也,人劳者,乃易乱之源也。妾充役后宫,何敢与闻外政?但心所谓危,不敢不告,宁贻越俎之诛,勿蹈噬脐之悔。伏愿陛下俯察迩言,息事宁人,以安天下,则不胜幸甚!

这疏上后,太宗览毕,不禁赞叹道:"徐充容有此奏牍,朕不得不暂事弭兵了。"原来徐惠入宫后,始为才人,再迁充容,小子前曾略述徐氏履历,想看官应尚记着。太宗颇爱她才艺,所以闻言见从,暂将西征事搁起。嗣接薛万彻军报,渡过鸭绿水,击破高丽戍兵,得斩敌目数人,太宗亦飞诏召还,咸令休息。既而又遣右卫长史王玄策,出使天竺,天竺即今印度国,在葱岭南,分东西南北中五大区,向尚佛教。唐初中天竺王尸罗逸多,具有武略,转战无前,

第二十二回　使天竺调兵擒叛酋　征龟兹入穴房名王

象不弛鞍，士不释甲，因得征服四天竺，至贞观年间，唐僧玄奘，本姓陈，偃师人。往天竺求佛经，得见尸罗逸多，尸罗逸多与语道："汝国有圣人出世，尝作秦王破阵乐，汝能为我说明圣迹否？"玄奘乃略述太宗神武，平定祸乱，宾服四夷的情状，尸罗逸多惊喜道："据汝说来，我当东面朝见汝王。"遂优待玄奘，任令游历。玄奘得采集经论六百五十余部，赍还中国。尸罗逸多特派使人，偕玄奘东来，入谒太宗，表文上自称摩迦陀王。中天竺有摩伽陀城，亦作摩揭它。太宗览表，文字多不可解，诘问来使，语言又未易晓。幸亏玄奘同时入见，颇能翻译番语，得达天聪。太宗因命云骑梁怀儆，持节往抚。尸罗逸多召问国人道："从古到今，曾有摩诃震旦使人，得来我国否？"国人皆答言无有。尸罗逸多道："中国就是摩诃震旦。今有使到此，理应出迎。"乃出郊恭迓唐使，膜拜受诏，戴诸顶上。复遣使随怀儆入朝，献入火珠郁金菩提树等物。太宗亦厚赏来使，遣令西归。且命玄奘翻译佛经，玄奘有徒数十人，日夕同译，成七十五部，得千三百三十五卷。后人作《西游记》，即借玄奘事，以作寓言，看官幸勿为所迷。

到了贞观二十二年，尸罗逸多已是去世，国内大乱，遗臣阿罗那顺，自立为主。唐廷未曾闻知，但因天竺不通闻问，已是数年，乃遣王玄策西行，蒋师仁为副。甫入天竺境内，那阿罗那顺，竟发兵来击唐使。玄策从骑，不过数十名，怎能抵挡得住？还算从骑奋力接仗，才令玄策师仁两人，得脱身走吐蕃。从骑尽行战死，片甲不留。吐蕃赞普弄赞，已与唐室和亲。事见前文。闻唐使为天竺所逐，遂遣兵千人出援。玄策又檄召邻部，共讨天竺。泥婆罗国，亦发兵七千骑来会，当由玄策及师仁，部勒成行，兼程南下，直抵茶镈和罗城，猛攻三月，血薄登上。守兵开城溃散，被玄策等督众追击，杀死了三千人，还有一大半溺死江中。玄策等乘胜入中天竺，阿罗那顺弃国东奔，向东天竺乞援，再收集散卒，来攻玄策。玄策令师仁为先锋，自为后应，与阿罗那顺对垒争锋。阿罗那顺不知兵法，一味蛮斗，师仁遂用了一条埋伏计，诱他入伏，伏军齐发，把阿罗那顺团团围住。阿罗那顺上天无路，入地无门，只好束手受缚。余众除被杀外，多半乞降，阿罗那顺妻子，寓居乾陀卫，尚拥着部众万人，阻险自守。师仁率众进攻，守兵又复大溃，撇下阿罗那顺的妻孥，均被师仁拘系而来。于是远近城邑，望风输款，共得五百八十余所。东天竺王尸鸠摩，也惶恐得很，忙送牛马三万头犒师，此外尚有弓刀缨络等物。玄策师仁，方才回军，执送阿罗那顺等，献俘阙下。太宗大喜，授玄策朝散大夫，召入阿罗那顺，责他拒绝天使，罪应加诛。因思推广皇恩，特开法网，待以不死。

惟阿罗那顺身旁，却有一人随着，庞眉皓首，鹤发童颜，居然有三分道骨。太宗问他名字，他跪伏阶下，自言叫作那逻迩娑婆寐，年已二百余岁。太宗不觉惊异，便问道："尔有甚么法术，得长寿至此？"那逻迩娑婆寐道："奴素奉道教,得教祖老子真传,炼丹服饵,所以长生。"恐是说谎。太宗闻得老子二字,益加礼遇,竟令他改居宾馆,治丹内奉。先是高祖开国,曾有晋州人吉善行,上言在羊角山见白衣老父,嘱令转达唐天子,勿忘祖宗。高祖疑老父为老子,因命在羊角山立老子庙,尊老子为远祖,春秋致祭。老子虽亦姓李,恐怕同姓不宗,硬行拉入。此次太宗有所感触,因为番奴所迷,也想服些长生不老丹,可以永久在世。况且太宗晚年,益好声色,常自恨精神不济,未能遍御嫔嫱,可巧碰着这个方士,真是意外天缘,不期而遇。俗语说得好:"做了皇帝想登仙。"古时秦皇汉武,都想活过千年,做个彭祖第二,所以朝进方士,暮采仙药,闹得一塌糊涂,终究是没有效验,反致速毙。太宗是个聪明绝顶的君主,不料也着了这种魔障。嗣是日服丹铅,居然精神陡长,一夕能御数女,忽幸翠微宫,忽如玉华宫,托名休养,暗地荒淫。

只是不如意事,杂沓而来,巢刺王妃,及隋炀帝后萧氏,次第丧亡。这两人是太宗的老姘头,巢刺王妃,生下一子名明,太宗本欲立为继后,因为魏征所谏,谓不宜以辰嬴晋文公夫人。自累,方才中止。旋封明为曹王,令出继元吉,又把庶子福出继建成。至巢刺王妃一死,免不得悲从中来,接连是萧后病逝,又增一番感悼,诏令仍复后号,给谥曰愍,使三品护葬江都。总算践信,但恐萧后无颜见隋炀帝。悼亡未终,天象告变,太白星屡次昼现,由太史占验,谓女主当昌。民间又传秘记云:"唐三世后,女主武王,代有天下。"这数语传到太宗耳中,很是怫意。默想武卫将军李君羡,小字五娘,君羡是个男子,如何自取女名?且他是个武安人,又封武连县公,处处带着武字,莫非应在此人身上。遂调他出外,任为华州刺史,寻由御史劾他谋为不轨,遂下了一道诏谕,把他活活处死。御史劾奏,恐也是隐受上意,以便借口加刑。太宗意尚未释,又密问太史李淳风道:"秘记所言,是真是假?"淳风答道:"臣仰观天象,俯察历数,这人已在宫中,自今日始,不出三十年,当王天下。陛下子孙,恐不免为她所害了。"太宗大惊道:"果有此事,朕当遍查宫中,无论是与不是,但教有迹可疑,一律杀死,庶不致留后患了。"淳风道:"天数已定,人不能违,古人有言,王者不死,徒然多杀,反增戾气。且此后历三十年,是人已老,或者存些慈心,为祸尚浅,今日无论如何不能杀她,就使将她杀死,天复生一强壮的人物,益肆怨毒,那时陛下子孙,真要没有遗种了。"太宗嗟叹数声,方把此事搁起。其实娇娇滴滴的武媚娘,日夕侍侧,难道不晓得她是姓武,反一些儿没有嫌疑么?这是太宗为色所迷,明知故犯,就使教他下手,他也是不忍割舍的了。

话休叙烦,且说太宗平了天竺,又想东伐高丽,今日造战舰,明日备兵粮,拟发三十万大兵,一举荡平。计划未定,驾幸玉华宫,留房玄龄守居京师。玄龄年已七十一,衰迈多病,太宗令他卧治。既而患疾益甚,由太宗召赴玉华宫。许肩舆入殿，相对流涕。随命留住宫中，使尚医临候，尚食供膳。且命他妻妾子妇，随时入侍。玄龄语诸子道："我受皇上厚恩，无可为报，今天下无事，惟东征不已，群臣无一敢谏，我若知而不言，是死有余责了。"乃口占表文，令诸子缮写进呈，文云：

  臣闻老氏有言："知足不辱，知止不殆。"想是太宗推重老子，故特采用此语，今陛下威名功烈，既云足矣，拓地开疆，亦可止矣。边夷丑种，不足待以仁义。责以重礼，古者以禽鱼畜之，必绝其类，恐兽穷则攫，鸟穷则啄，甚非计也。且陛下每决一重囚，必令三复五奏，进蔬食，停音乐者，以人命之重为感动也，今士无一罪，驱之行阵之间，委之锋镝之下，使肝脑涂地，独不足愍乎？向使高丽违失臣节，诛之可也；侵扰百姓，灭之可也；他日能为中国患，除之可也。今无是三者，而坐敝中国，徒欲为旧王雪耻，为新罗报仇，非所存者小，所损者大乎？臣愿下沛然之诏，许高丽自新，焚凌波之船，罢应募之众，自然华夷庆赖，远肃迩安。臣旦夕入地，倘蒙录此哀鸣，死且不朽矣！谨表。

  太宗览表，未免感叹。玄龄次子遗爱，尚帝女高阳公主，<small>太宗第十八女。</small>会值公主入省，太宗顾语道："尔翁病势如此，尚能忧我国家，可谓忠悃过人了。"即亲自临视，握手与诀，悲不自胜。且诏太子就省，擢玄龄子遗爱为右卫中郎将，遗则为朝议大夫，令得及身亲见。越宿，玄龄去世，追赠太尉，予谥文昭，陪葬昭陵。惟玄龄虽有遗言，终未能挽回主意。东征事不肯罢撤，又遣番将阿史那社尔，为昆邱道行军大总管，契苾何力为副，带同安西都护郭孝恪，司农卿杨弘礼，左武卫将军李海岸，发铁勒十三部番兵，共得十万人，西讨龟兹。社尔引兵出焉耆，进趋龟兹北境。焉耆国王阿那支，本与龟兹联盟，闻唐军入境，仓皇失措，竟弃城走龟兹。社尔分五路兜剿，逼得阿那支无路可奔，终被唐军擒住，斩首示威。龟兹大恐，各城酋长，先后遁去，唐军长驱直进，如入无人之境。行次碛石，距龟兹王城三百里，社尔遣伊州刺史韩威先行，右骑卫将军曹继叔继进，各率兵数千骑，进抵多褐，龟兹王诃黎布失毕，带着大将羯猎颠，有众五万，前来迎战。威手下不过千骑，恐众寡不敌，便用一条诱敌计，未战即走。布失毕藐视唐军，麾众急进，追赶数里，听见连珠炮响，杀出一支人马，当路截住。看官不必细问，便可知是唐将曹继叔，布失毕见有援军，才知中了诱敌计，起初看唐军甚少，放胆进军，及遇着继叔一军，又疑他有许多埋伏，急欲退避，<small>轻躁者往往如此。</small>当下策马返奔，部众随溃。唐将韩曹两人，合军追击，竟达八十余里，杀获无算。布失毕败回城中，唐军即踵至城下，大总管阿史那社尔，又率众继至，吓得布失毕魂胆飞扬，左思右想，无可为计，只得带了国相那利,大将羯猎颠,突出西门,走保拨换城,社尔留郭孝恪居守,自率大军追蹑布失毕,到了拨换城下,督兵围攻。那利羯猎颠,屡次出城突围,均被唐军击退。

一日,那利夜出,来袭唐营,社尔还算有备,麾军杀出,那利慌忙退去,乘着月黑无光,竟向西奔去,不复回城。城中失去那利,势益孤危,社尔乘势攻入,布失毕与羯猎颠,不及逃奔,同被擒住。军中方庆贺大捷,喜气重重,不料来了郭孝恪急报。说是那利引着西突厥兵,及余众万人,前来攻城,危急万分,恳速济师。社尔即派韩威曹继叔两军,还救孝恪。及韩曹两军到了都城,城已被陷,郭孝恪阵亡,只有仓部郎中崔扌上起,还率领守兵,在城内巷战,韩威先驱杀入,曹继叔亦随着进击,两军似虎似龙,把番兵扫了一阵。那利见不是路,出城逃走。曹继叔眼明手快,忙指挥军士,紧紧的追着那利。那利没命的乱跑,所有手下残众,被唐军随路乱斫,已经十亡七八,他也无暇顾及,专向大山深谷中,跑将进去。继叔大呼道:"番贼休走,你道是计策高妙,绕道袭我守军,偏偏碰着我曹将军手里,随你上天落地,我总要擒了你去。"那利计策,借口叙过,以省笔墨。说至此,从弓袋中取出弓箭,射将过去,飕的一声,正中那利后项。那利痛不可忍,跌了一个倒栽葱。部众逃命要紧,也不敢往救,唐军抢前数步,手到擒来。继叔得胜回城,社尔也即还军,招降远近小城七百余。西突厥安西等国,望风震慑,输饷犒军。社尔立布失毕弟叶护为龟兹王,勒石纪功而还。

太宗受俘紫宸殿,由社尔献入布失毕及那利羯猎颠,三人匍伏谢罪。有诏特赦,改馆鸿胪寺,拜布失毕为左武卫中郎将。布失毕等谢恩而出。太宗顾语侍臣道:"龟兹已平,只突厥残酋车鼻,屡征不至,还须遣将往讨方好哩。"群臣道:"现在已值暮冬,北方天寒,不便行军,且俟来春出兵未迟。"太宗允诺。转眼间已是贞观二十三年,东风解冻,春光荧荧,太宗乃遣右骁卫郎将高侃,征发回纥仆骨各部番众,往讨突厥车鼻可汗去了。正是:

雄主喜功专黩武,大廷颁诏屡征兵。

欲知车鼻可汗,是何等支派,得罪唐朝,且至下回续叙。

徐惠,贤妃也,房玄龄,贤相也,内外交谏,不能抑太宗之雄心,甚矣哉,太宗之好大喜功也。即如王玄策之使天竺,阿史那社尔之伐龟兹,亦属可已而不已之举,然玄策为天竺所拒,走入吐蕃,能用以夷制夷之妙算,破名城,絷叛首,耀武西南,献俘阙下,而不闻劳一唐兵,调一唐将,玄策诚人杰矣哉!然尚未得破格擢用,仅授一朝散大夫而止,顾于阿史那社尔,及契苾何力诸番将,独任以专闻，授钺西征，虽得擒渠获丑，平定西域，而安西都护郭孝恪，竟因是战死，外此将士之毙命沙场者，当尚不可胜数，一将功成万骨枯，我为西征军叹矣！本回叙入两疏，前后相映，所以刺太宗也。因天竺方士之得宠，又销纳宫闱中一段文字，不特加刺，且并加嫉。文法之中，书法寓焉。岂特随事补叙，不少渗漏已哉。

第二十三回　　出娇娃英主升遐
　　　　　　　逞奸情帝女谋变

　　却说突厥车鼻可汗，原名斛勒，本与突厥同族，世为小可汗。颉利败后，突厥余众，欲奉他为大可汗，适因薛延陀盛强，车鼻不敢称尊，率众投薛延陀。薛延陀以车鼻本出贵种，且有勇略，为众所附，将来恐为己患，不如先行下手，杀死了他，免留遗祸，不意为车鼻所侦悉，潜行逃去。薛延陀发兵追捕，反为车鼻所败，奔回国中。车鼻乃就金山北麓，建牙设帐，自称乙注车鼻可汗，招兵养马，得三万骑，常出掠薛延陀境内。薛延陀被唐破灭，车鼻声势益张，遣子沙钵罗特勒，入贡唐廷，太宗遣还沙钵罗，令将军郭广敬北往，征车鼻入朝。车鼻颇加礼待，与广敬约期入觐。待广敬还朝复命，车鼻竟愆期不至。太宗又赍书诘问，他仍置诸不理。于是特遣高侃为行军总管，调集铁勒各部番兵，往击车鼻可汗，侃陛辞而去。

　　太宗退朝入内，忽觉身体未适，似乎头晕目眩，有些支持不住，无非色欲过度。便即卧到龙床，休养精神。哪知到了晚间愈加不安，连忙呼入御医，拟方进药。一时不见效验，至次日不能起床，只好传出诏旨，命皇太子听政金液门。太子听政已毕，免不得入内请安。可巧这位武媚娘，侍立榻旁，见太子进来，便轻移玉步，向太子行礼。太子留神一瞧，见她眉含秋水，脸若朝霞，宝髻高蟠，光可鉴影，瓠齿微露，笑足倾城，身材儿非常袅娜，模样儿很觉轻柔，口中但呼出"殿下"二字，已是催魂的氤氲使，险些儿把太子魂灵，勾引了去。及媚娘礼毕回身，方勉强按定心神，暗地里自忖道："我前时曾见她数次，尚没有这般丰采，现今越出落得妖艳了。我父皇年过半百，尚陪着这等尤物，怪不得要害起病来。"一面想，一面走，到了太宗榻前，方低声问疾。太宗道："我为服天竺方士丹药，自幸康健如恒，偏是后来没效，方士亦去，渐渐筋力衰颓，看来是不能久存了。"借太宗口中，了过天竺方士。说至此，未免带着三分凄楚，太子道："陛下稍稍违和，但教服药数剂，自可复原，何必过虑？"太宗道："我自弱冠典兵，大小经过数百战，才造成这个基业，目今四海承平，群夷詟服，我的志愿,也已满足了,死亦何恨。只可惜一班佐命功臣,多半丧亡,就是活着的,也老朽无用,现在只有一李世勣了,我却为你担忧呢。"太子道:"世勣忠诚有余,可惜年亦老了。"太宗道:"世勣虽老,尚称强健,但此人材智,与众不同,我向来另眼相待,当不负我。汝与他无恩,恐未必为汝所用呢。"太子默然不答。太宗说了数语,太子即退,甫出寝门,又与那武媚娘打一个照面,冤家合当有孽。自此日起,太子心目中,时时记着这武媚娘,命耶数耶?可巧太宗一病两月,太子借省视为名,按日入侍,时常与媚娘相晤,媚娘也知情识趣,仗着两道柳眉,一双凤目,去勾挑那东宫殿下,害得太子心神志忐,支撑不住。本来是彼此有情,早好上手,只因太宗平日,很是精细,虽然有病在身,并不是甚么糊涂,太子素来优柔,媚娘也属虚怯,所以巫山咫尺,尚隔层云。后来太宗病体,过一天,好一天,越发不敢妄为,只好暂行歇手,留待将来。故作一飏。

太宗既幸病愈,又往那翠微宫,玩赏数日,明知病后不宜近色,但有时牵住情魔,又未免略略染指。古人说得好:"蛾眉是伐性的斧头。"多病衰躯,不堪再伐,因此车驾自往翠微宫后,复有些神枯骨瘦的样子。太宗自知不妙,遂将太子詹事李世勣,出调为叠州都督,毕竟世勣老成练达,智烛几先,一经受诏,便即拜辞,也不及回家,竟草草带着行装,出都西去。当时盈廷人士,都道太宗优待世勣,世勣有病,太宗尝剪发和药,世勣宴醉,太宗亲解衣覆身,种种恩遇,远出人上,所以世勣受诏即行。哪知世勣是窥破上意,料得此次外调,寓有深意,故立刻就道,不少逗留,果然世勣去后,太宗召语太子道:"我今外黜世勣,就是为你打算。他若徘徊观望,我当责他违诏,置他死刑。他今受诏即行,忠荩可嘉,我死后,汝可召用为仆射,必能为汝尽力,汝休忘怀!"全是权诈待人。不知反堕世勣智料,后来世勣贻误高宗,究有何益。太子唯唯遵教。

不意一李外调,还有一李竟要谢世,看官道是何人?便是卫国公李靖。靖自征服吐谷浑后,因被高甑生唐奉仪诬讦,自恐功高遭忌,遂杜门谢客,不问国事。应第十六回。太宗优给俸禄,进授开府仪同三司,靖妻殁时,诏令坟制如汉卫霍故事,筑阙像铁山积石山,旌表靖功。想就是红拂妓,生荣死哀,不枉生平慧眼。及太宗东征,召靖入议,意欲用为统帅,因见他老态龙钟,是以改任世勣,至是靖年已七十九岁,遇病甚剧,由太宗亲往临视,流涕与语道:"卿系朕生平故人,为国宣劳,朕尝不忘。今病势如此,为之奈何?"靖答道:"老臣衰朽无状,生亦何为?不过有负圣恩,尚觉抱愧,但愿圣躬善自保重,安国定家方好哩。"太宗点首而出。还宫未几,即有遗表上陈,报称病逝。太宗震悼辍朝,追赠司徒,予谥景武。

自靖殁后,太宗仍到翠微宫,忽然间患着痢疾,腹痛如绞,欲泻未泻,困苦异常。这番病势,很是危重,不比当日的内弱症,还可用着参苓,调养元气,补救目

第二十三回 出娇娃英主升遐 逞奸情帝女谋变 131

前。太子治入宫侍疾，昼夜不离，还有那久承主宠的武媚娘，也随侍行宫，捧茶递药，日夕在侧。两人眉来眼去，调笑得非常亲热。这日应该有事，太宗困惫得很，竟昏昏的睡去了，榻前只剩太子及媚娘两人，灯花剔焰，你我相看，媚娘见太子头上，竟有白发数茎，不禁蹙然道："殿下年方逾冠，为何发即变白呢？"太子惊诧道："果有白发么？敢是老了不成？"媚娘微笑道："想是日夕过劳，因致如此。殿下可谓孝思维则了。"太子道："也并非全然为此，汝可知我意否？"媚娘瞅了一眼，正要回答，见有侍女等进来，便掉头顾侍女道："圣上酣卧，你等不要声张，我去去就来，"说着竟抽动腰肢，向外出去。太子趁这机会，也溜出寝门，潜蹑媚娘，竟到她卧室中。媚娘故意含嗔道："殿下如何轻亵贵体，随妾至此？"太子道："为卿故，发几白了，卿也应怜我呢。"史称太子侍疾，发几变白，谁知却是为此。媚娘至此，乐得乘风使舵，博个后半生的快活，一任太子闭户调情，展衾行乐。小子曾阅隋史，览到炀帝烝宣华夫人事，尝说他不顾名分，太要风流，谁知隋亡唐兴，只传了两代皇帝，便即依样描摹，演出这段情场秽史呢。谐而不亵。

话休叙烦，单说太子与媚娘，已结了云雨缘，当然是海誓山盟，非常恩爱，绸缪了两三日，见太宗已是垂危，媚娘暗觉心欢。独指媚娘，是史家书法。一日，与太子同侍太宗，忽由太宗顾语媚娘道："朕自患痢以来，医药无效，反且加重，看来是将不起了。你侍朕有年，朕却不忍撇你，你试自思，朕死后，你该如何自处？"媚娘到底心灵，便跪下道："妾蒙圣上隆恩，本该一死报德，但圣躬未必不瘥，妾亦不敢遽死，情愿削发披缁，长斋拜佛，为圣上拜祝长生，聊报恩宠。"太宗道："好！好！你既有此意，今日即可出宫，省得朕为你劳心了。"媚娘拜谢而去，自去料理行装，独太子在旁瞧着，好似天空中起一霹雳，出人意外，正在没法摆布，但听太宗自言自语道："武氏应着图谶，我欲将她赐死，实是不忍。好在她自愿为尼，天下没有尼姑做皇帝，我死也得安心了。"谁知偏不如所料。说着，复顾太子道："你出去宣旨传召长孙无忌褚遂良进来。"太子闻言，三脚两步的跑了出去，即令宫监往召无忌遂良，自己忙至媚娘卧室，见媚娘正在检点什物，忙个不了，便对她呜咽道："卿竟甘心撇我么？"媚娘道："主命难违，只好去了。"说到"了"字，已泪下如雨，语不成声。太子亦含泪道："你如何自愿为尼？"媚娘道："不照这般说，恐妾身要死别了。"太子暗暗点头。媚娘又接着道："殿下果肯念妾，妾愿留身以待，所以甘作比丘。但恐殿下登基后，嫔嫱妃妾，美不胜收，未必再顾及妾了。"说至此，又扑簌簌的流下泪来。太子用手指天日道："我若负卿，有如白日。"媚娘忙用言截住道："殿下厚情，妾已领略了。但求一物为表记。"太子即从腰间解下一个九龙玉佩，递与媚娘。媚娘方在接受，忽有宫女趋入道："万岁爷传宣殿下，请殿下快去应旨！"太子听了，也不暇与媚娘诀别，但说了"后会有期，务宜保重"二语，便急趋往御寝，甫至寝门，闻里面咕咭哝哝，料是长孙无忌褚遂良两人，与太宗谈话，隐隐有太宗声音道："太子仁孝，愿卿等善为辅导。勿负朕言！"父之所爱亦爱之，应该称为仁孝。接着是两人同声遵旨。他即匆匆趋入，与两人行过了礼，站立一旁。但见太宗顾语道："无忌遂良二卿，可以辅汝，汝不必忧。"又语遂良道："无忌为朕尽忠，朕有天下，多出彼力，朕死后，勿令谗人从中媒孽，致害良臣。"语下为之黯然。随又传入宫监道："武才人已出去么，你去传旨，叫她急速出宫，不必再来见朕。"宫监领旨自去。太宗又觉腹痛，呼号一会，眼中模模糊糊，仿佛有建成元吉等，前来索命，不禁叫了"啊哟"两字，竟晕厥过去，好容易叫他苏醒，遂令遂良草写遗诏，一面传入妃嫔等人，及太子妃王氏，同至榻前送终。遂良草就遗诏，呈上太宗过目。太宗略略一瞧，便交给无忌，并握太子手，且指太子妃，顾语无忌遂良道："今佳儿佳妇，悉以付卿，"再欲续说，已是痰喘交壅，不复成语，少顷即撒手而逝，魂归地府去了。一代英雄，而今安在。享寿五十有三岁。

大众统欲举哀，无忌摇手道："且慢且慢！"太子问为何事？无忌道："这是行宫所在，不便治丧，请殿下速即还朝，召集百官奉迎先帝，方保无虞。"遂良也是赞成。太子乃出翠微宫，由卫士拥还大内。无忌遂良，把太宗遗骸，驾舆继返，当由太子率百官迎入，然后发丧，宣示遗诏，罢辽东兵备，与土木诸役，夷人入仕唐廷，及来京朝贡诸使臣，约数百人，俱闻丧恸哭，剪发劙面，二十三年的太宗皇帝，好算是秦汉以后，一个威德兼施的英主了。太子治即皇帝位，大赦天下，赐文武官各转一阶。史家因他后来庙号，叫作高宗，所以称为高宗皇帝。高宗进长孙无忌为太尉，召李世勣入京，为开府仪同三司。未几，即加授左仆射，晋封司空，谨从太宗遗命，太宗名叫世民，崩后两字俱讳。世勣遂将世字除去，单名为勣。交代清楚。太宗于贞观二十三年五月驾崩，八月安葬昭陵。番将阿史那社尔契苾何力，因受太宗恩遇，自请殉葬，高宗不许。这且甚是。惟蛮夷君长，历被先朝擒服，自颉利以下，共十四人，俱琢石为像，陪列陵旁。

越年改元永徽，立妃王氏为皇后。后系并州祁县人，便是同安长公主的侄孙女。同安长公主，即高祖妹，见第六回。长公主因王女婉淑，入白太宗，太宗乃聘为子妇。父名仁祐，因女致贵，受职陈州刺史。高宗即位，王氏当然为皇后。仁祐得晋封魏国公，母柳氏为魏国夫人。叙述特详，为后文废后伏案。坤闱正位，乾德当阳，加封褚遂良为河南郡公，令与长孙无忌左右辅政。进礼部尚书于志宁为侍中，太子少詹事张行成兼侍中，右庶子高季辅兼中书令。且每日引刺史十人入阁，问明百姓疾苦，商议兴革事宜，所以永徽初政，民俗阜安，颇有贞观遗风，到了秋季，又接右骁卫郎将高侃捷书，擒住突厥车鼻可汗，回应前文。盈廷庆贺。原来高侃受命出征，到了阿息山，车鼻可汗征召各部兵士，抵敌唐师，偏各部兵无一到来。车鼻孤掌难鸣，只好带了数百骑，仓皇遁去。

第二十三回　出娇娃英主升遐　逞奸情帝女谋变

高侃麾兵深入，至金山追及车鼻，车鼻从骑，大都骇散，单剩车鼻一人，由唐军活捉回来，当下奏凯还朝，献俘庙社及昭陵。高宗也想效法乃父，谢车鼻罪，拜为左武卫将军，且命突厥遗众，仍处郁督山下，特设狼山都督府，统辖蕃部，即命侃为卫将军，置单于瀚海二都护府。单于设三都督，分领十四州，瀚海设七都督，分领八州，各以原有部酋为都督刺史。于是东突厥诸部，尽为内臣。

惟西突厥已降复叛，又要劳动兵戈，先是西突厥乙毗射匮可汗，遣使请婚，事不果成。见第十九回。射匮亦无可奈何，仍然照常通使，唐廷也不复过问。既而叶护突厥官名。阿史那贺鲁，与射匮有嫌，率部归唐。太宗封为左卫将军，令居庭州莫贺城。嗣又设瑶池都督府，即以贺鲁为都督。贺鲁招集散亡，庐帐渐盛。至太宗驾崩，他竟阴蓄异图，欲袭取四庭二州。庭州刺史骆弘义，侦悉秘谋，急忙奏闻。高宗遣通事舍人乔宝明驰往慰抚，贺鲁因即变计，礼待宝明。俟宝明别归，竟袭击射匮可汗。射匮未曾预备，仓猝走死。贺鲁遂建牙千泉，自号沙钵罗可汗，并有射匮属部，且与前可汗乙毗咄陆连兵，势益强盛。西突厥别部数月处密，及西域诸国，亦多归附。贺鲁竟仗着兵力，进寇庭州，攻陷金岭城及蒲类县，杀掠数千人，高宗闻警，乃遣左武侯大将军梁建方，右骁卫大将军契苾何力，为弓月道行军总管，右骁卫将军高德逸，右武侯将军萨孤吴仁为副，发秦成岐雍府兵三万人，及回纥兵五万骑，共讨贺鲁。兵至牢山，见前面有番兵扎住，总道是由贺鲁遣来，嗣由侦骑探悉，乃是处月部酋朱邪孤注。建方何力等，本拟慰抚处月等部，令贺鲁势孤易下，偏朱邪孤注先来出头，遂与他连战数次，孤注不能抵敌，夤夜遁走。建方亟令高德逸轻骑穷追，直达五百余里，方将孤注生擒了来，当由建方审问得实，立命斩首。正要乘胜进攻，忽由唐廷颁到诏旨，令建方等速即还朝，建方不敢逆命，只好班师。

看官道是何因？原来房玄龄次子遗爱，及妻室高阳公主，谋叛朝廷，竟闯出一场逆案来。遗爱及高阳公主，已见前回。高阳公主素为太宗所钟爱，自遗爱尚主后，亦得随邀宠眷，与他婚不同。无如儿女常态，往往恃宠成骄，积骄生悍，渐渐的纵欲败度，做出那不法的事情。玄龄嫡子遗直，早拜银青光禄大夫。遗直以遗爱尚主，愿将官职让与遗爱，太宗不许。玄龄殁后，公主唆使遗爱，与遗直分居，且反至太宗前谮诉遗直。遗直自去诉辩，太宗不直公主，竟召他入宫，痛骂一番，公主乃怏怏不乐。既而遗爱偕公主出猎，入憩佛庐，僧人辩机，貌颇伟晰，尤善逢迎，请公主在庐留宿。公主竟舍身布施，与辩机结成欢喜缘，这是唐朝家法，不足为怪，但遗爱同往出游，何故甘带绿头巾？另购二女陪侍遗爱，遗爱得了二妾，左抱右拥，其乐陶陶，还管什么公主？舍一得二，原是便宜。公主乐得与辩机肆淫，出入无忌，公然与夫妇一般，且赐辩机金宝神枕。辩机神昏颠倒，不知珍藏，竟被窃去，后来窃贼破案，搜出金宝神枕。当由问官讯鞫窃贼,供称向辩机处窃来。及传问辩机,辩机无从抵赖,实言为公主所赐。这事由御史纠劾,太宗自觉怀惭,也不欲问明案情,竟令将辩机处死,并密召公主身旁的奴婢,责之导主为非,杀毙了十余人。奴婢何辜,曷不自诛其女?公主不自知罪,反怨太宗多管闲帐,拆散露水鸳鸯。及太宗崩逝,虽然临丧送葬,毫无戚容,且从此益无忌惮,日夕图欢,浮屠智勖惠弘,方士李晃,均借谈仙说鬼为名,出入主第,还有高医托词诊脉,也得亲近芗泽,作了公主的面首,秽德彰闻,宫廷俱晓。也是一不做,二不休的意思。他恐事发受祸,暗嘱掖庭令陈元运侦察宫省机祥,伺机谋变,一面劝遗爱联结薛万彻柴令武等人,拟奉荆王元景为帝,废去高宗。万彻曾尚高祖女丹阳公主,高祖第十五女。令武即柴绍子,也尚太宗女巴陵公主。太宗第七女。两人都拜驸马都尉,因与高宗不甚相协,所以愿与遗爱同谋。荆王元景,是高祖第七子,闻有帝位可居,也就随声附和。只遗直自恐受累,暗中通报无忌,无忌密报高宗,高宗即命无忌审查此案。高阳公主闻这消息,忙遣人诬告遗直,说他有谋反情事,待至无忌彻底查清,水落石出,遗直未尝谋反,遗爱及公主与薛万彻柴令武等,实有异图,于是密谋已泄,大狱遽兴,好几个要伏法受诛了。小子有诗叹道:

  堂堂帝女竟无良,敢肆猖狂欲覆唐。
  他日太平安乐事,祸阶都启自高阳。太平公主、安乐公主事,均见后文。

  毕竟几人受诛,且看下回续表。

  太子可以烝父妾,公主亦何不可私僧人?故祖宗贻谋,一或不善,子孙必尤而效之,且加甚焉。本回依史演述,事非虚诬,惟叙太子犯奸事,则以武媚娘为主体,媚娘不先勾引,则太子亦何敢下手?士之耽兮,犹可说也,女之耽兮,不可说也。叙公主犯奸事,则以房遗爱为主体,遗爱若善防闲,则公主亦何敢肆淫?纵妻犯奸,罪及乃夫,古今律意,有同然也。著书人推原祸始,于武媚娘房遗爱两人,隐加讥刺,非怨太子及公主,所以明女之为盅,夫之不纲,皆亡国败家之尤耳。读此书者顾可不知所惩哉!

第二十四回 武昭仪还宫夺宠
      褚遂良伏阙陈忠

  却说房遗爱及公主,反状确凿,当由长孙无忌报知高宗,高宗也顾不得手足私情,即令捕遗爱下狱,再令无忌等复讯。遗爱略有武力,毫无智谋,一经

第二十四回　武昭仪还宫夺宠　褚遂良伏阙陈忠

刑驱势迫,便把那串同谋反等人,和盘说出。偏无忌冷笑道:"我想与你同谋,恐尚不止此数人呢!"遗爱答言"没有。"无忌道:"荆王元景,地位疏远,尚想为帝,难道吴王恪等,独置身事外么?我劝你老实供招,如果有人主使,你罪可减轻,何苦随别人同死呢!"遗爱听了此言,还道无忌替他帮忙,教他牵入吴王恪,便好免死,因此随口承认,竟把吴王恪诬扳在内,谁知适中了无忌的诡计。原来太宗在日,因承乾被废,初欲立魏王泰,继欲立吴王恪均被无忌所阻,因此高宗得以嗣位。事见前文。魏王泰出徙均州,至贞观季年,始晋封濮王。高宗即位,诏令泰开府置官,未几,泰即病殁。幸亏早死。了过魏王泰。吴王恪有文武才,素孚众望,高宗任他为司空,且兼梁州都督。无忌恐恪得势,不免报复前嫌,遂思因事构陷,置恪死地,省得时刻豫防。可巧遗爱事泄,正好借刀杀人,把吴王恪牵连进去。当下锻炼成狱,呈上谳词,如房遗爱薛万彻柴令武及荆王元景吴王恪等,皆坐罪当斩,高阳公主巴陵公主亦当赐死。惟丹阳公主已经身殁,无容议及。高宗览到此案,顾语群臣道:"遗爱等应坐死罪,俱可依谳,惟吾叔及兄,似应贷他一死。"兵部侍郎崔敦礼抗奏道:"陛下虽欲申恩,究竟不可枉法,如或谋反不诛,如何惩后?"想是无忌私党。高宗长叹数声,即照原谳下诏,遗爱令武万彻皆枭斩,元景恪及高阳巴陵两公主,均赐自尽。恪临死,大呼道:"长孙无忌,窃弄威权,构害忠良,宗社有灵,应当族灭,勿谓福可长享呢!"为后文伏笔。无忌等还不肯罢休,且穷究余党,把江夏王道宗、执失思力宇文节等,均牵入遗爱案内,流戍岭表。罢房玄龄配享,玄龄嫡子遗直,贬为铜陵尉,还是纪念先勋,才得免死。是年睦州女子陈硕真,也想学高阳公主等人,造起反来,经婺州刺史崔义玄往讨,立即荡平,毋庸细表。何唐室女乱之多耶?

且说高宗嗣位三年,因王皇后未曾生男,无嫡嗣可立,未免踌躇。王皇后母舅柳奭,替后设法,因后宫刘氏生子名忠,刘氏微贱,子若得立,必能亲后,乃遂与褚遂良韩瑗长孙无忌于志宁等,次第商量,请立忠为皇太子。高宗因敕行立储礼,并令忠归后抚育。后颇为惬意,惟尚有一事未安,后宫有一萧良娣,饶有姿色,为高宗所匿爱,册为淑妃,生子素节,因母得宠,受封雍王。王皇后妒上加妒,屡向高宗面前,谗间萧淑妃母子。萧淑妃有所闻知,怎肯忍受?免不得反唇相讥。高宗既不便袒后,又不便袒萧淑妃,真是左右为难。索性将两人言语,尽行撇开,自去访那心上人,寻欢作乐。时已三年服满,适当太宗忌日,高宗便亲往佛寺行香,他并非迷信佛法,为亲超荐,实在是去访那武媚娘,欲践当年宿约。为这一着,遂令绝大魔障,又进来扰乱宫闱。郑重言之。

武氏自出宫后,薙去万缕情丝,颇欲一心念佛,无如春花秋月,处处恼人,良夜孤衾，时时惹恨，她哪里禁受得起？只好寻些野味，聊作充饥。凑巧白马寺中有一僧徒冯小宝，生得面目清秀，阳道伟岸，武氏遂与他勾搭上了，偷情送暖，又凑成一对秃头鸳鸯，所有前时宫中滋味，倒也置诸脑后。一日，闻御驾到来，不觉触着旧情，料知高宗此来，必非无因，遂打扮的簇簇新新，出门迎驾。_{史传中不载寺名，俗小说中或是感业寺，或说是兴龙寺，因无甚根据，故特从略。}高宗下了銮舆，趋入寺中，但见桃花如旧，人面依然，不过少了一头凤髻，两鬓鸦鬟，此外的丰姿态度，一些儿没有减损，不由的悲喜交集，情不自胜，勉强对着三尊大佛，行过了香，遂令侍卫等在外候驾，自携武氏趋入云房。武氏叩头涕泣道："陛下位登九五，竟忘了九龙玉环的旧约么？"高宗忙用手相搀，替她拭泪，且慰谕道："朕何尝忘卿？只因丧服未满，不便传召，今特亲身到此，无非为卿起见，卿可即日蓄发，待朕召я便了。"武氏才收泪道："陛下果不弃葑菲，尚有何言？"说毕，即轻轻的坐在高宗膝上，追叙三年间的苦况。说一句，滴一粒珠泪，惹得高宗亦呜咽起来。武氏见高宗伤感，又换了一副面目，放出一种柔媚态度，险些儿把高宗的身体，都熔化在武媚娘身上，若非青天白日，几乎便兴雨布云。高宗又温存数语，硬着头皮，趋出云房，乃传呼侍卫等人，上舆而去。临行时尚回顾武氏数次，武氏也俏眼相对，待至两下远隔，方各归休。

　　高宗返入宫中，随时记着武氏，几乎有忘餐废寝的样子。王皇后从旁瞧着，料知高宗定有他意，遂婉言盘问，高宗不能隐讳，即与后说出实情，后毫不阻止，反一力撺掇高宗，速召武氏入宫。看官试想！高宗宠一萧淑妃，王皇后尚终日吃醋，难道与武氏有宿世缘，所以亟愿召入么？原来王皇后的意思，以为武氏一入，萧淑妃必然失宠，仇人多一敌手，自己增一臂助，也是一条离间计，因此故意怂恿，极表欢迎。_{错了错了。}高宗大喜，时常令内侍往探武氏，蓄发能否少长？说也奇怪，武氏蓄发未几，即复双鬟委绿，两鬓曳青，少许添些假髦，盘成云髻，居然与在宫时候，仿佛无二。当下别了情僧冯小宝，与他订后会期。_{又伏下文。}乃随着内侍入宫，拜见高宗。高宗见她丰容盛鬋，愈觉心喜，便引她往见王皇后。皇后竟含笑相迎，武氏忙即跪下，接连磕头，慌得皇后答礼不迭，口中说了许多谦词。武氏也恭维了好几语。_{两人都是做作，好看煞人。}皇后就命在正宫左侧居住，且拨了若干宫婢，伺候朝夕，到了傍晚，且为高宗贺喜，武氏接风。高宗上坐，武氏下坐，皇后旁坐相陪，殷勤笑语，脱略形骸。武氏却佯作恭谨，一些儿不敢放肆，等到酒阑席散，皇后归宫，高宗即拥武氏入帏，这一夜的凤倒鸾颠，比那当年偷奸时，情形迥不相同。前时是喜中带惧，此时是乐极无忧。况兼这武氏性等媚猪，就使英明如太宗，也要受她蛊惑，还要论什么高宗呢？高宗既纳武氏，越瞧越爱，越爱越怜。不知将如何待她，方算安心。还有王皇后在旁说项，日日赞美这武媚娘，称她如何殷勤，

第二十四回　武昭仪还宫夺宠　褚遂良伏阙陈忠

如何温恭,更令高宗喜欢不置,即进封武氏为昭仪。只萧淑妃增一劲敌,免不得恨中增恨,愁上加愁,武氏一味巴结皇后,看萧淑妃不在眼中,萧淑妃忿极上诉,高宗全然不睬,且把她冷淡下去。武氏既挤倒一个萧淑妃,便想进一层下手,这进一层做法,就是要扳倒皇后了。

王皇后待遇宫人,不甚有恩。母柳氏出入宫中,自以身为后母,不必多拘礼节,因此尚宫女官名。以下,往往退后有言。武氏即乘间设法,先将尚宫等人,加意笼络,每得赏赐,悉数分遗,宫人当然感激,甘为武氏爪牙,武氏遂令她伺察皇后,后有举动,无不得闻。构陷萧淑妃,用上交策。构陷王皇后,用下交策。武氏之狡狯极矣。怎奈皇后所为,没甚逾法,一时无可借口,不得已静心待着,永徽五年闰四月,高宗幸九成宫,夜间大雨如注,连宵不绝。到了黎明,山水骤下,冲入宫门,卫士统皆骇走,郎将薛仁贵道:"天子有急,敢怕死么?"即登门上横木,大呼水至,传警宫内。高宗闻声趋出,忙升高避水。俄而水势愈涨,泛滥寝殿中,漂溺至三千余人。既而恒州又报大水,因滹沱河溢,亦漂溺至五千余家。史称洪水泛滥,为武氏入宫预警,故连类书之。高宗已耽情声色,不暇顾及天变,长孙无忌褚遂良等,也未闻奏请修省,所以大水为灾,只晦气了若干臣民,宫廷里面,简直如没事一般。会武昭仪身怀六甲,满望生一麟儿,不意竟产下一女,重阴固沍,宜乎生女。武氏大失所望,继思生女无用,索性在女婴身上,想出那构陷皇后的法儿来。一日,在宫闲坐,忽报皇后驾到。武氏急叫过宫女,密嘱数语,自己竟闪入侧室躲了。王皇后趋入西宫,众宫女相率跪迎,王皇后问及武氏,宫女答言往御园采花,想是就来。后乃随便就坐,蓦听床上有呱呱声,又复起身近床,抱起武氏所生的女儿,抚弄一回。从来自己无子的人,最喜欢是婴孩,一经怀抱,比自己所生的还要怜爱,那女孩得她摩弄,改哭为笑,好一歇,又复沉沉睡去。王皇后因仍将她放下,用被盖好,见武氏尚未到来,不及等待,乃出宫自去。

武氏闻皇后已回,就从侧室出来,悄悄的到了床前,启被瞧着,那女孩正睡得很熟,她竟狠了心肠,咬定牙齿,提起两手,扼住女喉,可怜这女孩被扼,连声音都叫不出来,四肢一抖,便即气绝。忍哉武氏。武氏仍用被盖上,专待高宗驾到。高宗每日退朝,必至武氏处谈情,不到半刻,即见驾临。武氏拈着花朵,迎高宗入宫。高宗笑语武氏道:"美人爱花,约有同性,惟以花比卿,花似尚有惭色哩。"武氏亦微哂道:"天语温褒,妾何敢当? 不过妾素有癖爱,所以正从御园采花,恭候御驾。"高宗便不复答言,随目注床内道:"女儿尚熟睡么?"武氏道:"熟睡已多时,此时谅好醒了。"便令侍女去抱女孩,侍女启被一瞧,吓得半晌不能出声。武氏催着道:"莫非还是睡着,如何不把她抱来?"侍女才说了一个"不"字。武氏佯作不解,自往床前去抱女孩,手甫及尸,口已先号，惹得高宗也为惊疑，近床细瞧，那婴儿已变作死孩，忍不住几点痛泪。武氏哭问侍女道："我往御园采花，不过隔了片刻，好好一个女婴儿，为何竟致闷死？莫非你等与我有仇，谋死我女么？"众侍女慌忙跪下，齐称不敢。武氏又道："你等若都是好人，难道是有鬼么？"众侍女道："只有正宫娘娘到此一行，曾见她坐床抚摩，过一歇便去了。"武氏便顿足大哭，带泣带语，声声怨着王皇后。高宗却沉着脸道："皇后未必下此辣手，卿休怀疑！"武后听了此言，命宫女退出户外，呜呜咽咽的诉说后过，一番蜚语谗蔑，煽动高宗怒容，不由的大声道："如此悍妇，天理难容，若非卿言，朕尚似做梦一般，朕决意将她废去便了。"武氏又故作惧色，忙向高宗摇手，且说道："废后是何等大事，陛下不应为了妾言，孟浪举事。且盈廷大臣，没人晓得内情，岂有不出来谏阻？还请陛下三思，宁可逐妾，不可废后。"一步逼进一步，语语刻毒。高宗道："只有长孙太尉，是朕母舅，且亲受先考顾命，朕当向彼一商，便可解决了。"武氏看高宗已是决意，便欲随高宗同往。迫不及待。高宗当然应允，即于是夕黄昏，挈武氏乘着便辇，偕至太尉长孙无忌第中。

无忌闻高宗猝至，不知为着甚么事情，一时无从推测，只好亟正衣冠，出门恭迎。高宗携武氏下辇，同趋入门。无忌随步而入，因有武氏随驾，只好呼令妻妾，出厅相陪。彼此闲谈多时，高宗并无归意。无忌满腹狐疑，又不便令他虚坐，当下设宴款待，由高宗特旨，令男女合席欢饮，无忌不好违慢，便遵旨列坐。酒过数杯，武氏问及无忌嗣子。无忌即出令拜见，长子名冲，已任秘书监，此外尚有庶子三人，俱是无忌宠姬所出，最大的年未逾冠，余不过十余龄，均未列官。武氏即旁启高宗道："元舅为国家元勋，理应全家受荫，愿陛下推恩加赐，遍及舅门，方是酬庸盛典呢。"高宗闻言，即面授无忌三庶子，均为朝散大夫。无忌固辞，高宗不允，乃令三庶子拜谢鸿恩。既而高宗酒酣，略言皇后无子，且有妒悍情迹。无忌才有些会意，一味儿装呆作痴，不答一言，或且用他语支吾。高宗未免不悦，即令撤席，意欲回宫。武氏还谈笑如常，与无忌妻妾等，握手叮咛，才随高宗别去。笑里藏刀。

次日，又由宫监押载金宝缯珠十车，送给无忌，无忌冷笑数声，酌受数物，一大半令他壁还，到了晚间，忽由礼部尚书许敬宗进谒，与无忌密谈上意，劝他勉从。无忌正色道："这事我不敢与闻。"敬宗说至再三，转令无忌动恼，责他逢君为恶，罪无可辞，敬宗乃怏怏自去，又越数日，高宗欲进武氏为宸妃，侍中韩瑗，及中书令来济，俱上言本朝宫制，只有贵妃淑妃德妃贤妃等称，并无宸妃名号，不应由陛下特增。于是高宗又不便下诏，暂行罢议。那时阴柔凶险的武昭仪，日夕营谋，想夺后位，偏被各方面打消，自己又无词可挟，没奈何忍耐一时，偏老天有意祸唐，竟令武氏二次怀妊，十月满足，竟得生男，高宗非常得意，取名为弘。武氏既得生儿，多了一重希望，便想出一条最凶最毒的法儿，构害正宫。看官道是何法？她与尚宫以下等人，已经买通一气，因即嘱令备一木偶，上写高宗御名，及生年月日，用钉戳住，悄地里埋在王后床下，然后密白高宗，令高宗自去验视。高宗竟入后宫，命内侍发掘床下，果得证物，不由的怒气冲天，指问王后道："朕与你何仇？忍用此物魇朕。"王后莫明其妙，只吓得浑身乱抖，且跪语道："妾实不知此事，乞陛下彻底查究！"高宗怒道："明明在你的床下，还想抵赖么？"王后又泣道："妾事陛下多年，陛下亦应知妾，难道无缘无故，谋害陛下么？"高宗置诸不理，持着木人，竟复至武氏宫内。武氏瞧那木人儿，装出许多懊怅，几乎要咬碎银牙。及看高宗怒不可遏，反且好言解劝，请高宗息怒保身。一擒一纵，愚柔如高宗，哪得不堕其术中。是晚，就服侍高宗安寝，一枕喁喁，语至夜半，方才息声。就中包括无数情事。

翌日早起，高宗出外视朝，长孙无忌褚遂良等，率百官入殿，朝见已毕，高宗顾语无忌遂良及李勣于志宁道："朕有要事待商，卿等且暂留朝堂，待朕召见！"语毕，即返身入内，无忌等退入朝房，当有宫监出来与语，谓："今日废后，事在必行，幸勿违旨。"想是武氏所使。无忌叱令退去。俄有内诏传出，贬吏部尚书柳奭为荣州刺史，擢中书舍人李义府为中书侍郎。无忌览诏后，语李勣道："奭系皇后母舅，无端被谪，义府很是阴险，与许敬宗狼狈为奸，我已奏请外谪，今反有诏擢用，上意已可知了。此次乃是不得不争，还幸诸公助我！"李勣不答。已起坏心。遂良接口道："太尉系是元舅，指无忌。司空又是功臣，指勣。倘或进言忤旨，反使皇上弃亲忘旧，多受恶名。惟遂良起自草茅，无汗马功，忝居重位，得奉遗诏，今日若不死争，如何下见先帝？"言未已，已有旨传召四人，四人趋入内殿，高宗即面谕道："皇后敢行巫蛊术，谋害朕躬，朕决意将她废弃了。"遂良即跪谏道："皇后出自名家，四德俱娴，当不致有此情事。"高宗便袖出木人，且述及发掘情状。遂良又道："安知不是他人构陷，买通宫中侍女，暗藏床下？陛下若悉心查究，自然水落石出了。"高宗又道："就使此事非真，皇后无子，亦犯六出之条，现在武昭仪德性温柔，且已生有子嗣，正好代主六宫，朕已决计如此了。"遂良朗声道："陛下独不记先帝遗命么？先帝弥留时，曾执陛下手，顾语臣等道：'佳儿佳妇，今以付卿。'陛下言犹在耳，奈何忘怀？应前回。皇后并无大过，不应遽废。"高宗忿然作色，当由无忌接入道："遂良言是，望陛下三思！"高宗乃道："卿等且退，明日再议。"无忌等乃退出。

长安令裴行俭，闻了此事，往谒无忌，凑巧中丞袁公瑜，亦在座间，行俭忍耐不住，便问道："皇上将废去皇后，改立武昭仪，这事可真么？"无忌道："确有此议。"行俭道："武昭仪若立为后，必为国家大祸，太尉不可不争。"无忌叹道："非不欲争，但恐争亦无效，奈何？"行俭又激劝数语，便即别去。公瑜亦起身告辞，一出无忌门，即去通报昭仪母杨氏，杨氏黉夜入告，次日即行颁诏，贬行俭为西州长史，无忌遂良等，凌晨入朝，正值诏书下来，无忌顾语遂良道："又一个被谪了，我等如何自处？"遂良道："愿如昨约。"无忌左右一顾，百官俱在，只不见李勣，便道："李司空奈何不来？"正说话间，景阳钟响，天子临朝，无忌等鱼贯而入。高宗待群臣鹄立，便更说及易后事。遂良即跪奏道："陛下必欲易后，亦当择选令族。武昭仪昔事先帝，大众共知，今若复立为后，岂不贻讥后世？臣今忤陛下意，罪当万死。"遂呈上朝笏，且叩头流血道："还陛下笏，乞放归田里。"高宗老羞成怒，即命左右引退遂良。遂良正起身欲出，忽幄后发出娇声道："何不扑杀此獠？"无忌听着，料是武氏所言，便出班奏道："遂良系顾命大臣，就使有罪，不应加刑。"韩瑗来济等亦涕泣极谏，高宗乃听令遂良退朝，自己亦罢朝入内。是晚，特召李勣入内，勣本自称有疾，不与早朝，武氏知他有意袒护，便劝高宗密召入宫，与商易后事宜。勣从容答道："这是陛下家事，何必更问外人。"高宗点首道："卿言甚是，朕意已早决了。"小子有诗讥李勣道：

> 身家念重竟忘忠，一语丧邦塞主聪。
> 待到子孙图反正，阖门授首总成空。指后文徐敬业事。

李勣出宫，又有许敬宗一番扬言，遂迫成一大错事。看官欲知后文，请阅下回便知。

本回纯写武氏，尽情描摹，一笔不肯闲下，一语不能放松，盖古今以来之妇女，未有如武氏之阴柔险狠者，表而出之，所以示炯戒也。惟王皇后不能预防于事前，反引而进之，欲以间萧淑妃之宠，讵知武氏之为毒，有什伯千倍于萧淑妃乎？因妒致祸，不死何待？长孙无忌褚遂良，不能进谏于入宫之时，徒欲劝阻于废后之际，先几已昧，后悔曷追？有共入死地已耳，此大易所以有履霜坚冰之戒也。

第二十五回　下辣手害死王皇后
　　　　　　　遣大军擒归沙钵罗

却说许敬宗系杭州新城人，就是隋忠臣许善心子。善心为宇文化及所杀，敬宗辗转入唐，因少具文名，得署文学馆学士，累迁至礼部尚书。唐书奸臣

第二十五回　下辣手害死王皇后　遣大军擒归沙钵罗

传,首列许敬宗,故本编特详叙履历。武昭仪得宠,敬宗乘势贡谀,甘作武氏心腹。武氏谋夺后位,势已垂成,遂在朝扬言道:"田舍翁多收十斛麦,尚欲易妻,天子富有四海,废一后,立一后,也是常情,有甚么大惊小怪,议论纷纷呢?"李义府等随声附和,翕然同声。义府巧言令色,对人辄笑,城府却很是阴沉,人尝呼他为笑中刀。他本是东宫食客,及高宗践阼,遂得为中书舍人。长孙无忌恨他奸佞,上章劾奏,请贬为壁州司马,义府侦得消息,不觉着忙,忙向许敬宗求救,敬宗甥王德俭,素有小智,便教他夤夜叩阍,表请易后。高宗览奏,很是喜慰,立命赐珠一斗,擢任中书侍郎。补前文所未详。两人左推右挽,遂把一个武昭仪抬升正宫,更兼李勣进陈二语,促成易后大事,于是先贬褚遂良为潭州都督,示儆群臣。侍中韩瑗,上疏讼遂良冤,说他体国忘家,损身徇物,实是社稷重臣,不应骤加斥逐。高宗不从,瑗接连上疏,以妲己褒姒比武昭仪,以微子张华比褚遂良,说得非常痛切,却只是留中不报。永徽六年十月,竟下诏废皇后王氏为庶人,立武昭仪为皇后,武氏既已得志,索性再下一着,把萧淑妃也驱入阱中,淑妃因也得罪,与王后一同被废,移置冷宫。

　　李勣于志宁,奉诏为册后礼使,恭恭敬敬的奉了玺绶,献呈武昭仪,*应该挖苦*。武氏遂服袆衣,佩翟章,金冠珠履,装束似天神模样,更衬着一副杏脸桃腮,柳眉樱口,越觉得整整齐齐,袅袅婷婷。*只是良心太黑*。当由众侍女簇拥登殿,行过了受册礼,高宗心花怒开,复为这妖后开一特例,令她也乘重翟车,直抵肃仪门。一面命文武百官,及四夷酋长,均在门下朝谒新后。俟武氏下车登楼,开轩俯瞩,但见门下无数官长,齐来参谒,黑压压的跪了一地,不由的神情飞舞,笑貌扬辉。待至谒见礼毕,下楼还宫,所有内外命妇,又奉诏入谒,忙碌得甚么相似。非但唐朝立后,从来没有此盛举,就是皇帝登台,亦未闻这般热闹。当下宫庭内外一律赐宴,大众开怀痛饮,直乱到鼍更三跃,才得尽兴归休。是夕,高宗住宿正宫,由武氏格外献媚,枕席风光,不可尽述。*总算报德*。越宿起床,武氏面白高宗,请加授许敬宗李义府官阶,高宗自然允诺。武氏又冷笑道:"陛下前以妾为宸妃,韩瑗来济,尝面折廷争,两人可谓忠臣,不可不赏。"高宗明知武氏语中有刺,也只还她一笑罢了。随即出宫视朝,令敬宗待诏武德殿西闼,擢义府参知政事,只韩来两人,一时不便亟贬,暂从搁置。

　　嗣是内外政事,多与武氏参决,武氏未为后时,一意揣摩上旨,多方迎合,就使有意进谗,都是旁挑曲引,慢慢儿的浸润,从未尝有遽色,有疾言。至后位已经到手,又欲与高宗争权,免不得威福自擅,渐渐的骄恣起来。*是谓女德无极*。高宗也少觉介意,转忆及王皇后萧淑妃的好处,但因武氏防闲甚密,不便亲往探问,反致得罪床帷。*已露畏意*。一日,武氏归谒家庙,高宗得乘隙往视,行至冷宫门前,只见双扉紧闭,用一大锁钳住兽环,毫不通风,旁开一窦,借通饮食,也是狭小得很,不由的恻然神伤,几乎泪下。半晌才呼道:"王后良娣,得无恙否?朕在此看你两人。"语方说完,但听有二人凄声道:"妾等有罪被废,怎得尚有尊称?"高宗又道:"你等虽已被废,朕却尚是忆着。"说至此,复有呜咽声传出道:"陛下若念旧情,令妾等死而复生,重见日月,乞署此处为回心院,方见圣恩。"高宗乃回答道:"朕自有处置,你等不必过悲。"言毕乃返,心下未免踌躇。

不意武氏回来,已有人密行报知,气得武氏双眉倒竖,即向高宗诘问。高宗反自抵赖,不敢实言。武氏心凶手辣,竟下一道矫诏,令杖二人百下,且把她们手足截去,投入酒瓮中。可怜二人宛转哀号,历数日方才毕命。萧淑妃临死时,恨骂武氏道:"阿武妖猾,害我至此,愿后世我生为猫,阿武为鼠,时时扼阿武喉,方泄我恨。"两人陆续死去。武氏又问左右道:"二妪贱骨,曾碎死么?"左右报称已死,且把萧妃语相告,武氏尤加忿恚,再命枭二人尸,并戒宫中蓄猫,一面胁高宗下诏,令将故后母兄,及萧良娣家族,充戍极边,后母柳氏,时已削籍,至此又被流岭外。许敬宗仰承内旨,更奏称:"王庶人父仁祐,本无他功,徒因女贵致显,得列台阶,今庶人谋乱宗社,罪宜夷宗,仁祐宜劈棺枭尸。陛下不惩已死,且贷余生,尚为失刑"等语。高宗看到此奏,意欲搁置不理,怎禁得武氏在旁,冷讥热讽,逼得高宗不能罢手,只好再下手谕,追夺仁祐官爵;惟斫棺枭尸一节,总算免行。武氏且改王后姓为蟒,萧淑妃姓为枭,因王与蟒音相近,萧与枭音相符,所以有此改称。骄妒可笑。且怂恿高宗改元,易永徽为显庆。

许敬宗又承旨生风,上言:"太子忠本出寒微,前因无嫡可立,暂代储位,今国家已有正嫡,必不自安,应乘此正名定分,共图保全"云云。太子忠闻敬宗言,自知储位不保,没奈何入宫辞位。高宗因降封忠为梁王,立武氏子弘为太子,追赠武氏父士彟为司徒,赐爵周国公,谥忠孝,配食高祖庙,母杨氏晋封代国夫人。是时褚遂良已往潭州,甫行莅任,即奉诏调迁桂州,及到桂州任内,又被谪为爱州刺史。还有侍中韩瑗,中书令来济,一同遭贬。瑗谪为振州刺史,济谪为台州刺史,这都是许敬宗李义府两人进谗,诬他同谋不轨,所以一律降官。武氏意尚未餍,又授意许李两人,定欲将长孙无忌以下,尽行贬死,才好把胸中宿忿,悉数消除。世间最毒妇人心。许李当然遵嘱,只因无忌是高宗母舅,且有佐命大功,一时扳他不倒,不得不静心待时。义府又贪财渔色,为了洛州一案,几乎犯法遭谴,亏得内有奥援,才免动摇。看官道是何案?原来洛州妇人淳于氏,犯了奸罪,系大理狱中,义府闻她色美,暗嘱大理丞毕正义,枉法释放,纳为己妾。正卿段宝玄很是不平,密状奏闻。高宗命给事中刘仁轨,侍御史张伦,复讯此案。义府恐正义据实供,竟逼令自缢,希图灭口。

高宗也明知义府所为，再欲穷治，偏经武氏硬为拦阻。只好因正义已死，作为宕案，不再加究。

　　当时恼了侍御史王义方，即欲上章纠弹，只因家有老母，未免迟疑，因入室禀母道："儿官居御史，坐视奸臣坏法，不加弹劾，便是不忠，若弹劾无效，反危己身，忧及我母，又是不孝，这正令人难处呢。"母正色道："我闻汉王陵母，杀身以成子名，汝能为国尽忠，虽死何恨？"王母引用王陵故事，可谓善于绳祖，且书中不肯从略，亦是不没母德之意。义方乃坦然入朝，当面奏请道："义府擅杀六品寺丞，应否坐罪？"高宗未及出言，义府已出班辩斥。义方道："事已确凿有据，义府如欲自辩，尽可向大理对簿，不应再立朝端。"义府仍不肯退下，经义方三次叱退，方怏怏趋出。义方乃朗读弹文，读至终篇，方引出高宗一语，说了"毁辱大臣"四字，便引身入内。未几有旨传出，贬义方为莱州司户，义府仍得逍遥法外，嗣且进授中书令，兼检校御史大夫，令与长孙无忌许敬宗等，修订礼仪，威赫如旧。

　　小子因显庆元二三年，有西征事夹入在内，不得不将内政暂行搁起，插叙一段西征情形。按时演述，应该如此。先是行军总管梁建方，奉诏班师，西突厥尚未平定，回应第二十三回。会乙毗咄陆可汗身死，有子颉苾达度设，自号真珠叶护，与贺鲁有嫌，互相攻击。真珠遣使入唐，愿讨贺鲁自效，且乞济师。唐廷撤销瑶池都督府，命右屯卫大将军程知节，为葱山道行军大总管，率诸将西讨贺鲁，并遣丰州都督元礼臣，册封真珠叶护为可汗。礼臣至碎叶城，为贺鲁所遮，不得前达，仍持册还朝。程知节入西突厥境，遇歌逻禄处月二部番众，前来迎战。由知节驱军掩击，大破番兵，斩首千余级，再进军至鹰沙川。又见西突厥二万骑兵，及别部番众亦二万余人，横列道旁，阻住去路。唐前军总管苏定方，素有勇名，但率精骑五百名，冲入敌阵，十荡十决，杀得番众大败奔逃，抛弃甲杖牛马，不可胜数，定方得胜收兵，报知程知节，知节赞不绝口。偏副总管王文度，阴怀妒忌，反向知节进谗，谓："冒险进兵，只可侥幸一时，不可恃为常道，嗣后须常结方阵，内置辎重，俟贼至复击，方保万全"云云。知节似信非信，文度看他有疑，又诈言接到密敕，令自己监制各军，不得躁进。知节乃信为真言，听他调度。文度即收军结营，终日按兵不动，士气日衰，马多瘦死。定方忧愤填胸，入白知节道："奉命出师，无非为讨贼计，今乃坐守不进，自致困敝，若遇贼至，如何对仗？且皇上既命公为大将，岂反令副总管暗中牵制？这事恐防有假，不可过信。为公计，不如拘住文度，飞表上闻，看朝廷如何下旨？"知节摇首道："诏敕岂可妄传？我若违诏行事，难道不干天谴么？"定方知不可谏，闷闷而出。

　　各军屯驻月余，始进至怛笃城，番目出城迎降。文度语知节道："此辈伺我旋师，还复为贼，不如尽加屠戮，取货而归。"定方又入谏道："杀降非仁，取财非义，自己先已作贼，怎得称为伐叛呢？"文度不从，纵兵屠城，分劫货财。知节不能禁止，由他为虐。大众饱载南归，惟定方不取一物，及还入长安，文度阴谋发觉，坐矫诏罪当死，他乃遍赂当道，代为缓颊，始得减罪除名。何苦忌功？何苦夺财？知节亦连坐免官。独定方有功无过，得授伊丽道行军总管，再率燕然都护任雅相，副都护萧嗣业，发回纥各部番兵，自北道讨西突厥。另遣先朝降酋阿史那弥射，及阿史那步真，两人皆西突厥属部酋长，太宗朝，曾率众来降，分任左右屯卫大将军。为流沙道安抚大使，自南道招集西突厥部众，一剿一抚，分道并出。贺鲁也倾国前来，拥众十万，列营曳咥河西岸，绵亘十里。苏定方自为前驱，但率步兵万人，及回纥骑兵万名，与敌对垒，令步兵据南原，攒槊外向，遇敌方击，不准擅离，自将骑兵据北原，严阵待着。贺鲁见唐军不多，鼓噪进兵，先冲步营，三战三却。定方见他气馁，即引骑兵出击，人人奋勇，个个争先，番众虽多至数倍，大半乌合，禁不住铁骑蹂躏，顿时大溃。定方追奔三十里，斩获数万人，到晚收军。翌晨再进，西突厥部众多降。贺鲁带着残骑，向西窜去。可巧天下大雪，平地积雪二尺，诸军请待晴后行。定方道："虏恃雪深，谓我军必不敢进，不妨就近休息，我若冒雪追上，掩他不备，定可成擒，否则彼已远窜，无从追获了。"乃踏雪继进，沿途收降番众。至双河堡，来了一支人马，为首大将，便是南道大使阿史那步真。步真自南道进兵，所过皆降，不烦血刃，因此长驱直入，得与北道军相会。定方益喜，两军昼夜兼行，直入穷谷，登高遥望，见前面有一猎场，番众驰逐野兽，趾高气扬，首领不是别人，正是沙钵罗可汗贺鲁。定方大悦道："此番定要擒住他了。"便麾兵逾岭，喊杀过去。贺鲁已似漏网鱼，惊弓鸟，闻着唐军喊声，便策马飞奔。番众也即溃乱，被唐军东劈西斫，做了无数枉死鬼。唐军夺得鼓纛，只寻不着贺鲁，定方不觉叹息道："那厮又复脱逃，恐不能再擒他了。"前喜后叹，都是文中顿挫之笔。旁边闪出一将道："待末将上前穷追，无论好歹，总要将逆虏擒住，大总管不妨回师。"定方见是萧嗣业，便道："副都护既愿效劳，还有何说？"当下拨兵万人，随他前行，自己从容班师，令降众各归本部。沿路悉心稽察，筹办善后，通道路，置驿站。掩骸骨，问疾苦，划疆界，复生业，访得各部人畜，前被贺鲁所掠，一律给还。西突厥向有十姓，叫作五咄陆，五弩失毕，至是一体归附，悉表欢忱。

　　正在惨淡经营的时候，接得萧嗣业捷报，已将贺鲁捕获，定方当然欣慰。原来贺鲁遁至石国西北苏咄城，已是人困马乏，狼狈不堪，乃遣部下赍珍宝入城，乞粮借马，城主伊涅达干，佯备酒食出迎，诱贺鲁入城，指挥众士，将他拘住，解送石国。萧嗣业探得消息，即向石国索交贺鲁，石国闻唐军入境，颇加畏惧，便将贺鲁送达军前。嗣业飞报定方，随将贺鲁押还。定方乃请分西突

第二十五回　下辣手害死王皇后　遣大军擒归沙钵罗

厥,置濛池昆陵二都护府,即以阿史那弥射为兴昔亡可汗,管领五咄陆部落,阿史那步真为继往绝可汗,管领五弩失毕部落。唐廷俱如所请,派光禄卿卢承庆持节册命,仍命弥射步真选择降众,量能授职,令为刺史以下等官。边徼已定,大功告成,定方奏凯还朝,献俘阙下。贺鲁在槛车中,曾语萧嗣业道:"我本亡虏,为先帝所存,先帝待我良厚,我乃负先帝恩,宜遭天怒,悔已无及。我闻中国刑人,必在市曹,我负先帝,应该在先帝灵前伏法,幸乞代奏!"嗣业既至京师,当即依言奏陈。高宗以为可怜,但命献俘昭陵,贷他一死。<small>结发夫妇,如何不怜?乃听悍妃谋毙。</small>既而贺鲁病殁,藁葬颉利墓侧。惟真珠叶护,未得册封,不免觖望,旋由兴昔亡可汗率兵进击,与真珠叶护鏖战双河,真珠叶护败死,于是西域皆平。

独龟兹国自征服后,国王布失毕等,被俘入京,留官京师。<small>应第二十二回。</small>高宗初年,龟兹国乱,酋长争立,各向唐廷求封。廷议以龟兹失主,不如遣还布失毕,仍使为王,免得纷争。高宗准奏,乃复封布失毕为龟兹王,令与故相那利,宿将羯猎颠,同时还国,抚定部众。显庆改元,布失毕入都朝贺,那利竟与布失毕妻,结成露水缘。<small>也算代庖。</small>及布失毕西归,那利尚私自出入,不肯断情。布失毕渐渐闻知,常欲杀死那利,怎奈那利树党窃权,急切不便下手,只好密遣心腹,上诉唐廷。那利也使人报唐,互争曲直,一边说是布失毕谋叛,一边说是那利谋乱,两下各执一词,转把那中冓丑声,隐瞒下去。高宗并召两人,入朝对质,布失毕不便再讳,只好据实陈明。那利虽然狡辩,究竟情虚词屈,唐廷因将他囚住,另遣左领军郎将雷文成,送布失毕回国,甫至东境泥师城,不意宿将羯猎颠,竟率众堵住,不令布失毕归还。<small>得毋也作那利第二耶?</small>布失毕入城拒守,飞向唐廷乞援,高宗再命左屯卫大将军杨胄,发兵西行。及抵泥师城,布失毕已忧愤而亡,胄遂纵兵击羯猎颠。羯猎颠屡战屡败,终被唐军擒住,枭首以徇。乘胜入龟兹国都,穷治那利羯猎颠余党,一并加诛。且就地设龟兹都督府,立布失毕子素稽为王。兼都督事,<small>布失毕妻不知如何处置?可惜史中未曾载明。</small>然后班师复命。高宗又命徙安西都护府至龟兹,<small>安西都护府,本设在高昌境内交河城,事见第十八回中。</small>即令安西都护麹智湛驻扎龟兹,加封左骁卫大将军,统辖龟兹于阗碎叶疏勒四镇,及吐火罗嚈哒罽宾波斯等十六国,置府州至八十余,小子有诗叹道:

　　　　王师西讨莫能当,史策铺张美盛唐。
　　　　岂是高宗能攘外?余威尚是绍文皇。

外患告平,内讧复起,本回已就此结束,待至下回再详。

王后萧淑妃,互相妒忌,本有致死之征,武氏得乘隙而入,所谓木朽蛀生,夫复谁尤?但武氏计夺后位,如愿以偿,似亦可以止矣,乃必将后妃锢入别宫,严加监押,已属狠心辣手,甚且断其手足,投入瓮中,试问其具何心肠,乃至于此?禽兽尚不自戕同类,武氏直禽兽之不若。故读此回而不发指者,非人也。彼许敬宗李义府辈,更不足诛矣。高宗为色所迷,昏庸已甚,贬勋旧,斥忠良,而独能任一苏定方,付以专阃,岂西陲乱事,天必假手唐廷以荡平之耶?定方以外,又有杨胄,亦良将之足称者,能攘外不能安内,高宗其无以自解乎?

第二十六回　许敬宗构陷三家
　　　　　刘仁轨荡平百济

却说褚遂良被谪爱州,自恐罹谗被祸,无术生全,因上表自陈道:

往者濮王即魏王泰见第二十四回。承乾交争之际,臣不顾死亡,归心陛下,是时岑文本刘洎,奏称承乾恶迹已彰,身在别所,其于东宫不可少时虚旷,请且遣濮王往居东宫,臣又抗言固争,皆陛下所见。卒与无忌等四人,共定大策。及先帝大渐,独臣与无忌同受遗诏,陛下在草土之辰,不胜哀痛,臣与无忌区处众事,咸无废阙,数日之间,内外宁谧,力小任重,动罹悠过,蝼蚁余齿,乞陛下哀怜,谨此表闻!

这道奏章,明明是自述前功,怕死乞怜的意思。前勇后怯,太无丈夫气,然自己怕死,如何谮杀刘洎。但此时的高宗,已被武氏制伏,任他口吐莲花,也是无益,因此留中不报。遂良忧郁成疾,旋即去世。可为刘洎泄冤。武氏闻遂良病终,尚因他不及加诛,隐留遗憾,遂擢许敬宗为中书令,教他速行罗织,构陷长孙无忌等人。敬宗多方伺隙,苦不得间。会洛阳人李奉节,上告太子洗马韦季方,及监察御史李巢,朋比为奸,应加重遣等语,有诏令敬宗讯问。敬宗刑驱势迫,硬要季方扳连无忌。季方愤不欲生,自刺不殊,奄然待毙。敬宗遂诬奏季方勾通无忌,意欲谋叛,今因事泄,所以情急求死。高宗愕然道:"哪有此事?舅为小人构隙,稍生疑沮,或尚未免,怎至谋反呢?"敬宗道:"臣反复推究,叛迹已彰,陛下尚以为疑,恐非国家幸福。"高宗不觉泪下道:"我家不幸,亲戚间屡有异图,往年高阳公主,与房遗爱谋反,今元舅又有此事,如果属实,如何处置?"敬宗又道:"遗爱乳臭小儿,与一女子谋反,怎能成事?无忌与先帝同取天下,天下共服彼智,身为宰相三十年,天下共惮彼威,若一旦窃发,攘袂一呼,同恶云集,陛下将遣何人抵制呢?今幸皇天疾恶,宗庙有灵,为了区

第二十六回　许敬宗构陷三家　刘仁轨荡平百济

区小案,得发大奸,尚可先事防患哩!"高宗徐徐道:"且待审讯确实,再行定夺。"敬宗乃退。

是夕并未复讯。到了次日入朝,即妄奏道:"昨夜已讯过季方,供与无忌谋反是实,臣却加诘道:'无忌是皇室至亲,累朝宠任,为何嫌而谋反?'季方答言:'无忌曾劝立梁王为太子,韩瑗褚遂良等,一并与议,今韩褚等俱已得罪,梁王又复见废,无忌内不自安,所以与季方谋反。'事出有因,并未诬扳,请陛下收捕正法,幸勿迟疑。"高宗又泣道:"舅若果有此意,朕亦不忍加诛。"敬宗又道:"薄昭系汉文帝母舅,文帝从代邸入立,昭亦有功,后来止坐杀人罪,文帝遣百官往哭,令他自裁,后世仍称文帝为贤主。今无忌负国大恩,谋移社稷,罪加薄昭数倍,幸亏奸状自发,逆徒引服,陛下尚有何疑,不早处决?古人有言:'当断不断,反受其乱。'臣恐陛下迁延时日,将来变生肘腋,悔无及了。"谗人罔极,欺庸主足矣。高宗不觉点首,也不再问无忌,竟下诏夺无忌官封,出为扬州都督,安置黔州。韦季方处斩。敬宗又奏言:"无忌谋逆,由褚遂良韩瑗柳奭等构成,于志宁亦与同党,乞一并加罪。"于是追褫遂良官爵,除奭瑗名,免志宁官。看官道志宁如何连坐?原来前时易后,志宁虽未谏阻,亦未赞成,因此亦为武氏所恨,嘱敬宗一同陷害。中立派本最取巧,不意亦遭诬陷。

既而又穷究罪案,命御史追捕韩瑗柳奭,械送京师。且诏李勣许敬宗等,复按无忌反谋,敬宗遣中书舍人袁公瑜,飞诣黔州,逼令无忌自缢,自己捏造供状,还奏高宗。供状中牵连多人,引得高宗不能不怒,把无忌兄弟子侄,无论亲疏,一并处死。适应吴王恪言。只无忌长子冲,尚太宗女长乐公主,太宗第五女。总算加恩免死,谪戍岭表。流遂良子彦甫彦冲至爱州,途次被杀。再敕将柳奭韩瑗二人,所至斩决。瑗已身死,发棺验尸。柳奭已累谪至象州,由朝使宣旨受刑。所有三家财产,一并籍没,就是远宗近戚,俱充发岭南,降为奴婢。连高士廉子高履行,本任益州刺史,亦指他党同无忌,贬为永州刺史,于志宁亦座贬为荣州刺史,所有武氏平日未见趋承的人物,一网打尽。此外老成宿望,曾列名凌烟阁上,只有李勣一人,阿附武氏,任官如旧。他如尉迟敬德程知节等,还亏先后殂谢,不入漩涡。唐室元气已经凋亡,子孙安得不沦胥以尽耶?梁王忠不能无嫌,坐徙房州刺史。忠栗栗危惧,常恐被人暗算,甚至著妇人衣服,防备刺客;夜间梦寐不安,屡次浼人占梦,自卜吉凶。许敬宗等捕风捉影,又诬言忠有逆谋,再加武氏在旁撺掇,也把他废为庶人。徙置黔州,锢禁承乾废居时旧宅。可见祖宗贻谋不善,以致后人借口。

后来武氏尝梦见故后及萧妃,虑它为祟,密令道士郭行真,出入禁中,为魇禳事。宦官王伏胜,报知高宗,高宗正因武氏专恣,心下不平,遂召侍郎上官仪,暗地与商。仪言皇后骄横,天下共怨,应废黜以安中外。高宗即令仪草就制敕，仪甫退出，武氏已匆匆趋至，见了草诏，竟与高宗不肯干休。高宗闻着狮吼，几乎魂悸魄丧，忙把废后意见，统推到上官仪身上。怕妻至此，煞是可叹！仪与伏胜，俱曾服事废太子忠，武氏与高宗斗了一回嘴，便出嘱许敬宗上一奏章，诬言仪与伏胜，串同废太子，隐谋为逆。高宗此时已无主意，但恐得罪武氏，不管什么父子恩情，一道旨意，将忠赐死。仪及宦官伏胜，还有甚生望？随即下狱论斩。可怜仪子庭芝，也随父处死，又复株连了好几十人。嗣是军国大权，全归武氏掌握，高宗视朝，阿武在后垂帘，生杀予夺，任所欲为，一班蝇营狗苟的朝臣，无论言语文字，统称她为二圣，这真叫作阴阳反背，太阿倒持了。此段文字，系是麟德元年时事，但因相隔不远，故连类并书，以便阅者。

且说苏定方自讨平西突厥后，复于显庆四年，出征思结。思结系铁勒别部，曾由唐改号蹛林州。见第二十一回。酋长都曼，叛服不常，当遣定方为安抚大使，兼程前进，掩击都曼营帐。都曼败遁，追至马保城，四面围攻。都曼计穷出降，由定方缚献殿廷，得贷死罪。不略思结战事，所以表定方擒渠之功。越年三月，新罗王金春秋上表乞援，春秋系女主真德弟，真德于永徽五年病殂，唐廷册封春秋为新罗王。应第二十二回。惟高丽百济，与新罗仍不相和，尝联兵攻新罗境，夺去三十三城。新罗王春秋，曾上表求救，高宗遣营州都督程名振，及右领军中郎将薛仁贵，往讨高丽，屡有斩获。高丽兵败退，唐兵亦还。惟百济未尝受创，伺着唐兵西归，复进扰新罗，新罗复遣使求援，乃再命苏定方为神邱道行军大总管，与左骁卫将军刘伯英等，率兵十万人，水陆齐进。且授金春秋为嵎夷道行军总管，令简新罗锐卒，会同苏定方大军，同讨百济。定方自成山渡海，至熊津江口，正值百济兵前来防堵，便不待整列，即掩击过去，杀死百济兵数千人，有一半拚命遁还，唐军从后追蹑。将至百济国都，百济王义慈即扶余璋子。倾国出战，被唐军一阵捣入，杀得天昏地暗，红日无光。百济兵纷纷溃散，义慈也只好逃回。不意外城甫入，唐军已追踪而至，连城门都不及关闭，由唐军骤马进去。还亏太子隆及次子泰，自内城领兵出救，才得将义慈保入内城，阖门拒守。定方督军攻扑，义慈大惧，与太子隆缒城夜走，遁匿北境，留次子泰守城，泰竟自立为王。隆子名文，尚留城中，私语左右道："王与太子皆在，叔父竟拥兵自王，就使能却唐兵，我父子也不能自存了。"遂率左右逾城出降，人民亦陆续缒出，多来投顺唐军。定方乘胜猛攻，督将士登城立帜，泰窘迫无计，没奈何开城听命。义慈及隆闻国都失守，又思他遁，适唐军前来搜捕，无路可奔，也只好面缚乞降。百济旧有五部，分统三十七郡二百城，至是悉数归唐。改置熊津马韩东明金涟德安五都督府，选擢原有酋长为都督刺史。惟都城为全国总枢，特留郎将刘仁愿居守，熊津地居险要，亦特派左卫中郎将王文度，作为都督，抚治百济遗众。定方遂押住义慈父子，还献

第二十六回　许敬宗构陷三家　刘仁轨荡平百济

唐廷。定方至是,已三擒外国首长矣。有诏赦罪不诛。再迁定方为辽东道行军大总管,刘伯英为平壤道行军大总管,程名振为镂方道总管,分道往击高丽。还有左骁卫大将军契苾何力,亦受命为浿江道行军大总管,接应定方。青州刺史刘仁轨督运东征军粮饷,航海东行,不料遇着飓风,粮船多覆,因致得罪褫职,白衣从军。

先是百济王义慈,与日本通好,倚为外援,当遣子扶余丰,往质日本。及百济亡国,遗将僧道琛及福信,收集余众,据住周留城,迎立故王子丰为王,出图恢复,围住旧都。刘仁愿兵少力单,勉强守御,又因熊津都督王文度,莅任即殁,更觉没人援助,不得已飞章告急。唐廷亟起用刘仁轨,命为检校带方州刺史,节制王文度旧众,便道发新罗兵,往救仁愿。仁轨慨然勇往,且在州司中请得唐历及庙讳,随带军前,并语麾下道:"我此去将荡平东夷,颁行大唐正朔,众位须协力助我,不患不建功立业哩。"前时粮覆致罪,也未免枉屈,此公原是大有为者。遂申定军律,格外严明,沿途转斗直前,无战不克。福信分军堵熊津江口,竖立两栅,很是坚固,仁轨与新罗兵纵击,把两栅一并毁去,敌众或被杀,或遭溺,不计其数。道琛闻福信败退,也将都城撤围,退保任存城,新罗兵粮尽引还,仁轨与仁愿合军,休息士卒,暂且按兵不动。道琛遂自称领军将军,福信也自称霜岑将军,两人势不相下,自行攻击。道琛为福信所杀,福信遂专掌兵事,抵制唐军。仁愿仁轨,因百济都城,全恃熊津口为保障,熊津一失,国都万不可守,乃均移驻熊津城。唐廷亦令仁愿为熊津都督,饬俟高丽得胜,再行进兵。一面召回刘伯英程名振,改遣任雅相为浿江道行军总管,转调契苾何力为辽东道行军总管,苏定方为平壤道行军总管,征集三十五军,及番部各兵,速攻高丽。

高宗改元龙朔,欲亲自出征,为武氏谏阻而止,但诏促各路进军。苏定方先进浿江,连战皆捷,遂进围平壤城。高丽莫离支盖苏文,遣子男生率兵数万,守鸭绿江,堵住任雅相一军,雅相不敢就进。可巧契苾何力到来,主张进行,适值天寒冰冱,何力引众乘冰,鼓噪而济。高丽兵措手不及,立即溃走,被何力追奔逐北,斩首至三万级。男生策马急驰,还算保全性命。何力再欲进攻,不料任雅相病殁军中,只好暂时逗留,候旨裁夺。高宗以雅相新亡,行军不利,亦诏何力班师。苏定方久围平壤,屡攻不下,反阵亡沃沮道总管庞孝泰,并因年暮残雪,兵士疲乏,亦解围西归。新罗王金春秋,又复病殂,子法敏嗣,势不能援助唐军。高宗乃颁敕二刘,大旨说是:"平壤军还,熊津势孤,一城不能自固,不如移就新罗。若金法敏留卿镇守,可暂停彼处,否则泛海归来便了。"仁愿不觉踌躇,仁轨独奋然道:"大臣为国家计,有死无二,怎得贪生避害?试想主上欲灭高丽,所以先讨百济,留兵守堵,制他心腹,诚使厉兵秣马,击他无备,理无不克,得捷以后,士卒心安,然后分兵据险,开展势力,飞表上闻,再求益兵,朝廷知我有成,必更遣将出师,声援既厚,凶丑自歼,非但不弃前功,且足永清海表。今平壤既已退师,熊津又复弃去,眼见百济余众,不日鸱张,高丽遘寇,无时可灭,数年血战,徒劳无益,况且熊津孤城,居敌中央,我若动足,适为敌乘,就使得至新罗,亦不过作一寓客,万一有变,仍恐难免,虽悔亦无及了。愚料福信凶悖,君臣相猜,将来必行屠戮,我军正应坚守观变,乘衅而动,不患不胜。古人有言:'将在外,君命不受。'还请总管详察!"理直气壮。仁愿道:"刺史说得甚是。"众将也均赞成,遂严申守备,待机乃发。

忽由百济王丰,遣人来前,由仁愿召入,问明来意。来使道:"大使等何时西还?我主当派兵护送。"仁愿尚未及答。仁轨即从旁答言道:"我军归期在迩,难得尔主好意,尔可为我归谢,不劳护送!"来使应声自去。仁轨道:"狡虏欺我太甚,目下虏使方归,我正可衔枚疾进,攻他不备了。"仁愿大喜,当即督兵袭支罗城,一战即下,进拔岘城大山沙井等栅,杀获甚众。福信闻警,才遣兵添守岘城,仁轨佯令缓攻,夜令军士督草填濠,霎时间草与城齐,各将士攀草而上,一齐登城。守卒闻知,已经不及抵御,只得开城遁走。仁轨方安安稳稳的据了岘城,得与新罗通接粮道,有恃无恐。仁愿遂奏请添兵,有诏发淄青莱海兵七千人,速赴熊津,再遣右威卫将军孙仁师,为熊津道行军总管,统军继进。百济王丰,正与福信争权,率亲卒击杀福信,骤闻唐军大至,急遣使向日本乞师。日本齐明天皇,名天丰。亲赴筑紫,调兵救百济,途次遇病,至筑紫即殁。皇太子天智,奉丧听政,遣部将阿昙比逻夫阿部比逻夫等,帅舟师百艘,援百济王,更派兵三万人继进,作为后应。

是时孙仁师已至熊津,与二刘合军,声势甚盛。诸将欲出攻加林城,仁轨道:"加林当水陆要冲,地形险固,我若急攻,反伤士卒,缓攻必旷日持久,亦致劳师。不若直捣周留城,周留城为狡虏巢穴,群凶所聚,除恶务本,正在此举,周留得拔,余城不战自下了。"不入虎穴,焉得虎子?于是分道进兵,仁师仁愿,邀同新罗王金法敏,从陆路进,仁轨与别将杜爽扶余隆,率水军及粮船,自熊津入白江,拟与陆师相会。甫至白江口,那百济王丰,与日本兵驾船前来,帆樯相望。仁轨用火攻计,乘风纵火,猛烧敌船,顿时烟焰熏天,海水尽赤。日本将阿昙比逻夫等,还想冒火来战,怎禁得祝融肆威,封姨助虐,徒落得焦头烂额,一步儿不能上前。岸上战鼓声喧,唐将仁师仁愿等,又复驱军杀到,那时还有何心恋战,慌忙转柁遁去。中国有史以来,日本兵为我军所败,惟此一仗,最为吃亏。百济王丰,亦脱身奔高丽。唐军遂进薄周留城,扶余丰子忠胜忠志等,率众出降,百济又亡。惟百济将迟受信据守任存城,未肯归命,仁轨令百济降将常之,及沙咤相如为前驱,自率兵后随,奋勇进攻。迟受信料不能守,也挈妻子奔高丽去了。

捷书报达唐廷,高宗召仁师仁愿还朝,留仁轨镇守百济。仁轨籍户口,瘗骸骨,辑村聚,置官长,通道途,立桥梁,补堤堰,修陂塘,课耕桑,赈贫乏,赡孤老,立唐社稷,颁正朔及庙讳,百济大悦,阖境又安。及刘仁愿到京,高宗亲加慰劳,仁愿道:"这统是刘仁轨的功绩,非臣所能及哩。"仁愿推贤让功,亦有足取。高宗乃加仁轨六阶,正任带方州刺史,且替他筑第都中,安顿妻孥,厚给赏赐。小子有诗赞仁轨道:

有勇还须仗有谋,东夷余焰一时休。
若非良将纡筹策,安得功名盖远州?

百济已平,正欲进图高丽,偏铁勒部又复叛唐,屡来寇边,乃遣将往讨铁勒,暂将高丽搁下。欲知铁勒部战事,且待下回表明。

长孙无忌,高宗之母舅也,而构陷之者,始自武氏,成于许敬宗。武氏之欲杀无忌也,因无忌谏阻易后,致有此嫌。敬宗与无忌何雠?与褚遂良韩瑗等又何怨?其所以必加陷害者,无非受武氏之嘱托耳。夫唐廷以上,臣僚甚众,宁必为武氏爪牙,方得居官食禄,况无忌等未尝有罪,而乃任意扳诬,恶同蛇蝎,吾不意忠良之后,而竟生此奸贼也。故武氏之恶固大矣,而敬宗之恶为尤大,揭而出之,恶其何自遁乎?高宗时之良将,苏定方外,应推刘仁轨,高丽未捷而还师,百济复燃而未靖,微仁轨之临机决胜,则刘仁愿必且还军,即幸不为敌所乘,而新罗介居两国间,又遭大丧以后,其能免为蚕食乎?故仁愿之从谏如流,虽有足称,而平定百济,虽出仁轨之功,表而出之,功其庶不没乎?本回隐具此旨,且为标明巨目,嫉恶表功,书法固不苟也。

第二十七回　　发三箭薛礼定天山
　　　　　　统六师李勣灭高丽

却说铁勒诸部归唐后,相安无事,约有数年,至龙朔纪元,回纥部酋比粟,始纠合仆骨同罗两部众,前来犯边。高宗命左武卫大将军郑仁泰,为铁勒道行军大总管,左武卫将军薛仁贵,及燕然都护刘审礼为副,鸿胪卿萧嗣业,为仙萼道行军总管,右屯卫将军孙仁师为副,各率兵万人,往讨回纥。回纥遂号召铁勒九姓,药罗葛,胡咄葛,啒罗勿,貊歌息纥,阿勿嘀,葛萨斛温,索葛勿葛,溪野勿。合众十数万,拒击唐军。薛仁贵带着数十骑,当先开路,正与番众相遇。番众见他兵少,也挑选健骑数十人,前来挑战。仁贵大呼道:"来骑慢来!看本将军的箭法。"道言未绝,那仁贵早拈弓在手,搭上一箭,飕的射去,正中来骑第一人,撞倒马下,呜呼毕命。仁贵又呼道:"来骑防着!看本将军的第二箭!"来骑因前驱已死,正在着忙,不料第二箭又至,复将第二骑射死。仁贵复道:"看本将军的第三箭!"这语才出,敌骑格外小心,圆着眼瞧那放箭,只恐被他射着,偏仁贵虚把弓弦一扯,箭尚在手,已把敌骑吓得心惊,左闪右避。仁贵笑着道:"似你等没用人物,来经什么战阵?本将军箭尚未发,不必这般慌忙,我要拣你一个多须的人,赏给一箭。"敌骑中巧有一个胡子,听了此言,回马就跑,不意箭已射至,从背项穿出前面,连痛声都呼不出,便坠马而亡。三箭射毕,唐军陆续大至,敌骑俱欲返奔,仁贵复大呼道:"你等如欲免死,快快降顺!否则我军将一概放箭,看你能活得一个否?"敌骑料是难逃,只好一齐下马,匍伏请降。仁贵乘势进击,收降了二万人,余众都从碛北逸去。仁贵恐降众难恃,佯令随军越山,到了山巅,传了一个军令,把降众一齐驱下堑谷。看官!你想天山两旁,统是峭壁危岩,一经坠下,统是粉骨碎身,还有什么生理?仁贵太属残忍。及唐军越过碛北,追及败众,又是一番蹂躏,擒得叶护兄弟三人,方收军回营。军士编成两语,作为凯歌道:"将军三箭定天山,壮士长歌入汉关。"少时阅《征东传》曾有三箭定天山一回,说是征辽时事,天山在西,乌得在东,岂亦如樊梨花之有移山法乎?可发一笑!铁勒九姓,经此大挫,哪里还敢再来。只思结多滥葛等部众,留堵天山附近,闻九姓皆败,唐军乘势深入,自知不能堵御,乐得见机迎降,不料郑仁泰悍然不纳,反纵兵击掠两部子女,赏赐军士。两部番众,相率遁去,别将杨志追击,反为所败,有侦骑禀报仁泰,谓番部辎重人畜,尚在近地,可以掩取。仁泰遂选轻骑万四千名,倍道前驱,经过大漠,至仙萼河,不见一虏,粮尽乃还。会连天风雪,士卒饥冻,杀马为食,马尽食人。及入塞,余兵仅八百人,司宪大夫杨德裔劾奏:"仁泰不纳降众,任情劫掠,遂致虏众散匿,将士丧亡,应付法司推鞫。又因仁贵掠取番女为妾,多纳赇遗,亦应加罪"云云。高宗格外开恩,但令他将功赎罪,悉置不问,另遣右骁卫大将军契苾何力为铁勒道安抚使,安辑余众。何力只选精骑五百名,驰入铁勒九姓中,番众大惊。何力与语道:"国家知汝等皆系胁从,特令我宣诏赦罪,汝等但教捕住罪魁,交给了我,我概不复问了。"九姓部众,乃执住叶护及设特勒等二百余人,<small>叶护注见前,设特勒亦番官名。</small>缴与何力。何力责他叛逆,均令正法,余不再究,九姓乃定。越年,再令郑仁泰讨平铁勒余众,乃移燕然都护府至回纥,更名瀚海都护。<small>燕然都护见第二十一回。</small>旧设在郁督军山南麓,至此始移至回纥。徙瀚海都护至云中古城,改名云中都护,以碛为境。碛北属瀚海,碛南属云中。继复改称瀚海都护为安北都护府,这且不必絮叙。

第二十七回　发三箭薛礼定天山　统六师李勣灭高丽

且说兴昔亡可汗阿史那弥射,与继往绝可汗阿史那步真,分治西突厥,本来是划境自守,彼此相安。既而忽生嫌隙,积不能容。阿史那步真竟至呬海道总管苏海政处进谗,谓弥射有谋反意。海政惊愕,召集军吏与商道:"我军留此,不过数千人,若弥射果反,来攻我军,我辈将无噍类,不如先发制人为妙。"乃矫诏发帛万匹,召弥射与各部酋长,前来受赐。弥射不知是计,竟率酋长来会海政,海政设伏待着,诱他入营,即令伏兵掩捕,悉数擒住,尽行杀死。弥射属部鼠尼施拔塞干等,叛走西南,由海政邀同步真,率众追讨,方得平服,军还至疏勒,弓月部又引吐蕃兵,来攻唐军。海政恐师劳力竭,不堪再战,没奈何纳赂吐蕃,约和而还。嗣是西突厥各部落,均因弥射无过被诛,阴怀怨贰。可巧步真复死,十姓无主,有阿史那都支及李遮匐两人,诱致余众,归附吐蕃。

吐蕃自与唐和亲后,朝贡不绝,高宗即位,赞普弄赞病亡,应第二十二回。因嫡子早死,立幼孙为赞普,以国相禄东赞摄政。禄东赞招兵养马,浸至盛强,又复得十姓归附,声势益炽,遂欲并吞吐谷浑。适吐谷浑大臣素和贵,得罪奔吐蕃,且言吐谷浑虚实,禄东赞即率兵往攻,吐谷浑可汗诺曷钵,拒战失利,乃挈弘化公主走依凉州。应第十六回。唐左武卫将军郑仁泰,正调任凉州都督,因迎纳诺曷钵,替他奏闻,诏命仁泰为青海道行军大总管,节度诸军,分屯凉鄯二州,防御吐蕃。一面遣苏定方为安集大使,统军作吐谷浑声援,且调停两国战事。吐蕃禄东赞,出驻青海,遣论仲琮仲琮为名,论系吐蕃相臣之称。入朝,面陈吐谷浑罪状,且请与吐谷浑和亲,高宗不许,命左卫郎将刘文祥,偕仲琮至吐蕃,传诏诘责。吐蕃再遣使伴文祥还国,仍请与吐谷浑修和,惟求赤水地牧马。高宗仍然不从,却还来使。于是吐蕃不服,倔强如故。唐世吐蕃之祸始此。唐廷拟招抚西突厥,令与吐蕃绝好,乃授阿史那都支为左骁卫将军,兼匐延都督,以示羁縻。诏尚未至,阿史那都支已派兵寇庭州。刺史来济正调任是缺,遂顾语左右道:"我久已当死,幸蒙存全,以至今日。现在强寇凭陵,我惟一死报国便了。"遂不服甲胄,只带领数十骑,赴敌尽忠。事闻于朝,高宗虽也怜念,但因济为武氏所嫉,不敢加旌,但许他灵柩还乡,所有封授都支诏命,亦未尝追还。都支接着诏敕,阳为受命,暗中仍与吐蕃连和,慢慢儿的侵边罢了。为后文伏笔。

高宗于龙朔四年正月,再改号为麟德元年,敕众臣制定封禅礼仪,是时李义府恃势卖官,怨声载道,且与许敬宗纂定新礼,改订官名,并参修国史及氏族志,无非党同伐异,揽权营私,甚至子姓女夫,亦横行不法。高宗尝有所闻,面加儆戒。义府却勃然变色道:"谁告陛下?"高宗道:"何待问朕?"义府也不谢罪,昂头自去。高宗因是不悦,会义府与术士杜元纪,微服出城,候望气色,又有人密白高宗,高宗防有异图,即诏李勣按讯,审出许多罪状,乃将他革职除名，流戍巂州，朝野称庆。高宗能逐义府，岂不能抑制阿武？可见武氏专横，全是为色所迷。惟许敬宗仍然怙宠，势焰熏天，所有封禅礼仪，多经敬宗手定，又令李淳风作麟德历，虽为推步精详起见，也无非除旧布新，扬诩承平的意思。

麟德二年，由武氏表称封禅，请率内外命妇奠献，自己想出风头。高宗自然依从，即令敬宗订定奠献仪制。皇上初献，皇后亚献，越国太妃燕氏为终献。燕氏系太宗妃，即越王贞母。废稿秸陶匏，用茵褥罍爵。文舞用功成庆善乐，武舞用神功破阵乐。仪制已定，遂下诏东禅，定洛阳宫为东都，先偕太妃皇后等赴洛阳，再休息了数天，方由东都启跸，所有卤簿仪卫，延长至数百里。自十月出行，直至十二月间，方到泰山。车驾过寿张县，闻张公艺九世同居，累朝都有旌表，因也屈尊过访，公艺当然恭迎。高宗问他累世同居的缘由，公艺即书百"忍"字以进。高宗一再称善，赐以缣帛百端，不没公艺。治家宜忍，治国不专在忍，王船山曾加论辩，可为当世定评。乃进抵社首山下，为泰山山脉之一峰。驻驾过年。到了元旦这一日，遂在泰山南麓，恭祀昊天上帝。次日祭泰山，又次日禅社首，祭皇地祇。每一祭献，由高宗初献毕，执事等尽行趋下，然后令宦官执帷，拥护武氏登坛亚献。帷幕纯用锦绣制成，端的是辉煌灿烂，冠冕堂皇。可惜拥着一个淫妇。至太妃终献，又换过一种帷幕，便没有武氏登坛的威风。各处祭毕，悉将祭文封入玉牒，藏诸石礧，音感，石篋也。于是大赦天下，改元乾封。又要改元，真是无谓。文武官各晋爵加阶，赐民酺七日，返经曲阜，谒孔子家祠，祀用少牢，赠官太师。孔圣有灵，亦不愿加封太师名号。再至亳州，谒老君庙，即老子。尊老君为太上元元皇帝。老子恐亦不愿受此名称。好容易到了初夏，方还京师。

适值高丽遣使献诚，入都请师。高宗正因东封竣事，拟耀威东方，平服高丽，凑巧有外使到来，正是机不可失，怎得不遣将兴师？看官阅过上文，高丽本与唐为敌，如何反来乞师呢？原来乾封元年，高丽泉盖苏文已死，长子男生代为莫离支，自出巡城，留弟男建男产居守。男建自为莫离支，发兵拒兄，男生无家可归，走保别城，因遣子献诚诣阙求救。高宗即命契苾何力为安抚使，左金武卫将军庞同善，营州都督高侃，同为行军总管，东征高丽。即命献诚为向导，授官右武卫将军。庞同善偕献诚先行，入高丽境，遇着防兵，一鼓击走。男生遂率众来会，诏授男生为辽东大都督，兼平壤道安抚大使，封玄菟郡公。又命李勣为辽东道行军大总管，兼安抚大使，带领左武卫将军薛仁贵等，水陆并进，援应何力同善等军。且敕何力同善等，悉受李勣节制。勣渡过辽水，道出新城。召语诸将道："新城为高丽西鄙，不先攻下，余城未易图了。"乃督军占据西南山，俯瞰城中，环矢迭射。城中恟惧，遂缚城主出降。李勣使契苾何力入守，庞同善高侃为犄角，留薛仁贵往来游弋，策应各军，自率

第二十七回　发三箭薛礼定天山　统六师李勣灭高丽

大兵进击，连拔一十六城。男建果然潜兵西出，来袭高侃营寨，被薛仁贵中途邀击，大败遁归。侃遂进军金山，金山地据要害，戍卒如林，见侃军到来，奋力出斗，侃与战不支，逐步退还。高丽兵哪里肯舍，相率赶来，可巧碰着了薛仁贵，横冲而入，把高丽兵截作两段，侃亦麾军返攻，两下合击，杀死高丽兵五万余人，乘胜逐北，捣破南苏木底苍岩三城，声威大振。仁贵尚不肯罢手，竟自引部下三千骑，进攻扶余城，诸将虑他兵少，劝令休进。仁贵笑道：“兵不在多，但看使用合宜，虽少何害？”随即毅然前往，直抵扶余城下。守兵出城接仗，怎禁得仁贵一支大戟，前挑后拨，纷纷落马。仁贵部下，又都是百战雄兵，无人可敌，眼见得守兵败衄，弃城而逃，一座好城池，又被仁贵据住了。极写薛仁贵。扶余附近四十余城，均惮仁贵威名，望风请降。

李勣闻扶余城得下，很是喜慰，即遣侍御史贾言忠，还报高宗。高宗问及军事，言忠答道：“高丽必平。”高宗道：“卿从何处看来？”言忠道：“昔隋炀帝东征，因人心离怨，所以不克，及先帝东征，因高丽无衅可乘，所以不克。俗语有云：‘军无媒，中道回。’今男生兄弟，自相斗阋，男生倾心内附，为我向导，彼国虚实，我已尽知，将帅成谋，士卒效力，哪有不克之理？且闻高丽秘记，曾有谶语，谓不及九百年，当有八十大将，倾灭高丽。高氏自汉立国，至今已九百年，李勣年已八十，正应彼谶，更兼高丽连年饥馑，妖异迭兴，人心惊惶得很，还有甚么不亡哩？”高宗又问辽东诸将，何人最贤？言忠道：“薛仁贵勇冠三军。庞同善虽不善斗，持军却也严整。高侃勤俭自处，忠果有谋。契苾何力沉毅能断，性少忌刻，却不失为统御才。这数人统是当代良将，若讲到夙夜小心，忘身忧国，总要推大总管李勣哩。”言忠评论诸将，尤属有识，惟推重李勣，说他忘身忧国，未免阿私所好。高宗怡然道：“卿可谓观人有识了。”当下仍遣令东行，慰问将士。及言忠至军，李勣已亲至扶余城，援应薛仁贵，杀退男建部众。进拔大行城，复会合诸军，攻破鸭绿水坚垒，直捣平壤城了。

言忠奉诏慰谕，士气益奋，契苾何力引军先至平壤城下，勣军继进，围攻至月余，高丽王高藏，势穷力蹙，乃遣泉男产率首领九十八人，持着白幡，出降军前。惟男建尚闭门拒守，且屡遣兵夜袭唐营，均被唐军击退，男建尝以军事委僧信诚，信诚输款唐营，愿为内应。越五日，开城纳唐军。勣即纵兵登城，鼓噪而入。男建方欲自刎，正值唐军齐进，七手八脚，将他捆住。又把百济故主扶余丰，也一并拿下，余众悉降。当由勣传檄高丽全境，令他归顺，所有高丽五大部，凡百七十六城，余已由唐军攻克外，没一处敢行抗命。高丽遂平。

勣乃振旅还朝，途次接到诏敕，将高藏等先献昭陵，次献太庙，待一一遵行后，然后奏请受俘。高宗亲御含光殿，传见高藏以下诸人，高藏等匍匐殿阶，由高宗而颁诏敕，赦高藏泉男生等罪，各授官爵。惟泉男建扶余丰两人，罪大难宥，一流黔州，一流岭南。分高丽为九都督府，四十二州百县，特就平壤设安东都护府，统辖高丽，即令薛仁贵检校安东都护。总兵二万人镇抚。惟扶余丰子扶余隆，早已出降，有诏令为熊津都尉，招辑余众，且替他颁敕新罗，劝释前嫌，互修新好。新罗王金法敏，不敢不从，遂与隆同盟熊津城。刘仁轨代作盟词，俾敦睦谊，然后带着守兵，航海西还。高宗亲祀南郊，告平高丽，进封李勣为太子太师，令他襄祀，充亚献官。

是年又改元总章，且欲亲幸凉州。大理少卿来法敏，上言陇右凋敝，不宜巡幸，乃不果行。总章二年冬季，李勣寝疾，弟弼由晋州刺史任内，奉旨召还，命为司卫卿，使视兄疾。勣见弼少觉心喜，便道："我俟稍愈，可置酒同宴。"于是设席奏乐，兄弟会食，子孙侍列，欢饮将毕，勣语弼道："我见房杜二人，平生勤苦，撑立门户，后因诸子不肖，荡覆无余。房遗爱事见前，杜子名荷，曾尚太宗第十六女城阳公主，因坐承乾事，被诛，兄构亦胶死岭表。我有子孙数人，今悉托汝，汝应为我慎察，如有言行乖异，妄交非类，请先行挝杀，然后上闻，勿令他人笑我似房杜一般。我死后殓用常衣，外加朝服，倘死后有知，可著此服往朝先帝，慎勿过侈。众妾愿留居养子，不妨听他，否则任令他去。如不从我言，我虽死恐将戮尸哩。"虑患虽深，奈天不从汝何？言已不禁泪下，弼唯唯受教。嗣是病日加剧，高宗及皇太子赐药，每至即服。家人欲呼医审视，勣慨然道："我本山东农夫，从龙佐命，位至三公，年逾八十，还有甚么不知足哩？生死由天，非关医药，不过上承恩眷，不敢不服，外此原不必就医了。"未几遂死。勣素友爱，尝遇姊病，亲为煮粥，风回燕须，姊顾语道："仆妾颇多，何太自苦？"勣答道："姊弟年皆垂老，虽欲常为姊煮粥，恐也不得几次了。"一长必录。又尝自言："十二三岁时，即作无赖贼，逢人即杀，十四五岁，为难当贼，择人后杀，十七八岁为佳贼，临阵乃杀人，二十岁为大将，用兵救人死。"每出战必先定谋，战胜必归功将士，所得金帛，一律分散，所以人皆死战。高宗闻勣死耗，泣语众臣道："勣奉上忠，事亲孝，历仕三朝，未尝有过，可称作社稷臣。且朕闻他操行廉谨，不治产业，今已身殁，恐无赢资，须厚加赗恤，乃可酬忠。"遂令有司多贻金帛，追赠勣为太尉，谥曰贞武。子震嗣爵，终桂州刺史。震子敬业敬犹，具见后文，小子有诗咏李勣道：

　　攀龙附凤列三台，百战功成柱石才。
　　　可惜生平差一着，依违阿武祸成胎。

李勣死后，又改元咸亨。西陲又有变乱情形，待至下回续叙。

薛仁贵，将材也，李勣，将将材也，仁贵三箭定天山，遂以成名，实则勇敢二字,足以尽之。及从征高丽,破男生,救高侃,进拔扶余城,以少胜多,有战必克,贾言忠所谓勇冠三军,良非虚语。但亦由李勣之为统帅,知人善任,始则留为巡徼,继则任其进攻,终则自行应援,不掣肘,不恝能,然后仁贵得以建立巨功,扬名千古,乃知李勣固一将材也。否则如郑仁泰之为大总管,出征铁勒,虽有仁贵之迅定天山,而其后卒丧功而还,同遭弹劾,统帅非人,将勇亦不足恃耳。惟勣营私畏祸,导高宗之易后,卒致唐宗几衽,家族亦诛夷殆尽,临终之嘱,果奚益哉?史以不通学术讥之,有以夫!

第二十八回　伐西羌连番败绩
　　　　　　　易东宫两次蒙冤

　　却说吐蕃国相禄东赞,悉心秉政,驯至盛强。禄东赞死,有子四人,长名钦陵,才智不亚乃父,续掌国事。钦陵弟赞婆悉多于勃论,亦均有武略,出外典兵,因与唐室有嫌,遂连陷西域十八州,又合于阗兵袭击龟兹,陷入拨换城。这消息传入唐都,有诏撤销龟兹于阗焉耆疏勒四镇,令右卫大将军薛仁贵,为逻娑道行军大总管,左卫员外大将军阿史那道真,及左卫将军郭待封为副,往讨吐蕃。仁贵等奉命西行,军至大非川,将趋乌海,仁贵语道真待封道:"乌海险远,且多瘴疠,我军如若深入,实是一条死路,但既奉命来前,怎可贪生怕死?不过死中亦应求生,急进当可图功,缓进必且致败。今大非岭地尚平坦,可置二栅,藏纳辎重,留万人为守,我率轻骑前往,倍道兼行,掩他不备,定可破敌了。"待封自愿留守,仁贵又嘱道:"我若已到乌海,当遣骑兵来运辎重,请君保护同来,否则慎勿妄动。"待封应声允诺,仁贵遂率所部前行,令道真为后继,兼程疾进,甫至河口,遇吐蕃兵数万人,据险守着。当由仁贵自作冲锋,仗着一杆大戟,刺入敌垒,敌皆披靡。唐军一并拥上,杀掠甚多,夺得牛羊万余头,鼓行而西,直薄乌海城,乃派弁目带领千骑,往大非川接运辎重。哪知留守大非岭的郭待封,早已将辎重若干,送与敌人了。

　　看官道是何因?原来郭待封尝为郑城镇守,与仁贵名位相同,至是耻居下列,不愿受仁贵节度,竟领辎重徐进。行军岂可儿戏,待封实是可杀。到了半途,吐蕃发兵二十万,前来邀击,待封趋避不及,只好接战,一场角斗,被吐蕃兵杀得大败,慌忙逃命,把辎重数百车,尽行失去。仁贵尚在乌海城下,眼巴巴的望着待封,偏只来了道真一军,并不见待封到来,嗣由骑兵返报,待封已将辎重失去,不禁大惊道:"辎重一失,我等怎能久留?只好飞速回军罢。"当下立命退军,从间道趋回大非川。待封亦正带着败兵,在大非岭驻扎。两军甫行会晤，不意胡哨四起，虏马长驱，吐蕃国相钦陵，带着大军四十万，鼓勇而来。仁贵正要布阵，与他接仗，偏待封部下，已先溃逋，待封亦策马奔去，一军失律，余军亦相顾错愕，咸无斗志。那钦陵麾下，又都是久经训练的劲旅，凭你薛仁贵如何能耐，究竟一枝铁戟，敌不住四十万番兵，两下交绥，唐军逃的逃，死的死，仁贵知不可敌，忙与道真杀开一条血路，且战且行。待至红日衔山，钦陵收军不追，方得休息，检点残兵，十成中已伤亡七八成了。深惜薛仁贵，故虽经大败，笔下尚有含蓄意。仁贵叹道："今岁次庚午，即咸亨元年。星在降娄，不应有事西方。邓艾死蜀，亦蹈此失，我原恐有此败哩。"乃与道真熟商，只好遣使约和。钦陵也不欲穷逼，但复称唐军不入吐谷浑，便当允议。仁贵没法，乃权词应允，自率败军东归。高宗闻报，命大司宪乐彦玮，到军中按问败状，逮捕三人至京师，一并除名，免为庶人。待封不诛，未免姑息。

吐蕃遂并吞吐谷浑故地，诏徙吐谷浑余众居灵州。既而吐蕃遣大臣仲琮入贡，仲琮少游太学，颇知文事，高宗召见时，问及吐蕃风俗。仲琮答道："吐蕃地薄气寒，风俗朴鲁，何足比拟中国，但法令严整，上下一心，所以能历久强盛呢。"外域之强，大都由此。高宗又问道："吐谷浑与吐蕃，向系亲邻，吐蕃乃纳叛弃和，据有吐谷浑土地，朕遣薛仁贵等，往定吐谷浑，吐蕃又发兵邀击，这是何理？难道我国果敌不过吐蕃么？"琮顿首道："臣奉使入贡，他事非所敢闻。"高宗以为知言，厚礼遣还；再拟命将西征，苦无统帅，且因高丽余众，出没东方，屡有乱事，新罗王金法敏，容纳叛人，串使为乱，乃暂停西略，先事东征。初遣高侃为东川道行军总管，发兵讨高丽叛众，屡次告捷，终无成功。再遣刘仁轨为鸡林道大总管，及卫尉卿李弼，燕山总管李谨行等，同讨新罗叛王，斩获颇众。仁轨遽奉召还朝，惟李谨行屡建奇功，妻刘氏居守伐奴城，环甲率兵，击退贼房，受封燕国夫人。不没勇妇。谨行进任东安镇抚大使，进逼新罗，三战皆捷。新罗王乃遣使谢罪，且贡方物，高宗乃赦罪不问。嗣复遣高藏扶余隆归国，令各抚故土人民。藏得封为朝鲜王，隆得封为带方王。偏藏至辽东谋叛，乃仍召还，徙邛州而死，隆畏新罗势盛，始终观望，不敢入故都，寻已退归内地，于是高丽百济，几尽并入新罗。此段为销纳文字。

是时刘仁轨已官尚书右仆射，出任洮河镇守使，防御吐蕃，东方乏一熟手，只可舍东顾西。借仁轨事作穿插，以便东西连贯。会许敬宗因病致仕，未几即死。敬宗构害忠良，骄奢无度，在京师广营第舍，僭造连楼，召诸妓走马楼上，纵酒奏乐，自娱晚年。又纳美婢为继室，婢竟与敬宗子昂私通，敬宗奏斥昂至岭外，久乃表还，复以女嫁蛮酋冯盎子，多得私赂。及死后，高宗为之举哀，追赠开府仪同三司，令陪葬昭陵。太宗有知，恐不容他在侧。又令大臣拟谥，太常博士袁思古，谓："敬宗弃子荒徼，嫁女蛮落，只可谥一缪字。"高宗以为未妥。

第二十八回　伐西羌连番败绩　易东宫两次蒙冤

且经敬宗孙彦伯，诉称思古挟嫌，毁及乃祖，因更令群臣续议，改谥为恭。敬宗死事，亦随笔带过。敬宗已死，朝右去一权蠹，乃仍复官名，改修国史，用戴至德为左仆射，张文瓘为侍中，郝处俊为中书令，李敬玄同三品，右仆射本属刘仁轨，因他出镇洮河，虚位以待。偏李敬玄与仁轨有嫌，每遇仁轨奏事，辄从中阻挠，仁轨很是不平。可巧吐蕃屡来寇边，遂奏称："敬玄才识，非臣所及，请令他镇守河西，免臣误事。"高宗不知仁轨隐情，总道他荐贤自代，定必得人，乃命敬玄往代仁轨。敬玄一再固辞，自言非将帅才。既已自知不才，何苦与仁轨龃龉。高宗不觉惹厌，竟艴然道："仁轨若要朕亲往，朕也只好一行，卿何故屡次奏辞呢？"敬玄才不敢言，惶恐受命，乃拜他为洮河道大总管，令率工部尚书检校左卫大将军刘审礼等，统兵十八万，往代仁轨镇守。

敬玄全不知兵，胆又怯弱，审礼却是一个勇莽人员，但顾前，不顾后，既入吐蕃境内，敬玄是沿途逗留，审礼乃倍道急进，前后相隔已远，致审礼陷入敌中，吐蕃国相钦陵，竟率兵十万人，把审礼围住，审礼只望敬玄来救，偏偏敬玄不至，一时冲突不出，身中数矢，被吐蕃兵擒去。钦陵既擒住审礼，便进兵来击敬玄。敬玄闻审礼被擒，慌忙退走，奔至承风岭，敌骑已漫山遍野，蜂拥而来，承风岭下有大沟，敬玄急阻沟自固，钦陵却屯兵对面高山，陵逼唐营，声势锐甚，吓得敬玄愁眉紧锁，不知所为。左领军员外将军黑齿常之，即百济降将，见二十六回。颇有胆略，乘着天昏月黑的时候，但率敢死士五百人，潜劫敌寨。钦陵按兵自守，不为所动，怎奈右营部将跋地设，引兵遽遁，害得钦陵也不能坚持，只好退去。常之从容回军，敬玄才得拔营徐退，返入鄯州。

审礼子易从等，闻父陷虏，自缚诣阙，愿入吐蕃赎父。高宗乃饬令省亲，及至吐蕃，审礼已受创身亡，易从昼夜哀号，吐蕃亦加怜悯，许还遗尸，易从徒步负归。高宗赠审礼工部尚书，赐谥曰僖，并给子旌表，阐扬忠孝。不略易从事，亦表扬孝子之意。且擢黑齿常之为左武卫将军，充河源军副使，召敬玄还朝，贬为衡州刺史。监察御史娄师德，曾应猛士诏从军，及敬玄败绩，赖师德收集散亡，军乃少振。高宗命他宣谕吐蕃，吐蕃将赞婆，盛兵来迎，经师德一番开导，与陈祸福利害，说得赞婆心悦诚服，情愿修和。嗣是吐蕃兵不入唐境，约有数年。

自薛仁贵退败，以至李敬玄败还，时间已经过八九年，改元两次，咸亨四年，改为上元，上元二年，改为仪凤。仁贵事在咸亨元年，敬玄事在仪凤三年，这八九年间，外事除吐蕃外，只有东方交涉，已经略详，内事虽没甚变动，恰也不止一许敬宗病死，因改任左右仆射等情，小子不得不再行补叙，撮要表明。眉目分明。当武氏擅权后，高宗尝患风眩，不能视朝，所有百官奏事，多令武氏裁决，武氏智足饰非，才能屈众，无论亲疏贵贱，但教顺彼即生，逆彼即死。高宗不敢过问，一听所为。先是武氏父士彠身死，前妻相里氏生下二子，长名元庆，次名元爽，后妻杨氏生下三女，长女早寡，季女已亡，中女便是武氏。回应第十七回。元庆元爽，及从兄惟良怀运，待遇杨氏，向多失礼。武氏未入宫时，亦尝遭他白眼，因此武氏母女，引为深恨。及武氏得宠，一跃为后，杨氏得封荣国夫人，后姊亦得封韩国夫人，元庆为中正少卿，元爽为少府少监，惟良为司卫少卿，怀运为淄州刺史，一门富贵，烜赫无论。荣国夫人语惟良道："汝等尚记前日事否？今果何如？"惟良道："我等因功臣子侄，得备一官，今为戚属增荣，反恐位高益危哩。"不肯逢迎荣国却是一个硬头子。夫人衔怨益甚，遂劝武氏佯作退让，上了一道陈情表，乞把私亲外徙，以示大公。口是心非。高宗乃出惟良为始州刺史，元庆为龙州刺史，元爽为濠州刺史。元庆忧死，元爽坐事流扬州，亦即殒命。独韩国夫人出入禁中，与高宗不相避忌，高宗爱她性情柔媚，与妹相似，索性一视同仁，也与她结成鸾凤缘。韩国有女，又是一个天生国色，娇小风流，高宗是色中魔鬼，见一个，要一个，那女子又素秉家传，不管甚么老小，但蒙君王爱宠，也乐得移花接木，抱衾承恩。讽刺得妙。母女依次被幸，只瞒着一个妒后。无如天下事若要不知，除非莫为，况武氏非常乖巧，哪有不窥出情景，瞧破机关？她却佯作不知，仍与韩国夫人，往来如旧，且更增几分欢昵，时常与宴，暗地里放下毒药，竟将韩国鸩死。高宗哪里知晓，总道她是暴病身亡，偷下几点情泪，又加封韩国女为魏国夫人，算是报答韩国的情谊。这魏国夫人感激万分，更欲以身报德，惹得高宗越加怜爱，几乎要册作妃嫔，只因碍着武氏面目，不便启口。武氏也已瞧透，仍复不动声色，伺隙逞谋，可巧惟良怀运，同时入朝，献上食物，武氏得此机会，计上心来，又密在食物中，加入许多鸩毒，却故意召进魏国夫人，令她先食。魏国未曾防着，到口便吞，霎时间心腹暴痛，跌倒地上，少顷便七窍流血，一缕芳魂，投入枉死城。武氏忙令内侍去请高宗。及高宗到来，佯作悲号，一口咬煞惟良怀运。高宗看那魏国夫人，死得甚惨，不由的泪下潜潜，比那韩国身死时，尤加凄切。母女相继暴死，全是你一人害之。武氏带哭带语，说是惟良怀运，意图鸩主，适值魏国遭晦，前来替死，应一面厚赐赙恤，一面追究罪名。高宗惜玉情深，闻了此言，恨不把惟良怀运，亲自手刃，才得泄恨，于是不察情伪，竟写了手谕，颁发大理，立将惟良怀运处斩，可怜惟良怀运，有口难分，平白地被他捆缚，枭首市曹。一计杀三人，忍哉武氏。

武氏改二人姓为蝮氏，令韩国夫人子贺兰敏之，奉士彟祀。外孙继外祖，也是特创。魏国发丧，敏之入吊，高宗倚棺大恸，敏之也哀哀痛哭，一无劝词。武氏又暗忖道："是儿不良，恐不免疑我呢。"越数月，又将敏之出谪，窜死贬所。既而杨氏病殁，追封鲁国夫人，予谥忠烈，寻又加赠武士彟为太原王，进鲁国夫人杨氏为王妃。上元年，高宗自称天皇，号武氏为天后。武氏内怀

第二十八回 伐西羌连番败绩 易东宫两次蒙冤

阴毒,外托宽仁,居然条陈十二事,请高宗施行!(一)劝农桑,薄赋徭。(二)给复。(三)息兵。(四)禁浮巧。(五)省力役。(六)广言路。(七)杜谗口。(八)王公以降,皆习老子,以尊圣绪。(九)父在为母服齐衰三年。(十)上元以前勋官,已给告身,不必追核。(十一)京官八品以上,增给廪饩。(十二)百官久任,应量才进阶,疏通迟滞。这十二条纲目,多半与舆情相合,一经颁出,都下人士,各称皇后贤明。传颂一时,高宗当然照行,且加褒美。武氏复亲祀先蚕,躬莅蚕事,且大集诸儒,撰定《列六传》、《臣轨》、《百僚新诫》、《乐书》等千余篇,自行裁定,差不多是熙朝政典,当代女宗。吾谁欺,欺天乎。

太子弘仁孝谦谨,颇不似武氏狡狯,每见武氏专擅,略加讥谏,遂忤母意。萧淑妃生有二女,一为义阳公主,一为宣城公主,因母得罪,被幽掖庭,年龄逾三十外,尚未遣嫁。弘代为悱恻,申请下降。武氏大为怫意,即将二公主分配卫士。高宗取裴居道女为太子妃,裴女颇尽妇道,武氏不悦,太子也把裴女白眼相待,上元二年初夏,太子弘从高宗幸合璧宫,由武氏亲赐酒食,弘以谊关母子,当无他意,当即醉酒饱德,临行时尚不觉痛苦,及随驾入宫,才觉腹中膨胀,服药无效,呻吟了好几日,竟尔死了,年只二十四岁。亲生子尚且毒死,遑论别人?高宗本异常钟爱,陡遭此变,几乎痛不欲生,经侍臣多方劝慰,才行止哀。所有丧葬制度,竟许用天子礼,谥为孝敬皇帝。太子死谥皇帝,也是从古未有。御制睿德纪,刻石陵侧。太子妃裴氏,痛失所天,更因武氏常加虐待,免不得悲惧兼并。自古有道"忧能致疾,"妇女更且加甚。弘死后才及年余,这裴氏已恹恹成病,变成了一个痨损症,拖延床褥,好几月也入鬼门。还是死得清脱。高宗复命以后礼治丧,谥她为哀皇后。太子弘有弟三人,一名贤,一名哲,一名旦,皆武氏所出。贤容止端重,恣性聪敏,少时读书,过目不忘,曾受封为雍王,高宗亦颇爱宠,因弘已病故,乃令贤继立。

甫经二年,高宗又下诏改元,易仪凤为调露,偕武氏巡幸东都,命太子贤监国。原来武氏害死后妃,虽得一时快志,心下也觉不安,往往梦寐时间,见二人被发沥血,状甚可怖,后来疑上加疑,明明醒着,也觉二人站立身旁,因此情虚思避,特在京都东北隅,另造一座蓬莱宫,建筑很是华丽,比旧宫宏壮数倍,武氏就此迁居,连高宗也移仗过去,称故宫为西内,新宫为东内,在武氏的意见,总道迁地为良,免得冤鬼日来缠扰,哪知这二鬼仍然随着,不肯相离,这是疑心生暗鬼,并非二鬼有灵。没奈何召入巫祝,多方禳解,正谏大夫明崇俨,素尚左道,劝武氏别幸东都,定免鬼祟,武氏遂怂恿高宗东幸,高宗怎敢不依?及至东都,果然心神恬适,厉鬼不侵。一住数月,闻太子贤居守长安,处事明审,为世所称,高宗却也安心。偏明崇俨密白武氏,谓:"太子福薄,不堪继体,惟英王哲貌类太宗,相王且貌当大贵,两子中择立一人,方可无虞。"武氏正信任崇俨，遂以为贤不当立，阴生悔意，只因贤无过可指，勉强容忍，但自撰《孝子传》《少阳政范》等书，陆续赐贤，书中暗寓训斥的意思。贤本是个聪明人物，窥出奥妙，也疑母后别有用心，于是母子间复生嫌隙。越年复改元永隆，高宗与武氏尚在东都，明崇俨有事西归，途次为盗所杀，左道何故没用？武氏疑由贤主使，大索盗犯，数月不得。贤时怀惴惧，也起了一片醇酒妇人的思想，征逐声歌，狎昵厮养。尝赐户奴赵道生金帛，由司仪郎韦承庆谏阻，非但不从，反且见斥。承庆遂报知武氏，武氏召太子贤至东都，且遣薛元超裴炎高智周三人，往搜东宫，授以密嘱。三人承颜希旨，竟至东宫检查。得皂甲数百具，即作为反证，且诱令道生讦告太子，硬把明崇俨杀死事，加在太子贤身上，说由太子所使，一番冤冤枉枉的锻炼，竟当做确确凿凿的狱词，武氏遂提出"大义灭亲"四字，拟把贤置诸死地。还是高宗代子乞情，但废贤为庶人，贷他一死，幽锢别室。未几又流徙巴州，贬左庶子张大安为普州刺史，窜太子洗马刘讷言至振州，赵道生等伏诛。小子有诗叹道：

群生谁不顾天伦？况复情兼母子亲。
一谪已稀偏再谪，世间无此忍心人。

贤已废锢，英王哲得立为太子，颁诏大赦，且改次年为开耀元年，惟是时尚有一段外事，不宜从略，容至下回叙明。

观薛仁贵之败于吐蕃，其不得为统帅才，更可知矣。若李敬玄则等诸自邻以下，更不足讥。刘仁轨以私嫌故，特登荐牍，令其偾事而后快，然则仁轨亦固非纯臣欤？要之唐当高宗之季，已为由盛趋衰之时代，乾纲不振，阴柔日长，如武氏之加害同宗，种种构陷，已足令人发指，甚且举二子而残贼之，天下有忍于其子者，尚足与言人道乎？易牙杀子媚君，管仲谓其不近人情，武氏之忍，过于易牙，而高宗且为所牵制，不敢少违，吾不知武氏何术，竟玩高宗于股掌之上也。外有强虏，内伏女戎，唐室宁尚有豸乎？故知本回文字，实为唐室盛衰之一大枢纽也。

第二十九回　裴总管出师屡捷
　　　　　　唐高宗得病告终

却说西突厥阿史那都支，阳受唐朝封命，暗中乃与吐蕃连和，侵逼安西。应二十七回。廷议欲发兵往讨，尚未裁决。是时裴行俭又经起用，行俭遭贬，见二十四回。累擢至吏部侍郎，独奋然献议道："现在吐蕃方强，李敬玄失律，刘审礼殉难，怎得更为西方生事？今波斯王已死，嗣子泥涅斯，入质京师，何不遣使送归，道出西突厥，乘便取虏，或可不劳而定呢？"高宗准议，即令行俭册送波斯王，兼安抚大食使。原来波斯国在突厥西南，汉晋时本称强国，至南北朝时，势已浸衰。突厥勃兴，尝蹂躏波斯，波斯益困。西方又有一大食国，陈宣帝时，出了一个摩诃末，一译作穆罕默德。新创一教，自为教主，就是世俗所称的回回教祖。教徒甚众，以传播宗教为名，侵略邻近，波斯适当冲途，遂不免受他凭陵，贞观初年，摩诃末死，后嗣仍遵旧旨，屡侵波斯西境。波斯东忧突厥，西逼大食，几乎不能自存，幸亏突厥为唐所灭，东顾少纾，只西境仍时虞侵扰，乃遣使入贡唐廷，求唐保护。唐廷因鞭长莫及，虚与委蛇。

既而波斯王伊嗣俟，被大食击逐，窜死吐火罗。有子卑路斯，随父避难，由吐火罗发兵送归。大食兵虽暂时解围，始终不肯罢手。卑路斯无法可施，只得再向唐廷乞援。高宗正遣使臣出赴西域，分置州县，乃以疾陵城为波斯都督府，即拜卑路斯为都督；卑路斯遣子泥涅斯入侍。调露元年，卑路斯死，泥涅斯应还国袭位，于是裴行俭拟乘着便道，往袭西突厥。既已奉旨准行，又奏调肃州刺史王方翼为副。行经西州，正值盛暑，扬言俟秋凉再进。阿史那都支，也恐唐军袭击，遣人侦探，及闻他待凉方行，乐得寻些快活，消遣光阴。正中裴公之计。行俭却号召四镇即安西四镇见二十六回及二十八回。酋长，假意与语道："我生平最喜畋猎，今正好趁着空闲，往猎一周，敢问何人愿随我去？"番众以游猎为生，听了此言，所有酋长子弟，无不喜跃愿从。行俭又道："尔等既愿同行，应该受我约束。"大众又齐声应诺。行俭遂简选万人，勒成部伍，令他兼程前行，不得回顾。行近都支帐下，只隔十余里，便遣人问都支安否？都支突接唐使，不觉大骇，嗣见来使所言，很是和平，并未加责，总道是不与为难，遂率子弟五百余人，往谒行俭。行俭佯表欢迎，暗中却设伏待着。至都支入营，一声号令，伏兵齐起，竟将都支拿住，五百人统体被拘，竟一个儿不曾溜脱。只都支有别帅遮匐，尚戍守西境，行俭复自率轻骑，掩杀过去。遮匐猝不及防，也只好束手出降。行俭执住二酋，大功告成，便令泥涅斯自还国中，留王方翼驻安西，修筑碎叶城，刻石铭功，自押二酋还京师，入朝献俘。

高宗赐行俭宴，且面奖道："卿提孤军，深入万里，兵不血刃，擒夷叛党，真所谓文武兼备了。"遂授他礼部尚书，兼检校右卫大将军。阿史那都支等，锢死狱中。寻又遣行俭为定襄道大总管，往讨东突厥，随笔递入。先是东突厥破灭，曾遣残众三百帐至云中城，由阿史德氏为首领后来生齿渐蕃，特徙瀚海都护至云中，改名云中都护。见二十七回。阿史德氏诣阙面陈，请援照番俗，立亲王为可汗，统辖部民。高宗道："今称可汗，就是古时的单于，可改称云中府为单于大都护府，令皇子殷王旭轮遥领便了。"阿史德氏欢跃而去，自是数年无寇警。后来殷王旭轮，累徙封相王，易名为旦，就是前回的相王旦。所有单于大都护的兼职，也即撤销。

当裴行俭出使波斯时，单于府忽生叛乱，阿史德氏温傅奉职二部，擅立阿史那泥熟匐为可汗，反抗唐廷。塞北二十四州酋长，一并响应，北方大震。高宗命单于府长史萧嗣业，及右领军卫将军苑大智，右千牛卫将军李景嘉等，统兵往征。嗣业等屡战屡捷，恃胜而骄。会值雨雪连绵，沙漠无行人，因闭营夜宴，毫不设备，谁料突厥兵竟倾寨前来，突入唐营。嗣业仓猝先奔，众遂大乱，丧亡无算。还是大智景嘉，引兵断后，且战且行，方得驰入都护府中。高宗接得败报，下诏严谴，流嗣业至桂州，免大智景嘉官，特令裴行俭为行军大总管，与丰州都督程务挺，幽州都督李文暕，总兵三十余万，杀奔朔方。到了朔州，行俭语部将道："抚士贵诚，制敌尚诈，前时萧嗣业有勇无谋，所以致败，我岂可再蹈覆辙呢？"好谋而成，是行军要着。乃诈设粮车三百乘，每车选壮士五人，各持短刀强弩，蜷伏在内，外用羸卒数百人护着，徐徐前行，别用精军数千名，抄出旁路，择险伏着，接应这假粮车。突厥骑兵，登高遥望，见有粮车到来，飞步上前，就势攻夺。羸卒弃车散走，一任虏骑运去。虏骑驱就水草，解鞍牧马，拟向车中取粮，不意壮士突出，一阵乱斫，杀毙虏骑多人，虏骑惊走，复为伏兵所邀，杀获几尽。嗣是粮车往来，虏莫敢近。

及抵单于府北，日暮下营，掘堑已周，行俭左右巡视，忙令将士移就高冈。诸将皆言士卒已安，不宜再动，行俭道："你等到了明日，自能分晓，快快移营为妙。"将士不敢违慢，方才迁移，是夜风雨暴至，几似山崩地塌一般，黎明俯视，见前所营地，水深丈余，乃相率惊服，各入帐问明缘由。行俭笑道："自今但从我命，不必问所由知。"诸将皆默然而退。此非行俭独具神智，无非随时小心，视有致雨之兆，所以移军。及雨止水涸，行俭急命进军。到了黑山，泥熟匐奉职两人，领着番骑前来接战。行俭固垒不动，听番骑前来突阵，只准守，不准攻，待敌气已馁，方传出一声军令，命程李二将为左右翼，自为中军，开营驰击，包抄过去，好似天罗地网，罩住番军。奉职中矢受擒，泥熟匐还想脱逃，由行俭大呼道："活擒泥熟匐，赏万金！杀死泥熟匐，赏千金！无论我军与敌军一例给赏。"番兵正苦不得脱身，蓦闻得这般军令，便倒戈而入，立将泥熟匐刺死，持首乞降。行俭并不失信，即将千金散给，用降兵为前导，进捣敌巢。阿史德温傅，留守巢穴，闻泥熟匐等全军覆没，吓得魂胆飞扬，似飞的逃入狼山去了。

唐廷遣户部尚书崔知悌，驰往定襄，宣慰将士，且处置余寇，行俭乃引军东归。到了开耀元年，温傅又整缮兵甲，迎立颉利子阿史那伏念为可汗，再寇原庆二州，乃仍敕行俭往征，副以左武卫将军曹怀舜，及幽州都督李文暕。怀

第二十九回　裴总管出师屡捷　唐高宗得病告终

舜率步兵先行，遇伏念军，伏念用诈降计绐怀舜，怀舜不加防备，被伏念乘隙袭击，弃军而走，返至长城口，敌兵尚滚滚杀来。怀舜只好括聚金帛，赏赂伏念，与他约和，伏念乃北去。行俭至陉口，接得怀舜败耗，按兵自固，但遣使与伏念申盟，劝攻温傅，一面复向温傅致书，令拒伏念。两人一行一守，未曾面洽，遂堕入反间计，害得惶惑不定，行俭又探得伏念辎重。留在金牙山，遂密令轻骑掩击，竟得将辎重劫来，连伏念妻子，也一并拘到。伏念惊惶失措，走保细沙。行俭又使副将刘敬同程务挺等，昼夜追蹑，逼得伏念情急势穷，乃遣使至军前，情愿执献温傅，自赎前愆。刘敬同等限期执献，果然伏念遵限，把那温傅缚献军前，且偕敬同等诣行俭营，面行投诚。行俭命随同入朝，许他不死，伏念没法，只得与温傅同作俘虏，趋诣阙廷。你用诈降计，无怪他人用诱降计。行俭入阙献俘，面请赦免伏念，高宗已是允许，不意侍中裴炎，嫉行俭功，奏称伏念为程务挺等所逼，穷蹙乞降，并非本心，不如正法以免后患。高宗被他煽惑，竟命将伏念温傅，上同斩首。且因伏念受擒，功出程务挺等，止封行俭为闻喜县公。同是姓裴，还要遭忌，遑问他人。行俭叹道："浑濬争功，系晋初灭吴事。古今所耻，我亦何敢言功哩？但恐朝廷杀降人，外人望风生畏，将不复来，这却可虑。"因此称疾不出。

高宗以突厥告平，又因太子生男，名为重照，两喜交集，复改元永淳，才经月余，西突厥遗裔阿史那车薄，复率十姓造反，那时又要用着裴行俭，再令为大总管，指日出师。师尚未发，行俭得病而终，年六十四，赠幽州都督，赐谥曰献。行俭闻喜人，少工书法，草隶尤佳，与褚遂良虞世南齐名。及长，练习战阵，通阴阳历术，每战辄预知胜负，且雅善知人。其时华阴人王勃杨炯，范阳人卢照邻，义乌人骆宾王，均以文艺著名，传扬海内。李敬玄尤加器重，引示行俭，行俭私语敬玄道："士当先器识，后文艺，勃等虽有才华，终嫌浮露，怎得安享禄位？我恐他未必令终。惟杨子较为沈静，可得令长，当不至有他患哩。"敬玄尚未肯信。后来勃渡海堕水，惊悸致死。勃尝陈《祥道表》，撰《斗鸡檄》，作《滕王阁序》，垂名文苑。照邻遇恶疾，愤不欲生，自沉颖水。曾著有《五悲文》。骆宾王为徐敬业府僚，及敬业败死，宾王不知所终，详见下文。只有杨炯以盈川令终身，均如行俭所言。王杨卢骆亦就此带过。行俭所引偏裨，亦多为名将，破都支时，曾得一玛瑙盘，广二尺许，文采灿然。出示将士，军吏捧盘升阶，误跌致碎，吓得心胆俱裂，叩头不止。行俭笑道："尔非故意跌碎，何必如此恐慌呢？"言下毫无吝色。至战胜回朝，所得赏赐，悉颁给部下，以此行俭病殁，军士咸哀。有此名将，应该详叙。

惟西征少一统帅，急切不能出师，亏得安西都护王方翼，逆战伊丽水上，击破虏众，斩首千余级。十姓酋长，纠众再至，方翼又出兵热海，与他对仗，流矢贯入臂中,他却用佩刀截去,仍复督战,卒破劲敌,擒住番目三百余。车薄远遁,西突厥复平。方翼系裴行俭裨将,写方翼处,尚是写行俭处。那东突厥余党阿史那骨笃禄、阿史德元珍等,忽招集溃亡,据住了黑沙城,复寇并州,及单于府北境,杀岚州刺史王德茂,分兵四掠。唐廷又起薛仁贵为右领军卫将军,兼检校代州都督。仁贵率兵至云州,截击元珍。元珍见唐军阵内,现出薛字旗号,不由的惊异起来,便出马大呼道:"唐将何人,敢来与我战么?"仁贵在阵后应声道:"大唐将军薛仁贵,岂怕你这等毛贼?"元珍又道:"休来诳我!薛将军已是坐罪被流,早经身死,哪得复有第二个薛仁贵呢?"言未已,唐阵中突出一员大将,手提方天戟,身骑红鬃马,长髯丰额,矍铄精神,瞋目顾元珍道:"本帅薛仁贵,奉天子命,特来剿灭汝等毛贼。汝知本帅厉害,应该自缚来降,奈何反说我已死?汝且仔细一认!本帅是否诳汝?"说着,又脱去兜鍪,令他认明。元珍不觉失色,策马返奔,番众下马罗拜,且拜且退。仁贵乘势进击,杀得他东逃西窜,似风卷残云一般,霎时间扫得精光了。仁贵大捷而还,至代州得病,旋即逝世。高宗闻讣,追赠左骁卫大将军,令有司供给丧礮,护丧归里。子讷亦有勇名,后文再表。仁贵为当时骁将,故详记始末,俗小说中谓子名丁山,得妇窦仙童樊梨花等,俱有神术,事皆虚诞,故连及仁贵子讷以辨明之。此时吐蕃亦入寇河源,唐侍御史娄师德,出任河源军经略副使,与吐蕃兵角逐白水涧旁,八战八克,虏为夺气,相率引去。高宗擢师德为比部员外郎,兼左骁骑郎将,师德表辞兼职,有诏说他材兼文武,不得固辞。师德系郑州原武人,以进士出身,转历武阶,度量弘远,智勇深沉。自裴行俭去世后,能文能武的唐臣,要推这娄师德了。总计唐室御夷攘狄,除太宗手自芟夷外,全赖这班武臣猛将,佐定天下。高宗虽然庸弱,还有好几个宿将留遗,出平外乱,所以太宗高宗时代,大唐声威,遍及四隅。当时依次置都护府,镇抚东南西北,都护府下有都督,有刺史,都督辖府,刺史辖州,都护统由唐廷派遣,都督刺史,往往就地选任,凡番部酋长,多充是职。小子前已逐回分叙,兹并总揭一表,开列六都护府如下:

(一)安东都护府。初治朝鲜之平壤城,后移至辽河沿岸之辽东城。

(二)安北都护府。初治郁督军山之南麓狼山府,后移阴山之麓中受降城。

(三)单于都护府。治山西之大同府,西北之云中城。

(四)北庭都护府。治天山北路之庭州。

(五)安西都护府。治天山南路之焉耆。

(六)安南都护府。治岭南之交州。

这东西南北四隅,惟南方用兵最少,不战自服。诸小国陆续入朝,如占婆

第二十九回　裴总管出师屡捷　唐高宗得病告终

真腊扶南阇婆室利佛逝等国，俱通使唐廷，唐朝威力，可算得古今少有了。就是海外诸国，亦多因海陆交通，通商传教，教派又有数种，汇录如下：

（一）祆教。系西洋人曾吕亚斯太所创，素尚拜火，故又称拜火教，波斯人多宗之，后来改宗回教。

（二）摩尼教。系波斯人摩尼所创，源出拜火教，回纥人多宗之。

（三）景教。即耶稣教之一派。唐贞观年间，波斯人阿罗本，赍其经典来长安，太宗亦颇崇信。为建景教寺于京师，高宗时更命各州设景教寺，后改称大秦寺。

（四）回教。即摩诃末教，盛行于大食国，见本回文首。

（五）佛教。汉时已入中国，唐玄奘求经天竺，赍归长安，佛教益兴。日本僧道昭最澄空海等，亦入唐传佛法，互证玄理。

"九天阊阖开宫殿，万国衣冠拜冕旒。"这是唐人所咏的诗句。当太宗高宗时，确有这种景象，并非虚夸。高宗常往来两都，外族亦随地入觐，晚年武氏专政，也尝御光顺门，令四夷觐见，已与皇帝相似。嗣后成为常例。武氏且撺掇高宗，遍封五岳，乃命在嵩山南麓特筑奉天宫。监察御史里行李善感入谏道："陛下前封泰山，告太平，致群瑞，已足与三皇五帝比隆，近来年谷不登，饿莩载道，四夷交侵，兵车屡出，还请陛下恭默思道，修德禳灾，若再广营宫室，劳役不休，恐天下失望，反为不美呢。"高宗虽也有三分明白，但内为武氏所制，不能自主，只好置诸不理。惟自褚遂良、韩瑗死后，中外均莫敢进言，差不多有二十年，至善感始陈谠论，时人称为凤鸣朝阳。不没谏臣。但言不见从，终归无益。

武氏外好铺张，内肆毒虐，贬置杞王上金，及邹王素节，又逼死曹王明，镇日里行凶逞威，暗无天日。杞王上金，系高宗妃杨氏所生，武氏有己无人，恨母及子，因把他削夺封邑，安置澧州。素节为萧淑妃所生，淑妃冤死，出素节为申州刺史，素节著《忠孝论》，表明己意，仓曹参军张柬之，密封上闻，欲高宗保全素节，偏为武氏所见，益加怒意，阴嗾廷臣诬他受赃，徙置袁州。曹王明乃太宗少子，母为巢剌王妃，曾见前文。永隆中，曾坐太子贤事，降封零陵王，谪居黔州。都督谢祐，阴承武氏意旨，逼令自杀。还有英王哲妃赵氏，为高祖女常乐公主所出，高宗待公主颇厚，武氏又加猜忌，迁怒英王妃，把她幽闭，不给火食，活活的饿死禁中。亲子可杀，何况子妇。且逐妃父赵瓌，出为括州刺史，令公主随夫至官，不准入朝，另纳韦玄贞女为英王继妃。

武氏生四子一女，女封太平公主，独能得母欢。仪凤中，吐蕃请公主下嫁，武氏不欲爱女远行，乞为道士，以拒和亲，既而公主服紫袍，系玉带，首戴巾帻，入侍亲前，且歌且舞。武氏大笑道："儿非武官，何为著此服饰，莫非疯了不成？"公主答道："何妨转赐驸马。"急欲出嫁，故有后文许多秽闻。高宗听了女言,已知微意,遂择薛瓘子绍为婿,令公主下嫁。绍母即太宗女城阳公主,本适杜荷,见二十七回小注中。荷坐承乾事被诛,乃改嫁薛瓘。瓘有三子,长名顗,次名绪,绍为最幼,生得面如冠玉,不让潘安,所以高宗特为选入,假万年县为婚馆,门隘不能容翟车,有司毁垣以入。设燎遍途,道樾为枯。公主貌亦绝伦,一对璧人,当然恩爱,不消细说。惟武氏闻顗妻萧氏,绪妻成氏,均非贵族,意欲令二人易妻,顾语内侍道:"我女贵人,岂可与田舍女作妯娌么?"势利至此。语未毕,即有一人接口道:"萧氏系萧侄孙女,也是国家的勋旧呢。"武氏听了,才算把意见蠲除,不生异议。萧成二女幸免离婚,但看到后文事,我说还不如早离呢。

到了高宗末年,又改元弘道;拟出封嵩山,驾幸奉天宫,忽然间头眩目迷,几不能视。色欲太过,宜成此疾。侍医张文仲秦鸣鹤道:"肝风上逆,须急用针砭,方可疗疾。"武氏本伴驾同行,至此亦在帝侧,便发怒道:"二人可斩,龙体岂可针刺么?"张秦二人,碰了几个钉子,慌忙伏地磕头。高宗道:"医官为疗疾起见,何足言罪?我头眩愈甚,快与我针治好了。"两人才敢起身,一再加刺,应手奏效。高宗喜道:"我目已明,难得有此妙手呢。"武氏闻言,即起身拜天道:"这都是上天所赐,怎敢不敬谨拜谢?"拜毕,又转身向内,自负彩缎百匹,赐给二医。秦张谢恩而出,既而旧疾复作,仍苦迷眩,又欲召二医针治。武氏道:"可一不可再,针治究非良策呢。"乃请高宗还东都。看官!你道武氏种种言行,是真心爱高宗么?高宗年已半百,精力已衰,武氏年龄,比高宗尚大三四岁,偏她生得丰采异常,望去尚是半老佳人,并不像五六十岁的形状。就是枕席风光,不减情兴,她因高宗没用,已看作眼中钉,表面上是祷祝高宗速瘥,背地里恰咒诅高宗速死,老天有意从人愿,竟令高宗的头眩病,日甚一日,至返东都后,且卧床不起,自觉甚危,遂诏太子哲监国,命裴炎刘景先郭正一三人,兼东宫平章事,又越数日,疾已大渐,夜召裴炎等,入受遗诏,当即归天,享寿五十六岁,在位三十四年。改元至十有四次。永徽显庆龙朔麟德乾封总章咸亨上元仪凤调露永淳弘道。小子有诗叹高宗道:

男子主刚女主柔,如何权力竟相侔?
纲常倒置危机伏,祸始原来是聚麀。

高宗已崩,太子哲即位,就是《唐史》上所称的中宗皇帝。看官欲知中宗时事,待至下回再详。

前半回文字,两叙裴行俭征房,而王方翼薛仁贵娄师德事,即顺次带叙,盖以裴为主,王薛娄三人为宾,属辞比事,独分详略,所以别当日之武功,说本回之文法,固非率尔操觚者比也。中叙六都护一段,为前数回作一总束,俾阅者于目不暇接、脑不遑忆之时,得此揭橥,自觉了然,故看似闲笔,实为万不可少之文字。下半回申述武氏之残毒,简而能赅,盖将述高宗之崩逝,故特就弘道先后年间,关于武氏之处置亲属,一概叙清,省得后文另起炉灶,且于时事亦不致错杂,而高宗之崩,乃可依次叙下,语在此而意在彼,此亦一文中宾主法也。

第三十回　被废立庐陵王坐徙　违良策徐敬业败亡

却说中宗为高宗第七子,原名为显,初封周王,改封英王,易名为哲,兄贤被废,哲乃入立为太子。高宗驾崩,遗诏令太子嗣位,遇有军国大事,应兼取天后进止。中宗质本庸柔,素为悍母所制,怎能自奋皇纲？当下尊天后武氏为皇太后,一切政事,均归太后裁决。武氏即临朝称制,自武氏为后后,本书只称武氏,隐寓《春秋》书法。加授韩王元嘉为太尉,霍王元轨为司徒,舒王元名为司空,滕王元婴为开府仪同三司,鲁王灵夔为太子太师,五人皆高祖庶子。越王贞为太子太傅,纪王慎为太子太保。二人皆太宗庶子。这数王同时受封,无非因他地尊望重、隐加笼络的意思。又进刘仁轨为尚书左仆射,岑长倩为兵部尚书,魏玄同为黄门侍郎,裴炎为中书令,刘景先为侍中,大赦天下,即以中宗元年正月朔日,称为嗣圣元年。过了元日,册妃韦氏为皇后,擢后父玄贞为豫州刺史。中宗素爱韦后,至欲进后父为侍中,裴炎以玄贞无功,不宜遽跻高位,因入朝谏阻,中宗不从,炎再三力争,惹得中宗怒起,厉声叱道："我把天下给韦玄贞,也无不可,何况区区一侍中呢？"甫经嗣位,就如此糊涂,怪不得后来死在后手。炎不禁惶惧,转白太后武氏。武氏忽忆起前情,遂想出一种废立的计策来了。

先是西蜀人袁天纲,曾官并州令,素精相术。唐初天策府功臣,多经天纲相视,言无不验。武士彟闻他善相,亦邀至家中,令遍视家属。天纲见武氏母杨氏,便道："夫人当生贵子。"及见二子元庆元爽,又道："将来官至三品,但不得贵显终身。"嗣见武氏姊韩国夫人,便叹息道："此女也是贵相,可惜不利藁砧。"武氏尚幼,经保姆抱她入堂,给以男孩,天纲注目细视,不禁惊异道："这果是男孩么？若换作女子,乃是不可限量了。"士彟笑道："果是女子,将来有何结果？"天纲道："龙瞳凤颈,相当极贵。"士彟道："想是好作皇后了。"天纲道："贵为皇后,还是意中事。我看来尚不止此。"士彟道："莫非做女皇帝不成？"天纲道："女子如有此相,当真要做女皇帝。"语见《唐书·袁天纲传》,

并非捏造，且天纲以技术著名，前文未曾载及，借此补叙，亦足弥阙。士薳亦似信非信，至武氏长大起来，兄姊等常以女皇帝三字，作为戏言。武氏少读书史，晓得历朝以来，从没有女皇帝出现，所以天纲遗言，也当他是笑谈，不足凭信，谁意时来运凑，福至心灵，由才人进为昭仪，由昭仪进为皇后，由皇后进为太后，步步春风，事事如意，于是得陇望蜀，想实验那天纲所言，居然欲做女皇帝了。术士多贻误国家，观此益信。可巧中宗枉法，裴炎进谗，乐得乘间废立，自作天子。当下与裴炎定谋，乃密召中书侍郎刘祎之、羽林将军程务挺张虔勖等，勒兵入宫，即于二月五日，集百官于乾元殿，太后武氏，赫然临朝。中宗随了出来，欲就御座，忽由裴炎宣太后敕，废中宗为庐陵王，令程务挺等扶他下殿。中宗愕然道："我有何罪？"武氏叱道："汝欲以天下畀韦玄贞，尚得云无罪么？"中宗无词可答，只得由他牵去，锢入别室。武氏又问群臣道："嗣王失德，已经废立，此后帝位应属何人？"裴炎即应声道："应立豫王。"大众都极口赞成。看官道豫王为谁？原来就是相王旦。他本名旭轮，曾封殷王，见前回。徙封豫王，改双名为单名，去一旭字，未几即改封相王，易名为旦。高宗末又还封豫王，这是高宗少子，与中宗为同母弟兄。高宗本有八子，长名忠，刘氏所出，已经赐死。见二十六回。次名孝，郑氏所出，早岁即殁。三名上金，杨氏所出，四名素节，萧淑妃所出，均已被谪。见前回。还有弘贤哲旦四子，均是武氏所出。弘被鸩，贤被废，见二十八回。中宗哲又复废去，只剩豫王旦一人，申说处最足醒目。裴炎等当然推戴，何烦拟议，只武氏心中，恰想自己做女皇帝，偏经裴炎等推立豫王，众口一辞，那时又不便独伸己意，没奈何允诺退朝。越日立豫王旦为皇帝，改元文明；豫王妃刘氏为皇后，子成器为太子；废中宗子重照为庶人，流韦玄贞至钦州。武氏仍临朝称制，令嗣皇帝居住别殿，所有国政，不得预闻。还是立个傀儡，较为有名。

是时长安无主，乃命刘仁轨为西京留守。仁轨以衰老辞，且举汉吕后事以作规诫。武氏手书慰勉，仁轨乃奉命而去。未几病殁，诏令百官赴哭，追赠开府仪同三司。因高宗安葬乾陵，即以仁轨灵榇陪葬。仁轨不失为忠，故叙笔亦较详。武氏又恐废太子贤，出居巴州，或有谋变等情，会贤作《黄台瓜词》云："种瓜黄台下，瓜熟子离离，一摘使瓜好，再摘使瓜稀，三摘犹为可，四摘抱蔓归。"武氏越疑他怨望，密嘱将军邱神勣，驰赴巴州，逼令自杀，佯贬神勣为叠州刺史，自至显福门举哀，追复他雍王旧爵。贤封雍王，见二十八回。复寻召神勣为金吾将军，宫廷始知武氏杀贤事。贤既杀死，复猜忌庐陵王哲，令出居房州，再徙至均州。进兄子武承嗣元爽子。为太常卿，同中书门下三品。承嗣请追尊祖考，创立七庙，裴炎入谏道："太后母临天下，当示至公，不应自私所亲，汉吕氏崇封产禄，因以致败，太后难道未闻么？"武氏怫然

第三十回　被废立庐陵王坐徙　违良策徐敬业败亡

道："吕氏滥封母族，原足致亡，我是追崇亡亲，有何妨碍？"裴炎又道："凡事当防微杜渐，不应自开端绪，还乞太后明鉴！"武氏始终不从，且有恨裴炎意。嵩阳令樊文揣摩迎合，献呈文石。武氏命列置朝堂，作为瑞征。尚书右丞冯元常奏言："樊文迹涉谄诈，不可诬罔天下。"说了数语，被黜为陇州刺史。嗣是内外臣僚，侈言符瑞，武氏即下敕改元，称为光宅，旗帜俱从金色。称东都为神都，大易官名，尚书省改称文昌台，仆射改称左右相，六部为天地四时六官，门下省为鸾台，中书省为凤阁，侍中为纳言，中书令为内史，御史台分为左右肃政台。此外大小官制，亦一律变更。遂尊五代祖武克己为鲁国公，妣为夫人，高祖居常为北平郡王，曾祖俭为金城郡王，祖华为太原郡王，父士彟为魏王，妣皆为妃。在洛阳建立五庙，岁时致祭。进武三思为右卫将军，三思系元庆子，即承嗣从弟。还有武攸暨武攸宁武攸归武攸望等，俱靠着太后家族，连类升官。武氏前曾贬死二兄，此时胡竟变计？想由承嗣等善谀而来。诸武用事，内官多受排挤，外官又多遭贬斥。李勣孙敬业，袭爵英国公，本任眉州刺史，被贬为柳州司马。弟敬猷为盩厔令，亦致免官。给事中唐之奇，贬为括苍令，詹事府司直杜求仁，贬为黟令，长安主簿骆宾王，贬为临海丞，御史魏思温贬为盩厔尉。数人俱作客扬州，同病相怜，遂协谋起兵，借匡复庐陵王为名，推敬业为统帅，思温为谋主，悄悄的举起事来。武氏原是应讨，但因失职举事，未免有私，故叙笔亦含贬意。思温想了一法，先令私党监察御史薛璋，一作仲璋。求使江都，既得此差，又令雍州人韦超，讦告扬州长史陈敬之谋反。璋立收敬之系狱，敬业矫称扬州司马，是说奉旨谳狱，提出敬之，把他杀死。当即开府库，赦囚徒，复称嗣圣元年，立起幕府三所，一名匡复府，一名英公府，一名扬州大都督府。敬业自称匡复府上将，领扬州大都督事。令唐之奇杜求仁为左右长史，参军李宗臣及薛璋为左右司马，魏思温为军师，骆宾王为记室，且求得一人貌类废太子贤，置诸军中，诡说贤尚未死，逃难至此，令他起兵。理直气壮之事，何必作此鬼祟。州民颇闻风响应，旬日间得众十余万，乃令骆宾王，草起檄文，移传各州县，东南大震，武氏闻警，正拟遣将往讨，忽接到檄文一纸，即随手展开，但见上面写着：

伪临朝武氏者，性非和顺，地实寒微，昔充太宗下陈，曾以更衣入侍，洎乎晚节，秽乱春宫，潜隐先帝之私，阴图后房之嬖。入宫见嫉，蛾眉不肯让人，掩袖工谗，狐媚偏能惑主。践元后于翬翟，陷吾君于聚麀。加以虺蜴为心，豺狼成性，近狎邪僻，残害忠良，杀姊屠兄，弑君鸩母。

武氏看到"弑君鸩母"句，微笑道："我何曾有此事？含血喷人，有哪个相信呢？"檄文中惟此语近诬，故特借武氏口以辩驳之。又览将下去，便是：

人神之所同嫉，天地之所不容，犹复包藏祸心，窥窃神器，君之爱子，幽之于别宫，贼之宗盟，委之以重任。呜呼！霍子孟之不作，朱虚侯之已亡，燕啄皇孙，知汉祚之将尽，龙漦帝后，识夏廷之遽衰。

武氏又自言自语道："话虽未确，对仗却很是工整哩。"再看下去：

敬业皇唐旧臣，公侯冢子，奉先君之成业，荷本朝之厚恩，宋微子之兴悲，良有以也，袁君山之流涕，岂徒然哉？是用气愤风云，志安社稷，因天下之失望，顺宇内之推心，爰举义旗，以清妖孽。南连百越，北尽山河，铁骑成群，玉轴相接。海陵红粟，仓储之积靡穷，江浦黄旗，匡复之功何远？班声动而北风起，剑气冲而南斗平，喑呜则山岳崩颓，叱咤则风云变色。以此制敌，何敌不摧？以此图功，何功不克？公等或居汉地，或协周亲，或膺重寄于话言，或受顾命于宣室，言犹在耳，忠岂忘心？一抔之土未干，六尺之孤谁托？

武氏又道："好笔仗！"转顾左右道："这篇檄文，不知是何人所作？"有一人接口道："闻是骆宾王手笔。"武氏叹道："有此文才，反令他流落不偶，这岂非宰相的过失么？"檄文痛斥武氏，她却未尝动怒，反说是宰相之过，可见武氏虽是女流，奸雄不亚曹操。再看下去，就是末段文字，辞云：

倘能转祸为福，送往事居，共立勤王之勋，无废大君之命，凡诸爵赏，同指山河。若其眷恋穷城，徘徊歧路，坐昧先几之兆，必贻后至之诛。请看今日之域中，究是谁家之天下！

阅毕，武氏又道："奇才奇才！但有文事还要有武备，宾王原是能文，敬业未必能武呢。"料事亦明。乃敕令左玉钤卫大将军李孝逸，统兵三十万，往讨敬业，追削他祖考官爵，发冢斫棺，复姓徐氏，李勣在时，若力争武氏之不应为后，当不致有此祸。一面召裴炎入商军情。炎甥就是薛璋，因他帮助敬业，所以主张缓征，入见时便进言道："皇帝年长，不亲政事，叛党得援以为辞，若太后指日归政，叛众自不战可平了。"武氏心滋不悦，令炎退去，再召承嗣入议。承嗣道："叛众多系乌合，一遇大兵，自然荡平了。"武氏道："裴炎却劝我归政呢！"承嗣道："炎甥薛璋，附入叛党，应该有此说法。适晤及监察御史崔詧，且云炎亦与同谋呢。"武氏遂宣崔詧入见，詧所对如承嗣旨，并言炎若不反，何故请太后归政？乃即收炎下狱，命左肃政大夫骞味道，侍御史鱼承晔鞫讯，炎语不少屈。或劝炎逊词求免，炎答道："宰相下狱，还有生理么？"谁教你先谋废立。骞鱼两人，竟锻炼成狱，拟处炎死罪。侍中刘景先，及凤阁侍郎胡元范，均为炎营解，百官亦多谓炎无反意，独凤阁舍人李景谌，证炎必反。于是刘景先胡元范,亦被逮下狱,进骞味道检校内史,同凤阁鸾台三品,李景谌同凤阁鸾台平章事。既而炎被斩都亭,景先贬普州刺史,元范流琼州而死。炎从子伷先,为太仆寺丞,年方十七,独上封事求见。武氏召问道:"汝伯父谋反,汝尚何言?"伷先奋然道:"臣只欲为太后划计,何敢诉冤?太后为李氏妇,专揽朝政,变易嗣子,疏斥李氏,封崇诸武,臣伯父为国尽忠,反诬以罪,戮及子孙,臣恐人心一变,不可复救了!为太后计,亟宜复子明辟,方保万全。"可谓大胆。武氏怒道:"小子敢乱言么?"喝令逐出,伷先且反顾道:"今用臣言,尚是不迟,他日悔将无及呢。"武氏益怒,竟命在朝堂加杖百下,长流瀼州。

是时徐敬业已出兵渡江,敬业已经复姓,故称徐敬业。会议所向,魏思温进议道:"明公以匡复为名,宜率大众鼓行而进,直指洛阳,天下义士,知公有志勤王,自然云集响应了。"薛璋在旁接入道:"金陵有王气,且长江天险,足以自固,不若先取常润二州,倚为根据,然后北向以图中原,进无不利,退有所归,乃为良策。"思温道:"不可!山东豪杰,都因武氏专制,愤闷不平,闻公举义,皆蒸麦为粮,伸锄为兵,以待公至,不乘此锐意北图,乃徒自营巢穴,远近闻此消息,哪个不解体呢?"敬业终从璋言,不用思温计,良言不用,安得不败?遂令唐之奇守江都,自率众攻陷润州,执住刺史李思文。思文本敬业叔父,闻敬业兵起,曾遣使上闻,且拒守兼旬,城才陷没,被执后,思温请斩首示众,敬业不许,但令改姓为武,囚系狱中。思温叹道:"不顾大义,专徇私图,恐败亡即在目前,我辈无死所了。"何不自去。敬业既得润州,闻孝逸军已逼临淮,乃回军抵御,屯驻高邮境内的下阿溪,使弟敬猷守淮阴,别将韦超尉迟昭守都梁山。孝逸遣偏将雷仁智,攻敬业营,为敬业所败,不敢再进。监军侍御史魏元忠,语孝逸道:"天下安危,在此一举,今大军逗留不进,远近失望,倘朝廷更命他将来代将军,将军将何辞自免呢?"孝逸尚在迟疑,忽闻左鹰扬大将军黑齿常之,由东都遣发,令为江南道大总管,来援孝逸。元忠又进语孝逸道:"黑齿来援,朝廷已有疑心,为将军计宜率轻骑往击淮阴,或都梁山,除他犄角,敬业自无能为了。"诸将尚有异言,谓往击淮阴都梁,敬业必且赴援,两面受敌,如何自全?元忠道:"避坚攻瑕,是兵家至计。敬业精锐,尽在下阿溪,利在速战,我若一败,大势去了。惟敬猷出自博徒,韦超等亦非宿将,兵又单弱,易为我克,敬业虽欲往援,势必不及,我得乘胜前进,虽有韩信白起,也恐不能抵挡了。"孝逸乃引兵击都梁山,阵斩尉迟昭,韦超夜遁,再进军击淮阴,敬猷也脱身遁还。于是孝逸遂直攻敬业。

敬业扼溪列阵,拥众自固。孝逸偏将苏孝祥,夜率五千人,用小舟渡溪进攻。渡方及半,已被敬业闻知,纵兵奋击,孝祥不及整军,只好挺刃血战,究竟势孤力涣，不克支持，徒落得浑身受创，堕水而亡，余众亦溺死过半。孝逸率诸军继退，战又不利，拟退守石梁。探报敬业营上，有乌鸟噪集。魏元忠与行军管记刘知柔，同语孝逸道："这是贼势将败的预兆。乌鸟集幕，势必空营。今敬业未退，鸟已先集，岂不是将覆灭么？今有一策可以破贼。"孝逸问是何策？元忠道："风顺获乾，利在火攻，将军何不纵火焚敌呢？"叠观元忠所言，无不中窾，可惜为武氏爪牙，徒号智囊而已。孝逸极口称善，遂命军士各持火具，越溪再战。敬业正整军截击，不意对面敌兵，都用火弓火箭，接连射来，溪边芦苇甚多，正值冬天燥烈，朔风猛厉，一霎时四面延烧，卷入阵中，各军都立足不住，纷纷倒退。敬业尚欲防御，指挥部下，令骁壮居前，老弱居后，弄得阵势益乱，被孝逸督军疾进，一场乱捣，杀得溪流皆赤，岸草齐红。敬业等逃入江都，料知不能再守，乃焚图籍，挈妻孥，奔往润州。到了蒜山附近，见有追兵到来，忙乘舟入江，意欲顺流出海，东奔高丽。航行至海陵界，为风所阻，哪知部将王那相，竟生变志，哄动兵士，杀死敬业敬猷，及敬业妻子等，共枭得二十五首，持降孝逸军前。余党唐之奇魏思温韦超薛璋诸人，一并被孝逸捕住，传首东都。只骆宾王遁去，不知所终。依《唐书本传》，不从《纪事本末》。至黑齿常之到江南，已是乱党肃清，不劳动手了。补笔不漏。武氏令尽杀徐氏宗族，只有思文得释出狱，免致连坐，召拜司仆少卿，且面谕道："敬业改卿姓武，卿可便姓武罢。"思文拜谢而退，寻且加授春官尚书。或言思文本与敬业同谋，乃免官复姓，可怜李勣百战功劳，只剩了思文一线，留遗曹州，系徐氏本籍。存奉宗祀。小子有诗叹道：

  欲为儿孙作马牛，谁知宗族竟全休？
  重泉有鬼应增恫，匡复无功逆案留。

  敬业败殁，又有人入谮程务挺，说他与敬业通谋，免不得也要枉死了，下回再行申叙，请看官续阅自知。

  中宗欲以天下与韦玄贞，无非是一恨语，不得作为实谈，裴炎果忠于事君，何妨委曲调护，今日不从，期诸他日，讵必急白太后，密谋废立耶？炎只知有武氏，不知有中宗，而其后卒为诸武所倾，枭首都亭，是何若强谏中宗，誓死廷前之为愈也。徐敬业起兵扬州，苟能用魏思温之策，直指河洛，锐图匡复，即至兵败身亡，犹不失为唐室忠臣，乃始以失职生谋，继以营巢致覆，死不足惜，例以翟义、袁粲诸人，且有愧焉。要之私心一起，身名两败，裴炎徐敬业，皆以一私字误之，故本回叙二人事，皆有贬词，至若李景谌、李孝逸辈，佐武忘李，则更不足道云。

第三十一回 敕告密滥用严刑
谋匡复构成大祸

却说羽林将军程务挺,自预谋废立后,出任单于道安抚大使,防御突厥,因阿史那骨笃禄及阿史那元珍等,尚出没塞外,所以有此调遣。接应第二十九回。当裴炎下狱时,务挺尝密表申理,武氏为之不欢。至敬业败死,或上言务挺与敬业通谋,武氏也不加详审,遽令左鹰扬将军裴绍业,驰往务挺军中,宣敕处斩。务挺夙有勇名,为突厥所畏惮,及闻他正法,宴饮相庆。还有夏州都督王方翼,由安西都护调任,亦应二十九回。与务挺职务相关,且系废后王氏近亲,亦逮捕下狱,流徙崖州,辗转毙命。

越年,武氏以敬业早平,复改元垂拱,仍迁庐陵王哲至房州。武氏年已周甲,华色未衰,脂粉钗环,未尝少撤。自从高宗晚年,屡患风眩,不能与武氏常亲枕席,武氏已郁郁寡欢,好容易待到驾崩,临朝秉政,大权在握,一子废黜,一子居住别殿,也似禁锢一般,文武百官,要杀便杀,没一个敢行抗命,正是雌威大盛的时候,无如宫中少几个面首,终究是玉漏沈沈,绣帏寂寂,蓦然想起当年的冯小宝,下体过人,不亚嫪毐,与秦庄襄后私通。乐得叫他再入禁中,重图欢会。应二十四回。史称冯小宝卖药洛阳,因千金公主以进。稗乘上谓武氏为尼时,已与有染,今从之。小宝当然应召,两下儿都翻雨覆云,不减当年情味,武氏遂想出一法,令他为白马寺主,好借那超度祖宗的名目,往来宫掖,掩饰过去。且因他家世寒微,特命改姓为薛,与驸马薛绍同族,令绍呼他为季父,何不直呼丈翁?又赐名怀义,宠赉甚优。身且不惜,遑问他物。宫廷内外,明知他是武氏的情夫,只因武氏凶焰滔天,怎敢非议?有几个不顾廉耻的狗官,反极意趋承,向怀义乞怜。怀义起初尚稍知顾忌,后来渐渐骄恣,出入竟乘御马,由宦官数人拥护,呵道扬镳,威赫无比。居然是个天子。士民不及走避,便被铁爪挝首,流血仆地。遇道士即令髡发,见朝贵即令下拜,甚至武承嗣武三思等,皆奔走马前,执僮仆礼。就是对待姑夫,亦不过执子侄礼,何必降为厮仆。右台御史冯思勖,用法相绳,偶遇诸途,被怀义喝令侍役,殴击几死。独温国公苏良嗣,继刘仁轨后任,留守西京,武氏特召为左相,受职入朝。凑巧碰着薛怀义,勉强与他施礼,怀义竟不答拜,昂若无人。良嗣怒道:"何物秃奴,敢这般傲慢?"怀义骄肆已惯,怎肯忍耐,即与良嗣斗起嘴来。良嗣竟命左右拖出怀义,并把他掌颊数十下,快哉快哉!气得怀义火星透顶,急忙驰报武氏。偏武氏向他嬉笑道:"阿师只宜出入北门,若南衙系宰相往来,怎得相犯哩?"武氏毕竟聪明。这数句话,好似向怀义的秃头上,浇了一碗冷水,淋得气焰全消,只好自认晦气,没处报冤。武氏恐他再去闯祸,便托言怀义有巧思,使入宫营造,不得常出。补阙王求礼,未明武氏用意,反表请阉了怀义,免乱宫闱。看官!你想武氏肯从不肯从?含蓄得妙。

又越年,武氏佯说归政豫王,豫王倒也聪明,奉表固让。武氏仍然临朝,自思内行不正,恐宗室大臣,怨望不服,或致谋变,于是设立铜匦,令置都门,无论何人,统得告密,即将密奏投入匦中,饬心腹随时取陈。如有远方告密,且命地方有司,给马供食,使诣东都,如密奏确凿,即给官阶,否则亦不问罪。看官试想!这种法制,创造出来,不特挟有私嫌的人,可以乘机报怨,就使与人无嫌,也乐得捕风捉影,借此博个好官儿。胡人索元礼,因告密被召,面对称旨,立擢为游击将军,令他按问罪犯。元礼性最残忍,推审一人,必诱罪犯扳引数十百人,辗转牵连,积成冤狱。武氏反说他明干,屡加赏赐。自己本是残忍,所以同声相应。尚书都事周兴来俊臣等,纷起效尤,竟尚罗织,兴累迁至秋官侍郎,俊臣累迁至御史中丞,两人皆养无赖数百名,专令告密,意中欲构陷一人,辄使数处俱告,辞状相同,立即捕逮,严刑拷讯,无不诬服。又撰罗织经数千言,作为秘本,所用刑具,也是特别制造,有定百脉,突地吼,死猪愁,求破家,反是实等名号,或用机捩转狱犯手足,叫作凤凰晒翅,或用物绊狱犯腰,引枷向前,叫作驴狗拔橛,或使犯人跪捧大枷,上置累甓,叫作仙人献果,或使立高木上面,引枷尾向后,叫作玉女登梯,或悬石捶犯人首,或烧醋灌犯人鼻,或用铁圈梏头,外加木楔,甚至脑裂髓出,种种酷刑,不可胜举,每讯囚犯,一声梆响,械具毕陈,犯人不待上身,已经魂飞天外,始终是一条死路,还是随口诬供,反得速死,省得熬受严刑。所以内外官民,视此三人,比虎狼还加厉害,大家重足屏息,不敢妄发一言。麟台正字陈子昂,目击心伤,乃上疏谏阻,略云:

> 今执事者疾徐敬业首乱倡祸,将息奸源,穷其党与,遂使陛下大开诏狱,重设严刑,有迹涉嫌疑,辞相逮引,莫不穷捕考察,至有奸人荧惑,乘险相诬,纠告疑似,希图爵赏,恐非伐罪吊人之意也。臣窃观当今天下,百姓思安久矣,故扬州构逆,殆有五旬,而海内晏然,纤尘不动。陛下不务玄默以救敝人,而反任威刑以失民望,臣愚暗昧,窃有大惑。伏见诸方告密,囚累百千辈,及其穷竟,百无一实。陛下仁恕,又屈法容之,遂使奸恶之党,快意相仇,睚眦之嫌,即称有密。一人被讼,百人满狱。使者推捕,冠盖如市。或谓陛下爱一人而害百人,天下喁喁,莫知宁所。臣闻隋之末代,天下犹平,杨玄感作乱,不逾月而败。天下之弊,未至土崩。

第三十一回　敕告密滥用严刑　谋匡复构成大祸

蒸民之心，犹望乐业。炀帝不悟，专行屠戮，大穷党与，海内豪士，无不罹殃。遂至杀人如麻，流血成泽，天下靡然始思为乱，于是雄桀并起，而隋族亡矣。夫大狱一起，不能无滥，冤人吁嗟，感伤和气，群生疬疫，水旱随之。人既失业，则祸乱之心，怵然而生矣。古者明王重慎刑罚，盖惧此也。昔汉武帝时，巫蛊狱起，使太子奔走，兵交宫阙，无辜被害者，以千万数，宗庙几覆，赖武帝得壶关三老书，廓然感悟，夷江充三族，余狱不论，天下以安。古人云："前事之不忘，后事之师也。"伏愿陛下念之！此奏亦鸣凤朝阳，故特录之。

疏入不省。同三品刘祎之，见武氏所为不合，私语舍人贾大隐道："太后既废昏立明，何必再临朝称制，不如指日归政，借安人心。"大隐阳为赞同，背地里密白武氏。也是告密。武氏当然怀恨，嗣复有人诬告祎之受赃，又与许敬宗妾有私，遂命刺史王本立推鞫。本立宣敕示祎之，祎之道："不经凤阁鸾台，何名为敕？"武氏闻知此语，怒上加怒，竟令处死。祎之临刑沐浴，自草谢表，立成数纸，仍然慷慨激昂，无一乞怜语。麟阁侍郎郭翰，太子文学周思钧，见祎之表文，互相赞叹，不料又为武氏所闻，贬翰为巫州司马，思钧为播州司仓。将军李孝逸，平乱有功，声望日重，免不得语中失检，武承嗣等诬他怨望，被黜为施州刺史。承嗣尚以为法未蔽辜，又捏造出数语来，谓孝逸自言名中有兔，兔系月中灵物，当为天下仰望，说得武氏又是滋疑。本拟将他诛死，还是记念前功，特令减死除名，流配儋州。孝逸竟病死贬所。太子舍人郝象贤，系故中书侍郎郝处俊孙，高宗时，处俊曾谏阻武氏摄政，忤武氏意，至是处俊已死，有人诬告象贤，说他私谋不轨，遂令周兴推治。这位罗织深文的周侍郎，是个好杀人的魔星，遂任情妄谳，遽说象贤谋反属实，应予族诛。象贤家人，当然惶急得很，争向监察御史任玄殖处呼冤。玄殖替他剖辩，反为武氏所斥，先行免官，然后将象贤处斩。象贤临刑，极口诋骂武氏，把她宫中的淫秽情状，一古脑儿扬说出来，且夺市人薪柴，殴击刑官。总是一死，乐得做个爽快。金吾兵上前拦阻，遂将象贤格死，武氏命支解遗骸，发象贤祖父坟茔，毁棺焚尸，家属骈戮无遗。随即定了一例，凡法官刑人，先用木丸塞住罪犯口中，免得胡言。

武承嗣又使人凿石为文，镌就"圣母临人，永昌帝业"八字，涂以赤色，令雍州人唐同泰赍献，只说是得诸洛水。武氏大喜，亲祀南郊，告谢昊天，且下敕当拜洛受瑞，称石为天授圣图，名洛水为永昌水，封洛水神为显圣侯。自己先御明堂，朝百官，加号圣母神皇。封唐同泰为游击将军，唐同泰名字，恐亦由当时特取。命诸州都督刺史及宗室外戚等，于拜洛前十日，会集神都扈驾受图。当时传出一种谣言，谓："武氏将谋革命，借了洛水受图的名目，召集宗室，为屠戮计。"于是绛州刺史韩王元嘉，青州刺史霍王元轨，邢州刺史鲁王灵夔,豫州刺史越王贞,注见前。及元嘉子通州刺史黄公譔,元轨子全州刺史江都王绪,灵夔子范阳王蔼,贞子博州刺史琅琊王冲,虢王凤高祖庶子。子东莞公融等,俱心不自安,未敢遽行。黄公譔意欲先发,遂捏造庐陵王敕书,贻琅琊王冲,内云:"朕遭幽絷,诸王应各发兵救我!"冲亦诈传庐陵王密命,分告诸王,谓"神皇将移李氏社稷,转授武氏。"一而募兵五千人,拟渡河取济州,先击武水。武水县令郭务悌,忙遣人至邻邑求援,莘县令马玄素,率兵千七百人,初欲中道邀冲,继恐力不能敌,驰入武水,与务悌协力拒守。冲进兵至武水城下,用草车塞城南门,纵火焚烧,拟乘火突入城中。不意火方发作,风反回扑,转致火烧自身,只好麾兵急退。部将董玄寂私语兵士道:"王与国家交战,迹同叛逆,所以不得天佑,反致逆风哩。"大众听了,越觉气沮。及冲知玄寂有异志,将他斩首,众心益离,纷纷溃去。只剩冲家僮数十人,尚随左右,冲料不可成,还走博州,叩城欲入。门吏见他狼狈遁回,放入城阃,把他杀死。正欲传首报功,适有金吾大将军邱神勣,奉敕为清平道行军总管,前来讨乱。行至博州,官吏一律出迎,且持冲首以献,哪知神勣起了歹心,拔出佩刀,尽将官吏斫毙,且入城屠掠千余家。看官道他是何意?原来是得了冲首,便欲争功,索性将官吏杀尽,便好说他同行助逆,由自己剿平,好向武氏前报绩去了。正是好计。

越王贞闻冲起兵,父子相关,自然响应,也发兵出陷上蔡。武氏命左豹韬大将军麹崇裕为中军总管,内史岑长倩为后军总管,张光辅为诸军节度,统师十万,往击越王贞,未免小题大做。削贞父子属籍,更姓虺氏。贞闻冲败,惶恐的了不得,驰使告寿州刺史赵瓌,与商行止。瓌不敢发言,独瓌妻常乐长公主,语来使道:"为我转语越王,从前隋杨氏将篡周室,尉迟迥系是周甥,尚举兵勤王,功虽不成,名留海内,今诸王皆先帝子,奈何不为社稷效忠?李氏已危若朝露,汝诸王不舍生取义,意将何待?大丈夫宁为忠义鬼,徒死亦何益呢!"语颇豪壮。来使还报越王贞,贞乃尚欲进兵,可巧新蔡令傅延庆,也募得勇士二千余人,与贞相会。贞乃向众宣言道:"琅琊虽败,魏相数州,有兵二十万,朝夕可至,汝等不必忧虑!"遂发属县兵,共得五千,分为五营,令汝南县丞裴守德为将,作为统辖,署九品以上官五百余人。其实皆出自胁迫,没有斗志。惟守德与他同心,他因将爱女嫁给为妻,署官大将军,每事与商。一面使道士及浮屠诵经,祷祝成功。左右及战士,均给避兵符,谓有神效。愚若村妪,如何成事?忽报麹崇裕等将到豫州,距城只四十里了。他已吓得面如土色,没奈何遣爱婿裴守德,及少子规,领兵出战,不到半日,两人杀得大败而回,兵士死亡过半。贞益大惧,闭阁自守,猛听得鼓声震天,料知外军进逼,越急得形色仓皇,不知所措。守德等统束手无策。

左右语贞道:"王岂可坐待戮辱？还请自行设法。"贞寻思无计,只得自去觅死,规亦自尽。守德及妻,一同随死。子女及婿,同入鬼门关,黄泉路上,幸不寂寞了。城中无主,不战自破。崇裕等入城后,检得贞等尸骸,一并枭首,持报东都。

武氏遂欲尽杀韩鲁诸王,命监察御史苏珦往查,有无通谋情事。珦查无实据,秉公复命。武氏一再诘问,珦抗言道:"太后承先朝付托,应以仁恕为心,诸王并未通同谋叛,如何强入逆案呢？"武氏被他一驳,倒也不便加责,只得温颜与语道:"卿系大雅士,我当别有任使,此狱原不必用卿呢。"乃改令周兴等覆验。兴即把"反是实"三字,复奏上去,遂收捕韩王元嘉、鲁王灵夔、黄公𫍯及常乐长公主等,统至东都,迫令自杀。就是霍王元轨、江都王绪、东莞公融,亦坐与越王通谋,次第逮捕。绪与融骈首市曹。元轨防御突厥,积有战功,减死流黔州,载以槛车,行至陈仓,也竟暴卒。纪王慎素来胆怯,当琅琊起兵时,檄告诸王,他独拒绝。周兴亦罗织入内,说他未曾告发,竟坐徙巴州,就道而死。济州刺史薛顗,及弟薛绪,绪弟驸马都尉薛绍,也坐与琅琊王冲通谋,顗绪被诛。绍尚太平公主,贷他死罪,受杖百下,囚羁狱中,偏他禁不住痛楚,便即毙命。

又遣右丞狄仁杰,出为豫州刺史,办理乱后事宜。这位狄公仁杰,是唐朝有名的好官,他字怀英,系太原人氏,少时博通经籍,曾入京应试明经科,中途投宿逆旅,有孀妇乘夜私奔,坚拒不纳,未晓即去。此事不载史传,惟稗乘中有之。且记仁杰诗句云:"美色人间至乐春,我淫人妇妇淫人。色心若起思亡妇,遍体蛆钻灭色心。"语太近俚,故不录入,惟录此事以示前型。既举明经,选任内外官职,皆有政声,嗣为江南巡抚大使,焚毁淫祠一千七百余所,独留夏禹吴太伯季札伍员四祠,吴楚巫风,几从此廓清。至入任文昌右丞,因豫州乱平,乃奉诏出为刺史。狄梁公为唐室砥柱,故叙述从详。仁杰到了豫州,查问越王余党,统已由张光辅拘住,差不多有二三千人,不禁恻然道:"人命至重,怎可这般滥捕呢。"乃概令释械,飞使密陈。大旨说是:"罪囚甚众,实多讹误,臣欲有所陈请,似为逆人申理,若缄默不言,又违陛下钦恤至意,所以拜表渎陈,仰乞矜鉴"云云。旋接复旨,俱减死戍边。先是仁杰曾任宁州刺史,留有德政碑,至流犯道出宁州,父老俱迎劳道:"我狄使君活汝么？"相携至德政碑下,且拜且哭,三日乃行,到流所亦为立碑。循吏榜样。时张光辅尚驻豫州,部将多恃功强索,仁杰不应。光辅入部将谗言,诘责仁杰道:"刺史如何轻视元帅？"仁杰道:"作乱河南,只一越王贞,今一贞已死,难道万贞复生么？"光辅不解所谓,又复穷诘。仁杰道:"公率将士十万,前来平乱,乱已平靖,渠魁受戮,公乃纵兵暴掠,欲杀降人为己功,岂非一贞已死,万贞复生？仁杰奉命来此,为民除害,恨不得上方斩马剑,加置公颈,有甚么怕死哩?"光辅张目不能答,及还东都,奏言仁杰不逊,因迁仁杰为复州刺史,转徙洛州司马。至光辅得罪,乃复擢为地官侍郎,事见后文。

再说武氏因平定诸王,安然出巡,践着拜洛受图的旧约,嗣皇帝豫王旦,及太子成器等,一律随行。内外文武百官,及四夷酋长,也都扈驾。沿途銮卫仪仗,及各种雅乐,与所有珍宝,一古脑儿陈列出来,慢慢儿的逐队进行。到了洛水岸上,已由当差的官吏,设起祭坛,备就黄幄,恭待那妖淫凶险的武太后,亲临主祭。銮舆既至坛前,有无数宫娥彩女,簇拥武氏下舆,但见她首戴冕旒,身服衮袍,居然是从来未有的女皇帝,徐步登坛。豫王旦与太子成器,随行而上,廷臣夷酋等,左右分立坛下,香花缭绕,仙乐悠扬,当由武氏柔腰轻折,拜了三拜,随后令豫王及太子,依次拜讫,再命宣祝官读过祝文,乃将案前所供的瑞石,饬游击将军唐同泰,敬谨捧下,移置受图亭内,旱还都中。武氏亦上舆而归。这番巡幸,自唐兴以来,算做第一次热闹。武氏又令薛怀义监造明堂,高二百九十四尺,方三百尺,共列三层,下层象四时方色,中层象十二辰,上为圆盖,捧以九龙。上层象二十四气,也设圆盖,上施铁凤,高一丈,用黄金为饰,号为万象神宫。又在明堂北面,筑起天堂五级,中供夹纻大像。注见后文。大约登第三级,便已可俯瞰明堂了。工既竣,加封怀义为右威卫大将军,兼梁国公。何不封他比翼王?越年正月朔日,大飨万象神宫。武氏搢大珪,执镇珪为初献。嗣皇帝豫王旦亚献,太子成器终献。礼毕,由武氏高坐明堂,受百官四夷朝贺,即以垂拱五年,改为永昌元年,即中宗嗣圣六年。大赦天下,赐酺七日。小子有诗叹道:

> 雌龙得势竟猖狂,衮服居然御庙堂,
> 独怪男儿躯七尺,如何裙下效趋跄?

武氏经过这种举动,便想篡唐,免不得又要杀人了。欲知后事,且看下回。

武氏之淫刑以逞,虽曰人事,岂非天命?周厉以监谤而亡,嬴秦有偶语弃市之刑,亦不数年而即灭,而武氏之令人告密,则尤过之,况内行不修,私幸怀义,外吏不择,宠用索元礼、周兴、来俊臣,如此淫恶,乃任其横行无忌,天乎人乎?越王贞父子,一举即亡,连坐者数十家,株累者数千人,而武氏则拜洛受图,筑堂受贺,倾万民之财力,张一己之淫威,人力或不足以胜之,而天道岂果无知耶?吾阅此回,不禁为之慨然曰:"是果唐祖若宗渔色之报也,岂非天哉?岂非天哉?"

第三十二回　武则天革命称尊
狄仁杰奉制出狱

却说武氏自拜洛受图后，遂想篡夺唐室，自称皇帝，武承嗣怂恿尤力，于是诸武相继揽权。直臣如苏良嗣等，已经罢去，索元礼周兴来俊臣，及其余酷吏，统依附诸武，专伺宗室及大臣，遇有嫌疑可指，即诬他谋反，次第捕戮。总计武氏改元永昌，至次年改元天授，相距不过年余，所杀唐宗及唐臣，几乎不可胜记，最著名的表述如下：

唐宗以被杀之先后为次。

汝南郡王玮　鄱阳郡公邲　广汉郡公谧　汶山郡公蓁　零陵郡王俊　东平王续　广都郡公胪　嗣恒山郡王厥　嗣郑王璥　嗣滕王修琦父即元婴，已殁。豫章郡王亶父即舒王元名亦坐流致死。泽王上金　许王素节及子璟，余子瑛琪琬瓒场瑗琛七人，为天授纪元后所杀。南安郡王颖　鄅国公昭以上皆高祖太宗支派。宗室李直　李敞　李然　李勋　李策　李越　李黯　李玄　李英　李志业　李知言　李玄贞

唐臣次序同前。

御史大夫骞味道　　天官侍郎邓玄挺　　内史张光辅　　洛州司马弓嗣业
洛阳令张嗣明　　　陕州刺史郭正一　　相州刺史弓志元　蒲州刺史弓彭祖
尚方监王令基　　　同平章事魏玄同　　夏官侍郎崔詧　　彭州长史刘易从
梁州都督李光谊　　陕州刺史刘延景　　右武卫大将军黑齿常之
右鹰扬将军赵怀节　辰州刺史刘景先　　地官尚书王本立
春官尚书范履冰　　胜州都督王安仁　　汴州刺史柳明肃
太常丞苏践言　　　曾江县令白令言　　太子少保纳言裴居道
将军阿思那惠　　　尚书右丞张行廉　　泰州刺史杜儒童
秋官尚书张楚金　　麟台郎裴望及弟司膳丞琏。

以上被杀诸人，所有家属，俱流徙极边。且因周书有《武成》一篇，与自己武姓相合，目为符谶，乃令遵用周正，特改永昌元年十一月为正月，十二月为腊月，夏历正月为一月，称年为载，改元载初，牵合无理。封周汉后为二王，虞夏殷后为三恪，撤除唐宗室属籍，召用宗秦客为凤阁侍郎。秦客系武氏从姊子，具有小智，受职后日侍宫中，与武氏同改造十二字，由小子录述出来。

照为瞾,亦作瞾。天为丙,地为埊,日为囜,月为囝,星为〇,君为䢼,臣为忠,人为至,载为𡔈,年为𡱀,正为𠙺。毫无道理,适同儿戏。

武氏自名为瞾,或亦作瞾,改诏书为制书,晋授薛怀义辅国大将军,封鄂国公。怀义多聚无赖少年,度为僧徒,横行都中,人莫敢言。有僧法明,杜撰《大云经》四卷,奏达阙下,内言武氏乃弥勒佛下生,应代唐为阎浮提主。释氏以人世为阎浮提。武氏甚喜,颁行天下,旋敕两京诸州,建寺珍藏。侍御史傅游艺,竟率关中百姓九百余人,诣阙上表,请武氏自为皇帝,改国号周,赐嗣皇帝武姓。武氏佯为不许,却擢游艺为给事中。既而百官宗戚,远近百姓,四夷酋长,沙门道士,合六万余人,联名上表,愿如游艺所请。不知如何卖嘱出来？嗣皇帝豫王旦,亦自乞赐姓武氏。为求生计,不得不尔。群臣复上言凤凰来仪,自明堂飞入上阳宫,还集左台桐树,良久方去；又有赤雀数万集朝堂,仿佛捣鬼。应请太后即日为帝,以应符命等语。武氏乃下制许可,易唐为周,旗帜尚赤,亲御则天楼,大赦天下,改元天授。即嗣圣七年。当由群臣加上尊号,称为神圣皇帝。降嗣皇帝旦为皇嗣,赐姓武氏,皇太子成器为皇太孙。比新莽之篡汉,还要容易。一座唐室江山,竟轻轻的移入老淫妇手中,巾帼竟夺须眉,钗环变成弁冕,这真是中国有史以来,第一次的大变。就是汉朝的吕雉,晋朝的贾南风,也都应退避三舍哩。大笔淋漓。

过了五日,立武氏七庙于神都,追尊周文王为始祖文皇帝,妣姒氏为文定皇后,文王后妃,也想不到有此远代孝女。四十代祖平王少子武,为睿祖康皇帝,妣姜氏为康惠皇后。鲁国公武克己,已追赠太原靖王,至是尊为成皇帝,号称严祖,妣为成庄皇后。北平郡王武居常,已追赠赵肃恭王,至是尊为章敬皇帝,号称肃祖,妣为章敬皇后。金城郡王武俭,已追赠魏义康王,至是尊为昭安皇帝,号称烈祖,妣为昭安皇后。太原郡王武华,已追赠周安成王,至是尊为文穆皇帝,号称显祖,妣为文穆皇后。魏王武士彠,已追赠忠孝太皇,至是尊为孝明高皇帝,号称太祖,妣为孝明高皇后。罢唐宗庙为享德庙,只祀高祖以下三室,余俱废享。冬至祀上帝于万象神宫,以始祖及考妣配飨,百神从祀,封武承嗣为魏王,武三思为梁王,武攸宁为建昌王,武士彠兄孙攸归重规载德攸暨懿宗嗣宗攸宜攸望攸绪攸止,皆为郡王,诸姑姊为长公主。改并州文水县为武兴县,比汉丰沛,百姓世世免役。

武氏以亲族乡邻,均得沾恩,独爱女太平公主,尚属向隅,未免缺典,遂加封食邑三千户。公主并无喜色,亦未表谢,武氏料她新亡驸马,怏怏失望,薛绍囚死见前回。乃拟另为择偶,俾得新欢,凑巧武承嗣丧妻,因欲嫁公主为继室,已有成议,偏是公主不愿,仍无欢容。武氏不得已令她自择,公主竟觍然

第三十二回　武则天革命称尊　狄仁杰奉制出狱

道:"欲儿改适武氏,除非武攸暨不可。"想是承嗣面貌,不及攸暨。武氏道:"攸暨自有妻室,难道儿愿作妾么?"公主微笑道:"陛下为天下主,儿为陛下女,奈何与人作妾?但富贵易妻,也是常事,只教陛下一言,就玉成了。"武氏点头应允,便召入武攸暨,与商易妻事。偏攸暨素惮闱威,一时不敢承认,惹得武氏懊恨起来,竟尔放出辣手,潜令人毒死攸暨妻室。那时攸暨放心安胆,好娶这太平公主。公主也欢欢喜喜的,嫁与攸暨,婚仪不减当年,璧人依然好合,无怨无旷,各得其所了。攸暨得此宠女,闱威必且加倍,我为彼惧。武氏又令司宾卿史务滋为纳言,凤阁侍郎宗秦客为检校内史,给事中傅游艺为鸾台侍郎平章事,秦客潜劝武氏革命,所以得任内史。游艺入朝才期年,历衣青绿朱紫,时人称他为四时官宦。且与内史岑长倩,左玉钤卫大将军张虔勖,左金吾大将军邱神勣,侍御史来子珣等,并得赐姓为武。既而宗秦客以受赇被黜,邱神勣史务滋张虔勖傅游艺,皆陆续得罪,依次受诛。周兴已进任文昌右丞,被人告密,说他与神勣同谋,武氏即命来俊臣鞫治。俊臣方与兴对食,接阅制敕,便语兴道:"朝廷命我鞫一罪犯,只恐罪犯未肯实供,如何是好?"兴答道:"这有甚么难处?若取一大瓮,四周用炭烧着,令罪犯坐入瓮中,不怕他不供认哩。"俊臣乃索大瓮,焙炭如兴言,然后起座告兴道:"有内状鞫君,请君入瓮!"说着即将制敕付示周兴,兴不待阅毕,便已惶恐服罪。武氏加外俯原,但流兴至岭南,途中为仇家所杀。索元礼残酷,比兴尤甚,旋亦伏诛。也有此日。

　　是时唐朝宗室,诛黜殆尽,连故太子贤遗下三子,如义丰王光顺,及弟守礼守义,俱幽禁宫中,就是豫王诸子,除太子成器外,亦只准在宫内居住,不得外出。表面上却赐他武姓,算作亲昵的样子,暗中实防他为变,实行监守。凤阁舍人张嘉福,竟图讨好,阴嗾洛阳人王庆之等数百人,上表请立武承嗣为皇太子。内史岑长倩,已升任右相,极端排斥,谓皇嗣现在东宫,不应再有此议,因表请下制切责。武氏迟疑未决,召问地官尚书同平章事格辅元。辅元所对,与长倩同。武承嗣久伺储位,闻两人不肯赞成,大为拂意,遂嘱令纳言欧阳通,诬劾两人逆状。欧阳通不肯诬奏,他又使私人告密,自己入宫进谗。于是岑格两人,被逮下狱。问官便是来俊臣,把长倩子也拘捕了来,诱他引入欧阳通。通明知不从承嗣,致有此累,对簿时侃侃辩论,毫不少屈。俊臣倚势作威,施以酷刑,五毒备至,通始终不肯诬服。俊臣竟捏造供词,说与长倩辅元,共同谋反,冤冤枉枉的杀死三人。武氏又召王庆之入问道:"皇嗣我子,奈何废置?"庆之答道:"古人有云:'神不歆非类,民不祀非族',今陛下既登大宝,尚以李氏为嗣,臣实未解。"武氏道:"汝且退去,待朕细思!"庆之伏地哀请,不肯即去。武氏乃赐给印纸,并面嘱道:"汝欲见朕,可将此纸作为门证,门吏自不敢阻难了。"庆之乃叩首而出。承嗣因未得如愿,屡嗾庆之入请,庆之也愿为走狗,日日入宫求见。武氏未免惹厌,且默思易嗣一层,事关重大,究竟不宜速行,因复召凤阁侍郎李昭德入商。昭德笑道:"天皇为陛下夫,皇嗣为陛下子,陛下身有天下,当传与子孙,为万世业,奈何以侄为嗣?从古以来,可有侄为天子,为姑立庙么?且陛下受天皇顾托,若以天下与承嗣,天皇便无从血食了。"这一席话,将武氏揭破迷团,遂令昭德出阻庆之,不许入见,且赐给昭德一杖,令他捶逐。昭德持杖出来,正值庆之昂然而入,自来寻死。当被昭德一把抓住,拖出门外,扬言语朝士道:"此贼欲废我皇嗣,立武承嗣,我已奉敕给杖,扑杀此贼。"言已,即将杖交给朝士,令殴庆之。朝士正恨他滋闹,乐得摆布,立刻将庆之拖倒,先择他不致命处,殴了数百下,待他耳目中都已出血,乃再加数下,了结性命。受人嗾使者其听之!

　　武氏命武攸宁为纳言,起狄仁杰为地官侍郎同平章事。仁杰正色立朝,不肯谄事诸武,还有鸾台侍郎同平章事乐思晦,及右卫将军李安静,也与仁杰一般刚正,同为诸武所嫉视。诸武又嗾令来俊臣,暗地构陷,俊臣因仁杰方得向用,一时扳他不倒,独安静当武氏革命时,未肯联名劝进,乃即上书讦他谋反,并言思晦与安静友善,未免同谋,武氏最恨这谋反二字,便令俊臣严讯。安静朗声道:"我乃唐室老臣,欲杀就杀,若问谋反,实无可对。"思晦也抗词不挠,当由俊臣指为实证,一道制敕,又将两人送入冥途。武氏反自谓如意,竟于天授二年冬季,改次年为如意元年。嗣又因二齿重生,复改如意为长寿。即嗣皇九年。

　　先是武氏尝遣使存抚四方,留意选举,至此因改元加恩,引见存抚使所举人物,无论贤愚,悉加擢用。上等试用凤阁舍人及给事中,次等试用员外郎侍御史,及补阙拾遗校书郎,时人作诗嘲笑道:"补阙连车载,拾遗平斗量。欋读若瞿,杷也。推侍御史,碗脱校书郎。"有举人沈全交复续二语道:"曲心存抚使,眯目圣神皇。"御史纪先知闻全交续诗,遂劾他诽谤朝政,请杖示朝堂。好算先知。武氏笑道:"但使卿等未尝滥选,何恤人言?"武氏所忌,只有反案,余固不论。竟释置不问。未几,有制敕颁下,授郭霸为监察御史,当时又传出一种笑柄,叫做四其御史,或竟叫他吃屎御史。看官道是何因?霸前为宁陵丞,闻徐敬业起兵,自请往军前效力,有誓抽其筋,食其肉,饮其血,绝其髓等语,因此称为四其御史。中丞魏元忠遇疾,霸前往探问,私尝元忠粪,佯作喜色道:"病人粪甘可忧,今系苦味,可保无虞。"元忠虽未面责,心中尝恨他不情,病愈后,辄举以告人,因此又叫做吃屎御史。《唐书》作弘霸,《通鉴》作霸。霸系同安人,如何有越勾践遗风。武氏但喜他善谀,不管甚么卑鄙行为,所以他也得加官进禄了。

第三十二回　武则天革命称尊　狄仁杰奉制出狱

话休叙烦,且说来俊臣承诸武命,一意的诳构良臣。既已害死乐李两人,遂想连及狄仁杰,平白地兴起波澜,将仁杰拦入逆案,并将同平章事任知古裴行本,司农卿裴宣礼,左丞卢献,中丞魏元忠,潞州刺史李嗣真,一并罗织进去,狠狠的上了一疏,且请武氏降敕,有一问即承,罪得减死等语。武氏本深信俊臣,当然准奏,遂拘仁杰等下狱,由俊臣审讯。先诘仁杰谋反状,仁杰从容道:"大周革命,万物维新,唐室旧臣,甘从诛戮,反是实。"妙语。俊臣不禁微笑道:"好一个硬头官,实言不讳,免得动刑。"至问及任知古等,知古等也自知必死,答语与仁杰相符。惟魏元忠辩了数语,俊臣不复加讯,概令还系狱中。判官王德寿,入狱探视仁杰,劝他引入平章事杨执柔,当可免死。想是与执柔有隙。仁杰厉声道:"皇天后土,可表忠忱,奈何使仁杰扳诬好人呢?"说至此,即用首触柱,血流被面,慌得德寿连忙摇手,再三婉谢,并嘱狱吏好生看待,方转身出去。你也只有此胆么?仁杰因守吏少宽,乃裂衣啮指,血书冤状,置入棉衣中。次日,德寿又来看视,仁杰语德寿道:"天时方热,我有棉衣一袭,请饬属吏转授家人,撤去棉絮。"德寿允诺,即令狱卒持付仁杰家,仁杰子光远,撤棉得帛书,遂叩阍告变,因得召见。武氏得了帛书,乃召问俊臣。俊臣给武氏道:"仁杰等下狱,臣未尝褫他巾带,寝处很是安适,如果问心无愧,怎肯自供谋反哩?"武氏道:"全案人犯,已俱供认吗?"俊臣道:"只有魏元忠尚未实供。"武氏道:"须再令问官审明,免得枉屈。"俊臣唯唯而退。

当下令侍御史侯思止复讯,他人不问,单问魏元忠。元忠仍然力辩,思止命将元忠倒挂起来。元忠道:"我生得薄命,譬如骑驴遭坠,足维镫上,为驴所曳哩。"思止益怒,欲改用酷刑。元忠道:"侯思止你若要魏元忠头,尽管截取,若要元忠自供谋反,任你甚么拷打,我元忠却不便承认呢。"正说着,忽由通事舍人周綝到来,说是奉制勘视犯人。思止乃停止刑讯,忙遣心腹报知俊臣。俊臣急给仁杰等冠带,令见钦使。待周綝到了狱中,略略顾视,不发一言。俊臣即诈造仁杰等谢死表,令綝持还报命。

适值乐思晦子没入掖廷,年才九龄,生得眉目清秀,姿性聪明,偶为武氏所见,召问姓名。他却从容跪奏道:"臣父乐思晦,得罪受诛,臣家已破,可惜陛下英明,国家大法,为来俊臣等所欺弄,陛下不信臣言,乞择朝右忠臣,素经陛下信任,但令俊臣推讯起来,没一个不是叛党了。"想是狄仁杰等命不该死,所以有此慧童。武氏道:"偌大的孩儿,倒也识得来俊臣么?"乃命他暂退,一面饬内侍至制狱中,宣入仁杰等人。仁杰等入谒武氏,行过臣礼,一齐呼冤。武氏道:"卿等果有冤诬,为何前时自供反状?"仁杰慨然道:"若非自承反状,早被搒死,哪得重见天日呢?"武氏又问:"为何复作谢死表?"仁杰等齐声道:"臣等并无此事。"武氏令左右取表给示,经仁杰等审视,便道:"这似判官王德寿手笔,臣等笔迹,无一相同,可见得是捏造了。"武氏不觉点首,便放他七人还家。七人谢恩退归,为武承嗣所见,忙入白武氏道:"七人已有反意,陛下何故释放?"武氏道:"得饶人处且饶人,况叛迹未露,何必滥杀大臣。"承嗣尚欲请武氏穷治,武氏道:"王言无反汗,你可知道吗?"承嗣不能固争,乃怏怏趋出,密嘱台官等联名上奏,请诛仁杰等七人。台官不敢不依,草就了一篇模棱两可的文字,呈将进去,独侍御史霍可献,系裴宣礼的外甥,竟伏阙面陈道:"陛下不杀裴宣礼,臣情愿效死阶前。"说着,竟首触殿阶,流血沾地,为了区区爵禄,竟甘心杀舅,且撞头出血,置父母遗体于不顾,富贵之惑人,一至于此。俊臣又奏称行本罪重,不可不诛。秋官郎中徐有功,看不过去,独挺身出奏道:"陛下有好生大德,俊臣等不能顺美,反欲劝陛下为暴主,究是何意?请陛下明察!"武氏乃宣谕道:"卿等不必廷争,朕自有折衷办法呢。"言毕退朝,大众散归。是夕颁制,贬狄仁杰为彭泽令,任知古为江夏令,裴宣礼为彝陵令,魏元忠为涪陵令,卢献为西乡令,流裴行本李嗣真至岭南。小子有诗叹道:

罗织经成可奈何,冤沉制狱罪囚多。
仅留七族更生庆,尚谪遐方受劫磨。

七人遭黜,诸武稍稍泄忿,不意过了数日,武承嗣竟奉命罢相,这真是出人意表了。究竟承嗣为何罢相,且看下回表明。

欲篡唐室,不得不杀人,此武氏之本意,故杀人最多,几乎不可殚述。本回列作二表,省却无数笔墨,此即执要驭烦之旨,而于武氏革命时之举动,却详载无遗,嫉其篡夺之恶也。欲安诸武,又不得不杀人,此非全出武氏本意,而武承嗣实为主动,故杀人虽多,究不若前时之甚。本回特归罪承嗣,所有被杀诸人,亦备述其冤诬之由来,可详则详,不必从略,至若狄仁杰等一案,尤加意演述,幸其得免于死,为唐室少留一脉也。作者于下笔时,俱有斟酌,正非随手掇拾者所得比尔。

第三十三回　　安金藏剖心明信
　　　　　　　僧怀义稔恶受诛

却说武承嗣是武氏爱侄,受封魏王,职任左相,端的是一人之下,万人之上,那唐朝宗室,及内外文武百官,好几多人为他所害,他还想揲去豫王,入为太子,不料反接到制敕,竟把他的左相重任,撤销了去。他也不识何因,及探问

第三十三回　安金藏剖心明信　僧怀义稔恶受诛

武氏左右，方知是由侍郎李昭德撺掇出来，不由的大怒道："昭德昭德！你敢在虎头上搔痒么？我总要你死无葬地。"伏下文昭德被杀事。正恨语间，忽又闻昭德已升授同平章事，越觉忍耐不住，竟出门上马，跑进宫中去了。原来昭德籍隶长安，素性刚毅，自入拜侍郎，杖死王庆之后，见前回。颇得武氏信任，屡与商议国政。昭德乘间密陈道："魏王承嗣，权势太重，应加裁制为是。"武氏道："承嗣是朕侄儿，所以特加重任。"昭德道："姑侄虽亲，究竟不及父子，子尚有弑父等情，况姑侄呢？今承嗣位居亲王，又兼首相，权等人主，恐陛下未必久安天位了。"武氏不觉瞿然道："朕未曾虑及此著，卿言也有可听哩。"遂亲下手谕，罢承嗣左相职，接连就令昭德同平章事。承嗣忿忿的跑至宫门，下马入宫，求见武氏。武氏传入，问他来意。承嗣道："陛下命臣免相，使臣得卸仔肩，臣不胜感幸。但昭德党同伐异，好肆排击，此人若参政柄，定致变乱，陛下应亟行贬黜，免得贻忧。"武氏正色道："我任昭德，才得安眠，他能为我代劳，奈何劝我贬黜呢？"承嗣再欲有言，武氏又摇首道："汝不必多说，我自有主见。"说罢，拂袖径入。承嗣碰了一鼻子灰，只好闷闷而回。势不可恃，若乘此急流勇退，亦可免异日赤族之祸。昭德入秉政权，裁抑酷吏，不遗余力，且禁吏民妄言祥瑞。或献入白石一方，中有赤文，昭德问道："此石有何异征，敢来妄献？"来人答道："因此石具有赤心，与他石不同，故此上呈。"昭德怒道："此石赤心，他石都要造反么？"驳得好。说得左右僚吏，一齐解颐，昭德即举石掷出，并叱逐来人。未几，又有襄州人胡庆，用丹漆写着龟腹，有"天子万万年"五字，亦赍陈阙下。足为乌龟皇帝之兆。昭德冷笑道："又来欺我么？"遂取龟过来，用刀一刮，灭尽字迹，因奏请将胡庆加罪。武氏道："小民无知，心实不恶，可饶他去罢！"自己也是心虚。补阙朱敬则，及侍御史周矩，趁着昭德参政的时候，均上书奏请缓刑，武氏也颇嘉纳。监察御史严善思，正直敢言，尝因告密风盛，引为深恨，亦上疏规谏。武氏遂命他按问，他秉公讯鞫，所有告密事件，多是虚诬，共查出八百五十余人，悉令抵罪。罗织经从此失效，罗织党也从此少衰。来俊臣恨他破法，阴与侍御史侯思止王弘义等，构陷善思，坐流骧州。李昭德代为营解，武氏亦知善思受冤，乃复召为浑仪监丞。旋中制禁人间藏锦，侯思止违禁私藏，被昭德察觉，杖死朝堂。思止目不识丁，由告密得官，本授为游击将军，他独面白武氏，求为御史，武氏语思止道："卿不识字，奈何作御史？"思止答道："獬豸何尝识字，不过能触邪呢。"武氏心喜，乃令官侍御史。受职后与来俊臣等，共同罗织，贻害吏民，及被昭德杖毙，远近称快。惟俊臣等失一爪牙，恨不得扑杀昭德，借报私仇，奈一时不能逞愿，只好勉强含忍。

武承嗣更怏怏失望，日夜谋去皇嗣，密嘱武氏宠婢团儿，入谮豫王妃刘氏，及德妃窦氏，即玄宗隆基生母。私挟巫蛊，咒诅乘舆。武氏信此为真，俟二妃入朝，竟一律杀死，连尸骨都没有着落。可怜豫王旦只背地拭泪，一句儿不敢多言。尚方监裴匪躬，及内常侍范云仙，私谒豫王，又有人告知武氏，俱被腰斩。自是公卿以下，皆不得见豫王。武承嗣又嘱团儿诸人，密告豫王隐蓄异图，武氏即命来俊臣推治，把豫王平日侍役，都拿至法庭。俊臣堂皇高坐，备列刑具，才拍一声惊堂木，已令人毛发森竖，不寒而栗。起初尚齐跪案前，均替豫王辩冤，怎禁得俊臣虎威，刑杖交加，或被笞，或被扑，或被夹，或被拶，不消半个时辰，已害得满庭人犯，血肉横飞，奄奄一息。俊臣尚再三迫胁，喝令供认，大众已不胜楚毒，没奈何自称愿供，案上即有数纸掷下，给大众拾写。突有一人闯入法庭，大呼道："三木之下，何求不得？皇嗣未尝谋反，奈何硬说他反哩。我是一个乐工，本不敢与闻此事，但事关社稷，怎能不辩？我愿剖心出示，替皇嗣表明真迹。"说至此，即解衣露胸，取出亮晃晃的小刀，向胸前纵横一划，顿时鲜血直喷，晕倒地上，不省人事。赖有此人。俊臣望将出去，见他血渍满庭，僵卧不动，也未免心惊起来，慌忙下座出视，已是洞胸露腑，五脏皆见。即令左右抚他口鼻，尚有微微呼吸，似觉一息尚存，正思把他处治，已有宫监到来，传武氏命，令饬役舁他入宫。俊臣不敢违慢，便命二人舁着，随宫监同去，自己亦退堂停讯。暂将全案人犯，暂羁狱中，武氏因案情重大，预着人探察法堂，及闻有人剖心明冤，立命舁入，亲自验视，果然奏报不虚，乃急传御医入治。御医沈南璆等，悉心诊视，谓尚可施救，不致伤生。当下移入静室，由数医官运动妙手，先将五脏安置原处，然后用桑皮线缝好裂痕，外敷良药，令得生肌长肉，好容易调治竟夕，待至次日黎明，方见他口眼活动，渐渐有些苏醒转来，再灌以参汤，进以大剂，才觉一条性命，侥幸保全。御医复奏武氏，谓已无妨。武氏复亲身临视，因他身子尚不能动弹，概令免礼，但问他姓氏籍贯。他已少有知觉，硬撑了一声道："臣是太常乐工长安人安金藏。"如闻其声，如见其人，一语抵人千百。言已泣下。武氏也不觉黯然道："我有子不能自明，累汝至此，汝真是一个忠臣了。"乃令他静养，并派役服侍，返入内殿，嘱内侍传谕俊臣，将豫王左右侍役，尽行释放。一场大狱，才算冰消。

越年为长寿三年，武承嗣召集二万六千余人，上武氏尊号，称为越古金轮圣神皇帝。武氏最喜人谀，自然准请。又御则天楼受尊号，改元延载，免不得大飨宗庙，遍宴群臣，忙乱了好几日。武氏尚饶余兴，带同承嗣三思，及太平公主等，往游后苑，此时尚值初春，余寒未退，各种花木，虽已生有枝叶，或已含蕊，尚未开放，没有甚么艳景。武氏道："这数日天气晴和，为甚么花尚未开哩？"承嗣道："时尚未至。"说到"至"字，三思即凑入道："想尚未接御敕，不敢遽开，若陛下降制催花，花神也应听命哩。"承嗣道："恐怕未必。"武氏也为默然。偏太平公主敢作敢言，更上前婉奏道："圣德覃敷，百神效顺，怎见得不能

第三十三回　安金藏剖心明信　僧怀义稔恶受诛

骤开？但请陛下降了慈谕，总有几株开放哩。"武氏经此一说，也不觉生了奇想，便命侍从取过纸笔，自题一诗云："明早游上苑，火速报春知。花须连夜发，莫待晓风吹。"这四句就作为制敕，递与太平公主。公主拣那花蕊最多的向阳树上，令侍从移取高梯，赍敕上登，悬挂树梢，然后随了武氏，又玩赏一回，方才回宫。越宿起来，公主即遣侍女探视，返报上苑群花，果已开放。喜得公主心花怒开，匆匆梳洗，即往报武氏。武氏也欣然道："果有此事么？"当下传令免朝，饬王公大臣，侍宴后苑。待至午牌已近，乃启驾临幸，到了苑中，百官俱已鹄候，排班庆贺。武氏格外心欢，四面一瞧，果有好几处花枝，向日吐葩，红白相间，也自以为花神效命，万汇含芳，更兼武三思太平公主，及王公大臣等，争献谀词，引得这位老淫妪，眉飞色舞，笑逐颜开，此事不见正史，惟稗史中偶载及此，但初春天气，风日晴和，也应有数树开花，笔下演述，亦极得分寸，不涉张皇。当下开筵欢饮，列坐传觞，酒至半酣，命内侍查明花名，一一报闻，约报至数十种，武氏忽问道："牡丹花开未？"这一句问将过去，转令查报花名的内侍，噎住了喉，不敢发声。武氏又问道："尚未开么？"内侍只好应了一声"是"字。武氏竟转喜为怒道："此花不中抬举，快与朕剧移苑外，贬谪洛阳。"内侍奉谕，传旨园官，园官即将园中所植牡丹，悉数移出，散种野外。嗣是牡丹花改称洛阳花。语见《事物纪原》。

武氏宴毕还宫，心下还带着三分不足，不似开宴时的满面喜容。三思却又想出一法，召集四夷酋长，请铸铜铁为天枢，铭刻武氏功德，竖立端门外面。武氏准奏，即令姚璹为督作使，大聚铜铁，铸冶起来。诸胡集钱至百万亿，购办铜铁，尚嫌不敷，乃更采敛民间农器，凑成二百万斤，方得敷用。天枢形状似柱，高一百五尺，径十二尺，共有八面，环以铜龙，负以铜兽，柱巅制一云盖，盖上有四蛟，捧一大珠，这番工作，越年始成。三思作文，大旨在黜唐颂周，武氏自署名号，叫作大周万国颂德天枢，一并镌刻柱上。又将群臣蕃酋的名氏，亦附入下面，这也是千古未有的特色呢。以有用之铜铁，作无用之柱脚，实是呆鸟。

是年八月，梨花盛开，免不得有人称瑞。武氏也以为瑞征，御殿时笼在袖中，取示廷臣。大众又是称贺。独同平章事杜景佺伏奏道："目下已值仲秋，草木黄落，不意此花独荣，阴阳失序，咎在臣等。"满廷都是佞臣，独景佺有此正论，恐亦与梨花相同。武氏闻言，未免愕然，半晌才道："卿算有宰相才。"语毕退朝。会李昭德奏劾王弘义，坐流琼州，弘义行至中途，诈称奉敕追还，返道汉北，为昭德所闻，忙令侍御史胡元礼往验，察出诈谋，立刻杖毙。来俊臣亦坐贪淫罪，贬为同州参军，急得诸武不知所措，忙运动凤阁鸾台，你一疏，我一奏，说得昭德非常专恣，不由武氏不动起疑来。可巧突厥寇边，遂调昭德为行军长史，随着朔方道大总管，率领契苾明曹仁师沙吒忠义等十八将军，往御突厥。

突厥阿史那骨禄等，常侵边境，前由程务挺黑齿常之两人，相继防御，始终不敢深入，至两人被戮，防边无人，骨笃禄出入无忌，只因年老多疾，所以一出即归。延载元年，骨笃禄病死，弟默啜颇有勇略，即自立为可汗，率众寇灵州。武氏却用了一个匪夷所思的人物，出为行军大总管，初令辖新平道，继令辖代北道，旋复令辖朔方道。看官道是何人？原来是辅国大将军鄂国公薛怀义。真是奇极。备述官衔，越觉挖苦。怀义是个秃奴，晓得什么兵法？只因与武氏是老姘头，乃得仰沐荣封。且武氏非彼不欢，如何调他统军？肉战则可，兵战其可乎？说来又有一段隐情，表明后方可知晓。怀义受封鄂国公，越发骄横，所有平时用费，概得向库中支取，不加限制。竟有惟王不会之遗规。他却想出一种巧思，每月开一无遮会，召集善男信女，大会寺中，见有姿色的妇人，就留住禅房，任情取乐。妇女信佛者其听之！都人统畏他势焰，就是妻女被淫，也只好忍气吞声，不敢过问。他又募度壮僧数千人，作为帮手，这种壮僧，也不安本分，无非是采花问柳，倚翠偎红，所以洛阳女儿，已不知被他蹧蹋若干。怀义日在寺中，与僧众肉身说法，还有何心入宫应卯？武氏传召，时常托词不赴，十次中不过应酬三四次，累得武氏欲火难熬，别寻一个主顾，便是御医沈南璆。南璆房术，不让怀义，武氏恰也欢慰，但恐怀义在外闯祸，且闻他僧徒多系力士，索性借御寇为名，令他率众北征，若得战胜，原不愧为知人，否则令他师徒毙敌，也好杜绝后患。揭出武氏心计，发前人所未发。偏是怀义交运，一经出师，胡虏便退。此次武氏疑忌李昭德，令他为行军长史，又命一个同平章事苏味道，做了行军司马，陪着昭德，掩饰人目，一面令怀义格外得意，连朝廷宰相，都受他节制，或肯不顾存亡，前去效死。怎奈天下事往往出人所料，怀义未到朔方，突厥兵又复退去。那时怀义自然折回，沿途与昭德议事，屡有龃龉，还都后也奏称昭德恣肆，竟贬昭德为南宾尉。嗣又因杜景佺等，附会昭德，不能匡正，也将他贬徙远州。无非由梨花一奏所致，可见前时称为相才，实是一句讥讽语。怀义曾造夹纻大像，留供天堂，像高九百尺，鼻如千斛船，小指中容数十人并坐。夹纻漆成，异常精彩。应三十一回。至是为风所摧，由武氏令怀义重修。怀义又支取库银数百万两，督工赶筑，忙碌了两三月，才得修复原状，因入宫复旨。武氏只淡淡的答了"知道"二字。怀义见武氏没甚兴采，也即退出，默思从前何等亲昵，今自班师以后，修造大像，已历十旬左右，从未经过召幸，此中定是有人庖代，所以这般疏淡；乃私下访问宫人，宫人都受武氏密嘱，未敢通风，因此也探听不出。左思右想，得了一策，特请在朝堂开设无遮会，经武氏批准，即潜在朝堂下面，掘地为坑，深约数丈，埋着许多纸糊殿阁，泥塑佛像，至开会时，乃从坑中引上，对着大众，但说从地中涌出，预兆祯祥。又密取牛血，画一大像头颅，高二百尺，但捏称是刺诸膝上，得血绘成。

以己比牛，也没甚荣耀。一时哄动都市，士女云集。怀义出钱数十车，望空散掷，令他争拾，甚至互相践踏，伤毙老弱多人。次日，复在天津桥南，张像设斋，预邀宫廷大小官吏，届时诣席，官吏惮怀义威焰，不敢不来，只有武氏高居深宫，连日不闻足音，怀义越加怀疑，就从散席以后，留住二三知己，盘问宫中情状。当时有个快嘴人物，说是御医沈南璆，日夕入侍，那怀义不禁大愤道："反了反了。"武氏所防惟反，是对着臣僚，怀义所防惟反，是对着武氏，写来极有趣味。随即送别好友，等到一更以后，竟悄悄的到了天堂，放起火来。

这天堂在明堂北面，占居高巅，天堂被火，明堂自然延烧，更兼风势猛烈，越烧越旺。照耀都中，几同白昼，一班禁卫军，合力灌救，毫不见效，延及天明，方得扑灭。一座金碧辉煌的明堂，已变做乌焦巴弓，无一完木。最可叹的是夹纻大像，裂作数百段，漆血气布满都城。都是民脂民膏。武氏正加号慈氏，命设醮宴，忽闻明堂大火，未免惊惶。拾遗刘承庆，请辍朝停醮，上答天谴，武氏颇有允意。独纳言姚璹，谓明堂是治政地，非宗庙比，不应自加贬损，乃仍然视朝，赐醮百官。左史张鼎，且上言火流王屋，适显周家祥瑞。通事舍人逄敏，复奏称弥勒显道，有天魔烧宫，焚坏七宝台等情，这是意中恒事，无伤圣德。刘承庆谓是天谴，已涉无稽，张鼎逢敏等语，更不值一噱。武氏微笑不答，但说："由内外工徒，不知戒火，因有此变。"当下仍令怀义更造天堂明堂，又铸铜为九州鼎，及十二神，各高一丈，分置四方。

怀义因纵火无罪，越加骄蹇，且斥武氏负情忘义，别图所欢，当下一传十，十传百，免不得传到武氏耳中。武氏大为懊怅，因恐投鼠忌器，不便下手，忍耐了好多日，已是残冬，又改元为天册万岁，未几又改元证圣。累届朝贺，怀义多不与列，且更说出许多秽语，直把那武氏淫亵情状，一古脑儿都宣扬出来，武氏时有所闻，遂召入太平公主与她熟商。公主本武氏爱女，所有宫中情事，无一不知，便对武氏道："臣女早欲奏闻陛下，只因陛下不言，臣女亦何敢先言？试思陛下系何等圣佛，托生人间，欲选三五侍臣，自应就公卿贵阀中，看他姿禀秾粹，方准入选，奈何令怀义秃奴，得侍左右呢？"武氏道："我亦有悔意，但欲除此人，颇费周折。"公主道："这有何难？"武氏又接入道："他手下有许多力士，若略一通风，必将谋变，就使指日剿平，已被他许多毁谤，岂不是大损名誉么？"你亦自顾名誉么？公主笑道："这事委臣女往办，管教他身首两分，毫无他虑。"武氏喜道："我就叫你便宜行事。你须小心！"公主应声趋出，即召驸马从兄武攸宁，密嘱数语，再选十数健妇，嘱令如此如此。大家唯命是从，分头往办，待到黄昏时候，公主即遣一武氏心腹，召怀义入宫。怀义闻召，未免一喜一疑，喜的是又蒙召幸，疑的是何故复召，乃带着力士数名，策马驰入，行至宫门，见宫中没甚动静，方敢下马趋进，大踏步上了殿阶。阶前只有数妇,阻住力士,不准随入。怀义见殿阶上下,止立妇人数名,料想没有他变,放心入殿。不意背后突遭一击,痛得眼花缭乱,跌倒殿中,才呻吟了一声,已被众妇人揿住,用着最粗的铁链,捆缚起来,再把木丸塞入怀义口中,令不得言。怀义尚望徒众入救,杀猪似的狂喊,谁知武攸宁已指麾健卒,拥出阶前,一阵乱斫,将怀义的随身护符,杀得精光,乘势入诛怀义,刀光一闪,了结性命。当将尸骸拖出,掷入火堆,剩得几根烬余残骨,送入白马寺,压置塔下。小子有诗叹道:

  淫僧敢自乱宫闱,况复骄横肆毒威。
  粉骨非真能蔽罪,徒留秽史付人讥。

  怀义既诛,太平公主遂荐引一个妙年郎君,入为武氏的男妃。欲知此人为谁,容至下回再表。

  本回以安金藏薛怀义为主脑,而外此各事,随笔穿插,无断续痕,此由阅史时独具眼光,见得当时事实,俱属相因,因甲得乙,因乙得丙,因丙得丁,彼此关连,自然绾合耳。其所以用安金藏僧怀义为主脑者,表金藏之忠,暴怀义之恶也。武承嗣欲夺储位,累谮豫王,盈廷大臣,不闻代白,安金藏一乐工耳,独能剖心明信,为豫王辩白冤诬,此其忠为何如乎?怀义秽乱宫闱,横行不法,虽由武氏之溺情床闼,纵令骄淫,而怀义恃势作威,肆无忌惮,开无遮会以污妇女,火明堂以泄私仇,此其恶为何如乎?表之暴之,为后世示劝惩,此正维持风教之苦心也。余事多见细评,不必赘述云。

第三十四回　累次发兵才平叛酋
　　　　　　借端详梦迭献忠忱

  却说太平公主,引入少年,陪伴武氏,这人姓张名昌宗,系故太子少傅张行成族孙。昌宗有兄易之,曾袭荫居官,累迁尚乘奉御,兄弟皆丰姿秀美,通晓音律。昌宗年仅及冠,更生得眉目清扬,身材俊雅,太平公主先为说项,引得武氏动情,然后召入昌宗,衣以轻绡,傅以朱粉,浴兰芳,含鸡舌,送入武氏宫中。武氏瞧入眼中,早已十分中意,一经侍寝,说不尽的旖旎,描不完的缠绵,薛怀义无此风情,沈南璆亦惭形秽。武氏生平,从未经过这般酣艳,此番天缘相凑,幸得这个妙人儿,遂不禁百体皆酥,五中俱快,绸缪竟夕,尚觉是欢娱夜短,恋恋情深。艳语不涉猥亵。昌宗暗想,这个老淫妪,真是天下尤物,居

第三十四回　累次发兵才平叛首　借端详梦迭献忠忱

然能通宵达旦，极乐不疲，自己还恐招架不住，遂把乃兄易之，亦推荐上去。武氏谓恐一时无两，昌宗道："臣兄材力过臣，且善炼药石，陛下若召来一试，便觉臣言非虚哩。"棣萼多情，却也难得。武氏允诺，次日即召幸易之，果然枕席功夫，比乃弟尤为进步，不过柔情媚骨，似觉稍逊一筹，武氏各有取材，也与他彻夜交欢，越宿起床视朝，即封昌宗为云麾将军，武氏专封情夫为将军，岂因他肉战胜人吗？易之为司卫少卿，特赐甲第，并给奴婢橐驼牛马等物，外加美锦五百匹。嗣是二张轮流进御，大得武氏欢心，宠遇无比。晋授昌宗为银青光禄大夫，追赠二张父希奭为襄州刺史，母韦氏臧氏，并封太夫人。臧氏系昌宗生母，年逾四十，姿色未衰，有是子应有是母。平时尝有外遇，尚书李迥秀与她有私，武氏竟许为情夫，准他来往。推己及人，好算是特别仁恩。二张权力日增，不到一旬，已是门无隙地，威震京都。诸武兄弟及宗楚客等，争谒门墙，伺候颜色，甚至亲与执鞭，非常羡慕，号易之为五郎，昌宗为六郎。

惟自怀义死后，天堂明堂，仍然派人督造，越年乃成，规模比前时稍狭，华丽不减当初，易名为通天宫，又改元为万寿通天。即嗣圣十三年。武氏方铺张扬厉，粉饰太平，祀南郊，封中岳，去越古慈氏诸号，改称天册金轮大圣皇帝，赐酺十日，举国若狂，不料东北警报，陆续前来，转令武氏无暇行乐，只好遣将调兵，出御朔方。原来营州北境，向有东胡种落，作为窟穴，渐渐的生齿日蕃，分设奚及契丹二部。突厥勃兴，契丹臣附突厥，奚亦间通贡使。至唐武德年间，突厥渐衰，契丹酋长孙敖曹，乃叩关入朝。太宗时威振四夷，契丹别帅窟哥，及奚帅可度者，并率部众，内附唐廷，就契丹部置松漠府，即授窟哥为都督。奚地置饶乐府，即授可度者为都督，均赐姓李氏。太宗伐高丽，尝发奚契丹兵从军。高宗显庆时，窟哥可度者皆死，奚与契丹连叛，由定襄都督阿史德枢宾等，次第讨平，仍然臣服。至万岁通天元年，营州都督赵文翙，残酷不仁，虐待契丹部众，于是松漠都督李尽忠，及归诚州刺史孙万荣，共举兵攻陷营州，杀死文翙，尽忠即窟哥孙，自称无上可汗，万荣即敖曹孙，为尽忠先锋，纵兵四掠，所向残破。武氏闻警，亟遣左鹰扬卫大将军曹仁师，右金吾卫大将军张玄遇，左威卫大将军李多祚，司农少卿麻仁节等，率兵往讨，并命梁王武三思为榆关道安抚大使，纳言姚璹为副，陆续出都。改李尽忠名为李尽灭，孙万荣名为孙万斩。武氏专改他人姓名，不脱妇人咒诅习气。

曹仁师等行至幽州，遇有唐兵自营州逃回，报称前为虏寇，被縶地牢，今闻王师大至，寇已乏食，所以放还。契丹果真乏食，何妨杀死俘囚。乃无故释还，显是有诈。张玄遇麻仁节两人，急欲争功，带领部兵，兼程前进，驰至黄麕谷，又有许多老弱番兵，前来迎降，面目都含饥色。又是一个诈降计。两将益以为寇兵乏粮，正好一鼓荡平，便驱兵深入。但见沿途一带，羸牛瘦马，或立或卧，越觉贪功心炽，一口气跑至西硖石谷，这西硖石的地方，最称险阻，两旁山峦层叠，林箐纵横，真个是行军绝路，未便轻进。两将也不管利害，见路即行，适值夕阳西下，天气阴沉，厌径羊肠，苍茫莫辨，还是不肯住脚，闯将进去。忽听得号炮一声，胡哨四起，大众才有些慌忙，免不得东张西望，哪知番众突出，四面杀来，急切里无从退回，已觉叫苦不迭。偏契丹兵逐队拥上，统是骁悍的步卒，前队是长枪兵，专戮面部，后队系挠索兵，专绊马足。唐军都是骑士，上下不能两顾，顿时人仰马翻，不是被杀，就是被擒。玄遇仁节两将，措手不及，也被绊马索绊倒，一并擒去。契丹将孙万荣，搜得两将兵印，即诈为文牒，遣报曹仁师各军，说是官军大胜，仁师部将燕匪石宗怀昌等，乐得前去分功，因兼程疾进，不遑寝食，正走得人困马乏，又被契丹伏兵，左右邀击，害得全军覆没，无一生还。<small>明明自去寻死。</small>

　　败报驰达东都，武氏再遣同州刺史建安王武攸宜，为清边道大总管，出讨契丹，且募全国系囚，及士庶家奴，有力从军，悉令调发。攸宜未曾出境，万荣已进兵崇州，凉州都督许钦明兄钦寂，为龙山军讨击副使，逆战失利，致为所擒，万荣移兵围安东，令钦寂招降安东都护裴玄珪，钦寂佯为应诺。及至城下，呼玄珪与语道："狂贼不道，必遭天殃，灭亡便在目前，公宜厉兵坚守，毋失忠节。"万荣大怒，将他杀毙，即督兵攻城。城上矢石如雨，才行退去。钦寂弟钦明，也为突厥所虏，后亦殉难，时人称为二忠。既而突厥默啜可汗，表请和亲，愿率部众助讨契丹。<small>亦非善意。</small>武氏遂遣豹韬卫大将军阎知微，左卫郎将署司宾卿田归道，赍册授默啜为迁善可汗，兼左卫大将军。默啜出袭松漠，适值尽忠惊死，万荣外出，被默啜乘隙掩入，把尽忠万荣的妻子，及所有辎重，尽行掳去。万荣无家可归，索性专寇唐境，攻陷冀州，杀刺史陆宝积，屠吏民数千人，再驱众攻瀛州，河北震动。魏州刺史独孤思庄，胆小如鼷，悉驱城外居民，入城守卫，一面飞表乞援。武氏知他怯懦，乃起彭泽令狄仁杰，往代思庄。<small>仁杰遭贬，见三十二回。</small>仁杰抵任，遣民归农，且与语道："距寇尚远，何必仓皇。万一寇至，我也自能支持，不劳百姓。"大众拜谢，欢跃而去。

　　唐廷再命夏官尚书王孝杰，羽林卫将军苏宏晖，统师十七万，往击孙万荣。行至东峡石谷，正遇契丹前锋，立即与战。契丹兵略略交锋，便即引去。<small>又是诈计。</small>孝杰纵兵追击，宏晖继进，途中七高八下，崎岖难行，前面适有一大岭，两旁峭壁悬绝。孝杰策马先登，不防契丹兵回扑转来，势如猛虎，所当辄靡。岭上喊声连天，宏晖尚在岭下，竟不管孝杰死活，马上返奔，剩得孝杰孤军，也是立足不住，纷纷散乱。孝杰被番众一挤，堕崖身死，余众亦多半伤亡，逃脱的没有几人。<small>唐军又败。</small>武攸宜方至渔阳，闻孝杰败死，吓得魂魄飞扬，不敢前进。万荣遂进屠幽州，分兵陷瀛州属县，大掠而南。孝杰记室张说，飞

第三十四回　累次发兵才平叛酋　借端详梦迭献忠忱

马回奏，武氏也觉惶急起来，更用右金吾卫大将军武懿宗为行军大总管，与右豹韬卫将军何迦密，出师援应。诸武只能残害朝臣，不能击走胡虏，武氏专信母族，安得不败。接连又命御史大夫同平章事娄师德，为清边道大总管，右武威卫大将军沙吒忠义，为清边中道前军总管，统兵二十万，即日北行。懿宗军至赵州，闻契丹兵将到冀州，便欲南遁，将士请坚壁清野，为疲贼计。懿宗不从，遽退还相州，沿途抛弃军械，不可胜计。万荣复进掠冀州，入屠赵州。

先是万荣破王孝杰时，曾在柳城西北四百里，依险筑城，留住老弱妇女，及器械辎重，留妹夫乙冤羽居守。突厥默啜可汗，探悉情形，又发兵潜往，突入新城，掳住乙冤羽，便把全城蓄积，悉数取归。嗣复故意将乙冤羽纵去，令报万荣。万荣已狡，默啜尤狡。万荣方招诱奚部，夹攻唐军，气焰很是嚣张。偏由乙冤羽驰报，新城失守，害得神色沮丧，寝食不安，那部众的眷属，都在新城，一闻陷没，个个悒惧，皆无斗志。奚部兵士，见他这般情状，料知不能胜唐，也有变心。唐神兵道总兵杨宏基，及清边道前军副总管张九节，侦知底细，便与奚人结了密约，夹击万荣，里应外合，前犄后角，立将万荣军捣破，杀得血肉模糊，万荣只率轻骑数千名，夺了一条血路，落荒东走。张九节从间道驰出，截击万荣去路，万荣进退两难，回马斜奔，趋至洛水东岸，手下已是散尽，止剩家奴数人，乃下马憩息，凄然长叹道："今欲归唐，罪大难容，归突厥亦死，归新罗亦死，奈何奈何？"言未已，那头颅已应声坠下。看官欲问何人下手？当然是他的家奴。奴持首献唐军。还有万荣骁将李楷固何务整，亦至幽州求降。时狄仁杰已升任幽州都督，好言抚慰，送往东都，并安抚河北百姓，不妄戮一人。独武懿宗所至残酷，遇有难民自拔来归，多指为贼党，剜心剖胆，穷极惨状；及班师还朝，且奏言河北从贼诸民，应悉数夷族。左拾遗王求礼在侧，奋然出奏道："小民素无军备，力不胜贼，只好暂时屈从，本意何尝欲反。懿宗拥强兵数十万，望风退走，以至贼徒滋蔓。今贼幸告平，反欲移罪草野，尽加屠戮，试思自己不忠，怎能责人？臣请先斩懿宗，以谢河北百姓！"快哉快哉！我应浮一大白。懿宗无词可辩。

武氏乃下制大赦，改万岁通天二年为神功元年，且因默啜有功，复令阎知微田归道同使突厥，册默啜为特进颉跌利施大单于，立功报国可汗。知微见了默啜，舞蹈三呼，似对着武氏一般，甚至吮他靴鼻，归道独长揖不拜。一佞一直，相去何如。默啜以归道无礼，拘住不遣，但令知微南归，求允婚约，并乞给还六州降户，及单于都护地。此外尚有谷种彩帛农器铁等件，亦在要索项中。知微唯唯从命，返见武氏，请允所求。武氏道："前时突厥降众，曾分居丰胜灵夏朔代六州，目前户口蕃息，差不多有数千帐了。单于都护府地，由先朝百战得来，奈何轻许？就是谷帛等物，亦应酌量赐给，不宜多与。"凤阁侍郎李峤，从容接口道："陛下圣见甚明，突厥所求，断难轻许。臣思戎狄无亲，贪利寡信，若骤允所请，便所谓借寇兵，赍盗粮了，不如严兵阨守，以绝狡谋。"说至此，又有两人进言道："欲取姑予，也是对外的良策，况默啜为国立功，正应羁縻勿绝。归道又被他留质，若一律拒斥，彼必戕我天使，发兵寇边，契丹余党，均为所用，恐边境又无宁日了。"武氏视之，乃是纳言姚璹，及鸾台侍郎杨再思，当下沉吟半响，方徐徐答道："二卿所言亦是，朕当酌给便了。"越宿下制，竟拨还六州降户数千帐，并给谷种四万斛，杂彩五万段，农器三千具，铁四万斤。且指令默啜女为亲王妃，约期亲迎。惟单于都护府地，未曾提及，此制颁到突厥，默啜乃遣还归道。归道入朝，与阎知微争论廷前，知微谓和亲可恃，归道谓和亲不可恃。武氏有左袒知微意，归道叹息而出。武承嗣子淮阳王延秀，年少翩翩，尚未娶妻，武氏令娶默啜女为妃，约于来岁行亲迎礼。预备金帛亿万，作为聘仪，届期乃发。

承嗣老且渔色，罗致美女，充入后房。右司郎中乔知之，有妾名碧玉，秀艳绝伦，通文字，善歌舞，知之非常宠爱，视若奇珍，偏被承嗣闻知，竟令女媪至知之宅，佯言由姬妾所遣，邀碧玉往教妆梳。知之不好拒绝，只得令碧玉赴承嗣第。一去数日，未见回来。知之一再探问，均被门吏所阻，且加以讥笑，气得知之无法可施，归作绿珠怨一首，令女仆辗转投递，方得缴与碧玉。碧玉正为承嗣所逼，勉强羁留，既得知之来笺，立即展览，词云：

    石家金谷重新声，明珠十斛买娉婷。
    此日可怜偏如许，此时歌舞得人情。
    君家闺阁不曾观，好将歌舞借人看。
    意气雄豪非分理，骄矜势力横相干。
    辞君去君终不忍，徒劳掩袂伤铅粉。
    百代离恨在高楼，一代红颜为君尽。

  碧玉览毕，暗暗泣下，明知诗中寓意，叫她自尽，遂将诗系裙带间，拚了一命，往投井中。不愧绿珠。及承嗣令人抢救，已是无及，徒捞得一个芳骸，不能复活，惟裙带间诗迹尚留，由承嗣检视，知是知之所贻，遂讽酷吏罗告知之，把他下狱处死，籍没全家。不意石崇之后，复有乔知之。自时李昭德来俊臣两人，均已起用，昭德入为监察御史，俊臣入为司仆少卿，两人俱不改旧性，一个是锋芒未敛，一个是暴纵自如。明堂尉吉顼，闻箕州刺史刘思礼，与洛州录事参军綦连耀，阴结朝士，谋为不轨，遂入白俊臣。俊臣令上书告变，武氏即使武懿宗穷治，辗转牵连，杀死同平章事李元素孙元亨等三十六人，亲旧连坐，或贬或窜，多至千余家。俊臣欲专为己功，复罗告吉顼，亏得吉顼入诉武氏，自

第三十四回　累次发兵才平叛首　借端详梦迭献忠忱

陈心迹，才得免祸。俊臣又复得宠，也百计钩致美姝，甚至矫敕夺人妻女，诸武本与他有旧，任他所为，此外无人敢捋虎须。独李昭德素来嫉视，拟罗列俊臣罪恶，痛奏一本。奏尚未上，俊臣已诬他谋反，先被下狱。自是俊臣愈加恣肆，自言才比石勒，阴蓄异图，意欲将皇嗣庐陵王太平公主，及武承嗣三思以下诸王，一古脑儿列入反案，统行摔去，好教他独揽朝纲。古人说得好，"众怒难犯，专欲难成。"俊臣想把满朝权贵，一并陷死，难道别人果没有知觉，受他侮弄么！当下由诸武及太平公主，共发俊臣罪状，也将他拘系狱中。刑官严讯得实，请立处极刑。奏上三日不报。吉顼已升任中丞，从武氏游苑中，代为执辔，武氏问及外事，顼答道："外人惟怪陛下不杀来俊臣。"武氏道："俊臣有功国家，朕不忍遽置死地。"顼又答道："俊臣诬杀忠良，罪恶如山，乃是国家的大蠹，若处他死刑，外人必称陛下圣明，陛下奈何尚惜此贼哩。"武氏点首，及回宫后，竟批令昭德俊臣，一并弃市，时人都为昭德呼冤，为俊臣称快。俊臣受诛，仇家皆抉目摘肝，剖心割肉，顷刻即尽。道旁争相贺道："从今以后，夜间始得安眠了。"世人亦何苦为酷吏。

　　武氏自俊臣死后，也悔从前听信蜚言，杀人过甚，乃进徐有功为殿中侍御史，擢姚元崇为夏官侍郎，召魏元忠为肃政中丞，并征狄仁杰为鸾台侍郎，同平章事，愁霾阴气，渐渐销融。

　　惟武承嗣三思等，尚谋夺储位，屡次营求，狄仁杰尝以为忧，苦未得言。越年，复改元圣潜，即嗣圣十五年，是年中宗还宫。武氏为三思所惑，欲立他为太子，乘着酺宴期内，召问相臣。众莫敢对，独仁杰从容奏陈道："从前太宗皇帝，栉风沐雨，手定天下，传诸子孙，先帝以二子托陛下，陛下今乃欲移归他族，恐先灵未惬，反启危机。且姑侄与母子，孰亲孰疏？陛下立子，千秋万岁后，配食太庙，倘或立侄，臣未闻有祔姑宗庙呢。"武氏道："这是朕的家事，卿不必预闻。"你也学李勣语么？仁杰道："天子以四海为家，四海以内，何一非陛下家事？况元首股肱，义同一体，臣备位宰相，怎得不预闻呢？"武氏道："据卿说来，仍立豫王为是。"仁杰复道："弟不可先兄，庐陵王并无大过，应该召还庐陵，待庐陵百年后，兄终弟及，未始不可。"武氏稍稍感悟，总还踌躇未决。是夕，梦见鹦鹉飞入，自折两翼，醒来甚觉奇异。曾与二张同梦否？翌晨临朝，顾语仁杰道："朕昨梦大鹦鹉，两翼皆折，这是何兆？"仁杰道："陛下姓武，鹦鹉就是寓音，两翼便是两子，陛下将二子保全，两翼自然复振了。"借梦讽谏，可谓善言。武氏不觉称善，乃把册立诸武意，搁起不提。

　　二张兄弟，与吉顼友善，常相过从，顼从容进言道："公兄弟贵宠逾恒，天下侧目，不立大功，恐难自全。"二人惶恐问计，顼遂答道："天下未忘唐德，都想迎立庐陵王，主上春秋日高，大统总须付托。武氏诸王，非所属意，公等何不劝立庐陵？既慰众望，且建巨勋，不但可以免祸，并且可长保富贵了。"二张齐声道："敬受明教！"嗣是入宫值班，与武氏喁喁私语时，即以项言为请。床头语容易动人，遂令武氏幡然变计，决拟召还庐陵王。小子有诗咏道：

> 敢将嗣主锢房州，十四年来久被幽。
> 幸有良臣图反正，从容数语脱羁囚。

究竟庐陵王是否还都，容待下回说明。

　　契丹入寇，武氏三次出师，迭用诸武为统帅，武三思偷安榆关，武攸宜逗留渔阳，武懿宗退保相州，无一有用材。卒至塞外丧师，至再至三，乃徒改万荣为万斩，尽忠为尽灭，犬鸡之谊，何当挞伐。彼尽忠之死，万荣之诛，亦赖天心之不欲绝唐，而因出一默啜以牵制之耳。岂武氏之威灵乎哉？武氏知诸武之无用，固未敢易嗣，而来俊臣之恶贯满盈，自速其死，酷吏去而贤臣进，然后唐室方有转机，鹦鹉入梦，讽谏有人，狄公以外，复有吉顼，天之有意扶唐，于此益见。故本回事迹，乃反周为唐之一大关键也。

第三十五回　默啜汗悔婚入寇
　　　　　　狄梁公尽职归天

　　却说武氏用二张言，乃遣职方员外郎徐彦伯等，召庐陵王哲至东都。庐陵王与韦妃诸子，一并诣阙，入朝武氏。武氏留居宫中，佯称为他疗疾。狄仁杰因事涉诡秘，尚觉怀忧，进入宫求见，武氏与语庐陵王事。仁杰道："陛下既召还庐陵王，何故未得一见？"武氏道："卿尚疑朕么？"随即呼庐陵王出幄。仁杰审视果确，才下拜顿首道："王已还宫，人未曾晓，怪不得议论纷纷，还疑是假了。"武氏乃令庐陵王出舍龙门，备礼迎还，中外大悦。武承嗣以计划失败，郁郁不乐，竟至成疾。次子延秀，因武氏指婚胡女，亲迎届期，不得不遣往突厥。武氏复令阎知微署春官尚书，与署司宾卿杨齐庄，赍金万两，帛万匹，偕延秀同行。凤阁舍人张柬之入谏道："自古到今，未有中国亲王，娶夷狄女，还请陛下详察！"武氏不省，且出柬之为合州刺史。至延秀到突厥南庭，承嗣已一命呜呼，长子延基袭爵，本应称为嗣魏王，武氏因犯承嗣讳，特改号继魏王。二名不偏讳，武氏改嗣为继，全然是宦官宫妾丑态。承嗣早死数年，还算幸事。突厥可汗默啜，闻延秀到来，先召入阎知微。知微即将礼单奉呈，由默啜验收毕。默啜竟变色道："我女应配李氏，奈何来一武家儿？我突厥世受李氏恩，

第三十五回　默啜汗悔婚入寇　狄梁公尽职归天

闻李氏尽被屠灭,只有两子尚在,我将发兵辅立,俟得正位,送女未迟。"金帛已收,女却不嫁,还要说出绝大道理,令人拍案叫绝。这一席话,说得知微面色如土,不由的跪下叩头,吁请如约。你说和亲可恃,究竟靠得住否?默啜笑道:"汝何必多虑,尽管留居我国,我便许汝为南面可汗,可好么?"知微听得"可汗"二字,又不觉喜出望外,拜谢而起。默啜叱令左右,将延秀拘住,不准入见,且写了一封责问书,遣杨齐庄折还。武氏正静待和亲消息,忽由齐庄返谒,报称突厥悔婚状,且呈上来书。武氏一瞧,不禁大怒,看官道他书中写着何语?乃是数武氏五大罪,列述如下:

（一）是前时所给谷种,俱系蒸熟,布种不生。（二）是金银器多系伪劣,并非真物。（三）是突厥可汗,曾赏给中使等绯紫,俱被武氏剥夺。（四）是彩帛统系疏恶。（五）是突厥可汗贵女,当嫁天子儿,武氏小姓,门户不敌,休得妄想结婚。

最后结语,乃是进取河北,南下勤王,将反周为唐等情。气得武氏这张粉脸,青一块,红一块,几乎像个黑煞红神。当下派司属卿武重规为天兵中道大总管,又是一个武家儿。右武卫将军沙吒忠义为天兵西道总管,幽州都督张仁亶为天兵东道总管,统军三十万,出征突厥。再遣左羽林大将军阎敬容李多祚,为天兵西道后军总管,将兵十五万为后援。各军依次出发,渡河北进。

默啜已自率十万骑,南向击静难平狄清夷等军。静难军使慕容玄崱,迎降默啜。默啜遂入围妫檀等州,又分兵攻陷定州,杀刺史孙彦高,及吏民数千人,再进兵赵州。刺史高叡与妻秦氏,募集吏民,及所有家奴,执械守城。默啜见刀兵森列,旗帜严明,倒也不敢轻攻,乃令阎知微至城下招降。知微一面招谕守吏,一面与番众交手蹋歌,示欢乐状。守将陈令英登城俯语道:"尚书位任非轻,乃供虏役使,且与虏蹋歌,得勿知愧否?"知微道:"人生但求行乐,何必拘拘名节。我教你等出降,便是此意。"全无心肝。高叡也在城楼,即用箭射知微,知微慌忙引退,回报默啜。默啜即引兵围城,高叡夫妇,日夕巡守,不敢少懈。偏长史唐波若,潜为敌应,引入虏兵。也想去蹋虏歌么?虏众纷纷登城,叡与秦氏,知不可守,仰药待死。经虏众异见默啜,默啜示以紫袍金狮子带,且与语道:"降我赐汝官,否即就死。"叡还顾秦氏。秦氏道:"酬报国恩,正在今日。"说了两语,便即闭目待死,叡亦不发一词,越宿俱为虏所杀。夫妇尽忠,完名全节,后来朝廷赐谥曰节,追赠叡为冬官尚书。不没忠臣不没烈妇。

赵州被陷,吏民非死即降。默啜又入攻相州,寇势益炽。武氏改号默啜为斩啜,不忘故智。悬赏购斩啜头,许封王爵。调任沙吒忠义为河北道前军总管,李多祚为后军总管,往援相州。一面立庐陵王为皇太子,复名为显,赐姓武氏，命为河北道元帅，出御突厥。改封豫王旦为相王，领太子右卫率。先是突厥启衅，大兵迭发，都城因募民为兵，月余不满千人。及太子为元帅，应募日众，不到三五日，即数满五万人。太子乃自请出师，武氏不许，但命狄仁杰为副元帅，令代行元帅事，率军北征。武氏亲饯都门，仁杰拜命而去。途次迭接军报，乃是默啜大掠赵定二州，得男女八九万口，悉数坑死，取金帛北归。仁杰忙檄各道兵追剿，自己也督领十万骑，倍道疾趋，到了赵州境外，不见一虏，就是各道人马，也没有一兵一卒到来，乃长叹数声，回驻赵州。

　　未几，奉制为河北道安抚大使。仁杰疏请曲赦河北诸州，一无所问。幸得武氏批准，乃招抚百姓，凡经突厥驱掠等人，悉令递还原籍。散粮施赈，修驿通师，自食蔬粝，严禁部兵侵扰百姓，河北复安。阎知微由突厥纵还，武氏命磔死天津桥，夷他三族。蹋歌之乐何如？乃制令各道班师，并召还仁杰，改授内史。武氏复得改忧为喜，行乐深宫。事有凑巧，那吐蕃将赞婆弓仁，俱率部众来降。武氏大喜，忙令羽林军飞骑往迎。原来吐蕃自钦陵为相，威行四方，钦陵居中秉政，子弟出握兵权，内外相维，强盛了二十余年。回应二十八回。武氏临朝，曾屡次发兵往讨，迄无成功。惟长寿元年，由西州都督唐休璟，及左武卫大将军阿史那忠节等，破吐蕃兵，夺还龟兹于阗疏勒碎叶四镇，仍置安西都护府，发兵驻守。钦陵又常入寇，与守兵相争，互有胜负。万岁通天元年，又遣使求和，请罢安西四镇戍兵，并乞分突厥十姓地。当由武氏派通泉尉郭元振，与议和约。元振索还吐谷浑诸部，及青海故地，方得与突厥五姓相易。钦陵不从，彼此相持不决，几成悬案。会吐蕃赞普器弩悉弄，年已浸长，因患钦陵擅权，密与大臣论岩等，谋除钦陵。可巧钦陵外出，器弩悉弄托词游猎，号召兵士，掩捕钦陵亲党，得二千余人，一并杀死。又遣使召还钦陵兄弟，钦陵闻变，抗命不受。器弩悉弄自引兵往讨，钦陵兵溃自杀。钦陵弟赞婆，素守东方，钦陵子弓仁，曾统辖吐谷浑七千余帐，至是同来款塞，情愿投诚。既得中使礼迎，遂欢天喜地的入朝晋谒。武氏面授赞婆为辅国大将军，兼归德郡王，弓仁为左羽林大将军，兼安国公，皆赐铁券。赞婆愿为中国戍边，乃更授右卫大将军，令即率部众戍河源谷。才经年余，赞婆病死，追赠安西大都护，另遣御史大夫魏元忠，为陇右诸军大总管，率同陇右大使唐休璟，严备吐蕃。适值吐蕃将麹莽布支，入寇凉州，休璟邀击洪源谷，披甲陷阵，六战皆克，斩首二千级，莽布支遁去，休璟凯旋。

　　还有一种可喜的事情，也是同时奏报。先是契丹降将李楷固骆务整，由狄仁杰解送东都，廷臣以连番出兵，将士多为二人所伤，拟处置极刑，以慰冤魂。武氏却也踌躇，命将二人系狱待决。应前回。会召仁杰还朝，问及二人处置。仁杰奏道："楷固务整，骁勇绝伦，他能为契丹尽力，也必能为我效忠，但

第三十五回　默啜汗悔婚入寇　狄梁公尽职归天

请加恩抚驭,不患不转为我用。"武氏乃命将二人赦罪。仁杰复请给官阶,因再加楷固为左玉钤卫大将军,务整为右武威卫大将军,令出剿契丹余党。二将同往朔漠,捕得余党多人,还都献俘。武氏受俘含枢殿,改元久视,擢两人为大将军,且封楷固为燕国公,赐姓武氏。大集群臣,入殿赐宴。武氏亲举觞赐仁杰道:"事出卿力,卿可尽此一觞。"仁杰受饮毕,且奏道:"这是陛下威灵,将帅尽力,臣有何功可言?"武氏嘉他谦让,欲加厚赐,仁杰固辞,才算罢议。<small>吐蕃契丹事,皆随突厥事带叙,此即属辞比事之法。</small>

但是仁杰入相,也非全出武氏明鉴,追溯由来,实是纳言娄师德所荐引,仁杰未曾知晓。自与师德同列朝班,尝挤令出外,因此师德出讨契丹,事平归来,见前回。即外调为陇右诸军大使,管领屯田事宜,继复调任并州长史,兼天兵道大总管。仁杰有时入商政务,武氏颇称师德知人,仁杰独奏道:"臣尝与他同僚,未尝闻他知人呢。"<small>贤如狄梁公,尚不能无私意。</small>武氏微笑道:"朕得用卿,实由师德推荐。师德能荐卿,难道不得为知人么?"仁杰不觉怀惭,及退,语同列道:"娄公盛德,我为所容,今日才得知觉,未免愧对娄公呢。"嗣是仁杰记在心中,仍欲引与共事。偏师德年已七十,竟病殁会州。师德字宗仁,郑州原武人。身长八尺,方口薄唇,生平与人无争,遇事辄让。尝因弟出守代州,教他耐事,弟谓:"遇人唾面,由自己舐干,总好算是忍耐。"师德道:"唾面须待自干,若必欲拭净,尚是违拂人意呢。"时人闻言,皆服他器量。师德自高宗上元初年间,入任监察御史,至武氏圣历二年乃殁,相距几三十年,这三十年间,大狱屡兴,罗织不绝,独师德与世无忤,从未殃及。出为将,入为相,以功名终身,这就是他器宇深沉的好处。<small>唾面自干之言,正适用于当日,否则亦未免有误。</small>相传袁天纲子客师,传习父业,相术亦多奇中。尝与友渡江,登舟后,偏视舟中诸人,鼻下皆有黑气,拟挈友返岸,忽见一伟丈夫神色高朗,负担前来,便即登船,因私语同伴道:"贵人在此,我辈可无忧了。"及舟至中流,风涛迭起,终得达岸。客师问伟丈夫姓名,答称"娄师德"三字。这时候的娄师德,尚未贵显,客师已目为贵人,照此看来,人生安危,关系命相,亦未可知。<small>述及轶闻,无非因师德为当时贤相,故不惮烦词。</small>师德死后,得追赠幽州都督,予谥曰贞,这且按下。

且说武氏愈老愈淫,逐日召幸二张,尚嫌未足,乃更广选美少年,入内供奉,创设控鹤监丞主簿等官,位置私人,另择才人学士,作为陪选,掩人耳目。于是用司卫卿张易之为控鹤监,银青光禄大夫张昌宗,左台中丞吉顼,殿中监田归道,夏官尚书李迥秀,凤阁舍人薛稷,正谏大夫员半千,均为控鹤监内供奉。半千奏言:"古无此官,且所聚多轻薄士,不如撤销。"看官!你想这武氏正爱他轻薄,肯信他的说话么?当下将他调出,令为水部郎中。武氏除视朝听政外,日夕与这班供奉官,饮博为乐。易之昌宗,更仗着武氏宠幸,谑浪笑敖,无所不至。太平公主及驸马武攸暨,亦混作一淘儿,混情嬉戏。武氏且召入太子相王,也教他脱略形迹,相聚为欢。嗣又替他想出一法,令太子相王太平公主,与武攸暨张易之昌宗等,订一盟约,誓不相负,并祭告天地明堂,把誓文镌入铁券,留藏史馆。嗣是彼此莫逆,越闹得一塌糊涂。还有一个上官婉儿,系故西台侍郎上官仪孙女,仪被诬死,家族籍没。见前文。婉儿生未及期,与母郑氏同没入掖庭。及年至二七,妖冶艳丽,独出冠时,更且天生聪秀,过目成诵,所作文艺,下笔千言,好似平日构成,不假思索,因此才名大噪。唐宫中何多尤物?武氏召她入见,当面命题试文。婉儿一挥即就,呈将上去。经武氏瞧了一周,果然是珠圆玉润,调叶声和,尤喜那书法秀媚,格仿簪花,不由的极口称许,因即留住左右,命掌诏命。自万岁通天以后,所下制诰,多出婉儿手笔。武氏倚为心腹,甚至与昌宗交欢,也不避忌。婉儿情窦初开,免不得被他引动,更兼昌宗姿容秀美,尤觉得欲火难熬,一日,与昌宗私相调谑,被武氏瞧着,竟拔取金刀,插入婉儿前髻,伤及左额,且怒目道:"汝敢近我禁脔,罪当处死。"亏得昌宗替她跪求,才得赦免。婉儿传中,只载婉儿忤旨,《控鹤监秘记》中详叙其事,惟语太秽亵,特节录之。婉儿因额有伤痕,常戴花钿,益形娇媚,嗣是不敢亲近昌宗。惟深宫曲宴,仍未尝一日相离。可笑那腐气腾腾的王及善,由刺史进任内史,竟劾奏二张侍宴,失人臣礼,当由武氏调文昌左相,名为优待,实是疏忌。中丞吉顼,尝嫉视武懿宗,说他退走相州,毫无胆力。懿宗忍耐不住,与顼相争,武氏出为调解,顼尚断断不休,惹得武氏动怒起来,勃然道:"顼在朕前,尚轻视我宗,他日还当了得么?从前太宗皇帝,有马名狮子骢,性暴难驯,朕尚为宫女,从旁进言道:'妾能制服此马,惟须用三物,一铁鞭,二铁挝,三匕首。'太宗尝称朕胆壮,今日倔强如汝,亦岂欲污朕匕首么?"妇道尚柔,武氏犹自鸣得意,亦思太宗若明妇道,宁令汝横行至此?顼听了此言,不觉汗下,拜伏求生。武氏方才色霁,叱令退出。诸武遂谮顼弟倚势冒官,顼竟坐贬为固安尉。陛辞时得蒙召见,顼顿首道:"臣永辞阙廷,愿陈一言。"武氏问他何语?顼答道:"合水土为泥,有无冲突。"武氏道:"有什么冲突。"顼又道:"分半为佛,半为天尊,有冲突否?"武氏道:"这却难免。"顼复道:"宗室外戚,各有阶级,庶内外咸安,今太子已立,外戚尚封王如旧,他日能勿冲突么?"武氏道:"朕亦想念及此,但木已成舟,只好慢慢留意罢。"顼乃拜辞道:"但愿陛下留意,天下幸甚。"言已自去。左监门卫长史侯祥,因吉顼撤差,丐求补缺,百计钻营,尚未见效。武氏又改控鹤监为奉宸府,更增选美少年供差。右补阙朱敬则上疏奏阻,略云:

陛下内宠,有张易之昌宗足矣。近闻长史侯祥等,明自媒衒,丑慢

第三十五回　默啜汗悔婚入寇　狄梁公尽职归天

不耻,求为奉宸府供奉,无礼无义,溢于朝听,臣职司谏诤,不敢不奏。

这奏上后,同官都替他捏一把冷汗,偏武氏嘉他直言,竟赐彩缎百端。意欲笼络敬则,所以加赐。惟宫中追欢取乐,仍然如故。武三思且奏言昌宗系王子晋后身,乃由武氏令著羽衣,吹凤笙,骑一木鹤,往来庭中。文武都作诗赞美,恬不知羞。昌宗兄张同休,得入为司礼少卿,弟昌仪得为洛阳令,均倚势作威,势倾朝右。鸾台侍郎杨再思,谄事张氏,得入为内史,越觉献媚贡谀。当时竞誉昌宗,谓六郎面似莲花,再思独指为谬谈。昌宗问故,再思道:"语实倒置,六郎岂似莲花?乃莲花似六郎呢。"昌宗也为解颐。

武氏年近古稀,也恐死期将近,乐得任情纵欲,再博几年欢娱,所有一切朝政,都委任这同平章事狄仁杰。独任狄公,是武氏聪明处。仁杰以复唐自任,对着武氏却婉言讽谏,屡把那切情切理的言语,徐徐引导,所以武氏也被感悟,目为忠诚。武氏尝谓仁杰道:"朕欲得一佳士,秉枢机,究竟何人可用。"仁杰对道:"文学如苏味道李峤等,皆一时选。但佐治有余,致治不足,必欲取卓荦奇材,莫若荆州长史张柬之。"武氏乃擢柬之为洛州司马。越数日,又问仁杰,仁杰道:"前荐张柬之,尚未擢用。"武氏道:"已迁任洛州了。"仁杰道:"柬之有宰相才,不止一司马呢。"乃复擢为秋官侍郎。仁杰又尝荐夏官侍郎姚元崇,监察御史桓彦范,泰州刺史敬晖等数十人,后来皆为名臣。或语仁杰道:"天下桃李,尽在公门。"仁杰道:"荐贤为国,并非为私呢。"仁杰长子名光嗣,圣历初为司府丞,武氏令宰相各举尚书郎一人,仁杰竟以光嗣荐,乃晋拜地官员外郎,材足称职。武氏尝语仁杰道:"晋祁奚内举得人,卿亦不愧祁奚了。"惟仁杰有卢氏堂姨,居桥南别墅,一子已长,未尝入都城。仁杰常有馈遗,每值休沐,必亲往问候,适见表弟挟着弓矢,携了雉兔,来归进膳,见仁杰在座,一揖即退,意甚轻简。仁杰因白姨母道:"仁杰现已入相,表弟所愿何官,当为尽力。"姨笑道:"宰相原是富贵,但我止生一子,不愿他服事女主呢。"高操出仁杰上,故特为表明。仁杰赧颜而退。久视元年九月,狄仁杰卒,年七十一。大书特书。武氏闻讣,不禁泣下道:"朝堂自此无人,天夺我国老,未免太速呢。"乃追赠文昌右相,谥曰文惠。中宗复位,晋赠司空,睿宗朝又加封梁国公。小子有诗咏狄梁公道:

唐室垂亡赖转旋,满朝谁似狄公贤?
休言事女污臣节,名士原来贵达权。

仁杰殁后,应另有一番黜陟,待小子下回叙明。

武氏之威,只能行于朝廷,不能行于蛮夷,故契丹方平,突厥又炽,武氏欲和亲以羁縻之，而默啜谓我女须嫁李氏，安用武氏儿，反若名正言顺，无可指驳。夷狄且有君，不如诸夏之亡，吾为唐室愧矣。当日者嬖幸擅权，盈廷芜秽，无一非武氏家奴，惟娄狄二公，以功名终，颇有重名，然娄师德只务圆融，不知大体，所差强人意者，惟狄仁杰一人。纲目于仁杰之殁，不系周字，明其始终为唐，未可以周臣视之。硕果仅遗，所关者大，本编于仁杰亦无贬词，宜哉！

第三十六回　证冤狱张说辨诬　诛淫竖中宗复位

却说狄仁杰已殁，他相如苏味道、李峤、陈元方等，均不逮仁杰。味道尝言人生处事，当模棱两可，不必过明，时人号他为苏模棱。峤徒有文名，当时上瑞石颂，称为皇符，贻讥人口。元方较为清谨，惟因细事不奏，忤武氏意，已经罢职。武氏乃悉心选择，另用数人，韦安石为同平章事，崔玄暐为天官侍郎，张嘉贞为监察御史，三人均有清操，为世所重。又都御史苏颋，覆按宿狱，平反多人，都下始乏冤囚。久视二年，仍用正月为岁首，改元大足，寻复改为长安。三月间雨雪数寸，苏味道称为瑞雪，率百官入贺，侍御史王求礼出阻道："三月雪为瑞雪，腊月雷可称瑞雷么？"一语驳倒。味道不从，及武氏视朝，即相率拜贺。求礼独昂然道："今阳和布令，草木发荣，天乃下雪为灾，怎得诬称瑞雪？臣见味道等阿谀取悦，均不值一辩呢。"武氏为之不欢，辍朝竟入。越数日，又有人献三足牛，味道又欲入贺。求礼扬言道："物反常为妖，牛本四足，如何缺一？这乃政教不行的现象呢。"味道乃止。

肃政中丞魏元忠，奉宸监丞郭元振，相继外调，控御突厥吐蕃。元忠出为萧关道大总管，转徙灵武道，驭军持重，寇不敢逼。元振出任凉州都督，择险加防，南境硖石置和戎城，北境碛石置白亭军，拓境千五百里，且命甘州刺史李汉通，开置屯田，兵食俱足，转饷无烦。突厥默啜可汗，无隙可乘，乃遣属吏莫贺干入朝，愿以女妻太子儿。武氏意在羁縻，归使许婚。默啜始释武延秀南还，边境少宁。魏元忠还任旧职，兼检校洛州长史，治事严明。洛阳令张昌仪，仗二兄势力，素不守法，每入长史衙听值，出入自由，至元忠莅任，屡加训斥。张易之家奴，暴乱都市，又由元忠逮捕，立毙杖下。二张挟恨遂深，武氏却进元忠同平章事，因此二张愈加侧目。歧州刺史张昌期，系易之弟，奉召为雍州刺史，复被元忠奏阻。元忠且面奏武氏谓："承乏宰相，不能尽忠死节，反令小人在侧，罪该万死。"看官试想！小人二字，明明是指斥二张，二张听了，

第三十六回　证冤狱张说辨诬　诛淫竖中宗复位

哪有不贼胆心虚，恨上加恨。会武氏有疾，二张遂欲构陷元忠，司礼监高戬，尝侍太平公主，往来宫中，二张隐含醋意，乃诬称元忠与戬私议，谓："武氏年老，不若倚附太子，为永久计。"是语传达武氏，武氏大怒，竟命将元忠及戬，下狱待质。据此看来，二张与太平公主亦未免有暧昧情事。一面召太子相王，及诸宰相，使元忠与昌宗参对，两下争论未决。武氏疾已少愈，拟亲加面讯。昌宗欲引一证人，为必胜计，自思与凤阁舍人张说，颇为亲密，遂暗中嘱令作证，当以好官相酬。说当面允诺，不料为同僚宋璟所知，竟于临讯这一日，预待朝房。昌宗与元忠，两人入诉武氏前，又复辩论不休，昌宗谓："可问张说，彼亦闻元忠言。"武氏即召说入朝，将至朝门，兜头碰着宋璟。璟便与语道："名义至重，鬼神难欺，不可党邪陷正，自求苟免。就使得罪被窜，亦播荣名，万一不测，璟当叩阁力争，与君同死。万代瞻仰，在此一举。"元忠不死，赖有此言。侍御史张廷珪、左史刘知几两人，俱在璟侧，廷珪援"朝闻道，夕死可矣"两语，勉励张说。知几亦加勉道："毋污青史，为子孙累。"说点头而入。

元忠见说进来，恐他证成冤狱，便呼道："张说欲与昌宗，共罗织魏元忠么？"说叱道："元忠为宰相，何乃效里巷小儿语？"说毕，便谒见武氏。武氏问及狱证，说尚未对，昌宗向说道："何不亟行奏明？"说奏道："陛下试看昌宗，在陛下前，尚逼臣如此，况在外面？臣实不闻元忠有是言。"阅至此，我为一快。昌宗遽厉声道："张说与魏元忠同反。"武氏顾昌宗道："你亦太信口诬人了。"昌宗道："臣不敢诬说，说尝称元忠为伊周。伊尹放太甲，周公摄王位，难道不是欲反么？"说正色道："易之兄弟，统是小人，徒闻伊周名，未识伊周法。日前元忠入相，自谓无功受宠，不胜惭惧。臣实语元忠道：'公居伊周职任，正可效忠。'伊尹周公，是千古忠臣，历代瞻仰，陛下用宰相，不使学伊周，将学何人？臣亦明知今日附昌宗，立取台衡，附元忠，反遭族灭，但鬼神难欺，名义至重，臣不敢诬证元忠，自取冤累。"我阅此，又为一快。武氏不便再问，半晌才语道："张说反复小人，宜一并系治。"语毕，下座入内。说乃与元忠一同系狱。越日，独召说入问，说奏对如前。武氏再命宰相及武懿宗复讯，说仍执前言，矢口不移，正谏大夫朱敬则等，先后上疏，为元忠讼冤，武氏竟贬元忠为高要尉，说与戬皆流窜岭南。

元忠出狱辞行，伏殿奏陈道："臣年已老，今向岭南，九死一生，但料陛下他日，必思臣言。"武氏问道："将来有甚么祸祟？"元忠抬头见二张侍侧，便指示道："这两小儿必为乱阶。"二张忙下殿叩首，极口称冤。武氏叱元忠退去，自引二张入宫，不再下制。侍御史王晙，又奏称元忠无罪，亦不见报。元忠襆被出都，太子仆崔贞慎等，设饯郊外，被易之闻知，又欲重兴大狱，捏状告密，谓贞慎等与元忠谋反，署名系"柴明"二字。武氏复使监察御史马怀素鞫问，怀素集讯数次,并无实据,故意延案不复,内使督促再三,怀素乃入殿自陈,请传柴明对质。武氏道:"朕不知柴明住处,但教照案鞫治,何用原告?"怀素道:"事无证据,奈何诬人?"武氏怒道:"卿欲纵容叛臣么?"怀素从容道:"臣何敢纵容叛臣?但元忠以宰相被谪,贞慎等以亲故饯行,若即诬他谋反,臣实不敢附和。从前汉朝栾布,奏事彭越头下,汉祖且不以为罪,况元忠罪状,不如彭越,陛下乃欲诛及送行,岂非过甚?陛下操生杀权,如欲加人以罪,不妨取决,圣衷若必委臣讯鞫,臣何敢妄断?只好据实奏闻。"理直气壮。武氏听他侃侃直陈,倒也觉得有理,怒气亦为之渐平,便道:"卿且退!朕已知道了。"怀素退后,此案遂搁置不提,贞慎等乃得免罪。宋璟尝自叹道:"我不能为魏公伸冤,不但负魏公,并且负朝廷,抱愧恐无已时了。"

　　璟系邢州南和人,耿介不阿,举进士第,累官至凤阁舍人。武氏因璟有才,颇加器重,尝召入赐宴,与二张同席。二张同居卿列,位居三品,璟系六品官阶,当然入就下座。易之因武氏重璟,也欢颜相待,虚位与揖道:"公系第一名流,何故下座?"璟答道:"才劣位卑,张卿以为第一,窃所未解。"天官侍郎郑果,时亦在座,便插入道:"宋公奈何称五郎为卿?"璟奋然道:"就官职言,正当以卿相呼,足下非张卿家奴,乃欲称卿为郎么?"说得郑果哑口无言,不由的面颊发赤;就是与座诸官,也不禁感愧起来。到了终席,璟不同二张通语,二张自是怨璟,有时经武氏召幸,未免加入谗言。偏武氏知他忠直,不欲轻信。武氏明哲处,却非常人可及,但若无此智,何能临朝至二三十年耶?惟二张势力,总日盛一日,无论宫廷内外,稍忤二张意旨,即遭严谴。旧皇孙重照,系中宗长子,中宗被废,重照亦贬为庶人。见三十回。至中宗复召入东都,立为太子,乃封重照为邵王,且因照字与曌字相通,犯武氏讳,改为重润。重润妹永泰郡主,嫁与武承嗣子延基,兄妹相见,不免道及二张丑事,二张偶有所闻,即入诉武氏,且请武氏,不复召幸,免滋谤语。这武氏爱二张如活宝,一日不能相离,骤然听得此语,不禁老羞成怒,立召重润兄妹入宫,责他无故谤议,不容分辩,即命内侍加杖。可怜那两人是金枝玉叶,哪里受得起杖刑,更兼内侍讨好二张,手下格外加重,竟把两人打得皮开肉烂,及舁回住处,已是气息毫无,魂归冥漠。武氏怒尚未息,索性将继魏王武延基,也同日赐死。自己侄孙,也不暇顾,淫毒至此,可胜浩叹。

　　同平章事韦安石,见二张凶横益甚,举发他各种罪状,有制令安石与右庶子唐休璟,审问二张。安石等方欲传讯,哪知内敕复到,竟出安石为扬州长史,休璟为幽营二州都督。休璟知二张从中媒孽,临行时密语太子道:"二张恃宠不臣,必且作乱,殿下应预先防备,免得遭殃。"太子允诺,休璟自去。武氏因安石外调,拟选人补缺,意尚未决,可巧突厥别部酋长叱列元崇,纠众寇

第三十六回　证冤狱张说辨诬　诛淫竖中宗复位

边,当遣夏官尚书姚元崇,出任灵武道安抚大使,控制叛番,召见时令以字为名,免与叛寇相同。武氏专就是等处着想。元崇表字元之,陕州硖石人,自是遂以字行。武氏且令荐举相才,元之对道:"张柬之沈厚有谋,能断大事,现年已八十,请陛下速用为是。"武氏应诺,待元之去后,即用柬之为同平章事。柬之先任合州刺史,见前回。寻与荆州长史杨元琰对调,两人同泛江至中流,谈及武氏革命事。元琰慷慨太息,竟至泣下。柬之与语道:"他日你我得志,当彼此相助,同图匡复。"元琰答称如约。至是柬之入相,遂荐元琰为右羽林将军,且与语道:"江上旧约,尚相忆否?"元琰道:"谨记勿忘。"柬之又结司刑少卿桓彦范,右台中丞敬晖,及右散骑侍郎李湛等,同谋复唐,待时乃发。

长安四年秋季,武氏又复寝疾,累月不见辅臣,惟二张侍侧不离。凤阁侍郎崔玄暐上疏道:"太子相王,孝友仁明,足侍汤药,宫禁所关甚重,幸无令异姓出入。"疏上数日,适武氏病得少瘳,乃批答出来,系是"感卿厚意"四字。二张见此批答,恐致见疏,且虑武氏病笃,必将及祸,因阴结党援,为预备计。不料外面已屡有揭帖,说是二张谋反。二张日夕弥缝,就是武氏得知,也置诸不问。偏是谣言日甚,不得不令二张加忧,密引术士李弘泰,占问吉凶。弘泰谓:"昌宗有天子相,劝他至定州造佛寺,可以祈福。"昌宗方暗自欣幸,奈被许州人杨元嗣闻悉,即行告发。即以其人之道,还治其人之身。武氏命平章事韦承庆,及司刑卿崔神庆,御史中丞宋璟等,审问二张。昌宗慌忙入白武氏,叩首流涕,自称:"弘泰虽有妄言,臣等实无异心。"武氏乃令内侍传语问官,嘱他援自首律,减昌宗罪。承庆神庆复奏云:"昌宗准法首原,弘泰首恶当诛。"独宋璟与大理丞封全祯,上疏辩驳道:"昌宗屡承宠眷,复召术士占相,意欲何为?且果以弘泰为妖妄,何不即执付有司?虽云据实奏闻,终是包藏祸心,法当处斩,不得少贷。"疏入不省。璟复见武氏,坚请收系二张,武氏仍然不许,但云:"且检详文状,再行定夺。"璟退出后,竟有制令璟安抚陇蜀,璟不肯行,上言:"本朝故事,中丞非军国大事,不当出使,今陇蜀无变,臣不敢奉制。"武氏乃改令璟往幽州,推按都督屈突仲翔赃污。璟又谓:"外臣有罪,须由侍御或监察御史往审,臣不敢越俎代行。"司刑少卿桓彦范,及凤阁侍郎崔玄暐,又接连入奏,固请武氏加罪昌宗。武氏乃令法司议罪。司刑卿韦昇,系玄暐弟,复奏应处大辟,武氏不从。璟复入请穷治,武氏道:"昌宗已向朕自首,理应减罪。"璟答道:"昌宗为飞书所逼,穷蹙首陈,本非初意,且谋反大逆,罪难首原,若昌宗不伏大刑,何用国法?"武氏温言劝解,璟厉声道:"昌宗分外承恩,臣知言出祸随,只因义愤所激,宁死不恨。"武氏不觉变色。内史杨再思在侧,恐璟忤旨,遂宣敕令出。璟又道:"圣主在此,臣面聆德音,不烦内史擅宣敕命。"真是硬头子。武氏无言可驳,只好饬令复讯,遣昌宗至御史台对簿。璟乃趋出，即诣台立按昌宗。才经数语，忽由内使持敕特赦，引昌宗自去。璟不便追还，只长叹道："不先击小子脑袋，悔无及了。"用全力搏兔，仍被脱去，应呼负负。既而武氏令昌宗谢璟，璟不令见，且传语道："公事公言，若私见便是违法，王法怎得有私哩？"昌宗格外惭恨。会璟为子授室，竟谋遣刺客杀璟，幸有人先为通报，璟乃潜宿他舍，才得免祸。

越年正月，即嗣圣二十二年，是年改元神龙。武氏疾甚，二张仍居中用事，暗蓄异谋。于是同平章事张柬之，以为时机已至，不应再缓，乃密邀右羽林大将军李多祚至第，与语道："将军今日富贵，从何得来？"多祚泣下道："统是先帝所赐。"柬之道："今先帝二子，为二竖所危，将军独不思报先帝大德么？"多祚道："苟利国家，惟相公驱使，多祚不敢自爱身家。"柬之道："可真么？"多祚指天为誓道："如有虚言，应受天诛。"柬之大喜，即与同谋匡复事宜，复令桓彦范敬晖李湛等，俱为羽林将军，令掌禁兵。又恐二张先自启疑，特参入一个武攸宜，使与彦范等同列。二张果无异言。俄而姚元之自灵武至都，柬之语彦范道："元之到来，吾事济了。"遂招元之入室，商定大计，且转告彦范等人。彦范归白母前，母与语道："忠孝不两全，先国后家，庶不失为忠臣。"亦是贤母。于是彦范遂与张柬之崔玄暐敬晖李湛杨元琰李多祚等，约同起义，并邀同司刑少卿袁恕己，左羽林卫将军薛思行赵承恩，职方郎中崔泰之，库部员外郎朱敬则，司刑评事冀仲甫，检校司农少卿翟世言，内直郎王同皎，率左右羽林兵五百余人，入玄武门。同皎曾尚太子次女新宁郡主，先与李多祚李湛，驰入东宫，奉迎太子。太子未免疑惧，不敢出来。同皎道："先帝以神器付殿下，殿下横遭幽废，神人同愤，迄今已二十二年。今无心悔祸，北门南牙，同心协力，共讨凶竖，恢复大唐社稷，请陛下速至玄武门，亲抚大众，即刻入宫诛逆。"太子支吾道："凶竖诚当诛灭，但太后患病未痊，恐致惊胆，愿诸公再作后图。"庸主实是无用。李湛忙接入道，"诸将相不顾家族，再造社稷，殿下奈何欲纳诸鼎镬呢？请陛下自往面谕，决定进止。"太子欲前又却，同皎道："事不宜迟，迟即有变，殿下亦恐难逃祸呢。"太子乃行。既出门外，同皎即扶抱太子上马，代为执辔，驰至玄武门前。大众欢跃相迎，不待太子开口，便将他拥至内殿，斩关而入。二张闻变，慌忙趋至殿庑，探听消息，正值羽林军进来，由张柬之等指挥，一齐趋上，刀光闪处，便将两个貌美心凶的淫夫，劈作数段。再进至武氏所寝的长生殿，见殿前侍卫环立，由柬之等叱退，直叩寝门。武氏闻人声杂沓，料知有变，即力疾起床，厉声问道："何人胆敢作乱？"柬之等拥太子入室，且齐声道："张易之昌宗谋反，臣等奉太子令，入诛二逆，恐致漏泄，故不敢预闻。臣等自知称兵宫禁，罪应万死。"武氏为唐室крайне人，此时正应直数其罪，贬入别宫。奈何反自坐罪乎？武氏怒目视太子道："汝敢为此么？但二子既诛，可还东

第三十六回　证冤狱张说辨诬　诛淫竖中宗复位

宫。"彦范进言道："太子怎得再返东宫？昔天皇以爱子托陛下，今年齿已长，天意人心，久归太子，臣等不忘太宗天皇厚恩，故奉太子诛贼，愿陛下传位太子，上顺天心，下副民望。"武氏不欲允行，因见人情汹汹，又未便严词拒绝，正在踌躇顾虑，蓦见李湛亦立门前，便顾语道："汝亦为诛易之将军么？我待汝父子不薄，不意乃有今日。"湛系李义府子，听了此言，竟俯首无词。武氏又见崔玄暐，也与语道："他人多因人荐用，惟卿由朕特拔，今亦与彼等同来么？"玄暐道："这便是报陛下大德呢。"武氏不禁顿足道："罢罢！"说了两个"罢"字，仍返床躺下。

柬之仍拥太子出殿，即令羽林军收捕张同休昌期昌仪，三人捉住双半，遂请太子令，枭首天津桥南，且饬拘二张余党，逮韦承庆崔神庆房融等下狱。一面派袁恕己辅相王旦，统南牙兵，防备不测。一面召太平公主，令入白武氏，请制传位。公主因二张谮死高戬，与有夙嫌，此次二张受诛，乐得充这美差，入劝武氏，不到半日，遂请出一道太子监国的制敕。越宿又颁制传位，复辟功成，大赦天下，改元神龙。神龙现首不现尾，故其后为韦氏所弒。惟二张党羽不赦。百官登殿朝贺，当由中宗颁敕赏功。相王加号安国相王，拜为太尉。太平公主，加号镇国太平公主。授张柬之夏官尚书，同凤阁鸾台三品，崔玄暐为内史，袁恕己为凤阁侍郎同平章事，敬晖桓彦范为纳言，并赐爵郡公。李多祚赐爵辽阳郡王，王同皎为驸马都尉，兼右千牛卫将军，爵琅琊郡公。李湛为右羽林大将军赵国公，余皆进秩有差。越日，徙武氏居上阳宫。又越日，由中宗率同百官，诣上阳宫，加武氏尊号，称为则天大圣皇帝。不复武氏后号，仍称她为皇帝，柬之等殊不晓事。还朝后，敕令武氏宗族，概守旧官。皇族子孙，曾遭配没，尽准归复属籍，且量叙官属。从前周兴来俊臣等冤诬诸人，咸令昭雪，子女俱免配没，一律遣归。复国号为唐，凡郊庙社稷陵寝，官制旗帜服色文字，皆如永淳以前故事。永淳系高宗年号，见前文。复以神都为东都，迁武氏七庙至西京，仍命避讳。贬韦承庆为高要尉，流崔神庆至钦州，房融至房州。调杨再思留守西京，出姚元之为亳州刺史。小子有诗咏中宗复辟道：

　　帝子登台复大唐，山河再造庆重光。
　　如何诸武仍留孽，又使余凶乱政纲。

看官听着！这姚元之系定策功臣，为何谪出亳州？这种情由，待小子下回再说。

上回叙二张入幸，不过秽乱深宫，罪尚未甚。至本回方及二张凶恶，冤诬魏元忠，几至于死，非宋璟之规正张说，及张说之指斥张昌宗，则冤狱构成，大刑立至,元忠尚能褥被出都乎?重润兄妹,系出华胄,又被谗死,甚至私引术士,密谋不轨,凶恶至此,死有余辜。天道福善而祸淫,未闻有淫人致福者,况益以凶恶乎?张柬之等,举兵讨逆,名正言顺,二张之诛,正天之假手柬之,为淫恶者示之报也。惟淫后尚存,且加尊号,余孽未殄,仍守旧官,柬之等但知惩前,不务慭后,固为失策,昭昭者天,岂尚未厌祸,再欲乱唐耶?读此回为之一快,又为之一叹。

第三十七回　通三思正宫纵欲　窜五王内使行凶

却说姚元之为定策功臣,当中宗复位时,曾加封梁县侯,食邑二百户,至武氏迁居上阳宫,元之曾随驾过省,见了武氏,竟呜咽流涕。及还,张柬之桓彦范与语道:"今日何日?岂公涕泣时么!"元之答道:"前日助讨凶逆,是不废大义,今日痛别旧君,是不忘私恩,就使因此得罪,亦所甘心。"元之以敏达称,斯语实为避祸计,厥后五王遭害,元之独免赖有此尔。柬之入白中宗,乃即出为亳州刺史。中宗复立韦氏为皇后,追赠后父玄贞为上洛王,母崔氏为王妃。左拾遗贾虚已上疏道:"异姓不王,古今通制,今中兴伊始,万姓仰观,乃先封后族为王,殊非广德施仁的美意。况先朝曾赠后族为太原王,可为殷鉴。"指武士彟封王事。中宗不报。原来中宗在房州时,与韦氏同遭幽禁,备尝艰苦,情爱甚笃。每闻敕使到来,中宗不胜惶惧,即欲自尽,韦氏尝劝阻道:"祸福无常,未必定是赐死,何用这般慌张呢?"既而延入内使,果没有意外祸事。中宗遂深信韦氏,倍加情好,且与她私誓道:"他时若再见天日,当惟卿所欲,不加禁止。"同居患难,应敦情好,何惟卿所欲之语,如何使得?及中宗复位,再立为后。韦氏遂依践旧约,居然欲仿行武氏故事,干预朝政,且干出那无法无天的事情来了。

先是二张伏诛,诸武尚存,洛州长史薛季昶,入语张柬之敬晖道:"二凶虽诛,产禄犹在,吕产吕禄系汉吕后从子。去草不除根,终恐复生。"柬之敬晖道:"大事已定,尚有何虑?我看若辈如几上肉哩。"未免大意。季昶出叹道:"我辈恐无死所了。"朝邑尉刘幽求亦语桓彦范敬晖道:"三思尚存,公等终无葬地,若不早图,噬脐无及。"彦晖二人,仍付诸一笑,全然不睬。哪知这位武三思,常出入禁掖,勾通六宫,比那武氏专政时,还要进一层威风。看官听我道来,便已知他淫威渐炽,不可收拾了。中宗生有八女,第七女安乐公主,乃是中宗被废时,挈韦氏赴房州,途次分娩,解衣作褓,特取名为裹儿。及年至十余龄，姿性聪慧，容貌丽都，竟是一个闺中翘楚，中宗与韦氏，甚加宠爱。至中宗仍还东宫，眷属一并随归。武氏见了此女，也爱她秀外慧中，遂命嫁与武三思子崇训。临嫁时备极张皇，令崇训行亲迎礼，贵戚显宦，无不往贺。宰相李峤苏味道，及郎官沈佺期宋之问等文士，且献入诗文，满纸称颂，连上官婉儿，也随同贺喜，赍奉篇章。中宗见婉儿诗意清新，容色秀丽，已自称赏不置，到了复位以后，大权在握，便把婉儿召幸，合成一个鸾凤交，册为婕妤，封婉儿母郑氏，为沛国夫人。其实婉儿早已破瓜，并非处子，她自与六郎相谑，被武氏斥退后，已知不得近禁闱，只好降格相求，另寻主顾。应三十五回。可巧武三思是个色中饿鬼，常倚武氏势力，值宿宫中，因得与婉儿眉去眼来，钩搭成欢。婉儿与三思，年龄虽不相当，犹幸三思生得颀晰，枕席上的功夫，又具有特长，便也乐得将就，聊解情怀。后经中宗召幸，自叹命不由人，更嫁老夫，所有床笫风光，远逊三思数倍，不过因皇恩加宠，没法推辞，只得敷衍成事，暂过目前。偏韦氏也是个好淫妇人，平时虽与中宗亲爱，心中恰很有不足意，婉儿素性机警，相处数日，便已猜透八九，更放出一种柔媚手段，取悦韦氏，引得韦氏不胜喜欢，竟视婉儿是个知己，暇时辄与她谈心，无论甚么衷曲，无不传宣，甚且连中冓私情，也竟说出。尝语婉儿道："你经皇上宠幸，滋味如何？我看似食哀家梨，未曾削皮，何能知味？"语出《控鹤监秘记》，看官欲知韦氏语意，请视原书。婉儿乘势迎合道："皇后与皇上同经患难，理应同享安乐，试思皇上自复位后，今日册妃，明日选嫔，何人敢说声不是？难道皇上可以行乐，皇后独不能行乐么？"这数语正中韦氏心坎，却故作嗔语道："你是个坏人！我等备位宫闱，尚可似村俗妇人，去偷男子汉么？"婉儿又道："则天大圣皇帝，皇后以为何如？"韦氏不禁一笑。婉儿索性走近数步，与韦氏附耳数语，韦氏恰装着一种半嗔半喜的样儿，婉儿知已认可，遂出去引导可人儿，黉夜入宫。是夕正值中宗留宿别寝，趁着韦氏闲暇，即把情人送入，一宵欢乐，美不胜言。看官道是何人？原来就是武三思。婉儿自己不贞，还要教坏韦后；看官阅过此等历史，则女子无才是德之言，非真迂论。嗣是三思得一箭双雕，只瞒着中宗一副耳目。这顶绿头巾，实出婉儿之赐。韦氏与婉儿，且向中宗面前，屡说三思才具优长，中宗竟拜三思为司空，同中书门下三品，渠肯为后妃效劳，理应加封。并进婉儿为昭容，令她专掌诏命。三思子崇训，与崇训妻李裹儿，当然封为驸马公主，不消细说。既而复封散骑常侍武攸暨为定王，兼职司徒，诸武声势复振。

　　张柬之等始觉着急，乃入朝面奏，请中宗削诸武权。看官试想！此时的中宗，还肯听他奏请么？三思入宫，与韦氏掷双陆，中宗且自为点筹，至三思归第，间或一二日不至，中宗即微服往访，差不多似鱼得水，似漆投胶。你的妻妾，得了他的滋味，宜乎加爱，试问你有什么好处。监察御史崔皎进谏道："国命初复，则天皇帝尚在西宫，人心未靖，旧党犹存，陛下奈何微行，不防危祸哩？"中宗非但不从，反把崔皎所言，转告三思。昏愚至此，安得不死。三思引为大恨，遂与婉儿密议，造出一种墨敕，只说由中宗手谕，不必经过中书门下，便好直接施行，这明明是欲夺宰相政权，归入宫中，好令三思等任情舞弊。又况诏敕都归婉儿职掌，中宗又是个糊涂虫，所颁墨敕，统是婉儿代笔，是假是真，外人无从辨明。于是中宗庶子谯王重福，为韦氏所谮，说他妻室是二张甥女，显见是党同二张，一道墨敕，将他贬为均州刺史，令州司从旁管束。还有术士郑普思，尚衣奉御叶静能，好谈妖妄，献媚中宫。韦氏替两人说项，又是一道墨敕，授普思为秘书监，静能为国子祭酒。桓彦范敬晖等竭力奏阻，拾遗李邕亦上疏谏诤，均不见从，惟高宗废后王氏，及萧淑妃两人，由武氏易姓为蟒为枭，总算经宰相奏请，仍复旧姓。又召还魏元忠为兵部尚书，擢用宋璟为黄门侍郎，任使得人，尚孚众望。余皆为韦氏婉儿三思等所把持，多半营私坏法。韦氏竟援武氏故例，当中宗视朝时，也在御座左侧，隔幔坐着。桓彦范奏称："牝鸡司晨，有害无利，请皇后专居中宫，勿预外事。"中宗并不理睬。胡僧慧范，挟术结韦氏欢，韦氏竟称他平乱预谋，特授银青光禄大夫。张柬之桓彦范等，见中宗所施诸政，愈出愈非，意欲先诛诸武，再清余孽，迟了迟了。乃率群臣上表，略云：

  臣等闻五运迭兴，事不两大，天授革命之际，宗室诛窜殆尽，岂得与诸武并封。今天命维新，而诸武封建如旧。并居京师，开辟以来，未有斯理。愿陛下为社稷计，顺遐迩心，降其王爵以安内外，则不胜幸甚！

  看官试想！武三思是韦氏上官氏的淫夫，武攸暨是太平公主的驸马，岂是一本弹章，便摇得动么？柬之等没法，却去引用一个崔湜，作为耳目，湜任考功员外郎，少年新进，颇有口才，他是个见风使帆的朋友，对着武三思等，常诣谀求悦，对着张柬之等，却词辩生风，敬晖看他敏达，竟令他密伺诸武动静。他反将晖等计谋，转告三思，三思引为中书舍人，反做了武家走狗。可巧宣州司士参军郑愔，坐赃被发，逃入东都，私下求谒三思，三思立命延入。原来愔本做过殿中侍御史，因坐二张党与，乃致累贬。三思素与愔善，延见后稍叙寒暄，愔竟大哭起来。哭毕，复大笑不止，惹得三思惊疑不定，免不得诘问情由。我亦要问。愔答道："愔初见大王不得不哭，恐大王将被夷戮，后乃大笑，幸大王尚得遇愔，可以转祸为福呢。"竟有战国士人游说之风。三思又问道："何祸何福？"愔答道："大王虽得主宠，但张柬之等五人，出将入相，去太后尚如反掌，大王自视势力，与太后孰重？彼五人日夜切齿，谋食大王肉，思灭大王族，大王不去此五人，危如朝露，尚安然以为无恐，愔所以为大王寒心呢。"三思被他

第三十七回　通三思正宫纵欲　窜五王内使行凶

一说，几乎身子都颤动起来，便引他登楼，密问转祸为福的计策。愔微笑道："何不封五人为王？阳示遵崇，阴夺政柄，待他手无大权，慢慢儿的摆布，不怕他不束手就毙了。"三思大喜道："好计好计！"遂把他赃罪尽行洗释，且荐为中书舍人，一面暗告韦氏等，向中宗前日夕进谗，只说张柬之等五人，恃功专宠，将不利社稷。中宗不得不信，便与三思商议此事。三思即将愔策上陈，遂由中宗手敕，封张柬之为汉阳王，桓彦范为扶阳王，敬晖为平阳王，袁恕己为南阳王，崔玄暐为博陵王，罢知政事，令他朔望入朝。改用唐休璟豆卢钦望为左右仆射，韦安石为中书令，魏元忠为侍中。本来唐朝首相，叫作尚书令，左右二仆射，乃是宰相副手。自唐太宗尝为尚书令，此后臣下不敢居职，遂将尚书令撤销，即以二仆射为二宰相。太宗后除拜仆射，必兼中书门下二省，所以叫作同三品。午前决朝政，午后决省事。豆卢钦望，希承诸武意旨，自言不敢预政事，因此专任仆射，不兼相职，后遂成为常例。借豆卢钦望事，叙及官制沿革，可谓面面顾到。

　　羽林将军杨元琰，以功封弘农郡公，至是见三思用事，五人罢政，自知遗祸未已，表请祝发为僧，悉还官封，中宗不许。元琰多须，状类胡人，敬晖尚戏语道："何不先与我言？我若早知，必劝皇上允准，髡去胡头，岂非快事？"元琰道："功成者退，不退必危，元琰自请为僧，原是真意，省得再蹈危机呢。"晖知他语中有意，也为矍然，每与柬之等谈及，或抚床叹愤，或弹指出血，毕竟是无法可施，徒呼负负罢了。几上肉何不一割。元琰再行固请，仍不见允，但调任为卫尉卿。柬之也恐祸及，奏请致仕，归家养疾。他本是襄州人，因令为襄州刺史。柬之至州，持下以法，亲旧无所纵贷。会河南北十七州大水，泛滥所及，远至荆襄，汉水亦涨啮城郭。柬之因垒为堤，防遏湍流，邑人赖以无害，称颂不衰。右卫参军宋务光，因河洛水溢，上书言事道："水为阴类，兆象臣妾，臣恐后庭干预外政，乃致洪水为灾，宜上惩天警，杜绝祸萌。太子国本，应早建立，外戚太盛，应早裁抑"云云。中宗乃降武三思为德静王，武攸暨为乐寿王，武懿宗等十二人，皆黜王封公，表面上算是抑制，其实军国重权，已尽归三思掌握，不过涂饰人目罢了。三思且暗嘱百官，上皇帝尊号曰应天皇帝，皇后曰顺天皇后。妻被人淫，身被人污，难道天意叫他如此么？中宗大喜，即与韦氏谒谢太庙，大赦天下。居然仿高宗武氏故事。相王旦及太平公主，俱加封万户，文武百官，各增爵秩，赐民酺三日。

　　三日以后，又挈韦氏及妃主等人，往看泼寒胡戏。看官道什么叫作泼寒胡戏呢？原来东都城内，尝有番胡杂居，此时正当十一月间，天气严寒，胡人素来耐冷，虽经风霜凛冽，尚能裸身挥水，舞蹈自如，因此中宗饬令诸胡，演此把戏，作为娱目骋怀的消遣。清源尉吕元泰上疏谏阻，掷还不省，竟与后妃等登洛城南门，赏玩了一天。是夕还宫，有上阳宫人入报，太后病重，恐防不测，乃于隔宿往省。武氏见了中宗，免不得叮咛嘱咐，教他保全诸武，且涕泣与语道："我年已活到八十二岁了，别人做不到的事情，我都亲身做过，尚有何恨？但回思往事，如同梦境，此后不必称我为帝，仍以太后相称便了。"说至此，禁不住喘急起来，呼吸多时，方觉稍平。乃复顾中宗道："你且去！明日再说。"中宗乃出。到了夜半，中宗已欲就寝，又有宫人来报道："太后昏晕过去了。"中宗忙召同韦氏婉儿等，趋入上阳宫，到了武氏寝室，见相王及太平公主诸人，已是挤满床前，但听武氏口中所述，一派儿都是鬼话，经太平公主等，齐声呼唤，又把姜汤徐徐灌入，才有些清醒起来。大众方避立左右，让过中宗韦氏。临榻婉问，武氏双目直视，复呓语道："呵哟！你等都来了么？要我老命，奈何？"说毕，又复昏去。无非痛恨武氏，所以增词演写。中宗也不觉发怔，复经大众七手八脚，合力施治，好容易救活残生。武氏顾见中宗，瞧了半晌，乃撑着病喉道："病入膏肓，不可救药，我今日方信二竖为灾呢。王后萧妃二族，我前日待他过甚，你应赦免他的亲属。就是褚遂良韩瑗柳奭等遗嗣，俱宜释归，这是至嘱！"又顾太平公主道："你是我的爱女儿，聪明类我，幸勿为聪明所误。"转眼瞧及韦氏及婉儿等，只是摇头，不复再言。为后文伏案。大众也不敢再问，武氏却呼呼的睡去了。嗣是轮流陪侍，又越二宵，武氏乃死。中宗传武氏遗制，除去帝号，赦王萧二族，及褚韩柳数姓家属，尊谥武氏为则天大圣皇后，命中书令魏元忠，暂摄冢宰。三思伪托武氏遗命，慰谕元忠，赐封邑百户。元忠捧读伪制，感激涕零，有人见他下涕，从容私议道："大事去了。"独不记临朝对簿时么？中宗居丧甫三日，即由元忠归政，诏令预备太后祔葬事宜。给事中严善思入奏道："鬼神主静，不应轻亵，今欲祔葬太后，恐开启陵墓，反致惊黩。况合葬并非古制，不如在陵旁更择吉地，较为慎重。"善思寓有深意。中宗不从，竟将武氏合葬乾陵。系高宗墓，见前文。

越年为神龙二年，武三思因桓彦范等尚在京师，时怀猜忌，遂请中宗出桓彦范为洺州刺史，敬晖为滑州刺史，袁恕已为豫州刺史，崔玄晖为梁州刺史。晋加僧慧范等五品官阶，赐爵郡县公，叶静能加授金紫光禄大夫。驸马都尉王同皎，目击时事，心甚不平，尝与亲友谈及国政，指斥三思，并及韦后。前少府监丞宋之问，及弟之逊，因坐二张党案，流戍岭南。二人却逃回东都，因素与同皎往来，潜匿同皎宅内。二宋既已犯决，同皎不应为私废公，乃竟许留匿，安得不死？同皎平时议论，俱为之逊所闻，之逊密令子昙，及甥校书郎李悛，转告三思。三思即令昙悛告变，谓同皎与洛阳人张仲之祖延庆，及武当丞周憬等，潜结壮士，谋杀三思，且废皇后。中宗乃命御史大夫李承嘉，监察御史姚绍之，按问同皎等。狱尚未决，再命杨再思韦巨源参验。再思本出为西京留守，

第三十七回　通三思正宫纵欲　窜五王内使行凶　215

见上回。因诏附三思,仍召还为侍中,巨源是三思爪牙,得任刑部尚书,这两人参入问刑,无罪也变成有罪。张仲之朗声道:"武三思淫污宫掖,何人不知?公等独无耳目么?"巨源大怒,命反绑送狱。仲之尚且反顾,屡语不已,经绍之叱令役隶,击断仲之左臂。仲之大呼道:"苍天在上,我死且当讼汝,看汝等能长享富贵么?"已而再思等拟成谳案,请将同皎等处置极刑。同皎仲之延庆皆坐斩。独周憬未曾被捕,逃入比干庙,比干,纣叔父。闻同皎枉死,不由的悲愤起来,竟至神座前大言道:"比干古时忠臣,应知我心,武三思与韦后淫乱,为害国家,将来总当枭首都市,但恨我未及亲见啰。"遂引刃自刭。之问之逊,及昙悛并除京官,加朝散大夫。韦氏以新宁公主,无夫守寡,公主为同皎妻,见前回。不忍她寂寞空帏,特令改嫁从祖弟韦濯。母舅变成夫婿,也可谓唐朝新闻了。真是一塌糊涂。

　　三思既除去同皎,遂诬称桓彦范敬晖等,与同皎通谋,乃左迁彦范为亳州刺史,晖为朗州刺史,恕己为郢州刺史,玄晖为均州刺史,就是同时立功的大臣,如赵承恩薛思行等,一并外调。处士韦月将,独上书请诛武三思,中宗览书,立命拿斩。黄门侍郎宋璟入奏道:"外人纷纷议论,谓三思私通中宫,陛下亦应彻底查究,不宜滥杀吏民。"中宗不许,璟抗声道:"必欲斩月将,请先斩臣。"宋公又来出头了。大理卿尹思贞,时亦在侧,也奏称:"时当夏令,不应戮人。"中宗乃命加杖百下,流戍岭南。三思竟函嘱广州都督周仁轨,杀死月将,且出思贞为青州刺史,璟为检校贝州刺史,一面复令中书舍人郑愔,再告敬晖等谋变,辞连张柬之,因再贬晖为崖州司马,彦范为泷州司马,柬之为新州司马,恕己为窦州司马,玄晖为白州司马。三思意尚未餍,定欲害死五人,方快心愿,乃密令人至天津桥畔,揭示皇后秽行,请加废黜,又故意令中宗闻知,中宗大怒,即命李承嘉穷究。承嘉受三思密嘱,奏称由敬晖等五人所为,遂更流晖至琼州,彦范至瀼州,柬之至泷州,恕己至环州,玄晖至古州。五家子弟,年至十六以上,悉流岭南。中书舍人崔湜,且代为三思划策,令外兄大理正周利用,本名利贞,因避韦氏父讳,改贞为用。赍了一道伪造的墨敕,往杀五人。利用前为五人所嫉,贬为嘉州司马,由三思召为刑官,至是命摄右台侍御史,出使岭外。利用立即启行,兼程逾岭。适值柬之玄晖,已经道殁,只缚住敬晖桓彦范袁恕己三人。晖被剐死,彦范杖毙,恕己饮野葛汁不死,也被捶死。薛季昶累贬至儋州司马,闻五人遇害,自知不能免祸,也具棺沐浴,饮毒而终。小子有诗叹五王道:

　　　　　邪正从来不两容,周诛管蔡舜除凶。
　　　　　自经大错铸成后,岭表徒留冤血浓。

利用还都，得擢拜御史中丞，还有一班三思走狗，尽得升官，待小子下回再叙。

武氏以后，又有韦氏，并有上官婉儿，及太平公主安乐公主等人，何淫妇之多也。夫冶容诲淫古有明训，但好淫者未必尽是冶容，冶容者亦未必尽是好淫，误在宗法未善，愈沿愈坏耳。韦氏淫而且贱，仇若三思，甘为所污，忠若五王，反恐不死。有武氏之淫纵，无武氏之材能，其鄙秽固不足道。独怪中宗以十余年之幽囚，几经危难，备尝艰苦，尚不能练达有识，甚至纵妇宣淫，引奸入室，臣民明论暗议，彼且甘作元绪公，杀人唯恐不及，或所谓下愚不移者非耶？武氏本一智妇，乃独生此愚儿，殊为不解。至若五王之死，已见前评，去草不除根，终当复生，薛季昶料祸于前，随死于后，尤为可悲。乃知姚元之杨元琰辈之不愧明哲也。

第三十八回　诛首恶太子兴兵　狎文臣上官恃宠

却说武三思既杀五王，权倾中外，当时为三思羽翼，约有数人，最著名的叫做五狗：一个就是御史中丞周利用，还有侍御史冉祖雍，太仆丞李俊，光禄丞宋之逊，监察御史姚绍之。终日伺候门墙，一经三思呼唤，无不奉命惟谨，所以时人号为五狗。宗秦客坐赃被黜，见三十二回。客死岭表，有弟楚客及晋卿，由三思举荐入官，累次超迁，楚客竟得任兵部尚书，晋卿亦得为将作大匠。纪处讷系三思姨夫，三思姨颇有姿色，为三思所羡，处讷慷慨得很，纵妻与三思通奸，三思即引为太府卿，廉耻道丧。都下称为宗纪，相率侧耳。三思又擢任郑愔为侍御史，崔湜为兵部侍郎，湜系故御史崔仁师孙，父名挹，因湜得宠，也得任礼部侍郎。父子同时为侍郎，系唐朝所罕有。湜因感恩不尽，愈为三思效力。三思尝语人道："我不知此间何人为善？何人为恶？但教与我善便是善人，与我恶便是恶人。"一班趋炎附势的官儿，得闻此语，越发巴结三思，愿为走狗。由此五狗以外，又辗转钩引，聚成无数狗奴。

会中宗还驻长安，相王旦请速立太子，借固邦本。太平公主亦以为言。中宗遂不与韦氏三思等熟商，竟立卫王重俊为太子。重俊系后宫所生，非韦氏嫡出，韦氏追谏无及，心甚怏怏。三思亦因建储大事，绝不与闻，故隐怀忮忌。又有一个宫中宠女，自恃恩眷，尝欲以女统男，谋窃神器，骤闻储位已定，更不禁着急起来。此人为谁？就是安乐公主李裹儿。原来韦氏只生一子重润,受封邵王,前被武氏杖毙。见三十六回。安乐公主以嫡后无儿,竟痴心妄想,求为皇太女,中宗颇有允意,召问魏元忠。元忠答道:"公主为皇太女,驸马都尉当作何称?"中宗也一笑而罢。公主闻元忠言,大恚道:"元忠山东木强,晓得什么礼法?阿母子尚为天子,天子女独不可作天子么?"看官道"阿母子"三字作何解?因宫中尝称武氏为阿母子,所以公主有此愤言。中宗劝谕百端,且令她得开府置官,公主方才息恨。至重俊立为太子,公主瞧他不起,与驸马都尉武崇训,呼他为奴。太子怨不能平,默思盈廷大臣,多系诸武党羽,惟魏元忠李多祚两人,较为正直,乃即与他密商。多祚极端赞成,只元忠尚有异议。元忠自起用后,遇事模棱,不似在武氏朝,侃侃持正,誉望已经减损。想是虑患太深,遂把豪情减去。此次太子为讨逆计,元忠恐事机不成,必罹巨祸,所以不愿与谋。可巧酸枣尉袁楚客,贻书元忠,谓朝廷有十失,勖他规正,略云:

今皇帝新服厥德,当进君子,退小人,以兴大化,正天下,君侯安得徒事循默哉?苟利国家,专之可也。夫安天下者先正其本,本正则天下固,国之兴亡系焉。太子天下本,古立太子,必慎选师保,教以君人之道,蕴崇其德,所以固根本也。今嫡嗣虽定,师保未端,有本无枝,本将曷恃?此朝廷一失也。女有内则,男有外傅,岂相混哉?幕府者丈夫之职,今公主得开府置吏,以女处男职,所以长阴抑阳也。而望阴阳不忿,风雨时若得乎?此朝廷二失也。缁衣羽流,不务本业,专以重宝附权门。私卖度牒,自肥私橐,国家多一僧道,即多一游手,此朝廷三失也。唯名与器,不可假人,今倡优之辈,因耳目之好,遂授以官,非轻朝廷,乱正法耶?此朝廷四失也。有司选士,非贿即势,上失天心,下违人望,非为官择吏,乃为人择官,葛洪有言:"举秀才,不知书,察孝廉,浊如泥,高第贤良杂如蛙。"此朝廷五失也。阉竖第给官披,供扫除,古以奴隶畜之,后世不察,委以事权,竖刁乱齐,伊戾败宋,后汉用十常侍以乱天下,可谓明戒。今中兴以后,阉宦得坐升班秩,率授员外,乃盈千人,此朝廷六失也。古者茅茨土阶,以俭约贻子孙,所以爱力也,今外戚公主,所赏倾府库,所造皆官供,高台崇榭,夸奢斗靡,民力耗散,徒使人主受谤于天下,此朝廷七失也。官以安人,非以害人,今天下困穷,州牧县宰,非以选进,割剥自私,民不聊生,乃更员外置官,十羊九牧,有害无利,此朝廷八失也。政出多门,大乱之渐,近封数夫人,皆先朝官嫔,出入无禁,交通请谒,此朝廷九失也。不以道事其君者,所以危天下也,危天下之臣,不可不逐。今有引鬼神执左道以惑众者,荧惑主听,窃盗禄位。传曰:"国将兴,听于人,将亡,听于神。"今几听于神乎?此朝廷十失也。凡兹十失,均足召亡,君侯不正，谁与正之？愿君侯留意焉！

元忠得书，自觉怀惭，于是太子讨逆，也不加劝阻，惟推李多祚出头，自己作壁上观，静待成败。仍然狡猾。多祚向来意气自雄，自谓前次讨平二张，反手即定，此次三思淫恶，与二张无异，天怒人怨，但教稍稍举手，便可立除，骄必败。因此邀同将军李思冲李承况独孤祎之沙吒忠义等，矫制发羽林兵三百余人，拥着太子重俊，杀入武三思私第。三思正在家夜饮，与一班娇妻美妾，团坐叙欢，连崇训也在旁陪宴，只有安乐公主入宫未归，不在座间，猛然听得人声马嘶，免不得惊疑起来，方呼侍役等出门探视，不防羽林兵一拥而入，见一个，杀一个，三思父子，无从脱逃，被多祚等次第拿下，推至太子马前。太子斥他淫凶万恶，自拔佩剑，刴死两人，一面饬军士搜杀全家，无论男的女的，老的少的，俏的丑的，一古脑儿拖将出来，乱刀劈死。快哉快哉！太子乃命左金吾大将军成王千里，太宗孙。及千里子天水王禧，分兵守宫城诸门，自与多祚等，入肃章门，直指宫禁。

中宗与韦氏婉儿，及安乐公主等，夜宴才罢，忽由右羽林大将军刘景仁，踉跄进来，报称太子谋反，已领兵入肃章门了。中宗不觉发颤道："这……这还了得！"还是婉儿有些主见，便道："养兵千日，用兵一时，刘将军所掌何事，乃听叛兵犯阙么？"景仁碰了一个钉子，连话儿都答不出来。安乐公主接口道："你快去调兵入卫，守住玄武门，再报知兵部宗楚客等，速来保护！"景仁听了，飞步趋出。婉儿又献议道："玄武门楼坚固可守，请皇上皇后等，快往登楼，一来可暂避凶锋，二来可俯宣急诏。"安乐公主也以为然，遂相偕趋玄武门楼。适遇刘景仁带兵百骑，转来保驾，中宗即令他屯兵楼下，自与韦氏等上楼。宫闱令杨思勖，亦随步同上，既而宗楚客纪处讷，及中书令李峤，侍中杨再思苏瓌等，均前来请安，数人约率兵二千余名，由中宗敕令驻太极殿，闭门固守。说时迟，那时快，李多祚等已至玄武楼下，哗声不绝。中宗据楼俯视，语多祚道："朕待卿不薄，何故谋反？"多祚道："三思等淫乱宫壸，陛下岂无所闻？臣等奉太子令，已诛三思父子，惟宫闱尚未肃清，愿将党同三思的首恶，请制伏诛，臣等当立刻退兵，自请处罪，虽死不恨。"中宗闻三思父子，已经被杀，不由的吃了一惊。还有韦氏婉儿安乐公主，都忍不住泣涕涟涟，牵住中宗衣襟，愿报仇雪恨。安乐公主或念结发之情，应该如此，韦氏婉儿何亦如之？中宗尚看不出破绽，真是笨伯。急得中宗越加惶急，不知所为。又听得多祚大呼道："上官昭容，勾引三思入宫，乃是第一个罪犯。陛下若不忍割爱，请速将她交出，由臣等自行处置。"此语未免专擅。中宗待他说毕，回顾婉儿，但见婉儿两颊发赤，红泪下流，突向前跪下道："妾并无勾引三思情事，谅经陛下洞鉴，妾死不足惜，但恐叛臣先索婉儿，次索皇后，再次要及陛下。"好一个激将法。

第三十八回　诛首恶太子兴兵　狎文臣上官恃宠

中宗道："朕在宫中，岂真不见不闻？怎忍将卿交与叛逆。卿且起来，商决讨逆方法。"婉儿方才起立。杨思勖在旁进言道："李多祚挟持太子，称兵犯阙，这等叛臣逆贼，人人得诛。臣虽不才，愿率同禁兵，出门击贼。"中宗被他一说，稍觉胆壮起来，便道："卿愿效力，尚有何言？但此去须要小心！"思勖领谕，当即下楼，驰至太极殿内，传谕宗楚客等。楚客即拨兵千人，归他带领，他便披甲上马，领兵出来。多祚因中宗未曾答复，尚在楼下待着，按兵不动。<small>也是呆鸟。</small>太子接应多祚，道遇魏元忠子太仆少卿昪，也胁令同来，因见多祚尚未动手，也在后面扎住。多祚婿野呼利，曾任羽林中郎将，至是执戈前驱，意欲夺门升楼，为将军刘景仁所拒，再进再却，忽见门已大启，忙驰马欲入，兜头碰着杨思勖，一刀砍来，急切里闪避不及，被思勖劈落马下，再是一刀，了结性命。思勖杀死野呼利，麾兵齐出，与多祚接战。多祚手下，不过二三百人，且见野呼利被杀，越觉气沮，便纷纷倒退。中宗在楼上观战，见思勖已是得胜，不禁改忧为喜，遂高声传呼道："叛军听着！汝等皆朕宿卫士，何故从多祚造反？若能立刻反正，共诛多祚，朕不但赦汝前愆，还当特别加赏，勿患不富贵呢。"羽林兵听到此谕，已知多祚无成，大家顾命要紧，索性遵敕倒戈，杀死多祚。思冲承况袆之忠义等，前后受逼，都战死乱军中，连魏昪亦为所杀，只有太子策马走脱。

成王千里父子，闻多祚等已经接仗，也进攻右延明门。宗楚客纪处讷等，引兵抵敌，千里等寡不敌众，同时伤亡。楚客再遣果毅军将赵思慎追捕太子，太子率百骑走终南山，逃至鄠西，随身只有数人，暂憩林下，被左右刺死，将首级献与思慎。思慎携太子首，归报中宗。中宗毫不痛惜，把太子首献入太庙，并祭三思及崇训柩，然后悬示朝堂。东宫官属，无敢近太子尸，惟永和县丞宁嘉勖，解衣裹太子首，号哭多时，后来被贬为兴平丞。成王千里父子，及多祚等家属，悉数诛夷，且改千里姓为蝮氏。

韦氏婉儿，逼中宗穷治余党，连肃章门内外诸守吏，并请尽诛。中宗乃更命法司推断，大理卿郑惟忠道："大狱始决，人心未定，若再加推治，恐更多反侧了。"中宗乃止。但坐各门吏流罪，颁制大赦，改元景龙，加授杨思勖为银青光禄大夫，杨再思为中书令，纪处讷为侍中，追赠武三思太尉梁宣王，<small>淫慝如三思，还要追封，无怪淫夫愈多，妻女越受糟蹋了。</small>武崇训开府仪同三司鲁忠王。先是中宗复位，追念重润兄妹，含冤未白，特赠重润为皇太子，赐谥懿德，永泰郡主为公主，以礼改葬，号墓为陵。安乐公主亦请用永泰公主故事，称崇训墓为陵。给事中卢粲，上书驳斥，以为永泰事本出特恩，鲁王系是驸马，不得为比。中宗手谕道："安乐与永泰无异，鲁王同穴，不妨援例。"粲又驳奏道："陛下钟爱公主，施及女夫，未始非推恩至意。但驸马究系人臣，岂可使上下无辨，君臣一贯呢？中宗乃将此议搁起。公主恨粲多言，擅拟制敕，令帝署印，出粲为陈州刺史。当时宫廷内外，还道公主情深伉俪，所以有此奏请，或将来为同穴起见，特借武崇训事，同表显荣，亦未可知。哪知崇训在日，承嗣子延秀，与崇训为同族兄弟，随时往来，叔嫂不避。延秀在突厥数年，颇通番语，兼娴胡舞，姿度闲冶，丰采丽都。延秀被拘突厥及其后放还，见三十五、六回，安乐公主，早已另眼相看，曲意款待，只恨崇训在旁，没法儿与他偷情，此次崇训死了，乐得召入延秀，共叙幽欢，名目上是帮助治丧，背地里是陪侍枕席。延秀又是个知情识趣的人物，骤得公主委身，自然格外尽力，温柔乡里，趣味独饶，风月梦中，欢娱倍甚，太宗可纳弟妇，延秀应该盗嫂。渐渐的明目张胆，公然与夫妇一般。最可笑的是中宗闻知，竟令延秀尚主，授太常卿，兼右卫将军，封温国公。延秀入朝谢恩，并谒韦氏，韦氏见他翩翩少年，也很羡慕。且因三思已死，无可续欢，看到这个爱婿，顿不禁惹起欲火，后来竟迫令侍寝，居然母女同欢。丈母逼奸女婿，越是怪事。

宗楚客等且表上帝后尊号，称中宗为应天神龙皇帝，韦氏为顺天翊圣皇后，改玄武门为神武门，楼为制胜楼。安乐公主，复阴结宗楚客等，谋潜相王及太平公主，嗾令御史冉祖雍，诬奏二人与重俊通谋，请收付制狱。中宗竟召吏部侍郎，兼御史中丞萧至忠，命他鞫治。至忠泣谏道："陛下富有四海，不能容一弟一妹，乃令人罗织成狱么？相王昔为皇嗣，尝向则天皇帝前，以神器让陛下，累日不食，这是海内所共闻，奈何因祖雍一言，遂滋疑窦么？"中宗素来友爱，因即罢议。宗楚客等复讦奏魏元忠，说他纵子助逆，明明是重俊党援，应夷灭三族，中宗不许。这却尚有见地。元忠却自叹道："元恶已诛，鼎镬亦所愿受，可惜太子陨没，不得重生呢。"乃表请辞官。有制令以齐公致仕，仍朝朔望。楚客再引右卫郎将姚廷筠，为御史中丞，令他申劾元忠，援侯君集房遗爱等旧案，作为比例，因贬元忠为渠州司马。冉祖雍复上言元忠谋逆，不应出佐渠州，杨再思等亦以为言，那时中宗亦动起恼来，驳斥再思等道："元忠久供驱使，有功可录，所以朕特矜全，现在制命已行，岂容屡改？朝廷黜陟，应由朕出，卿等屡奏，殊违朕意。"有此刚决，却是难得。再思等始惶恐拜谢。楚客心终不死，再使袁守一弹劾元忠，谓："重俊位列东宫，犹加大法，元忠非勋非戚，如何独漏严刑？"中宗不得已，再贬元忠为务州尉。元忠行至涪陵，得病而终，年已七十余。他本宋州宋城人，以刚直闻，晚年再入朝秉政，自损丰裁，声望顿减。但终为奸党所潜，仍至贬死。至景龙四年，睿宗即位，乃追赠尚书左仆射齐国公，玄宗开元六年，追谥曰贞，这且慢表。

且说重俊事败，韦氏婉儿安乐公主等，声焰益盛，再加宗楚客纪处讷等，趋承奔走，事事效劳，因此宫禁变作朝廷，床闼几同都市。景龙二年，宫

第三十八回 诛首恶太子兴兵 狎文臣上官恃宠

中忽传出一种新闻，说是皇后衣笥裙上，有五色云凝聚，非常祥瑞。恐是秽迹。中宗昏头磕脑，竟令宫监绘成图样，携示百官。侍中韦巨源，安石从子。也是宗纪一流人物，即顿首称贺，且请布示天下。中宗准奏，因大赦天下，赐五品以上母妻封号，无妻授女，妇人八十以上，俱准授郡县乡君。太史迦叶复姓音迦涉。志忠入奏道："昔神尧皇帝未受命，天下歌桃李子；文皇未受命，天下歌秦王破阵乐；天皇未受命，天下歌堂堂；则天皇后未受命，天下歌武媚娘；应天皇帝未受命，天下歌英王石州；顺天皇后未受命，天下歌桑条韦。臣思顺天皇后，既为国母，应主持蚕桑，供给宗庙衣服，所以臣谨拟桑条韦歌，共十二篇，上呈睿鉴，请编入乐府，俟皇后祀先蚕时，奏此篇章，也是鼓吹休明，上继周南化雅哩。"说罢，即将歌词双手捧上。经中宗览毕，喜动眉宇，即赐志忠美绢七百段。太常少卿郑愔，又逐篇引伸，说得韦氏德容美备，居然是西陵黄帝元妃嫘祖，系西陵氏。复出，太姒周文王妃。重生。谁知是一个淫妇。右补阙赵延禧，且上言："周唐一统，符命同归。昔高宗封陛下为周王，则天时，唐同泰献洛水图，孔子有言：'继周而王，百世可知。'陛下继则天皇帝，因周为唐，可百世王天下。"亏他附会。中宗大喜，立擢延禧为谏议大夫。上官婉儿，本与武三思私通，所拟诏书，多半崇周抑唐，至是因三思被杀，意中少一个知心人，免不得又要另觅，她想文人学士中，总有几个风流佳客，可供青眼，遂怂恿中宗开馆修文，增设学士员，选择能文的公卿，入修文馆，摘藻扬华，有时令学士等陪侍游宴，君臣赓和，韦氏安乐公主等，俱不避嫌疑，与诸文士结诗酒欢，连流竟夕，醉不思归。中宗韦氏，本不工诗，即由婉儿代为捉刀，各文臣亦明知非帝后亲笔，但当面只好认她自制，格外称扬，这一个说是臣百不逮，那一个说是臣万不及，喜得中宗韦氏，似吃雪的爽快，遂把那婉儿宠上加宠，所有乞请，无一不从。才足济奸，男子尤且可憎，况在妇女。婉儿趁此机会，拣得一个兵部侍郎崔湜，引作面首。湜年少多才，与婉儿真是一对佳偶，此番结成露水缘，婉儿才得如愿以偿，但尚有一种不满意处，崔湜在外，婉儿在内，宫闱虽然弛禁，究竟有个屠主儿，摆着上面，始终不甚方便。婉儿又想出一法，请营外第，以便游赏。中宗当即面许，拨给官费营造，于是穿池为沼，叠石为岩，先布置得非常幽胜，然后构成亭台阁宇，园榭廊庑，风雅为洛阳第一家，一任婉儿崔湜，栖迟偃息，日日演那鸳鸯戏浴图。中宗还莫名其妙，常引文臣往游，开宴赋诗，令婉儿评定甲乙，核示赏罚。相传婉儿将生时，母郑氏梦见巨人，付与一秤道："持此称量天下士。"及婉儿生已逾月，郑氏辄戏语道："汝能称量天下士么？"婉儿即哑然相应，至是果验。可惜有才无德，好淫不贞，此八字是婉儿定评。徒落得贻秽千秋，垂讥百世。小子有诗叹婉儿道：

儒林文字任评量,梦兆何曾寓不祥?
独怪有才偏乏德,问天何不畀贞良?

婉儿既得营外第,安乐公主等援例辟居,顿时争奢斗靡,各造出若干华屋来了。欲知详情,请看下回。

淫恶如武三思,骄慢如武崇训,谁不曰可杀?太子杀之,宜也。但父在子不得自专,太子虽锐意诛逆,究犯专权之罪,况称兵犯阙,索交后妃,为人子者,顾可如是胁父乎?窃谓三思父子,既已受诛,太子即当敛兵请罪,听父取决,虽终难免一死,究之与入犯君父者,顺逆不同,死于阙下,人犹谅之,死于山间,毋乃所谓死有余辜乎?况韦氏婉儿等,益张威焰,愈逞淫凶,母女可以通欢,文臣可以私侍,深宫浊乱,无出其右,盖未始非出于太子之一激,而因增此反动力也,小不忍则乱大谋,观本回事实,益信古圣贤之不我欺云。

第三十九回　规夜宴特献回波辞
　　　　　　进毒饼柱死神龙殿

却说安乐公主,是中宗第一个爱女,中宗曾许她开府置官,此次见婉儿得营外第,也乘此大营华屋,竞尚侈奢。公主尝请昆明池为私沼,中宗以池为公产,乃百姓蒲鱼所产,不便轻许。公主不悦,自夺民田,开凿一沼,取名为定昆池,隐隐有赛过昆明的意思。池广数里,累石像华山,引水像天津,形景酷肖昆明,由司农卿赵履温替她督治,不知费了若干民财,若干民力,才得凿成此池。池上造了许多亭台,很是华丽。安乐公主有七姊妹,长姊封新都公主,下嫁武延晖。次姊封宜城公主,下嫁裴巽。三姊即新宁公主,本嫁王同皎,同皎死,转嫁韦濯。见三十七回。四姊封长宁公主,下嫁杨慎交。五姊封永寿公主,下嫁韦鐻,及笄即亡。六姊即永泰公主,为武后所杀。见前。一妹封成安公主,下嫁韦捷。这七八姊妹中,惟长宁安乐两公主,系韦氏所生。安乐才艳动人,倍蒙宠眷,此外要算长宁。自安乐公主开府置属,长宁亦得踵行,且亦由东都使杨务廉,代营总第,凿山浚池,造台筑观,几与安乐私第相似。中宗素好击球,杨慎交特辟球场,洒油润地,光滑可爱,以此中宗时常临幸,与慎交击球取乐。看官!你想这中宗年逾半百,还是任意寻欢,哪里能治国治家,坐享天禄呢?无非儿戏。此外如韦氏胞妹两人,一封郕国夫人,一封崇国夫人。及婉儿母沛国夫人郑氏,尚宫柴氏贺娄氏,女巫受封陇西夫人赵英儿,俱依势用事,请谒受赃。就使屠沽臧获,但教奉钱三十万,即别降墨敕,授给官阶,外

第三十九回　规夜宴特献回波辞　进毒饼枉死神龙殿

面用着斜封,交付中书省,中书省不敢不依,时人叫他为斜封官。或出钱三万,得度为僧尼。僧尼势力,不亚官吏,自韦氏以下,竞营佛寺,广设醮坛。左拾遗辛替否上书谏阻,有"沙弥不可操干戈,寺塔不足禳饥馑"等语,中宗不省。嗣是狎客满后庭,浮屠盈朝市,

起居舍人武平一,系武士彟从曾孙,入任修文馆直学士,他却与诸武性格不同,独请抑损外戚,愿从己家为始。中宗但优制慰答,未肯允准,又有武惟良子攸绪,士彟从侄孙,见前文。武氏时曾受封安平王,恬澹寡欲,情愿弃官居隐,遂往处嵩山,优游泉壑。所有武氏赐与服器,概置不用,自出私资买田,课奴耕种,无异平民。中宗慕他志节,一再征召,方才入朝。谒见时仍黄冠布服,自称山人。中宗赐坐殿旁,攸绪固辞,再拜即退。亲贵谒候,除寒暄数语外,不交一言。及陛辞归山,蒙赐金帛,一并却还,飘然径去。后来武韦尽灭,惟攸绪免祸,隐逸终身,这真可谓孤芳自赏,不染尘埃了。应该称扬。

当时这班王公大臣,还道他是迂拙不通,一味儿卑躬屈节,求媚宫廷,中宗也以为安享承平,可无他虑,镇日里与谐臣媚子,沈宴酣歌。景龙二年残腊,且敕召中书门下,与诸王驸马学士等,统入阁守岁,遍设庭燎,置酒作乐。待至饮酣兴至,中宗张目四顾,见御史大夫窦从一在座,便笑问道:"闻卿丧偶有年,今夕朕为卿作伐,特赐佳人,与卿成礼,可好么?"从一本名怀贞,因避韦氏父讳,特舍名用字,此时听得中宗面谕,总道有一个似花如玉的佳人,给为继室,不由的喜出望外,离座拜谢。中宗即嘱令左右,入内礼迎,不消半刻,即见内侍提着宫灯,从屏后出来,随后就是两个宫娥,各执宝翣,拥出一位新嫁娘,身著翟衣,首戴花钗,缓步趋近座前。中宗即令与从一交拜,对坐行合卺礼,交杯饮罢,宫女乃揭去面巾,中宗先大笑起来,侍臣等亦相率哄堂,看官道是何因?原来这位新嫁娘,已是白发萧毿,皱纹满面的老妪,她从前本是个蛮婢,因是韦氏幼时乳媪,随驾入宫,年约五六十岁,中宗特令嫁与从一,从一变喜为惊,心中甚觉懊恼,转念皇后乳母,势力不小,自己做了她的夫婿,年貌虽不甚相当,禄位却借此永保。也未可必。乐得将错便错,模糊过去。当下与老乳母一同谢恩,叩首御前。中宗面封老乳母为莒国夫人,呼令左右备舆,送新郎新娘归第。调侃从一,却也有趣,但不是人君所为。从一既去,中宗亦退入宫中,侍臣等守过残宵,至次日元旦,朝贺礼毕,才各散归。

窦从一得了老妻,每谒见奏请,自称为翊圣皇后阿奢。阿奢二字,作甚么解?洛阳人呼乳母夫婿为阿奢,所以从一沿着俗例,举以自称。同僚或嘲他为阿奢,他亦随声相应,毫无惭色。他的意中,总叫得皇后欢心,也不管甚么讪笑了。过了十余日,便是上元节届,都城内外,庆贺元宵,当然有一番热闹。中宗想了一个行乐的法儿,放出宫女数千人,命设市肆,由公卿大夫为商旅,

与宫女交易。一班少年士夫，承恩幸进，正好趁这机会，亲近芳泽，东来西往，左顾右盼，遇有姿色的宫女，便借贸易为名，上前调戏。宫女等也恬不知羞，互相戏谑，形状媒亵，词语鄙秽，中宗带着后妃公主等，亲往游行，就使耳闻目见，也不以为怪。设市三日，复命宫女为拔河戏，宫女等遂各备麻绳巨竹，以竹系绳，往至河边，掷竹水中，牵绳腕上，将竹拽起，一拽一掷，再掷再拽，以速为佳，但宫女都没有甚么气力，全仗人多党众，同拽巨竹，方能胜任，因此分队为戏，每队约数十人，彼此互赛，都弄得淋头洗面，红粉涔涔。中宗挈领宫眷，登玄武门，观看拔河，以迟速为赏罚。宫女们越想斗胜，越觉用力，有失足跌伤，有挫腰呼痛的，中宗等引为乐事，笑声不止。有甚么好看？有甚么好笑？等到夕阳西下，众力尽疲，方命将拔河戏停止，命驾回宫。

越宿大开筵宴，内外一概赐酺，中宗命侍宴诸臣，各呈技艺，或投壶，或弹鸟，或操琴，或蹴鞠，独有国子监司业郭山恽，起向中宗陈请道："臣无他技，只能歌诗侑酒。"中宗道："卿且歌来！"山恽乃正容歌诗，但听他抑扬抗坠，不疾不徐，共计有二十多句，由在座诸人听声细辨，系是《小雅》中鹿鸣三章。歌罢，又复续歌二十多句，乃是《国风》中蟋蟀三章。中宗点首道："卿可谓善歌诗了。朕知卿意，应赐一觞。"随命左右斟酒，给与山恽。山恽跪饮立尽，谢赐乃起，退还原座。至诸臣已尽献技，中宗更召入优人，共作回波舞，舞毕后，又由中宗语群臣道："有回波舞，不可无回波词，卿等能各作一词否？"群臣闻了此语，不得不搜索枯肠，勉应上命。有一人先起座朗吟道：

　　　　回波尔如佺期，流向岭外生归。
　　　　身名幸蒙齿录，袍笏未列牙绯。

这首回波词，是沈佺期所作。佺期曾任考功员外郎，因与二张同党，坐流驩州。上官婉儿得宠，招致文士，乃复入为起居郎，兼修文馆学士。此次借词自嘲，明明是乞还牙绯的意思。婉儿即从旁面请道："沈学士才思翩翩，牙笏绯袍，亦属无愧。"中宗闻言，即语佺期道："朕当还卿牙绯便了。"佺期忙顿首拜谢。忽有优人臧奉，趋近御座前，叩头自陈道："臣奴亦有俚语，但辞近谐谑，恐渎至尊，乞陛下赦臣万死，方敢奏闻！"韦氏即接入道："恕你无罪，你且说来！"臧奉曼声徐吟道：

　　　　回波尔如栲栳，怕婆却也大好。
　　　　外头只有裴谈，内面无过李老。

韦氏听了，不禁大噱。中宗也微微含笑，并不介怀。自认怕妻。群臣有一大半识得故事，私相告语道："两方比例，却也确切，勿轻看这优人呢。"看官道是谁人故事？原来当时有个御史大夫裴谈，性最怕妻，尝谓妻有三可

第三十九回　观夜宴特献回波辞　进毒饼枉死神龙殿

怕,少时如活菩萨,一可怕;儿女满前时如九子魔星,二可怕;及妻年渐老,薄施脂粉,或青或黑,状如鸠盘荼,三可怕。此言传闻都下,时人都目为裴怕婆。中宗畏惮韦氏,正与裴谈相同,臧奉敢进此词,实为韦氏张威,不怕中宗加罪。果然不出所料,由韦氏令他起来,越日领赏。上文恕罪,此次领赏,俱出韦氏口中,好似中宗不在一般。臧奉谢恩而退。谏议大夫李景伯,恐群臣愈歌愈纵,大亵国体,即上前奏道:"臣也有俚词,请陛下俯睐刍荛。"说着,即朗歌道:

回波尔持酒卮,微臣职在箴规。
侍宴不过三爵,欢哗或恐非仪。

中宗闻至此语,反致不悦,面上竟露出怒容。御史中丞萧至忠,暗暗瞧着,恐景伯得罪,遂伏奏道:"这真是好谏官呢。"中宗才不加责,即传命罢宴,回宫就寝。是夕无话,至次日,韦氏竟遣内侍赍帛百端,赐与臧奉,臧奉非常愉快。

既而宫中传出墨敕,授韦巨源杨再思为左右仆射,同中书门下三品,宗楚客为中书令,萧至忠为侍中,韦嗣立同三品,崔湜赵彦昭同平章事。于是宰相以下,惟萧至忠稍稍守正,此外都是狐群狗党,奴膝婢颜,而且滥官充溢,政出多门,宰相御史员外官,都是额外增添,挤满一堂,人以为三无坐处。监察御史崔琬,独劾奏:"宗楚客纪处讷两人,潜通戎狄,私受贿赂,致生边患,乞即按罪"云云。查唐朝旧例,大臣被弹,应伛偻趋出朝堂,静立待罪。楚客并不遵例,反忿怒作色,自陈忠鲠,为琬所诬。中宗并不穷问,反命琬与楚客,结为异姓兄弟,作为和解,遂又有和事天子的传闻。看官!你道崔琬所奏,究竟是假呢?是真呢?小子考据唐史,实是真情,看官请听我道来。自武氏许突厥婚,默啜不复寇边,未几,武氏病死,婚议又复中变,遂致默啜生怨,拘杀唐使。鸿胪卿臧守言,进寇沙灵,中宗命左屯卫大将军张仁亶为朔方道大总管,往御突厥。突厥兵颇惮仁亶,闻风即退,被仁亶追出境外,斩首千级,才收军回镇。会西突厥别部突骑施,崛起碎叶川,酋长乌质勒,抚下有威,帐落浸盛。中宗初年,曾遣使入朝,受封为怀德郡王。乌质勒旋死,子沙葛嗣袭封爵,默啜南下无功,转图西略,亲督众往攻突骑施。张仁亶乘他远侵,潜兵入突厥境,取得拂云祠一带地方。拂云祠在河北,突厥每入寇,必先诣祠祈祷,然后度河南行。仁亶既袭取此地,即创筑三受降城。中城就在拂云祠,东西两城,距祠各二百里,首尾相应,控制突厥。兴工阅六十日,三城皆成。及默啜归国,仁亶已布置严密,无隙可乘。那时默啜只好自己懊悔,不敢南牧了。惟娑葛可汗,统有父众,与别将斗啜忠节,屡有违言,辄相攻击。忠节势弱,不能久持。金山道行军总管郭元振，奏令忠节入朝宿卫，中宗乃命右威卫将军周以悌为经略使，招抚忠节。以悌系宗纪二人党羽，到了播仙城，与忠节相遇，却导他纳赂宗纪，不必入朝。且愿发安西兵，兼引吐蕃为援，同击娑葛。忠节大喜，遂出千金为赂，浼以悌转报，宗纪楚客遂请遣将军牛师奖，为安西副都护，发甘凉兵，兼征吐蕃部众，往助忠节，一面遣御史中丞冯嘉宾，往与忠节面洽。可巧娑葛遣使娑腊，入京贡马，探得楚客等秘谋，即还报娑葛。娑葛暗地出兵，邀截计舒河口，果然忠节嘉宾，两下相会，一声胡哨，麾动番众，杀入嘉宾幄内，嘉宾不及防备，立致刹毙，忠节也被擒去。是谓人财两失。娑葛遂大发兵攻安西，与牛师奖交战火烧城，师奖败没，安西失守，娑葛复遣使上表，求楚客头，以头颅偿千金，为楚客计，还算值得。且贻郭元振书，略谓："与唐无嫌，只仇阙啜。宗尚书受阙啜金，欲加兵灭我，所以惧死奋斗，乞将详情上闻。"元振曾上书奏阻，至是复将娑葛原书，飞使驰奏。楚客诬言元振隐蓄异志，立请召还，即命周以悌代元振职。元振亟遣子鸿入朝，伏阙面陈底细。中宗乃坐罪以悌，流窜白州，仍令元振留任，赦娑葛罪，册为钦化可汗，赐名守忠。惟楚客等受赃隐情，概置勿问。所以御史崔琬，忍无可忍，面劾楚客。哪知和事天子，反教他释嫌结好，岂不可笑？

更有郑愔崔湜，并掌铨衡，卖官鬻爵，选法大坏。御史靳恒李尚隐，查出许多赃证，入朝面弹，两人无可抵赖，下狱坐成，愔谪吉州，湜贬江州。惟湜系婉儿私夫，忽闻有敕远窜，教她如何割舍，免不得设法转圜，代湜申理。会值景龙三年冬至，中宗将有事南郊，婉儿即为湜陈请，召还都中，令襄大礼。连郑愔也一并召归。祭天时，中宗初献，皇后韦氏亚献，宰相女各助执笾豆，号为斋娘。也是旷古奇闻。礼成加赏，所有斋娘夫婿，俱得迁官，总算是浩荡皇恩，无微不至。语中有刺。

越年元宵节，六街三市，大张花灯，笙歌遍地，金鼓喧天。韦氏忽发狂念，与婉儿及诸公主，邀请中宗微服游行。中宗含笑相从，遂各换衣妆，打扮如平民模样，出游街市，并令宫女数千人，一同随往。但见人山人海，击毂摩肩，男女混杂，贵贱不分。韦氏婉儿，且专拣热闹处玩赏，与一班看灯的男妇，挨挨挤挤，毫不避忌，直至斗转参横，灯残烛独，方联翩还宫。查点宫女，十成中却少了五六成，想是乘机私奔去了。中宗因不便追缉，只好付诸不究，糊涂了事。也是皇恩。

过了数日，复亲幸梨园，命三品以上抛球拔河。韦巨源唐休璟，年力衰迈，随绳仆地，一时爬不起来，害得手脚乱爬，好似乌龟一般，中宗及韦氏婉儿等，都吃吃大笑，视为至乐。既而又游定昆池，命从官赋诗，黄门侍郎李日知，呈诗一首，中有两语云："所愿暂思居者逸，勿使时称作者劳。"中宗瞧着，笑

第三十九回　规夜宴特献回波辞　进毒饼枉死神龙殿

顾曰知道:"卿亦效郭山恽的诗谏么?"曰知道:"是在陛下圣鉴。"中宗乃起驾回宫,有好几月不出游幸。到了孟夏时候,又出幸隆庆池。池在长安城东隅,民家井隘,浸成大池数十顷,朝廷目为祯祥,因赐名隆庆。隆庆池北有隆庆坊,相王旦五子,筑第住居,号为五王子宅。五王子详见后文。当时有术士传言,谓:"五王子宅中,郁郁有帝王气。"中宗意欲魇禳,特命在池旁结起采楼,率侍臣等诣楼开宴,且泛舟为戏,足足欢娱了一日一夜。还宫以后,复宴近臣。国子祭酒祝钦明,自请为八风舞,摇头转目,胁肩谄笑,装出许多丑态,引得韦氏以下,无不鼓掌。吏部侍郎卢藏用,私语同座道:"祝公以儒学著名,今乃如此出丑,五经已扫地尽了。"散骑常侍马秦客,光禄少卿杨均,亦在座列饮。韦氏见他年轻貌秀,未免动欲,及至散宴,阴令心腹内侍,通意两人。秦客颇通医术,均却善烹调,两人却借此为名,得入宫掖。韦氏毫不知羞,趁着中宗另幸别宫,即令两人轮流侍寝,作竟夕欢。

约过了一两月,忽有定州人郎岌,叩阍告变,奏称韦氏与宗楚客等,将谋大逆。中宗正览奏起疑,偏被韦氏闻知,定要中宗立毙郎岌,中宗乃敕令将岌杖死。许州参军燕钦融,又上言:"皇后淫乱,干预国政,安乐公主武延秀及宗楚客等,朋比为奸,谋危社稷,应亟加严惩,以防不测。"中宗得了此疏,面召钦融诘责。钦融顿首抗言,词色不挠,当由中宗叱令退去。谁知他甫出朝门,竟由宗楚客擅令骑士,把他拿回,掷置殿庭石上,折颈毙命。中宗未免动怒,查问骑士,系出楚客指使,不禁恨恨道:"你等只知有宗楚客,不知有朕么?"你一人久无权力,岂自今始?楚客乃惧,即入告韦氏婉儿等,谓皇上已有变志。韦氏正因新幸马杨,也恐事泄,遂与马杨密谋弑主。马秦客道:"臣去合一种末药,置入饼中,便可了结主子。"韦氏道:"事不宜迟,速即办来!"秦客领命即出。越日,即将末药呈入,便由韦氏亲自制饼,把末药放入馅中。及饼已蒸熟,闻中宗在神龙殿查阅奏章,便令宫女携饼献去。中宗最喜食饼,取了便吃,一连吃了八九枚,尚说是饼味很佳,不意过了片时,腹中大痛,坐立不安,倒在榻上乱滚。当有内侍往报韦氏,韦氏徐徐入殿,假意惊问。中宗已说不出话,但用手指口,呜呜不已。又延挨了数刻,身子不能动弹,两眼一翻,双足一伸,竟鸣呼哀哉了。享年五十五岁。总计中宗嗣位,纪元嗣圣,才经一月,即被废黜。幽禁了十四年,方还东都,又为皇太子六年,才得复辟。在位六年,改元两次,竟被毒死。小子有诗叹道:

　　昔日点筹烦圣虑,今番进毒报君恩。
　　从知女德终无极,地下有谁代雪冤?

中宗既崩,韦氏召入私人,当然有一番举动,待小子下回说明。

古称诗三百篇，皆贤圣发愤之所作，故讽刺多而颂扬少。即间有所颂，亦隐寓规劝之意，故诗之关系，实非浅鲜，孔子以学诗勖门人，良有以也。唐自武后临朝，诗赋大兴，至中宗而益盛，宜若可以兴国矣。但诗有定体，亦有定义，非徒谐声叶律，遂足称诗；至若贡谀献媚，导奸鬻淫，更不足道。观本回所录回波词三则，惟李景伯以诗作谏，尚有古风，沈佺期借词干进，已无可取，臧奉乃更为怕婆词，大廷之上，不啻村俗，是岂尚存古道乎？夫身修而后家齐，家齐而后国治，圣训流传，万古不易。中宗不能修身，安能齐家，不能齐家，安能治国？狎客满后庭，浮屠盈都市，如此而不亡国败家者，吾未信也，一饼杀身，几至覆宗，微临淄之兴师，唐其尚有幸乎？

第四十回　讨韦氏扫清宿秽
　　　　　　平谯王骈戮叛徒

却说韦氏既毒死中宗，秘不发丧，但召诸宰相入禁中，征诸府兵五万人，屯守京城，使驸马都尉韦捷韦濯，卫尉卿韦璿，左千牛中郎将韦锜，长安令韦播等，分领府兵。中书舍人韦元徼，巡行六街。适从何来？遽集于此。左监门大将军兼内侍薛思简等，率兵五百人，往戍均州，防御谯王重福。命刑部尚书裴谈，工部尚书张锡，并同中书门下三品，兼充东都留守。吏部尚书张嘉福、中书侍郎岑羲、吏部侍郎崔湜，并同平章事，一面与太平公主，及上官婉儿，谋草遗诏，立温王重茂为皇太子。重茂系中宗幼儿，后宫所出，时方十六岁，由皇后韦氏训政，相王旦参谋政事。草制既颁，然后举哀。宗楚客隐忌相王，入语韦氏道："皇后与相王，乃是嫂叔，古礼嫂叔不通问，将来临朝听政，何以为礼？"韦氏道："遗制已下，奈何？"楚客道："皇后放心，臣自有计较。"越日，即会同百官，奏请皇后临朝，罢相王参政。韦氏即批令相王旦为太子太师，自己临朝摄政，改元唐隆，大赦天下，命韦温总掌内外兵马。温系韦氏从兄，所以韦氏倚为心腹。又越三日，始令太子重茂即位，尊皇后韦氏为皇太后，立妃陆氏为皇后。宗楚客与武延秀赵履温叶静能等，及韦族诸人，共劝韦氏遵武后故事，使韦氏子弟领南北军。楚客更援引图谶，密言韦氏宜革唐命，怂恿韦氏谋害嗣皇，且深忌相王及太平公主，日与韦温安乐公主商议，欲去两人。哪知天意难容，人心未死，大唐天下，不该移入韦氏手中，遂令天演嫡派，兴师讨逆，把韦武两族，及内外淫恶诸男妇，一律诛死，才觉宫廷复靖，日月重光。看官道是何人？乃是相王旦第三子隆基。此是唐室一大转捩，应该大书特书。

相王旦生有六子，长子即成器，从前曾立太子，相王复封，成器亦降王寿

第四十回　讨韦氏扫清宿秽　平谯王骈戮叛徒

春，次子名成义，封衡阳王，四子名隆范，封巴陵王，五子名隆业，封彭城王，季子名隆悌，封汝南王，已经早死。隆基排行第三，系相王妾窦氏所生，性英武，善骑射，通音律历象诸学，初封楚王，改封临淄，出任潞州别驾。景龙四年入朝，留京不遣。他知韦武用事，必为国患，乃阴结豪杰，借图匡复。从前太宗时代，尝选官户及蕃口骁勇，充做羽林军，著虎文衣，跨豹文鞯，共得百人，叫作百骑，武氏时增为千骑，中宗时又添至万骑。隆基密与联络，隐作干城。兵部侍郎崔日用，素与宗楚客往来，颇知楚客秘谋，因恐自己被祸，乃转告隆基。隆基即与太平公主，至公主子薛崇暕，系薛绍子。内苑总监钟绍京，尚衣奉御王崇晔，前朝邑尉刘幽求，折冲麻嗣宗等，为先发制人起见，定议讨逆。适值长安令韦播，虐待万骑，屡加搒掠，万骑皆怨。果毅校尉葛福顺陈元礼，往诉隆基，隆基复与谋讨逆事宜，大众踊跃愿效。福顺且语隆基道："贤王举事，当先禀达相王。"隆基道："我辈举兵讨逆，无非为社稷计，事成庶归福父王，不成便以身殉，免得父王受累。且今日先行禀达，倘父王不从，反致败事，不如不说为妥。"乃改换服饰，潜率刘幽求等，径入苑中。

时已黄昏，忽见天星纷落，几与雨点相似。幽求道："天意如此，时不可失了。"陨星岂关系讨逆？且星亦未必致陨，不过幽求借此励众，幸勿信为真言。葛福顺即拔刀先驱，直入羽林营，韦璿韦播猝不及防，被福顺率众捣入，左右乱劈，即将两人砍死，且枭首示众道："韦氏酖杀先帝，谋危社稷，今夕当共诛诸韦，别立相王以安天下。如有阴怀两端，甘心助逆等情，罪及三族，慎勿后悔！"羽林军本归心隆基，当然听命，乃将韦璿等首级，命部众赍送隆基。隆基取火验视，果然不谬，乃与幽求等出南苑门。总监钟绍京，聚集丁匠二百余人，各执斧锯，随众同行。福顺率左万骑攻玄德门，另派羽林将李仙凫，率右万骑攻白兽门，约会凌烟阁前。隆基勒兵玄武门外，静听消息。三鼓后闻里面噪声，即与绍京等斩关直入，驰至太极殿，殿中正停置中宗梓宫，有卫兵守着，一闻外面喧声，也被甲出应。韦氏正留宿殿中，蓦然惊起，止穿得小衣单衫，奔出后门。适遇杨均马秦客，由韦氏急呼救援，二人左右搀扶，走入飞骑营，望他保护。不意营中将卒，突出门前，先将杨马两人，一刀一个，劈死地上。韦氏吓得乱抖，不由的泪下盈腮，哀求容纳。你也有此日么？大众共嚷道："弑君淫妇，人人共愤，今日还想活着么？"说着，即有人手起刀落，把韦氏剁作两段，将首级献与隆基。与杨马同时做鬼，也算风流。隆基闻韦氏已诛，便传令肃清宫掖，于是驸马武延秀，尚宫贺娄氏，均被搜获，一并斩首。时已黎明，刘幽求等驰入宫中，安乐公主深居别院，尚未知外面事变，方早起新沐，对镜画眉，突听得后面一响，正要回顾，那头上忽觉暴痛，只叫得一声阿哟，已是头破脑裂，死于非命。幽求已诛死安乐公主，再去搜捕上官婉儿。婉儿本是个聪明人物，竟带着宫人，秉烛出迎。既与幽求会晤，即将前日相王参政的草制，从袖中取出，示与幽求，且托他婉告隆基，期免一死。幽求见她娇喉宛转，楚楚可怜，便满口答应出来。凑巧隆基入宫，就将草制呈上，替婉儿代为申辩。隆基道："此婢妖淫，渎乱宫闱，怎可轻恕？今日不诛，后悔无及了。"却是刚断，可惜晚年不符。即命左右去取婉儿首级。不消半刻时辰，已将一个红颜绿鬓的头颅，携至隆基面前。可为才女轻薄者鉴。隆基验讫，更捕索诸韦，及监守宫门素来归附韦氏的吏役，尽行枭首。

内外既定，隆基乃往见相王，自言不先禀白的原因，叩首请罪。相王抱头泣语道："社稷宗庙，赖汝不坠，还有何罪呢？"隆基即迎相王入宫，掩住宫门及京城门，分遣万骑，收捕诸韦亲党，先将韦温拿斩。中书令宗楚客，身服斩衰，乘青驴逃出，方至通化门，被门卒拦住，笑呼道："你是宗尚书，为何至此？"揶揄得妙。一面说，一面已将楚客拖落驴下，抓去布帽，一刀砍死。那冒冒失失的宗晋卿，也随后跑来，同做了刀头面。兄弟同死，也是亲昵。相王奉少帝重茂，御安福门，慰谕百姓。司农卿赵履温，向在安乐公主门下，奔走趋奉，至是急驰诣安福楼下，舞蹈呼万岁；声尚未绝，已由相王遣人出来，把他脑袋取去，剩下没头的尸骸，倒弃地上，人民争集，拔刀割肉，片刻即尽。韦巨源正欲入朝，有家人报称变起，劝他逃匿。巨源道："我位列枢轴，岂可闻难不赴？"说着即行，才至都市，为乱兵所杀。他如韦捷韦灌韦元儆，及纪处讷叶静能张嘉福等，一古脑儿捕到安福门前，一刀一个，两刀一双，统变作无头鬼。秘书监王邕，系韦后妹崇国夫人夫婿，他恐因亲党株连，杀妻自首。最可笑的是皇后阿奢窦从一，也将这老妻莒国夫人，枭首以献，我为从一心喜，省得老妇当夕。两人总算免死。废韦后为庶人，陈尸市曹。所有韦氏宗族，俱由崔日用领兵搜诛，连襁褓小儿，统杀得一个不留。武氏宗属，重罪诛死，轻罪流窜。何苦争权？乃下制大赦，封成器为宋王，隆基为平王，统辖左右厢万骑。薛崇暕晋封立节王，钟绍京为中书侍郎，刘幽求为中书舍人，并参知机务，麻嗣宗为左金吾卫中郎将，其余功臣，赏赉有加。隆基二奴王毛仲李守德，亦得超拜得军。未免太滥。

既而太平公主传少帝命，愿让位相王，相王固辞。刘幽求入语宋王成器，与平王隆基道："从前相王已居宸极，众望所归，今人心未靖，国难初纾，相王岂得尚守小节？请早即位以镇天下。"隆基道："父王性安恬淡，未尝有心登极，虽有天下，犹且让人。况少帝为亲兄子，怎肯将他移去？"幽求道："众心不可违，相王虽欲高居独善，恐亦未能如愿，况社稷为重，君为轻，二王亦应几谏为是。"成器隆基，乃入见相王，极言人心归向，国事攸关，不如早正大位云云。相王尚不肯从，复经二人力谏，方才允许。是夕有制颁出，命宋王成器为左卫大将军，衡阳王成义为右卫大将军，巴陵王隆范为左羽林大将军，彭城王隆业为右羽林大将军。进平王隆基为殿中监，同中书门下三品，中书侍郎钟

第四十回 讨韦氏扫清宿秽 平谯王骈戮叛徒

绍京，黄门侍郎李日知，并同中书门下三品。太平公主子薛崇训，薛绍次子。为右千牛卫。贬窦从一为濠州司马，王邕为沁州刺史，杨慎交为巴州刺史，萧至忠为许州刺史，韦嗣立为宋州刺史，赵彦昭为绛州刺史，崔湜为华州刺史，郑愔为汴州刺史。崔郑二人，何故未诛？布置既定，即于次日入太极殿，处置易位事宜。这位茫无所知的少帝重茂，贸然出殿，径至东隅，西向而坐，相王亦登殿至梓宫旁，太平公主早在殿中，待众大臣一齐趋入，方对众朗言道：“嗣皇欲将帝位让与叔父，诸公以为可否？”幽求即跪答道：“国家多难，应立长君，皇上仁孝，追踪尧舜，诚合至公。相王代他任重，慈爱尤厚，此事正宜速行。”说至此，大众齐声赞成，太平公主即趋至少帝座前，高声与语道：“人心已尽归相王，此处已非儿座，可即趋下。”少帝尚呆坐不动，被太平公主一把拖落，只好含着眼泪，趋立下首。当由相王徐步进行，至少帝坐过的位置，昂然坐定。群臣都伏称万岁。拜贺既毕，复拥相王出殿，御承天门，大赦天下，是为睿宗皇帝。仍封重茂为温王，进钟绍京为中书令，赐内外官爵有差，加太平公主实封万户。惟立储一事，累经睿宗筹思，因立长立功两问题，横亘胸中，终不能决。宋王成器，窥知父意，乃入白睿宗道：“国家安宜先嫡长，国家危宜先有功，若失所宜，必违众望。臣儿宁死，不敢居平王上。”睿宗尚有疑义，召问群臣。刘幽求进言道：“能除天下大祸，应享天下大福。平王尊安社稷，救护君亲，功固最大，德亦最贤。况宋王已有让词，自应立平王为太子，请陛下勿疑！”群臣亦多如幽求言，储议乃定。事贵达权，睿宗颇胜高祖一筹。越数日，即立平王隆基为太子。隆基复表让成器，睿宗不许。隆基乃入居东宫，令宋王成器为雍州牧，兼太子太师。追削武三思武崇训爵谥，斫棺暴尸，刨平坟墓，流越州长史宋之问、饶州长史冉祖雍至岭南，革则天大圣皇后名号，仍称天后。天字亦不宜称。追谥雍王贤为章怀太子，封贤子守礼为嗣王，复故太子重俊位号，予谥节愍。赠还张柬之等五人王爵，所有得罪韦武，被诛被窜死诸官吏，俱还给官阶。召许州刺史姚元之为兵部尚书，洛州长史宋璟为吏部尚书，俱同中书门下三品。加封成义为申王，隆范为岐王，隆业为薛王，改元景云，再行大赦。所有韦氏余党，未曾察出加罪，概从豁免，此后不究。

且遣使宣慰谯王重福，调任集州刺史。重福整装将行，适有洛阳人张灵均，贻书重福道：“大王地居嫡长，当为天子，相王虽然有功，不应继统。东都士民，都望大王到来，王若潜入洛阳，发左右屯营兵，袭杀留守。取东都几如反掌，再西略陕州，东徇大河南北，天下即指挥可定了。”重福信为奇谋，复书如约。可巧郑愔被谪汴州，道出洛阳，灵均遮道请留，与语秘计。愔正怨望朝廷，遇着这个机会，乐得顺风敲锣，为泄恨计，否则何致速死。当下与灵均结谋聚徒党数十人，预替重福草制，立重福为帝，改元为中元克复，尊睿宗为皇季叔,重茂为皇太弟,愔为左丞相,知内外文事,灵均为右丞相,兼天柱大将军,知武事,右散骑常侍严善思为礼部尚书,知吏部事。毫无头绪,即预为革制,仿佛痴人说梦。一面令灵均往迎重福。愔留住洛阳,借驸马都尉裴巽故第,潜备供张,专待重福到来。

洛阳县官,稍得风闻,侦查了好几日,益觉事出有因,遂率役隶数十人,径诣裴宅按问。甫至门首,兜头正碰着重福,与灵均带着数健夫,鱼贯前来。县官急忙退还,走白留守。群吏闻变,相率逃匿,只洛州长史崔日知,投袂而起,号召兵士,拟即往讨。留台侍御史李邕,在天津桥遇着重福,料他必有秘谋,也急驰入屯营,语大众道:"谯王得罪先帝,今无故入东都,必将为乱,君等正可乘此立功,博取富贵。"营兵同声应命。又告皇城使速闭诸门,慎防不测。重福趋至左右屯营,营兵张弓迭射,箭如飞蝗,吓得重福连忙回头,转至左掖门,欲劫夺留守部众,偏偏门已重闭,不由的懊恼起来,即命手下纵火焚门。火尚未燃,那左右屯营兵,两路杀至,教重福如何抵挡?没奈何策马奔逃,投入山谷。留守兵四出搜捕,掩入谷中,重福无路可走,跃入漕渠,立刻溺毙。又捕得张灵均,押至狱中,只有郑愔查无下落。旋经崔日知亲自督捕,到处盘查,突见有一小车,车中载一妇人,露着高髻,面上却用巾遮住,由车夫急推前行,种种形迹可疑,当由日知指令军士,追诘此车,并将妇人的面巾揭去,一经露面,却是于思于思的丑男子。看官不必细问,便可知是逃犯郑愔,愔貌丑多须,一时无从脱逃,乃改作女装,梳髻作妇人服,想借此混出外城。计策亦妙,可惜无易容术。可奈天网恢恢,疏而不漏,竟被日知瞧破,捆缚而归,随即就狱中牵出灵均,一同鞫问。愔浑身发抖,似不能言。灵均独神色自如,直供不讳,且瞋目顾愔道:"我与此人同谋,怪不得要失败哩。"于是两人牵出都市,同时伏诛。愔先附来俊臣,继附张易之,又附韦氏,至此复附谯王重福,终归诛死。专事逢迎者其听之!严善思亦坐流静州。旋葬中宗于定陵,廷议以韦庶人有罪,不应祔葬,乃追谥故英王妃赵氏为和思顺圣皇后,求尸无着,见前文。乃用袆衣招魂,祔葬定陵。贬李峤为怀州刺史,裴谈为蒲州刺史,祝钦明郭山恽等,俱为远州长史。罢斜封官,易墨敕制,姚宋当国,请托不行,纲纪修举,赏罚严明,中外翕然,共称为有贞观永徽遗风。

只是太平公主,自恃功高,睿宗亦很加爱重,尝与她商议国政。每入奏事,坐语移时,有数日不来朝谒,即令宰相就第谘询。至若宰相陈请,睿宗辄问与太平议否?又问与三郎议否?三郎就是太子隆基,因他排列第三,故呼为三郎。太平公主,初见太子年少,不以为意,既而惮他英武,遂造出一种谣言,说是太子非长,不当册立,将来必有后忧。睿宗不为所动,到了景云二年正月,太平公主奏请立后,睿宗道:"故妃刘氏及德妃窦氏,同死非命,尸骨无存,朕何忍再立继后呢?"公主道:"刘妃系陛下正配,且曾生宋王,应该追封。窦氏非刘妃比,应有嫡庶的分辨,不容一律。"明明寓有深意。睿宗默然。待公主退出,竟追册刘氏窦氏,并为皇后。公主不免忿恨,更阴嘱私党,散布蜚言,大致谓:"宫廷内外,倾心东宫,姚元之宋璟,左右赞襄,不日必有内变。"一面令女夫唐晙,往邀韦安石。安石方入任侍中,不肯赴召,事为睿宗所闻,密召安石入问道:"朝廷皆倾心太子,卿可为朕访察,有无异图?"安石答道:"陛下何为信此讹言?这是太平私谋,欲危太子,试思太子有功社稷,仁明孝友,天下共闻,如何宫中独有蜚语?显见奸人播弄,幸勿轻信。"睿宗矍然道:"朕已知道了,卿勿复言!"公主因计划不成,亲乘辇至光范门,召集宰相,示意易储,众皆失色。宋璟抗言道:"东宫拨乱反正,建立大功,真宗庙社稷主,奈何忽有此议?"公主怏怏不悦,拂袖竟归。璟乃邀同姚元之,入白睿宗道:"宋王为陛下元子,豳王乃高宗长孙,公主从中交构,将使东宫不安,不如令宋王豳王,皆出为刺史,并罢岐薛二王左右羽林,就是太平公主及武攸暨,亦皆安置东都,庶不至有内变了。"睿宗道:"朕惟一妹,怎可远置东都?诸王惟卿所处。"睿宗亦不免优柔。姚宋两人,本意在遣废太平,因见睿宗不从,只好退出。越数日,睿宗又语侍臣道:"近日有术士言,五日内当有急兵入宫,卿等须加意预防。"时张说已入为中书侍郎同平章事,闻睿宗言,便进谏道:"奸人欲离间东宫,乃有是说,若陛下使太子监国,流言自当永息了。"姚元之复接口道:"张说所言,系社稷至计,愿陛下即日施行。"睿宗准奏,即命太子监国,出宋王成器为同州刺史,豳王守礼为幽州刺史,太平公主及武攸暨,安置蒲州。小子有诗咏道:

>百端构陷总无成,到此应知自戒盈。
>若使当时能悔祸,太平原是享承平。

制敕既下,太平公主愤不可遏,更想出一条别法来了。究竟用何计策,且看下回便知。

女子与小人,断不可使之立功;功出彼手,乱必因之。观本回所叙之太平公主,实亦一韦武流亚!其于韦氏受诛时,并未见若何预议;不过其子薛宗睐,稍稍效力,而成此功者,固非临淄莫属也。韦武既灭,朝廷易主,而太平乃首出建议,掉去少帝,此特一手一足之劳耳。人心已尽归相王,太平安能标异乎?然彼则自恃有功,睿宗亦以有功视之,卒至谮间东宫,谋生内变,牝鸡之不可司晨,固如此哉!然则太平固有罪矣,而睿宗之纵令为恶,亦未尝无咎焉。

第四十一回　应星变睿宗禅位　泄逆谋公主杀身

却说太平公主，接到蒲州安置的制敕，不由的懊怅万分，当即召太子入内，厉声问道："我为汝父子打算，也算尽力，今反以怨报德，将我贬居藩州，我想汝父仁厚，当不出此，想是汝从中播弄，因有此敕命呢。"当头一棒。太子惶恐拜谢道："侄何敢如此？闻系姚、宋二人，奏请父皇，乃下此敕。"公主冷笑道："姚、宋所奏，也无非为汝起见，他恐我等在都，于汝不便，所以特地请命，要我等即日远离。试想我摔去重茂，改立汝父，也是为汝承袭计，从前安乐想作皇太女，难道我想作皇太妹么？"描摹利口，惟妙惟肖。太子道："侄儿当奏闻父皇，加罪姚、宋二人便了。"言毕趋出，即表劾姚、宋离间姑兄，请从重典惩办。睿宗乃贬元之为申州刺史，璟为楚州刺史，宋、幽二王，仍留居京都，惟太平公主夫妇，依然遣往蒲州，不复收回成命。公主怏怏而去，临行时由太子饯送，尚是埋怨不休。太子答道："今日暂别，他日总当由侄儿申请，包管姑母重归。"公主始强开笑颜，与武攸暨登车去讫。

既而睿宗召群臣入宴，且与语道："朕素怀澹泊，不以万乘为贵，前为皇嗣，及为皇太弟，均为时势所迫，并非由朕本意。今朕年已半百，不欲亲揽朝纲，意欲传位太子，卿等以为何如？"群臣闻言，俱面面相觑，莫敢先对。独殿中侍御史和逢尧，系是太平私党，偏起座进言道："陛下春秋未高，方为四海景仰，怎得遽行内禅呢？"睿宗听了，踌躇半晌，方道："朕自有区处。"越宿下制，凡一切政事，皆听太子处分，所有军旅死刑，及五品以下除授，与太子议定后闻。太子奉制固辞，且请让与宋王成器，睿宗不许。嗣复请召太平公主还京，得邀允准，颁敕至蒲州。太平公主当然欢慰，立即启行还朝，往返不过四月，至是入见睿宗。睿宗性本友爱，自然欢颜相待，和好如初。

可巧攸暨病逝，公主又变作嫠妇，虽然年逾四十，尚是萦情肉欲，不耐孤栖，酷肖乃母。蓦然记起当年的崔湜，才貌风流，不愧佳客，当下密召入都，待他进谒，即引与欢狎，做个婉儿第二。又想招揽几个旧官，自张羽翼，濠州司马窦从一，已复名怀贞，在朝时曾诌附太平，至是亦由太平召还，与崔湜同作私人，并向睿宗前极力保荐。睿宗乃复用湜为太子詹事，怀贞为御史大夫。还有奸僧慧范，与公主乳媪通奸，也往来公主第中，常参密议。又如岑羲、萧至忠、薛稷等，前皆坐罪遭贬，太平公主一并引为爪牙，奏复原官，于是声势复

第四十一回　应星变睿宗禅位　泄逆谋公主杀身

盛。窦怀贞每日退朝，必至太平处请安。唐臣多无丈夫气，不必怪窦怀贞。适睿宗女西城公主，及崇昌公主，愿作女道士，自请出家，却也别具肺肠。睿宗欲修筑金仙、玉真二观，分居二女。怀贞即乞请太平，求为营观使。太平公主因替他进言，一说便成。怀贞格外效力，亲自督役，才经月余，已造就两座华刹，前殿后宇，金碧辉煌。西城、崇昌两公主，到了观中，都觉得称心满意，当然至睿宗前，赞美怀贞，又经太平公主随时揄扬，不由睿宗不信，竟进授怀贞为侍中，同中书门下三品。怀贞喜出望外，忽有相士与语道："公居相位，必遭刑厄。"说得怀贞又转喜为忧，自请解官，有制听便。不到数日，又复令为尚书左仆射。崔湜因怀贞得志，免不得在旁艳羡，有时与太平欢会，叙及怀贞。太平公主道："这有何难？汝欲入相，但教我进去数语，便可如愿了。"湜感激涕零，甚至五体投地。但教你在枕席上格外效劳，便足报德，何必作此丑态。一面复语太平道："同僚中有陆象先，亦望公主代为援引。"太平公主道："象先与我何涉？我何必替他帮忙。"湜又道："象先言高行洁，推重同僚，此人入相，必慰众望。湜与同升，也是附骥名彰的微意呢。"太平公主方才点首。次日入见睿宗，即将象先与湜举荐上去。睿宗道："象先素负众望，不愧相才。湜太龌龊，难副众望。"太平公主仍然固请，睿宗只是摇首。及见公主两颊绯红，几乎要堕下泪来，方勉强承认下去。时已任韦安、石李日知为相，朝政未免紊乱，乃趁着公主入请，出安石留守东都，迁日知吏部尚书，命陆象先同平章事，崔湜为中书侍郎，同中书门下三品。又进吏部尚书刘幽求为侍中，右散骑常侍魏知古为左散骑常侍，俱同三品。越年改元太极，未几又改元延和。

　　萧至忠自依附太平，由许州进任刑部尚书，遂出入太平私第，日夕伺候，偶与宋璟相遇，璟讽语道："萧君！汝亦在此，非璟所料。"至忠笑答道："宋生规我，足见好意。"说到"意"字，已是策马驰去。至忠有妹，适华州长史蒋钦绪，亦进谏至忠道："如君高才，何患不达？幸勿非分妄求。"至忠默然不答。钦绪退出，不禁长叹道："九代卿族，一举尽灭，并不是可哀么？"薰心利禄者，可引此为戒。原来至忠世代簪缨，祖名德言，曾任唐为秘书少监，所以钦绪有此悲叹，哪知至忠竟步步春风，更入为中书令了。太平既得至忠为助，又引侍中岑羲、尚书右丞卢藏用、太子少保薛稷、右散骑常侍贾膺福、雍州长史李晋、羽林大将军常元楷、知羽林军李慈等，同为心腹。鸿胪卿唐晙，本是太平女夫，当然通同一气，每事与商。会值秋高气爽，星月倍明，西方的太微垣旁，现出了一个彗星，光芒数丈。太平公主即密使术士进白睿宗，谓："彗星出现，当是除旧布新的变象，且帝座及心前星，心有三星，旧说前星主太子。亦有变动，大约太子当入承帝统，请陛下传位为是。"看官！你想此说是明明激动睿宗，引他恨及太子，可以从中进谗，不意睿宗竟信为真言，便毅然道："朕早思传位，今天象又复如此,尚有何疑?传德避灾,朕志决了。"术士不便再言,慌忙返报太平公主。公主大惊道:"欲巧反拙,弄假成真,这还当了得么?"这叫做庸人自扰。随即召入党羽,共议挽回。大家想了多时,没有甚么良策,只好奏阻内禅,再作计较。于是彼上一奏,此陈一疏,接连呈入章牍数本,并没有批答出来,急得太平公主,自往面阻。偏是睿宗决意传位,任你舌吐莲花,也是不依。公主没法,退归私第,再遣人往劝太子,教他固辞。太子乃驰入宫中,拜谒睿宗,叩头固请道:"臣儿仅立微功,得为皇嗣,已是例外蒙恩,恐难负荷。今陛下且遽欲传位,究是何意?"睿宗道:"社稷再安,与我得天下,皆出汝力。今帝座有灾,故特授汝。转祸为福,愿汝勿疑!"太子又叩头固辞,睿宗作色道:"汝欲为孝子,应该听从我言,岂必待柩前即位,方得为孝么?"太子无词可对,只好流涕趋出。

翌晨由睿宗手谕,传位太子。太子再上表力辞,睿宗不许。太平公主自悔无及,没奈何入语睿宗道:"内禅虽决,总宜自总大政,太子少不更事,恐未能施行尽当呢。"睿宗乃召嘱太子道:"汝因天下事重,想我兼理么?古时虞舜禅禹,尚亲巡狩,朕虽传位,岂忘家国?所有军国大事,我自当兼省,汝何必多虑呢。"太子乃勉强应命。过了数日,内禅期届,太子隆基即位,尊睿宗为太上皇。上皇仍自称朕,诏命曰诰,五日一受朝太极殿。皇帝自称为予,命曰制敕,每日受朝武德殿。凡三品以上除授,及重刑要政,俱奏闻上皇,然后决行,余事皆受成皇帝,改行正朔,颁制大赦,是谓玄宗先天元年,立妃王氏为皇后。

后系同州下邽人,父名仁皎,由玄宗为临淄王时,聘为王妃,玄宗入清宫禁,妃亦预谋,因此玄宗登基,即册为后。为后文废后张本。玄宗又授王琚为中书侍郎,时与商议国事。琚籍隶河内,少有才略,通天文象纬学,从前驸马都尉王同皎,尝器重琚才,引为密友。同皎事败,见前文。琚遁至江都,为富商佣书。商家知非庸才,妻以爱女,且厚给妆奁,琚赖以存活。及睿宗嗣位,乃与妇翁说明原委,得资还都。玄宗时为太子,出外游猎,途次遇着王琚,见他儒服雍容,因即召询。琚口才本是敏捷,至此更有心干进,益逞词锋,且邀太子到寓,娓娓续陈,说得太子非常投契。琚又杀牛进酒,厚飨太子,太子愈加感动,愿为荐引。别后返谒睿宗,即说王琚如何有才,乞加录用。睿宗因他是个白衣秀士,但令补诸暨县主簿。太子默然退归。会琚闻得一未秩,过谢东宫,到了廷中,却故意徐行,左眺右瞩。东宫侍卫呵止道:"殿下在帘内,怎得自由行动?"琚微笑道:"今日有甚么殿下,但知有太平公主呢。"显是策士口吻。道言未绝,太子已经趋出,亲自迎入。琚表明谢意,即促膝进陈道:"韦庶人敢行弒逆,人心不服,所以殿下一呼皆应,立诛首恶。今太平公主自恃有功,凶猾无比,左右大臣,多为所用,天子又因兄妹关系,格外容忍,琚窃为陛下隐忧

第四十一回 应星变睿宗禅位 泄逆谋公主杀身

哩。"太子遽起,引与同榻,对坐与语道:"主上同气,止有太平,若有伤残,恐亏孝道。"琚答道:"小孝不足言,殿下当思大孝。"太子道:"大孝如何?"琚复道:"安宗庙,定社稷,乃为大孝。试想太子立有大功,理应承统,今公主乃敢妄图,营私植党,有废立意,一旦变起,岂不是累及宗庙社稷么?宗庙社稷不安,殿下即思尽孝,恐亦不及待了。"太子搓手道:"如此奈何?"琚答道:"琚闻内外大臣,惟张说、刘幽求、郭元振等,不为太平所用,殿下若与商议,当可纾忧。"太子乃喜,叫他不必赴任,留居詹事府中。既而太子受命监国,五品以下官吏,得由太子黜陟,乃即迁琚为太子舍人。及太子受禅,特超擢中书侍郎。琚遂与刘幽求等,谋去太平。幽求使羽林将军张暐,入白玄宗道:"窦怀贞、崔湜、岑羲,皆因公主得进,日夜谋逆,若不早图,恐即日发难,连太上皇都不能自安,臣已与幽求等定计,但俟陛下颁敕,便可施行。"玄宗点首至再,徐谕道:"卿等少缓,朕当留意。"

暐趋出后,适遇侍御史邓光宾,邀他入室,盘问底细,暐以实言相告。光宾俟暐别后,竟往报窦怀贞、崔湜。窦、崔两人,忙转告太平公主,公主即入白睿宗,一口咬煞玄宗,说是要无端加害。睿宗便召问玄宗,训责数语,害得玄宗无法自解,只好推到刘幽求、张暐身上。<small>玄宗专推别人,也太柔弱。</small>于是睿宗令他惩办。玄宗不得已,将幽求及暐,拘置狱中。窦怀贞、崔湜等,讽令台官,奏称幽求等离间骨肉,当处死刑。睿宗又欲准奏,还是玄宗极力解说,谓幽求曾预大功,应当减死,乃流幽求至封州,张暐至峰州。封州地在岭表,崔湜又飞函至广州,嘱广州都督周利贞,<small>即利用复名。</small>杀死幽求,偏经桂州都督王晙,与幽求有旧交,将他留住,才得免害。

越年,又改为开元元年,元宵节届,灯市极盛,长安城中,光耀如同白昼,无论大家小户,统是悬灯结彩,点缀升平。玄宗奉着上皇,御门观灯,大酺合乐,宴赏了好几日,余兴未衰。又令都中延长灯期,直至二月中旬,尚未停辍。太平公主私第中,越觉热闹,供张声伎,高出皇家,所陈珍宝,光怪陆离,所制彩仗,靡丽淫巧,满朝朱紫,无不联翩踵贺,端的是繁华出众,烜赫绝伦。<small>炎炎者灭,隆隆者绝。</small>左拾遗严挺之,及晋陵尉杨相如,先后上疏,俱戒玄宗节欲去奢,乃将灯市停止,但月余靡费,已是不可胜计了。<small>此为玄宗将来淫佚之兆。</small>太平公主自经幽求等贬黜,声焰益张,意见越深,镇日里与情人私党,密谋废立,又勾结宫人元氏,令在赤箭粉中,置毒以进。什么叫作赤箭粉呢?赤箭系是药名,研粉为饵,可以延年。玄宗时常服食,所以公主嗾令元氏,乘间下毒。元氏尚未下手,已为王琚所闻,入见玄宗道:"祸机已迫,不可不速发呢。"玄宗意尚踌躇,适左丞张说,代韦安石出守东都,他却遣人进呈佩刀一柄,意欲借刀示意,使玄宗断绝疑虑。荆州长史崔日用,入朝奏事,更密白玄宗道:"太平公主，谋逆有日，陛下昔在东宫，尚为臣子，若欲讨逆，须用谋力，今陛下已登帝祚，但教下一制书，谁敢不从？倘令奸宄得志，后悔无及了。"玄宗沉吟道："朕亦尝作此想，只恐惊动上皇，诸多未便。"日用道："天子以安四海为孝，不在区区小节，万一奸人得志，社稷为墟，那时孝在何处？若恐惊动上皇，请先定北军，后收逆党，自不致有意外变端了。"玄宗道："卿且留京，为朕作一臂助，朕总当设法除患呢。"日用乃出。越日，受敕为吏部侍郎。

　　太平因玄宗进用王、崔等人，也知玄宗有意加防，更兼元氏下毒的法儿，一时竟无隙可入，免不得另图别计。乃更召集私人，重开密议。崔湜献策道："常将军元楷，李将军慈，本统领羽林兵，若麾众直入武德殿，迫上退位，不得不依。再由窦仆射、萧中书等，号召南牙兵，作为援应，不消半日，便可成功了。"同平章事陆象先，因由公主保荐，亦曾与召，独起身抗言道："不可，不可。"公主听到"不可"两字，便应声道："废长立少，已是不顺，况又失德，奈何不可废立呢？"象先道："既以功立，必以罪废，嗣皇即位，天下归心，并无实在罪恶，如何废立？这事恐多危险，象先不敢与闻。"怀贞从旁接入道："陆公真是迂儒，不足与议大事。且试问平章高位，从何而来？今日公主谋行大事，反出来劝阻，令人不解。"象先道："我正为公主计，所以直言谏阻，否则也不来多口了。"大众尚讥刺象先，象先拂袖径出。当由太平公主与众人续议，决如湜言，约于七月四日举行。正要散座，忽有一少年趋入道："此事断不可行，还请三思为是。"公主正恨象先异议，偏又有人前来作梗，顿时竖起双眉，瞋目瞧将过去，原来不是别人，乃是自己的亲生儿崇简，不由的大怒道："你也敢来阻挠我么？"子且不服，追问别人。崇简跪谏道："母亲席丰履厚，养尊处优，也应好知足了。为甚么还要起衅？难道富贵至此，尚未满意么？"应该质问。公主怒叱道："你晓得甚么？休得多言！"崇简复道："事成不足增荣，事败不徒致辱，恐全家都要屠灭哩。"公主听到此语，竟从座旁觅得一杖，连头夹脑的敲将过去。崇简连忙抱头，已经着了数下，血流满面。窦怀贞等急上前劝解，公主尚不肯休，说要打死逆子，才足泄恨。崇简泣道："儿非逆母，母实逆君。"又指斥崔湜为奸贼，说得湜满面羞惭，几乎无地自容。彼岂尚知羞耻么？公主怒上加怒，恨不将崇简一杖击死，嗣由大众扯开崇简，一半劝母，一半劝子，方得罢手。崇简由众拥出，公主怒气稍平，专待到期行事。

　　不意风声已经外泄，左散骑常侍魏知古，探听得明明白白，急报玄宗。玄宗此时，也管不得许多了，当下召入岐王范、薛王业，<small>即玄宗弟隆范、隆业，因避玄宗名，减去隆字。</small>兵部尚书郭元振，龙武将军王毛仲，殿中少监姜皎，太仆少卿李令问，尚乘奉御王守一，内给事高力士，果毅将李守德等，咨商大计。还有王琚、崔日用、魏知古诸人，当然在座。大家商定方法，即于次日施行。越日为七月三日,玄宗命王毛仲率兵三百人,自武德殿入虔化门,先行伏着,乃召常元楷、李慈入见。两人尚未觉着,放胆入门,王毛仲麾兵齐出,先将两人拿下,一并斩首。两将既诛,再拘萧至忠、岑羲、贾膺福等文臣,自然不费兵力,手到擒来。玄宗也不细问,尽令处斩。独窦怀贞投入沟中,自缢而死,有制戮尸,改姓为毒。不脱武后故智。上皇闻变,登承天门楼,问明情事。郭元振奏称窦怀贞等,联结太平公主,谋为不轨,所以奉皇帝制敕,一并捕诛,余无他事。上皇乃叹息还宫。次日下诰,自今军国政刑,一听皇帝处分,朕愿徙居百福殿,颐养天年。玄宗得了此诰,方命王毛仲、高力士等,往拘太平公主。毛仲等驰至公主第中,只有仆役尚在,并没有公主下落,急忙出门四觅,找了三日,方侦得公主在南山寺中,带兵搜捕,所有公主全眷,一个儿不曾漏脱,连僧慧范及李晋、唐晙等,也与公主同匿,一古脑儿押了回来,有制令公主自尽,僧慧范等伏诛。小子有诗叹道:

易记家人利女贞,诗言哲妇实倾城。
试看唐室开元日,杀死太平方太平。

太平伏法,余党除已诛死外,究竟如何发落,待至下回表明。

本回专叙太平公主事,公主为天子元妹,宰相多出门庭,六军供其指挥,似亦可以止矣,而必猜忌玄宗,阴谋废立者何哉?妇女不必有才,尤不可使有功,才高功大,则往往藐视一切,一意横行,况有母后武氏之作为先导,亦安肯低首下心,不自求胜耶?卒之天授玄宗,心劳日拙,欲借口于星变,而反迫成睿宗之内禅;欲定期以起事,而又促成玄宗之讨逆,身名两败,不获考终,嗟何及哉?彼萧至忠、窦怀贞等,识见且出太平下,富贵未几,身首两分,反不若崔湜之累尝禁脔,犹得自命为风流鬼也。吾得援俚语以嘲之曰:"太不值得,何苦乃尔?"

第四十二回　赠美人张说得厚报
　　　　　破强虏王晙立奇功

却说玄宗既诛死太平公主,复将公主诸子,亦赐死数人,惟崇简得免,仍给原官,赐姓李氏。所有公主私产,悉行籍没,财物山积,几同御府,厩牧牛马,田园息钱,好几年取用不竭。僧慧范私资,亦多至数十万缗,一并抄没充公。李晋系太祖玄孙,本袭封新兴郡王,至是连坐被诛,临刑时不禁流涕道:

"此谋本崔湜所倡,今我死湜生,冤不冤呢?"刑官转奏玄宗,玄宗已流湜至窦州,不欲加诛。会有司鞫问宫人元氏,元氏供由得主谋,嗾使进毒,乃遣使传敕,赐死荆州,薛稷赐死万年狱。稷子伯阳,曾尚睿宗女荆山公主,得免死窜岭南。伯阳自杀。独卢藏用流戍泷州,后因御边有功,迁住黔州长史,病殁任所。玄宗乃亲御承天门楼,大赦天下,赏功臣郭元振等官爵,且召陆象先入语道:"闻卿尝谏阻太平,可谓岁寒知松柏呢。"象先拜谢而出。旋因象先尝辩护党人,致遭弹劾,乃罢为益州长史,召还张说、刘幽求,令说为中书令,幽求为左仆射,进高力士为右监门将军,管领内侍省。从前太宗定制,内侍省不置三品官,但黄衣廪食,守门传命。中宗时,七品以上已有千余人,至玄宗超擢力士为将军,竟列三品以上,于是宦官逐渐增多,且逐渐显赫,这也是玄宗一大弊政呢。特笔揭橥,为后来宦官祸国伏笔。

　　是年冬季,车驾巡幸骊山,大阅军操,征兵至二十万。兵部尚书郭元振,督操忤旨,拘坐纛下,几欲宣敕处斩。刘幽求、张说,忙叩马进谏道:"元振有讨逆大功,就使得罪,亦当格外加恩,原功免死。"玄宗准奏,乃褫元振职,远流新州,独杀给事中知礼仪事唐绍。诸军见二大臣受谴,不禁仓皇失次,惟薛讷、解琬二军,毫不为动。玄宗见他秩序整齐,立遣轻骑召见,谁知他号令森严,不准骑士入阵。及玄宗亲给手敕,方才进见。玄宗面加奖勉,且予厚赉。看官阅过前文,应知薛讷是仁贵长子,凤秉家传,武后曾因讷为世将,令摄左威卫将军,兼安东道经略使,嗣迁幽州都督,安东都护,且调任并州长史,检校左卫大将军。俗小说中,有称薛丁山者,想即由薛讷误传。解琬系元城人,熟习边事,累任御史中丞,兼北庭都护,西域安抚使,寻复为朔方大总管,改右武卫大将军,检校晋州刺史。两人均为当时名将,所以行军严整,步武安详。玄宗令各回原任,自率禁军返猎渭滨,偶记起前兵部尚书姚元之,遂遣人至同州,召诣行在。元之自坐贬申州后,见前回。转徙同州,至此奉召踵谒,正值玄宗行猎,行过了叩见礼,玄宗即问道:"卿知猎否?"元之答道:"这是臣所素习,臣年二十,尝呼鹰逐兽,嗣由友人张憬藏,谓臣当位居王佐,所以折节读书,得待罪将相。惟故技尚娴,虽老未忘,今日愿随陛下同猎。"这也是迎合语。玄宗甚喜,即与元之同驰。元之控纵自如,连发数矢,迭中数兽,当由玄宗再三夸奖。至骋猎已毕,返入行宫,便与元之纵谈天下事。元之知玄宗英武,有意求治,特将古今治道,畅说一番。玄宗听了多时,语语称旨,竟至忘倦。俟元之奏罢,便面谕道:"朕早知卿才,卿可相朕。"元之却故意推辞,玄宗问他何故?元之跪答道:"臣有十事请愿,恐陛下未必准行,因此不敢奉命。"玄宗道:"卿且说来?"元之乃剀切详陈,逐条说出,看官道是甚么条件? 由小子录述如下:

　　(一)愿先仁恕。(二)愿不幸边功。(三)愿法行自近。(四)愿宦

第四十二回 赠美人张说得厚报 破强虏王晙立奇功

竖不与政事。(五)愿绝租赋外贡献。(六)愿戚属不任台省。(七)愿接臣下以礼。(八)愿群臣皆得直谏。(九)愿绝佛道营造。(十)愿禁外戚预政。此十事,恰确中时弊。

玄宗听他说完十事,竟怡然道:"朕均能照行,卿可勿虑。"恐怕未必。元之乃顿首拜谢,翌日即仍授元之兵部尚书,同中书门下三品,封梁国公。中外颇庆得人。惟中书令张说,素与元之不协,阴使御史大夫赵彦昭,上言元之不应入相。玄宗不纳。嗣复使殿中监姜皎入陈道:"陛下尝欲择河东总管,苦乏全才,臣今日幸得一人了。"玄宗问为何人?皎答道:"无如姚元之。"玄宗怫然道:"这是张说的意思,汝怎得当面欺朕!"皎惶恐叩谢。玄宗即启跸还宫,群臣上玄宗尊号,称为开元神武皇帝,并改易官名,号仆射为丞相,中书为紫微省,门下为黄门省,侍中为监,雍州为京兆府,洛州为河南府,长史为尹,司马为少尹,即命元之为紫微令。元之因避开元尊号,复名为崇。

崇既入相,进贤黜佞,每事进陈,无不批准,朝政焕然一新,独急坏了一个张说,他恐姚崇乘间报复,将来必难保禄位,因此心虚畏罪,日夕彷徨;默思王公大臣中,只有岐王范功成佐命,甚得上欢,范又好学重儒,乐得借着自己的文才,与相联络,托他庇护,于是退朝余暇,辄乘车至岐王第中,侍坐言欢。偏经姚崇闻知,得了这个机会,正好借端排挤,黜去张说。一日,崇入对便殿,行步微蹇。玄宗即问道:"卿有足疾么?"崇答道:"臣非足疾,疾在腹心。"崇专使刁,殊不足取。玄宗知他语出有因,便屏去左右,私问底细。崇遂奏道:"岐王系陛下爱弟,张说身为辅臣,常乘车出入王家,臣不知他何意,倘岐王为他所惑,后患非浅。臣忝居相列,怎得不忧劳成疾呢?"轻轻数语,已足挤倒张说。玄宗愕然道:"有这等情么?朕不能不究。"崇乃趋退。是夕,即有制颁下,密饬御史中丞等,究诘张说情弊。

说全然不闻,尚安坐私宅中,忽由门役传进二帖,乃是贾全虚名刺,不由的恼怅道:"他来见我作甚么?"门役答道:"他说有紧急事,关系相公全家,特来求见,报知相公。"说乃令门役延入,人面重逢,倍增感触。原来说有美妾宁怀棠,一貌如花,且长文字,说甚是宠爱,令司文牍。相传怀棠生时,她母梦神人授海棠一枝,因而得孕,分娩后养至五六龄,已是姿态秀媚,娇小可怜,家人尝以"海棠睡足"为戏。她母独笑语道:"名花宜醒不宜睡",因更取一表字,叫作醒花。这醒花既归张说,淑女得配才人,恰也愿抱衾裯,没甚怨恨。偏来一个贾全虚,系说故人子,应试入都,踵门请谒,说见他年少多才,留为记室,渐渐的熟不避嫌,得与醒花觌面。俗语说得好:"月里嫦娥爱少年",这醒花见了全虚,顿惹起一段情魔,时常惦念,免不得流露笔墨,挑逗全虚。全虚是个风流少年,怎有不贪爱美人的道理?你一唱,我一酬,一缄书做了鸳盟,两下儿已通蝶使。凑巧张说因公入值,醒花竟为情忘节,悄悄的偷出内庭,去会那可意郎君。全虚正玩月书斋,蓦然得着天仙下降,不觉惊喜交集,倒屣欢迎,彼此只谈了数语,便拥入帐中,宽衣解带,曲尽绸缪。欢会已毕,彼此商量终身大计,无非用了三十六着的上着。两人起床,草草收拾行装,竟于越日黎明,一溜烟似的走了。<small>名公巨卿家,往往有此,也不足怪。</small>待张说退值回家,竟不见了宁醒花,又不见了贾全虚,料他必因奸逃走,即遣人四处缉捕,两人走不多远,顿被捉归。说召责全虚,遂欲置诸死地。全虚朗声道:"贪色爱才,人人通病,男子汉死何足惜?但明公何惜一女子,竟欲杀死国土,难道明公长此贵显,不必缓急倚人么?从前楚庄不究绝缨,杨素不追红拂,度量过人,古今称羡,公奈何器小至此?"<small>乐得放胆一说。</small>说被全虚数语,却也回转心意,便与语道:"你不该盗我爱妾,目下木已成舟,我亦自悔失防,就把她赏了你罢。"说毕,仍令醒花随他同往,且并厚给奁赀。<small>禁脔已失,还是慷慨为佳。</small>全虚也不推却,竟挈艳出门,住京多日,竟得了一条门路,至内廷机要处佣书,所有大臣密奏,往往先人闻知,因此即飞报张说。说接见后,由全虚备述姚崇奏语,及玄宗密敕究治等情,急得张说不知所措,连唤奈何。全虚道:"全虚蒙公厚恩,特来图报,敢不替公设法,但请公不惜重宝,交与全虚,代通关节,必可缓颊。就使难免外调,断不至意外问罪呢。"说乃取出珍玩,托他转旋。全虚受命而去。果然珍宝有灵,重罪轻办,究治事就此搁置,但出说为相州长史。<small>全虚事,不见史传,本编从稗乘采来,为施德获报之证。</small>说奉敕出都,不消细述。

　　既而有人评告太子少保刘幽求,及詹事钟绍京,说他有怨望语,当由玄宗下敕按问。两人不肯服罪,势将下狱。姚崇上书营救,谓:"幽求等均有大功,但得闲职,未免沮丧,若使下狱,恐足惊动远听,反失人心。"乃不复穷治,只贬幽求为睦州刺史,绍京为果州刺史。侍郎王琚,亦坐贬泽州。御史中丞姜晦,及监察御史郭震,又弹劾韦安石、韦嗣立、赵彦昭、李峤诸人,阿附取容,素来不能匡正,因俱黜为诸州别驾。又将广州都督周利贞等,放归田里,终身不齿。幽求、安石,愤恚即亡,余人依次寿终。温王重茂,徙封襄王,出居房州,开元二年病殁,谥为殇帝。玄宗励精图治,专任姚崇,汰僧尼,放宫人,罢两京织锦坊,焚珠玉锦绣于殿前。宋王成器等,请献兴庆坊宅为离宫。兴庆坊就是隆庆坊,自玄宗入为太子,改名兴庆,玄宗尝制大衾长枕,与兄弟同眠,及即位后,与宋、岐诸王相见,仍行家人礼,至此因宋王入请,改旧邸为兴庆宫,仍为诸王筑第,环列宫侧。且就宫西、南置楼,西楼署"花萼相辉"四字,南楼署"勤政务本"四字。玄宗随时登搂,闻诸王作乐,必召令同升,对榻坐谈,不异前时。或幸诸王第中,亦略迹言情,饮酒赋诗,屡赐金帛。诸王每日由侧门进见,归后即具乐纵饮,击球斗鸡,驰逐鹰犬,成为常事。玄宗毫不加禁,竟有安乐与共的意思。时有鹡鸰千数，翔集麟德殿廷，浃旬始去。长史魏光乘上颂揄扬，谓为天子友悌，方得此祥。玄宗亦自为作颂，且尝赐宋王等书，有云：

> 昔魏文帝诗云："西山一何高？高高殊无极。上有两仙童，不饮亦不食。赐我一丸药，光耀有五色。服之四五日，四体生羽翼。"朕每言服药而求羽翼，宁如天生兄弟之羽翼乎？陈思王之才，足以经国，绝其朝谒，卒使忧死，魏祚未终，司马氏夺之，岂神丸效耶？虞舜至圣，舍象傲以亲九族，九族既睦，平章百姓，今数千载，天下归善焉，此朕废寝忘食所慕叹也。顷因余暇，选仙录得神方云，饵之必寿，今持此药，愿与兄弟共之，偕至长龄，永永无极也。

玄宗兄弟四人，宋王成器，最称谨畏，成器以外，要算申王成义。两人因避母昭成皇后尊谥，一改名宪，一改名㧑。岐王范与薛太平，恃功稍骄，玄宗尝戒诸王与群臣交游，范不甚遵戒。驸马都尉裴虚己，曾尚睿宗幼女霍国公主，后来与岐王游宴，私挟谶纬，坐流新州。惟玄宗待范，仍然如故，且语左右道："兄弟天性，怎可失欢？不过由奔竞诸徒，妄思依附，朕终不因此生疑哩。"左右当然谀颂数语。但人主待遇兄弟，往往多刻薄，少惠爱，似玄宗这般友悌，也可谓古今罕有了。极力褒扬，风示后世之有兄弟者。这且慢表。

且说营州被契丹陷没，未曾收复，见三十四回。所有营州都督一职，寄治幽州。玄宗先天元年，幽州大都督孙佺，欲复营州，与左骁卫将军李楷洛，左威卫将军周以悌，发兵二万余人，往袭奚契丹。到了冷陉，被奚酋李大酺截击，全军覆没。佺与以悌，均为所擒，惟楷洛逃归。大酺恐唐师报怨，特将佺房献与突厥，统为默啜可汗所杀。默啜遂与奚契丹联和，屡次扰边，唐廷拟羁縻突厥，通使修好。默啜可汗乃遣子杨我支入朝，且请许婚。玄宗允将蜀王女南河县主，往嫁突厥，惟须待期方遣。太宗子恪封蜀王。默啜可汗屡请婚期，久未邀准，乃于开元二年春月，复使子同俄特勒，及妹夫火拔颉利发石失毕，统兵围北庭都护府，都护郭虔瓘设伏城外。俟同俄到来，伏兵突起，立将同俄刺死城下。火拔惊骇，顿时大奔，又被虔瓘追击一程，虏兵多半败死。默啜严责火拔，火拔惧不敢归，竟携妻子奔唐。唐封火拔为燕山郡王，号火拔妻为金山公主，赏赐从优。

并州长史薛讷，闻突厥败退，拟乘势讨奚契丹，复仇雪耻。时方七月，暑气未衰，姚崇等以乘暑用兵，多害少利，因极力谏阻。讷独上言道："盛夏草肥，羔犊孳息，因敌资粮，正是绝好的机会，一举便可灭虏了。"玄宗方以冷陉一役，引为深恨，遂视讷语为奇计，授讷同紫微黄门三品，令与左监门卫将军杜宾客，定州刺史崔宣道等，率兵二万，出击契丹。讷率步卒先至滦河，不意契丹兵四面伏着，一齐发作，将讷困在垓心。崔宣道等俱逗留不前，遂致讷孤军陷敌，十死八九，讷只率数十骑突围，身被数创，才得脱走，返至幽州，报称败状，归罪宣道及胡将李思敬等八人，有制尽斩首徇众，且褫讷官爵。惟杜宾客曾上言不宜出师，独得免议。

已而吐蕃入寇，乃复起讷摄羽林将军，兼陇右防御使，与太仆少卿王晙，同击吐蕃。吐蕃自赞婆等入降，见三十四回。赞普器弩悉弄，阴有戒心，亦不敢深入为寇，且屡遣使求和。唐廷方内乱迭起，勉从和议。未几，吐蕃南部皆叛，器弩悉弄自往讨伐，病死军中，国内无主，诸王争立，赖有遗臣数人，削平乱事，拥立器弩悉弄子弃隶缩赞为赞普，年仅七龄，遣使至唐廷告丧，且乞申盟。此时正值中宗复位，国事粗定，无暇顾及外事，但不过虚与周旋，没有甚么约言。后来吐蕃又遣大臣悉熏热入贡，顺便求婚，中宗命将雍王守礼女金城公主，许配吐蕃赞普。守礼自雍徙豳，已在睿宗初年，故睿宗前应称雍王。待赞普弃隶缩赞成年，方准迎女。转瞬间已是睿宗景云元年，吐蕃来迎公主，乃命左骁卫大将军杨矩，持节送往。公主到了吐蕃，赞普特筑城与居，并乞河西九曲地，为公主汤沐邑。矩代为申请，竟得俞允。哪知九曲地素来肥饶，水甘草良，最宜畜牧，吐蕃得了此地，恃为根据，因复乘虚窥边。戎狄之不可恃也如此。

开元二年八月，虏相坌达延驱众十万，入寇临洮，进攻兰渭。杨矩正留任鄯州都督，悔惧自尽。玄宗令薛讷、王晙，并力夹击，复调兵十余万人，马四万匹，拟亲自督行，作为后应。晙姿表奇伟，智勇深沈，时人称他有熊虎相。既受命西征，即率部兵二千名，自陇右出发。途中接到探报，知虏相屯驻大来谷，连营数里。晙语部众道："虏兵甚众，我兵甚寡，只应智取，不宜力敌。"乃选壮士七百人，令各易胡服，乘夜袭虏，且授计道："汝等往劫虏营，不必杀人，但教四面大呼，俟虏等散乱时，趁便擒斩，就算功劳。我自有兵策应。"各壮士领计去讫。晙率军随进，约去大来谷五里，闻前面有呼噪声，料知各壮士已逼敌寨，便令部兵齐鸣鼓角，与呼噪声遥相应和。山空谷窈，浪声越高，那时虏相坌达延，从梦中闻声惊起，亟命番众出帐迎敌。番众尚睡眼昏花，到了营外，被唐军四面拦杀，但见他所穿服饰，与自己相等，还疑是本营变乱，一时无从分辨，只好持刀乱砍，模模糊糊地杀了一夜。等到天色熹微，唐军统已退去，那番营左近的尸骸，统是吐蕃兵卒，无一唐军。坌达延检验尸首，数以万计，方觉叫苦不迭，但已是无及了。

王晙得着胜仗，结垒自固，嗣闻薛讷已到武街，中为虏营所阻，乃复募得勇士，往约薛讷，出兵夜袭。坌达延惩着前败，遽令退师。不意此番却来鏖战，王晙从左杀入，薛讷从右杀入，两路夹攻，杀得尸横满野，洮水为之不流，坌达延抱头窜去。唐军斩得虏首万余级，获牲畜二十万头，于是唐将军王晙威名，远达塞外。唐代文武兼才，自李靖、郭元振、唐休璟、张仁愿外，仁愿即仁亶，因避睿宗嫌，名改亶为愿。要算是王晙了。玄宗闻捷，乃罢亲征议，拜晙为右羽林大将军，兼平阳郡公，晙为银青光禄大夫，加清源县男爵，兼原州都督。小将有诗咏王晙道：

> 折衡御侮仗元戎，熊虎呈奇气象雄。
> 十万虏兵齐败北，才知奇计得奇功。

吐蕃既已败退，玄宗特置幽州节度经略大使，统领幽、易、平、妫、檀燕六州，控御朔方，专谋北略。节度使之名称，自此始。欲知后事，且看下回再详。

唐室贤相，前称房、杜，后称姚、宋，窃谓姚、宋之才识有余，而度量不足，观其排挤张说，牵及岐王，假令因此穷治，辗转株连，岂非一场大狱？幸而张说惠及贾生，慨赠美人，施德于前，食报于后，卒使巨案消灭，说止外调，是不特说之幸，抑亦唐之幸也。赠美人事，已见细评。惟玄宗天性友爱，无间骨肉，花萼相辉，足传千古。本回连类叙明，深得善善从长之义。至若下半回之载及吐蕃，所以表明戎狄之无信，非我族类，其心必异，岂和亲之策，所得而羁縻之者？微王晙之智足破敌，吐蕃其肯敛迹乎？世之视同胞如仇敌，引外人为亲友者，不必远稽古训，但以本回为借鉴，而安危得失之故，固已可深长思也。

第四十三回　任良相美政纪开元
　　　　　　阅边防文臣平叛虏

却说玄宗既设置幽州节度，控御北边，可巧突厥默啜可汗，复遣使求婚，自称乾和永清大驸马，突厥圣天骨咄禄可汗。玄宗仍远约婚期，延宕过去。默啜年已衰老，昏虐愈甚，还想大唐公主，真似癞虾蟆想吃天鹅肉。部众多半不服，葛逻禄、胡禄屋、鼠尼施等部落，先后降唐，共约万余帐，有制令入处河南地，再调薛讷为凉州大总管，出镇凉州。郭虔瓘为朔川大总管，移镇并州，专伺突厥衅隙，以便北讨。默啜正恨各部离散，发兵击葛逻禄、胡禄屋、鼠尼施等部，玄宗饬北庭都护汤嘉惠，左散骑常侍解琬等发兵往援，又命薛讷为朔方道行军大总管，与太仆卿吕延祚，灵州刺史杜宾客等，共讨突厥。默啜方移兵北向，往击拔曳固部，大捷独乐水，令部众唱着胡歌，坦然南归，不复设备，哪知拔曳固散卒颉质略，正在柳林边待着，俟突厥大军经过，后面只有默啜可汗，随行不过数十人，他却率众突出，狙击默啜，斩首亟遁，献与唐军裨将郝灵荃。

灵荃传首唐都,盈廷称庆,时值太上皇睿宗驾崩,玄宗因猝遭大故,无暇治戎,乃令薛讷等还镇,专备居丧事宜。睿宗在位仅二年,为太上皇约四年,崩年五十有五,谥为天圣真皇帝,安葬桥陵。

玄宗自任姚崇,抑制贵戚近幸,朝无弊政,请谒不行。黄门监卢怀慎,名为副相,自以才不及崇,每事推让,因此时人号为"伴食宰相"。崇尝因子丧,乞假十余日,政事委积,怀慎不能决,惶恐入谢。玄宗慰谕道:"朕以天下事委姚崇,卿但坐镇雅俗,便足称职了。"怀慎乃从容退朝。及崇已假满,出决庶政,须臾了毕。崇颇有得色,顾谓紫微舍人齐澣道:"我为相可比何人?"澣未及答。崇又道:"可比得管、晏否?"澣徐答道:"恐未及管、晏,管、晏立法,虽未能传后,及身总不再变更;公所为法,或作或辍,澣所以谓公不及呢。"可谓诤友。崇又道:"我虽不及管、晏,究竟何如?"澣复道:"好算一救时良相。"崇投笔起言道:"救时良相,亦非易得,我果能此,愿亦足了。"既而山东大蝗,百姓多焚香设祭,不敢捕杀,崇独奏遣御史督饬州县,赶紧捕除。卢怀慎谓杀蝗太盛,恐伤和气,崇辩驳道:"从前楚庄吞蛭,病且能瘳,孙叔杀蛇,后反致福,奈何不忍杀蝗,反忍人民饥死呢?若使杀蝗有祸,尽归崇身,可好么?"是极,是极。汴州刺史倪若水,上言:"蝗为天灾,非人力可以除尽,昔刘聪时尝令民除蝗,害反益甚,今请修德禳灾,方足上回天意。"因拒御史檄谕,不肯受命。与卢怀慎一样迂腐。崇移牒若水道:"刘聪伪主,德不胜妖,今日圣朝,妖不胜德。古时良守治民,蝗不入境,如谓修德可免,彼岂无德致此么?今若坐视食苗,忍心不救,将来秋收无着,恐刺史亦未能免咎呢。"若水乃惧,谕民捕蝗,共得十四万石,蝗害少息。崇复饬御史察视捕蝗勤惰,作为黜陟,蝗乃尽净,是年竟得免饥。

黄门监卢怀慎,寻即病殁,遗表举荐宋璟、李杰、李朝隐、卢从愿四人,玄宗颇为嘉纳,且深惋悼。原来怀慎为人,才具虽然有限,操守却是甚廉,平居不营资产,俸赐多给亲旧,往往妻号寒,儿啼饥,所居不蔽风雨,随便将就。及疾亟,宋璟、卢从愿等往候,但见敝簀单席,门不施箔。相见时,怀慎执二人手,唏嘘与语道:"皇上求治,不为不殷,但享国日久,寝至倦勤,将来必有憸人乘间幸进,愿二公留意为幸。"殁后家无余储,惟有一老苍头,请自鬻以办丧事。四门博士张晏,为白情状,玄宗乃赐缣帛百匹,米粟二百斛,因得治丧。追赠荆州大都督,谥曰文成。述此以表俭德。乃进尚书左丞源乾曜为黄门侍郎,同平章事。

乾曜既相,崇适病疴,复请假养疴,遇有军国大事,玄宗必令乾曜咨崇。乾曜奏对称旨,玄宗必问道:"卿想从姚相处得来么?"否则又谕令问崇。崇居宅僻陋,玄宗令徙寓四方馆,崇言馆屋华大,不敢徙居。玄宗手谕道:"恨禁中不便居卿,馆中亦何必谦辞。"崇乃奉谕徙入。每日由中使问候,尚医尚食,络绎不绝。崇有三子,长名彝,次名异,又次名弈。彝、异颇受赂遗,紫微史赵

第四十三回　任良相美政纪开元　阅边防文臣平叛房

海,系崇所亲信,借势受赃,事发当死,经崇上表营救,未免忤旨,杖海流岭南。崇知宠遇渐衰,自请避位,特荐广州都督宋璟自代。玄宗乃罢崇执政,遣内侍杨思勖迎璟。

璟风度凝远,应召登途,虽与思勖同行,绝不与思勖交言。颇有子舆氏风。思勖素得宠幸,返白玄宗。玄宗闻言,嗟叹再三,格外器重,遂授璟为黄门监,并罢源乾曜辅政,令苏颋同平章事。颋系故相苏瑰子,幼即颖悟,一览成诵,及为童子时,尝与李峤子同入禁中,得蒙召对。颋进"木从绳则正,后从谏则圣"二语,峤子独对道:"斫朝涉之胫,剖贤人之心。"当时已有"李峤无子,苏瑰有儿"的定评。至是与璟同心辅弼,璟素持正,犯颜敢谏,有时玄宗不纳,颋必申璟语意,更为奏请,必至从谏乃已,因此两人甚是投契。璟尝语人道:"我与苏氏父子,同居相府,仆射指苏瑰,瑰在中宗初年,累拜尚书右仆射。长厚,自是国器,若献可替否,公不顾私,还要推重今日的平章,这正所谓跨灶哩。"也是确评。璟继崇当国,志操不同。崇善应变,璟善守法,但整纲饬纪,量能授官,宽赋敛,省刑罚,中外承平,百姓富庶,却是两相同辙,所以姚、宋并称,佐成开元初政,得与贞观同风。璟又欲复贞观旧治,请仍用旧官名称,此等语,看是闲笔,实关重要,阅者勿轻滑过,才知官名沿革,一览了然。并令史官随宰相入侍。群臣均对仗奏陈,玄宗当然准奏,堂廉壅蔽,因得尽除。

太常卿姜皎,与玄宗系是故交,太平受诛,皎与有功。自是宠遇特厚,尝出入宫禁,得与后妃连榻宴饮。璟劝玄宗保全功臣,毋过宠狎,玄宗乃下制道:"西汉诸将,以权贵不全,南阳故人,以优闲自保,皎宜放归田园,勋封如故。"玄宗又尝命璟与苏颋,更定皇子名称,与公主封号,应酌求优美,或择佳邑,定差等。璟上言:"七子均养,诗人所称,今若同等别封,或母宠子爱,恐失鸤鸠均平美意,臣不敢奉命!"玄宗益叹重璟贤。皇后父王仁皎病殁,子守一为驸马都尉,曾尚睿宗女薛国公主,因请仿玄宗外祖窦孝谌故事,筑坟高五丈一尺。璟又上书固争,谓:"官居一品,坟只高一丈九尺,陪陵功臣,高亦不过三丈许。从前窦太尉坟,已属非制。韦庶人追崇父墓,擅作酆陵,终至速祸,怎可再蹈前辙?臣意欲守朝廷成制,成中宫美德,所以不惮烦言,倘中宫情不可夺,请准一品陪陵,最高不逾四丈,方为合宜。"玄宗乃批答道:"朕每欲正身率下,况在妻子,怎敢有私?卿能固守典礼,垂法将来,诚所深幸哩。"这批词颁发出去,又遣使赍赏彩绢四百匹。璟辅政时,所谏不止此数,特述三事暗为下文伏线。璟居相位四年,与姚崇为相,年数适符。

开元八年,璟严禁恶钱,先出太府钱二万缗,通用民间,又饬府县各出粜粟十万石,收敛恶钱,送少府销毁改铸,恶钱渐少。惟江淮间尚未销除,璟使监察御史萧隐之清查,限期尽毁。隐之严急烦扰,怨咨盈路。璟又嫉恶过严,且已经负罪的官吏，或妄诉不已，概付御史台严治，以此招怨益多。会天时过旱，优人戏作旱魃状，入舞上前。玄宗性好看戏，曾置左右教坊，演习戏曲，又选乐工宫女数百人，躬自教演，称为皇帝黎园弟子。至此优人入戏，故作问答。一优问伪魃道："汝何为出现？"伪魃答称奉相公处分。一优复故意问道："相公要汝何用？"伪魃道："相公严刑峻法，狱中负冤至三百余人，所以我不得不出来了。"玄宗听这数语，不免疑璟，遂罢璟及苏颋，并贬萧隐之官，罢弛钱禁，改用源乾曜、张嘉贞同平章事。嘉贞曾任监察御史，出为朔方节度，仪容秀伟，词旨安详，玄宗因召为副相。惟嘉贞吏事有余，相度不足，尝引进苗延嗣、吕太一、员嘉静、崔训四人，作为心腹，四人不免招权揽势，时人有谣言云："令公四俊，苗、吕、崔、员。"乾曜性虽谨重，但通变不及姚崇，抗直不及宋璟，所以开元中年，一切政治，已逐渐废弛下去。

　　未几崇即病逝，年七十二。崇生平不信佛老，遗命诸子，不准沿袭俗例，延请僧道，追荐冥福。临终时，并语诸子道："我为相数年，所言所行，颇有可述，死后墓铭，非文家不办。当今文章宗匠，首推张说，他与我素来不睦，若往求著述，必然推却，我传下一计，可在我灵座前，陈设珍玩等物，俟说来吊奠，若见此珍玩，不顾而去，是他记念前仇，很是可忧，汝等可速归乡里！倘他逐件玩弄，有爱慕意，汝等可传我遗命，悉数奉送。即求他作一碑铭，以速为妙！待他碑文做就，随即勒石，并须进呈御览。我料说性贪珍物，足令智昏，若非照此办法，他必追悔。汝等切记勿违！果能如我所料，碑文中已具赞扬，后欲寻仇报复，不免自相矛盾，无从置词了。"言已，瞑目而逝。崇子彝、异等，治丧遍讣，设幕受吊。说正累任边防，入朝奏事，闻姚崇已殁，乘便往吊。彝、异等依着父言，早将珍玩摆列。说入吊后，见着珍玩，顿触所好，不禁上前摩挲。彝即语说道："先父曾有遗言，谓同僚中肯作碑文，当即将遗物慨赠，公系当代文家，倘不吝珠玉，不肖等应衔结图报，微物更不足道呢。"说欣然允诺，彝等再拜称谢，且请从速。说应声而去，即日属稿，做就一篇歌功颂德的碑文。甫经草就，姚家已将珍玩送到。说即将碑文交付来人，彝等连夜雇着石工，镌刻碑上，一面将稿底呈入大廷。玄宗看了，也极口称赏，且谓："似此贤相，不可无此文称扬。"独张说事后省悟，暗想自己与崇有嫌，如何反替他褒美？连忙遣人索还原稿，只托言前文草率，应加改窜，不料去使回报，谓已刊刻成碑，且并上呈御览。说不禁顿足道："这皆是姚崇遗策，我一个活张说，反被死姚崇所算了。"谁叫你利令智昏？崇殁谥文献，追赠太子太保。三子彝、异、弈，皆位至卿刺史，这且休表。

　　且说张说入觐后，升任兵部尚书，同中书门下三品，越年，出任朔方节度大使，亲督各州兵马。原来说曾任并州长史，抚慰突厥降部，立有功劳，所以

第四十三回　任良相美政纪开元　阅边防文臣平叛房

文臣转迁武职，出为节度。先是突厥默啜可汗，被拔曳固散卒杀死，献首唐军，拔曳固及回纥、同罗、霫、仆骨五部，均款塞输诚。惟默啜兄子阙特勒，立兄默棘连为毗伽可汗，自为右贤王，专掌兵事，免不得招集流亡，诱降部落。仆骨都督勺磨，与突厥往来通使，为朔方大使王晙所闻，恐他连结突厥，为中国患，因绐令会议，把他杀死。拔曳固、同罗诸部，俱闻风疑惧。晙自并州率二十轻骑，往抚各部落，副使李宪，谓戎狄多诈，贻书劝阻。晙复书云："我肉非黄羊，必不畏食，血非野马，必不畏刺，士当见危致命，我此去正欲效死，利害原不暇计了。"此语颇有胆识。于是径入各部，好言宣慰，且寝宿番帐，鼾睡有声。诸部相率感动，因无异心。独突厥毗伽可汗，用妇翁暾欲谷为谋主，暾欲谷年老多智，素为国人所尊畏，所有前时归降唐朝的部众，至此为暾欲谷所招徕，陆续还国。诏令薛讷、王晙追讨，晙乃西发拔悉密部众，东发奚契丹降兵，凡蕃汉士三十万，掩击毗伽可汗。拔悉密姓阿史那氏，降唐居北庭，轻率好利，先驱出兵，被暾欲谷设计邀击，悉数虏去。暾欲谷转掠凉州，河西节度使杨敬述，遣裨将卢公利等截击，又复大败。突厥气焰复盛，兰池都督康待宾，又攻陷六胡州，有众七万，骚扰西陲。兰池僻处陇西，向有胡人出没，自酋长康待宾，率众内附，乃置兰池都督府，即以康待宾充任。兰池附近，有鲁、丽、含、塞、依、契等六州，分处突厥降户，号为六胡州。康待宾闻突厥盛强，遥与联络，叛唐为寇，把六胡州一并夺去。王晙即移兵往讨，康待宾知不能御，就近向党项乞援。党项遂进攻银城、连谷，经张说出兵掩击，大破党项。党项情急乞和，愿助唐师共讨叛胡。康待宾势孤援绝，遂由王晙一鼓擒住，枭首了事。嗣是张说以知兵闻，入朝得长兵部，复出为朔方节度，领单于都护府及夏、盐、银、麟、丰、胜等六州，定远、丰安二军，并张仁愿所置的三受降城。任大责重，时出巡边。可巧康待宾余党康愿子又叛，自称可汗，四出寇掠，涉河入塞，当由说督兵进征，连败康愿子，追至木槃山。康愿子逃入山谷，终被说军搜获，当然正法。且捕得叛胡三千人，分别诛赦，乃徙残胡五万余口，入居许、汝、唐、邓、仙、豫等州，空河南朔方地。且奏罢边兵二十余万，尽使还农。玄宗以旧时成制，边戍常六十万人，若裁去三分之一，未免边备空虚，因手敕诘问。说复上奏道："臣久在疆场，具悉边情，将帅第拥兵自卫，役使营私，并非真能制敌。臣闻兵贵精不贵多，何必多养冗卒，虚糜兵粮，兼妨农务？"玄宗乃从说言，如数撤归。养兵害农，确是弊政。张说此请，不为无见。唐初兵制，分天下为十道，置府六百三十四，上府置兵额千二百人，中府千人，下府八百人，无事为农，有事为兵，各设折冲都尉，每岁至季冬教练，更番宿卫京师。后来海内承平，久不用兵，府兵不复教战，甚至逃亡略尽，说乃请召募壮士，入充宿卫。玄宗因命尚书左丞萧嵩，与京兆、蒲同、岐、华各州长官，选府兵十二万，充作长从宿卫,一年两番,州县毋得役使。继又改称长从为骑。音廓。字从弓,是各令习射,一律张弓的意思。嗣是府兵制废,兵农始分。府兵创自魏宇文泰,后世称为良法。开元中,为张说所废,虽是因时制宜,但良法自此尽湮,亦足深惜。且改十道为十五道,分关内置京畿道,分河南置都畿道,分山南为东、西二道,分江南为江南东、西、黔中三道,每道各置采访使,检察非法。两畿置中丞,余置刺史,边镇增设节度使。自开元至天宝初年,共增至十大镇,分述如下:

(一)朔方节度使,治灵州,安北、单于二都护府属之,捍御突厥。

(二)河西节度使,治凉州,断塞吐蕃、突厥往来冲道。

(三)河东节度使,治太原,与朔方为犄角,备御突厥及回纥。

(四)陇右节度使,治鄯州,控遏吐蕃。

(五)安西节度使,治安西都护府,统辖西域诸国。

(六)北庭节度使,治北庭都护府,防御突厥余部。

(七)范阳节度使,治幽州,控制奚契丹。

(八)平卢节度使,治营州,安东都护府属之,镇抚室韦、靺鞨诸部。

(九)剑南节度使,治益州,西抗吐蕃,南抚蛮獠。

(十)岭南节度使,治广州,安南都护府属之,绥服南海诸国。

这十镇节度使,各统数州,得握兵马大权,经略四方。突厥、吐蕃、奚契丹等,虽屡次扰边,终究不敢深入,且常被节度使击退,唐室兵威,复远震塞外。但方镇渐强,国势偏重,终成尾大不掉的弊害,玄宗不知预防,反以为四夷震慑,天下太平,乐得恣情声色,自博欢娱,为此一念,遂令内嬖迭起,废后夺嫡的变端,一件一件的发生出来。正是:

忧勤方致兴平兆,逸豫终为祸乱媒。

开元十二年,废皇后王氏,这是玄宗第一次失德。究竟王后何故被废,待小子下回表明。

本回历叙开元初年诸相绩,姚有为,宋有守,固皆良相也。然姚以救时自喜,才具非不可观,而机械迭出,终非正道,即如病殁之后,犹计赚张说,史传上虽未明载,而姚崇神道碑,明明为说所作,稗乘未尝无据,生张说不及死姚崇,泉下有知,崇且自夸得计,然亦何若生前之推诚相与,使人愧服之为愈也。故论相体者,终当以宋璟为正,次为苏颋,次为源乾曜、张说。说以宰相巡边,有文事兼有武略,不可谓非一时杰士,开元初政,彬彬可观,何尝非三数良相,奔奏御侮之效乎?乃知"为政在人"之非虚语也。

第四十四回　信妾言皇后被废
　　　　　　丛敌怨节使遭戕

　　却说王皇后受册以后,始终未产一男。玄宗生性渔色,与王皇后不甚恩爱,不过因她是患难夫妻,预平内乱,所以强示优崇,俾正后位。应四十一回。当时后宫有一赵丽妃,本潞州娼家女,容止妖冶,歌舞俱娴。玄宗为诸王时,曾至潞州,纳入此女,大加宠爱,即位后册为丽妃。父元礼,兄常奴,皆因妃干进,得任美官。妃生子嗣谦时,后宫刘华妃已生子嗣直,长嗣谦一两岁,论起理来,无嫡可立,应该立长,玄宗宠爱丽妃,竟于开元二年,立嗣谦为皇太子,这已是根本上的错误。论断明允。赵丽妃外,尚有皇甫德仪、刘才人等,也因姿色选入,颇邀上宠。皇甫德仪生子嗣初,刘才人生子琚,子以母贵,幼即封王,嗣初系玄宗第五子,受封鄂王,琚系玄宗第八子,得封光王。还有陕王嗣昇,母妃杨氏,排行第三,就是将来的肃宗皇帝。鄫王嗣真,钱妃所出,排行第四,第六子名叫嗣玄,封鄄王,第七子早殇。这八子生日,均在玄宗未即位时。到即位后,选入武攸止女,武女生得聪明秀媚,杏脸桃腮,差不多与武则天相似,武氏常生尤物,莫非关系风水不成? 入宫时仅十余龄,偏已了解风月,善承意旨,引得这位玄宗皇帝,特别爱怜,居然与她朝欢暮乐,形影相依,所有赵丽妃、皇甫德仪、刘才人等,统觉相形见绌,渐渐失宠。玄宗册封武氏为惠妃,惠妃恃宠生骄,不但轻视赵丽妃等,就是入谒正宫,也是勉强周旋,动多失礼。王皇后看不过去,免不得当面呵斥,她遂隐怀忿恨,尝在玄宗面前,撒娇弄痴,泣诉王后如何妒悍,如何泼辣。玄宗正爱恋惠妃,怎肯令他人得罪娇姿? 当下激动怒气,趋入正宫,便大声痛骂王后,且说要即日废去。王后泣下道:"妾不过得罪宠妃,并未尝得罪陛下。就使陛下不念结发旧情,独不记妾父阿忠,即仁皎小名。脱紫半臂易斗面,为陛下作生日汤饼么?"语见《王后本传》,想是睿宗被幽时候。玄宗听到此言,也不禁良心发现,把怒气消了一半,因把废后问题,又搁置了好几年。

　　惟惠妃日思夺嫡,满望产一麟儿,当可上觊后位,镇日里祈祷神佛,果然雨露有灵,红潮不至,十月满足,生下一儿,面目很是韶秀,酷肖乃母,不但惠妃喜出望外,就是玄宗也得意极了。三朝命名,叫作嗣一。名中寓意,已作长儿。哪知鞠育年余,竟尔夭逝,玄宗非常悲痛,追封悼王。接连又值惠妃怀娠,格外注意,参茶补品,几不知服了多少,待至分娩,又得一男,貌秀而丰,仿佛图画中婴儿，玄宗命名曰敏，总道他丰颐广额，定可延年，不意甫及周岁，又染了绝症，无药可医，呜呼哀哉，乃复追封为怀哀王。既而惠妃又生一女，貌亦甚丽，数月即殇，追号上仙公主。三次生而不育，造化小儿亦恶作剧。至四次成孕，复幸生子，取名为清，那时玄宗及惠妃，喜中带忧，只恐生而不育，复蹈覆辙，凑巧宋王妃元氏入宫贺喜，见玄宗面带愁容，问明情由，玄宗即以实告，元氏遂替他设法，请出居藩邸，愿代抚养，且自己甫生婴孩，可以哺乳。玄宗大喜，惠妃也很赞成。时宋王宪即成器改名，见四十二回。虽徙封宁王，藩邸仍旧，乃将乳儿送至宁邸，由元妃亲为乳哺，视若己生，后来竟得长成，受封寿王。嗣惠妃又生一男二女，男名为琦，女号咸宜公主、太华公主，亦皆成年。后文自有交代。惠妃既得生男，越加骄恣，与王皇后更不相容，时常在玄宗前，搬弄是非，诬成后罪。玄宗已着了色迷，禁不住惠妃絮聒，郁愤交并，又欲废后，偶然记起故人姜皎，可与密谋，因复召入京师，令为秘书监，与商废后事情。皎以后无大过，必欲废立，只好将她无子一事，作为话柄，尚可塞谤。玄宗亦以为然。及皎退出，竟与同僚谈及秘谋，顿时辗转相传，都下共知。玄宗闻他漏露机关，不觉大怒，严词谴责。张嘉贞迎合上意，劾皎妄谈休咎，构成罪状，乃请制惩皎，杖配钦州。皎且悔且恨，行至半途，得病身亡。皎未能谏正君失，不死何为？王皇后得此消息，愈不自安，只因平日抚下有恩，除武惠妃外，却无一人谈及后短，所以玄宗尚在踌躇，又悬宕了两年。

后兄守一，常欲为后划策，补救事前，因思前时姜皎传言，只为无子一事，倘或幸产一男，便可免废，于是今日祈神，明日祷佛，也作儿女子态，应该速死。寺僧明悟，乘机迎合，谓皇后应祭南、北斗，取霹雳木刻天地文，及皇上名字，合佩身上，便可得子，将来并可追步则天皇帝。守一喜得秘诀，急忙入告皇后。皇后也不明好歹，当即照行。偏有人通知武惠妃，惠妃便禀明玄宗，无非将巫蛊厌胜等罪，加在皇后身上。玄宗即骤入中宫，把皇后身上一搜，果有证物，害得皇后有口难分，没奈何说出守一转告，是为求子起见。玄宗早欲废后，苦无罪案可援，此次得了证据，还管什么真伪，便手敕颁发有司，大致说是："皇后王氏，天命不祐，华而不实，且有无将之心，不可以承宗庙，母仪天下，其废为庶人。"又将守一赐死。可怜王后弄巧成拙，贬入冷宫，恢恢成病，不久亦亡。后宫思慕后德，多半哀恸。玄宗亦觉自悔，乃以一品礼敛葬。

武惠妃既陷死皇后，遂想继立，玄宗恰亦有意，令群臣集议。御史潘好礼独上书谏阻，略云：

> 臣闻诸《礼》，父母仇，不共天；《春秋》，子不复仇，不子也。陛下欲以武惠妃为后，何以见天下士？妃再从叔祖非他，三思也；从父非他，延秀也。二人皆干纪乱常，天下共嫉。夫恶木垂荫，志士不息；盗泉飞溢，廉

第四十四回 信妾言皇后被废 丛敌怨节使遭戕

夫不饮。匹夫匹妇尚相择，况天子乎？愿慎选华族，以称神祇之心。春秋宋人夏父之会，"无以妾为夫人"，齐桓公誓葵丘曰："无以妾为妻。"此圣人明嫡庶之分也。分定则窥觊之心见矣。今太子非惠妃所生，而妃固有子，若一俪宸极，则储位将不安，古人所为谏其渐者，良有以也，愿陛下详察之！

玄宗此时，尚非全然昏昧，且朝中宰相，亦多说武惠妃不当为后，所以惠妃痴心妄想，仍归无效。

惟玄宗侈心已生，喜功好大，张说自朔方还朝，适张嘉贞坐弟赃罪，左迁幽州刺史。说代秉大政，迎合上意，建议封禅。又恐突厥乘间入寇，特用兵部郎中裴光庭计议，遣中书直省袁振，慰谕突厥毗伽可汗，征召番臣，从驾东封。毗伽可汗与阙特勒暾欲谷环坐帐下，置酒宴振，且与语道："吐蕃狗种，奚契丹本突厥奴，犹得尚主，独我国求婚，屡不见赐，究是何意？"振许为奏请，乃遣大臣阿史德颉利发入贡，<small>阿史德系突厥姓，颉利发，乃突厥官名。</small>扈驾东巡。玄宗先幸东都，备齐法驾，于开元十三年仲冬启跸，百官四夷从行，有司辇载供具，数百里不绝。及驾至泰山，亲祀昊天上帝于山上，令相臣祀五帝百神于山下。次日，祭皇地祇于社首，又次日御幄受朝，大赦天下，封泰山神为天齐王。张说多引亲近属吏，办理供张，礼毕加赍，往往超入五品，但不及百官。中书舍人张九龄，劝谏不纳，而且扈从士卒，仅得纪勋，毫无赐物，因此多有怨言。<small>如此之财，何必张皇。</small>玄宗还朝，也知国用匮乏。进计臣宇文融为户部侍郎，从事搜括，不顾民生，岁入得增缗钱数百万。玄宗目融为奇才，大加宠信。独张说阴加裁制，遇融建白，往往沮抑不行。融遂勾通御史中丞李林甫，共劾说引用术士，徇私纳贿，应亟加罢斥云云。玄宗敕源乾曜诣御史台，彻底查讯。乾曜尝奏阻封禅，与说不合，更因说不自检束，迹有可疑，遂加重复奏。玄宗再令高力士视说，说正惶惧得很，见力士到来，故意的蓬头垢面，席稿待罪，且乞力士代为缓颊，悄悄的赠他珍物。俗语说得好："得人钱财，替人销灾。"力士既得好处，乐得卖些人情，复旨时极陈张说苦状，并言说为功臣，不宜重谴，玄宗乃止罢说相职。令为集贤院学士，专修国史。

先是左史刘知几，领国史几三十年，著有《史通》四十九篇，评论今古，尝言作史须兼三长，一曰才，二曰学，三曰识，时人推为名论。著作郎吴兢，襄辑史事，《则天实录》，实出兢手。及说修国史，知几坐子太乐令贶罪，贬为安州别驾，抑郁而终。说追览《则天实录》，中有宋璟激动张说，使辩证魏元忠事。说不禁愤叹道："刘五太不肯相借"。原来刘有兄弟五人，刘最幼，因叫他刘五，吴兢时适在座，起身答道："这是兢所编成，史草具在，不可使明公枉怨故人。"说遂求兢改易数字，兢正色道："若徇公请，是史非直笔，何足取信后世？

况明公肯受善言，犯颜敢谏，直声已足传播，何必掠美沽名呢？"夹叙此事，所以传吴兢，并及刘知几。说乃罢议，令仍旧草。玄宗虽已罢说政事，仍然器重，遇有大事，往往遣人咨问。适吐蕃使臣至都，呈入国书，用敌国礼，玄宗恨他不臣，意欲发兵进讨，左丞相源乾曜，素来是唯唯诺诺，没甚主见，新任同平章事李元纮杜暹，但知清洁自守，也不甚熟悉边情，玄宗乃召张说入议。说面奏道："吐蕃无礼，原宜讨伐，但近与吐蕃连兵十年，甘凉河鄯诸州，不胜疲敝，他果悔过求和，请陛下大度包荒，姑听款服，俟边困少纾，养精蓄锐，再图挞伐未迟。"玄宗听了，意殊未怿，淡淡的答了一语，只说待与王君㚟熟商，再定进止。说不便申谏，叩首而出，殿外遇着源乾曜，便与语道："君㚟有勇无谋，贪功心急，若入议边事，必主用兵，我言定不见用，但恐边衅一开，师劳财匮，君㚟能发不能收，不但君㚟自误，且从此误国呢。"张说智料，原是足取。乾曜不加可否，惟含糊答应，算作了事。圆滑得很，也是投时利器。

　　看官道君㚟是何等人物？他是个瓜州人氏，投入右骁卫将军郭知运麾下，知运与他同籍，倚为心膂，此处叙入君㚟籍贯，并非别寓褒贬，实为下文㚟父被虏张本。累功至右卫副将。知运尝屯兵河陇，以勇略闻名，颇为戎夷所惮。开元九年，病殁军中，君㚟即起代知运，得为河西陇右节度使，判凉州都督事。玄宗因欲讨吐蕃，特召他入朝，果然不出张说所料，一经入议，便请发兵，玄宗即将西征全权，委与君㚟，君㚟即日还镇，调集边旅，定期出征。吐蕃闻唐军大集，出发有期，先遣部酋悉诺逻，入寇大斗拔谷，转攻甘州，焚掠乡聚。君㚟独勒兵不战，暂避寇锋。可巧天下大雪，寒冰四冱，吐蕃兵不堪鞍冻，逾积石山，取道西归，君㚟乃发兵追袭，令秦州都督张景顺为先锋，自为中军。妻室夏氏，亦有勇力，环甲持兵，作为后应，道出青海，履冰西渡，望见前面有驼车数十乘，载有辎重，料知为虏兵后队，当即一鼓齐上，掩击过去。吐蕃辎重兵，多半老弱，怎能抵敌？霎时间如鸟兽散，所有驼车，尽被唐军夺去。唐军再行前进，那虏兵已逾大非山，飞奔而去，眼见得不便穷追，奏凯而回。当下张皇报绩，由玄宗加授君㚟为大将军，兼封晋昌县伯，以君㚟父寿为少府监，听令居家食俸，不必莅事。就是君㚟妻夏氏，也得封为武威郡夫人，一面召君㚟夫妇入觐，亲加慰劳，赐宴广达楼，厚加金帛。待君㚟谢恩还镇，吐蕃酋悉诺逻等，又攻陷瓜州，毁坏城墙，掳去刺史田元献，及君㚟父寿，分兵攻玉门军及常乐。常乐令贾师顺，登城固守，吐蕃将莽布支招降不听，屡用强弩射死虏目，莽布支乃撤围退去。君㚟闻警，亟率众援玉门，悉诺逻纵俘还报，传语君㚟道："将军尝以忠勇许国，何不一战？"君㚟因父寿被虏，不敢纵击，只好登城西望，涕泗滂沱。贪功之报。悉诺逻因出兵多日，粮食将尽，也即退归。

　　是时西突厥别部突骑施，突骑施部曾为默啜所灭，见前文。有一头目苏禄，

第四十四回　信妾言皇后被废　丛敌怨节使遭戕

善事拊循，颇得众心，因闻默啜已死，遂纠众得三十万，复雄西域，自为可汗，开元中遣使入朝，玄宗曾授苏禄为右武卫大将军，进封顺国公，寻且加号忠顺可汗。且以蕃将阿史那怀道女，许嫁苏禄，号为交河公主。苏禄鬻马安西，传公主教，赍给都护杜暹，暹怒叱道："阿史那女，敢宣教么？"喝左右笞责来使，把他逐出。苏禄引为大辱，遂阴结吐蕃，诱令入寇。于是吐蕃赞普，复与苏禄合兵，入攻安西。都护杜暹，已入为同平章事，副都护赵颐贞，摄行大都护事，开城出走，击却虏兵。苏禄以行军失利，且闻暹已入相，无可报怨，随即退还。吐蕃赞普也收兵自归。王君㚟欲报父仇，亟率精骑数千人，驰赴肃州，邀击赞普，哪知赞普早已远去，空费了一番跋涉，免不得神丧气沮，怏怏而回。还次甘州南巩笔驿，总道是太平无忌，毫不设备，偏来了瀚海州司马护输等，突入驿馆，来杀君㚟，君㚟猝不及防，竟被刺死，异尸而去。及部众闻变往追，才将遗尸夺还，看官道君㚟何故被刺？原来凉州附近，有回纥契苾思结浑四部番民，杂居成族。回纥部长承宗，受职瀚海都督，契苾部长承明，受职贺兰都督，思结部长归国，受职卢山都督，浑部长大俋，受职皋兰都督。至君㚟为河陇节度，四都督耻受节制，屡与君㚟龃龉。君㚟竟奏白玄宗，说他共蕃叛谋。玄宗方信任君㚟，立命将四都督流徙岭南。瀚海司马护输等，本是承宗旧部，因欲为承宗复怨，乃刺死君㚟。玄宗闻报，很是痛惜，特赠荆州大都督，饬地方官护丧还葬，且诏令张说撰墓志铭，御书镌碑。说曾料他有勇无谋，未知碑文上如何说法？可惜此文失考，我未曾见。再命右金吾卫大将军信安王祎，系太宗子，吴王恪孙。为朔方节度使，另调朔方节度使萧嵩，为河西节度副大使，互相援应，共备吐蕃。嵩引刑部员外郎裴宽为判官，与君㚟判官牛仙客，同掌军政。又奏调建康军使张守珪为瓜州刺史，修筑故城。板榦甫立，吐蕃兵猝至，城中相顾失色，莫有斗志。守珪故示镇定，竟在城上置酒作乐，谈笑自如。虏疑有他计，立刻引退。那时守珪恰纵兵奋击，斩虏首至数百级，余众俱抱头窜去。守珪遂修复城市，招抚流离，瓜州复成巨镇，有制以瓜州为都督府，即授守珪为都督。萧嵩复纵反间计，伪说与吐蕃将悉诺逻通谋，吐蕃赞普弃隶缩赞，信为实情，诱杀悉诺逻。悉诺逻为吐蕃名将，被杀后军士懈体，吐蕃因此渐衰。后来嵩任河西节度使，与陇右节度使张忠亮大破吐蕃兵于渴波谷，进拔大莫门城。左金吾将军杜宾客，又在祁连城下，击败吐蕃兵，擒住虏将。瓜州都督张守珪，暨沙州刺史贾师顺，复破吐蕃大同军。信安王祎，亦乘势克复石堡城，城当河右要冲，四面悬崖，非常险固，前为吐蕃陷没，留兵据守，屡扰河西，经祎出兵规复，分屯要害，拓地千里，令虏不得前，河陇遂安。玄宗闻捷大喜，改称石堡城为振武军。吐蕃屡败生畏，乃奉表谢罪，乞累世和亲。玄宗意尚未许，适陕王嗣昇，改名为浚，徙封忠王，^{嗣昇即肃宗见上文}兼河北道行军元帅，开府置官。僚属皇甫惟明,入白他事,因奏言与吐蕃和亲,足息边患,玄宗乃命惟明与内侍张元方,出使吐蕃,并赐书金城公主,谕令倾城内附。弃隶缩赞厚待唐使,且遣使悉腊,随惟明等入朝,奉上誓表,且贡方物。金城公主又请给《毛诗》《春秋》《礼记》正字,玄宗亦准令颁给,并与吐蕃划境定界,以赤岭为两国分域,立碑证信。时已在开元二十一年了。小子有诗叹道:

　　自古外交无善策,议和议战两无成。

　　许婚虽是羁縻术,何竟华夷作舅甥?

吐蕃款附,又发兵讨奚契丹,欲知行军详情,俟至下回续叙。

武则天后,又有武惠妃,则天害死王皇后,惠妃亦谮死王皇后,吾不知王武何仇,累遭残噬若此?玄宗亲见武后遗毒,且手定宫阙,诛死诸武,乃独恋恋于一武攸止遗女,听信谗言,甘忘结发,色之害人大矣哉!抑有可怪者,高宗好色而喜功,玄宗以孙绳祖,殆亦与高宗相似,河陇连兵,日久不已,虏既有心求和,正可因势利导,罢兵息民。张说进谏,可从不从,王君㚟贪功希宠,反误信之,君㚟自误而杀身,玄宗被误而妨国。厥后赖有二三良将,屡次却虏,而虏众始不敢前,然劳师费饷,已不知凡几矣。况虏终未灭,仍与修和,是何若早从说言之为愈乎?至若高宗初政有永徽,玄宗初政有开元,高宗信许敬宗言而封泰山,玄宗亦信张说言而封泰山,两两相对,祖孙从同,无惑乎其有初鲜终也。史家尝称玄宗为英武,其然岂其然乎?

第四十五回　　张守珪诱番得虏首
　　　　　　李林甫毒计害储君

却说忠王浚为河北道行军元帅,原是为征讨奚契丹起见,契丹本联络突厥,常来扰边,自默啜既死,乃叩关内附。贝州刺史宋庆礼,复建筑营州城,开屯田八十余所,招安流散,市邑浸繁。回应四十二回。契丹酋长李失活,传弟娑固,娑固传从父弟郁干,郁干复传弟吐干,吐干与牙将可突干不合,为可突干所逐,奔入辽阳,唐廷封他为辽阳郡王,吐干遂久处不归。可突干立失活从弟李邵固为主,仍修朝贡。计自开元四年至十三年,这十年间,契丹主已五易,都算与唐通好,岁贡不绝。玄宗一意羁縻,当将宗室所出女儿外嫁契丹各主,就是奚部长李大酺,与失活同时入附,也得妻唐室宗女。大酺传弟鲁苏,与李邵固并得袭封,且乞许婚。玄宗以从甥女陈氏为东华公主,出嫁邵固,加封他

第四十五回　张守珪诱番得虏首　李林甫毒计害储君

为广化王。又以成安公主女韦氏，成安公主系中宗幼女，曾嫁韦捷。出嫁鲁苏，加封他为奉诚王。两主当然感恩，不敢怀贰。开元十五年，邵固遣可突干入贡，同平章事李元纮，待以非礼，可突干怏怏而去。张说语人道："可突干久专国政，众心归附，今不以礼貌相待，失望而回，恐从此生怨，不肯再来了。"果然隔了两年，可突干欲叛中国，为邵固所阻，竟将邵固弑死，另立屈烈为王，且胁同奚众，降附突厥，背叛唐室。邵固妻陈氏，及奚王李鲁苏夫妇，相继奔唐，玄宗乃令幽州长史，知范阳节度使赵含章，发兵往讨，又命中书舍人裴宽，给事中薛侃，就关内河东河南北分道，广募勇士，充当兵弁。旋有制拜忠王浚为河北大元帅，以御史大夫李朝隐，京兆尹裴伷先为副，统领十八总管，出击奚契丹。浚与百官相见光顺门。张说退语同僚道："我看忠王姿貌，绝类太宗图像。这却是社稷幸福呢。"张说料事颇明，可惜尚是小智。既而浚竟不行，但命朔方节度使信安王祎，为河北道行军副元帅，与赵含章出塞讨虏，击破可突干，收降奚众，班师献俘。

可突干收合余烬，复来寇边，幽州长史薛楚玉，系薛讷弟。遣副总管郭英杰吴克勤等，率兵万骑，及所降奚众，与可突干交战都山下。奚众首鼠两端，先行散走，唐军为敌所乘，英杰克勤败死。玄宗闻败，调张守珪为幽州节度使，令讨契丹。守珪素娴将略，既至幽州，整练士卒，壁垒一新。可突干数次入寇，俱被击退，因遣使诈降。守珪使管记王悔，持节往抚。悔至可突干营帐，见他目动言肆，料无诚意，遂以假应假，敷衍一番。可巧契丹牙官李过折，与可突干阴生嫌隙，竟邀悔密谈衷曲，且言可突干已通使突厥，将引兵杀悔。悔本具口才，密劝过折转图可突干，功成后当代请册封，包管有王爵相酬。过折喜甚，乘夜勒兵，入斩可突干，及屈烈王，杀死可突干党羽数十人，自率余众入降。当由王悔还报守珪，守珪亲至紫蒙州，慰抚过折。过折呈上可突干屈烈首级，经守珪验收，即飞使持首，驰报唐廷。玄宗封过折为北平郡王，兼松漠州都督，过折奉表申谢。过了数月，可突干余党涅礼，为可突干复仇，击杀过折，屠害全家。只一子剌乾，脱身走安东。唐封剌乾为左骁卫将军，且遣使诘责涅礼。涅礼上言："过折残虐，众情不安，所以致戕，并非由自己主使，此后仍当敬事天朝。"玄宗明知涅礼诡言，但也未免厌兵，不得已将错便错，仍令涅礼为松漠都督。涅礼戕杀过折，理应声讨，乃仍令代任，上国声威，不宜如此。观此可见玄宗有初鲜终之失。彼此暂从安息，静过了两三年。

时源乾曜杜暹李元纮等，均已罢相，改任户部侍郎宇文融，及兵部侍郎裴光庭，同平章事，召河西节度萧嵩为中书令，遥领河西。宇文融以理财邀宠，广置诸使，竟为聚敛，百姓怨苦不堪，融反矜功恃能，既登相位，即语人道："我若居此数月，可保海内无事，国库充盈了。"嗣是借权怙势，妒功忌能，横行了两三月,已是怨声载道,朝野侧目。信安王袆积有军功,得蒙上宠,融暗加忌嫉,乘袆入朝,嗾使御史李寅劾袆,弹章未上,偏泄风声,袆亟入白玄宗,先陈融嗾使状。玄宗还将信将疑,到了次日,寅奏果入,免不得龙颜动怒,立降天威,遂贬融为汝州刺史,褫寅官阶。已而国用不足,又复思融,意欲再行召入,会有飞状告融,贪赃纳贿,隐没官钱,乃再流岩州,病死途中。

还有将军王毛仲,讨逆有功,累擢显职。见四十回。加封至霍国公,兼开府仪同三司。这开府仪同三司一职,自开元后,惟王仁皎姚崇宋璟得兼此缺,毛仲系官奴出身,也居然得此美官,怎能不趾高气扬,睥睨一切?小舟不堪重载。玄宗尝赐给宫女为室,他自己亦娶了一妻,统是国色天姿,不同凡艳,生下一女,及笄而嫁。吉期将届,玄宗召问毛仲有何需给?毛仲顿首道:"臣万事已备,但少贵客。"玄宗微哂道:"朕知道了。卿所不能延致,只有宋璟一人,朕当为汝召客。"届期令宰相以下诸达官,尽往毛仲家与宴。璟方起任礼部尚书,不便违命,迟迟到了日中,才往贺喜,堂中已开盛筵,满座称觞。毛仲见璟到来,极表欢迎,并恭恭敬敬的奉上卮,璟接卮后,西向拜谢,甫饮半杯,遽称腹痛,告别而出。刚操可敬,但亦惟如宋璟资格,方可免祸,否则不免为汉灌夫了。毛仲挽留不住,只好由他回去。但因此愈加骄恣,尝求为兵部尚书,未蒙上允,遂有怨言。内侍高力士杨思勖,出入宫禁,方得贵幸,毛仲盛气相陵,视若无睹。力士等因愤愤不平,屡加媒蘖。会毛仲妻产子三日,玄宗命力士赍给赐物,且授儿五品官。毛仲抱儿示力士道:"是儿岂不可作三品官么?"力士还白玄宗,并添了几句坏话。玄宗怒道:"此贼非经朕抬举,怎得富贵?况前时讨逆,他亦非真心相助,今乃为区区婴儿,敢怨朕么?"力士复接奏道:"北门奴官,统是毛仲私党,若不早除,必生大患。"玄宗立即书敕,贬毛仲为瀼州别驾,四子一律夺官,贬置恶地。毛仲惘惘出都,到了零陵,又有敕使到来,迫令自缢。只是两妻可惜。嗣是宦官势盛,力士思勖,权倾内外,免不得积久成毒了。隐伏下文。

玄宗既诛死毛仲,益重视宋璟,再进为尚书右丞相,用张说为左丞相,源乾曜为太子太傅,御赋三杰诗,分赐三人。乾曜未足称杰,张说亦有愧焉。同平章事裴光庭病逝,玄宗问中书令萧嵩,令举荐正士。嵩引进尚书右丞韩休,乃拜休黄门侍郎,同平章事。休京兆人,为人峭直,不慕荣利。嵩见他平居慎默,总道是恬静易制,所以荐引上去,哪知他既登相位,刚正敢言,不但萧嵩有过,常为折正,就是玄宗有失,亦必力争。嵩未免悔恨,玄宗颇嘉他忠直,每事优容。有时游猎苑中,或大张宴乐,稍稍流连,必顾左右道:"韩休知否?"已而谏疏即至,果是韩休署名,玄宗即为停罢宴猎。既而揽镜自照,默然不乐。左右乘间入请道:"自韩休入相,陛下多戚少欢,近且天颜日瘦,难道堂堂天

第四十五回　张守珪诱番得虏首　李林甫毒计害储君

子,反为相臣所制,何不即日逐他呢?"宵小惯入闲言。玄宗叹道:"我貌虽瘦,天下必肥,我用休为相,为社稷计,非为一身计哩。"宋璟闻休善谏,尝窃叹道:"我不意韩休入相,竟能如是,这真可谓仁且勇了。"璟为开元十年致仕,退居东都,越五年寿终,年七十五,追赠太尉,予谥文贞。璟本邢州南和人,耿介有大节,出仕以后,从未阿附权贵。及入相玄宗,朝野倚为元老。玄宗待遇宋璟,与姚崇相同。姚宋出入殿中,玄宗必起座迎送。至姚宋后,无论如何宠遇,总没有这般敬礼,所以唐朝三百年间,前称房杜,后称姚宋,总算是君臣一德呢。宋璟籍贯,于此处补叙,再将房杜姚宋互述,重贤之意自明。

张说源乾曜,先后病殁,韩休与萧嵩,因屡有争议,一并罢去,亦相继告终,玄宗乃用京兆尹裴耀卿为侍中,知制诰兼工部侍郎张九龄为中书令,吏部侍郎李林甫为礼部尚书,同中书门下三品。耀卿与九龄友善,同秉国政,独李林甫阴柔奸狡,与二人志趣不同,因此积不相容,遂生出许多阴谋诡计,搅乱唐朝。林甫系长平肃王叔良曾孙,叔良即太祖第六子,祎长子。小字哥奴,素性狡狯,为舅氏姜皎所爱。皎与源乾曜通姻,乾曜子蹧,为林甫求司门郎中,乾曜摇首道:"郎官应得才望,哥奴岂堪任郎中么?"林甫多方运动,得任国子司业。宇文融为御史中丞,引与同列,因累任刑吏二部侍郎。侍中裴光庭妻,系武三思女,林甫尝与有私。高力士也尝往来裴宅,及光庭去世,裴妻武氏,索性明目张胆,与林甫结成不解缘,事见《林甫本传》,并非诬读。乃托力士代他吹嘘,荐林甫为相。力士因相位重大,不易荐引,特替他想出一法,打通内线,期得如愿。看官阅过上文,应早知后宫专宠,是武惠妃,惠妃图后不成,乃改谋易储,寿王清系妃所出,年已渐长,宠逾诸子,渐渐有夺储的现象,力士趁这机会,进白惠妃,但说林甫愿保护寿王,但乞妃为内援,令登相位,必可尽力。惠妃正欲得一外助,遂竭力撺掇玄宗,进相林甫。玄宗惟言是从,竟擢林甫为黄门侍郎,同中书门下三品。林甫乃极力助妃,阴伺太子及诸王过失,以便进谗。

会寿王纳妃杨氏,寿王妹咸宜公主,下嫁杨洄,玄宗令诸子一律更名。太子嗣谦,改名为瑛,长子嗣直,改名为琮,三子嗣升,前改名为浚,至是又改名为玙,四子嗣真,改名为琰,五子嗣初,改名为瑶,六子嗣玄,改名为琬,八子泾,改名为琚,寿王清,亦改名为瑁,此外尚有十余子,如璿琦璬璘玢环璜玼珪琪璡璥等,偏旁初皆从水,至是尽易新名。太子瑛及弟鄂王瑶,光王琚,均因生母失宠,有怨望语。林甫偶有所闻,遂告驸马都尉杨洄,令入白惠妃。惠妃乘玄宗入宫,即向前跪下,乞请退居闲室。玄宗惊问何故?惠妃未曾出言,先已泪下,呜咽许久,才断断续续的说道:"太子阴结党羽,将害妾母子,且指斥陛下。妾想太子久已正位,关系国本,若使太子不安,宁可将妾废置,陛下也免得受谤哩。"以退为进,确是狡妇口吻。玄宗听到此言,忍不住拍案道:"岂有此理?他本非嫡出,明日便当废去。"惠妃又进言道:"鄂王光王,也与太子同党,若太子一动,二王亦将生变,不如俯从妾言为是。"再激动玄宗数语,并牵及二王,刁极恶极。玄宗益怒道:"瑶琚也这般不肖,当一并废去。"惠妃见玄宗已经中计,反带哭带劝,请玄宗息怒保身。看官!你想这溺爱不明的玄宗皇帝,尚能逃得出艳妃掌中么?当下扶起惠妃,替她拭泪,也好言慰解一番。是夕,便与惠妃同寝。一宵无话,次日视朝,即面谕宰相,拟废太子及鄂光二王。张九龄抗奏道:"陛下践阼将三十年,太子诸王,不离深宫,日受圣训,天下皆庆陛下享国长久,子孙蕃昌,今三子皆已成人,不闻大过,陛下奈何轻信萤言,遂欲废黜呢?从前晋献公听信骊姬,杀太子申生,三世大乱。汉武帝信江充言,罪戾太子,京城流血。晋惠帝用贾后谗,废愍怀太子,中原涂炭。隋文帝纳独孤后语,黜太子勇,改立炀帝,遂失天下。古人有言:'前车覆,后车鉴。'陛下必欲出此,臣不敢奉诏。"言亦痛切。玄宗默然无语,面有愠色。九龄却毫不改容,徐徐引退。及散朝后,惠妃密使宫奴牛贵儿,走白九龄道:"有废必有兴,公若肯援助,相位可长处了。"九龄怒叱道:"宫闱怎得与外事?休再向我饶舌!"及牛贵儿别去,九龄即详达玄宗,玄宗乃暂置前议。

武惠妃深恨九龄,遂与李林甫串同一气,内外排击。玄宗本因九龄文雅,大加赏识,至此为宠妃奸相,日夕浸润,也不免冷淡起来。会平卢讨击使安禄山,为张守珪所遣,讨奚契丹叛党。禄山恃勇轻进,为虏所败,守珪奏请正法,禄山临刑大呼道:"公欲灭奚契丹,奈何杀壮士?"守珪听了,暗暗称奇,乃更执送京师,听候发落。欲诛竟诛,稍一因循,便留大患,守珪不为无答。九龄览到移文,即援笔批答道:"昔穰苴诛庄贾,孙武斩宫嫔,军法如山,何容瞻徇!守珪军令若行,禄山不宜免死。"及玄宗亲自按囚,见禄山状貌魁梧,不忍加诛,且于九龄有不足意,竟下诏特赦。九龄固争道:"失律丧师,不可不诛,且禄山貌有反相,不杀必为后患。"玄宗冷笑道:"卿勿以王夷简识石勒,事见《晋史》。枉害忠良。"九龄知不可争,方才退出。既而上《千秋金鉴录》,累述前代兴废源流,共书五卷。玄宗虽赐书褒美,也不过表面敷衍罢了。原来玄宗生日,号作千秋节,群臣统献宝镜。九龄谓取镜自照,徒见形容,取人作鉴,乃见吉凶,因此有《金鉴录》的撰述。玄宗已渐渐入迷,哪里还知借古证今呢?

朔方节度牛仙客,自判官累次递升,李林甫欲引为臂助,屡向玄宗前说项。玄宗拟召为尚书,张九龄又谏阻道:"尚书系古时纳言,不宜轻授,仙客恐难当此任。"林甫面驳道:"仙客具宰相才,何止尚书。"玄宗遂加封仙客陇西县公,将加大用。林甫又引萧炅为户部侍郎,萧本无学术,尝读伏腊为伏猎,

第四十五回　张守珪诱番得房首　李林甫毒计害储君

中书侍郎严挺之,语九龄道:"何来伏猎侍郎,混杂省中?"九龄因劾戾不学,出为岐州刺史。林甫怨九龄兼怨挺之。会挺之妻被出,转嫁蔚州刺史王元琰,元琰坐赃犯罪,下三司按鞫,挺之却替他营救。林甫谓挺之私袒元琰,应使连坐。玄宗转问九龄,九龄道:"元琰纳挺之出妻,还有甚么情谊?想是赃罪未实,所以秉公辩诬。"玄宗微哂道:"世间恐无此好人,朕闻挺之虽然离婚,近复与前妻有私,因此出来帮忙。"想是林甫捏造出来,但挺之不自远嫌,亦应使人动疑。九龄不便再言,只好转浼裴耀卿,代救挺之。耀卿乃代为申请,林甫乃上言:"耀卿九龄,俱系朋党。"于是耀卿调任左丞相,九龄调任右丞相,并罢政事,贬挺之为洺州刺史,流王元琰至岭南,升任林甫兼中书令,召入牛仙客为工部尚书,同中书门下三品。制敕既颁,林甫顾语僚吏道:"九龄尚得为右丞相么?"又语诸谏官道:"今明主在上,群臣乐得将顺,何苦多言。且诸君不见立仗马么?食三品料,一鸣即斥去,追悔何及?"台官乃相戒勿言。补阙杜进,独上书言事,被黜为下邽令,自是言路闭塞。仙客由林甫引进,当然唯唯诺诺,不敢发言。

　　监察御史周子谅,本九龄引进,因见林甫专政,仙客阿私,遂觉愤愤不平,当即呈上弹文,明劾仙客,暗斥林甫,说得异常激烈,且引谶书为证。玄宗大怒,召入子谅,搒掠殿下,绝而复苏。再命加杖朝堂,流戍瀼州。可怜子谅杖创累累,途次又受监吏虐待,勉强行至蓝田,不胜痛楚,宛转毕命。林甫又构陷九龄,说他所举非才,且或有主使等情,乃更贬九龄为荆州长史。九龄籍隶曲江,夙长文事,态度风雅,品行端方,既以直道见斥,仍然随遇而安,无戚戚容。晚年以文史自娱,不谈朝政,卒年六十八,追赠荆州大都督,谥曰文献。玄宗虽信任林甫,疏斥九龄,但心中犹尝忆及,每用人进士,必问左右道:"风度可似九龄否?"后因安禄山叛乱,玄宗奔蜀,乃悔不用九龄言,为之泣下,并遣使致祭曲江。开元后,世人都称九龄为曲江公。九龄弟九皋,官至岭南节度使,子拯亦仕至太子赞善大夫,均有令名,这且慢表。

　　且说李林甫既排去九龄,遂与驸马都尉杨洄密商,乘势易储。洄因入谮太子及鄂王光王,与太子妃兄驸马薛锈,阴构异谋,势将起事。玄宗查无证据,几不复问。洄不禁情急,忙向林甫问计。林甫授他密谋,令转告惠妃。惠妃大喜,即遣人召太子二王,诡称宫中有贼,请即衷甲入防。太子二王,不知是诈,竟依言进去。惠妃亟白玄宗,只说他串同谋反,衷甲入宫。玄宗遣内侍往探情状,果如妃言,恼得不可名状,立召林甫入商。林甫淡淡的答道:"这系陛下家事,非臣所宜豫闻。"想是从许敬宗处学来。玄宗乃立书手谕,废瑛瑶琚并为庶人,流薛锈至瀼州,寻且赐三子自尽。锈本尚玄宗女唐昌公主,诀别至蓝田,亦由中使传敕,勒令自杀。瑛琚好学有才识,无罪致死,远近呼冤。

瑛舅家赵氏,妃家薛氏,瑶舅家皇甫氏,连坐谴谪,共数十人。惟瑶妃家韦氏,因妃贤得免。小子有诗叹道:

> 父子由来冠五伦,如何一日杀三人?
> 可怜龙种遭残戮,不及民家骨肉亲。

太子瑛既死,武惠妃与李林甫遂谋之寿王瑁为太子,究竟瑁得立与否,容至下回说明。

契丹屡易酋长,国是未安,可突干秉权揽政,且敢弑其主李邵固,堂堂上国,声罪致讨,宜也。忠王浚奉制不行,偏师出击,转胜为败,至张守珪遣使招虏,以夷攻夷,渠魁虽得受诛,而例诸堂堂正正之师,已相去远矣,且守珪后遣安禄山,轻进失律,可诛不诛,致诒后患。张九龄力谏玄宗,请杀禄山,而玄宗正信任李林甫,疏斥张九龄,豢狼子以启他日之忧,用贼臣以速目前之祸,内外勾结,骨肉自戕,天下事之可长太息者,孰有过于此乎?本回逐节叙明,而标目先揭明之曰:"张守珪诱番,李林甫毒计。"书法之严,上绍麟经,固不可徒以小说家目之也。

第四十六回　却隆恩张果老归山
　　　　　　开盛宴江梅妃献技

却说李林甫连结武惠妃,潜死太子瑛及瑶琚二王,遂谋立寿王瑁为太子。林甫一再劝立寿王,玄宗意尚未决,看官道是何因?原来玄宗本非昏主,不过为色所迷,内惑宠妃,外信奸相,凭着一时怒气,竟将三子同时赐死,究竟父子骨肉,天性相关,事后追思,未免生悔。可巧武惠妃染成大病,差不多与发狂相似。满口谵语,无非是三庶人索命,三庶人就是瑛瑶琚,当时曾有此号。玄宗也有所闻,不敢径立寿王,且召巫祝代为祈禳,改葬三庶人。烦扰多日,始终无效,甚至白日见鬼,所有宫娥彩女,统是大惊小怪,进退彷徨。好容易自秋经冬,惠妃病势,忽轻忽重,忽呆忽痴,诊过了多少名医,服过了若干药饵,徒落得花容惨淡,玉骨支离。到了残冬,死期已至,呻吟了好几夜,一阵阴风,四肢挺直,貌美心凶的妃子,至此已魂销躯壳,随了三庶人的冤魂,到森罗殿前对簿去了。事见《唐书·太子瑛传》,并非随手捏造。玄宗非常悲悼,用皇后礼殓葬惠妃,谥为贞顺皇后。

越年已是开元二十六年,虽是照常朝贺,玄宗总少乐多忧,几乎食不甘

第四十六回　却隆恩张果老归山　开盛宴江梅妃献技

味,寝不安席。高力士日夕侍侧,探问情由。玄宗叹道:"汝系我家老奴,难道尚未识我意?"力士道:"莫非因储君未定,致此忧劳。"玄宗道:"这也是一桩系心的条件。"尚不止此,暗伏后文纳杨妃事。力士道:"圣上何必如此劳心,但教推长而立,何人敢有争言。"惠妃已死,乐得巴结别人。玄宗道:"甚是甚是,朕意决了。"次日颁制,立忠王玙为皇太子,改名为绍,嗣又改名为亨。

储嗣已定,内廷总算平靖,边塞又启纷争。突骑施可汗苏禄,自得妻交河公主后,吐蕃突厥也俱给女为妻。苏禄得三国女,并立为可敦,生下数子,俱为叶护,用度日繁,不免苛敛,渐致诸部离心,旋且病疯瘫症,半身不遂,未便治事。这是色欲所致。部下大首领莫贺达干都摩支,竟夜攻苏禄,把他杀死。都摩支立苏禄子吐火仙为可汗,达干不服,复与吐火仙相攻,且遣使告唐节度使盖嘉运,请协击吐火仙。盖嘉运出兵掩击,将吐火仙擒住,并取交河公主而还。玄宗命立交河公主弟昕为西突厥十姓可汗。达干闻报,大怒道:"平苏禄系是我功,怎得另立阿史那昕。"阿史那本突厥姓。乃诱诸部落叛唐。有制令嘉运再行招谕,且封达干为突骑施可汗。达干阳奉阴违,至昕到塞外,竟遣人杀昕,自为十姓可汗。后为安西节度使夫蒙灵察,讨诛达干,西突厥乃亡,突骑施部亦寝衰。

惟吐蕃自赤岭定界,和好数年,与上文突骑施事,俱回应四十四回。彼此尽撤边戍。吐蕃畜牧遍野,边将孙诲,妄觊边功,奏称虏可袭取。玄宗令内侍赵惠琮往探虚实,惠琮至凉州,与诲同谋,矫诏令河西节度崔希逸,袭夺吐蕃牲畜。吐蕃乃大发兵寇河西,幸由希逸预备,因得击退。玄宗闻得矫诏,逮还赵惠琮孙诲,诲即伏诛,惠琮病毙,希逸调任河南尹,亦怅悒而终。吐蕃复屡寇安戎城,进陷石堡城。剑南节度使王昱,拒战败绩,贬死高要,再调盖嘉运为陇右节度经略吐蕃,亦不能却敌,改任皇甫惟明,方得胜仗。惟攻石堡城,仍不能克。吐蕃转寇安戎城,赖有监察御史许远坚守,无隙可乘,方引兵退去。安戎改名平戎,会金城公主病殁吐蕃,唐廷有制发哀,吐蕃亦遣使请和,玄宗未许,因此尚相持不下。

是时尚有幽州将赵堪及白真陀罗,伪传节度使张守珪命,使平卢节度使乌知义,邀击叛奚余党。知义不从,白真陀罗竟矫称制敕,迫令出兵,累得知义没法,不得已发兵往击,先胜后败。守珪祖庇知义,讳败为功。及中使牛仙童,奉命往勘,守珪重贿仙童,归罪白真陀罗,逼令自缢。仙童返报,当然替守珪掩饰,哪知众宦官闻他得贿,无从分肥,竟把隐情告发。玄宗杖毙仙童,贬守珪为括州刺史。守珪疽发背上,亦即殒命。乌知义夺官,竟擢安禄山为平卢军使,兼营州都督。未几,又升任平卢节度使。禄山本营州杂胡,旧姓康,母阿史德氏,曾为女巫,居突厥中,至轧荦山祷子,山上有战斗神,祷后果即怀娠，及产，光照穹庐，野兽尽鸣，母以为得自神佑，遂取名轧荦山，一作阿荦山，戾气所钟，亦呈异兆。远近传为瑞兆。范阳节度使张仁愿，曾遣人搜他庐帐，被匿不获。荦山父未几身死，母再嫁番目安延偃。荦山随母至安家，因冒姓为安，改名禄山。嗣因部落离散，乃与安氏子思顺逃至幽州，投入张守珪麾下。叙禄山履历，补前回所未及。守珪应诛不诛，解送京师，玄宗特加赦宥，仍令归守珪调遣。应前回。禄山感守珪恩，格外效力。珪因令为养子，且擢为副将，嗣是荐为平卢兵马使。至守珪被贬，御史中丞张利贞，采访河北，禄山百计谀媚，兼多馈赂，利贞还朝，遂盛称禄山材能，玄宗乃累次加擢，竟拜方面。李林甫素无学术，猜忌儒将，因劝玄宗信任禄山。禄山亦阴结林甫，自固兵权。玄宗内倚林甫，外倚禄山，自以为天下无患，益启幸心。

先是汾晋间有一方士，须发垂白，神气清癯，常踯躅道旁，能数日不食。自言姓张名果，生唐尧时，曾为侍中，尧时无侍中位号，显见有诈。嗣后隐居中条山上，约阅数千年。相州刺史韦济，闻张果名，探验属实，因上表奏闻。玄宗令通事舍人裴晤往征，至恒山得见张果，促令入都。果仆地竟死，死后复苏，再仆再起。晤乃不敢催逼，还白玄宗。玄宗更遣中书舍人徐峤，赍奉玺书，优礼往迎，乃偕至都中，乘肩舆入宫。玄宗问神仙术，果答语多半诡秘，大旨在"息心养气"四字，乃令留居集贤院，累日辟谷，进以美酒，饮酣乃寝，鼾睡数昼夜。时有术士邢和璞师夜光二人，一能知人夭寿，一能伺鬼起居。玄宗令和璞推算张果，茫然莫辨。再令果密坐，令夜光视察踪迹，竟不见果所在。玄宗益以为奇，密语高力士道："朕闻饮堇无苦，方为奇士。"乃召果入见，令力士取堇渖酒，持饮张果。果饮了三大杯，颓然道："这非佳酒。"语毕即卧。顷见果齿皆燋缩，又复瞑目回顾，令左右取过铁如意，将齿击堕，收藏囊中，又从囊内取药敷断，不到一时，齿竟重生，粲然骈洁。玄宗惊叹不置，意欲以玉真公主嫁果，尚未明言，玉真公主即四十一回中之崇昌公主，系睿宗女，因赐居玉真观，故改号玉真。果退宿集贤院，与秘书少监王回质，太常少卿萧莘道："俗语有言，娶妇得公主，平地升公府，人以为可喜，我以为可畏呢。"两人听他语出不伦，正在暗笑，忽由中使到院，传达御敕道："朕妹玉真公主，愿适先生，幸先生勿却！"果不禁大噱道："皇上以果为仙，果实非仙，若视果为尘俗中人，也可不必。果从此辞，请为转奏！"中使还报，玄宗尚欲挽留，果一再恳辞还山，乃命图形集贤院，授银青光禄大夫，号通玄先生，赐帛三百匹，给扶侍二人，送至恒山蒲吾县，未几遂殁，相传以为尸解，后世称为张果老，列入八仙，这也不必细表。张果也可谓奇人。

单说玄宗自遣归张果，遂未免迷信神仙，且云梦见玄元皇帝，即老子，高宗时尊老子为太上玄元皇帝。谓："遗像在京城西南百余里。"因遣使求访，至盩厔

第四十六回　却隆恩张果老归山　开盛宴江梅妃献技

楼观山间，果得遗像，迎至兴庆宫。嗣由参军田同秀上言，亦说："玄元皇帝梦示，曾在尹喜故宅，藏置灵符。"玄宗又遣使往求。看官试想！这尹喜系周朝人，曾为函谷关令，老子骑青牛过函谷关，虽有此事，究竟留符与否，史册上未曾载及。况且年湮代远，即有符箓，亦早毁灭，哪里还肯留着？这可见是同秀行诈，明明是假置灵符，欺君罔上。至朝使得符还都，李林甫以下诸臣，遂以灵符呈瑞，表上尊号。玄宗因下诏改元，称开元三十年为天宝元年，受尊号为开元天宝圣神文武皇帝，且建玄元皇帝新庙，亲自祭飨。又享太庙，祀天地，大赦天下，赐文武官阶爵秩，改称侍中为左相，中书令为右相，左右丞相改为仆射，东都北都，皆称为京，州称为郡，刺史称为太守。

长安令韦坚，系太子妃兄，颇工心计，尝与监察御史杨慎矜、户部员外郎王𫓧，善治租赋，称为理财好手，玄宗因命为陕郡太守，领江淮租庸转运使。坚遂大兴土工，凿通蓝田县北的浐水，引入后苑望春楼下，汇成一潭。又南达漕渠，铲去淤塞，所有民间邱墓，一律毁掘。自京城至江淮，水道无阻，导入运船数百艘，齐集望春楼下。玄宗亲御望春楼，遍览运船，但见连樯数里，相续不绝。各舟都张锦为帆，遍榜郡名，各陈珍宝，已觉得光怪陆离，斑斓夺目。更有一艘最大的运船，作为前导，船头坐着陕尉崔成甫，头包红抹额，身着锦半臂，领着美妇百人，统是丽饰华装，丰容盛鬋，口中随着成甫唱歌，依声相和，一片娇喉宛转，清脆可听。歌词却很俚俗，取名为得宝歌，歌云：

　　得离弘宝野，弘农得宝邪。潭表舟船闹，扬州铜器多。三郎当殿坐，听唱得宝歌。

玄宗也不甚细辨，但觉得耳鼓悠扬，眼帘热闹，不由的心花怒开，非常愉快。再由韦坚进谒，跪奉许多珍品，没一件不是精致，愈觉称心；遂留坚侍宴，并召群臣畅饮竟日，至夜才罢。次日，即加坚左散骑常侍，所有僚属吏卒，褒赏有差，赐新潭名为广运潭。可巧突厥内乱，朔方节度使王忠嗣，乘乱攻克左厢诸部，又兼回纥葛逻禄二部，攻入右厢，扫灭突厥。两下里又传捷报，正是喜上加喜，内外胪欢。

原来突厥毗伽可汗，自遣阿史德入贡，随驾东巡后，应四十四回。阿史德得了厚赐，仍然归国。嗣是屡遣使求婚，唐廷惯用敷衍手段，羁縻突厥，忽毗伽为大臣梅录啜毒死，国人共立毗伽子伊然可汗。伊然嗣立未几，又复病死，弟骨咄立，遣使入朝，玄宗册为登利可汗。登利尚幼，母婆匐预政，与小臣饫斯达干私通，滥杀大臣。登利叔父判阙特勒，入攻婆匐，婆匐遁去，登利被戕，另立登利季弟，寻又为骨咄叶护所杀，叶护，系突厥官名，见前。骨咄叶护自为可汗。回纥拔悉密葛逻禄三部，并起兵攻杀叶护，推拔悉密酋长为颉跌伊施可汗。回纥葛逻禄酋长，自为左右叶护。突厥余众，独立判阙特勒子为乌苏米施可汗。唐廷传谕招降乌苏，乌苏不从，于是唐节度使王忠嗣，受命往讨，并约同拔悉密回纥葛逻禄三部，左右进攻。乌苏不能抵敌，穷蹙走死，弟白眉特勒继立，号为白眉可汗。忠嗣进击白眉，连破突厥右厢十一部，会拔悉密颉跌伊施可汗，与回纥葛逻禄三部，互有违言。回纥酋长骨力裴罗，与葛逻禄部众，击毙颉跌伊施，乘胜攻杀白眉，传首唐廷。玄宗册封裴罗为怀仁可汗，怀仁遂南据突厥故地，在乌德鞬山下，设牙建帐，渐渐的强大起来。嗣且吞并拔悉密葛逻禄等部，统有十一部落，各置都督，威振朔方。回纥之强自此始。惟突厥自后魏开国，至是灭亡，所有乌苏子葛腊多，默啜孙勃德支，伊然小妻登利遗女，及毗伽可敦婆匐，先后率众降唐。了结突厥，简而不漏。玄宗亲御花萼楼，传见降众于楼下，封婆匐为宾国夫人，葛腊哆为怀恩王，勃德支等各有岁给。一面宴集群臣，赋诗记盛，尽兴而散。

向来花萼楼中，本为玄宗叙会兄弟处，至开元季年，申岐诸王，相继谢世，宁王宪享年六十余，玄宗格外厚待，每遇宁王生日，必亲至宁邸，奉觞称寿，或且留宿邸中，叙谈竟夕。平居无事，辄有馈遗，四方所献美酪异馔，无不分饷。宪有所献替，亦必委曲上陈，屡邀听用。至天宝前一年，病殁邸中，玄宗失声号恸，停乐辍朝，且语群臣道：“朕兄让德，世所罕闻，吴太伯后，能有几人？非特加大号，不足褒美。"乃追谥为让皇帝。长子琎已受封汝阳王，固辞不许，宁王妃元氏，已先逝世，追赠为恭皇后，葬桥陵旁，桥陵即睿宗墓，见前。号为惠陵。从花萼楼庆宴，补叙宁王殁世，无非表扬让德。寿王瑁由元氏乳养，因得成人，两次发丧，均令守制以报私恩。玄宗慨手足凋零，两年不登花萼楼，至突厥已亡，残众入降。乃复御花萼楼庆宴，易悲为乐，才辍哀思。迭应前事，以终玄宗友爱之笃。并令朔方节度使王忠嗣，兼河东节度使，忠嗣修城筑堡，买马屯兵，塞外数千里，得以无患。边民谓："张仁愿后，安边将帅，要算这王忠嗣了。"不没良将。

玄宗自遣归张果，又召入方士李浑上元翼等，研究长生术，尝遣使至太白山，向金星洞中采玉版石，宝仙洞中求妙宝真符，其实统是虚伪，毫不足信。玄宗也捣起鬼来，只说空中闻着神语，有"圣寿延长"四字，并在宫中筑坛，炼药置坛上，及夜欲收，复闻神语，谓："药不须收，自有神明守护。"云云。李林甫等遂上表祝贺，且自请舍宅为观，上下相欺，无一诚意。就是术士所进丹药，无非是金石水银，试服下去，不但未能延年，反把那一腔欲火，引导起来，遂鼓动生平淫兴，想物色几个娇娃，寻欢纵乐。历代方士，多借此以诱人主。当下命高力士出使江南，搜访美女。力士沿途考察，少有当意，辗转至闽中莆田

第四十六回　却隆恩张果老归山　开盛宴江梅妃献技

县,方得了一个丽姝,急忙选归。这丽姝叫作江采苹,父名仲逊,家世业医,采苹生年九岁,能诵《二南》,且语父道:"我虽女子,当以此诗为志。"及年将及笄,更出落得丰神楚楚,秀骨姗姗;更兼文艺优长;能诗善赋,一经选入,大见宠幸,凡长安大内大明兴庆三宫,及东都大内上阳两宫,所蓄佳丽,不下数千,均不及采苹秀媚。采苹常自比谢女,不喜铅华,淡装雅服,自饶风韵,素性喜梅,所居阑槛,悉植数株。玄宗署名梅亭,梅开赋赏,至夜分尚徘徊花下,不忍舍去。玄宗因她所好,戏称她为梅妃。妃尝撰萧、兰、梨园、梅花、凤笛、玻盂、剪刀、绮窗八赋,无不工妙。

一日,玄宗召集诸王,设宴梅亭。梅妃亦侍坐上侧,饮至数巡,玄宗令妃吹白玉笛,抑扬宛转,不疾不徐。诸王齐声叹美。吹毕,又命起作惊鸿舞,轻盈弱质,往复回环,仿佛是越国西施,依稀是汉宫飞燕。诸王目眩神迷,赞不绝口。至妃已舞罢,翠鬓绿鬟,一丝不乱,惟面上稍带微红,粉白相间,绝似一枝迎岁早梅,娇艳可爱。玄宗笑语诸王道:"朕妃子乃是梅精,吹白玉笛,作惊鸿舞,岂不是满座生辉吗?"随命梅妃破橙醒酒,且令她遍赐诸王。妃一一取给,轮至汉邸,是回叙梅妃事,本据曹邺《梅妃传》,所称汉邸,考诸唐宗室诸王传中,当时无封汉王者,或谓即广汉王瑜,未知孰是。汉王已有醉意,起身接橙,不觉一脚踢着了梅妃绣鞋。想是爱她双弓。梅妃大怒,顿时回宫。玄宗未知情由,待久不至,命内侍连番宣召,报称鞋珠脱缀,缀就当来。待至酒阑席散,始终不至。玄宗亲往视妃,妃正睡着,闻御驾还视,急忙起床,拽衣相迎,只托言胸腹作痛,因此违命,玄宗也就此罢了。惟汉王因梅妃退回,料知惹怒,恐她转白玄宗,必至加谴,当下与驸马杨洄商量,求他设法。洄授以密计,汉王甚喜,次日即入宫请罪,直供不讳,但只说是酒后失检,实出无心。玄宗始悟梅妃怀诈,反慰谕汉王,表明大度。待汉王谢恩出去,杨洄即入见玄宗,玄宗与语梅妃事,言下有不足意。梅妃虽然动怒,却未说出汉邸无礼,尚是厚道。洄见玄宗烦恼,乘机劝幸温泉宫,自己伴驾出游,沿途凑趣,荐引一个美人儿,由高力士奉旨密召,这一番有分教:

赢得娥眉争旧宠,从教燕婉刺新台。

欲知所召美人,究竟是谁,待至下回再详。

好大喜功之主,往往信神仙,近声色,汉武帝尝先行之,唐玄宗殆有甚焉。吐蕃退而张果来,突厥亡而江妃进,两不相因之事,而遍若相因,盖安则思佚,不得不慕长生,骄则思淫,不得不求少艾。古人有言:"出则无敌国外患者,国恒亡。"夫无敌国外患,而尚有亡国之痛者,非由淫佚致之耶?但张果虽为畸士,而独拒公主之下降,慨然还山,奇诡而不失之正。江妃虽为嬖妾,而独恨汉王之蹑屦,愤然还宫,褊急而尚知守贞。以视汉之文成五利,及飞燕合德等,盖较胜一筹矣。至杨妃进而自荐帷墙,并滋浊秽,内乱起而外乱乘之,此鼙鼓之所以动地而来也。故本回叙张果江妃两事,尚无贬词,以存当时之实迹云。

第四十七回　梅悴杨荣撒娇絮阁
　　　　　罗钳吉网党恶滥刑

却说高力士奉玄宗命,往召美人,这人为谁?乃是寿王瑁的妃子杨氏。杨氏小字玉环,弘农华阴人,徙居蒲州永乐县的独头村。父名玄琰,曾为蜀州司户。玉环生自任所,幼即丧父,寄养叔父玄珪家,玄珪曾为河南府士曹。开元二十二年十一月,嫁与寿王瑁为妃。正名定分,系是玄宗子妇。高力士到了寿邸,传旨宣召杨妃入宫。寿王瑁不知何因,只因父命难违,没奈何召出妻室,令随力士进谒。杨妃也已瞧透三分,半忧半喜,忧的是惨别夫婿,喜的是得觐天颜,当下与寿王叙别,乘车至温泉宫。力士先驱导入,杨妃下车后随。玄宗正待得心焦,适遇力士复旨,即传杨妃进见。杨妃轻移莲步,趋至座前,款款深深的拜将下去,口称臣妾杨氏见驾。玄宗赐她平身,即令宫婢将妃搀起,此时已是黄昏,宫中烛影摇红,阶下月光映采,玄宗就在灯月下,定睛瞧着杨妃,但见肌态丰艳,骨肉停匀,眉不描而黛,发不漆而黑,颊不脂而红,唇不涂而朱,果然倾国倾城,正是胡天胡帝。当下设席接风,令她侍宴。杨妃不敢违慢,谢过了恩,侍坐右侧。玄宗婉问杨妃技艺,妃答言粗晓音律,遂命高力士取过玉笛,命妃吹着。清音曼艳,逸韵铿锵,似觉梅妃所吹,尚不及她纯熟。玄宗击节称赏,且手书霓裳羽衣曲,教她度入新声。这曲系玄宗登女儿山,遥望仙乡,有感而作,本是按腔引谱,调宫叶商,经杨妃阅过此曲,立刻心领神会,依曲度腔,字字清楚,声声宛转,喜得玄宗不可名状,亲斟美酒三杯,赐给杨妃。杨妃逐杯接饮,连饮连干,脸上越现出桃花,愈加媚艳。玄宗又亲授金钗钿合,作为定情赐物,杨妃含羞拜受。宴毕,各乘酒兴,携手入内,续成一套鱼水同欢的艳曲。实是一出扒灰记。玉肌相触,柔若无骨,龙体原已酥麻,妇人家也存势利,竟不管甚么名分,居然翁媳联床,同作好梦。一宵欢会,迟至日上三竿,方才起身。杨妃对镜理妆,由玄宗取出金步摇,系是镇库宝物,代为插鬓,曲予恩荣;一面嘱杨妃自作表文,乞为女道士,赐号太真,随驾还入大内,令处南宫中,即称南宫为太真宫。名为修道,实是纵欢。旋即另册左卫郎

第四十七回　梅悴杨荣撒娇絮阁　罗钳吉网党恶滥刑

将韦昭训女,为寿王瑁妃。寿王瑁亦无可奈何。

杨妃性情聪颖,善迎上意,玄宗遂加宠爱,待遇如惠妃例。尝语宫人道:"朕得杨妃,如得至宝,这是朕生平第一快意呢。"遂特制新曲,名为得宝子。梅妃见玄宗新得宠妃,未免介意,玄宗亦渐渐的疏淡梅妃。看官试想!天下有两美同居,能不争宠的道理么?况且杨妃以媳侍翁,本来是希宠起见,连夫婿尚且不顾,怎肯容一梅妃?于是你嘲梅瘦,我诮环肥,起初还是姿色上的批评,后来竟互相诬谤,甚至避路而行,毕竟梅妃柔缓,杨妃狡黠,两人互争胜负,结果是梅输杨赢。杨妃得册为贵妃,梅妃竟被迁入上阳东宫。玄宗初意,尚恐廷臣奏驳,嗣见宰相李林甫以下,统做了立仗马,噤口无声,乃竟加封杨妃为贵妃。仪制与册后相同。册妃这一日,追赠妃父玄琰为兵部尚书,母李氏为陇西郡夫人,叔父玄珪擢登光禄卿,从兄铦超拜殿中少监,从弟锜为驸马都尉,尚帝女太华公主,公主为武惠妃所出,母素得宠,所以公主下嫁,奁资巨万,赐第与宫禁相连。尚有再从兄钊,本系张易之子,易之伏诛,妻即改适杨家,钊随母过去,遂为杨氏子,及年长,不学无术,为宗党所轻视。钊乃赴蜀从军,得官新都尉,杨玄琰在蜀病故,钊就近往来,托名照顾,暗中竟与玄琰中女通奸。玄琰有数女,长适崔氏,次适裴氏,又次适柳氏,玉环最幼,姊妹皆有姿色,惟中女已寡,所以与钊私通。自玉环骤得宠幸,怀念三姊,因请命玄宗迎入京师,各赐居第。惟钊与玉环,已是疏族,且兼钊产自张氏,本非杨家血统,因把他搁置不提。

钊已任满,贫不能归,赖剑南采访支使鲜于仲通,常给用费,并向剑南节度使章仇兼琼处,<small>章仇复姓,名为兼琼。</small>替他吹嘘。兼琼正虑林甫专国,难保禄位,意欲内结杨氏,作一奥援,可巧仲通将钊荐入,遂辟为推官,令献春彩至京师,厚给蜀货,作为贶仪。钊大喜过望,昼夜兼行。既至长安,即将所携蜀货,分遗诸妹,说是章仇公所赠。至玄琰的中女家,馈遗更厚,就便下榻,重叙旧欢。诸杨乃共誉兼琼,并上言钊善樗蒲,得蒙玄宗召见,<small>樗蒲为牧猪奴戏,奈何得遇主知?</small>钊仪容秀伟,言辞敏捷,奏对时颇称上意,因命供役春官,出入禁中,嗣复改任金吾兵曹参军。章仇兼琼立蒙召入,授任户部尚书。兼琼入掌户部,每遇杨氏取给,无不立应,就是中外所献的器服珍玩,均呈入贵妃,先令择用。岭南经略使张九章,广陵长史王翼,因所献精美,得贵妃欢心。遂加九章官三品,翼为户部侍郎。

一日,玄宗至翠华西阁,偶见梅枝憔悴,不禁感念梅妃,便命高力士带着戏马,至上阳宫宣召梅妃。妃乘马随至,到了阁前,乃下马入见。玄宗见她面庞清瘦,腰围减损,早已动了惜玉怜香的念头,待至梅妃下拜,忙亲自扶住,意欲好言温存,偏一时无从说起。还是梅妃先开口道:"贱妾负罪,将谓永捐,不期今日又得睹天颜。"玄宗方说道："朕未尝不纪念爱卿。只爱卿近日略觉花容有些消瘦了。"梅妃含泪道："好景难追,怎得不瘦?"玄宗道："虽是消瘦,却越见得清雅了。"梅妃道："总是肥的较好哩。"中含醋意。玄宗微笑道："各有好处。"随命宫女进酒,与梅妃同饮。两下里追叙旧情,不知不觉的已是入夜。酒意已酣,加餐少许,便同梅妃进房,重整鸾凤。俗语说得好："寂寞更长,欢娱夜短",况两情隔阂,几已一年,此次离而复合,更觉蜜意浓情,加添一倍,嗫嚅到了残更,方各睡熟。正在酣寝的时候,忽闻兽环声响,惊醒睡魔,玄宗即怒问道："何人敢来胡闹?"道言未绝,外面已娇声答道："天光早明,皇上为何尚未视朝?"玄宗听是杨妃声音,不由的转怒为惊,披衣急起。见梅妃亦已醒寤,忙替她披上霞裳,和衣抱入夹幕内。暂令躲避。胆怯至此,如何治国。一面开了阁门,放入贵妃。贵妃趋进,见玄宗坐在床上,便盛气诘问道："陛下恋着何人,至此时尚未临朝?"玄宗道："朕……朕稍有不适,未能御殿,特在此静睡养神。"贵妃冷笑道："陛下何必戏妾,妾已知陛下爱恋梅精,因此日高未起。"玄宗道："她……她若为朕所爱恋,何至废置楼东。"贵妃道："藕断丝连,人情皆是,如陛下未曾同梦,妾请今日召至,与妾同浴温泉。"玄宗道："此女久已放弃,怎容复召?"贵妃又道："这也何妨!快请饬内侍传来。"玄宗但顾着左右,无词可答。贵妃从床下一望,见有凤舄一双,越发动怒,便指示玄宗道："这是何物?"玄宗瞧着,也觉着忙,侧身一动,又从怀中掉下翠钿一朵,被贵妃拾起,取示玄宗道："这又是何物?"玄宗越难答辩,不觉两颊发赤。贵妃竖着柳眉,振起珠喉道："凤舄翠钿,明是妇人遗物,不知陛下如何欢娱,遂致神疲忘晓,妾料满朝大臣,待朝已久,到了红日高升,尚未见陛下出朝,总道为妾所迷,妾实担当不起。"提出光明正大的名目,挟制玄宗,若非出自妒口,几不啻一周妻后了。玄宗无法支吾,索性倒身复睡,闭目无言。贵妃催逼愈甚,玄宗亦动恼道："今日有疾,不能视朝,难道贵妃尚未闻知么?"这数语越激动贵妃怒意,索性把手中翠钿,掷付玄宗,转身出阁去了。玄宗见贵妃已去,又欲呼出梅妃,再叙情愫,不意屡呼不应,起身至夹幕中亲视,已悄无一人,慌忙顾问左右,左右亦懵然莫解。正在着急的时候,忽有一小黄门入内,报称已送回梅妃。玄宗问道："何人叫你送去?"小黄门道："杨娘娘在此争闹,奴婢恐万岁为难,所以从阁后破壁,悄地里将梅娘娘送还。"玄宗竟大怒道："朕不教你送去,你为何擅敢主张?"说至此,竟拔出壁上宝剑,把小黄门刭死。冤哉枉也。随即穿戴冕服,出去视朝。

可巧陇右节度使皇甫惟明,入朝献捷,由玄宗慰劳数语,暗伏下文。余无他事,就此退朝。玄宗入内,又往杨贵妃宫中,贵妃竟不出迎,直待玄宗跻入,才算起身行礼,且冷语道："陛下何不向上阳宫去?"玄宗不待说毕,便截住道:"卿休再说此事!"贵妃撒娇道:"妾情愿退出宫外,让梅精在此专宠,免受臣僚讥评。"玄宗又再三劝慰,哪知贵妃越唠唠叨叨,带哭带语,闹个不休,当下触怒天颜,竟遣出贵妃,令高力士送还少监杨铦宅中。铦正自朝退食,蓦闻贵妃回来,顿吃了一大惊,没奈何迎入贵妃高力士,问明缘由。力士述及大略,铦蹙眉道:"妹子生性娇痴,竟遭谪遣,此后将怎么区处?"高力士微笑道:"离合亦人生常事,但教有人出力,自可回天。"明是卖能。铦知他言中寓意,遂托他转圜,哀求至再,几乎要跪将下去,力士忙应允道:"我看圣上很宠贵妃,此刻不过一时生恼,叫我送回,一二日后,心回意转,由我从中进言,管教破镜重圆,幸请勿虑!"铦喜道:"全仗!全仗!"至力士别去,终觉心下未安。杨锜杨钊等,闻这消息,统捏了一把冷汗,前来探问。至杨铦与他说明,都想埋怨贵妃,偏贵妃已哭得似泪人儿一般,不便再进怨词,只好相对哭着。就是贵妃三姊,也一齐趋至,见着大众凄惶,不暇细问,就扑簌簌的坠下泪来。众人惧祸聚哭,还有何心下餐?午膳时各胡乱吃了一碗半碗,贵妃竟一粒不沾,便即撤席。待至日昃,忽由内监颁到御膳,并衣物米面百余车,说是由皇上特赐。铦拜受毕,由内监与他密语道:"这是高公奏请,因有此赐。"铦非常感谢,至送别内监,便入语众人,料知玄宗尚未忘情,彼此少慰。夜餐期届,列席团坐,已不同午席情景,把酒言欢,有说有笑。贵妃亦饮酒数杯,至起更后,大家方才散归。

这一夜的杨贵妃,原是悔恨交并,无心安睡。那玄宗闷坐宫中,比贵妃还要懊怅,举止失常,饮食无味。内侍从旁供奉,并未有失,偏事事不合上意,动受鞭笞。到了夜静更阑,还是东叱西骂,呼叫不休。力士已出言尝试,经玄宗许给特赐,早瞧透玄宗心情,待至鼛鼓频催,鸡声已唱,玄宗尚不愿就寝。力士侍立在旁,因乘间请召还贵妃。玄宗遂令力士开安兴坊,越过太华公主家,用轻车往迎贵妃还宫。贵妃原是慰望,杨铦益觉心喜,当下拜谢力士,嘱贵妃整装随去。时已天晓,力士引贵妃入内殿,玄宗已眼巴巴的瞧着,一见贵妃进来,正似一日不见,如隔三秋,心下非常快慰。贵妃袷衽下拜,涕泣谢罪,玄宗亦自认错误,扶掖入宫。午后即召梨园弟子,共入演戏,并传贵妃三姊,一并列座。玄宗呼三姊为姨,仔细端详,均与贵妃相差不多。次姨不施脂粉,自然美艳,更觉出人头地。演戏至晚,才命停止,留三姨入宫赐宴。玄宗上坐,三姨与贵妃,分坐两旁。五人开怀畅饮,酒过数巡,统有些放肆起来。玄宗目不转睛的瞧着次姨,次姨亦秋波含媚,故卖风骚,而且语不加检,言多近谑。玄宗恨不得抱她入怀,一亲芗泽,只因列坐数人,勉强抑制。好容易饮至更深,三姨方拜谢而去。玄宗挈贵妃入寝,是夕恩爱,更倍曩时。越宿下诏,封大姨为韩国夫人,次姨为虢国夫人,又次为秦国夫人。三夫人并承恩泽。出入宫掖，势倾朝野。铦锜亦日邀隆遇，时人号为五杨。

五杨宅中，四方赂遗，日夕不绝。官吏有所请求，但得五杨援引，无不如志。五家并峙宣阳里中，甲第洞开，僭拟宫掖。每筑一堂，费辄巨万。虢国尤为豪荡，另辟新居，所造中堂，召工圬墁，约钱二百万缗。圬工尚求厚赏，虢国给绛罗五百匹，尚嫌不足，且嗤以鼻道："请取蝼蟥蜥蜴，散置堂中，一一记数，若失一物，不敢受值。"据此数语，已可见她的豪费了。越觉骄盈，越易败亡。杨钊善承意旨，入判度支，一岁领十五使，宠眷日隆。且屡奏帑藏充牣，古今罕比。玄宗率群臣往观，果然财帛山积，便赐钊紫衣金鱼。钊复请雪张易之兄弟罪案，有制谓："易之兄弟，迎庐陵王有功，应复官爵，子孙袭荫。"钊可谓不忘其本。钊以图谶有金刀二字，乞请改名，乃赐名国忠，并加授御史大夫，权京兆尹，富贵与铦锜相埒。五杨中又添入一杨，当时都中有歌谣道："生男勿喜女勿悲，生女也可壮门楣。"这正为诸杨写照呢。

且说陇右节度使皇甫惟明，入朝献捷，看官道这胜仗从何处得来？原来唐廷与吐蕃失和，吐蕃又屡次入寇，回应四十六回。皇甫惟明，调任陇右，屡破吐蕃将莽布支军，先后斩俘数万级，乃献捷京师。惟明入谒数次，密劾李林甫弄权误国，亟应罢黜。哪知玄宗正信任林甫，无论甚么弹劾，全然不信。权阉高力士，尝劝玄宗裁抑林甫，毋畀大权，险些儿遭了重谴，还是力士叩头认罪，方得获免，何况如皇甫惟明，疏而不亲呢？君子不以人废言，如高力士之劾李林甫，亦必叙入，不肯少漏。

时牛仙客已死，刑部尚书李适之，进任左相，兼领兵部尚书，驸马张垍，系张说次子，曾尚玄宗女宁亲公主，入任兵部侍郎。林甫因二人升官，不由己荐，未免加忌。二人自结主知，也不愿巴结林甫，积久成隙，几同仇敌。林甫使人讦发兵部铨曹罪案，收逮六十余人，令法曹吉温罗希奭等，锻炼成狱，悉加重典，当时号为罗钳吉网，无一幸免。但李适之自经此狱，面上很觉削色，越与林甫不和。租庸转运使韦坚，进补刑部尚书，御史中丞杨慎矜，兼代租庸转运使。坚为适之党，慎矜为林甫党，皇甫惟明本系太子故友，当然与坚相往来，林甫就此设谋，暗嘱慎矜上书告变，竟说惟明与坚，谋立太子。玄宗信以为真，即令林甫委吏鞫治。林甫仍遣慎矜等作为问官。看官试想！此时的韦坚及皇甫惟明，尚能辩明冤枉吗？慎矜诬假作真，妄定谳案，还亏玄宗顾及太子，不欲显布罪状，但贬坚为缙云太守。皇甫惟明为播州太守，亲党连坐，约数十人。太子因坚为妃兄，未免惶惧，表请与妃离婚。玄宗搁过不提，太子妃才得保全。李适之虽未株连，自知相位不固，乐得上书辞职，有制罢适之为太子少保，不令预政。既而将作少匠韦兰，兵部员外郎韦芝，均为兄坚讼冤。李林甫入白玄宗，挑动上怒，竟谪兰芝两人至岭南，再贬坚为江夏别驾，寻且流徙临封。适之亦坐党谪守宜春。

一波未平,一波又起。左骁卫兵曹柳勣,诬告赞善大夫杜有邻,妄称图谶,交构东宫,指斥乘舆。于是权相李林甫,复奉玄宗诏敕,指令京兆法曹吉温,来鞫是狱。危哉太子!一干人犯,齐集法庭,讯将起来。柳勣是杜有邻女夫,有邻长女嫁柳勣,次女为太子良娣。勣性疏狂,喜结交名士,尝与淄川太守裴敦复友善,敦复转荐诸北海太守李邕,邕遂与定交。勣因妇翁得官赞善,乃入都探亲,有邻素嫉勣狂诞,白眼相待,以致勣怀恨在心,无端诬告,吉温是个杀人不眨眼的人物,索性把翁婿二人,一古脑儿坐罪,杖毙狱中,妻孥流远方。有邻枉死,可为择婿不慎者鉴。惟勣亦杖死,诬告何益?太子亦出良娣为庶人。林甫再牵藤摘瓜,复遣罗希奭往按李邕,及裴敦复。李裴怎肯自诬?偏经这助桀为虐的罗希奭,不分皂白,擅加刑讯,又将二人先后杖毙。当遣人密报林甫,已经了结李裴,林甫更凶恶得很,当即奏请分遣御史,赐皇甫惟明韦坚等自尽,且令希奭顺道往宜春,按视李适之。适之料知难免,仰药自杀。连玄宗旧臣王琚,因与李邕向来交往,也平白地牵连进去,由邺郡太守任内,贬为江华司马,活活的被希奭逼死。林甫又恐王忠嗣入相,复设法陷害,先说他沮挠军计,继且说他密谋兴兵,拥立太子。昏愦糊涂的唐玄宗,竟召忠嗣入都,令三法司审讯。忠嗣部将哥舒翰,随至都中,登殿鸣冤,情愿将自己官爵,赎忠嗣罪。玄宗尚未肯信,欲起入禁中,急得翰连忙磕头,声泪俱下。玄宗也被感悟,乃诏三法司道:"吾儿向处深宫,怎得与外人通谋?这定是蜚语构陷,朕岂肯遽信么?"三司又奏言:"拥兵入阙,或出谣传,沮挠军心,确有实据,仍请依法论罪。"玄宗终为所惑,贬忠嗣为汉阳太守。最可怪的是杨慎矜,倚附林甫,害死韦坚等人,得转任户部侍郎,后来渐为林甫所嫉,竟嗾使中丞王鉷。密奏一本,谓:"慎矜系隋炀后裔,与术士史敬忠交通,妄谈谶纬,谋复祖业。"一个大逆不道的罪名,加置慎矜身上,不怕慎矜不死,兄弟同罪,妻子长流。慎矜自诒伊戚,原不足惜,但小人凶终隙末,更堪愤叹。玄宗尚目林甫为大忠臣,且将天下的岁贡,尽作赏赐。林甫越加专恣,内引杨国忠,外进安禄山,定要将唐室江山,葬送他二人手中。小子有诗叹道:

> 不是奸臣不引奸,爪牙遍布庙堂间,
> 罗钳吉网凶残甚,冤狱谁怜积血斑。

欲知林甫何故引用二人,容待下回申叙。

天宝以后,玄宗之昏瞀甚矣,以子妇而册为贵妃,名分何在?以贼臣而拜为首相,刑赏必乖。天下无不妒之妇人,况如淫悍之杨玉环乎?天下更无不奸之国贼,况如阴狡之李林甫乎?絮阁一段,是极写玉环之妒,兴狱一段,是极写林甫之奸。而且玉环进,则五杨俱贵,赌博无行之杨国忠,亦庆弹冠。林甫专,则群小同升,残虐好杀之吉温罗希奭,亦得逞志。女子小人,有一于此,且致乱亡,兼而有之,尚能不乱且亡耶?君子以是知玄宗之不终。

第四十八回　洗禄儿中冓贻羞
　　　　　　写幽怨长门拟赋

　　却说李林甫专权用事,引进杨国忠安禄山,一是因杨妃得宠,不得不引为党援,一是因禄山善谀,不能不替他扬誉。禄山既任平庐节度使,复兼范阳节度使,权力日盛,且欲邀功固宠,屡出兵侵掠奚契丹。契丹酋已换了李怀秀,奚酋亦换了李延宠,两酋均归附唐廷,未尝入寇。玄宗授怀秀为松漠都督,封崇顺王,且以外孙独孤氏为静乐公主,出嫁怀秀。就是延宠亦得封怀信王,兼饶乐都督,尚玄宗甥女宜芳公主。自被安禄山侵掠,激成怨怒,各将公主杀死,背叛朝廷。禄山乃发兵数万,分讨奚契丹,侥幸得了胜仗,逐去二李,露布告捷。当由玄宗改封别酋楷洛为恭仁王,代松漠都督,婆固为晤信王,代饶乐都督。奚契丹总算告平。

　　禄山遂启节入朝,玄宗召见,慰劳有加。禄山奏道:"臣生长蕃戎,仰蒙皇上恩典,得极宠荣,自愧愚蠢,不足胜任,只有以身许国,聊报皇恩。"玄宗喜道:"卿能委身报国,还有何言?"时太子侍玄宗侧,玄宗令与禄山相见,禄山却故意不拜,殿前侍监等,即喝问道:"禄山见了殿下,何故不拜?"禄山复佯惊道:"殿下何称?"玄宗微哂道:"殿下就是皇太子。"禄山复道:"臣不识朝廷礼仪,皇太子究是何官?"所谓大奸若愚。玄宗道:"朕百年后,当将帝位付托,所以叫作太子。"禄山方谢道:"愚臣只知有陛下,不知有皇太子,罪该万死。"说毕,乃向太子拜了数拜。玄宗以为朴诚,反加赞美。至禄山退出,即下敕令暂留都中,兼官御史大夫。禄山见玄宗已入彀中,便不待召命,随时进见。玄宗从未相拒,每见必多方询问。禄山但装出一种戆直态度,有几句令人可爱,有几句令人可笑。

　　既而复献入鹦鹉一架,玄宗问从何来?禄山扯个谎道:"臣前征奚契丹,道出北平,梦见先臣李靖李勣,向臣求食,臣因为他设祭,皇太子尚且未知,如何晓得二李?此鸟忽从空中飞至,臣以为祥,取养有年,今已驯扰,方敢上献。"玄宗道:"宫中亦有鹦鹉,但不及此鸟修洁。"鹦鹉也善迎意旨,竟学作人言道:

第四十八回　洗禄儿中蕃贻羞　写幽怨长门拟赋

"谢万岁恩奖。"玄宗大喜，便顾左右道："贵妃素爱鹦鹉，可宣她出来，一同玩赏。"左右领旨即去。俄顷有环珮声自内传出，那鹦鹉复叫道："贵妃娘娘到了。"禄山举目一瞧，但见许多宫女，簇拥一个绝世丽姝，冉冉而来，又故意退了数步，似欲作趋避状。玄宗命他留着，乃拱立阶下。杨贵妃见了玄宗，行过了礼，玄宗即指示鹦鹉道："此鸟系安卿所献，爱妃以为何如？"贵妃仔细一瞧，便答道："鹦鹉并非少有，只白鹦鹉却不易得，况又是熟习人言呢？"玄宗道："爱妃既喜此鹦鹉，可收蓄宫中。"贵妃大悦，即命宫女念奴，收去养着，一面问安卿何在？玄宗乃命禄山谒见贵妃，禄山才趋前再拜，偷眼瞧那杨贵妃，镂雪为肤，揉酥作骨，丰艳中带着数分秀雅，禁不住目眙神迷。贵妃亦顾视禄山，腹垂过膝，腰大成围，看似痴肥，恰甚强壮，也不由的称许道："好一个奇男子。"以肥对肥，宜冬相契。玄宗道："他在边疆，屡立战功，近日入朝，朕爱他忠诚，特命他留侍数月。"贵妃便接入道："妾闻边境敉平，将帅无事，何妨留侍一二年。"你的乳头，想已发痒了。玄宗点首，即命左右设宴勤政殿，召集诸杨，及亲信大臣侍宴。

已而群臣毕集，筵席早陈，玄宗挈贵妃手，诣登勤政楼。禄山在后随着，香风阵阵，触鼻而来，几乎未饮先醉。及至楼上，玄宗但命杨铦杨锜登楼，令百官列坐楼下。禄山不闻禁阻，乐得随着贵妃履迹，徐步上楼。玄宗一面传召三姨，一面令在御座东间，特设金鸡幛，中置一榻，备陈酒肴。禄山暗思此席特设，定为三姨留下位置。未几三姨俱至，却与玄宗合坐一席，自己正患无坐处，忽由玄宗面谕，赐坐金鸡幛内，相对侍饮。当下喜出望外，便谢恩趋座。更幸珠帘高卷，仍得觑视群芳，于是带饮带赏，暗地品评，这一个是双眉含翠，那一个是两鬓拖青；这一个是秋水横波，那一个是桃花晕颊，就中妖冶丰盈，总要算那贵妃玉环。正在出神的时候，蓦闻声乐杂奏，音韵迭谐，按声细瞧，便是贵妃及三姨，各执管笛琵琶等器，或吹或弹，集成雅乐，自己也不觉技痒起来，便起身离座，步至御席前启奏道："臣愚不知音律，但觉洋洋盈耳，真是盛世元音，惟有乐不可无舞，臣系胡人，胡旋舞略有所长，今愿献丑。"也是卖技。玄宗道："卿体甚肥，也能作胡旋舞么？"禄山闻言，即离席丈许，盘旋起来。起初尚觉有些笨滞，到了后来，回行甚疾，好似走马灯一般，须眉都不可辨，只见一个大肚皮，辘轳圆转，毫不迂缓。约旋至百余次，方才站定，面不改容。玄宗连声赞好，且指他大腹道："腹中有甚么东西，如此庞大？"禄山随口答道："只有赤心。"玄宗益喜，命与杨铦杨锜，结为异姓兄弟。铦与锜当然应命，各起座与禄山相揖，叙及年齿，禄山最小，便呼二杨为兄。虢国夫人却挨入道："男称兄弟，女即姊妹，我等亦当行一新礼。"韩国秦国，恰也都是赞成，便俱与禄山叙齿，以姊弟兄妹相呼，禄山很是得意。及散席后，百官谢宴归去，诸杨亦皆散归，独禄山尚留侍玄宗，相随入宫。玄宗爱到极处，至呼禄山为禄儿。禄山乘势凑趣，先趋至贵妃面前，屈膝下拜道："臣儿愿母妃千岁！"石榴裙下，应该拜倒。玄宗笑道："禄儿！你的礼教错了。天下岂有先母后父的道理。"禄山慌忙转拜玄宗道："胡俗不知礼义，向来先母后父，臣但依习惯，遂忘却天朝礼仪了。"浑身是假。玄宗不以为怪，反顾视贵妃道："即此可见他诚朴。"贵妃也熟视禄山，微笑不答。已有意了。禄山见她梨涡微晕，星眼斜溜，险些儿把自己魂灵，被她摄去，勉强按定了神，拜谢出宫。

嗣是蒙赐铁券，嗣是进爵东平郡王，将帅封王，自禄山始。禄山屡入宫谢恩，满望与贵妃亲近，好替玄宗效劳，偏偏接了一道诏敕，令兼河北道采访处置使，出外巡边，那时没法推辞，离都还镇。他却想出一法，佯招奚契丹各部酋长，同来宴叙，暗地里用着莨菪酒，把他灌醉，阬杀数十人，斩首进献，复请入朝报绩。玄宗只道他诚实不欺，准如所请，且命有司预为筑第，但务壮丽，不计财力。至禄山到了戏水，杨氏弟兄姊妹均往迎接，冠盖蔽野。玄宗亦自幸望春宫，等着禄山。及禄山入谒，再四褒奖，并赐旁坐。禄山献入奚俘千人，悉予赦宥，令充禄山差役，且令杨氏弟兄，导禄山入居新第，所有器具什物，无不毕具，大都是上等材料制成，金银器几占了一半，且尝戒有司道："胡人眼光颇大，勿令笑我。"禄山既入新第中，置酒宴客，乞降墨敕请宰相至第。玄宗即具手诏，谕令李林甫以下，尽行赴宴。林甫正手握大权，群臣无敢抗礼，独禄山既邀盛宠，得与林甫为平等交。林甫佯与联欢，有时冷嘲热讽，如见禄山肺肠，禄山很是惊讶。不敢向林甫自夸，所以林甫入宴，格外敬待。林甫也自恃多才，无所畏忌，所以未尝构陷禄山。同流合污。玄宗又每日遣令诸杨，与他选胜游宴，侑以梨园教坊诸乐，禄山尚不甚惬望。他此次入朝，无非为了杨贵妃一人，所以于贵妃前私进珍物，百端求媚。贵妃亦辄有厚赐。两情相洽，似漆投胶，前此称为假母子，后来竟成为真夫妻。

一日，为禄山生辰，玄宗及杨贵妃，赏赉甚厚。过了三日，贵妃召禄山入禁中，用锦绣为大襁褓，裹着禄儿，令宫人十六人，用舆抬着，游行宫中。宫人且抬且笑，余人亦相率诙谐。玄宗初未知情，至闻后宫喧笑声，才询原委，左右以贵妃洗儿对。玄宗始亲自往观，果然大腹胡儿，裹着绣褓，坐着大舆，在宫禁中盘绕转来，玄宗也不觉好笑，即赐贵妃洗儿金银钱，且厚赏禄山。至晚小宴，玄宗与贵妃并坐，竟令禄山侍饮左侧，尽欢而罢。自此禄山出入宫掖，毫无禁忌，或与贵妃对食，或与贵妃联榻，通宵不出，丑声遍达，独玄宗并未过问。看官至此，恐不能不作一疑问：玄宗自宠信贵妃，几乎寝食不离，如影随形，难道贵妃与禄山通奸，他却熟视无睹么？原来此中也有一段隐情。玄宗本看上虢国夫人，尝欲召幸，只因贵妃防范甚严，一时

第四十八回　洗禄儿中蕴贻羞　写幽怨长门拟赋

无从下手,此番禄山入朝,贵妃镇日里玩弄禄儿,无暇检察,便乘隙召进虢国夫人,与她作长夜欢。虢国水性杨花,乐得仰承雨露,当时杜工部曾咏此事云:"虢国夫人承主恩,平明骑马入宫门。却嫌脂粉污颜色,淡扫蛾眉朝至尊。"这数语虽有含蓄,已露端倪。其实是我淫人妻,人淫我妻,天道好还,丝毫不爽哩。*仿佛暮鼓晨钟。*

禄山与贵妃,鬼混了一年有余,甚至将贵妃胸乳抓伤。贵妃未免暗泣,因恐玄宗瞧破,遂作出一个诃子来,笼罩胸前。宫中未悉深情,反以为未肯露乳,多半仿效。禄山却暗中怀惧,不敢时常入宫。户部郎中吉温,本因李林甫得进,因见杨国忠安禄山两人,相继贵幸,遂转附国忠,计逐林甫心腹御史中丞宋浑,并与禄山约为兄弟,尝私语禄山道:"李丞相虽似亲近三兄,但总不肯荐兄为相,兄若荐温上达,温当奏兄才堪大任。俟隙排去林甫,尚怕相位不入兄么?"禄山闻言甚喜,遂互相标榜,期达志愿。玄宗也欲进相禄山,只因禄山是个武夫,不便入相,但命他再兼河东节度使。禄山遂荐温为副使,并大理司直张通儒为判官,一同赴任。既至任所,以吉温张通儒为腹心,委以军事。尚有部将孙孝哲,系是契丹部人,素业缝工,为禄山仆役,禄山身躯庞大,非孝哲缝衣,不合身裁。并因孝哲母有姿色,尝为禄山所爱,入侍胡床,供他肉欲。孝哲竟呼禄山为父,尤能先事取情,得禄山欢心。禄山遂大加宠昵,拔为副将。他如史思明安守忠李归仁蔡希德牛廷玠向润容李廷望崔乾祐尹子奇何千年武令珣能元皓能音耐,能氏系出长广。田承嗣田乾真阿史那承庆等,统是禄山部下将校,以骁悍闻。孔目官严庄,掌书记高尚,稍有材学,投入戎幕,做了禄山参谋,因此文武俱备,阴蓄异图。庄与尚且援引图谶,怂恿禄山作乱。禄山乃挑选同罗奚契丹降众,得壮士八千余人,作为亲军。胡人向称壮士为曳落河,一可当百,矫健绝伦。禄山故态复萌,又欲出攻奚契丹,立威朔漠,然后南向。当下调集三镇兵士,共得六万,用奚骑二千为向导,竟出平卢。不意途中遇雨,弓弩筋胶,俱已脱黏。那奚骑背地叛去,暗与契丹兵联合,来袭禄山。禄山猝不及防,被杀得七零八落,只率麾下二十骑,走入师州,才得保全性命。*当时若即身死,何至有后文乱事。*

既而收集散众,再行出塞,誓雪前耻。且奏调朔方节度副使李献忠,同击奚契丹。献忠系突厥人,原名阿布思,突厥灭亡,叩关请降。玄宗优礼相待,赐姓名李献忠,累迁至朔方节度副使。献忠颇有权略,不肯出禄山下。禄山调他北征,明是借公报私,献忠亦恐为禄山所图,仍复名阿布思,叛归漠北。禄山乃按兵不进,嗣闻阿布思为回纥所破,乃复诱降阿布思余众,兵力益强。阿布思逭入葛逻禄部,由葛逻禄叶护,执送京师,当然伏诛。玄宗反归功禄山,颁敕奖叙。禄山尚念主恩,不忍遽叛,且因李林甫狡猾逾恒,非己所及,更不敢轻事发难。可巧林甫与杨国忠有隙,骤致失宠,竟尔忧忿成疾,卧床不起,于是朝局一变,遂激成禄山的叛乱来了。*兔起鹘落。*

林甫本善遇国忠,只因户部侍郎京兆尹王𫓧,骄恣陵人,与国忠未协。𫓧为林甫所荐,国忠怨𫓧,免不得并怨林甫。天宝十一载,*天宝三年,改年为载。*𫓧弟户部郎中銲,与友人邢𦈎,密谋作乱。高力士带领禁军,捕縳伏诛。国忠遂入白玄宗,请并惩王𫓧兄弟。玄宗尚不欲罪𫓧,林甫亦替他解辩,经国忠一再力争,复浼左相陈希烈,严行奏参。乃有制令希烈国忠,一同鞫治。两人罗列𫓧銲罪状,复奏玄宗。玄宗瞧着,亦不禁动怒,立赐𫓧死,且毙銲杖下,令国忠兼京兆尹,寻即擢为御史大夫,兼京畿采访使。林甫因不能救𫓧,衔恨国忠。适南诏王阁罗凤,陷入云南郡,剑南节度使鲜于仲通,屡讨屡败。国忠纪念前恩,替他回护。*应前回。*林甫乘间入奏,请遣国忠出镇剑南。这南诏本乌蛮别种,地居姚州西偏,蛮语称王为诏。失时曾有六诏,一名蒙巂,二名越析,三名浪穹,四名邆睒,五名施浪,六名蒙舍,蒙舍在南,所以称作南诏。南诏最强,并合五诏,曾遣使入朝。唐廷赐名归义,封为云南王。鲜于仲通素性褊急,失蛮夷心,阁罗凤乃称臣吐蕃。吐蕃号为东帝,与他合兵,入寇唐边。国忠所长,只有赌博,若要他去出兵打仗,全然没有经验,忽接奉一道诏敕,叫他出去防边,看官!你想他怕不怕,忧不忧呢?延宕了好几日,没奈何硬着头皮,入朝辞行,面奏玄宗道:"臣此次出使,闻由宰相林甫奏请,林甫意欲害臣,所以将臣外调,此后欲见陛下,未卜何年。"说至此,竟从眼眶中流下泪来。*想是从妹子处学来。*玄宗也为黯然,即面慰道:"卿暂行赴蜀,处置军事,稍有头绪,即当召卿还朝,令为宰辅。"国忠乃叩谢而去。林甫时已得疾,闻知此语,益加烦闷,遂逐日加剧。玄宗遣中官往问起居,返报病已垂危,乃亟召国忠还都。国忠甫行入蜀,得了诏命,星夜回来,及入都中,即诣林甫家问疾,谒拜床下。林甫流涕道:"林甫今将死了,公必继起为相,愿以后事托公。"国忠谢不敢当,汗流覆面。别后数日,林甫即死。

自林甫在相位十九年,固宠市权,妒贤忌能,诛逐贵臣,杜绝言路,口似蜜,腹似剑,玄宗反倚为股肱,自己深居禁中,耽恋声色,政事俱委诸林甫,所有从前姚宋以后诸将相,从没有这般专宠。但姚崇尚通,宋璟尚法,张嘉贞尚吏,张说尚文,李元纮杜暹尚俭,韩休张九龄尚直,各有所长,均堪节取。到了林甫专国,尚刻尚诈,尚私尚威,养成天下大乱。继任又是杨国忠,才具不及林甫,骄横与林甫相似,凡林甫所引用的人士,统行换去,且阴嗾安禄山,令阿布思部落降众,诣阙诬告林甫,说是林甫生前,曾与阿布思串同谋反,经玄宗饬吏按问,林甫婿谏议大夫杨齐宣,惧为所累,证成是狱,乃削林甫官爵,剖棺出尸,抉含珠,褫金紫,改用小棺殓葬,如庶人礼。子孙皆流岭南黔中,亲近及党与坐戍,共五十余人。虽是国忠恣行报复,然奸狡如林甫,也应受此罚。嗣是国忠威焰日盛,颐指气使,公卿以下,莫不震慑。

又改称吏部为文部,兵部为武部,刑部为宪部,国忠以右相兼任文部尚书,选人无论贤不肖,各依资递补,与自己亲昵的人,必调任美缺,与自己疏远的人,辄委置闲曹。官吏趋附,门庭如市。或劝陕郡进士张彖道:"君何不谒见杨右相,自取富贵?"彖喟然道:"君等倚杨右相如泰山,我看去实一冰山呢。若皎日一出,冰山立倒,恐君等必将失恃了。"遂出都赴嵩山,隐居终身。

国忠调入鲜于仲通,令为京兆尹,仲通为国忠撰颂,镌立省门。玄宗改定数字,仲通别用金填补,说得国忠功德巍巍,世莫与伦。那时玄宗又以为得一贤相,仍不问朝政,专在宫中拥着贵妃姊妹,调笑度日,贵妃自禄山出镇,用志不纷,一心一意的媚事玄宗,惹得玄宗愈加恩爱。贵妃要什么,玄宗便依她什么,贵妃喜啖生荔枝,荔枝产出岭南,去长安约数千里,玄宗特命飞驿驰送,数日得达,色味不变。惟梅妃自西阁一幸,好几年不见玄宗,南宫独处,郁郁不欢,忽闻岭南驰到驿使,还疑是赍送梅花,旋经询问宫人,是进生荔枝与杨妃,越觉心神懊怅,镇日唏嘘,默思宫中侍监,只有高力士权势最大,诸王公俱呼他为翁,驸马等直称他为爷,就是东宫储君,亦与他兄弟相称,此时已升任骠骑大将军,很得玄宗亲信,若欲再邀主宠,除非此人先容,不能得力,乃命宫人邀入高力士,仔细问道:"将军尝侍奉皇上,可知皇上意中,尚记得有江采苹么?"力士道:"皇上非不记念南宫,只因碍着贵妃,不便宣召。"梅妃道:"我记得汉武帝时,陈皇后被废,曾出千金赂司马相如,作《长门赋》上献,今日岂无才人? 还乞将军代为嘱托,替我拟《长门赋》一篇,入达主聪,或能挽回天意,亦未可知。"力士恐得罪杨妃,不敢应承,只推说无人解赋。且答言娘娘大才,何妨自撰。梅妃长叹数声,乃援笔蘸墨,立写数行,折成方胜,并从箧中凑集千金,赠与力士,托他进呈。力士不便推却,只好持去,悄悄的呈与玄宗。玄宗展开一看,题目乃是《楼东赋》。赋云:

玉槛尘生,凤奁香殄。懒蝉鬓之巧梳,闲缕衣之轻绡,苦寂寞于蕙宫,但凝思乎兰殿。信漂落之梅花,隔长门而不见。况乃花心飐恨,柳眼弄愁,暖风习习,春鸟啾啾,楼上黄昏兮,听凤吹而回首,碧云日暮兮,对素月而凝眸。温泉不到,忆拾翠之旧游;长门深闭,嗟青鸾之信修。忆太液清波,水光荡浮,笙歌赏宴,陪从宸旒,奏舞鸾之妙曲,乘画鹢之仙舟。君情缱绻,深叙绸缪,誓山海而常在,似日月而无休。奈何嫉色庸庸,妒气冲冲,夺我之爱幸,斥我乎幽宫。思旧欢之莫得,想梦著乎朦胧。度花朝与月夕,羞懒对乎春风。欲相如之奏赋,奈世才之不工;属愁吟之未尽,已响动乎疏钟。空长叹而掩袂,踌躇步于楼东。

玄宗瞧罢,想起旧情,也觉怃然,遂取出珍珠一斛,令力士密赐梅妃。梅妃不受,又写了七绝一首,托力士带回,再呈玄宗。玄宗又复展览,但见上面写着:

> 柳叶双眉久不描,残妆和泪污红销,
> 长门自是无梳洗,何必珍珠慰寂寥。

玄宗正在吟玩,忽有一人进来,见了诗句,竟从玄宗手中夺去,究竟何人有此大胆,且看下回便知。

安禄山一大腹胡耳,无潘安貌,乏陈思才,独以大诈似愚之技俩,欺惑玄宗,玄宗耽情声色,聪明已蔽,应为所迷,而杨贵妃亦从而爱幸之,何也?盖妒妇必淫,淫妇必妒,以年垂耆老之玄宗,忽据一玉貌花容之子妇,即令爱宠逾恒,能保其能相安乎?饥则思撄,宁必择人?洗儿赐钱,丑遗千载,而玄宗尚习不加察,日处宫中,为淫乐事;外政尽决于李林甫,林甫死而杨国忠又入继之。一人乱天下不足,更加一人,李杨乱于外,梅杨讧于内,梅李去而杨氏盛,虽荣必落,杨氏杨氏,亦何必争宠耶?梅妃较贞,不脱争春习态,吾尚为之深惜云。

第四十九回　恋爱妃密誓长生殿
　　　　　　　宠胡儿亲饯望春亭

却说玄宗方吟玩诗句,有人进来,从手中夺去,玄宗急忙顾视,原来乃是杨贵妃。别人怎敢?贵妃瞧毕,掷还玄宗,又见案上有一薛涛笺,笺上写着《楼东赋》一篇,从头至尾,览了一周,不禁大愤道:"梅精庸贱,乃敢作此怨词,毁妾尚可,谤讪圣上,该当何罪?应即赐死!"玄宗默然不答。贵妃再三要求,玄宗道:"她无聊作赋,情迹可原,卿不必与她计较。"贵妃瞋目道:"陛下若不忘旧情,何不再召入西阁,与她私会?"玄宗见贵妃提及旧事,又惭又恼,但因宠爱已惯,没奈何耐着性子,任她絮聒一番。贵妃虽无可奈何,心下却好生不悦,嗣是朝夕侍奉,动多谯诃。玄宗也不去睬她,好似痴聋一般。做阿翁的,原应痴聋,做夫主恰不宜出此。

一日,复在便殿宴集诸王,各奏音乐,嗣宁王琎,即宁王宪子,见前回。颇善吹笛,特取过紫玉笛儿,吹了一套凌波曲,曲亦由玄宗自制。杨贵妃正在侍宴,听他依声度律,宛转缠绵,不由的情牵意动,待至罢宴撤席,诸王别去,玄宗暂起更衣,贵妃独坐,见宁王琎所吹的紫玉笛儿,搁置席旁,便轻轻取过,把玩许久,也按着原调,吹弄起来。玄宗闻贵妃吹笛,即出来听着。眼中瞧见紫玉笛,又转惹恼,便语贵妃道:"此笛由嗣宁王吹过,口泽尚存,汝何得便吹?"贵妃恰毫不在意,直待吹完原曲,方慢慢的把笛放下,《杨太真外传》中,说是吹宁王紫玉笛,按此时宁王宪早薨,应属嗣宁王琎,琎年轻,故贵妃为之移情,玄宗为之介意。起座冷笑道:"玉笛非凤鸟可比,凤鸟上被人勾蹋,陛下尚搁置不问,奈何恝人责妾呢?"玄宗听了,乘着酒后余性,便勃然道:"汝连日褰傲,出言不逊,难道朕不能撵汝么?"贵妃怎肯受责,也抗声道:"尽管撵逐,尽管撵逐。"逼得玄宗无可转词,遂着内侍张韬光,送贵妃至杨国忠第中。

国忠不觉着忙,没法摆布,适值吉温入报军务,国忠遂与他商量。温愿乘间进言,当下趋入便殿,奏罢边事,又从容说道:"闻陛下新斥贵妃,臣愚以为未合。贵妃系一妇人,原无识见,有忤圣意,罪合当死,但既蒙爱宠,应该就死宫中,陛下何惜宫中一席,畀她就戮,乃必令她外辱呢。"玄宗不禁点首。及退朝回宫,左右进膳,即撤御前肴馔,使张韬光赍赐贵妃。贵妃对使涕泣道:"妾罪该当万死,蒙圣上隆恩,从宽遣放,未遽就戮,自思一再忤旨,不合再生,今当即死,无以谢上,妾除肤发外,皆上所赐,今愿截发一缕,聊报皇恩。"语至此,遂引刀自鬋青丝一缕,付与韬光,且泣语道:"为我归语圣上,呈此作永诀物。"后来平康里中,求媚恩客,往往鬋发为赠,想即从贵妃处学来。韬光领诺,随即回宫复旨。

玄宗正苦岑寂,欲再召梅妃入侍,适值梅妃有疾,不能进奉,因此抑郁异常。及韬光返报,将妃发搭在肩上,跪述妃言。玄宗瞧着一缕青丝,黑光可鉴,更不禁牵动旧情,乃即令高力士召入贵妃。贵妃毁妆入宫,拜伏认罪,并无一言,只有呜咽涕泣。玄宗大为不忍,亲手扶起,立唤侍女,替她梳妆更衣,重整夜宴,格外亲爱。

自后益加嬖幸,且屡与贵妃幸华清宫,赐浴温泉。温泉在骊山下,向筑宫室,环山建造,有集灵台、朝元阁、及飞霜、九龙、长生、明珠等殿,统是规模宏敞,气象辉煌。杨国忠杨铦杨锜,及三国夫人,一并从幸。车马仆从,充溢数坊,锦绣珠玉,鲜华夺目。而且杨氏五家,各自为队,队各异饰,分为一色,合为五色,仿佛似云锦綮霞,山林成绣,沿途遗钿堕舄,不可胜数,香达数十里。既至华清宫,辄张盛宴,到了酒酣面热,大家散坐。贵妃肌体丰硕,常觉香汗淋漓,玄宗因命往浴。宫中有池,叫作华清池,系温泉汇聚的区处,每当贵妃浴毕,临风小立,露胸取凉,别人原是回避,独有玄宗是见惯司空,不必禁忌,往往用手扪贵妃乳,且随口赞道:"软温新剥鸡头肉。"贵妃似羞非羞,似嗔非嗔,更现出一种妩媚态度。看官!你想玄宗到了此时,尚有不堕入情网么?

贵妃又乘着初浴,特舞霓裳羽衣曲,罗衣散绮,锦縠生香。玄宗大悦,时适盛夏,遂留华清宫避暑。

转瞬间已是七夕,秦俗多于是夜乞巧,在庭中陈列瓜果,焚香祷告。贵妃亦趁势固宠,特请玄宗至长生殿,仿行乞巧故事。玄宗当然喜允,待至月上更敲,天高夜静,遂令宫女捧了香盒瓶花等类,导着前行,一主一妃,相偕徐步,悄悄的到了殿庭,已有内侍张着锦幄,摆好香案,分站东西厢,肃容待着。玄宗饬宫女添上香盒瓶花,焚龙涎,爇莲炬,烟篆氤氲,烛光灿烂,眼见得秋生银汉,艳映玉阶。点染浓艳。贵妃斜軃香肩,倚着玄宗,低声语道:"今日牛女双星,渡河相会,真是一番韵事。"玄宗道:"双星相会,一年一度,不及朕与妃子,得时时欢聚哩。"言下瞧着贵妃,反眼眶一红,扑簌簌的掉下泪来,全是做作。顿时大为惊讶,问她何事感伤。贵妃答道:"妾想牛女双星,虽然一年一会,却是地久天长,只恐妾与陛下,不能似他长久哩。"玄宗道:"朕与卿生则同衾,死则同穴,有什么不长不久?"贵妃拭着泪道:"长门孤寂,秋扇抛残,妾每阅前史,很是痛心。"玄宗又道:"朕不致如此薄幸,卿若不信,愿对双星设誓。"正要你说此语。贵妃听着,亟向左右四顾,玄宗已觉会意,便令宫女内监,暂行回避,一面携贵妃手,同至香案前,拱手作揖道:"双星在上,我李隆基与杨玉环,情重恩深,愿生生世世,长为夫妇。"贵妃亦敛衽道:"愿如皇言,有渝此盟,双星作证,不得令终。"要挟之至。复侧身拜谢玄宗道:"妾感陛下厚恩,今夕密誓,死生不负。"说一死字,也是预谶。玄宗道:"彼此同心,还有何虑?"贵妃乃改愁为喜,即呼宫女等入内,撤去香花,随驾返入离宫,这一夜间的枕席绸缪,自在意中,不消细说。

玄宗本擅词才,乘着避暑余闲,迭制歌曲,令贵妃度入新腔,无不工妙,既而暑气已消,还入大内,按日里酣歌淫舞,沉醉太平,好容易由秋及春,园吏入报沉香亭畔,木芍药盛开,引得玄宗笑容满面,又要邀同爱妃,去赏名花。原来禁中向有牡丹,呼为木芍药,玄宗择得数种,移植兴庆池东沉香亭前,距大内约二三里。玄宗乘马,贵妃乘辇,同至沉香亭中,诏选梨园弟子,诣亭前奏乐。乐工李龟年善歌,手捧檀板,押众乐进奉,拟奏乐歌。玄宗谕龟年道:"今日对妃子赏名花,怎可复用旧乐?快去召学士李白来。"龟年领旨,忙去传召李白,哪知四处找寻,毫无踪迹。急得龟年东奔西跑,专向酒肆中寻访。看官可知道李白的出身么?他本是唐朝宗室,表字太白,远祖曾出仕隋朝,坐罪徙西域,至唐时还寓巴西。白生时,母梦见长庚星,因命名为太白。十岁即通诗书,既长隐岷山,不愿入仕,嗣复与孔巢父韩准裴政张叔明陶沔五人,东居徂徕山,号为竹溪六逸,且与南阳隐士吴筠,亦为诗酒交。筠被召入都,白亦从行。礼部侍郎兼集贤学士贺知章,见白文字,叹为谪仙中人,乃进白玄宗。玄

第四十九回　恋爱妃密誓长生殿　宠胡儿亲饯望春亭

宗召见金銮殿,与谈世事,白呈入奏颂一篇,大惬上意,立命赐食,亲为调羹,即命留居翰苑,随时供奉。白以酒为命,终日沉醉,每至酒肆,即入内痛饮,龟年寻了多时,方遇着这位李学士,急忙传宣诏旨,促他应召。白已吃得酩酊大醉,手中尚持杯不放,并向龟年说道:"我醉欲眠君且去。"说毕,竟凭几欲卧。恰是高品。龟年再呼不应,只好用那强迫手段,令随身二役,将李白拥出肆外,搀上了马,驰至沉香亭来。及已至亭畔,始将他从马上扶下,左推右挽,入见玄宗。玄宗已与贵妃畅饮多时,才见李白入谒,且看他两眼朦胧,醉态可掬,料知不能行礼,索性豁免仪文,即命旁坐。白尚昏沉未醒,作支颐状,乃命内侍用水喷面,喷了数次,方将白的醉梦,惊醒了一小半,渐渐的睁开双目。顾见帝妃上坐,乃离座下拜,口称死罪。玄宗道:"醉后失仪,何足计较!朕召卿至此,特欲借重佳章,一写佳兴,卿且起来,不必多礼。"白始谢恩而起。玄宗仍命坐着,且述明情意,饬龟年送过金花笺,磨墨蘸毫,递笔令书。白不假思索。即援笔写道:

云想衣裳花想容,春风拂槛露华浓。
若非群玉山头见,会向瑶台月下逢。

玄宗瞧着这一首,已赞不绝口,便命李龟年传集乐工,弹的弹,敲的敲,吹的吹,唱的唱,一齐倡和起来,果然好听得很。那时白又续成两首,但见是:

一枝红艳露凝香,云雨巫山枉断肠。
借问汉宫谁得似?可怜飞燕倚新妆。<u>此诗固寓有深意。</u>
名花倾国两相欢,常得君王带笑看。
解释春风无限恨,沉香亭北倚栏杆。

玄宗喜道:"人面花容,一并写到,更妙不胜言了。"随即顾贵妃道:"有此妙诗,朕与妃子,亦当依声属和。"遂令龟年歌此三诗,自己吹笛,贵妃弹琵琶,一唱再鼓,饶有余音。又令龟年将三诗按入丝竹,重歌一转,为妃子侑酒。乃自调玉笛谐曲,每曲一换,故作曼声,拖长余韵。贵妃持玻璃七宝杯,酌西凉州葡萄酒,连饮三次,笑领歌意。曲既终,贵妃起谢玄宗,敛衽再拜。玄宗笑道:"不必谢朕,可谢李学士。"贵妃乃亲自斟酒,递给李白。白起座跪饮,顿首拜赐。玄宗道:"卿系仙才,此三诗可名为何调?"白答道:"臣意可称为清平调。"玄宗喜道:"好好,就照称为清平调便了。"随饬内侍用玉花骢马,送白归集贤院,自己亦挈妃还宫。自是白才名益著,玄宗亦时常召入,令他侍宴。

适渤海呈入番书,满朝大臣,均不能识。独白一目了然,宣诵如流。玄宗大悦,即命白亦用番字,草一副诏。白欲奚落杨国忠高力士两人,乞请国忠磨墨，力士脱靴。玄宗笑诺，遂传入国忠力士，一与磨墨，一与脱靴。看官试想！这国忠是当时首相，力士是大内将军，怎肯受此窘辱？只因玄宗有旨，不便违慢，没奈何忍气吞声，遵旨而行。白非常欣慰，遂草就答书，遣归番使。玄宗赐白金帛，白却还不受，但乞在长安市中，随处痛饮，不加禁止。玄宗乃下诏光禄寺，日给美酒数罍，不拘职业，听他到处游览，饮酒赋诗，惟国忠力士，始终衔恨。力士乘间语贵妃，劝他废去清平调。贵妃道："太白清才，当代无二，奈何将他诗废去？"力士冷笑道："他把飞燕比拟娘娘，试想飞燕当日，所为何事？乃敢援引比附，究是何意？"贵妃被他一诘，反觉不好意思，沉脸不答。力士耻脱靴事，具见《李白列传》，惟渤海番书，正史未详，此处从稗乘采入。原来玄宗曾闻飞燕外传，至七宝避风台事，尝戏语贵妃道："似汝便不畏风，任吹多少，也属无妨。"贵妃知玄宗有意讥嘲，未免介意。至李白以飞燕相比，正惬私怀，偏此次为力士说破，暗思飞燕私通燕赤凤事，正与自己私通安禄山相似，遂疑李白有意讥刺，不由的变喜为怒。自此入侍玄宗，屡说李白纵酒狂歌，失人臣礼。玄宗虽极爱李白，奈为贵妃所厌，也只好与他疏远，不复召入。李白亦自知为小人所谗，恳求还里。玄宗赐金放还。白遂浪迹四方，随意游览去了。暂作一束。

且说杨国忠揽权得势，骄侈无比，所有杨氏僮仆，亦皆倚势为虐，叱逐都中。会当元夕夜游，帝女广宁公主，与驸马都尉程昌裔，并马观灯。杨家奴亦策骑游行，至西市门，人多如鲫，拥挤不堪，公主前导，吆喝而过，行人都让开一路，由他驰驱。独杨家奴当先拦着，不肯少退。两下里争执起来，杨奴竟挥鞭乱扑，几及公主面颊。公主向旁一闪，坐不住鞍，竟至坠下。程昌裔慌忙下马，扶起公主，那杨氏奴不管好歹，也将昌裔击了数鞭。两人俱觉受伤，即由公主入内泣诉。玄宗虽令杨氏杖杀家奴，但也责昌裔不合夜游，把他免官，不听朝谒。玄宗也算是两面调停。杨氏仍自恃显赫，毫不敛迹。国忠尝语僚友道："我本寒家子，一旦缘椒房贵戚，受宠至此，诚未知如何结果。但我生恐难致令名，不如乘时行乐，且过目前哩。"人生第一误事，便是此意。虢国夫人，素与国忠有私，至是居第相连，昼夜往来，淫纵无度。每当夜间入谒，兄妹必联辔同行，仆从侍女，前呼后拥，约得百余骑，炬密如昼，或有时兄妹偕游，同车并坐，不施障幕，时人目为雄狐。国忠子暄举明经，学业荒陋，不能及格，礼部侍郎达奚珣，畏国忠势盛，先遣子抚伺国忠入朝，叩马禀明。国忠怒道："我子何患不富贵，乃令鼠辈相卖么？"遂策马径驰，不顾而去。抚忙报父珣，珣惶惧得很，竟置暄上等，未几，即擢为户部侍郎。

会关中迭遭水旱，百姓大饥，玄宗因霪雨连绵，恐伤禾稼。国忠却令人取

第四十九回　恋爱妃密誓长生殿　宠胡儿亲饯望春亭

得嘉禾入献玄宗,谓天虽久雨,与稼无害。玄宗信以为真,偏扶风太守房琯,上报灾状,国忠即遣御史推勘,复称琯实诬奏,有旨谴责。于是相率箝口,不敢言灾。高力士尝侍上侧,玄宗顾语道:"霪雨不已,莫非政事有失么?卿亦何妨尽言。"力士怅然道:"陛下以权假宰相,赏罚无章,阴阳失度,怎能不上致天灾,但言出即恐遇祸,臣亦何敢渎陈?"台臣不敢言,而阁人反进说论,虽似持正,实属反常。玄宗也为愕然,但始终为了贵妃,不敢罢国忠相职,国忠以是益骄。

惟安禄山出兼三镇,蔑视国忠,国忠遂与他有隙,亦言禄山威权太盛,必为国患。玄宗不从。陇右节度使哥舒翰,先时同禄山入朝,禄山胡人,翰系突厥人,互有违言,致生意见。适翰出击获胜,收还九曲部落,九曲见四十二回。杨国忠遂奏叙翰功,请旨封翰为西平郡王,兼河西节度使。看官不必细猜,便可知国忠的用心,是欲与翰联络,共排这大腹胡哩。国忠既恃翰为助,又屡言禄山必反,玄宗仍然未信。国忠道:"陛下若不信臣言,试遣使征召禄山,看他果即来朝否?"玄宗乃召禄山入都。禄山奉命即至,竟出国忠意外,于是玄宗愈不信国忠。禄山至长安,正值玄宗至华清宫,乃转赴行宫朝谒,且泣诉玄宗道:"臣是胡人,不识文字,陛下不次超迁,致为右相国忠所嫉,臣恐死无日了。"玄宗慰谕道:"有朕作主,卿可无虞。"待禄山趋退,意欲授他同平章事,令太常卿张洎草制。国忠闻信,忙入阻道:"禄山目不知书,虽有军功,岂即可升为宰相?此制若下,臣恐四夷将轻视朝廷呢。"玄宗乃命洎改草,止授禄山为尚书左仆射,赐实封千户。禄山不得入相,闻为国忠所阻,益滋怨恨,因自请还镇,且求兼领闲厩群牧等使,并吉温为副。玄宗一一允从。禄山得步进步,并奏言所部将士,前时出征奚契丹,功效甚多,应不拘常格,超资加赏。乃除拜将军五百余人,中郎将二千余人。所求既遂,即辞回范阳。玄宗亲御望春亭,设宴饯行,特赠御酒三杯,赐给禄山。禄山跪饮毕,叩首道谢。玄宗道:"西北二虏,委卿镇驭,卿无负朕望!"禄山答道:"臣蒙皇上厚恩,愧无可报,一日在边,一日誓死,决不令二虏入侵,有烦圣虑。""寇尚可御,似你却不易防,奈何?"玄宗大喜,自解御衣,代披禄山身上。禄山又喜又惊,慌忙谢恩而去,疾驱出关,舍陆乘舟,沿河直下。万夫挽纤相助,昼夜兼行数百里,数日抵镇,方语诸将道:"我此次入都,非常危险,今得脱险归来,可为万幸。但笑那国忠日欲杀我,终不能损我毫发,我命在天,国忠亦何能为呢?"俨然王莽口吻。部将一律称贺,因置酒大会,犒壮士,选良马,日夕经营,不遗余力。那深居九重的玄宗皇帝,总道他赤心可恃,毫不见疑。

禄山且遣副将何千年入奏,请以番将三十二人,代易汉将,玄宗仍欲照行。同平章事韦见素，方为国忠所荐，得参政务，因亟至国忠第中，语国忠道："禄山久有异志，今又有此请，明明是要谋反了。"国忠顿足道："我早料此贼必反，怎奈主子不听我言，屡说无益，日前东宫进言。也一些儿没有成效，奈何奈何！"见素道："且再行进谏何如？"国忠点首，约于次日入朝，同时谏诤，见素乃归。翌晨与国忠进见，甫经开口，玄宗即问道："卿等疑禄山么？"见素因极言禄山逆迹，明白显露，所请万不可从。玄宗全然不理。国忠料不能阻，缄口无言。及退朝，顾语见素道："我原说是无益的事情。"见素想了一番，便道："有了有了。禄山出都时，高力士曾奉命送行，返白皇上，说禄山为命相中止，心甚怏怏。据愚见想来，与其令禄山在外，得专戎事，不若召禄山入内，给以虚荣，一面令贾循镇河东，吕知诲镇平卢，杨光翙镇范阳，势分力减，狡胡便不足忧了。"国忠鼓掌称善，且语见素道："我前此为了此事，曾奏黜张洎兄弟，我想命相改草，他人无一预闻，为何禄山得知？这定是张洎兄弟，暗中转告。可惜均出守建安，洎出守卢溪，尚是罪重罚轻呢。"借两人口中，补述前时情事。见素道："亡羊补牢，尚为未晚，请公即日奏行。"国忠遂与见素联名上疏，当蒙玄宗批准，即令草制。哪知制已草就，留中不发，但遣中使辅璆琳，赍珍果往赐禄山，嘱令觇变。璆琳得禄山厚赂，还言禄山竭忠奉国，毫无二心。玄宗遂召语国忠道："朕知禄山不反，所以推诚相与，卿等乃以为忧，自今日始，禄山由朕自保，免致卿等愁烦了。"国忠逡巡谢退，随将韦见素的秘计，搁置不行。小子有诗叹道：

狼子由来具野心，如何反望效忠忱？
主昏不悟嗟何及，大错轻成祸日深。

玄宗既信任禄山，自谓高枕无忧，越发纵情声色。看官欲知宫中后事，待下回再行说明。

语曰："当断不断，反受其乱。"如玄宗之待杨贵妃及安禄山，正中此弊。贵妃一再忤旨，再遭黜逐，设从此不复召还，则一刀割绝，祸水不留，岂非一大快事！何至有内蛊之患乎，唯其当断不断，故卒贻后日之忧。禄山应召入朝，尚无叛迹，设从此不再专阃，则三镇易人，兵权立撤，亦为一大善谋，何至有外乱之偏乎？惟其当断不断，故卒成他日之变。且有杨妃之专宠，而国忠因得入相，有国忠之专权，而禄山因此速乱，追原祸始，皆自玄宗恋色之一端误之。天下事之最难割爱者，莫如色，为色所迷，虽有善断之主，亦归无断，甚矣哉色之为害也！

第五十回　勤政楼童子陈箓
　　　　范阳镇逆胡构乱

　　却说杨贵妃蛊惑玄宗,经长生殿密誓后,愈得宠幸,就是三国夫人,也连同邀宠,每届赏赐,不可胜计。韩国夫人得照夜玑,虢国夫人得镶子帐,秦国夫人得七叶冠,均是稀世奇珍,得未曾有。又赐贵妃虹霓屏,贵妃转赠国忠,屏系隋朝遗物,雕刻前代美人形象,各长三寸许,面目如生,所有服玩衣饰,都用众宝嵌成,水晶为底,非常精致,巧夺天工。国忠得此异宝,安放内厅楼上,尝与亲旧眷属等玩赏,无不啧啧称羡。

　　一日,国忠独坐楼上,看着屏上众美人,不觉神志痴迷,昏昏欲睡。才经就枕,忽见屏上诸美人,都走下屏来,各述名号,或说是裂缯人,或说是步莲人,或说是浣纱人,或说是当垆人,或说是解珮人,或说是拾翠人,或说是许飞琼,或说是薛夜来,或说是赵飞燕,或说是桃源仙子,或说是巫山神女,如此等类,不胜枚举。国忠似历历亲见,只是身不能转动,口不能发声。诸美女各用物列坐,少顷有纤腰美女十余人,亦从屏上走下,自称楚章华宫踏摇娘,联袂作歌,声极清脆。但听歌中有二语云:"三朵芙蓉是我流,大杨造得小杨收。"歌罢,有一女指国忠道。"床上庸奴,行将就毙,尚敢妄想我么?"言已,俱趋回屏上。这都是国忠幻梦,休作真看。国忠方似梦初醒,吓得冷汗遍体,急奔下楼,令家人将屏掩藏,封锁楼门,不敢再登,复转告贵妃。贵妃亦不欲再见,听令藏着。

　　已而国忠进位司空,长子暄得尚延和郡主,拜银青光禄大夫太常卿兼户部侍郎,季子朏得尚玄宗女万春公主,贵妃堂弟秘书少监鉴,得尚承荣郡主,杨氏一门,共计一贵妃,二公主,三郡主,三夫人,真是贵盛无比,震古铄今。又加赠杨玄琰为太尉齐国公,玄琰妻李氏为梁国夫人,都中特建杨氏家庙,由玄宗亲制碑文,御书勒石。玄珪进拜工部尚书,韩国夫人外孙女崔氏,为太子长男豫妃,虢国夫人子裴徽,尚太子女延光公主,徽妹为让帝宠季子妻,秦国夫人子柳潭,尚太子女和政公主,潭兄澄子尚长清县主,崔裴柳三家,俱与帝室联为甥舅,真个是乔松施荫,萝茑皆荣。

　　会秦国夫人病殁,杨铦亦死,国忠为诸杨翘楚,无论军国大事,均听国忠裁决,玄宗绝不过问,惟日与杨贵妃及韩虢二夫人,征歌逐舞,连日不休。一日,正与杨妃偕宴,适蓬莱宫中的园吏,献入柑子一百五十余枚,内有一颗,乃是联合生成，玄宗见了，很是惊喜，便语贵妃道："这柑子的原种，是从江陵进来，味颇甘美，朕特命留种，在蓬莱宫中栽植，生成了好几株，一向只有花无实，就使结了几颗，也甚寥寥，今秋却得了若干，并有这个合欢实，岂非奇事？"说着，即将合欢实取了，递与贵妃，便道："此果可好么？"贵妃正接果玩赏，玄宗又说道："草木也知人意，朕与妃子同心一体，所以结此合欢实，应该二人同食，并应祯祥。"随命左右取过小刀，亲自剖开，半给贵妃，一半自食。玄宗以为祯祥，我谓剖分而食，便是合而复离之兆。此外一百余枚，遍赐宰臣。国忠即上表称贺，玄宗益喜，更命画工写合欢柑橘图，传示后世，徒自增丑。一面赐民大酺。玄宗亲御勤政楼，大集妃嫔及诸王，并宰相以下诸大臣，张杂乐，设百戏，任民纵观，依然有与民同乐的意思。

当时教坊中有王大娘，善戴百尺竿，竿上加一木山，状如瀛州方丈，使一小儿手持绛节，出入自如，信口作歌。王大娘舞竿不已，却正与小儿的歌声节奏，两两相应。玄宗拍手称赏，随命左右宣刘晏登楼。晏字士安，曹州人氏，幼甚颖慧，八岁即献颂行在，玄宗目为神童，授秘书省正字，至是尚止十龄，也在楼下看戏，一闻召命，立即上楼。玄宗命他即事题诗，贵妃插入道："不如令咏王大娘戴竿。"晏即应声道："楼前百戏竞争新，唯有长竿妙入神。谁谓绮罗翻有力，犹自嫌轻更着人。"此诗也不过尔尔。贵妃笑道："出口成章，不愧神童。"遂将晏抱置膝上，亲为理发。玄宗也握手问道："朕命汝为正字，汝究竟正得几字？"晏即答道："别字都正，只有一朋字未正。"借端讽谏，颇寓特识。玄宗称善。待发已理讫，即命赐牙笏锦袍，且面奖道："汝他年必能自立，勿自傍人门户呢。"晏叩首拜谢。

玄宗又传李供奉吹笛，李供奉就是李謩，他本是吹笛能手，因闻玄宗善制新曲，尝在华清宫外，窃听曲声，得将新曲尽行领会，惟妙惟肖。玄宗偶与高力士微服外游，适值李謩吹笛，腔调与宫中相同，不由的惊诧起来。原来玄宗洞晓音律，所谱新曲，往往托为神女相传，得诸梦境，除上文所述霓裳羽衣，及凌波各曲外，尚有紫云回，尚有春光好，尚有荔枝香，种种曲调，都是玄宗自制，称为秘曲。此次闻李謩所吹，无非是自制新声，遂令力士挨户查访。既知李謩下落，即召他入见，命为宫内供奉。謩悉心研究，益尽所长，所以玄宗命他登楼奏技，一经吹出，回环转变，响遏行云。嗣又进马方期，鼓方响，李龟年吹觱栗，张野狐拍箜篌，雷海青弄铁拨，贺怀智敲檀板，俱是乐工中的名角，擅胜一时。杨贵妃也兴高采烈，击磬节音。玄宗更敲了数通羯鼓，算做收场。大众散去，玄宗当即还宫。

此后除宴赏外，往往寻出消遣的法儿，或弈棋斗胜，或掷骰赌采，一日，与诸王弈棋，玄宗稍不经心，误下棋子数枚，势将败北。贵妃正在观弈，手中抱

第五十回　勤政楼童子陈箴　范阳镇逆胡构乱

着一只白猫，叫作雪猧儿，看着玄宗着急，即纵猫入枰，霎时将棋子爬乱。玄宗不觉大喜，暗地里深感贵妃。越日与贵妃掷骰，贵妃已占胜色，玄宗将要输了，惟掷得重四，尚可转败为胜，一面掷，一面连呼重四，那骰子辗转良久，方才摆定，玄宗一瞧，果然两个四点，便大笑道："似朕的呼卢，技术如何？"贵妃自然奉承数语。玄宗又回顾高力士道："此重四殊合人意，可赐以绯。"力士领旨，便将骰子第四色，都用胭脂点染，如今骰子上四色成红，便从此始。玄宗虽尚风雅，但不配为天下主。

当玄宗掷成重四时，架上的白鹦鹉，也连声喝采，待至呼卢已毕，玄宗因事外出，贵妃忽向鹦鹉道："雪衣女！你也晓得凑趣吗？"原来这白鹦鹉本产自广南，为安禄山所得，转献宫中，应四十八回，申释明白。贵妃爱它如宝，呼为雪衣女。自此鸟入宫后，经贵妃随时教导，洞晓言词，益解人意，因闻贵妃与语，似赞非赞，随即答道："雪衣女得承恩宠，已是有年，今日尚能侍奉，他日恐不能再侍了。"贵妃惊问何故？他却自说梦得恶兆，为鸷鸟所搏。贵妃道："梦兆不足凭信，你若心怀不安，我便教你多心经，可以转祸为福。"鹦鹉答道："谢娘娘厚恩！"贵妃乃令侍女添香，庄诵多心经。鹦鹉随听随学，经贵妃念了十多遍，鹦鹉也居然上口，自能念诵了。贵妃每日早起，命鹦鹉念经，稍有错误，即与教正。鹦鹉念得纯熟非常，约过了两三月，玄宗与贵妃闲游别殿，令鹦鹉随辇同行。鹦鹉兀立辇竿上面，突有飞鹰下掠，搏击鹦鹉，鹦鹉连呼救命，侍从慌忙救护，鹰虽飞去，鹦鹉已经受伤，迟至半日，竟尔死了。贵妃很是痛悼，好似丧女一般，玄宗也为叹惜，命将鹦鹉瘞后苑中，呼为鹦鹉冢。可见多心经原是无用，村媪俗妇，奈何不悟？自后贵妃闲着，尝追念鹦鹉，暗中堕泪，两颊生红，愈觉娇艳可爱。宫婢侍女，却故意摹效，用红粉搽抹两颊，号为泪妆。

贵妃有肺渴疾，常含着玉鱼儿，取凉润津。一日，偶患齿痛，玉鱼儿也含不得，闷闷的倚坐窗前。玄宗见她颦眉泪眼，愈增怜爱，每语贵妃道："朕恨不能为妃子分痛呢。"后人传杨妃韵事，除醉酒出浴泪妆外，尚有病齿图留贻世间，曾有名士题眉云："华清宫，一齿痛；马嵬坡，一身痛；渔阳鼙鼓动地来，天下痛。"这真是说得沉痛呢。

天宝十四载六月，玄宗与贵妃幸华清宫避暑，至秋还宫，适安禄山表请献马，共三千匹，每匹执鞚夫二人，且遣番将二十二人部送。玄宗意欲准请，忽又接到河南尹达奚珣密奏，说："禄山包藏祸心，不可不防。"乃遣中使冯神威，赍着手诏，往谕禄山，略言："献马宜俟冬令，官自给夫，无烦本军。十月间卿可自来，朕在华清宫特凿汤池，与卿洗尘。"云云。禄山接到手诏，竟踞坐胡床，并不下拜，但问道："圣上安否？"神威答一"安"字。禄山又道："马不许献，亦属无妨，十月内我自当来京，何必召我。"说至此，即令左右引神威至馆舍，竟不复见。越数日即行遣还，亦无复表，神威返见玄宗道："臣几不得见大家。"大家二字，就是宫中对着皇上的通称。玄宗还似信非信。看官阅过上文，应知禄山早蓄反意，不过禄山还有一些天良，自思皇恩不薄，拟俟宫车晏驾后，再行起事，怎奈右相杨国忠，屡次激动禄山反谋，先翦禄山羽翼，竟将前日互相往来的吉温，也视同仇家，贬为澧阳长史，又令京兆尹，围捕禄山故友李超等，送诣御史台狱，一并处死。禄山子庆宗，尚宗女荣义郡主，留传京师，每遇国忠举动，必密报禄山。禄山忍无可忍，遂于天宝十四载十一月中，潜与严庄高尚阿史那承庆等密谋，佯称奉到密敕，令入朝讨杨国忠。诸将无敢异言，遂大阅兵马，调集本部及奚契丹兵，共十五万人，鼓行而南。

这时玄宗全不预防，还亲至华清宫，督令凿池，待禄山到来，与他洗尘，贵妃当然随往。会当梅花开放，泄漏春光，玄宗挈贵妃赏梅，引动清兴，先令贵妃吹了一套玉笛，然后亲击羯鼓一通，统用着春光好的音调。先是玄宗在内殿庭中，击鼓催花，桃杏齐放，所以此次赏梅，也照样击鼓，欲催梅花盛开，以便留玩。鼓声已止，正与贵妃小饮，忽见一人踉跄趋入道："安禄山反了！请陛下火速遣兵，北讨反贼。"玄宗惊道："有此事么？恐系谣言。"国忠道："河北郡县，统已降贼，北京留守杨光翙，已被他赚去，还好说是不反么？"玄宗尚沉吟不答。贵妃在旁插嘴道："陛下待禄山甚厚，几似家人父子一般，他若恃宠生骄，习成狂肆，或未可知。至如造反一事，妾想他未必敢然。他子庆宗，尚主留京，他若造反，难道连儿子都不管么？"三人所言，各有私意。原来贵妃尝记念禄山，每当外国贡献方物，遇有奇珍，必遣密使私赠，因此禄山造反，尚欲出言回护。玄宗随答道："我也疑是谣传，或因有人加忌，诬架禄山呢。"国忠见他一倡一和，气得面色发青。玄宗令他出外探明，方才趋出。

过了一日，太原守吏，详报禄山反状，东受降城，亦报禄山已反。国忠又从内侍辅璆琳处，搜得禄山逆书，约为内应，报知玄宗。玄宗方知禄山真反，便与国忠商议讨逆。国忠反有矜色，且夸口道："臣早知他必反，但谋反只一禄山，将士未必心愿，臣料他不出旬日，便传首入都了。"谈何容易？玄宗转忧为喜，遂命国忠拘住辅璆琳，讯实杖毙，一面派使至东京河东，招募勇士。是时承平日久，人民不识兵革，猝闻范阳叛乱，远近震骇。禄山引兵渡河，到处瓦解，警报连达行宫，玄宗又未免忧烦。可巧安西节度使封常清入朝，即由玄宗传见，询及讨贼方略。常清大言道："今太平已久，所以人不知兵，望风怕贼。惟事有顺逆，势有奇变，臣愿走马东京，开府库，募骁勇，拨马渡河，决取逆胡首级，归献阙下。"又是一个狂人。玄宗大喜，即授常清为平阳平卢节度使，募兵东征。常清即日辞行，乘驿至东京，募得兵六万名，堵截河阳桥，控制叛军。

第五十回　勤政楼童子陈箓　范阳镇逆胡构乱

禄山至博陵,部将何千年,正诱执杨光翙,往见禄山。禄山将光翙杀死,令田承嗣安忠志张孝忠为前锋,直指藁城。常山太守颜杲卿,力不能拒,乃与长史袁履谦,出城往迎,禄山赐杲卿金紫,令仍守常山。杲卿阳受伪命,暗中却秣兵厉马,为讨贼计,且遣使告知从弟真卿,连兵相应。真卿系颜师古五世从孙,与杲卿为同五世兄,时任平原太守,既接兄书,又修城浚濠,招丁壮,实仓廪,锐志讨贼。那禄山总道他是白面书生,不足深虑,但檄真卿募兵防江津。真卿遣司兵李平,绕出间道,持着伪檄,入奏玄宗。玄宗闻河北郡县,统已附贼,尝长叹道:"二十四郡,乃无一义士么?"何人为君,乃令至此?至李平入奏,乃大喜道:"朕不识颜真卿作何状,独能为国效忠呢?"遂慰遣李平,令归报真卿,讨贼立功,定当厚赏,自挈贵妃还朝,斩禄山子庆宗,赐荣义郡主自尽。郡主却是枉死。召朔方节度使安思顺为户部尚书,进朔方右厢兵马使兼九原太守郭子仪为朔方节度使,授右羽林大将军王承业为太原尹,特置河南节度使,领陈留等十三郡,即以卫尉卿张介然充任,命程千里为潞州长史,凡郡县当贼冲道,悉置防御使。更特简第六子荣王琬为元帅,左金吾大将军高仙芝为副,统诸军东征,出内府钱帛,就京师募兵十一万,旬日毕集,号为天武军。其实统是市井乌合,不堪一战。高仙芝带领五万人,出发京师,玄宗偏令宦官边令诚监军,往屯陕州。宦官监军自此始。

安禄山渡河南行,攻陷灵昌郡,进逼陈留郡。河南节度使张介然,甫至陈留,禄山已率兵到来,太守郭纳,竟开城出降。剩下一个赤手空拳的张介然,如何抵敌?眼见得束手被擒,完结性命。禄山才闻庆宗被杀,不禁恸哭道:"我何罪?乃杀我子。"背主造反,尚说无罪,一何可笑!遂将陈留降卒,尽行屠戮,聊泄怨恨,更引兵向荥阳。太守崔无诐麾众拒守,众闻鼓声,自坠如雨,被禄山乘势陷入,杀死无诐,再驱铁骑至武牢,与封常清对垒。常清手下,统是新近招募,未经训练,怎禁得蕃朔健奴,怒马入阵?顿时纷纷败下,奔回东京。叛骑追至城下,四面鼓噪,常清出战又败,退守城内,又被叛骑突入,巷战又败,只好环墙西走。连用三又字,见得常卿毫不中用。河南尹达奚珣迎降禄山,留守李憕及御史中丞卢弈,采访判官蒋清,均为所执。弈责禄山忘恩负义,且顾语贼党道:"为人当知顺逆,我死不失节,尚有何恨,看汝等能横行几时?"禄山怒喝左右,将弈剁死,并杀李憕蒋清,枭三人首,令部将段子光,持首谕河北诸郡,复进兵逼陕。封常清已奔陕会高仙芝,语仙芝道:"贼势甚盛,锐不可当,常清连日血战,均被杀败,看来此处亦不可保,不如退据潼关,屯兵固守,尚可保全长安哩。"仙芝从常清言,遽趋还潼关,缮完守备。禄山令部将崔乾祐入陕,自己还驻东京,拟僭称帝号,且遣党羽张通晤为睢阳太守,向东略地。

郡县官多望风降走,惟嗣吴王祗即信安王祎弟。方守东平,与济南太守李随,励众拒贼。单父尉贾贲,奉吴王祗令,募集吏民,诱斩通晤,山东少安。

玄宗以祗为灵昌太守,兼河南都知兵马使。又授第十三子颖王璬为剑南节度使,第十六子永王璘为山南节度使。二王暂不出阁,但令江陵长史源洧副璘,蜀郡长史崔圆副璬,代行职权。唐廷常命诸王出镇,往往奉诏不行,有名无实。这也是当时一大误处。一面且下诏亲征,令太子监国。偏杨国忠吃一大惊,忙与韩虢二夫人商议道:"太子素嫉我家,若一旦监国,我等兄妹,都危在旦夕了,奈何奈何!"虢国夫人道:"不如入白贵妃,留住御驾,不令亲征,方保万全。"看你等果能万全否？国忠道:"快去快去!"虢国夫人遂邀同韩国夫人,入宫告知贵妃。贵妃乃脱去簪珥,口衔黄土,匍匐至玄宗前,叩首哀泣。玄宗惊问何事？贵妃流泪道:"兵凶战危,陛下奈何自冒不测？妾受恩深重,怎忍远离左右。自思身为妇女,不能随驾出征,情愿碎首阶前,仰酬圣眷。"说罢又伏地大哭。看官!你想此时的玄宗,尚能不为所迷么？小子有诗叹道:

无端衔土阻亲征,身命关怀社稷轻。
试问翠华西幸日,可曾随驾保残生？

究竟玄宗果否亲征,且至下回分解。

前半回历叙唐宫乐事,见得玄宗情恋爱妃,凡骄侈淫佚诸事,无乎不备,而祸乱即因是乘之。盈廷大臣,不闻一言匡正,独得一垂髫童子,以"朋"字未正为戒,玄宗非不知赞赏,而卒未悟杨氏之营私结党,是毋乃所谓天夺之魄、自速祸乱者欤？杨国忠与安禄山,皆小人之尤,气类相求,宜欢好无间,乃始则亲近之,继则构害之,中以危法,冀其速败,彼狼子野心,宁肯忻忻伈伈,拱手就戮,始信君子能用君子,小人必不能容小人也。河北河南,相继沦没,玄宗下命亲征,令太子监国,委靡之余,忽能奋发,未始非阴阳消长之机,而国忠复商令贵妃,衔土哀阻,卒致寝事。呜呼玄宗!身为人主,乃受制于一妇人之手,其欲不致危乱也得乎？危而犹存,乱而不亡,吾犹为玄宗幸矣。

第五十一回　失潼关哥舒翰丧师　驻马嵬杨贵妃殒命

却说玄宗因贵妃哀请,竟为所动,遂将亲征命令,停止不行。适监军宦官边令诚,自潼关回来,奏称封常清虚张贼势,摇动军心,高仙芝弃陕地数百里,

第五十一回　失潼关哥舒翰丧师　驻马嵬杨贵妃殒命

且偷减军士粮赐，顿时恼动玄宗，即命令诚赍敕驰往，就军中立斩封高二人。看官阅过前回，应知常清仙芝，原非良将，但令诚所奏却是多半虚诬，先是常清战败，屡遣使表陈贼势，猖獗可畏，幸勿轻视，玄宗已疑他情虚畏罪，故事张皇，及常清与令诚相见，毫无馈遗，令诚引为恨事；又尝向仙芝前，有所干请，仙芝亦未肯照行，为此种种情由，遂轻身诣阙，诬害两人。至赍敕驰往潼关，先令常清出关听敕，宣读未终，即将他一刀杀死；再进关会晤仙芝。仙芝正欲问及朝事，令诚即开口道："大夫亦有恩命。"仙芝乃下阶跪伏，听宣诏敕。令诚朗声读毕，仙芝道："我遇贼即退，罪固当死，但谓我偷减粮赐，我何尝有这等事情。上有天，下有地，究竟是冤诬我呢！"令诚瞋目道："你敢违旨么？"仙芝道："我原说是应死，不过死也要死得明白，冤枉事究须声明。"令诚道："既已愿死，何必多言。"遂将仙芝绑出，斩首了事。纲目书杀不书诛，正因他死非其罪。将士相率呼冤，只因敕命煌煌，不敢反抗，没奈何含忍过去。

令诚使将军李承光，暂摄军篆，过了数日，前陇右兼河西节度使哥舒翰，受命为兵马副元帅，统兵六万，来到潼关。翰本因疾入朝，留养京师，玄宗欲借他威名，且闻他与禄山未协，因迫令统军出征。授御史中丞田良邱为行军司马，起居郎萧昕为判官，番将火拔归仁等，各率部落随行。翰抱病未痊，不能治事，悉把军务委任良邱。良邱又不敢专决，使李承光管辖步兵，王思礼管辖骑兵。二人争长，兵权不一，再经翰用法严苛，待下少恩，于是潼关二十万官军，统皆灰心懈体了。为下文失关张本。

是时安禄山尚留据东京，僭称大燕皇帝，改元圣武，用达奚珣为侍中，张通儒为中书令，高尚严庄为中书侍郎，分兵四出，威胁大河南北等郡。平阳太守颜真卿，已捕诛禄山部将段子光，收李憕卢奕蒋清首级，编蒲为身，棺殓埋葬，发丧受吊，厉兵讨贼。段子光为禄山所遣，事见前回。景城河间博平诸郡县，俱杀死伪官，响应真卿。常山太守颜杲卿，与真卿遥为犄角，彼此通书商议，拟连兵断贼归路，牵制禄山，免致西轶。贼将高邈何千年至常山，被杲卿擒住，河北十七郡，同时归附。惟范阳北平密云渔阳汲邺六郡，尚属禄山。杲卿又密使人入渔阳，招降贼将范循，循迟疑未决。郏城人马燧，潜劝范循道："禄山负恩悖逆，终当破灭，君若举范阳归国，覆他巢穴，这是最大的功劳，此机不宜坐失哩。"循意亦少动。不料为别将牛润容所闻，遽报禄山，禄山召循至东京，把他枭首，循若有意归国，何必赴召，这真叫作该死。遂令骁将史思明蔡希德等，率大兵往攻常山。杲卿正缮城凿濠，为守备计，猝遇贼兵到来，未免着忙，急发使诣太原，乞请援师。太原尹王承业拥兵不救，累得杲卿势孤援绝，拒战数昼夜，终被贼兵攻入。杲卿及长史袁履谦，巷战力尽，相继被执，由思明解送洛阳。禄山怒责杲卿道："汝前为范阳功曹，我荐汝为判官，不到几年，超至太守,何事负汝,乃敢造反?"杲卿亦张目骂道:"汝本营州牧羊奴,天子擢汝为三道节度使,恩幸无比,何事负汝,乃敢造反?我世为唐臣,禄位皆为唐有,岂因汝奏荐,便从汝反么?今日为国讨贼,不幸被执,恨不能生啖汝肉,怎得谓反?臊羯狗,要杀便杀,毋庸多言。"义声卓著。禄山大怒,命将杲卿履谦等,缚住柱上,一并碟死。二人骂不绝口,舌被割,胫被截,到死方休。颜氏一门,死义共三十余人。

　　思明既克常山,复引兵进击诸郡,诸郡均不能守,复为贼有。独饶阳太守卢全诚,始终不受伪命,登陴固守,为思明所围。朔方节度使郭子仪,方收云中,拔马邑,开东陉关,出讨逆贼。唐廷命进取东京,子仪表荐兵马使李光弼,具有将才,可当方面,乃有诏授光弼为河东节度使。子仪分朔方兵万人,给予光弼,光弼遂领兵出井陉,进攻常山。常山为史思明所陷,留部将安思义居守,思义闻光弼到来,召集团练兵三千人,及部下番兵,登城守御。光弼射书谕降,为团练兵所得,竟将思义执住,送交光弼军前。光弼问思义道:"汝自知当死否?"思义不答。光弼又道:"汝久历行阵,看我此次出兵,能破思明否?汝为我计,应该如何?汝策可取,当不杀汝。"思义道:"大夫远来疲敝,猝遇大敌,恐未易抵挡,不如按兵入守,量胜后进,窃料胡骑虽锐,未能持重,一不得利,气沮心离,那时方可与战,不患不胜了。"光弼甚喜,亲与解缚,即移军入城。思义复进言道:"思明今在饶阳,去此不过二百里,昨晚羽书已去,料他必前来相援,公当速行筹备,毋致仓皇。"光弼乃安排弩矢,分弓弩手为二队,千人乘城,千人在城下待命,自与将士环甲以待,入夜更番守着,天尚未晓,外边已有鼓角声,继而喊声震地,史思明带着健骑二万人,直抵城下;光弼遣步卒五千,开东门出战,贼锋锐甚,鏖战不退。城上一声鼓响,千矢齐发,射毙贼兵多名,贼势稍却。光弼复令城下待命的弓弩手,分作四队,从东门驱出,接连发矢,与飞蝗相似,思明虽然凶悍,到此也未免惊慌,敛兵退去。未几有村民告知光弼,谓有贼兵五千,自饶阳来至九门,光弼即遣步骑各二千人,偃旗息鼓,掩击过去,把贼兵杀得一个不留。思明退入九门,分兵截常山粮道,郭子仪亲援光弼,合兵攻思明。思明开城搦战,大败亏输,贼众齐溃。贼将李立节,中箭毙命,蔡希德遁去。思明自知难支,奔至赵郡去了。

　　子仪光弼,纵兵追击,直抵赵郡,思明立脚不住,又转趋博陵。博陵城坚濠广,思明集众固守,子仪光弼,进攻不克,收兵退回。贼将蔡希德又还救思明,范阳贼将牛廷玠,也率万余人助思明,思明乃驱兵复出,蹑击唐军。子仪等方至恒阳,固垒不战,思明顿兵已久,俱有倦志,乃退至嘉山。哪知子仪光弼,分左右翼杀来,一时堵截不住,纷纷溃走,唐军大杀一阵,斩首四万级,捕获千余人,连思明都中矢坠马,散发跣足,匆匆走脱,还守博陵。唐军大振,河

第五十一回　失潼关哥舒翰丧师　驻马嵬杨贵妃殒命

北十余郡，均杀贼守将，奉款乞降。中兴名臣，应推郭李，故起兵讨贼，备详战事。是时真源令张巡，方克复雍邱，击退贼守令狐潮，平原太守颜真卿，时任河北采访使，进拔魏郡，击败贼守袁知泰。北海太守贺兰进明，与真卿合兵，受职河北招讨使，攻克信郡。颖川太守来瑱，前后破贼甚众，贼呼为来嚼铁。河南节度使，改任高祖孙嗣虢王巨，亦引兵解南阳围。平卢贼将刘客奴等通书颜真卿，愿取范阳自赎。真卿遣判官贾载，助给衣粮，并遣子为质，一面请命朝廷，特授客奴为平卢节度使，赐名正臣。总括一段，简而不漏。禄山闻各处警信，惊惶的了不得，便召高尚严庄入詈道："汝等教我造反，以为计出万全，今前阻潼关，兵不得进，北路一带，尽成敌国，又不得退，尚好说是万全么？"高严两人，无词可答，怀惭而退，好几日不敢复见。可巧田乾真自潼关退还，入劝禄山道："自古帝王创业，均有胜负，怎能一举即成？尚庄皆佐命元勋，一旦严谴，诸将谁不懈体，那时进退两难，真正失计呢。"禄山乃悟，复召入尚庄，置酒款待，和好如初。因复令崔乾祐自陕进兵，又遣孙孝哲安神威等继进，待再攻潼关不下，才归范阳。计议已定，仍在洛阳待着。

　　潼关元帅哥舒翰，曾两却贼兵，副使王思礼密语翰道："禄山造反，以诛杨国忠为名，若公留兵三万人守关，自率精锐还长安，入清君侧，这也是汉挫七国的秘计呢。"指汉诛晁错事。翰摇首道："若照汝言，是翰造反，并不是禄山造反呢。"此说还是有理。时户部尚书安思顺，与禄山同宗，前曾奏言禄山必反，所以免坐。翰独与他有隙，伪为贼书，献诸阙下。书中系结思顺为内应，不由玄宗不惧，且因翰疏陈思顺七罪，即令赐死。国忠欲营救思顺，正苦无法，又闻王思礼密谋，益加悯惧，遂募万人屯灞上，令亲信杜乾运为将，托名御贼，实是防翰。翰知国忠私意，表请灞上军拨隶潼关，并诱乾运议事，枭首以徇。于是国忠愈加怨恨，遂日促翰出关讨贼。翰上言"禄山为逆，未得人心，应持重相待，不出数月，贼势瓦解，一鼓可擒"云云。玄宗颇以为然。偏国忠日进谗言，但说翰逗留不进，坐误军机，玄宗乃遣使四出，调敌虚实，俄有中使返报，贼将崔乾祐，在陕兵不满四千人，又皆羸弱无备，应急击勿失。想是国忠授意。于是玄宗遂疑及翰，促他出兵。翰上书道："禄山用兵已久，岂肯无备？臣料他是羸师诱我，我若往击，正堕贼计。况贼兵远来，利在速战，官军据险，利在坚守，总教灭贼有期，何必遽求速效？现在诸道征兵，尚多未集，不如少安毋躁，待贼有变，再行出兵。"这书达到唐廷，又有郭子仪李光弼联名奏陈，亦请自率部军，北取范阳，捣贼巢穴，令贼内溃，潼关大军，但应固守敝贼，不宜轻出等语。郭李所见更是妥当。玄宗迭览两疏，意存犹豫。国忠独进言道："翰拥兵二十万，不谓不众，就使不能复洛，亦当复陕，难道四五千贼兵都畏如蛇蝎么？若今日不出，明日不战，劳师费财，坐待贼敝，臣恐贼势反将日盛，官军且将自毙呢。"这一席话，又把玄宗哄动，一日三使，催翰出关。国忠不忌翰，不致速死，玄宗不促翰，不致出奔。翰窘迫无计，只好引军东出，临行时抚膺恸哭，害得全军丧胆，未战先慌。这便是败亡预兆。行至灵宝西原，望见前面已扎贼军，南倚山，北控河，据险待着。翰令王思礼率兵五万，充作前锋。别将庞忠等，引兵十万接应，自率亲兵三万，登河北高阜，扬旗擂鼓，算做助威。那贼将崔乾祐，带着赢卒万人，前来挑战，东一簇，西一群，三三五五，散如列星，忽合忽离，忽前忽却，官军见他行伍不齐，全无军法，都不禁冷笑起来。先哭后笑，都是无谓。当下麾军齐进，甫及贼阵，乾祐即偃旗退去。思礼督军力追，庞忠继进，渐渐的走入隘道，两旁都是峭壁，不由的胆战心惊，正观望间，只听连珠炮响，左右山下，统竖起贼旗，木头石块，一齐抛下，官军多头破血流，相率伤亡。思礼亟令倒退，偏庞忠的后军，陆续进来，一退一进，顿致前后相挤，变成了一团糟。崔乾祐煞是厉害，又从山南绕至河北，来击哥舒翰军。翰在山阜遥望，见思礼庞忠两军，未曾退归，那贼军又鼓噪而至，料知前军失手，忙用毡车数十乘，作为前驱，自率军从高阜杀下，拦截乾祐来路。乾祐见翰军前拥毡车，不宜发矢，竟用草车相抵，乘风纵火。看官试想！毡是引火的物件，一经燃着，哪里还能扑灭？并且贼军据着上风，翰军碰着逆风，风猛火烈，烟焰飞腾，霎时间天黑如晦，翰军目被烟迷，自相斗杀，及至惊悟，又被贼军捣入，阵势大乱，尸血模糊。一半弃甲入山，一半抛戈投河。翰率麾下百余骑，西奔入关，关外本有三堑，阔二丈，深一丈，专防贼兵冲突，自官军陆续奔回，时已昏夜，黑暗中不辨高低，多半陷入堑中，须臾填满，后来的败兵，践尸而过，几似平地。翰检点兵士，只剩得八千多人，不禁大恸，忽由火拔归仁入报道："贼兵将到关下了。"翰惶急道："现在兵败势孤，不堪再战，我只有到关西驿，收集散卒，再来保关，君且留此御贼，待我重来协守。"言毕即行。归仁留居关上，竟通使乾祐，愿执翰出降。乾祐乃进屯关下，专待归仁出来。归仁竟率百余骑，至关西驿，入语翰道："贼兵到了，请公上马！"翰上马出驿，归仁率众叩头道："公率二十万众出征，一战尽覆，尚何面目再见天子？且公不闻高仙芝封常清故事么？今为公计，只有东行一策，还可自全。"翰叹道："我身为大帅，岂可降贼？"说至此，便欲下马。归仁喝令随骑，竟将翰足系住马腹，策鞭拥去。余众不肯从降，亦被缚住，驱出关外，往降乾祐。适值贼将田乾真，来接应乾祐军，即囚翰等送洛阳。禄山召翰入见，狞笑道："汝常轻我，今果何如？"翰匍伏道："臣肉眼不识圣人。"一念贪生，天良尽丧。禄山大喜，命翰为司空，及见火拔归仁，却怒叱道："汝敢叛主，不忠不义，留汝何用？"立命左右将他推出，一刀两段。禄山此举，颇快人意，但自问果无愧否？遂令崔乾祐留据潼关，促孙孝哲安神威等西功长安。

第五十一回　失潼关哥舒翰丧师　驻马嵬杨贵妃殒命

玄宗闻潼关紧急,方拟遣将往援,蓦闻潼关败卒,驰走阙下,报称哥舒翰败没状,不由的魂飞天外,忙召宰相杨国忠等商议。有说宜调兵亲征,有说宜征兵勤王,独国忠提出幸蜀两字,称为上策。原是三十六策的上策。议至日暮,尚未决定,忽又有候吏入报道:"今日平安火不至,莫非有急变不成?"玄宗益觉惊惶。看官道平安火是何物?原来唐朝制度,每三十里设一烽堠,日晓日暮,各放烟一次,叫作平安火。此火不燔,显见得是不平安呢。玄宗再问国忠,国忠道:"臣尝兼职剑南节度使,早令副使崔图,练兵储粮,防备不测,目下远水难救近火,且由车驾暂幸西蜀,有恃无恐,然后征集各道将帅,四面麾贼,管保能转危为安呢。"狡兔原善营窟,可惜猎犬不容。玄宗踌躇半晌,方道:"且至明日再议!"国忠等依次散归。

韩虢两夫人,闻知消息不佳,已在国忠第中,等待国忠还商,国忠慌慌张张的回来,见了两妹,便连声道:"走!走!走!"两夫人问为何事?国忠道:"潼关失守,贼兵将要入都,此时不走,还待何时!"两夫人急着道:"走到哪里去?"国忠道:"我已劝皇上幸蜀,蜀中是我故乡,饶有家产,且有险可守,不怕贼兵飞至,我等仍然不失富贵,怎奈皇上尚依违两可,未肯照行。"虢国夫人应声道:"赴蜀原是上策,皇上不从,何弗令贵妃劝导?"这一句话,把国忠提醒,便要两夫人乘夜入宫。约至夜半,两夫人回来,报称皇上已应允赴蜀,定于明日晚间起程,但事关秘密,嘱勿漏泄风声。国忠道:"这个自然,今夜已迟,彼此安寝,明晨各摒挡行李罢!"两夫人唯唯而去。

国忠睡了半夜,一闻鸡声,即已起床,命仆役整顿行装,自己草草盥洗,便即入朝。到了朝堂,寂无一人,待至许久,方有几个官吏到来,问及军谋,国忠佯作不知。既而内监出来,召国忠入内殿,国忠奉召进去,密谈多时。玄宗乃出御勤政楼,下亲征诏,命京兆尹魏方进为御史大夫,兼置顿使。少尹崔光远为京兆尹,充西京留守。内官边令诚掌宫闱管钥。又命剑南道预备储峙,只说新授节度使颖王璬,将启节至镇。一班王公大臣,见了这等诏敕,统私自疑议,未识玄妙。及玄宗还宫,移仗北内,傍晚又有密诏传出,独给龙武大将军陈玄礼,令他整缮六军,厚赐钱帛,选闲厩马九百余匹,夜半待用。外人都莫明其妙。到了翌晨,尚有大臣入朝,至宫门前,漏声依然,卫仗亦照常陈列。俄而宫门大启,宫人一拥出来,多半是乱头粗服,备极仓皇,及问明情由,都说皇上贵妃等不知去向,于是内外抢攘,立时大乱。原来是日黎明,玄宗已率同贵妃,及皇子妃主皇孙,并杨国忠兄妹,同平章事韦见素,御史大夫魏方进,龙武大将军陈玄礼,宫监将军高力士等,潜出延秋门,向西径去。

行过左藏,国忠请将库藏焚去,免为贼有。玄宗愀然道:"贼若入都,无库可掳,必屠掠百姓,不如留此给贼,毋重困吾赤子。"及出都行过便桥,国忠又命将桥焚毁,玄宗又道:"士民各避贼求生,奈何绝他去路?"乃回顾高力士道:"你且留此,带着数人,扑灭余火,再行赶来。"玄宗尚有仁心,所以得保首领。力士领旨,把火扑灭,仍将桥梁留着,然后西行扈跸。玄宗行至咸阳望贤宫,令中使驰召县令,促令供食,哪知县令早已逃去,没人肯来供应。日已过午,玄宗以下,均未得食,国忠自购胡饼,献与玄宗。玄宗乃命人民献饭,立给价值,人民乃争进粗粝,杂以麦豆。皇子皇孙等用手掬食,须臾即尽。当由玄宗量给价钱,好言抚慰,大众皆哭,玄宗亦挥泪不止。有一白发老翁,曳杖前来,走至御前,伏地陈词道:"小民郭从谨,敢献刍言,未知陛下肯容纳否?"玄宗道:"汝且说来!"从谨道:"禄山包藏祸心,已非一日,从前陛下误宠,致有今日,小民尚记得宋璟为相,屡进直言,天下赖以安平,近年朝无良相,谀臣幸进,阙门以外,陛下皆无从得知,小民伏居草野,早知祸在旦夕,所恨区区愚诚,无从得达,今日才得睹天颜,一陈鄙悃,但已自觉无及了。"玄宗太息道:"朕也自悔不明,已追悔无及哩。"随命从谨起来,遣令归家。从行军士,尚未得食,乃令散诣村落,自去求食。待至日昃,军士复集,乃得再进。夜半始达金城馆驿,驿丞早逃,暗无灯火,大众疲倦得很,席地就寝,也不管甚么尊卑上下了。玄宗本不知尊卑上下,应该有此结局。

次日早起,适王思礼自潼关奔回,报明哥舒翰降贼,玄宗即授思礼为陇右河西节度使,指日赴镇,收合散卒,徐图东讨。思礼退见陈玄礼,密与语道:"杨氏误国致乱,奈何尚在君侧?我早劝哥舒翰表诛国忠,渠不见从,遂致受擒,将军何不为国除奸呢?"玄礼点首。思礼遂辞玄宗,仍然东去。玄宗启行至马嵬驿,正挈贵妃入驿休息,但听得驿门外面,喊杀连天,吓得玄宗面色如土,贵妃更银牙乱战,粉脸成青,亟命高力士往外查明。至力士还报,才知杨国忠父子,与韩国夫人,已被禁军杀死。玄宗大惊道:"玄礼何在?"御史大夫魏方进在侧,便道:"由臣出探,究为何事?"言毕趋出,见外面禁军,已将国忠首级,悬示驿门,并把肢体脔割,不由的愤愤道:"汝等如何擅杀宰相?"道言未绝,那军士一拥而上,又将方进砍成数段,同平章事韦见素,出视方进,也为乱军所殴,血流满地。旋闻有数人出阻道:"勿伤韦相公!"见素方得退入驿中,报知玄宗。玄宗正没法摆布,那外面仍然喧扰不休。高力士请玄宗自出慰谕,玄宗乃硬着头皮,扶杖出门,慰劳军士,令各收队。军士仍围住驿门,毫不遵旨,惹得玄宗焦躁起来,令力士出问玄礼。玄礼答道:"国忠既诛,贵妃不宜供奉,请皇上割恩正法。"力士道:"这恐不便入请。"军士听了,都哗然道:"不杀贵妃,誓不扈驾。"一面说,一面有殴力士意。力士慌忙退还,向玄宗陈述。玄宗失色道:"贵妃常居深宫,不闻外事,何罪当诛?"力士道:"贵妃原是无罪,但将士已杀国忠,贵妃尚侍左右,终未能安众心。愿陛下俯从所请,将士安，陛下亦安了。"玄宗沉吟不语，返入驿门，倚杖立着。京兆司录韦谔，系韦见素子，亦扈驾在侧，即趋前跪奏道："众怒难犯，安危只在须臾，愿陛下速行处决。"玄宗尚在迟疑，外面哗声益甚，几乎要拥进门来。韦谔尚跪在地上，叩头力请，甚至流血。玄宗顿足道："罢了！罢了！"道言未绝，力士跟跄趋入道："军士已闯进来了，陛下若不速决，他们要自来杀贵妃了。"一层紧一层，我为玄宗急煞。玄宗不禁泪下，半晌才道："我也顾不得贵妃了。你替朕传旨，赐妃自尽罢！"力士乃起身入内，引贵妃往佛堂自缢。韦谔亦起身出外，传谕禁军道："皇上已赐贵妃自尽了。"大众乃齐呼万岁。

小子曾记白乐天《长恨歌》中有四语道：

翠华摇摇行复止，西出都门百余里。
六军不发无奈何，宛转蛾眉马前死。

欲知贵妃死时情状，待至下回叙明。

哥舒翰之所为，不谓无罪，但守关不战，待贼自敝，未始非老成慎重之见，况有郭李诸将，规复河朔，固足毁贼之老巢，而制贼之死命者乎。国忠忌翰，促令陷贼，潼关不守，亟议幸蜀，陷翰犹可，陷天子可乎？惟国忠之意，以为都可弃，君可辱，而私怨不可不复，身命不可不保，兄弟姊妹，不可不安。自秦赴蜀，犹归故乡，庸讵知王思礼等之窃议其旁，陈玄礼等之加刃其后耶？杨玉环不顾廉耻，竟尚骄奢，看似无关治乱，而实为乱阶，蛊君误国，不死何待？历叙之以昭大戒，笔法固犹是紫阳也。

第五十二回　唐肃宗称尊灵武
　　　　　　雷海青殉节洛阳

却说杨贵妃迭闻凶耗，心似刀割，已洒了无数泪珠；及高力士传旨赐死，突然倒地，险些儿晕将过去，好容易按定了神，才呜咽道："全家俱覆，留我何为？但亦容我辞别皇上。"力士乃引贵妃至玄宗前，玄宗不忍相看，掩面流涕。贵妃带哭带语道："愿大家保重！妾诚负国恩，死无所恨，惟乞容礼佛而死。"玄宗勉强答道："愿妃子善地受生。"说到"生"字，已是不能成语。力士即牵贵妃至佛堂，贵妃向佛再拜道："佛爷佛爷！我杨玉环在宫时，哪里防到有这个结局？想是造孽深重，因遭此谴，今日死了，还仗佛力，超度阴魂。"说至此，伏地大恸，披发委地。力士闻外面哗声未息，恐生不测，忙将贵妃牵至梨树下,解了罗巾,系住树枝。贵妃自知无救,北向拜道:"妾与圣上永诀了。"阅至此,也令人下泪。拜毕,即用头套入巾中,两脚悬空,霎时气绝,年三十有八,系天宝十五载六月间事。力士见贵妃已死,遂将尸首移置驿庭,令玄礼等入视。玄礼举半首示众人,众乃欢声道:"是了,是了。"玄礼遂率军士免胄解甲,顿首谢罪,三呼万岁,趋出敛兵。玄宗出抚贵妃尸,悲恸一场,即命高力士速行殓葬,草草不及备棺,即用紫褥裹尸,瘗诸马嵬坡下。适值南方贡使,驰献鲜荔枝,玄宗睹物怀人,又泪下不止,且命将荔枝陈祭贵妃,然后启行。先是术士李遐周有诗云:"燕市人皆去,函关马不归。若逢山下鬼,环上系罗衣。"第一句是指禄山造反,第二句是指哥舒翰失关,第三句是指马嵬驿,第四句是指玉环自缢,至此语语俱验。国忠妻裴柔,与虢国夫人母子,潜奔陈仓,匿官店中,被县令薛景仙搜捕,一并诛死,这且不必絮述。

且说玄宗自马嵬启跸,将要西行,命韦谔为御史中丞,充置顿使,甫出驿门,前驱又逗留不进。玄宗复吃一大惊,遣韦谔问明情由,将士齐声道:"国忠部下,多在蜀中,我等岂可前往,自投死路?"韦谔道:"汝等不愿往蜀,将到何处?"将士等议论不一,或云往河陇,或云往灵武,或云往太原,或竟说是还都。谔还白玄宗,玄宗踌躇不答。谔进言道:"若要还京,当有御贼的兵马,目今兵马稀少,如何东归?不如且至扶风,再定行止。"玄宗点首。谔因传谕众人,颇得多数赞成,乃扈驾前进。不意一波才平,一波又起,沿途人民,东凑西集,都遮道请留,提出"宫殿陵寝"四大字,责备玄宗。玄宗且劝且行,偏百姓来得越多,一簇儿拥住玄宗,一簇儿拦住太子,且哗然道:"至尊既不肯留,小民等愿率子弟,从殿下东行破贼,若殿下与至尊,一同西去,试问偌大中原,何人作主?"玄宗乃传谕太子,令暂留宣慰,自己策马径行。保全老命要紧,连爱子也不及顾了。众百姓见太子留着,乃放玄宗自去。

太子尚欲上前随驾,语百姓道:"至尊远冒险阻,我怎忍远离左右?且我尚未面辞,亦当往白至尊,面禀去留。"众百姓仍拦住马头,不肯放行。太子拟纵马前驱,冲出圈外,忽后面有两人过来,竟将太子马缰挽住,且同声道:"逆胡犯阙,四海分崩,不顺人情,如何恢复?今殿下从至尊西行,若贼兵烧绝栈道,中原必拱手授贼了。人心一离,不可复合,他日欲再至此地,尚可得么?不如招集西北边兵,召入郭子仪李光弼诸将,并力讨贼,庶或能克复二京,削平四海,社稷危而复安,宗庙毁而复存,扫除宫禁,迎还至尊,才得为孝,何必拘拘定省,徒作儿女子态度呢。"唐室不亡,幸有此议。太子闻言瞧着,一个是第三子建宁王倓,一个是东宫侍卫李辅国,正欲出言回答,又有一人叩马谏道:"倓等所议甚是,愿殿下勿违良策,勿拂众情。"太子又复注视,乃是长子广平王俶,乃语俶道:"你等既欲我留着,亦须禀明至尊,你可前去奏闻。"俶应声

第五十二回　唐肃宗称尊灵武　雷海青殉节洛阳

前行,驰白玄宗。玄宗叹道:"人心如此,就是天意。"遂命将后军二千人,及飞龙厩马,分与太子,且宣谕道:"太子仁孝,可奉宗庙,汝等善事太子便了。"又语俶道:"汝去返报太子,社稷为重,不必念我。我前待西北诸胡,多惠少怨,将来必定得用,我亦当有旨传位呢。"俶叩谢而退,归语太子。太子即宣慰百姓,留图规复,百姓欢然散去。

看看天色将暮,广平王俶道:"日薄西山,此地怎可久驻?应择定去向,方可依居。"建宁王倓道:"殿下尝为朔方节度大使,将来按时致启,倓尚略记姓名,今河陇兵民,多半降贼,未便轻往,不若朔方路近,士马全盛,河西行军司马裴冕,正在该处,他是衣冠名族,必无二心,若前去依他,徐图大举,方为上策。"大众统以为然,遂向北进行。途次遇着潼关败卒,误认为贼,竟与他交战起来,及彼此说明,两下已死伤了若干。乃收集残卒,策马渡过渭水,连夜驰三百余里。士卒器械,亡失过半。道出新平安定,守吏统已遁去,不便休息。及驰至彭原,太守李遵开城出迎,献上衣服及糗粮,拨助兵士数百人。太子不欲入城,复北行至平凉,阅监牧马,得数百匹。又募兵得五百余名,众心少定,乃发使往候玄宗。

玄宗已至扶风,士卒饥怨,语多不逊,陈玄礼不能制。<small>玄礼曾教猱升木,无怪其不能制驭。</small>适成都贡入春彩十余万匹,到了扶风。玄宗命陈列庭中,召将士入谕道:"朕近年衰老,任相非人,以致逆胡作乱,势甚猖狂,不得已远避贼锋,卿等仓猝从行,不及别父母妻孥,跋涉至此,不胜劳苦,这皆为朕所累,朕亦自觉无颜。今将西行入蜀,道阻且长,未免更困,朕多失德,应受艰辛,今愿与眷属中官,自行西往,祸福安危,听诸天命,卿等不必随朕,尽可东归。现有蜀地贡彩,聊助行资,归见父母及长安父老,为朕致意,幸好自爱,无烦相念!"语至此,那龙日内的泪珠,已不知流落多少。将士均不禁感泣,且齐声道:"臣等誓从陛下,不敢有贰。"玄宗哽咽良久,方道:"去留听卿!"乃起身入内,命玄礼将所陈贡彩,悉数分给将士。将士乃相率效死,各无异言。<small>虽是玄宗权术,但亦可见人心向背之由来。</small>

玄宗即于次日动身,离了扶风,向蜀进发。行至散关,使颖王璬先行,寿王瑁继进。辗转到了河池,剑南节度副使兼蜀郡长史崔圆,奉迎车驾。且陈蜀土丰稔,兵马强壮等状。玄宗大喜,面授崔圆同平章事,相偕入蜀。到了普安,才接到平凉来使,由玄宗问明情形,即面谕道:"朕早欲传位太子,一切举措,但教择当而行,朕自不为遥制。且朕在蜀平安,你可归报太子,勿劳记念!"来使领旨自去。忽由侍郎房琯,驰入谒见,伏地泣奏道:"京城已被陷没了。"玄宗长叹数声,又问陷没后情形。琯对道:"自陛下出都,京内无主,非常扰乱,臣与崔光远边令诚等,日夜弹压,秩序少定。过了十日,贼兵入都,臣等赤手空拳，如何对敌？本拟一死报恩，但念陛下入蜀，未知安否，所以奔赴行在，来见陛下一面，死也甘心。"都城情事，略借房琯口中叙过。玄宗道："如何卿只自来？"琯又道："崔光远边令诚等，闻有通贼消息，余人亦首鼠两端，无志远行。"玄宗道："张均兄弟，奈何不来？"琯答道："臣曾邀与俱来，他也心存观望，不愿来此。"玄宗见力士在侧，便顾语道："汝说验否？"力士不禁惭赧，俯首无言。原来玄宗出奔，朝臣多未与闻，当奔至咸阳时，玄宗与力士测议，何人当来？何人不来？力士道："张均张垍，世受厚恩，且连戚里，料必先来。垍尚玄宗女宁亲公主，已见前文。房琯为禄山所荐，且素系物望，陛下不令入相，未免怏怏，恐未必肯来呢。"玄宗摇首不语。至房琯驰谒，所以顾语力士，驳他前说，嗣复语力士道："汝只知其一，不知其二。从前陈希烈罢相，朕尝有相垍意，嗣由国忠荐入韦见素，乃令垍仍原职，朕已料他阴怀怨望，无意前来了。"力士愧谢。玄宗即进房琯同平章事。

琯请玄宗下诏讨贼，玄宗乃令太子为天下兵马元帅，领朔方河北河东平卢节度使，规复东西二京。永王璘充山南东道岭南黔中江南西道节度都使，盛王琦充广陵大都督，领江南东路，及淮南河南等路节度都使。丰王珙充武威都督，领河西陇右安西北庭等处节度都使。琦珙皆玄宗子，后皆不行，惟永王璘出镇江陵，招兵买马，俨然自豪。暗伏下文。那太子亨太子凡四易名。且不待命至，竟先做起皇帝来了。语中有刺。太子至平凉后，朔方留后杜鸿渐，六城水陆运使魏少游，节度判官崔漪，支度判官卢简金，盐池判官李涵，相与谋议道："平凉散地，不足屯兵，惟灵武兵食完富，可以有为，若迎请太子到此，北收诸城兵，西发河陇劲骑，南向收复中原，确是万世一时的机会呢。"谋议既定，乃使涵奉笺太子，并将朔方士马兵粮总数，列籍以献。河西司马裴冕，驰抵平凉，正值李涵到来，遂同见太子，共劝他移节朔方。太子大喜，留冕为御史中丞，令涵转报杜鸿渐等，率兵来迎。鸿渐得报，遂留少游葺治行辕，自与崔漪率兵千人，驰抵平凉，进见太子，面陈机要，请太子即日启节。太子乃与裴冕鸿渐等，同至灵武，但见宫室帷帐，俱仿禁中，膳食服御，备极富丽。太子慨然道："祖宗陵寝，悉被蹂躏，皇上又奔波川峡，我何忍安居耽乐呢？"遂命左右撤除重帷，所进饮食，概从减省。即此一念，已足致兴。军吏等盛称俭德，相率悦服。既而裴冕杜鸿渐等，复联名上笺，请太子遵马嵬命，即皇帝位，玄宗在马嵬时，虽有传位之言，并非正式下诏，裴冕等贪佐命功，因有此请，不足为训。太子不许。冕等一再上笺，尚不见允，乃同谒太子道："将士皆关中人，岂不日夜思归？今不惮崎岖，从殿下远涉沙塞，无非攀龙附凤，图建微功。若殿下只知守经，不知达权，将来人心失望，不可复合，前途反觉日危了。乞殿下勉徇众请，毋拘小节！"语虽近是，究竟勉强。太子乃即于七月甲子日，就灵武城南楼，

第五十二回　唐肃宗称尊灵武　雷海青殉节洛阳

即位称尊。群臣舞蹈楼前，齐呼万岁，是谓肃宗皇帝。遥尊玄宗为上皇天帝，大赦天下，即改本年为至德元年，即日改元，何其急急。命裴冕为中书侍郎，同平章事。杜鸿渐崔漪，并知中书舍人事，改关内采访使为节度使，徙治安化，令前蒲关防御使吕崇贲充任，陈仓令薛景仙，升授扶风太守，兼防御使，陇右节度使郭英乂，调任天水太守，兼防御使。朝局草创，诸事简率，廷臣不满三十人，武夫却骄慢异常，大将管崇嗣入朝，背阙踞坐，谈笑自若。监察御史李勉，上章弹劾，始将崇嗣系治，肃宗特旨宥免，且语左右道："我有李勉，朝廷始见尊重了。"

越数日，方接玄宗制敕，令充天下兵马元帅，肃宗不便遵行，乃遣使赍表入蜀，奏陈即位情形。至此才行奏闻，毋乃太迟。灵武距蜀千里，往返需时，肃宗既已称尊，也不管玄宗允否，当然亲裁大政，且特召故人李泌，入备咨询。泌字长源，世居京兆，幼时即以才敏著名，及长，上书言事，洞中时弊。玄宗欲授泌官职，泌固辞不受，乃令与太子游，联为布衣交。太子常称为先生，不呼泌名，偏杨国忠专相，恨他书词激切，奏徙蕲春，历久得归，隐居颍阳。此次肃宗北行，已发使敦请，泌义无可辞，乃应征就道，到了灵武，肃宗已是即位了。泌入见时，只好称臣，肃宗欢颜相待，令他旁坐，彼此问答多时，即欲任为右相。泌又固辞道："陛下屈尊待臣，视如宾友，比宰相更贵显得多了，臣有所知，无不上达，何必定要受职呢。"肃宗乃待以客礼，一如为太子时，出与联辔，寝与对榻，每事必咨，所言皆从，仿佛与刘备遇孔明，苻坚遇王猛相类。特叙此以志得人。泌遂替肃宗拟草，颁诏四方，说得非常痛切。

河西节度副使李嗣业，发兵五千。安西行军司马李栖筠，发兵七千，陆续驰达灵武。郭子仪李光弼颜真卿等，前闻潼关失守，俱引兵退还。平卢节度使王元臣败死，常山赵郡，又复失守，贼将令狐潮再图雍邱，还亏张巡控御有方，才得却敌。颜真卿闻肃宗新立，用蜡丸藏表，从间道遣达灵武。肃宗授真卿工部尚书，兼御史大夫，仍领河北采访使，亦用蜡丸传达，附以敕书。真卿颁下诸郡，又遍传河南江淮，诸道方知肃宗嗣位，渐有固志。郭子仪率兵五万入卫肃宗，留李光弼居守井陉，肃宗见了子仪，喜出望外，立授子仪为灵武长史，同平章事。又命李光弼留守北都，亦加同平章事官衔。灵武威声，自是渐振。到了九月初旬，韦见素房琯崔涣等，自蜀中奉传国宝，及传位诏册，来至灵武，由肃宗出城恭迎。原来玄宗自颁诏讨贼后，即由普安赴巴西，太守崔涣迎谒，奏对称旨，立命为同平章事。继由巴西赴成都，正值灵武使至，玄宗问明使人，欣然喜道："我儿应天顺人，我复何忧？"当下令改制敕为诰，所有臣僚章奏，俱称太上皇。军国重事，先取皇帝进止，然后上闻，俟克复两京，当不预政。随命韦见素房琯崔涣三相，为禅位奉诏使。三相见了肃宗，宣敕传位，且奉上宝册。肃宗辞谢道："近因中原未靖，权总百官，岂敢趁着患难，即思承袭帝统？"诸臣固请领受，乃将册宝奉置别殿，朝夕拜谒，如定省礼。未免虚文。留韦见素等辅政，待遇房琯，格外从厚。琯词气激昂，好似有绝大才识，肃宗视为奇才，竟欲把收复两京的责任，尽委琯身。这也所谓以言取人，未免多失呢。也为后文伏笔。

且说贼将孙孝哲等，奉安禄山伪命，由潼关进陷长安，崔光远边令诚等，开门纳贼，孝哲入都，收捕妃主皇孙数十人，及百官内侍宫女数百人，悉数囚系，乃遣人驰报禄山。禄山大喜，遣张通儒为西京留守，仍命崔光远为京兆尹，使安忠顺率兵屯苑中，归孝哲节制，并特授孝哲二札，一是唐室大臣，若肯归降，当酌量授官；二是查明杨贵妃兄妹下落，若得收捕，立送洛阳。这二札去后，隔日即得复报，唐故相陈希烈，及张均张垍等，一律投诚。杨氏家眷，自贵妃国忠以下，统在马嵬驿伏诛，禄山听了，不禁悲愤交集道："杨国忠是该死的，但如何害我阿环姊妹？我此来夺了长安，满拟将她姊妹数人，尽行充入后房，俾我得畅意取乐，不意将她屠戮，此恨何时得消呢？"又忽忆着爱子庆宗，前被赐死，益发愤怒，遂传命孝哲，除陈希烈张均兄弟已经投降，应即令来洛授官外，所有在京皇亲国戚，无论皇子皇孙，郡主县主，及驸马郡马等，悉行处斩，致祭爱子庆宗。孝哲本是一个杀星，既接禄山命令，遂把拘住的妃主皇孙，并搜得驸马郡马数人，统牵至崇仁坊，设起安庆宗灵位，将妃主等人，一一剖心致祭，惨无人道。再把杨国忠高力士余党，捉一个，杀一个，还有王公将相，扈驾出奔，留有家眷在京，尽行捕戮，连褪襁婴儿，也杀得一个不留。这场惨劫，统是杨氏一门酿成。一面掠取左藏，得了许多金帛，大为满意，因日夕纵酒，不愿西出。禄山命陈希烈张均张垍，并为同平章事，自己也无心西进，乐得居住东京，恣情声色，图个眼前快活，所以玄宗父子，一西一北，安然过去，并没有甚么追兵。大是幸事。

禄山且想着那梨园子弟，教坊乐工，及驯象舞马等物，前时曾供奉玄宗，此刻正好取至洛阳，自备玩赏，因即遣使至长安，令孝哲等如数取到。禄山遂在凝碧池旁，大张筵饮，宴集百官。凝碧池在洛阳苑中，也是一个名胜地，时当仲秋，金风拂地，玉露横天，池水不波，碧漪如画。禄山兴高采烈，居然服了衮冕，由文武官员，拥至席间，高踞上坐。庆绪庆恩两子，侍坐两旁，各官员左右分席，依次坐下。先命乐工大吹大鼓，奏过一番军乐，然后肴醴上陈，飞觞痛饮。禄山连尽数大觥，乃令各乐工各自奏技，于是凤箫龙笛、象管鸾笙、金钟玉磬、羯鼓琵琶、箜篌方响、手拍等一齐发声，或吹或弹，或敲或击，真个是繁音缛节，悦耳动人。禄山用箸击案道："奏得好！奏得好！"恐怕是对牛弹琴。各官员趁势贡谀，起座说道："臣等想天宝皇帝，不知费着多少心力，教成此

第五十二回　唐肃宗称尊灵武　雷海青殉节洛阳

曲,今日却留与主上受用,这真是洪福齐天呢。"反衬雷海青之骂。禄山掀髯笑道:"我当年入宫侍宴,也曾听过好几次雅乐,只是前番尚受拘束,不比今日这般快意,可惜李三郎有美人儿陪着,我却还不及他哩。"各官员又道:"主上要选美人儿,很是容易,况且段娘娘德容兼备,也是一个贤内助,比那杨家姊妹,更好得多了。"禄山摇首道:"未必,未必。"看官听着!禄山嬖妾段氏,颇有姿色,为禄山所宠爱,少子庆恩,便是段氏所出,因此各伪官乐得奉承。插此数语,无非为下文伏线。禄山语虽如此,心中却是甚喜,便要梨园子弟,及舞马驯象等,相继歌舞。蓦听得一片泣声,传入耳中,不由的惊讶道:"何处来的哭声?"言未已,竟有一人大哭起来。禄山怒甚,便令卫军当场查明。卫军查得乐工中人,多半带着泪痕,有一人执着琵琶,却俯首大恸,便将他抓至席前,听禄山发落。禄山张目道:"朕在此开太平盛宴,你这乐工,敢无故啼哭,真正可恶!"那乐工竟抗声道:"安禄山!你本是失机边将,罪应斩首,幸蒙圣恩赦宥,拜将封王,你不思报效朝廷,反敢称兵作乱,屠戮神京,逼迁圣驾,眼见得恶贯满盈,不日就遭天戮了。还说甚么太平筵宴?"说罢,将手中的琵琶,掷将过去。当被禄山亲军一格,砰然落地。那乐工向西再哭,已被那卫军缚住,用刀乱砍,霎时间血肉模糊,肢体解散,把一个大唐忠魂,送入地府中去了。看官道此人何名?原来就是雷海青。画龙点睛。

小子记得古诗云:

> 昔年只见安金藏,此日还看雷海青。
> 一样乐工同气烈,满朝愧此两优伶。

雷海青既被杀死,禄山尚怒气未息,竟愤然起座,大踏步走出去了。各伪官扫兴而散。当时感动了一个文士,也赋诗志悼云:

> 万古伤心生野烟,百官何日再朝天?
> 秋槐叶落空宫里,凝碧池头奏管弦。

欲知此诗为何人所作,试看下回便知。

　　肃宗未奉父命,遽尔即位,后来宋儒多严词驳斥,谓其乘危篡位,以子叛父,语虽未免太过,但肃宗亦未免太急。灵武之与剑南往返不过两月,何勿因裴冕、杜鸿渐等之劝进,遣使请命,待册嗣位?况玄宗出发马嵬,已有传位之言,不过因途次仓猝,未曾决定,彼时若禀命而行,当然允准,岂一二月间之时期,竟不及待耶?况古来嗣君承统,大都越岁改元,肃宗草率即位,即改称至德元年,而入蜀之使,迟迟后发,是其居心之僭窃,不问可知。纲目直书即位,本回且特书称尊,示无父也。雷海青一乐工耳,长安之陷,不闻有一烈士,独海青奋不顾身,甘心殉国,忠肝义胆,自足千古,宁得以乐工少之耶?《唐书·忠义传》,置诸不录,实为一大阙文,得此篇以彰之,其庶足扬名而示后欤?阅者于此等处着眼,方不负著书人苦心。

第五十三回　结君心欢暱张良娣
##　　　　　　受逆报刺死安禄山

　　却说唐朝一代,专用诗赋取士,所以诗人辈出,代有盛名。玄宗年间,第一个有名诗人,要算李太白。见前文。李白以下,就是杜甫及王维。甫字子美,系襄阳人,著作郎杜审言孙,曾献《郊天》《飨庙》及《祭太清宫赋》三篇,玄宗叹为奇才,命为参军。至禄山造反,避走三川,肃宗继立,羸服奔行在,为贼所得,同时与太原人王维,并陷贼中。杜甫乘隙先逃,走往凤翔,维服药下痢,佯作喑疾,不受伪命。禄山重他才名,硬迫为给事中,他仍寓居古寺中,托词养疴。既闻雷海青尽忠,很是悼痛,所以作诗记感,后来贼乱荡平,维隶名贼籍,几不免死,亏得这一首诗,传达肃宗,肃宗说他不忘故主,情有可原,更兼维弟王缙,已受职侍郎,情愿舍官赎兄,乃将维赦罪授职,累迁至尚书右丞,这真是仗诗救命哩。不没王维,并插入杜甫,即善善从长之意。

　　闲文少表。且说肃宗既正名定位,做了大唐天子,便定计讨贼,拟授建宁王倓为元帅。李泌入谏道:"建宁王素称英毅,不愧将才,但广平是兄,建宁是弟,若建宁功成,难道使广平为吴太伯么?"肃宗道:"广平原是家嗣,名义自在,岂必以元帅为重?"泌答道:"广平未正位东宫,今天下艰难,众心所属,都在元帅。若建宁大功得成,陛下虽欲不为储贰,那时帮辅建宁的功臣,尚肯袖手旁观么?太宗上皇,已有明证,请陛下三思?"肃宗点头道:"先生言是,朕当变计。"及李泌退出,建宁王倓迎谢道:"先生所奏,正合我心。"泌却步道:"泌只知为国,不知植党,王不必疑泌,亦不必谢泌,但能始终孝友,便是国家之幸福了。"言已自去。越日有诏传出,令广平王俶为天下兵马元帅,统率诸将东征。俶既受命,表请简选谋臣,肃宗属意李泌,因恐泌不肯受,踌躇了好多时,乃召泌入语道:"先生白衣事朕,志节高超,朕亦深佩,惟日前与先生同出视军,曾闻军士窃议,黄衣为圣人,白衣为山人,朕方待先生决谋定策,岂可令军士滋疑?还请先生暂服紫袍,藉杜众惑。"泌不得已受命。肃宗即亲赐金紫,由泌接受而出,肃宗复取过纸笔,写了数语,盖上国宝,藏入袖中,俟泌服紫入谢,不禁微笑道:"既已服此,岂可无名?"遂从袖中取出手敕,递与李泌。泌接敕审视,乃是授职侍谋军国元帅府行军长史,当即拜辞道:"臣不敢

第五十三回　结君心欢瞎张良娣　受逆报刺死安禄山

任职,请陛下另委!"肃宗道:"朕本不敢相屈,但时艰方亟,全仗大才匡济,待乱事平定,任行高志便了。"泌乃拜受。嗣是肃宗呼泌为卿,有时仍呼为先生,以示优宠,肃宗任用李泌,也可谓煞费苦心。遂就禁中置元帅府。俶入侍,泌留府中。泌入侍,俶留府中。军书旁午,毫不积压。泌又入请道:"诸将畏惮天威,在陛下前敷陈军事,或不能畅达意见,万一小差,为害甚大,自后诸将奏请,乞先令与臣及广平熟议,然后上闻,免致错误。"肃宗准奏,遇有文牍关系军情,悉令送府。泌随到随阅,看系急报,虽夜间禁门已闭,亦必隔门通进,稍缓乃待天明,禁门钥契,统委俶与泌掌管,宫府联络,政令一新。

肃宗命豳王守礼子承寀为敦煌王,与番将仆固怀恩,出使回纥,借兵入援。又悬赏招徕朔方番夷,令从官军讨逆。泌乃劝肃宗转幸彭原,预待西北援师。肃宗依言移跸,既至彭原,廨舍狭隘,里面作为行宫,外面即作为元帅府。当时肃宗有一侍妾,母家姓张,系睿宗皇后胞妹的孙女,肃宗为太子时,纳为良娣,因韦坚一案,与韦妃绝婚,见前文。张良娣遂得专宠。玄宗西奔,肃宗挈良娣随行,辗转到了灵武,良娣日侍左右,夜寝必居前室。肃宗与语道:"暮夜中或有不虞,汝宜在后,不宜在前。"良娣道:"近方多事,倘有不测,妾愿委身当寇,殿下可从帐后避难,宁可祸妾,不可及殿下。"未几产生一男,才阅三日,即起缝战士衣。肃宗以产后节劳为戒,良娣道:"今日不应自养,殿下当为国家计,毋专为妾忧。"看似忠义过人,及阅到后文,才知她小忠小信,都为固宠乞怜起见,妇人之可畏如此。看官试想!似张良娣之灵心慧舌,哪得不动人爱怜?况且良娣姿色,也是一时无两,更兼与肃宗患难相依,事事能先承旨意,无怪肃宗格外钟情,恩爱得了不得呢。又是一个祸根。及玄宗遣使传位,并赐张良娣七宝鞍,良娣大喜,偏李泌入见肃宗,乘间进谏道:"今四海分崩,当以俭约示人,良娣不应乘此,请撤除鞍上珠玉,付库吏收藏,留赏有功。"肃宗正倚重李泌,没奈何依着泌言。驀闻廊下有哭泣声,当即惊问何人?但见建宁王俶,趋至座前,叩首答道:"祸乱未已,臣方引为深忧,今陛下从谏如流,眼见承平有日,陛下可迎还上皇,同入长安,臣不禁喜极而悲呢。"事亲有隐无犯,俶未免太露锋芒。肃宗不答。俶与泌先后趋出,只张良娣好生不乐,对着肃宗,未免怏怏。肃宗瞧破良娣心思,再三慰谕,并与良娣饮博为欢,替她解恨,此后饮博两事,几成惯习,至移跸彭原,往往日夕纵博,声达户外。所有四方奏报,多致停壅。泌在元帅府中,与行宫只隔一墙,当然闻知,免不得入宫切谏。肃宗虽然面允,却恐良娣失欢,潜令干树鸡为子,树鸡即木菌,亦名木枞,南楚人,谓鸡为枞,故转语称枞为鸡。不令有声。既而肃宗语泌道:"良娣祖母,就是朕祖母昭成太后的妹子,上皇亦颇爱良娣,朕欲使她正位中宫,卿意以为可否?"泌对道:"陛下在灵武时,因群臣公同劝进,不忍违反众情,乃践登天位,并非为一身一家计。若册后事宜，应俟上皇迎归，亲承大命，方为合礼。"肃宗乃止。张良娣竭力侍奉，满望肃宗指日册封，得正后位，偏偏李泌常来唐突，恨不得力加攮逐，拔去那眼中钉，平时侍居帷闼，辄有微言冷语，讥评李泌，还幸肃宗信泌尚深，君臣得无嫌隙，相好如初。

李泌以外，要算房琯最得主眷。会北海太守贺兰进明，遣参军第五琦入蜀白事，琦主张理财济饷，由玄宗特旨拔擢，命为江淮租庸使，创榷盐法，充作军用，且至彭原面奏肃宗，请将江淮租赋，购易轻货，溯江沿汉，运给军需，肃宗很是奖勉。独房琯劾琦聚敛，不应重任。肃宗怫然道："军需方急，无财必散，卿欲黜琦，财从何出？"说得房琯无词可对。贺兰进明，也从北海入觐，肃宗命为岭南节度使，兼御史大夫。琯独加一摄字，进明探悉情形，并闻第五琦为琯所劾，未免恨上加恨，遂乘入谢肃宗时，力斥琯大言无当，非宰相才，一或误用，必蹈晋王衍覆辙。肃宗颇以为是，渐与房琯相疏。琯本意气自豪，怎肯受人奚落？当下拜表陈词，慷慨愿效，请自将兵收复两京。肃宗览到琯疏，也觉得眉飞色舞，即日批准，特加琯招讨西京，兼防御蒲潼两关兵马节度使，一切参佐，准他自选。琯用户部侍郎李揖为司马，给事中刘秩为参谋，克日起行。揖与秩皆白面书生，未娴军旅，琯独视为奇才，尝语人道："贼军里面，虽有许多曳落河，见五十回。我有一个刘秩，已足抵敌，况更有李揖呢？"想两人亦素好大言，所以与琯投契。于是分部兵为三军，使裨将杨希文将南军，从宜寿进发，刘贵哲将中军，从武功进发，李光进将北军，从奉天进发。琯居中军，兼程前进，到了便桥，憩宿一宵。北军亦倍道趋至，两军同进陈涛斜，与贼将安守忠相值，两阵对圆，琯用牛车二千乘，作为前驱，两旁用步骑夹着，往突敌阵，总道是无坚不破，无锐不摧，哪知贼军中却拥出许多劲卒，手中统执着火具，顺风抛来，霎时间尘焰蔽天，咫尺莫辨，各牛未经战阵，骤睹此状，不禁大骇，纷纷倒退。步马各兵，禁遏不住，反被牛车蹂踏，陆续倾跌，眼见得人畜大乱，未战先奔，贼兵趁势杀入，官军或死或伤，共四万余人。琯收集败兵，不满万人，悔愤的了不得。可巧南军到来，遂欲督军再战，聊报前败。南军统将杨希文，见两军败绩，已先夺气，部下兵弁，亦相率惊心。琯全未觉察，反严申军令，有进无退，违令立斩。前愚后愤，怎得成功。杨希文与刘贵哲，面面相觑，暗生异心，等到两军对仗，不上数合，已相率披靡。贼兵一拥而进，顿将房琯困在垓心，琯麾军冲突，都被杀退。李揖刘秩，到此都无谋无勇，只是据鞍发颤，束手待毙。琯自己也是文人，但能挥动令旗，不能运动刀斧，一着错误，四面楚歌，也只好拚死了事。正在危急万分，突有一将跨马杀入，带着若干残军，来救房琯，琯改忧为喜，乃招呼部众，随着来将，杀出重围。看官道来将为谁？原

第五十三回　结君心欢瞒张良娣　受逆报刺死安禄山

来就是北军统将李光进。光进保护房琯,且战且行,奔走了好几十里,方得脱离险地,后面才不见贼兵。房琯检点残卒,只北军尚有数千人,南军中军,多已不知去向,便惊问光进道:"杨刘二将,到哪里去了?"光进冷笑道:"他两人已解甲降贼,还要说他做甚?"叫房琯如何对答?琯懊丧异常,没奈何率同光进等,回至彭原,此时也管不得肃宗诘责,只好趄趄入见,肉袒请罪。

肃宗接到败报,本已愤怒得很,还是李泌先为缓颊,才算格外包容,特加恩宥。临行时问了数语,嘱令招集散兵,再图进取。琯意外得免,始谢恩出去。言不顾行,实不副名,曾自觉汗颜否?肃宗正要退朝,忽由吴郡太守兼采访使李希言,遣吏呈入军报,乃是永王璘起兵江淮,公然造反了。肃宗叹道:"璘为朕弟,自幼失母,母为郭顺仪,早殁。经朕抚养成人,奈何背朕造反呢?"乃一面表奏上皇,一面敕璘归蜀,觐见上皇。看官!你想璘已决计造反,还肯敛兵赴蜀么?璘出镇江陵时,谏议大夫高适,曾谏阻玄宗,玄宗不从。及璘至江陵,见租赋山积,顿蓄异图。有子名偒,曾受封襄成王,好刚使气,劝父潜据江南,如东晋故事。璘遂引私党薛镠等为谋主,季广琛等为将军,潜募勇士数万人,分袭吴郡及广陵。吴郡太守李希言,侦知消息,立遣使驰报彭原,自率军出屯丹阳,防璘袭击,璘接到还蜀诏敕,掷置地上道:"我兄未奉上命,僭号河北,我难道不好称帝江东么?"演述璘语,见得肃宗即位,兄弟尚且不服,何况天下?遂领兵进击丹阳。李希言闻警,忙遣副将元景曜等,前往拦截。景曜与战失利,反去降璘,江淮大震。希言再向彭原告急,肃宗即召高适计议,命为淮南节度使,且调前颍川太守来瑱,为淮南西道节度使,令与江东节度使韦陟,合军讨璘。江南事甫经调将,河北诸郡,又报陷没。贼将尹子奇史思明,先后攻陷河间景城。河间太守李奂被杀,景城太守李昕,投水自尽。颜真卿遣将往援,复遭陷没。贼将康没野坡,且进攻平原,真卿力不能支,也弃郡南走。乐安清河博平诸郡,均为贼有。惟饶阳太守李系,及裨将张兴,死守孤城,贼不能克,思明召集各郡兵士,并力合攻。张兴力举千钧,尚迭抛巨石,压毙贼兵数百,恼得思明督众猛扑,接连数昼夜,尚自守住,及至粮尽援穷,太守李系,窘迫自焚,城中无主乃乱,始被攻入。张兴力屈被擒,思明劝他归降,兴慨然道:"我是大唐忠臣,万无降理,但为汝等计,亦应去逆效顺。试思主上待遇禄山,恩如父子,何人可及?禄山不知报德,反且兴兵指阙,涂炭生民,大丈夫不能剪除凶逆,乃北面为叛贼臣,自居何等?譬如燕巢幕上,怎能久安?若能乘间取贼,转祸为福,长享富贵,岂非上策?"思明哪里肯从,反叱兴不明顺逆。兴始痛骂思明,思明大怒,把兴锯死,不略张兴,具见阐扬。因还踞博陵。

尹子奇率五千马贼,渡河略北海,意欲南取江淮,适敦煌王承寀,到了回纥,得回纥优待,并妻以可敦女妹,令与仆固怀恩,先行反报,愿为援助。回应本回前文。随即遣部将葛逻支,领二千骑兵,奄至范阳城下。尹子奇乃引兵北返,还救范阳。这时候的安禄山,也发兵攻入颍水,执住太守薛愿,长史庞坚,送至洛阳,不屈遇害。肃宗迭闻警耗,很是忧惧,便召问李泌道:"贼势如此,何时可定?"泌从容答道:"臣观贼势虽强,并无大志,依臣所料,不过二年,便可削平。"肃宗惊喜道:"有这般容易么?"泌又答道:"贼中骁将,不过史思明安守忠田乾真张忠志阿史那承庆数人,今陛下若令李光弼出井陉,郭子仪入河东,臣料思明忠志二贼,不敢离范阳常山,守忠乾真二贼,不敢离长安,我用两帅,足縶四贼,禄山潜据洛阳,随身只有承庆,若陛下出军扶风,与子仪光弼,互出击贼,贼救首,我击贼尾,贼救尾,我击贼首,使贼往来奔命,自致劳顿,我常以逸待劳,贼至暂避,贼去尾追,不攻城,不遏路,待至来春天暖,命建宁王为范阳节度,与光弼南北犄角,直取范阳,覆贼巢穴,贼退无所归,留不得安,然后大军四面蹙贼,禄山虽狡,恐亦必为我所擒了。"确是妙算,不比房琯大言。肃宗大喜,即命建宁王俶职掌禁兵,李辅国为司马,预备北征,用一李辅国助俶,俶其死乎?令郭子仪李光弼分道行事,自己在彭原过年,拟于来春即往扶风,且改称扶风为凤翔郡。

时光易过,腊尽春回,至德二载元日,肃宗在行宫中,向西遥觐上皇,然后亲御行幄,草草受贺。过了数日,正拟启驾南行,忽接了一个极大的好音,安禄山被李猪儿刺死了。禄山自盘踞洛阳,纵情酒色,累得两目昏眊,不能视事,身又病疽,因致烦躁异常。左右使令,稍不如意,即加鞭挞。阉竖李猪儿,被挞尤多,几乎不保性命。嬖妾段氏见禄山多病,恐有不测,意欲趁禄山在日,立亲生子庆恩为太子,将来可以专政,免受嫡子庆绪压制,愁眉泪眼,容易动人,禄山竟为所惑,竟有废嫡立庶的意思。禄山负恩忘义,宜有杀身之祸,但祸源亦起自内嬖,可见小星专宠,必致危亡。庆绪颇有所闻,很觉危惧,便与严庄密商,求一救死的良策。庄却故意说道:"君要臣死,不得不死,父要子亡,不得不亡,叫我如何相救?"庆绪越发着忙,便道:"我是嫡子,应该承立,难道庆恩夺我储位,我便束手就死么?"严庄冷笑道:"从古以来,废一子,立一子,那被废的能有几个保全性命,这也是没奈何的事情。"庆绪急得泪下,又道:"如兄说来,竟是没法了。"庄又道:"死中求生,亦并非一定没法。"庆绪道:"兄快教我!"庄遂与附耳道:"束手就死,死是定了,若要不死,这手是万不可束的。试思主子与唐朝皇帝,名是君臣,实同父子,为何兴动干戈,以臣逐君,以子攻父?可见天下到了万不得已的事情,总须行那万不得已的计策,时不可失,幸勿再自束手了。"即将禄山行为,引作一证,这便叫作眼前报。庆绪听着,低头一想,

第五十三回　结君心欢嬲张良娣　受逆报刺死安禄山

便道："兄为我计,敢不敬从!"庄又道："不行便罢,欲行还须从速。机会一失,便是死期。"庆绪迟疑道："可惜一时觅不到能手。"庄复道："欲要行事,何勿召李猪儿?"庆绪喜甚,便密召猪儿入室,自与严庄同问道："汝受过鞭挞,约有几次?"猪儿泣道："前后受挞,记不胜记了。"庄又逼入一步道："似你说来,不死还是侥幸的。"猪儿道："怕不是吗?"庄遂召猪儿入耳厢,与他私语多时,猪儿竟满口承允,便出来别过庆绪,一溜烟似的走了。

　　是夕就去行事,也是禄山该死,因为心中烦躁,屏退左右,兀自一人睡着。猪儿怀着利刃,奋然径入,寝门外虽尚有人守住,都已坐着打盹,况猪儿是禄山贴身侍监,向来自由进出,就是模糊看见,也不必盘诘。猪儿挨开了门,悄步进去,可巧外面更鼓冬冬,他即趁声揭帐,先将禄山枕畔的宝刀,抽了出来。禄山忽觉惊醒,将被揭开,口中喝问何人?猪儿心下一急,转念他双目已盲,何如立刻下手,便取出亮晃晃的匕首,直刺他大腹中。禄山忍痛不住,亟伸手去摸枕畔宝刀,已无着落,遂摇动帐竿道："这定是家贼谋逆呢。"国贼为家贼所杀,是应该的。道言未绝,那肚肠已经流出,血渍满床,就在床上滚了几转,大叫一声,顿时气绝。猪儿已经得手,刚要趋出,门外的侍役,已闻声进来,双手不敌四拳,正捏了一把冷汗。忽见严庄与庆绪,带兵直入,来救猪儿,猪儿喜甚,便语侍役道："诸位欲共享富贵,快快迎谒储君,休得妄动!"大众乃垂手站立,严庄命手下抬开卧榻,就在榻下掘地数尺,用毡裹禄山尸,暂埋穴中,且戒大众不得声张。"一朝权在手,便把令来行,"捏称主子病笃,立庆绪为太子,择日传位,一面密迫段氏母子,一同自尽。越日又传出伪谕,太子即位,尊禄山为太上皇,重赏内外诸将官,大小各贼,怎知严庄等诡计,总道是事出真情。庆绪嗣位,在洛的伪官,统来朝贺,各处亦争上贺表。又越日方说禄山已死,下令发丧。那时从床下掘出尸身,早已腐烂,草草成殓,丧葬了事。相传禄山是猪龙转世,从前侍宴唐宫,醉后现出猪身龙首,玄宗虽是惊诧,但以为猪龙无用,无杀害意,终致酿成一番大乱,几乎亡国。禄山僭称伪号,一年有余,也徒落得腹破肠流,毙于非命。小子有诗叹道:

　　　　天公假手李猪儿,剚刃胸前血肉糜;
　　　　臣敢逐君子弑父,谁云冥漠本无知?

　　禄山死信,传达彭原,肃宗以下,还道天下可即日太平,遂无意北征,竟演出一出杀子戏来了。欲知详情,请阅下回。

　　杨贵妃之后,复有张良娣,唐室女祸,何迭起而未有已也。顾杨妃以骄妒闻,一再忤旨,而仍得专宠,王之不明,人所共知。若张良娣则寝前御寇,产后缝衣，几与汉之冯婕妤、明之马皇后相类，此在中知以上之主，犹或堕其彀中，况肃宗且非中知乎？爱之怜之，因致纵之，阴柔狡黠之妇寺，往往出人所不及防，否则杨妃祸国，覆辙不远，肃宗虽愚，亦不应复为良娣所惑也。安禄山惑于内嬖，猝致屠肠，虽由逆报之相寻，亦因妇言而启衅。传有之曰："谋及妇人，宜其死也。"观唐事而益信矣。

第五十四回　统三军广平奏绩
　　　　　　复两京李泌辞归

却说肃宗既宠张良娣，又因良娣在灵武时，产下一儿，取名为佋，即封兴王，子以母贵，也得肃宗钟爱，与他子不同。张良娣恃宠生骄，竟欲把两三岁的小儿，作为将来的储贰，第一着欲陷害广平王，第二着欲陷害建宁王。府司马李辅国，本是飞龙厩中的阉奴，以狡猾得幸，及见良娣专宠，复曲意奉承，讨好良娣。良娣正好引为帮手，构陷二王。建宁王倓，素性任侠，看不上良娣等人，尝私语李泌道："先生举倓掌兵，俾尽臣子微忱，倓很是感激。但君侧有一大害，不可不除。"泌问为谁？倓说是张良娣。泌摇首道："此非人子所宜言，愿王忍耐为是。"倓不以为然，有时入见肃宗，必劝肃宗勿信内言，并请速立太子。别人可请，倓不宜请。肃宗听过了好几次，乃乘李泌入见，便垂问道："广平为元帅逾年，今欲命建宁专征，又未免名分相等，朕欲即立广平为太子，卿意以为何如？"泌答道："军事倥偬，应即区处，若陛下家事，总须禀命上皇，否则陛下即位的苦心，何从分说呢？"肃宗道："卿言亦是，容朕三思后行。"泌退回元帅府中，转告广平王俶。俶即入谒，凑便陈请道："陛下尚未奉晨昏，臣何敢入当储贰？"肃宗慰谕数语，乃将建储事暂行搁起。李泌奏阻建储，或谓储位未定，因启张李狡谋，然试问从前已立之太子，亦何如废死？以此答泌，殊非正论。

至禄山已死，肃宗以首逆既殄，大乱可平，索性把建宁专征的问题，也搁着不提。倓有志靖乱，一再进谏，且直陈道："陛下若听信妇寺，恐两京无从收复，上皇无从迎还了。"语太激烈，适致杀身。看官！你想这数句言论，叫肃宗如何忍受得住？还有张良娣李辅国二人，得闻此言，怎能不恨到极点，互肆毒谋？当下由良娣先入，辅国继进，一唱一和，只说倓时有怨言，尝恨不得为元帅，谋害广平。此时的肃宗，正将倓叱退，余怒未息，怎禁得火上添油？凭着一腔怒气，立下手谕，把倓赐死。倓是个傲气的人，要死就死，竟仰药自尽。至李泌得知此事，意欲入谏，已是无及，可惜一个贤王，死得不明不白，含冤地下。广平王俶，怀了兔死狐悲的观念，密与李泌商量，欲去辅国及良娣，泌劝

第五十四回　统三军广平奏绩　复两京李泌辞归

阻道："王不惩建宁的覆辙么？能尽孝道，自足致福。良娣妇人，不足深虑，但教委曲承顺，包管前途无碍了。"始终劝人以孝，李长源不愧正人。俶闻言乃止。

只肃宗信谗杀子，尚未觉悟，忽由太原递到贼警，史思明自博陵、蔡希德自太行、高秀岩自大同、牛廷玠自范阳，共引贼十万名，入寇太原，肃宗才惊讶道："我道禄山已死，可无后患，哪知贼势越发猖獗哩。"说罢，急召泌入议。泌奏道："太原有李光弼，才足拒贼，请陛下勿忧！但陛下宜速幸凤翔，示意进取，方能振作士气，驯致中兴。"肃宗点首道："朕当择日起程了。"言未已，又接睢阳警报，伪河南节度使尹子奇，受安庆绪命，率妫檀二州贼兵，及同罗奚众，共十三万人，进逼睢阳，肃宗又惊慌起来。泌又道："睢阳太守许远，忠义过人，当能死守。且张巡方移守宁陵，巡远亲如兄弟，宁陵睢阳，相隔不远，互相援应，谅可支持，俟郭子仪收复河东，再去援他未迟。"肃宗道："两处无虞，朕即当往幸凤翔，劳卿整顿军装，待朕下令启行。"泌乃退出。越数日，报称军装已备，请即启跸，肃宗逐日延宕，专候两路消息，藉决行止。

已而太原驰入捷书，李光弼用诈降计，令贼缓攻，暗中掘地道至贼营，出贼不意，内外攻击，俘斩万余人，思明退去，余贼可无虑了。肃宗方决幸凤翔，启行诏下，又接睢阳捷报，张巡自宁陵援睢阳，与许远合兵，共得六千八百人，远守巡战，连擒贼将六十余，杀贼二万，贼将尹子奇夜遁，睢阳已解围了。本回宗旨，在收复两京，此外战事，只可用虚写法，否则宾主不分，如何醒目？肃宗大喜，遂启驾至凤翔。陇右河西西城安西各兵士，依次来会。江淮租赋，也陆续解到。原来永王璘叛乱后，经广陵太守李成式，招降叛将季广琛，叛党解散。永王璘溃走鄱阳，为江西采访使皇甫侁擒住，诛死了事。了过永王璘。江淮复安，运道无阻。

李泌遂请如前策，北攻范阳。肃宗道："大兵已集，正应捣贼腹心，卿反欲迂道西北，往攻范阳，岂非忽近图远么？"泌答道："现时所集各兵，统是西北戍卒，及诸胡部落，性多耐寒畏暑，若用他锐气，克复两京，原是易事，但贼率余众，遁归巢穴，关东地热，春气已深，各军必困倦思归，贼却得休兵秣马，静俟各军去后，再行南来，岂不可虑？所以臣请先行北伐，用兵寒乡，扫除贼穴，永绝祸根，贼进退失据，一鼓聚歼，不但两京可取，天下也从此太平了。"彼时肃宗若用泌言，不致有思明之乱。肃宗道："朕非不从卿计，惟朕定省久虚，急欲先复西京，迎还上皇，聊申子道，不能再待北伐，幸卿原谅！"泌乃趋出。

适郭子仪遣使奏捷，逐去贼将崔乾祐，平定河东。肃宗遂进子仪为司空，兼天下兵马副元帅，出攻西京。子仪即遣子郭旰，及兵马使李韶光、大将军王祚济河，进破潼关贼兵，斩首五百级，正拟乘胜入关，忽由安庆绪遣到援兵数万，截击郭旰。旰与战大败，死亡万余人。李韶光王祚先后战死，蕃将仆固怀恩,保吁渡渭,退守河东。天下不如意事,重迭而来,节度使王思礼,调镇关内,贼将安守忠等入寇,思礼遣将出战,为贼所败,退保扶风。守忠追蹑至太和关,去凤翔仅五十里,凤翔大骇,飞诏郭子仪入援。子仪星夜奔赴,中途遇着贼将李归仁,奋力杀退,至西渭桥,与王思礼合军,进屯滻西。贼将安守忠李归仁,也联兵驻清渠,彼此相隔里许,相持七日。子仪等持重不战,守忠想了一个诱敌计,假意退兵,那时子仪亦堕贼计中,督兵追击,约行数里,才见贼骑倚山背水,摆成一字长蛇阵,子仪令攻贼中坚,不意贼兵首尾,分作两翼,夹击官军,官军不能相顾,四散奔逃。子仪亟率仆固怀恩等,断住后路,让败军先走,自己随战随退,还保武功。为子仪留身分,故不肯大书败状。随即单身诣阙,乞请自贬,乃降为左仆射。

是时山南东道节度使鲁炅,困守南阳,屡为贼将田承嗣等所围,粮尽援绝,突围走襄阳。河东节度副使,兼上党长史程千里,出击贼将蔡希德,马蹶被擒。灵昌太守许叔冀,为贼困住,拔众走彭城,睢阳数次却贼,数次受围,贼将尹子奇誓破此城,城中兵少食尽,势亦垂危。再作总括语,均见笔法。肃宗屡闻败警,焦灼的了不得,且因贼兵逼近,无暇他顾,只好委任郭子仪,决计再攻西京,当下大犒将士,一一慰勉。且特语子仪道:"功成与否,在此一举,愿卿竭忠尽智,无负朕望。"子仪道:"此行不捷,臣必捐生。但有两大要事,请陛下施行。"肃宗问是何事?子仪一一说出,一是请元帅广平王俶,亲自督师,一是请征兵回纥,同往击贼。肃宗准如所请,遂令广平王调集朔方西域等军,大举出征,一面驰使回纥,乞即发兵入援。

回纥怀仁可汗子磨延啜,嗣父登位,号葛勒可汗,有意和唐,立遣太子叶护等,率精兵四千余人,驰至凤翔。当由肃宗引见,厚礼款待。且令广平王俶,与叶护相见,约为兄弟。叶护大喜,称俶为兄,于是共得兵十五万人,号称二十万,出指长安。到了城西香积寺旁,连营为阵。李嗣业统前军,王思礼统后军,郭子仪统中军,长安贼亦倾寨出战,共约十万人,与官军南北对垒。贼将李归仁拨马舞刀,出来挑战,前军各奋力接仗,战不多时,那归仁故态复萌,佯作败退状,驰回本阵。官军乘胜追上,直薄贼垒,谁料归仁翻身出来,把刀一麾,贼阵中有名悍卒,统持着大刀阔斧,恶狠狠的截杀官军。官军猝为所乘,自相惊乱。李嗣业在后督战,见部下逐渐溃退,不禁大愤道:"今日不委身饵贼,我军尚有生望么?"说着,即将铁甲卸去,持了一柄纯钢铸的长刀,纵马向前,大呼奋击,刀光过处,贼头纷纷落地。归仁舞刀来迎,嗣业刀长手快,乱劈过去,喝一声着,已将归仁头盔劈落。归仁披发逃回,贼亦随却。嗣业再接再厉,身先士卒,杀入贼阵。回纥叶护,也率众随上,趁势捣贼,贼众遂乱。力写嗣业。郭子仪知贼多诈,令仆固怀恩带领锐卒,防护辎重,果然贼后军抄至官军阵后,前来

第五十四回　统三军广平奏绩　复两京李泌辞归

掩袭。怀恩驱军杀出,一阵横扫,好似风卷残云,立将贼兵驱尽。子仪思礼两军,一齐出击,那嗣业带着前军,与回纥健卒,已洞穿贼垒,从前面杀到后面,会集全师,再行夹攻。自午至酉,斩首六万级,安守忠李归仁等,到此也不能再战,弃甲曳兵,逃回城中。入夜尚嚣声不止。广平王俶,见全师大胜,鸣金收军。仆固怀恩叩马进言道:"贼今夜必弃城出走,请元帅下令穷追。"俶摇首道:"军力已疲,不宜轻进。"怀恩又道:"战尚神速,可进即进,大帅如虑各军劳苦,怀恩愿率三百骑,追缚贼首,归献麾下。"余勇可贾。俶复道:"将军战了一日,也未免吃力,且回营休息,明日再议!"怀恩不便再争,怏怏而退。

各军俱归宿营中,到了次日,俶正升帐发令,已有侦骑来报,贼将安守忠李归仁,与张通儒田乾真等,均已弃城遁去。俶乃整军入城,百姓扶老携幼,争来迎接,夹道欢呼,喜极而泣。至俶入城安民,回纥叶护,向俶请求,欲如前约。原来肃宗召见叶护时,曾与面约,谓克复西京,土地人民归唐,金帛子女归回纥。回纥援兵只有四千,何足平贼,况欲借外力以平内乱,后患亦多,肃宗遽以是为约,何其愦愦？叶护见京城已复,当然如约要求,俶无法推辞,只好向叶护下拜道:"今始得京师,若遽行俘掠,东京必望风生怖,为贼固守,不可复取了。愿至东京后,始遵前约。"说亦谬误。叶护下马答拜道:"当为殿下径往东京。"言已,复上马出城,驻营待命。俶留京抚阅三日,军民胡羌,罗拜道旁,相率叹美道:"广平王真华夷共主呢。"亦属过誉。

捷报到了凤翔,肃宗大喜,百官入贺,即日遣中使啖庭瑶入蜀,奏白上皇,表请东归。一面命左仆射裴冕入西京,祭告郊庙,宣慰百姓。且调嗣虢王因留守西京,令广平王俶东出平洛,惟行军长史李泌,召还行在,不必东行。泌驰还凤翔,入谒肃宗,肃宗慰劳数语,即接说道:"朕已表请上皇东归,朕当退居东宫,仍循子职。"泌忙答道:"上皇未必东来了。"肃宗惊问何因？泌答道:"陛下正位改元,已经二载,今忽奉此表,转使上皇心疑,怎肯即归？"肃宗爽然道:"朕知误了,今且奈何？"泌从容道:"陛下放心,臣当另草大臣贺表,请上皇东归便了。"肃宗即命左右取过纸笔,嘱泌草表。泌不假思索,一挥即就,捧呈肃宗过目。肃宗瞧着,系是群臣署名,略说:"自马嵬请留,灵武劝进,及今收复京师,皇上无日不思定省,请上皇即日回銮,以就孝养"云云。结末数语,尤说得情词迫切,悱恻动人。肃宗不觉泣下,立命中使奉表入蜀,且留泌宴饮,同榻寝宿。泌乘间乞归道:"臣已略报圣恩,今请许作闲人。"肃宗道:"朕与先生同忧,应与先生同乐,奈何思去？"泌答道:"臣有五不可留,愿陛下听臣归去,赐臣余生。"肃宗问道:"何谓五不可留？"泌答道:"臣遇陛下太早,陛下任臣太重,宠臣太深,臣功太高,迹亦太奇,有此五虑,所以不可复留。"这也是知彼知己之论。肃宗笑道:"夜已深了,先生且睡,缓日再议。"泌又道:"陛下与臣同榻,臣且尚不得请,况异日在御案前呢。陛下若不许臣去,便是要杀臣了。"语足惊人,然确是阅历有得之言。肃宗惊诧道:"先生何疑朕至此?朕非病狂,何至妄杀先生?"泌凄然道:"陛下不欲杀臣,臣尚得求去,否则臣何敢再言?且臣恐杀身,并非疑及陛下,就是这五不可呢。臣思陛下待臣甚厚,臣且未得尽言,他日天下既安,臣未必常邀圣眷,那时还好尽言么?"肃宗道:"朕知道了。先生屡欲北伐,朕不肯从,所以介意。"泌答道:"非为此事,乃是建宁一事哩。"肃宗道:"建宁过听小人,谋害乃兄,欲夺储位,朕不得已赐死,先生岂尚未闻么?"泌又道:"建宁若有此心,广平王当必怀怨,今广平每与臣言,痛弟含冤,一再泪下,且陛下前日,欲用建宁为元帅,臣请改任广平王,建宁果欲夺嫡,应恨臣切齿,为什么视臣为忠,益加亲善呢?"肃宗听到此语,也忍不住泪,且泣且语道:"先生言是,朕亦知悔了。但事成既往,朕不愿再闻。"泌又道:"臣非咎既往,乃欲陛下警戒将来。从前天后错杀太子弘,次子贤内怀忧惧,作《黄台瓜》词,中有二语云:'一摘使瓜好,再摘使瓜稀,'陛下已经过一摘了,幸勿再摘!"肃宗愕然道:"朕不至再有此事。先生良言,朕当书绅。"泌又说道:"陛下能时常留意,何必多存形迹,此事已蒙俞允,臣愿毕了,只请陛下准臣还山。"肃宗道:"且待东京收复,朕还都再议。"泌乃无言。看官听着!这番密陈,虽是泌明哲保身,但也为广平王起见,他恐张李再行构难,诬害广平,所以殷勤陈情,启沃主心,这真是苦心调停,保全不少哩。应该赞扬。

　　转眼间由秋经冬,睢阳急报,似雪片相似。肃宗促邻郡速援,且特饬同平章事张镐,出任河南节度使,驰援睢阳。幸喜平洛大军,沿途顺手,屡献捷音,华阴弘农,次第平复,并献入俘囚百余人,肃宗命一律斩首。监察御史李勉入谏道:"今元恶未除,海内枭桀,多半为贼所胁污,闻陛下龙兴,方思革面洗心,沐浴圣化,若概从骈戮,恐反驱令从贼,诛不胜诛了,愿陛下三思!"肃宗乃下诏特赦,远近闻风归附。贼将张通儒等,败奔至陕,安庆绪悉发洛阳兵众,令严庄为统帅,往援通儒,步骑合计十五万,共拒官军。郭子仪等长驱直进,到了新店,前面正遇着大队贼兵,依山列营,气势颇盛。子仪颇以为忧,即与回纥叶护商议,令率回纥兵绕出山后,袭击贼背。叶护依计而行,子仪乃麾兵攻贼,贼仗着锐气,由高趋下,猛扑官军。官军前队多伤,逐步倒退。蓦闻得山上鼓响,有数十支硬箭,射入贼中。贼众回首惊顾道:"回纥兵到了!"随即骇走,子仪与回纥叶护,先后夹攻,杀得贼兵东倒西歪,尸骸遍野。严庄张通儒等,落荒东走,连陕城也不及顾了。子仪遂请广平王俶,乘胜入陕城,再命仆固怀恩等,分道追贼,如入无人之境。严庄奔入洛阳,狼狈得很,庆绪本视酒如命,每日深居简出,狂饮不休,一切军务,全靠严庄主持。庄既败还,庆绪当然惊惶,急与庄商议对敌。庄已垂头丧气,想不出甚么法儿,好多时献上一策,乃是一个"走"字。庆绪依计而行,遂聚集党羽,趁夜出奔,唐将哥舒翰程千里等,从前陷入贼中,至此一并杀死,便匆匆出后苑门,逃向河北去了。

捷书到陕,广平王俶,率大军驰入东京,回纥兵争先拥进,肆行劫掠,可怜洛阳城内的百姓,前次已遭贼蹂躏,此番复遇夷掠夺,儿啼女散,家尽财空,骚扰了两昼夜。回纥兵心尚未足,纵掠如故,郭子仪看不过去,请命广平王,召入父老,募集罗锦万匹,酬谢回纥,才算休兵。这皆是肃宗父子贻害百姓,可叹!肃宗日夜望捷,既得好音,便拟启跸回京。李泌又固请还山,肃宗不许。适值啖庭瑶自蜀驰归,呈上上皇手诏,竟欲终老剑南,不愿东归,肃宗未免忧虑。越数日,赍奉群臣贺表的使臣,亦自成都遣还,报称上皇览表,甚是喜慰,命食作乐,下诏定行期。肃宗遂召语李泌道:"使我父子重见,全出先生大力,曷胜感慰!"泌下拜道:"两京收复,上皇归来,臣报德已毕了。但望陛下加恩,赐臣骸骨!"肃宗尚欲挽留,经泌伏地力请,乃怆然道:"先生请起!朕暂允先生归山。"泌乃起身趋出,草草整装,便即陛辞。肃宗亲送出城,洒泪而别。一肩行李,两袖清风,飘然南行去了。到了衡山,地方官已经奉敕为泌筑室山中,并送给三品俸禄,泌乃山居自乐,不问世事。小子有诗叹道:

> 范蠡沼吴甘隐去,张良兴汉托仙游。
> 功成身退斯为智,唐室更逢李邺侯。

李泌去后,肃宗即遣韦见素入蜀,奉迎上皇,一面启跸还都。临行时接得张镐急报,又未免触动悲怀,究竟为着何事?且至下回说明。

本回事实,最为杂沓,若一一分叙,便如断烂朝报相等,毫无趣味。著书人以广平出征,及李泌归隐为纲,而此外各事,俱随笔销纳,既不病繁,亦不嫌略。盖广平出征,两京始得收复,此为最大要件,不得不格外从详。李泌之出,关系甚大,不特收复两京,出自泌之参赞,即如迎还上皇,保全广平,何一非泌之力乎?外有郭子仪,内有李泌,而肃宗始得中兴,故叙述武事,处处注重郭子仪,叙述文谟,处处注重李泌,握其要而众具毕张,阅此可以知行文之法焉。

第五十五回　与城俱亡双忠死义
　　　　　　从贼堕节六等定刑

却说河南节度使张镐,曾奉敕往援睢阳,因调集各军,不免稍需时日。当时尝飞檄谯郡太守闾邱晓等,星夜往援,哪知闾邱晓等,均不奉命,坐听睢阳失守,张巡许远,先后殉义,及镐率军至睢阳城下,城已被陷三日了。镐召间邱晓至军,严词诘责,捶毙杖下,当即遣使飞报凤翔。肃宗未免痛悼,因登程还京,一切赠恤,俟到京后再议,但遥敕镐查明张许家属,速即奏报。看官欲知张许殉义情事,待小子本末叙明。阐扬忠义,应从详叙。张巡南阳人,夙谙武略,登进士第,出为县令。禄山乱起,陷入河南,谯郡太守杨万石降贼,胁巡为长史,使西迎贼军。巡至真源,率吏哭玄元皇帝庙中,起兵讨逆,得壮士千人,西诣雍邱。适雍邱令令狐潮出迎贼众,遂入城拒守。令狐潮引贼兵四万,来夺雍邱,巡孤军出战,杀退贼兵。潮与巡有旧交,屡诱巡降,巡以大义相责,始终不从。潮连番进攻,城中矢尽,巡缚草为人,被服黑衣,夜缒城下,共计千余。潮因暮夜昏皇,不便出战,但令射箭,巡将草人扯起,得矢十余万,得复射贼。嗣令壮士缒城出袭,服饰如草人,贼笑不设备,竟被壮士突入,大破贼寨。潮屡退屡进,巡使郎将雷万春,登陴守御,贼用飞弩迭射,连中雷颊,共计六箭。雷直立不动,贼疑为木人,哗然噪动,但听城上大声道:"黠贼,认得我雷将军否?"仿佛《三国演义》中之张翼德。贼大惊骇。巡乘势杀出,擒贼将十四人,斩首百余级,潮乃遁去。

既而河南节度使嗣虢王巨,出驻彭城,命巡为先锋使。巡闻宁陵围急,移军往援,始与睢阳太守许远相见。远系许敬宗曾孙,天性忠厚,晓明吏治。颇能为乃祖千盅。既见巡,恍如旧识,互叙年齿,乃同年所生,远长数月,巡因呼远为兄,誓相援应。还有城父令姚訚,亦与联合,贼将杨朝宗率马步二万,袭击宁陵,巡远合军与战,杀贼万余人,投尸汴水,河为不流。有诏擢巡为河南节度副使。至德二载,禄山刺死,庆绪遣将尹子奇,带领蕃胡各骑兵,猛扑睢阳。巡率军援远,血战二十余日,锐气不衰。远以材不及巡,专治军粮战具,一切攻守事宜,均归巡主张。巡连败子奇,所获车马牛羊,悉分给兵士,秋毫不入私囊,诏拜巡为御史中丞,远为侍御史,訚为吏部郎中。子奇三战三北,益兵进攻,巡不依古法,临危应变,奇出不穷,尝欲射死子奇,苦不能识,乃削蒿为矢,射入贼营。贼以为城中矢尽,喜白子奇,子奇遂亲自督攻,巡将南霁云,觑定子奇,抽矢搭弓,射将下去,正中子奇左目。子奇痛不可忍,伏鞍而逃。巡自城中杀出,杀贼无算,余贼保护子奇,又复遁去。

巡因将士有功,遣使白嗣虢王巨,请给赏物。巨只给空白告身三十纸,还统是营中末职,经巡遗书责巨,巨全然不睬,且命将睢阳积谷,运去三万斛,转给濮阳济阴。远遣使固争,终不见从,反说远不受节制,静候严参。远拗他不过,只好眼睁睁的由他运去。济阴得粮即叛,接应子奇,子奇目创已愈,遂征兵远近,得悍贼数万,再攻睢阳。此次来报前恨,百方攻扑,迭用云梯钩车木驴等物,俱为巡破毁,毫不见效。子奇乃不敢复攻,但穿壕立栅,困住孤城。

第五十五回 与城俱亡双忠死义 从贼堕节六等定刑

城中守兵，本来只数千人，自经子奇迭攻，或死或伤，减去十成之八，只有六百人尚能防御。更因积粮被巨运去，无食可依，起初每人每日，给米一勺，后来米已食尽，但食茶纸树皮，不得已遣南霁云等，突围出去，或飞报行在，或告急邻郡，时许叔冀在谯郡，尚衡在彭城，俱不肯出援。霁云乞师不应，愤投临淮，御史大夫贺兰进明，正代任河南节度使，在临淮驻着，霁云入见，备述睢阳苦况，请速济师。进明道："今日睢阳已不知存亡，兵去何益？"霁云道："睢阳若陷，霁云当以死谢大夫，且睢阳既拔，即及临淮，唇齿相依，怎得不救？"进明道："事从缓商，君远来疲乏，姑且留宴。"霁云尚望进明出师，忍气待着。少顷，堂上陈筵，堂下奏乐，进明延霁云入座，霁云不禁流涕道："睢阳兵士，不食月余，霁云何忍独食？食亦何能下咽？大夫坐拥强兵，不愿分兵救患，忠义何存？愿大夫熟察！"说至此，竟将指插入口中，忍痛啮下，呈示进明道："霁云奉命乞援，不能代伸主将苦衷，抱歉何似！愿留一指示信，方可归报。"旁座见霁云忠愤，也为泣下。独进明麻木不仁，奈何？进明道："我亦知君忠勇，但往救睢阳，势已无及，不如留在我处，徐图立功。"霁云道："霁云若忍负张公，便是不忠不义，大夫留我何益。"言毕，竟酹酒地上，向各座拱手，抢步下堂，上马径去。路过佛寺，见浮屠矗立，浮屠即塔。抽矢射中上层砖瓦，且指誓道："我若破贼，必灭贺兰，这矢就是记恨哩。"还至宁陵，与城使廉坦，同率步骑三千人，冒围入城。贼因霁云突围外出，日夜防有援兵，至是悉众阻截，由霁云拚死冲突，杀开一条血路，驰入睢阳，回顾手下，已仅得千人。巡见霁云，知进明等俱不肯发兵，也未免惶急，将吏无不痛哭，且议突围东奔。巡语许远道："睢阳为江淮保障，若弃城他去，贼必乘胜南下，是江淮将尽为贼有了。况我众饥羸，未能远走，在城固死，出城亦死，我想行在虽远，去使谅可达到，将来总有复音，不如坚守待命。"远亦赞成巡议，可奈满城无粮，嗷嗷待哺，米尽食茶纸，茶纸尽食马，马尽食雀鼠，雀鼠又尽，至煮铠弩皮以食。巡妾霍氏，情愿杀身饷士，巡听令自刎，烹尸出陈，指语大众道："诸君累月乏食，忠愤曾不少衰，我恨不割肉啖众，怎肯顾惜一妾，坐视士饥？"将士等相向泪下，巡强令啖食，远亦杀奴僮哺卒，区区数人，不足一饱，以连日饿殍枕藉，所余只四百人，亦皆饿病不支，巡西向再拜道："臣力竭了，生不能报陛下，死当为厉鬼杀贼。"贼众见城守寥寥，即四面登城，陷入城内，巡远及姚訚南霁云雷万春等，陆续受擒，各被推至子奇面前。子奇问巡道："君每战必眦裂齿碎，究为何意？"巡愤然道："我志吞逆贼，怎得不裂眦碎齿？"子奇怒道："你存齿几何？"遂用刀抉视巡齿，只存三四枚，也不觉失声道："可敬可敬！君能从我，当共图富贵。"巡骂道："我为君父而死，死何足恨？尔等甘心附贼，贼豗不如，宁能长存人世么？"子奇尚欲存巡，用刀置巡项，迫令快降，巡终不屈。又胁降南霁云，霁云未应。巡呼道："南八霁云小字。男儿,一死罢了,岂可为贼屈?"霁云笑道:"我不欲遽死,思有所为,公素知我,我敢不死么?"乃与姚訚雷万春等三十六人,同时遇害。许远被解送洛阳,洛阳已为唐军所破,转送偃师,亦以不屈见杀。睢阳称为双忠,建祠尸祝,号为双忠庙,至今尚存。大节千秋!肃宗闻进明等,不肯出援,乃改任张镐,兼江南节度使,间邱晓为谯郡太守,卒以道远不及,且为间邱晓所误,终致双忠毕命,徒自流芳,这也是可悲可叹呢。

　　肃宗自凤翔入西京,百姓欢跃,争呼万岁。御史中丞崔器,令前时从贼诸官,均免冠徒跣,至含元殿前,顿首请罪,就是东京降贼诸官吏,如陈希烈张均张垍达奚珣等,亦均由广平王收送西京,俱至朝堂听候惩处,肃宗命改系狱中。惟汲郡人甄济,武功人苏源明,屡经禄山胁迫,始终不受伪命,有诏特擢济为秘书郎,源明为考功郎中,兼知制诰。回纥太子叶护,自东京还师,入觐宣政殿,面陈军中马少,愿留兵沙苑,自归取马。再来助讨范阳,扫清余孽。肃宗大喜,即封他为忠义王,所有回纥部兵,各赐锦绣缯器,并愿岁给绢二万匹,使就朔方军领受,叶护拜辞而去。已而广平王俶郭子仪皆还西京,肃宗封子仪为代国公,食邑千户,且面加慰谕道:"国家再造,皆由卿力。"子仪顿首拜谢,诏令再往东都,经略北讨。张镐与鲁炅来瑱嗣吴王祗李嗣业李奂五节度,出略河东河南各郡县,大半平定。贼将严庄,料知无成,背了安庆绪,潜行来降。肃宗命为司农卿。尹子奇为张镐所败,败走陈留,陈留人袭杀子奇,举城降官军。肃宗很是喜慰,乃修复宗庙,整缮宫殿,专待上皇还都。

　　至十二月间,上皇已到咸阳,由肃宗备齐法驾,带同百官,往望贤宫迎接上皇。上皇在宫南楼,开轩俯瞩,肃宗改服紫袍,下马趋进,拜舞楼下。上皇降楼抚慰,父子相对泣下,因见肃宗服紫,即向索黄袍,亲披肃宗身上。肃宗顿首固辞,何必做作。上皇道:"天数人心,已皆归汝,使朕得保养余年,就是汝的孝思了,何必多辞。"肃宗乃受,请上皇登殿,受百官朝贺毕,命尚食进膳,尝而后进。是夕侍宿行宫,翌晨奉上皇启驾,肃宗亲自执鞚,前行数步,经上皇谕止,方乘马前导,不敢自当驰道。上皇顾左右道:"我为天子五十年,不足言贵,今为天子父,才算是真贵了。"慢着!尚有张氏在内。既至西京,御含元殿慰抚官民,寻诣长乐殿九庙神主,恸哭多时,恐是哭杨贵妃。乃往幸兴庆宫,就此居住。肃宗再请避位,退居东宫,还要如此,多令人笑。上皇不许,出传国玺授与肃宗。肃宗涕泣受宝,始出御丹凤楼,颁诏大赦。惟与禄山同反,及李林甫王铁杨国忠子孙,不在免例。立广平王俶为楚王,加郭子仪司徒,李光弼司空,其余护驾立功诸臣,俱进阶赐爵有差。追赠死节诸臣,如李憕卢弈蒋清张介然颜杲卿袁履谦张巡许远姚訚南霁云雷万春等,各依原官增阶,子孙赐荫。

第五十五回 与城俱亡双忠死义 从贼堕节六等定刑

郡县来年租庸,三分减一。近时所改郡名官名,一律复旧。以蜀郡为南京,凤翔为西京,西京为中京,册封张良娣为淑妃,皇子南阳王系以下,肃宗有十四子,次子系焉。各令迁封。拜李辅国为殿中监,晋封成国公。时韦见素裴冕房琯等,均已罢相,改用苗晋卿为侍中,王屿为中书侍郎,李麟同中书门下三品,内外腾骧,翕然同声。惟张巡得追封扬州大都督,许远亦追封荆州大都督。巡子亚夫,远子玫,一并授官。当时颇多异议,有说巡死守睢阳,杀身无补,有说巡忍残人命,与其食人,宁可全人。不责奸臣,但责忠臣,是何居心? 巡友李翰,乃为巡作传,且附表上呈,略云:

> 巡以寡击众,以弱制强,保江淮以待陛下之师,师至而巡死,巡之功大矣。而议者或罪巡以食人,愚巡以守死,善遏恶扬,录瑕弃功,臣窃痛之! 巡所以固守者,待诸军之救,救兵不至而食尽,食既尽而及人,乖其素志,设使巡守城之初,已有食人之计,捐数百生命以全天下,臣犹曰功过相掩,况非其素志乎? 今巡死大难,不睹休明,惟有令名,是以荣禄。若不时纪录,恐远而不传,使巡生死不遇,可悲孰甚? 臣敬撰《巡传》一卷献上,乞遍列史官,以昭忠烈而存实迹,则不胜幸甚!

此外尚有张澹李纾董南史张建封樊晃朱巨川等,亦皆为巡辩白,群议始息。既又訾及许远,谓远不与巡同死,有幸生意。巡季子去疾,亦为所惑,后来上书斥远,谓:"远有异心,使父巡功业隳败,负憾九泉,臣与远不共戴天,请追夺远官以刷冤耻"等语。亏得尚书省据理申驳,略言:"远后巡死,即目为从贼,他人死在巡前,独不可目巡为叛么? 且贼人屠城,尝以生擒守吏为功,远为睢阳守吏,贼不遽杀,便是为此,有何可疑? 彼时去疾尚幼,事未详知,乃有此议,其实两人忠烈,皎若日星,不得妄评优劣。"议乃得寝。前叙两人详迹,此更述及当时正论,无非阐表双忠。这且搁下不提。

且说御史中丞崔器,既令两京从贼诸官,请罪系狱,又与礼部尚书李岘,兵部侍郎吕𬤇,奉制按问。器与𬤇俱主张严办,上言从贼诸臣,皆应处死。独李岘用侍御史李栖筠为详理判官,拟酌量轻重,分等治罪。三人争议累日,请旨定夺。肃宗从李岘议,乃定罪名为六等,最重处斩,次赐自尽,次杖一百,次三等流贬。张均张垍列在处死条内。肃宗意欲宥此二人,转奏上皇,拟降敕特赦。上皇道:"均垍世受国恩,乃甘心从贼,且为贼尽力,毁我家事,怎可不诛?"肃宗叩头再拜道:"臣非张说父子,哪有今日,若不能保全均垍,倘他日死而有知,何面目再见张说?"语至此,俯伏流涕。上皇命左右扶起肃宗,复与语道:"我看汝面,饶了张垍死罪,流戍岭外。张均逆奴,无君无父,定不可赦,汝不必申请了。"肃宗乃涕泣受命。看官道肃宗何故要赦此二人? 肃宗系杨良媛所出,当杨氏初孕时,正值太平公主用事,专与玄宗为仇,时张说正官侍读,得出入东宫,玄宗密语说道:"良媛有孕,恐太平公主闻知,又要当做一桩话柄,说我内多嬖宠,在父皇前搬弄是非,不如用药堕胎,免得她来借口。"张说道:"龙种岂可轻堕?"玄宗道:"欲全一子,转害自身,实属不值,我意已决,幸为我觅一堕胎药,勿泄勿忘。"说乃趋出,自思此事实为难得很,堕了胎有损母子,不堕胎有碍储君,现只好取药二剂,一安胎,一堕胎,送将进去,由他取用,听凭天数罢了。便是他狡猾处。计划已定,遂挟药二剂以入,但说统是堕胎药。玄宗接药后,趁那夜静无人的时候,在密室亲自取煎,给杨氏服了下去,腹中毫无动静,反安安稳稳的睡了一宵,次日也不见什么变动,原来所服的是那剂安胎药了。玄宗哪里晓得,只道是一剂无效,须进二剂,因再照昨夜办法,仍在夜间密煎。他因连夜辛苦,就隐几假寐,蒙眬睡去,忽见有一金甲神,就药炉前环绕一周,用戈拨倒药炉,不由的突然惊寤,急起身看时,药炉果已倾翻,炭火亦已浇灭,益觉惊异不置。次日又密告张说,说拜贺道:"这便是天神呵护哩!臣原说龙种不宜轻堕,只恐有妨尊命,因特呈进二药,取决天命,不瞒殿下说,一剂是安胎药,一剂是堕胎药,想前日所服的是安胎药了。昨夜所煎的是堕胎药,天意不使堕胎,乃遣神明拨倾此药。殿下能顺天而行,不特免祸,且足获福呢。"玄宗乃止。果然肃宗生后,太平公主以谋逆赐死,玄宗即得受禅。杨良媛进位贵嫔,复生一女,即宁亲公主。及年已长成,下嫁说子张垍,这便是肃宗母子,暗中报德的意思。

　　肃宗生平所最恨的是李林甫,所最亲的是张说父子,即位后尝欲发林甫墓,焚骨扬灰,还是李泌极谏,谓恐上皇疑及韦妃绝婚,特地修怨,反滋不安,肃宗方才罢议。补叙张说父子关系,因插入李林甫事,笔法聪明。独想念均垍兄弟,尝欲拔出贼中,仍令复官,且追痛生母已殁,只遗自己及女弟二人,女弟宁亲公主,既嫁与张垍,越应该设法保全,俾得夫妇完聚,可巧玄宗在蜀,已称上皇,并令百官共议杨贵嫔尊称,得追册为元献皇后。肃宗生母,得册为后,亦就此补叙。肃宗因上皇顾念生母,势必兼及张氏一家,所以均垍拟辟,特向上皇前从宽,偏是上皇不许,但只赦张垍一人,仍然长流,那时爱莫能助,只好付诸一叹罢了。后来垍死流所,宁亲公主竟改嫁裴颖,唐朝家法,原是不管名节,毋庸细表。单说当时从贼诸官,罪名已定,斩达奚珣等十八人,赐陈希烈等七人自尽,张均列入在内。此外或杖或流贬,分别处分,一班寡廉鲜耻的官吏,至此才知懊悔,但已是无及了。嗣有人从贼中自拔来降,谓安庆绪奔邺郡,尚有唐室故吏随着,初闻陈希烈等遇赦,统自恨失身贼庭,及闻希烈等被诛,乃决计从贼,不敢归唐。肃宗听说,悔叹不已。后儒以为背主事贼,行同枭獍,不杀何待,有什么可悔呢?小子有诗叹道:

犬马犹存报主恩，胡为人面反无知？
大廷赏罚应持正，怎得拘拘顾尔私。

肃宗既核定赏罚，再拟调兵讨贼，忽报贼将史思明高秀岩等，遣使奉表，情愿挈众投诚，究竟是否真降？容小子下回续叙。

张巡许远，为唐室一代忠臣，不得不详叙事实，为后世之为人臣者劝。南霁云雷万春等，皆忠义士，一经演述，须眉活现，所谓附骥尾而名益显者欤？张均张垍，丧心附逆，死有余辜，此而不诛，何以对死事诸臣于地下乎？玄宗不许末减，尚知彰善瘅恶之义，而肃宗乃以张说私恩，必欲保全均垍，为私废公，殊不足取。况均垍为唐室叛臣，即不啻为张说逆子，说不忠唐则已，说而忠唐，即起地下而问之，亦以为必杀无赦。信赏必罚，乃可图功，为国者可以知所鉴矣。

第五十六回　九节度受制鱼朝恩　两叛将投降李光弼

却说史思明自围攻太原，被李光弼击退后，还守范阳，应五十四回。庆绪封他为妫川王，兼范阳节度使。范阳本安氏巢穴，凡禄山所得两京珍宝，多半运往，堆积如山。思明恃富生骄，便欲取范阳为己有，不服庆绪节制。庆绪又失去洛阳，走保邺郡，李归仁等有众数万，溃归范阳，沿途剽掠，人物无遗。思明乘势招徕，并将他所掠各物，一一截住，势益富强。庆绪在邺，四面征兵，蔡希德田承嗣武令珣等，先后趋集，复得六万人，独思明不发一卒，亦不通一使，庆绪知他怀贰，特遣阿史那承庆安守忠李立节三人，率五千骑诣范阳，借征兵为名，嘱令侦袭。思明闻两人入境，已料他不怀好意，即与部下密商。一个乖似一个。判官狄仁智道："大夫为安氏臣，无非惮他凶威，勉承奔走，今安氏失势，唐室中兴，大夫何不率众归唐，自求多福呢？"裨将乌承玼亦道："庆绪似叶上露，不久必亡，大夫奈何与他同尽？不如归款唐廷为是。"思明也以为然，遂设伏帐外，自率众数万出迎。既见承庆守忠，即下马行礼，握手道故，备极殷勤。承庆等如何下手，只好随入城中。思明即引承庆等入厅，张乐设宴，饮至半酣，掷杯为号，伏兵突入，竟将承庆等三人拿下，一面截来骑甲兵，给赏遣散。乃令部将窦子昂奉表唐廷，愿将所部十三郡，及兵十三万人归降。并令伪河东节度使高秀岩，亦拜表投诚。肃宗大喜，召见子昂，慰抚交至，即敕封思明为归义王，仍兼范阳节度使，子七人皆除显官。封赏太急。授秀岩云中太守，诸子亦得列职。且遣内侍李思敬，与前信都太守乌承恩，驰往宣慰，使率部众讨庆绪。思明受了册封，立斩安守忠李立节两人，表明诚意。只阿史那承庆与有旧交，释置不问。承恩遍历河北，宣布诏旨。沧瀛安深德棣等州皆降，惟相州尚属安氏，河北大势，也统算平复了。

未几为至德三载，上皇加肃宗尊号，称为光天文武大圣孝感皇帝。肃宗也加奉上皇尊号，称为圣皇天帝。父子天性相关，何必虚名施报。大赦改元，仍以载为年，称至德三载为乾元元年。立淑妃张氏为皇后，命李辅国兼太仆卿，两人内外勾结，势倾朝野，且屡引子以母贵成语，讽示肃宗。肃宗以兴王佋虽为后出，究竟年幼序卑，不便立储，尝语考功郎中李揆道："朕意欲立俶为太子，卿意何如？"揆再拜称贺道："这是社稷幸福，臣不胜大庆呢。"肃宗乃改封楚王俶为成王，越数日即立为太子，更名为豫。

同平章事张镐，素性简澹，不事中要，后与辅国，皆不喜镐，尝有谗言。会镐上言："史思明因乱窃位，人面兽心，万不可恃。新任滑州刺史许叔冀，狡猾多诈，临难必变。"肃宗以为过虑，不切事机，遂罢为荆州防御使，所有兼任河南节度使一缺，易委崔光远接任。崔曾将西京献贼，奈何不诛，反加重任？不到半年，史思明逆迹昭著，竟复叛唐自主，且称起大圣燕王来了。自张镐罢去后，接连是李光弼奏请，谓："思明凶狡，必将叛乱，应令乌承恩就便预防。"肃宗还是未信。光弼又上第二次密奏，劝肃宗用承恩为范阳副使，且赐阿史那承庆铁券，令图思明。肃宗乃依计照行。看官！你道光弼何故要重用承恩？原来承恩父名知义，曾任平卢节度使，思明尝居知义麾下，感他厚待，因此承恩守信都，城为思明所陷，承恩陷入贼中，思明待以客礼，纵令南还。及承恩奉敕宣慰，思明格外恭敬，视若上宾。承恩有所陈请，思明多曲意相从。光弼侦知情事，因欲就承恩身上，诱取思明。肃宗从光弼言，授承恩为范阳节度副使，且令转赐阿史那承庆铁券。

承恩秘而未发，但出私财联络部曲，且数着妇人衣，诣诸将营，劝令效忠唐室。诸将或转告思明，思明当然生疑，遂延承恩入宴，留宿府中，阴令心腹二人，伏住床下，一面命承恩少子，夜入省父，承恩私语少子道："我受命除此逆胡，当授我为节度使。"语尚未毕，那床下即冲出两人，大呼而去，承恩自知谋泄，慌得脚忙手乱，门外已有胡兵拥入，立将承恩父子拿下，并搜承恩行囊，得铁券及光弼文牒，一并献与思明。思明责承恩道："我有何负汝，乃欲害我？"承恩无词可答，只好说是李光弼主谋。思明乃集将佐吏民，西向大哭道："臣率十三万众归降朝廷，何事负陛下，乃欲杀臣？"随即喝令左右，榜杀承恩父子，并索得承恩党与二百余人，尽行杀死。独承恩弟承玼，为思明部下裨将，得脱身走太原，思明遂囚住中使李思敬，且令狄仁智张不矜草表，请诛光弼。表既草就，不矜持示思明，及将入函，复由仁智削去。不料事又被泄，由思明召入二人，诘问罪状，且顾语仁智道："我用汝垂三十年，今日罪当斩首，乃汝负我，非我负汝。"仁智厉声道："人生总有一死，得尽忠义，死也值得。若从大夫造反，不过虚延岁月，将来死且遗臭，何如速死为愈呢！"久居贼中，不染贼习，却是个好男儿。思明怒起，喝令侍从将仁智捶死，不矜亦随毙杖下，另遣他人草表，传达唐廷。肃宗乃颁敕慰谕，统推在承恩一人身上，谓非朝廷与光弼意。看官！你道史思明是个小儿，肯听唐朝皇帝的诳言吗？益使悍贼轻视？更可笑的，是命九节度出讨安庆绪，反差一个宦官鱼朝恩，去做观军容使，监制这九节度，这真是越弄越错了。一折便下，笔如潮流。

　　九节度使为谁？就是朔方节度郭子仪，河东节度李光弼，泽潞节度王思礼，淮西节度鲁炅，兴平节度李奂，滑濮节度许叔冀，镇西兼北庭节度李嗣业，郑蔡节度季光琛，河南节度崔光远，这九节度麾下的马兵步兵，合将拢来，差不多有五六十万。肃宗本拟令子仪为统帅，只因光弼与子仪，功业相等，难相统属，所以不置元帅，特创一个观军容使的名目，令宦官鱼朝恩充职。朝恩晓得甚么兵法，不知他如何运动，得此美差，赫赫威灵的九节度使，竟要这阉奴前来监督，叫他们如何服气呢？评论得当。子仪先引兵至河东，至获嘉县，破贼将安太清，太清走保卫州，安庆绪尽发邺中部众，亲自带领，往救太清。子仪用埋伏计，诱贼近垒，呼起伏兵，一阵攒射，顿将庆绪击走，遂拔卫州。庆绪奔还邺城，子仪乃会集九节度兵马，陆续围邺，庆绪大惧，急向思明处求援，情愿把位置让与思明。思明遂自称大圣燕王，出兵陷魏郡，留驻观变。光弼在军中倡议道："思明既得魏郡，尚按兵不进，明明是待我懈弛，恰好来掩我不备呢。为今日计，且由我军与朔方军，同逼魏城，与他一战，我料他鉴嘉山覆辙，必不敢轻出。嘉山事见五十一回。这边尚有七路大军，足下邺城，邺城拔，庆绪死，再合全师攻思明，思明虽狡，也无能为了。"确是万全计策。偏鱼朝恩硬来作梗，定要他同攻邺城，说是兵多易下，再击思明不迟。各节度又多模棱两可，没一个出来作主，徒落得你推我诿，势若散沙。自乾元元年十月围邺，直至二年正月，尚未得手。镇西节度李嗣业，忍不住一腔烦恼，遂亲自扑城，城上箭如雨下，突将嗣业臂上，射中一箭。嗣业不以为意，把箭拔去，哪知箭镞有毒，侵入肌骨，霎时间暴肿起来，痛不可忍，乃收兵回营，越宿竟致谢世。

　　兵马使荔非元礼，代统士卒，仍然留军围城，郭子仪等筑垒再重，穿堑三重，且决漳水灌入城中，城中井泉皆溢。贼兵多迁居高处，更因粮食已尽，一鼠且值钱四千，并淘马矢以食马，急得庆绪不知所措，但日望思明进援。思明煞是厉害，闻邺城危急万分，乃引兵趋救，却又一时不到城下，但遣轻骑挑战，官军出击，便即散归，官军回营，又复趋集，闹得官军日夜不安。思明更选壮士数队，扮作官军模样，四处拦截官军粮运，每见舟车运至，即上前焚掠，官军防不胜防,遂致各营乏食,均有归志。实是号令不专之弊。思明乃引众直抵城下,与官军决战。李光弼王思礼许叔冀鲁炅四路兵马,先出交锋,鏖战了两三时,杀伤相当。鲁炅中流矢退还,子仪等乃出兵继进,甫经布阵,忽觉大风卷至,拔木扬沙,霎时天昏地暗,咫尺不辨,两军互相惊诧,彼此骇散,贼兵北溃,官军南奔,甲仗辎重,抛弃无算。子仪走回河阳,忙将桥梁拆断,保住东京,哪知东京留守崔圆,河南尹苏震等,已经遁去。士民骇奔山谷,途中如织,那诸节度的溃兵,反乘势剽掠,吏不能止,惟李光弼王思礼整军退归,沿途无犯,但百姓已吃苦得够了。子仪入东京,已剩了一座空城,幸诸将继至,得数万人,大众以东京空虚,必不可守,不如退保蒲陕。独都虞侯张用济道:"蒲陕荐饥,不若守河阳,河阳得守,东京自无虞了。"子仪乃使都游奕使韩游环,率五百骑趋河阳,用济以步卒五千继进,协同守御,果然思明遣伪行军司马周挚,来夺河阳,被用济率兵杀退。更筑南北两城,分兵戍守,贼兵始不敢进窥了。九节度上表请罪,肃宗一律赦免,惟削夺崔圆苏震官阶,且令子仪为东畿山东河东诸道元帅,权知东京留守,主持战守事宜。

子仪因新遭败衄,未敢急进,那史思明得收整士卒,驻扎邺南,安庆绪因官军溃去,遣将出搜官军各营,得余粟六七万石,遂与孙孝哲崔乾祐等,谋拒思明。偏张通儒等以庆绪负义,各有违言。思明复遣使责庆绪,庆绪窘蹙,只好向思明乞和,甚至上表称臣。思明封还表文,愿各略去君臣礼节,改称兄弟。庆绪大悦,因请歃血同盟。思明狡黠得很,阳为允许,即邀庆绪至营设誓。庆绪便冒冒失失的带着四弟,及骑兵三百,出城诣思明营。思明盛张军备,高踞胡床,传庆绪入见。庆绪才知有变,奈已不能退回,只好低首趋入,屈膝下拜道:"臣不能负荷先业,弃两都,陷重围,幸蒙大王忆念上皇,远垂救援,使臣应死复生,臣虽摩顶至踵,尚难报德。"说至此,蓦听案上猛拍一声,且厉叱道:"失去两都,还是小事,尔为人子,敢杀父夺位,神人共愤,天地不容,我为太上皇讨贼,岂受尔谄媚么?"强盗也讲正理么?但禄山之死,假手于子,庆绪之死,假手于臣,逆报昭彰,千古不爽。庆绪听着,魂已出壳,又闻思明一声呼叱,即有数壮士走近身前,把自己抓了出去。俄见四个阿弟,也被他陆续牵至,还有孙孝哲崔乾祐高尚诸人,一古脑儿绑缚起来,正是懊悔不及。忽又有人传出号令,庆绪兄弟赐死,孙孝哲崔乾祐高尚处斩,当由似虎似狼的兵役,应声动手,一面用绳勒项,一面开刀枭首,不到一刻,那庆绪以下的逆魂凶魄,仍做了同帮,向森罗殿上对簿去了。全力写照,为大逆不道者戒。统计禄山父子僭位,三年而灭。

思明即勒兵入邺城,授张通儒等官阶,收降安氏遗众,留子朝义统兵居守,自率众还至范阳,僭称大燕皇帝,建元顺天,立妻辛氏为皇后,子朝义为怀王，周挚为相，李归仁为将，改范阳为燕京，称州为郡。郊天遇暴风，不得成礼，铸顺天通宝钱，仅得一文，余皆无成。思明不肯罢休，复分军四出，渡河南下。这时候的唐肃宗，方宠昵张皇后，信任李辅国，辅国入司符宝，出掌禁兵，所有制敕，必经辅国押署，然后施行。宰相百司，有事陈请，必须先白辅国，后达肃宗。辅国骄横专恣，无人敢违。苗晋卿王玙李麟等，皆不合辅国意，相继罢去，改用京兆尹李岘，中书舍人李揆，户部侍郎第五琦，同平章事。揆见辅国，执子弟礼，尊为五父。<small>辅国排行第五。</small>惟李岘入白肃宗谓制敕应由中书颁行，且劾辅国专权乱政，须加裁抑。肃宗疑信参半，但令制敕归中书掌管，已是得罪辅国。岘入相才经匝月，即被辅国诬害，贬为蜀州刺史。鱼朝恩与李辅国，本是同党，自邺还京，屡谮郭子仪，辅国也从旁怂恿，不由肃宗不信，因将子仪召还，改任李光弼为朔方节度使兵马元帅。子仪待下，宽而有恩，光弼却务从严整，接任后整肃军纪，壁垒一新。<small>宽严各有利弊，但不能用宽，毋宁尚严。</small>当下持节出巡，遍阅河上诸营，尚未告毕，接到河北贼警，史思明留子朝清守范阳，自率众从濮阳入寇，思明子朝义出白皋，伪相周挚出胡良，贼将令狐彰出黎阳，四路渡河，拟会集汴州。光弼急驰至汴，语节度使许叔冀道："大夫守住此城，以十五日为期，我当调兵急救，幸勿有误。"叔冀许诺，光弼即去。

及思明进攻汴州，叔冀与战不利，竟竖起降旗，投顺思明。<small>也不出张镐所料。</small>思明乘胜西进，直抵郑州。光弼正在东京调兵，迭接警耗，便与留守韦陟商议。陟请暂弃东京，退守潼关。光弼道："贼乘胜前来，势必甚锐，东京原不易守，但无故弃地五百里，贼势不益张么？不若移军河阳，北连泽潞，可进可退，表里相应，使贼不敢西侵，这便是猿臂的形势哩。公好辨礼，我好谈兵，今日为拒贼计，公却逊我一筹，直言莫怪。"陟不能答，乃令陟率东京官属，西行入关，牒河南尹李若幽，使率吏民出城，至陕避贼，自领军士运油铁诸物，径诣河阳。道经石桥，天已昏暮，望见前面已有贼骑游弋，光弼步步为营，秉炬前进，贼骑不敢驰突，便即引去。夜半入河阳城，有众二万，刍粟仅支十日，经光弼按阅守备，部分士卒，才及天晓，均已办就。<small>即此已见长才。</small>思明陷郑州逾滑州，径抵东京城，城内虚无一人，遂引兵攻河阳，令骁将刘龙仙，至城下挑战。光弼登城俯视，见龙仙坐在马上，举足加鬃，满口谩骂，乃旁顾诸将道："何人敢取此贼？"仆固怀恩挺身请行，光弼道："公系大将，近且受封大宁郡王，区区草寇，何必劳公！"<small>怀恩新近加封，即借此叙过。</small>言未已，有裨将白孝德应声道："末将愿往！"光弼问须带兵若干？孝德道："何必带兵，看孝德一人一骑，即可往取贼首。"光弼道："来贼虽是轻躁，却颇勇悍，总须用兵为助。"孝德道："多兵转不易取了。待孝德先出，大帅选精骑五十名为后应，且在城上鼓噪助威，管教贼首取献。"已有成算。光弼大喜，抚孝德背道："好壮士！好壮士！"孝德抢步下城，跃马径出，两手持着两矛，越濠而前。龙仙见只一人一骑，毫不在意，俟孝德将近，方欲动手，孝德即摇手相示，龙仙疑非与敌，乃持刀不动，漫骂如故。孝德复驰上数步，与龙仙相距，不过十步左右，便即停住，瞋目问道："来将可识我么？"龙仙问是何人？孝德道："我乃大唐将官白孝德。"龙仙道："是何狗氆？"道言未绝，孝德已跃马突进，口中大呼杀贼，手中双矛并举，向龙仙脑前刺入。龙仙急忙闪避，胁下已经受创，忍痛返奔。城上鼓声骤起，城下五十骑，亦渡濠继进，龙仙越觉着忙，环走堤上，被孝德骤马追上，用矛猛刺，贯入龙仙胸中。龙仙堕落马下，孝德即下马枭取首级，复腾身上马，举首示贼道："何人再来受死！"贼众辟易。孝德却从容揽辔，与五十骑返入城中，献上首级。光弼慰劳有加，记上首功。

思明既失了龙仙，一时不敢攻城，但出良马千余匹，每日在河渚洗澡，循环不休。光弼却命索军中牝马，得五百匹，纵浴河旁，贼马为牝马所引，渡河而来，被官军尽驱入城。思明又失了千余匹良马，叫苦不迭。乃另生一计，移军河清县，断截光弼粮道。光弼也出军至野水渡，抵制思明，相持一日，光弼夜还河阳，留兵千人，使部将雍希颢守栅，且嘱道："贼将高庭晖李日越，皆万人敌，今夜必来劫营，汝只守着，不必与战，他若请降，汝可与俱来。"语真奇突。言毕即行。希颢莫明其妙，只好遵令固守。往至天晓，果见一贼将纵马前来，带着数百骑驰近栅前。希颢顾语左右道："来将不是高庭晖，必是李日越，我等应奉元帅令，从容待着，看他如何？"于是裹甲息兵，吟笑相视。来将到了栅下，瞧着官军非常整暇，不禁奇异起来，便喝问官军道："司空在否？"希颢答道："昨夜已回城了。"来将又问道："留兵若干？统将何人？"希颢道："留兵千人，统将是我雍希颢。"来将沉吟不答。希颢却问道："汝系姓李，还是姓高？"来将答言李姓。希颢笑道："想是李日越将军了。司空有命，知将军夙抱忠心，不过暂为贼迫，今特令我待着，迎接将军。"来将踌躇半晌，顾语左右道："今失李光弼，得雍希颢，我若回去，必死无疑，不如归顺唐朝罢。"从骑均无异言。来将便即请降，希颢开栅相见，问明名号，正是李日越，当下引见光弼。光弼喜甚，特别优待，任以心腹。日越甚是感激，愿作书招降高庭晖。光弼道："不必不必，他自然会来投诚的。"又是奇语。诸将闻言，越觉惊疑。连日越亦暗暗称奇，不知他葫芦里卖甚么药。哪知过了数日，高庭晖果率部众来降，光弼待遇甚优，与日越相同，俱为奏给官阶。诸将见光弼收降二人，概如所料，还道他与有密约，遂入帐问明光弼，欲释所疑。光弼道："我与高李素不相识，何来密契？不过揆情度理，容易招降。我闻思明尝嘱部下，谓我只能凭城，不能野战，今我出野水渡，以为我已失计，必遣日越等袭我。日越不得与我战，势不敢归，自然请降。庭晖才勇，出日越上，闻日越得我宠任，也必前来

第五十六回　九节度受制鱼朝恩　两叛将投降李光弼

投诚,谋占一席,今果如我所料,也算是侥幸成功哩。"说来似无甚奇异,但非知彼知己,乌能得此?诸将统是拜服。及问明高李二人,所言适符,自是诸将益敬服光弼,惟命是从。将帅能服众心,全仗才智。

　　思明愤激得很,复进攻河阳。光弼令郑陈节度使李抱玉守南城,自屯中潬。伪相周挚攻南城,被抱玉用诱敌计,出奇兵击退,改攻中潬。光弼令镇西行营节度使荔非元礼,用劲卒拒战,元礼出守栅中,坐视贼众填堑,按兵不动。光弼瞧着,即驰问元礼道:"贼兵已近,奈何坐视?"元礼道:"司空欲战呢,还是欲守呢?"光弼道:"自然欲战。"元礼道:"如果欲战,贼已为我填濠,何必出去拦阻呢?"光弼不觉省悟道:"甚善甚善,我一时见不到此,愿公努力!"为将者能独出己意,又能善用人谋,方为良将。言讫自去。元礼俟堑已填就,即开栅纵兵,鼓噪奋击,杀贼无数。周挚见不可敌,复改趋北城,思明又派兵益挚,自攻南城,遥为声援。光弼登城遥望,见贼众如墙前进,旁顾左右道:"贼兵多而不整,不足畏虑,待至日中,保为诸君破贼哩。"乃命诸将出战,两下里搏击多时,看日色已将亭午,尚是胜负不分。光弼召问诸将道:"贼阵何方最坚?"诸将答称西北隅。光弼即令骁将郝廷玉往击,又问次为何方?诸将答称西南隅。光弼又令蕃将论廷贞往击。两将奉命前去,光弼亲出督阵,下令军中道:"视我令旗进军,我飐旗若缓,任尔择利。否则有进无退,违者立斩。又用短刀置靴中,语诸将道:"战是危事,我为国三公,不可死诸贼手,万一不利,诸君死敌,我亦自刭,不令诸君独死哩。"于是摇旗指麾,再出搏战。忽见廷玉奔还,即命左右往取廷玉首级,廷玉语使人道:"马适中箭,非敢擅退。"使人返报,光弼即命易马再进。有顷,复见仆固怀恩父子,倒退下来。复饬使人往取首级,怀恩见使人提刀驰来,乃与子玚硬着头皮,大呼向前。光弼把手中令旗,连飐不休,诸将拚命齐进,再接再厉,十荡十决。这一场鏖战,有分教:

　　　　上将功成歌虎拜,贼军胆落效狼奔。

　　贼众大溃,周挚遁去。官军斩得贼首千余级,俘虏五百人,驱示南城,思明亦仓皇窜走。光弼再进攻怀州,究竟怀州能否得手,请看官再阅下回。

　　禄山思明,狡黠相等,禄山且负唐廷,何论思明?叛而来归,万不足恃,为肃宗计,亟宜召他入朝,诱离巢穴,思明来则姑留京以羁縻之,否则责其抗命,仍加挞伐可也。九节度中,郭李最为忠智,若令郭攻邺城,李攻范阳,余七节度分隶两人,则号令既专,责成有自,安庆绪似釜底游鱼,不亡何待?史思明虽较强盛,以光弼制之,亦觉有余,何致有相州之溃耶?乃内宠李辅国,外任鱼朝恩,舆尸失律,理有固然。藉非然者,河阳一役,光弼仅有众二万人,粮食亦第支十日，卒之击退贼军，大获胜仗，是可知分听生乱，专任有成，何肃宗之始终不悟也？本回叙九节度之溃，及史思明之败，两两相对，余蕴曲包，而安庆绪之见杀于思明，尤为形容尽致，贼党相残，逆报不爽，作者之寓意，固深且远矣。

第五十七回　迁上皇阁寺擅权
　　　　　　　　宠少子逆胡速祸

　　却说怀州守将，便是安庆绪部下的安太清。庆绪被思明杀毙，他乃投降思明，思明令为河南节度使。光弼督兵攻怀州，途次接得诏敕，进光弼为太尉，兼中书令，光弼受诏，遣还中使，仍进薄怀州城下。太清出战败退，告急思明。思明率众来援，由光弼留兵围城，自率兵逆击，至沁水旁，与思明相遇，麾军奋斗，杀贼三千余人。思明遁去，转袭河阳城，又为光弼侦知，还兵截杀，斩贼首千五百余级。思明复遭一挫，只好退回洛阳。光弼乃得专攻怀州。安太清系百战余生，颇有能耐，拒守至三月有余，尚是无懈可击。光弼决丹水灌城，仍不能拔，再命郝廷玉潜挖地道，穿入城中，内应外合，方将怀州攻破，生擒太清，献俘阙下。肃宗祭告太庙，改乾元三年为上元元年，大赦天下。增光弼实封千五百户，前敌各官，进秩有差。一面奉上皇至大明宫，称觞上寿，且邀上皇妹玉真公主，及上皇旧嫔如仙媛，一并侍宴，并召梨园旧徒，奏乐承欢。哪知上皇反触景生悲，暗暗堕泪，勉强饮了数杯，便即托词不适，返驾兴庆宫。为这一事，遂令宫中又生出许多纠葛来了。文似看山不喜平。

　　先是上皇奔蜀，时常悼念杨妃，乐工张野狐随驾同行，辄进言劝解。上皇泪眼相顾道："剑门一带，鸟啼花落，水绿山青，无非助朕悲悼，叫朕如何排解呢？"及行斜谷口，适霖雨兼旬，车上铃声，隔山相应，留神细听，仿佛是三郎郎当，郎当郎当的声音，玄宗特采仿哀声，作了一出《雨霖铃曲》，聊寄悲思。后来自蜀东归，道过马嵬，至杨妃瘗葬处，亲自祭奠，流泪不止。既还居兴庆宫，即命肃宗下敕改葬，偏李辅国从中阻挠，说是亡国妇人，幸免戮尸，何足赐葬，乃遣李揆入奏上皇，但托称龙武将士，深恨杨氏，今若改葬故妃，恐反令将士反侧不安。上皇乃止，惟密遣高力士往马嵬坡，具棺改葬。力士就原坎觅尸，肌肤俱已消尽，只剩了一副骷髅，两语已唤醒世人痴梦。独胸前所佩的锦香囊，尚属完好，乃将囊取留，拾骨置棺，另埋别所。又因当时有一驿卒，曾拾杨妃遗袜一只，归付老母，老母尝出袜示人，借此索钱，已赚得好几千缗。力士闻知，也向她赎出，携袜与囊，一并归献。上皇得此两物，越加唏嘘，特命画工绘杨妃肖像，悬置寝室，朝夕相对，终日咨嗟。嗣又忆及梅妃江采苹，饬内外一

第五十七回 迁上皇阉寺擅权 宠少子逆胡速祸

体访查,且特悬赏格,如觅得梅妃,授官三秩,赐钱百万,不意亦竟无下落。有内侍进梅妃肖像,上皇即题诗像上:"忆昔娇妃在紫宸,铅华不御得天真。霜绡虽似当时态,争奈娇波不顾人。"题毕,命模像刊石。嗣因暑月昼寝,仿佛见梅妃到来,含涕语道:"昔陛下蒙尘,妾死乱军中,有人哀妾惨死,埋骨池东梅株旁。"语尚未毕,突被外面一阵风声,惊醒梦魇,便起床往太液池边,令高力士等检寻尸骨,终无所得。继思梅亭外面,曾有汤池,莫非瘗在此处,乃移驾过视,尚存梅花十余株,命中使启视,果然得尸,裹以锦裀,盛以酒糟,附土三尺许,尸骨胁下,刀痕尚在。上皇忍不住大恸,左右亦莫能仰视,当下命以妃礼易葬,由上皇自制诔文,哭奠一番,方才回宫。美人薄命,江杨同辙,事俱依曹邺《梅妃传》中,尝见《隋唐演义》,谓梅妃复会上皇,意欲为美人泄忿,反至荒谬不经。

嗣是上皇闲居宫中,不是追悼梅妃,就是追念杨妃,肃宗颇曲体亲心,时往省视,凡从前扈从诸人,仍令随侍,就是歌场散吏,曲部遗伶,也一律召还,供奉上皇,俾娱老境。怎奈上皇只是不乐,即如大明宫中的庆宴,一场喜事,变作愁城,肃宗亦未免介意。张皇后与李辅国,平素不为上皇所喜,遂乘此互进蜚言,谓上皇别有隐衷,不可不防,惹得肃宗亦将信将疑。会张后子兴王佋病殁,后因悲生怨,反归咎上皇,说他老而不死,无故哀泣,遂致殃及我儿,<u>仿佛村妇口角,亏作者摹仿出来</u>。如是与辅国日夜筹商,尝欲设法泄恨。可巧上皇御长庆楼,父老经过楼下,仰见上皇,都拜伏呼万岁,上皇命赐酒食,且召将军郭英乂等,上楼赐宴。李辅国借端发难,遂入白肃宗道:"上皇居兴庆宫,日与外人交通,陈玄礼高力士等,谋不利陛下,今六军将士,皆灵武功臣,均因是生疑,臣多方晓谕,彼皆未释,不敢不据实奏闻。"肃宗沉吟良久,方道:"上皇慈仁,不应有此。"辅国又道:"上皇原无此意,恐群小蒙蔽上皇,或致生事,陛下为天下主,当思为社稷计,防患未萌,岂可徒徇匹夫愚孝?且兴庆宫逼近民居,垣墙浅露,亦非至尊所宜安养,不若大内深严,奉居上皇,既可远避尘嚣,尤足杜绝小人,荧惑圣听。"<u>自己是小人,反说人家是小人,想是以己之腹,度人之心</u>。肃宗不禁泪下,且徐徐道:"上皇爱居兴庆宫,奈何遽请迁居?"言未已,突见张后出来,即从旁接口道:"妾为陛下计,亦是奏迁上皇,可免后虑,愿陛下采纳良言!"肃宗仍然摇首。<u>尚有父子情,但不能正言折服,终太优柔</u>。张后忿然道:"今日不听良言,他日不要后悔。"<u>泼悍之至</u>。说罢,即返身入内,肃宗依然未决。辅国退出,遍嗾六军将士,令他伏阙吁请,乞迎上皇居西内。肃宗只是下泪,不答一词。<u>堂堂天子,反效儿女子态,专知哭泣,是何意思?</u>辅国反出语将士道:"圣上自知从众,汝等且退。"将士等乃起身散去。

肃宗为了此事,乃忧闷成疾。辅国竟诈传诏敕,把兴庆宫的厩马三百匹,取了二百九十匹,只剩十匹,然后令铁骑五百人,待着睿武门外,自趋入兴庆宫，矫称上语，迎上皇游西内。上皇驰马出宫，高力士后随，至睿武门，忽见铁骑满布，露刃而立，上皇惊问何事？那骑士却应声道："皇上以兴庆宫湫隘，特迎上皇迁居西内。"上皇尚未及答，辅国即走近上皇驾前，来持御马。惹得上皇大骇，险些儿坠下马来。高力士赶前一步，向辅国摇手道："今日即有他变，亦须顾全礼义，怎得惊动上皇？"辅国回叱道："老翁太不解事。"力士不禁大怒道："李辅国休得无礼！五十年太平天子，辅国意欲何为？"这三语驳斥辅国，那辅国才觉禁受不起，慢慢儿的走开。力士又代上皇宣诰道："太上皇劳问将士，无事且退，不必护驾。"各骑士见辅国气馁，也不敢倔强，便各纳刃下拜，三呼万岁而退。力士复叱辅国道："辅国可为太上皇引马！"辅国只好上前，与力士相对执辔，导上皇入西内，居甘露殿中，辅国乃退。殿中萧瑟得很，但剩老太监数人，器具食物，都不甚完备，尘封户牖，草满庭除。比华清宫何如？上皇不觉唏嘘，执力士手道："今日若非将军，朕且为兵死鬼了。"力士从旁劝慰，上皇复道："我儿为辅国所惑，恐不得终全孝道，但兴庆宫是我王地，我本欲让与皇帝，皇帝不受，我乃暂住，今日徙居，还是我初志呢。"无聊语，聊以自慰。待至午餐，膳人进食，多是冷藏残羹，不堪下箸。上皇命膳人撤肉，且嘱："自今日始，不必进肉食，我当茹素终身。"愤极。草草食罢，直至酉刻，始有老宫婢数人，拨来侍奉，且将上皇随身衣物，搬取了来，既见上皇，相向号泣。上皇亦流涕道："不必如此，我闻皇帝有疾，想此事非他主使哩。"嗣是与高力士闲步庭中，看侍婢扫除尘秽，芟薙草木，粗粗整理，才得少安。

辅国因矫旨移徙上皇，也恐肃宗见责，先托张后奏闻，再率六军将士，趋入内殿，素服请罪。肃宗被他挟迫，反用好言抚慰道："卿等为社稷计，防微杜渐，亦何必疑惧。"上皇处尚可任权阉矫制，对诸他人将何如？辅国等欢跃而出。时颜真卿已入任刑部尚书，却不忍坐视无言，遂率百僚上表，请问上皇起居。辅国竟诬为朋党，奏贬为蓬州长史，且把高力士陈玄礼等，一齐劾奏，说他潜谋叛逆，私引凶徒。里面又有张皇后浸润，竟勒令陈玄礼致仕，流力士至巫州，遣如仙媛至归州安置，迫玉真公主出居玉真观，另选后宫百余人，侍奉西内，令万安咸宜二公主，皆上皇女。入视服膳。看官！你想上皇至此，安心不安心呢？肃宗为张后辅国所制，竟不向西内问安，但遣人侍候上皇起居，只传言上疾未愈，就是对外事件，本令郭子仪出统诸道兵马，北攻范阳，又被鱼朝恩阻挠，事不果行。

到了仲冬时候，淮西节度副使刘展，竟造起反来，大扰江淮。江淮一带，虽经永王璘变乱，不久即平，尚无大害。乾元二年，襄州将康楚元张嘉延，及张维瑾曹玠等先后作乱，影响延及江淮，但也迭起迭亡，无碍大局。至刘展一反，竟横行江淮间，所过残破，蹂躏数州。溯源竟委。展初为宋州刺史，与御史中丞王

第五十七回　迁上皇阁寺擅权　宠少子逆胡速祸

铣，同领淮西节度副使。铣贪暴不法，展刚愎自用，节度使王仲铣，奏铣不法，将他诛死，并使监军邢延恩入陈展罪，亦请捕诛。延恩以展有威名，恐不受命，特向肃宗献策，请除展江淮都统，俟他释兵赴镇，中道逮捕云云。肃宗乃命延恩赍敕授展，哪知展已瞧破机关，谓须先得印节，然后启程。延恩没法，驰至江淮都统李峘处，说明原委，令峘暂交印信，转给与展。展乃上表谢恩，即带宋州兵七千，驰赴广陵。延恩无从下手，计划全然失败，天子无戏言，怎得为欺人计？延恩固误，肃宗尤误。急忙奔回广陵，联络李峘，并约淮东节度使邓景山，发兵拒展。展说峘反，峘说展反，彼此移檄州县，弄得大众疑惑，无所适从。但江淮都统的符节，已入展手，反似展奉敕赴任，理直气壮。兵民多不直李峘，未曾与展接仗，先已溃奔。峘奔宣城，延恩奔寿州，展长驱入广陵，遣将攻邓景山。景山复败，部兵亦溃。展乃连陷升润苏湖濠楚等州，江淮几无乾净土。景山与延恩，惶急得很，一面奏请调平卢兵援淮南，一面遣使促平卢节度田神功，愿以淮南子女玉帛，作为酬劳。神功正屯兵任城，立选精骑南下，到了彭城，才接诏敕，令他讨展，他却名正言顺，与展开仗。展连战皆败，弃城东走，神功得入广陵及楚州，纵兵大掠，复遣将分道追展，且约景山延恩等三面夹攻。展穷蹙至金山，为神功部将贾隐林追及，一箭中目，趁手杀死。三路兵搜剿余党，依次荡平。只平卢军沿途掳掠，计十余日，饱载而归。兵亦与强盗相等，苦哉南人！当时北方糜烂，南方本尚宁谧，至此百姓始受荼毒，前遭刘展，后遇神功，两次掠劫，当然十室九空了。刘展乱事，贻害不小，故叙述特详。还有阴忮贪贼的鱼朝恩，与李辅国狼狈为奸，镇日里蛊惑肃宗，范阳当攻不攻，是为朝廷所误，东京尚不可攻，偏朝恩定要肃宗下敕，催李光弼即速进兵。光弼上言贼锋尚锐，未可轻进，偏鱼朝恩责他逗挠，日遣中使督促。光弼不得已，会集朝恩等攻东京，择险列营。仆固怀恩自恃功高，因光弼屡加裁抑，有不满意，独引部下出阵平原，光弼使语怀恩道："依险列阵，可进可退，若列阵平原，败且立尽，思明未可轻视哩。"怀恩不从，正龃龉间，史思明骤马出城，悉众来犯，怀恩立足不住，便即退后。顿时牵动后军，连光弼也支持不住，只好返奔。思明乘势进击，杀死官军数千人，军资器械，多被夺去。光弼渡河，走保闻喜，河阳怀州，复为贼陷，唐廷闻得败状，上下震惊，忙增兵屯陕。神策节度使卫伯玉，自东京败还，到了陕城，急收集溃卒，与新军协力固守，不到数日，即有贼兵进攻，统将就是史朝义。伯玉引军出击，大破贼兵，朝义再却再进，伯玉三战三胜。思明闻朝义屡败，不禁愤愤道："竖子何足成大事？不如令他速死！"当下命朝义筑三角城，欲贮军粮，限一日告毕。到了傍晚，思明亲往按视，见城虽筑就，尚未泥垩，更痛詈朝义，叱他延缓，并令工役立刻加泥，须臾竣事，思明乃返，还是怒气勃勃，且行且语道："俟克陕州，定斩此贼。"看官！你道思明欲杀朝义，果止为攻陕一事么？说来也有一段隐情,差不多与禄山相似。

思明除夕生,禄山元日生,两人生年,只隔一日,又是同种同乡,同投军伍。禄山渐贵,思明尚未显达,土豪有女辛氏,尚未字人,偶见思明面目魁梧,暗生羡慕,便请诸父母,愿嫁思明。不去私奔,还算贞女。父母以思明微贱,不欲相攸,偏该女拚生觅死,硬欲嫁他,也只得听女自便。思明既娶得辛女,当然欢爱,惟前时已有私遇,怀妊未产,未几即生一子,取名朝义。思明得禄山荐举,积功至将军,辛氏亦生子朝清,思明因自负道:"自我得辛氏为妻,官得累擢,又庆添丁,想是我妻福命过人,所以有此幸遇哩。"嗣是益宠辛氏,并爱朝清,渐渐的嫉视朝义。只朝义素性循谨,待士有恩,朝清淫酗好杀,士卒多乐附朝义,怨恨朝清,所以思明僭称帝号,已立辛氏为后,独至建储一事,始终未决。及朝义攻陕屡败,遂决议除去朝义,立朝清为太子。三角城竣,即于次日下令,再命朝义攻陕,阅日未克,便当斩首,并在鹿桥驿待报,这令一下,朝义原是自危,就是朝义部下,亦皆恐惧。部将骆悦蔡文景,密白朝义道:"陕城岂一日可下?悦等与王,明日就要骈首了。"朝义道:"奈何奈何?"悦复道:"主子欲废长立幼,所以借此害王,今日只好强请主子,收回成命,或可求生。"朝义俯首不答。悦与文景齐声道:"王若不忍,我等将降唐去了。"好似严庄之说庆绪,惟口吻却是不同。朝义急得没法,不得已语二人道:"君等须好好入请,毋惊我父!"

悦等遂率部兵三百,待夜入驿,托言有要事禀报,径入思明寝所,四顾不见思明,便叱问寝前卫士。卫士已缩做一团,不敢遽答。悦与文景,立杀数人,才有人说他如厕,指示路径。悦等驰入厕所,仍然不见思明,忽闻墙后有马铃声,亟登墙瞭望,见有一人牵马出厩,正在跨鞍。悦部下周子俊,弯弓发矢,正中那人左臂,堕落马下。子俊即逾垣出视,悦等亦相继跃出,到了马前,仔细一瞧,正是思明。当将他两手反剪,捆绑起来。随笔叙来,确是夜景。思明受伤未死,便问由何人倡逆。悦大声道:"奉怀王命!"思明道:"我早晨失言,应有此事,但为子岂可弑父?为臣岂可弑君?尔等难道未知么?"悦复道:"安氏子为何人所杀?况足下杀人甚多,岂无报应?"答语妙甚。思明太息道:"怀王怀王,乃敢杀我么?但可惜太早,使我不得至长安。"悦不与多言,竟牵思明至柳泉驿,令部兵守着,自还报朝义道:"大事成了。"朝义道:"惊动我父否?"悦答言未曾,遂令许季常往告后军。季常即许叔冀子,叔冀正与周挚驻军福昌,一闻季常入报,叔冀却不以为意,既可叛唐,何妨叛思明。挚惊仆地上,也是个没用家伙。季常驰还,悦即劝朝义道:"一不做,二不休,大义灭亲,自古有的。"弑父也足称大义吗? 朝义已不知所为,支吾对答,悦遂至柳泉驿,缢杀思明,借毡裹尸,用橐驼载还东京。路过福昌,托思明命,召周挚出见,挚还疑思明未死，贸然出迎，甫至悦军中，即由悦指麾部兵，把他拿下，一刀两段。当下遣使奉迎朝义，共至东京。朝义即日称帝，改元显圣，令部将向贡阿史那玉，率数百骑往范阳，令图朝清。朝清尚未知思明死耗，既见贡玉，便问及思明安否？贡伪说道："闻主上将立王为太子，特令贡等促王入侍，请王即日启行！"朝清大喜，即命治装。贡与玉退出后，密令步骑入牙城，专俟朝清出来，便好动手。偏朝清得微察密谋，竟擐甲登城楼，召贡诘问。贡潜伏隐处，但遣玉陈兵楼下，与相辩答。朝清怒起，拈弓在手，射毙玉军数人，玉返马佯奔，那朝清不识好歹，下楼出追，才经百余步，贡在朝清背后，骤马发箭，立将朝清射倒。玉还马再战，杀退朝清左右，便将朝清擒住，复与贡突入城中，揭示朝义檄文，一面搜获朝清母辛氏，与朝清一并杀讫。辛氏愿嫁思明得为皇后，当时似具慧眼，哪知却如是收场。朝清本不得志，见了朝义榜示，及贡玉各军，或俯首迎降，或袖手避去。独张通儒闻变，召集部下，前来拒战，终因士卒离心，为乱军所杀，范阳乃定。朝义遣部将李怀仙为幽州节度使，留守燕京。但朝义所部节度使，多系禄山旧将，思明僭号时，已多是阳奉阴违，此次朝义嗣立，更不愿受命，眼见得势处孤危，不久将灭了。

　　肃宗仍令各道节度使，进攻朝义，且加李辅国为兵部尚书，执掌全国军务。看官！你想国家军政，何等重大？岂可为阉奴所玩弄吗？那肃宗还是昏愦糊涂，在大明宫建设道场，讽经祷福，号宫人为佛菩萨，北门武士为金刚神王，召大臣膜拜围绕，一面去尊号及年号，以建子月为岁首，子月朔日，受百官朝贺，如元日仪。会张后生一婴女，肃宗非常钟爱，暇辄怀抱。山人李唐入见，肃宗正抱弄幼女，顾语唐道："朕颇爱此女，愿卿勿怪！"唐答道："太上皇思见陛下，想亦似陛下垂爱公主呢。"因机讽谏，唐颇怀忠。肃宗不觉泣下，但尚惮着张后，不敢诣西内，直至残腊相近，方往朝一次。越年，河东军乱，杀死节度使邓景山，自推兵马使辛云京为节度使。未几，绛州行营又乱，前锋将王元振，又杀死都统李国贞。镇西北庭行营兵，复杀死节度使荔非元礼，自推裨将白孝德为统帅。警报络绎不绝，肃宗乃封郭子仪为汾阳王，知诸道节度行营，兼兴平定国等副元帅。子仪奉命至绛州，召入王元振，数罪正法。辛云京闻风生畏，也查出乱首数十人，一并按诛，河东诸镇始皆奉法。肃宗得子仪奏报，心下稍慰，但为张后李辅国所使，反害得无权无柄，一切举动，不得自由，免不得抑郁寡欢，时患不豫。上皇寂居西内，种种怅触，尤觉得少乐多忧，凄然欲尽。曾记上皇尝自吟道：

　　　　刻木牵丝作老翁，鸡皮鹤发与真同。
　　　　须臾舞罢寂无事，还似人生一世中。

是时上皇已七十八岁了，年力衰迈，禁不住忧病相侵。忽有一方士从西方来，自言能觅杨太真，欲知他如何觅法，且至下回再表。

先圣有言，身修而后家齐，家齐而后国治，国治而后天下平，此实千古不易之至论，试证诸本回而益恍然矣。玄宗纳子妇为妃，便生出许多祸乱，后来且受制于子妇，不能修身齐家者，宁能治国平天下乎？肃宗嬖悍妻，任权阉，为子不孝，为夫不义，为君不明，是亦一不能修齐，即不能平治之明证也。即如安史之亡，虽由逆报昭彰，万不能避，然安禄山之死，死于妇人，史思明之死，亦未始不死于妇人。废长立幼之议起，而搥胸击颈之祸作。身不修，家不齐，必至杀身覆家而后止，遑问治国平天下耶？

第五十八回　弑张后代宗即位　平史贼蕃将立功

却说西蜀来一方士，入见上皇，自言姓杨名通幽，法号鸿都道士，有李少君术，李少君系汉武时人。能致亡灵来会。上皇大喜，即命在宫中设坛，焚符发檄，步罡诵咒，忙乱了好几日，杳无影响。通幽入禀上皇道："贵妃想是仙侣，不入地府，待臣神游驭气，穷幽索渺，务要寻取仙踪，才行返报。"上皇自然照允。通幽乃命坛下侍役，不得妄动，亦不得喧哗，自己俯伏坛前，运出元神，往觅芳魂，约阅一日，并不见他醒悟，仍然伏着，又阅一日，还是照旧，直至三日有余，方霍然起身，自觉精力尚疲，又盘坐了一歇，始从袖中摸了一摸，然后趋至坛下，入谒上皇。上皇即问他有无觅着？通幽道："臣已见过贵妃了，取有信物，可以作证。"说至此，即从袖中取出两物，乃是金钗半支，钿盒半具，呈与上皇。上皇接过一瞧，乃是初召杨妃时，作为定情的赐物，但不过缺了一半，便问从何处取来？通幽道："说来话长，待臣详奏。"从通幽口中，叙出情事，方有来历，不然，有谁见通幽四觅耶？上皇赐他旁坐，通幽谢座毕，乃坐谈道："臣运出元神，游行霄汉，遍觅上界仙府，并无贵妃踪迹，转入地府中，又四觅无着，再旁求四虚上下，东极大海，逾蓬壶岛，才见仙山缥缈，仙阙迷离，下有洞户东向，双扉阖住，门上恰署有'玉妃太真院'五字。臣因贵妃生时，曾号太真，正好叩门入见，当有双鬟启户出视，问明由来，再行入报。俄有碧衣侍女，出导臣入，再诘所从。臣答言为太上皇传命，碧衣女却说是：'玉妃方寝，令臣少待。'言已自去。是时云海沉沉，洞天日晚，琼户重阖，悄然无声。臣静候多时，才由碧衣女传宣，命臣入谒。但见侍女七八人，拥一仙子登堂，冠金莲，披

第五十八回　弑张后代宗即位　平史贼蕃将立功

紫绡，佩红玉，曳凤舄，云鬟半鬘，睡态犹存，臣料她定是贵妃，便上前致命。贵妃亦向臣答揖，且问上皇安否？次问及天宝十四载后时事，臣一一答讫，贵妃叹息数声，令碧衣女取出金钗钿盒，折半授臣，且语臣道：'为谢太上皇，谨献是物，聊寻旧好。'臣接受钗钿，复问贵妃在日，与太上皇有无密词？贵妃乃徐徐道：'天宝十载，侍驾避暑，曾于七夕夜间，在长生殿中乞巧，与上皇对天密誓，有"世世愿为夫妇"一语，此语只有上皇知晓，可作凭信。'"上皇听到此言，不禁泫然道："确有此事，此外尚有他语否？"通幽复道："贵妃又说为此一念，恐再堕下界，重结后缘。惟上皇为孔升真人后身，不久即当重聚，好合如初。幸为转达圣躬，毋徒自苦。"上皇流涕道："我情愿速死，如贵妃言，且得重聚，真是早死一日好一日了。"通幽起拜道："臣恐蹈新垣平覆辙，新垣平亦汉武时人。故不避嫌疑，依言详述。"上皇道："这有何妨，不过卿为朕劳苦了。"遂命左右取出金帛，赐给通幽。通幽谢赏而退，仍还西蜀去了。

究竟此事是真是假，也无从辨明。恐未必全真。惟上皇自迁居西内，久不茹荤，及经通幽奏陈后，更辟谷服气，累日不食。看官试想！一个肉骨凡胎，哪能时常绝粒？辟谷不过美名，祈死实是真相。况且老病缠绵，悲怀莫诉，形同槁木，心如死灰，眼见得是要与世长辞了。临崩前一日，尚吹紫玉笛数声，调极悲咽，相传有双鹤下庭，徘徊而去。次日已气息奄奄，召语侍儿宫爱道："我本孔升真人，降生尘世，今将重赴仙班，当与妃子相见，亦复何恨。"又指示紫玉笛道："此笛非尔所宝，可转给大收，系代宗豫小字。尔可为我具汤沐浴，俟我就枕，慎勿惊我。"宫爱乃奉上香汤，侍上皇沐浴更衣，安卧榻上，方才退出。是夕宫爱闻上皇有笑语声，尚不敢入视，黎明进见，上皇双目紧闭，四肢俱僵，已呜呼哀哉了。统计玄宗在位四十三年，居蜀二年有余，还居大内又五年，寿七十八岁而崩，后来尊谥为大圣大明皇帝，所以后世沿称为唐明皇。补语断不可少。

肃宗已好几月不朝上皇，蓦闻上皇升遐，不免悲悔交集，号恸不食，病且转剧，乃只在内殿举哀，令群臣临太极殿，奉梓宫至殿中治丧。蕃官追怀上皇遗德，剺面割耳，多至四百余人，越日，命苗晋卿摄行冢宰，且诏太子豫监国。适楚州献上宝玉十三枚，群臣表贺，且上言太子曾封楚王，今楚州降宝，宜应瑞改元，乃改上元三年为宝应元年，仍以建寅为正月，下诏特赦，放还流人。高力士自巫州遇赦，还至朗州，闻上皇已崩，悲不自胜，甚至呕血数升，不久即殁。享年亦七十九岁。力士虽是宦官，还算瑕瑜互见，特书死以表其忠。肃宗病笃，宫中又发生内乱，原来张后辅国，本是内外勾结，互相为援。后来辅国专权，连张后也受他挟制，以此积不能容，致成嫌隙。女子小人，往往如是。后见肃宗疾亟，召太子入语道："李辅国久典禁兵，制敕皆从彼出，且擅事逼迁上皇，为罪尤大。自己本与同谋，至此反欲抵赖。他心中所忌，只有我与太子，今主上弥留。辅国连结程元振等，阴谋作乱，不可不诛。"太子流涕道："皇上抱病甚剧，不便入告。若骤诛辅国，必致震惊，此事只好缓议罢。"后乃答道："太子且归！待后再商。"太子趋出，后更召越王系入议，且与语道："太子仁弱，不能诛贼臣，汝可能行否？"系是肃宗次子，初封南阳，后徙封越，曾见五十五回。本来是痛恨辅国，至是听着后言，竟满口承认下去。乃即命内监段恒俊，就阉寺中挑选精壮，得二百人，授甲殿后。欲以阉奴除阉奴，已是失策。

不料为程元振所闻，竟告知辅国。元振曾为飞龙厩副使，与辅国同类相关，联为指臂，当下号召党徒，至凌霄门探听消息。适值太子到来，意欲入门，辅国元振，即上前拦住道："宫中有变，殿下断不可轻入。"太子道："有甚么变端？现有中使奉敕召我，说是皇上大渐，我难道就畏死不入吗？"元振道："社稷事大，殿下还应慎重。"说着，即指麾党羽，拥太子入飞龙殿，环兵守着。自与辅国诈传太子命令，号召禁兵，闯入宫中，搜捕越王系段恒俊等，将他系狱。张后闻变，忙奔至肃宗寝室内，冀避兵锋。不意辅国胆大妄为，竟带兵数十人，突入帝寝，逼后出室。后哪里肯行，哀乞肃宗救命。肃宗已死多活少，经此一急，顿时气壅，喘吁吁的说不出话。可恨辅国目无君上，遽将张后两手扯住，拖出寝门，比曹阿瞒，还要厉害。一面捕张后左右，共数十人，同牵至冷宫中，分别拘禁，内侍宫姜，相率骇散。肃宗第六子兖王偁，闻乱入宫，巧巧碰着李辅国，问为何事起变？辅国诬言皇后谋逆。偁止驳斥数语，又被辅国麾兵执住。更可怜那在位七年，改元四次，享寿五十二岁的肃宗皇帝，独自卧在床上，又惊又骇，又悲又恼，喘急多时，无人顾问，竟就此了结残生。宠任妇寺，应该如此。辅国自往探视，见肃宗已是死去，遂出来嘱托党徒，分头行事，勒毙张皇后，杀死张后左右数十人。外如越王系兖王偁段恒俊等，一古脑儿牵出开刀，不留一人，张后尚有一子，年仅三龄，取名为偁，已封定王，辅国欲斩草除根，复亲往搜捕，哪知这身在褓襁的小儿，因无人照管，已是骇死，不劳顾问了。全尸而死，还算幸事。

辅国乃与元振同入飞龙殿，请太子素服，出九仙门，与宰相等相见，述及肃宗晏驾事。摄冢宰苗晋卿，年逾七十，素来胆小，不能有为。新任同平章事元载，由度支郎中升任，专知刻剥百姓，趋媚权要，当然不敢发言。彼此唯唯诺诺，一听辅国处分。于是至两仪殿，发肃宗丧，奉太子即位柩前。越四日始御内殿听政，是为代宗。辅国竟自命为定策功臣，越加专恣，且语代宗道："大家注见前。但居禁中，外事自有老奴处分。"代宗听了，也觉心下不平，但因他手握兵权，不便指斥，只好阳示尊礼，呼为尚父，事无大小，俱就咨询，就是群臣出入，亦必先诣辅国处所。辅国侈然自大，呼叱任情，未几且加职司空，兼

第五十八回 弑张后代宗即位 平史贼蕃将立功

中书令。程元振亦升任左监门卫将军。追尊生母吴氏为皇后，加谥章敬。吴氏幼入掖庭，得侍肃宗，当代宗怀妊时，曾梦金甲神用剑决胁，醒后顾视胁下，尚隐隐有痕。后生代宗，玄宗因得生嫡皇孙，亲视洗澡，保姆因儿体孱弱，另取他宫儿以进。玄宗谛视，有不悦状，保姆乃叩头实陈。玄宗道："快取本儿来！"及见嫡孙，欣然道："你等以为体弱，我看他福过乃父哩。"遂召入肃宗，一同欢宴，且顾语高力士道："一日见三天子，也可为乐事了。"惟吴氏有德无寿，殁时年止十八，至此始追册为后，且追复玄宗废后王氏位号，并玄宗子瑛瑶琚三人，皆复故封。废肃宗后张氏，及越王系兖王侗皆为庶人，封长子适为鲁王，次子邈为郑王，三子回为韩王。适为代宗侍女沈氏所出，自安禄山陷入长安，沈氏不及出奔，被掳至东京。及东京克复，得与代宗相见，仍留居行宫，未及西归。至史思明再入东京，沈氏竟不知去向。代宗遣使四访，仍无下落，乃将后位虚悬，但册韩王回母独孤氏为贵妃，所有肃宗旧侍，如知内省事朱光辉，内常侍㕙庭瑶，及山人李唐等三十余人，均远流黔中。李辅国素恨礼部尚书萧华，因贬华为峡州司马。程元振暗忌左仆射裴冕，因出冕为施州刺史。唐廷只知有李程，不知有代宗。

　　既而李程两人，亦互争权势，程元振密白代宗，请裁制辅国，乃解辅国行军司马，及兵部尚书兼职，且把他迁居外第。辅国始有戒心，上表逊位，有诏罢辅国兼中书令，进爵博陆王。_{宦官封王，旷古未闻。}辅国入谢，愤咽陈词道："老奴死罪，事郎君不了，愿从地下事先帝。"_{竟称代宗为郎君，彼心目中岂尚有天子耶！}代宗虽听不下去，表面上尚虚与周旋，好言慰谕。辅国乃悻悻出去。后来与元振商得一策，密遣牙门将杜济，入辅国第，刺杀辅国，截去右臂，并枭首掷坑厕中。杜济返报，代宗令他潜避，佯下敕令有司捕盗，一面刻木代首，合尸以葬，赠官太傅，惟谥法却是一个"丑"字。看官听说！代宗本来嫉视辅国，只因张后生前，常有易太子意，代宗时怀疑惧，及辅国擅杀张后，为代宗除一障碍，代宗反感念辅国，所以不欲明诛，但加暗杀，这无非是私心自用呢。_{代宗不明诛辅国，显然失刑，况去一辅国，存一元振，亦何分优劣乎？}元振再超任骠骑大将军，独揽政权，且召郭子仪入朝，意图构害。子仪闻命即至，请自撤副元帅及节度使职衔，有旨准奏。徙封鲁王适为雍王，特授天下兵马元帅，令统军讨史朝义。且遣中使刘清潭，至回纥征兵。先是回纥太子叶护，归国取马，拟再来助讨范阳，_{应五十五回。}偏葛勒可汗，不肯再发兵马，反上言请婚。肃宗方倚重回纥，即将幼女宁国公主，许嫁葛勒可汗，且亲送女至咸阳，慰勉再三。公主泣道："国家多难，以女和蕃，死且不恨。"语毕即行。既至回纥，尊为可敦，并献马五百匹，及貂裘白毡等，作为谢仪。有诏册封葛勒为英武威远毗伽可汗，葛勒拜受，惟太子叶护，因与肃宗立有旧约，愿自领兵助攻范阳。葛勒可汗仍然不从，父子间致启违言，惹得葛勒动怒，竟将叶护逼死，后来颇也自悔，遣王子骨啜特勒，宰相帝德等，率骑兵三千，与九节度等同攻相州。即邺城。九节度败溃，骨啜等亦奔还京师，由肃宗厚赐遣还。葛勒可汗，复为少子移地健乞婚，肃宗乃取仆固怀恩女，遣嫁移地健。俄而葛勒可汗病终，宁国公主，以无子得还，移地健嗣立，号牟羽可汗，以怀恩女为可敦，使大臣莫贺达干等入朝，并问公主起居。

及代宗即位，远敕未颁，史朝义计诱回纥，诈称唐室两遇大丧，中原无主，请回纥入收府库，可得巨赀。牟羽可汗信为真言，即引兵南行，途次正与刘清潭相值。牟羽即问清潭道："唐室已亡，怎得有使？"清潭答道："先帝虽弃天下，今嗣皇即广平王，曾与可汗兄叶护，共收两京，且曾岁给贵国缯绢，难道已忘怀么？"牟羽无言可驳，乃偕清潭入塞，沿途见州县空虚，烽障无守，复有轻唐意，免不得嘲笑清潭。清潭密报唐庭，代宗乃遣怀恩往抚，再命雍王适统兵至陕，迎劳回纥可汗。雍王适到了陕州，回纥兵亦至，列营河北，适与御史中丞药子昂，兵马使魏琚，元帅府判官韦少华，行军司马李进，共诣回纥营，与牟羽可汗相见。牟羽踞坐胡床，令适拜舞。药子昂趋进道："雍王系嫡皇孙，两宫在殡，礼不当拜舞。"此语亦未免失辞。回纥将车鼻，在旁诘问道："唐天子与可汗，曾约为兄弟，雍王见我可汗，当视如叔父，怎得不拜舞哩？"子昂固拒道："雍王为大唐太子，将来即为中国主，岂可向外国可汗拜舞么？"车鼻不应，竟麾令军士，拥子昂等四人至帐后，各鞭百下，乃令随适回营。少华与琚，不堪痛苦，是夕竟殁。也是国耻。

诸道节度使，陆续会集，闻雍王为回纥所辱，拟袭击回纥，为雪耻计。雍王以贼尚未灭，不应轻启衅端，乃含忍而止。回纥见官军大集，气亦少夺，乃愿同讨贼。于是仆固怀恩，引回纥兵为前驱，郭英乂鱼朝恩为后殿，出发陕州。雍王适在陕居守，遥作声援。各军向东京进发，泽潞节度使李抱玉，与河南等道副元帅，俱率兵来会，直抵东京北郊，遂分军拔怀州，合阵横水。贼众数万，立栅固守。怀恩遣骁骑及回纥兵，绕道南山，出栅东北，与大军前后夹击，得将贼栅冲破，毙贼甚多。史朝义自领精兵十万，出城援应，列阵昭觉寺旁，官军连击不动。镇西节度使马璘道："事已急了，不出死力，如何破贼？"说着，即一马当先，奋突贼阵。贼前队多盾牌手，由璘用长槊拨去两牌，骤马径入。官军随势拥进，贼众披靡，奔至石榴园老君庙，方拟小憩，又被官军赶到，大杀一阵。贼无心再战，自相践踏，尸满山谷。官军斩首六万级，捕掳二万人。朝义领轻骑数百，东走郑州，怀恩进克东京，乘胜夺河阳城，留回纥可汗屯河阳，令子右厢兵马使玚，及朔方兵马使高辅成，率步骑万余，追击朝义，至郑州再战再捷。朝义又东走汴州，伪陈留节度使张献诚，闭门不纳，朝义转

第五十八回　弑张后代宗即位　平史贼蕃将立功

趋濮州，渡河北奔。是时官军依次北向，东京乏人居守，回纥兵自河阳入东京，肆行杀掠，纵火连旬，可怜东京居民，三次遭劫，徒落得庐黔垣赭，家尽人空。乱世人民，真是没趣。怀恩也不遑顾及，闻前军得胜，也亲往追贼。朝义且战且奔，滑州卫州，均被怀恩克复。伪睢阳节度使田承嗣等，来援朝义，与怀恩子玚鏖战半日，又复败退，偕朝义同走莫州。官军争传露布，且遍檄两河，令贼党自拔来降。伪邺州节度使薛嵩，向李抱玉处投诚，举相卫洺邢四州来降。伪恒阳节度使张忠志，向辛云京处投诚，举恒赵深定易五州来降。承嗣与朝义居莫州城，勉强支过残年。越年，唐廷已改元广德，且饬各军进讨，加怀恩为河北副元帅。怀恩乃令兵马使薛兼训郝廷玉等，会同田神功辛云京两节度，进围莫州。史朝义屡出拒战，无一胜仗。官军锐气未衰，淄青节度使侯希逸，又复踵至，眼见得斗大孤城，不日可下，田承嗣自知不支，劝朝义亲往幽州，发兵还救。朝义乃率锐骑五千，自北门突围夜走。承嗣即投款官军，把朝义母妻子女，作为贽敬，一古脑儿献至军前。官军收得俘虏，也不及入城，再向前追蹑朝义。

朝义踉跄北走，一口气跑至范阳城下，但见城门紧闭，城上已竖起大唐旗帜，这一吓非同小可，险些儿跌下马来。嗣见城楼上立着一将，却是面熟得很，仔细一想，记得是范阳兵马使李抱忠，便呼抱忠与语道："汝等为何叛我？须知食我禄，当为我尽忠，我因莫州被围，特率轻骑到此，发兵往援，汝等若尚知君臣大义，应即洗心悔过，共支大局。"言未已，那抱忠已应声道："天不祚燕，唐室复兴，今我等已经归唐，岂得再为反复？大丈夫耻以诡计相图，愿早择去就，自保生全。"朝义闻言，半晌才说道："我今日尚未得食，可能饷我一饱否？"抱忠应诺，令人馈食城东。朝义与部骑食讫，远远听有喊杀声，恐是唐军追至，急急的奔往广阳。广阳亦闭门不纳，谋投奚契丹。部骑已陆续散去，范阳留守李怀仙，遣兵追还。朝义料难保全，遂缢死医巫闾祠下。怀仙取朝义首，赍献长安。总计史氏父子，僭号凡四年而亡。比安氏较多一年。李怀仙薛嵩田承嗣张忠志，次第至怀恩军营，请随军效力。怀恩恐贼平宠衰，仍奏留四人复职。代宗已是厌兵，竟如所请。薛嵩为相卫邢洺贝磁六州节度使，田承嗣为魏博德沧瀛五州节度使，李怀仙仍守故地，为卢龙节度使。张忠志本是奚人，特赐姓名为李宝臣，仍统恒赵深定易五州，且称他部军为成德军，令为成德军节度使。一面下诏大赦，凡东京及两河伪官，既已反正，不究既往。于是叛臣许叔冀以下，均得以意外免死，侥幸全生。遗祸无穷。小子有诗叹道：

　　　　姑息由来足养奸，况经事房叛天颜。
　　　　未明功罪徒施惠，贼子何堪帝宠颁。

还有回纥部众，所过抄掠，尚未肯敛兵归国，后来如何处置，且至下回再详。

张后有可杀之罪，辅国非杀张后之人，此二语实为确评。况张后之谮杀建宁，谋迁上皇，无一非辅国与谋，设当时无辅国其人，吾料张后孤掌难鸣，亦未必果能遂恶也。纲目书杀不书弑，汪克宽尝驳斥之，张天如亦谓张后谋诛辅国，事虽不成，英武却非帝所及。然后辅国之逼死张后，当乎？否乎？宦官而可杀后也，是赵盾之于晋君，公子归生之于郑伯，《春秋》何必书弑乎？宜清高宗之斥纲目为失当也。代宗不能诛贼，反感其有杀后之功，拜相封王，宠贵无比，厥后入程元振言，乃遣人刺死之；功罪不明，已可概见。至若史朝义僭踞东京，已成弩末，既不必借兵回纥，亦无庸特任亲王，但令郭李为帅，已足荡平河朔，一误不足，且于贼将之乞降，仍令握兵任重，所有伪官，悉置不问，天下亦何惮而不再反也？呜呼代宗！呜呼唐室！

第五十九回　避寇乱天子蒙尘　耀军徽令公却敌

却说回纥可汗纵兵四掠，人民骇散，市落为墟。泽潞节度李抱玉，方受命兼辖陈郑，拟遣官属劝阻，无人敢往。独赵城尉马燧请行，燧闻回纥兵入境，先遣人纳赂渠帅，约无暴虐。渠帅因贻一令旗，与燧面约道："如有犯令，请君自加捕戮，决无异言。"燧取旗弹压，回纥兵相顾失色，愿遵约束。会唐廷论功行赏，特册回纥可汗为英义建功毗伽可汗，可敦为毗伽可敦，且自可汗至宰相，共赐实封二万户，以下亦封赏有差。回纥可汗，始满意而去。代宗乃大赉群臣，如正副元帅，及各道节度，悉赠官阶。惟山南东道节度使来瑱，本已召入为兵部尚书，兼同平章事，偏程元振与瑱未协，说他与贼通谋，竟坐流播州，旋且赐死。瑱旧时部曲，大为不平，特推兵马使梁崇义为统帅，唐廷却不能讨，乃命崇义为山南东道节度留后。留后之名自此始。崇义为瑱讼冤，乞为改葬，有诏许改葬事，瑱始得还正首邱。

代宗因乱事粗平，始封玄宗于泰陵，肃宗于乔陵，嗣分河北诸州为五部，各专责成。幽莫妫檀平蓟六州，归幽州管辖；恒定赵深易五州，归成德军管辖；相贝邢洺四州，归相州管辖；魏博德三州，归魏州管辖；沧棣冀瀛四州，归淄青管辖；怀卫二州及河阳，归泽潞管辖，各设节度使。历叙疆域，为后文各节度争乱伏案。余节度使各仍旧境。仆固怀恩以功进尚书左仆射，兼中书令，坐镇

第五十九回　避寇乱天子蒙尘　耀军徽令公却敌

朔方，令护送回纥可汗归国，道出太原。河东节度使辛云京，恐怀恩与回纥连谋，以致见袭，因闭关自守，不敢犒师。怀恩恨他不情，上表白状，代宗不报。怀恩遂调朔方兵数万，屯驻汾州，令子玚屯兵榆次，裨将李光逸屯兵祁县，李怀光屯兵晋州，张维岳屯兵沁州。明是挟制云京。云京见环境皆敌，益滋危惧，适中使骆奉仙至太原，云京厚与结欢，令还报怀恩反状，怀恩亦奏请诛云京奉仙，代宗两不加罪，但优诏调停。皇帝出做和事老，国事可知。怀恩以功大遭谗，愤激的了不得，乃上书自讼道：

臣世本夷人，少蒙上皇驱策，禄山之乱，臣以偏裨决死靖难，仗天威神，克灭强胡。思明继逆，先帝委臣以兵，誓雪国仇，攻城野战，身先士卒。兄弟殁于阵，子姓殁于军，九族之内，十不一在，而存者疮痍满身。陛下龙潜时，亲总师旅，臣事麾下，悉臣之愚，是时数立微功，已为李辅国谗间，几至毁家。陛下即位，知臣负谤，遂开独见之明，杜众多之口，拔臣于汧陇，任臣以朔方，游魂反干，朽骨再肉。前日回纥入塞，士人未晓，京辅震惊。陛下诏臣至太原劳问，许臣一切处置，因得与可汗计议，分道用兵，收复东都，扫荡燕蓟。时可汗在洛，为鱼朝恩猜阻，已失欢心，及臣护送回纥，辛云京闭城不出，潜使攘窃，蕃夷怨怒，弥缝百端，乃得返国。臣还汾州，休息士马，云京畏臣劾奏，故构为飞谤，以起异端。陛下不垂明察，欲使忠直之臣，陷谗邪之口，臣所为抚心泣血者也。臣静而思之，负罪有六：昔同罗叛乱，骚扰河曲，臣不顾老母，为先帝扫清叛寇，臣罪一也；臣男玢为同罗所虏，得间亡归，臣斩之以令众士，臣罪二也；臣女远嫁外夷，为国和亲，荡平寇敌，臣罪三也；臣与子玚躬履行阵，不顾死亡，为国效命，臣罪四也；河北新附诸镇，皆握强兵，臣抚绥以安反侧，臣罪五也；臣说谕回纥，使赴急难，戡定中原，二陵复土，使陛下勤孝两全，臣罪六也。臣既负六罪，诚合万诛，惟当吞恨九泉，衔冤千古，复何诉哉？臣受恩至重，凤夜思奉天颜，但以来填受诛，朝廷不示其罪，诸道节度，谁不疑惧？且臣前后所奏骆奉仙，情词非不撼实，陛下竟无处置，宠任弥深，是皆由同类比周，蒙蔽圣听。窃闻四方遣人奏事，陛下皆云骠骑议之，可否不出宰相，远近益加疑沮。如臣朔方将士，功效最高，为先帝中兴主人，陛下不加优奖，反信谗言。子仪先已被猜，臣今又遭诋毁，弓藏鸟尽，信非虚言。倘不纳愚恳，且务因循，臣实不敢保家，陛下岂能安国？惟陛下图之！

代宗得怀恩书，遣同平章事裴遵庆赍敕至汾州，宣慰怀恩，怀恩跪听诏敕。待遵庆读毕，抱住遵庆两足，且泣且诉。遵庆忙扶起怀恩，极言圣眷方隆,可无他虑,因劝令入朝。怀恩以惧死为词,竟不肯入京。遵庆乃返报代宗,代宗尚得过且过,不以为意。忽由邠州传入急报,乃是吐蕃入寇,带同吐谷浑党项氏羌二十万众,鼓行而东,前锋已到邠州了。代宗大骇道:"虏众入境,如何有这般迅速?莫非边境各吏,统死了不成。"不是边吏俱死,实是你已经死了半个。当下召入群臣,亟筹控御。群臣统面面相觑,不敢发言。看官听着!邠州距离长安,不过数百里,吐蕃如此深入,应该早有边警,为何至此才闻呢?说来又有原因,正好就此补叙。自唐廷与吐蕃划界,立碑赤岭,总算和好了几年。及金城公主病殁后,金城公主遣嫁吐蕃主弃隶跋赞,俱见前文。吐蕃与唐失和,屡次窥边,经河陇诸节度使王忠嗣哥舒翰高仙芝等,先后守御,终不得逞。至安史迭乱,所有河陇戍兵,俱征召入援,边备乃虚。肃宗初年,吐蕃主娑悉笼猎赞,弃隶跋赞孙。乘唐内讧,迭陷威武河源等军,并取廓霸岷诸州。代宗即位,复陷临洮,朝廷使御史大夫李之芳等,往修旧好,反被羁住。至广德元年,郭子仪以吐蕃留使,不可不防,代宗不省。到了秋季,吐蕃引兵入大震关,连陷兰廓河鄯洮岷秦成渭等州,尽取河西陇右地。边吏陆续告急,俱被程元振阻匿,不使上闻。虏众长驱直入,泾州刺史高晖,开城迎降,反导虏众深入邠州,代宗才得闻知。宰相以下,均无方法,只好再请出郭子仪,令为副元帅,出镇咸阳。正元帅就用了雍王适。适不过是个皇子,名位虽尊,究竟无拳无勇,子仪闲废已久,所有部曲,多已离散,至是仓猝召募,只得二十骑,便即起行。及抵咸阳,吐蕃兵已逾奉天武功,渡渭而来。子仪亟使判官王延昌入奏,请速添兵,偏又为程元振所阻,不得入见。渭北行营兵马使吕月将,部下有锐卒二千,出破吐蕃前锋,后因寡不敌众,战败被擒。吐蕃兵径渡便桥,入攻京师。代宗惊惶失措,挈领妃嫔数人,与雍王适出奔陕州。适为元帅,如何不去拒敌?百官遁匿,六军逃散。

　　子仪闻京城危急,忙自咸阳驰还,一入京城,既无主子,又无兵马,徒觉得气象流离,不堪入目,正在没法摆布,蓦见将军王献忠,带着骑士五百;拥了丰王珙等,珙系玄宗子,曾见前文。拟出开远门,往迎吐蕃。子仪叱问何往?献忠下马语子仪道:"今主上东迁,社稷无主,公为元帅,何妨丧君立君,勉副民望。"子仪尚未及答,丰王珙已接口道:"公奈何不言?"子仪道:"怎有是理?"判官王延昌,正立在子仪左侧,便闪出道:"上虽蒙尘,未有失德,王为藩翰,奈何出此狂悖语?"子仪又叱献忠道:"你敢迎降虏众么?快护送诸王至陕,免受重谴。"献忠颇畏惮子仪,不敢违慢,乃偕丰王珙等东行。若非郭令公,恐已遭毒手了。子仪因京内无备,也随出城外,另行募兵。吐蕃兵遂得入京。高晖首先驰入,与吐蕃大将马重英等,纵兵焚掠。长安中萧然一空,遂劫广武王承宏为帝,承宏系邠王守礼孙。及前翰林学士于可封为相,且遣人持舆入苗晋卿家,

第五十九回　避寇乱天子蒙尘　耀军徽令公却敌

胁令为官。晋卿闭口不言,虏众倒也舍去。晋卿有此坚操,却也难得。子仪引三十骑,仍往咸阳,至御宿川,语王延昌道:"六军逃溃,多在商州,汝快往招抚。且发武关防兵,北出蓝田,驰向长安,吐蕃兵必遁归了。"延昌奉命入商州,传子仪令,招谕溃军。各军向服子仪,皆拱手听命,乃同延昌至咸阳。子仪泣谕将士,规复京城,大众皆感激涕零,愿遵约束。会凤翔节度使高升,及元帅都虞侯臧希让,各率数百骑到来,武关防兵,亦到千名,统共约有四千人,军势稍振,乃往报行在。代宗恐吐蕃兵出潼关,召子仪至陕郪跸,子仪遣人奉表,略言:"臣不收京城,无以见陛下,若出兵蓝田,虏必不敢东向,请陛下勿忧!"代宗乃听令子仪便宜行事。

会鄜坊节度判官段秀实,劝节度使白孝德发兵勤王,孝德即日大举,南趋京畿,与蒲陕商华合势,进击虏兵。子仪也遣左羽林大将军长孙全绪,率二百骑出蓝田,授以密计,并令第五琦摄京兆尹,与全绪同行;且调宝应军使张知节,率兵千人,作为后应,全绪至韩公堆,昼击鼓,夜燃火,作为疑兵。光禄卿殷仲卿,又募得兵士千人,来保蓝田,与全绪联络,选锐骑二百人,渡过浐水,游奕长安。吐蕃兵已经饱掠,正拟满载而归,突闻城中百姓,互相惊呼道:"郭令公从商州调集大军,来攻长安了。"既而吐蕃侦骑,亦陆续入城,报称韩公堆齐集官军,即日进薄城下。吐蕃统将马重英,不由的惶恐起来,是夜朱雀街中,复有鼓声骤起,接连是大众喧哗声,声浪模糊,约略是郭令公三字。郭令公就是郭子仪,前封代国公,后封汾阳王,因此人人叫他为郭令公,连外夷亦以令公相呼。有此令名,方能安内攘外。高晖闻郭令公到来,先已魂驰魄丧,黄夜东走。马重英亦站立不定,即于次日黎明,悉众北遁。其实郭子仪尚在咸阳,但由全绪遣将王甫,潜入城中,阴结少年数百人,乘夜鼓噪,吐蕃一二十万将士,竟被这郭令公三字,驱逐开去,好似一道退兵符。这都是子仪密授全绪的妙计。

全绪遂与第五琦入京,遣使向子仪报捷,子仪转奏行在,请代宗回銮。代宗正巡阅潼关,先由丰王珙等入谒,倒也不去责他,至退入幕中,珙语多不逊,为群臣奏闻,才命赐死。高晖到了潼关,为守将李日越所执,奏请正法。及子仪奏至,即命子仪为西京留守,第五琦为京兆尹,元载为元帅府行军司马。子仪即奉诏入京,令白孝德高升等,分屯畿县,再表请代宗返驾。程元振素嫉子仪,尚劝代宗往都洛阳。看官试想!这次吐蕃入寇,代宗东走,统是程元振一人从中壅蔽,遂致酿成此祸,就是代宗奔陕后,屡发诏征诸道兵,各节度使都痛恨元振,无一应召,连李光弼也勒兵不赴。郭李优劣,至此分途。当时扈驾诸臣,尚莫敢弹劾,独太常博士柳伉上疏,略云:

犬戎犯关度陇,不血刃而入京师,剑宫阙,焚陵寝,武士无一力战者,此将帅叛陛下也。陛下疏元功，委近习，日引月长，以成大祸，群臣在庭，无一人犯颜回虑者，此公卿叛陛下也。陛下始出都，百姓阗然夺府库，相杀戮，此三辅叛陛下也。自十月朔召诸道兵，尽四十日无只轮入关，此四方叛陛下也。陛下必欲存宗庙，定社稷，独斩程元振首，驰告天下，悉出内使隶诸州，持神策兵付大臣，然后削尊号，下诏引咎，如此而兵不至，人不感，天下不服，臣愿阖门寸斩，以谢陛下。

这疏上去，代宗始为感动。但终因元振有保护功，止削夺官爵，放归田里。一面下诏回銮，自陕州启行。左丞颜真卿，请代宗先谒陵庙，然后还宫。元载不从，真卿厉声道："朝廷岂堪令相公再坏么？"载乃默然，惟由是衔恨真卿。为下文伏笔。郭子仪带领百官，至浐水东迎驾，伏地待罪。代宗面加慰劳道："用卿不早，致有此难。今日联得重归，皆出卿力，功同再造，何罪可言？"子仪拜谢。代宗入城谒庙，方才回宫。越日封赏功臣，赐子仪铁券，图形凌烟阁，以下进秩升阶，不消细述。惟广武王承宏，逃匿草野，代宗特赦不诛，但放至华州，未几，病死。也是失刑。代宗罢苗晋卿裴遵庆相职，再任李岘为同平章事，进鱼朝恩为天下观军容宣慰处置使，使总禁兵，令骆奉仙为鄠县筑城使，即令统鄠县屯军。元振方黜，又重用鱼骆，代宗真愚不可及。先是代宗在陕，颜真卿驰往扈驾，请召仆固怀恩勤王，代宗不许，至还京后，逾年正月，特命真卿宣慰朔方行营，谕怀恩入朝。恩是由元载所请。真卿入谏道："陛下在陕，臣若奉诏往抚，责以大义，彼或为微功计，尚肯南来，今陛下还宫，彼已无功可图，岂还肯应诏么？陛下不若令郭子仪代怀恩，子仪曾为怀恩主将，且素得朔方士心，令他往代，可不战自服了。"代宗尚迟疑未决。会节度使李抱玉从弟抱真，曾为汾州别驾，独脱身归京师，报明怀恩已有反志，请速调子仪往镇朔方。代宗若果行此议，何致有朔方之乱。代宗方不遣真卿，只调遣子仪的诏敕，一时未下，且因立雍王适为皇太子，授册行礼，宫廷庆贺，也无暇顾及怀恩。蹉跎了好几日，接到河东节度辛云京急报，说是："怀恩已反，令子玚来寇太原，已由臣将他击退，现向榆次县去了，请即发兵征讨！"代宗览到此奏，即召谕子仪道："怀恩父子，负我实深，闻朔方将士思公，几如大旱望雨，公为朕往抚河东，汾上各军，当不致一体从逆呢。"遂面授子仪为关内河东副元帅，兼河中节度等使。

子仪拜命即行，甫至河中，闻仆固玚为下所杀，怀恩北走灵州，河东已得解严了。看官道怀恩父子，为何一蹶至此？原来玚素刚暴，自太原败后，转围榆次，又是旬日不下，他令裨将焦晖白玉，往发祁县兵。晖与玉调兵趋至，玚责他迟慢，几欲加罪，两人虑有不测，即于夜间率众攻玚，把玚杀死。怀恩在汾州闻警，不免悲恸，忽由老母出帐，怒责怀恩道："我语汝勿反，国家待汝不

第五十九回　避寇乱天子蒙尘　耀军徽令公却敌

薄,汝不听我言,遂有此变。我年已老,恐且因此受祸,问汝将如何处置?"怀恩无言可答,匆匆趋出。母提刀出逐道:"我为国家杀此贼,取贼心以谢三军。"贼子却有贤母。怀恩急走得免。嗣闻麾下将士,因子仪出镇河中,都窃窃私语,谓无面目见汾阳王,自思众叛亲离,决难持久,乃竟将老母弃去,自率亲兵三百骑,渡河走灵州,杀死朔方军节度留后浑释之,据州自固。汾州戍将张维岳,闻怀恩北走,即驰驿至汾州,抚定怀恩余众,并杀焦晖白玉,只说由自己诛场,赍首献郭子仪。子仪传首阙下,群臣入贺,惟代宗惨然道:"朕信不及人,乃致功臣颠越,朕方自愧,何足称贺呢。"汝亦自知有失耶?随命辇送怀恩母至京,优给廪饩,阅月及殁,仍许礼葬。及子仪驰往汾州,怀恩遗众,争来迎谒,涕泣鼓舞,誓不再贰,河东乃安。有诏进子仪为太尉,兼朔方节度使。子仪辞太尉不拜,且入朝谢恩。适泾原遣急足驰奏,怀恩诱回纥吐蕃两夷,同来入寇,有众十万。代宗又惶急得很,还下诏慰谕怀恩,说他有功皇室,不必怀疑,但当诣阙自陈,仍应重任云云。这时候的仆固怀恩,已与朝廷势不两立,哪里还肯敛甲归朝? 当下引虏南趋,得步进步,警报迭达都城,代宗乃召入子仪,咨询方略。子仪答道:"怀恩有勇少恩,士心不附,麾下皆臣部曲,必不忍以锋刃相向,臣料他是无能为哩。"代宗乃命子仪出镇奉天,子仪令子殿中监郭晞,与节度使白孝德防守邠州,自率军至奉天,按甲以待。虏锋将要近城,诸将俱踊跃请战,子仪摇首道:"虏众远来,利在速战,我且坚壁待着,俟寇骑凭城,我自有计却虏,敢言战者斩。"乃命守兵掩旗息鼓,待令后动。

不到一日,怀恩已引吐蕃兵至城下,见城上并无守兵,不禁疑虑起来,踌躇多时,见天色将昏,乃退军五里下寨。是夕也未敢进攻。到了黎明,始鸣鼓进兵,遥听得一声号炮,响震川谷,连忙登高瞭望,那奉天城外的乾陵南面,已有许多官军,摆成一字阵式,非常严整,当中竖着一张帅旗,随风飘舞,旗上大书一个"郭"字,怀恩不觉惊愕道:"郭令公已到此么?"虏众闻着郭令公大名,也都大骇,纷纷退走。怀恩独带着部众,转趋邠州,遥见城上插着大旗,又是一个"郭"字,怀恩又惊愕道:"难道郭公又复来此,莫非能飞行不成?"言未已,城门忽启,有一大将持矛跃马,领军出来,大呼道:"我奉郭大帅命令,只取反贼怀恩首级,余众无罪,不必交锋。"怀恩望将过去,乃是节度使白孝德,河阳余勇,尚属可贾。正欲上前接仗,偏部众已先退走,单剩一人一骑,如何对敌? 又只好返辔驰去。白孝德驱兵追击,郭晞又出来接应,逼得怀恩抱头鼠窜,渡泾而逃。既逾泾水,部下已散亡大半,忍不住涕泣道:"前都为我致死,今反为人向我致死,岂不可痛?"谁叫你不忠不孝。乃仍向灵州去讫。

吐蕃兵既陷凉州,南陷维松保三州,经剑南节度使严武拒击西山,复虏兵八万众,方才不敢窥边。郭子仪既计却大敌,也不穷追,即入朝复命,代宗慰劳再三，加封尚书令，子仪面辞道："从前太宗皇帝，尝为此官，所以后朝不复封拜，近惟皇太子为雍王时，平定关东，乃兼此职，臣何敢受此崇封，致隳国典？且用兵以来，诸多僭赏，冒进无耻，轻亵名器，今凶丑略平，正宜详覈赏罚，作法审官，请自臣始。"让德可风。代宗乃收回成命，另加优赉。随命都统河南道节度行营，还镇河中。是年李光弼病殁徐州，年五十七，追赠太保，赐恤武穆。光弼本营州柳城人，父名楷洛，本契丹酋长，武后时叩关入朝，留官都中，受封蓟郡公，赐谥忠烈。光弼母有须数十，长五寸许，生子二人，即光弼光进，光弼累握军符，战功卓著，安史平定，进拜太尉兼侍中，知河南淮南东西山南东荆南五道节度行营事，驻节泗州。寻复讨平浙东贼袁晁，晋封临淮王，赐给铁券，图形凌烟阁。惟自程元振鱼朝恩用事，妒功忌能，为诸镇所切齿，代宗奔陕，召光弼入援，光弼亦迁延不赴。及代宗还京，又命光弼为东都留守，光弼竟托词收赋，转往徐州。诸将田神功等，见光弼不受朝命，也不复禀畏，光弼愧恨成疾，郁郁而终。光弼母留居河中，曾封韩国太夫人，代宗令子仪辇送入京，殁葬长安南原。看官听说！郭李本是齐名，因李晚节不终，遂致李不及郭，可见人生当慎终如始哩。当头棒喝。小子有诗叹道：

　　　　立功尚易立名难，千古功名有几完。
　　　　只为臣心输一着，汗青留玷任传看。

　　光弼殁后，用黄门侍郎王缙，继光弼后任。缙本代李岘为相，岘于是年罢相。至是改令出镇，才名远不及光弼了。欲知后事，且看下回。

　　外寇之来，必自内讧始。有程元振鱼朝恩等之弄权，而后有仆固怀恩之乱，有仆固怀恩之谋反，而后有吐蕃回纥之寇。木朽而虫乃生，墙坏而蠹始入，势有必至，无足怪也。当日者，幸郭令公尚在耳。假令无郭令公，则诸镇皆痛恨权阉，谁与复西京，定河东？试思李光弼为唐室名臣，尚且观望不前，遑论他人乎？故本回实传写郭子仪，而代宗之迭致祸乱，亦因此而揭橥之，代宗之愚益甚，子仪之功益彰，纲目称子仪为千古传人，岂其然乎？

第六十回　　入番营单骑盟虏
　　　　　　　　忤帝女绑子入朝

　　却说王缙出镇后，江淮一带，幸尚无事，怀恩亦蜷伏一隅，暂不出兵。代宗遂改广德三年为永泰元年，命仆射裴冕郭英义等，在集贤殿待制，居然欲效

贞观遗制,有坐朝问道的意思。左拾遗独孤及上疏道:

陛下召冕等以备询问,此盛德也。然恐陛下虽容其直,而不录其言,有容下之名,而无听谏之实,则臣之所耻也。今师兴不息十年矣,人之生产,空于杼轴,拥兵者第馆亘街陌,奴婢厌酒肉,而贫人羸饿就役,剥肤及髓,长安城中,白昼椎剽,吏不敢禁,民不敢诉,有司不敢以闻,茹毒饮痛,穷而无告,陛下不思所以救之,臣实惧焉。今天下惟朔方陇西,有仆固吐蕃之忧,邠泾凤翔之兵,足以当之矣。东南洎海,西尽巴蜀,无鼠窃之盗,而兵不为解,倾天下之货,竭天下之谷,以给无用之兵,臣实不知其何因。假令居安思危,自可扼要害之地,俾置屯御,悉休其余,以粮储屝屦之资,充疲人贡赋,岁可减国租之半,陛下岂可迟疑于改作,使率土之患,日甚一日乎?休兵息民,庶可保元气而维国脉,幸陛下采纳焉。此疏足杜军阀之弊,故录述之。

当时元载第五琦等,专尚掊克,凡苗一亩,税钱十五,不待秋收,即应征税,号为青苗钱。适畿内麦稔,十亩取一,谓即古时什一税法,亦请旨施行。其实都是额外加征,拨给军用。独刘晏筦榷度支盐铁,及疏河运漕,接济关中,还算是公私交利,上下咸安。所以独孤及请裁军减租,少苏民困。代宗优柔寡断,就使心下赞成,也是不能速行。更可笑的是迷信佛教,命百官至光顺门,迎浮屠像,像系中使扮演,仿佛似戏中神鬼,或面涂杂色,或脸戴假具,并用着音乐卤簿,作为护卫,后面有二宝舆,中置仁王经,是由大内颁出,移往资圣西明寺,令胡僧不空等,踞着高坐,讲经说法,百官朝服以听,看官道是何因,说来是不值一辩。原来鱼朝恩元载王缙等,统是好佛,还有兵部侍郎杜鸿渐,新任同平章事,也以为佛法无边,虔心皈依,定能逢凶化吉,遇难成祥,于是寺中添设讲座,多至百余,当时称为百高座。代宗也尝入寺听经,仿佛梁武帝。正在讲得热闹,忽由奉天同州枳屋的守吏,各遣使呈入急报,内称怀恩复诱杂虏来寇,已将入境了。代宗此时,不似前次的慌忙,反慢腾腾的说道:"怀恩当不致再反,或是边境谣传哩。"此番有佛法可恃,所以不慌不忙。道言未绝,又由河中遣到行军司马赵复,赍呈郭子仪奏章,略言:"叛贼怀恩,嗾使回纥吐蕃吐谷浑党项奴刺吐谷浑别种。等虏,分道入寇。吐蕃自北道趋奉天,党项自东道趋同州,吐谷浑奴刺,自西道趋枳屋。回纥为吐蕃后应,怀恩率朔方兵,又为杂虏后应,铁骑如飞,约有数十万众,不宜轻视,请速令凤翔滑濮邠宁镇西河南淮西诸节度,各出兵扼守冲要,阻截寇锋。"代宗乃由寺还朝,颁敕各镇,敕使方发,幸接得一大喜报,谓怀恩途中遇疾,还至鸣沙,已经暴死。鱼朝恩元载等,相率入贺,且言佛法有灵,殛死反贼,代宗亦很喜慰。偏只隔了一二日,风声又紧,怀恩部众,由叛将范志诚接领,仍进攻泾阳,吐蕃兵已薄奉天，乃始罢百高座讲经，召郭子仪屯泾阳，命将军白元光浑日进屯奉天，一面调陈郑泽潞节度使李抱玉，使镇凤翔；渭北节度使李光进，移守云阳；镇西节度使马璘，河南节度使郝廷玉，并驻便桥；淮西节度使李忠臣，转扼东渭桥，同华节度使周智光屯同州，鄜坊节度使杜冕屯坊州，内侍骆奉仙，将军李日越，屯枳犀；布置已定，代宗亲将六军，驻扎苑中，下制亲征。恐是银样蜡枪头，试看下文便知。鱼朝恩趁势搜括，大索士民私马，且令城中男子，各着皂衣，充作禁兵，城门塞二开一，阖京大骇，多半逾墙凿窦，逃匿郊外。

一日，百官入朝，立班已久，阁门好半日不开，蓦闻兽镮激响，朝恩率禁军十余人，挺刃而出，顾语群臣道："吐蕃入犯郊畿，车驾欲幸河中，敢问诸公，以为何如？"公卿错愕，不知所对。有刘给事独出班抗声道："敕使欲造反么？今大军云集，不戮力御寇，乃欲胁天子蒙尘，弃宗庙社稷而去，非反而何？"也是朝阳鸣凤。朝恩被他一驳，也不觉靡然退去。代宗乃始视朝，与群臣商议军情，可巧奉天传入捷音，朔方兵马使浑瑊，入援奉天，袭击虏营，擒一虏将，斩首千余级。代宗大喜，立命中使奖谕，随即退朝。会大雨连旬，寇不能进，吐蕃将尚结悉赞摩马重英等，大掠而去，庐舍田里，焚劫殆尽。代宗闻吐蕃退兵，益信是佛光普护，仍令寺僧讲经，哪知吐蕃兵退至邠州，遇着回纥兵到，又联军进围泾阳。郭子仪在泾阳城，命诸将严行守御，相持不战，二虏见城守谨严，退屯北原，越宿复至城下。子仪令牙将李光瓒赴回纥营，责他弃盟背好，自失信用。今怀恩已遭天殛，郭公在此屯军，欲和请共击吐蕃，欲战可预约时日。回纥都督药葛罗惊问光瓒道："郭公在此，可得见么？恐怕是由汝绐我。"光瓒道："郭公遣我来营，怎得说是不在？"药葛罗道："令公果在，请来面议！"光瓒乃还报子仪，子仪道："寇众我寡，难以力胜，我朝待回纥不薄，不若挺身往谕，免动兵戈。"言已欲行。诸将请选铁骑五百随行，子仪道："五百骑怎敌十万众？非徒无益，反足为害呢。"说得甚是。遂一跃上马，扬鞭出营。子仪第三子晞，正随父在军，急叩马谏道："大人为国家元帅，奈何以身饵虏？"子仪道："今若与战，父子俱死，国家亦危，若往示至诚，幸得修和，不但利国，并且利家。就使虏众不从，我为国殉难，也自问无愧了。"说至此，即用鞭击手道："去！"满腔忠义，在此一字。当下开门驰出，背后只随着数骑，将至回纥营前，令随骑先行传呼道："郭令公来！"四字贤于十万师。回纥兵皆大惊。药葛罗正执弓注矢，立马营前，子仪瞧着，竟免胄释甲，投枪而进。药葛罗回顾部酋道："果是郭令公。"说着，即翻身下马，掷去弓矢，敛手下拜。回纥将士，皆下马罗拜，子仪亦下马答礼，且执药葛罗手，正言相责道："汝回纥为唐立功，唐朝报汝，也是不薄，奈何自负前约，深入我地，弃前功，结后怨，背恩德，助叛逆呢？况怀恩叛君弃母，宁知感汝？今且殂死，我特前来劝勉。从我，汝即退兵,不从我,听汝杀死。我被汝杀,我将士必向汝致死,恐汝等也未必生还哩。"药葛罗答道:"怀恩谓天可汗晏驾,令公亦捐馆,中国无主,我故前来,今见令公,已知怀恩欺我,且怀恩已受天诛,我辈岂肯与令公战么?"子仪因进说道:"吐蕃无道,乘我国有乱,不顾舅甥旧谊,入寇京畿,所掠财帛,不可胜载,马牛杂畜,弥漫百里,这都是上天赐汝呢。今日全师修好,破敌致富,为汝国计,无逾此着了。"药葛罗喜道:"我为怀恩所误,负公诚深,今请以公力击吐蕃,自赎前愆。惟怀恩子系可敦兄弟,愿恕罪勿诛!"子仪许诺。郭晞放心不下,引兵出观,回纥兵分着左右两翼,稍稍前进。郭晞亦引兵向前,子仪挥晞使退,惟令麾下取酒,酒已取至,与药葛罗宣誓。药葛罗请子仪宣言,子仪取酒酹地道:"大唐天子万岁,回纥可汗亦万岁,两国将相亦万岁,如有负约,身殒阵前,家族灭绝。"誓毕,斟酒递与药葛罗。药葛罗亦接酒酹地道:"如令公誓。"子仪再令部将,与回纥部酋相见。回纥将士大喜道:"此次出军,曾有二巫预言,前行安稳,见一大人而还,今果然应验了。"子仪乃从容与别,率军还城。

药葛罗即遣部酋石野那等,入觐代宗,一面与奉天守将白元光,合击吐蕃。吐蕃已经夜遁,两军兼程追击,至灵台西原,遇吐蕃后哨兵,鼓噪杀入。吐蕃兵统已思归,还有甚么斗志?一时奔避不及,徒丧失了许多生命,抛弃了许多辎重。白元光将夺回财帛,给与回纥,拔还士女四千人,带还奉天。药葛罗亦收兵归国。吐谷浑党项奴剌等众,当然遁去。怀恩从子名臣,以灵州降。子仪因灵武初复,百姓凋敝,特保荐朔方军粮使路嗣恭,为朔方节度使留后。嗣恭奉诏莅任,披荆棘,立军府,威令大行。子仪还镇河中,自耕百亩,将校以是为差。嗣是野无旷土,军有余粮,正不啻一腹地长城了。<small>唐得此人,正社稷之福。</small>惟自虏兵退去,京师解严,朔方告平,君臣交庆。鱼朝恩元载,在内揽权,河北节度使,如李宝臣田承嗣薛嵩李怀仙四人,在外擅命,大局尚岌岌可危。代宗尚自恃承平,安然无虑,甚至平卢兵马使李怀玉,逐节度使李希逸,有诏召希逸还京,即令怀玉为节度留后,赐名正己。又有汉州刺史崔旴,因剑南节度使严武病殁,请令大将王崇俊继任,代宗另简郭英义为西川节度使,竟被崔旴击逐,英义奔简州,竟为普州刺史韩澄所杀,代宗不加声讨,但令杜鸿渐为剑南东西川副元帅,鸿渐至任,得旴重贿,反说旴可大任,竟请旨命旴为西川节度使,赐名为宁。鸿渐仍入朝辅政,毫无建树,不久即死。仆射裴冕继任,亦即病终。独元载入相有年,权势日盛,因恐被人讦发阴私,特请百官论事,先白宰相,然后奏闻。刑部尚书颜真卿,上疏驳斥,载说他诽谤朝廷,竟坐贬为峡州别驾。既而复任鱼朝恩判国子监事,朝恩居然入内讲经,上踞师座,手执《周易》一卷,择得鼎折足覆公餗两语,反复解释,讥笑时相。<small>阉宦讲经,斯文</small>

扫地。是时王缙已入任黄门侍郎，同平章事，与元载相将入座。缙听讲后，面有怒容，载独怡然。朝恩出语人道："怒是常情，笑实不可测呢。"你既知元载难测，胡为后来仍堕彼计？

永泰二年十一月，代宗生日，诸道节度使上寿，献入金帛珍玩，值钱二十四万缗，中书舍人常衮上言："各节度敛财求媚，剥民逢君，应却还为是。"代宗不从。未几又改易年号，竟称永泰二年为大历元年，宫廷内外，方因改元庆贺，忽接到郭子仪奏牍，报称同华节度使周智光，擅杀无辜，目无君上，请遣将讨罪。代宗不敢准请，反令中使余元仙，特敕拜智光为尚书左仆射。看官！你想应诛反赏，岂不是越弄越错么？智光自出驻同州，邀击党项奴刺寇众，夺得驼马军械，约以万计，复逐北至鄜州，遥望寇已遁去，不便穷追，他竟往报私仇，驰入鄜城，杀死刺史张麟，并将鄜坊节度杜冕家口，一齐屠戮，焚民居三千间，方才还镇。又与陕州刺史皇甫温有隙，温遣监军张志斌，入朝奏事，道出同华，被智光邀留入馆，两语不合，即将志斌斩为肉泥，与众烹食。想是朱粲转世。子仪迭闻消息，乃据实奏闻。代宗遣使加封，明明是刑赏倒置。但代宗却也有些微意，以为封拜内官，当可使他入朝，削夺兵权。也是呆想。哪知智光接了诏敕，反踞坐嫚骂道："智光为国家建了大功，不得入相，只授仆射，且同华地狭，不足展足，最少须加我陕虢商鄜坊五州，我子元耀元幹，能弯弓二百斤，称万人敌，今日欲挟天子，令诸侯，除智光外，尚有何人？天子若弃功录瑕，我智光也顾不得甚么了。"说毕，掀髯大笑。与发狂无二。元仙战栗不敢言。智光乃令左右取出百缣，赠与元仙，遣令归朝。元仙返报代宗，代宗乃于大历二年，密诏郭子仪讨周智光。子仪即遣部将浑瑊李怀光等，出兵渭上，智光麾下，闻风惊怖。同州守将李汉惠，便举州来降。子仪奏报唐廷，代宗方才放胆，贬智光为澧州刺史。已而华州牙将姚怀李延俊，刺杀智光及二子。枭首入献，乃悬示皇城南街，声明罪状。

子仪因同华已平，入朝报绩，适值子妇升平公主，与子仪子暧，互相反目，公主竟驾车入都，往诉父母。事为子仪所闻，遂将暧绑置囚车，随身带着，径诣阙下。原来暧为子仪第六子，曾任太常主簿，代宗因子仪功高，特把第四女嫁暧，女封升平公主，暧拜驸马都尉。唐制公主下嫁，当由舅姑拜主，主得拱手不答，升平公主嫁暧时，也照此例，暧已看不过去，只因旧例如此，不得不勉强忍耐。后来同居室中，公主未免挟贵自尊，暧忍无可忍，屡有违言，且叱公主道："汝倚乃父为天子么？我父不屑为天子，所以不为。"快人快语，足为须眉生色。说至此，竟欲上前掌颊，亏得侍婢从旁劝阻，那公主颊上，不过稍惹着一点拳风，戏剧中有《打金枝》一出，即因此事演出。但已梨涡变色，柳眼生波，趁着一腔怒气，遽尔入宫哭诉，述暧所言。代宗道："汝实

第六十回　入番营单骑盟房　忤帝女绑子入朝

有所未知，彼果欲为天子，天下岂还是汝家所有么？汝须敬事翁姑，礼让驸马，切勿再自骄贵，常启争端。"嘱女数语，却还明白。公主尚涕泣不休。代宗又拟出言劝导，适有殿中监入报道："汾阳王郭子仪，绑子入朝，求见陛下。"代宗乃出御内殿，召子仪父子入见。子仪叩头陈言道："老臣教子不严，所以特来请罪。"暧亦跪在一旁，代宗令左右扶起子仪，赐令旁坐，且笑语道："俗语有言，'不痴不聋，不作姑翁'，儿女子闺房琐语，何足计较呢？"子仪称谢。又请代宗从重惩暧，代宗亦令起身，入谒公主母崔贵妃，自与子仪谈了一番军政，俟子仪退后，乃回至崔贵妃宫中，劝慰一对小夫妻。崔妃已调停有绪，再经代宗劝解，暧与公主，不敢不依，乃遣令同归。子仪已在私第中待着，见暧回来，自正家法，令家仆杖暧数十，暧无法求免，只好自认晦气。但代宗为了此事，欲改定公主见舅姑礼，迁延了好几年，直至德宗嗣位，方将礼节改定。公主须拜见舅姑，舅姑坐受中堂，诸父兄妹立受东序，如家人礼，尊卑始有定限了。这且慢表。

　　再说郭子仪入朝后，仍然还镇，越二年复行入朝，鱼朝恩邀游章敬寺。这章敬寺本是庄舍，旧赐朝恩，朝恩改庄为寺，只说替帝母吴太后祷祝冥福，特别装修，穷极华丽，又因屋宇不足，请将曲江华清两离宫，拨入寺中，一并改造。卫州进士高郢上书谏阻，谓不宜穷工糜费，避实就虚，代宗也为所动，即召元载等入问道："佛言报应，说果真么？"元载道："国家运祚灵长，全仗冥中福报，福报已定，虽有小灾，不足为害。试想安史皆遭子祸，怀恩道死，回纥吐蕃二寇，不战自退，这都非人力所能及，怎得谓无报应呢？"代宗乃不从郢奏，悉从朝恩所请。至寺已落成，代宗亲往拈香，度僧尼至千人，赐胡僧不空法号，叫作大辩正广智三藏和尚，给食公卿俸。不空谄附朝恩，有时得见代宗，常说朝恩是佛徒化身，朝恩因此益横，气陵卿相。元载本与朝恩连结，旋因朝恩好加嘲笑，渐渐生嫌。至朝恩招子仪入寺，载密使人告子仪道："朝恩将加害公身。"子仪不听，随骑请衷甲以从，子仪道："我为国家大臣，彼无天子命，怎敢害我？"遂屏去骑从，独率家僮一人前往。能单骑见回纥，遑论朝恩。朝恩见子仪不带随骑，未免惊问。子仪即自述所闻，且言知公诚意，特减从而来。朝恩抚膺流涕道："非公长者，能不生疑？"自是相与为欢，把从前嫉忌子仪的心思，都付诸汪洋大海了。舜之格象，亦本此道。元载因子仪不堕彼计，又想出一个方法，上言："吐蕃连年入寇，邠宁节度使马璘力不能拒，不如调子仪镇守邠州，徙璘为泾原节度使。"代宗即日批准，子仪拜命即行，毫无异言。小子有诗赞子仪道：

　　　　大唐又见费无极，盛德偏逢郭令公。
　　　　任尔刁奸施百计，含沙伎俩总徒工。

子仪往镇邠州，元载更谋去朝恩，欲知朝恩是否被除，且看下回再叙。

　　郭令公生平行事，忠恕二字，足以尽之。惟忠恕故，故单骑见虏，而虏不敢动，杯酒定约，从容还军，所谓蛮貊可行者，令公有焉。惟忠恕故，故奉诏讨周智光，军方启行，而叛众已倒戈相向，同华归诚，逆贼授首，所谓豚鱼可格者，令公有焉。惟忠恕故，故子暧与公主反目，囚子入朝，代宗不以为罪，反从而慰谕之，劝解之，所谓功高而主不疑者，令公有焉。惟忠恕故，故鱼朝恩不敢害公，元载不敢欺公，周旋宵小之间，安如磐石，所谓气充而邪不侵者，令公有焉。历书其事，以见令公之功德过人，浅见者第称令公为福盛，亦安知令公之福，固自有载与俱来耶？彼鱼朝恩元载周智光辈，固不值令公一盼云。

第六十一回　定秘谋元舅除凶
　　　　　　　窃主柄强藩抗命

　　却说宦官鱼朝恩，专掌禁兵，势倾朝野，每有章奏，期在必允，朝廷政事，无不预议，偶有一事，不得与闻，即悻悻道："天下事可不由我主张么？"自大如此，都是代宗一人酿成。养子令徽，为内给使，官小年轻，止得衣绿，尝与同列忿争，归告朝恩。朝恩即带着令徽，入见代宗道："臣儿令徽，官职太卑，屡受人侮，幸乞陛下赐给紫衣！"代宗尚未及答，偏内监已捧着紫衣，站立一旁。朝恩不待上命，即随手取来，递与令徽，嘱他穿着，才行拜谢。看官试想！似这种自尊自大的行为，无论什么主子，也有些耐不下去。代宗却强颜作笑道："儿服紫衣，想可称心了。"朝恩父子，昂然退去。自是代宗隐忌朝恩，元载窥知上意，乘间入奏，请除朝恩。代宗嘱令暗中设法，毋得泄机。除一阉宦，须嘱宰相暗地设谋，真是枉做皇帝。元载遂贿托卫士周皓，及陕州节度使皇甫温，令图朝恩。这两人本是朝恩心腹，因见了黄白物，不由不贪利动心，遂与元载串同一气！载又徙温为凤翔节度使，温入朝陛见，载留他居京数日，悄悄的布定密谋，入白代宗。代宗称善，但嘱他小心行事，勿反惹祸。畏葸之至。载应诺而出。会值寒食节届，代宗在内殿置酒，宴集亲贵。朝恩亦得列坐，宴毕散席，朝恩亦谢恩欲出。忽元载领着周皓皇甫温等，踉跄趋入，七手八脚，将朝恩一把抓住，捆缚起来。朝恩自呼何罪，当由代宗历数罪状，朝恩尚哗词答辩，毫不服罪。代宗谕令自尽，即由周皓等牵出朝恩，将他勒死，乃下敕罢朝恩观军容等使，出尸还家，诈说他受敕自缢，特赐钱六百万缗，作为葬费。神策军都虞侯刘希暹都知兵马使王驾鹤，向系朝恩羽翼，至是俱加授御史中丞，俾安反侧。后来希暹有不逊语，反由驾鹤奏闻，勒令自尽。所有朝恩余党，从此不敢生心。

惟元载既诛朝恩，得宠益隆，载恃宠生骄，自矜有文武才，古今莫及，于是弄权舞智，约贿贪赃。吏部侍郎杨绾，典选平允，性又介直，不肯附载，岭南节度使徐浩，搜括南方珍宝，运送载家，载即擅徙绾为国子祭酒，召浩为吏部侍郎。代宗素器重李泌，特令中使敦请出山。泌应召至京，复赐金紫，命他入相。经泌一再固辞，乃在蓬莱殿侧，筑一书院，使泌居住，遇有军国重事，无不咨商。泌素无妻，且不食肉，代宗强令肉食，且为娶前朔方留后李昈甥女，赐第安福里，生子名繁。长源亦堕尘劫耶？偏元载阴怀妒忌，屡欲调泌出外，免受牵掣，适江西观察使魏少游，请简僚佐，载谓泌有吏才，请即简任。代宗亦知载有意调泌，特密语泌道：“元载不肯容卿，朕令卿往江西，暂时安处。俟朕除载后，当有信报卿，卿可束装来京。”泌唯唯受命。何不仍归衡山，想是一入尘迷，便难洒脱。乃出泌为江西判官，且遥饬少游好生看待，毋得简慢！

泌已南下，载益专横，同平章事王缙，朋比为奸，贪风大炽。载有丈人从宜州来，向载求官，载遣往河北，但给一书。丈人不悦，行至幽州，发书展视，并无一言，只署着元载两字，丈人进退两难，不得已试谒判官。哪知判官接阅载书，很是起敬，立白节度使延为上客，留宴数日，赠绢千匹，丈人已得了一注小财，乐得满载而归。这还因丈人不足任事，所以载如此处置，若稍有才能，一经载代为援引，无不立跻显宦。王缙威势，亦几与相同。载妻子及缙弟妹，皆倚势纳赂。载有主书卓英倩，性尤贪狡，得载欢心，所以干禄求荣的士子，往往买嘱英倩，求他引进。英倩竟得坐拥巨资，称富家翁。成都司录李少良，上书诋载，载即讽令台官奏劾少良，召入杖毙，连少良友人韦颂，及殿中侍御史陆珽，一并坐罪处死。代宗被他挟制，很是懊怅，乃独下手敕，召浙西观察使李栖筠入朝，命为御史大夫。栖筠刚正不阿，受职后，即纠弹吏部侍郎徐浩薛邕，及京兆尹杜济虚，欺君罔上，黩货卖官。代宗令礼部侍郎于劭复按，劭颇加袒护，复奏时多涉模糊，复经栖筠劾他同党，遂贬浩为明州别驾，邕为歙州刺史，济虚为杭州刺史，劭为桂州长史。这四人统是元载党羽，一旦黜退，不少瞻徇，明明是抑夺载权。载尚未知改悔，且深恨栖筠，常欲将他陷害。栖筠虽特邀主知，得肃风宪，但见代宗依违少断，元载凶狡多端，免不得忧愤交并，酿成重疾，居台未几，便即谢世。他原籍本是赵人，迁居汲郡，有王佐才，性喜奖善，又好闻过，历任东南守吏，政绩卓著，朝廷曾封为赞皇县子，所以身后多称为赞皇公。代宗屡欲召为宰辅，惮载辄止，至入任御史，不久即殁，代宗方加倚畀，偏偏天不假年，因此天颜震悼，特追赠吏部尚书，予谥文献。子吉甫后相宪宗，下文自有表见。

单说代宗因栖筠去世,失一臂助,急切里无从除载,只好再行含忍。中经幽州不靖,魏博发难,汴宋军又复作乱。迭经弥缝挽救,稍稍就绪。因欲叙元载始末,故将各镇事,浑括数语,待后再详。不幸贵妃独孤氏,得病身亡。妃以色见幸,居常专夜,至此香销玉殒,教代宗如何不悲?当下在内殿殡灵,按时营奠,追封皇后,谥为贞懿。好容易过了一二年,方觉悲怀渐减,专心国事。元载王缙,已骄横的了不得,代宗实忍耐不住,四顾左右,无可与谋,只有左金吾大将军吴凑,系代宗生母章敬皇后胞弟,谊关懿戚,尚可密谈。凑得操兵柄,力任除奸,乃与代宗谋定后行。大历十二年间三月,有人密告载缙夜醮,谋为不轨,当由代宗御延英殿,命吴凑率领禁兵,收捕载缙,囚系政事堂,且拘逮亲吏诸子下狱。随令吏部尚书刘晏,御史大夫李涵,散骑常侍萧听,礼部侍郎常衮等,公同讯鞫,所有问案,多出禁中。载与缙无可抵赖,悉数供认。左卫将军知内侍省事董秀,得载平日厚赂,素作内援,到此才被发觉,即日杖毙,赐载自尽,令刑官监视。载顾语刑官,愿求速死。刑官冷笑道:"相公入秉国钧,差不多要二十年,威福也算行尽了,今日天网恢恢,亲受报应,若少许受些污辱,亦属何妨。"读此令人一快。乃脱下秽袜,塞住载口,然后慢慢的将他搤死。载妻王氏,系前河西节度王忠嗣女,骄侈悍戾,子伯和仲武季能,无一贤能,伯和官参军,仲武官员外郎,季能官校书郎,怙势作恶,贪冒肆淫,都中辟南北二第,广罗妓妾,盛蓄倡优,声色玩好,无乎不备。及载既伏诛,妻子等一并正法,家产籍没,财帛万计。即如胡椒一物,且多至八百石,俱分赐中书门下台省各官。贪财何益。

王缙本应赐死,刘晏谓法有首从,宜别等差,乃止贬为括州刺史。吏部侍郎杨炎,谏议大夫韩洄包佶,起居舍人韩会等,俱坐载党贬官。惟卓英倩等搒死杖下,英倩弟英璘,家居金州,横行乡里,闻乃兄受诛,纠众作乱。金州刺史孙道平,调兵征讨,一鼓擒灭。代宗余恨未平,复遣中使发元载祖坟,祖父以下,皆斫棺弃尸,毁家庙,焚木主,才算罢休。这也未免过甚。乃令国子监祭酒杨绾,及礼部侍郎常衮,同平章事。绾入相不过旬月,即染痼疾,上疏辞职。代宗不许,命就中书省疗治,召对时饬人扶持,所有时弊,概付厘剔,可惜享年不永,赍志以终。代宗很是痛悼,且语群臣道:"天不欲朕致太平,乃速夺我杨绾么?"既知绾贤,何不早用。遂诏赠司徒,赙绢千匹,赐谥文简。绾华阴人,居家孝谨,立身廉俭,当敕令入相时,朝野称庆。御史中丞崔宽,方筑华堂大厦,遽令拆毁,京兆尹黎幹,裁减骆从,就是汾阳王郭子仪,在署宴客,亦减去声乐五分之四。外此靡然从风,不可胜纪。时人比诸汉朝杨震,及晋朝山涛谢安,这真好算是救时良相了。善善从长。常衮虽与绾并相,才识远不及绾,代宗召还李泌,意欲令他辅政,偏为衮所龃龉,仍出泌为澧州刺史,惟与绾荐引颜真

第六十一回　定秘谋元舅除凶　窃主柄强藩抗命

卿,仍复原官,还与众望相孚,这且慢表。

且说代宗季年,方镇浸盛,河北四镇,统系安史旧将,据有遗众,逐渐鸱张。河北四镇,见五十八回。卢龙节度使李怀仙,性情暴戾,为幽州兵马使朱希彩所杀,自称留后,代宗专务羁縻,仍任希彩为节度使。希彩部下,又是不服,复将希彩杀死,改推经略副使朱泚为帅。代宗又把节度使的重任,授给朱泚。应上幽州不靖句。相卫节度使薛嵩病死,子名平,年甫十二,将士推他袭职。平让与叔尊,夜奉父丧奔归乡里,童子却是不凡。尊遂自称留后。代宗亦听他自为,且加任命。独魏博节度使田承嗣,跋扈得很,公然为安史父子立祠,号为四圣,并上表求为宰相。代宗遣使慰谕,讽令毁祠,竟授他同平章事。既而复遣爱女永乐公主,下嫁承嗣子华,承嗣益加骄恣,密诱相卫兵马使裴志清,逐去留后薛尊,率众归承嗣,承嗣即引兵袭取相州。代宗下敕禁止,承嗣拒命不受,反进陷洺卫二州,成德节度使李宝臣,平卢节度使李正己,素为承嗣所轻,遂各上表请讨承嗣,适卢龙节度使朱泚入朝,留弟滔镇守,请命为留后,即由滔助讨魏博,代宗一一准请,诏贬承嗣为永州刺史,命诸道兵四路进征,于是李宝臣朱滔,与河东节度使薛兼训,攻承嗣北方,李正己与淮西节度使李忠臣,攻承嗣南方,承嗣虽然强悍,究竟寡不敌众,部下各怀疑惧,渐生异心,裨将霍荣国,与降将裴志清,先后叛去。从子田悦,出攻陈留,大败而还,骁将卢子期,出攻磁州,被李宝臣等擒送京师,枭首毙命。承嗣惶急万状,乃想出一条反间计,差一辩士,赍了魏博的册籍,往说李正己道:"承嗣年逾八十,死期将至,诸子不肖,侄悦亦是庸才,今日所有,无非为公代守,何足辱公师旅呢,敢乞明察。"正己闻言大喜,乃按兵不进。一个中计了。李宝臣擒得卢子期,献俘京师,代宗令中使马承倩,赍敕褒功。宝臣只遗承倩百缣,承倩掷出道中,诟詈而去。阉人可杀。宝臣未免惭忿,兵马使王武俊遂进言道:"今公方立功,阉竖辈尚敢如此,他日寇平,召公入阙,恐为匹夫且不可得,不如释去承嗣,尚品使朝廷倚重,免为人奴。"宝臣听了,也引兵渐退,承嗣计上加计,特遣人至范阳境内,密埋一石,石文上镌有二语云:"二帝同功势万全,将田为侣入幽燕。"石已埋好,又嘱术士往说宝臣,言范阳有天子气。范阳本宝臣乡里,骤闻此语,当然心喜,即引术士赴范阳,觇气所在。术士至宝臣里中,掘出瘗石,取示宝臣。宝臣见了石文,若难索解,可巧承嗣贻书,约与宝臣连和,共取范阳。宝臣以为适合符谶,复称如约,利令智昏。遂先率兵趋范阳。范阳系朱滔属境,滔因两路退兵,也还军瓦桥,不防宝臣掩杀过来,仓猝接仗,竟致败绩,微服走脱,忙令雄武军使刘坪,往守范阳。宝臣闻范阳有备,不敢径进,但促承嗣合兵往攻。承嗣却还书道:"河内有警,不暇从公,石上谶文,实由我与公为戏,幸勿加责。"又是一个中计,复书更是厉害。看官试想! 宝臣得了此书,能不惭恨交并么？当下令部将张孝忠为易州刺史，屯兵七千，防备承嗣，自己收兵还镇。承嗣却上表谢罪，自请入朝，李正己也为代请，代宗乐得从宽，颁诏特赦，准与家属入觐。

偏汴宋军都虞侯李灵曜，勾通承嗣，擅杀兵马使孟鉴，诏令灵曜为濮州刺史，灵曜不受，又由中使持敕宣慰，擢为汴宋留后。他才算对使拜命，但从此藐视朝廷，所有境内八州守吏，一律撤换，悉用私人。代宗至此，方命淮西节度使李忠臣，永平节度使李勉，河阳三城使马燧，淮南节度使陈少游，平卢节度使李正己，同讨灵曜。李忠臣马燧，军至郑州，灵曜率兵掩至，李忠臣不及防备，麾下骇奔，忠臣亦走，马燧独力难支，也即退军。忠臣检点军士，十亡五六，便欲还镇。燧极力劝阻，决计再进。忠臣乃招还散卒，数日皆集，军容复振。陈少游前军亦到，彼此会合，与灵曜大战汴州。灵曜败入城中，登陴固守。忠臣等乃就势围住，田承嗣遣从子悦援汴，杀败永平成德军，直薄汴州，就在城北立营。李忠臣夜遣裨将李重倩，带着锐骑数百，突入悦垒，纵横冲荡，斩敌数十人。悦猝不及防，正拟纠众兜围，不意鼓声大震，燧与忠臣，两路杀到，悦料不能敌，麾众急走。此时夜深月黑，马倦人疲，大众逃命不暇，害得自相践踏，枕藉道旁。再经河阳淮西两军，一阵驱杀，十成中丧了七八成，剩得几个命不该死的士卒，随悦遁去。燧与忠臣再行围城，灵曜开门夜遁，汴州告平。永平将杜如江，追及韦城，擒住灵曜，献与李勉，勉即将灵曜械送京师，正法了事。惟承嗣并未入朝，且助灵曜，怙恶日甚，不容不讨。代宗又下敕调兵，那承嗣复表陈悔罪，这位柔弱无刚的代宗，竟遵着既往不咎的古训，一体赦免，且赐还承嗣官爵，令他不必入朝。看官！你想可叹不可叹呢？纵容如此，怎能致治。

李忠臣李宝臣李正己等，见承嗣悖逆不臣，尚且遇赦，何况为国立功，理应坐享富贵。凡从前李灵曜所辖属地，多由各镇分派，据为己有，李正己得地最多，占得曹濮徐兖郓五州，自己徙治郓城，留子纳守青州。代宗事事依从，即授纳为青州刺史。李宝臣就是张忠志，赐姓为李，见前文。至是仍请复姓为张，亦邀俞允。田承嗣反复无常，自两次赦罪，总算平静了两年，到代宗末年，即大历十四年。正月，老病侵寻，因致毙命。他有子十一人，皆不及悦，承嗣临危时，特令悦知军事，诸子为副。悦奏述详情，代宗即命悦为留后，且追赠承嗣为太保。教猱升木。李忠臣讨平灵曜，自恃功高，贪暴恣肆，更有一种极端的坏处，他见将士妻女，稍有姿色，必诱令入内，逼受淫污。妹夫张惠光由忠臣授为副使，更加暴横，惠光子亦得为裨贰，父子狼狈为奸，大失士心。忠臣族子李希烈，从战河北，所向有功，平时又略行小惠，笼络士卒，士卒遂相率悦服。牙将丁暠贾子华等，乘隙发难，杀死惠光父子，又欲并害忠臣。希烈本与同谋，因顾念族谊，乞全忠臣性命。忠臣得单骑走脱，奔入京都。暠与子华，遂拥戴希烈,上表请命。代宗尚宠遇忠臣,命他留京,授为检校司空,同平章事,一面任希烈为留后。总计唐室藩镇,日盛一日,祸端统起自肃代二宗。平卢节度使侯希逸,由军士拥立,肃宗未能讨伐,反从所请,作了第一次的规例。已见前回,此处更为提醒,呼醒不少。代宗不知斠盉,复将乃父做错的事情,奉为衣钵,所以错上加错,酿成大乱。就中惟泾原节度使马璘,凤翔秦陇泽潞节度使李抱玉,滑亳节度使令狐彰,彰本史思明旧将,自拔归朝,得拜方镇。昭义节度使李承昭,治军有法,奉命惟谨,可惜先后病逝,徒贻令名。外此如久镇永平的李勉,继镇泾原的段秀实,留镇泽潞的李抱真,抱玉弟。及后来调镇河东的马燧,耿耿孤忠,可任大事,下文当依次表明。最有才德的莫如郭子仪,但他已都统河南道节度行营,资望勋业,迥异寻常,恭顺却比人加倍,这乃唐朝第一名臣,原是绝无仅有呢。再括数语,涵盖一切。大历十四年五月,代宗不豫,诏令太子适监国,是夕代宗即崩,享年五十三岁。统计代宗在位十七年,改元三次,遗诏召郭子仪入京,摄行冢宰事。太子适即位太极殿,是为德宗。小子有诗咏代宗道:

国柄何堪屡下移,屏藩一溃失纲维;
从知王道无偏倚,敷政刚柔贵合宜。

欲知德宗初政,且看下回分解。

李辅国也,程元振也,鱼朝恩也,三人皆宫掖阉奴,恃宠横行,原为小人常态,不足深责。元载以言官入相,乃亦专权怙恶,任所欲为,书所谓位不期骄,禄不期侈者,于载见之矣。但观其受捕之时,不过费一元舅吴凑之力,而即帖然就戮,毫无变端,是载固无拳无勇之流,捽而去之,易如反手,代宗胡必迁延畏沮,历久始发乎? 夫不能除一元载,更何论河北诸帅。田承嗣再叛再服,几视代宗如婴儿,而代宗卒纵容之。李宝臣李忠臣李正己等,因之跋扈,而藩镇之祸,坐是酿成,迭衰迭盛,以底于亡,可胜慨哉! 本回但依次叙述,而代宗优柔不振之弊,已跃然纸上。

第六十二回　贬忠州刘晏冤死　守临洺张伾得援

却说德宗即位,黜陟一新,尊郭子仪为尚父,加职太尉,兼中书令,封朱泚为遂宁王,兼同平章事。两人位兼将相,实皆不预朝政。独常衮居政事堂,每遇奏请，往往代二人署名，中书舍人崔祐甫，与衮屡有争言，从前朱泚献猫鼠同乳，称为瑞征，衮即率百官入贺，祐甫独力驳道："物反常为妖，猫本捕鼠，与鼠同乳，确是反常，应目为妖，何得称贺？"衮引为惭愤，有排崔意。及德宗嗣统，会议丧服，祐甫谓宜遵遗诏，臣民三日释服。衮以为民可三日，群臣应服二十七日乃除。两下争论多时，衮遂奏祐甫率情变礼，请加贬斥，署名连及郭朱二人。德宗乃黜祐甫为河南少尹。既而子仪与泚，表称祐甫无罪，德宗怪他自相矛盾，召问隐情。二人俱说前奏未曾列名，乃是常衮私署。德宗因疑衮为欺罔，贬为潮州刺史，便令祐甫代相，格外专任，真个是言听计从，视作良弼。且诏罢四方贡献，所有梨园旧徒，概隶入太常，不必另外供奉，天下毋得奏祥瑞；纵驯象，出宫女，民有冤滞，得挝登闻鼓，及诣请三司使复讯，中外大悦，喁喁望治。诏敕颁到淄青，军士都投戈顾语道："明天子出了，我辈尚敢自大么？"李正己兼辖淄青，也不由不畏惧起来，愿献钱三十万缗。德宗因辞受两难，颇费踌躇，特与崔祐甫商议处置方法。祐甫请遣使宣慰淄青将士，就把这三十万钱，作为赏赐。此计固佳，但中知者即能计及，而德宗尚未能想到，其才可知。德宗满口称善，即令照行。果然正己接诏，格外愧服。至德宗生日，四方贡献，一概却还，正己复献缣三万匹，田悦也照正己办法，缣数从同。德宗归入度支，充作租赋，凡度支出纳事宜，命吏部尚书刘晏兼辖，且授晏为左仆射。

晏本与户部侍郎韩滉，分掌全国财赋，滉太苛刻，为时论所不容，德宗乃徙滉为晋州刺史，专任晏司度支事。晏有材力，多机智，变通有无，曲尽微妙，历任转运盐铁租庸等使，上不妨国，下不病民，尝谓理财以养民为先，户口滋多，赋税自广，所以诸道各置知院官，每历旬日，必令详报雨雪丰歉各状，丰即贵籴，歉乃贱粜。或将贮谷易货，供给官用。如遇大歉，不待州县申请，即奏请蠲租赈饥，由是户口蕃息，庚癸无呼。又尝作常平盐法，撤除界限，裁省冗官，但就产盐区置官收盐，令商购运，一税以外，不问所之，有几处地僻乏盐，由官输运，有几时盐绝商贵，亦由官接济，官得余利，民不乏盐。榷盐法莫善于此，后世奈何不行？最关紧要的是革去胥吏，专用士人，他以为胥吏好利，士人好名，无论琐细事件，必委士人办理，因此厘清宿弊，涓滴归公。近来士人，亦专萦利，恐刘晏良法，亦无如何。唐自安史乱起，连岁用兵，饷糈浩繁，人民耗敝，亏得朝廷用了刘晏，得以酌盈剂虚，不虑困乏。晏又自奉节俭，室无媵婢，平居办事甚勤，遇有大小案牍，立即裁决，绝不稽留，后世推为治事能臣，理财妙手。名不虚传。惟任职既久，权倾宰相，要官华使，多出晏门，免不得媢怨交乘，毁谤并至。

崔祐甫又荐引杨炎为相，炎与晏本不相能，元载伏诛，炎尝坐贬，当时曾由晏定谳。见前回。及炎入任同平章事，挟嫌怀恨，日思报复，他见晏以理财

第六十二回 贬忠州刘晏冤死 守临洺张伾得援

得宠,遂就财政上想出两大计划,入试德宗。第一着是请将天下财帛,悉贮左藏,这事本是唐朝旧例,肃宗初年,第五琦为度支使,因京师豪将,取求无度,琦不胜供应,乃奏请贮入内库,免得自己为难。天子何暇守财,当然委任内监,内监有几个清廉,当然做了蠹虫,乘机中饱。阉宦据为利薮,户部无从详查。炎仍请移出外库,扫清年来的积弊,不但中外视作嘉谟,就是德宗亦叹为至计。第二着是请创行两税法,唐初国赋,分租庸调三项,有田乃有租,有身乃有庸,有户乃有调。玄宗末年,版籍浸坏,诸多失实,炎请量出制入,酌定赋额,户无主客,以现居为簿,人无丁中,十六为中,二十为丁。以贫富为差,行商税三十之一,居民照章纳税,两次分收,夏不得过六月,秋不得过十一月,所有租庸杂徭,悉数裁并,但就上年垦田成数,均亩收税,于是民皆土著,确实不虚,这便叫作两税法。两税之法,利弊参半,陆宣公尝痛论之,但后世尝奉为成制,无非以简易可行耳。德宗依次施行,第一法是叱嗟可办,就在大历十四年冬季移交,第二法须劳费手续,特在德宗纪元建中,郑重颁诏,且预戒官吏,不得逾额妄索,多取一钱,便是枉法,民间颇称便利,情愿遵行。杨炎既得主心,遂复进一步用计,上言:"尚书省为国政大本,任职宜专,不应兼及诸使。"于是把刘晏所兼各使职权,尽行撤销。炎以为步步得手,索性单刀直入,径攻刘晏。当德宗为太子时,代宗尝宠独孤妃,妃生子迥,曾封韩王,宦官刘清潭等,密请立妃为后,且屡言迥有异征,为摇动东宫计。事尚未成,独孤已逝,乃将此议搁置,但德宗已吃了一大虚惊。炎欲扳倒刘晏,竟入内殿密谒德宗,叩首流涕道:"陛下赖宗社神灵,得免贼臣谗间,否则内侍早有奸谋,刘晏实为主使,今陛下已经正位,晏尚偃然立朝,臣不能不指出正凶,乞请严究。"德宗本已忘怀,突被杨炎提及,不觉忿气填胸,立欲逮晏下狱,还是崔祐甫从旁劝解,谓:"事涉暧昧,不应轻信,且朝廷已经施赦,更无追究既往。"朱泚等亦上表营解,德宗始终不怿,竟坐晏他罪,贬为忠州刺史。哪知杨炎尚未肯罢休,定欲置晏死地,特擢私党庾准为荆南节度使,嘱令除晏。准即奏晏怨望,并附晏与朱泚书,作为证据。炎又请德宗速正明刑,时首相崔祐甫已殁,营救无人,德宗竟不问虚实,密遣中使驰至忠州,将晏缢死,然后下诏赐令自尽,家属悉徙岭表,连坐至数十人,中外交口称冤。惟炎得心满意足,不留余恨了。

　　晏未死以前,尚有泾州别驾刘文喜,据州作乱,也是杨炎一人酿成。炎奉元载为祖师,载生前欲城原州,控御吐蕃,事不果行,炎拟行载遗策,先牒泾原节度使段秀实,筹备工作。秀实答炎书道:"安边却敌,应从缓计,况农事方作,尤不可遽兴土功。"炎得书甚怒,召秀实为司农卿,遣河中尹李怀光,督造新城。怀光素来严刻,泾原军士,闻名生畏,各有异言。别驾刘文喜,趁势纠众,反抗朝廷,先上了一道表文,只说是请还原官,万一段难再来,应简朱泚为帅。至德宗用朱代李，文喜又不受诏，欲效河北诸镇故例，自为节度使，乃下诏令朱泚李怀光，发兵讨文喜，文喜向吐蕃乞援，吐蕃不肯发兵，一城斗大，禁不起两军围攻，困守了好几旬，城中内乱，泾州副将刘海宾，杀毙文喜，献首乞降，泾原始平。但原州城终因此罢工。德宗既得文喜首，悬示京师，适李正己遣参佐入朝，由德宗令视逆首，有示戒意。参佐归白正己，正己很是不安。嗣闻刘晏被杀，乃上表问晏罪状，语带讥诮。德宗不报，独杨炎不免心虚，密遣私人分诣诸镇，自为辩白，只说杀晏由主上独裁，己无与。此次恰弄巧成拙了。正己乃复上表，竟指斥德宗不明，有"诛晏太暴，不咨宰辅"二语。德宗览表起疑，也令中使往问正己。正己说是由炎传言。中使返报德宗，德宗因不悦炎，别选了一个著名奸臣，来与共相。这人为谁？就是卢弈子卢杞，卢弈为安禄山所害，大节炳然。见前文。子杞貌丑，面色如蓝，居常恶衣菲食，似有乃祖卢怀慎遗风，其实是钓名沽誉，不近人情。起初以父荫得官，累任至虢州刺史，尝奏称州中有官豕三千，足为民患。德宗令转徙沙苑，杞复上言："沙苑地在同州，也是陛下子民，何分彼此，不如宰食为便。"德宗赞美道："杞守虢州，忧及他方，真宰相才哩。"已受欺了。遂以豕赐贫民，召杞为御史中丞。寻因与炎有嫌，竟擢为门下侍郎，同平章事。炎谓杞不学，羞与同列。你亦何尝有学？杞亦知上意嫉炎，乐得投井下石，从此炎趋入危境，也要身命不保了。天道好还。

忽有一老妇自称太后，由中使迎入上阳宫，奉养起来。突接入伪太后事，笔法从盲左脱胎。老妇实高力士养女，并非真正帝母，她年轻时，曾入侍宫掖，与德宗生母沈氏，时常会面，年貌亦颇相似。沈氏时尝削脯哺帝，致伤左指，高女亦尝剖瓜伤指，因此两人形迹，几乎相同。沈氏陷没东都，久无下落。前文亦曾叙及。德宗即位，遥上尊号，奉册唏嘘，中书舍人高彦，谓帝母存亡未卜，今既册为太后，应再四处访求。德宗乃令胞弟睦王述代宗第三子。为奉迎使，工部尚书乔琳为副，诸沈四人为判官，分行天下，访求太后。高力士养女，正釐居东京，能详述宫禁中事，时人疑即沈太后，报知朝使。朝使不能确认，特请派宦官宫女，同往验视。女官李真一，夙居宫中，尝随沈太后左右，至是奉派至东京，见了高女，酷肖太后，也不禁以假为真，当下逐节盘问，高女缕述无讹，惟诘她是否太后，她却言语支吾，未曾认实。宦官等贪功希宠，竟强迎至上阳宫，令她居住，一面报达德宗，竟欲指鹿为马。德宗即发宫女赍奉御物，入宫供奉，这时候的高氏女，也有些心动起来，竟俨以太后自认。张冠李戴，哄传都下，德宗大喜，百官联翩入贺，独力士养子承悦，洞悉本原，恐将来一经察觉，祸及全家，乃入陈情实，请加覆核。德宗乃命力士养孙樊景超，再往验视。景超与高女相见，当然认识，便语高女道："太后岂可冒充？姑母乃胆敢出此，诚不可解，莫非自求速死，乃置身俎上么？"高女尚踟蹰不答。景超即大声道："有诏下来！高女伪充太后，令即解京问罪。"高女听到此语，方觉股栗，战声答道："我为人所强，原非出自本意。"是何情事？乃可听人作主，女流无识，可叹可悯。景超即日返京，据实陈明，并请处罪。德宗语左右道："朕宁受百欺，求得一真，倘因高氏女得罪，无人敢言，岂不是大违初意么？"乃只命将高女放还，不再究罪。既而太后终无音耗，乃追谥为睿真皇后，奉袆衣祔葬元陵。元陵是代宗坟茔，距代宗崩时，七月即葬，追赠太后高祖琳为司徒，曾祖士衡为太保，祖介福为太傅，父易直为太师，易直弟易良为司空，易直子震为太尉，特立五庙，虔奉祭祀。立长子诵为太子，册诵母王氏为淑妃。

　　德宗素不信阴阳鬼神，所以送死养生，多循礼法。独术士桑道茂，以占验得幸，待诏翰苑。德宗召入，与论将来祸福，道茂答道："此后三年，都中恐有大变，陛下难免虚惊。臣望奉天有天子气，请陛下亟饬夫役修缮，增高垣堞，以防不测。"德宗乃敕京兆尹严郢，发众数千，并神策兵千人，往筑奉天城。时方盛夏，骤兴大工，群臣都莫明其妙。神策都将李晟，系洮州名将，身长六尺，力敌万人，历从王忠嗣李抱玉马璘麾下，御夷有功，因召入主神策军，德宗初立，吐蕃南诏入寇剑南，适西川节度使崔宁入朝，留京未还。晟奉命出征，斩虏首万级，虏皆遁去，乃奏凯还朝。晟为唐室功臣，故开手叙及，亦较从详重。复命后，奉敕调军筑城，也暗暗惊异。巧值桑道茂入谒，因邀令坐谈，道茂叙及奉天筑城事，且言："祸变不远，为皇上计，不得不尔。"晟似信非信。道茂忽离座下跪，向晟再拜，晟慌忙答礼，扶他起来。道茂坚不肯起，泣请晟道："公将来建功立业，贵盛无比，惟道茂微命，悬在公手，只得求公开恩，预示赦宥。"晟闻言大惊，还疑道茂有甚么异图，便答道："足下并无罪戾，就使有罪，晟亦何能援手？"道茂道："今日无罪，罪在他日。"说至此，即从怀中取出一纸，自署姓名，右文写着"为贼逼胁"四字，求晟加判。晟阅毕，茫无头绪，即笑问道："欲我如何判法？"道茂道："请公判入'赦罪免死'一语，便不啻再生父母了。"晟见道茂跪求，又向来未见逆迹，似不妨勉从所请，乃提笔照书，交还道茂。道茂又出缣丈许，愿易晟衣，晟越觉惊讶，诘问缘由。道茂道："公虽下判，但事无左证，仍涉空虚，敢请公许易一衣，并赐题襟上，书明'他日为信'四字，方可始终作证，匄免微命。"愈出愈奇。晟至此，更不禁踌躇起来。道茂又道："此事与公无损，于道茂却大有益处。道茂粗识未来，因敢乞请，愿公勿疑！"晟乃取衣题襟，给与道茂。道茂拜谢毕，方才起身，告别而去。事出《道茂本传》，确凿有据。看官欲知道茂所言，究竟有无实验？说来很是话长，须要从头至尾，一一叙明。

　　建中二年，成德节度使李宝臣病死，宝臣本已复姓为张，嗣惮德宗威名，又愿赐姓为李。有子惟岳，性暗质弱，宝臣为世袭计，恐群下不服惟岳，杀死骁将辛忠义等二十余人,后且求长生术,误饮毒液,即致病暗,三日遂死。孔目官胡震,家僮王他奴,劝惟岳匿丧,诈为宝臣表文,请令惟岳袭位,德宗不许。惟岳自称留后,为父发丧,又使将佐联名上奏,推戴自己,德宗又不许。魏博节度使田悦,与宝臣友善,悦得继袭,宝臣曾为申请,至是悦念前恩,也为惟岳代请袭爵,偏德宗仍然不许。悦遂邀同李正己,为惟岳援,共谋勒兵拒命。为了三不许,激出三镇叛乱来了。魏博节度副使田庭玠,与悦同宗,劝悦谨事朝廷,自保家族,悦不以为然。庭玠忧死,成德判官邵真,泣谏惟岳。请执魏青二镇使人,解送京师,自请讨逆。且谓照此办法,朝廷庶嘉奖忠诚,必授旌节。惟岳颇为所动,令真草表,偏为胡震等所阻,事不果行。惟岳母舅谷从政,前为定州刺史,颇有胆识,因为宝臣所忌,杜门不出。及闻惟岳谋叛,独入劝惟岳,反覆指陈。怎奈惟岳已误信佞言,先入为主,任你如何开导,只是不信,且反加忌。从政知难挽回,怏怏还家,忽来了王他奴,监督起居,他不觉忧愤交迫,服毒自尽。临危时,语他奴道:"我岂怕死。惜张氏从此族灭了。"于是惟岳敦促魏青二镇,即日发兵。李正己出万人屯曹州,田悦令兵马使康愔率兵八千人围邢州,自率兵数万围临洺,又联结梁崇义,约为援应。崇义为山南东道节度留后,势力不及河北诸镇,平时奉事朝廷,礼数最恭。代宗晚年,已升任节度使,德宗复加授同平章事,赐他铁券,封荫妻孥。哪知崇义为友忘君,竟听信田悦,一同发难。该死得很。淮西军已改名淮宁,任李希烈为节度使,德宗闻崇义逆命,即命希烈就近进讨,别命永平节度使李勉,都统汴宋滑亳河阳各道行营,防御田悦李正己等叛军。同平章事杨炎进谏道:"希烈系忠臣族子,狠戾无亲,无功时尚倔强不法,倘得平崇义,将来如何控制呢?"德宗不听,且加封希烈为南平郡王,兼汉南汉北兵马招讨使。希烈慷慨誓师,得众三万,用荆南牙将吴少诚为先锋,出发淮西,途次延宕不进。德宗曾闻他踊跃出兵,乃至中途逗挠,似属前勇后怯,令人生疑。卢杞乘间进言道:"希烈迁延不进,恐为杨炎一人所致,炎曾奏阻希烈,料必为希烈所闻,陛下何爱一炎,致隳大功,臣意不若暂罢炎相,俟乱平后,再任为相,亦属何妨。"奸言最易动听。德宗乃徙炎为左仆射,罢知政事。其实希烈停留,无非为天雨泥泞,不便进行,并非单为着杨炎一人呢。及天已开霁,希烈督军复进,德宗还以为幸用杞言,因得希烈效力,眼巴巴的望他成功,不意江淮未报捷音,邢洺连番告急。泽潞留后李抱真,也上书请速救邢洺,德宗即授抱真为昭义节度使,令与河东节度使马燧,统兵往援。再遣神策都将李晟,率师出都,会同两镇兵马,共讨田悦。悦围攻临洺,累月未拔,城中粮食且尽,士卒多死,守将张伾,饰爱女出见将士,且令下拜,一面宣谕道:"诸军战守甚苦,伾家无他物,请鬻此女,为将士一日费用。"说至此,语带呜咽,众且感且泣道:"愿尽死力,不敢言赏。"伾

第六十二回 贬忠州刘晏冤死 守临洺张伾得援

乃令女入内,率军抵御,昼夜不懈,把一座粮竭兵虚的危城,兀自守住。可巧马燧李抱真,合兵八万,东下壶关,击破田悦支军。悦遣将杨朝光率五千骑立栅邯郸,阻住马李两军,再令李惟岳出兵五千,帮助朝光,马燧率军攻栅,纵火延烧,栅用木穿成,遇火立燃,朝光扑救不及,还恶狠狠的与燧军搏战,结果是烟昏目暗,一个失手,好头颅被人斫去,麾下五千骑,非死即伤。李惟岳军,也多毙命,只剩得几个焦头烂额,逃了回去。燧乘胜至临洺,抱真继进,李晟亦到,三路大军,夹击田悦,悦悉众力战,奋斗至百余合,终被燧等杀得大败,狼狈奔回。邢州兵亦解围遁去。悦即遣使分讨救兵,适值李正己病死,子纳擅领军务,乃发淄青兵援悦。李惟岳亦发成德军为援,悦收合散卒得二万人,驻扎洹水。淄青兵在东,成德兵在西,首尾相应,气焰复振。燧等进屯邺郡,恐兵力不足,奏调河阳军自助,诏令新任河阳节度使李芃,率兵往会,与田悦等相持,胜负尚未判定,那李希烈已大破崇义,进拔襄阳了。

自希烈沿汉进行,调集各道兵马,到了蛮水,遇着崇义裨将翟晖杜少诚,一战即胜,追至疏口。翟杜两将,计穷力蹙,解甲请降。希烈即令二将驰入襄阳,慰谕军民,自率大军随进。崇义尚欲闭城拒守,可奈军心已变,开门争出,不可禁止,眼见得希烈各军,纷纷入城,崇义无法可施,只得挈了妻孥,投井同尽。至希烈入城,捞出尸身,枭了首级,解送京师,希烈遂据住襄阳。德宗闻襄阳已平,加希烈同平章事,另遣河中尹李承为山南东道节度使。承单骑赴镇,希烈令居外馆,胁迫百端。承誓死不屈,希烈乃大掠而去。小子有诗叹道:

犬羊已蹶虎狼来,去祸翻教长祸胎。
为看前辕方覆辙,后车不戒令人哀。

希烈返镇,卢杞又要构害杨炎了。究竟杨炎性命如何,容至下回再表。

杨炎入相,请移财赋贮左藏,又创作两税法。两税之创,尚有遗议,而财赋悉归左藏出纳,实为当时除弊要策,无隙可訾。乃经著书人揭出炎意,谓炎陈此二议,即为害刘晏计,此固言人所未言,而直穷小人之隐者也。自玄宗以迄肃代,若宇文融王铁韦坚杨慎矜等,皆掊克臣,利国不足,病民有余,惟刘晏能变通有无,交利上下,炎挟私恨,乃欲掊而去之,去之不易,乃先议财政以动主心,继进谗言以快宿愤,贬晏死晏,计画甚巧,不图卢杞之复来其后也。杞乘梁崇义之叛,借刀杀炎,用计尤毒,德宗一再不悟,且宠任李希烈,以堕入杞之奸谋!曾亦思三镇叛乱,多自乃父宠纵而成,岂尚可举狼戾无亲之李希烈,而封王拜相耶?临洺之役,守将幸有张伾,战将幸有马燧诸人,而田悦始大败而去,不然,奉天之奔,宁待朱泚哉?

第六十三回　三镇连兵张家覆祀
　　　　　四王僭号朱氏主盟

却说杨炎罢相,用右仆射侯希逸为司空,前永平军节度使张镒为中书侍郎,同平章事,希逸即死,亏得早死,否则亦朱泚流亚。镒性迂缓,徒知修饰边幅,无宰相才。卢杞独揽政权,决计诛炎,谓:"炎所立家庙,地临曲江,开元时,萧嵩欲立私祠,玄宗不许,此地实有王气,炎有异志,因敢违背先训,取以立庙。"这数语陈将上去,顿令德宗怒不可遏,立黜炎为崖州司马,且遣中使押送,途中把炎缢死,并杀炎党河南尹赵惠伯,许刘晏归葬。报应何速？杞入相时,朝右称为得人,惟郭子仪窃叹道:"此人得志,吾子孙恐无遗类了。"建中二年六月,子仪疾亟,廷臣多往探视,杞亦往问疾。子仪每见宾客,姬妾多不离侧,惟见杞至,悉令避去,有人问为何因？子仪道:"杞貌陋心险,若为妇人所见,必致窃笑,杞或闻知,多留一恨,我正恐子孙被害,奈何反自寻隙呢？"德宗闻子仪病笃,遣从子舒王谟,传旨省问,子仪已不能起,但在床上叩头谢恩,未几即薨,年八十五。德宗震悼辍朝,诏令群臣往吊,丧费皆由官支给,追赠太师,予谥忠武,配飨代宗庙廷。

子仪身为上将,屡拥强兵,程元振鱼朝恩等,逸谤百端,诏书一纸往征,无不就道,所以谗谤不行。鱼朝恩尝阴劂子仪父墓,子仪入朝,中外虑有变故,代宗亦慰唁再三,子仪独涕泣道:"臣统兵日久,兵士或侵及人墓,不无失察,今先冢被毁,恐是天谴,不得专咎他人呢。"由是群疑俱释,且深服子仪雅量。子仪尝使人至魏州,田承嗣向西下拜,并语去使道:"我不向人屈膝,已好多年了,今当为汾阳王下拜。"及李灵曜据汴州,不问公私各物,一概截留,独子仪物不敢近,且遣兵护送出境,所以子仪一身,关系天下安危,约二十年。校中书令考二十四次,家人多至三千人,八子七婿,均为显官,诸孙数十,朝夕问安,子仪不能尽辨,但略略点颔罢了。相传子仪自华州原籍,从军塞外,因入京催趱军饷,返至银州,时正七夕,风砂徙暗,日暮无光,子仪不得前行,就道旁空屋中,席地留宿,正在蒙眬欲睡,忽见左右皆现赤光,惊起仰视,天空中有一云軿,冉冉而下,内坐美女,端庄华丽,迥与凡人不同。子仪即拜祝道:"今天为七月七日,想是织女降临,愿赐长寿富贵。"女輓然道:"大富贵亦寿考。"言讫,霞光复起,云軿徐升,女尚俯视子仪,笑容可掬,直至高低远隔,方才烟雾迷离,不可复见,果然后来俱验,一如女言。史官称他权倾天下,朝不加忌,

第六十三回 三镇连兵张家覆祀 四王僭号朱氏主盟

功盖一世,主不加疑,侈穷人欲,议不加贬,真是福德兼全,哀荣终始呢。故部将佐,多为名臣,子孙亦多半显扬。这更是郭氏特色,史所罕闻。旌扬盛德,正稗兼收。子仪从子郭昕,曾为安西四镇留后,自吐蕃陷入河陇,四镇隔绝不通,昕与北庭节度使曹令忠,屡遣使奉表朝廷,终不得达。伊州刺史袁光庭,且累被吐蕃围困,粮尽援穷,自焚死节,唐廷毫无所闻。至子仪殁后,仅隔一月,昕使从回纥绕道入朝,方得四镇二庭消息。德宗封昕为武威郡王,曹令忠为宁塞郡王,赐令忠国姓,改名元忠,追赠袁光庭为工部尚书,这且不必细表。

且说田悦李纳李惟岳,联兵拒命,与马燧等相持未下。李纳更遣将王温等,会同魏博兵众,共攻徐州。徐州刺史李洧,本是李纳从伯父,向与纳父子通同一气。彭城令白季庚,劝洧服从朝廷,乃举州归国,纳因此生嫌,出兵攻洧。洧遣牙将王智兴告急,智兴善走,五日入都,德宗令朔方大将唐朝臣,与宣武节度使刘洽,神策兵马使曲环,滑州刺史李澄,共救徐州。唐朝臣奉诏即行,军装不及置办,所有旗服,统是敝恶,宣武军瞧着,不禁嘲笑道:"乞子也能破贼么?"朝臣闻言,转谕将士道:"我等出兵讨逆,宜恃智勇,不恃服饰,但能先破贼营,何愁资械不足?诸君努力向前,共博功名,休使汴宋人笑我哩。"原来汴宋自灵曜乱后,添置节度使,改称宣武,所以朝臣仍称他为汴宋军。朝臣既已下令,即麾众前驱,巧值纳将石隐金,率众万人,来援王温,至七里沟与朝臣相遇。朝臣用马军使杨朝晟计,遣朝晟带着骑兵,潜伏山曲,自率部兵倚山列阵,静待纳军。王温闻援兵到来,即与魏博将崇庆,率兵往会,为夹攻计。哪知到了山西,被朝晟驱兵杀出,冲作两橛,朝臣亦麾众驰突,杀得温等有退无进,有死无生。石隐金拟来援应,适宣武军乘势杀到,立将隐金击退。温与崇义,狼狈欲返,仓猝逾沟,又为朝臣等掩杀,溺毙过半。余众四散遁去,徐州解围。朔方军尽得敌械,旗服焕然一新,便语宣武军道:"汝军功劳,能及得乞人否?"虽是快语,却亦未免自满。宣武军不胜惭赧,无词可答。刘洽亦颇愤激,径移师往攻濮州去了。

马燧等屯驻漳滨,河阳节度使李芃亦至,燧命诸军持十日粮,进屯仓口,与田悦夹水列营。抱真与芃问燧道:"粮饷不多,遽行深入,究是何因?"燧答道:"我无非为速战起见,试想魏博三镇,连兵不动,意欲坐老我师,可以不战屈人,我若分军击其左右,悦必往救,我反腹背受敌,战必不利,今特进军攻悦,捣他中坚,这就是攻其必救的兵法。悦若出战,保为诸公破敌哩。"乃命军士就水造桥,成了三座,每日分兵逾桥,前往挑战。悦只坚壁不出,燧令诸军夜半起食,潜出营门,循洹水上流,直趋魏州,只留百骑在营击鼓,且预戒道:"贼若渡桥前来,汝等可暂时他避,俟贼已毕渡,追躐我师,汝等速毁桥梁,切切勿误。"言已即去。待至天明,留骑怀藏火种,出营四匿,营中鼓角无声,寂无一人。果然田悦探得消息，亟率淄青成德军四万余人，渡桥踹营。但见营门虚掩，料已他去，连忙督众前追，且乘风纵火，鼓噪而进。燧已至十里所，令军士除去草莽，列阵待着，至悦兵追到，火熄气衰，燧令昭义河阳军为左翼，神策军为右翼，自率河东兵为中军，与悦众接仗，悦亦分军迎敌，战了数十合，神策昭义河阳军小却，独燧指挥河东军，冒死突入悦阵，十荡十决，无人敢当。李抱真李芃等，见燧勇往直前，也下令还斗，拚命杀入。悦众抵挡不住，相率败走，奔至三桥，桥已毁去。那燧等又追杀过来，此时欲逃无路，只好扑通扑通的俱投水中。有一半不善泅水的，都由河伯收去。还有后队未及渡水，统被燧等杀尽。功归马燧，举一贼三。悦收败卒千余人，还走魏州，夜走南郭，守将李长春闭城不纳，拟俟官军追至，献城出降。偏偏待到天明，官军不至，乃开门迎悦。悦怒杀长春，集兵拒守，怎奈城中士卒，不满数千，阵亡将士诸家属，号哭盈街。悦不免惶惧，乘马佩刀，兀立府门，召军民泣谕道："悦自知不肖，蒙淄青成德两父执保荐，嗣守伯父遗业，今两父执去世，有子不得承袭，悦怀父执旧恩，不自量力，抗拒朝命，以致丧败至此，悦再不死，何以谢我城中父老？不过悦有老母，不能自杀，愿诸君持我佩刀，断我首级，持降官军，免得与悦同死哩。"言毕，解刀掷地，自从马上投下。好一条苦肉计。将士争前扶掖，各愿与悦同死。悦乃与将士断发为誓，约为兄弟，与同休戚，一面悉发府库，乃征敛富家，得财百余万，犒赏士卒。并召贝州刺史邢曹俊，令整部伍，缮守备，镇定众心，士气复振。

时李纳为刘洽所逼，还守濮州，又向田悦处征兵。悦遣军使符璘，率三百骑送归淄青军。璘父令奇诫璘道："我已老了，历观安史等相继叛乱，终归夷灭，田氏效尤，不久必亡，汝能去逆效顺，使汝父扬名后世，我死亦甘心哩。"遂与啮臂而别。璘出城，即与副使李瑶，奔降马燧，悦收灭璘家，令奇嫚骂而死。李瑶父再春，举博州降官军。悦从兄田昂，也举洺州降官军。马燧拟进攻魏州，向抱真营中求取攻具。抱真因前时临洺一役，所获军粮，多为燧有，心下本已不平，至此又欲取他军械，因即拒绝，且愿独当一面，与燧分军，迁延不进。燧与抱真各有所失。河阳等军，亦因此观望。至燧促与同行，到了魏州城下，悦已缮兵固守，不能遽拔了。

范阳节度使朱滔，奉德宗诏敕，出讨李惟岳，先遣判官蔡雄，往说易州刺史张孝忠，劝他举州归唐，共图惟岳。孝忠本由正己遣往，令防田氏。见六十一回。此次见田氏日危，乐得依了蔡雄，奉表唐廷。滔又代为保荐，得授检校工部尚书，兼成德节度使。孝忠遂娶滔女为子妇，深相结纳，连兵围束鹿。束鹿守将孟祐，急向惟岳处求救，惟岳令兵马使王武俊为先锋，自督军为后应，往救束鹿。武俊本为惟岳所嫌，因惜他才勇，不忍遽除，至此派为前驱，武俊

第六十三回　三镇连兵张家覆祀　四王僭号朱氏主盟

暗自忖道："我若往破朱滔，惟岳军势大振，我归必被杀无疑，我何苦自寻死路呢？"及既至束鹿，与朱滔对垒，未战先退。惟岳后至接战，为朱滔张孝忠所乘，杀毙将士甚多，没奈何毁营遁还。孟祐守不住束鹿，亦开门夜遁。滔等乘胜围深州，惟岳忧惧，判官邵真，又劝惟岳束身归朝，事为孟祐所闻，密报田悦。悦遣衙官扈岌，诘责惟岳，逼他杀死邵真，仍敦前好，否则从此绝交。惟岳素来悝怯，更由判官毕华等，从旁怂恿，力请斩真以谢魏博，乃即引真出来，对着扈岌，把真枭首，扈岌乃去。惟岳以武俊不肯效力，意欲并诛，会赵州守将康日知，又举城降唐，于是益疑武俊，武俊甚惧。有为武俊入白惟岳道："先相公委武俊为腹心，诚因他勇冠三军，可济缓急，今危难交迫，尚加猜阻，将使何人却敌呢？"惟岳乃使步军卫常宁，与武俊同击赵州，又使武俊子士真，值宿府中，统兵自卫。既已纵虎出柙，还要引狼守门，怎得不死？武俊出至恒州，语常宁道："武俊今日，幸脱虎口，不复再返了。当北归张尚书。"指孝忠。常宁道："惟岳暗弱，将来总不免覆灭，今天子有诏，得惟岳首，即授旌节，公为众所服，若倒戈效顺，取逆首如反掌，何必先归张尚书呢？"武俊喜甚，即与常宁还袭惟岳。士真开门纳入，武俊即突入府门，府兵上前拦阻，被杀十余人，当由武俊宣言道："大夫叛逆，将士归顺，敢有异心，身诛族灭。"大众闻言，均不敢动。惟岳缩做一团，被武俊等牵出府厅，用帛勒毙，并收捕胡震毕华王他奴诸人，尽行斩首，然后将惟岳首级，传送京师。自李宝臣据成德军，凡二世，共十九年而亡。深州刺史杨荣国，定州刺史杨正义，陆续归降，河北略定，只有魏州未下。唐廷论功加赏，三分成德地，命张孝忠为易定沧州节度使，武俊为恒冀都团练观察使，康日知为深赵都团练观察使。尚有德棣二州，划隶朱滔，令滔还镇。

滔求深州未得，因致失望，且仍在深州驻兵，武俊以手诛惟岳，功出张孝忠康日知上，乃仅与日知同官，并失去赵定二州，意亦不悦。田悦乘间诱朱滔，滔又乘间诱武俊，彼此定了密约，互相联络，反抗朝廷。_{前四镇未曾荡平，后三镇又复连结。}李纳为刘洽所围，外城被破，惊慌的了不得，乃登城见洽，泣求自新。李勉亦遣人劝降，纳乃使判官房说，入朝请命。偏中使宋凤朝，谓纳势穷蹙，必不可舍，德宗竟为所惑，将说囚住，纳乃突围出走，奔归郓州，后与田悦相合。会唐廷遣中使北往，征发卢龙恒冀易定等军，往讨田悦。王武俊邀执中使，送往朱滔。滔即语众道："将士为国立功，我尝为奏请官阶，均不见报，今欲与诸君共趋魏州，击破马燧，可好么？"众皆不答。滔问至再三，大众却请暂保目前，不愿蹈安史覆辙。滔默然罢议，一面加抚士卒，一面查出反对的将士，杀死了数十人。康日知侦知滔谋，密报马燧，燧转报德宗，德宗以魏州未下，王武俊又叛，势不能再讨朱滔，乃加滔检校司徒，进爵通义郡王，冀安反侧。总不脱乃父呆气。偏滔逆谋愈甚,竟进营赵州,威吓日知。武俊亦遣子士真,往攻赵州。涿州刺史刘怦,与滔为姑表亲,滔使知幽州留后,怦即遗书谏滔道:"司徒能自矢忠顺,事无不济,若务大乐战,不计成败,安史前车,可为殷鉴。"滔将来书撕碎,付诸不答,且使蔡雄往说张孝忠,愿与连盟。孝忠道:"从前司徒发幽州时,曾劝孝忠归国尽忠,孝忠性直,已从司徒教诲,不敢再生贰心。司徒今为王武俊所惑,武俊与孝忠同出夷落,素知他反复无常,还请司徒详察,勿为所蒙。"雄尚再四进言,惹得孝忠怒起,欲将他执送京师,雄乃逃回。滔决计叛命,即率步骑二万五千人,出发深州。甫至束鹿,士卒忽哗噪道:"天子令司徒归幽州,奈何反南救田悦。"滔惧匿后帐。蔡雄与兵马使宗项出语士卒道:"司徒血战取深州,无非欲多得丝纩,借宽汝曹租赋,不意国家无信,把深州给康日知,又闻朝廷有敕赐汝等每人绢十匹,乃复为河东军夺去,所以司徒南行,为汝等索还赐物呢。"一派谎言。大众齐声道:"果有此事,朝命不可不遵,不如奉诏归镇。"雄说不下去,只好佯允道:"汝等既知奉诏,亦须各归部伍,从容归镇,尊司徒,便是尊朝廷呢。"众乃无语,越宿,滔即引兵还深州,密访首谋,得二百余人,悉数处斩,余众股栗,乃复引兵南行,如此残暴,安望成功。进取宁晋,留待王武俊。武俊率步骑万五千名,陷入元氏,再行北趋,与滔相会,同援田悦。

悦闻援军将至,令康愔督兵出城,至御河旁,与马燧战了一仗,大败奔还。德宗授李怀光为朔方节度使,令率朔方军讨悦,兼拒朱滔,一面进燧同平章事,爵北平郡王,且大括长安富商,接济军费。判度支杜佑,横加敲迫,民不胜苦,甚至缢死。又遍查都民积粟,硬借四分之一,先后所得,才值二百万缗,都城嚣然,如被寇盗。越年改任赵赞判度支,复创行苛例两条,一是间架税,每屋两架为间,上屋税钱二千,中税千文,下税五百。一是除陌钱,公私给与及买卖产物,每缗须交官税五十钱。两法颁行,饬民不得逃税,如有隐匿等情,杖责以外,还要加罚。可怜百姓连声叫苦,九重无从得闻,但把那民膏民血,运至军前,期平叛逆,偏是逆焰日炽,诸军又不肯同心,你推我诿,历久无功。夹叙苛税,为下文京城失守写照。马燧李抱真,构怨不休,朝廷遣中使和解,终不见效。王武俊逼赵州,抱真分麾下二千人,往戍邢州。燧闻信大怒道:"叛贼未除,乃遽分兵自守,难道叫我独战么?"随即令军士整顿归装,意欲西还。忠智如燧,尚难免私忿。李晟得悉情形,忙向燧劝阻道:"李尚书因邢赵连壤,所以分兵往守,今公为此一事,即引兵自去,不但前功尽弃,转恐招受恶名。况公有志平贼,正应推诚相与,释小怨,急公仇,奈何作丈夫态,悻悻求逞呢?"燧被晟数语提醒,不觉起座道:"公责我甚当,我愿自见李尚书,剖明心迹便了。"遂单骑出营,径诣李抱真营。抱

第六十三回 三镇连兵张家覆祀 四王僭号朱氏主盟

真与燧，已多日不见，骤闻燧子身到来，也即开营出迎，彼此各自谢过，复归和好，乃同誓灭贼，尽欢而别。

适洺州刺史田昂入朝，燧奏以洺州隶抱真，李晟军先隶抱真，又请兼隶马燧，以示协和，有制一一准请。燧乃搜卒补乘，再攻魏州。会值朱滔王武俊，合军救魏，列营惬山。李怀光军亦来援燧，燧盛军出迎。滔闻燧出军，还道是前往袭击，也出兵布阵，怀光有勇无谋，即欲掩杀过去，燧劝怀光且暂休息，俟衅乃动。怀光道："贼阵尚未列就，正好乘机杀去，此时不可失了。"遂麾兵杀入滔阵，杀死敌军千余人。滔军奔退。怀光部众争入滔营，搬取粮械，不防王武俊带着劲骑，横冲过来，把怀光军裂作数段，怀光不及收军，仓皇走还。滔又转身杀来，与王武俊并力合击，怀光大败，马燧部兵，被他牵动，禁遏不住，也只好还军保垒。是夜燧与怀光，恐朱滔等复来劫营，恰也严加防备。到了夜半，忽有大水淹至，灌及全营，大众惊惶得很，东拦西阻，勉强支持到天明。曙光一启，出营四望，但见周围一带，已成泽国，营门内外，水深三尺许。燧至此也觉着急，暗思全营将士，带水拖泥，已是不便，更且粮道被阻，归路截断，将来都作了瓮中鱼鳖，如何不忧？当下救命要紧，只好卑词厚币，向滔乞情，乃遣一辩士赍投滔营。滔正决永济渠，淹入燧营，教他自毙，忽接到燧书，内称河北事托公处置，燧愿率兵还朝，幸开一面，后不相犯等语。滔阅毕，不禁掀髯狞笑道："马北平，才晓得老夫厉害么？"马使趁势贡谀，说得朱滔心悦诚服，立命将渠水放还，遣归来使。及使人回至燧营，营中已是干燥了。燧与诸军涉水西行，退保魏县。王武俊见滔道："公奈何纵虎出柙，堕人诡计？"滔不以为然。嗣经武俊讽劝兼至，乃与武俊进兵魏县，与马燧等隔水相持。滔复遣兵马使承庆等往救李纳，击却刘洽。洽亦退守濮阳，于是田悦倡议，愿奉朱滔为主。滔辞谢道："惬山一胜，全仗王大夫力，滔何敢独居尊位？"乃由幽州判官李子千，桓冀判官郑濡等，公同会议，仿春秋列国故例，仍奉唐朝正朔，惟各加王号。滔自称冀王，悦称魏王，武俊称赵王，且推李纳为齐王，列成四国。当下筑坛告天，歃血为盟。滔作盟主，对众称孤，悦纳武俊称寡人，妻曰妃，长子曰世子，各以所治州为府，自置官属。唐廷又令淮宁节度使李希烈，兼平卢淄青节度使，专讨李纳。河东节度使马燧，兼魏博澶相节度使，朔方节度使李怀光，加授同平章事，专拒田悦朱滔等军，李晟已进授御史大夫，兼神策行营招讨使。当惬山未战前，已自魏州北趋赵州，击走王士真，与张孝忠合兵，北图范阳。更谋取涿莫二州，截断幽魏孔道，这也是釜底抽薪的计策。正是：

诸镇连兵方肆逆，良臣冒险每图功。

欲知各军能否平逆，且从下回再详。

卢杞相，子仪殁，内外之人，而藩镇之祸乃烈。幸尚有马燧李晟诸将，战胜田说，而王武俊乃出而倒戈，杀李惟岳，传首京师，李纳乞降，田悦孤危，河北只魏州未下，澄清之象，似可立致矣。乃王武俊朱滔，有平惟岳功，而处置失宜，致生怨望。李纳遣使入朝，及从而拘禁之，代宗之误，误于姑息，德宗之误，误于好猜，四国联盟，祸逾三镇，唐乱宁有已时乎？观此回而知诸镇之迭乱，实由庙谟之失算云。

第六十四回　叱逆使颜真卿抗节 击叛帅段秀实尽忠

却说李希烈籍隶辽西，性极凶狡，本来是没甚功业，自平梁崇义后，恃功益骄，德宗反说他忠勇可恃，封王拜相，兼数镇节度使，令讨李纳。希烈率部众徙镇许州，屯兵不进，反遣心腹李苣，阴约李纳，结为唇齿，共图汴州，佯向河南都统李勉处假道。勉知他不怀好意，阳具供帐，阴饬戒备。希烈探悉情形，竟不至汴。纳却屡遣游兵，渡汴往迎，且绝汴饷路。勉乃改治蔡渠，凿通运道，以便接济。希烈又密与朱滔等通问，滔等与官军相拒，累月未决，一切军需，全仗田悦筹给。悦不胜供应，支绌万分，闻希烈兵势甚盛，乃共谋乞援，愿尊希烈为帝。希烈遂自号建兴王，天下都元帅。五贼株连，凶焰益盛。希烈遂遣将李克诚，袭陷汝州，执住别驾李元平。元平眇小无须，素来大言不惭，中书侍郎关播，说他有将相才，荐任汝州别驾，兼知州事，哪知他被捕至许，见了希烈，吓得浑身乱抖，屎尿直流。希烈且笑且骂道："盲宰相用你当我，何太看轻我哩？似你岂足污我刃，饶了你罢！"元平连忙叩谢，首如捣蒜。希烈拂袖返入，他才爬起，由军士替他解缚，退出帐外去了。可为惯说大话者作一榜样。

希烈再遣将董侍名等，四出抄掠，取尉氏，围郑州，东都大震。德宗召卢杞入商，杞答道："四镇不臣，又加希烈，几乎讨不胜讨，不如令儒雅重臣，往宣上德，为陈顺逆祸福，或可不战而胜哩。"德宗问何人可遣，杞应声道："莫如颜真卿。"乃命真卿宣慰希烈。诏敕一下，举朝失色。原来卢杞入相，专好挤排，杨炎既被他贬死，继起为相的张镒，本来是没甚峭厉，偏杞又排他出外，令兼凤翔节度使。故相李揆，老成望重，又为杞所忌，遣使吐蕃，病死道中。颜真卿入掌刑部，刚正敢言，杞独奏改太子太师，且欲调任外职。真卿尝语杞道："先中丞传首至平原，指卢奕。真卿曾舌舐面血，今相公乃忍不相容么？"杞蹙然起拜，心中却衔恨愈深。至是假公济私，令他出抚希烈。真卿拜命即

第六十四回　叱逆使颜真卿抗节　击叛师段秀实尽忠

行，驰至东都，留守郑叔则道："此去恐必不免，不如留待后命。"真卿慨然道："君命难违，怎得避死？"随即写了家书，寄与颏硕两儿，但嘱他上奉家庙，下抚诸孤，此外不及他语。书已寄出，即向许州进发。李勉闻真卿赴许，亟表言失一元老，为国家羞，请速追召还朝，一面使人邀留道中。偏真卿已经过去，不及追还，只好付诸一叹。

真卿既抵许州，才与希烈相见，忽有众少年持刀直入，环绕真卿左右，口中啾啾辱骂，手中以刀相示，几乎欲将真卿醢食了事。真卿毫不改容，顾语希烈道："若辈何为？"希烈乃麾众令退，且谢真卿道："儿辈无礼，请休介意！"真卿问明众少年，才知皆希烈养子，当下朗声宣敕，希烈听毕，便道："我岂欲反，只因朝廷不谅，奈何！"乃导真卿入客馆中，逼使代白己冤，真卿不从。希烈再遣李元平往劝，真卿呵叱道："汝受国家委任，不能致命，我恨无力戮汝，反敢来劝诱我么？"元平怀惭而退，返报希烈。希烈意欲遣归，元平却劝令拘留。越是小人，越会巴结。会朱滔王武俊田悦李纳四人，复各遣使至许州，上表称臣，腼颜劝进。腼颜两字甚妙。希烈召真卿入示道："今四王遣使推戴，不约而同，太师看此情势，岂独我为朝廷所忌么？"真卿奋然道："这是四凶，怎得称作四王？相公不自保功业，为唐忠臣，乃反把乱臣贼子，引作同侣，难道是甘心同尽吗？"希烈不悦，令人扶出。越日与四使同宴，又召真卿入座，四使语真卿道："太师德望，中外同钦，今都统将称大号，太师适至，都统欲得宰相，舍太师尚有何人？这乃所谓天赐良相哩。"真卿怒目相视道："汝等亦知有颜杲卿么？杲卿就是我兄，曾骂贼死节，我年八十，但知守节死义，汝等休得胡言！"四使乃不敢复语，真卿乃起身还馆。希烈使甲士十人，环守真卿馆舍，且在庭中掘坎，扬言将坑死真卿。真卿怡然见希烈道："死生有定，亟以一剑授我，便好了公心事，何必多方恫吓，我若怕死，也不来了。"希烈乃婉词道歉。

既而左龙武大将军哥舒曜，奉命为东都汝州节度使，击破希烈前锋将陈利贞，进拔汝州，擒住守将周晃。湖南观察使曹王皋，系曹王明玄孙。调任江西节度使，击斩希烈将韩霜露，连下黄蕲各州。希烈部下都虞侯周曾等，本由希烈差遣，往攻哥舒曜，他却通款李勉，还击希烈，拟奉颜真卿为节度使，不料为希烈所闻，潜令别将李克诚，率兵掩至。曾等却未预防，统被杀死，只同党韦清，奔投刘洽，幸得逃生。董待名等曾围郑州，闻各处失利，相率遁还。希烈气焰少衰，乃自许州归蔡州，颜真卿仍被拥去，置居龙兴寺，用兵守着。会荆南节度使张伯仪，与希烈兵交战安州，伯仪大败，连持节俱被夺去。希烈得节示真卿，真卿号恸投地，绝而复苏，自是不复与人言。希烈遣使上表，归咎周曾等人，表面上好似恭顺，暗中却通使朱滔，待他来援。滔正自顾归路，还救清苑，与李晟相持。晟适患病，不能督师，被滔乘隙袭击，败走易州。滔自瀛州休息数天，王武俊遣宋端见滔，促他速还魏桥，滔尚拟从缓，偏端出言不逊，顿时惹动滔怒，斥端使还，且语道："滔以救魏博故，叛君弃兄，几如脱屣，现遇热疾，暂未南来，二兄指王武俊。必欲相疑，听他自便。"端回报武俊，武俊因滔纵马燧，已是不平，至此越觉介意，勉强遣人报谢。不获于上，安能信友？李抱真驻营魏县，侦得消息，乃遣参谋贾林，诈降武俊，林至武俊营，武俊问他来意，林正色答道："林奉诏来此，并非来降。"武俊不禁色动。林又接口道："天子闻大夫登坛时，自言忠而见疑，激成此举，诸将亦共表大夫忠诚，今天子密谕诸将，谓：'朕前事诚误，追悔无及，朋友失欢，尚可谢过，朕为四海主，岂君臣情谊，转不及朋友么？'林特来传命，请大夫自行裁夺。"令他自酌，不劝之劝，尤妙于劝。武俊徐答道："仆系胡人，入受旌节，尚知爱及百姓，岂天子反好杀人么？仆不惮归国，但已与诸镇结盟，不便食言，若天子下诏，赦诸镇罪，仆当首倡归化，诸镇再或不从，愿奉辞伐罪，上足报君，下可对友，不出五旬，河朔可大定了。"林乃道："公言甚善，林当返报李公，如言请旨。"武俊喜甚，厚礼送归。嗣因抱真尝通使武俊，阴相联结，魏博一路，兵祸少纾。惟李希烈复出寇襄城，哥舒曜入城拒守，竟为所围。河南都统李勉，遣宣武将唐汉臣赴援，德宗亦令神策将刘德信，募兵三千人往助，且命神策军使白志贞，添招兵士。志贞勒令节使子弟，自备资装从军，但给他五品官衔，于是怨言益盛，人心动摇。翰林学士陆贽，表字敬舆，系嘉兴人氏，夙擅才名，以进士中博学宏词科，历任外尉，及监察御史。德宗召居翰苑，屡问政事得失。贽因兵民两困，防生内变，特剀切上疏道：

  臣闻王者蓄威以昭德，偏废则危。居重以驭轻，倒持则悖。王畿者，四方之本也。京邑者，王畿之本也。昔太宗列置府兵，八百余所，而关中五百，举天下不敌关中，则居重驭轻之意明矣。承平渐久，武备浸微，虽府卫具存，而卒乘罕习，故禄山窃倒持之柄，乘外重之资，一举滔天，两京不守，尚赖西边有兵，诸厩备马，每州有粮，而肃宗乃得中兴。乾元以后，复有外虞，悉师东讨，边备既弛，禁旅亦空，吐蕃乘虚深入，先帝莫与为御，是又失驭轻之权也。既自陕还，惩艾前事，稍益禁卫，故关中有朔方泾原陇右之兵以捍西戎，河东有太原之兵以制北虏。今朔方太原之众，远屯山东，神策六军，悉戍关外，将不能尽敌，则请济师，陛下为之辍边军，缺环卫，竭内厩之马，武库之兵，召将家子以益师，赋私蓄以增骑，又告乏财，则为算室庐，贷商人，设诸榷之科，日日以甚。倘有贼臣咶寇，黜房觊边，伺隙乘虚，窃犯畿甸，未审陛下何以御之？往岁为天下所患，咸谓除之则可致昇平者，李正己李宝臣梁崇义田悦是也。往岁为国家所信，咸谓任之则可除祸乱者，朱滔李希烈是也。既而正己死，李纳继

第六十四回　叱逆使颜真卿抗节　击叛帅段秀实尽忠

之；宝臣死，惟岳继之；崇义诛，希烈叛，惟岳戮，朱滔携，然则往岁之所患者，四去其三矣，而患竟不衰。往岁之所信者，今则自叛矣，而余又难保。是知立国之安危在势，任事之济否在人；势苟安，则异类皆同心也，势苟危，则舟中亦敌国也；陛下岂可不追鉴往事，维新令图，修偏废之柄以靖人，复倒持之权以固国，而乃孜孜汲汲，极思劳神，徇无已之求，望难必之效乎？陛下幸听臣言，凡所遣神策六军，如李晟等及节将子弟，悉令还朝，明敕泾陇邠宁，但令严备封守，仍云更不征发，使知各保安居，再使李芃还军援洛，李怀光还军救襄城，希烈一走，梁宋自安，余可不劳而定也。又下降德音，罢京城及畿县间架等杂税，与一切贷商征兵诸苛令，俾已输者弭怨，现处者获宁，则人心不摇，邦本自固，尚何叛乱之足虑乎？语关至计，务乞陛下酌量施行。

　　看官听着！德宗当日，若果信用贽言，何至京城失守，蒙尘西行？偏是德宗目为迂谈，一心想荡平叛逆，把魏县各军，未曾调回一个，反屡促李勉刘德信等，急救襄城，勉闻希烈精兵，统在襄阳，料想许州空虚，特嘱刘德信唐汉臣两将，移袭许州。这也是一条好计。两将奉令即行，哪知中使到来，责他违诏，立刻追还二将，二将狼狈走还，被希烈部将李克诚，追击过来，杀伤大半。汉臣奔大梁，德信奔汝州。希烈游兵，剽掠至伊关，李勉亟遣裨将李坚率四千人，助守东都，又被希烈将截住后路，东都亦震，襄城益危。德宗再命舒王谟见前。为荆襄等道行营都元帅，改名为谊，徙封普王，户部尚书萧复为元帅府长史，右庶子孔巢父为左司马，谏议大夫樊泽为右司马，调入泾原将士，令带同东行。

　　泾原节度使姚令言，率兵五千至京师，时当十月，途次冒雨前来，冻馁交迫，既至京师，满望得着厚赐，遗归家属，不意京兆尹王翃，奉敕犒师，但给他粝饭菜羹，此外并无赏物。大众不禁动愤，尽把菜饭拨掷地上，蹴作一团，且扬言道："我辈将冒死赴敌，乃一饭且不使饱，尚能以微命相搏么？今琼林大盈二库，金帛充溢，朝廷靳不一与，我辈何妨自取呢。"乃环甲张旗，直趋京城。令言正入朝辞行，蓦听得兵变消息，忙趋出城外，呼众与语道："诸军今日，东征立功，何患不富贵？乃无端生变，莫非要族灭不成？"军士不从，反将令言拥住，鼓噪至通化门。但见有中使奉诏出抚，每人给帛一匹，众益忿诟道："我等岂为此区区束帛么？"遂将中使射毙，一哄入城，百姓骇走，乱军大呼道："汝等勿恐，我辈前来抚汝，此后不夺汝商货僦质，也不税汝间架陌钱了。"苛敛病民，正使军士借口。德宗闻乱军入城，即令普王谊及翰林学士姜公辅，同往慰谕。偏乱军列阵丹凤门，持弓以待，无可理喻，没奈何返身入报。德宗又号召禁兵，令御乱军，不料白志贞所募禁旅，统是虚名列籍，兵饷悉入贪囊，到了危急待用，竟无一人前来，此时德宗张皇失措，急忙挈同王贵妃韦淑妃，及太子诸王公主，自后苑北门出奔，连御玺都不及取，还是王贵妃忙中记着，取系衣中。宦官窦文场霍仙鸣，率左右百人随行，普王谊为前驱，太子为后殿，司农卿郭曙，右龙武军使令狐建，在道接驾，各率部曲扈从，于是始得五六百人。姜公辅叩马进言道："朱泚尝为泾原军帅，因弟滔为逆，废处京师，心常怏怏，今乱兵入京，若奉他为主，势必难制，不如召使从行。"德宗不暇后顾，便摇首道："现在赶程要紧，已是无及了。"遂西向驰去。

是时乱军已斩关入内，登含元殿，大掠府库，居民亦乘势入宫，窃取库物，喧哗的了不得。姚令言以大众无主，乱不能止，特与乱军商议，拟推朱泚为主帅。泚讨平刘文喜后，曾留镇泾原，加官太尉。回应六十二回。及滔谋逆，蜡书贻泚，劝他同叛，使人为马燧所获，送至京师。德宗乃召泚入朝，出示滔书，泚惶恐请死，德宗以兄弟远隔，本非同谋，特温言慰勉，赐第留京。令言提议戴泚，大众乐从，乃至泚第迎泚，泚佯为谦让，经乱军一再往迎，乃乘夜半入阙，前呼后拥，列炬满街，既至含元殿，约束乱兵，自称权知六军，泚乘乱入阙，约束乱兵，不足言罪，误在后此称尊耳。次日徙居北华殿，出榜张示。略云：

> 泾原将士，远来赴难，不习朝章，驰入宫阙，以致惊动乘舆，西出巡幸，现由太尉权总六军，一应神策等军士及文武百官，凡有禄食者，悉诣行在，不能往者，即诣本司，若出三日检勘，彼此无名者杀无赦。为此榜示，俾众周知。

京城官吏，见此榜文，才知德宗已经西出，首相卢杞，及新任同平章事关播，已在夜间逾中书省垣，微服出城。神策军使白志贞，京兆尹王翃，御史大夫于颀，中丞刘从一，户部侍郎赵赞，翰林学士陆贽吴通微等，亦陆续西往，驰至咸阳，方与车驾相会。德宗忆及桑道茂言，决赴奉天。奉天守吏，闻车驾猝至，不知何因，意欲逃匿山谷，主簿苏弁道："天子西来，理应迎谒，奈何反逃避呢？"乃相偕迎车驾入城。京城百官，稍稍踵至，及左金吾大将军浑瑊到来，报称朱泚为乱兵拥立，后患方长，不可不备。德宗即授瑊为行在都虞侯，兼京畿渭北节度使，且征诸道兵入援。卢杞悻悻进言道："朱泚忠贞，群臣莫及，奈何说他从乱？臣请百口保他不反。"德宗也以为然，反日望朱泚迎舆，那知泚已密谋僭逆，竟欲做起皇帝来了。

先是光禄卿源休，出使回纥，还朝不得重赏，颇怀怨望，见朱泚自总六军，遂入阙密谈，妄引符命，劝他称尊，泚喜出望外，立署京兆尹，检校司空李忠臣，太仆卿张光晟，工部侍郎蒋镇，员外郎彭偃，太常卿敬釭，皆为泚所诱，愿为泚用。泚又以段秀实久失兵柄，必肯相从，即令骑士往召。秀实闭门不纳，骑士逾垣入见，硬迫秀实同行。秀实乃与子弟诀别，往见朱泚。泚喜道："司

第六十四回　叱逆使颜真卿抗节　击叛帅段秀实尽忠

农卿来，吾事成了。"秀实为司农卿，见六十二回。秀实因语泚道："将士东征，犒赐不丰，这是有司的过失，天子何从与闻？公以忠义闻天下，何勿开谕将士，晓示祸福，扫宫禁，迎乘舆，自尽臣职，申立大功呢。"泚默然不答。秀实乃阳与周旋，阴结将军刘海宾，及泾原将吏何明礼岐灵岳，谋诛朱泚。适金吾将军吴溆，奉德宗命，来京宣慰。泚佯为受命，留溆居客省中，一面遣泾原兵马使韩旻，率锐骑三千，往袭奉天，外面却托称迎銮。秀实侦悉狡谋，便语灵岳道："事已急了，只可以诈应诈。"召旻且还，乃嘱灵岳窃姚令言符，作为凭信。灵岳去了半日，空手驰回，报称符难窃取。秀实倒用司农卿印为记，写入数语，募急足持往追旻。旻得符即还。奉天不被袭破，亏得此计。秀实又语灵岳道："旻若回来，我等将无噍类了。我当直搏逆泚，不成即死，免累诸公。"灵岳道："公具大才，应策万全，现在事迫燃眉，且由灵岳暂当此任，他日能完全诛逆，灵岳虽死，也瞑目了。"忠烈不亚秀实。计议已定，俟旻兵一到，果然出泚意外，严诘追还原因。灵岳独挺身趋入，指泚与语道："天子蒙尘，须赶紧迎回，奈何反遣兵往袭？灵岳食君禄，急君难，怎忍袖手，所以着人追还。"泚听言未毕，已是怒不可遏，叱令左右，将灵岳拿下，枭首以徇。灵岳痛骂至死，毫不扳连别人。秀实又嘱刘海宾何明礼，阴结部曲，为下手计，偏泚急欲称帝，召源休李忠臣姚令言等进议，连秀实亦同入商。源休执笏入殿，居然与臣子朝君一般，秀实瞧着，激起一腔忠愤，恨不得将这班贼臣，立时杀死。等到朱泚开口，说了数语，不由的奋身跃起，夺了休笏，向泚掷去，随即厉声道："狂贼！应磔万段，我岂从汝反么？"泚慌忙举臂捍笏，笏仅及额，流血污面，返身急走。秀实再趋前搏泚，被李忠臣等出来拦阻，且呼卫士动手，拿住秀实。秀实知事不成，便向着大众道："士可杀不可辱，我不从汝反，要杀便杀，岂容汝屈辱么？"说至此，大众争前乱斫，立把秀实砍倒。泚一手掩额，一手向众摇示道："这是义士，不可妄杀。"至大众停手，秀实早已毕命，一道忠魂，投入地府去了。小子有诗赞道：

> 拚生一击报君恩，死后千秋大节存。
> 试览唐书二百卷，段颜同传表忠魂。

秀实既死，刘海宾缞服遁去。泚命以三品礼葬秀实，且遣兵往捕海宾，究竟海宾曾否被捕，待至下回说明。

颜真卿奉敕宣慰，不受李希烈胁迫，且累叱四国使臣，直声义问，足传千古。至朱泚窃据京城，复有段秀实之密谋诛逆，奋身击笏，事虽不成，忠鲜与比。唐室不谓无人，误在德宗之信用奸佞，疏斥忠良耳。夫希烈之骄倨不臣，已非朝夕，岂口舌足以平戎？此时为德宗计，莫如从陆敬舆言，为急则治标之策，而乃听卢杞之奸言，陷老成于危地，真卿固不幸，而唐室亦岂有利乎？陆氏之计不行，复发泾原兵以救襄城，卒致援兵五千，呼噪京阙，令言非贼而成贼，朱泚不乱而致乱，奉天之袭，微段秀实之诈符召还，恐德宗之奔命，亦不及矣。秀实有志除奸，而力不从心，为国死义，德宗不德，徒令忠臣义士，刎颈捐躯，可胜叹乎！故本回可称为颜段合传，其余皆主中宾也。

第六十五回　僭帝号大兴逆师　　　　解贼围下诏罪己

却说刘海宾缞服出奔，行至百里以外，仍被追兵捕获，还京遇害，亦不扳引何明礼，及明礼从泚攻奉天，复谋杀泚，不克而死，当时号为四忠。德宗闻秀实死节，悔不重用，流涕不置，追赠太尉，予谥忠烈。及还銮后，遣使祭墓，亲为铭碑，且至姑臧原籍，旌闾褒忠，这且不必细表。且说德宗因朱泚逆命，恐奉天迫隘，不足固守，意欲转往凤翔。户部尚书萧复道："凤翔将卒，多系朱泚宿部，臣正忧张镒往镇，不能久驭，陛下岂可躬蹈不测么？"德宗道："朕已决往凤翔，且为卿暂留一日。"越宿正拟启行，忽有二将踉跄奔至，报称凤翔节度使张镒，为营将李楚琳所杀，楚琳自为节度使，且率众降朱泚了。德宗瞧着，乃是凤翔行军司马齐映齐抗，乃复详问情形。二人答道："臣等早恐楚琳作乱，请调屯陇州，不料琳即作乱，擅杀统帅，臣等因走报陛下，自请处分。"德宗叹息道："果不出萧复所料。二卿何罪，且在此扈驾！"随即面授映为御史中丞，抗为侍御史。二人拜谢。

寻又接到长安急报，朱泚已僭称皇帝，杀死唐宗室多人，德宗又很是痛悼。原来泚既害死段刘诸人，前后左右，统是一班篾片朋友，日夕劝进。泚遂僭居宣政殿，自称大秦皇帝，改元应天，逼太常卿樊系撰册。册文既就，系仰药自尽。既已拚死，何必撰册。大理卿蒋沇，谋诣行在，出京才行数里，被泚饬人追转，硬授官职，沇绝食称病，潜窜得免。姚令言为侍中，李忠臣为司空，源休为中书侍郎，蒋镇为门下侍郎，并同平章事，蒋炼为御史中丞，敬钅丁为御史大夫，彭偃为中书舍人，余如张光晟等，皆署节度使。立兄子遂为太子，弟滔为冀王太尉尚书令，号皇太弟。源休劝泚翦唐宗室，杀郡王王子王孙，共七十七人。更请将窜匿各朝士，一概捕戮。还是蒋镇从旁劝解，才得全活多人。泚且传檄奉天，招诱扈驾诸臣，并说当亲统大军，来收奉天，他日玉石俱焚，后悔无及云云。德宗甚是焦急，又闻襄城为李希烈所陷，哥舒曜退保东都，不如

第六十五回　僭帝号大兴逆师　解贼围下诏罪己　　379

意事,杂沓而来。适右龙武将军李观,率卫兵千余人,驰抵行在,乃急令他募兵为备。数日得五千余人,布列通衢,旗鼓严整,人心少安。泾原兵马使冯河清,知泾州事姚况,闻德宗出驻奉天,大骂姚令言负国不忠,独召集将士,涕泣宣谕,誓保唐室,遂筹得甲兵器械百余车,运往奉天。奉天方苦无械,得此益觉气壮,大众磨拳擦掌,专待逆兵到来。德宗进河清为泾原节度使,况为司马,又因右仆射崔宁趋至,格外欢慰,劳问有加。宁退语诸将道:"主上英武,从善如流,可惜为卢杞所误,致有今日。"诸将或转告卢杞,杞即与王翃密谋,构陷崔宁。翃诈为宁遗泚书,入献德宗,德宗览毕,未免变色。卢杞在侧,趁势进谗道:"臣本邀宁同来,宁至今才至,已有可疑,况又与泚通书,显见是与泚联谋,约为内应,愿陛下先事预防,勿堕狡谋。"德宗遂召宁入帐,托称传示密旨,却阴嘱二力士随后暗算,抱扼宁颈,把他扼死。宁为杞害,原是含冤,但后至奉天,与出言未慎,亦莫非致死之征。遂命邠宁留后韩游瓌,庆州刺史论惟明,监军翟文秀,率兵三千,往守便桥。行至中途,正值朱泚先锋姚令言,与副将张光晟,驱军杀来。游瓌语文秀道:"彼众我寡,战必不利,不若返趋奉天,卫驾要紧。"文秀尚拟留军,游瓌不从,竟引兵还奉天。泚军随至,游瓌与浑瑊,督兵出战,禁不住逆兵锐气,纷纷退还。逆兵争门欲入,瑊亟令都虞侯高固,曳草车塞门,纵火御贼,火盛势烈,烟焰外扑,官军乘火杀出,统用长刀乱砍,杀贼多人,贼兵乃退。泚亲自驰至,列营城东,张火布满原野,击柝声驰百里。游瓌在城上遥望,但见贼众夜毁西明寺,很是忙碌。游瓌顾语左右道:"贼兵夤夜毁寺,无非欲借着寺材,作为梯冲,须知寺材统是干柴,一或遇火,毫不中用,我军但多备火具,便足破他了。"次日,泚督众扑城,一攻一守,未曾交锋。又越日,泚督兵运到云梯等件,鼓众登城。城中早备火具,接连抛下,火猛梯焦,贼多坠死,泚只好收兵回营。嗣是日来攻城,经浑瑊韩游瓌两将,多方捍御,或用强弩射贼,或出奇兵挠贼,贼兵屡却,但总是相持不下。

　　德宗募使四出,告急外军。魏县行营奉诏感动,李怀光首先踊跃,誓众勤王。马燧李芃,引兵还镇,李抱真退屯临洺,仍防东路。还有李晟自定州接诏,即率四千骑西行。张孝忠倚晟为重,不欲晟往,晟语众道:"天子播越,人臣当即日赴难,奈何作壁上观?"遂令子往质孝忠营,愿与孝忠结婚,并以良马为赠。孝忠乃拨精兵六百人,随晟同行。录晟言行,表明忠悃。两军行道需时,急切不能至奉天。泚得幽州散骑,及普润戍卒,合成数万人,攻城尤急。左龙武大将军吕希倩,开城搦战,中箭身亡。将军高重捷,与希倩友善,悲愤交迫,誓报友仇。翌日,带同健儿数十人,怒马出战,突入贼阵。贼将李日月,素称骁勇,挺枪出斗,与重捷大战数十合,不分胜负。浑瑊出兵接应,日月未免慌忙,手法一松,几被重捷刺落马下,亏得马性灵捷,跳出圈外,才得脱走。重捷不肯舍去，乘胜逐北，追至梁山，日月转身再战，又约一二十合，仍然拖枪败去。这才是诱敌了。重捷当先再进，不防山前伏着贼兵，用着铙鉤铁索，将重捷马绊倒。重捷随仆地上，贼兵正上前擒拿，那重捷麾下十数人，冒死抢夺，好容易夺回重捷，已变做无头将军。日月尚转身驱杀，正值官军赶到，才得将抢尸各人，接应回去。德宗见重捷尸首，抚哭尽哀，结蒲为首，厚礼殓葬，追赠司空。日月持重捷首，献进朱泚，泚亦下泪，叹为忠臣，也束蒲为身，用棺埋讫。

重捷亲卒，禀命浑瑊，誓再与日月拚命。浑瑊用兵护着，授他密计，各上马出城，驰至日月营前，交口辱骂。日月持枪跃出，各健士略与交锋，四散遁还。日月赶了一程，正思停步，那健士又复凑合，仍然痛骂。待日月追来，又复走散，一追一逃，惹得日月怒起，卸了甲胄，拚命赶来。官军一齐突出，把日月围住，日月尚不惊忙，左挑右拨，无人敢近，怎奈箭如飞蝗，避不胜避，至贼军突围来救，日月已是中箭，呕血毕命。一报还一报。贼军舁尸出围，走报朱泚，泚令归葬长安。日月母竟不恸哭，且对尸骂道："奚奴，国家何事负汝？乃从逆贼造反，死已迟了。"原来日月本是奚人，所以母有此说。及泚败死，叛党尽诛，惟日月母免罪不坐，这也算是忠奸有报呢。奚人也有此贤母，莫谓夷族无义。

自日月战死，贼军夺气，泚遣苏玉至陇州，授陇右留后韦皋为中丞，令发兵相助。玉至汧阳，遇陇州戍将牛云光，率五百人来投朱泚，两下晤谈，云光谓皋不肯降，本拟设法诛皋，不幸谋泄，所以率众来奔。玉答语道："韦皋书生，不知兵事，君不如与我俱往陇州，皋若受命，不必说了。否则君麾兵诛皋，如取孤豚相似，怕他甚么？"云光欣然道："这也使得。"去寻死了。遂偕行至陇州。皋已闭城守备，由苏玉大呼开城，令接诏书。皋登城问明情由，先放苏玉进去，受了伪命，然后再登城语云光道："君去而复来，愿从新命否？"云光道："正为公有新命，所以复来，愿托腹心。"皋又道："彼此果是同心，请悉纳甲兵，使城中勿疑。"云光以皋为易与，随口允诺。皋即出城验收兵械，邀同入城。当下开筵设宴，请玉与云光入座。酒过数巡，突有壮士数十人，趋入庭中，将两人杀死一双。皋因筑坛誓众，愿讨凤翔伪节度使李楚琳，一面遣兄平拿诣奉天，奏报德宗。德宗改陇州为秦义军，擢皋为节度使。惟朱泚闻玉被杀，越加愤闷，复驱兵攻城，恨不得顷刻踏平。亏得浑瑊韩游环昼夜血战，还算守住，只粮道早被截断，城中无粮可食，害得人人枵腹，就是供奉御食，亦只粝米二斛。德宗召谕公卿将吏道："朕实不德，应取败亡。卿等无罪，不若出降，自保身家。"群臣皆顿首流涕，愿尽死力。浑瑊因城中食尽，每伺贼军休息，乘夜缒人出城，采芜青根还城，聊充饥肠。且每日泣谕将士，晓以大义，众虽饥寒交迫，尚无变志。忽见贼军中拥出一座云梯，高广数丈，下架巨轮，上容壮士五百人，前来攻城，浑瑊急令军士暗凿地道，通出城外，储薪蓄火，专待

第六十五回　僭帝号大兴逆师　解贼围下诏罪己

云梯到来。神武军使韩澄,视城东北隅最广,足容云梯,因亟饬部军搬运引火各物,如膏油松脂薪苇等,储积城上。泚盛兵攻南城,韩游环瞧着道:"这是声东击西的诡计,快严备东北隅。"韩澄已在东北隅守着,再经游环分军相助,兵力已足,果然贼众运到云梯,向东北隅爬城。经官军燃着火具,一齐掷去,贼不敢近,才行退去。越日北风甚劲,云梯又至,用湿毡为顶,且悬水囊,上下俱载兵士,上面持械扑城,下面抱薪填堑,矢石火炬,俱不能伤。浑瑊等拚死抵敌,怎奈贼众亦拚死前来,矢石如雨,守卒多被死伤,瑊亦身中流矢,裹创力战,尚是禁遏不住。他见形势危急,忙返身往报德宗。德宗无法可施,只有呜咽流涕,侍从诸臣,也都没法,大家仰首问天,哀声祷祝。好似一班妇女,济甚么事。瑊亦不禁泣下,转思兵来将挡,除死战外无别法,遂请德宗速给告身,即任官凭证。再募死士。德宗就取出无名告身千余通,授瑊领受,且把案上的御笔,亦递给与瑊,随口嘱道:"由卿自去填发。倘告身不足,就将功绩写在身上,朕总依卿办理。"瑊接笔后,又对着德宗道:"万一围城被陷,臣总以死报陛下。陛下关系宗社,须速筹良策。"德宗听了,不觉起座,握住瑊手,与他诀别。蓦闻外面一声异响,好似城墙坍陷一般,他急辞别德宗,飞马驰出,遥见城上已有贼兵,正与官军苦斗,外面烟焰冲天,并有一股臭气,扑鼻难闻,他亦不识何因,登陴一望,云梯已成灰烬,贼众统乌焦巴弓了。当下改愁为喜,督饬军士,立将登城的贼兵,尽行杀死。莫非皇天保佑?

看官道这云梯如何被焚?原来东北角上,本有地道凿通,云梯随处往来,未尝留意地道,突然间一轮偏陷,不能行动,火从地中冒出,凑巧遇着大风,梯不及移,人不及逃,顿时化为灰烬,贼众乃退。瑊又返报德宗,请乘势出战。德宗饬太子督军,分兵三队,从三门出发,奋击过去。贼众不及防备,被官军驱击一阵,杀死数千人。余众入垒固守,官军乃鸣金还城。是夜泚复来攻城,德宗亲巡城上,鼓励士卒,贼众望见御盖,特用强弩射来,矢及御前,相去不过尺许,经卫士用枪拨落,才免龙体受伤。但德宗已吃一大惊,正欲下城退避,忽城下有人大叫道:"我是朔方使人,快引我上城。"守卒忙掷绳下去,将来使引上,来使身中,已受了数十矢,血满衣襟,见了德宗,匆匆行礼,便解衣出表,取呈御览。德宗览毕,不禁大喜,忙令兵士将他舁住,绕城一周,说是朔方兵来援,大众欢声如雷。原来李怀光已至醴泉,遣兵马使张韶,用蜡丸藏表,先报行在。韶微服至城下,适值贼众攻城,随同逾堞,因得呼令缒上,朱泚闻怀光到来,亟分兵还截怀光,哪知去了两日,即有败报到来,接连是警信迭至,神策兵马使尚可孤,自襄阳入援,军至蓝田,镇国军副使骆元光,自潼关入援,军至华州,河东节度使北平郡王马燧,亦遣行军司马王权,及子汇率兵五千,自太原入援,军至中渭桥。四面勤王兵,陆续趋集,任你逆泚如何凶悍,也吓得魂胆飞扬，连夜收兵，遁回长安去了。一场空高兴。

奉天解围，从臣皆贺。卢杞白忠贞赵赞等，自命有扈驾功，扬扬得意，偏有谣言传到，李怀光带兵来谒，有入清君侧的意思。杞未免心虚，急进白德宗道："叛众还据长安，必无守志。李怀光千里来援，锐气正盛，何不令他亟攻长安，乘胜平贼呢？"你说朱泚不反，何故要怀光急攻。德宗又相信起来，遂遣中使赴怀光军，教他不必进见，速引军收复长安。怀光不觉懊怅道："我远来赴难，咫尺不得见天子，可见是贼臣卢杞等，从中排挤了。"乃遣还中使，引众趋咸阳。李晟亦至东渭桥，遣人奏闻。德宗也禁他入见，令与怀光同攻长安。怀光到了咸阳，顿兵不进，上表指斥卢杞白志贞赵赞三人。德宗尚宠眷杞等，不忍加斥。怀光一奏不已，至再至三，德宗仍然不从。是谓昏愚。会李晟奏称怀光逗留咸阳，以除奸为名，乞陛下速行裁夺等语，就是扈驾诸臣，亦归咎杞等，啧有烦言，乃贬杞为新州司马，白志贞为恩州司马，赵赞为播州司马，一面慰谕怀光，怀光复申斥宦官翟文秀，恃宠不法，应加诛戮。德宗不得已诛了文秀，因促怀光进兵，偏怀光另易一词，只说须伺衅后进，仍然坚壁不出。德宗也无可奈何。适河南都统李勉，报称汴滑二州，为李希烈所陷，自请惩处。德宗叹道："朕尚失守宗庙，勉且自安，力图恢复便了。"遂遣使驰慰，待遇如初。转瞬间又是冬季，在奉天过了残年，德宗进陆贽为考功郎中，贽极陈时弊，差不多有数万言，且请德宗下诏罪己，德宗乃于建中五年元日，改称兴元元年，颁诏大赦道：

致理兴化，必在推诚，忘己济人，不吝改过。朕嗣服丕构，君临万邦，失守宗祧，越在草莽，不念率德，诚莫追于已往，永言思咎。期有复于将来，明征其义，以示天下。小子惧德不嗣，罔敢怠荒，然以长于深宫之中，昧于经国之务，积习易溺，居安思危，不知稼穑之艰难，不恤征戍之劳苦。泽靡下究，情未上通，事既壅隔，人怀疑阻。犹昧省己，遂用兴戎。征师四方，转饷千里。赋居籍马，远近骚然。行赍居送，众庶劳止。或一日屡交锋刃，或连年不解甲胄，祀奠乏主，室家靡依，死生流离，怨气凝结。力役不息，田莱多荒，暴令峻于诛求，疲甿苦于珉宇。空于杼轴，转死沟壑，离去乡闾，邑里邱墟，人烟断绝。天谴于上而朕不悟，人怨于下而朕不知，驯至乱阶，变兴都邑，万品失序，九庙震惊，上累祖宗，下负蒸庶，痛心觌貌，罪实在予。永言愧悼，若坠泉谷。自今中外所上书奏，不得更言神圣文武之号，李希烈田悦王武俊李纳等，咸已勋旧，各守藩维，朕抚驭乖方，致其疑惧，皆由上失其道，而下罹其灾，朕实不君，人则何罪？宜并所管将吏等，一切待之如初。朱滔虽缘朱泚连坐，路远必不同谋，念其旧勋，务在弘贷，如能效顺，亦与维新。朱泚反易天常，盗窃名器，暴犯陵寝，所不忍言,获罪祖宗,朕不敢赦,其胁从将吏百姓等,在官军未到京城以前,去逆效顺,并散归本道本军者,并从赦例。诸军诸道,应赴奉天,及进收京城将士,并赐名奉天定难功臣。其所加垫陌钱税间架竹木茶漆榷铁之类,悉宜停罢,以示朕悔过自新,与民更始之意。

这道赦书,颁发出来,人心大悦。王武俊田悦李纳皆去王号,上表谢罪。惟李希烈自恃兵强,谋即称帝,遣人向颜真卿问仪。真卿道:"老夫尝为礼官,只有诸侯朝天子礼,尚是记着,此外非所敢闻呢。"希烈竟称大楚皇帝,改元武成,建置百官,用私党郑贲孙广李缓等为相,以汴州为大梁府,分境内为四节度。希烈遣部将辛景臻语真卿道:"不能屈节,何不自焚?"遂在庭中积薪灌油,作威吓状。真卿即令纵火,奋身欲入。景臻慌忙阻住,返报希烈。希烈惊叹不置,一面遣将杨峰,赍着伪敕,往谕淮南节度使陈少游,及寿州刺史张建封。少游已通好希烈,当然受命,独建封拘住杨峰,腰斩以徇,且奏称少游附贼状。德宗授建封为瀛寿庐三州都团练使。希烈欲取寿州,为建封所扼,兵不得过,再南寇蕲黄及鄂州,为曹王皋及鄂州刺史李兼所败,希烈乃不敢进窥江淮。德宗贬卢杞,罢关播,令姜公辅萧复同平章事。萧复请德宗屏逐奸邪,抑制阉寺,说得非常悚切。德宗反疑他陵侮,出复为江淮等道宣慰安抚使。究竟不明。又因田悦王武俊李纳三人,曾上表谢罪,尽复官爵,更遣秘书监崔汉衡,往吐蕃征兵。吐蕃大相尚结赞,愿遣大将论莽罗,率兵二万入助,但说要主兵大臣署敕,方可前进。汉衡问须何人署名,尚结赞指名李怀光。于是汉衡归报,德宗乃命陆贽往谕怀光,命他署敕。怀光已蓄异图,不肯遵署,且说出三大害来。正是

陈害无非生异议,设词顿已改初心。

究竟怀光所说三害,是何理由,容至下回详叙。

朱泚之叛,谁使之乎?莫不曰德宗使之。朱滔逆命,泚入朝待罪,不亟远斥,一误也。车驾出奔,姜公辅叩马进谏,德宗不召令同行,二误也。泚既自总六军,尚信卢杞奸言,日望迎舆,不亟戒备,三误也。有此三误,至于叛兵犯顺,围攻行在,倘非浑瑊等之血战,及李怀光等之赴援,奉天尚能苦守乎?怀光至而泚围乃解,正应令之入朝,面加慰劳,厚恩以抚之,推诚以与之,则怀光初无叛谋,何至激成变乱?而乃复信谗言,致生怨望,是朱泚之乱尚不足,且欲进李怀光以益之,何愚暗至此乎?罪己一诏,史称为人心大悦,是盖由唐初遗泽,尚在人心,加以乱极思治,感动较速耳。岂真区区文诰,即能便遐迩悦服乎哉?阅者悉心浏览,自知当日之趋势矣。

第六十六回　趋大梁德宗奔命
　　　　　　　战贝州朱滔败还

　　却说李怀光见了陆贽,力陈三害,第一害是得克京城,吐蕃纵兵大掠;第二害是吐蕃建功,必求厚赏,京城已遭寇掠,国库如洗,何从筹给;第三害是吐蕃兵至,必先观望,我军胜,彼来分功,我军败,彼且生变,戎狄多诈,不宜轻信。这三大害处,好似语语有理,转令陆贽无从指驳,贽只好说是奉命来前,如不署敕,未便复命。怀光却瞋目道:"何不教卢杞等署名,却来迫我;就是汝等日侍君侧,不能除一内奸,有什么用处?"贽扭了一鼻子灰,没奈何告别回来。怀光竟阴与朱泚通谋,阳请与李晟合军,晟恐为所并,情愿独当一面,有诏允晟所请,晟乃自咸阳还军东渭桥,惟鄜坊节度使李建徽、神策行营节度使杨惠元,尚与怀光联营。陆贽自咸阳还奏道:"李晟幸已分军,李杨两使,与怀光联合,必不两全,应托言李晟兵少,恐被逆泚邀击,须由两使策应,既免怀光生疑,且使两军免祸,解斗息争,无逾此策了。"德宗徐徐道:"卿所料甚是。但李晟移军,怀光已不免怅望,若更使建徽惠光东行,恐怀光因此生辞,转难调息,且再缓数日,乃行卿计。"你欲从缓,而人家不肯延捱,奈何?适李晟又上密奏,谓:"怀光逆迹已露,须急务严防,分戍蜀汉,毋令遏壅。"德宗意尚未决,拟亲总禁兵,东趋咸阳,促怀光等进讨朱泚。有人探闻消息,往报怀光道:"这便是汉高游云梦的遗策呢。"怀光大惧,反谋益甚,表文越加跋扈。德宗还疑是逸人离间,因有此变,乃诏加怀光太尉,颁赐铁券。怀光对着中使,把券掷地道:"怀光不反,今赐铁券,是促我反了。"中使惊惧奔还。朔方左兵马使张名振,当军门大呼道:"太尉视贼不击,待天使不敬,果欲反么?"怀光召语道:"我并不欲反,不过因贼势方强,蓄锐待时,尔何故遽出讹言?且天子所居,必有城隍,须赶紧筑城,方可迎驾。"随即命名振出令军士,即日筑城。城已竣工,怀光却移军居住。名振入问道:"太尉说是不反,为何移军到此?今不攻长安,杀朱泚,建立大功,乃徒据此城,究是何意?"怀光无词可答,反觉老羞成怒,但说他是病狂,叱令左右,把名振牵出拉死。

　　右兵马使石演芬,本西域胡人,怀光爱他智勇,养为己子,他却把怀光密谋,使门客部成义潜告行在。怀光有子名璀,曾由怀光遣令扈跸,德宗授璀为监察御史。成义到了奉天,与璀相会,说明底细,璀作书贻父,劝父勿为逆谋,但不合将演芬情事,也叙述在内。怀光得书,立召演芬呵责道:"我以尔为子,

第六十六回 趋大梁德宗奔命 战贝州朱滔败还

尔奈何欲破我家?"演芬道:"天子以太尉为股肱,太尉以演芬为心腹,太尉既负天子,演芬怎能不负太尉?且演芬胡人,性本简直,既食天子俸禄,应为天子效忠,若今日事君,明日事贼,演芬宁死,不愿受此恶名。"好演芬。怀光大怒,命左右脔食演芬。左右目为义士,不忍下手,演芬引颈就刃,方用刀断喉,叹息而去。璀闻演芬被杀,懊悔不迭,乃进白德宗道:"臣父必负陛下,愿早为防备。臣闻君父一体,恩义相同,惟臣父今日负陛下,陛下未能诛臣父,臣故不忍不言。"德宗瞿然道:"卿系大臣爱子,何弗为朕委曲弥缝?"璀答道:"臣父非不爱臣,臣亦非不爱父,但臣已力竭,无术挽回,只好为君舍父。"德宗道:"卿父负罪,卿将何法自免?"璀又答道:"臣父若败,臣当与父俱死,此外尚有何策?假使臣卖父求生,陛下亦何所用处?"璀既舍生取义,何不尸谏乃父,必待与父同尽耶?言已泣下。德宗亦洒泪抚慰,待璀趋出,乃申严门禁,暗嘱从臣整装待着,拟转往梁州。

忽由咸阳传到急报,杨惠元被怀光杀死,李建徽走脱,怀光已拥兵谋变了。正如赘言。未几,又由韩游环入见,呈上怀光密书,系约游环同反。德宗道:"似卿忠义,岂为怀光所诱?但欲除怀光,应用何策?"游环道:"怀光总诸道兵,因敢恃众作乱,今邠宁有张昕,灵武有宁景璿,河中有吕鸣岳,振武有杜从政,潼关有唐朝臣,渭北有窦觎,皆受陛下诏命,分地居守,陛下若举众相授,各受本府指麾,一面削怀光兵权,但给高爵,那时怀光势孤,自不足虑了。"德宗又道:"怀光既罢兵权,将来委何人往讨朱泚。"此语又是近呆。游环道:"重赏之下,必有勇夫,邠府兵以万计,若使臣为将,便足诛泚,况诸道将士,必有仗义来前,逆泚何足惧呢?"德宗虽然点首,心下尚是狐疑。游环乃退。到了傍晚,浑瑊趋入报道:"怀光遣赵昇鸾到此,嘱为内应。昇鸾前来自首,恐怀光即将进攻,此处已经被寇,不堪再受蹂躏,陛下既决幸梁州,不如即日启行。"德宗被他一说,又不觉慌忙起来,便命瑊速出部署。瑊出整队伍,尚未毕事,德宗已挈着妃嫔,径出城西,留刺史戴休颜居守。朝臣将士,狼狈扈从,浑瑊率兵断后,向梁州进发。

到了骆谷,忽闻怀光遣将追来,大众惊惶得很,浑瑊亟列阵待战,俟车驾及扈从诸臣,统已逾谷,未见追兵到来,方放胆前进。原来怀光闻德宗奔梁,曾遣骁将孟保惠静寿孙福达等,邀劫车驾,行至枳屋,遇着诸军粮料使张增,便问天子何在?增还诘道:"汝等是来护驾么?"三将不觉愧悟道:"彼使我为逆,我以追不及还报,不过被黜罢了。但军士未曾得食,奈何?"增佯向东指道:"去此数里有佛祠,我储有粮饷,由汝等往取罢!"三将皆喜,引兵自去。及到了佛寺,并无粮储,方知受绐,就从民间剽掠一番,才行返报。怀光怒他无功,一并罢黜,拟督众自追德宗,惟恐李晟袭击后路,意欲先发制人,遂下令军中,命袭李晟。大众面面相觑,不发一言。怀光再三晓谕,众仍不应,且窃窃私语道:"若击朱泚,惟力是视,今乃教我造反,我等虽死不从。"人孰无良,于此可见。怀光闻知,不免加忧,因向僚佐王景略问计。景略答道:"为公计,莫如取长安,诛朱泚,散军还诸道,单骑诣行在,庶臣节未亏,功名还可长保哩。"怀光倒也心动,景略复顿首恳请,甚至涕洟。偏是都虞侯阎晏等,入劝怀光,谓宜东保河中,徐图去就。怀光乃语景略道:"我本欲依汝计议,怎奈军心不从,汝宜速去,毋自罹害!"景略知不可谏,便趋出军门,回顾军士道:"不意此军竟陷入非义。"说至此,泪随声下,恸哭移时,方驰归良乡原籍去了。

怀光遂召众与语道:"今与尔等相约,且至邠州迎接家属,共往河中。俟春装既办,再攻长安,也不为迟。况东方诸县,多半殷实,我不禁尔掳掠,尔等可愿否?"大众乃齐声应诺。见利忘义,可为一叹。因遣使往邠州,令留后张昕,悉发所留兵万余人,及行营将士家属,共至泾阳。怀光本兼镇邠宁,张昕实仗他提拔,至是奉命维谨,饬军士摒挡行李,指日起行。凑巧韩游环自奉天驰还,来防邠州,麾下尚有八百人,遂入语张昕道:"李太尉甘弃前功,自蹈祸机,公今可自取富贵,如不与逆贼同污,我有旧部八百骑,愿为公前驱。"昕不待说毕,便接入道:"昕本微贱,赖太尉提拔至此,不忍相负。况太尉曾有檄文,署公为本州刺史,公亦朔方旧将,何至遽负太尉哩。"游环暗忖道:"我来劝他,他反欲诱我,徒争无益,不如用计除他罢。"遂辞别回寓,托病不出,暗中却与诸将高固杨怀宾等相结,拟举兵杀昕。昕亦谋杀游环,两造尚未动手,适崔汉衡率吐蕃兵至,驻扎城南,游环潜告汉衡,请率吐蕃兵逼近邠城,昕惧不敢动,游环即与高固等,突入军府,将昕杀毙,即遣杨怀宾表奏行在,一面迎汉衡入城。汉衡伪传诏旨,命游环知军府事,军中大悦。怀光子玫在邠,由游环遣去,或问他何不杀玫?游环道:"杀玫必致怒敌,不如令他往报,俾泾军知家属无恙,自分德怨为是。"果然玫至泾阳,怀光恐军心变动,拟走蒲州,且贻书朱泚,商决进止。

泚正征吏募兵,自增声焰,太子少师乔琳,本随德宗西行,他却托词老病,潜应泚召,受伪命为吏部尚书,且引人失职诸吏,分掌伪职。泚改国号汉,骄态复萌,既得怀光来书,遂召他进京辅政,公然自称为朕,称怀光为卿,摆出那皇帝的架子来了。怀光接到复文,且惭且愤,掷弃地上。原来朱泚初结怀光,愿以兄事,约分帝关中,永为邻国,不意此次忽然变卦,哪得不令他气沮?于是毁营复走,大掠泾阳等十二县,人民四散,鸡犬一空。河中守将吕鸣岳,因兵少难支,不得已迎纳怀光,怀光复分攻同坊各州,坊州已为所据,由渭北守将窦觎奔还。同州刺史李纾,奔诣行在,幕僚裴向,权摄州事,亲诣敌将赵贵先营,晓示大义。贵先感悟,反与裴向入城协守,同州亦得保全。德宗乃授李

第六十六回　趋大梁德宗奔命　战贝州朱滔败还

晟为河中节度使,兼京畿渭北鄜坊商华兵马副元帅。浑瑊为朔方节度使,兼朔方邠宁振武永平奉天行营兵马副元帅,俱命同平章事,规复长安。又授韩游瓌为邠宁节度使,令屯邠州,戴休颜为行营节度使,令屯奉天,骆元光屯昭应,尚可孤出蓝田,各归两帅节制,便宜调遣。李晟涕泣受命,号召将士,指日进行。左右或言:"晟家百口,及神策军家属,俱在长安,一或进攻,恐遭毒手。"晟太息道:"天子何在,敢顾及家室么?"会泚使晟吏王无忌婿,趋谒军门,报称晟家无恙,晟怒叱道:"尔为贼作间,罪当死。"遂喝令左右,推出斩首。军士未授春衣,盛夏尚着裘褐,经晟日夕鼓励,终无叛志。逻骑捕得长安谍使,晟命释缚与食,好言慰问,知系姚令言差来,即纵令回去,且嘱道:"为我谢令言等,善为贼守,毋再事贼不忠。"冷隽有味。乃率众径叩都门,贼闭门不出。晟仍还东渭桥,筹备攻具,再行大举。

浑瑊率诸军出斜谷,进至邠州,崔汉衡率吐蕃兵往会,韩游瓌亦遣部将曹子达等,与瑊合师。凤翔伪节度使李楚琳,见官军势盛,也入贡梁州,并拨兵助瑊。瑊进拔武功,朱泚遣将韩旻等往攻,不值一扫,孑身遁还。瑊遂引兵屯奉天,与李晟东西相应,共逼长安。长安城内,日必数惊,不由朱泚不惧,遂募能言善辩的使人,赍着金帛,往赂各军。泾原节度使冯河清,屡杀泚使,偏偏牙将田希鉴,被泚买通,刺杀河清,愿为泚属。泚即命为节度使,并令他转赂吐蕃。吐蕃得了厚贿,也收兵回国。黄白物究属有灵。泚又召弟滔趋洛阳,滔遣使至回纥乞师,回纥许发骑兵三千人,入塞助滔。看官阅过前文,应知回纥与郭子仪联盟,已经两国结好,为何此时转助朱滔呢?原来德宗初年,回纥可汗移地健,唐曾封为英义建功可汗。为从兄顿莫贺所弑,自立为合骨咄禄毗伽可汗,遣使朝唐。德宗曾册顿莫贺为武义成功可汗。可汗有女嫁奚王,奚王被乱众刺死,女得脱归,道出平卢,滔盛设供帐,锦绣夹道,待回纥女到来,殷勤款待,且微露求婚意。女见他礼意周到,状貌伟岸,遂愿委身相事,随滔入府,成为夫妇。嗣是滔通使回纥,修子婚礼。回纥甚喜,报以名马重宝。及滔欲入洛,因向回纥乞师,翁婿相关,求无不应。滔又遣约同田悦,共取河洛。悦方与王武俊等,上表谢罪,仍受唐封,当然不肯从行。滔遂与回纥兵攻掠悦境,夺去馆陶平恩诸县,置束而去。悦闭城自守,不敢出兵。会德宗遣孔巢父为魏博宣慰使,巢父至魏州,为众申陈利害,悦及将士皆喜。田承嗣子绪,任魏博兵马使,素性凶险,尝遭杖责,免不得与悦有嫌。悦宴巢父,夜醉归寝,绪与左右密穿后垣,入室杀悦,并悦母妻等十余人,当下假传悦命,召行军司马扈萼,判官许士则,都虞侯蒋济议事。济与士则,不知有变,闻召即入,统被砍死。绪率左右出门,遇悦亲将刘忠信,领众巡逻,绪即大呼道:"刘忠信与扈萼谋反,刺杀主帅!"众不禁大哗,忠信方欲自辩,已是饮刀而毙。扈萼闻乱,方招谕将士,共谋杀绪。绪登城呼众道:"绪系先相公子,诸君受先相公恩,若能立绪,赏二千缗,大将减半,士卒百缗,限五日取办。"将士贪利侥功,竟杀了扈崿,统愿归绪。军府已定,乃至客馆语孔巢父,巢父不暇细问,便命绪权知军事,自还梁州。直至过了数日,魏博将士,方知绪实杀兄,但木已成舟,也只好将错便错,领取赏银,暂顾目前富贵罢了。误人毕竟是金钱。

滔闻悦死,喜为天假,自率兵攻贝州,遣部将马寔等攻魏州,一面使人诱绪,许为本道节度使。绪正踌躇莫决,适李抱真王武俊等,也遣使白绪,愿如前约,有急相援。绪乃上表行在,守城待命。至德宗授绪为魏博节度使,绪遂壹意拒滔,并向李抱真王武俊处乞援。抱真因再遣贾林,往说武俊道:"朱滔志吞贝魏,倘不往救,魏博必为滔有了。魏博一下,张孝忠必转为滔属,滔率三道兵进临常山,益以回纥兵士,明公尚能保全宗族么?不若乘魏博未下,与昭义军连合往援,戮力破滔,滔既破亡;朱泚势孤,必为王师所灭,銮舆反正,天下太平,首功当专归明公了。"贾林两次说下武俊,功名不亚鲁仲连。武俊甚喜,即使贾林返报抱真,约会南宫。抱真得报,即自临洺往会武俊,武俊已至南宫东南,与抱真相距十里。两军尚有疑意,抱真欲径诣破俊营,宾佐相率劝阻,抱真不从,且嘱行军司马卢俊卿道:"今日一行,关系天下安危,若不得还,领军事以听朝命,惟汝是望,励将士以雪仇耻,亦惟汝是望。"俊卿奋然允诺。抱真遂率数骑径行,至武俊营,武俊盛军出迎。抱真下马,握武俊手,慨然与语道:"朱泚李希烈,僭窃帝号,滔又进攻贝魏,反抗朝廷,足下明达,难道舍九叶天子,不愿臣事,反向叛徒屈膝么?况国家祸难,天子播越,公食唐禄,宁忍安心?"说至此,泪下交颐。武俊亦不禁感泣,左右相率泪下,莫能仰视。武俊邀抱真入帐,开筵相待,抱真即与武俊约为兄弟,誓同灭贼。武俊称抱真为十兄,且泫然道:"十兄名高四海,前蒙开谕,令武俊弃逆效顺,得免死罪,已是感激万分。今又不嫌武俊为胡人,辱为兄弟,武俊将何以为报呢?惟十兄为国效忠,武俊愿执戈前驱,力破逆贼,报国家便是报十兄了。"抱真见武俊意诚,很是欣慰,畅饮了数巨觥,饶有醉意,便入武俊帐后,酣寝多时。并非真醉。武俊越加感激,至抱真醒悟,出来相见,款待益恭,且指心对天道:"此身已许十兄死了。"不枉十兄一行。抱真告别回营,两下里拔营同进,共救贝州。

朱滔闻两军将至,急令马寔解魏州围,合兵抵敌。寔兼程至贝州,人马劳顿,请休息三日,然后出战。滔迟疑未决。会回纥部酋达干,引兵到来,入帐与滔语道:"回纥与邻国战,尝用五百骑破敌数千骑,与风扫落叶相似,今受大王金帛牛酒,前后无算,愿为大王立效,明日请大王立马高邱,看回纥兵翦灭敌骑,务使他匹马不返哩。"番酋亦喜说大话耶?滔部下有常侍杨布,及将军蔡雄亦在旁进言道:"大王武略盖世,亲率燕蓟全军,锐然南向,势将扫河洛,入关中,今见小敌,尚不急击,如何能定霸中原?况内外合力,将士同心,难道尚不能破敌么?"又是两个性急鬼。滔被他激动,决计出战,翌日晨刻,鼓角一鸣,全军齐出。回纥骤马先进,直扑武俊抱真军营,武俊抱真,已列阵待着,武俊军在前,抱真军在后。回纥部酋达干,毫不在意,驱着番兵,杀入武俊阵内。武俊并不拦阻,反麾兵分趋两旁,让他过来。回纥兵喜跃而前,穿过武俊垒中,迫抱真军。抱真却坚壁不动,回纥兵正拟冲突,不防武俊军又复趋合,左右夹击,杀死回纥兵无算。回纥酋达干,料不可支,只好勒兵退还。武俊把他驱出阵外,停马不追。回纥兵放心回去,趋过桑林,猛听得鼓声一响,又是一彪军杀出,将回纥兵冲作两截。看官道这支伏兵,从何而来?原来是王武俊预先布置,遣兵马使赵琳,率五百骑伏着,此次乘势横击,掩他不备,好杀得一个爽快。回纥兵马大乱,滔正率军趋救,那武俊抱真两军,却相继杀来,势如泰山压卵,所当辄碎。更被那回纥乱兵,没命窜入,遂致队伍错乱,自相践踏,慌忙收军还营。奈一时无从部勒,一半战死,一半逃散,只剩了数千人,入营坚守。会日暮天昏,阴雾四塞,武俊抱真不便再战,就在滔营附近,择地下寨,守至夜半,忽见滔营中火光熊熊,照彻远近,料知他是毁营遁去了。小子有诗咏道:

    两将连镳逐寇氛,十兄义略冠三军。
    贝州一战枭雄遁,好挈河山报大君。

  滔既北遁,两军曾否追击,且看下文便知。

  李怀光未战即奔,朱滔一战即败,此皆唐室中叶,人心未去,故怀光与滔,终不能大逞所欲耳。怀光欲反,赞助乏人,石演芬,怀光之养子也,璀且为怀光之亲子,骨肉尚不相从,遑论将士?河中之奔,已知其无能为矣。滔为四国盟主,又有兄泚,僭号长安,势力较怀光为盛,然田悦李纳王武俊归国,而外援失,李晟浑瑊进讨朱泚,而内援又失,贝州一役,虽由李抱真之善结武俊,得以破滔,然非由滔之势已孤危,武俊岂敢反颜相向乎?故德宗之不亡,赖有人心,而诸将之功次之,于德宗实无与焉。

第六十七回　朱泚败死彭原城
　　　　　　　李晟诱诛田希鉴

  却说王武俊李抱真两军,闻朱滔遁还,本拟出兵追击,因为夜雾四翳,恐穷追有失,乃按兵不进,但把朱滔所弃的粮械,收取无遗,即行返镇。滔懊怅异常，归咎杨布蔡雄，斩首泄忿，连夜驰回幽州。又恐范阳留守刘怦，因败图己，未免彷徨，幸刘怦搜兵缮铠，出城二十里迎谒，才敢返入范阳。两下会叙，悲喜交集，还想整顿兵马，出报前耻，谁料乃兄朱泚，亦被李晟逐出长安，败遁泾州去了。李晟与浑瑊，东西并进，瑊檄韩游环戴休颜等，西攻咸阳，晟檄骆元光尚可孤等，东略长安，分道进军，各专责成。于是晟召集诸将，商议进取方法，诸将请先取外城，占据坊市，然后北攻宫阙。晟独定计道："坊市狭隘，贼若伏兵格斗，不特扰害居民，亦与我军有碍，不若自苑北进兵，直捣中坚，腹心一溃，贼必奔亡，那时宫阙不残，坊市无扰，才不失为上计。"诸将齐声称善。晟遂引兵至光泰门外，督众筑垒，垒尚未就，突见贼将张庭芝李希倩等，率众前来，晟顾诸将道："我只恐贼潜匿不出，坐老我师，今乃自来送死，这真是天赞我了。"数语是安定众心，并非真欲速战。遂命兵马使吴诜等，纵马奋击，两下鏖斗，统拚个你死我活，不肯少让。晟自率锐骑前往，立将贼骑冲散，追入光泰门，贼众也来策应，再战又却，统向白华门退入，闭关拒守。晟因天色已晚，不便再攻，乃敛军还营。翌日，又下令出兵，诸将请待西师到来，方可夹攻。晟正色道："贼已战败，不乘机扑灭，还欲守待西军，令他缮备，岂非一大失策么？"遂复麾兵至光泰门，贼众又来出战，仍然败退。是夕尚可孤骆元光依次驰至，晟令休息一宵，到了天明，晟升帐调军，遍嘱诸将道："今日定当破贼，不得却顾，违令立斩。"诸将齐称得令，乃命牙前将李演，及牙前兵马使王佖，带着骑兵，牙前将史万顷，带着步兵，并作为冲锋队，自督大军齐进，杀入光泰门，直抵苑北神麚村，扑毁苑墙二百余步。贼竖起木栅，堵塞缺口，且自栅中刺射官军，前队多被死伤，稍稍退步，晟一声呵叱，万众复振。史万顷左手持盾，右手执刀，劈断木栅数排，步兵继进，冒死攻栅，好容易把栅拔去。王佖李演，引骑兵随入，纵横驰骤，所向无前。贼将段诚谏，尚欲拦截官军，被王佖等斫伤右臂，倒地成擒。诸军分道并入，姚令言张庭芝李希倩等，尚拚命力斗，晟命决胜军唐良臣等，步骑四蹙，且战且进，冲荡至好几十合，贼不能支，方才大溃。官军突入白华门，如潮涌入，晟亦趋进，忽有贼众数千骑，在门右伏着，出击官军背后。晟率百余骑还御，令左右大呼道："相公来！"三字甫经出口，贼众都已惊散。声威夺人，不必力战。泚闻全城被破，吓得魂不附体，张光晟劝泚出走，乃与姚令言等，率残众西走，尚近万人。光晟送泚出城，还降晟军。

晟令兵马使田子奇，用骑兵追泚，再督兵搜捕余孽，擒住李希倩敬釭彭偃等数十人，遂至含元殿前，号令诸军道："晟赖将士功力，得清宫禁，顾念长安士庶，久陷贼庭，若再去骚扰，甚非吊民伐罪的本意。晟与公等室家，相见非晚，五日内不得通家信，违令有刑！"遂出示严申军律，慰谕民居。别将高明曜，私取贼妓一人，尚可孤偏将司马伷，私取贼马一匹，俱由晟察觉，斩首示

第六十七回 朱泚败死彭原城 李晟诱诛田希鉴

众,全军股栗,秋毫无犯。<u>不愧义师。</u>乃使京西兵马使孟涉屯白华门,尚可孤屯望仙门,骆元光屯章敬寺,再派牙前兵三千人,屯安国寺,分镇京城。当下将逆徒李希倩等,共缚旗下,批验正法。忽有一刑犯呈入衣衫,及判文一纸,由晟仔细检视,不禁惊异。原来是当年给与桑道茂的判词,及与他掉换的衣衫,题痕宛在,字迹不磨。<u>直接第六十二回,至此才作一结束。</u>因即召刑犯进来,当面审视,果是桑术士,便问道:"你既知未来的事情,为何同流合污?"道茂道:"命数注定,自知难逃,所以前恳相公,预求赦宥。"晟半晌才道:"晟为国除逆,不便顾私,但念汝虽列伪官,究竟是为贼胁从,情有可原,待奏闻皇上,请旨发落便了。"乃将道茂暂系狱中,余犯悉数正法。遂使掌书记于公异,撰一露布,飞报行在,并附入表忠诛逆,及胁从减罪的详文,呈上御览。德宗见露布中,有云:"臣已肃清宫禁,祇谒陵园,钟虡不移,庙貌如故。"不由的潸然下泪道:"天生李晟,实为社稷,并非为朕呢。"<u>似你这般昏昧,原不该有此忠臣。</u>及览至详表,如表忠请旌一条,第一人乃是吴溆,说是被贼羁留,不屈遇害,德宗且泣且语道:"金吾将军吴溆,系章敬皇后兄弟,与吴凑同为懿亲,有功王室,朕在奉天时,拟宣慰朱泚,左右无人敢往,溆独犯难请行,不料竟为所害,痛悼何如?"<u>回应第六十四回及第六十一回。</u>再看下去,第二人乃是刘迺。迺曾为给事中,权知兵部侍郎,京城失守,迺不及随行,泚屡加胁诱,他却佯作喑疾,始终不答一词,及闻德宗转奔梁州,搏膺呼天,绝食而死。<u>叙吴溆事,从德宗口中演述,叙刘迺事,由作者说明,此系笔法变换处。</u>晟表中载明原委,德宗复为洒泪。此外便如沇等人,或已死,或尚存,当由德宗按官褒录,追赠溆为太子太保,赐谥为忠,迺为礼部尚书,赐谥为贞。此外各有封恤,不必细表。至如诛逆各条,悉如晟拟,所有胁从诸人,多半赦免。桑道茂亦得免罪。

长安捷报,已经察办,咸阳捷报,也即到来。浑瑊与戴休颜韩游环等,已克复咸阳,由浑瑊一一奏明,免不得叙功论赏,非常忙碌。隔了几日,又接到两处好者,一道是田希鉴所奏,谓已诛死朱泚,一道是李楚琳所奏,谓已诛死泚党源休李子平,德宗更加喜慰。原来朱泚自长安败走,奔往泾州,沿途部众尽散,只剩得骑士数百人,既至泾州城下,城门尽闭,泚令骑士大呼开门,但见一将登城与语道:"我已为唐天子守城,不愿再见伪皇帝。"泚仰首一望,乃是节度使田希鉴,便与语道:"我曾授汝旌节,奈何临危相负?"<u>你欲责人,何不先自责己?</u>希鉴道:"汝何故负唐天子?"<u>还语得妙。</u>泚闻言怒甚,便命骑士纵火焚门。希鉴取节投下火中,且道:"还汝节!汝再不退,休怪无情。"泚众皆哭。希鉴又语泚众道:"汝等多系泾原故卒,为何跟着姚令言,自寻死路?现唐天子不追既往,悉予自新,汝等能去逆效顺,便可起死回生了。"泾卒应声愿降。姚令言尚在泚侧,忙上前喝阻,被泾卒拔刀乱砍,立即倒毙。泚恐被累及,亟与范阳亲卒,及宗族宾客,北向驰去。泾卒遂留降希鉴,任泚自往。泚走至驿马关,为宁州刺史夏侯英所拒,不得前进,转趋彭原,随身不过数十人。泚将梁庭芬,起了歹心,与韩旻密谋诛泚,庭芬在泚背后,暗发一箭,正中泚项,泚坠落马下,滚入坑中。旻上前斩泚,枭取首级,偕庭芬同诣泾州,投降希鉴。源休李子平,转奔凤翔,为李楚琳所杀,先后奏报德宗,且一并传首梁州。

德宗乃命楚琳为凤翔节度使,希鉴为泾原节度使,把他前通朱泚的罪状,概置不问。楚琳希鉴,反复无常,实不应赏他旌节。进封李晟为司徒中书令,浑瑊为侍中,骆元光尚可孤韩游瓌戴休颜等,各迁官有差,一面下诏回銮,改梁州为兴元府,即自梁州启行。到了凤翔,巧值泚党李忠臣捕获,献至御前,立命斩首。李晟复捕获乔琳蒋镇张光晟诸人,并奏称光晟虽为贼臣,但灭贼时亦颇有力,应贷他一死。德宗不许,令将三人一律正法。乃再从凤翔动身,直抵长安。浑瑊韩游瓌戴休颜,自咸阳迎谒,扈从至京。李晟骆元光尚可孤,出京十里,恭迓御驾,步骑十余万,旌旗数十里,晟先贺平贼,继谢收复过迟,匍伏请罪。德宗停銮慰抚,为之掩涕,即命左右扶晟上马,入城还宫。每隔日宴飨功臣,李晟居首,浑瑊居次,将相等又递次列座,仍然是壶中日月,袖里乾坤。语中有刺。

惟当时尚有两大叛臣,一个就是李怀光,一个乃是李希烈。希烈既入据汴州,僭称帝号,遂分兵略陈州境,抄掠项城县,县令李侃,不知所为,拟弃城逃生。侃妻杨氏道:"寇至当守,不能守当死,奈何逃去?"斩钉截铁之言,不意出自巾帼。侃皱眉道:"兵少财乏,如何可守?"杨氏道:"此城如不能守,地为贼有,仓廪为贼粮,府库为贼利,百姓为贼民,国家尚得携去么?今发财粟募死士,共守此城,或当有济。"乃召吏民入庭中,由杨氏出庭与语道:"县令为一邑主,应保汝吏民,但岁满即迁,与汝等不同。汝等生长此土,田庐在是,坟墓在是,当共同死守,岂忍失身事贼么?"大众凄声许诺。杨氏复下令道:"取瓦石击贼,赏千钱!持刀矢杀贼,赏万钱!"众皆踊跃。遂由侃率众登城,杨氏亲为炊爨,遍饷吏民,俄有一贼将鼓噪而至,杨氏即登陴语贼道:"项城父老,共知大义,誓守此城,汝等得此城,不足示威,不如他去,免得多费心力。"贼众见是妇人,又听她言语近迂,忍不住大笑起来,待杨氏下城,便即攻扑。侃率众抵御,仓猝间中一流矢,忍痛不住,返身下城,正与杨氏相遇。杨氏道:"君奈何下城?试想吏民无主,何人耐守?就使战死城上,也得千古留名,比死在床中,荣耀得多了。"勉夫取义,乃有此语,并非祈夫速死。侃乃裹创登陴,麾众竞射。贼将架上云梯,首先跃上,突被守卒射中面颊,坠死城下,贼众夺气,相率散去,项城得全。刺史列功上闻,诏迁侃为太平令。史称唐武后时,契丹寇平州,刺史邹保英妻高氏,率家僮女丁守城,默啜攻飞狐,县令古玄应妻高氏,亦

第六十七回　朱泚败死彭原城　李晟诱诛田希鉴

助夫守城,均得却敌。及史思明叛乱,卫州女子侯氏,滑州女子唐氏,青州女子王氏,歃血立盟,共赴行营讨贼,数妇女皆得受封,但慷慨知义,尚不及杨烈妇,独封赏只及乃夫,不及杨氏,这还是朝廷失赏哩。事见《唐书·杨烈妇传》,本编不肯从略,实为女史扬芬。

　　希烈因项城小邑,无暇顾及,别遣将翟崇晖围攻陈州,但也相持不下。嗣闻李希倩伏法,怒不可遏。看官道是何因?希倩是希烈亲弟,他为此动怒,遂遣使至蔡州,令杀颜真卿以泄忿。真卿见了使人,问为何事?使人道:"有敕赐死。"真卿道:"老臣无状,罪固当死,但不知贵使何日发长安?"使人道:"我从大梁至此。"真卿接口道:"照你说来,乃是贼使,怎得称为敕使呢?"使人遂将他缢死,年七十六。曹王皋驻守江淮,正遣将拔安州,擒斩希烈甥刘戒虚,且进军厉乡,击走希烈将康叔夜,及闻真卿死难,不禁大恸,全军皆泣,乃表陈真卿大节,请速旌扬。德宗因追赠真卿为司徒,加谥文忠。希烈自督兵攻宁陵,为刘洽将高彦昭所破,遁还汴梁,但日望崇晖攻下陈州,因遣人督促,且派兵帮助崇晖。刘洽遣都虞侯刘昌,与陇右节度使曲环等,率兵三万,往救陈州。曲环用埋伏计,与刘昌夹击崇晖,斩首至三万五千级,连崇晖都擒了回来,于是兵威大振,远近惊心。伪节度使李澄,焚去希烈所授旌节,举郑滑二州归唐,会同刘洽各军,进攻汴州。希烈恐不能守,留大将田怀珍居守,自奔蔡州。田怀珍开门迎纳官军,汴州平复。诏授李澄为汴滑节度使,召河南都统李勉入朝。李勉至长安,素服待罪。时李泌复应召入都,受职左散骑常侍,日直西省,专备咨询。德宗因李勉失守大梁,拟加贬黜,泌独进言道:"李勉公忠雅正,不过未娴战略,试看大梁不守,将士愿弃妻孥,从勉至睢阳,约有二万余人,可见他平时抚驭,尚得众心。且刘洽实出勉麾下,今洽克复大梁,亦足为勉补过,还乞陛下鉴原!"德宗乃只罢勉都统,仍令同平章事。

　　浙江东西节度使韩滉,效顺唐廷,贡献不绝,或潛他聚兵修城,阴蓄异志,德宗又未免起疑,密问李泌。泌愿百口保滉,且言滉性忠直,不附权贵,因致毁谤交加,幸乞详察!德宗尚未肯信,经泌再三剖解,力袪主惑,最后复献议道:"滉子韩皋,现为考功员外郎,今因乃父被谤,几至不敢归省,现在关中饥荒,斗米千钱,惟江东尚称丰稔,若陛下遣皋归省,令滉速运粮储,接济关中,这是朝廷大计,幸陛下俯听臣言,决不误事!"德宗乃赐皋绯衣,遣皋南归,且谕皋道:"卿父近遭疑谤,朕皆不信,惟关中乏粮,须由卿父赶紧筹给,幸勿延误。"皋欢跃而去,及与父相见,备述上语,滉感激涕零,即日发米百万斛,运送关中。皋但留五日,亦即遣他还朝。陈少游闻滉发粮,也贡米二十万斛,偏刘洽攻克汴州,得李希烈起居注云:"某月某日,陈少游上表归顺。"这事一传十,十传百,少游也有所闻,免不得羞惭无地,郁郁病死。犹有耻心,还算天良未曾丧尽。德宗尚追赠太尉，赙赠如仪。于韩滉则疑之，于少游则赠之，主德可知。淮南大将王韶，欲自为留后，滉遣使与语道："汝敢为乱，我即日全师渡江，来诛汝了。"韶惧不敢动。德宗闻知，喜语李泌道："滉不但镇定江东，且并能镇定淮南，真不愧为大臣。但非如卿知人，朕几误疑及滉了。"至此才晓得么？又加滉同平章事，兼江淮转运使。滉运江淮粟帛，西入关中，几无虚月，朝廷始安。越年，复改易年号，称为贞元元年，颁诏大赦。

新州司马卢杞，遇赦得还，转任吉州长史，欣然告人道："我必再得重用。"果然历时无几，德宗令给事中袁高草制，拟任杞为饶州刺史。高不肯下笔，奏称："杞反易无常，卒致乘舆播迁，海内疮痍，奈何复用？"德宗不从，顾令别官草制，补阙陈京赵需裴佶宇文炫卢景亮等，联名上疏，极言杞罪。袁尚又申词劾奏，德宗乃语李勉道："廷臣多不直卢杞，朕意拟授他小州，何如？"勉答道："陛下君临四海，如欲用杞，就使畀他大州，亦无不可。只惜天下失望，终累圣明呢。"乃只授杞为澧州别驾。杞病死澧州，李泌入见德宗道："外人或议陛下为桓灵，今观陛下贬死卢杞，恐尧舜亦有所未及呢。"德宗甚喜，继又皱着眉头道："河中未靖，朕遣孔巢父宣慰，反被李怀光杀死，这却是一件大患哩。"泌答道："当今可患的事件，不止一端。若怀光擅据河中，虐杀使臣，为天下所共弃，将来必被大军枭灭，臣窃谓不足忧呢。"德宗复道："吐蕃助讨朱泚，朕曾许畀安西北庭等地，今吐蕃求如前约，朕不便食言，看来只好割畀了。"泌谏阻道："安西北庭，民性骁悍，足以控制西域，捍卫边疆，奈何拱手让人？况吐蕃曾受逆赂，勒兵观望，大掠而去，何足言功，陛下决不宜割地。"孔巢父被杀，及吐蕃求地，俱借德宗口中叙过，以省笔墨。德宗乃拒绝番使，遣李晟为凤翔陇右节度使，进爵西平王，令屯田储粟，控制吐蕃，再命浑瑊骆元光等，往讨怀光。

晟奉命将行，适李楚琳入朝，即请与同往凤翔，乘便处死，为叛逆戒。德宗以京都新复，反侧宜安，不肯遽许，但留楚琳在京，任为金吾大将军。晟虽未便违敕，心下总不以为然。及驰至凤翔，查出谋杀张镒的将士，共十余人，首恶叫作王斌，剖心祭镒，余俱斩首，众皆股栗。会吐蕃借索地为名，入寇泾州，节度使田希鉴，贻书李晟，乞请济师。晟语亲将史万岁道："李楚琳幸得逃生，田希鉴尚在泾原，我决不使漏网了。"遂命万岁率精兵三千，作为先行，自率五千骑继进。虏兵素惮晟威名，闻他到来，陆续退去。及晟至泾州，已是烽烟静息，塞漠安恬。希鉴出城迎谒，晟与他寒暄数语，并辔入城，下马登堂，开樽话旧，两下里很是投机，并不露一些形迹。希鉴妻李氏，与晟虽是疏族，究系同宗，当由希鉴令她出见，排叙辈分，应呼晟为叔父，晟亦视若侄女，改称希鉴为田郎。嗣是朝夕过从，屡与欢宴。盘桓了好几日，晟拟还师，因语希鉴道："我留此已久，日承款待，未免疚心，今欲归镇，亦应具一杯酒，聊报田郎。且诸将多系故人，俱请邀至敝营，举觞话别。"希鉴唯唯从命。晟营本在城外，返营后暗嘱史万岁，专待明日行事。翌日巳牌，营中已整备酒席，候希鉴等到来，希鉴与诸将鼓兴出城，趋入晟营。晟迎他入座，且语泾原诸将道："诸君到此，请自通姓名爵里，以便序座。"诸将一一报明，依晟派定座席，鞠躬坐下。忽有一将报毕，晟忽勃然道："汝实有罪，不应列座。"遂呼史万岁入帐，指麾军士，将他推出斩首。军士持首还报，希鉴不觉心惊，勉强坐在晟侧。晟笑语希鉴道："田郎！汝亦不得无罪。"希鉴正思答辩，已被史万岁上前拖出，令军士缚住希鉴。晟复正色道："天子蒙尘，汝乃擅杀节度使，受贼伪命，今日尚有面目来见我么？"说得希鉴魂飞天外，不能对答一词。小子有诗咏道：

> 叛臣竟复握兵符，不死何由伏贼辜。
> 杯酒邀来伸国法，泾原才识有天诛。

未知希鉴性命如何，且至下回说明。

朱泚攻奉天累月，卒不能下，及退还长安，得李怀光之相与连结，复不能分兵四出，略夺唐土，李晟一举，长安即破，辗转奔至彭原，仍为部将所杀。泚之无能，可以想见。然亦由去顺效逆，自速其祸，人心去而首即随之耳。李希烈李怀光等，逆同朱泚，若乘收复京城以后，即命李晟浑瑊等，分军进讨，当可立平，乃回都盛宴，苟且偷安，犹且遣使宣慰，令陷死地，颜真卿效节于前，孔巢父遇害于后，人谓德宗好猜，曾宗岂徒蹈好猜之失者？盖亦犹是祖若考之庸柔，而未克自振也。李楚琳田希鉴等，反复无常，可讨不讨，李晟欲诛楚琳，复不见许，惟希鉴为晟所诛，聊快人意，有靖国之忠臣，无靖国之英主，惜哉！

第六十八回　窦桂娘密谋除逆　尚结赞狡计劫盟

却说田希鉴既被拿住，无可辩罪，即由史万岁牵入帐后，将他勒死，诸将相顾失色，还有何心饮酒。李晟顾语诸将道："我奉天子命，来此诛逆，诸君无罪，何妨痛饮数杯。"诸将按定了神，勉尽两三觥，便即起座告别。晟即同入城，揭示希鉴罪状，并言除希鉴外，不复过问，将士帖然。乃令右龙武将军李观，代为节度，使嘱希鉴妻李氏扶榇回籍，然后从容还镇，表达朝廷。未免难为任女。会闻浑瑊等进讨怀光，屡战不利，朝臣议赦怀光罪，遣宦官尹元贞谕慰河中，惹得李晟忠愤填膺，力劾元贞，请即治罪，并自愿率兵讨怀光。德宗因吐蕃屡扰，不便易帅，乃别命马燧为河东行营副元帅，援应浑瑊。燧以晋慈隰三州，为河中咽喉，即遣辩士说他反正。于是晋州守将要廷珍，慈州守将郑抗，隰州守将毛朝敭，皆举地归降。有旨令燧兼镇三州，燧曾举荐康日知为晋慈隰节度使，因地失无着，未曾莅任，至是仍让与日知。德宗乃令日知镇守，燧乃拔绛州入宝鼎，与怀光部将徐伯文相值，掩杀一场，射死伯文，斩首万余级，复分兵会合浑瑊，且逼长春宫，连败逆众，进围宫城。怀光诸将，相继出降。吕鸣岳也通款马燧，密约内应，不料为怀光所闻，杀死鸣岳。燧乃与诸将谋道："长春宫不下，怀光必不可获。但长春宫守备甚严，亦非旦夕可拔，我当亲自往谕，令他来降便了。"遂径造城下，呼守将答话。

　　守将乃是徐庭光，曾与燧相识，登城见燧，便率将士罗拜城上。燧料他意屈，便仰语道："我自朝廷来此，可西向受命。"庭光等复向西下拜。燧复宣谕道："公等皆朔方将士，自禄山以来，为国立功，已四十余年，何忍为灭族计，若肯从我言，非止免祸，富贵也可立致呢。"庭光尚未及答，燧又道："尔等以我为谎语么？尔若不信我言，何妨射我！"遂披襟袒胸，待他射来。与李抱真释憾，也用此计。庭光感泣，守卒无不流涕。燧复语道："怀光负国，于尔等无与，尔等但坚守勿出便了。"庭光等应声许诺，燧乃回营。次日与浑瑊韩游环进捣河中，留骆元光屯兵城下，行至焦篱堡，守将尉珪，即率七百人迎降，余成望风遁去。燧正欲渡河，忽得元光急报，说是："徐庭光尚然不服，屡加诟詈。"燧乃再返长春宫，问明原委，系庭光只服马燧，不服骆元光，因复带着数骑，呼庭光开城。庭光开门迎入，由燧慰抚大众，众皆欢呼道："我辈复为王人了。"燧即表荐庭光，有诏令试殿中监，兼御史大夫。浑瑊顾语僚佐道："我始谓马公用兵，与我相等，今乃知胜我多了。"浑瑊却也虚心。燧既降服庭光，遂率全军济河。怀光闻官军大集，举烽召兵，无人肯至，就是部下将士，也自相惊扰，忽喧声道："西城擐甲了。"又忽哗噪道："东城捉队了。"又过了半刻，将士都改易章饰，自署太平字样。怀光不知所措，遂自到死。朔方将牛石俊，断怀光首级出降。燧麾众入城，捕杀怀光亲将阎晏等七人，余俱不问。独骆元光为庭光所辱，怀怒未释，竟把他一刀杀死，乃入城见燧，顿首请罪。燧大怒道："庭光已降，汝敢擅杀，还要用什么统帅？"说至此，即顾视左右，欲将他推出斩首。韩游环忙趋入道："元光杀一降将，欲将他处死，公杀一节度使，难道天子不要发怒吗？"燧乃叱退元光，不复加罪。河中兵尚有万六千人，尽归浑瑊统辖，即令浑瑊镇守河中，自是朔方军分守邠蒲，不再北返了。

　　先是怀光子璀，曾云随父俱尽，德宗很是怜惜，不欲令死，应六十六回。且

第六十八回 窦桂娘密谋除逆 尚结赞狡计劫盟

命他再赴河中,劝父归顺。璀往劝不从,未便复命。适陕虢兵马使达奚抱晖,鸩杀节度使张劝,自掌军务,邀求旄节。德宗召泌入商,泌自请赴陕,相机办理,乃授泌为都防御水陆运使,经理陕事。泌辞行时,德宗与语道:"卿至陕州,试为朕招谕李璀,毋使彼死。"泌答道:"璀若果贤,必与父俱死,假使畏死偷生,也不足责了。"及泌既至陕,河中平复,怀光已经缢死,璀亦手刃二弟,自刎身亡。事为德宗所闻,很加悲悯,且念怀光旧功,不应无后,特查得怀光外孙燕氏,赐姓为李,名曰承绪,令为左卫率府胄曹参军,继怀光后,并归怀光身首,命怀光妻王氏收葬,赐钱百万,置田墓侧,用备祭享。加马燧兼侍中,浑瑊检校司空,余将卒各有赏赉。就是进讨淮西的将士,亦调还本镇,各守圻疆,算做与民休息,不再用兵的意思。

是时李泌已邀同马燧,偕赴陕州,陕军不待抱晖命令,出城远迎,抱晖料不能抗,亦只好出来迎谒。泌偕燧入城,毫不问罪,但索簿书,治粮储。有人谒泌告密,泌皆不见,军中镇静如常,乃召抱晖与语道:"汝擅杀朝使,罪应加诛,惟今天子以德怀人,泌亦不愿执法相绳,汝且赍着币帛,虔祭前使,此后慎无入关,自择安处,潜来接取家属,我总可保汝无虞了。"抱晖不禁涕泣,唯唯而去,陕州遂定。泌复凿山开渠,自集津至三门,辟一运道,以便转漕,数月告成。会关中仓廪告竭,禁军脱巾索饷,喧扰不休,亏得韩滉运米三万斛,解至陕州,由泌令从新运道转给关中。德宗大喜,语太子诵道:"我父子得生了。"随即遣中使遍给神策六军,军士皆呼万岁。若非信任韩滉,乌能得此。时关中连岁旱荒,兵民多有菜色,及粮既运至,麦又继熟,市中始见有醉人,相率称瑞,这也可谓剥极才复呢。

朱滔闻河陕皆平,非常恐惧,上表待罪,嗣即忧死。将士奉刘怦知军事,怦奏达朝廷,词极恭逊,乃命怦为幽州节度使。已而怦又病逝,诏令怦子济知节度事,且调曹王皋为荆南节度使,韦皋为西川节席使,曲环为陈许节度使,招抚流亡,安辑四境。惟李希烈尚负固称雄,倔强不服,贞元二年正月,遣将杜文朝寇襄州,为山南东道节度使樊泽所擒,三月复发兵袭郑州,复为义成节度使李澄所破,希烈兵势日衰,到此也积忧成疾,奄卧床中。他有一个宠妾,本姓窦氏,小字桂娘,系汴州户曹参军窦良女儿,貌美能文。希烈入汴,闻桂娘艳名,即遣将士至良家,强劫桂娘以去。桂娘语乃父道:"阿父无戚,儿此去必能灭贼,使大人得邀富贵。"也是一个奇女子。及见了希烈,却也并不峻拒,竟任希烈搂入帏中,曲尽所欢。希烈日夕相依,爱逾珍宝,即册桂娘为伪妃。桂娘以色相媚,以才相炫,复以小忠小信,笼络希烈,因此希烈有事,无论大小机密,均为桂娘所知。及希烈奔归蔡州,桂娘语希烈道:"妾观诸将中非无忠勇,但皆不及陈光奇,闻光奇妻窦氏,甚得光奇欢心,若妾与联络,将来缓急有恃,可保万全。"希烈称善,遂令桂娘结纳窦氏,互相往来。桂娘小窦氏数岁,因呼窦氏为姊,日久情暱,肺腑毕宣。桂娘因乘间语窦氏道:"蔡州一隅,怎敌全国?迟晚总不免败亡,姊应早自为计,毋致绝种。"窦氏颇以为然,转告光奇。光奇乃谋诛希烈,常欲伺隙下手。凑巧希烈有疾,遂密嘱医士陈山甫,投毒入药。希烈服药下去,毒性发作,顷刻暴亡。十载枭雄,一女子即足了之。希烈子秘不发丧,欲尽诛故将,代以新弁,计尚未决,适有人献入含桃,桂娘复进白道:"请先遗光奇妻,且足免人疑虑。"希烈子依她所嘱,即由桂娘遣一女使,赍赠窦氏。窦氏见含桃内,有一格形色相似,却是一颗蜡丸,外涂朱色,心知有异,俟遣还女使后,与光奇剖丸验视,中藏一纸,有细小蝇楷云:"前日已死,殡在后堂,欲诛大臣,请自为计。"光奇即转告僚将薛育,薛育道:"怪不得希烈牙前,乐曲杂发,昼夜不绝,试想希烈病剧,哪有这般闲暇?这明是有谋未定,倘作此状,倘不先发难,必遭毒手了。"光奇即与育各率部兵,闯入牙门,请见希烈。希烈子仓皇出拜道:"愿去帝号,一如李纳故事。"光奇厉声道:"尔父悖逆,天子有命,令我诛贼。"遂将希烈子杀死,并及希烈妻,且枭希烈尸首,共得头颅七颗,献入都中,只留桂娘不杀。德宗以光奇诛逆有功,即命为淮西节度使。偏希烈旧将吴少诚,佯与光奇同意,暗中却欲为希烈报仇,不到两月,竟纠众杀死光奇,连两个窦家少妇,一古脑儿迫入冥途。桂娘已诛希烈,宿愿已偿,可以远去,乃竟死蔡州,未免智而不智。德宗又授少诚为留后,这真是导人椎刃,贻祸无穷了。伏笔不尽,直注到宪宗时淮蔡之役。

义成节度使李澄病死,子克宁也秘不发丧,墨缞视事,增兵守城。宣武节度使刘玄佐,就是刘洽改名,他却出师境上,使人告谕克宁道:"汝敢不待朝命,擅做节度,我当即日进讨了。"克宁乃不敢袭位,静待诏敕。德宗命工部尚书贾耽,继任义成节度使,出镇郑滑,郑滑自李澄反正后,改称义成军,耽既到任,克宁乃去。玄佐归镇,适韩滉过境,约为兄弟,联袂入朝,曲环亦凑便同行。及至都中,正值西寇告警,李晟受谤,朝右讹言四起,又似有变乱情形。看官道为何因?原来吐蕃因索地不与,屡次寇边,德宗令浑瑊骆元光移屯咸阳,接应李晟。晟遣部将王佖,率骁勇三千人,往伏汧城,授以密计道:"虏过城下,勿遽出击,俟见有五方旗,虎豹衣,必是虏兵中坚,若突起掩杀,必获大胜。"佖领计而去。果然吐蕃统帅尚结赞,盛气前来,麾下亲兵旗饰,一如晟言。佖杀将出去,尚结赞惊走,猝死千余人,退屯数十里。尚结赞语部将道:"唐朝良将,只李晟马燧浑瑊三人,我当用计除他,方可得志。"乃转入凤翔境,禁止掳掠。直至凤翔城下,大呼道:"李令公召我来,何不出来犒师?"这明是反间计,若非张延赏在内,也是容易瞧破。守将当然不答,他却经宿退去。晟复遣蕃落使野诗良辅,与王佖合兵追击,又破吐蕃部众,攻入摧沙堡,毁去吐蕃

第六十八回　窦桂娘密谋除逆　尚结赞狡计劫盟

蓄积，然后班师。邠宁节度使韩游环，又邀击虏兵，夺还所掠货物。

尚结赞西窜归国，嗣乘天气严寒，复入陷盐夏银麟四州，尚说是李晟召他进来。晟有两婿：一为工部侍郎张彧，一为幕僚崔枢。彧自恃通显，看枢不在眼中，偏晟却格外优待，彧未免介意。给事中郑云逵，尝为晟行军司马，被晟诃责，亦挟有夙嫌。最与晟有宿怨的，乃是左仆射张延赏。延赏系故相嘉贞子，曾因父荫任参军，累官至西川节度使。德宗初年，吐蕃寇剑南，晟率神策军往征，击退虏兵，班师还朝。见第六十二回。延赏正往镇西川，见晟挈一蜀妓随行，竟嘱吏夺还，李晟亦曾渔色耶？晟因是挟恨。至德宗出奔奉天，延赏贡献不绝，转趋梁州，仍然如故，乃召延赏为中书侍郎，同平章事。晟未免不平，竟奏劾延赏，说他不足为相。德宗不得已，罢为尚书左仆射。延赏才度原不足为相，但晟以私意奏劾，究属非是。延赏怀怨益深，偶闻吐蕃闲言，乐得投井下石，诬毁李晟。再经张彧郑云逵等，作为证据，说得这位李西平王，差不多与李希烈李怀光相似，德宗也自然动起疑来。晟得知消息，昼夜悲愤，哭得双目尽肿，乃悉遣子弟入都，表请为僧。有诏不许，复称疾入朝，面请辞职，又不见允。韩滉素与晟善，趁着入朝时候，探知启衅情由，遂面白德宗，愿为调人。德宗亦颇乐允，滉乃与刘玄佐左右劝解，令晟与延赏聚饮释嫌，约为弟昆。晟因复荐延赏为相，前劾后荐，俱可不必。德宗仍拜延赏同平章事，且令两人同宴禁中，各赐彩锦一端，以示和解。晟有少子未娶，愿与延赏女为婚，延赏竟严词谢绝，晟懊怅道："武人性直，既已杯酒释怨，即不复介怀，哪知文士难犯，外虽和解，内仍蓄憾，可不惧么？"

滉陛辞还镇，临行时荐兵部侍郎柳浑入相，德宗即令浑同平章事。浑秉性刚正，夙负重名，时论称为得人，惟与延赏未合。及滉既还镇，未几谢世，德宗欲起用白志贞为浙西观察使，浑谓："志贞憸人，不可复用。"偏延赏逢迎上意，竟怂恿德宗，授志贞官。又密奏李晟权重，不应再令典兵，乃留晟在京，册拜太尉，兼中书令。延赏荐郑云逵出镇凤翔，还是德宗记晟前功，令他择贤自代。晟举都虞侯邢君牙，因授君牙为凤翔尹，别命陈许兵马使韩全义，率步骑万二千人，会邠宁军趋盐州。又命马燧领河东军击吐蕃，收降河曲六胡州。吐蕃大相尚结赞，退屯鸣沙，闻马燧浑瑊等，大举出击，未免惊惶，更因云南王异牟，即阁罗凤孙。为西川节度使韦皋招抚，自己失一臂助，乃遣使至唐廷乞和。德宗尚未允许，尚结赞又卑辞厚礼，通好马燧。燧乃留屯石州，上表陈请。李晟入谏道："戎狄无信，不宜许和。"张延赏独与晟反对，主张和议。德宗遂遣左庶子崔澣，出使吐蕃。澣与尚结赞相见，责他败盟，尚结赞道："我国助讨朱泚，未得厚赏，所以东来质问，乃诸州不肯相容，以致用兵。今公前来修好，实所深愿。但浑侍中忠信过人，名闻远近，应请他前来主盟，互昭信实。"澣返报德宗,德宗召浑瑊入朝,命为会盟正使,兵部尚书崔汉衡为副使,都监郑叔矩为判官。两下共议会盟地点,约在平凉。瑊出发长安,李晟语瑊道:"此行甚险,一切戒备,不可不严。"张延赏得闻晟言,即入白德宗道:"晟不欲两国联盟,故戒瑊严备,须知我疑人,人亦疑我,盟何由成?"德宗因复召瑊入内,嘱他推诚待虏,勿自猜贰,致阻虏情。瑊遵嘱而去。

既而遣使入报,谓已订定盟期,决于五月辛未日。延赏召集百官,执瑊表示众道:"李太尉谓吐蕃难信,必不易和,今浑侍中有表到来,说是盟期已定,谅浑侍中总不欺上呢。"说罢,甚有得色。休欢喜!晟亦在侧,忍不住泪下道:"臣生长西陲,备悉虏情,虽已会盟有日,怎保他不临时变卦?窃恐朝廷不戒,终不免为犬戎所侮呢。"德宗始命骆元光屯潘原,韩游环屯洛口,遥作瑊援。元光亟往见瑊道:"潘原距盟地约七十里,公若有急,元光何从得闻,请与公同行为妥。"瑊答道:"皇上嘱我推诚,若用兵自卫,便是违诏了。"元光道:"事贵预备,一或遇险,后悔无及,他日论罪,宁坐元光。"遂派千骑至瑊营西面,暗地埋伏,又约韩游环派兵五百骑,相连伏着,且嘱语道:"倘或生变,汝等西趋柏泉,作为疑兵,可分虏势。"韩军依计而行。瑊之不死,幸有此耳。

尚结赞使人至瑊营,约各遣甲士三千人,列坛东西,四百人穿着常服,得随至坛下,瑊一一许诺。辛未日辰刻,尚结赞又请各遣游骑数十名,互相觇察,瑊复应允。瑊为名将,奈何全不知防?哪知吐蕃在大营左右,伏兵至数万人。唐游骑往觇虏营,悉数被掳,一个儿没有放还。虏骑却梭织唐营,往来无禁。瑊与崔宋两人,全不知黠虏诡计,反从容趋至盟坛,入幕易服,准备行礼。蓦听得一声鼓响,万马声嘶,仿佛似广陵怒潮,震动幕外。宋奉朝方欲出视,不防虏骑突入,先把他拿来开刀。崔汉衡慌忙失措,急欲觅路逃生,已被虏众追上,把他揪倒,似缚猪般的捆了出去。独浑瑊从幕后逸出,幸得一马,即纵身跃上,扯住马鬣,向前飞驰,背后虏众追赶,箭镞从背上擦过,亏得身伏马上,才免受伤,及奔近营前,望将过去,已剩得一座空营,那追骑尚紧紧不舍,不由的着急道:"天亡我了!"道言未绝,营西有一大将呼道:"侍中快来!我等在此。"瑊侧身西顾,见有一簇官军,整队列着,才觉得绝处逢生。小子有诗咏浑瑊道:

　　百密如何致一疏,虎臣竟被困群狙。
　　若非良将先筹备,受击宁徒丧副车。

欲知何人来救浑瑊,待至下回再表。

前半回连叙数事,而标目独及窦桂娘,为巾帼中标一异采,不得不略彼言此,补前史之所未详。盖桂娘以一女子身,为李希烈所劫,大加宠信,女子最易移情,畴肯始终如一,勉践前言?柔忍如桂娘,殆亦不可多得之女子,宜乎杜牧之为彼立传也。况怀光困死,而希烈独存,若无桂娘,几似乱臣贼子,可以安享天年,无逆报矣。然则桂娘之密谋诛逆,乌得不大书特书耶?若夫李晟浑瑊马燧,为唐德宗时三大名将,晟知吐蕃之难信,不宜与和,而瑊与燧皆未曾料及,是晟之智烛几先,固非二人所可逮者。但以一蜀妓故,怨及延赏,互相报复,误国政,堕房计,晟亦安得为无咎乎?夫以忠智如李晟,尚为色所误,况如李希烈之骄侈灭义,其能不为桂娘所制哉?

第六十九回　格君心储君免祸
　　　　　　释主怨公主和番

却说浑瑊奔回故营,营中将士,已皆遁去,幸营西尚列有严阵,迎接浑瑊,统将非别,就是骆元光。元光迎瑊入营,即令军士持械待虏,且促邠宁向西进行,俟虏骑追至,骤见官军阵势严肃,已是惊心,更瞧着西边一带,有官军驰去,恐他绕出背后,阻截归路,乃即收军却还。瑊与元光招集散卒,检点伤亡,已不下二千余人,只好付诸一叹,怏怏而还。还是天幸。是日德宗视朝,语宰辅道:"今日和戎息兵,好算国家幸福。"柳浑接口道:"戎狄豺狼,恐非盟誓可结,今日事实足深忧。"李晟亦插入道:"诚如浑言。"德宗变色道:"柳浑书生,不知边计,大臣亦作此言么?"晟与浑皆顿首谢罪,德宗拂袖退朝。到了傍晚,由韩游环急奏,报称狡虏劫盟,入寇近镇。德宗大惊,即召浑等入议道:"卿本书生,乃能料敌如此,朕适才失言了。但虏入近镇,都城可虞,究应如何处置?"浑尚未答。李晟趋进道:"臣愿出屯奉天,防御虏兵。"德宗沉吟未决。仍然不忘延赏语。适浑瑊奏报亦至,备详一切,因命瑊屯兵奉天,留晟不遣。

看官听着!那尚结赞的狡计,第一着是离间李晟,已经逞志,第二着是佯和马燧,谋执浑瑊,欲将两人一并致罪,因纵兵直犯长安。这策但行了一半,未得成功,尚结赞还是失望,退至故原州,查得擒住将校,最大的是崔汉衡,次为马燧侄弈,及中使俱文珍。他又想了一策,释三人缚,引他入座道:"我欲执浑侍中,不意误致公等,未免抱歉。"又指马弈道:"君是马侍中侄儿,前日马侍中至石州,若渡河掩击,我军必覆,幸蒙侍中许和,因得全师而返,侍中为我造福,我怎得拘他子侄?今特遣君归国,请烦转谢侍中。"说罢,便纵马弈俱文珍东还,仍将崔汉衡等拘留。

弈还见燧,述及尚结赞语,燧尚不知是计。及文珍入语德宗,德宗竟信为真言,撤燧副元帅节度使职权,只命为司徒兼侍中。张延赏恰也惭惧,尝托病不朝，德宗乃召李泌同平章事。泌入都受职，与李晟马燧等，一同进见。德宗语泌道："朕今与卿约，卿慎勿报仇。如他人有德及卿，朕当为卿代报。"泌答道："臣素奉道教，不愿与人为仇，从前李辅国元载，均欲害臣，今已皆死去了。就是臣的故友，或早显达，或已沦亡，臣亦无德可报，惟臣今日亦愿与陛下立约，未知陛下肯否俯从？"乘便还他一语，长源毕竟慧人。德宗道："有何不可？"泌即道："愿陛下勿害功臣！即如李晟马燧，功高遭忌，若陛下过信谗言，一或加害，恐藩臣卫士，无不愤惋，变乱即从此再生了。陛下诚坦然相待，合保无虞。有事使专征伐，无事入朝奉请，岂不是君臣至乐么？二臣亦不可自恃有功，恪尽臣道，天下可长保太平，臣等均得受庇呢。"德宗道："朕始听卿言，自觉惊疑，及闻卿剖决，实是社稷至计。朕谨当书绅，与二大臣共保安全。"晟与燧俱伏地泣谢。德宗又语泌道："从今日始，军旅储粮事，一概委卿，吏礼委张延赏，刑法委柳浑。"泌答道："陛下录臣菲才，使待罪宰相，宰相职兼内外，天下事咸共平章，若各有所主，便成为有司，不得称为宰相了。"语语中肯。德宗笑道："朕知误了，卿言原不错呢。"嗣是待泌益厚，加封邺侯。泌又请复吏职，汰冗官，停番使廪给，分隶禁军，调边境戍卒，屯田京师，与番贾互市，鬻缯易牛，募边人输粟，救荒济乏，经德宗一一施行，俱足挽救时弊。

　　德宗喜文雅，恨质直，泌语多文采，尤得主心。惟柳浑素性朴直，常发俚言，为德宗所不悦，且与张延赏屡有龃龉。延赏尝使人通意道："公能寡言，相位可久保了。"浑正色道："为我致谢张公，浑头可断，舌不可禁呢。"确是个硬头子。已而浑竟罢为左散骑常侍，相传为延赏排挤，乃致免相。延赏又与禁卫将军李叔明有隙，且欲设法构害，并连及东宫。叔明本鲜于仲通弟，赐姓为李，有子名昪，与郭子仪子曙，令狐彰子建，同为卫士。德宗西奔时，三人皆扈驾有功，及还銮后，俱得任禁卫将军，甚邀上宠。昪尝出入郜国长公主第，致有蜚言。公主系肃宗幼女，夙具姿首，初嫁裴徽，继适萧升，升殁役，又与彭州司马李万通奸，还有蜀州别驾萧鼎，澧阳令韦恪，亦尝私相往来。李昪不知自检，也去问津，半老徐娘，素饶风韵，恰也无所不容。可谓多多益善。公主女为太子妃，延赏欲构成大狱，先将李昪等私侍公主，入白德宗。德宗命李泌探察虚实，泌徐答道："臣想此事关系，必有人摇动东宫，来诉陛下，别人无此能力，大约惟张延赏一人。"德宗道："卿从何处料得？"泌又道："延赏与昪父有嫌，昪现承恩眷，一时无从中伤，郜国长公主，系太子妃生母，从此入手，就可兴一巨案了。"不愧智囊？德宗不禁点首道："卿料事甚明，一说便着。"泌复道："昪入居宿卫，既已被嫌，应该罢斥，免得延赏再来生波。"德宗依言罢昪，且渐疏延赏。延赏弄巧反拙，郁郁而死。昪喜延赏去世，少了一个冤家对头，乐得与长公主朝夕言欢，亲近芗泽。德宗本欲罢昪示戒，不意脱离禁掖，反做了无拘

第六十九回　格君心储君免祸　释主怨公主和番

无束的淫夫,镇日里在长公主第中。或告长公主淫乱如故,且敢为厌祷事,德宗大怒,把长公主幽锢禁中,流昪岭表,杖毙李万,谪戍萧鼎韦恽,并召入太子训责一番。太子恐惧,情愿与妃萧氏离婚。

德宗怒尚未息,即召李泌入商,且语道:"舒王近已成立,孝友温仁,足主大器。"泌答道:"陛下已经立储,今反欲废子立侄,臣实不解。"德宗道:"舒王幼时,朕已取为己子,有何分别?"泌又道:"侄终不可为子,陛下原有嫡嗣,反致生疑,难道侄可必信么?且舒王今日尽孝,倘闻有易储情事,恐转未必能孝了。"德宗勃然道:"卿强违朕意,难道不顾家族么?"訑訑拒人。泌毫不惊惧,反逼进一层道:"臣惟欲顾全家族,所以今日尽言,若畏惮天威,曲意阿顺,恐太子废黜,他日陛下生悔,必怨臣道:'我任泌为相,不谏我过,害我嫡子,我亦杀泌子泄恨。'臣惟一子,既遭冤死,即致绝嗣,虽有侄辈,恐臣不便血食了。"说至此,呜咽流涕。悱恻语不可多得。德宗不禁动容。泌又道:"从古到今,父子相疑,多生惨祸,远事不必论,建宁事非尚在目前么?"德宗道:"建宁叔实冤死,所以皇考嗣祚,曾追谥为承天皇帝,至今回忆,我祖考肃宗皇帝,也太觉性急了。"建宁王倓事,见前文,惟代宗追谥建宁,借此补明。泌答道:"臣曾为此事,所以辞归,誓不近天子左右,不幸今日待罪宰相,又睹此事。且当时代宗皇帝,尝怀畏惧,臣向肃宗辞行时,因诵章怀太子贤《黄台瓜辞》,肃宗亦悔悟泣下,还愿陛下不蹈前愆!"德宗又道:"贞观开元,俱易太子,何故不生危乱?"泌答辩道:"承乾谋反,事被察觉,由亲舅长孙无忌,及大臣数十人,讯问确实,因命废斥,但言官尚入奏太宗,请太宗不失为慈父,承乾得终享天年。太宗依议,并废魏王泰。今太子无过可指,怎得以承乾为比?况陛下既知建宁蒙冤,肃宗性急,更宜详细审慎,力戒前失。万一太子有过,犹愿陛下依贞观故事,并废舒王,另立皇孙,庶百代以后,仍然是陛下子孙。至若武惠妃谮死太子瑛兄弟,海内冤愤,可为痛戒,何足效尤?愿陛下勿信谗言!即有手书如晋愍怀,衷甲如太子瑛,尚当辩明真伪,难道妻母不法,女夫也宜坐罪么?臣敢以百口保太子。设使臣如杨素许敬宗李林甫辈,得承此旨,早已私结舒王,密谋佐命了。"详哉言之!德宗道:"这乃是朕家事,于卿何与,必欲如此力争?"又是呆话。泌答道:"天子以四海为家,臣今得任宰相,四海以内,一物失所,臣当负责。况坐视太子冤枉,不为力解,臣罪且愈大了。"德宗道:"容朕细思,明日再议!"泌又叩首泣谏道:"陛下果信臣言,父子必慈孝如初,但陛下还宫,当默自审思,勿露微意,倘与左右言及,恐有金壬宵小,乘隙生风,竞为舒王效力,太子从此危了。"这一着更是要紧。德宗点首道:"具晓卿意。"泌乃退归。

太子密遣人谢泌道:"若必不可救,当先自仰药。"泌语来使道:"为我好语太子,必无此虑。但愿太子起敬起孝,勿存形迹,若泌身不存,此事或未可知呢。"勉太子以孝,尤是正理。来使自去。隔了一日,德宗御延英殿,独召泌入见,流涕与语道:"非卿切谏,朕今日就要自悔了。太子仁孝,实无他过,从今以后,所有军国重务,及朕家事,均当与卿熟商了。"泌乃拜贺,且辞职道:"臣报国已毕,惊悸余魂,不可复用,乞赐骸骨归里。"德宗极力慰谕,不准辞官。会吐蕃相尚结赞,遣使送还崔汉衡,及同时被虏的孟日华刘延邕诸人,到了泾原,与节度使李观相见,再请求和。李观恐有诈谋,受汉衡等,拒绝和议。尚结赞因再集羌浑部落,大举入寇,进趋陇州及汧阴间,连营数十里,关中震动,连京城都受影响。所有西陲屯将,多闭壁自守,不敢出战。陇右民居,尽被掳掠,丁壮妇女,悉作俘囚。见有老弱,辄断手凿目,抛弃道旁。邠宁节度使韩游环,及陇州刺史韩清沔,神策副将苏太平等,先后遣发奇兵,击败虏众,尚结赞乃大掠而去。李泌欲结回纥大食云南天竺,共图吐蕃,因恐德宗记念陕州故事,怀恨回纥,故未敢遽请。陕州故事,见第五十八回。会回纥合骨咄禄可汗,见第六十六回。遣使贡献方物,并乞和亲。德宗不许,且召泌与商道:"和亲事待诸子孙,朕若在位,不愿与回纥结婚。"泌即进言道:"陛下不愿和亲,莫非为陕州遗憾么?"德宗道:"诚如卿言。朕因天下多难,未能雪耻,怎得议和?"泌又道:"辱韦少华等,乃牟羽可汗,后复入寇,为今可汗所杀,今可汗实有功陛下,奈何怨他呢?"德宗摇首不答。泌乃趋退。会边将报称乏马,德宗又与泌商议,泌答道:"臣有愚策,可使马贱十倍。"德宗喜道:"卿有此妙策,何勿亟言?"泌又道:"请陛下屈己从人,为社稷计,臣方敢言。"德宗道:"果有良策,朕亦不惜屈己,卿且说来!"泌即答道:"愿陛下北和回纥,南通云南,西结大食天竺,不但马可易致,就是吐蕃亦为我所困了。"德宗道:"除回纥外,可依卿计。"泌答道:"臣知陛下怀恨回纥,所以未敢早言,但为今日计,回纥最大,应先与连和,三国却尚可从缓呢。"德宗道:"照卿说来,应先和回纥,但朕与回纥连和,便是负少华诸人了。"泌又道:"臣谓陛下不负少华,少华实负陛下。"德宗惊问何故。泌答道:"从前回纥叶护,率兵助国,臣正为行军司马,受命邀宴,未尝轻入彼营,及大军将发,先帝始与相见,这正为戎狄豺狼,不得不预防一着呢。陛下持节赴陕,春秋未壮,乃渡河轻入番营,身蹈不测,岂非危甚?少华等若不负陛下,应当与回纥可汗,先定会见礼仪,然后相见,奈何贸然轻赴?陛下试想当日危险情形,是少华负陛下,还是陛下负少华呢?且从前叶护入京,助讨逆贼,意欲纵兵大掠,先帝曾亲拜叶护马前,保全京城,当时道旁列观,约十万余人,统称广平王真华夷主。应第五十四回。先帝枉尺直寻,且使中外称许,况牟羽身为可汗,举国来援,陛下未曾下拜,实足伸威,倘使牟羽留住陛下,不必论意外事,就使与陛下欢饮十日,天下已共为寒心。幸而天助威神,豺狼驯服,仍送陛下回营,陛下尚只感少华,怨牟羽,臣窃以为未

第六十九回　格君心储君免祸　释主怨公主和番

可呢。"这是达权之论。德宗听着，旁顾左右，见李晟马燧，亦适在侧，便与语道："朕素怨回纥，今闻泌言，亦自觉少理，卿等以为何如？"晟与燧同声道："泌言甚是，请陛下采纳！"泌又接说道："臣以为回纥不足怨，向来宰相处事未善，才觉可怨哩。回纥再复京城，今可汗又杀牟羽，尚有何罪？吐蕃陷我河陇数千里，又入京城，使先帝蒙尘陕州，这是百代必报的仇耻，陛下奈何当怨不怨，不当怨反怨哩？"德宗又道："朕与回纥久已结怨，今往与修和，恐反为夷狄所笑，或且拒我，这却如何处置？"泌答道："臣愿作书相遗，约用开元故事，如突厥可汗奉表称臣，来使不得过二百人，市马不得过千匹，不得携中国人，及商胡出塞，这五事若皆如约，请陛下即许和亲，他日威震北荒，旁慑吐蕃，必能如陛下所愿了。"德宗称善，乃由泌遗书回纥。回纥即遣使上表，一一如命。德宗大喜，乃命将第八女咸安公主，遣嫁回纥可汗，先遣中使赍着公主画图，往至回纥，回纥可汗遣使报谢，约定次年礼迎。

德宗复召入李泌，问及招致云南大食天竺的计策。泌答道："回纥称臣，吐蕃已不敢入犯了。云南苦吐蕃赋役，前已经韦皋招抚，有意内附。大食在西域为最强，与天竺皆久慕中国，且代与吐蕃为仇，若遣使往抚，当无不输诚听命。"德宗乃分选使臣，前往三国，及得还报，果皆如泌所料，各无异言。

会有妖僧李软奴，私结殿前射生韩钦绪等，潜谋作乱，事发被捕，德宗命内侍省鞫治，李晟闻知此事，大惊倒地，好容易扒将起来，尚流涕不绝道："此次恐要族灭了。"亟命家人往邀李泌。及泌至晟第，晟无暇寒暄，即仓皇与语道："晟新罹谤毁，中外有家人千余，此次妖僧谋逆，倘有家人误入党中，必致全家受累，奈何奈何？"泌劝慰道："不妨！不妨！有泌在朝，断不使公受祸哩。"晟慌忙拜谢。泌即归第，密上一疏，略言："大狱一起，牵引必多，国家甫值承平，不应辗转扳引，致失人情，请将李软奴一案，出付台官鞫治。"德宗当然俯允，即命把全案移交台省，至审讯结果，但罪及李软奴韩钦绪两人。钦绪系韩游环子，逃至邠州，由游环械送京师，与软奴一并腰斩。游环且入朝待罪，德宗仍令还镇，一场巨案，止死二人，朝臣无一连及，这都是李邺侯暗中挽回，所以迅速了案，争颂清明。不略此事，无难记邺侯功德。

吐蕃闻唐和回纥，却也知惧，敛兵不进。诏令浑瑊回屯河中，赐骆元光姓名为李元谅，回屯华州。兵马使刘昌，分众五千归汴州，此外防秋兵都退守凤翔京兆间。未几为贞元四年，泾原节度使李观入朝，留官京师，任少府监检校工部尚书。李观病逝，改授刘昌为泾原节度使，李元谅为陇右节度使，两将皆督兵屯田，军食渐足，泾陇少安。到了秋季，韩游环因疾卸职，德宗令张献甫往代，献甫尚未莅任，戍卒裴满等作乱，奏请改任前都虞侯范希朝。希朝素得众心，因为游环所忌，奔至凤翔。德宗召领神策军，至此得裴满等奏请，颇欲改授希朝。希朝面辞道："臣避游环而来,今往代任,转似臣与逆卒通谋,臣怎敢受职？"希朝颇知大义。德宗乃授希朝为宁州刺史,令副献甫。及两人到任,戍卒裴满等,已为都虞侯杨朝晟,勒兵诛死,余众大定,不必细表。

且说回纥可汗,因婚期已届,遣妹骨咄禄毗伽公主,及大臣妻五十人,并兵众千人来迎公主。德宗御延喜门,接见番使。番使奉上表章,内云："昔为兄弟,今为子婿,陛下若患西戎,子愿以兵除患,且请改号回鹘,取捷鸷如鹘的意义。"德宗许诺。嗣欲飨骨咄禄公主,召李泌入问礼仪。泌奏道："从前敦煌王承寀,尝妻回纥女,见前文。嗣至彭原谒见肃宗,肃宗与敦煌王,系从祖兄弟,乃呼回纥公主为妇,不称为嫂。公主亦拜谒庭下,彼时国势艰难,借彼为助,尚不失君臣大节,况今日呢。"于是引骨咄禄公主入银台门,由长公主三人延入,谒见德宗,下拜如仪,转入宴所,乃由贤妃降阶相迎。俟骨咄禄公主先拜,然后贤妃答礼。妃与公主邀坐席间,遇帝赐必降拜,非帝赐亦避席才拜,俱由译史传导,免至失礼。盛宴两次,方命设咸安公主官属,制视王府。授嗣滕王湛然为婚礼正使,右仆射关播护送,偕骨咄禄公主等,一同西行。且命湛然赍给册书,封合骨咄禄为长寿天亲可汗,咸安公主为长寿孝顺可敦。公主到了回鹘,合骨咄禄可汗,盛礼恭迎,老夫得了少妻,番酋幸谐帝女,格外欢昵,自不必言。湛然等礼毕东归,俱得厚赆。可惜长寿不长,老夫竟老,不到一年,天亲可汗,竟至病逝,子多逻斯袭位。讣闻朝廷,德宗又命鸿胪卿郭锋,持节册封多逻斯为忠贞可汗,且谕慰咸安公主。哪知胡俗通例,得妻庶母,公主方值盛年,多逻斯亦当壮岁,两人从宜从俗,居然你贪我爱,变做了一对好夫妻了。可为咸安公主贺喜。小子有诗叹道：

> 胡族原来是聚麀,胡为帝女屡相攸？
> 和亲自古称非策,只为华夷俗不侔。

回鹘既已和亲,李泌自陈衰老,上表辞官。究竟德宗是否允准,容至下回续叙。

本回全为李泌演述,泌历事三朝,功业卓著,而其最足多者,莫如调护骨肉,善格君心。自玄武门喋血以来,贻谋未善,故太宗高宗玄宗三朝,无不易储,睿宗时幸有宋王之克让,肃宗时且有建宁之蒙冤,代宗为张良娣所忌,幸李泌咏《黄台瓜辞》,隐回上意,顺宗为郜国长公主所累,又幸得泌之一再力谏,始得保全,泌可谓清源正本,不愧为社稷臣矣。惟与回纥和亲一事,虽若为当时至计,然可与言和,不必定婚帝女,咸安遣嫁,历配四汗,隋有义成,唐有咸安,非皆足为中国羞乎？著书人隐示抑扬,而褒贬之义,自可于言外得之。

第七十回　陆敬舆斥奸忤旨
韩全义掩败为功

却说李泌自陈衰老,上表辞职,德宗不肯照准,泌又入朝面请,乞更除授一相。德宗道:"朕亦知卿劳苦,但恨未得贤能,为卿代劳。"泌即说道:"天下不患无才,但教陛下留意牧卜,自庆得人。"德宗道:"卢杞忠清强介,人多说他奸邪,朕至今尚未觉悟,究竟奸在何处,邪在何处?"便是真愚。泌答道:"如使陛下知杞奸邪,杞便不成为奸邪了。陛下如能早时觉悟,何至有建中的祸乱呢?杞因私隙杀杨炎,遣李揆害颜真卿,激叛李怀光,幸亏陛下后来窜逐,得慰人心,天亦悔祸,否则祸乱且迭出不穷了。"德宗道:"建中祸乱,非尽关人事,卿亦闻桑道茂语否?"泌复道:"陛下以为是命数注定么?须知命数二字,只可常人说得,君相却不便挂口,因为君相有造命的职务,与常人不同,若君相言命,是礼乐政刑,统可不用了。古来暴君莫如桀纣,桀尝谓我生不有命在天,武王数纣罪恶,亦云谓己有天命,人君以命自解,恐便同桀纣了。"德宗点首,嗣复说道:"卢杞佐治不足,小心有余,他相朕数年,每遇朕言,无不恭顺。"原来为此,所以时常系念。泌答道:"言莫予违,孔子所谓一言丧邦,据此一端,便可见卢杞的奸邪了。"德宗道:"卿原与杞不同,朕言合理,卿尝有喜色,朕言不合理,卿尝有忧色,虽有时卿言逆耳,却也气色和顺,并没有傲慢态度,能使朕为卿所化,自然屈服,不能不从,朕所以深喜得卿哩。"泌乃荐户部侍郎窦参,说他材具通敏,可兼度支盐铁使;尚书左丞董晋,人品方正,可处门下侍郎。德宗虽然面允,意中却不以为然。既而命泌兼集贤殿崇文馆大学士,纂修国史。泌辞去大字,但以学士知院事。是年八月,月蚀东壁,泌自叹道:"东壁图书府,今遭月蚀,大臣中未免当灾,我位居宰相,兼学士衔,恐此灾即加在我身上。从前燕国公张说,亦因此逝世,我位置与他相等,应亦难免此祸了。"果然隔了一年,一病不起,竟尔告终。

泌有智略,七岁时即受知玄宗,当召见时,玄宗正与张说观奕,因使说面试泌才,说令赋方圆动静。泌即问及要旨,说随口道:"方若棋局,圆若棋子,动若棋生,静若棋死。"泌亦信口答道:"方若行义,圆若用智,动若骋材,静若得意。"说也叹服,贺得奇童。张九龄与结为小友,后来历事三朝,数立奇功,惟好谈神仙,颇尚诡诞,未免为世所讥,但也好算是一位贤相了。持论平允。泌卒年六十八,得赠太子太傅,未得美谥,德宗亦不免少恩。遗疏仍荐窦参董晋二人可用，德宗乃用二人同平章事，并命参兼度支盐铁等使。参为人峭刻，少学术，多权数，每值入朝，诸相皆出，参独居后，但说是详核度支，暗中却曲事逢迎，希邀主宠。又往往援引亲党，分置要地，使为耳目。董晋只备员充位，随声附和，不过硁硁自守，慎重自持，比那窦参的营私挟诈，自然较胜一筹，但总不得为宰相器，未识这位足智多谋的李邺侯，何故荐此二人？这也是令人难解呢。当时朝臣中莫如陆贽，泌独不为荐引，大约是聪明一世，懵懂一时。

是时前邠宁节度使韩游瓌，与横海节度使程日华，义武节度使张孝忠，宣武节度使刘玄佐，平卢节度使李纳，先后病殁。邠宁早由张献甫接任，余镇均由子承袭。日华子名怀直，孝忠子名升云，玄佐子名士宁，纳子名师古，皆由军士推戴，奏请留后。德宗也得过且过，无不准行；就是回鹘忠贞可汗，为弟与少可敦鸩死，回鹘国俗，可汗妃妾，号为少可敦。国人攻杀乃弟，拥立忠贞子阿啜为可汗，遣将军梅录告丧，听候朝命，德宗也未尝详问，即遣鸿胪少卿庾铤，往册阿啜为奉诚可汗。最可怪的是咸安公主，既配忠贞，复配奉诚，祖父孙同享禁脔，德宗亦听她所为，但视为胡俗常例，不足深怪。及吐蕃转寇北庭，回鹘大相颉干迦斯，为唐往援，与战不利，率兵奔还，北庭陷没，安西遂绝音问，不知存亡。惟西州尚为唐守，德宗也无暇顾及，置诸度外罢了。慷慨得很。

光阴似箭，寒暑迭更，已是贞元七年，窦参为相，约已三载，权势日盛，翰林学士陆贽，屡有弹劾，参视若眼中钉，只因贽尚见宠，急切不能摔去，乃奏调为兵部侍郎，解去内职，省得他多来絮聒。德宗尚未察阴谋，会参奏称福建观察使吴凑，病风不能治事，应即另选，当由德宗召凑入京，见他体健神清，并没有甚么疾病，才知参是挟嫌诬奏，有意排挤，随即任凑为陕虢观察使，把原任官李翼解职。翼是参党，一经掉换，中外称快。参仍怙恶不改，引族子申为给事中，招权受赂，绰号喜鹊。德宗颇有所闻，乃召参入诫道：“卿族子申，所为不法，将来难免累卿，不如黜之为是。”参恳请道：“臣子族无多，申虽疏属，尚无他恶，乞陛下鉴原！”德宗道："朕非不欲为卿保全，奈人言藉藉，不可不防。"参仍然固请，德宗方才罢议。参又恐陆贽进用，阴与谏议大夫吴通元兄弟，造作谤书，构得贽罪。偏被德宗察觉，赐通元死，逐申为道州司马，参亦坐贬为郴州别驾，乃进贽为中书侍郎，与尚书左丞赵憬，同平章事。所有管理度支等事，委户部尚书班宏代理，宏未几亦殁。贽请召用湖南观察使李巽，入判度支。德宗已经允许，忽又变卦，拟用司农少卿裴延龄。贽上言道："度支司须准平万货，吝即生患，宽又容奸，延龄诞妄小人，倘或误用，适伤圣鉴。"德宗不从，竟任延龄为户部侍郎，判度支事。又是一个奸臣进来了。

至贞元九年，湖南观察使李巽，奏称宣武留后刘士宁，私遗参绢五千匹，德宗大怒，即欲诛参。贽入谏道："刘晏冤死，罪不明白，至使叛臣借口有词。

第七十回　陆敬舆斥奸忤旨　韩全义掩败为功

参性贪纵,天下共知,但必说他私交藩镇,潜蓄异图,未免太甚。若骤加重辟,转骇人情。"以直报怨,不愧君子。乃再贬参为驩州司马,没入家赀。内侍尚毁参不已,竟赐参自尽,杖杀窦申,诸窦一并谪戍。董晋因与参同事有年,见参得罪,亦自觉不安,乃请免职。有诏罢晋为礼部尚书,召义成节度使贾耽,为尚书右仆射,与尚书右丞卢迈,同平章事。德宗恐相权过重,仍蹈前辙,乃命四人辅政,分权任事。哪知权任不专,遇事推诿,每值有司关白,辄面面相觑,不肯署判。陆贽乃奏请依至德故事,至德系肃宗年号,见前文。宰相更迭秉笔,旬日一易,德宗准如所请。寻复逐日一易,虽案牍不至沈滞,终未免互相顾忌,无所责成。贽先后奏陈治道,不下数十万言,至论边防六失,尤中时弊。大略谓:"措置乖方,课责亏度,兵众致财匮,将多致力分,怨起自不均,机失于遥制,须酌量裁并,慎简统帅,督垦闲田,自筹兵食"等语。德宗尝优诏褒答,终究不能施行。

会回鹘击破吐蕃于灵州,遣使献俘,云南王异牟,袭击吐蕃,取十六城,擒名王五人,亦遣使献捷,且献地图方物,及吐蕃所给金印,请复号南诏。德宗遣郎中袁滋等,往册异牟为南诏王,赐银窠金印。异牟至大和城受册,很是恭顺,优待唐使。滋等尽欢而还,详报德宗。德宗欣慰得很,遂拟大修神龙寺,报答神麻。户部侍郎裴延龄,奏称:"同州谷中,有大木数十株,高约八十丈,可供寺材。"德宗惊喜道:"开元天宝年间,在近畿搜求美材,百不得一,今怎得有此嘉木?"延龄即献谀道:"天生珍材,必待圣君乃出,开元天宝,何从得此。"德宗甚喜。对子孙诋毁祖宗,德宗尚视为可喜,非愚而何?嗣又由延龄上疏,谓:"在粪土中得银十三两,缎匹杂货,百万有余,这皆是左藏羡余,应移入杂库,供别敕支用。"太府少卿韦少华,与死陕州之韦少华姓名相同,别是一人。劾论:"延龄欺君罔上,请令三司查核左藏,何来此粪土中物,无非延龄移正为羡,恣为诡谲等情。"德宗既不罪延龄,亦不罪少华。延龄所奏,不能欺三尺童子,德宗昏耄已甚,所以麻木不仁。盐铁转运使张滂,司农卿李铦,京兆尹李充,俱因职任相关,常斥延龄谬妄。陆贽更志切除奸,极陈延龄罪恶,略云:

延龄以聚敛为长策,以诡妄为嘉谋,以掊克敛怨为匪躬,以靖谮服谗为尽节,可谓尧代之共工,鲁邦之少卯,迹其奸蠹,日长月滋,移东就西,便为课绩,取此适彼,遂号羡余。昔赵高指鹿为马,臣谓鹿之与马,物类犹同,岂若延龄掩有为无,指无为有?臣以卑鄙,任当台衡,情激于衷,欲罢难默,务乞陛下明目达聪,亟除奸慝,毋受欺蒙,则不胜幸甚!

这疏上后,德宗非但不罪延龄,反待延龄加厚。贽复约宰相赵憬,面奏延龄奸邪,德宗恨贽多言,面有怒色。憬却一语不发,退朝后反密告延龄,延龄恨贽益深。或谓贽嫉恶太严，恐遭谗害，贽慨然道："我上不负天子，下不负所学，此外非所敢计了。"果然不到数日，有敕颁下，罢贽为太子宾客。越年为贞元十一年，初夏天旱，延龄诬贽怨望，并李充张滂李铦，乘旱造谣，摇动众心。德宗竟贬贽为忠州别驾，充为涪州长史，滂为汀州长史，铦为邵州长史。

先是定州人阳城，隐居中条山，以学行著名，李泌荐为谏议大夫，城拜官不辞，未至京师，都人已想望丰采，料他必尽言敢死。及城入觐后，独与二弟及客，日夜痛饮，并无谏章。河南人进士韩愈，作《争臣论》讥城，他人亦啧有烦言，城仍不介意，但以杯中物消遣，恍若无闻。至贽等坐贬，主怒未解，中外惴恐，莫敢营救，城独奋然道："不可令天子信用奸臣，杀无罪人。"乃公也酒醒了。遂与拾遗王仲舒，补阙熊执易崔镕等，伏阙上书，极陈延龄奸佞，贽等无罪。德宗大怒，欲罪城等，幸太子在旁劝解，乃命宰相出谕，令他退去。金吾将军张万福，大声称贺道："朝廷有直臣，天下从此太平了。"因遍拜城等，已而连呼太平万岁，太平万岁。万福武人，年八十余，自万福称贺后，城乃得重名。会闻德宗欲进相延龄，城泣语廷臣道："果欲用延龄为相，当取白麻撕坏，免他误国。"白麻系宣诏用纸。随续草奏稿，尽列延龄罪状，使李泌子繁缮写。繁本不端品，诚因他是故人子，嘱令缮正，哪知他竟私告延龄。延龄亟入见德宗，一一自解。及城疏呈入，德宗遂视为诬妄，搁置不理，虎父生犬子，可为邺侯一叹。且改城为国子司业，进延龄为户部尚书。延龄年已衰老，尚自恨不得相位，居常牢骚郁愤，嫚骂近臣，至遇疾卧第，擅载度支官物至家，人无敢言。越岁竟死，年六十九，中外相贺。惟德宗悼惜不置，追赠太子太傅。延龄尝荐谏议大夫崔损，才可大用，适赵憬病殁，卢迈老疾，中书省虚位十日，德宗即令损同平章事。损委鄙无能，入相后毫无建白，母殡不葬，女兄为尼，殁不临丧。德宗恰喜他唯唯诺诺，倚任了好几年。

是时太尉中书令西平王李晟，司徒侍中北平王马燧，相继去世，晟谥忠武，燧谥庄武。昭义节度使李抱真，也已病终，都虞侯王延贵，奉诏继任，赐名虔休。魏博节度使田绪，曾在贞元元年，尚德宗妹嘉诚公主，代宗第十女。有庶子三人，幼名季安，公主抚为己子。绪于贞元十二年殁世，左右推季安为留后，德宗即命为节度使。为后文魏博归朝张本。山南东道节度使曹王皋，亦已病逝，赐谥为成，接任为陕虢观察使于頔，各镇粗报平安。惟宣武军迭经变乱，宣武节度使刘士宁，淫乱残忍，为兵马使李万荣所逐，奔归京师。万荣得受制为留后，用子迺为兵马使，牙将刘沐为行军司马。不到一年，宣武军又复作乱，都虞侯邓惟恭，因万荣寝疾，执迺送京师，并杀万荣亲将数人。这次还算德宗有些主意，特授董晋为宣武节度使，令即赴镇。又恐晋太宽柔，未能镇定，更命汝州刺史陆长源为行军司马，随晋东行。既用董晋，不必用陆长源，仍是

第七十回　陆敬舆斥奸忤旨　韩全义掩败为功

种一祸苗。晋兼程至宣武军，万荣已经病死，惟恭代领军事，仓猝不及抗命，只好出迎朝使。晋不用兵卫，接见惟恭，辞气甚和，且仍委以军政，暗中却加意防备。等到惟恭谋乱，已是布置绵密，先将乱党捕诛，然后把惟恭拿住，械送京师。陆长源性刚且刻，最喜更张旧事，经晋从容裁抑，军中乃安。不意董先生却有此经济。后来过了两年，晋病殁任所。长源知留后，扬言道："将士弛慢已久，我当振饬法纪，方可扫清宿弊。"军士听了此言，不禁恟惧，或劝长源散财劳军，长源道："我岂效河北贼，用钱买将士心么？"未几变起，长源被杀。监军俱文珍，急召宋州刺史刘逸准靖难，逸准曾为宣武将，颇得众心，闻文珍召，引兵入汴州，抚定大众，请命朝廷。诏授逸准为节度使，赐名全谅，不到数旬，全谅复殁，军中推玄佐甥韩弘为留后。韩弘曾为兵马使，至是因宣武军屡次作乱，特查出乱首，及党羽三百人，历数罪状，斩首以徇。一面恭请朝命，受敕为节度使，乃整肃号令，抚循军士，汴中才无后忧。

偏淮西节度使吴少诚，密谋抗命，遣人阴约韩弘，为弘所杀。少诚知逆谋已泄，索性举兵发难，掠寿州，袭唐州，杀死镇遏使谢详张嘉瑜。会陈许节度使曲环身故，陈州刺史上官涚，继为留后，少诚乘隙进击，涚遣将往阻，不幸败殁，反致寇逼城下。涚方接奉朝旨，进任节度使，蓦闻寇至近郊，不禁仓皇欲走。营田副使刘昌裔入阻道："朝廷方授公节钺，奈何弃此他去？况城中不乏将士，固守有余，昌裔不才，愿为城守。"涚乃委以军事，集众登陴。兵马使安国宁，谋为内应，被昌裔察出，诱入诛死，然后誓众拒敌。少诚围攻累日，昌裔伺他懈怠，凿城出击，大破敌兵。又经刘弘发兵三千，来援许州，少诚遁去，许城得全。

德宗闻少诚叛乱，褫夺官爵，令诸道会师进讨，于是山南东道节度使于頔，安黄节度使伊慎，知寿州事王宗，与上官涚韩弘联兵，进讨淮西。起初颇称得利，于頔前驱进行，迭拔吴房朗山，嗣因军无统帅，号令不一，各军至小溵水，自相惊骇，纷纷溃散，委弃器械资粮，均为少诚所有，少诚气势益强。西川节度使韦皋，闻诸军失利，表请授浑瑊贾耽为元帅，统辖诸军，若不愿烦劳元老，臣愿选精锐万人，下巴峡，出荆楚，翦除凶逆，否则谕少诚悔罪，加恩赦宥，罢免两河诸军，休息兵民，尚不失为次策。如少诚罪恶贯盈，为麾下所杀，仍举爵位授他麾下，是去一少诚，复生一少诚，祸且无穷云云。末数语，最中时弊。德宗接奏，方在踌躇，忽报中书令咸宁王浑瑊，因病致亡，不由的嗟叹道："国家又失一大将了。"遂予谥忠武，另拟择将讨吴少诚，时宦官窦文场霍仙鸣，正得上宠，进任护军中尉，势倾朝野，内外官吏，多出门下。夏绥节度使韩全义，尤为文场厚爱，特地荐引，令为蔡州招讨使，统率十七道兵马，出征少诚。全义素无勇略，惟贿托权阉，得邀超擢。既为大帅，即用阉寺数十人，充作监军。

每议军事，阉寺高坐帐中，争论哗然，无一成议。并且天时溽暑，士卒病殁，全义亦不加抚慰，以致人人离心。行至溵南，淮西将吴秀吴少阳等，驱军前来，两下未及交锋，诸道军已经溃退。吴秀等乘势掩杀，全义连忙回走，返保五楼。嗣是三战三北，逐节退还，直至陈州各道兵多半还镇，惟陈许将孟元阳、神策将苏光荣，尚留军溵水，并力杀退追兵。少诚乃引军还蔡州，全义尚归罪昭义将夏侯仲宣、义成将时昂、河阳将权文变、河中将郭湘等，诱至帐中，设伏捕戮，夸示权威，军心愈觉不服。幸少诚未悉详情，遣使赍献书币，求监军代为昭雪。监军乐得代奏，有诏赦少诚罪，仍复官爵，召全义班师。全义至长安，文场力为袒护，掩饰败迹。德宗仍然厚待全义。全义托言足疾，但遣司马崔放入对，放为全义引咎，自谢无功。德宗道："全义为招讨使，能招徕少诚，也是功劳，何必定要杀人呢？"全义乃谢归夏州。小子有诗叹道：

  元戎失律咎难辞，谁料庸君反受欺？
  功罪不明纲纪黩，晚唐刑赏早违宜。

  吴少诚外，还有余镇节度使，互有更替，容至下回再表。

  古来计臣，多工心术，裴延龄虚妄无能，尚不足与计臣同列，德宗独深信之，意者其殆由天性好猜，隐相契合欤？不然，得韦少华之讦发，与陆贽等之极陈，宁有不为之感悟耶？阳城之名，实延龄玉成之，延龄死而中外相贺，德宗独追惜不置，好人所恶，恶人所好，其不亡也亦幸矣。夫不能斥裴延龄，无怪其用韩全义，溵南之败，全义实尸其咎，乃复任阉竖播弄，掩败为功，德宗之德，固若是耶？读此回不禁为之三叹焉。

第七十一回 王叔文得君怙宠
韦执谊坐党贬官

  却说成德节度使王武俊，于贞元十七年殁世，子士贞受命为留后，此外如滑毫许节度使，*即义成节度使。* 迭经李复姚南仲卢群李元素等，先后交替，幸无变故。徐泗濠节度使张建封病卒，军士推建封子愔为留后，德宗命淮南节度使杜佑兼任，偏经军士抗拒，只好收回成命，令愔为节度使，改名武宁军。*大权已经旁落，改名何益？* 朔方节度使杨朝晟殁后，由兵马使高固接任，军心尚安。昭义节度使，改用卢从史，也是由军士拥立。总之德宗时代，藩镇坐大，已成了上陵下替的局面。德宗又专务姑息，过一日，算一日，但教目前无恙，便自以为天

第七十一回　王叔文得君怙宠　韦执谊坐党贬官

下太平。如见肺肝。就是朝中宰辅,亦多用那庸庸碌碌的人物,崔损为裴延龄所荐,入相九年,无一嘉谟,反始终倚畀,直至一病不起,方进太常卿高郢为中书侍郎,吏部侍郎郑珣瑜为门下侍郎,同平章事,其实这两人也没甚用处。还有辅政多年的贾耽,见前回。出将入相,颇负重望,但也遇事模棱,苟全禄位。宰相如此,他官可知。太学生薛约,上书言事,坐徙连州。国子司业阳城,与约有师生谊,出送郊外,被德宗闻知,说他党庇罪人,亦贬为道州刺史,且饬观察使随时考课。城自署道:"抚字心劳,催科政拙,考下。"观察使遣判官督收赋税,城自系狱中,判官惊退。又遣他判官往验,他判官载妻孥同行,中道逸去,城名益盛。独朝廷视为废吏,置诸不问。京兆尹李实,为政暴戾,遇旱不准免租,监察御史韩愈,请收征从缓,被黜为山阳令,朝政昏愦,已可见一斑了。

太子诵操心虑患,颇称练达,平居有侍臣二人,最为莫逆,一个是杭州人王伾,一个是山阴人王叔文,俱官翰林待诏,出入东宫。叔文诡谲多谋,自言读书明理,能通治道,太子尝与诸侍读座谈,论及宫市中事,大众刺刺不休,独叔文在侧,不发一词。及侍臣齐退,太子乃留住叔文,问他何故无言?叔文道:"殿下身为太子,但当视膳问安,不宜谈及外事。且皇上享国日久,如疑殿下收揽人心,试问将何以自解?"太子不禁感泣道:"非先生言,寡人实尚未晓,今始得受教了。"遂大加爱幸,与王伾相依附。伾善书,叔文善棋,两人娱侍太子,日夕不离,免不得有所陈议。或说是某可为相,或说是某可为将。既言太子不宜论外事,奈何复引荐将相。看官听说!他所谈述的将相才,并不是因公论公,其实统是他的死友,无非望太子登台,牵连同进,结成一气,可以长久不败呢。当时翰林学士韦执谊,左司郎中陆淳,左拾遗吕温,进士及第李景俭,侍御史陈谏,监察御史柳宗元刘禹锡程异,司封郎中韩晔,户部郎中韩泰,翰林学士凌准等,皆与叔文王伾,结为死友,尝同游处,踪迹诡秘,莫能推测。左补阙张正一上书言事,得蒙召见,叔文恐他上达阴谋,即嗾韦执谊参劾正一,说他与吏部侍郎王仲舒,主客员外郎刘伯刍等,私结朋党,游寓无度,以致正一坐贬,仲舒伯刍,亦皆远谪,于是朝右侧目。就是各道藩臣,亦或阴进资币,与为交通。不料太子忽染风疾,甚至瘖不能言,贞元二十一年元日,德宗御殿受朝,王公大臣等,循例入贺,独太子不能进谒。德宗悲感交乘,且叹且泣,退朝后便即不豫,日甚一日。过了二十多天,并没有视朝消息,太子也未闻病愈,中外不通,宫廷疑惧。

一夕,由内廷宣召,传入翰林学士郑絪卫次公,令草遗诏。两学士才知德宗弥留,握笔匆匆,立即定稿。忽有一内侍出语道:"禁中方议及嗣君,尚未定夺。"次公即接口道:"太子虽然有疾,地居冢嫡,中外属心,必不得已,也应立广陵王,见后。否则必致大乱。敢问何人能担当此责?"赖有此人。郑絪亦应声道："此言甚是。"内侍方才入报。宦官李忠言等，料难违众，方传言德宗驾崩，立太子诵为嗣皇帝。郑絪卫次公，缮就制书，即刻颁发。太子知人心忧疑，力疾出九仙门，召见诸军使，京师粗安，次日即位太极殿。卫士尚有疑议，及入谒，引颈相望道："果真太子呢。"大众喜甚，反至泣下。即位礼成，九重有主，是谓顺宗，尊谥德宗为神武皇帝。德宗在位二十六年，享寿六十四岁，改元三次。后来奉葬崇陵，以德宗后王氏祔葬。后本顺宗生母，德宗贞元三年，由淑妃进册为后，素来多疾，册礼方讫，即报崩逝。德宗不再册后，只有贤妃韦氏，总摄六宫，性敏行淑，言动有法，为德宗所爱重，至是自请出奉园陵。及德宗既葬，遂在崇陵旁居住，守制终身，这才是不愧贤妃了。历叙德宗后妃，补前文所未及，至称颂韦贤妃处，尤关名节。

顺宗失音未痊，不能躬亲庶务，每当百官奏事，辄在内殿施帷，由帷中裁决可否，令内侍传宣出来。百官在帷外窥视，常隐隐见顺宗左右，陪着两人，一是顺宗亲信的宦官，就是李忠言，一是顺宗宠爱的妃子，就是牛昭容。外面翰林院中，职掌草诏，主裁是王叔文。出纳帝命，便是王伾。叔文有所奏白，往往令伾入告忠言，忠言转告牛昭容，昭容代达顺宗，往往言听计从，无不照行，因此翰苑大权，几高出中书门下二省。叔文复荐引韦执谊为相，得邀允准，遂进执谊为尚书左丞，同平章事；伾与叔文，同进为翰林学士。韩泰柳宗元刘禹锡等，竞相标榜，不曰伊周复出，即曰管葛重生，所有进退百官，悉凭党人评骘，可即进，不可即退。又恐众心不服，也提出几种合法的条件，请旨施行，一是命杜佑摄行冢宰，兼掌度支等使；一是罢进奉宫市五坊小儿；一是追召陆贽阳城；一是贬京兆尹李实为通州长史，数道诏命，蝉联而下，大众争颂新主圣明。惟陆贽阳城，未及接诏，已皆病殁贬所，有诏赠贽为兵部尚书，追谥曰宣，城为左散骑常侍，各令地方有司，派吏护丧归葬，中外俱惋惜不置。惟王叔文党与，共庆弹冠，或为御史，或为中丞。侍御史窦群，素来刚直，独语叔文道："天下事未可逆料，公亦宜稍自引嫌。"叔文惊问何故？群答道："李实尝怙恩挟贵，睥睨一世，当时公逡巡路旁，尚只江南一吏，今李实遭贬，公为后起，怎保路旁无与公相等呢？"恰是忠告。叔文全然不睬。群即退草弹文，劾奏刘禹锡等挟邪乱政，不宜在朝。不明斥叔文，想是尚留情谊。次日呈将进去，禹锡等当然得知，忙与叔文商议，设法逐群。叔文转告韦执谊，执谊道："群以直声闻天下，倘骤加斥逐，我辈必负恶名，还请暂时容忍，待后再议！"叔文面有愠色。执谊终执前说，不欲罢群，群因仍在位。御史中丞武元衡，兼山陵仪仗使，禹锡向元衡前，求为判官，元衡不许。叔文以元衡职操风宪，密遣人诱啖权利，讽使附己，元衡又不从。由是互进谗言，左迁元衡为左庶子。一班干禄市宠诸徒，见他大权见握，不得不昏暮乞怜。叔文与伾，及党人数十家，都

第七十一回　王叔文得君怙宠　韦执谊坐党贬官

是门庭似市,日夜不绝,且往往不得遽见,多就邻近寓宿,凡饼肆酒垆中,尽寄宦迹,每夕须出旅资千钱,方准容膝。那热心做官的人,还管甚么小费,就使要许多贿赂,也不惜东掇西凑,供奉党人。王伾最号贪婪,按官取贿,毫无忌惮,所得金帛,用一大柜收藏,伾夫妇共卧柜上,以防盗窃,好算是爱财如命了。何不喝荸荠汤?

顺宗久疾不愈,大臣等罕见颜色,拟请立储备变。独伾与叔文等,欲专大权,多方阻挠。宦官俱文珍刘光锜薛盈珍等,阴忌党人,密启顺宗,速建太子。顺宗召入翰林学士郑絪等,商议立储事宜,絪并不多言,但书"立嫡以长"四字,进呈御览。顺宗点首示意。絪遂承制草诏,立广陵王淳为太子,改名为纯。原来顺宗有二十七子,长子纯,系王良娣所出,年已二十有八,凤号英明,德宗时已受封为广陵郡王,至是立为太子,全由郑絪一人主持,就中惟俱文珍等几个近侍,算是预闻,此外没人参议,连牛昭容都不得知晓。一经诏下,内外惊为特举,相率称贺。付畀得人,不可谓顺宗非贤,但创议出自阉宦,终贻后患。惟叔文面带愁容,独吟杜甫题诸葛祠诗道:"出师未捷身先死,长使英雄泪满襟。"二语吟毕,旁人多半窃笑,他益加疑惧,日召党人谋议,且常至中书省,与韦执谊密谈。

一日已值午牌,独乘车往见执谊,门吏出阻道:"相公方食,不便见客。"叔文怒叱道:"你敢不容我进去么?"门吏婉言道:"这是向来旧例。"叔文不待说毕,便厉声道:"有什么例不例?"门吏乃入白执谊,执谊只好出迎,与叔文同往阁中。杜佑高郢郑珣瑜三人,本与执谊会食,见执谊入内,彼此停箸以待,良久方有人出报道:"韦相公已与王学士同食阁中,诸相公不必再待了。"佑与郢方敢续食。珣瑜草草食罢,退语左右道:"我岂可复居此位,长做一伴食中书么?"遂跨马径归,称疾不出。还有资格最老的贾耽,已有好多时不到省中,一再上表辞职,乞许骸骨归里,惟未见诏书下来。执谊妻父杜黄裳,曾任侍御史,为裴延龄所忌,留滞台阁,十年不迁。及执谊入相,始迁太常卿,因劝执谊率领群臣,请太子监国。执谊惊讶道:"丈人甫得一官,奈何即开口议禁中事?"黄裳勃然道:"我受恩三朝,怎得因一官相属,遂卖却本来面目?"说罢,拂衣趋出。执谊因受叔文嘱托,特荐陆质为侍读使,潜伺太子意,并得乘间进言。陆质即陆淳,因避太子原名,改名为质。质入讲经义,免不得兼及外事,太子变色道:"皇上令先生来此,无非为寡人讲经,奈何旁及他务?寡人实不愿与闻!"质碰了一个钉子,赧颜而退。

叔文又虑宦官作梗,复引右金吾大将军范希朝,为神策京西行营节度使,即用韩泰为行军司马。泰有筹画,为叔文等所倚重。叔文推荐希朝,明明是借他出面,暗中实恃泰为主,令泰号召西北诸军,与为联络,抑制宦官。宦官俱文珍等,窥透机谋,亟遣人密告诸镇,慎勿以兵属人。及希朝与泰,到了奉天,檄令诸镇将入会,诸镇将托词迁延,始终不至,任你韩泰足智多谋,至此也束手无策,只好怏怏回都。叔文得泰还报,正在懊怅,不意制书又下,调他为户部侍郎,仍充度支盐铁转运等副使,这一惊非同小可,便语诸学士道:"我逐日来翰院中,商量公事,今把我院职撤销,将来如何到此呢?"说至此,几乎泣下。王伾代为疏请,乃许三五日一入翰院,叔文方解去一半愁肠。

宣化巡官羊士谔,因事入京,公言叔文罪恶。叔文大怒,即商诸韦执谊,欲请旨处斩。执谊不答。叔文道:"就使免斩,亦当杖死。"执谊仍然摇首。叔文悻悻出去,执谊乃贬士谔为宁化尉。适剑南度支副使刘辟入京,求领剑南三川,且假韦皋名目,语叔文道:"太尉使辟,向公道达诚意,若与辟三川,当效死相助,否则亦当怨公。"叔文怒道:"节使岂可自请?韦太尉也太觉糊涂了。"遂将辟拒退。又与执谊面议,欲斩刘辟,韦执谊仍然不允。<small>辟实可杀。</small>叔文忍无可忍,当面诟责,备极挪揄,执谊无词可对,及叔文已归,乃使人谢叔文道:"非敢负约,实欲曲成兄事,不得不然。"叔文总说他忘恩负义,与为仇隙。未几叔文母病,将要谢世,叔文却盛设酒馔,邀请诸学士,及宦官李忠言俱文珍刘光锜等,一同入座。酒行数巡,叔文语众道:"叔文母病,因身任国事,不得亲侍医药,未免子道有亏,今拟乞假归侍。自念在朝数年,任劳任怨,无非为报国计,不避危疑,一旦归去,谤必随至,在座诸公,若肯谅我愚诚,代为洗刷,叔文即不胜衔感了。"<small>如此胆怯,何必植党营私。</small>满座俱未及答,独俱文珍冷笑道:"礼义不愆,何恤人言?王公亦未免多心呢。"大众应声附和,说得叔文无可措辞,<small>可见宦官势盛。</small>但斟酒相劝,各尽数杯而散。

越日,叔文母殁,丁忧去位。韦执谊本迫持公议,与叔文常有异同,至此更乏人牵掣,乐得任所欲为,就使叔文密函相托,他亦置诸不理,叔文因此益愤,日谋起复,拟得任原官后,先杀执谊,然后将反对诸人,一律除尽。王伾代为帮忙,常至各宦官处疏通,且与杜佑商议,请起叔文为相,兼总北军,偏偏没人答应,再请起叔文为威远军使,也是不得奥援。他只得自己出名,接连上了三疏,说得叔文如何通文,如何达武,满纸中天花乱坠,始终不见纶音。伾知不能济事,在翰院中卧至夜半,忽失声自叫道:"王伾中风了!"遂乘车竟归,不敢再出。

西川节度使韦皋,上表请太子监国,略言:"陛下哀毁成疾,请权令太子亲监庶政,俟皇躬痊愈,太子可复归东宫。"又上太子笺云:"圣上谅阴不言,委政臣下,王叔文王伾李忠言等,谬当重任,树党乱纪,恐误国家,愿殿下即日奏闻,斥逐群小,令政出人主,治安天下"等语。荆南节度使裴均,河东节度使严绶,笺表继至,语与皋同。再经俱文珍等,从中怂恿,不由顺宗不从,遂许令太子监国,即日颁敕。太子纯既揽重权,遂命太常卿杜黄裳为门下侍郎,左金

第七十一回　王叔文得君怙宠　韦执谊坐党贬官

吾大将军袁滋为中书侍郎，并同平章事，罢郑珣瑜为吏部尚书，高郢为刑部尚书。太子出莅东朝堂，引见百官，百官入朝拜贺，太子逡巡避席，掩袖拭泪。大众知太子忧父，交相称颂。过了半月，由顺宗禅位太子，自称太上皇，制敕称诰，改元永贞，循例大赦。越五日，太子纯即位太极殿，是为宪宗，奉太上皇居兴庆宫，尊生母王氏为太上皇后，贬王伾为开州司马，王叔文为渝州司户。升平公主即郭暖妻。入贺，并献入女伎数人，宪宗道："太上皇尚不受献，朕何敢违例？"遂将女伎却还。荆南表献毛龟，宪宗又下诏道："朕所宝惟贤，嘉禾神芝，统是虚美，不足为宝。所以春秋不书祥瑞，从今日始，勿再以瑞兆上闻，所有珍禽奇兽，亦毋得进献！"于是天下向治，共仰清明。

剑南西川节度使韦皋，镇蜀已二十一年，服南诏，摧吐蕃，威德及民，功勋无比，累加官阶，至检校太尉，爵南康郡王。宪宗即位，因他表请监国，有定策功，当然再沛恩纶，厚加宠遇，不意恩诏尚未到蜀，太尉率尔归天，生荣死哀，全蜀悲悼，到处绘像立祠，享祭不绝。皋本是京兆人氏，气宇轩昂，性度豁达，张延赏为女择婿，苦无当意，延赏妻苗氏，系故相苗晋卿女，夙善风鉴，既见韦皋，即语延赏道："此人后必大贵，可选作东床。"延赏尚未允许，经苗氏再三怂恿，乃赘皋为婿。皋时尚微贱，随延赏出镇剑南，倜傥不羁，傲睨一切。延赏渐加白眼，连婢仆也瞧他不起，他也不以为意，唯苗氏待遇如常。张女泣语皋道："韦郎！韦郎！七尺好男儿，学兼文武，乃常沈滞儿家，贻人笑骂么？"勖夫上达，*却也是个奇女*。皋投袂而起，即向延赏处辞行。张女摒挡妆奁，尽作赆仪。延赏喜皋他往，亦赠以七驮物。皋出门东去，每过一驿，即遣还一驮，行经七驿，七驮物悉数璧还，惟挈妻所赠，及布囊书策，径至京师，投入帅府幕中；辗转推荐，得擢监察御史，出知陇州行营留事。德宗奔奉天，皋斩牛云光，诛朱泚使，遣使上闻，因超迁奉义节度，镇守西陲。见第六十五回。贞元初年，加任金吾大将军，持节西行，往代张延赏职。他却改易姓名，以韦作韩，以皋作翱，疾驰至天回驿，去西川城仅三十里。延赏闻韩翱到来，正因他素不相识，未免滋疑，忽有属吏入报道："今日来代相公，系是韦皋将军，并不是韩翱呢。"苗夫人在旁道："若是韦皋，必系韦郎。"延赏笑道："天下岂没有同姓同名的官吏？似韦生不通音问，已越数年，我料他早填沟壑，怎得来代我位呢？可笑你妇人家，太没见识，致误女儿。"苗夫人道："韦郎前虽贫贱，妾观他气凌霄汉，每与相公接谈，从未尝一言献媚，因致见尤，今日立功任重，舍彼为谁？相公莫笑妾无目哩。"延赏仍然不信，到了次日，新使入府，果然是张门快婿韦皋，延赏无颜出迎，但自叹道："我不识人。"遂从西门窃出，扬长自去。皋入谒外姑苗夫人，下拜甚恭，与张女相见，欢然道故，自不消说。惟见了张家婢仆，免不得惹起前嫌，立即提出数人，痛加杖责，有一两个暴死杖下，竟将遗尸投弃蜀江。小人何足深责,皋后来亦致暴死,恐是冤魂为厉。乃大开盛宴,替苗夫人饯行,随派兵吏护送出境。自是抚御将士,整饬边防,迭破吐蕃骁帅,威震西南;南诏称臣,群蛮内附。年六十一暴卒,由宪宗追赠太师,予谥忠武。

支度副使刘辟,竟自称西川剑南留后,表求旌节。宪宗派袁滋为安抚大使,考察全蜀情形,另任尚书左丞郑余庆同平章事。既而贾耽复殁,再进中书舍人郑絪同平章事。一面追究王叔文余党,连贬韩泰韩晔柳宗元刘禹锡等为远州刺史,嗣又因议罚太轻,再贬韩泰为虔州司马,韩晔为饶州司马,柳宗元为永州司马,刘禹锡为朗州司马,陈谏为台州司马,凌准为连州司马,程异为郴州司马。惟陆质已死,李景俭适居母丧,得免严谴。着末一诏,乃是将同平章事韦执谊,迭降了好几级,黜为崖州司马;越年且赐王叔文自尽。王伾韦执谊凌准,相继忧死。小子有诗叹道:

> 漫夸管葛与伊周,朝值槐堂暮远流。
> 试看八人同坐贬,才知富贵等云浮。

叔文余党,贬黜无遗,天时已值残冬,朝廷又要改元了。欲知宪宗元年时事,容待下回表明。

王叔文非真无赖子,观其引进诸人,多一时知名士,虽非将相才,要皆文学选也。王伾与叔文比肩,较为贪鄙,招权纳贿,容或有之,乱政误国,尚未敢为,观其贬李实,召陆贽阳城,罢进奉宫市五坊小儿,举前朝之弊政,次第廓清,是亦足慰人望,即欲夺宦官之柄,委诸大臣,亦未始非当时要着,阉寺祸唐,已成积习,果能一举扫除,宁非大幸?误在材力未足,夸诞有余,宦官早已预防,彼尚自鸣得意,及叔文请宴自陈,王伾卧床长叹,徒令若辈增笑,不待宪宗即位,已早知其无能为矣。韦执谊始附叔文,终摈叔文,卒之同归于尽。八司马相继贬窜,数腐竖益长权威,加以韦皋裴均严绶等,上表请诛伾文,复开外重内轻之祸,自是宦官方镇,迭争权力,相合相离,以迄于亡,可胜慨哉!故史称顺宪二宗,俱英明主,读此回而未敢尽信云。

第七十二回　擒刘辟戡定西川
　　　　　　执李锜荡平镇海

却说顺宗改元永贞,因关系一代正朔,所以就贞元二十一年间,即已改行。至宪宗禅位,应复改元,当下将永贞二年,改为元和元年。正月朔日,宪宗带领百官,至兴庆宫朝贺顺宗,奉上尊号,称为应乾圣寿太上皇,礼毕还朝,方受群臣庆贺。过了数日,太上皇病体增剧,医药罔效,竟尔升遐,享年四十六岁,在位仅阅半年,总算作为一年。宪宗侍疾治丧,连日无暇,偏刘辟不肯用命,居然造起反来。辟欲继韦皋后任,因宪宗不许,特阻兵自守。宪宗已遣袁滋为安抚使,寻又命充西川节度使,征辟为给事中。辟仍不肯奉诏,滋畏辟不进,为宪宗所闻,贬滋为吉州刺史,本拟发兵讨辟,但念履位方新,力未能讨,只好再事羁縻,授辟为西川节度副使,知节度事。右谏议大夫韦丹上疏,谓:"释辟不诛,外此无不效尤,恐将来朝廷命令,不能出两京以外。"宪宗颇以为然,因命丹为东川节度使,防制西川。哪知辟气焰益骄,又表请兼领三川。宪宗不允,辟竟发兵攻梓州。推官林蕴极力谏阻,惹动辟怒,将蕴械系起来,且屡嘱军士持刀威吓,刃拟蕴颈,已非一次。蕴怒叱道:"竖子!要斩便斩,我颈岂汝砺石么?"辟不禁旁顾道:"此人真忠烈士,饶他去罢!"公道自在人心,即叛贼犹知忠义。乃黜为唐昌尉,复益兵东向,将梓州围住。

东川节度使韦丹,尚未到任,前节度使李康,督众拒守,一面飞章告急。宪宗召集群臣,会议讨逆事宜,大众谓蜀地险固,不易进兵。独杜黄裳奋然道:"辟一狂妄书生,得良将往取,譬如拾芥,有甚么难事?"原来辟曾举进士,参入戎幕,累经韦皋信任,厚自储藏,因潜谋不轨,致遭此变。韦皋亦大不识人。黄裳知辟无能,决计主讨,特荐神策军使高崇文,勇略可用,并请宪宗勿置监军,以专责成。翰林学士李吉甫,亦劝宪宗从黄裳言,宪宗乃命高崇文,率步骑五千,作为前军,神策行营兵马使李元奕,率步骑二千,作为次军,并会同山南西道节度使严砺,同讨刘辟。当时宿将尚多,各自命为征蜀统帅。哪知诏命一下,偏用了一个高崇文,顿令他惊异不置。崇文方屯长武城,练兵五千,常如寇至,一经受诏,即日启行,器械糗粮,均无所阙,在途严申军律,秋毫无犯。有一兵士就食逆旅,折人匕箸,被崇文察觉,立斩以徇。将吏相率股栗,奉命惟谨。崇文出斜谷,李元奕出骆谷,同趋梓州,途次接得警报,梓州已经失守,李康被擒,崇文引兵亟进,从阆中入剑门,正值辟将邢泚,乘胜前来,崇文也不与答话,立即擂鼓,驱军猛击。邢泚慌忙对仗,战不数合,已杀得旗靡辙乱,无力抵敌,没奈何返奔梓州。崇文追至城下,悬赏攻城,自己亲冒矢石,限期登陴。泚已经过第一次厉害,自知非崇文敌手,不如趁早逃生,遂引众夜出后门,一溜烟的去了。崇文入屯梓州,休息一日,拟再行进兵,可巧辟送归李康,为辟代求昭雪。崇文叱道:"汝败军失守,已负死罪,尚敢替逆贼求免么?"康尚欲乞情,怎奈崇文铁面无私,立命左右推出,把康斩首。嗣接严砺军报,也已攻克剑州,斩贼吏文德昭,当下覆告严砺,联名奏捷,宪宗得报甚喜。又接韦丹自汉中递奏,请命崇文知蜀中事,乃即以崇文为东川节度副使,不意西川尚未告靖，夏绥又复称戈，几乎有铜山西崩，洛钟东应的状态。亏得河东节度使严绶，表请讨贼，不待朝廷发兵，已遣牙将阿跌光进，阿跌系复姓。及弟光颜，率兵戡乱。两将勇冠河东，联镳并进，足令逆军丧胆。夏州兵马使张承金，斩了首逆，传首京师，夏绥复安。究竟首逆为谁？原来是韩全义甥杨惠琳。倒戟而出，笔墨一新。全义自溵水败还，不朝而去，见第七十回。宪宗时在藩邸，即斥他不尽臣节，至宪宗嗣位，全义颇自戒惧，拜表入朝。杜黄裳勒令致仕，全义只好归休，独全义甥杨惠琳，乘全义入朝，权知留后。宪宗简将军李演为夏绥节度使，反为惠琳所拒，因此严绶遣将往讨，不匝月而乱平。高崇文闻光颜名，调令至蜀，自督兵攻鹿头关，关距成都百五十里，倚山带川，非常雄险。辟连筑八栅，分兵屯守，严拒官军，辟将仇良辅，与辟子方叔，婿苏强，统领屯兵，出战崇文，大败而还。崇文督兵攻栅，也不能下，复因天雨连绵，未便猛扑，他却想了一计，令骁将高霞寓，专攻关左的万胜堆。堆在鹿头山上，高出关城数仞，原有贼将驻守，霞寓招募死士，扳缘而上，任他矢石如雨，只管冒死上去，前队仆，后队继，且纵火焚栅，烟焰熏天，贼众无处逃遁，不是焚死，就是杀死。既夺得万胜堆，俯瞰鹿头关，一一可数，了如指掌。屯兵先后出战，官军无不预晓，八战八捷，贼心始摇。崇文复分兵破贼于德阳，又败贼于汉州，严砺亦遣将严泰，进拔绵州石牌谷，会河东将阿跌光颜，与崇文约期会师，途中为天雨所阻，迟了一日。光颜闻崇文军律，很是严厉，自恐误期得罪，乃深入鹿头关西面，断贼粮道，贼众大惧。鹿头守将仇良辅，与绵江栅将李文悦，依次请降。崇文遂收鹿头关，擒住辟子与婿，长驱指成都，所向崩溃，军不留行。辟恃鹿头关为屏蔽，蓦闻关城失守，吓得魂不附身，即与亲将卢文若，率数十骑西走，拟奔吐蕃。崇文令高霞寓领兵追捕，到了羊灌田，见前面踯躅西行，正是刘辟文若等人，便鼓噪直进。辟仓猝投江，尚未得死，霞寓偏将郦定进，亟下马泅水，把辟擒住。文若先杀妻子，自系石缒入江心，徒落得葬身鱼腹，尸骨无存，霞寓囚辟还报，崇文即槛辟送京师，自入成都安民，市肆不扰，鸡犬无惊，所有投降诸将，一律优待。惟辟将邢泚，馆驿巡官沈衍，已降复贰，乃饬令枭首。军府事无巨细，命一遵韦南康故事，韦南康即韦皋。从容指挥，全境皆平。

辟有二妾，皆具国色，监军请献入朝廷，崇文道：“天子命我讨平凶竖，安抚百姓，并未嘱我采访妇女，我怎得献女求媚呢？”遂查得军中鳏夫，给为配偶。不知哪两个鳏夫，得消受此艳福。知邛州崔从，曾贻书谏辟，辟发兵往攻，从婴城固守，卒全邛州。崇文上表推荐，并及唐昌尉林蕴，还有韦皋旧吏，房式韦乾度独孤密符载郗士美段文昌等，陷入城中，俱素服麻屦，衔土请罪，经崇文一律释免，优礼相待，且具录入荐书，惟语段文昌道：“君他日必为将相，未

第七十二回　擒刘辟戡定西川　执李锜荡平镇海

敢奉荐。"乃特具厚赆，遣送京师。刘辟被俘至都，尚冀不死，途次饮食如常。及既近都门，神策兵出系辟首，牵曳而入。辟始惊惧道："奈何至此？"呆鸟。宪宗御兴安楼受俘，诘问反状。辟答辩道："臣不敢反，五院子弟作乱，不能制服，因此被逼为非。"宪宗又诘他："遣使赐诏，如何不受？"辟不能答。乃献诸庙社，徇诸市曹，诛死城西南独柳树下，子婿等一并伏诛。卢文若族党，亦皆夷灭。韦皋子行式，尝娶文若女弟，按例当没入掖庭，宪宗以皋有大功，悉命赦宥，随即叙功论赏，宰相以下入贺。宪宗瞧着黄裳道："这统是卿的功劳呢。"遂进高崇文为西川节度使，严砺为东川节度使，另授将作监柳晟，为山南西道节度使。晟至汉中，适府兵平蜀还镇，有诏仍遣戍梓州，军士怨怒，共谋作乱。晟疾驱入城，好言抚慰，并问道："汝辈为何事得功？"军士答道："为诛反贼刘辟，因得成功。"晟接入道："辟不受诏命，因致汝辈立功，岂可复令他人诛汝，转为彼功呢？"众皆拜谢，愿奉诏共诣戍所，军府遂定。

杜佑以年老乞休，先举李巽为度支盐铁转运等使，自解兼任各职，然后表辞相位。宪宗因佑年高望重，拜为司徒，封岐国公，令他每月一再入朝，三五日入中书省，商议大政。佑不得已应命，后来复上表固辞，乃准令致仕，仍饬入朝朔望，累遣中人顾问，锡予甚隆。佑京兆人，生平好学，虽贵犹读书不辍，尝搜补刘秩政典，参益新礼，成二百篇，号为通典，奏行于世。为人平易逊顺，与物无忤，人皆乐与亲近，故得以功名终身。至元和七年乃殁，年七十八，追赠太傅，予谥安简。佑虽无甚功绩，然学术甚优，故详叙始末。杜黄裳与佑同里，具有经济大略，平蜀定夏，实出彼力，但不修小节，未能久安相位。元和二年，即出为河中节度使，封邠国公，越年病殁任所，年七十岁，追赠司徒，谥曰宣献。

宪宗特擢武元衡为门下侍郎，李吉甫为中书侍郎，同平章事。吉甫即赞皇公李栖筠子，曾为太常博士，故相陆贽，疑他有党，出为明州长史，及贽贬忠州，裴延龄与贽有嫌，独起吉甫为忠州刺史，令得报复。吉甫却与贽结欢，毫不提及前事，人已服他雅量，特揭此事，以风世人。及宪宗召为翰林学士，参议平蜀，因得邀结主知，升任宰辅。

先是浙西观察使李锜，厚赂权幸，得领盐铁转运等使，吉甫尝入谏道："韦皋蓄财甚多，刘辟因是构乱，李锜已有叛萌，若再得征榷盐铁，凭倚长江，岂不是促令速反么？"宪宗乃调锜为镇海节度使，撤去盐铁转运等差委，令归李巽统辖。锜虽失利权，尚得节钺，所以逆谋未发。嗣因夏蜀迭平，藩镇多畏威入朝，李锜亦内不自安，表请入觐。宪宗授锜左仆射，即遣使至京口慰抚，讯问行期。锜佯署判官王澹为留后，表示行状，但只是逐日延捱，今日不行，明日又不行，拖延了好几日，仍然不行。澹与敕使再三催促，他反动起怒来，托词有疾，请至岁暮入朝。相臣武元衡入白宪宗道："锜求朝得朝，求止得止，可否在锜,如何号令四海?"宪宗乃征锜入朝。锜无词可说,即欲兴兵造反,且因王澹通同敕使,制置军务,心下很是不平,乃遣心腹将五人,分镇部属五州。苏州属姚志安,常州属李深,湖州属赵惟忠,杭州属邱自昌,睦州属高肃,伺察刺史动静,作为预备,一面选练兵士,募集丁壮,有力善射的士卒,叫作挽强,胡奚杂类,叫作蕃落,给赐十倍他卒,留充帐下亲兵。

  会岁晚天寒,例须给发衣服,锜与亲兵定就密计,高坐帐中,森列甲仗。王澹与敕使入谒,锜尚作欢语状,及澹等出帐,忽有军士数百名,露刃大哗道:"王澹何人,擅主军务?"澹尚未及答,已由军士砍翻,脔割而食。牙将赵琦,未与密谋,尚冒冒失失的出去谕止,又被军士脔食,且用刀拟敕使颈,谩骂不休。锜佯作惊惶,自出救解,乃将敕使囚系室中,于是令李钧主挽强兵,薛颉主蕃落兵,再派公孙玠韩运等,分统各军,出戍险要,并密饬五州镇将,各杀刺史,反抗朝廷,表面上还想掩饰,奏称兵变启衅,致杀留后大将。一味欺饰,难道常瞒得过去?哪知常州刺史颜防,早瞧破机关,用门下客李云计,矫制称招讨副使,诱斩李深,且传檄苏杭湖睦,请同进讨。湖州刺史辛秘,也潜募民兵数百人,夜袭赵惟忠营,将惟忠拖出杀死,严守州境。惟苏州刺史李素,为姚志安所执,械送李锜,锜把素悬系船舷,示众声威。当下派兵马使张子良李奉仙田少卿等,率精兵三千,往袭宣州。

  是时诏命已下,因李锜为宗室子孙,削去属籍及官爵,遣淮南节度使王锷为招讨处置使,统率诸道行营兵马,征调宣武义宁武昌淮南宣歙及浙东西各军,由宣杭信三州进讨。宣州向称富饶,锜欲先行占据,因特遣张子良等袭击。偏子良等知锜必败,潜与牙将裴行立商议,谋执锜送京师。行立本系锜甥,锜有谋划,无不预闻,此次见官军四逼,也欲为免祸计,乃与子良等订定密约,里应外合,讨逆图功。子良等领兵出发,才至数十里外,即召士卒宣谕道:"仆射造反,官军四集,常湖二镇将,已悬首通衢,大势日蹙,必至败亡,今乃使我辈远取宣城,我辈何为随他族灭?计不如去逆效顺,还可转祸为福,汝等以为何如?"大众应声道:"愿听将令。"子良便命大众乘夜趋还,潜至城下。裴行立已在城上探望,见子良等领兵回来,即举火为应,内外合噪,响震全城。行立且引兵攻牙门,锜从睡梦中惊醒,骇问左右。左右据实通报,锜复问道:"城外兵马,是何人统带?"左右答是张中丞。锜又问门外兵马,是何人主使?左右答是裴侍御。锜惊堕床下,并抚膺大恸道:"行立尚且叛我,我还有何望呢?"汝要叛君,何怪甥儿叛汝!遂跣足而起,走匿楼下。亲将李钧,引挽强兵三百名,趋出庭院,与行立格斗。行立伏兵邀击,俟李钧出来,四面兜截,把钧手下三百人,冲得七零八落。钧不及遮拦,被行立一槊刺倒,枭了首级,传示城下。锜举家皆哭。子良晓谕城中,说明顺逆祸福,且呼锜束身归朝。兵士遂

第七十二回　擒刘辟戡定西川　执李锜荡平镇海

趋入执锜，用幕裹住，缒出城外，系送京都。

神策兵自长乐驿接着，押送至阙，宪宗仍御兴安门问罪。锜答道："臣初无反意，张子良等教臣为此。"至此还想诬赖，可恨可笑！宪宗道："汝为元帅，子良等谋反，何不将他斩首，然后入朝？"锜理屈词穷，遂并锜子师回，腰斩伏罪。群臣联翩入贺，宪宗愀然道："朕实不德，以致海内多事，叛乱迭起，自问不免怀惭，何足言贺？"数语颇得大体。宰相武元衡等，议诛锜大功以上亲族，兵部郎中蒋乂道："锜大功以上宗亲，均系淮安靖王后裔，淮安靖王名神通，见前文。锜系神通六世孙。淮安王曾有佐命功，陪陵享庙，怎得因末孙为恶，累及同宗？"宰相等又欲诛锜兄弟。乂又道："锜兄弟皆故都统国贞子，国贞殉难绛州，忠烈卓著，亦不应令他绝祀。"事见前肃宗时代。乃一律贷死，但将锜从弟宋州刺史李铦等，贬谪有差。有司籍锜家产，输送京师。翰林学士裴洎李绛，上言："李锜僭侈，剥削六州人民，敛财致富，陛下痛民无告，所以兴师问罪，申明国法，今乃輂取金帛，输入京中，恐远近失望，转滋疑议，臣请将逆人资财，分赐浙西百姓，俾代今年租赋，庶几圣德及人，万民悦服。"云云。宪宗览疏嘉叹，依言施行。擢张子良为左金吾将军，封南阳郡王，赐名奉国，田少卿为左羽林将军，封代国公，李奉仙为右羽林将军，封邠国公，裴行立为泌州刺史，追赠王澹给事中，赵锜和州刺史，李素从贼中救出，仍还原官。镇海军帖然就范，无庸琐叙。

惟高崇文镇蜀期年，屡次上表，谓："西川为宰相回翔地，臣未敢自安，且川中安逸，无所陈力，情愿移戍边陲，报恩效死"等语。宪宗乃出武元衡为西川节度使，调崇文为邠宁节度使。崇文寻卒，予谥威武。宪宗有意求才，策试制举，得元稹独孤郁白居易萧俛沈传师等人，各授拾遗校书郎等职。居易字乐天，尤有才名，尝作乐府百余篇，规讽时事，流传禁中，宪宗特擢为翰林学士。寻又策试贤良方正，直言极谏举人，牛僧孺皇甫湜李宗闵等，直陈时政得失，毫不避讳。考官杨于陵韦贯之署为上第，独李吉甫恨他切直，泣诉宪宗，并言："湜为翰林学士王涯甥，涯与学士裴垍，覆阅策文，不自引嫌，实属有心舞弊"云云。宪宗不得已罢垍，贬涯为虢州司马，于陵为岭南节度使，贯之为巴州刺史。既而吉甫遇疾，留医士夜宿诊治，御史中丞窦群，劾吉甫交通术士，宪宗查讯不确，贬窦群官。吉甫亦上书求免，乃出吉甫为淮南节度使，再起裴垍同平章事。垍绛州人，器局严峻，人不敢以私相干。尝有故人自远方来，与垍相见，垍款待甚优，及故人求为京兆判官，垍恰正色道："公才不称此官，垍何敢因私害公，他日有盲相当道，若肯怜公，公或可得此任。今垍在相位，愿公勿言！"故人才赧然别去。人人如垍，何至情弊百出。嗣是内外僚吏，益自戒慎。宪宗尝问垍治要，垍举大学先正其心一语，引为箴规。凡谏官敢言阙政，尤为垍所称赏。给事中李藩，抗正不阿，垍入白宪宗，谓藩有宰相器。宪宗正因郑絪太尚循默，有易相意，郑絪前颇敢言，岂阅官已久，亦学作琉璃蛋耶？既闻垍言，因即罢絪相藩。元和四年春季大旱，李绛白居易上陈数事，第一条是减轻租税，第二条是简放宫人，第三条禁诸道横敛，免他进奉，第四条是饬南方各道，不得掠卖良人，充作奴婢。垍与藩极力赞成。宪宗乃一一准行。制敕甫下，即日大雨。会因成德节度使王士贞病死，子承宗自为留后，承宗叔父士则，与幕客李栖楚，恐延祸及己，均归京师。宪宗令士则为神策大将军，另拟简人往代，若承宗抗命，当兴师往讨，好把河北诸镇世袭的积弊，乘此廓清。偏同平章事裴垍，及翰林学士李绛，先后奏阻。右军中尉吐突承璀，独自请将兵往讨承宗，两下里各执一说，免不得龃龉起来。正是：

老成持重谋休战，腐竖怀私欲弄兵。

究竟如何处置承宗，且看下回续叙。

肃代以后，节度使由军士擅立，已成积弊，至刘辟李锜，自恃多财，相继生变，微杜黄裳之定策于先，武元衡之赞谋于后，则狂妄书生，尚思构逆，贪婪计吏，且得称戈，彼拥强兵，娴武略者，几何而不欲坐明堂，朝诸侯乎？高崇文一出而刘辟丧胆，虽有鹿头之险，不能阻堂堂正正之师，弃城投水，卒就擒诛。取鼍书生如拾芥，黄裳之言验矣。李锜无能，视辟尤甚，张子良等倒戈相向，如缚犬豕，此而欲盗弄潢池，何其不知自量欤？杨惠琳一起即灭，更不足道，本回依次叙述，有详有略，笔下固自斟酌也。

第七十三回　讨成德中使无功
　　　　　　策魏博名相定议

却说王承宗自为留后，无非是积习相沿，看人榜样。最近的就是平卢节度使李师道，师道即李纳庶子，李纳死，长子师古袭职，师古死，判官高沐等，奉师古异母弟师道为节度副使，杜黄裳时尚为相，请设官分治，免致后虑。宪宗因夏蜀迭乱，不宜再激他变，乃命师道为节度使。至是承宗擅立，宪宗反欲进讨，裴垍乃面奏道："师道父李纳，跋扈不恭，承宗祖王武俊，有功国家，陛下前许师道，今夺承宗，教他如何心服？不如待衅而动为是。"宪宗又转问李绛，绛答道："河北不遵声教，莫不愤叹，但欲今日削平，恐尚未能。成德军自武俊以来，父子相承，已四十余年，今承宗又总军务，军士看成习惯，不以为非，今

第七十三回　讨成德中使无功　策魏博名相定议

若遣人往代，恐彼未必奉诏。况范阳魏博易定淄青，人地相传，与成德同例，成德摇动，诸镇寒心，势必结连拒命，朝廷不能坐视，须遣将调兵，四面攻讨，彼将吏各给官爵，士卒各给衣粮，按兵玩敌，坐观胜负，国家转因此劳敝了。且关中旱荒未靖，江淮又报大水，公私交困，兵事不应轻试，且待他日。"按情度势，言之甚明，并非姑息之谈。宪宗颇也心许。偏左军中尉吐突承璀，由宦官入为黄门，尝侍宪宗潜邸，以机警得幸，至此欲阴夺相权，力请统兵往讨，宪宗又未免狐疑。还有昭义军节度使卢从史，因父丧守制军中，未曾起复，他却附会承璀，愿率本军讨承宗。有诏起复从史为金吾大将军，统兵如故。承宗闻朝廷有意加讨，恰也惊惧，因累表自诉，格外恭顺。宪宗乃遣京兆尹裴武，诣真定宣慰。承宗下拜庭前，跪接诏命，起语裴武道："承宗何敢擅为留后？只因三军见迫，不暇恭俟朝命，今愿献德棣二州，聊表微诚。"说罢，即盛宴裴武，挽他善达宪宗。裴武一力担承，欢宴数日，才辞归覆命。宪宗乃命承宗为成德节度使，兼恒冀深赵州观察使，即授德州刺史薛昌朝为保信军节度使，兼德棣二州观察使。

昌朝为故节度使薛嵩子，又系王氏门婿，与承宗亲戚相关，所以特加任命。哪知魏博节度使田季安，独遣人语承宗道："昌朝阴结朝廷，故得骤受节钺，足下奈何不察！"承宗被他一激，立遣数百骑驰入德州，把昌朝拘至真定，囚系狱中。反复若此，却也应讨。宪宗以裴武欺罔，欲加严谴，亏得李绛替他救解，方得免罪。乃再遣中使往谕承宗，令释昌朝还镇。承宗不肯受命，于是宪宗削夺承宗官爵，命吐突承璀为神策河中东道行营兵马使，兼诸军招讨处置等使，北伐承宗。翰林学士白居易上疏极谏，略云：

国家征伐，当责成将帅，近岁始以中使为监军，自古及今，未有征天下之兵，专令中使统领者也。今神策军既不置行营节度使，则承璀乃制将也，又充诸道招讨处置使，则承璀为都统也。臣恐四方闻之，必轻朝廷，四夷闻之，必笑中国，陛下忍今后代相传，谓以中官为制将都统，自陛下始乎？臣恐刘济即卢龙节度使。张茂昭张孝忠子，任易定节度使，亦称义武军节度使。范希朝时调任河东节度使。卢从史等，以及诸道将校，皆耻受承璀指挥。心既不齐，功何由立？此是资承宗之计，而挫诸将之势也。陛下念承璀勤劳，贵之可也；怜其忠诚，富之可也。至于军国权柄，动关理乱，朝廷制度，出自祖宗，陛下宁忍徇下之情，而自鬻法制，从人之欲，而自损圣明，何不审慎于一时之间，而取笑于万代之后乎？臣愿陛下另简良将，毋任近臣，申国威，肃军纪，则立法无阙，而成效可期矣。

疏入不省。度支使李元素，盐铁使李胪，京兆尹许孟容，御史中丞李夷简，谏议大夫孟简，给事中吕元膺孟质，右补阙独孤郁等，更伏阙奏对，大旨如居易言。宪宗不得已改承璀为宣慰使，削去诸道兵马使职权，仍令会同诸镇，即日进讨。

承璀才出都门，田季安先已闻知，便聚众计议道："王师不越大河，已是二十五年，今一旦越魏伐赵，赵若受擒，魏亦被虏，如何是好？"有一将超伍出言道："愿假骑兵五千，为公除忧？"季安大呼道："壮哉勇士！愿如所言。"忽旁座又闪出一人道："不可不可。"季安正欲叱责，因见他是幽州来使谭忠，只好暂时耐气，问明情由。谭忠说道："王师伐赵，公出兵相阻，是先为赵受祸，恐赵未被兵，魏已糜烂了。忠有一计，令彼为鹬蚌，公为渔人。"季安问是何计？忠抵掌道："往年王师讨平蜀吴，算不一失，是皆相臣谋画，与天子无关。今天子专任中使，不用老臣宿将，是明明欲夸服臣下，自显威武，倘一入魏境，即遭挫衄，且必任智士，画长策，仗猛将，练精兵，毕力再举，与魏从事，公不是为赵受祸么？为今日计，王师入境，公且厚给犒赏，整顿甲兵，阳称伐赵，一面阴遗赵书，但说伐赵是卖友，不伐赵是叛君，两名都不愿受，执事若能赂魏一城，俾魏有词奏捷，不必再入赵境，庶西得对君，北得对友，如此说法，赵若果不拒我，是魏得两利，并可借此图霸了。"仿佛战国策士。季安不禁大喜道："好计好计！先生此来，实是天助魏博哩。"遂一面欢迎承璀，一面致书承宗。承宗覆书照允，竟将当阳县赠魏。谭忠以魏策已成，乃辞行还镇，季安厚赠而别。

及忠还幽州，正值刘济会议军情，济宣言道："天子命我伐赵，赵亦必防我往伐，究竟伐赵好呢，不伐赵好呢？"忠入内应声道："天子未必使公伐赵，赵亦未必防公往伐，忠谓公可缓日出师。"济怒道："我岂可与承宗同反么？"遂不待忠再说，便将忠下狱系住。已而使人探视赵境，果不增防，唐廷有诏旨到来，亦止令济护北边，毋庸伐赵。济不觉惊讶，遂释忠出狱，问他何故先知？忠答道："卢从史外虽亲我，内实联赵，他必为赵画策，故意弛防，一示赵不欲抗我，二使我获疑天子，暗中必遣告朝廷，只说是燕赵相联，忠所以知赵不备燕，天子亦不愿燕伐赵呢。"料事如神。济复问道："前事被君料着，我究应若何处置？"忠又道："天子伐赵，君据全燕地，拥兵坐粮，若一人未渡易水，适堕从史诡计，公怀忠受谤，天子以为不忠，赵人又不见德，徒落得恶声嘈杂，请公自思便了。"遣将不如激将，忠两次进言，统用此术。济奋袂起座道："我知道了！"遂下令军中道："五日毕出，落后者斩！"乃自统兵七万，出攻赵境，连拔饶阳束鹿。

各道兵会集定州，承璀亦至行营，军无统帅，号令不专，只有张茂昭一军，还算纪律严明。卢从史虽派兵与会，暗地里恰与承宗通谋，因此人各一心，威

第七十三回 讨成德中使无功 策魏博名相定议

令不振。左神策大将军郦定进,颇称骁勇,率部兵轻进,被承宗设伏截击,竟致败死,全军夺气,大家观望不前。会淮西节度使吴少诚,宠任大将吴少阳,呼为从弟,出入如至亲。少诚有疾,少阳杀死少诚子元庆,竟将少诚软禁起来。少诚忧病交迫,遂致死去,少阳自为留后。宪宗方用兵河北,不能顾及淮西,没奈何加以任命,且待河北平定,再作计较。怎奈河北败多胜少,日久无功。白居易又复疏请罢兵,谏陈利害,宪宗仍然不许。适卢从史遣牙将王翊元入都奏事,宰相裴垍与言君臣大义,激动翊元。翊元遂将从史阴谋,一一告知,并言有计可取,当为国除患。垍乃嘱使还镇,联络将士,俟谋定后,再来京师。翊元往而复返,报称兵马使乌重胤等,均愿归诚,但教王师一到,即可下手。裴垍乃入白宪宗道:"从史必将为乱,今闻他与承璀对营,视承璀似婴儿,毫不设备,幸有乌重胤王翊元等,愿归朝廷,失今不取,后虽兴师动众,恐非岁月可平呢。"恰是机会。宪宗熟思良久,方才允行,亟遣使密告承璀。承璀与行营兵马使李听定议,先日邀从史过宴,盛陈珍玩,问他所欲,立即移赠。从史大喜,常相往来。一日,复由承璀邀与同博,俟从史入帐,掷局为号,有数十壮士突出,把从史擒住,牵至帐后,打入囚车,飞送京师。从史营中,士卒争出,欲与承璀拚命。乌重胤挡住军门,拔刀指叱道:"天子有诏,命承璀执送从史,我已早闻密旨,从命有赏,不从命有诛。"士卒方敛兵归伍,不敢逆命。及从史解到京师,入谒宪宗,惶恐谢罪,宪宗从轻发落,贬为欢州司马,且因重胤有功,拟即令为昭义节度使。承璀亦驰奏入都,谓已牒知重胤,使权充留后。独翰林学士李绛抗疏道:

> 昭义五州,据山东要害,向为从史所据,使朝廷旰食,今幸而得之,承璀复以与重胤,臣闻之实为惊心。昨国家诱执从史,虽为长策,已失大体,今承璀又擅移文牒令为留后,并敢代求旌节,无君之心,孰甚于此?陛下昨日得昭义,人神同庆,威令再立,今日忽以授本军牙将,物情顿沮,纲纪大紊。校计利害,更不若从史为之。何则?从史虽蓄奸谋,已是朝廷牧伯,重胤出于列校,以承璀一牒代之,窃恐河南北诸侯闻之,无不愤怒,耻与为伍。且谓承璀诱重胤,使逐从史而代其位,彼人人麾下,各有将校,能毋自危乎?倘刘济张茂昭田季安韩弘李师道等,继有章表,陈其情状,并指承璀专命之罪,不知陛下何以处之?若皆不服,则众怨益甚,若为之改除,则朝廷之威重去矣。臣意谓重胤有功,可移镇河阳,即令河阳节度使孟元阳,调镇昭义,如此则任人之权,仍在朝廷,重胤得镇河阳,已为望外之福,岂敢更为抗拒?况重胤所以能执从史,本以仗顺成功,一旦自逆诏命,安知同列不袭其迹而动乎?重胤军中,等夷甚多,必不愿重胤独为主帅,移之他镇,乃惬众心,何忧其致乱乎?幸陛下采择焉!

宪宗览奏，不觉称善，乃调孟元阳为昭义节度使，乌重胤为河阳节度使。惟王承宗失一臂助，不免焦急，更因范希朝张茂昭两军，进逼木刀沟，累战失利，不得不上表谢罪，把从前过失，都推到卢从史身上。但说是误信间言，今始觉悟，乞许自新等语。李师道又代为申请，宪宗亦因师久无功，决计罢兵，仍令承宗为成德节度使，给还德棣二州，令诸道兵各归原镇，分赐布帛二十八万匹，加刘济为中书令。济有数子，长子绲为副大使，次子总为瀛州刺史，济出军瀛州，适患重疾，不能遽归，总与判官张玘等，密谋弑父，伪使人从京师来，入白济道："朝廷责相公逗留无功，已除副大使为节度使了。"济已有怒意。次日，又使人报济道："使节已至太原了。"旋又使人走呼道："副大使已过代了。"全军皆惊，即欲溃归。济愤不可遏，竟杀主兵大将数十人，且召绲诣行营，令玘兄皋代领军事。济自朝至日昃，未得饮食，乃召总使吏唐弘实入室，向索醄浆。弘实阴受总嘱，置毒浆中，济一饮而尽，毒发暴死。及绲至涿州，总矫传济命，逼绲自尽。可怜刘济父子，统死得不明不白，那弑父杀兄的刘总，为父发丧，但说是有病身亡，表奏朝廷。宪宗不知是诈，即命他承袭父职，寻且加封楚国公。弑父杀兄之逆贼，反得加官封爵，朝廷岂尚有纪纲耶？

　　吐突承璀自行营还朝，有旨仍令为左卫上将军，充左军中尉。裴垍入谏道："承璀首倡用兵，疲敝天下，卒无成功，陛下即顾念旧恩，不加显戮，怎得全不贬黜以谢天下？"给事中段平仲吕元膺，且请诛承璀。李绛亦奏言："不责承璀，他日将帅失律，如何处置？"宪宗撤去承璀中尉，令充军器使，中外始相率称贺。张茂昭奉诏班师，得加官检校太尉，兼太子太傅。茂昭愿举族还朝，乞另简后任，表至数上，乃诏从所请，令左庶子任迪简为行军司马，乘驿往代。茂昭悉举簿书管钥，授与迪简，立挈妻子就道，且嘱语道："人人贪恋旌节，试看节使子孙，有几家能保全过去？我使汝等还朝，正不欲子孙习染污俗，同归沦亡。汝等毋谓我迂拘呢。"见机而作，不俟终日者，君子之谓乎？都虞侯杨伯玉张佐元，相继作乱，为将士所诛，共奉迪简主持军务。迪简与士卒同尝甘苦，军心感附，易定皆安。宪宗命颁绫绢十万匹，犒赐二州将士，即授迪简为节度使。至茂昭入觐，面加慰谕，晋拜中书令，复授河中节度使。茂昭奉命往镇，越年首上生疽，竟至暴殁，年止五十，册赠太师，谥曰献武。茂昭公忠卓著，乃享年不永，反致病疽暴亡，天道岂真无知么？茂昭弟茂宗，曾尚德宗女义章公主，茂宗出任兖海节度使，官至左龙武统军，茂和亦仕至诸卫将军，茂昭子克勤，后亦官左武卫大将军，子弟世贻令名，如茂昭言。

　　河东节度使范希朝，出屯河北。宪宗命王锷为河东节度使，锷有吏才，颇善完聚，进奉甚优，且尝纳赂中官，求加相衔，中人竞为揄扬，宪宗亦颇心动，密诏中书门下道："锷可兼宰相。"同平章事李藩，遽取笔濡墨，抹去"宰相"二

第七十三回　讨成德中使无功　策魏博名相定议

字，再从左方写着"不可"二字，呈还宪宗。时太常卿权德舆，正入任同平章事，见藩所为，不禁失色道："诏书如不可行，亦当另疏谏阻，奈何用笔涂诏呢？"藩从容道："势已迫了，一出今日，便不可止，我不能不破例上陈。"德舆因亦入奏道："向来方镇得兼相职，必有大忠大功，否则为羁縻计，不得已权给兼衔。今锷无忠勋，朝廷又非不得已，何为遽假此名？"宪宗乃止。裴垍适患风痹，乞假养疴，三月不愈，乃罢为兵部尚书，再召李吉甫为相。吉甫自淮南入都，常欲修怨，因裴垍与史官蒋武等，上德宗实录，遂上言垍已引疾，不宜冒奏，乃徙垍为太子宾客，罢蒋武等史官。垍竟病殁，不得追赠。给事中刘伯刍，表称垍忠，始追封太子太保。李藩由垍引进，吉甫既已倾垍，复欲去藩，密白宪宗道："臣还都时，道逢中使，持印节与吴少阳，臣窃为陛下深恨哩。"宪宗不觉变色，退朝自忖：少阳前为留后，今加任节度使，藩曾赞议，彼不容王锷，独请任少阳，恐未免有私弊等情，遂竟下手诏，罢藩为太子詹事。吉甫可谓善谮。

李绛尝面奏吐突承璀专横，语极恳切，宪宗尚未肯信，已而弓箭库使刘希光，受羽林大将军孙璹钱二万缗，为求方镇，事觉赐死。承璀亦与有干连，出为淮南监军。承璀坐贪贿重案，仅出为监军，宪宗之宠幸寺宦，于此可见。因进李绛同平章事。京兆尹元义方，为承璀心腹，李吉甫欲自托承璀，因擢为京兆尹。吉甫初次入相，德望已损，及再相时，更倒行逆施，令人不解。绛入相，奏请外谪义方，宪宗但调义方为郦防观察使，吉甫已是不悦。绛又素与吉甫争论殿前，益为吉甫所忌。幸宪宗尚有微明，尝语左右道："吉甫专为谀悦，不及李绛忠直，如绛才算真宰相呢。"既已辨明直枉，何不罢去吉甫？吉甫乃稍稍敛束。会魏博事起，吉甫与绛，又有一番争议，吉甫主讨，绛独奏阻，究竟孰是孰非，待小子叙述出来。魏博节度使田季安，袭父遗职，差不多将二十年。他尝娶洺州刺史元谊女，生子怀谏，为节度副使，用族人田兴为兵马使。兴父庭玠，当田悦抗命时，曾为节度副使，劝悦谨守臣节，悦不肯从，庭玠忧死。事见前文。兴幼通兵法，凤娴骑射，承嗣尝目为奇童，语庭玠道："他日必兴吾宗。"因名为兴。及为兵马使，操行循谨，与人无争。季安淫虐好杀，兴屡次进规，季安非但不从，反疑他笼络众心，出为临清镇守，意欲伺罪加戮。兴佯为风痹，灼艾满身，卧家不出，才得免祸。未几，季安病死，怀谏年只十一，母元氏，以兴得众心，召还旧职。唐廷闻季安已殁，欲乘势收取魏博，特遣左龙武大将军薛平，为郑滑节度使，伺察动静。李吉甫请即兴兵往讨，李绛独谓魏博不必用兵，自能归顺朝廷。两下里争执多时，尚未决议。过了数日，吉甫又极言用兵利便，且谓刍粮金帛，均已有备，宪宗乃复问绛。绛答道："兵不可轻动，他事不必论，即如上年北讨承宗，四面发兵，近二十万，又发左右神策军，自京师出发，天下骚动,费用约七百余万缗,迄无成功,徒为人笑。今疮痍未复,人皆惮战,田怀谏一乳臭小儿,何能统军?将来必有别将崛起,代为主帅,那时妥为处置,自可不战屈人。今即欲以诏敕驱迫,恐非徒无功,反生他变,愿陛下勿疑。"宪宗至此方悟,便奋身抚案道:"朕决计不用兵了。"绛又道:"陛下虽有是言,恐退朝后,尚未免有淆乱圣听,幸陛下勿再为所惑?"宪宗正色道:"朕志已决,谁敢惑朕?"绛乃拜贺道:"这乃是社稷幸福呢。"于是按兵不发,专候魏博消息。过了月余,即得魏博监军奏报,魏博军士,推田兴为留后,把怀谏徙出牙门,兴坐待诏命,听候处置,果然不出李绛所料。小子有诗赞绛道:

谈兵容易用兵难,功效虚悬兵力单。
幸有宰臣能料事,顿教内外尽熙安。

宪宗接了此奏,又召宰相等入商,欲知后来如何解决,俟至下回表明。

宪宗之待藩镇,忽宽忽严,忽抚忽讨,毫无定见,殊为可笑。李师道之自为留后,与王承宗相等,绳以祖父功罪,则师道可以先讨,而承宗次之,乃师道加封,承宗受讨,已非情理之正,又任中官为统帅,徒劳动数十万众,无功而还,咸令果安在乎?卢从史之执,功出裴垍,与承璀无与,且诱而执之,亦失大体。李绛之论,实为明允,何宪宗之漠不加察,始终为阉人所荧惑也?吴少阳逼死主帅,擅杀元庆,其罪已甚,刘总弑父杀兄,其罪尤大,不声罪而致讨,反概加任命,且进总公爵,非特劝人不臣,抑且教人不孝不友,而于魏博田氏,独欲从李吉甫言,兴师致讨,匪李绛之一再辩白,几何而不蹈承璀之覆辙也。文中陆续叙述,而宪宗之喜怒无常,显然若揭,褒贬不在多言,善读者自能体会得之。

第七十四回　贤公主出闺循妇道
　　　　　　　良宰辅免祸见阴功

却说宪宗得魏博消息,即召李吉甫李绛等,入商大计,且顾李绛道:"卿料魏博事,若合符契,可谓先见,但此事将如何办法?"说至此,便将原奏递示二李。二李瞧罢,才悉魏博详情。原来田怀谏幼弱,军政皆委家僮蒋士则主持。士则不问贤否,但凭私爱私憎,调易诸将,众皆愤怒,朝命又久未颁到,愈觉人心不安。田兴凌晨入府,将士数千人,环拜兴前,请为留后。兴惊惶仆地,徐起语众道:"汝等能勿犯副大使,谨守朝廷法令,申版籍,清官吏,然后可

第七十四回　贤公主出闺循妇道　良宰辅免祸见阴功　431

暂任军务。"大众唯唯听命。兴乃率军士驰入牙门，诛蒋士则等十余人，迁怀谏母子，出外安居，即托监军表闻，静候朝命。吉甫请遣中使宣慰，再行观变。绛力言不可，且白宪宗道："田兴奉土地，辑兵众，坐待诏命，不乘此时推心招抚，结以大恩，必待魏博将士，表请节钺，然后给与，是恩出自下，非出自上，将士为重，朝廷为轻，恐他未必诚心感戴呢。"宪宗意尚未决，转问枢密使梁守谦。守谦本吉甫旧交，当然如吉甫言。且谓中使宣劳，乃是故例，今不能无故翻新。宪宗遂遣中使张忠顺，为魏博宣慰使。忠顺已行，绛复入谏宪宗道："朝廷恩威得失，在此一举，奈何自失机会？臣计忠顺行期，今日才得过陕，乞明旦即除白麻，除兴为节度使，尚或可及哩。"宪宗且欲命为留后，绛复道："兴恭顺如此，非恩出不次，无以示感，愿陛下勿再迟疑！"宪宗乃复遣使持节，授兴为魏博节度使。忠顺未还，制命已至魏州，兴感激涕零，士众无不鼓舞。至中使还报情状，绛又上言："魏博五十余年，不沾皇化，一旦举六州版籍，守听朝命，不有重赏，如何能慰服人心，使邻镇劝慕？请发内帑钱百五十万缗，赐给魏博将士。"宪宗亦将从绛，偏中官以为赏给过多，后难为继，于是宪宗复欲酌减。绛因申谏道："田兴不贪地利，不顾邻患，即毅然归命圣朝，陛下奈何爱小费，失大计，俾彼觖望？试想钱财用尽，他日再来，机会一失，不能复追。设如国家发十五万众，往取六州，逾年始克，宁止费百五十万缗？"宪宗点首道："卿言甚是。朕平时恶衣菲食，蓄聚货财，正为平定四方起见，否则徒贮库中，亦有何用？"既知此道，何尚为宦官所蔽？乃遣司封郎中知制诰裴度，持钱百五十万缗，宣慰魏博，颁赏军士，六州百姓，免赋一年。军士受赐，欢声如雷。适有成德兖郓各使，均在魏州，见将士均得厚赏，也相顾惊叹道："倔强无益，究不如恭顺为宜哩。"裴度为兴陈君臣大义，兴久听不倦，并请度遍行所部，宣布朝命。又奏所部缺官九十员，请有司简任；奉法令，输赋税，旧有正寝，僭侈无度，避不敢居，另就采访使厅署治事。河北各镇，屡遣游客多方间说，兴终不为动。李师道传语宣武节度韩弘道："我世与田氏约，互相保援，今兴非田氏本支，又首变两河旧约，想亦公所恶闻，我当与成德合军往攻，公肯出援一臂否？"弘复答道："我不知利害，但知奉诏行事，若汝军朝出渡河，我当暮取曹州。"师道乃不敢动，魏博大定。田兴既葬田季安，送怀谏至京师，宪宗命怀谏为右监门卫将军，进兴检校工部尚书，兼魏博节度使，赐名弘正。

转瞬间已是元和八年，宪宗以权德舆简默不言，有亏相职，出德舆为东都留守，召西川节度使武元衡还朝，入知政事。既而李绛因疾辞相，罢为礼部尚书，别用河中节度使张弘靖同平章事。弘靖系故相张延赏子，少有令名，至是入相。张氏自嘉贞延赏弘靖，三世秉政，当时称他里第，为三相张家。但自李绛罢职，此后无论何人，都不及李绛忠直。独叹宪宗既已知绛，乃仍令罢相，不能久用，且相绛时曾出吐突承璀，绛罢相，即召承璀为神策中尉，这可见宪宗任相，反不如待遇宦官，较为信用，怪不得阉人横肆，好好一代大皇帝，后来反死在阉寺手中呢！直注下文。

翰林学士独孤郁，为权德舆女婿，貌秀才长，宪宗长叹道："德舆选婿得人，难道朕反不及么？"原来宪宗颇多子女，长子名宁，为纪美人所出，曾封邓王，元和四年，由李绛奏请立储，因立宁为皇太子，越二年病殁，继立三子遂王恒为太子。恒母为郭贵妃，贵妃是郭子仪孙女，父暧尚升平公主，有女慧美，因纳入宪宗潜邸。宪宗嗣位，册为贵妃，群臣请立为后，并不见报。当时后宫多宠，美不胜收。宪宗恐妃得尊位，致受钳掣，所以终不立后。后主阴教，如何不立？这也是一大误。借选婿事，补叙帝眷，是行文连缀法。郭贵妃颇循礼法，也未尝觊觎中宫，她既生太子恒，后生岐阳公主，公主秉性贤淑，女道淑娴，母女皆贤，不愧郭氏家风。宪宗乃历命宰相，拣择公卿子弟，视有才貌清秀，即选为快婿。诸家多不合式，或得了一二人，恰恐帝女非耦，不愿尚主，但托疾告辞，惟太子司议郎杜悰应选。悰祖杜佑，以门荫得官，宪宗召见麟德殿，视悰彬彬有文，遂许尚岐阳公主，择吉成婚。届期这一日，宪宗亲御正殿，遣主下嫁，由西朝堂出发，再由宪宗御延喜门，顾送主舆，大赐宾从金钱，开第昌化里，疏凿龙首池为沼，且命辟公主外祖家，就尚父大通里亭，作为别馆。杜氏向系贵阀，复遇尚主隆仪，当然竭力张皇，备极丰腆。独公主不挟尊贵，一入杜门，毫无骄倨状态，孝事舅姑，敬事尊长，杜家老少长幼，不下数百人，公主俱以礼相待，肃雍和顺，人无闲言。成婚才数日，即语悰道："主上所赐奴婢，恐未肯从命，倘有偃蹇，转难驾驭，不如奏请纳还，另市寒贱，入供驱使，较为易制。"悰依计而行。自是闺门静寂，喧噪无闻。悰升任殿中少监驸马都尉，旋出为澧州刺史，公主随悰莅任，仆从止十余人，奴婢悉令乘驴，不准肉食。州县所具供张，悉拒不受。悰亦廉洁自持，未敢骄侈。既而悰母寝疾，公主日夕侍奉，夜不解衣，所有药糜，非亲尝不进。及遇舅姑丧，哭泣尽哀。总计在杜家二十余年，无一事不循法度，无一人不乐称扬，唐朝宫壶，生此贤女，真足令彤史生光，得未曾有呢。大书特书，垂作女箴。这且按下慢表。

且说淮西节度使吴少阳，驻节蔡州，尝阴聚亡命，牧养马骡，又随时抄掠寿州茶山，劫夺商旅，以济军需。子名元济，摄蔡州刺史，元和九年，少阳病死，元济秘不发丧，自领军务。少诚有婿董重质，勇悍知兵，为元济所倚重，重质代为筹画，劝元济乘间兴兵，联李师道，逐严绶，规取中原。元济尚费踌躇，独判官苏兆杨元卿，大将侯惟清，素主效顺。元济杀兆，囚惟清，幸元卿先时入都，奏事未归，才得免祸。至是闻元济抗命，遂将淮西虚实，及平蔡计策，详告宰相李吉甫。吉甫乃奏调河阳节度使乌重胤，徙治汝州，兼充怀汝节度使，阴防元济。宁州刺

第七十四回　贤公主出闺循妇道　良宰辅免祸见阴功

史曹华，为重胤副，且入白宪宗道："淮西跋扈多年，久失臣节，国家常屯数十万大兵，控御淮西，劳费已不可胜计，今日有机可图，正应声罪致讨，一举荡平，过此恐无好机会呢。"创议平蔡，实由吉甫，故笔下不没其功。同平章事张弘靖，谓不如遣使吊赠，乘便伺察，果有逆迹，然后加兵。宪宗因遣工部员外郎李君何吊祭，赠少阳为右仆射，元济不迎敕使，反驱兵四出，屠舞阳，焚叶县，掠鲁山襄城，关东震骇。君何不得入蔡州，驰还京师。李吉甫正详绘淮西地图，预备进讨，适遇疾暴卒，未及献图。宪宗敕吉甫子呈览，追赠吉甫为司空，赐谥忠懿，进授韦贯之同平章事。贯之自巴州召还，应七十二回。入为中书舍人，迁授礼部侍郎，取士务先实行，不尚浮华，寻进尚书右丞，至此复得入相，亦请讨伐淮西，乃任李光颜为忠武军节度使，严绶兼申光蔡等州招抚使，会集诸道兵马，讨吴元济。

　　魏博节度使田弘正，遣子布率兵三千，隶严绶军，宣武节度使韩弘，亦遣子率兵三万，隶李光颜军。严绶进至蔡州西鄙，稍得胜仗，夜不设备，为淮西兵所袭，溃败磁邱，退还五十余里，保守唐州。寿州刺史令狐通，方受任防御使，出与淮西兵接仗，亦被杀败，还保州城。境上诸栅，一概失陷。有诏贬通为昭州司户，令左金吾大将军李文通代任，并饬鄂岳观察使柳公绰，发兵五千，授安州刺史李听，使讨元济。公绰奋然道："朝廷以我为白面书生，不知军旅么？"遂自请督兵效力，复旨准行。公绰驰至安州，署李听为都知兵马使，选卒六千，归听节制，且嘱部校道："行营事尽属都将，尔等休得违令！"听感恩畏威，如出麾下。公绰号令严肃，威爱兼施，所乘马忽蹄杀圉人，他竟杀马以祭，不少宽假。因此人人自奋，每战皆捷。李光颜即阿跌光颜，见第七十二回。因积功赐姓，得授节钺，部下将士，无不精练，到了临颍，一鼓即克，再战南颍，又败蔡军。元济颇惮光颜，因遣使向恒郓告急。恒州为王承宗所驻，郓州乃李师道所居，两人见了蔡使，愿为营救，各上表请赦元济。宪宗不从，且促诸道兵会攻蔡州。师道发兵二千人，往屯寿春，阳言协助官军，暗实援应元济，且收养刺客奸人，商就狡计，遣攻河阴转运院，毁去钱帛三十余万，谷二万余斛。河阴为接济官军要区，骤遭此劫，遂致人情惶惶，不胜恟惧。当下在廷诸臣，多请罢兵。宪宗不从，但遣御史中丞裴度，宣慰淮西行营，并察用兵形势。度往返甚速，极言淮西可取，且陈李光颜有勇知义，为诸将冠，必能立功。果然不到数日，光颜捷书到来，大破蔡军。原来光颜进军溵水，列营时曲，淮西兵凌晨压阵，光颜毁栅突出，自率数骑冲入敌中，往来数次，身上集矢如猬，有子揽辔劝阻，被光颜举刀叱去。部将见主帅效死，自然争奋，杀死叛众数千人，余皆遁去。光颜乃派使报捷，宪宗览表，称度知人，遂大有用度意。

　　度字中立，籍隶闻喜，形体眇小，不入贵格，少年时每屈名场。洛中相士，说他形神独异，恐致饿死，度亦坦然不校。一日，出游香山寺，见一素衣妇人，拜佛甚虔，匆匆出去，遗落包裹一件。度初时不甚留意，及拾得包裹，知为妇人遗失，自料追付不及，乃留待来取，日暮不至，方才携归。翌晨复往寺守候，寺门甫辟，即有妇人踉跄奔来，且寻且泣。度问为何事？妇人道："老父无罪被系，昨向贵人处假得玉带二条，犀带一条，值千余缗，往赂要津，替父求免，不幸到此祷佛，竟致遗忘，可怜我父亲从此难免了。"此妇人太不小心，但非入寺祷佛，当不至遗失，可见迷信神佛，多损少益。说至此，泪下如雨，痛不欲生。度出包裹启视，果如妇言，乃悉数缴还。妇人拜谢，愿留一赠度，度笑道："我若贪此，何容今日再来守候呢？"妇人再拜而去。后来相士复见度面，大惊道："君必有阴德及人，所以神色迥殊，前程万里，不可限量了。"度因将前事略告，相士叹道："修心可以补相，此语果不诬呢。"度即于是年登进士，累官显要。百忙中叙入此事，劝醒世人不少。及淮蔡事起，遂邀大用。

　　同平章事武元衡，由宪宗嘱使专握兵权，师道门客定计道："天子锐意讨蔡，想是元衡一力赞成，若刺死元衡，他相不敢主张，必争劝天子罢兵，是即救蔡的良策呢。"师道因给发厚资，遣令入都。适平卢牙将尹少卿，奉王承宗密命，为元济游说都中，入见武元衡，辞多不逊，被元衡叱出，返报承宗。承宗又上书诋元衡，朝廷不答。会当盛暑，元衡格外早朝，出所居靖安坊东门，天色未明，不能远视，忽有一箭射来，正中元衡颊上，元衡忍不住痛，正在惊呼，突遇数盗扑至，击灭火炬，持刀乱砍，仆从奔散，元衡无处躲避，竟被杀死，取一颅骨而去。裴度家住通化坊，亦于是时入朝，被贼击伤头颅，坠入沟中。侍从王义，抱贼大呼，贼刃断义臂，尚欲上前杀度，忽度首上现出金光，似有金甲神护着，方才惊遁。度虽受伤，幸帽中裹毡，不致损脑，得免大害。非有阴佑，恐亦难免。京城大骇，宪宗命金吾将军及京兆尹以下，严索凶犯，一面诏宰相出入，各加卫士，张弦露刃，作为护从，所过坊门，呵索甚严。朝士未经天晓，不敢出门。那金吾署中及府县各处，都经刺客遗纸，内书二语，有"毋急捕我，我先杀汝"二语，所以有司不敢急捕。兵部侍郎许孟客，面奏宪宗道："从古以来，未有宰相横尸道旁，尚不能获一盗，这是朝廷大辱，应该若何加严？"宪宗点首。孟客复诣中书省，请亟进裴中丞为相，大索贼党，乃诏内外搜捕，悬赏获盗，如有庇匿，罪至族诛。有司不敢玩旨，随处搜索。查有复壁重垣，无不入寻，就使阀阅名家，亦不得免。神策将军王士则等，捕得恒州张晏等数人，由京兆尹裴武，监察御史陈中师，严刑鞫问，未得正凶。诏令出王承宗前后三表，颁示百寮，证明张晏等入京，定由承宗主使，于是裴陈二人，阴承意旨，奏称："张晏等已经具服，应按律伏诛。"张弘靖疑非真犯，劝宪宗慎刑，宪宗不以为然，批令置诸重辟，一时李代桃僵，竟将晏等十数人，一并杀死，不留一个，那刺客实已遁去。应为张晏等呼冤。

第七十四回　贤公主出闺循妇道　良宰辅免祸见阴功

裴度病创，卧养兼旬，宪宗命卫兵值宿裴第，且屡遣中使讯问安否。或请罢度官以安恒郓，宪宗怒道："若罢度官，正中奸计，朝廷还有什么纲纪？我用度一人，足破二贼。"遂授度同平章事。度力疾入朝，面奏宪宗道："淮西如腹心大病，不得不除。况朝廷已经命讨，怎得中止？两河诸镇，视淮西为从违，一或因循，各镇均要离心了。"宪宗道："诚如卿言，此后军事，委卿调度，朕誓平此贼，方准班师。"度奉命而出，即传旨诸道进兵。李师道闻元衡虽死，命讨愈急，乃变计进袭东都。他尝在东都置留后院，兵役往来不绝，吏不敢诘，及淮西兵犯东畿，防兵悉屯伊阙，守御益疏。师道潜遣贼众数百，混入东都院中，为焚掠计。留守吕元膺，尚未察悉，幸有一小卒驰入告变，元膺亟追还伊阙屯兵，围攻留后院，贼众突出，向长夏门遁去。东都人士，相率惶骇，经元膺坐镇皇城门，从容指使，不露声色，民赖以安。都城西南，统是高山深林，民不耕种，专以射猎为业，彼此团聚，叫作山棚。元膺特出赏格，购令捕贼，山棚民鬻鹿遇盗，致为所夺，乃急召侪类，并引官军共同追捕，获住数人。盗魁是一个老僧，尝住持中狱寺，名叫圆净，年已八十有余，从前本是史思明部将，史氏败灭，亡命为僧，至是复为师道罗致，阳治佛光寺，结党定谋，拟入城为乱，此次由兵民围捕，刺击多时，方得擒获，尚恐他中途脱走，用锤击胫，竟不能折。圆净睁目叱道："汝等鼠子，欲断人胫，尚且不能，还敢自称健儿么？"汝虽是健，难逃一死，亦岂遂足称健儿？乃置胫石上，教使击断。至由元膺审验，立命处斩，圆净却自叹道："误我大事，不能使洛城流血，真是可惜。"百姓与汝何仇？元膺复穷治盗党，共得数千人，连自己部下防御二将，及驿卒八人，亦已受师道伪职，阴作耳目，迭经捕讯，才知刺死武元衡，实师道门下的暗杀党，并不是承宗所为，乃把二部将槛送京师，且拜表请讨师道，外此俱就地正法，无一漏网，东都才得平安。小子有诗叹道：

> 罪人已得伏奸谋，才悉当时误录囚。
> 看到郓州函首日，误人自误向谁尤。

欲知宪宗曾否东征，且至下回叙明。

本回叙魏博淮西事一顺一逆，前后相对，就中插入岐阳下嫁，及裴度还物二条，本是随笔带叙，无关大体，而标目偏以此命题，似觉略大计小，不知个人私德，实为公德之造端。唐室之公主多矣，问如岐阳之循妇道者有几人乎？唐朝之宰辅亦多矣，问如裴度之著阴功者有几人乎？是书为通俗教育起见，故于史事之足以风世者，特别表明，垂为榜样。即以本回之大端论之，魏博事是承上回，淮西事是启下回，本为过脉文字，不必定成片段，非真略大计小也。

第七十五回　却美妓渡水薄郾城
　　　　　用降将冒雪擒元济

却说吕元膺表请东征，宪宗亦欲加讨，但当时已将元衡被刺，列入王承宗罪案中，严诏谴责，拒绝恒州朝贡，此次既不便改词，且因讨元济，绝承宗，南北并营，不暇东顾，乃将师道事暂行搁置。裴度以淮西各军，日久无功，屡上书归咎严绶，乃特命宣武节度使韩弘，为淮西诸军都统，兼同平章事职衔，俾专责成。不料弘竟变易初志，亦欲倚贼自重，不愿淮西速平。李光颜勇冠一时，威震淮蔡，弘欲结他欢心，特向大梁城中，觅一美妓，遣使赠送，使人先致书光颜。光颜开筵宴使，并大飨将士，置酒高会，正欢饮间，那美妓已轻移莲步，姗姗而来，先至光颜前屈膝叩见，再向各座中道了万福，阖座都刮目相看，恍疑是西施复出，洛女重生，而且珠围翠绕，玉质金相，除美人价值不计外，就是满身妆饰，也值数百万缗。来使复令她歌舞，继进丝竹管弦，无一不中腔合拍，应节入神，座中多目眩神迷，啧啧称羡。光颜独顾语来使道："相公悯光颜羁旅，赐以美妓，感德诚深。但战士数万，俱弃家远来，冒犯白刃，光颜忝为统将，宁忍自娱声色么？"说至此，涕泪满颐，四座不禁骇服，也忍不住流下泪来。推诚动人，竟忘色相。光颜即命左右取出金帛，厚赠来使，且命将美妓带还，俟来使谢别，复申嘱道："为光颜致谢相公，光颜以身许国，誓不与逆贼同戴日月，虽死无贰心了。"好德胜于好色，不意于光颜得之。韩弘接使人还报，也颇起敬，表请增兵益械，合攻淮西。

宪宗再命户部侍郎李逊为襄复郢均房节度使，右羽林大将军高霞寓为随邓节度使。霞寓专任攻讨，逊专任饷输。会田弘正为王承宗所攻，屡战不胜，累表请讨承宗。宪宗乃命出军贝州，兼发振武义武各军，会同助击。承宗尚纵兵四掠，幽沧定三镇，均为所苦，亦各请出征，宪宗拟从所请。张弘靖谓："两役并兴，恐国力不支，请先平淮西，后征恒冀。"宪宗不从。弘靖乃自请免相，出为河东节度使。越年正月，幽州节度使刘总，奏称攻克武疆，俘斩成德兵数千。宪宗遂削承宗官爵，命河东幽州义武横海魏博昭义六道进讨。韦贯之进谏道："陛下不闻建中遗事么？初不过讨魏及齐，乃蔡燕赵发兵抗命，卒致朱泚内乱，糜烂都城，前鉴不远，愿陛下勿求速效，毋事兼营。"宪宗仍然不省，但促六道进兵。昭义节度使郗士美，义武节度使浑镐，横海节度使程执恭，与田弘正刘总等，陆续出师，虽屡次告捷，总未免夸张声势，所报多虚。还

第七十五回　却美妓渡水薄郾城　用降将冒雪擒元济

有淮西各军，也是遇胜张皇，遇败掩饰，迁延到了六月，高霞寓到了铁城，为淮西兵所乘，全军尽覆，仅以身免，一时无从掩盖，只好据实奏闻，但仍推在李逊身上，说他应接不至，因致大溃。宪宗贬霞寓为归州刺史，逊亦坐谪，另调荆南节度使袁滋，为申光蔡唐随邓观察使，驻节唐州。滋抵镇后，比高霞寓还要懦弱，反将斥候撤去，禁兵入淮西境。元济分众围新兴栅，滋卑辞厚币，求他缓攻，元济因不以为意。惟李光颜与乌重胤，屡败淮西兵士，力拔溵水西南的陵云栅。这栅据陈蔡要道，元济恃为险阻，屯置重兵，此次被光颜重胤，两次夹攻，好容易占据了来，淮西兵大为夺气，李师道也闻风丧胆，表请输款。宪宗因力未能讨，暂事笼络，特加师道检校司空。师道阳为拜命，其实仍通好淮西，作壁上观。上下都是姑息，*师道亦非真枭雄。*

时诸军进讨淮西，数近九万，只柳公绰入为京兆尹，他将俱在军前，旷日持久，未见成功，乃再命中使梁守谦监军，授给空名告身五百通，并金帛数万，劝励将士。*始终不离中官。*更置淮颍水运使，饷馈各军，贬袁滋为抚州刺史，改任太子詹事李愬，为左散骑常侍，出任唐随邓节度使。愬系西平王李晟子，即安州刺史李听兄，表字元直，少有孝行，晟殁时，庐墓终丧，服阕入官，历任晋坊二州刺史，治绩课最，加官金紫光禄大夫，进任太子詹事。淮西事未有起色，愬疏请自效，宪宗尚未识愬才，不敢轻用。会韦贯之请罢北讨，隐忤上旨，致左迁吏部侍郎。知贡举李逢吉，晋授同平章事。逢吉知愬具将略，特为保荐，乃授他旌节，出讨淮西。愬至唐州，闻士卒惮战，因下令军中道："天子知愬柔弱，故使愬拊循尔曹，若战胜攻取，非愬所能，但教尔曹静守疆场，愬也便足报命了。"将士等以为真言，安心听令。愬巡阅士卒，厚加抚恤，不尚严威。或以军政未肃为戒，愬微笑道："袁尚书专以恩惠怀贼，贼不复注意，今闻我来代任，必然戒备，我守袁公故辙，令他仍不加防，然后可出奇制胜了。"元济果轻视李愬，依然弛防。愬却推诚待士，日勤搜练，并暗察淮西地势，尽知虚实。贼或来降，问有父母妻孥，辄给与粟帛，遣使还省，面加慰谕道："汝亦皇帝子民，毋弃亲戚！"降众闻言，亦皆感泣。

居镇半年，知士卒可用，遂于元和十二年仲春，谋袭蔡州，表请益兵。诏益河中鄜坊兵二千骑，乃缮铠厉兵，出攻淮西，步步进逼。贼将丁士良前来侦探，被愬将马少良，设伏擒住，押至军门。营将都大喜道："士良系元济骁将，屡扰我境，今为我擒，好剖心泄忿了。请节帅俯顺众心。"愬点首许诺。及见了士良，诘责数语，士良毫无惧色，愬不禁叹道："好一个大丈夫，可惜汝不明顺逆，死且污名，汝若肯诚心归降，为国立功，不但可盖前愆，并足流芳千古。"士良乃跪伏请降，自言"贞元中为安州属将，被吴氏擒去，释置不杀，反得重用，因为吴氏父子效力。今复受擒，又沐重生，愿尽死报德。"愬即命释缚，给他衣服器械，署为帐下亲将。自古名将克敌，必先使敌为我用，然后可以制胜，愬素得家传，故独能用敌。愬欲进攻文城栅，士良入帐献计道："文城栅为贼左臂，贼将吴秀琳拥兵三千，据栅自固，秀琳才具寻常，全仗陈光洽为谋主，光洽轻佻好战，士良当为公先擒此贼。秀琳失助，不降何待？"愬闻言大喜，便拨锐骑千人，令士良率领，往攻文城栅，自己静坐以待。不到半日，士良果将光洽擒归，献诸帐下。愬亦不加诛，劝光洽降。光洽愿致书秀琳，邀令投诚。秀琳复报如约，愬即遣唐州刺史李进诚，率甲士八千，至文城栅下，径召秀琳。不意守兵迭发矢石，把官军前队，伤毙了好几十名。进诚忙即退回，报称秀琳诈降。愬怡然道："彼待我招抚，我至自降。"遂盛气前行。将到栅前，秀琳果率众出迎，匍伏马下。愬下马扶起秀琳，好言抚慰，即由秀琳导愬入城。愬检阅守兵，三千兵不少一个，仍令留守文城，但将兵士妻女，迁居唐州，嗣见秀琳副将李宪，具有材勇，独赐名忠义，令隶麾下。于是士气复振，各有斗志。变弱为强，确是名将作用。

会各道官军，陆续渡过溵水，进逼郾城。李光颜率部军先进，遇贼将张伯良，驱杀过去。伯良不能抵敌，大败而逃。郾城令董昌龄，系蔡州人，由元济令守郾城。留他母杨氏为质，杨氏曾嘱昌龄道："从逆得生，不如从顺致死，汝肯去逆效顺，我亦虽死无恨，否则生何足恋呢？"不愧贤母。昌龄受教而出。至光颜围攻郾城，李愬又进捣青陵，截断郾城后路。守将邓怀金谋诸昌龄，昌龄劝他归国，怀金乃通使光颜道："城中将士，俱已愿降，但父母妻子，统在蔡州，计惟请公攻城，由城中举烽求救，蔡兵来援，由公兜头痛击，俾他败去，然后举城归降，庶父母妻子，或可保全了。"光颜允诺。待蔡兵到来，早已布置妥当，杀得蔡兵纷纷败北。昌龄怀金乃出降光颜，光颜仍命昌龄为郾城令，昌龄母幸得不死，后来受封北平郡太君。有善心者有善报。李愬亦得拔青陵城，又分派部将破西平，袭朗山，据青喜城，乃谋取蔡州。吴秀琳语愬道："公欲取蔡，非得李祐不可。"愬答道："李祐守兴桥栅，我亦闻他骁悍，当设计擒他便了。"忽有侦骑入报，贼兵至张柴村割麦。愬问贼首为谁？侦骑说是李祐。愬大喜道："我正要擒他，他却自来上钩么？"遂召厢虞侯史用诚入帐，嘱他如此如此。用诚依计出发，先就村旁丛林中，伏骑兵三百，乃摇旗入村，径击贼众。贼众已将麦割完，正要捆载而归，突见官军到来，即由李祐当先跃出，持刀相迎。用诚略与交锋，佯作力怯，曳兵而走。祐拨马追来，渐渐的到了林间，见前面林荫蓊蔚，也疑有伏，竟停住不追。恰也乖了。用诚恐他瞧破兵谋，却故意的回马叫道："李祐狡贼！我有精兵数千，伏住林中，汝敢来么？"激之使来，用计尤妙。祐素轻官军，又被他一激，索性策马复追，才入林中，已被绊马索绊倒。部众急来相救，已是不及，早由官军捆缚了去。用诚回杀一阵，贼众四

第七十五回　却美妓渡水薄郾城　用降将冒雪擒元济

逸,因将祐执送军营,推至愬前。愬佯叱用诚道:"我教汝往请李将军,如何把他拘来? 快替他解缚罢!"全是智谋。用诚不好违慢,将祐松去了绑,便延祐上座,待以客礼。祐感愬厚意,也竭诚愿效。愬遂用为谋士,与李忠义同作幕宾,时常召入密商,甚至夜半方休。他人不得预闻,往往恐祐为变,屡次谏愬。愬待祐益厚,将士越加疑忌,毁谤甚多,甚至别军亦移牒至愬,谓不应用祐。愬恐谤语上闻,反受朝廷诘责,因握祐手泣语道:"天岂不欲平淮蔡么? 何为我二人相知甚深,独不能掩众口呢?"乃与祐附耳数语,然后出语大众道:"汝等既以祐为疑,请令归死朝廷。"因出祐械送京师,先遣使密奏,谓杀祐不能成功。宪宗时方向愬,释令归还。愬遂置祐为散兵马使,令佩刀巡警,出入帐中。有时留祐同宿,密语不寐,帐外有人窃听,但闻祐感泣声。诸将渐释嫌疑,乃遵令如初。

愬派将再攻朗山,淮西兵数万来援,击退官军。败将奔回请罪,愬独欣然道:"我亦知朗山难下哩。胜负兵家常事,何足介意?"语语有意。大众闻败,统觉怅恨,偏见愬谈笑自若,又不知他有什么高见。他惟募敢死士三千人,亲自教练,号为突将,一时娴习未熟,更因天雨连绵,到处积水,暂且按兵不动。吴元济闻兵势日蹙,未免焦灼,乃上表谢罪,情愿束身归朝。宪宗命中使赐诏,待他不死。元济便欲入觐,怎奈左右相率劝阻,大将董重质愿出守洄曲,力任捍护,决保无虞。元济乃悉发亲兵,及守城锐卒,尽归重质带去。重质夙负勇名,官军颇带三分畏怯,相戒不敢近前。

总计自元和九年冬季,饬诸道兵进讨淮西,到了十二年秋月,尚无成效,馈运疲敝,兵民困苦。宪宗宵旰焦劳,亦颇厌兵,乃召问宰辅诸臣。李逢吉等俱言师老力竭,不如罢兵为是。独裴度不发一言,宪宗因向度问计。度答道:"臣知进不知退,若虑诸军无功,臣愿自往督战。"成算在胸。宪宗道:"卿肯为朕一行,足见忠忱,但淮西究能平定否?"度又道:"臣近观元济表文,势实穷蹙,只因军心不一,未肯并力进攻,所以至今乏效。若臣自诣行营,诸将恐臣分功,必争往破贼了。"宪宗大悦,遂命度以平章事兼节度使,仍充淮西宣慰处置招讨使。度因韩弘已为都统,不愿更为招讨,面辞招讨二字,奏调刑部侍郎马总为宣慰副使,韩愈为行军司马,指日启程。临行时,陛见宪宗,慨然道:"臣若灭贼,庶朝天有期,否则归阙无日,臣誓不与此贼俱生。"宪宗不禁流涕,亲御通化门送行。度既出发,进授户部侍郎崔群同平章事,出李逢吉为东川节度使,专意用度,督促进兵。

度至郾城,适李愬进攻吴房,斩淮西骁将孙献忠,是日据阴阳家言,乃是往亡日,诸将劝愬勿出。愬笑道:"正因今日为往亡日,彼不备我,我乃往击,彼亡我不亡,何必多虑?"遂乘锐攻克吴房外城,即日收军折回。孙献忠率骁将五百，奋勇追来，当由愬返旆力战，枭献忠首，仍徐徐还营。诸将请乘胜取城，愬却以为城未可取，不从众言。又伏一层疑团。到了冬季，愬决计袭蔡，遣书记郑澥至郾城，密白裴度。度语澥道："兵非出奇不胜，常侍良谋，度很赞成，请常侍便宜行事！"澥辞归报愬，愬与李祐李忠义二人，又密商了好几次。一日，天气甚寒，阴霾四合，愬独升帐调兵，命李祐李忠义率突骑三千为前驱，自与监军率三千人为中军，李进诚即唐州刺史。率三千人断后，留都虞侯史旻等守文城，既出城门，乃下令东向，疾行约六十里，至张柴村。村中有淮西兵居守，统因天寒入帐，毫不备防，被突骑杀将进去，好似切瓜削菜一般。有几个逃出帐外，外面又似天罗地网，围得水泄不通，没奈何只好自尽。连守住烽堠的贼吏，也杀得干干净净，一个不留。

愬据住村栅，命士卒少休，食干粮，整辔鞍，留五百人屯守，截住朗山来兵，复派兵堵塞洄曲，及诸道桥梁。布置已毕，时已天晚，风声猎猎，雪片飘飘，四面都是寒气笼住，大众瑟缩得很，偏帐内传出号令，乘夜进兵，诸将入请所向。愬正色道："入蔡州去擒吴元济。"大众面面相觑，但又不敢违令，只好硬着头皮，持械起行。监军泣下道："果堕李祐奸计，奈何奈何？"愬又传令衔枚疾走，不得声张，可怜各军冒寒前进，两旁被雪所蒙，融成一片白光，途次不辨高低，就是手中火炬，也为冷风所吹，十有九灭。军中旗帜，亦多吹裂，人马偶然失足，便致僵仆。夜半风雪愈大，吃了无数苦楚，才走得六七十里，远远的望见岩城。愬又下令道："蔡州城就在前面，须格外寂静，喧噪者斩！"军士相率箝口，只满肚中怀着怨苦。又行里许，见有一个方池，中伏鹅鸭。愬远远望见，恰令军士用槊搅击，那鹅鹅喋喋的声音，顿时纷起，大众又不免惊惶。处处为下文返照。城内守卒，统畏寒睡着，拥絮熟寐，就是有几个更夫，微闻声浪，也以为鹅鸭苦冷，因此喧扰，哪个愿巡城瞭望，到了四鼓，愬军尽集城下，李祐李忠义，令突骑凿墙为坎，逐节攀援，揉升而上，直达城楼。守兵兀自睡着，被官军一一杀死，但把更夫留着，仍命照旧击柝，遂下城开门，招纳众军。到了内城，也是这般做法，两城俱拔。

愬入居元济外宅，元济尚高卧未起。美哉睡乎！有人入告元济道："官军到了。"元济蒙眬开眼，不禁大笑道："何事慌张，大约是俘囚为盗啰，天明当尽杀了罢。"不到一刻，又有人入报道："官军已入内城了。"元济披衣方起，呵叱道："城外不到官兵，已三十多年，哪能无端飞至？想是洄曲子弟，向我求寒衣呢。"仿佛做梦。乃徐徐出室，但听外面传官军口号，一呼百应，接续不休，方惊问左右，探知是李常侍号令，始大骇道："何等常侍，能神速至此？"乃率左右登牙城拒战。时已天晓，俯视城下，已由官军围住，忍不住觳觫起来，惟尚望董重质来援，勉力拒守。愬督攻半日，城上矢石如雨，急切不能得手，因按兵罢攻，召语众将道："董重质家属何在？快去查明，好好抚慰。"将士领命而去，一查便获，且将重质子传道，带了前来。传道入见，向愬下拜，愬面谕道："汝父也是好汉，汝去传报，教他不得再误，速即投诚，我决不亏待，否则幸勿后悔。"语至此，即给与手书，令往谕重质。传道去不多时，即与重质同至，入帐乞降。愬欢颜相待，遂令重质招降元济。元济见重质已降，半晌说不出话，只有泪下似丝，惟尚不肯遽降。愬因令李进诚等再攻牙城，接连射箭，矢集城垣，几似猬毛。复纵火焚南门，百姓争负薪刍，帮助官军，霎时间火势炎炎，南门已经焦灼，任你吴元济猖狂跋扈，到此也智术两穷，不得不束手成擒了。小子有诗赞李愬道：

> 兵法留言攻不备，将臣制胜在多谋。
> 试看雪夜行军日，大好岩城一旦休。

毕竟元济如何被擒，容至下回说明。

是回以李愬为主，李光颜为辅。光颜却还美妓，为将帅中所仅见，观其对韩弘使语，寥寥数言，能令四座感泣。人孰无情，有良将以激厉之，自能收有勇知方之效，见色不动，见利不趋，此其所以可用也。郾城一役，董昌龄举城请降，虽平时得诸母教，然亦安知非闻风畏慕，始稽首投诚乎？若李愬之忠勇，不亚光颜，而智术尤过之。当其笼络降将，驾驭将士，处处不脱智谋，至雪夜往取蔡州，尤能为人所不能为。出奇方能制胜，但非平日拊循有道，纪律素严，则当风雪交下，宵深奇冷之时，孰肯冒死急进？恐文城未出，乱几已先发矣。智者沉机观变，养之有素，故能好谋而成，非侈谈谋略者，所可同日语也。

第七十六回　谏佛骨韩愈遭贬
缚逆首刘悟倒戈

却说吴元济见南门被毁，吓得心胆俱裂，慌忙跪在城上，向官军叩头请罪。威风扫尽。李进诚令军士布梯，呼他下来。元济不得已下城，由进诚押见李愬。愬将元济羁入囚车，槛送京师，一面遣使驰告裴度。愬率军入城，守兵俱伏地迎降，不戮一人，就是元济所置官吏，及帐下厨厮役，概令仍旧，使他不疑；乃屯兵鞠场，静待裴度。是日申光二州，及诸镇兵二万余人，一律请降。李光颜亦驰入洄曲，所有董重质遗下部众，均归光颜接收。裴度接愬捷报，先遣副使马总,驰入蔡州,然后建旄杖节,趋至城下。李愬具櫜鞬出迎,拜谒道旁。度揽辔欲避,愬急说道:"蔡人顽悖,不识尊卑上下,已有好几十年,愿公本身作则,使知朝廷尊严,不敢玩视。"度乃直受不辞。愬引度入城,交卸蔡事,仍还至文城驻守。诸将始向愬请教道:"公前败朗山,并未加忧,战胜吴房,仍令退兵。遇大风雪,偏欲进行,孤军深入,毫不畏惧,后来终得成功;事后追思,还是莫明其妙,敢请指教!"愬微笑道:"朗山失利,贼恃胜而骄,不甚加防了。吴房本容易攻取,但我取吴房,贼众必奔往蔡州,并力固守,如何可下?风雪阴霾,贼必不备,孤军深入,人皆死战,我岂欲诸军毕命?但视远不能顾近,虑大不能计细,所以终得成功。若小胜即喜,小败即忧,自己且不能镇定,还想甚么功劳呢?"前回逐层疑团,至此始一一揭出。诸将乃相率敬服。愬自奉甚俭,待士独丰,知贤不疑,见可即进,卒能荡平淮蔡,称为功首。裴度在蔡州城,亦推诚待下,且用蔡卒为亲兵。或劝度不应轻信,度辴然道:"元恶既擒,胁从罔治。蔡人莫非王臣,疑他甚么?"蔡人听了,感泣交并。先是吴氏父子,苛禁甚严,蔡人不准偶语,夜间又不准燃烛,遇有酒食馈遗,以军法论。度一并除去,唯盗贼斗死抵法,蔡人始知有生人乐趣。

元济由官军押解京师,宪宗御兴安门受俘,命将元济献诸庙社,枭首市曹,妻沈氏没入掖庭,二弟三男,流戍江陵,寻皆骈诛。又封尚方剑二口,赐给监军梁守谦,令悉诛贼将。度最恨中官,从前诸镇兵由中官统辖,牵制甚多,经度上表奏罢,使诸将专制号令,因得平贼。至是守谦复奉诏到蔡,拟依旨骈戮贼将。度坚持不可,但诛元济亲将刘协庶赵晔王仁清等十余人,余悉上书申解,多庆更生。乃奏留副使马总为留后,自己启节还朝。宪宗进度为金紫光禄大夫,赐爵晋国公,复知政事。李愬为山南东道节度使,赐爵凉国公,加韩弘兼侍中,李光颜乌重胤等,悉行还镇,赏赉有差。李祐以功授神武将军,惟董重质虽已归降,宪宗因他为元济谋主,决欲加诛。李愬已许重质不死,竭力疏救,乃贬为春州司户,即命韩愈撰《淮西碑》文,表扬战功。宪宗已有侈心。愈承制撰辞略云:

唐承天命,遂臣万方,孰居近土?袭盗以狂。往在玄宗,崇极而圮,河北悍骄,河南附起,四圣不宥,屡兴师征。有不能克,益戍以兵。夫耕不食,妇织不裳,输之以车,为卒赐粮,外多失朝,旷于岳狩,百隶怠官,事亡其旧。帝时继位,顾瞻咨嗟,惟汝文武,孰恤予家?既斩吴蜀,旋取山东。魏将首义,六州降从。淮蔡不顺,自以为疆,提兵叫欢,欲事故常。始命讨之,遂连奸邻。阴遣刺客,来贼相臣,方战未利,内惊京师,群公上言,莫若惠来,帝为不闻,与神为谋,及相同德,以讫天诛。及敕颜李光颜、胤,乌重胤。愬李愬。武韩弘子公武。古李道古即曹王皋子,时代柳公绰为

第七十六回　谏佛骨韩愈遭贬　缚逆首刘悟倒戈

鄂岳观察使。通,寿州刺史李文通。咸统于弘,韩弘。各奏汝功。三方分攻,五万其师。大兵北乘,厥数倍之。尝兵时曲,军士蠢蠢。既翦凌云,蔡卒大窘。胜之邵陵,郾城来降。自夏及秋,复屯相望。兵顿不利,告功不时。帝哀征夫,命相往厘。士饱而歌,马腾于槽。试之新城,贼遇败逃。尽抽其有,聚以防我。西师跃入,道无留者。颔颔蔡城,其疆千里,既入而有,莫不顺俟。帝有恩言,相度来宣。诛止其魁,释其下人。蔡之卒夫,投甲呼舞,蔡之妇女,迎门笑语。蔡人告饥,船粟往哺,蔡人告寒,赐以缯布。始时蔡人,禁不往来,今相从戏,里门夜开。始时蔡人,进战退戮,今眠而起,左飧右粥,为之择人。以收余瘗,选吏赐牛,教而不税。蔡人有言,始迷不知,今乃大觉,羞前之为。蔡人有言,天子明圣,不顺族诛,顺保性命。汝不吾信,视此蔡方。孰为不顺?往斧其吭。凡叛有数,声势相倚,吾强不支,汝弱奚恃?其告而长,而父而兄,奔走偕来,同我太平!淮蔡为乱,天子伐之,既伐而饥,天子活之。始议伐蔡,卿士莫随,既伐四年,小大并疑。不赦不疑,由天子明,凡此蔡功,惟断乃成。四语扼要。既定淮蔡,四夷毕来,遂开明堂,坐以治之。原文有一序,因限于篇幅,故从略。

　　碑文大意,是归功君相,少述将功。李愬以功居第一,未免不慊。愬妻系唐安公主女,唐安公主系德宗长女。出入禁中,为诉愈文不实。宪宗将愈文磨去,更命段文昌另撰。文昌已入都为翰林学士,隐承上意,归美李愬,愬乃无言。有功不伐,原是难能。当裴度在淮西时,布衣柏耆,入谒韩愈,谓:"元济就擒,王承宗定然胆落,愿得丞相书,劝令悔过投诚。"愈转达裴度,度作书给耆,遣谕承宗。承宗颇有惧意,乃向田弘正乞怜,请送二子入质,及献德棣二州。弘正代为奏请,宪宗尚未肯许,继思六道兵马,往讨成德,迄无功效;更因义武节度使浑镐,吃一败仗,丧失无算。昭义横海两军,亦多退归,刘总又屯兵不进,应前回。眼见得不易讨平,乃从弘正言,赦承宗罪。承宗送子知感知信,及德棣二州图印至京师,于是复承宗官爵,仍令镇成德军。

　　李师道闻淮西告平,也觉惊心。判官李公度,牙将李英昙等,劝师道遣子入侍,献沂密海三州以自赎。师道勉强允诺,依言上表。宪宗因遣左散骑常侍李逊,至郓州宣慰,不意师道竟盛兵相见,语多倨傲。逊正辞驳诘,愿得要言奏天子。师道含糊相答,口中虽说是遵约,实不过敷衍目前,并无诚意。逊返奏宪宗,宪宗调李光颜为义成节度使,会同武宁节度使李愿,宣武节度使韩弘,魏博节度使田弘正,横海节度使程权,同讨师道。程权即程执恭,赐名为权,权不欲再膺节钺,表请举族入朝。宪宗乃命华州刺史郑权代任。程权卸职入都,诏授检校司空,嗣复出为邠宁节度使,卒得考终。宪宗自淮西平后,侈心渐起，修麟德殿，浚龙首池，筑承晖殿，大兴土木。判度支皇甫镈、盐铁使程异，迎合上意，屡进羡余。宪宗很是宠幸，竟令两人同平章事，诏敕传宣，中外骇愕。裴度崔群，连疏进谏，终不见从。皇甫镈用李道古言，荐入方士柳泌，浮屠大通，谓能合长生药。宪宗召泌入见，泌奏称天台山多灵草，可以采服延年。宪宗即命泌权知台州刺史。言官纷纷进谏，略言："历代君主，或喜用方士，从未有使他临民。"宪宗不悦，且面谕谏臣道："只烦一州民力，能令人主致长生，臣子亦何爱呢？"群臣知无可挽回，乐得闭口不宣，虚縻禄位。至元和十四年正月，凤翔法门寺塔，谣传有佛指骨留存，宪宗遣僧徒往迎佛骨，奉入禁中，供养三日，乃送入佛寺。王公大臣，瞻仰布施，惟恐不及。韩愈已迁任刑部侍郎，独慨切上谏道：

　　佛者夷狄之一法耳，自后汉时始入中国，上古未尝有也。昔黄帝在位百年，年百一十岁，少昊在位八十年，年百岁，颛顼在位七十九年，年九十岁，帝喾在位七十年，年百五岁，尧在位九十八年，年百一十八岁，帝舜及禹，年皆百岁，其后汤亦年百岁，汤孙太戊在位七十五年，武丁在位五十年，史不言其寿，推其年数，当不减百岁。周文王年九十七，武王年九十三，穆王在位百年，当其时佛法未至中国，非因事佛使然也。汉明帝时，始有佛法，明帝在位才十八年，其后乱亡相继，运祚不长。宋齐梁陈元魏以下，事佛渐谨，年代尤促。唯梁武帝在位四十八年，前后三舍身施佛，宗庙祭不用牲牢，尽日一食，止于菜果，后为侯景所逼，饿死台城，国亦浸灭。事佛求福，乃更得祸，由此观之，佛不足信，亦可知矣。高祖始受隋禅，则议除之，当时群臣识见不远，不能深究先王之道，古今之宜，推阐圣明，以救斯弊，其事遂止，臣常恨焉。今陛下令群僧迎佛骨于凤翔，御楼以观，舁入大内，又令诸寺递加供养，臣虽至愚，必知陛下不惑于佛，作此崇奉以祈福祥也。但以丰年之乐，徇人之心，为京都士庶设诡异之观，戏玩之具耳，安有圣明如陛下，而肯信此等事哉？然百姓愚冥，易惑难晓，苟见陛下如此，将谓真心信佛，皆云天子大圣，犹一心信向，百姓微贱，岂宜更惜身命？遂至灼顶燔指，十百为群，解衣散钱，自朝至暮，转相仿效，唯恐后时，老幼奔波，弃其生业，若不即加禁遏，更历诸寺，必有断臂脔身，以为供养者。伤风败俗，传笑四方，非细事也。佛本夷狄，与中国言语不通，衣服殊制，口不道先王之法言，身不服先王之法服，不知君臣之义，父子之情，假使其身尚在，来朝京师，陛下容而接之，不过宣政一见，礼宾一设，赐衣一袭，卫而出之于境，不令惑众也。况其身死已久，枯朽之骨，岂宜以入宫禁？乞付有司，投诸水火，断天下之疑，绝前代之惑，使天下之人，知大圣人之所作为，固出于寻常万万也。佛如有灵，能作祸

第七十六回　谏佛骨韩愈遭贬　缚逆首刘悟倒戈

崇,凡有殃咎,悉加臣身,上天鉴临,臣不怨悔。

宪宗览到此奏,不禁大怒,持示宰相,欲加愈死罪。裴度崔群竝上言道:"愈语虽近狂,心实忠恳,宜宽容以开言路。"宪宗道:"愈言我奉佛太过,尚或可容,至谓东汉以后诸天子,年皆夭促,这岂非妄加谤剌么?愈为人臣,如此狂妄,罪实难恕。"群与度又再三乞免,乃贬愈为潮州刺史。愈至潮州,问民疾苦,皆言恶溪有鳄鱼,屡食畜产,大为民害。愈即往巡视,且命属吏秦济,用一羊一豚,投入溪水,自撰祭文数百言,向溪宣读,备极感慨,限期督徙。果然夜间疾风震电,起自溪中,溪水逐渐干涸,鳄竟西徙,潮州遂无鳄鱼患。信及豚鱼,奈不能感格君心,殊为可叹。愈又上表吁诚,宪宗颇自感悔,意欲召还。皇甫镈素忌愈直,奏言愈终疏狂,只可酌量内移,因命愈改刺袁州。袁人多质押男女,过期不赎,便没为奴仆,愈令计僱赎身,得归还七百余人,且与立禁约,此后不准鬻良为贱。袁人歌颂不衰,不没政绩。后文再表。

且说李师道本欲归命,遣子入质,因为妻魏氏所阻,遂有悔意。魏氏更连接婢妾蒲氏袁氏,家奴胡惟堪杨自温,及孔目官王再升,进语师道,略谓:"先司徒抚有十二州,如何无端割献?现计境内兵士,约数十万,不献三州,不过以兵相加,若力战不胜,献地未迟。"力战不胜,恐要汝等首级,岂献地所能免么?师道遂决计抗命。至朝旨已调兵进讨,他尚推在军士身上。谓众情不愿纳质割地,臣亦不便专主等语。宪宗越觉气忿,下诏宣布师道罪状。又以李愿多病,郑权新任,未便战阵,特调李愬为武宁节度使。愿系愬兄,召入为刑部尚书,再徙乌重胤为横海节度使,令郑权移镇邠宁。愬既代兄任,与魏博节度使田弘正,进逼平卢,累战皆捷,获得平卢兵马使李澄等四十七人,悉送入都。宪宗概令免诛,各发遣行营,效力赎罪。且遥命行营诸将道:"所遣诸徒,如家有父母,意欲归省,仅可给赀遣回,朕惟诛师道,余皆不问。"此诏一下,平卢士卒,相继来降。

师道素信判官李文会及孔目官林英,所有旧吏高沐郭昈李存等,俱为文会等所谮,沐被杀,昈存被囚。又有幕僚贾直言,冒刃谏师道二次,舁榇谏师道一次,并绘槛车囚系妻孥图上献,也被师道囚住,连前时劝他归命的李公度,并羁入狱中。牙将李英昙,且遭勒毙。及官军四临平卢,兵势日蹙,将士哗然。师道不得已释放囚犯,令还幕府,出李文会摄登州刺史。但势已无及,屡战屡败。李愬进拔金乡,韩弘进克考城,楚州刺史李听,又由淮南节度使李夷简差遣,趋海州,下沭阳朐山,进戍东海;田弘正进战东阿阳谷,连破戍卒;李光颜攻濮阳,进收斗门杜庄二屯,仿佛四面楚歌,同时趋集,吓得师道脚忙手乱,忧悸成疾。至李愬破鱼台,入丞县,郓州益危。师道募民夫修治城堑,整缮守备,男子不足,役及妇人,郓城恟恟,怨言蜂起。都知兵马使刘悟,曾由师道遣守阳谷,拒田弘正。悟务为宽惠,颇得上心,军中号为刘父,但与魏博军接仗,往往败绩。有人入白师道,谓:"悟不修军法,专收众心,后必为患,亟应除去。"师道乃潜遣二使,赍帖授行营副使张暹,令乘便杀悟。暹与悟善,怀帖相示,悟即使人潜执二使,立刻杀死。悟召诸将与语道:"悟与公等不顾死亡,出抗官军,自思原不负司空,今司空过信谗言,来取悟首,悟死,诸公恐亦不免了。今官军奉天子命,只诛司空一人,我辈何为随他族灭?不若卷旃束甲,同还郓城,奉行朝命,铲除逆首,非但可免危亡,富贵且可立致呢。"兵马副使赵垂棘,当先立着,半晌才答道:"事果济否?"悟应声叱道:"汝与司空合谋为逆么?"便即拔出佩刀,将赵剁毙,且复宣言道:"今当赴郓,违令立斩!"将士尚未敢遽应,又被悟杀死三十余人。余众股栗,乃皆战声道:"惟都头命!"军中称都将为都头。悟又下令道:"入郓城后,每人赏钱百缗,惟不得擅取军帑,逆党与仇家,任令掠取。"军皆允诺,遂令士卒饱食执兵,夜半即行。人衔枚,马缚口,悄悄的进薄郓城。及至城下,天尚未明,先遣十人叩门,但说刘都头接奉密帖,连夜驰归,门吏尚未知有变,开城出见,请俟入报师道,然后迎入。十人拔刀相向,门吏窜去。悟引军趋至,直入外城,内城守卒,亦开门纳悟,只有牙城还是键闭,不肯遽启。悟督军纵火,劈开城门,牙兵不满五百,起初尚发矢相拒,嗣见悟军如潮涌至,料知不支,俱执弓投地,一哄而散。悟勒兵升厅,使捕索师道,师道方才起床,惊悉巨变,忙入白师古妻裴氏道:"嫂!……刘悟已反,奈何奈何?"何不求教床头人,乃与嫂言何益?裴氏是个女流,有甚么方法,但以泪珠儿相报。师道越加惶急,即退出嫂室,闻外面已汹汹搜捕,急觅得二子弘方,走匿厕所。不意厕旁有隙,竟被悟兵瞧着,大踏步走了进来,七手八脚,把师道父子抓去,牵至厅前。悟不欲见师道,但使人传语道:"悟奉密诏,送司空归阙,但司空尚有何颜,往见天子?"师道尚流涕乞怜。弘方二子,却慨然道:"事已至此,速死为幸。"虽是与父同尽,却还有些气节。当下由悟传令,推出师道父子,至牙门外隙地,一并斩首。悟再命两都虞侯巡行城市,禁止掳掠,自卯至午,全城安定。又经悟大集兵民,亲自慰谕,但将逆党二十余人,按罪伏诛,余皆令照旧办事。文武将吏,且惧且喜,联翩入贺。悟见李公度贾直言两人,下座与语,握手唏嘘,遂引入幕府,令为参佐。一面函师道父子三首,遣使送魏博军田弘正营,一面搜得师道妻魏氏,及奴妾蒲氏袁氏等,一一审讯。魏氏本有三分姿色,更兼伶牙俐齿,宛转动人,就是蒲袁二氏,也是郓城尤物,已经牵到案前,匍伏乞哀,个个是颦眉泪眼,楚楚可怜,那倒戈逞志的刘悟,本也是个屠狗英雄,偏遇了这几个长舌妇人,不由的易威为爱,化刚成柔。小子有诗叹道:

>到底蛾眉善蛊人,未经洞口已迷津。
>任他铁石心肠似,不及红颜一笑颦。

欲知刘悟如何处置,且至下回分解。

韩退之一生学术,以《谏佛骨》一疏,为最著名之条件,其次莫如《淮西碑》文。《淮西碑》归美君相,并非虚谀,乃以妇人一诉,遂令剗灭,宪宗已不能无失,佛骨何物?不必论其真伪,试问其有何用处,乃欲虔诚奉迎乎?疏中结末一段,最为剀切,而宪宗不悟,反欲置诸死地,是何蒙昧,一至于此?其能平淮西,下淄青,实属一时之幸事,宪宗固非真中兴主也。吴元济本非枭雄,李师道尤为懦怯,良言不用,反受教于妻妾臧获,谋及妇人,宜其死也,何足怪乎?刘悟一入而全州瓦解,父子授首,左右之芒刃,严于朝廷之斧钺,徒致身亡家没,贻秽千秋。师道之愚,固较元济为尤甚欤?然宪宗亦志满意骄,因是速死矣。

第七十七回　平叛逆因骄致祸　好盘游拒谏饰非

却说刘悟见魏氏等楚楚可怜,不忍加诛,仍令返入内室,复遣妻李氏入慰。原来悟是前平卢节度使刘正臣孙,正臣为国殉难,叔父全谅,节度宣武,置悟为牙将,悟得罪他去,辗转奔徙,仍入平卢。李师古见悟状貌,尝语左右道:"此人必贵,但恐败坏吾家。"既有此识,何故重用?乃令统领后军,并妻以从妹,欲令他诚心归附,谁知他倒戈入郓,果如师古所料。悟遣妻抚慰魏氏,姑嫂间自然欢洽。至夜间悟入休息,魏氏复来道谢,悟很是怜爱,竟与魏氏小宴叙情,还有蒲袁二氏,一同旁侍。蒲氏向称蒲大姊,袁氏向号袁七娘,两人本为李家婢,师道见姿色可人,遂与有私,列为小星,至是入侍刘悟,做了魏氏的红娘,从旁兜揽,竟劝魏氏伴悟同榻。魏氏也没有甚么廉耻,乐得撑篙近舵,与悟成了好事。蒲大姊袁七娘,也沾染余润,挨次轮流,女三成粲,悟乐可知。不怕李氏吃醋么?且因朝廷初下诏令,曾有赏格,谓能杀师道,率众来降,即畀师道官爵,悟以为坐得十二州,遂补署文武将佐,更易州县长吏,且面语僚属道:"军府政事,一切仍旧,我但与诸君抱子弄孙,尚复何忧?"想是得了三美,遂思多育子孙。

过了三日,魏博行营,遣使修好,悟接待来使,开庭设宴,席间命壮士手搏,娱骋心目。悟本多力,也摇肩攘臂,离座助势,且顾语来使,自夸勇武。来使面谀数语，引得悟心花怒开，连尽数大觥。宴毕，来使辞行，乃厚赆遣归。看官道魏博使人，果当真修好么？他是受了田弘正密命，来觇刘悟举动。弘正自得师道父子首级，即露布告捷，因恐师道首级非真，特召夏侯澄辨认。澄系师道麾下，受擒后归弘正差遣，至是见师道首，长号晕绝，良久方苏，复抱首舐面，恸哭不置。弘正也为改容，目为义士。但已见得逆首非虚，立遣人传送京师。宪宗大喜，命户部侍郎杨于陵为淄青宣抚使，分十二州为三道，郓曹濮为一道，淄青齐登莱为一道，兖海沂密为一道。自李正已据有淄青，历李纳及师古师道，凡四世，共计五十四年，名为唐属，实是独霸一方，自除官吏，不供贡赋。即如淮西成德各军，亦皆与平卢相似，经宪宗依次略定，河南北三十余州，乃尽遵唐廷约束，不再跋扈了。这是宪宗得人之效。

宪宗惩前毖后，欲徙刘悟至他镇，因恐悟不受代，复须用兵，乃密诏田弘正侦察。弘正遂阳称修好，阴使窥伺。及得使人还报，不禁冷笑道："匹夫小勇，有何能为？若闻改徙，必行无疑。"一语道破。当即密报宪宗。宪宗遂徙悟为义成节度使，且令弘正带兵入郓，迫令交代。刘悟正耽情酒色，乐以忘忧，忽接到移镇诏敕，顿吃了一大惊，又闻田弘正引兵到来，更急得形神沮丧，手脚慌忙，夜间草草整装，也不及与魏氏等欢叙，俟到天明，已有人入报道："魏博军无数到来，距此只数里了。"悟仓皇出迎，李公度贾直言郭昈李存等随着，离城二里，即与田弘正遇着，客亭相见，寒暄数语，弘正便欲入城。悟尚拟同入，想总为了三姐。弘正道："天子命不可违。郓城事由弘正料理，倘如公以下，尚有眷属等人，未曾挈领，自当护送前来，请勿多虑！"悟懊怅自去。惟郭昈李存谋除李文会，先已遣使至登州，诈传悟命，召他入郓，途次将他刺死，及携首回来，昈存等已随往滑州，无从复命，只好报知田弘正。弘正以文会助逆，理当处死，不必再议。此外悉除苛禁，听民安居，所有赴滑诸将吏家属，统遣吏护送入境。惟师道家属，照例应当连坐，特表请诏敕施行。旋得诏旨下来，师道妻魏氏以下，应没入掖庭，师古子明安，令为郎州司户参军，明安母裴氏，得随子赴任，其余宗属，流徙远方。看官道宪宗此诏，何故重罪轻罚？这也是刘悟有情魏氏，特地上表陈请，诈称魏氏是魏征后裔，应该援议贤议功两例，免她死罪。明安母子，与师道本不同谋，理难连坐等语，悟为明安母子营救，当是受教妻室。所以宪宗从轻处置。弘正依诏办理，复查得师道簿书，有赏王士元等十六人，系为刺杀武元衡案件，遂按名索捕，尽行搜获，解送京师，讯实正法。其实王士元等，尚非真正凶手，他是冒功受赏，被捕后亦知难免，索性供认了案。京兆尹崔元略，颇探知隐情，宪宗以为罪恶从同，也无暇辨正了。

田弘正得加授检校司徒，兼同平章事，仍令还镇；调义成节度使薛平，为平卢节度使，兼淄青齐登莱等州观察使；任淄青行营供军使王遂，为沂海兖密

第七十七回　平叛逆因骄致祸　好盘游拒谏饰非

等州观察使；徙淮西留后马总，为郓曹濮等州节度使，分镇而治，总道是力弱易制，永远相安，哪知王遂残酷不仁，激成怨讟，不到半年，便被役卒王弁等拘住，责他盛暑兴工，用刑刻暴等罪，乱刀砍死，弁自称留后。嗣经棣州刺史曹华，受命赴沂，拘送王弁，腰斩东市，余党尽歼。华继任沂海兖密观察使，祸乱才算敉平。宰相裴度，曾为宪宗讨平元济，至师道授首，亦由度在朝密议，始得成功。度又极言中官专恣，祸甚藩镇，并与皇甫镈程异不协。镈异遂潜引中人，百端构度，度竟被出为河东节度使，不过同平章事职衔，尚未撤销。既而程异病死，镈荐河阳节度使令狐楚入相，楚与镈为同年进士，所以引入。河东节度使张弘靖，卸职还朝，适宣武节度使韩弘入朝，请留京师，乃命弘靖往代，进韩弘为司徒，兼中书令。魏博节度使田弘正，也入都朝觐，情愿留京，三表不许，命他兼职侍中，优诏遣归。弘正虽奉命还镇，但兄弟子侄，多留官京中，宪宗皆擢居显列，朱紫满朝，人以为荣。

惟宪宗以两河平定，群藩帖服，愈觉得太平无忌，功德巍巍。皇甫镈等献媚贡谀，奉宪宗尊号，称为元和圣文神武法天应道皇帝，一班度支盐铁等使，随时进奉，多多益善。从前藩镇未平时，进奉的名目，叫做助军，及藩镇已平，易助军为助赏，至进上尊号，又改称为贺礼，就是左右军中尉，亦各献钱万缗。*无非导君以侈。* 看官试想！天下有几个毁家纾难的大忠臣，所有进奉诸官吏，哪个不是刻剥百姓，吸了民间的膏血，移作媚上的资本？库部员外郎李渤，出使陈许，还言："渭南诸县，民多流亡，弊由计臣聚敛，剥下媚上，以致如此。"皇甫镈等恨他多言，伺隙图渤。渤却见机谢病，辞职告归，他本号为少室山人，前因朝廷迭召，无奈就征，此次见忌当道，他当然不应恋栈，一官敝屣，还我本来，才不愧为高士呢。*阐表清操。*

台州刺史柳泌，奉旨莅任，日驱吏民采药，岁余不得一仙草，自恐得罪，逃匿山中。浙东观察使捕泌送京，皇甫镈李道古等，代为庇护，泌竟免罪，反得待诏翰林。又令他合药进供，宪宗取服以后，日加燥渴。起居舍人裴璘上言："药止疗疾，不应常服。况金石酷热有毒，益以火气，更非脏腑所能胜受。古语有云：'君饮药，臣先尝。'请令泌先饵一年，试验利害，然后再服不迟。"宪宗不但不从，反贬璘为江陵令。

同平章事崔群，为皇甫镈所排挤，出为湖南观察使。知制诰武儒衡，系故相元衡从弟，抗直敢言，又为令狐楚所嫉忌，特想出一法，荐用狄兼谟为左拾遗。兼谟为狄仁杰族曾孙，尝登进士第，辟襄阳府使，刚正有祖风，举为言官，本是材足称职，但观令狐楚荐牍，内言："天后窃位，诸武专横，赖狄仁杰保佑中宗，克复明辟，兼谟为功臣后裔，更且才行优长，亟宜录用"云云。看他文字，似与武儒衡没甚关系，其实指斥武氏，便是影射儒衡。儒衡知他言外有意，忙泣诉宪宗道："臣祖平一，当天后朝，遁迹嵩山，并未在位……"宪宗不待说完，便点首道："朕知道了。"武平一不见前文，便是高隐之故。儒衡乃退。未几，迁中书舍人，左军中尉。

吐突承璀自淮南还都后，仍然得宠，辗转援引，党类甚繁。后来党派分裂，内侍王守澄陈弘志等，与承璀势力相当，互为倾轧，萧墙里面，早已隐伏戈矛。宪宗误服金石，致多暴躁，左右宦官，往往获罪致死，因此人人自危，时虞不测。承璀尝与宪宗次子澧王恽友善，从前太子宁病殁时，劝宪宗立恽为储，宪宗因恽母微贱，特立遂王恒为太子，至是宪宗有疾，承璀复谋立恽，太子恒得知消息，密遣人问诸司农卿郭钊，钊系太子母舅，嘱使传语道："殿下但应孝谨，静俟天命，幸勿他谋。"郭氏子弟，始终尽礼。太子才耐心静待。到了元和十五年元旦，宪宗因寝疾罢朝，群臣惶恐，会义成节度使刘悟来朝，赐对麟德殿，及悟趋出，语群臣道："主体平安，保毋他虑。"群臣听了悟言，总道是易危为安，放心归第，不料过了一宵，宫中竟传出骇闻，说是圣驾宾天，宰相以下，仓猝入临，趋至中和殿，就是御寝所在，但见殿门外面，已由中尉梁守谦，带兵环卫，里面寝室，为王守澄陈弘志及诸宦官马进潭刘承韦元素等把守，不准群臣趋进龙床。陈弘志且扬言道："皇上误服金丹，毒发暴崩，真是出人意料，幸留有遗诏，命太子嗣位，授司空兼中书令韩弘，摄行冢宰，太子现在寝室，应即日正位，然后治丧便了。"别人不言，独让陈弘志出头，明明是贼胆心虚，自欲洗清逆案。皇甫镈令狐楚等，本来是没甚气节，且见寝殿内外，已被一班阉竖，占了先着，盘踞牢固，料知不便抗争，只好唯唯从命。陈弘志手段甚辣，密遣心腹伺诸道旁，俟吐突承璀及澧王恽奔丧，竟出其不意，将他杀死，外人亦不知为谁氏所遣，宫廷中且未悉两人死耗，专办太子即位礼仪，及料理丧具等事。太子恒即位太极殿东序，是谓穆宗，赐左右神策军钱，每人五十缗。

皇甫镈已毕朝贺，退回私第，翌晨复拟入朝，忽由中使颁到诏敕，数责罪状，谪窜崖州，令为司户参军。镈不觉泪下，待中使出去，与家人叙别，免不得相对悽惶，继且自叹道："王守澄陈弘志等谋逆，我身为宰相，不能讨叛，罪固当死，若说我荐引方士，药死皇上，这却未免冤枉哩。"自知颇明，然已迟了。乃出都南行，后来竟死崖州，中外称贺。左金吾将军李道古，亦坐贬循州司马，杖死方士柳泌，及浮屠大通。中尉梁守谦以下，都进官有差。弑君逆党，反得蒙赏，唐事可知。进任御史中丞萧俛，及翰林学士段文昌同平章事，尊生母郭贵妃为皇太后，追赠太后父暖为太尉，母为齐国大长公主，兄钊晋授刑部尚书，钦为金吾大将军。太后移居兴庆宫，朔望三朝，穆宗每率百官诣宫门上寿，或岁时庆问燕飨，后宫戚里，暨内外命妇，联袂入宫，车骑杂沓，环珮铿锵，豪华烜赫，备极一时。选应第七十四回。

第七十七回　平叛逆因骄致祸　好盘游拒谏饰非

穆宗务为奢侈,尤好嬉游,即位未几,御丹凤门,宣诏大赦,召入教坊倡优,令演杂戏,纵观恣乐。越数日,又至左神策军,观角抵戏,即手搏戏。监察御史杨虞卿等,上疏谏阻,穆宗阳为优答,仍然未改。柳公绰弟公权,书法遒劲,得邀主赏,召入为翰林侍书学士。穆宗尝问道:"卿书何这般佳妙?"公权答道:"用笔在心,心正笔自正。"穆宗亦悚然动容,知他借笔作谏;但江山可改,本性难移,更兼左右宵小,逢君为恶,日加从恿,单靠着两三直臣,几句正话,哪能挽回主听,骤改前非?一薛居州其如宋王何? 江陵士曹元稹,具有文才,善作歌曲,尝与监军崔潭峻交游。潭峻录稹旧作,归白宫中,宫人多喜歌诵,宛转悠扬,曲尽妙趣。穆宗问为何人所制?当由潭峻报明姓氏,并盛称稹才可用,遂召他入都,命为知制诰。中书舍人武儒衡,瞧他不起,会当溽暑,与同僚食瓜阁下,稹亦在座,儒衡见瓜上有蝇,用扇挥去,且语道:"适从何来?遽集于此。"同僚大半失色,儒衡意气自如,稹怀惭而退。稹字微之,宪宗时曾为左拾遗,奏议颇多,寻为监察御史,辄出外按狱。少年喜事,日遭诟病,遂被当道参劾,贬为江陵士曹参军。武儒衡因他交通中官,复得干进,所以格外奚落。若论他文才诗思,与白居易实相伯仲,所传歌词,天下称颂,时号为《元和体》,往往播诸乐府,宫中呼为元才子。不过出处未慎,身名两败,可见才德两字,是缺一不可呢。为有才者作一棒喝。

是年六月,葬宪宗于景陵。宪宗在位十四年,享年四十二岁,史称宪宗志平僭叛,所向有功,好算一中兴主,可惜晚节不终,致为宦官王守澄陈弘志等所弑,这正是一代公评。惟穆宗既葬宪宗,益事游畋,趁着秋凉天气,带了后宫佳丽,游鱼藻宫,浚池竞渡,赐与无节。且欲开重阳大宴,拾遗李珏,与同僚上疏道:"元朔未改,山陵尚新,虽陛下俯从人欲,以月易年,究竟三年心丧,礼不可紊,合宴内廷,究应从缓为宜。"穆宗不听。到了九月九日,宴集百官,格外丰腆,足足畅饮了一天,既而群臣入阁,谏议大夫郑覃崔郾等五人进言,略谓:"陛下宴乐过多,游幸无度,日夕与近习倡优,互相狎昵,究非正理。就是一切赏赐,亦当从节。金帛皆百姓膏血,非有功不可与,虽然内藏有余,总望陛下爱惜,留备急需!"穆宗自践位后,久不闻阁中论事,此次忽闻阁议,便问宰相道:"此辈何人?"宰相等答是谏官。穆宗乃令宰相传语道:"当如卿言。"宰相传谕毕,相率称贺。哪知穆宗口是心非,不过表面敷衍,何曾肯实心改过?尝语给事中丁公著道:"闻外间人多宴乐,想是民和年丰,所以得此佳象,良慰朕怀。"公著道:"这非佳事,恐渐劳圣虑。"穆宗惊问何因?公著道:"自天宝以来,公卿大夫,竞为游宴,沈酣昼夜,猱杂子女,照此过去,百职皆废,陛下能无忧劳么? 愿少加禁止,庶足为朝廷致福。"穆宗似信非信,迁延了事。

未几,已是仲冬,又拟出幸华清宫。此时韩弘已罢,令狐楚亦因搢克免相,累贬至衡州刺史,另用御史中丞崔植同平章事。植与萧段文昌,率两省供奉官,诣延英门,三上表切谏,且言御驾出巡,臣等应设扈从,乞赐面对。穆宗并不御殿,也无复音。谏官等又俯伏门下,自午至暮,仍然没有音响,不得已陆续散归,约俟翌晨再谏。不料次日进谒,探得宫中消息,车驾已从复道出城,往华清宫,只公主驸马及中尉神策六军使,率禁兵千余人,扈从而去,群臣统皆叹息。好容易待到日暮,方闻车驾已经还宫,大众才安心退回。小子有诗叹道:

> 为臣不易为君难,勤政从虞国未安。
> 宁有庙堂新嗣统,遨游终日乐盘桓?

内政丛脞,外事亦不免相因,欲悉详情,请看下回续叙。

古人有言:"外宁必有内忧。"夫外既宁矣,内忧胡自而至?盖自来好大喜功之主,当其从事外攘,非不刚且果也,一经得志,骄侈必萌,背臣媚子,毕集宫廷,近则不逊,远之则怨,未有不酿成祸乱者。如宪宗之信方士,任宦官,好进奉,都自削平外患而来,卒之身陷大祸,死于非命,史官犹第书暴崩,不明言遭弑,本编依史演述,虽未直书弑逆,而首恶有归,情事已跃然纸上,岂必待显揭乎哉?况穆宗为宦官所立,已为晚唐开一大弊,即位后又不讨贼,专事嬉游,甚且举乱臣贼子而封赏之,然则弑父与君穆宗应为首逆,许世子不尝药,《春秋》犹书弑君,况如穆宗之狎昵乱贼乎?故王守澄陈弘志之弑君,可书而不书,穆宗之无父无君,虽不书与直书等,皮里阳秋,明眼人自能瞧破,此即所谓微而显也。

第七十八回　河朔再乱节使遭戕
深州撤围侍郎申命

却说成德节度使王承宗,自遣质献地后,还算安分守己,至元和十五年十月病殁。子知感知信,尚留质京师,秘不发丧。军中推立承宗弟承元,承元年方二十,语军士道:"诸公未忘先德,不因承元年少,欲令暂摄军务;承元愿尽节天子,勉成忠烈王遗志,诸公肯相从否?"忠烈王即王武俊。大众许诺。承元乃视事旁厅,不称留后,密表请朝廷除帅。朝廷始知承宗已殁,特调魏博节度使田弘正,为成德节度使,徙承元为义成节度使,且遣谏议大夫郑覃宣慰成德军,赍钱百万缗,分赏将士。将士闻承元移镇义成,俱涕泣挽留。承元亦涕泣

第七十八回　河朔再乱节使遭戕　深州撤围侍郎申命

与语道："诸公厚爱，不欲承元他去，盛情可感，但使承元违诏，适增承元罪戾。从前李师道未败时，朝廷尝下诏赦罪，召他入朝，师道欲行，诸将攀辕固留，后来杀死师道，就是这等将士，愿诸公勿使承元为师道，便是承元的幸事了。"言毕，且遍拜将士，将士统已无言，独大将李寂等十余人，尚然强谏，不肯令往。承元忍不住变色道："承元不敢违诏，你却敢抗命么？"呼左右缚住李寂等，推出斩首。有胆有识，不意于少年得之。军心乃定，承元遂移赴滑州去了。成德自李宝臣始，至王承元终，共易二姓，传五世，凡五十九年。

越年改元长庆，卢龙节度使刘总，奏请弃官为僧，乞另简大员继任。看官阅过上文，应知刘总弑父杀兄，窃据节钺，为何此次不愿做官，反愿为僧呢？原来总虽得位，心中未免危惧，当夜深人静时，屡见父兄在旁，怒目相视，他不得已延僧忏醮，朝诵经，夕礼佛，几乎无日空闲，偏是佛法无灵，冤魂屡扰，甚至青天白日，也觉父兄随着，因此越加惊惶。天下事最怕心虚，心越虚，胆越小，自悔前事做错，将来难免受祸，不如趁早出山，省得吃苦。又见河南北皆已归他，遂决计弃官为僧，奏分所属为三道，幽涿营为一道，平蓟妫檀为一道，请除张弘靖薛平为节度使；瀛莫为一道，请除卢士玫为观察使。并又择麾下宿将，如朱克融即朱滔孙。等送京师，乞量才内用，为燕人劝。并献征马万五千匹，然后削发待命。好几日不见诏下，他将印节交代留后张玘，静悄悄的遁去。倒也清脱。

穆宗接刘总表文，尚不在意，专务酣宴冶游。过了数日，方令宰臣等会议，时萧俛段文昌相继罢职，改用户部侍郎杜元颖同平章事。元颖为杜如晦五世孙，与崔植先后入相，植尚有操守，未达世务，元颖实庸碌无能，较植尤为暗昧。两人拟定办法，乃是许总为僧，惟分道一说，不尽相从，但调河东节度使张弘靖继任，就原镇内止割瀛莫二州，归卢士玫管领。士玫曾权知京兆尹，为总妻族亲戚，总特别举荐，却有些假公济私的意思。两相不便却情，曲从所请，所有兵马使朱克融等，留京待选。穆宗当然准奏，只待遇刘总，恰有两条敕旨，一是准他为僧，赐给僧服，一是晋任侍中，移镇天平军。即前回郓曹濮三州，赐号天平军。两事令他自择，即遣中使赉诏赴镇。哪知到了幽州，刘总早已他去，当由留后张玘，四处找寻，及寻至定州境内，才见刘总遗骸，暴露山下。岂真放下屠刀，立地成佛耶？乃购棺具殓，通报刘氏子弟，扶榇归里。刘氏建节幽州，自怦至总凡三世，共三十六年。

先是河北诸帅，皆亲冒寒暑，与士卒同甘苦，及张弘靖移镇，雍容娇贵，深居简出，政事多委诸幕僚，所用判官韦雍等，又皆年少浮躁，专尚豪纵，出入传呼甚盛，或朝出夜归，烛炬满街，燕人惊为罕见。朝廷赏给卢龙军百万缗，由弘靖截留二十万，充军府杂用。韦雍等复克扣军士衣粮，且屡诟军士道："今天下太平,汝等能挽两石弓,不若识一丁字。"军中闻诉,各有怨言。祸在此矣。会朱克融等被当道勒还,仍令归本镇驱使。克融求官不遂,恰耗了许多旅资,及回见弘靖,弘靖亦没甚礼貌,不过淡漠相遭。克融积忿不平,暗生异志,可巧韦雍出游,遇小校纵辔前来,冲撞马头,雍命导役把小校曳下,即欲在街中杖责,小校不服。雍将小校带回,入白弘靖,弘靖命拘系定罪。是夕即生变乱,士卒呼噪入府,扭住弘靖,劫掠货财妇女,杀死幕僚韦雍张宗元崔仲卿郑埙,及都虞侯刘操、押牙张抱元。惟判官张彻,素性长厚,大众不忍加刃,与他商议后事。彻骂道:"汝等如何造反?将来恐要族灭哩。"道言未绝,已被士卒杀毙。士卒拥弘靖至蓟门馆,将他囚禁,另议推立留后,商量一夜,未曾就绪。次日众有悔心,统至蓟门馆谢罪,请改心服事弘靖,待至半日,未见弘靖回答。真是饭桶。大众乃相语道:"相公不发一言,是不肯赦宥我等,我等不应待死,只好另立镇帅罢。"遂往迎旧将朱洄为留后。洄即克融父,时方因废疾卧家,自辞老病,愿举子自代。亦欲效曾祈奚么?众乃奉朱克融为留后。穆宗闻变,贬弘靖为吉州刺史,调昭义节度使刘悟为卢龙节度使。悟不愿移节,表称克融方强,不如且授节钺,待作后图,乃仍令悟镇昭义军,另议对付克融,不欲遽授旌节。

　　偏偏一波未平,一波又起,成德兵马使王庭凑,竟勾结牙兵,戕杀节度使田弘正,自称留后,累得唐廷应接不暇,愈觉惊惶。原来田弘正徙镇成德,自思前时与镇军交战,积有宿嫌,恐军士尚思报复,特带魏博兵二千人,留作自卫,且表请度支使另给粮赐。户部侍郎判度支崔俊,刚褊无远虑,不肯照给,弘正四上表不报,没奈何遣魏博兵归镇。果然不到半年,都知兵马使王庭凑,纠众作乱,攻入府署,杀死弘正,并家属二百余人。所有弘正僚属,亦多遭害。庭凑竟自称留后。是时李愬正调镇魏博,闻弘正遇害,特素服令将士道:"魏人所以得通圣化,至今富乐安宁,究系何人所赐?"大众齐声道:"幸有田公弘正。"愬又道:"诸君既受田公厚惠,今田公为成德军所害,将若何报怨?"众又道:"愿从公令。"愬又搜阅兵马,自请往讨成德,一面出宝剑玉带,遣使持赠深州刺史牛元翼,且传语道:"昔我先人用此剑立功,我又奉此剑平蔡州,今特赠公,请努力剪除庭凑。"元翼本成德良将,深州属成德管辖,至是感愬知遇,即捧剑执带,晓示军中,且令魏使返报李愬,誓尽死力。愬遂表荐元翼忠诚可用,有诏授元翼为深冀节度使。元翼受命,作书谢愬,并约愬为援,即日发兵。愬整军将发,忽尔染疾,卧不能起,乃亟请简贤代任。廷议以魏人素服弘正,拟起复弘正子布,继任魏博,当无后虑。穆宗准议,拜布检校工部尚书,兼魏博节度使,召愬归东都养疴。布曾任河阳节度使,转徙泾原,因弘正遇害,丁忧解职,至是奉诏起复,固辞不获,始涕泣受命,且与妻子及宾客诀别道:"我

第七十八回　河朔再乱节使遭戕　深州撤围侍郎申命

此行恐不能生还了。"隐伏死谶。遂屏去旌节,襥被即行。距魏州三十里,披发徒跣,号哭而入。李愬见布已莅镇,即日交卸,还至东都,不久即殁。年四十九,朝廷追赠太尉,予谥曰武。愬当服官之年,即行病逝,殊足深惜;否则将才如愬,必能平定成德,何至河朔再失耶?

布虽受任,身居垩室,月俸千缗,一无所取,且卖去旧产,得钱十余万缗,尽给将士,誓众复仇。那时朱克融却日益猖獗,诱降莫州都虞侯张良佐,逐去刺史吴晖,再煽动瀛州军士,执住观察使卢士玫,送至幽州,囚住客馆。一面又与王庭凑联络,合攻深州。诏令殿中侍御史温造为起居舍人,充镇州即恒州,属成德军。四面诸军宣慰使,遍历泽潞河东魏博横海深冀易定等道,预戒军期。各道多观望不前,再调裴度为镇州四面行营都招讨使。度受命即发,偏翰林学士元稹,与知枢密魏弘简,潜相勾结,求为宰相,恐度为先达重望,一或有功,必当大用,有碍自己进取,因此从中阻挠,凡遇度所陈军事,多不使行。元才子之丧名败节,莫此为甚。度乃上疏极谏,略云:

陛下欲扫荡幽镇,先宜肃清朝廷,河朔逆贼,只乱山东,禁闱奸臣,必乱天下。是则河朔患小,禁闱患大。小者臣与诸将必能剪灭,大者非陛下觉悟制断,无自驱除。臣自兵兴以来,所陈章疏,事皆切要,所奉诏书,多有参差,蒙陛下委付之意不轻,遭奸臣抑损之事不少。臣素与佞幸,无甚仇隙,不过恐臣或有成功,曲加阻抑,进退皆受羁牵,意见悉遭蔽塞,但欲令臣失所,使臣无成,则天下理乱,山东胜负,悉不顾矣。为臣事君,一至于此。若朝中奸臣尽去,则河朔逆贼,不讨自平,若朝中奸臣尚存,则逆贼虽平无益。陛下倘未信臣言,乞出臣表,使百官集议,彼不受责,臣当伏辜。臣不胜翘首待命之至!

疏入不省。接连又是两疏,明斥魏弘简元稹,乃罢弘简为弓箭库使,稹为工部侍郎,暗中仍宠遇如故。横海节度使乌重胤,率全军往救深州,独当幽镇东南诸军,倚以为重。重胤老成持重,见贼势方盛,未易剿除,因深沟高垒,按兵观衅。左领军大将军杜叔良,以善事权幸得宠,中官遂交口称扬,谓重胤逗留误事,不若令叔良往代。穆宗信为真言,遂徙重胤为山南西道节度使,令叔良代统横海军,兼深州行营节度使。叔良驰至深州,与成德军接仗,屡战屡败,至博野一战,丧亡七千余人。叔良狼狈奔还,连旌节都至失去。穆宗始知误用,另调凤翔节度使李光颜为忠武军节度使,德宗时称陈许为忠武军。兼深州行营节度使,代杜叔良。已是迟了。自宪宗征讨四方,国用已空,穆宗即位,侈奢无度,府藏尤匮。更兼幽镇用兵,日需军饷,左支右绌,拮据异常,宰臣为节费起见,特上呈奏议,大略谓:"庭凑杀弘正,克融囚弘靖,罪有轻重,不应同讨,请赦克融罪,专讨庭凑。"无非姑息。穆宗乃命克融为平卢节度使,克融虽得旌节，仍然遣兵四出，陷弓高，围下博。前翰林学士白居易，素有直声，屡遭时忌，累贬至江州司马，唐时有浔阳曲，便为此时所作。寻迁忠州刺史，长庆初复入任中书舍人，目击时艰，忍无可忍，乃复上书言事道：

自幽镇逆命，朝廷讨诸道兵计十七八万，四面攻围，已逾半年。王师无功，贼势犹盛。弓高既陷，粮道不通，下博深州，饥穷日蹙。盖由节将太众，其心不齐，朝廷赏罚，又复误用，未立功者或已拜官，已败衄者不闻得罪，既无惩劝，以至迁延，若不改张，必无所望。请令李光颜将诸道劲兵，约三四万人，从东速进。开弓高粮路，令下博诸军解深州重围，与元翼合势，令裴度将太原全军，兼招讨旧职，四面压境，观衅而动，若乘虚得便，即令同力剪除，若战胜贼穷，亦许受降纳款，如此则夹攻以分其势，招谕以动其心，必未及诛夷，自生变故，仍诏光颜选留诸道精兵，余悉遣归本道，自守土疆。盖兵多而不精，岂惟虚费资粮？兼恐挠败军陈故也。诸道监军，请皆停罢，众齐令一，必有成功。又朝廷本用田布令报父仇，令领全师出界，供给度支，数月以来，都不进讨，非田布固欲如此，实由魏博一军，累经优赏，兵骄将富，莫肯为用。况其军一月之费，约需钱二十八万缗，若更迁延，将何供给？此尤宜早令退军者也。若两道止共留兵六万，所费无多，既易支持，自然丰足。否则兵数不抽，军费不减，食既不足，众何以安？不安之中，何事不有？况有司迫于供军，百端搜括，不许则用度交缺，尽许则人心无餍，自古安危，皆系于此，伏乞圣虑察而念之！

穆宗得奏，毫不在意。崔植杜元颖，也逐日延宕，未尝过问，还有西川节度使王播，以赂结宦官进幸，入为盐铁使，寻且为相，专事逢迎，不谈政治。至长庆二年，魏博又复作乱，遂致河朔三镇，相继沦胥。魏博节度使田布，素与牙将史宪诚相善，及出师复仇，命为先锋兵马使，军中精锐，悉归调度。宪诚前驱出发，布为继进，出至南宫，适值大雪缤纷，军不得进，度支馈运，又复不至。布令发六州租赋，供给军糈，将士不悦，入白布道："我军出境，向例由朝廷供给，今尚书刮六州膏血以奉军，虽尚书瘠己肥国，六州人民，究系何罪？"布默然不答。将士退出，转语宪诚。宪诚已蓄异图，非但不加劝慰，并且从旁煽动，于是军心益离。会有诏分魏博军与李光颜，使救深州，布军遂溃，多归宪诚。布独与中军八千人归魏，复召诸将会议，再行出兵。诸将益哗噪道："尚书能行河朔旧事，指田承嗣。愿与共死生，若使复战，恐无能为力了。"布再欲与语，诸将尽拂袖而出。布不禁泪下道："功不成了。"便自作遗表，具陈情状。略谓："臣观众意，终负国恩。臣既无功，敢忘即死，伏愿陛下速救光颜元翼，勿使义士忠臣，尽为河朔屠害，臣虽死亦瞑目了。"表既写就，号哭下拜，当

第七十八回　河朔再乱节使遭戕　深州撤围侍郎申命

将表文授与幕僚李石,乃入启父灵,抽刀自言道:"上以谢君父,下以示三军。"言毕,刺心自尽,年止三十八岁。徒死无补,亦愚忠愚孝之流。宪诚闻布已死,即宣告大众,仍遵河北故事。众皆欢跃,愿拥宪诚为留后,乃将布死状奏闻,但说布愤功难成,因致短见,且叙及众情归向,愿拥宪诚等事。唐廷亦不遑细察,但赠布右仆射,予谥曰孝,竟授宪诚节度使。

宪诚阳奉朝廷,阴实与幽镇连结,于是王庭凑气焰尤盛。幽镇军围攻深州,官军三面往援,均因衣粮缺乏,冻馁兴嗟,还有何心恋战?就是庸中佼佼的李光颜,亦只能闭壁自守。招讨使裴度,贻书幽镇,以大义相责,朱克融撤围退去,王庭凑虽引兵少退,尚有余兵留着。度拟专讨庭凑,怎奈朝内有一个元才子,是裴晋公的对头,始终忌他成功,屡劝穆宗赦庭凑罪,罢兵息民,穆宗竟命度入朝,加拜司空,令为东都留守。一面授克融庭凑检校工部尚书,各兼节度使。克融释出张弘靖卢士玫,上表称谢。庭凑虽然受命,镇军尚留深州城下。诏令兵部侍郎韩愈,宣慰庭凑,盈廷大臣,均为愈危,诏中亦有"可行则行,可止则止"二语。愈喟然道:"君止仁,臣死义,怎得不往?"韩公大名,在此数语。遂持敕启行,直抵镇州。庭凑令军士拔刃张弓,迎愈入馆。愈见甲仗罗列,毫无惧容。庭凑乃语愈道:"频年不解兵事,实皆军士所为,庭凑本心,不愿出此。"愈厉声道:"天子以尚书有将帅才,故特赐节钺,难道尚书不能与健儿语么?"庭凑语塞。甲士却向前道:"先太师指王武俊。为国击走朱滔,血衣犹在,我军何负朝廷,乃视同盗贼呢?"愈答语道:"汝等尚能记先太师,甚善甚善。试想从前叛逆,自禄山思明,以及元济师道,所遗子孙,今尚有在朝为官么?田令公以魏博归朝廷,子孙孩提,日为美官,王承元以此军归朝廷,弱冠为节度使,刘悟李祐,今皆为节度使,汝等曾亦闻知否?"气盛言宜,胜读昌黎文集。大众皆不能对。庭凑恐众心摇动,麾众令出,徐语愈道:"侍郎来此,欲使庭凑何为?"愈说道:"神策六军诸将,如牛元翼才具,却也不少,但朝廷顾全大体,不忍弃置,敢问尚书既受朝命,如何围攻不退?"庭凑道:"我便当放他出去了。"随即设宴待愈,厚礼遣归,深州围解。牛元翼率十骑出城,奔往襄阳,家属尚陷没城中。为下文伏线。深州守将臧平等,举众出降。庭凑责他坚守不下,杀平等百八十余人,自是成德军六州,恒定易赵深冀。卢龙军九州,幽蓟营平涿莫檀妫瀛。魏博军六州,贝博魏相卫洺。皆跋扈不臣,不奉朝命,河朔复非唐有了。后人推原祸始,无非因君相昏庸,坐致此失。小子有诗叹道:

　　　　强藩方幸免喧哓,谁料前功一旦抛。
　　　　主既淫荒臣亦昧,野心狼子复咆哮。

三镇已失,昭义军又复不靖,欲知如何启衅,且待下回说明。

王承元徙镇而成德安,刘总弃官而卢龙安,合以魏博田弘正,谨守朝旨,河朔之乱,庶乎息矣,唐廷乃激之使变,果胡为耶? 田弘正与成德有隙,不应轻徙,张弘靖有文无武,更不应轻调,一变骤起,一变复乘,至起复田布,再令遘祸,既害其父,又害其子,弘正与布,虽未尝无失,要之皆唐廷处置失宜之弊也。当时相臣如裴度,将臣如李光颜,皆一时名流,乃为奸臣腐竖所牵制,不能成功。集天下之兵,不能讨平二贼,反以节钺委之,乱臣贼子,岂尚知有天子耶? 韩愈宣慰庭凑,理直词壮,稍折贼焰,然仅救一牛元翼,不得大伸国权,愈固忠矣,其如国威之已替何也。唐至此盖已陵夷衰微矣。

第七十九回　　裂制书郭太后叱奸
　　　　　　　信卜士张工头构乱

　　却说昭义节度使刘悟,因不肯移节,仍守原镇。监军刘承偕,在宫时得宠太后,视为养子,既为昭义监军,恃恩傲物,尝在大众前窘辱刘悟,且阴与磁州刺史张汶,谋缚悟送阙下。悟窥破阴谋,讽军士杀汶,并执住承偕,举刀拟颈。幕僚贾直言责悟道:"公欲为李司空么? 安知军中无人如公。"名足副实。悟乃不杀承偕,拘系以闻。时裴度正奉诏入朝,穆宗问处置昭义,应如何办法? 度顿首道:"臣现充外藩,不敢与闻内政。"穆宗道:"卿职兼内外,何妨直陈所见。"度答道:"臣素知承偕怙宠,悟不能堪,尝贻书诉臣,谓曾托中人赵弘亮,奏闻陛下,陛下可亦闻知否?"穆宗道:"朕未及闻知,但承偕为恶,悟何不早日奏闻?"度又道:"臣入觐天颜,相距咫尺,有所陈请,陛下尚未肯俯从,况千里单言,能遽邀圣听么?"穆宗道:"前事且不必再提,但论今处置方法。"度答道:"必欲使帅臣归心,为陛下效力,应该敕使至昭义军,把承偕枭示。"度素嫉监军故有此请。穆宗道:"朕亦何爱承偕,但太后曾视如养子,当更思及次。"度请投诸荒裔,穆宗许可,乃诏流承偕至远州。悟遂释出承偕,上表谢恩。

　　既而武宁副使王智兴,复逐去节度使崔群,朝廷以力未能讨,即命智兴继任节度使。当时崔植、杜元颖,又陆续免相。元稹得入任同平章事,劝穆宗远调裴度,令他出镇淮南,制敕一下,言路大哗,交章请留度辅政。穆宗乃留度为相,命王播代镇淮南,兼盐铁转运使。度与稹同居相位,当然似冰炭难容。稹屡欲害度,但苦无隙,宦寺多与度未协,特讽穆宗召用李逢吉。逢吉曾为东宫侍读,出任山南东道节度使,阴谲多谋,密结近倖,至是荐入为兵部尚书,明明是挤排裴度。哪知逢吉心肠尤狠,甫经受职,便欲将裴度、元稹,一并摔去,自己好夺取钧席。凑巧有一个善讲谣言的李赏,为逢吉所赏识,即令他至左

第七十九回　裂制书郭太后叱奸　信卜士张工头构乱

神策军营,讦告元稹阴谋,说他与裴度有嫌,密结私党丁方,募客刺度。神策中尉入奏穆宗,穆宗即命尚书左仆射韩皋,给事中郑覃,与逢吉会同鞫讯,并无实证,当即复奏上去,大约是:"查无实据,事出有因。裴、元二相,同职不同心,所以群疑纷起,有此谣言,请求圣明察夺。"看官试想!这数句奏语,真是妙不可阶,既好把二相同时坐免,复好把李赏轻轻脱罪,一举三得,若非李尚书足智多谋,怎能有此巧计?冷隽有味。果然穆宗览奏,堕入彀中,罢度为尚书右仆射,出稹为同州刺史。有几个謇謇谔谔的言官,未免代抱不平,上疏言:"裴度无罪,不宜免相,稹蓄邪谋,虽未成事,不为无因,应从重谴罚。"穆宗不得已,再贬稹为长春宫使,惟不复相度,竟令李逢吉同平章事。相位到手,究竟长厚者吃亏,刁狡者生色。但读李逢吉死后无子,冥冥中卒有报应,诈谋亦何益乎?

时李愿出任宣武节度使,宠任妻弟窦瑗,骄贪不法,贻怨军中。牙将李臣则作乱,杀瑗逐愿,推押牙李齐为留后。监军据实奏闻,有诏令宰相及三省官会议,或谓当如河北故事,授齐节钺。逢吉力驳道:"河北事出自无奈,今若并汴州弃置。恐江淮以南,均非国家有了。"此语确是。适宋亳颍州,亦各奏请命帅,逢吉入白穆宗,请征齐入朝,令韩弘弟韩充出镇宣武。穆宗从逢吉言,遣使召齐,齐不受命,诏令忠武节度使李光颜,兖海节度使曹华,出兵讨齐,屡败齐军。韩充入汴境,又败齐兵于郭桥。齐尝与兵马使李质友善,质屡次劝谏,齐不肯从。会齐因郁愤,疽发卧家,质乘间突入,斩齐示众,众皆骇服,遂出城迎充。充既视事,人心粗定,乃密籍军中党恶千余人,尽行逐出,且下令道:"敢少留境内者斩!"于是军政大治。李质得加授金吾大将军。

穆宗因南北粗平,内外无事,奉郭太后游幸华清宫,自率神策军围猎骊山,车马仪仗,夹道如林。及返入宫中,屡与内侍击球,忽有一人坠马,马奔御前,险些儿撞倒穆宗,幸经左右揽住马辔,用力扯转,穆宗方得免伤,但已惊成风疾,两足抽搐,不能履地,好几日不见临朝。李逢吉等屡乞入见,终不见答。裴度三上疏请立太子,且屡入内殿求见,穆宗不得已御紫宸殿,度请速下诏立储,副天下望。逢吉亦请立景王湛为太子。原来穆宗在位二年,尚未立后,有子五人,长名湛,封景王,系后宫王氏所出,逢吉所请,却是立嫡以长的正理。穆宗意尚未决,复经中书门下两省,及翰林学士等,接连陈请,乃立景王湛为太子,册湛母王氏为妃,既而疾瘳。

越年仲春,进户部侍郎牛僧孺同平章事。御史中丞李德裕,即故相李吉甫子,声望本高出僧孺,不意僧孺为相,自己反被黜为浙西观察使,料知李逢吉私袒僧孺,特为僧孺报复私仇,将己排出,牛僧孺等对策不讳,为李吉甫所恨,事见第七十二回。因此怏怏失望。牛李党隙,实始于此。逢吉又密结中官王守澄,倾轧裴度,出为山南西道节度使,削去同平章事职衔。韩愈转任吏部侍郎,复徙为京兆尹,六军不敢犯法,尝私相语道:"是人欲烧佛骨,怎得冒犯呢?"偏逢吉亦忌他刚直,又想出一箭双雕的法儿,既倾韩愈,复陷御史中丞李绅。绅尝排沮王守澄,守澄托逢吉图绅,逢吉遂声东击西,就韩愈身上设法。故例京兆新除,必诣台参,逢吉请加愈兼御史大夫,可免行台参故例。穆宗准奏,绅不知逢吉诈谋,竟与愈相争,往来辞气,各执一是。逢吉即奏二人不协,徙愈为兵部侍郎,绅为江西观察使。及二人入谢,穆宗令各自叙明,方知为逢吉所播弄,乃仍令愈为吏部侍郎,绅为户部侍郎,再拟易人为相。不意三年将满,病根复发,过了残腊,竟尔卧床不起,连元旦都不能受贺。看官听着!穆宗甫及壮年,如何一再抱病?他是效尤乃父,专饵金石,以致燥烈不解,灼损真阴。处士张皋,尝上谏穆宗,毋循宪宗覆辙,穆宗亦颇称善,奈始终饵药,不肯少辍,得毋为壮阳计乎?真阴日涸,元气益桡,遂成了一个不起的症候。当下命太子湛监国,湛时年止十六,内侍请郭太后临朝,太后怒叱道:"尔等欲我效武氏么?武氏称制,几倾社稷,我家世代忠贞,岂屑与武氏比例?就使太子年少,亦可选贤相为辅,尔等勿预朝政,国家自致太平。试想从古到今,女子为天下主,果能治国安邦么?"说至此,即将内侍所上制书,随手撕裂,掷置败字簏中。足为汾阳增色。太后兄郭钊正任太常卿,闻宫中有临朝密议,即向太后上笺道:"母后临朝,系历代弊政,若太后果循众请,臣愿先率诸子纳还官爵,辞归田里。"太后泣道:"祖考遗德,锺毓吾兄,我虽女流,亦岂肯自背祖训?"乃手书复钊,决不预闻外事。是夕,穆宗崩逝,年三十岁,在位只四年。太子湛即位太极殿东序,是谓敬宗。令李逢吉摄冢宰事,尊郭太后为太皇太后,母妃王氏为皇太后,次弟涵仍江王,三弟凑仍漳王,四弟溶仍安王,幼弟瀍仍颍王,涵母萧氏以下,皆尊为妃。为后回文武二宗伏笔。还有尚宫宋若昭,素有才望,为穆宗所敬爱,宫中呼为先生,相率师事。

若昭贝州人,父廷芬,以文学著名,子多愚蠢,不可教训,女有五人,长名若莘,次即若昭,又次为若伦、若宪、若荀,若莘、若昭,才艺尤优,性皆高洁,屏除铅华炫饰,且不愿适人,欲以学问名家。若莘尝著《女论语》十篇,以汉朝韦宣文君代孔子,曹大家等代颜冉,推明妇道,羽翼壸教。若昭又为传申释,阐发余义。贞元中,昭义节度使李抱真,表扬五女才能,德宗悉召入禁中,面试文章,并问经史大义,应对如流,无不称旨。德宗很为褒美,均留侍宫中,号为女学士,凡秘禁图籍,统命若莘总领。宪宗时宠遇如旧。元和末年,若莘病逝,赠河内郡君。穆宗即位,拜若昭为尚宫,嗣若莘职。及敬宗改元,若昭亦殁,赠梁国夫人,若伦、若荀,亦皆早世,若宪代若昭主宫中秘书,文宗时被诬赐死,后文再表。叙宋若昭事,不没贤女。

且说敬宗嗣位,童心未化,才阅数日,即率领内侍,往中和殿击球。越日,

第七十九回 裂制书郭太后叱奸 信卜士张工头构乱

又至飞龙院蹴鞠。又越日,召集乐工,令在鞠场奏乐。嗣是习以为常,比乃父更进一层,无怪后来不得其死。赏赐宦官乐人,不可胜计,往往今日赐绿,明日赐绯,昼与内侍戏游,夜与后宫宴狎。第一个专宠的嫔嫱,乃是右威卫将军郭义的女儿,敬宗为太子时,以姿容选入东宫,及将即位,得生一男,取名为普,敬宗越加宠幸。此外复选了好几个美人,充作媵侍。春宵苦短,日高未兴,百官每日入朝,辄在紫宸门外,鹄立待着,少约一二时,多约三四时,年老龙钟的官吏,足力不胜,几至僵踣。一日,视朝愈晚,群臣望眼将穿,均至金吾仗待罪。好容易才见敬宗升殿,方联翩入朝,朝毕欲退,左拾遗刘栖楚进谏道:"陛下春秋方盛,今当嗣位,应该宵旰求治,为何嗜寝恋色,日宴方起?梓宫在殡,鼓吹日喧,令闻未彰,恶声已布,臣恐如此过去,福祚未必灵长,愿碎首玉阶,聊报陛下知遇。"说至此,用额叩地,见血未已。敬宗闻言,顾视李逢吉,意欲令他谕止。逢吉乃宣言道:"刘栖楚不必叩头,静俟进止!"栖楚乃捧首而起,复论及宦官情事,才说数语,敬宗双手乱挥,令他出去。确是狂童情状。栖楚道:"不用臣言,愿继以死。"栖楚何人,亦欲效朱云折槛么?牛僧孺恐敬宗动怒,亦代为宣言道:"所奏已知,可至门外静俟。"牺楚乃出,待罪金吾仗。逢吉、僧孺俱称栖楚忠直,敬宗乃命中使宣谕令归,自己退朝入内,仍旧寻欢纵乐去了。翌日下诏,擢栖楚为起居舍人,栖楚辞疾不拜。看官阅到此文,总道刘栖楚直声义胆,冠绝一时,哪知他是李逢吉心腹,有恃无恐。特借此讪上沽直,立言可采,居心殆不可问呢。揭破隐情。

逢吉内结中官,外联党羽,当时有八关十六子的传闻,八关是张又新、李续、张权舆、李虞、李仲言、姜洽、程昔范等,连刘栖楚在内,共计八人。又有八人从旁附会,所以叫作八关十六子。中外有所陈请,必先贿通关子,后达逢吉,然后可得如愿,逢吉素恨李绅,密嘱李虞、李仲言,伺求绅短。虞系逢吉族子,仲言乃逢吉侄儿,两人寻不出李绅短处,乘着敬宗即位,便与逢吉密商,贿托权阉王守澄,令他入白敬宗,诬称:"李绅等欲立深王悰,即穆宗弟。亏得逢吉力为挽回,陛下始得践阼。"敬宗虽然童昏,听到此言,恰也未曾深信。逢吉又自进谗言,请即黜李绅,乃贬绅为端州司马。张又新为补阙官,讨好逢吉,复上言:"贬绅太轻,非正法不足伏罪。"敬宗几为所惑,幸翰林侍读学士韦处厚,极力营救,为绅辨诬,方得少沃君心。奸党心尚未餍,日上谤书,敬宗查阅遗牍,得裴度、杜元颖等,请立自己为储贰一疏,李绅名亦列在内,于是绅冤得白,把所有诬绅奏章,一并毁去,仍如迁擢,后文再见。何不加罪诬告?乃仅以一毁了事,敬宗终属不明。

韩愈亦为逢吉所忌,他到敬宗嗣统,已经抱病,数月而殁,还算死得其时,蒙赠礼部尚书,赐谥曰文。愈字退之,南阳昌黎人氏,父仲卿曾为武昌令,政绩卓著,仕至秘书郎。愈三岁丧父,随兄会贬官岭表,会病殁贬所,赖嫂郑氏鞠养成人,童年颖悟,能日记数千百言,及长,尽通六经百家学,下笔有奇气,以进士知名。既登显要,所得俸给,尝赡恤亲朋。居嫂郑氏丧,服期报德;立朝抗直有声,及门弟子甚众,如李翱、皇甫湜、贾岛、刘乂等,皆以诗文见称。愈尝言历代文章,自汉司马相如太史公迁刘向杨雄后,久失真传,因特为探本钩元,吐弃一切,卓然自成一家言。同时与愈齐名,莫若柳宗元。宗元坐王叔文党,被贬永州,寻迁柳州刺史,终死任所。生平流离抑郁,多借文词抒写,顿挫沈雄,人不易及,世号柳柳州。韩愈尝谓柳子厚文,子厚即宗元字。雄深雅健似司马子长,所以也加器重。柳子厚墓志铭,实出韩愈手笔,韩柳文名,几不相让。惜柳党叔文,贻讥身后,不及韩愈闻望,后世且封愈为昌黎伯。韩文公扬名后世,故特为详叙,且随笔补述柳宗元事,回应第七十一回,一褒一惜,寓有深情。这且休表。

单说敬宗游戏无恒,少理朝事,内由王守澄梁守谦等揽权,外由李逢吉牛僧孺专政,堂廉暌隔,上下不通,遂致变起萧墙,出人意料。这肇祸的魁首,说将起来,尤属可笑,一个是卖卜术士苏玄明,一个是染坊工人张韶,两个不伦不类的人物,也想做起皇帝来了。确是奇怪。玄明与韶,素相往来,韶问终身祸福,玄明替他占课,掷过金钱,沉吟半晌,忽离座揖韶道:"可喜可贺,日内得升坐御殿,南面称孤,我恰亦得伴食,这真是意外洪福呢。"韶不禁大噱道:"你是卜人,我是染工,如何走得入朝门,坐得上龙廷,真正梦话,可发一笑!"玄明反正色道:"我的卜课,很是灵验,你不闻姜子牙钓鱼,汉沛公斩蛇,后来拜相称帝,名闻古今,难道我等定不及古人么?"援引古人,宛肖术士口吻。韶尚大笑不止。玄明又道:"目下正是发迹的日子,你想皇帝昼夜游猎,时常不在宫中,不乘此图谋大事,尚待何时?"韶被他激说,却也有些心热起来,便道:"宫禁森严,岂凭空可得飞入?"玄明道:"我自有妙计,包管你得升御座,你若不信,也随你罢了,只错过这等好机缘,实是可惜。"韶问有甚么妙计,玄明即与他附耳数语,顿令一个染坊工匠,眉飞色舞,喜极欲狂,便语玄明道:"我做皇帝你拜相,一刻也是好的。"癞蛤蟆想吃天鹅肉。于是两人联作一气,密结染工无赖百余人,匿入柴草车内,混进银台门。韶与玄明充做车夫,门役见车载过重,前来盘诘,被韶抽刀杀死,遂令徒党下车,彼此易服,持刀大呼,直趋殿廷。敬宗方在清思殿击球,诸宦官同侍上侧,突闻殿外有喧噪声,急出外探望,正值乱党持刀奔来,慌忙返殿闭门,走白敬宗。敬宗也觉着急,仓猝欲逃,便语内侍道:"快……快往右神策军营!"内侍道:"右军距此太远,不若亟幸左军,较为近便。"敬宗本宠任右神策中尉梁守谦,所以欲奔右军,至闻内侍奏请,不得已向左角门逃出,径诣左军。左神策中尉马存亮,猝闻敬宗到来,急出迎驾,捧足涕泣,自负敬宗入营,立遣大将康艺全,带领骑卒,入宫讨贼。敬宗语存亮道:"两宫隔绝,未知安否,如何是好?"存亮复令兵马使尚国忠,率五百骑往迎太皇太后,及太后同入营中,再令尚国忠往助艺全。时张韶等已斩关直入,升清思殿,径登御榻,与苏玄明同食道:"果如汝言。汝的卜课,真正灵验,我已做过皇帝,汝亦做过宰相,我等好同出去了。"还算知足,但既容你入,恐不容你出去。玄明惊道:"事止此么,奈何出去?"韶起座道:"这宝位岂可长据,倘禁兵到来,如何对敌?"言未已,康艺全已领军杀入,韶与玄明等忙出来抵挡,夺路奔逃。哪经得禁军甚多,杀透一层,又是一层,手下百余人,已倒毙了一大半。更兼尚国忠前来拦阻,眼见得有死无生,乱刀齐下,韶与玄明,同时就戮。尚有几个余党,逃匿苑中,搜查了一昼夜,悉数擒斩,宫禁乃定。是夕,宫门皆闭,敬宗留宿左军,中外不知所在,人情惶骇。翌日,敬宗还宫,宰相李逢吉等入贺,尚不过数十人,当下查问守门宦官,纵盗进来,共得三十五人,法当处死。敬宗只令杖责,仍供旧职,且厚赏两军立功将士。小子有诗叹道:

<ruby>里闼犹应管镝严,况居帝后隔堂廉。
如何纵贼斩关入,尚事姑容未尽歼。</ruby>

敬宗惊魂已定,仍然游宴,当由内外直臣,一再讽谏,欲知如何说法,且待下回再叙。

穆敬二朝,藩镇之乱未消,朋党之祸又起。内外交讧,唐室益危。加以穆宗荒耽,敬宗尤甚,万几丛脞,唐之不亡亦仅矣。郭太后怒叱中宫,不愿预政,惩武韦之覆辙,守祖考之遗规,为唐室宫闱中呈一异彩,未始非挽回国脉之一端。惜乎敬宗童昏,游畋无度,宰相李逢吉,复树党擅权,不知匡正,以百余人之无赖工匠,乃能斩关升殿,如入无人之境,朝廷岂尚有君相耶?若张韶、苏玄明之愚妄,何足道焉?

第八十回　蛊敬宗逆阉肆逆
屈刘蕡名士埋名

却说翰林学士韦处厚,素抱公忠,见敬宗仍不知戒,乃入朝面奏道:"先帝耽恋酒色,致疾损寿,臣当时未曾死谏,只因陛下年已十五,主器有归,今皇上才及周年,臣怎敢怕死不谏呢?"敬宗颇加奖许,赐他锦彩百匹,银器四具。

未几,送穆宗归葬光陵。是时吏部侍郎李程,户部侍郎窦易直,均入为同平章事。两人任职月余,适成德节度使王庭凑,因牛元翼病死襄阳,竟将他留寓深州的家族,尽行屠戮。敬宗闻耗,自叹任相非才,使凶贼纵暴至此。韦处厚乃力荐裴度,说他勋高中夏,声播外夷,不应处诸闲地。李程亦劝敬宗礼待裴度,敬宗乃加度同平章事,仍未召还。既而中官李文德,潜谋作乱,事泄伏诛,敬宗尚宠信宦寺,不以为意。一再示儆,仍然不悟,怎得令终?

越年,改元宝历,敬宗亲祀南郊,还御丹凤楼,大赦天下。唐制,遇着赦令,必由卫尉建置金鸡,使囚犯立金鸡下,然后击鼓宣诏,释放诸囚。是日正在击鼓,忽有中官数十人,执梃而出,乱捶一囚,竟将囚犯殴伤,僵毙数刻,方得复苏。看官道囚犯为谁?原来是鄠令崔发。先是发为邑令,闻五坊人殴辱百姓,命役捕入曳入庭中,细诘姓氏,乃是中使,发已知惹祸,慰遣使去。次日即由台官接奉御敕,收发下狱,一系数旬,得逢恩赦。发亦随各犯立金鸡下,仰望鸿恩,哪知中人正恐他赦宥,所以出来乱殴,御驾当前,胆敢出此,若使敬宗稍有刚德,应该立惩中人,偏敬宗倒行逆施,只赦各犯,不赦崔发,仍令还系狱中。呆极昏极。谏议大夫张仲方等,上书规谏,均不见从。李逢吉从容入白道:"崔发敢曳中使,诚大不敬,但发母年垂八十,自发下狱,积忧成疾,陛下方以孝治天下,还望格外矜全?"敬宗乃慭然道:"谏官但言发冤,未尝说他不敬,亦不叙及老母,果如卿言,朕奈何不赦哩?"即命中使释发送归,并慰劳发母。母对中使,杖发四十,中使欢颜辞去。究竟崔发有罪,还是中官有罪,请看官自行辨明。牛僧孺看不过去,又畏罪不敢进言,但累表求出,乃升鄂岳为武昌军,出僧孺为节度使。

浙西观察使李德裕,闻敬宗昵比群小,屡不视朝,特献丹扆六箴,一曰宵衣,二曰正服,三曰罢献,四曰纳诲,五曰辨邪,六曰防微,语皆切直可诵。敬宗虽优诏相待,终不能用,荒淫如故。到了五月五日,往鱼藻宫观竞渡船,因嫌龙舟太少,特命盐铁转运使王播,督造龙舟二十艘,预估价值,约需半年转运费。张仲方等力谏,乃始减半。裴度出任山南西道节度使,已阅二年,言官屡称度忠,敬宗亦尝遣使慰问。度因敬宗失政,自求入觐,拟面伸忠悃。李逢吉百计阻挠,私党张权舆特造伪谣云:"绯衣小儿坦其腹,天上有口被驱逐。"绯衣寓裴字,坦腹寓度字,天上有口寓吴字,指吴元济被擒事。又因都城西南,横亘六冈,堪舆家谓应乾象六数,度宅正居第五冈,权舆遂借此诬度,说他名应图谶,宅占冈原,无故求朝,隐情可见。十六字很是厉害。敬宗似信非信,又经韦处厚从旁力辩,奸计卒不得行。

会昭义节度使刘悟病终,子从谏匿丧不发,捏造刘悟遗表,求知留后。司马贾直言诃责道:"尔父提十二州地,归献朝廷,功劳不小,只因张汶煽祸,自谓不洁淋头,竟至羞死,尔孺子何敢如此?况父死不哭,如何为人?"从谏方才丧发,惟遗表已经入都。宰相李程等,均说是不应轻许,独李逢吉与王守澄,谓不如径从所请,竟令从谏为留后,寻且命为节度使。程与逢吉,因是不协。程族人水部郎中仍叔,与袁王绅顺宗子、长史武昭往来,尝同小饮,当酒酣耳热时,昭语带牢骚,仍叔应声道:"我族中相公,也欲畀君显阶,奈为李逢吉所持,不能如愿。"昭不禁攘臂道:"我前随裴相公麾下,往讨淮西,裴相遣我谕示吴元济,元济用兵胁我,我誓死不挠,及还营后,复随大军平贼,裴相因我有功,累表举荐,始终不得大用,想都是这班狐群狗党,从中阻挠,似我尚不足惜,试想忠勋如裴相公,尚被他排挤出去,国家有此奸蠹,怎得治安?我当为国家扑杀此贼!"借昭口中,自述履历。言毕,愤愤欲出。仍叔恐他闯祸,连忙挽住,偏禁不住武昭勇力,脱手便去。昭行至途中,遇着金吾兵曹茅汇,复与谈及逢吉事,汇听他语不加检,料知酒醉,急忙挽至别室,婉言劝解。昭亦酒意渐醒,辞归寓中。不意侦密多人,属垣有耳,那昭汇叙谈的一席话儿,已有人通报张权舆,权舆即转告逢吉,逢吉笑道:"两大鱼当入我网中了。"故态复萌。遂嘱人告发,捕昭汇入狱。李仲言且传语告汇道:"汝但说李程主使武昭,便可无罪,否则且死。"汇慨然道:"诬人求免,汇不敢为。"及对簿时,汇竟将仲言嘱语,和盘说出,于是仲言亦难免罪,狱成定谳。昭杖死,汇流崖州,仍叔流道州,仲言亦流至象州。诬人自坐,何苦乃尔?李逢吉一番巧计,此次却全成画饼。裴度李程,丝毫无损。

　　适前尚书李绛,奉召为左仆射,绛素有直声,眼见得是不肯缄默,逢吉又多了一个对头,一时没法摆布,只好虚与周旋。时当仲冬,敬宗欲幸骊山,至温泉洗澡,李绛即率同张仲方等,伏阙谏阻,不见俞允。张权舆为左拾遗,也想借端卖直,至紫宸殿下,叩首上陈道:"昔周幽王幸骊山,为犬戎所杀,秦始皇幸骊山,即至亡国,玄宗作宫骊山,安禄山作乱,先帝亦尝幸骊山,享年不长,陛下不应再蹈覆辙。"敬宗道:"骊山有这般凶险么?朕越要一往,试看有应验否?"翌日,即启跸至骊山,就浴温汤,日暮乃返,顾语左右道:"若辈叩头进言,有何应验?可见是不足信哩。"骊山亦未必果凶,但好事游幸,不亡亦危,后来敬宗遇弑,实是狎游之咎。李绛闻言叹息,又遇着足疾,遂自请免职。敬宗令为太子少师,出守东都。李逢吉稍稍放怀,偏偏李绛方去,裴度又来,正是防不胜防,暗暗叫苦。

　　度入朝时,已是残冬。越年仲春,复有诏进度为司空,兼同平章事,急得逢吉心慌意乱,连日与八关十六子,构造蜚言,诬蔑裴老。怎奈上意倾向裴公,反将逢吉渐渐疏淡,逢吉智尽能竭,徒唤奈何。也有此日。一日,度在中书省饮酒,左右忽报称失印,满座失色,度宴饮自若,少顷,复有人入报,印已觅着了,度亦不应。或问度何若是从容?度答道:"此必由吏人窃去,偶印书券,若急欲搜查,彼且投诸水火,灭迹图免,不若从容镇定,自然复还故处。"确是相度,但亦安知非由奸党播弄。时人俱服他识量。会敬宗欲幸东都,谏牍日有数起,并不见报。度入奏道:"国家本设两都,预备巡幸,但自国家多难,东都宫廨,半多荒圮,陛下果欲行幸,应命有司徐加修葺,然后可往。"敬宗道:"百官多说不当往,如卿所言,不往亦可。"乃暂罢东幸,只遣使按修宫阙。卢龙节度使朱克融,执住赐衣使者杨文端,诡言文端无礼,且所赐滥恶,愿假美锦三十万匹饷军,如果得赐,当遣工五千,助治东都,静候车驾东巡。敬宗恨他跋扈,欲遣重臣宣慰。度献议道:"克融多行不义,必且自毙,陛下何庸另派重使,但颁一诏书,说是中使倨骄,可还我自责,春服不谨,已诘有司,东都宫阙,营缮将竣,不烦远路劳工,朝廷未尝靳惜布帛,惟独与范阳,即幽州。未免厚汝薄人。如此说法,狡谋自阻了。"敬宗依言下诏,果然克融送归文端。既而幽州军乱,杀死克融及长子延龄,拥立少子延嗣为留后。延嗣暴虐,又为都知兵马使李载义所屠,载义自称恒山王承乾后裔,拜表陈朱氏父子罪。敬宗不遑查究,即授载义为节度使。嗣是待度益厚,遣李程出镇河东,令李逢吉出镇山南东道,统皆免相。

度屡劝敬宗早朝,且节劳少游,敬宗临朝较早,游戏如故,素嗜击球手搏诸戏,宦官乏力角逐,往往断臂碎首,于是出钱万缗,招募力士,禁军及诸道多采力士上献。敬宗俱令侍侧,尝引与游畋,又好深夜自捕狐狸,叫做夜打猎。力士或恃恩不逊,辄配流籍没。宦寺小有过失,动遭棰挞,流血方休。因此侍从诸人,且怨且惧。十二月辛丑日,敬宗夜猎还宫,与宦官刘克明、田务澄、许文端,及击球军将苏佐明、王嘉宪、石从宽、王惟直等,共二十八人饮酒。酒已将酣,敬宗入室更衣,忽然殿上烛灭,大众毫不惊哗,惟闻室中一声狂呼,确是敬宗声音,刘克明方命左右爇烛,烛方半明,苏佐明从室内出来,语克明道:"大事已了,速筹善后方法。"弑敬宗事,用虚写笔法,高人一层。克明道:"不若迎立绛王罢。"遂诈传诏敕,宣翰林学士路隋入内,与语主上暴崩,留有遗命,令绛王悟权领军国事。路隋知他有异,不敢穷诘,只好遵草遗制,一面由田务澄、苏佐明等,迎绛王悟入宫。

绛王悟系宪宗子,乃敬宗叔祖行,他见中使来迎,好似喜从天降,冒冒失失的趋入宫中。天已黎明,宰相以下皆入朝,但见刘克明、苏佐明等,先宣遗诏,继拥绛王悟出紫宸殿,就外庑引见百官,百官俱面面相觑,不发一言,独裴度怡然道:"度等只知遵奉诏旨,皇上猝崩,遗言犹在,应该遵行。"克明插入道:"裴公已三朝元老,一切政策,全仗主裁。"度又道:"度已衰朽,但凭公等裁酌,可行即行便了。"裴公可与言权。同平章事窦易直,本来是没有人格,当

第八十回　蛊敬宗逆阉肆逆　屈刘蕡名士埋名

然随声附和。度即退归私第，决意讨逆，百忙中想不出甚么良法，可巧中尉梁守谦来见，度即延入，便语道："我正要来邀中尉，今日事情，中尉以为何如？"守谦道："弑君逆贼，可杀可恨。"度又道："度等在外，君等在内，究竟弑逆与否，亦当查明。"守谦道："何必多查，闻逆贼刘克明且要将我辈驱逐，我所以来见司空，同靖大难。"度即道："中尉手握禁兵，一呼百诺，何勿速入讨贼；稍纵即逝了。"守谦道："果得除贼，绛王亦不应继立。"度答道："这个自然，名不正，言不顺。"守谦道："是否立皇子普。"度半晌才道："皇子年幼，不如立江王涵。"守谦即行，遂与枢密使王守澄、杨从和，右神策中尉魏从简，<small>时马存亮已出监淮南军。</small>用牙兵迎江王涵入宫，发左右神策飞龙兵，进讨贼党，一体骈诛。连绛王悟亦死乱军中。<small>忠勇如装晋公，犹必借宦官诛逆，国事可知。</small>

守澄等欲号令中外，苦无成例可援，特商诸翰林学士韦处厚。处厚道："正名讨逆，何嫌何疑？"守澄又问江王如何践阼，处厚道："先用王教布告中外，说是内难已平。然后有群臣三表劝进，即以太皇太后令，册命即位，便无可指摘了。"守澄等统皆欢洽，也不暇再问有司，凡百仪制，都付处厚裁决。当令裴度摄冢宰，率百官谒见江王。江王素服出见，涕泣陈辞。度与百官奉笺劝进，继以太皇太后命令，遂即位宣政殿，改名为昂，是为文宗。乃为敬宗发丧，奉葬庄陵。可怜十八岁的嗣皇帝，在位仅及两年，只因淫荒过度，乐极生悲，徒落得烛残身殒，授命家奴，甚至遗骸暴露，好几日才得棺殓，这岂非咎由自取么？<small>评断精严。</small>

文宗年才十七，颇知孝谨，尊生母萧氏为皇太后，奉居大内，太皇太后郭氏居兴庆宫，称王太后为宝历太后，居义安殿，当时号为三宫太后。文宗每五日问安，凡羞果鲜珍，及四方供奉，必先荐宗庙，次奉三宫，然后进御。就是敬宗妃郭氏，已封贵妃，敬宗子普，已封晋王，文宗一体优待，礼嫂抚侄，始终不衰。并且去佞幸，出宫人，放鹰犬，裁冗官，省教坊乐工，停贡纂组雕镂，及金筐宝床等类，去奢从俭，励精图治，擢韦处厚为同平章事，每遇奇日视朝。奇读如期。对宰相群臣，延访政事，历久方罢。待制官旧虽设置，未尝召对，文宗独屡加延问，中外想望太平，翕然称庆。<small>无非善善从长之意。</small>但也有一大弊处，军国重事，不能果决，往往与宰相等已经定议，后辄中变，所以宽柔有余，明强不足。众善不胜一弊。

越年，改元太和，韦处厚因文宗过柔，乞请避位。文宗再三慰劳，不令辞职。淮南节度使兼盐铁转运使王播，力求复相，所献银器以千计，绫绢以十万计，经权幸再四揄扬，乃召他入朝，仍命同平章事。于是小人复进，正士日疏。横海、魏博、成德诸镇，且有不靖消息，免不得又动兵戈。<small>事见后文。</small>勉强过了一年，至太和二年三月，诏举贤良方正，及直言极谏诸士，由文宗临轩亲策，命题发问,大旨在如何端化,如何明教,如何察吏,如何阜财等条目。昌平进士刘蕡,独痛心阉祸,条陈万言,小子录不胜录,但摘要叙述如下:

臣闻不宜忧而忧者国必衰,宜忧而不忧者国必危。陛下不以国家存亡、社稷安危之策,降于清问,岂以布衣之臣,不足与定大计耶?或万几之勤有所未至也。臣以为陛下所先忧者,宫闱将变,社稷将危,天下将倾,四海将乱,此四者国家已然之兆,故臣谓圣虑宜先及之。夫帝业不易成,亦不易守,本朝开国二百余年,其间圣明相因,未有不用贤士近正人而能兴者。伏愿陛下思开国之艰,杜篡弑之渐,居正位,近正人,远刀锯之残,亲骨鲠之直,辅相得以专其任,庶寮得以守其官,则朝政自理。奈何以亵近五六人,总揽国务,臣恐祸稔萧墙,奸生帷幄,曹节侯览,汉中常侍。复生于今日,此宫闱将变也。伏后来甘露之变。臣按春秋定公元年春王不言正月者,以先君不得正其终,则后君不得正其始,故曰定无正也。今忠贤无腹心之寄,阉寺专废立之权,陷先帝不得正其终,致陛下不得正其始,况太子未立,郊祀未修,将相之职未归,名器之宜不定,此社稷将危也。天之所授者命,君之所存者令,操其令而失之者,是不君也,侵其命而专之者,是不臣也。君不君,臣不臣,此天下所以将倾也。晋赵鞅以晋阳之兵叛,入于晋,书其归者,能逐君侧之恶以安其君,故春秋善之。今威柄陵夷,藩镇跋扈,有不达人臣大节而首乱者。将以安君为名,不究春秋之微而称兵者,且以逐恶为义,政刑不由于天子,征伐必出自诸侯,此海内之将乱也。眼光直注唐末。今公卿大臣,非不欲为陛下言之,虑陛下不能用也。臣下既言而不行,言泄而祸且随之。是以欲尽其言,则有失身之惧,欲尽其意,则有害成之忧,徘徊郁塞以须陛下感悟,然后得尽其启沃。陛下何不于听朝之余,时御便殿,召当时贤相老臣,访持变扶危之谋,求定倾救乱之术,塞阴邪之路,屏狎亵之臣,制侵陵迫胁之心,复门户扫除之役。戒其所宜戒,忧其所宜忧,既不得治其前,当治其后,既不能正其始,当正其终,则可以虔奉典谟,克成丕构矣。昔秦之亡也,失于强暴,汉之亡也,失于微弱。强暴则奸臣畏死而害上,微弱则强臣窃权而震主。伏见敬宗不虞亡秦之祸,不翦其萌,还愿陛下深轸亡汉之忧,以杜其渐。诚能揭国柄以归于相,持兵柄以归于将,去贪臣聚敛之政,除奸吏因缘之害,惟忠贤是进,惟正直是用,内宠便僻,无所听焉,如此而有不万国欢康,兆庶苏息者,臣不信也。夫制度立则财用省,财用省则赋敛轻,赋敛轻则人富矣。教化修则争竞息,争竞息则刑罚清,刑罚清则人安矣。尤有进者,古时因井田以制军赋,闲农事以修武备,提封约卒乘之数,命将在公卿之列,故兵农一致,而文武同方,用以保乂邦家,式遏乱略。太宗置府兵台省军卫,文武参掌,闲岁则櫜弓力穑，有事则释耒荷戈，所以修复古制，不废旧物。今则不然，夏官不知兵籍，止于奉朝请，六军不主武事，止于养阶勋，军容合中官之政，戎律附内臣之职。首一戴武弁，疾文吏如仇雠，足一蹈军门，视农夫如草芥。谋不足以翦除奸凶，而诈足以抑扬威福，勇不足以镇卫社稷，而暴足以侵害闾里。羁绁藩臣，干陵宰辅，隳裂王度，泪乱朝经。张武夫之威，上以制君父，假天子之命，下以御英豪。有藏奸观衅之心，无伏节死难之谊，岂先王经文纬武之旨耶？昔龙逄死而启商，比干死而启周，韩非死而启韩，陈蕃死而启魏，今岂之来也，有司或不敢荐臣之言，陛下又无察臣之心，退必戮于权臣之手，臣幸得从四子游于地下，固臣之愿也，岂忍姑息时忌，窃陛下一命之宠乎哉？

是时考官左散骑常侍冯宿，太常少卿贾𣗥等，阅读蕡策，相率叹服。只因王守澄、梁守谦等，盘踞宫禁，势焰逼人，一或取录，必且遭祸，不得已将他割爱。当时有二十二人中第，统皆除官。道州人李郃，亦在选列，得除河南府参军。他独奋然道："刘蕡下第，我辈登科，能勿厚颜么？"遂邀集同科裴休、杜牧、崔慎由等，联名上疏，愿将自己科名，让与刘蕡，以旌蕡直。文宗也怕中官为难，不好批答，但将原疏搁置不提。后来蕡终不得仕，仅由牛僧孺等，召为幕僚，后来且为阉宦所诬，贬为柳州司户参军，抑郁以终。小子有诗叹道：

　　　　制举由来待有才，如何名士屈尘埃？
　　　　雷鸣瓦釜黄钟毁，无怪灵均泽畔哀。

刘蕡被斥，朝廷又失了一位贤相，看官道是何人，且至下回表明。

敬宗在位二年，未尝行一虐政，且于裴度、李绛、韦处厚诸臣，亦知其忠直可用，非直淫昏无道者比，而卒为逆阉所弑者，好游宴，暱佞幸故也。裴度系三朝元老，不能亲自讨贼，乃委权于王守澄、梁守谦等人，何唐室季年，阉人权力，一至于此？文宗有心图治，终受制于家奴，有一刘蕡而不敢用，黜直言之士，增中官之焰，是而欲治安也得乎？读刘蕡疏，令人三叹不置云。

第八十一回　诛叛帅朝使争功
　　　　　　　诬相臣天潢坐罪

　　却说同平章事韦处厚，表字德载，原籍京兆，以进士第入官，素性介直，穆宗时入为翰林学士，文宗绥靖内难，擢居宰辅。太和二年冬季，因横海留后李同捷叛命,屡入朝会议军情,不意早起遇寒,入殿白事,竟晕仆案前。文宗亟命中人掖出登舆,送归私第,越宿即殁,追赠司空。窦易直同时罢职,改任兵部侍郎翰林学士路隋同平章事。看官欲知李同捷如何叛命,待小子约略叙明。横海军属州有四,便是沧、景、德、棣四州,从前是乌重胤任职,最号恭顺。重胤徙镇山南西道,由杜叔良接任,叔良免职,用德州刺史王日简为横海节度使,参见第七十八回。赐姓名为李全略。已而授李光颜兼镇横海军,另授全略为德棣节度使。光颜任事未几,仍乞还镇忠武军。敬宗末年,光颜病卒,追赠太尉,予谥曰忠。随笔带叙李光颜,不没功臣。忠武军由王沛、高瑀,依次递任,不劳细叙。惟李全略与李光颜同逝,子同捷擅领留后,敬宗毫不过问。至文宗元年,仍命乌重胤复任,调李同捷为兖海节度使。同捷不愿移镇,托言为将士所留,拒命不纳。一面出珍玩女妓,遍赂河北诸镇,要结党援。卢龙节度使李载义,见前回。执住同捷来使,及所有馈遗,并献朝廷。魏博节度使史宪诚,与李同捷世为婚姻,潜助同捷。当时韦处厚尚未去世,颇疑宪诚,裴度独谓宪诚无二心。裴度公料事颇明,至此几失之宪诚,可见知人之难。可巧宪诚遣亲吏入朝,隐侦朝事,处厚与语道:"晋公百口保汝主帅,我却不以为然。若使汝主帅暗助同捷,国法具在,怎得轻恕?只晋公未免为难。汝去归语主帅,负朝廷不可,负晋公愈不可呢。"裴度封晋国公,见第七十六回。宪诚亲吏,如言归报,宪诚颇有惧意,不敢与同捷往来。成德节度使王庭凑,替宪诚代求节钺,文宗不许,遂发兵械盐粮,接济同捷。

　　武宁节度使王智兴,愿率本军三万人,自备五阅月粮饷,讨同捷罪。平卢节度使康志睦,康日知子。继薛平后任,薛平移镇平卢,见第七十七回。亦愿先驱往讨。奏章陆续入都,文宗乃命乌重胤、康志睦、李载义、史宪诚四帅,会同义成节度使李听、义武节度使张璘,各率本镇军,进讨同捷。重胤素得士心,受命即行,屡战皆捷,偏是天不假年,中道谢世。文宗因他累积忠勋,赗遗加厚,追赠太尉,予谥懿穆。重胤字保君,系河东将乌承玼子,屡任重镇,始终守礼,幕僚如温造、石洪,皆知名士,入为谏官。至重胤殁时,门下士二十余人,刲股以祭,可见他惠爱及人,所以有此食报呢。推扬美德。王智兴奏荐保义节度使李寰,可继重胤,有诏允准。李寰自晋州赴军,所过残暴,部下多无纪律,既至行营,拥兵不进,但坐索饷糈。惟智兴还算出力,拔棣州,破无棣,康志睦亦下蒲台,相继奏捷。史宪诚首鼠两端,阴怀观望,独长子副大使唐,泣谏宪诚,自督军二万五千趋德州,得拔平原,余军多徘徊不进。

　　王庭凑出助同捷,屯兵境上,牵制史唐,一面往赂沙陀酋长朱邪执宜,拟与连兵。沙陀本西突厥别部,自唐太宗时入修朝贡,累代不绝,至德宗贞元年间,中国多故,北庭不通,沙陀酋长尽忠,乃降附吐蕃。既而回鹘取吐蕃凉州,

第八十一回 诛叛帅朝使争功 诬相臣天潢坐罪

吐蕃疑尽忠为导，命徙河外。尽忠惶惧，因与子执宜率三万人，仍来归唐，途次为吐蕃兵追袭，尽忠战死，执宜领残众至灵州，叩关请降。节度使范希朝据实奏闻，诏令就盐州置阴山府，令执宜为府兵马使，率众居住。为后文李国昌父子张本。至是拒绝王庭凑，遣归使人，却还原赂。庭凑没法，又嗾使魏博兵马使元志绍，引部兵还逼魏州。史宪诚上表告急，唐廷派金吾大将军李祐为横海节度使，专讨庭凑。又令义成节度使李听，调沧州行营诸军，往救魏博。李听与史唐合兵击败志绍，志绍走降昭义军，安置洺州，既而缢死。于是李祐会同李载义各军，攻克德州，进薄沧州，直入外城。

沧州为李同捷住所，见外城被破，当然惶急，乃致书李祐，悔罪乞降。祐遣部将万洪入城抚众，趁便留守，并将详情奏闻，静候朝旨。文宗遣谏议大夫柏耆，驰往宣慰。耆至祐营，大言不逊，威协诸将，诸将已愤懑不平。耆又疑同捷有诈，自率数百骑入沧州城，诱令同捷入朝，并使挈同眷属，即日启行。万洪谓宜转告李祐，耆怒叱道："我奉天子命来取同捷，就是汝主帅李祐，也不能违命，汝有甚么权力，敢来拦阻？"万洪不肯伏气，便抗声道："同捷叛命，已是三年，幸我主帅努力破贼，才得使叛臣畏服，献地归朝，否则公虽远来，三寸舌能说降一贼么？奈何借天子威，藐视功臣，不一告知呢。"道言未已，那柏耆已拔刀砍去，洪不及防备，竟被斫倒，接连又是一刀，结果性命。洪语虽未免唐突，但亦非尽无理，奈何擅加残戮？当下即押同捷等出城，也不再入祐营，即取道将陵，向西进发。途次闻王庭凑发兵将至，来劫同捷，因将同捷枭首，传入京师。看官试想！诸道劳师三载，好容易得平同捷，偏经一无拳无勇的柏耆，篡取渠魁，前去献功，几把诸道将帅，一概抹煞，那诸将帅肯甘心忍受么？自是彼上一表，此陈一疏，均言柏耆载宝而归，恐同捷面陈阙下，因把他杀死灭口。文宗不得已，贬耆为循州司户参军，贪人之功，以为己力，终究不妙。流同捷母妻子弟等至湖南。

李祐因柏耆返京，乃整军入城。是时祐已抱病，入城后闻万洪惨死，愈觉悲忿，病遂加剧，乃驰奏乞代，并述耆擅杀万洪，有功被戮，愧无以对将士等语。文宗得奏，不禁愤慨道："祐前平淮蔡，今平沧景，为国立功，不为不巨。今为柏耆加疾，脱或致死，岂非是柏耆杀他么？"谁叫你遣使非人。遂再流耆至爱州。既而祐讣又至，复赐耆死；特简卫卿殷侑，为横海节度使。侑至沧州，招辑流亡，劝民农桑，与士卒同甘苦，百姓大悦，文宗更拨齐州隶横海军，一年足兵，二年足食，三年后户口蕃殖，仓廪充盈，又是一东海雄镇了。

史宪诚闻沧景告平，令子唐奉表请朝，情愿纳地听命。唐附表改名孝章，有诏进宪诚兼官侍中，调任河中节度使，命李听兼镇魏博，分相、卫、澶三州，归史孝章管辖，即授为节度使。李听屯兵馆陶，迁延未进，宪诚掊括府库，整治行装。将士忿怒，私相告语道："主帅无故求代，卖地邀恩，今又欲席卷以去，难道我等军人，应该饿死么？"嗣是辗转煽乱，激成变衅，遂乘夜闯入军府，杀死宪诚，并监军史良佐，另推都知兵马使何进滔为留后。进滔下令道："诸君既迫我上台，须听我号令，方可任事。"大众唯唯从命。进滔遂查捕乱首，责他擅杀军使及监军，斩首示众，乃为宪诚发丧，自己素服临哭，将吏统令入吊，一面拜表奏陈详情。李听闻魏州有变，方才趋往，已是迟了。进滔率领魏博将士，出阻李听。听尚未戒备，被进滔杀入营中，一阵冲突，顿时骇散，慌得听昼夜逃奔，到了浅口，人马丧亡过半，辎重器械，尽行抛弃。还亏昭义军出来救听，才将追兵截回。听还至滑台，报称败状，御史中丞温造，劾听奉诏逗留，致有魏博乱事，奏请论罪如律。文宗好事优容，但召听入朝，令为太子太师，又因河北用兵日久，饷运不继，未能再讨进滔，乃授进滔为魏博节度使。史孝章自请守制，因将相、卫、澶三州，仍归进滔管领。进滔抚治兵民，颇有权术，人皆听命，他却安枕无忧了。王庭凑始助同捷，已有诏削夺官爵，令邻镇严兵防守，休与往来。庭凑因同捷伏辜，不免忧惧，因上表谢罪，愿纳景州自赎。文宗得过且过，返还景州，赐复官爵，于是河朔一带，勉强弭兵。写尽文宗优柔。

裴度因年高多疾，屡乞辞职，文宗不许。度又荐称李德裕才可大用，乃召入为兵部侍郎，欲令为相。偏吏部侍郎李宗闵，与德裕有隙，暗地里贿托宦官，求为援助。玉守澄等内揽大权，力荐宗闵为相，文宗恐他内逼，没奈何擢居相位。宗闵喜出望外，遂设法排挤德裕。适值李听入朝，因奏派德裕出镇义成军，又引入牛僧孺为兵部尚书，做一帮手。牛僧孺出为武昌军节度使，见前文。可巧王播病死，王播为相，亦见前文。僧孺坐继相职，与宗闵交嫉德裕。回应第七十二回与第七十九回。德裕甫抵滑州，接受义成军节度使旌节，朝旨又复颁下，令他调镇西川，防御南诏。南诏由韦皋收服后，本无贰心，韦皋事见七十一回。自国王异牟寻病殁，再传至劝龙晟。为藩酋嵯巅所弑，拥立劝龙晟弟劝利，劝利隐感嵯巅，赐姓蒙氏，号为大容，蛮人称兄为容，表明尊敬的意思。劝利传弟丰祐，丰祐勇敢过人，具有大志，会故相杜元颖出任西川节度使，元颖本没甚材具，自诩文雅，玩视军人，往往减扣衣粮，西南戍卒，转至蛮境劫掠，丰祐与嵯巅，趁势引诱戍卒，给他衣食，令为向导，即由嵯巅率众随入，袭陷巂、戎二州。元颖发兵与战，大败而还。嵯巅复进据邛州，并逼成都。文宗贬元颖为邵州刺史，另调东川节度使郭钊为西川节度使，兼权东川节度事。又令右领军大将军董重质，发太原凤翔各道兵，往救西川。钊贻书嵯巅，责他无故败盟，嵯巅复书道："杜元颖侵扰我境，所以兴兵报怨；今既易帅，自当退兵修好。"钊复遣使与订和约，嵯巅遂大掠子女玉帛，引众南去。嗣复遣使上表，谓："蛮人近修职贡，怎敢犯边？只因杜元颖不知恤下，以致军士怨苦，竞

第八十一回　诛叛帅朝使争功　诬相臣天潢坐罪

为向导,求我转诛虐帅。今元颖尚未受诛,如何安慰蜀士？愿陛下速奋天威,惩罪安民,勿负众望！"文宗乃再贬元颖为循州司马,令董重质及诸道兵士,一概引还。

郭钊至成都,因疾求代,牛、李两相,遂又请将德裕远调。文宗未悉私衷,即诏令德裕西行。德裕至镇,作筹边楼,每日登楼眺览,窥察山川形势,又日召老吏走卒,咨问道路远近,地方险易,一一绘图立说,详尽无遗。自是南至南诏,西至吐蕃,所有城郭堡寨,无不周知。乃练士卒,葺堡障,置斥堠,积粮储,慎固边防,全蜀大定。确是有才。惟南诏寇成都时,曾调东都留守李绛为山南西道节度使,令募兵进援成都,绛招兵千人赴援,及南诏修和,罢兵还镇。既而绛接奉朝旨,遣散新军,每人各给廪麦数斗,新军多怏怏失望。监军杨叔元,因绛莅镇后,绝无馈遗,暗暗怀恨,遂激动新军,说是恩饷太薄,众情已是不平。更经监军煽惑,索性鼓噪起来,入掠库储,狂奔使署。绛方与僚佐宴饮,闻变登城。或劝绛缒城逃走,绛慨然道:"我为统帅,怎得逃去？尔等只管听便。"僚佐多半散去。只牙将王景延,及推官赵存约在侧,绛亦麾手令去。景延下城与战,为乱军所杀。存约尚随绛未行,绛急语道:"乱军将至,何不速行？"存约道:"存约受明公知遇,要死同死,何可苟免。"言甫毕,乱兵已一拥上城,可怜绛与存约,先后遇害。绛一生忠直,不意竟遭此难。杨叔元奏报军变,尚诬称绛克扣新军募值,因致肇乱。谏官崔戎等,共论绛冤,及叔元激怒乱军罪状。文宗乃赠绛司徒,予谥曰贞,立派御史中丞温造,继任山南西道节度使,往平乱事。

造行至褒城,正值兴元都将卫志忠,征蛮归来,两下相遇,密与定谋,即分志忠兵八百人为牙队,五百人为前军,趋入兴元,守住府门。造声色不动,但说是飨犒士卒,那乱军靠着杨叔元势力,仍然入受犒赏,不意驰入府门,已由志忠指麾牙兵,把他围住。见一个,杀一个,诛死了八百名,单剩百余名逸去。叔元正与造叙谈,造得志忠复报,便语叔元道:"监军是朝廷命官,奈何嗾使乱军,戕杀主帅？"叔元无可抵赖,跪伏造前,捧着造靴,哀求饶命。造乃答道:"待我表闻朝廷,恐朝廷未必赦汝哩。"当下命将叔元系狱,奏请朝命发落。嗣接文宗诏书,流叔元至康州,乃将叔元释去。绛在地下,恐难瞑目。

越年为太和五年,卢刘副兵马使杨志诚,煽动徒众,逐去节度使李载义,又杀死莫州刺史张庆初,事闻于朝。时元老裴度,屡次乞休,文宗尚不忍令去,加官司徒,限三五日一入中书,平章军国重事。继由牛、李两人,妒功忌能,再进谗言,度亦申请辞职,乃出为山南东道节度使,擢任尚书右丞宋申锡同平章事。当下由李宗闵、牛僧孺、路隋、宋申锡四相,同至殿前,会议卢龙善后事宜。牛僧孺进议道:"范阳自安史以来,久非国有,刘总暂献土地,朝廷费钱八十万缗,丝毫无获,今日为志诚所得,与前日载义无异,若就此抚慰,使捍北狄,也是一策,不必计较顺逆了。"真是好计。李宗闵本是牛党,路隋系好好先生,申锡乃是新进,当然不加异议。文宗乃命志诚为留后,召载义入京,拜为太保。载义自易州至京师,不到数旬,受诏为山南西道节度使,调温造镇河阳,进志诚为卢龙节度使。惟宋申锡由文宗特擢,因他沈厚忠谨,不附中官,所以拔充宰辅,时常召入内廷,谋除阉党。申锡引用吏部侍郎王璠为京兆尹,谕以密旨,璠竟转告郑注。看官道郑注是何等人物?他本是翼城人,形体眇小,两目短视,尝挟医术游江湖间,元和末至襄阳,为节度使李愬疗疾,愬署为推官,从愬至徐州,渐参军政,妄作威福,军士多半侧目。中官王守澄,方为监军,密将众情白愬,请即逐注。愬笑道:"注虽不逊,却是奇才,将军试为叙谈,果无可取,斥逐未迟。"守澄默然退去,愬即令注往谒守澄,守澄颇有难色,不得已与注相见,座谈数语,机辩横生,守澄惊喜交集,延入中堂,促膝与语,说得守澄非常佩服,相见恨晚。次日即语愬道:"郑生才具,确如公言。"守澄不足道,李愬未免失人。及守澄入典枢密,注亦随行,日夜为守澄计事,益见宠任,所有关通纳贿等情,多由注一手经营。守澄更为注营宅西邻,达官贵人,陆续趋往,门前如市。王璠与注,素通声气,闻得这番机密,便去通报郑注。看官!你想注为王守澄心腹,怎得不闻风相告呢?守澄忙与计议,当由注想出一法,只说宋申锡谋立漳王,嗾令神策都虞侯豆卢著,先行讦发,然后由守澄密白文宗。漳王凑为文宗弟,向有令望,文宗得守澄言,免不得疑惧交并,立命守澄查讯。文宗既引申锡为心腹,谋除中官,奈何复信守澄?守澄即召集党羽,拟遣二百骑屠申锡家。飞龙厩使马存亮,虽也是个宦竖,倒也有些天良,便挺身出争道:"宋相罪状未明,遽加屠戮,岂不要激成众怒,万一京中生乱,如何抵制?不如召问他相,再定进止。"守澄乃遣中使悉召宰相,至中书省东门,牛、李等鱼贯而入,独申锡为中使所阻,且与语道:"奉命传召,无宋公名。"申锡自知得罪,望着延英门持笏叩头而退。牛、李诸相,入延英殿,文宗与语申锡阴谋,牛、李等相顾惊愕,良久方同答道:"请确实讯明,方可定罪。"文宗乃命王守澄往捕漳王内史晏敬则、朱训,及申锡亲吏王师文等,鞫问虚实。师文逸去,敬则与训,系神策狱,叠经搒掠,屈打成招。谳词既定,一王二相,几蹈不测。还亏左常侍崔玄亮,给事中李固言,谏议大夫王质,补阙卢钧、舒元褒、蒋系、裴休、韦温等,伏阙力谏,请将全案人犯,移交外廷复讯。文宗道:"朕已与大臣议定了。"玄亮叩头流涕道:"杀一匹夫,尚应慎重,况宰相呢!"文宗乃复召相臣入商,牛僧孺谏道:"人臣极品,不过宰相,今申锡已为相臣,尚有何求?臣料申锡不至出此。"文宗略略点首。郑注恐复讯有变,劝守澄入奏文宗,止加贬黜,乃贬漳王凑为巢县公,宋申锡为开州司马,晏敬则、朱训坐死。马存亮倍加愤惋,即日乞休,挂冠而去。莫谓中官无人。申锡竟病殁贬所,漳王凑亦未几告终。及王守澄、郑注,相继伏法,乃追复申锡官爵,封漳王凑为齐王。小子有诗叹道:

> 甘将心腹作仇雠,庸主何堪与密谋?
> 更有贤王冤莫白,无端受贬死遐陬。

申锡案已经了结,维州事争案又起,欲知详情,请看官且阅下回。

河朔三镇,叛服靡常,不谓又增一横海军。李同捷袭父遗业,竟尔抗命,成德魏博,又从而阴助之,微李祐之努力进讨,不亦如王庭凑、史宪诚等,逍遥法外,坐拥旄节耶?柏耆奉使至沧州,擅杀万洪,并诛同捷,诛同捷犹可,杀万洪实属不情。苟李祐稍有变志,恐横海亦非唐有矣。甚矣哉,文宗之所使非人也!此后如成德卢龙,以乱易乱,无一非姑息养奸,兴元兵变,祸起监军,杨叔元死有余辜,犹得幸生,不特李绛沈冤,即被诛之新军八百人,恐亦未能瞑目,是何凶竖。独沐天恩,无怪王守澄等之久踞宫禁,势倾朝野也。宋申锡不密害成,咎尚自取,漳王何辜,乃亦遭贬。况文宗固欲除阉人,而反信阉人之诬构,庸昧至此,可胜慨哉!周报汉献,原不是过矣。

第八十二回　嫉强藩杜牧作罪言　除逆阉李训施诡计

却说维州在西川边境,地当岷山西北,一面倚山,三面濒江,本是唐朝故壤,为吐蕃所夺,号为无忧城,遣将悉怛谋居守。悉怛谋闻蜀帅得人,有志内附,即率众投奔成都。西川节度使李德裕,喜得悉怛谋,欣然迎纳,即遣兵据维州城,奏称:"维州为西川保障,自维州陷没,川境随在可虞,今幸故土重归,内足屏藩全蜀,外足抵制吐蕃,就使吐蕃来争,维州可战可守,亦足控御"云云。文宗览奏,即召百官集议,大众皆请从德裕言,独牛僧孺发言道:"吐蕃全境,四面各万里,失一维州,亦无大损,近来与我修好,约罢戍兵,我国对待外夷,总以守信为上,若纳彼叛人,彼必责我失信,驱马蔚茹川,直上平凉阪,万骑遥来,怒气直达,不三日可到咸阳桥,京城且守备不暇,就令得百维州,亦远在西南数千里外,有何用处?"

文宗本来懦弱,被僧孺说得如此危险,禁不住胆怯起来,便应声道:"如卿言,不如遣还悉怛谋罢!"僧孺道:"陛下圣明,臣很敬佩。"维州一案,后儒聚讼甚多,实则僧孺欲倾轧德裕,是非且不必计,居心已不可问。文宗乃饬德裕归还维州,并执悉怛谋畀吐蕃。德裕大为不忍,因恐僧孺再加谗构,没奈何依旨施行。吐蕃得悉怛谋,立刻诛夷,备极惨酷,事为德裕所闻,不胜叹息。西川监军王践言,亦谓朝廷失计,代为扼腕。可巧践言奉召入京,令知枢密,乘便与文宗谈及,谓缚送悉怛谋,既快虏心,尤绝外望。文宗闻言知悔,亦咎僧孺失策。僧孺内不自安,累表请罢,乃出为淮南节度使,另征德裕入朝,授同平章事。

德裕一入,李宗闵与他有隙,当然不安。工部侍郎郑覃,与德裕亲厚,素为牛、李所忌,德裕引为御史大夫,从中宣诏。宗闵语枢密使崔潭峻道:"黜陟俱由内旨,何用中书?"潭峻微哂道:"八年天子,听令自行,亦属何妨。"宗闵愀然而止。给事中杨虞卿等,均由牛、李进阶,德裕复请出为刺史。文宗尝与德裕、宗闵等,论朋党通弊,宗闵道:"臣素恨朋党,所以杨虞卿等具有美才,臣不给他美官。"德裕笑语道:"给事中尚不算美官吗?"宗闵不禁失色,自请卸职,遂罢为山南西道节度使。调李载义移镇河东,另任盐铁转运使王涯,兼同平章事。卢龙节度使杨志诚,既逐去李载义,骄恣不法,屡遣使求兼仆射,朝廷但授吏部尚书兼衔。志诚愤怒,竟留住朝使魏宝义。文宗不得已命为右仆射,别遣使臣慰谕。殿中侍御史杜牧,见朝廷专事姑息,慨然论河朔大势,名为罪言,略云:

天宝末,燕盗起,出入成皋函潼间,若涉无人地。郭、李辈兵五十万,不能过邺,人望之若回鹘、吐蕃,无敢窥者。国家因之,畦河修漳,戍塞其街蹊。齐鲁梁蔡,传染余风,因以为寇。以里拓表,以表撑里,浑顷回转,颠倒横邪,天子因之幸陕幸汉中,焦焦然七十余年。宪宗皇帝浣衣一肉,不敢不乐,自卑冗中拔取将相,凡十三年,乃能尽得河南山西地。惟山东未服。今天子圣明,超出古昔,志于平治,若欲悉使生人无事,应先去兵。不得山东,兵不可去,窃谓上策莫如自治,何者?当贞元时,山东有燕赵魏叛,河南有齐蔡叛,梁徐陈汝白马津盟津襄邓安黄寿春,皆戍厚兵十余所,才足自护,不能他顾,遂使我力解势弛,熟视不轨者无可如何,因此蜀亦叛,吴亦叛,其他未叛者,迎时上下,不可保信。自元和初,至今二十九年间,得蜀得吴,得蔡得齐,收郡县二百余城,所未能得者,唯山东百城耳。土地人户,财物甲兵,较之往年,岂不绰绰乎?亦足自以为治也。法令制度,品式条章,果自治乎?贤才奸恶,搜选置舍,果自治乎?障戍镇守,干戈车马,果自治乎?井间阡陌,仓廪财赋,果自治乎?如不果自治,是助虏为虏,环土三千里,植根七十年,复有天下阴为之助,则安可以取。故曰上策莫如自治。中策莫如取魏。魏于山东最重,于河南亦最重。魏

第八十二回 嫉强藩杜牧作罪言 除逆阉李训施诡计

在山东,以其能遮赵也,既不可越魏以取赵,尤不可越赵以取燕,是燕赵常取重于魏。魏常操燕赵之命,故魏在山东最重。黎阳距白马津三十里,新郑距盟津一百五十里,陴垒相望,朝驾暮战,是二津虏能溃一,则驰入成皋,不数日间耳。故魏于河南亦最重。元和中举天下兵诛蔡诛齐,顿之五年,无山东忧者,以能得魏也。昨日诛沧,顿之三年,无山东忧,亦以能得魏也。长庆初诛赵,一日五诸侯兵,四出溃解,以失魏也。昨日诛赵,罢敝如长庆时,亦以失魏也。故河南山东之轻重在魏,非魏强大,地形使然也。故曰取魏为中策。最下策为浪战,不计形势,不审攻守是也。兵多粟多,驱人使战者便于守,兵少粟少,人不驱自战者便于战,故我尝失于战,虏常困于守。自十余年来,凡三收赵,食尽且下,郗士美败,赵复振,杜叔良败,赵复振,李听败,赵复振,故曰不计地势,不审攻守,为浪战,最下策也。

此外如伤府兵废坏,作原十六卫,更作战论守论,亦颇中肯綮。李德裕素奇牧才,很为赏鉴,牧因得累迁左补阙,及史馆修撰,并改膳部员外郎,惟素性好游,更兼渔色。牛僧孺出镇淮南时,牧尝随为书记,供职以外,专以游宴为事。扬州为烟花渊薮,六朝金粉,传播古今,十里歌楼,名娼似鲫,牧出入往来,殆无虚夕,留诗裙带,成为常事。及入居台省,议论风生,压倒四座,所陈利病,切实不虚。嗣复出守外郡,历任黄州、池州、睦州、湖州各刺史,豪游畅咏,不减少年,时人以材同杜甫,号为小杜。后仕至中书舍人,感怀迟暮,不获大用,竟抑郁而终。其实是才不胜德,非必果胜大任,晚唐诗才,除元稹、白居易外,如孟浩然、卢纶、李益、司空曙、韩翃、钱起、李端、李商隐等,均负盛名。宗人李贺,字长吉,七岁能诗,韩愈、皇甫湜疑为讹传,亲往贺家,面加试验,果然援笔立就,一鸣惊人,愈与湜叹为奇才。后著乐府数十篇,被入管绞,音韵悉合,因入为协律郎,年二十七岁,自言见绯衣使者,召他作《白玉楼记》,因即去世。总之才气有余,德量未足,或自悲落魄,致促天年,或不顾细行,终累大德,这也是文人缺憾,可叹可叹。总括一段,得将晚唐文人,约略叙过。

惟白居易自入谏穆宗,不见信用,见第七十八回。求出为杭州刺史。每当公暇,辄至西湖游赏,因筑堤湖中,蓄水溉田,可润千顷,世称白堤。又复浚李泌所开六井,民得汲饮,均沾惠泽。旋受命为左庶子,分司东都,更调为苏州刺史。文宗即位,召为刑部侍郎,封晋阳县男。嗣见二李党争,不愿留京,乞病仍还东都,除太子宾客分司。自思随俗浮沉,忽进忽退,所蕴终不能施,乃与弟行简,及从祖弟敏中,流连诗酒,乐叙天伦,且就东都所居,疏沼种树,凿八节滩,傍香山麓构一石楼,暇辄游览,自号醉吟先生,亦称香山居士。尝与胡杲、吉旼、郑据、刘真、卢真、张浑、狄兼谟、卢贞宴集,年皆七十左右,时称香山九老，至绘图传真，播为韵事。却是一朝特色。居易初生，才七月，即识"之无"两字，九岁能识声律，善属文，尤工诗歌。初与元稹酬咏，故号元白，继与刘禹锡齐名，又号刘白，每出一诗，时人争诵。鸡林朝鲜地名。行贾，录居易诗售与国相，每篇得一金，国相尚以未窥全豹，引为深恨。至开成初年，开成亦文宗年号，见后文。起为同州刺史，固辞不拜，乃改授太子太傅，进冯翊县侯。武宗初年乃殁，年七十五，得谥曰文。刘禹锡亦于是时病终，禹锡自贬所起复，迭任诸州刺史，进为集贤殿学士，寻加检校礼部尚书，凡连坐王叔文党案，还算禹锡得全晚节，但也因阅历已多，诗酒韬晦，所以得终享天年。刘、白生平，借此毕叙，亦寓爱才深意。

话休烦叙，且说卢龙节度使杨志诚，既得右仆射兼衔，踌躇满志，密制天子衮冕，被服皆拟乘舆，居然有帝制自为的思想，渐渐的骄侈淫暴，酿成众怒，致为军士所逐，另推部将史元忠主持军务。元忠将志诚僭物，悉数取献，乃由朝廷遣使按治，授元忠为留后，并传旨再逐志诚，令戍岭南。志诚带领家属，及亲卒数十人，狼狈奔太原。李载义正镇守河东，出兵报怨，把志诚妻子，及从行士卒，尽行捕戮，及欲并杀志诚。幕僚因未奉朝旨，劝令释放，志诚乃得脱去，孑身至商州。又是一道正法的诏令，传与商州刺史，送他归阴。拥兵者其鉴之！进史元忠为卢龙节度使。成德节度使王庭凑，凶横专恣，幸得善终，军士愿拥庭凑次子元逵为留后。元逵却循守礼法，岁时贡献如仪。文宗嘉他恭顺，特遣绛王悟女寿安公主，下嫁元逵。元逵遣人纳币，备具六礼，迎主而归，自是益加逊慎。

外患幸得少纾，内讧又复继起。王守澄与郑注，狼狈为奸，经侍御史李款，连章弹劾，得旨查究，守澄匿注不出，令潜伏右军中。左军中尉韦元素，枢密使杨承和王践言，亦颇恨注，左军将李弘楚，因密白元素道："郑注奸滑无双，卵彀不除，使成羽翼，必为国患。今因御史劾奏，伏匿军中，请中尉诈称有疾，召注诊治，弘楚愿侍中尉左右，俟中尉举目，擒出杖毙，然后中尉向上请罪，陈注奸伪，窃料杨、王诸使，定必替中尉解说，中尉决可无祸，不必迟疑。"元素允诺。当由弘楚召注，注见元素毫无疾病，自知有变，他却从容跪伏，叩首贡谀，但说了几句媚词，已把元素一片杀心，销化净尽。当下亲自扶起，延他入座，殷勤导问，听言忘倦。弘楚屡顾元素，元素却目不转瞬，一意与郑注接谈。语已终席，注即起辞，元素又厚赠金帛，遣还右军。贡谀献媚，足以起死回生，无怪拍马风气，终古不改。弘楚不便下手，郁怒非常，便辞职自去。未几，疽发背上，便即毕命。此人亦太气急。

王守澄入白文宗，言注无罪，且荐为侍御史，充神策判官。文宗内惮守澄，只好允诺，诏敕一下，朝野惊叹。既而文宗忽得风疾，瘖不能言，守澄遂引

第八十二回　嫉强藩杜牧作罪言　除逆阉李训施诡计

入郑注,为上疗治。文宗饵服下去,果然灵验,渐能出声,欢颜谢注。注自是更得上宠。会值李仲言遇赦还家,见李逢吉,仲言被流,见第八十回。逢吉正调守东都,意欲复相,即遣仲言入赂郑注,令作内助。仲言素与注相识,旧雨重逢,握手道故,便由注引见守澄。仲言口才,不亚郑注,既说动守澄欢心,复得守澄推荐,入谒文宗。文宗见他仪状秀伟,应对敏捷,也道是个旷世英才,面许内用。越日视朝,李德裕入谏道:"仲言前事,谅陛下应亦闻悉,奈何引居近侍?"文宗道:"人孰无过,但教改过便好了。"德裕道:"仲言心术已坏,怎能改过?"文宗道:"就使仲言不能内用,亦当别除一官。"德裕又道:"不可不可。"文宗回目右顾,见宰相王涯,亦适在旁,便问道:"卿意以为何如?"涯正欲奏答,忽见德裕向他摇手,未免词色支吾。文宗察知有异,转从左顾,见德裕手尚高举,已是瞧透隐情,便即怏怏退朝;寻命仲言为四门助教。仲言及注,皆嫉德裕,仍引李宗闵入相,请出德裕镇兴元军。文宗已心疑德裕,依言下诏。德裕入见文宗,愿仍留阙下,因复拜兵部尚书,但免相职。至宗闵入相,谓德裕已奉节钺,奈何中止?乃更命德裕出镇浙西。尚书左丞王璠,曾泄宋申锡密谋,赞成漳王冤狱。见第八十回。至是复与郑注等进谗,谓德裕尝阴结漳王,谋为不轨。文宗大怒,召王涯、路隋等入商,将下严谴。路隋道:"德裕身为大臣,不宜有此,果如所言,臣亦应得罪。"六七年宰相,未闻进一嘉谟,至此始为德裕辨诬,大约是相运已满了。文宗意虽少解,但不免迁怒路隋,竟令他代德裕职任,罢德裕为宾客分司,擢李仲言为翰林侍讲学士。仲言改名为训,隐然有训诲的寓意。太觉厚颜。御史贾�,褊躁轻急,与李宗闵、郑注友善,夤缘为相,得继路隋后任。�喜出望外,忽夜梦见亡友沈传师,瞋目与语道:"君可休了!奈何尚贪恋相位?"说着,复兜胸一掌,将�击醒,吓得�浑身冷汗,起坐待旦,特备肴私祭传师。亡友好意示梦,岂为渠一餐耶?越数日,复梦见传师道:"君尚不悟,祸至无悔。"一面说,一面摇手自去。�尚欲追问,被传师一推而寤,默思亡友垂诫,少吉多凶,意欲辞职归里,晨起与妻妾等谈及梦兆,女流有何见识,都贪恋目前富贵,争说梦兆无凭,何足深信?�亦辗转寻思,自以为有恃无恐,不至罹祸,遂安心任职。居高官,食厚禄,拥着娇妻美妾,坐享太平。怎晓得祸福无常,一念因循,竟至后来灭族呢?凡身婴夷戮诸徒,往往为贪心所误。

忽京城大起谣言,谓郑注供奉金丹,是由小儿心肝,采合成药,慌得全城士庶,统将小儿藏匿家中,不令外出。注也觉奇异,拟将此事架陷仇人杨虞卿,奏称由虞卿家人捏造出来。虞卿正为京兆尹,凭空受诬,被逮下狱。李宗闵亟为救解,由文宗当面叱退。注与李训,又交谮宗闵,竟贬宗闵为明州刺史,虞卿亦受谪为虔州司马。训欲自取相位,因恐廷臣不服,先引御史李固言,同平章事。郑注亦得受命为翰林侍读学士。注与训更迭入侍,均为文宗规画太平,首除宦官,次复河湟,又次平河北,开陈方略,如指诸掌。语非不是,奈不能力行何？文宗本隐嫉宦官,只因无力驱逐,不得已含忍过去。又尝虑二李朋党,互相倾轧,每与左右谈及,去河北贼易,去朝中朋党难,至是得训、注两人,奏对称旨,又非二李党羽,遂大加宠任,倚为腹心。训、注无仇不报,凡有纤芥微嫌,不是说他贿通中官,就是说他党同二李,非贬即逐,殆无虚日。又恐王守澄权焰熏天,一时摇他不动,特设一以毒攻毒的计策,劝文宗引用五坊使仇士良,令为神策中尉,隐分守澄权势。引虎逐狼,祸且益甚。士良本与守澄有隙,乃与训、注合谋,提出一个大题目来,削除凶孽。看官阅过前文,应知宪宗崩逝,实是不明不白,宫廷内外,已俱疑是王守澄、陈弘志等所为,一经仇士良证实,便拟追究前凶,借伸义愤。题目恰是正大。陈弘志方出为兴元监军,当由李训计嘱士良,令他潜遣心腹,诱令入京,且特授封杖,叫他半途了结弘志。好几日得去使返报,已引弘志至青泥驿,杖毙了事。李训大喜,再与郑注入劝文宗,授王守澄为左右神策军观容使,出就外第。阳示尊礼,阴撤内权。更劾二李阴赂宦官韦元素、王践言等,求再执政,就是宫人宋若宪,亦曾得贿,于是贬德裕为袁州长史,宗闵为处州长史,韦元素、王践言等俱流岭南,连宋若宪亦遭归赐死。应七十九回。权阉已去了一半,乃即遣守澄鸩酒,逼令自尽,表面上却不明宣逆案,但说他暴病身亡,追赠扬州大都督,更将元和逆党梁守谦、杨承和等,诛斥略尽。极大义举,反以隐秘出之,便见邪奸伎俩,好为鬼祟。文宗以李训有功,擢任同平章事。注亦欲入相,偏李训又阴怀忮忌,托称除阉未尽,须由内外协势,方可成功。注遂愿出镇凤翔。同平章事李固言,未知李训计划,独入争殿前,谓注不宜出镇。文宗以固言不能顺旨,免他相职,派为山南西道节度使,令镇兴元军,即授注为凤翔节度使,命即赴镇。训复荐御史中丞舒元舆,入为同平章事,引王涯兼榷茶使,又欲羁縻人望,请加裴度兼中书令,令狐楚、郑覃加左右仆射,并密结河东节度使李载义、昭义节度使刘从谏,拟尽诛宦官,独揽朝纲。当时王涯、贾𫗧、舒元舆三相,俱承顺风指,不敢有违。他如中尉枢密禁卫诸将,亦皆趋承颜色,迎拜马前。看官！你想李训是一个流人,幸得赦还,因郑注、王守澄等,辗转推荐,骤得致身通显,乃始杀守澄,继并忌注,已是以怨报德,公义上或尚可原,私德上实说不过去。而且排去数相,屡斥廷臣,刁狡的了不得,似此行为,难道能富贵寿考么？小子有诗叹道:

天道喜谦且恶盈,倾人还使自家倾。
半年宰相骄横甚,专欲由来事不成。

果然历时未几,竟闯出一场大祸祟来了。欲知如何闯祸,待至下回再说。

杜牧作罪言,以自治为上策,诚哉其为上策也!但未知其所谓自治者,究指何事?观牧之不谨小节,沉湎酒色,十年一觉扬州梦,赢得青楼薄幸名,是牧且未能自治,遑问国家之自治乎?假使一时得志,骤登台辅,恐亦似训、注一流人物。训起自流人,注起自方伎,不数年间,秉钧轴,侍讲筵,诛积年未除之逆党,进累朝久屈之耆臣,谁得谓其非是?然异己者必排去之,厚己者亦芟锄之,暴横太甚,识者早料其不终。乃知君子可大受不可小知,小人可小知不可大受,圣言固不我欺也。杜牧不得逞志,自怨沉沦,吾则犹为牧幸,否则不为训、注者,亦几希矣。

第八十三回　甘露败谋党人流血 钧垣坐镇都市弭兵

却说李训欲尽除宦官,起初本与郑注定议,俟注至镇后,选壮士数百为亲兵,奏请入护王守澄丧葬,俟内臣送丧,乘便由壮士下手,一并杀毙,使无噍类。彼此订下密约,注乃启行往凤翔。不料训又变计,因恐事成后注得大功,自己反落注后,乃与舒元舆等密谋,另遣大理卿郭行余为邠宁节度使,户部尚书王璠为河东节度使,令多募壮士,作为部曲;又命刑部郎中李孝本,为御史中丞,京兆少尹罗立言,权知府事,进京兆尹李石为户部侍郎,太府卿韩约为左金吾卫大将军。数人除李石外,统是李训私党,分置要地,指日起事,一俟大功告成,不但尽杀宦官,就是始终合谋的郑注,也拟一并掷去。用心太险,无怪不成。太和九年十一月间,文宗御紫宸殿视朝,百官鱼贯而入,依班序立。韩约匆匆入奏,谓:"左金吾厅事后,石榴上夜有甘露,为上天降祥征兆,非圣明感格,不能得此。"说罢,即蹈舞再拜。李训、舒元舆,亦率百官拜贺,且请文宗亲自往视,仰承天庥。天降甘露,岂独在金吾厅后?这已足令人滋疑,怎得称为善策?文宗许诺,乃乘舆出紫宸门,升含元殿。先命李训等往视,良久乃还,报称甘露非真,未可遽行宣布。文宗道:"有这般事么?"遂顾左右中尉仇士良、鱼弘志等,率宦官再往复验。士良等已去,训即召郭行余、王璠两人,入殿受敕。璠战栗不敢前,独行余拜受殿下。时两人所募部曲,已有数百,皆持刀立丹凤门外,训亦召令受敕。河东兵陆续进来,邠宁兵却观望不至。济甚么事?仇士良等至金吾厅,遇着韩约,见他行色仓皇,额有微汗,又是一个没用家伙。士良不觉惊讶道:"将军何为如是?"道言未绝,忽见风吹幕起,里面伏着兵甲,慌忙返奔,走还含元殿,报称祸事。既伏兵甲,何不突出追击,也好杀死数人。

训见士良等还殿,亟呼金吾卫士道:"快上殿保护乘舆,每人赏钱百缗。"金吾兵将要登殿,那士良眼明手快,先已指麾阉党,扶文宗上了软舆,从殿后毁藩突出。训上前攀舆道:"臣奏事未毕,陛下不可入宫。"士良瞋目呼道:"李训反了!"文宗尚说训未敢反,士良不听,竟来殴训,为训所仆。训从靴中拔刃,拟诛士良,不意为阉党救去,于是罗立言率京兆逻卒三百余名,自东趋至,李孝本率御史台从人二百余名,自西奔来,并会同金吾卫士,登殿纵击宦官,杀伤十余人。士良令群阉挡住外面,自导乘舆北进,迤逦至宣政门,训尚追蹑舆后,攀呼益急。天子已被人挟去,追呼何益?宦官郗志荣,颇有勇力,奋拳殴训,训竟仆地,乘舆便驰入门内,将门阖着。至训从地上扒起,已是双镮重闭,无隙可钻,但听门内一派喧呼,统是万岁二字,自思所谋不遂,只好觅一脱身的方法,急忙脱从吏绿衫,穿在身上,乘马跃出,口中却扬言道:"我有何罪?乃被窜谪。"且呼且走,竟得逸出。郭行余、王璠两人,早已奔退,罗立言、李孝本等见训已远逸,料已无成,也即窜去。含元殿中,寂静无人,那时李家的天下,又变成了阉宦的天下。

宰相王涯、贾𫗧,本不与谋,见殿中忽起变端,究不知为着何事?仓猝间驰还中书省,静候消息。舒元舆也即趋至,也佯作不知,语王涯、贾𫗧道:"究竟是何人谋变?想皇上总要开延英门,召我等议事。"两省官即中书、门下两省。入问三相,俱说我等尚未查明,请诸公自便。少顷,已近午餐,将要会食,忽有吏人入报道:"左神策军副使刘泰伦,右神策军副使魏仲卿,带领禁兵千余人,从阁门杀出来了。"舒元舆闻报先逃,毕竟心虚。王涯、贾𫗧,也狼狈步走,两省及金吾吏卒千余人,填门争出,甫及半数,那禁兵已经杀到,好似刈草割麦一般,砍死了六百余人。士良等又分兵掩闭宫门,横加屠戮,所有诸司吏卒,及贩卖小民,都冤冤枉枉的饮了白刃,血流狼藉,满地朱红。又遣骑兵千余,追捕逃人,舒元舆易服单骑,出安化门,被禁兵追至,擒捉而去。王涯徒步至永昌里茶肆,也被禁兵擒入左军,各加桎梏,兼施箠楚。涯年已七十有余,哪里忍受得起,只好依言诬服,自书供状,谓与李训谋行大逆,尊立郑注。王璠归长兴坊私第,闭门自固,用兵防卫,神策将到了门前,叩门不应,却佯呼道:"王涯等谋反,主上拟召尚书入相,我等奉鱼护军令,请尚书立即入阁,快快出来,幸勿自误!"璠信以为真,忙开门出见,神策将尚是道贺,请他上马速行,及与左军相近,才将他一把抓下,加上铁链,牵入左军。璠始知受绐,涕泣而入,见王涯等局居一旁,便与语道:"王公自反,何为见引?"涯答道:"老弟前为京兆尹,不向王守澄漏言,何至有今日呢?"驳诘得妙。璠乃俯首无词。又搜捕罗立言、郭行余,及涯等亲属奴婢,均至两军中系住,户部员外郎李元皋,系李训再

第八十三回　甘露败谋党人流血　钧垣坐镇都市弭兵　　483

从弟，训与他未协，亦遭捕戮。王涯有再从弟沐，年老且贫，闻涯为相，跨驴入都，留居岁余，方得一见。涯白眼相待，经沐嘱托涯家嬖奴，求他关说，涯始许一微官，自是日造涯门，专候涯命，偏小官尚未到手，大祸先已临头，无辜株连，同时毕命。前岭南节度使胡证，家称巨富，禁兵利他多财，托言搜捕贾𫗧，闯入胡家，任情掠夺。证子溵忍耐不住，免不得反抗数语，那禁兵仗势行凶，用刀砍去，可怜溵立时倒毙，无从诉冤。又转入左常侍罗让，詹事浑锷，翰林学士黎植等家，劫掠货财，扫地无遗。坊中恶少年，乘势哗扰，伪托禁兵，杀人越货，互相攻劫，尘埃蔽天。

　　攘乱了一昼夜，百官入朝，日出始开建福门，禁兵露刃夹道，只准各官随着一人。各官屏息徐行，至宣政门，尚未启户，四顾无宰相御史，亦无押班官长，乱次站立，无复秩序，好容易待至启扉，才得进去。文宗已御紫宸殿，顾问宰相王涯等，如何不来？仇士良应声道："王涯等谋反，已收系狱中。"说至此，即将涯供状呈上。文宗略略一览，即命召左仆射令狐楚，及右仆射郑覃等入殿，将供状递示，并泪眦荧荧道："这是王涯手笔么？"楚覃同答道："笔迹果是王涯，涯果谋反，罪不容诛。"文宗乃留他两人值宿中书，参决机务，并使楚草制，宣告中外。楚叙李训、王涯谋反事，语涉模棱。总是怕死。仇士良尚然不悦，因不欲楚为相，只命覃同平章事。已而添任户部侍郎李石，与覃并相。内事略定，外面恶少年，还剽掠不止，神策将杨镇、靳遂良等，各率五百人，分屯通衢，击鼓警众，不准再扰，且杀死恶少年十余人，余众方才骇散，吏民粗安。已吃苦得够了。

　　贾𫗧易服逃匿，避居民间，住宿一夜，探闻各处都有禁兵把守，料不能逃，乃素服乘驴，诣兴安门，途中适遇禁兵，便自言道："我宰相贾𫗧，也不幸为奸人所污，可送我诣左右两军。"禁兵遂将他执送右军。李孝本改服绿衣，用帽障面，单骑奔凤翔，至咸阳西境，为追骑所擒，也解送京师。李训自殿中逸出，直往终南山，投奔寺僧宗密处，宗密素与训相善，欲将他剃度为僧，以便藏匿，偏徒侣谓私藏罪犯，祸且不测，乃纵令出山。训转奔凤翔，为盩厔镇遏使所擒，械送京师；至昆明池，训自分一死，因恐至都中多受酷辱，便语解差道："得我可致富贵，但汝等不过数人，一入都城，必为禁兵所夺，不若取我首去。"到死尚且逗刁，但始终不免一死，刁狡何益？解差遂枭了训首，携送入都。仇士良即命左神策军三百人，持李训首，并王涯、王璠、罗立言、郭行余四人，绑缚出来。右神策军三百人，也绑住贾𫗧、舒元舆、李孝本，依次献入庙社，兼徇市曹，且饬百官临视，推各犯至独柳树下，一一斩首，悬示兴安门外。各犯亲属，不论亲疏，悉数处死，孩稚无遗。或有妻女免死，亦均没为官婢。冤血模糊，惨不忍睹。惟王涯因榷茶苛刻，暗丛众怨，百姓见他处刑，无不称快，死后尚被人乱投瓦砾，且掷且詈，聊雪宿愤。

复有诏授令狐楚为盐铁转运使，左散骑常侍张仲方权知京兆尹，且使人赍密敕至凤翔，令监军张仲清速斩郑注。注本率亲兵五百人，出至扶风。途次闻李训事败，折回凤翔。仲清用押牙李叔和计，邀注过饮。注自恃兵卫，贸然赴约。想是死期已到，所以转智为愚。仲清迎注入厅，格外殷勤。叔和又引注护兵，出外就宴，再藏刀入厅，见注正与仲清茗谈，便抢步近注，出刀猛挥，飕的一声，注首落地。妙语。厅后突出伏兵，用着大刀阔斧，跑出厅外，专杀随注兵士。门吏又将外门关住，立将郑注护兵，杀得一个不留，再开门收捕副使钱可复，节度判官卢简能，观察判官萧杰，掌书记卢弘茂等，一并处斩。可复有女，年止十四，抱父求免，仲清不从，但令免女。女凄然道："我父被杀，我尚何面目求生?"遂亦被杀。不没孝女。余如郑注及钱可复等家属，屠戮净尽。惟弘茂妻萧氏，临刑时带哭带骂道："我系太后妹子，奴辈敢来杀我，尽管从便。"此语一出，兵皆敛手，才得免死。唐廷尚未接诛注消息，有诏褫注官爵，改任神策大将军陈君奕为凤翔节度使。君奕尚未出都，仲清已遣李叔和传送注首，又悬示兴安门。还有一个韩约，走避了好几日，夜半潜出崇义坊，被神策军瞧见，一把抓住，当即拥至左军中，眼见得是束手就戮了。于是全案人犯，一网打尽，仇士良、鱼弘志以下，各进阶迁官有差。

总计自甘露变后，生杀除拜，皆由两中尉主持，文宗已是木偶一般，得能保全生命，还是大幸，哪敢再与阉党怄气？枉为人主，可怜可叹。仇士良、鱼弘志等，气焰益盛，上胁天子，下陵宰相，每至延英殿议事，士良傲然自若。郑覃、李石，有所陈请，往往被士良面斥，或引李训、郑注事折驳。覃与石齐声道："训注原为乱首，但不知训注因何人得进，闹出这般大祸。"解铃仍须系铃人。士良听到此言，也觉怀惭，嗒然退去。惟宦官深怨训、注等人，牵藤摘蔓，诛贬不休，朝吏尚日夕不安。一日，文宗视朝，问宰辅道："坊市已平安否?"李石道："坊市渐安，但近日天气甚寒，恐由刑杀太过所致。"郑覃亦接入道："罪人亲属，前已皆死，余人可不必问了。"文宗点首退朝。接连过了数日，并不见有赦文，忽京城谣言又起，宣传寇至，士民骇走，尘埃四起，两省诸司，也没命的乱跑，甚至不及束带，乘马便奔。突如其来，笔法不测。郑覃、李石，正在中书省中，旁顾吏卒，已逃去一半。覃亦不觉惊惶，顾语李石道："耳目颇异，不如出避为是。"石怡然道："宰相位尊望重，人心所属，不宜轻动。况事情虚实，尚未可知，全仗我等镇定，或可弭患，若宰相一走，中外都大乱了。且使果有大乱，避将何往?"覃始勉强坐着。石坐阅文案，安静如常。嗣又有敕使传呼，令闭皇城及诸司各门，左金吾大将军陈君赏，率众立望仙门下，语敕使道："门外未见有贼，就使贼至，闭门未迟，请少安毋躁，待衅乃动，不宜预先示

第八十三回　甘露败谋党人流血　钧垣坐镇都市弭兵

弱。"敕使乃退。坊市恶少年，俱着皂衣，执弓刀，眼巴巴的望着皇城，但俟皇城闭门，即思动手掳掠，幸内有李石，外有陈君赏，从容坐镇，才得无虞。到了日暮，毫无变动，人心方才平定，统还家安枕去了。天下本无事，庸人自扰之。

看官听说！谣言虽不足凭，未必无因而起。究竟当日惊扰，为着何事？原来王守澄未死时，曾与宦官田全操等未协，训、注乘间献计，遣他分巡盐灵等州，密饬边帅就地捕诛，总计遣发六人，分巡六道。会守澄已死，训、注又诛，六道镇帅，不敢下手。仇士良等既得权势，便将六人召还。全操等余恨未息，在途中扬言道："我等还都，见有儒冠儒服，不论贵贱，均当杀死。"这语传达都下，遂致人人惊恐，以讹传讹，好似有强寇来攻的情状。及全操等乘驿入城，究竟人少势孤，未便惹祸，更兼仇士良等杀死多人，也恐激成众怒，乐得下台休息，暂享荣华，所以乱事不至再起。赦书亦即下颁，凡罪人亲党，除前已就戮，及指名收捕外，概置不问。诸司官吏，惧罪避匿，亦勿复追捕，各听自归本司。自此诏一下，天日少开，阴霾渐散，惟禁军仍然横暴，京兆尹张仲方素来懦弱，不敢过问。李石因他才不胜任，奏出为华州刺史，改派司农卿薛元赏继任。元赏刚正不阿，饶有气节，偶至李石第中，闻石方坐厅事，与一神策军将，争辩甚喧，遂大踏步趋入厅中，正色语石道："相公辅佐天子，纲纪四海，今近不能制一军将，使他无礼至此，哪里还能制服四夷呢？"说毕，即呼侍从入厅，擒住军将，令至下马桥候审。侍从拥军将先行，元赏上马趋出，至下马桥，那军将已被褫军衣，长跪道旁，元赏即命动刑，忽有一宦官前来，说是奉仇中尉命，请大尹过谈。元赏道："适有公事，一了即来。"当下杖杀军将，始改服白衣，往见士良。士良冷笑道："痴书生乃具大胆，敢杖杀禁军大将么？"元赏道："中尉是国家大臣，宰相亦国家大臣，宰相属吏，若失礼中尉，中尉将若何处置？中尉属将，今失礼宰相，难道可轻恕么？中尉与国同体，当为国惜法，元赏已囚服而来，任凭中尉裁断，生死惟命！"士良见他理直气壮，反温颜道谢，呼酒与饮，尽欢乃散。不怕死者偏不至死。

越年元旦，文宗御宣政殿，受百官朝贺，大赦天下，改元开成。昭义节度使刘从谏，独上表诘问王涯等罪名，中有"内臣擅领甲兵，妄杀非辜，流血千门，僵尸万计，臣当缮由练兵，入清君侧"云云。仇士良等得知此奏，也颇畏沮，因劝文宗加从谏官，进爵司徒，从谏复申表辞让，有"死未申冤，生难荷禄"语。且直陈仇士良等罪恶，请正典刑。士良虽说从谏借端谋逆，心下恰很是惊惶，因此稍稍敛迹。郑覃、李石，还好略伸意见。就是文宗也借此活命，苟延岁月。令狐楚乃得奏称王涯等身死族灭，遗骸暴露，请有司收瘗，上顺阳和天气。文宗也惨然欲泣，因命京兆尹收葬涯等十一人，各赐衣一袭。仇士良尚存余恨，私令人发掘瘗坟，弃骨渭水。小子有诗叹道：

阉竖穷凶极恶时,杀人未足且漂尸。
堂堂天子昏庸甚,国柄甘心付倒持。

文宗再召李固言入相,又擢左拾遗魏谟为补阙。谟为魏征五世孙,欲知他蒙擢情由,待看下回便知。

李训、郑注,皆小人耳,小人安能成大事?观本回甘露之变,训、注志在诛阉,似属名正言顺,但须先肃纲纪,正赏罚,调护维持,俾天子得操威令,然后执元恶以伸国法,一举可成,训、注非其比也。注欲兴甲于送葬之日,已非上计,然天子未尝临丧,内官无从挟胁,尚无投鼠忌器之忧,成固万幸,不成亦不致起大狱。何物李训,萦私变计,蛮触穴中,危及乘舆,譬诸持刀刺人,反先授人以柄,亦曷怪其自致夷灭也。王涯、贾𫗧、舒元舆辈,不知进退,徒蹈危机,死何足惜?但亲属连坐,老幼悉诛,毋乃惨甚。郑覃、令狐楚,不能为涯、𫗧辨冤,但知依阿取容,状亦可鄙。至于讹言再起,覃且欲趋而避之,幸李石从容坐镇,始得无事,铁中铮铮,唯石一人,其次则为薛元赏,正人寥落,邪焰熏迷,唐之为唐,已可知矣。

第八十四回 奉皇弟权阉矫旨
迎公主猛将建功

却说前御史中丞李孝本,本来是唐朝疏远的宗室,孝本被杀,家属籍没,有二女刺配右军,统是豆蔻年华,芙蓉脸面,文宗闻她有色,召令入宫。自己方得佳生,又想拥抱美人,非昏庸而何?拾遗魏谟上书谏阻,略言:"数月以来,教坊选女,不下百数,又召入李孝本女,不避宗姓,大兴物议,臣窃为陛下痛惜"云云。文宗乃遣出二女,且擢谟为补阙。谟入谢时,由文宗面谕道:"朕采选女子,无非欲分赐诸王,因怜孝本女孤露无依,所以收育宫中,卿遇事敢言,虽与朕意尚有隔膜,究竟为爱朕起见,可谓无忝厥祖了。"谟拜谢而出。嗣复进谟为起居舍人,文宗向取《注记》,谟对道:"《注记》兼书善恶,所以儆戒人君,陛下但力行善政,何必取阅。若必经御览,史官有所避讳,如何取信后世?"文宗乃止。又尝命谟献祖遗笏,宰相郑覃道:"在人不在笏。"文宗道:"笏虽无益,也是甘棠遗爱哩。"赞魏征处,便是赞魏谟处。既而在便殿召见群臣,文宗举衫袖相示道:"此衣已三浣了。"群臣俱称扬俭德。独中书舍人柳公权谏道:"陛下贵为天子,富有四海,当进贤退不肖,纳谏诤,明赏罚,方可渐致雍熙。徒服浣衣,尚是末节哩。"文宗温颜道:"卿却是个诤臣,惟为中书舍人,似属未当,不若改任谏议大夫罢。"公权便即受命。看似文宗虚心纳谏,然未能刚断,终患庸

第八十四回　奉皇弟权阉矫旨　迎公主猛将建功

柔。无如内讧未已,朋党复兴,李固言入相未几,又出为西川节度使,别任工部侍郎陈夷行,同平章事。到了开成三年正月,李石入朝议事,忽闻前面有箭镞声,石连忙闪避,已受微伤。左右奔散,马惊驰归第,又有一人邀击坊门,亏得石伏住马上,那马疾驰而过,尾被剁断,石尚无恙。乃上表奏闻文宗,文宗急命神策六军,遣兵防卫,且饬中外索捕暴客,竟无所获。石自思忘身徇国,反遭此变,辗转寻思,定是阉人主使,倘再或恋栈,必为所戕!不若趁早辞职,免得受祸,于是累表称疾,固辞相位。文宗亦知石忠诚,实因不便强留,只好令他仍挂相衔,出充荆南节度使。另简户部尚书杨嗣复,及户部侍郎李珏,同平章事。嗣复与珏,又与郑覃陈夷行未协,屡有龃龉,文宗尝面谕道:"朕读圣贤书,也不愿为庸主,怎奈势不得行,无可奈何,愿卿等和衷共济,朕只能醇酒求醉,聊写殷忧。"但知求人,不知求己,如何自治？四宰相虽然应命,但彼此私见,总难消融。嗣复与珏,且力排郑覃,更欲召李宗闵入相,先浼宦官进言。文宗转语宰相,覃即进言道:"陛下若怜宗闵,只可酌量移调,若召入内用,臣愿避位。"夷行亦言:"宗闵贪鄙,前尝聚党乱政,如何再行？"嗣复强与争辩,珏亦旁助嗣复,断断力争。还是文宗代作调人,徙宗闵为杭州刺史,总算暂时解决,得免争端。越年,郑覃陈夷行,终为杨嗣复李珏所排,辞职退位,又丧了一位四朝元老,讣达朝廷。元老为谁？就是司徒中书令晋公裴度。

太和末年,李逢吉因病致仕,旋即身死。度移守东都,目击时艰,自悲衰老,不愿再问国事,就是朝廷令兼中书令,表辞不获,亦只一笺报谢,未曾入朝。至甘露变后,更以文酒自娱,葛冠野服,徜徉终身。不意开成二年,又奉诏令移镇河东,且由吏部郎中传达旨意,令他卧护北门,不得已启行赴镇。适易定节度张璠病死,子元益欲自为留后,经度遣使晓谕祸福,乃束身归朝。莅镇一年,因老病乞还东都,越年去世,寿七十六岁。文宗震悼辍朝,追赠太傅,予谥文忠,时人比诸郭汾阳。度身后无遗表,由文宗遣使往问,寻得半稿,以储嗣未定为忧,语不及私。去使赍表归献,文宗益加叹惜。*了过裴晋公,引起下文事实。*原来唐自宪宗以降,历穆宗敬宗文宗三朝,均不立后。文宗生有二子,长子名永,为后宫王德妃所出,次子名宗俭,十岁即殇,永初封鲁王,廷臣多请立为太子。文宗欲立敬宗子普,因迁延未定,太和二年,普竟夭逝,文宗很是悲恻,追赠普为悼怀太子,余痛未忘。复将储嗣问题,搁起了好几年。至太和六年,始立永为皇太子。太子永母王德妃,姿貌不过中人,素来失宠,更兼后宫有个杨贤妃,生得花容玉貌,俐齿伶牙,文宗爱若掌珍,惟言是用,王德妃意被谮死。永年及成童,颇好游宴,狎近小人,杨贤妃又日夕进谗,屡言永短。杨贤妃未闻产子,何为屡谮储君？可见妇人阴险,妒母及子,无非为斩草除根起见,独怪唐室宫闱,遇有宠妃姓杨,往往生事,岂杨李果不相容耶？文宗逐渐入耳,免不得怒气积胸。开成三年九月，召见群臣，谓：“太子行多过失，不堪承统，应废立为是。"群臣俱顿首谏道："太子年少，近虽有过，将来自能知改。且储君关系国本，不可轻动，还望陛下矜全！"中丞狄兼谟伏阙固争，甚至流涕，给事中韦温道："陛下只有一子，不善教导，乃至陷入狎邪，这岂尽太子的过失吗？"文宗才不便决议，怏怏退朝。群臣又连章论救，因召太子还少阳院，敕侍读窦宗直周敬复二人，诣院授经，申明大义。太子终未能尽改前非，那杨贤妃又密嘱坊工刘楚才等，及禁中女优十人，诋毁太子。文宗每有所闻，辄召太子面责，惟废立事始终不行。过了月余，太子留居院中，未尝得疾，不料夜间猝毙，甚至五官流血，四肢发青，文宗亲自验视，见他死状甚惨，也不觉悲从中来，默思暴毙原因，好似中毒，但无从觅证，只好殓葬了事，谥曰庄恪。写尽庸柔。

又越一年，群臣请立东宫，屡陈章奏。杨贤妃又乘间进言，请立穆宗子安王溶为皇太弟。杀子立弟，究为何意？文宗商诸宰相，李珏谓立弟不如立侄，较为合宜。乃立敬宗少子陈王成美为皇太子，饬有司谨具册仪。越日车驾幸会宁殿，召入徘优，演剧作乐，有童子缘竿而上，一中年男子，在下走视，状甚惊惶。文宗怪问左右，左右答是童子的父亲。文宗忽增怅触，泫然流涕道："朕贵为天子，尚不能保全一儿，岂不可叹？"谁叫你宠爱杨妃？遂命驾返宫，即召刘楚材等四人，及女优张十十等数人，面加叱责道："构害太子，统出尔曹，今太子已死，须尔曹偿命！"刘楚材等伏地乞免。文宗不许，命左右执付京兆尹，即日杖毙。怨首犯而毙从犯，毕竟不公。嗣是感伤成疾，寝馈不安，卧床数日，勉起至赐政殿，召当直学士周墀入问道："朕可比前代何主？"墀答道："陛下系当代贤君，可比古时尧舜。"文宗道："朕岂敢上比尧舜？但拟诸周赧汉献，究属何如？"墀惊对道："彼乃亡国主子，怎得上拟圣德？"文宗道："周赧汉献，不过受制强藩，今朕却为家奴所制，恐尚不如赧献呢。"墀伏地流涕。文宗亦潸潸泪下，俟墀告退，复还宫睡下。自是御膳日减，瘠弱不支，到了开成五年元日，病不能起，饬百官免行朝贺礼。越宿，命枢密使刘弘逸薛季棱，引杨嗣复李珏至禁中，嘱奉太子监国。中尉仇士良鱼弘志得知消息，即闯入御寝，并谓："太子年幼，且尝有疾，须另议所立。"李珏道："储位已定，怎得中变？"士良弘志，愤愤而出。嗣复与珏，也知他不好轻惹，只好敷衍数语，退了出去。不意到了夜间，竟由士良弘志，颁发伪诏，立穆宗第五子颍王瀍为皇太弟，权勾当军国事。且言："太子成美，年尚冲幼，未便入嗣，仍复封为陈王。"翌晨，百官入朝思政殿，那颍王瀍已伫立殿庑，与百官相见。杨嗣复李珏等，料知由权阉矫旨，只是不敢发言，彼此虚与周旋，便即散去。越二日，文宗驾崩，年只三十二岁，共计享国十四年，改元二次。颍王瀍即位柩前，是为武宗皇帝，命杨嗣复摄冢宰事。

士良即劝武宗除去杨贤妃，及安王溶陈王成美三人，武宗也乐得应允，一

第八十四回　奉皇弟权阉矫旨　迎公主猛将建功

道诏命,赐三人自尽,可怜安陈二王,平白地死于非命,就是这个倾国倾城的杨贤妃,无术求生,没奈何仰药自尽,渺渺芳魂,同归地下,仍陪伴文宗去了。_{杨氏该死。}士良等尚追怨文宗,凡从前得邀亲幸的内臣,尽加诛逐。他人不敢多口,惟谏议大夫裴夷直,上疏谏阻,也似石沉大海一般,济甚么事? 武宗改名为炎,追尊生母韦氏为皇太后,徙萧太后居积庆殿,号积庆太后。_{即文宗生母。}尚有太皇太后郭氏,宝历太后王氏,居处照旧。过了数月,罢杨嗣复授刑部尚书,崔珙同平章事。又过数月,罢李珏,召入李德裕,令他同平章事。葬文宗于章陵,别号生母韦太后葬园为福陵。魏博节度使何进滔病殁,子重顺自称留后,上表请授诏命。武宗以履位方新,不欲遽加声讨,乃令袭节度使遗缺,赐名弘敬。_{为后文饬讨泽潞事伏案。}越年改元会昌,枢密使刘弘逸薛季棱,谋举兵攻杀仇士良,事泄被捕,下诏赐死,并出杨嗣复为湖南观察使,李珏为桂管观察使。士良又屡进邪谋,谓:"杨李二人,不愿陛下登基,今既外调,恐有异图,应早除为是。"武宗性颇残忍,闻士良言,即遣中官往诛杨李二使。户部尚书杜悰,亟奔马往见德裕,入门也不及寒暄,便扬声道:"天子新即位,便欲杀二故相,此事不可不谏,幸勿手滑。"时太常卿崔郸,及御史大夫陈夷行,先后入相,德裕即邀同崔珙崔郸陈夷行,联袂入奏,请开延英殿赐对。待至日晡,始开门召入,德裕等涕泣极言,请赦杨李二人,免致后悔。武宗连说"不悔"二字,一面却令四相旁坐。德裕道:"臣等愿陛下免二人死罪,勿使已死难生,徒贻冤恨。今未奉圣旨,臣等何敢侍坐?"语至此,又叩首请命。武宗方徐徐道:"朕为卿等免此二人。"德裕等起身下阶,舞蹈颂德。武宗复召令升座,喟然长叹道:"朕嗣位时,宰相等何尝心服? 李珏季棱,志在陈王,嗣复弘逸,志在安王,陈王尚是文宗遗意,安王专附杨妃,觊觎神器,且嗣复与杨妃同宗,曾致妃书,谓姑何不效则天临朝。倘使安王得志,朕何得有今日?"_{全是私意,即如嗣复致杨妃书,亦安知非阉人捏造?}德裕道:"兹事暧昧,虚实难知。"武宗道:"杨妃尝有疾,文宗令妃弟玄思入侍月余,因此得通意旨。朕细询内人,确系实迹,但免死二字,已出朕口,朕不食言,卿等可退听后命。"四人乃出。武宗即令追还二使,更贬嗣复为潮州刺史,李珏为昭州刺史。

会回鹘可汗兄弟嗢没斯,与宰相赤心那颉啜,各率众抵天德城外,求买粮食,且乞内附。天德军使田牟,_{田布弟。}欲出兵迎击,借端邀功,当时表闻朝廷,谓:"回鹘叛将嗢没斯等,侵逼塞下,愿督兵驱逐,安静边境"等语。武宗览表踌躇,免不得召集群臣,会议可否。小子于回鹘事,久未叙及,正应乘此补叙,方好前后贯通。看官听着! 自咸安公主和番后,_{见七十八回。}回鹘主天亲可汗,当即病死,天亲子多逻斯嗣立,受唐封为忠贞可汗,才阅一年,为弟所弑。国人复杀忠贞弟,立忠贞子阿啜,得受册为奉诚可汗。在位五年,即遭病殁,无子可传,当由国人拥立宰相骨咄禄为主。骨咄禄也得唐封册,号为怀信可汗,阅十年去世。怀信子亦得受封,称腾里可汗。宪宗初年,腾里可汗屡遣使入朝,始与摩尼偕来。摩尼系回鹘僧名,立有戒法,每至日晏乃食,不问荤素,唯不食湩酪。回鹘使归,摩尼留居中国。从前唐廷借援回鹘,回鹘人多入内地,尝请在京城内外,建摩尼寺,至摩尼入国,复就河南太原各处,分置摩尼寺。摩尼往来都市,未免为奸,后来遣归回鹘,惟咸安公主,居回鹘几二十一年,历配天亲忠贞怀信腾里四可汗,至元和三年始死,由回鹘遣人告丧。未几,腾里可汗亦殁,嗣主为保义可汗,保义求婚,宪宗不许。保义死后,崇德可汗继立,复表请和亲,是时唐廷已立穆宗,乃遣宪宗女太和长公主,下嫁回鹘。至敬宗即位,崇德可汗又死,弟曷萨特勒嗣封,号昭礼可汗。文宗六年,昭礼为下所杀,从子胡特勒入嗣,受封彰信可汗。至文宗末年,国相掘罗勿发难,引沙陀共攻彰信,彰信自杀,国人立盍驭特勒为可汗。盍驭特勒方遣使请封,不意部将勾录莫贺,潜结邻部黠戛斯,合兵十万,掩击回鹘。盍驭特勒仓猝迎敌,竟为所杀。掘罗勿亦战死,余众溃散。自天亲可汗后,多是一班短命鬼,安得不衰？嗢没斯赤心那颉啜等,穷无所归,乃来款塞。廷臣多请如田牟言,独李德裕进议道:"穷鸟入怀,尚思庇护,况回鹘屡建大功,今为邻国所破,远依天子,奈何欲乘他困敝,发兵出击呢？臣意应遣使慰抚,赐给粮食,令他感恩知报,愿为我用。从前汉宣帝收服呼韩邪,便是此法,愿陛下勿疑!"武宗道:"太和公主,不知生死何如？"德裕道:"这正好发使赍诏,问明嗢没斯等,借知公主下落。"武宗乃遣使至天德城,告戒田牟,毋得操切生事,且令牟乘便探问公主。

朝使方行,忽由太和公主遣人入朝,报称回鹘牙部十三姓,已立乌介特勒为可汗,请朝廷即赐册命。看官道太和公主,如何替乌介求封？原来回鹘被破,公主亦为黠戛斯所虏,黠戛斯系汉李陵后裔,自谓与唐同宗,因令使臣达干,奉主归唐,乘势结好。那时回鹘余部,推立乌介,引兵邀击达干,把他杀死,遂劫公主南下,进窥天德城。振武军节度使刘沔,出兵屯云伽关,严行拒守,乌介知不可犯,因胁公主上表请封,嗣又由乌介通使,乞借振武一城,寓居公主及可汗,来使叫作颉干伽斯,当由武宗宣令入见,问他何故推立乌介。颉干伽斯道:"乌介可汗,系昭礼可汗亲弟,所以众情爱戴。"武宗道:"城不便借,朕当颁给粮米,令汝汗规复旧疆便了。"乃即派右金吾大将军王会,赍着宣慰敕书,偕颉干伽斯北往。书中大略,谕:"乌介率领部众,渐复旧疆,借城向无此例,如欲别迁善地,求上国声援,亦只应暂驻漠南,朕当俟公主入觐,亲问事宜。倘须接应,亦无所吝"云云。复令王会发边粟二万斛,赐给乌介部众。哪知乌介可汗,阳受朝命,待王会南归,仍然屯兵边境,不肯退去,且反纵兵四扰。非我族类,其心必异。还有赤心那颉啜等,亦潜谋犯塞,经嗢没斯先告田牟,因诱赤心至帐下,设伏击毙。那颉啜收集赤心遗众,东走大同,联结室韦黑沙诸番众,南窥幽州。卢龙节度使史元忠,时已为牙将陈行泰所杀,行泰又为张绛所诛,雄武军使张仲武,起兵逐绛,平定幽州。由武宗特授旌节,命为卢龙留后。仲武闻那颉啜入境,突出痛击,杀得那颉啜孤身穷奔,往投乌介,乌介把他杀死,复入云朔,剽横水,屠掠甚众,有众十万,驻牙大同,抗表求粮食牛羊,并索交嗢没斯。

武宗已授嗢没斯为金吾大将军,爵怀化郡王,即以所部军为归义军,拜他为归义军使,赐姓为李,赐名思忠,当下责令乌介北迁,不得无理要索。乌介不肯奉诏,武宗因调刘沔为河东节度使,兼招抚回鹘使,张仲武为东面招抚回鹘使,李思忠为回鹘西南面招讨使,会军太原,共讨乌介。沔有武略,出营雁门关,与乌介相持。起初与乌介接仗,未见得利,乃按兵不动,故示羸弱,令李思忠张仲武两军,先戡乌介羽翼。乌介见沔军不出,总道他是畏怯无能,不以为意,便移军侵逼振武,营帐如林。沔遣麟州刺史石雄,及都知兵马使王逢,带领沙陀朱邪赤心部众,袭击乌介牙帐,沔自率大军接应。石雄到了振武,登城望回鹘营帐,见毡车数十乘,侍从多着朱碧,状类华人,遂使侦骑探问,返报是太和公主牙帐。雄复使侦骑往告道:"公主至此,应求归路,今将出兵掩击可汗,请公主潜与侍从相保,驻车勿动,静候来迎。"公主允诺,侦骑复还报石雄,雄凿城为十余穴,引兵夜出,直攻乌介可汗牙帐。乌介本未预防,突闻官军杀入,吓得手足失措,忙从帐后逸出,连辎重尽行弃去。雄追乌介至杀虎山,大破乌介部众,乌介身受数创,与数百骑北遁。雄斩首万级,降番众二万余人,遂回迎太和公主,送还京师。正是:

逐寇功臣逢大捷,和番帝女幸重归。

欲知公主还京后事,待至下回分解。

唐至文宗之世,威柄已为宦官所握,文宗叹息流涕,自恨受制家奴,不如周赧汉献,情殊可悯,但亦未免自贻伊戚耳。一误于宋申锡,再误于李训郑注,用人不明,已司其咎,乃复昵幸宠妃,不善教子,骨肉且未能保全,遑问他事? 至于权阉矫诏,擅立颍王,不能正始者,复不能正终,何莫非优柔寡断之所致也? 回鹘雄长北方,虽屡扰唐室,而一再败盟,数犯边境,为唐患者亦非浅鲜。帝女和亲,甘出下策,唐之不能驭夷,亦可见矣。迨回鹘残破,嗢没斯诚心内附,而乌介复劫主横行,忽服忽叛,幸李德裕建以夷攻夷之策,于是强虏退,帝女归,朔方仍得安定,乃知为政在人之固非虚语也。文宗有一德裕而不能用,此其所以赍恨终身欤。

第八十五回　兴大军老成定议　堕狡计逆竖丧元

却说太和公主，还至京师，有诏令宰相等出迎章敬寺前，又命神策军四百名，备具卤薄，迎主入都。群臣当然奉命，肃班出迎。公主进谒宪穆二庙，欷歔呜咽，退诣光顺门，去盛服，脱簪珥，自陈和亲无状，有负国恩。武宗遣中使慰问，仍令服饰如恒，乃入谒太皇太后。母女重逢，悲喜交集。越日进封为安定大长公主，使居兴庆宫左近，得叙母子欢情。一面令太仆卿赵蕃，为安抚黠戛斯使。黠戛斯为古坚昆国，唐初号为结骨，地在西突厥西面，贞观年间，曾修朝贡，历太宗高宗中宗玄宗四朝，通使不绝，至回鹘强盛，始被隔绝，不得往来。酋长号为阿热，屡受回鹘侵掠，回鹘渐衰，阿热乃自称可汗，与回鹘构兵不解，约二十年，卒破回鹘，送太和公主归唐。会闻乌介杀死国使，料知诚意未达，因复遣注吾合素东来，再申情状。注吾系是夷姓，夷人称猛为合，左为素，合素是猛力左射的意义，就是所称黠戛斯，也就是结骨的转音，注吾合素，在途历一两年，始达唐廷，献上名马二匹，并上书请求册命。补叙数语，尤见详明。武宗乃命赵蕃往慰，并使李德裕手草敕书。德裕谓须俟黠戛斯称臣，且叙同姓执子孙礼，乃行册命。武宗亦以为然，德裕遂草制道：

考贞观二十一年，黠戛斯先君，身自入朝，授左屯卫将军兼坚昆都督，迄于天宝，朝贡不绝。比为回鹘所隔，回鹘陵虐诸蕃，可汗能复仇雪耻，茂功壮节，近古无俦。今回鹘残兵不满千人，散投山谷，可汗既与为怨，须尽歼夷，倘留余烬，必生后患。又闻可汗受氏之原，与我同族，国家承北京太守*即汉李广*。之后，可汗乃都尉指李陵。苗裔，以此合族，尊卑可知。今欲册命可汗，特加美号，缘未知可汗之意，姑遣太仆卿赵蕃喻意，待赵蕃回日，当别命使展礼，以慰可汗之望。先此谕知，毋负朕意！

是时武宗方专任德裕，凡与回鹘黠戛斯交涉事件，必与德裕熟商，所有诏敕，亦多命德裕属草。德裕请委诸翰林学士，武宗道："学士不能尽如人意，劳卿属稿，方免贻误。"因此慰谕黠戛斯敕书，亦由德裕下笔。赵蕃赍敕与注吾合素偕行，到了黠戛斯，黠戛斯可汗，愿为藩属，再遣将军温仵合，随蕃入贡，且上言："得乌介可汗，走保黑车子族，应会同王师，合力进讨。"武宗谕以速平回鹘黑车子，乃遣使册封，温仵合应命而去。既而黠戛斯又遣使入贡，请示师期,武宗遂饬幽州太原振武天德四镇,出兵会同黠戛斯,兜剿乌介,且令给事中刘濛为巡边使,拟复河湟四镇十八州。河湟自安史乱后,陷没吐蕃,已历多年,至是因回鹘已衰,吐蕃复有内乱,乃倡此议。刘濛系刘晏孙,武宗悯晏冤死,特擢濛出巡,令预备器械糗粮,俟回鹘告平,进图吐蕃。

会值昭义军节度使刘从谏病死,子稹秘不发丧,胁监军崔士康,奏称从谏病剧,请命稹为留后。武宗览奏即召李德裕崔珙等入议,还有新任宰相二人,一是淮南节度使李绅,是代崔郸后任,一是尚书右丞李让夷,是代陈夷行后任。夷行已出镇河中,郸出镇西川,所以改相二李。<small>与德裕合成三李。</small>绅与让夷,均上言:"回鹘余烬,未尽扑灭,边鄙尚须警备。若再讨泽潞,<small>昭义军统辖泽、潞、邢、洺、磁五州。</small>恐国力不支,不如令刘稹权知军事。"李德裕独献议道:"泽、潞事体,与河朔三镇不同,河朔习乱已久,人心难化,所以累朝置诸度外。泽潞近处腹心,一军素称忠义,如李抱真成立此军,德宗且不许承袭,敬宗不恤国务,相臣又无远略,刘悟死后,遂授从谏,今从谏垂死,复欲将兵权私付竖子,若又令他承袭,诸镇将群起效尤,那时天子尚有威令么?"说得甚是。武宗道:"朕意亦作是想。"乃遣供奉官薛士幹,往谕从谏,使就东都疗疾,且遣稹入朝,另加官爵。士幹行至潞州,稹已为从谏发丧,抗不受诏,因亟还朝报命。武宗也怒从心起,便召德裕入问道:"卿前谓刘氏跋扈,不宜承袭,今刘稹公然抗命,朕欲声讨,拟用何法?"德裕道:"稹心中所恃,不过河朔三镇,但得镇魏两处,不相援助,稹便无能为了。今请速遣重臣,往谕王元逵何弘敬,令他助讨刘稹,委以山东三州,<small>邢洺磁。</small>成功以后,将士并加厚赏,果使两镇听命,不复沮挠官军,刘稹竖子,还有甚么难擒呢?"武宗大喜,立命德裕草诏,颁赐成德节度使王元逵,魏博节度使何弘敬,中有数语云:"泽潞一镇,与卿事体不同,勿为子孙之谋,欲存辅车之势,但能显立后效,自然福及后昆。"武宗览此数语,大加称许,且语德裕道:"应该如此直告,省得他疑议呢。"当下遣发两使,分头去讫。又赐卢龙节度使张仲武诏书,令他专御回鹘,并调忠武节度使王茂元,为河阳节度使,邠宁节度使王宰,为忠武节度使,专待镇魏两处报命,便即出兵。

未几,得两镇奏报,并皆听命,于是削夺从谏及稹官爵,授王元逵为泽潞北面招讨使,何弘敬为泽潞南面招讨使,与河东节度使刘沔,河中节度使陈夷行,河阳节度使王茂元,合力攻讨,再调武宁节度使李彦佐,为晋绛行营招讨使,会合诸军,五道齐进。王元逵既受朝旨,即日出屯赵州,进次临洺,渐逼尧山。刘沔守昂车关,分兵屯榆社,何弘敬立栅肥乡,进略平恩,陈夷行驻营冀城,入侵冀氏。王茂元出驻万善,别遣兵马使马继等至天井关,营科斗寨。惟李彦佐自徐州启行,很是迂缓,又表请休兵绛州,兼求济师。李德裕入白武宗道："彦佐逗留观望，无讨贼意，所请皆不可许，宜下诏切责，令即进军冀城。"武宗依言颁诏，德裕又荐天德军防御使石雄，为彦佐副，因调雄为晋绛行营节度副使，复令王元逵取邢州，何弘敬取洺州，王茂元取泽州，李彦佐刘沔取潞州，各专责成，毋得取县，这也是德裕所献的计议。武宗得平潞泽，全是德裕一人主持，故处处归功德裕。

先是刘从谏未殁时，累表言仇士良罪恶，士良亦言从谏窥伺朝廷，至刘稹逆命，士良益借口有资，每扬言宫中，自诩不出所料。武宗以士良有拥立功，曾命为观军容使，外示尊宠，内实疑忌，故命讨泽潞，全然不用禁军。士良又阴嫉德裕，多方进谗，偏武宗委任甚专，毫不见信。同平章事崔珙，伴食无能，武宗将他罢去，特召学士韦琮入内草制，擢中书舍人崔铉入相，内外官吏，全未与闻。仇士良自知失权，乃告老致仕，得旨允准，因出居私第。阉党统送他出宫，士良密嘱道："天子不可令闲，须常举奢靡华丽，取悦心志，令他日积月累，无暇顾及他事，然后我辈可以得志。若使读书礼士，得知前代兴亡，他必心存忧惕，疏斥我辈，这是事上要诀，幸勿忘怀。"阉党谢教而去。士良以为要诀，实是愚谋，须知人主蛊惑心志，必致危亡，难道若辈尚得安荣么？且此策亦只能惑庸主，不能欺英辟，试问士良何故告退呢？士良既去，李德裕少一牵制，越好殚精竭虑，与武宗规划平贼。

王元逵拔宣务栅，进击尧山，击败刘稹救兵，上书奏捷。德裕请加元逵同平章事，激厉他镇。至元逵前锋，早入邢州境内，何弘敬尚未出师。元逵密表弘敬阴怀两端，德裕上言："忠武军累有战功，声威颇震，王宰年力方壮，谋略可称，请诏宰率忠武全军，取道魏博，直抵磁州，以分贼势，弘敬必惧，这便是攻心伐谋的良策。"武宗即命王宰悉选步骑精兵，自相魏趋磁州。果然弘敬闻知，恐忠武军一入魏境，或致兵变，急督军进渡漳水，先赴磁州。独河阳兵马使马继等，驻兵科斗寨，为刘稹牙将薛茂卿所袭，全军溃散，马继被擒。王茂元忧惧成疾，奏达败状，于是朝议又复纷起，争说："刘悟有功，不应绝他后嗣。且从谏练兵十万，储粟十年，甚不易取，何如趁早班师。"武宗听了群议，也不免心动起来，复召问李德裕。德裕道："小小胜负，兵家常事，愿陛下勿听外议，定可成功。"武宗乃语群臣道："此后如有朝士沮挠军情，朕必将他驱入贼境，斩首示众。"自是异议乃止。惟断乃成。

德裕复乞调王宰全军，移援河阳，即以宰兼行营攻讨使，武宗也悉从所请。会何弘敬奏拔肥乡平恩，杀贼甚众，武宗因召语相臣道："弘敬已拔两县，可释前疑，既有杀伤，虽欲阴持两端，也无可如何了。"乃加弘敬检校左仆射。嗣闻王茂元病殁军中，复诏擢河南尹敬昕为河阳节度使，专主饷运，接济行营，把战事悉付王宰。宰治军严整，颇为昭义军所惮。昭义军将薛茂卿，因科

第八十五回 兴大军老成定议 堕狡计逆竖丧元

斗寨一役,独建奇功,未获重赏,心下很是怏怏,闻王宰屯兵万善,遂密使通问,愿为内应。宰遂引兵趋天井关,茂卿略略接仗,便即退走,把关相让。宰得据关隘,进毁大小箕村。茂卿更召宰攻泽州,宰疑不敢进,竟至失期。刘稹探知茂卿隐情,诱至潞州,将他杀死,屠及家族,如此残忍,宜其速亡。改用兵马使刘公直,来拒王宰。宰攻泽州,不利而退。公直复乘胜据天井关,嗣经宰整兵再进,大破公直,得拔陵川。刘沔亦攻克石会关,惟卢龙节度使张仲武,因刘沔破回鹘时,独得太和公主归朝,功为所夺,不免怨沔。朝廷恐他挟嫌掣肘,徙沔为义成节度使,另起前荆南节度使李石,驻节河东。

　　河东兵多派守要隘,所有府库余蓄,又被沔运往义成军。至李石莅镇,兵少饷绌,已是万分为难。河东行营兵马使王逢,且请添兵至榆社,以资战守,石不得已调回横水戍卒千五百人,令都将杨弁带领,驰诣行营。向来军士出征,每人给绢二疋,石因军用缺乏,益以自己绢帛,尚止人得一疋。时已为会昌三年残腊,军士请过了岁朝,方才登程。偏监军吕义忠,定要他年内就道,军士俱有怨言。杨弁趁势煽动,拟除夕倡乱,佯于是日启行,到了晚间,仍混入城中,夜漏方阑,哗声忽起,兵众随处剽掠,横行城市。都头梁季叶出来弹压,被乱军持刀砍死。李石正起床整衣,遥谒北阙,庆贺岁旦,不意府门外面,人喊马嘶,巡吏即入报兵变。石左右并无将士,如何出御?只好挈领亲属数人,从后门出奔,还幸城尚未阖,一溜烟似的奔往汾州。杨弁入据军府,居然自称留后,且遣从子至潞州,愿与刘稹约为兄弟。刘稹大喜,报书如约。监军吕义忠亦逃出城外,遣人飞奏河东乱状,朝议复为之大譁。或说应招抚杨弁,令讨刘稹,或说两地俱应罢兵,惟坚强不屈的李文饶文饶系德裕字。独上言:"太原人心,太原即河东。素来忠顺,不过因赏犒未足,乃致变乱,并非别怀觊觎,况乱兵止千五百人,亦何能为?应令李石吕义忠还赴河东行营,召兵讨乱,一面令王逢留太原兵守榆社,另调易定汴兖兵,共讨杨弁。"武宗一一照允。更遣中使马元实,往太原晓谕乱军,并觇强弱。杨弁欢迎元实,盛筵相待,酣饮三日,且厚贿送归。元实还都复命,极言军心附弁,不如议抚。金钱之效力如此。武宗令与宰相商议,元实乃往见德裕,开口便道:"相公今日,须早授杨弁旌节。"德裕问为何因?元实道:"自牙门至柳子营,约十五里,遍地统是光明甲仗,如何可取?"德裕道:"李相李石为相,见前。正因太原无兵,乃发横水兵赴榆社,此外库中留甲,尽给行营,弁何从得此甲士?"元实道:"太原民俗强悍,经弁召募,即可成军。"德裕道:"召募须有赀财,李相止欠军士一疋绢,因致此乱,弁岂能点石成金,立集巨款,可以广募徒众么?"元实语塞,不能再对。德裕道:"就使他有十五里光明甲,亦必须杀此贼。"诚然诚然。遂叱退元实,自草数语奏陈,略言:"杨弁微贼,决不可恕!如虑国力不及,宁舍刘积。"过了两旬，吕义忠捷报已至，擒杨弁，诛乱兵，平定太原。看官！你道吕义忠能讨平乱贼么？原来榆社戍兵，闻朝廷令客军取太原，恐妻孥亦遭屠戮，乃情愿还兵平乱。可巧吕义忠奔至行营，遂拥回太原，攻入军府，立将杨弁擒住，所有乱卒，悉数诛夷。弁被槛送京师，当然处斩。

　　河东既定，召还李石，降为太子少傅分司，河中节度使陈夷行，已因疾乞休，改任崔元式继任，至此复调元式镇河东，令石雄为河中节度使。雄与王宰有宿嫌，宰忌雄立功，故意缓攻，令刘稹得专力御雄。李德裕侦得隐情，即入奏武宗道："行军全仗锐气，不经激发，难望成功。陛下命王宰趋磁州，何弘敬乃先出师，遣客军讨太原，戍卒乃先取杨弁，今王宰久不进军，请徙刘沔镇河阳，仍令率义成军二千，直抵万善，蹑宰后尘，宰恐沔前来争功，必不愿逗留。宰果进军，沔为后应，亦未始非一大声援呢。"武宗乃令刘沔为河阳节度使，令出军万善。宰果如德裕所料，进攻泽州，刘稹拒战经年，军心渐怠，更兼都神牙郭谊王协，宅内兵马使李士贵等，揽权用事，专知聚财，见功不赏，将士愈觉离心。刘从谏妻裴氏，系故相裴冕孙女，有弟裴问，典守邢州，裴氏素劝从谏归命，至从谏死后，又虑稹叛命致亡，令他召归裴问，执掌军政。李士贵恐问到来，大权被夺，亟语稹道："山东三州，惟恃五舅，若五舅召还，将靠何人守住山东三州呢？"稹年少寡识，信为真言，遂不愿召问。问尝募兵五百，号为夜飞，就中多富商子弟，王协令军将刘溪，往邢州征税，大肆婪索，往往拘禁富商。夜飞军闻父兄被拘，当然向问呼吁。问转白刘溪，溪复语不逊，激成众忿。问即与刺史崔嘏，杀溪归唐，举州投顺王元逵。洺州守将郭钊，磁州守将安玉，闻邢州降唐，亦并降何弘敬，山东三州，均已效顺，当由王何二镇帅奏闻。德裕请即令给事中卢弘止为三州留后，且敕山南东道节度使卢钧，调任昭义节度使，乘驿赴镇。武宗尚在踌躇，德裕道："今不另简镇帅，若王何二人，欲占三州，朝廷将如何对付呢？"一语破的。武宗大悟，立即下诏。德裕又道："昭义根本，尽在山东，三州既降，潞州必将生变了。"武宗道："朕料郭谊等人，必诛稹自赎。"德裕道："诚如圣料，不日即有好音。"已而得王宰军报，刘稹已诛，郭谊乞降。原来谊本为刘稹心腹，稹阻兵抗命，皆谊主谋，至山东三州，一并失去，谊不免惶急，遂与王协密谋，拟杀稹赎罪，乃令私党董可武说稹道："山东叛去，事由五舅，城中人莫敢相保，敢问留后如何主张？"稹答道："今城中尚有五万人，且当闭门自守，再图良策。"可武道："五万人何足久持？为留后计，不如束身归朝，令郭谊为留后，自奉太夫人及室家金帛，归还东都，这还是保身良策呢。"稹又道："谊果不负我么？"可武道："可武已与谊定约，誓不相负。"稹乃引谊入室，再与面约，复入告从谏妻裴氏。裴氏道："归朝诚为佳事，可惜已晚。我有弟尚不能保，怎能保郭谊？汝自去酌夺便了。"裴氏非无见识,患在太懦。稹沉吟半响,自思余无善策,没奈何素服出门,以母命署谊都知兵马使。谊谢稹毕,出见诸将。稹治装内厅,李士贵闻得此事,知稹为谊所赚,率后院兵数千攻谊。谊叱众道:"何不自取赏物,乃欲与士贵同死么?"军士遂退,共杀士贵。谊易置将吏,部署士卒,一夕俱定。次日,使董可武入邀刘稹,出议公事。稹随可武出牙门,至北宅,与谊等相见,置酒作乐。饮至半酣,可武遽前执稹手,别将崔玄度自后杀稹,刀光一闪,垂首座前,遂乘势收稹宗族,及亲属故旧,无论老幼,骈戮无遗,只留裴氏不杀,囚诸别室。当下函稹首献与王宰,并奉降表。宰露布奏闻,唐廷称贺。小子有诗叹道:

竖子无知欲逞雄,三州坐失智谋穷。
须知授首归朝日,早在良臣擘划中。

究竟唐廷如何处置郭谊,待至下回再详。

观武宗之讨泽潞,全由李德裕主谋,故本回于德裕规划,叙述较详,当时前敌诸将,非真公忠无二,经德裕操纵有方,能令悍夫怯将,并效驰驱,决机庙堂之上,转移俄顷之间,中使不得关说,武人乐为尽死,即裴度杜黄裳诸相臣,恐亦未之逮也。山东三州,相继归朝,郭谊王协等,即定谋杀稹,始则导稹为乱,继则杀稹求封,而无知狂竖,适堕狡谋,徒惟是身死族灭已耳!天下本无事,庸人自扰之,于稹乎何惜;于郭谊王协等何诛?

第八十六回　信方士药死唐武宗
　　　　　立太叔宰毙李首相

却说武宗闻泽潞已降,刘稹授首,即与李德裕等,商酌善后事宜。德裕面奏道:"泽潞已平,邢洺磁三州,无须再置留后,但遣卢弘止宣慰三州,及成德魏博两镇,便可了事。"武宗道:"郭谊应若何处置?"德裕道:"刘稹竖子,胆敢拒命,统由郭谊等主谋,到了势孤力竭,又卖稹求赏,如此不诛,何以惩恶?"武宗点首道:"卿言甚是。朕当令石雄入潞,藉应谣言便了。"原来潞州曾有妄男子,在市喧叫道:"石雄七千人到了。"是时刘从谏尚在,目为妖言,把他捕戮。及刘稹逆命,德裕曾将此事奏闻,且言欲破潞州,必用石雄,所以武宗特遣石雄入潞,令带七千人随行。郭谊既献入刘稹首级,满望朝廷封赏,即授旌节,好几日不见命下,乃语部众道:"大约朝廷将徙我别镇,所以这般迟滞。"遂阅鞍马,治行装,专待朝使到来,约定行止。你亦想作刘悟么?奈福命不及何!

忽由巡卒入报道:"河中节度使石雄,带兵来了。"谊颇有惧色,但此时不能再拒,只好率众出迎。

雄与敕使张仲清,联辔入城,谊参贺已毕,张仲清宣言道:"郭都知告身,来日当至,此外将吏告身,俱已带到,请晚间来牙交代。"谊等唯唯而出。雄即命河中七千人,环集毬场,至晚召谊等受命,一一唱名引入。谊先进去,即由雄喝声动手,将他拿下。余如王协董可武安全庆李道德李佐尧刘武德等,一并拘住,悉送京师。还有刘稹部将刘公直,已将泽州降与王宰,亦由宰槛送入京。唐廷已得稹首,悬示都门,复令石雄发从谏尸,暴露潞州市三日。雄剖棺验视,面色如生,一目尚开,经雄手刃三次,血流如渖。想是命数中应该斩首。陈尸三日,仇人各用刀剔骨,几无遗骸。文士张谷张沿陈扬庭,尝屡言古今成败,规戒从谏。雄颇闻文名,饬吏查访,已被郭谊杀死,未免嗟悼。张谷尝纳邯郸女为侍妾,名叫新声,曾劝谷挈族西去,且语谷道:"天子以从谏为节度,并非有攻城野战的功劳,足以褒录,不过因乃父挈齐十二州,归还朝廷,方不忍夺他嗣袭。自从谏据有泽潞,未尝具一缕一蹄,为天子寿,左右又皆无赖徒,试想宪宗朝数镇颠覆,大都雄才杰器,尚不能固天子恩,况从谏擢自儿女手中,以不法始,必以不法终。大丈夫当见机而作,毋得顾一饭恩,以骨肉畀健儿噉食呢。"言讫,悲泣呜咽,几不自胜。谷终不能决,迁延至三月有余,反恐新声语泄,竟将她用帛缢死。有此慧女子,却不得令终,所遇非人,特志之以存感慨。后来谷竟遭难,家属骈诛。宜哉。从谏妻裴氏,由雄送入都中,候旨发落。武宗因裴氏系出名门,弟裴问首先效顺,不忍诛及裴氏,拟下诏免死。偏刑部侍郎刘三复,固言不可,乃将裴氏赐死,以尸还问,令他殓葬。所有郭谊王协董可武等,尽行正法。加李德裕太尉,爵卫国公。德裕入朝固辞,武宗道:"朕只恨无官赏卿,卿若不应得此,朕也不愿授卿了。"德裕乃拜谢而退。昭义节度使卢钧,驰入潞州,慰抚兵民。钧素宽厚爱人,当镇守襄阳时,已是众志咸孚,一入天井关,昭义散卒,闻风趋附,俱蒙厚待。至入潞城后,人情悉洽,昭义遂安。武宗从德裕议,割泽州归隶河阳,减铩昭义军势力,免生后乱;且饬各道兵一律归镇,封赏有差。

德裕复追论维州悉怛谋事,归咎牛僧孺。武宗但赠悉怛谋为右卫将军,不加僧孺罪责。德裕乃申奏道:"刘从谏据泽潞十年,太和中入朝,牛僧孺李宗闵执政,不留从谏在京,纵令还镇,致酿成今日大祸。且闻昭义孔目官郑庆,曾言从谏每得二人书牍,皆自焚毁,可见二人阴庇从谏,实为乱阶,今幸陛下威灵,得平叛逆。惟欲清源正本,还应谴及牛李二人。"报复太甚,私憾何深?武宗徐徐道:"且俟再议?"德裕意终未释。过了数日,复呈入河南少尹李述书,略言:僧孺闻刘稹败死,有失声叹恨等情。安知非德裕架诬?当下恼动武

第八十六回　信方士药死唐武宗　立太叔窜毙李首相

宗,再贬僧孺为循州长史,流宗闵至封州。德裕因率同百官,请上尊号,称武宗为仁圣文武章天成功神德明道大孝皇帝,武宗不受。经德裕等固请,表至五上,方才允准。于是郊天祭庙,下诏大赦,赐文武官阶勋爵,遍宴群巨,庆贺了好几日。皇太后王氏<u>即敬宗母</u>。得病身亡,变喜为哀,易贺为吊,免不得又有一番忙碌。礼官上太后尊谥,乃是"恭僖"二字,祔葬光陵东园。<u>光陵即穆宗陵。</u>

是时同平章事李绅,以足疾辞职,复出为淮南节度使,召淮南节度使杜悰入朝,拜右仆射,兼同平章事。悰本岐阳公主夫婿,<u>见七十四回</u>。文宗季年,公主已殁,悰由澧州刺史,升任凤翔节度使,复自凤翔徙镇淮南。武宗尝闻扬州倡女,善为酒令,因饬淮南监军,选贡数人。监军转告杜悰,请他同选,悰摇首道:"我不奉诏,怎得妄进倡女?"监军即奏悰不肯选旨,武宗叹道:"杜悰得大臣体,朕知愧了。"遂召悰入相。悰既受职,独好宴饮,不甚理事,乃复出为西川节度使。既而李绅病殁任所,悰移镇淮南。惟杜悰罢相时,崔铉亦同时免职,改任户部侍郎李回同平章事。回系唐室宗族,颇有胆识,泽潞事起,曾奉诏宣慰河北三镇,并促进师,三镇无不畏服,以此为武宗所器重,特加拔擢。但军国重事,仍专任李德裕评议。李回李让夷,不过奉令承教,署名画诺,便算尽职。

德裕以西域军事,尚未告竣,因上言:"回鹘衰微,乌介穷蹙,应乘此荡平回鹘,规复河湟,望遣使赐张仲武诏书,谕以镇魏两镇,已平昭义,只回鹘未灭,仲武尚兼北面招讨使,应早思立功,毋落人后。"武宗依言颁诏,促仲武进逼乌介,仲武出兵数次,收降回鹘散卒,约数万人。巡边使刘濛,亦报称吐蕃内乱,可乘机收复河湟。武宗拟大举平西,偏偏志未毕偿,病已缠体,遂令一位英明果断的主子,渐渐的形神瘦弱,力不从心。看官可知武宗即位时,年只二十七龄,改元后仅历五年,还只三十二岁,春秋方盛,大可有为,如何疾病加身,害得支撑不住?<u>虚设问答,较便梳栉。</u>小子查考唐史,才知有一大病源,不得不从头叙来。

唐自高祖立老子庙,尊为太上玄元皇帝,后世子孙,奉为成例,待遇方士,无不加厚,所以道教尝盛行一时。此外又有佛教、祆教、摩尼教、景教、回教五种,佛教自汉迄唐,愈沿愈盛,唐太宗时,僧玄奘至西域取经,携归佛典六百五十余部,译成华文,辗转流传,徒侣日众。武宗以前,全国佛寺,多至四万余所,僧尼达四十万人。祆教由波斯国传入,敬火以表天神,亦称拜火教,唐初已盛行中国,朝廷为立祆正祓祝等官,管辖教徒。摩尼教就从祆教脱胎,参入佛教景教等旨,别成一派,相传为波斯人摩尼所创。其实摩尼二字,就是中国高僧的意义,由波斯传入回纥,更由回纥传入唐朝,京都内外,多建摩尼寺,凡回纥人留居中国，常借寺中栖宿。景教实耶稣教的一派，唐太宗时，波斯人阿罗本，赍经至长安，自称为景教徒，取教旨光华的意义。太宗为建波斯寺，至玄宗时，波斯为大食国所并，因改波斯寺为大秦寺，大秦即罗马国的变称，景教实发源罗马，所以易名存实。德宗时，长安大秦寺僧京静，曾建大秦景教流行中国碑，穷溯原委，颇称详明。至回教为摩罕默德创行，摩罕默德系阿剌比亚人，阿剌比亚即今之阿拉伯。参酌耶稣教及犹太教等，别成一教，广集教徒，征服异域，创成一大食国。大食即阿剌比亚，波斯人有此称呼，所以唐廷亦呼为大食。莫非因他蚕食四方么？大食人来华互市，请诸唐廷，得在广东一带，建造会堂，广传教旨。这四种宗教，统是西洋输入，唐廷准他传布，不加禁止。元元本本，殚见洽闻。独武宗专信道教，不准异教流行，凡国中所有大秦寺摩尼寺，一并撤毁，斥逐回纥教徒，多半道死。京城女摩尼七十人，无从栖身，统皆自尽。景僧祆僧二千余人，并放还俗。又令京都及东都，只准留佛寺二所，每寺留僧三十人，各道只留一寺，余皆毁去。僧尼勒令归俗，田产归官，寺材改葺公廨驿舍，铜像钟磬，熔作制钱，共计毁寺四千六百余区，及招提有常住之寺。兰若佛徒静室。四万余间，还俗僧尼二十六万五百人，收良田数千万顷，奴婢十五万人。阅至此，应为称快。

古来帝王排佛，共有三人，魏太武帝周武帝及唐武宗，释家称为三武之祸。武宗排斥异教，不遗余力，专心致志的迷信道教。即位初年，即召入方士赵归真，向受法箓，称归真为道门教授先生，即至禁中筑一望仙观，令他居住。政躬稍暇，常至观中听讲法典，信奉甚虔。归真引入徒侣，为武宗修合金丹，说是长生不老的仙药，武宗服药下去，自觉精神陡长，阳兴甚酣，一夜能御数女，畅快无比。哪知情欲日浓，元气日耗，各种兴阳的药饵，多半是催命的毒物。武宗年甫逾壮，日服此药，渐渐的容颜憔悴，形色枯羸。当时专宠的嫔御，第一位要算王才人。才人系邯郸人氏，家世失传，穆宗时选入宫中，年仅十三，已善歌舞，后来赐与颍邸，一及笄年，性情儿很是机警，模样儿愈觉苗条，亭亭似玉，袅袅如花。武宗本是颀晰，王女亦颇纤长，一对璧人，天作之合，当然情投意合，我我卿卿。及武宗即位，封王氏为才人，宠擅专房，武宗每畋苑中，王才人必跨马相随，袍服雍容，几与武宗相似。道旁人士，远远窥视，还疑有两位至尊，相与出入。有时也能握轻弓，发一二矢，射倒几个小禽小兽，色艺俱工，确是难得。武宗越加宠爱，拟立她为皇后。偏李德裕谓才人无子，家世又未曾通显，恐贻天下讥议，武宗乃止。但因后宫佳丽，无过王才人，宁将正宫位置，虚悬以待，不愿滥竽充数。自宪宗以降，已五代不立皇后。及武宗有疾，王才人每谏武宗道："陛下日服丹药，无非希望长生，妾见陛下近日肤泽枯槁，深抱杞忧，还望陛下审慎，少服丹药。"武宗尚说无妨，且言赵归真说

第八十六回　信方士药死唐武宗　立太叔窜毙李首相

是换骨，应该瘦损，所以愈服愈病，愈病愈服。又召入衡山道士刘玄静，令为崇玄馆学士，还是玄静有些见识，固辞还山。好算明哲保身。武宗尚是未悟，阴精日铄，性加躁急，往往喜怒无常，尝问德裕道："近来外事如何？"德裕道："陛下威断不测，外人颇加惊惧，现在四境承平，愿陛下宽待吏民，务使为善不惊，得罪无怨，然后中外咸安？"武宗默然不答，返入内寝。德裕自退。原来德裕专政有年，才高量浅，所有恩怨，无不报复。方士赵归真得宠，德裕再三指斥，引为深恨。泽潞一役，又由德裕奏明武宗，不准宦官预事。内如中尉枢密，外如各道监军，无从掣肘，因得成功。但内外阉竖，视德裕如眼中钉，常欲把他摈逐，因此勾结方士，日夕进谗。武宗也滋不悦，惟表面上仍敷衍过去。德裕虽上疏乞休，也不见许。给事中韦弘质，上言宰相权重，为德裕所驳斥，贬令出外。德裕又尝言省事不如省官，省官不如省吏，因请罢郡县吏约二千余员。在德裕的意思，原是为国除弊，顾不得甚么仇怨，无如内外怨声，已是丛集，只因主眷未衰，一时动弹他不得。至会昌五年残腊，武宗抱病已剧，诏罢来年正旦朝会，到了六年正月，并不见武宗视朝，德裕除叩阁问安外，专理朝廷政务，无暇顾及宫禁。哪知左神策中尉马元贽等，已密布心腹，定策禁中，竟传出一道诏旨，立光王怡为皇太叔，权勾当军国政事。皇太弟后，又出一位皇太叔，正是闻所未闻。

先是李锜伏诛，家属没入掖廷，见七十二回。有妾郑氏，生有美色，为宪宗所爱幸，纳入后宫，几度春风，得产一子，取名为怡，排行在第十三。宪宗有子二十人。幼时即寡言笑，宫中统目为痴儿。少长，受封光王，益自韬晦，虽群居游处，未尝出言。至武宗疾笃，旬日不颁一谕，马元贽等乘此生心，拟择嗣统，好做一班佐命功臣。武宗本有五子，长名峻，封杞王，次名岘，封益王，三名岐，封兖王，四名峄，封德王，五名嵯，封昌王。不过年皆幼弱，未识大政，宫内一班宦竖，更以为子承父统，乃是寻常旧例，就是拥立起来，也没甚功绩可言，不若迎戴光王，较为得计。如见肺肝。于是遂擅传诏命，但说皇子年幼，令皇太叔处分国事。李德裕等未知诡谋，总道是武宗亲命，不敢对驳。哪知武宗已死多活少，连人事尚且不省，还顾甚么传统不传统呢？会昌六年六月甲子日，武宗疾已大渐，王才人侍立榻旁，武宗瞪视良久，好容易说出一语道："我要与汝长别了。"王才人忍着泪道："陛下大福未艾，怎得出此不祥语？"武宗再想发言，偏喉中已是痰塞，不能再语，只好用手指口，两目却注视不瞬。王才人已揣透意旨，便道："陛下万岁后，妾愿以身殉。"武宗方略有欢容，模模糊糊的说了一个"好"字，嗣是遂不复言。承统问题，全不提及，徒望王才人殉节，恋恋私情，何足道哉？未几驾崩，在位六年，止三十三岁。王才人悉取贮遗，分给左右，遂哭拜榻前道："陛下英灵，契妾同去，妾谨遵前约了。"遂解带自尽榻下。*不愧烈妇。*马元贽等奉光王怡即位,改名为忱,是为宣宗,命李德裕摄行冢宰事,奉上册宝。宣宗朝见百官,哀戚满容,及裁决庶务,独操刚断,宫廷内外,才知他有隐德,并不是全然愚柔。即位礼成,宣宗顾左右道:"适才奉册的大臣,就是李太尉么?他每顾我,使我毛发洒浙,不寒而栗呢。"*德裕贬死,伏此数语。*当下尊生母郑氏为皇太后,追赠王才人为贤妃。阅数月,安葬武宗,告窆端陵,并将王贤妃附葬陵旁。妃生前得专房宠,后宫嫔嫒,多怀顾忌,至殉节捐躯,大义凛然,宫人都为感动,把旧怨一齐蠲释,相率送葬,同声一哭,这可见公道犹存,无德不报哩。*一再称扬,无非风世。*

宣宗既阴忌德裕,践阼才经数日,即罢德裕为检校司徒,出任荆南节度使。迅雷不及掩耳,非但德裕所不料,就是中外吏民,亦觉是意外奇闻。接连又将李让夷罢相,改任翰林学士白敏中,及兵部侍郎卢商,同平章事,且命牛僧孺李宗闵崔珙杨嗣复李珏五人,一并内迁。惟宗闵未及启行,病死封州。赵归真诛死,仍度僧尼,京中增置八寺,嗣且令各处寺址,尽行修复。*尽改旧政,太觉无谓。*惟闻刘玄静道术高深,前曾辞归衡山,不与俗伍,应非赵归真可比,乃复征聘入都,由宣宗亲受三洞法箓。*更可不必。*既而腊鼓催残,改元期届,元旦,朝献太清宫。越日,朝享太庙。又越日,至南郊祭天,改称大中元年,受百官朝贺,大赦天下。会值天旱,自正月至二月不雨,宣宗避殿减膳,理京师囚,罢太常教坊习乐,出宫女五百人,放五坊鹰犬,停飞龙厩马粟,果然甘霖下降,沛泽如膏,朝野都称颂皇恩。同平章事白敏中,本由李德裕引入翰苑,至德裕失势,敏中入相,独希承上旨,令党与颂德裕罪,遂贬德裕为太子少保,分司东都。过了半年,廷臣尚交构德裕,册贬为端州司马。越年,又贬为崖州司户参军,德裕竟病死贬所,年六十三,怨家多半称快。惟右补阙丁柔立,前遭德裕摈斥,至是独上疏讼德裕冤,又被谪为南阳尉。宣宗尝问白敏中道:"朕昔送宪宗安葬,道遇风雨,百官皆散,惟山陵使身长多髯,攀住灵舆,冒雨不避,这是何人?"敏中答是令狐楚,现已去世了。宣宗问有无子嗣?敏中谓:"有子名绹,颇有才能。"宣宗即召令狐绹入见,问及元和政事。绹奏对甚详,遂得擢为知制诰,寻升授翰林学士。绹夜梦见德裕,与语道:"公幸哀我,使得归葬。"绹梦中允诺。翌晨起床,长子滈入问起居,绹即与语梦中情形,滈惶然道:"执政皆蓄憾李公,如何发言?"绹亦犹豫未决。不意是夕又复入梦,那前任太尉后贬司户的李文饶,目光炯炯,竟来责他负约。绹正无词可对,突闻鸡声一叫,才得惊醒,早起复语子滈道:"卫公精爽,确是可畏,我若不言,祸将及我。"乃冠带入朝,请许德裕归葬。宣宗方向用令狐绹,勉允所请。后至懿宗即位,用左拾遗刘邺言,追复德裕太子少保卫国公官爵,赐尚书左仆射。*叙及后事,寓善善从长之意。*小子有诗咏李德裕道:

汉代乘骖霍子孟,唐廷奉册李文饶。
假使功成身早退,祸机宁致及身招。

大中元年,文宗母萧太后崩,追谥贞献。越年太皇太后郭氏暴崩,外人颇有异言,欲知隐情,试至下回再阅。

宪宗服丹药而崩,穆宗亦然,武宗岂未闻及,乃亦误信赵归真,饵服金丹,以致速死。俗语有言:"做了皇帝想登仙",岂非愚甚?且弥留之际,专为爱妃顾虑,而于后嗣问题,全未提及,何其恋私情而忘大局耶?王才人以身殉主,节义可风,但于武宗实多慙德,褒王才人,实隐刺武宗,书法固微而显欤。太叔承统,古今罕闻;李德裕以一代功臣,骤遭贬死,虽德裕未得为完人,究无窜殛之罪,直书窜死,所以甚宣宗之失也。德裕死而托梦令狐绹,冤魂其果未泯乎?

第八十七回　复河陇边民入觐　立郓燮内竖争权

却说太皇太后郭氏,入居兴庆宫,颐养多年,历穆宗敬宗文宗武宗四朝,俱得嗣君敬礼,侍奉不衰。独宣宗即位,与太皇太后,乃是母子称呼,本应格外亲近,偏宣宗不甚孝敬,礼意浸薄,推究原因,却由生母郑氏而起。郑氏为李锜妾,前回已曾道及,当郑氏及笄,相士谓郑氏当生天子,因此锜纳为侍人,后来没入宫掖,适为太皇太后的侍儿。太皇太后尚为贵妃,宪宗出入往来,见郑氏秀色可餐,遂召入别室,演了一出龙凤配。妇人家容易怀妒,况郑氏是个犯妇,骤得宠幸,哪得不令旁观气愤?惟宪宗前不便诋斥,一腔郁闷,不能不从郑氏身上发泄。郑氏受骂熬打,料非一次,此番郑氏得为太后,母以子贵,当然欲报复宿嫌。统是一片小肚肠。宣宗也思为母吐气,所以对着这位太皇太后,未免失礼。郑氏又说宪宗暴崩,太皇太后亦曾预谋,惹得宣宗越加悲恨,几视太皇太后,如仇人一般。妇女含血喷人,尚是惯技,宣宗信为真事,也太糊涂。太皇太后年力已衰,忽遭此变,怎能禁受得起?悲感交集,郁郁无聊。一日,登勤政楼,眺望一回,几欲效坠楼的绿珠,跳出窗外,还亏身后有个侍儿,将她抱住,才免殒命。宣宗闻到此事,很是不悦,免不得背后讥弹。不料到了夜间,太皇太后竟尔暴崩,宫中谣诼纷纭,多说是服毒自尽。宣宗余怒未息,反不欲她祔葬宪宗,有司请葬景陵外园。景陵即宪宗陵,见七十七回。太常官王皞,且奏乞合葬祔庙,宣宗大怒,令宰相白敏中,责问王皞。皞抗声道:"太皇太后系汾阳王孙女，宪宗在东宫时的元妃，事宪宗为妇，身历五朝，母仪天下，怎得以暧昧情事，遽废正嫡大礼呢？"理直气壮。敏中闻言，怒形于色，晔辞气益厉，斥责敏中逢君为恶。敏中正要入奏，可巧走过一位新任宰相，举手加额道："主圣臣直，古有是言，今幸得见直臣了。"看官道此人为谁？乃是姓周名墀，曾为兵部侍郎，此时因卢商罢相，与刑部侍郎马植，并入拜同平章事。墀颇忠谠，乃有是言。敏中闻墀誉王晔，也不免顾忌三分，复奏时较为和平。但宣宗意终未惬，竟贬晔为句容令。至懿宗咸通年间，晔复入为礼官，再伸前议，乃始以郭氏配飨宪宗，这且慢表。

惟宣宗既贬去王晔，遂也不悦周墀，会值河湟议起，墀谏阻开边，愈拂上意，遂罢为东川节度使。这规复河湟的计策，在武宗时早有此议，小子于前两回中，亦曾略叙，因看官尚未明白，不得不再行声明。河湟陷没吐蕃，唐廷无暇规复，一则由国家多故，二则由吐蕃尚强，到了武宗时候，正值吐蕃内乱，若要规复河湟，却也是个绝大的机会。原来吐蕃自尚结赞后，君相多半庸弱，赞普乞立赞死，传子足之煎，足之煎再传之可黎可足，久病不能视事，委任臣下，纪纲日紊。至弟达磨赞普嗣位，淫虐益甚，国人不附，灾异相继。勉强拖延了三四载，到了武宗会昌二年，达磨死去，无子承袭，有妃綝氏，素为达磨所宠，至是与一佞相连络，立兄尚延力子乞离胡为赞普，年仅三岁，妃与佞相共执国政。首相结都那不肯入拜，愤然道："先赞普宗族尚多，奈何立綝氏子为嗣？老夫无权无勇，不能拨乱反正，报先赞普大德，计惟一死自明便了。"遂拔刀劙面，恸哭而出。忠有余而智不足。佞相嗾动党羽，追杀结都那，且把他家族尽加屠戮。番俗虽然野蛮，也有一派公论，你怨我谤，交相訾议。洛门川讨击使论恐热，悍狡多谋，乃号召徒众道："贼舍国族，擅立綝氏，屠害忠良，又未受大唐册命，怎得称为赞普？我当与汝等共举义旗，入诛妖妃及贼臣。天道助顺，功无不成。"也想出些风头。遂与青海节度使同盟起兵，自称国相，进兵渭州，连破防兵。转战至松州，所过残灭，伏尸枕藉。鄯州节度使尚婢婢，本姓没卢，名叫赞心，表字号为婢婢，宽厚沈勇，颇有谋略。论恐热假名仗义，实图篡国，恐婢婢袭他后路，因移兵往击。婢婢佯与结欢，遣使犒师，既啗重币，又饵甘言。恐热以为懦怯，即退营大夏川，哪知婢婢用埋伏计，来诱恐热，恐热追陷伏众，被他杀得七零八落，大败而逃。嗣又连战数次，尽为婢婢所败。婢婢因传檄河湟，历数恐热罪状，且语道："汝等本是唐人，吐蕃无主，宁可归唐，休被恐热猎取，自同狐鼠呢。"时唐朝巡边使刘濛，得知此事，立即遣使报闻，且乘机收复河湟。且因回鹘乌介可汗，为卢龙节度使张仲武，及黠戛斯阿热，两路夹攻，已是亲离众散，不堪衰敝。武宗末年，诏遣陕虢观察使李拭，出使黠戛斯，册阿热为宗英雄武诚明可汗。拭尚未行，武宗已崩，乃暂将此事搁起。宣

第八十七回　复河陇边民入觐　立郓奠内竖争权

宗即位，国是粗安。可巧回鹘乌介可汗，为下所杀，另立弟遏捻为可汗，遏捻兵食两穷，仰给奚部。张仲武出破奚人，遏捻立足不住，转投室韦。唐廷改派鸿胪卿李业，充黠戛斯册封使，令他剿除遏捻。黠戛斯可汗，遂遣相臣阿播，率诸番兵往破室韦，悉收回鹘余众。遏捻率妻子等九骑遁去，后来不知下落，大约是窜死穷荒了。惟回鹘别部尨勒，尚居甘州总碛西诸城，自称可汗，保存一线，后文再行表见。补应八十回余文。

　　宣宗因回鹘已平，改图吐蕃，适吐蕃秦原安乐三州，及石门等七关来降，诏令太仆卿陆耽为宣谕使，再遣泾原节度使康季荣，收取原州及石门驿藏石峡木峡六盘制胜六关，灵武节度使朱叔明，收取安乐州，邠宁节度使张君绪，收取萧关，凤翔节度使李玭，收取秦州。各州收复后，独改安乐州为威州，且令送河陇老幼千余人，诣阙朝天。宣宗亲御延熹门楼，俯受朝谒，河陇诸民，欢呼舞跃，解胡服，著冠带，伏呼万岁。诏许给资遣还，令垦辟三州七关土田，五年不收租税，就是土著人民，未曾入朝，亦准援例垦荒，将吏若能营田，令给耕牛及种粮，戍卒倍给衣食，三年一代。此外尚未收复诸州县，命各道量力规复。西川节度使杜悰，取得维州，亦即报闻。宰相白敏中等，因克复河湟，盛颂宣宗功德，请上尊号。宣宗道："宪宗尝志复河湟，未遂即崩，今幸得成先志，应议加顺宪二庙尊号，藉昭先烈，朕却未敢当此。"归功先人，算是孝思。乃加谥顺宗为至德弘道大圣大安孝皇帝，宪宗为昭文章武大圣至神孝皇帝。

　　越年四月，因同平章事马植，与中尉马元贽交通，坐贬常州刺史，另任御史大夫崔铉，及户部侍郎魏扶，同平章事。魏扶受职即殁，又令户部尚书崔龟从，及兵部侍郎令狐绹入相，出白敏中充招讨党项都统制置使。党项屡为边患，宣宗颇不愿用兵，崔铉谓应遣大臣镇抚，乃令敏中出任制置。敏中使边将史元，破党项九千余帐，党项大恐，情愿修和，不敢再犯。敏中上表奏闻，宣宗允党项归顺，命敏中与他定约，办理告竣，移充邠宁节度使，不必返朝。惟吐蕃论恐热与婢婢交哄，婢婢虽然得胜，食尽引还，恐热大掠河西诸州，所过捕戮，待下残暴，部众竞起怨言。恐热乃扬言道："我今入朝唐室，当借唐兵五十万，平定婢婢。"于是入唐求见宣宗。宣宗遣左丞李景让延入宾馆，且问所欲。恐热词色骄倨，求为河渭节度使，景让复白宣宗，宣宗不许，召对三殿，亦大略问答数语，没甚慰抚。恐热告辞，但照寻常胡客例遣归。恐热还居落门川，招集旧众，欲为边患，会天雨乏食，部众散去，才有三百余人，奔往廓州。沙州首领张义潮，奉瓜伊西甘肃兰鄯河岷廓十州地图，献入唐廷。自是河湟尽行归唐，诏任义潮为沙州防御使。嗣就沙州置归义州，即命义潮镇守，拜为节度。宣宗既尽复河湟，一意休息，唐室好几年无事，内只宰相换易数人。崔龟从罢职，改任户部侍郎魏謩，及礼部尚书裴休，既而崔铉出调外任，裴休依次去职，复另任工部尚书郑朗，户部侍郎崔慎由，同平章事。未几，魏謩郑朗崔慎由，又陆续罢去。兵部侍郎萧邺，户部侍郎刘瑑，诸道盐铁转运使夏侯孜，相继入相。刘瑑病逝，继任为兵部侍郎蒋伸。一班相臣，更番进退，幸值国家粗安，大家旅进旅退，倒也无优劣可言。实是一班庸碌徒，不过福命较优。

外如卢龙节度使张仲武卒，子直方为留后，直方荒淫暴虐，为军士所逐，别推牙将周琳为留后。越年琳死，军人复立张允伸为留后，宣宗未尝过问，听他自乱自止。就是成德节度使王元逵逝世，军中立元逵子绍鼎为留后。绍鼎嗣立二年，亦即病终，弟绍懿代立，均得受唐廷封爵，惟武宁军乱了二次，先逐节度使李廓，由卢弘止往代，后逐节度使康季荣，由田牟往代，这是由朝廷特任，不归军人拥立。岭南都将王令寰作乱，因节度使杨发，为后任节度使李承勋讨平，湖南都将石载顺，逐观察使韩琮，为山南东道节度使徐商讨平。江西都将毛鹤，逐观察使郑宪，为观察使韦宙讨平。宣州都将康全泰，逐观察使郑薰，为淮南节度使崔铉讨平。以上数种乱事，统是倏起倏灭，无甚可述。

宣宗得享太平岁月，垂裳坐治，就中有几种可称的美政。宣宗事太后郑氏，颇为孝敬，孝生母而逼死嫡母，难免缺憾。郑太后弟光，出镇河中，入朝奏对，语多鄙浅，宣宗留为右羽林统军，不再令他治民。太后屡言光贫，亦不过厚赐金帛，始终不给好官。还有宣宗长女万寿公主，下嫁起居郎郑颢，向例用银饰车，宣宗命易银为铜，以俭约示天下，且尝诏公主谨守妇道，毋得轻夫族，预时事。颢弟𫖮偶得危疾，宣宗遣中使探视，还询公主何在？中使答言在慈恩寺观戏，宣宗怒道："我每怪士大夫家，不欲与我家为婚，至今才得情由了。"乃亟召公主面责道："小郎有病，怎得自去观戏，不往省视哩？"公主谢罪而出。从此贵戚皆谨守礼法，不敢骄肆。次女永福公主，本拟下嫁于琮，公主与宣宗同食，稍不适意，即把匕箸折断，宣宗艴然道："这般性情，尚可为士大夫妻么？"乃改命四女广德公主，嫁为琮妻，且下诏谓："国家教化，原始夫妇，凡公主县主有子，已寡不得复嫁。"这数种政教，恰是有关道德，可谓一朝模范，史官称他明察沈断，用法无私，从谏如流，重惜官赏，恭谨节俭，惠爱民物，大中政治，媲美贞观，所以号为小太宗。看官试阅上文编叙各节，究竟宣宗得媲美太宗呢，还是未及太宗呢？小子不暇评议，想看官自应理会，闲文少表。不断之断，尤妙于断。

且说宣宗在位十三年，寿数已满五十，因为年力渐衰，不得不借需药物。偏又误信术士李元伯，用了许多金石燥烈等药，供奉宣宗，初服时有效验，到了大中十三年秋季，药性猝发，背上生疽，好几日不见大臣。又蹈覆辙。宣宗有十一子，长子名温，曾封郓王，但未得宣宗欢心。宣宗独爱第三子夔王滋，拟立为嗣，因恐乱次建储，必至臣下谏驳，所以逐年延宕。从前裴休入相时，

第八十七回　复河陇边民入觐　立郓王内竖争权

曾请早建太子，宣宗变色道："朕尚未老，若亟建太子，是置朕为闲人了。"休乃不敢复言。至宣宗不豫，密嘱枢密使王归长等三人，拟立夔王滋为太子，惟右军中尉王宗实，素不同心，为王归长等所忌，归长等恐他作梗，先调他为淮南监军，擅颁诏敕。宗实受敕将出，左军副使元实，语宗实道："圣上不豫，已经逾月，今出公往淮南，是假是真，尚不可辨，中尉何不一见圣上，然后就道呢？"宗实顿时大悟，便入寝殿谒见宣宗。哪知寝门里面，正起哭声，宣宗已经归天，正位东首。王归长及马公儒王居方，三人姓名，一并点明。方在寝殿中安排后事，将拥立夔王滋即位。宗实叱道："御驾已崩，奈何不先告中外？乃一般鬼祟，背地设谋，意欲何为？"说至此，即从袖中取出敕旨，掷示归长等三人道："皇上大渐，如何尚有此敕？显见是汝等捣鬼。汝等自思，假传圣诏，敢当何罪？"归长等只有内柄，并无外权，忽见宗实进来，已有三分惧怕，况又被他三言两语，抉透隐情，益觉情虚畏罪，吓得面如土色，当下接连跪地，捧足乞命。实是没用。宗实道："立嫡以长，古今同然，汝等既已知罪，速即起来，往迎郓王，还可稍图自赎呢。"三人忙扒将起来，去迎郓王温，不到一时，郓王已到，至御榻前痛哭一场。宗实亦召进元实，即刻草诏，立郓王温为皇太子，改名为漼。次日宣宗大殓，停柩殿中。太子漼即位柩前，召见百官，晋封令狐绹为司空。待百官退班，即传出一道诏旨，拿下王归长马公儒王居方，说他矫诏不法，当日处斩。全是宣宗害他。尊皇太后郑氏为太皇太后，追尊母晁氏为皇太后。晁氏为宣宗侍儿，宣宗即位，封为美人，越数年病逝，晋赠昭容。至是加谥元昭，祔主宣宗庙。越年，葬宣宗于贞陵，称晁氏墓为庆陵。总计宣宗在位十三年，寿五十岁。

　　太子漼即位后，史号懿宗，罢同平章事萧邺，及首相令狐绹，复召荆南节度使白敏中入相，兼官司徒，再授兵部侍郎杜审权，同平章事。会敕使自南诏还都，报称："南诏酋长丰祐，适经去世，嗣子酋龙，礼遇甚薄"云云。原来宣宗崩逝，唐廷仍照旧例，讣告外夷。南诏自韦皋抚服后，朝贡惟谨，贡使利得厚赐，傔从甚多。及杜悰为西川节度使，奏请节减傔从数目，南诏乃有怨言。酋长丰祐，已生变志，酋龙袭位，接得唐使丧讣，不觉动怒道："我国亦有大丧，不闻唐廷遣吊，且诏书系赐故王，与我无涉，何必礼待来使呢？"遂居使外馆，不愿接见。唐使等候数日，怨别而归，因将情状奏闻。朝议以酋龙名字，与玄宗名讳相近，隆龙两字，音近字异，若以此为嫌，何不读韩退之讳辩文。且未曾遣使报告嗣位，显系有意抗命，遂不行册礼，搁过一边。偏酋龙自称皇帝，国号大礼，竟发兵寇陷播州。懿宗方预备改元，行庆贺礼，一时无从过问。次年元旦，改元咸通，行赏施赦，做过了一套旧文章，正思剿抚南诏，忽由浙东观察使郑祇德，飞表告急，系是土贼裘甫造反，连败官军数次，攻陷象山，并破郯县，亟请朝廷派将南征。正是：

> 蛮服叛王方僭号，潢池小丑又跳梁。

欲知裘甫作乱情形，容至下回表明。

观宣宗之复河陇，未始非一时机会，遣将四出，不血刃而得地千里，天子御延喜楼，亲受河陇人民朝谒，反夷为夏，易左衽而为冠裳，岂不足雪累朝之耻，副万民之望？时人号为小太宗，良有以也。然版籍徒隶强藩，田税未归司计，有克复之名，无克复之实，终非尽善尽美之举。即如大中政治，亦不过粉饰承平，瑜不掩瑕，功难补过，甚至以立储之大经，不先决定，及驾崩以后，竟为宦竖握权，视神器为垄断之物，英明者果若是乎？夫懿宗本为冢嗣，大中已乏权阉，乃无端委任中官，再令其佣立嗣君，无惑乎唐室之天下，与阉人共为存亡也。世有贾生，岂徒痛哭流涕已哉？

第八十八回　平浙东王式用智 失安南蔡袭尽忠

却说浙东贼裘甫，本是一个土匪，纠合无赖子弟，横行乡里，适因两浙久安，人不习战，甲兵朽钝，备御空虚，他即乘势揭竿，攻入象山，观察使郑祗德遣兵往讨，反被扫得干干净净，非逃即死。甫遂进陷剡县，开府库，募壮士，聚众至数千人。郑祗德再派讨击副使刘勍，副将范居植，率兵迎击，至桐柏观前，一场决斗，贼势很是厉害，居植阵亡，勍连忙遁回，侥幸得生。祗德大惧，更令牙将范君纵，副将张公署，望海镇将李珪，招集新卒五百人，驰至剡西，见前面列着贼垒，便杀将过去。贼略战即走，越溪北奔，三将也渡溪追贼，甫经半涉，不料溪水大涨，甲兵漂没，三将急挈残兵，向后退归，偏后面钻出许多悍贼，恶狠狠的拦住岸边，此时三将才识中计，前不得进，后不能退，没奈何投入水窟，同赴幽冥去了。原来贼党中有个刘暀，颇有谋略，他想了一计，设伏溪南，壅溪上流，诱令官军徒涉，待官军半济，决去壅水，使他沉没，再发伏兵邀截，杀个净尽。果然官军堕入计中，竟尔尽覆。小丑中也有小智，故古人谓蠹蚕有毒。裘甫连战皆捷，威风大震，山海诸盗，皆遥通书币，愿属麾下。还有各处亡命叛徒，陆续奔集，众至三万，分为三十二队，裘甫自称天下都知兵马使，居然改易正朔，纪元罗平，铸成国玺，镌文天平，用刘暀为谋主，刘庆刘从简为偏帅，造兵械，储资粮，大有并吞两浙之气焰。郑祗德无法可施，累表告急，且向

第八十八回　平浙东王式用智　失安南蔡袭尽忠

邻道乞援。浙西遣牙将凌茂贞率四百人，宣歙遣牙将白琮率三百人，同赴浙东。两将畏贼众势盛，不敢进击，但远远驻着，作壁上观。

朝廷知祗德懦弱，援兵无用，乃用宰相夏侯孜言，特任前安南都护王式，为浙东观察使，召入祗德为太子宾客。式受命入朝，懿宗问以讨贼方法，式对道："但得兵多，贼必可破。"懿宗尚未及言，旁有中官插嘴道："发兵若多，所费必巨。"式应声道："兵多即足破贼，看似多费，实是省费。若兵少不能胜贼，延长岁月，贼势益张，恐江淮群盗，辗转勾连，一旦运道不通，上自九庙，下及十军，羽林、龙武、神武、神威、神策各分左右，为北门十军。皆无从取给，所费何可胜计呢。"懿宗方顾中官道："式言甚是，应该多发兵士。"不与宰相商议，乃与宦官定谋，国政可知。乃下诏发忠武义成淮南诸军，合平浙乱，并尽归王式节制，式拜命即行。

裘甫方分兵寇衢婺台明各州，自率万余人掠上虞，入余姚，转破慈溪，陷奉化，据宁海，置酒高会，开怀畅饮。忽有探贼入报，朝廷已派王中丞式，统各道兵马前来了。裘甫不觉失色，用箸击案道："奈何奈何？"刘暀在侧侍饮，相顾太息道："火来水掩，将来兵挡。我兵数万，不谓不众，难道未战先怯么？今王中丞统兵前来，闻他智勇无敌，不出四十日，必到此地，兵马使宜急引兵取越州，凭城郭，据府库，遣锐卒五千守西陵，沿浙江一带，筑垒拒守，并大集舟舰，进取浙西，幸而得克，乘胜过大江，掠取扬州财货，作为军饷，还修石头城为国都。窃料宣歙江淮必有人闻风响应，再派刘从简率万人循海南行，袭取福建，照此办法，唐廷贡赋要道，已为我据，但恐子孙不能长守啰，若我身始终，保可无忧。"却是独霸一方的良策。甫沉吟道："今日已醉，明日再议。"暀见甫迟疑不决，未免动怒，也以酒醉为辞，悻悻趋出。

裘甫想了一夜，未得主意，暗思王式虽有盛名，究竟虚实未明，不如遣人请降，窥伺动静。乃即于次日派一党弁，奉书官军。王式正至西陵，接着贼使，便顾左右道："这是来窥我虚实，且欲使我骄怠呢。"一口道破。乃传见使人，取阅来书，便即正色道："裘甫果降，当面缚来前，许以不死，否则彼能造反，尽可来战，缓兵计休得欺我。"贼使闻言，咋舌而去。式即驰入越州，由郑祗德交卸军政，隔宿饯行，与祗德欢饮而别；乃蒐戎行，申军令，振衰起懦，饬纪整纲，才越三日，已是规模大变，耳目一新。

先是贼谍入越，军吏多与贼通谋，与约城破以后，保全身家，或诈引贼将来降，潜窥虚实，所有城中动静，均为贼知。式详察情伪，一一捕诛，并严申门禁，如无门照，不准出入，夜间分段巡逻，格外周密，贼计乃无所施。贼将洪师简许会能，率众来降。式与语道："汝等能去逆效顺，尚有何言？但必须立效奏功，方得迁官。"遂使率徒众为先锋，部将为后应，往与贼战，得擒斩数百人，始给一阶。又命诸县开发仓廪，分赈贫乏，有人谓军食方急，如何散赈？式说道："此非汝等所知，我自有主张。"或请在远郊分设烽燧，诇贼远近多寡，式又微笑不答，良将沉机，大都如此。且故意挑选懦卒，令乘健马，少给甲兵，使为候骑。大众暗暗惊讶，但只不敢入问。式复巡阅诸营，选得士卒及土团子弟，共四千人，命导各军分路讨贼，临行下令道："毋争险易，毋焚庐舍，毋杀平民！歼渠魁，宥胁从，得贼金帛，官无所问。"嗣是捕得贼党，多系越人，不但尽行释放，并量给父母妻孥。受捕诸徒，皆泣拜欢呼，情愿效死。贼众闻风反正，陆续归降，遂分部军为东南两大路，节节进剿。南路军转战至唐兴，大破贼将刘眭毛应天，应天败死，刘眭遁去。东路军至宁海，亦连拔贼寨。

式尚嫌兵少，再奏调忠武义成昭义各军，共至越州，乃遣忠武将张茵率三百人屯唐兴，截贼南出，义成将高罗锐率三百人，益以台州土匪，径趋宁海，攻贼巢穴，昭义将跌跌戮率四百人益东路军，断贼入湖州路。贼无从远窜，尽锐出海游镇，与官军角一胜负，偏又为南路官军所败，窜入甬溪洞中。官军围住洞口，贼出洞再战，又遭杀退。此外如各处贼寨，亦多为官军捣破。义成将高罗锐，进拔宁海，收集散民，得七千余人。王式屡得捷报，便道："贼窘且饥，必逃入海，海澨辽远，非岁月间可以擒贼，应亟阻海兜拿，方免他远窜呢。"遂命罗锐军速趋海口，拦截逃贼。又令望海镇将云思益，浙西将王克容，率水军巡行海澨，防贼四窜。贼将刘从简，正从宁海东奔，航船下海，不防水军大至，急弃船登陆，遁匿山谷中，各船尽被官军毁去，报知王式。式喜道："贼计已穷，无从逃遁了。"现只有黄罕岭一路，尚可入剡，恨一时无兵可守，但亦必为我所擒了。料事几如指掌。果然裘甫带领残贼，从黄罕岭窜去，各路军四面兜缉，不知盗魁下落。至义成将张茵，捕得贼将一人，坚讯裘甫所在，贼将不肯实供，经张茵加以严刑，方吐实道："裘甫已经入剡，如肯舍我，我请为将军向导，往追裘甫。"茵乃释贼将缚，使为前驱。到了剡县东南，果见贼众已入城中，当即飞使入越，乞速调兵会剿。越人闻贼又至剡，都有俱色，式独笑道："贼来就擒呢。"遂檄东南两路军，倍道进击。贼登城固守，累攻不能下。诸将议壅遏溪水入城，令贼无从觅饮。贼众也防此着，更番出战，计三日间，战至八十三次，贼虽屡败，官军亦疲。裘甫缒使请降，诸将向式请命。式微哂道："贼尚非真降，不过欲稍图休息呢。诸将应乘此急攻，擒渠获丑，在此一举。"既而贼果复出，三战皆败。裘甫刘眭刘庆，率百余人出降，离城数十步，遥与诸将问答。官军疾趋前进，绕出裘甫等后面，前后合围，立将裘甫等擒住，解至越州。式命枭斩眭庆等二十余人，械甫送京师。惟剡城尚为贼将刘从简所守，官军因渠魁已获，略一疏防，被从简带领五百骑，突围出走，奔往大兰山。诸将连忙追蹑，好容易攻克山寨，复被从简遁去。

台州刺史李师望，募贼相捕，悬赏示励，当有降贼数百人，携从简首级，前

第八十八回　平浙东王式用智　失安南蔡袭尽忠

来献功。师望转报王式。式因贼众荡平，召诸将还越，置酒犒军。诸将乘着酒兴，争问王式道："末将等生长军中，久历行阵，今年得从公破贼，有好几事未识公意，敢问公始至时，军食方急，奈何遽散贫乏呢？"式答道："这事最易知晓。贼方聚谷，诱动饥民，我先给以食，饥民得安，谁愿从盗？且诸县尚无守兵，贼或入城，仓谷适为贼资，何若先行赈饥为妙！"诸将又问道："何故不置烽燧？"式又道："烽燧所以促救兵，我兵已尽集城中，无兵为继，徒举烽以惊士民，是反自溃乱了。"诸将又问使懦卒为候骑，少给甲兵，究是何意？式复道："候骑苟用锐卒，遇敌即斗，斗死将何人通报呢。"于是诸将皆下拜道："如公智谋，非末将等可及，敢不拜服。"王式所言，实皆情理中事，但诸将未曾深思耳。当下尽欢而散。未几诏命已下，加王式官右散骑常侍，诸将各赏赉有差。惟此次成功，外由王式，内由夏侯孜，孜既荐举王式，且与式书道："公但期擒住贼魁，所需军费，有我在朝，定当不误。"式赖此行军，所奏军情，求无不允，因此不到数月，即已平贼。裘甫解到京师，当然是做了刀头面，不消细说了。

　　浙乱既平，乃图南诏。时安南都护李鄠，已克复播州，拟向南诏进兵，偏安南土蛮，因前时鄠至安南，曾杀死蛮酋杜守澄，各图报怨，乃潜引南诏兵众，乘虚攻陷交趾。鄠猝不及防，只好逃奔武州，告急唐廷。廷议发邕管及邻道兵，往救安南，另诏盐州防御使王宽为安南经略使，贬鄠为儋州司户。鄠尚未接诏，方收集土兵，击破群蛮，再取安南，正思将功抵罪，不意王宽到来，传到诏书，已经遭贬；再经宽举发鄠杀守澄罪状，更流鄠至崖州。朝廷以杜氏强盛，暂事羁縻，特赠守澄父存诚为金吾将军，并为守澄申冤。其实蛮人未尝感德，南诏益复横行。咸通二年，南诏复攻陷邕州，经略使李弘源，弃城奔峦州。嗣因南诏兵引去，始复还城。前邕管经略使段文楚，已入为殿中监，此时再受命复任，贬弘源为建州司户。懿宗方免白敏中相职，进左仆射杜悰代相，悰上言："南诏强盛，西川兵食单寡，未便与争，不若遣使吊祭，谕以新王名号，适犯庙讳，所以未行册命，待他改名谢恩，然后遣使，庶全大体"云云。乃是掩耳盗铃之计。懿宗乃遣左司郎中孟穆为吊祭使。穆尚未发，闻南诏又入寇巂州，转攻邛崃关，穆遂不行。

　　转瞬间又是一年，安南经略使王宽，屡上紧急奏章。说是南诏屡寇安南，懿宗特授前湖南观察使蔡袭，代任安南经略，且调发许滑徐汴荆襄潭鄂诸道兵马，归袭派遣。兵势既盛，寇乃引退。岭南旧分五营，广桂邕容安南，皆隶岭南节度使，左庶子蔡京，性多贪诈，时相独说他有吏才，奏遣京制置岭南。京奏请分岭南为二道，以广州为东道，邕州为西道。朝廷依议，即命岭南节度使韦宙为东道节度使，蔡京为西道节度使。蔡袭率诸道军，镇守安南。京恐他立功，特奏称："南蛮远遁，边徼无虞，多留戍兵，徒费无益，不如各遣归本道。"有诏依议，令袭遣还戍兵。袭奏言："群蛮伺隙，不可无备，乞留戍兵五千人!"朝廷不省。袭又以蛮寇必至,交趾兵食皆缺,势且谋力两穷,乃作十必死状申告中书。怎奈一班行尸走肉的宰辅,专顾目前,不知后患,任他如何说得要紧,仍然搁置不提。可恨可叹。

会当徐州兵变,逐去节度使温璋,徐州曾号武宁军,自王智兴镇守后,募勇士三千人自卫,有银刀雕旗门枪挟马等名,骄横不法,为历任镇帅所畏惮。一夫猝呼,千人响应,节度使辄为所逐,所以宣宗时叠经两乱,经田牟莅镇后,饮酒犒赐,日以万计,乃得少安。回应前文。牟殁璋继,银刀军闻璋素严饬,阴怀猜忌。璋虽开诚慰抚,始终未惬众望,仍为所逐。有诏调王式移镇徐州,令带许滑两军随行。许军即忠武军,滑军即义成军,前从式平浙东,尚未归镇,至此由式奉命启程,即率两军自随。既至徐州,银刀军怕他势盛,不敢不出城迎谒,式不动声色,好言劝慰,入城三日,宴飨两镇兵士,但说是饯他归镇。银刀军暗地生欢,总道好拔去眼中钉,乐得醉酒食肉,高枕而卧。不料到了夜间,有无数兵士杀入,才伸了头,已被割去,或先伸出手足,也被剁断,内有几个眼明手快,脚长身俏的人物,溜将出去,那外面却已围得密密层层,无隙可钻,结果是仍然一死。至杀到天明,把银刀雕旗门枪挟马等骄兵,一古脑儿杀尽。看官道兵从何来?就是那许滑两镇兵士,暗受王式指挥,来歼这种骄卒。可怜数千人性命,悉数了完。虽是咎由自取,王式亦太觉辣手。式先斩后奏,廷议以为办理妥协。且敕改武宁为徐州团练使,隶属兖海,划徐州归淮南,更置宿泗观察使,留二千人守徐州,余皆分隶兖宿,令式分配将士,赴诸道讫,然后将许滑两军,遣归本镇,并召式还京,任左金吾大将军。式系王播从子,父名起,曾入翰林,为侍讲学士,出任东都留守,进官尚书左仆射,封魏国公,平生饱学,书无不窥,殁谥文懿。起以文学显,式以武功称,父子扬名,富贵终身,这也好算是贤桥梓呢。《旧唐书》谓式系播子,今从《新唐书》。

且说岭南西道节度使蔡京,行政苛刻,尝设炮烙刑毒虐兵民,终为军士所逐,出奔藤州。事闻于朝,诏贬为崖州司户,京不肯南行,还至零陵,受敕赐死,改用桂管观察使郑愚,接受岭南西道节度使旌节。惟安南自遣还戍兵后,边备空虚,南诏遂号召群蛮,有众五万人入寇。经略使蔡袭,上表告急,诏发京南湖南兵二千,桂管义征子弟三千,往诣邕州,受郑愚节制,遣援安南。俗语说得好:"远水难救近火。"援兵虽出发,哪能飞至安南?那南诏兵已经围攻交趾,蔡袭婴城固守,一面又飞书乞援,懿宗虽复下敕,调山南东道弓弩手千人,续往救急,偏一时未能到达。交趾危急万分,好容易守过残冬,到了咸通四年正月间,城中兵粮皆尽,竟被蛮兵陷入。袭巷战半日,左右无遗,只剩孤身一人,徒步力斗,身中十矢,没奈何大吼一声,杀开一条血路,趋往海滨。安南亦有监军,他已先时出城,下船逃命,至袭仓皇赶到,船早离岸,后面蛮兵又至，忍不住仰天下泪道："袭一死报国了。"遂跃海而死。忠义可嘉。适荆南将士四百余人，本在交趾助守，至是因城陷出奔，走至城东水际，四顾无船，荆南将元惟德等语众道："我辈无船可渡，入水必死，不若还与蛮斗，我等以一身易二蛮，也还值得。"众士应声许诺，遂还入东罗门，乱砍乱剁，杀毙蛮兵二千余名。以一身易四五蛮，愈觉值得。蛮将杨思缙领众来攻，惟德等力尽身亡，四百人同时毕命。南诏两陷交趾，掳杀至十五万人，留兵二万，令杨思缙据守。所有溪峒夷獠，尽行降附。

急报驰达唐都，有诏召还诸道兵，分保岭南东西道。蛮兵复进寇东西江，浸逼邕州，岭南西道节度使郑愚，恐慌的了不得，忙表请辞职，但说自己是个儒臣，素无将略，乞速任武臣，镇遏蛮方。懿宗乃调义武节度使康承训，出镇岭南西道，发荆襄洪鄂四道兵马，给他调遣。又任右监门将军宋戎，为安南经略使，发山东兵万人，随往控御。各道兵络绎奔赴，饷运甚艰。润州人陈磻石，请造千斛大舟，自福建运达广州，稍得接济军食。但大舟入海，有时遇着飓风，不免漂没。有司辄系住舟人，令他偿还。或竟夺商舟载米，把他原有货物，委弃岸上。舟子商人，欲诉无门，多半蹈海自尽。小子有诗叹道：

　　　　保全王室仗屏藩，外域何堪撒戍屯。
　　　　良将捐躯强寇炽，徒劳士马效星奔。

究竟康承训等能否收复安南，且至下回续表。

　　裘甫一无赖子，揭竿而起，骚扰浙东，得良将以荡平之，本非难事，郑祗德非其伦也，王式受命讨贼，严申军令，制敌有方，以之平贼，绰有余裕，然非夏侯孜主持于内，则专阃虽得良才，举动必多掣肘，恐亦难望成功；即幸成矣，要未必若是神速也。孜为相无他长，独专任王式，不让晋公，至若安南之遇寇，不闻孜发一策，献一议，岂能任王式，偏不能任蔡袭耶？袭请留戍卒，不得邀允，卒至蹈海以殉，可悲可惜。盖将相不和，断未有能成事者。式之成功也以幸，袭之致死也以不幸，观于此而知行军之道矣。

第八十九回　易猛将进克交趾城
　　　　　　　得义友夹攻徐州贼

　　却说岭南西道节度使康承训，本来是没甚将略，到了邕州，正值蛮寇大炽，他无法摆布，只是接连上奏，屡请添兵。诏发许滑青汴兖郓宣润八道兵往援。各兵陆续趋集，他又自恃兵众，毫不防备，远郊也不设斥堠，好似没事一般。那南诏带领群蛮，入邕州境，承训才接到警报，遣六道兵约万人，出拒寇锋。六道兵统是新到，路径不熟，用獠为导。獠人与群蛮私通，竟引各军至绝地，一声暗号，蛮兵四集，将各军冲作数橛，各军没处逃避，一万死了八千，惟天平军二千名，尚在后面，所以转身逃还。承训闻报，吓得手足无措。节度副使李行素，率众修治濠栅，甫经毕工，蛮兵即至，围住邕城，大治攻具。诸将请乘夜往劫蛮营，承训不许，有天平小校再三力争，方才允准。小校即召集勇士三百人，夜缒而出，潜抵蛮寨，或呐喊，或纵火，并力闯将进去，一阵乱斫，得蛮首五百余级。蛮众大惊，解围径去。承训乃遣数千人驰追，已是无及，但杀死溪獠二三百人，都是由蛮众胁从，无一渠酋。承训却腾奏告捷，说是大破蛮贼，朝廷信以为真，相率称贺，承训讳败报胜，殊不足责，唐廷不察虚实，遽尔称贺，亦觉可丑。且加承训为检校右仆射。此外奏功受赏，无一非承训子弟亲旧，至若烧营小校，一级没有超迁。嗣是军中失望，怨声盈路。独岭南东道韦宙，具知承训所为，上白宰相。承训亦自疑惧，累表称疾，乃罢承训为右武卫大将军分司，调容管经略使张茵，代镇岭南。茵胆小如鼷，不敢进军，于是同平章事夏侯孜，特荐骁卫将军高骈，出为安南都护，兼本管经略招讨使。

　　骈系高崇文孙，家传武略，好读兵书，尤能折节为文，与诸儒共谈治道。神策两军，交相称美。骈尝见二雕并飞，抽矢默祝道："我若得贵，当射中一雕。"祝毕，发矢射去，见二雕并落，很是欣慰。后为右神策军都虞侯，时人号为落雕侍御。骈有叛志，自是初萌。此次骈受命南下，先至海门治兵，屯留至一年有余，监军李维周，与骈不协，屡促骈进军，骈乃率五千人先济，约维周发兵接应。维周当面许可，及骈既启行，偏拥众不进。骈却鼓行而南，进至南定峰州，正值蛮众获田，便掩杀过去。蛮众猝不及防，顿时骇散，所有收获诸稻，均由骈军捆载而归，充作饷糈。捷奏至海门，李维周匿住不报，数月不通音问。懿宗不免动疑，传诏诘问维周。维周反奏骈驻军峰州，玩寇不进。是时朝中已迭易数相，蒋坤杜审权杜惊夏侯孜，先后外调，还有礼部尚书毕諴，兵部侍郎杨收曹确路岩高璩徐商等，递次接任，始终不得一贤相。当下懿宗召问诸臣，出示维周奏牍，彼此都认是真确，奏请另易统帅。懿宗乃遣左武卫将军王晏权，代骈镇安南，因即召骈诣阙，拟加重谴。骈尚未得闻，但乘胜进逼交趾，杀获甚众，遂将交趾城围住，安南蛮帅杨思缙，已经归国，换了一个段酋迁，据守交趾。他出城冲突数次，均为骈军所败，城中孤危，旦夕可下。骈遣偏校王惠赞曾衮二人，驾着快船，入报胜状；驶至海中，遥见前面有大船数艘，悬着旌旗，鼓棹而来，两人不胜惊异。巧值海中另有游船，便去探问大船来历。游船中有人答道："想是新经略使及监军呢。"两人越加惊疑，互相商议道："高经

第八十九回　易猛将进克交趾城　得义友夹攻徐州贼

略屡得胜仗,如何朝廷换用别人!莫非监军李维周,妒功不报,我等若被瞧着,必夺我表文,将我羁住,不如觅地暂匿,待他过去,方可北行。两校却也细心。计议已定,便摇船入海岛间,俟大舟过去,乃兼程驰赴京师。懿宗大喜,即加骈检校工部尚书,仍镇安南,立遣二校归报。

骈已得王晏权牒文,料知监军舞弊,把军事交与副将韦仲宰,只率麾下百人北归。行至海门,方由二校赍到诏敕,乃再还攻交趾城。王晏权素来懦弱,李维周专知贪诈,虽然到了军前,诸将皆不乐为用,他二人也自觉扫兴,至高骈复到,朝旨亦即随下,召他二人还阙,二人只好奉旨回去。骈复督兵攻城,亲冒矢石,一鼓不克,再鼓乃下。段酋迁尚裸身死斗,被韦仲宰抢将过去,拦腰一刀,劈作两段。土蛮朱道古,系诱南诏入寇的头目,也做了无头死尸。骈军四处搜杀,共毙三万余人,再攻破蛮峒二区,尽诛酋长,蛮人始不敢抗命,率众归附,共得万七千人。捷书既达唐廷,懿宗用宰相议,就安南置静海军,即以高骈为节度使,一面大赦天下,饬安南邕州及西川诸军,召保疆域,不必进攻南诏。且令西川节度使刘潼,晓谕南诏王酋龙,如能更修旧好,一切不问。加岭南东道节度使韦宙同平章事,其余出力诸将,亦赏赉有差。凑巧吐蕃将拓跋怀光,亦杀毙论恐热,传首京师,乞离胡君臣,也不知所终。唐廷以南诏败退,吐蕃衰绝,西南边境,可保无事,遂庆贺了好几日,仿佛有国泰民安的幸事。为下文返照。

懿宗素好宴游,并耽音乐,供奉乐工,常近五百人,每月必大宴十余次,水陆佳肴,无不搜集。偶一行幸,扈从多至十余万人,耗费不可胜计。乐工李可及,善为新声,竟得擢为左威卫将军。左拾遗刘蜕,一再进谏,反被黜为华阴令。同平章事曹确,上言李可及不应为将军,亦不见从。至咸通九年,桂州戍卒作乱,杀都将王仲甫,推粮料判官庞勋为主,劫库兵北还,所过剽掠,州县不能御,接连递入警报,几与雪片相似。唐廷君臣,才脚忙手乱起来,会议了一两次,想出了将就的方法,遣中使高品张敬思,赦他前罪,令勒众安归徐州。原来前时南诏入寇,徐州奉诏募兵,计八百人往援,就中有都虞侯许佶,及军校赵可立姚周张行实等,本是徐州群盗,投入戎伍,当下出戍桂州,初约三年一代,至六年尚不得归,戍卒各有怨言。许佶等遂煽众作乱,杀毙都将,奉勋北还;既得中使慰抚,乃暂止剽掠。到了湖南,监军设法招诱,令悉输甲兵。山东南道节度使崔铉,派兵扼守要害,戍卒始不敢入境,泛舟东下。许佶等计议道:"我辈罪大,比银刀军为尤甚,朝廷颁敕赦罪,无非暂时牢笼,若到徐州,必致菹醢了。"遂各出私财,购造甲兵旗帜,过浙西,入淮南。

淮南节度使令狐绹,着人慰劳,并给刍米。都押牙李湘谏绹道:"徐卒擅归,势必为乱,虽无敕令诛讨,藩镇大臣,亦当临时制宜。高邮岸峻,水狭且深,请焚荻舟塞住前面,用劲兵截住后路,然后可以尽歼。若纵令出淮,必成大患。"养痈成患,原不若去火抽薪。绚素懦怯,且因无诏不便擅行,乃对李湘道:"彼在淮南,未曾为暴,随他过去便了。"勋等过了淮南,适徐泗观察使崔彦曾,奉敕抚循,遣使喻以敕意,令他不必惊疑。勋尚自申状,辞礼甚恭。及行至徐城,勋与许佶等,复宣告大众道:"我等擅归,无非欲还见妻孥,今闻已有密敕,颁下本省,俟我等到后,即须屠灭,与其自投罗网,何若戮力同心,共赴汤火,不但可以免祸,富贵亦或可图,尔等以为何如?"大众踊跃称善。勋复递申状,略言:"将士等自知罪戾,各怀忧疑,今已及符离,尚未释甲,实因军将尹勘杜璋徐行俭等,狡诈多疑,必生衅隙,乞即将三人罢职,借安众心,仍乞戍还将士,别置二营,共设一将,如肯俯允,不胜感德"云云。全是要索。彦曾览到申状,因召诸将与谋,众皆泣语道:"近因银刀凶悍,使一军皆蒙恶名,歼夷流窜,不无枉滥。今冤痛未消,复来桂州戍卒,猖狂至此,若纵使入城,必为逆乱,恐全境将从此糜烂了,不若乘他远来疲敝,发兵往讨,彼劳我逸,料无不胜。"彦曾尚未能决。团练判官温庭皓,复谓:"讨乱有三难,不讨乱有五害,利弊相较,还是进讨为宜。"彦曾乃检阅师徒,得兵四千三百人,命都虞侯元密为将,援兵三千人讨勋。一面声明勋罪,檄令宿泗二州,也出军邀击。

　　元密出至任山,逗留不进,但遣侦卒变服负薪,往探贼踪,拟俟贼众到来,设伏掩击。不意侦卒为贼所执,搒讯得实,遂诡道转趋符离。宿州戍卒五百人,出御潍水,望风奔溃,贼众得进攻宿州。观察副使焦潞,方摄行州事,城中无兵可守,只好弃城逃命。勋率众入城,自称兵马留后,发财散粟,名为赈给穷民,实是选募徒众,如或不愿,立即杀死,仅一日间,已得数千人,乘城分守。元密闻勋陷宿州城,始引兵进攻,驻营城外。贼用火箭射城外茅舍,延及官军营帐。官军正在扑救,不防贼众出城突击,慌忙抵敌,伤亡了三百人。贼众还入城中,夜使妇人持更,大掠城河船只,备载资粮,顺流而下,拟入江湖为盗。到了天明,已是走尽,官军才得察觉,乘晓追去,约行二三十里,始见贼艨舟堤下,岸上亦有数队贼兵,三三五五,都走林间。密望将过去,还道临阵畏缩,便驱兵进击。军士尚未早餐,各有饥色,因不敢违拗将令,忍着饥追赶上前;将及贼舟,舟中忽起啸声,突出许多悍徒,前来拦截。官军奋力搏战,哪知岸上的贼兵,却从林间绕出,竟至官军后面,抃背突入,官军顿时大乱。密料不可敌,且战且行,仓猝中不辨路径,竟陷入荷泽中。贼众追至,四面攒射,密与麾下约死千人,尚有残众数百,一齐降贼,没一人得还徐州。勋探问降卒,得知彭城空虚,即引众北渡潍水,逾山进攻。

　　彦曾尚未悉元密败状,及贼已入境,才有人报闻,急募城中丁壮,登陴守御。怎奈阖城震惧,已无固志。或劝彦曾速奔兖州,彦曾怒道:"我为元帅,与城存亡,是我本职,怎得说好逃走呢?"说毕,拔出佩刀,将他杀死。忠而寡谋,死亦无补。过了两日,贼至城下,有众六七千人,鼓噪动地。城外居民,由勋好言抚慰,毫不侵扰。自是人民争附,相助攻城,或纵火焚门,或悬梯攀堞,守卒无心抵御,一哄而逃,坐见城池被陷。彦曾高坐堂上,由贼众将他扯下,牵禁馆中。尹勘杜璋徐行俭三人,无从趋避,俱为贼掳,枭首刳腹,备极惨毒,且将他三家屠灭。勋盛陈兵卫,召见文武将吏,自己高踞厅座,点名传入。将吏等都惶恐伏谒,不敢仰视。_{统是贪生怕死。}勋又召判官温庭皓,令作草表,求请节钺。庭皓道:"此事甚大,非顷刻可成,容我还家草表,方免朝廷驳斥。"勋乃许诺。翌晨,勋着人取稿,庭皓随入见勋,从容答道:"昨日未曾拒命,不过欲一见妻子,面诀死生,今已与妻子诀别,特来就死。"勋注视良久,不禁狞笑道:"书生独不怕死么?我庞勋能取徐州,何患无人草表,汝不肯为,权寄头颅,改日再与汝算帐。"庭皓趋出,勋另延文生周重为上客,属令草表,重援笔写道:

  臣庞勋上言:臣军居汉室兴王之地,顷因节度刻削军府,刑赏失中,遂致迫逐。陛下夺其节制,剪灭一军,或死或流,冤横无数。今闻本道复欲诛夷将士,不胜痛愤,推臣权兵马留后,弹压十万之师,抚有四州之地。臣闻见利乘时,帝王之资也。臣见利不失,遇时不疑,伏乞圣慈,复赐旌节!不然,挥戈曳戟,诣阙非迟,谨擐甲待命!_{语气狂甚。}

  勋览表甚喜,即遣押牙张璫赍诣京师,令许佶为都虞侯,赵可立为都游奕使,党羽各补牙职。连日募兵,分屯要害。泗州刺史杜慆,系杜悰弟,闻庞勋已据徐州,亟完城缮甲,整顿守备。勋党李圆,为勋所遣,率二千人略泗州,先使精卒百名,入城招降。慆封贮府库,佯为投顺,开城迎入贼兵,一俟百人趋入,即阖住城门,杀得一个不留。越日,李圆进攻,城上早已防备,矢石如注,射死贼兵数百名。圆退屯城西,求勋添兵。勋再遣众万人,往助李圆。广陵人辛谠,_{辛云京孙。}素性任侠,隐居不仕,尝与杜慆交游,至是因泗州被寇,入城见慆,劝慆挈家远避。慆答道:"平安时坐享禄位,危难时即弃城池,负君负国,我不敢为,誓与将士共死此城。"谠慨然道:"公能如是,仆亦愿与公同死,当回家一诀便了。"_{为君为友,情义兼至,却是一个侠士。}遂辞还广陵,与家属诀别,再往泗州。途次遇着避乱的泗民,扶老携幼,络绎逃来,就中有几个认识辛谠,即与言贼众大至,城已被围,幸毋轻进取死。谠微笑不答,径趋城下,果见贼众环攻,只有水西门留出。他只身棹着小舟,驶进水西门,侥幸得入。慆相见大喜,立署他为团练判官。都押衙李雅,饶有勇略,为慆严设守备,觑贼懈怠,出奇击贼。贼众败退,还屯徐城,众心少安。

  已而朝廷降旨讨贼,令右金吾大将军康承训,为义成节度使,兼徐州行营都招讨使,神武大将军王晏权,为徐州北面行营招讨使,羽林将军戴可师,为徐州南面行营招讨使，大发诸道兵，分属三帅。承训复奏乞调发沙陀三部落，使朱邪赤心率众随行，有旨允他所请。且因泗州方急，敕淮南监军郭厚本，领兵往援，厚本至洪泽湖，闻庞勋部下吴迥，又率众数万，再围泗州，他未免胆怯，逗留不前。杜慆日夕望援，待久不至。辛谠夜乘小舟，潜出水西门，径至洪泽湖，谒见厚本，敦促进师。厚本佯与约期，至谠返泗城，仍然按兵不发。那贼众攻城益急，并将水西门围住，负草填濠，为火攻计。城中惶急万分，谠复请求救。慆说道："前往徒劳，今往何益？"谠忿然道："此行得兵乃来，否则死别。"两语足抵《易水歌》。遂复乘小舟，负着户门，抵挡矢石，好容易突出围城，往见厚本，极陈利害，继以涕泣。厚本颇为感动，意欲发兵。淮南都将袁公弁进言道："贼势至此，自顾且不暇，怎能救人？"谠瞋目呵叱道："贼猛扑泗城，危在旦夕，公受诏赴援，乃逗留不进，岂非有负国恩？若泗州不守，淮南必为寇场，难道公能独存么？我当杀公谢国，然后自杀谢公。"说至此，拔剑遽起，欲击公弁。厚本急将谠抱住，公弁才得走脱。谠回望泗州，痛哭不休。淮南军士，亦皆流涕。厚本乃许分五百人，随谠还援。谠对五百人下拜，乃率同渡淮，遥望贼众耀武扬威，势甚披猖，有一军士失声道："贼势似已入城，我辈不若归去。"谠不觉大怒，一手扯住该兵，一手拔剑拟颈。淮南军连忙劝阻，谠叱道："临敌妄言，律应斩首。"大众见不可争，向前抢救。谠素多力，便将该兵提起，挡住大众，众无力可施，没奈何哀求乞免。谠答道："诸君但驶舟前行，我舍此人。"众亟鼓棹而进，谠乃将该兵放下，驱至淮北，登岸击贼，喊杀连天。慆在城上瞧着，也出兵接应，内外夹攻，贼乃败走，追逐至十里外，至晡乃还。小子有诗赞辛谠道：

> 平生好爵敢虚縻，临难奋身独不辞。
> 为语古今诸侠士，忘躯为国是男儿。

贼众既退，泗州果能免兵否，容至下回说明。

高骈复交趾时，原是一员猛将，不得因后时变节，遽没前功。若尽如李维周之忮刻，王晏权之庸懦，安南岂尚为唐室有耶？庞勋之乱，不过因戍卒怨望，激而一决，原其本意，固非有胜广之志也。唐廷专务姑息，酿成骄焰，令狐绹出镇淮南，当勋等东下时，不从李湘之言，纵使出柙，星星之火，遂至燎原，绹罪可胜诛乎？泗州当江淮之冲，杜慆誓众固守，已越寻常，然城存与存，城亡与亡，典守者固不得辞其责。辛谠隐居不仕，独趋见杜慆，愿与同死，突围请救，一再不已，卒能乞师而来，与慆夹攻，得退劲贼，上不负君，下不负友，彼游侠如朱家郭解，宁足望其项背？诚哉一忠义士也！读是回，足令薄夫敦，懦夫有立志云。

第九十回　斩庞勋始清叛孽
　　　　　葬同昌备极奢华

　　却说庞勋闻吴迥败退，再派许佶率众数千助攻泗州。濠州贼将刘行及，拘杀刺史卢望回，据有濠城，亦遣党羽王弘立，引兵趋会。杜慆闻贼众又至，告急邻道。镇海节度使杜审权，遣都头翟行约，率四千人救泗州，将抵城下，被贼迎头邀击，行约战死，全部覆没。淮南节度使令狐绹，亦遣押牙李湘率兵往援，至洪泽湖，会同郭厚本、袁公弁，进屯都梁城，与泗州隔淮相望。贼众既破翟行约，遂渡淮围住都梁城，李湘挥兵出战，为贼所败，退入城中，门不及闭，骤被贼众捣入，把湘擒住。李湘前劝令狐绹，恰有先见，谁知他毫不耐战？郭厚本亦被拿获，只袁公弁走脱，究竟是他脚长。许佶将郭、李二人，械送徐州，庞勋大喜，进据淮口，分派党羽丁从实等，南寇舒庐，北侵沂海，破沭阳、下蔡、乌江、巢县，攻陷滁州，杀刺史高锡望，又转寇和州。刺史崔雍，引贼入城，登楼共饮，贼乘着酒兴，大掠城中，屠害兵民八百余人。都招讨使康承训，闻贼势甚盛，由新兴退还宋州。

　　于是泗州孤立无援，粮又垂尽，每人每日，仅得食薄粥数碗。义士辛谠，复愿至淮浙求救，夜率敢死士十人，执长柯斧，乘小舟潜出水门，斫入贼水寨中。贼不意官兵猝至，纷纷自乱，谠得夺路而去。诘旦，贼始知谠仅十人，乃水陆分追。谠舟轻行速，急驶至三十里外，方才得脱。至扬州见令狐绹，又至润州见杜审权。审权乃遣押牙赵翼，率甲士二千人，与淮南输米五千斛，盐五百斤，往救泗州。谠又转趋浙西，借给兵粮去了。

　　徐州南面招讨使戴可师，恃勇轻进，率麾下三万人，渡淮而南，迭破淮滨诸贼垒，直薄都梁城。城中贼少，登城再拜道："方与都头议出降，请王师少退，当即投诚！"可师乃退五里下寨。及次日往探，已只剩一空城，守贼不知去向，他还道是贼众畏己，恃胜生骄，毫不设备。是日天适大雾，不防濠州贼将王弘立，引众数万，疾趋而至，纵击官军。官军不能成列，遂致大败，将士伤毙兵刃，及溺死淮水，约二万余名。器械资粮车马，丧失殆尽。可师亦为贼将所杀，传首彭城。庞勋自谓天下无敌，纵情淫乐，掠得美妇数十人，日事荒耽。贼幕周重进谏道："骄满奢逸，断难成事，就使得亦必失，成亦必败，况未得未成，怎宜出此？"周重既知此理，奈何附贼？勋仍不省，安乐过冬。

　　次年为咸通十年，唐廷授右威卫大将军马举，继任徐州南面招讨使，又因王宴权畏敌不进,将他撤回,改任泰宁节度使曹翔,代任徐州北面招讨使。一面诏令河北诸镇,发兵助剿。魏博节度使何弘敬,时已去世,子全皞嗣为留后,奉诏出师,遣部将薛尤,率兵万三千人,进驻丰萧,与曹翔驻滕沛军,相为犄角。康承训召集诸道兵马,得七万余人,自宋州出屯柳子镇,连营三十余里。勋党分戍四境,徐城中不及数千人,勋始悔惧,日夕募民为兵,百姓不愿应募,多半穴地潜处,冀免迫胁。勋不胜焦灼,调回各处戍卒,保守徐州。那时魏博军已战胜丰县,贼将王敬文败走,阴蓄异谋,被勋诱归杀死。海州寿州各路贼寇,亦多为官军杀败。辛谠又借得浙西军,到了楚州,贼众尚水陆布兵,锁断淮流,谠选敢死士数十人,作为前驱,先用米船三艘,盐船一艘,乘风直进,冒死奋斗,任他矢石如雨,只是有进无退。谠督敢死士用着大斧,砍断铁锁,方得越淮抵城。城上守卒,已拚一死,忽见辛谠到来,好似绝处逢生,欢呼动地。杜慆带领将佐,出城相迎,握手涕泣,及入城后,登陴南望,遥见舟师张帆东来,旗上标明浙西军号,为贼所拒,帆止不进,谠挺身再出,复率敢死士出城,驾船猛进,冲透贼阵。贼见他来势猛锐,恰也畏避,谠得自由出入,迎浙西军同入城中。既而谠复率骁勇四百,往润州乞粮,贼夹岸攻击,经谠转战而前,力斗百余里,得至广陵,过家不入,径向润州乞得盐米二万石,钱万三千缗,还至斗山。贼将密布战舰,截击中途,两下鏖战,自卯至未,不分胜败。谠令勇士改乘小舟,分趋贼舰两旁,用枪揭草,蓺火乱投。贼舰为火所燃,不战自乱,谠得乘机杀出,安抵泗城。*勇哉辛谠!*

泗州既得军粮,当然巩固。庞勋以泗州地扼江淮,锐意进取,屡次益兵助攻,偏偏不能如愿。徐州又为康承训所逼,累与交锋,不得一利。承训本是个庸帅,没甚能耐,只朱邪赤心部下三千骑,冲锋陷阵,无坚不摧,所以贼兵屡败。贼将王弘立,自淮口驰回,愿率部众破承训。恐无第二个戴可师。庞勋喜甚,即令他出渡濉水,往捣鹿头寨。弘立贪夜进袭,潜至寨边,一声呼啸,将寨围住。寨中固守不动,天已黎明,弘立督众猛扑,满拟灭此朝食,谁知寨门一开,突出沙陀铁骑,纵横驰骤,无人敢当,贼众披靡。寨中诸军,又争出奋击,杀得贼尸满地,流血成渠。弘立单骑走免。官军复追至濉水,溺贼无算,共毙贼二万余人。*足报可师之败,只恨失一弘立。*庞勋以弘立骄惰致败,意欲处斩,周重代为劝解,始令他立功赎罪。弘立收集散卒,才得数百人,请取泗州自赎。勋乃添兵遣往,一面再括民兵,敛取富家财帛,商旅货贿,作为军饷。民不聊生,始皆怨恨。

康承训既破弘立,进薄柳子寨,与贼将姚周,大小数十战,周支持不住,弃寨遁宿州。宿州守将梁丕,与周有隙,开城赚入,将周杀死。勋闻报大惊,欲自将出战,周重献计道:"柳子寨地要兵精,姚周亦勇敢有谋,今一旦覆没,危

第九十回　斩庞勋始清叛孽　葬同昌备极奢华

如累卵，不如速建大号，悉兵四出，决死力战。且崔彦曾等久禁城中，亦非良策，请一律处决，藉绝人望。"绝计何益？许佶等亦均赞成，遂杀崔彦曾及温庭皓，并截郭厚本、李湘手足，赍示康承训军。乃命城中男子，尽集球场，如匿居不出，罪至灭族。百姓无奈趋集，由勋选得壮丁三万名，更造旗帜，自称为天册将军，授庞举直为大司马，与许佶等留守徐州。举直系是勋父，勋以父子至亲，不便行礼，或说勋道："将军方耀兵威，不能顾及私谊。"乃令举直趋拜庭前。勋据案直受，既已无君，自然无父。待举直受了印信，即麾众出城，夜趋丰县，击败魏博军，更引兵西击康承训，直趋柳子寨。可巧有淮南败卒，自贼中奔诣承训，报明贼踪，承训秣马整众，设伏待着。勋令前队先趋柳子，陷入伏中，四面齐起，把他击退。至勋率后队到来，正遇前队败还，惊惶不知所措，哪禁得承训带着诸将，乘胜追击，步骑踊跃，四蹙贼兵，勋部下皆系乌合，只恨爹娘生得脚短，不及急走，顿时自相践踏，僵尸数十里。勋即脱去甲胄，改服布襦，仓皇遁归彭城。甫得喘息，那围攻泗州的吴迥，也狼狈奔来，报称为招讨使马举所败，王弘立阵亡，自己独力难支，只好解泗州围，退保徐城。勋叫苦不迭，忽又接濠州急报，马举由泗州围濠，数寨被焚，请速济师。勋急命吴迥往救濠州，迥出城自去。

康承训既击走庞勋，逐路进军，迎刃即解。及抵宿州，环攻不克。宿州守将梁丕，因擅杀姚周，为勋所易，改任张玄稔据守。玄稔与党人张儒、张实等，分遣城中兵数万，出城列寨，倚水自固，似虎负隅。张实且贻书徐州，为勋设计道："今国兵尽在城下，西方必虚，将军可出略宋亳，攻他后路，他必解围西顾，将军设伏要害，兜头迎击，实等出城中兵，追蹑后尘，前后夹攻，定可破敌。"勋正虑承训进逼，更兼曹翔部将朱玫，拔丰县，克下邳，紧报日至，急得不知所措，镇日间祷神饭僧，妄期冥佑。及既得实书，乃仍使庞举直、许佶留守，自引兵出城西行，并复书返报张实。实与张儒日御官军，官军纵火焚寨，儒、实两人，没法抵御，退保外城。承训督军攻扑，城上箭如飞蝗，射死官军数千人，承训暂退，但遣辩士至城下，劝令降顺。儒、实等哪里肯从？唯张玄稔系徐州旧将，陷没贼中，心常忧愤，夜召亲党数十人，密谋归国，得众赞成，乃令心腹张皋，出白承训，约期杀贼，愿为内应。承训大喜，厚待张皋，令返报如约。玄稔即使部将董厚等，埋伏柳溪亭，然后邀两张入亭宴饮。酒未及半，掷杯为号，董厚等持刀抢入，手起刀落，将两张挥作四段，并搜杀两张私党，城中大扰。玄稔出谕兵民，示以逆顺利害，众心才定。越宿开门出降，膝行至承训前，涕泣谢罪。承训下座慰劳，亲自扶起，即宣敕拜为御史中丞，馈赐甚厚。玄稔乃复进策道："今举城归国，四远未知，请诈为城陷，引众趋符离及徐州，贼党不疑，定可悉数擒获了。"承训允诺。承训本无将才，惟收降玄稔，颇得推诚相与之术。玄稔还入城中,夜令部下负薪数千束,掷积城下,一俟天明,燃火焚薪。九城陷伏,便率众出趋符离,佯称败军。符离守将,开城纳入,被玄稔一刀杀毙,号令兵民,劝谕归国,众皆听命。玄稔收得兵士万人,亟趋徐州。庞举直、许佶,已有所闻,登陴拒守。玄稔引兵围城,先谕守卒道:"朝廷但诛逆党,不杀良民,汝等奈何为贼守城?若尚狐疑,恐尽成鱼肉了。"守卒闻言,或弃甲,或投兵,下城遁去。崔彦曾故吏路审中,开门纳官军,庞举直、许佶,自北门出走。玄稔亟遣兵往追,得斩举直与佶。周重等赴水自尽,所有前戍桂州的叛卒,一一按名收捕;无论亲属,一概诛夷,骈死至数千人,徐州乃平。

　　庞勋将兵二万,自石山西出,沿途焚掠,鸡犬不留。康承训引步骑八万,西向往击,使朱邪赤心为先锋,追勋至亳州。勋正大掠宋亳,猝遇沙陀骑兵,不战而溃,遁至蕲水,官军大集,纵击贼众,贼多溺死,勋亦毙命。越数日始得勋尸,枭首传示,远近贼寨,皆自杀守将,次第请降。惟吴迥守住濠州,不肯归命,马举屡攻未下,自夏及冬,城中食尽,甚至杀人充食,吴迥乃突围夜出,由举勒兵追剿,杀获殆尽。迥窜死昭义,一番叛乱,自是荡平。朝廷颁诏赏功,进康承训同平章事,兼河东节度使,杜慆为义成节度使,张玄稔为右骁卫大将军,辛谠为亳州刺史,朱邪赤心特别召见,赐姓名为李国昌,授左金吾上将军,即就云州置大同军,赐以旌节,并处置徐州后事,乃在徐州设观察使,统徐濠宿三州。惟泗州置团练使,划隶淮南,未几复令在徐州置感化军,特设节度使,以资弹压。康承训为廷臣所劾,说他讨庞勋时,一再逗挠,虚报功绩,竟迭贬至恩州司马,这也未免罪轻罚重了。语淡旨永。

　　且说懿宗在位十年,也未立后,独宠幸淑妃郭氏,郭氏生一女,数年不能言,忽张口说道:"今日始得活了。"懿宗大为惊异,及年已长成,姿貌不过中人,独得懿宗钟爱,封为同昌公主。右拾遗韦保衡,美秀而文,为郭淑妃所赏识,遂与懿宗熟商,愿将同昌公主,嫁与为妻。临嫁时,尽出宫中珍玩,作为奁资,并在皇宫附近,赐宅一区,窗户俱用杂宝为饰,器皿一切,非金即银,甚至井栏药臼,亦由金银制成,耗费约五百万缗,所行婚仪,备极奢华,就是从前太平、安乐两公主,与她相较,也几乎稍逊一筹。韦保衡得此贵妇,当然奉若天神,不敢少忤,除入朝办事外,时常居处内宅,与公主敦伉俪欢。郭淑妃爱女情深,随时探问,或且留宴主第,深夜不归,宫禁里面,免不得生出一种谣诼,说是丈母女婿,也有暧昧情事,这恐是捕风捉影,不足为凭,小子不敢妄断,不过援据史传,有闻必录。不肯讽蔑郭氏,便是下笔忠厚。当时懿宗爱妃及女,一任出入自由,毫不过问。韦保衡得迁授翰林学士,咸通十一年间,曹确罢相,韦氏快婿,竟得与兵部侍郎于悰,户部侍郎刘瞻,同时入相,并握枢机。故相高璩早卒,徐商亦已罢去,杨收坐罪窜死,只路岩尚在相位。岩因保衡是皇亲国戚,格外交欢,遂与他

第九十回　斩庞勋始清叛孽　葬同昌备极奢华

串同一气,表里为奸。一班蝇营狗苟的臣僚,乐得趋承伺候,希沐余光,遇有反对人物,群起弹击,时人目他为牛头阿旁,无非说他阴恶可畏,与鬼相同。

但天下祸福无常,祸为福倚,福为祸伏,保衡尚主,仅及年余,偏公主得了一种绝症,卧床不起,医官二十余人,同时诊治,想不出甚么起死回生的方法,勉强拟进一两张药方,配服全不济事,奄奄数日,玉殒香消。郭淑妃陡失爱女,当然痛悼,就是懿宗亦悲念不休,自制挽歌,饬群臣毕和,又令宰相以下,尽往吊祭。追封公主为卫国公主,予谥文懿。一面捕获医官二十余人,说他用药错误,冤死公主,竟不令分辩,一并处斩。且将医官亲族三百余人,悉数系狱。胡乱得很。宰相刘瞻,召集言官,嘱令劝阻,言官以天威难测,各为保全身家起见,不敢进陈。瞻乃自草奏牍,即日进呈,略云:

修短之期,人之定分,昨公主有疾,医官非不尽心,而祸福难移,竟成蹉跌。械系老幼,物议沸腾,奈何以达理知命之君,涉肆暴不明之谤。

懿宗览奏不悦,搁置不报。瞻又与京兆尹温璋等力谏,顿触懿宗怒意,将他叱出,旋即出瞻为荆南节度使;贬璋为振州司马。璋叹道:"生不遇时,死何足惜?"竟仰药自杀。此人亦未免过激。韦保衡又与路岩,共谮刘瞻,谓与医官通谋,进投毒药,遂再贬瞻为康州刺史。岩意尚未惬,阅十道图,见驩州去都最远,因复窜瞻为驩州司户。次年正月,葬同昌公主,懿宗与郭淑妃,坐延兴门,目送灵舆,恸哭尽哀。护丧仪仗,达数十里,冶金为俑,怪宝千计,此外服玩,多至百二十舆,锦绣珠玉,辉煌蔽日。乐工李可及作叹百年曲,率数百人为地衣舞,用杂宝为首饰,绉八百匹,舞罢珠玑散地,任民拾取,所有服玩等件,悉置墓中。这岂非暴殄天物,溺爱不明么?

韦保衡座师王铎,是王播从子,前在礼部校文,擢保衡进士及第。保衡因荐他入相,继刘瞻后任。铎却轻视保衡,议政时常有龃龉。路岩本与保衡联络,嗣因彼此争权,凶终隙末,遂被保衡进逸,出岩为西川节度使。岩出城时,路人争以瓦砾相投,忍不住动起忿来。适值权京兆尹薛能,前来送行,他不禁冷笑道:"京兆百姓,劳君抚治,今日我奉命西行,百姓却以瓦石相饯,可谓治绩昭彰了。"薛能答道:"宰相出镇,不一而足,府司从未发人防护,人民亦从无瓦砾相加,奈何今日公行,演此恶剧? 这还当由公自问,究竟为何取怨人民?"以子之矛,攻子之盾,薛能可谓善言。岩被他一诘,反觉满面怀惭,踉跄而去。及行抵任所,幸值南诏退兵,阃境粗安,还得侥幸无事。先是南诏主酋龙,因安南败退,转寇成都,陷入嘉黎雅三州,成都戒严,亏得西川节度使卢耽,与东川节度使颜庆复,联兵战守,击败蛮兵,将军宋威,复奉诏往援,杀死蛮兵无算,残众夜烧攻具,遁出境外。成都旧无濠堑,颜庆复始筑壅门,掘长濠,植鹿角,设营寨,守备既固,蛮人始不敢进窥。朝廷欲处置路岩,因将卢耽他调,令岩接任。岩好游宴,耽声色,一切政务,俱委任亲吏边咸郭筹。两人相倚为奸,先行后申。岩至都场阅操,边郭侍侧,有所建白,辄默书相示,阅毕焚去,军中相率惊疑,恟恟不安。事为朝廷所闻,乃徙岩改镇荆南。自岩出镇,由礼部尚书刘邺继任,既而于惊复为韦保衡所谮,贬为韶州刺史。惊妻广德公主,系懿宗亲妹,至是随惊赴韶,行必肩舆相并,坐即执住惊带,惊才得保全。惊去后,改用刑部侍郎赵隐为相,上下因循,一年挨过一年,到了咸通十四年正月,懿宗遣敕使诣法门寺,奉迎佛骨,言官多半谏阻,甚且谓宪宗迎入佛骨,遂至宴驾。懿宗道:"朕得见佛骨,死亦何恨?"呆极。

自春至夏,佛骨始迎至京师,懿宗膜拜甚虔,宰相以下,竞施金帛,乃将佛骨入禁供养,颁诏大赦。过了两月,懿宗竟至患病,服药无效,数日大渐,乃立皇储。未几驾崩,享寿四十一岁,共计在位十四年。小子有诗叹道:

> 奢淫适启败亡忧,况复流连未肯休。
> 十四年来浑一梦,令终还是迓天庥。

欲知何人嗣统,试看下回便知。

庞勋以戍卒八百人猝起为乱,徐淮一带,多遭荼毒,迭经唐廷发兵,先后不下十万人,始得荡平叛逆,再见廓清,虽曰成功,唐威已所余无几矣。康承训之将略,原无足称,但奏调朱邪赤心自随,战胜逆寇,不可谓非明于知人。复能招用张玄稔,以盗攻盗,不可谓非善于因敌。徐乱之平,承训之功居多,乃路岩、韦保衡,妒功进谗,贬窜恩州,亦曷怪志士灰心,功臣懈体乎?韦保衡本乏相才,徒以尚主隆恩,骤登揆席,懿宗之溺爱不明,已可概见。至同昌一死,惨戮诸医,株连亲族,当时相臣刘瞻,尚为庸中佼佼,乃因一再进谏,致为所诬,流戍万里,冤乎不冤?及葬同昌时,糜费无算,朽骨无知,饰终何监?而宠幸保衡,犹然未衰,妹倩可贬,女夫不可黜,甚至死期将至,犹迎佛骨入都,何其昏愚若是也?史称懿宗在位十四年,无一善可纪,诚哉是言!

第九十一回　曾元裕击斩王仙芝
　　　　　　　李克用叛戮段文楚

却说懿宗生有八子,长为魏王佾,次为凉王侹,蜀王佶、威王偘、普王俨、吉王保、寿王杰,最幼为睦王倚,这八子统是后宫所出,不分嫡庶。但据无嫡

第九十一回　曾元裕击斩王仙芝　李克用叛戮段文楚

立长的故例,论将起来,魏王佾应该嗣立,偏是左神策中尉刘行深,右神策中尉韩文约,利立幼君,竟将懿宗第五子普王俨,立为皇太子。俨系王氏所生,年仅十二,母族微贱,全仗那两个典兵的阉竖,佐命定策。阉官立君,成为常例,唐廷实是无人。懿宗已是弥留,还晓得甚么后事。刘韩即矫称遗诏,传位普王。宰相如韦保衡刘邺赵隐三人,但知居官食禄,不管甚么继统问题。王铎已经罢职,越觉袖手旁观。至懿宗入殓,普王俨即位柩前,是为僖宗,僖宗母王氏已殁,追尊为皇太后,加谥惠安。进韦保衡为司徒,不到两月,保衡为言官所劾,坐罪免职,贬为贺州刺史。嗣又被人讦发,谓与郭淑妃有暧昧情事,再贬为澄迈令,寻且赐死。路岩罪同时并发,降为新州刺史,就道后又下敕削官,长流儋州,越年亦赐令自尽。炎炎者灭,隆隆者绝。边咸郭筹,亦皆伏诛,另任兵部尚书萧仿同平章事。

　　过了残腊,改元乾符,关东水旱相寻,民不聊生,翰林学士卢携,请敕令遇荒州县,概停征税,并发义仓赈济贫民。僖宗如言下敕,但不过一纸虚文,有司竟未实行。已而罢同平章事赵隐,进华州刺史裴坦为相,未几坦卒,召还故相刘瞻,令复原职。瞻字几之,祖籍彭城,后徙桂阳,平生清介自持,所得俸禄,悉赡贫乏,家无留储;至被窜驩州,无论远近,莫不称冤。幽州节度使张允伸病殁,由平州刺史张公素接任,公素慕瞻忠直,上疏申枉,乃得移徙康虢二州刺史。僖宗召为刑部尚书,即复任同平章事。长安两市,闻瞻得还都,醵钱雇演百戏,藉表欢迎。瞻特为改期,另由他道入都,受任三月,去烦除弊,政简刑清。同僚刘邺,前曾在韦保衡路岩前,痛词诋瞻,至是恐瞻闻声报复,不免心虚,因邀瞻共饮,尽兴而别。哪知瞻醉后归寓,竟一病不起,遽尔谢世,时人共谓邺有意酖瞻,不为无据。宣宗以降,朝无贤相,仅得刘瞻一人,清直可风,又为奸党播弄至死,特揭录之,以志余慨。兵部侍郎崔彦昭,继瞻后任,彦昭颇有令名,与萧仿和衷办事,执要不烦,且因刘邺毒死刘瞻,情迹可疑,特上章弹劾,出邺为淮南节度使。翰林学士卢携,与吏部侍郎郑畋,相继入相。四相才略,似非全不足用,怎奈僖宗年少,未化童心,暇时辄与嬖僮宠竖,征逐游戏。遇有大臣奏议,往往搁置不理,或且委枢密田令孜处决。令孜是一个小马坊使,读书识字,很有巧思,僖宗在普邸时,已与令孜朝夕相亲,呼为阿父,及即位后,即擢置枢密,倚若股肱。令孜专哄动僖宗欢心,所有僖宗爱嗜的果食,尝自去购办,携陈御榻,与僖宗对坐畅饮,且引入内园小儿,侍奉僖宗,击鞠抛球,赏赐万计。僖宗虑府藏空虚,令孜代为划策,劝籍两市商货,悉输内库,遇有陈诉,辄付京兆尹杖毙。僖宗未识民艰,但教库中取用不穷,便好任情挥霍,且从此益宠令孜,加官中尉。小儿最易受骗,况遇阴柔之小人,自然水乳俱融。令孜揽权纳贿,量赂除官,一切黜陟,多不关白。宰相以下,也不敢问。唐室江山,要在他手中断送了。看官！你想少主童昏，权阉骄恣，人怨沸腾，天变交作，东荒西瘠，饿殍载道，朝廷不加赈，有司不知恤，哪里还能太平呢？

当时西陲不靖，南诏为患，唐廷特调高骈往镇西川，制置蛮事，发兵退敌，擒住蛮酋数十人，修复邛崃关大渡河诸城栅，择要置戍，还算有备无患，全蜀粗安。蜀事用简文带过，与前回笔意相同。只是边境少宁，内乱迭起，盗贼到处横行，官军不能控御，就中有两大盗魁，最号猖獗：一个是濮州盗王仙芝，一个是冤句盗黄巢。仙芝向贩私盐，出没江湖。巢善骑射，喜任侠，麄读书传，屡试进士科，不得一第，乃与仙芝往来，同做这种贩私行业。仙芝于乾符元年，聚众数千人，揭竿长垣，次年即胁从数万，攻陷濮州曹州，天平军节度使薛崇，出兵往剿，反为所败。巢闻仙芝得利，也纠众起应，剽掠州县，与仙芝同扰山东。此外各处盗贼，都遥与联合，四处侵轶。自山东至淮南，几无宁宇。有诏令淮南忠武宣武义成天平五军节度使，分别御盗，剿抚兼施。同平章事萧仿，目击时艰，屡劝僖宗勤政求治。偏为田令孜等所忌，迭加驳斥。萧仿抑郁病终，用吏部尚书李蔚代任。右补阙董禹，谏阻僖宗游畋击球，颇蒙褒赐，嗣因邠宁节度使李侃，为宦官义子，特为假父请赠官阶，禹上疏指驳，语侵宦官。枢密使杨复恭，入宫谗诉，竟贬禹为柳州司马。自是上下壅蔽，内外隔阂。仙芝等寇焰浸炽，进逼沂州，平卢节度使宋威，表请率兵讨贼，乃降敕命威为诸道行营招讨使，凡各镇所遣讨贼将士，均归威节制调遣。威俟诸道兵至，出击仙芝，大杀一阵，毙贼甚多，仙芝遁去。遥传仙芝已死，威即奏称贼渠已歼，尽可无虞，诸道兵悉数遣归，自还青州。百官闻捷，入朝称贺，不意过了三日，仙芝又复出现，转掠阳翟郏城，地方官飞章奏闻。御寇几如儿戏，如何平寇？乃诏忠武节度使崔安潜，发兵往剿；再令昭义义成两镇，各发步骑，保护东都宫室；授左散骑常侍曾元裕为招讨副使，出守东都；又敕山南东道节度使李福，选步骑三千，守汝邓要路；邠宁节度使李侃，凤翔节度使令狐绹，选步兵一千，骑兵五百，守陕州潼关。各道将士，本由宋威遣归，欣然就道，偏途次复令赴敌，免不得忿怨交乘，各怀观望。仙芝得由齐入豫，攻陷汝州，执住刺史王镣。镣系王铎从弟，铎正由郑畋推荐，复入为相。罢崔彦昭为太子太傅，一闻王镣被掳，他人没甚惊慌，独王铎非常着急，乃倡议抚盗，赦仙芝罪，且给官阶。仙芝转陷郢复二州，大掠申光舒寿庐通一带，并与黄巢西攻蕲州。王镣尚在贼中，劝仙芝归国拜官，且因蕲州刺史裴偓，为王铎知贡举时所擢进士，彼此交谊相关，特为仙芝致书，浼偓奏保仙芝。无非为免死计。偓敛兵不战，报称如约，即开城迎入仙芝及黄巢等三十余人入城，置酒款待，并赠厚贿，一面拜表奏闻。仙芝与巢，恰也心喜，便谢别出城；驻营待命。未几有敕使到来，授仙芝为左神策军押牙。偓与镣皆向仙芝道贺，仙芝也笑逐颜开。偏黄巢不得一官，勃

第九十一回　曾元裕击斩王仙芝　李克用叛戮段文楚

然大怒，指仙芝道："我与君共立大誓，横行天下，今君独取官而去，试问五千余众，何处安身？"说至此，提起老拳，殴击仙芝。仙芝闪避不及，左额上已遭一击，色青且红。贼众亦附和巢语，群起喧哗。唐廷既欲抚盗，应该为众盗设法，徒官仙芝，不及黄巢等人，糜烂地方，失策孰甚？仙芝为众所逼，只好不受朝命，仍然为盗，大掠蕲州，毁民庐舍。裴偓奔鄂州，敕使奔襄州，王镣仍为贼所拘。贼众三千人归仙芝，二千人归巢，分道驰去。

乾符四年，仙芝陷鄂州，黄巢陷郓州沂州，再合众并攻宋州。宋威督兵往援，反为所围，幸左威卫上将军张自勉，率忠武军七千名，往救宋州，杀贼二千余人，贼乃解围遁去。宰相王铎卢携，欲令张自勉归宋威节制，独郑畋谓自勉必不服威，多使疑忌，必致相争，因不肯署奏。铎与携乃自请免职，畋亦请归泸州养疴，僖宗皆不肯许。铎携两相，复议罢归张自勉，改令张贯为将，令率忠武军七千，隶属宋威。畋又与力争，辩论大廷，一口不能胜两口，乃还草奏牍，再行呈请。略言："王仙芝倡乱，忠武节度使崔安潜，尝请会师力剿，至今贼党不敢入境。又以本道兵授张自勉，解宋州围，使江淮漕运流通，不入贼手，今遽罢归自勉，易将统兵，使隶宋威，臣见威忌功讳败，所奏多非实迹，崔宏潜以兵授人，良将空还，若勍寇忽至，如何支持？臣请分四千人归威，三千人仍令自勉统率，还守本道，庶几战守两全，不分厚薄"云云。卢携仍不以为然。必袒宋威，是何用意？畋又劾威欺罔朝廷，屡致败衂，应早行罢黜，亦不见从。宋威有恃无恐，专务欺上冒功。会值招讨副都监杨复光，遣人招谕仙芝，仙芝遣悍党尚君长等请降，威邀击道中，执住君长等，献入京师，但说是临阵生擒。复光奏系来降，非威所获，诏令侍御史归仁绍等讯问，始终不能审明。结果是将君长等牵至狗脊岭，一刀一个，枭首了事。仙芝闻朝廷诱降逞暴，越加咆哮，令黄巢寇掠蕲黄，自趋荆南。黄巢为曾元裕所破，回遁濮州。仙芝至荆南城下，正值乾符五年元旦，荆南节度使杨知温，粗擅文学，素不知兵，元日大雪，犹受僚属谒贺，忽闻城外喊杀连天，才知寇众大至，急忙召集将佐，调兵守堵，外城已被捣入，将佐亟围住内城，请知温出督士卒，登陴御贼。知温尚纱帽皂裘，从容赋诗，且夸示群僚。迂腐可笑。将佐知他无用，忙发使至山南东道告急。山南东道节度使李福，悉众赴援。巧有沙陀兵五百骑，留寓襄阳，遂引与俱行。到了荆门，与贼相遇，由沙陀兵纵骑奋击，大破贼党。仙芝闻风生惧，焚掠江陵而去，转至申州，被曾元裕大杀一阵，击毙万人，招降又万人。仙芝自蕲州出掠，沿途胁从，众至七八万，此次丧失二万名，仓皇远窜，荆南解严。

元裕一再报捷，朝廷乃把招讨使的职务，付诸元裕，饬宋威还驻青州，并令张自勉为副使，贬杨知温为郴州司马。又添些远戍诗料。元裕既握全权，遂与自勉互逐贼众，追至黄梅，四面兜剿，杀毙贼党五万余名。仙芝穷蹙无路，被诸军追及，乱刀砍死，斩首以归。尚有党目尚让，为尚君长弟，招集残众，往归黄巢。巢方攻亳州未下，见让到来，当然迎纳。让因推巢为冲天大将军，改元王霸，设官署吏，再陷沂州濮州，分众陷朗州岳州。有诏令曾元裕移屯荆襄，张自勉充东南面行营招讨使，再发河南兵千人赴东都，与宣武昭义军二千人，共卫行宫。遣左神武大将军刘景仁，为东都应援防遏使，管辖三镇军士。河阳节度使郑延休，领兵三千，屯驻河阴，为东都后援。巢窜突中州，均为所遏，乃遣书天平军，情愿降顺。天平节度使张裼，上书奏闻，诏授巢为右卫将军，令就郓州解甲。哪知巢是个缓兵计，伺官军少懈，即引众渡江，连陷虔吉饶信等州，顺道入浙。朝议调高骈为镇海节度使，专力防巢，并拟与南诏和亲，暂免西顾忧。

自南诏主酋龙，屡寇西陲，为患几十余年，唐廷屡遣使招抚，终不奉命。至高骈徙镇西川，筑城守堡，稍遏寇氛。骈又因南诏迷信释教，特遣浮屠景仙，南行游说，劝酋龙归附中国，愿与和亲。酋龙颇欲允议，会酋龙病死，子法嗣立，遣使段瑳宝等，往诣岭南，面议和约。亳州刺史辛谠，正调升岭南西道节度使，接见段瑳宝后，即奏称诸道兵共戍邕州，兵饷浩繁，不如与南诏修和，得使边境息肩。朝廷正因内乱蔓延，欲调回戍兵，剿平群盗，乃即从谠议，许和南诏，令将戍兵遣归，但留荆南宣歙数军。已而南诏遣使赵宗政入都，乞请和亲，所赍国书，但给中书省，称弟不称臣。礼部侍郎崔澹等，言南诏骄僭无礼，高骈不达大体，徒遣一僧咕哝，卑辞诱和，若果从所请，必致贻笑后世。语非不是，但按诸当日情势，安内为先，不应再开外衅。

僖宗不能遽决，再令高骈妥议。骈上表与澹等驳辩，有诏委曲谕解，进骈检校司徒，封燕国公，一面遣宰臣再议。卢携主张和亲，郑畋力言不可。携不觉大怒，拂衣起座，袂适触砚，堕地有声。僖宗闻知此事，喟然叹道："大臣相诟，如何仪型四方？"乃将卢、郑两相，一并罢职，改命户部侍郎豆卢瑑，吏部侍郎崔沆，同平章事。宣诏时大风拔木，隐兆不祥，时人已知新任二相，未能令终。伏后文。且南诏事终未定议，但遣赵宗政归国，不加答复，付诸缓图便了。

谁料媮安不安，防乱生乱，大同军又起变端，竟杀死防御使段文楚，推李克用为留后。克用系李国昌子，国昌即朱邪赤心，事见前回。为沙陀副兵马使，出戍蔚州。国昌由大同调镇振武军，会代北荐饥，漕运不继，防御使段文楚减扣军士衣粮，用法亦不免苛峻，以致军士怨谤。沙陀兵马使李尽忠，与牙将康君立薛志勤程怀信李存璋等私议道："今天下大乱，朝廷号令，不能远行，此正英雄立功建业的时期。段使苛暴，不足与议大计，李振武功大官高，名闻天下，子克用勇冠诸军，若经我等推戴，代北唾手可定，我等可共取富贵，岂不甚善?"康君立等同声赞成。乃由君立潜诣蔚州,劝克用起事,立除文楚。克用道:"我父现在振武,俟我禀明,举事未迟。"君立道:"事在速行,缓即生变,尚何暇千里禀命呢?"克用许诺,遂募得士卒万人,直趋云州。李尽忠闻克用将到,即夜率牙兵,攻入牙城,执住段文楚及判官柳汉璋等,械系狱中,并遣人送交克用,请为防御留后。克用率众至斗鸡台下,台在城东,设帐屯兵,尽忠即将文楚等,驱至克用营前,克用命军士剐死文楚,并用骑践骸,究竟是狼子野心。乃入城视事,嘱将士表求敕命。朝廷不许,正思诘问李国昌,国昌已表请速除大同防御使,若克用逆命,臣当率本道兵往讨,决不溺爱一子,致负国家。初意却是不错。僖宗以命太仆卿卢简方为大同防御使。克用拒命不纳,乃由朝廷改诏,命卢简方调任振武,李国昌复镇大同。哪知国昌忽然变计,竟撕去制书,杀死监军,与克用合谋为逆,派兵攻宁武及岢岚军。真是出人意表。

是时幽州节度使张公素,为部将李茂勋所逐,代主军务,闻大同军乱,上表荐子可举,具有武略,愿讨大同,且请授可举旌节,自乞息肩。僖宗本欲令他出平代乱,授为幽州节度使,及见他上表陈情,遂悉从所请,令可举代父统军,与昭义节度使李钧,合兵讨国昌父子。可举复约吐谷浑酋长赫连铎白义诚,沙陀酋长安庆,萨葛酋长米海万,联兵夹攻。赫连铎饶有勇力,兼程急进,直趋振武。国昌猝不及防,被铎攻入,慌忙挈骑兵五百,遁往云州。云州闭城不纳,乃转奔蔚州。铎取得振武军资械,追国昌至云州,乘势入城,复闻克用屯兵新城,即引兵万人往击,三日不能下。国昌自蔚州往援,铎乃引退,朝廷再命河东宣慰使崔季康为河东节度使,兼代北行营招讨使,与李可举赫连铎部众,共讨沙陀。可举与铎,会兵攻蔚州。

李国昌率众抵敌,相持未下。克用却独领一队,趋遮厉城,拒击李钧。钧方与崔季康军,共至洪谷,天适大雪,士卒相继冻仆,不防克用杀到,冲入官军队里,沙陀铁骑,本是勇悍,更兼生长沙漠,素性耐寒,任他大雪飘飘,越发精神健旺,那河东昭义两镇兵士,又冻又馁,如何招架得住,拚命乱逃。季康押着后队,还得侥幸逃生,钩在前驱,竟战死乱军中。小子有诗叹道:

国乱纷纷太不平,强藩逐鹿擅行兵。
可怜大将无才略,枉向沙场把命倾。

两镇兵败,沙陀兵气焰益盛,遂长驱入雁门关。欲知后事,且阅下回。

读此回而已知唐之将亡,亡唐者非他,一田令孜足以尽之,内而宰相,外而寇盗,犹不足责也。僖宗年少嗣统,非得老成夹辅,不足致治,乃独宠任田令孜,导之游狎,厚赋敛,贪货贿,天怒于上而不之知,人怨于下而不之问,王黄二盗，乘势揭竿，朝廷议剿议抚，茫无定见，一二贤相，复被佞幸摧抑至死，国家宁尚有豸乎？宋威老而贪功，欺君罔上，不加斥逐，卒至寇势日炽，迨改任曾元裕，始得击斩仙芝，一盗虽殄，一盗犹存，祸本固尚未荄也。李国昌父子，复起代北，叛命不臣，南顾多忧，何堪再遇北寇？中原抢攘无虚日，而皇纲从此扫地，故观于此而已可知唐之将亡。

第九十二回　镇淮南高骈纵寇
　　　　　　入关中黄巢称尊

　　却说李克用乘胜长驱，入雁门关，进寇忻代二州，时已为僖宗七年，新改元为广明元年，忻代刺史，乘城拒守，幸免陷没。克用转逼晋阳，攻入太谷，诏遣汝州防御使诸葛爽，率东都防御兵往救河东，再命太仆卿李琢为蔚朔等州招讨都统。琢系前西平王李晟孙，治军严整，奉诏启行，率兵万人至代州，与幽州节度使李可举，吐谷浑都督赫连铎，共讨克用，克用遣部将高文集守朔州，自率众拒李可举。铎遣辩士入朔州城，劝文集归国。文集被他感动，遂执克用将傅文达，与沙陀酋长李友金，同降李琢，开城延纳官军。克用闻文集降唐，顿时大忿，即引兵还击，可举遣行军司马韩玄绍，邀击药儿岭。岭路很是崎岖，玄绍三伏以待，克用乘怒前来，到了岭旁，天色将晚，将士请择险驻营，休息一宵。克用怒道："我恨不得今夜踏平朔州，哪里还有闲工夫在此休息？"忿兵必败。将士不好违令，只好策马前进。沿途七高八低，昏黑莫辨，蓦听得一声号炮，有一彪人马突杀出来，冲动沙陀兵。克用尚自恃骁勇，持着一支长槊，当先开路，左挑右拨，把官军驱开两旁，麾兵急进。官兵也不紧追，但慢慢儿随着后面。克用不暇后顾，一味前闯，天色越昏，岭路越仄，号炮声接连又震，岭上岭下，均有官军杀到，口口声声，要捉克用。克用到此，也不禁慌乱起来，自思逃命要紧，只好易骑为步，尽把所有健马，塞住两旁，单剩一条血路，狂奔而去。至官军挑开战马，来杀克用，他已走得甚远，但把他部将李尽忠程怀信等，一阵剚死，并杀毙沙陀兵万余人。收拾悍骑，最好在狭路中。克用虽逃得性命，人马均已丧尽，狼狈奔至蔚州，正值李琢赫连铎，合军杀败国昌，父子相见，好似哑子吃黄连，说不出的苦楚。自知蔚州难守，索性弃城北走，遁往鞑靼去了。

　　李琢李可举等，连章告捷，有诏加可举兼侍中，徙琢镇河阳，授铎云州刺史，兼大同军防御使，白义诚为蔚州刺史，米海万为朔州刺史。铎闻国昌父子，遁往鞑靼，特派人入鞑靼部，啖以金帛，索交逃犯。鞑靼系靺鞨别部，素居

第九十二回　镇淮南高骈纵寇　入关中黄巢称尊

阴山,专以游猎为生,克用入鞑靼后,尝与番酋游畋,就木叶中置着马鞭,或悬针为的,射无不中,番酋统惊为神技。又尝置酒共饮,饮至半酣,克用拊髀叹道:"我得罪天子,无从效忠,今黄巢扰攘中原,必为大患,若天子肯赦我罪,得与公等南向,杀贼立功,岂非一大快事?人生几何,可老死沙碛,没世无称呢?"此子亦有悔意么?鞑靼颇服他豪爽,且知无留意,乃谢绝铎使,仍令他父子寓居。事有凑巧,那大盗黄巢,由北而南,复由南而北,杀人如麻,占夺两都,于是亡命外域的李克用,复得遇赦归国,为唐立功。说来又是话长,待小子演述出来。

　　先是黄巢渡江南下,窜入浙东,中原稍舒盗患。平卢节度使宋威病死,由曾元裕接任,东都亦已解严,只东南各道,渐渐吃紧。镇海节度使高骈,令部将张璘梁缵,分道讨巢,连败巢众,收降贼将秦彦毕师铎李罕之等;还有仙芝余党曹师雄,寇掠两浙州县,杭州募兵使都将董昌等,随处抵御,昌部下有临安人钱镠,勇敢著名,屡摧贼党,积功至兵马使,钱镠事始此。两浙少安。巢由浙赴闽,开山路七百余里,袭击福州,观察使韦岫,仓皇失措,弃城出走,眼见得一座闽城,为巢所据。巢贻浙东观察使崔璆,广州节度使李迢书,求为天平节度使,二人均为奏请,朝廷不许,僖宗以巢要索无状,深以为忧。王铎入奏道:"臣久居相位,不能不分陛下忧,抱愧滋甚,愿出督诸将,剿平逆贼。"僖宗甚喜,即命铎以宰相出镇荆南,兼南面行营招讨都统。铎复奏调泰宁节度使李系为副使。系为李晟曾孙,徒具口才,实无勇略,铎因他系出将门,特请为行营副都统,兼湖南观察使,令率精兵五万,出屯潭州,截阻岭北要路。巢又自己上表,乞授广州节度使。僖宗命大臣会议,俱未能决。时于惊早已还都,受任为左仆射,独上言广州滨海,为市舶宝货所集,岂可畀贼?乃由群臣议定,只许除巢为卫率府率,卫率府率系护卫东宫,执掌兵仗羽卫,不过一个微员。看官试想!这野心勃勃的黄巢,岂肯降心下气,受此微职么?当下由朝廷颁给告身,巢掷置地上,大骂执政,且愤愤道:"唐廷不给我广州,难道我不能往取么?"随即鼓众至广州,四面架梯,扒城而入;执住节度使李迢,逼使草表,令代掌节钺。迢慨然道:"我世受国恩,腕可断,表不可草。"还算硬汉。巢即拔刀割迢两臂,并截迢头,且分众转掠岭南州县。岭南素多瘴疠,巢众四处侵扰,不免传染,日死数人,徒党劝巢北还,共图大事。巢乃自桂州编筏,顺道湘江,经过衡、永二州,直抵潭州。李系不敢出战,吓做一团,巢即日攻陷,大杀戍兵,独系跳身走免,奔往朗州。脚生得长,却也是一种技艺。巢党尚让,乘胜进逼江陵,众号五十万,江陵兵不满万人,王铎料知难守,托词至山东南道,往会节度使刘巨容,联兵拒巢,但留部将刘汉宏居守,竟率众趋襄阳。未见一敌,即已趋避,好一个大都统。汉宏手下,不过三千兵士,多半羸弱无用,索性弃官为盗,焚掠江陵,满载而去。一个乖似一个。士民都逃窜山谷,天适大雪,僵尸满野。过了旬日,尚让始至,据住江陵,汉宏籍隶兖州,归里后复出掠中原,为各道兵所攻,始再投诚,这且休表。

且说黄巢闻尚让得胜,王铎北遁,遂进兵趋襄阳。山南东道节度使刘巨容,与江西招讨使曹全晸同至荆门御贼,巨容伏兵林中,诱贼入伏,四起奋击,贼众大溃,十成中伤亡七八成。巢渡江东走,或劝巨容急追勿失,巨容叹道:"国家专事负人,事急乃不爱官赏,稍得安宁,即弃如敝屣,或反得罪,不若纵贼远飏,还可使我辈图功哩。"负功固朝廷之咎,但既为将帅,何得纵寇殃民?巨容之言大误。遂按兵不追。

全晸却不肯舍贼,渡江追击,途次接得朝命,令泰宁都将段彦模代为招讨使,于是全晸亦怏怏而还。唐廷以王铎无功,降为太子宾客分司,又进卢携同平章事。携尚荐高骈才,说他能平黄巢,骈将张璘,屡破巢众,僖宗以携为知人,所以复用,且调骈为淮南节度使,兼充盐铁转运使。内官以用度不足,奏借富户及胡商货财,骈独上言道:"天下盗贼蜂起,皆为饥寒所迫,只有富户胡商,尚未至此,不宜再令饥寒,驱使为盗。"僖宗乃止。

原来僖宗游戏无度,赏赐无节,左拾遗侯昌业,尝上疏极谏,且斥田令孜导上为非,将危社稷。一番危言笃论,反惹得僖宗怒起,竟召昌业至内侍省,赐令自尽。嗣是越加游荡,凡骑射剑槊法算,以及音律蒲博,皆加意研习,务求精妙。最喜蹴踘斗鸡,且与诸王赌鹅,鹅一头至值五十缗;尤善击球,尝语优人石野猪道:"朕若应试击球进士,必得状元。"野猪答道:"若遇尧舜做礼部侍郎,恐陛下亦不免驳放。"石优颇知谲谏。僖宗一笑而罢。惟是本性难移,始终不改,更可笑的是击球赌彩,得胜即选,简放几个边疆大臣出来。中尉田令孜,本姓陈氏,冒宦官姓为田,有兄陈敬瑄,尝业饼师,自令孜得宠,敬瑄连类升官,得封神策将军。令孜见关东群盗,势日鸱张,阴为幸蜀计,特荐敬瑄及私党杨师立、王勋、罗元杲三人,出镇蜀中。僖宗令四人击球赌胜,敬瑄得第一筹,即授西川节度使;次为师立,命镇东川;又次为勋,命镇兴元;元杲最劣,不得迁擢。这种制度,旷古无闻。这等擅长击球的人物,叫他如何治民?眼见得川陕百姓,活遭晦气。惟任郑从谠为河东节度使,尚算得人。先是河东军乱,戕杀节度使崔季康,僖宗令宰相李蔚,出镇河东,即用吏部尚书郑从谠,代蔚为相。蔚戡定河东乱事,整缮军行,朝旨又将蔚罢去,改命康传圭接手。传圭闒茸无能,无术驭众,又被军士杀死,置帅如奕棋,安得不乱?乃派从谠为河东节度使。从谠外和内刚,多谋善断,遇有将士谋乱,辄能预知,先事除去。部将张彦球,亦预乱谋,从谠爱他智勇,且知他事出胁从,特召入慰谕,涕泣与谈。彦球不禁感服,愿为效死,乃委以兵柄,并奏用王调刘崇龟崇鲁赵崇为参

第九十二回　镇淮南高骈纵寇　入关中黄巢称尊

佐。均系一时名士，时人号为小朝廷。

同平章事卢携，因河北粗安，只有江南一带，为巢蹂躏，特荐高骈为诸道行营都统。骈既接诏，乃传檄征各道兵马，且就近招募丁壮，得兵七万，威望大振。部将张璘，渡江击贼，屡破巢军，降贼将王重霸常宏。巢自饶州退保信州，被璘追至城下，督兵猛攻，巢卒多死。巢乃用金帛赂璘，且致书高骈，悔过乞降，求骈代为保奏。骈欲诱巢前来，复称如约。适昭义感化义武等军，俱至淮南，骈恐各军分功，奏称贼已穷蹙，即可平定，不烦诸道相助，尽将各军遣归。哪知巢刁滑得很，竟向骈告绝请战。骈再促璘进剿，被巢用埋伏计，将璘击死，巢势复振，分兵陷睦婺两州，再入宣州，自督众渡江北趋，围攻天长六合，气焰甚盛。淮南将毕师铎谏骈道："朝廷倚公为安危，今黄巢率数十万众，乘胜长驱，若不据险邀击，令得逾淮而东，必为大患。"骈以张璘已死，诸道兵又复遣还，自思力未能制，不敢出兵，且上表告急。有诏责骈误事，骈遂称风痹，不复出战。诏发河南诸道兵出戍溵水，并敕泰宁节度使齐克让屯兵汝州，备御黄巢。忠武节度使薛能，遣牙将秦宗权助戍蔡州，又令大将周岌，引兵赴溵水驻扎。会徐州亦派兵三千，至溵水镇守，道过许州，向能索饷，经能好言劝慰，并加厚待，方得免乱。不意周岌闻乱趋还，夜至城下，袭杀徐卒，且怨能厚待外兵，索性入城逐能，能竟死乱兵手中，岌遂自称留后，表称薛能为徐卒所戕，自率兵还城靖难，朝廷亦不暇查究，即令岌继任忠武节度使。秦宗权到了蔡州，亦将刺史逐去，自掌州事。周岌又表荐宗权为蔡州刺史，亦邀批准。<u>周岌秦宗权同恶相济，唐廷处置愦愦，无怪乱端迭起。</u>齐克让恐为岌所袭，引还兖州，诸道兵到了溵水，闻许州不靖，亦皆散去。黄巢遂得率众渡淮，经过颍宋徐亳一带，沿途无犯，惟略取丁壮，充作部兵，自称天补大将军，移牒各道，劝他各守城寨，勿得撄锋，本将军将入东都，顺道至京师问罪，与众无预云云。齐克让得此牒文，飞章上奏，僖宗大惊，急召宰相等入议。卢携称疾不至，豆卢瑑崔沆请发关内兵及神策军守潼关，田令孜独倡议幸蜀，且举玄宗故事为证。<u>别事应从祖制，此事亦应从祖制么？</u>豆卢瑑亦附和一词，僖宗不禁泣下，徐语令孜道："卿且为朕发兵守潼关。"令孜荐左军骑将张承范，右军步将王师会，左军兵马使赵珂，材可大用。僖宗召见三人，即授承范为兵马先锋使，兼把截潼关制置使，师会为制置关塞粮料使，珂为勾当寨栅使。三人拜谢出朝，僖宗复特简令孜为左右神策军内外八镇，及诸道兵马都指挥制置招讨等使，<u>阿父原宜重用，可惜断送祖基。</u>以飞龙使杨复恭为副。兵尚未出，东都已陷，原来东都留守刘允章，并不拒战，一俟黄巢入境，即派人恭迎，开城出谒。巢喜溢眉宇，入城劳问，恰也假仁假义，揭榜安民，禁止部下掳掠，闾里晏然。

齐克让忙上表告急，奏称黄巢已入东都，臣收军退守潼关，乞速发资粮及援兵。僖宗亟命张承范等，挑选两神策军弓弩手，得二千八百人，率赴潼关。看官试想两神策军，多是富家子弟，厚赂宦官，隶名军籍，平时鲜衣怒马，从未经过战仗，一闻出征命令，害得父子聚泣，妻妾牵襟，没奈何取出私资，专雇坊市贫民，顶替出去。这种受雇的人夫，晓得甚么战斗？只为了若干银钱，勉强充选。承范点齐兵数，入朝辞行，僖宗御章信门楼，亲自慰遣。承范进言道："黄巢拥数十万众，鼓行西来，锋不可当，齐克让只率饥卒万人，依托关下，今遣臣率二千余人，往屯关上，兵力未足，馈饷不继，臣实觉寒心，还望陛下速促诸道精兵，指日来援，或尚可勉强保守哩。"承范不足为将，但语恰甚是。僖宗道："卿等且行！朕自当促兵进援。"承范与师会出赴潼关，偕齐克让驻军数日，未见饷运到来，援兵亦无一至，很是焦急。那黄巢军却漫山遍野，疾驱而来，呼喊声达数十里。克让出军接战，倒也拼命相争，自午至酉，士卒饥甚，枵腹如何杀贼；顿时溃散。克让走入关中，关左有谷，平时禁人往来，专榷征税，叫作禁阬，官军仓猝忘守，溃兵自谷趋入，贼亦随进，夹攻潼关。承范尽散辎囊，分给士卒，令他拒守，一面飞表告急，催兵及饷，且有谏阻西巡等语。怎奈兵饷未来，贼众猛扑，勉力固守一日，箭已射尽，贼不少却。且驱民填堑，积尸堑间，由贼践尸逾越，纵火焚关，楼俱被毁。承范所率二千余人，本是不耐久战，况经此眉急，自然弃械逃生。有一日可支，还是难得。师会自杀，承范易服走还，克让早已远去。黄巢入潼关，转陷华州，留党目乔铃居守，自率众趋长安。唐廷迭接警报，非常惊惶，不得已颁下诏敕，授巢为天平节度使，令他即日莅镇。此时巢已痴心为帝，哪里还肯受命，当然拒绝。僖宗急得没法，日召宰相等议事。卢携屡次不赴，乃贬携为太子宾客分司，另授尚书左丞王徽，户部侍郎裴澈，同平章事。会承范逃回都中，报称潼关失守状，田令孜恐僖宗见责，独归咎卢携，携仰药自杀。僖宗至南郊祈天，默求神佑。何必如此，还是击球有趣。及还朝议政，忽由田令孜入报道："贼众来了，陛下不如幸蜀罢！"僖宗大惊道："有这般事么？"令孜又道："臣已召集神策兵五百人护驾，请陛下赶即启行。"僖宗被他一吓，慌忙返宫，但挈得妃嫔三人，与福穆潭寿四王，寿王即昭宗，余俱无考。踉跄趋出，当由令孜接着，指麾神策兵五百名，拥驾西行，出金光门而去。

看官道贼众入京，如何这般迅速？原来令孜召募新军，统是裘马鲜明，适有凤翔博野援兵，来至渭桥，见新军如此华丽，不禁大怒道："若辈有甚功劳，反令我辈冻馁？"遂掠夺新军衣服，出为贼众向导，亟趋京师。京中无主，军士及坊市人民，竞入府库，盗取金帛。百官始知车驾西行，有几个出城追去，余多手足失措，不知所为。到了日晡，黄巢前锋将柴存入都，金吾将军张直方，与群臣迎贼灞上，巢乘黄金舆，戎服兜鍪，昂然直入。徒党皆华帻绣袍，乘着

第九十二回　镇淮南高骈纵寇　入关中黄巢称尊

铜舆,随在后面。骑士数十万,多半被发执兵,紧紧跟着。所有辎重,自东都至京师,千里相属,都民夹道聚观,贼众见他衣衫褴褛,便分给金帛。且由尚让晓示道:"黄王起兵,本为百姓,非为李唐不爱尔曹,尔曹但安居无恐!"人民颇相率欢呼。及巢入春明门,升太极殿,有宫女数千人迎谒,拜称黄王。这是浊乱宫闱之报。巢大喜道:"这真是天意了。"遂派党目守住宫廷,自己出居田令孜宅,还不过自称将军,申明军律,约束徒众。过了数日,贼党渐渐恣肆,四出骚扰,既而焚掠都市,杀人满街,见有富家贵阀,越觉逞情搜掠,任意淫戮。做官发财者其听之。巢亦不能禁止,嗣见劝进文牍,联翩递入,索性一不做,二不休,大杀唐家宗室,至无噍类。于是挈眷入宫,自称大齐皇帝,即位含元殿,画皂缯为衮衣,击战鼓数百,权代乐音,列长剑大刀为卫,大赦天下,改元金统。凡唐官三品以上,悉令罢职,四品以下守官如故。因自陈符命,谓:"广明二字,隐兆瑞谶,唐去丑口,易一黄字,见得黄当代唐,明字是日月相拼,黄家日月,一览可知。"又黄为土金所生,因号金统,立妻曹氏为皇后,拜尚让赵璋崔璆杨希古为宰相,郑汉璋为御史中丞,李俦黄谔尚儒为尚书,孟楷盖洪为左右仆射,王播为京兆尹,许建米实刘塘朱温张全彭攒季逵等为诸将军。朱温砀山人,少孤且贫,与兄存昱依萧县刘崇家,崇尝加侮辱,崇母独申戒道:"朱三非常人,汝等宜优待为是。"后来温入巢党,遂为巢将,朱温将篡唐为帝,故特别表明。巢命温屯东渭桥,守御唐师。又征召唐室大臣,令诣赵璋处报名,仍复原官。大臣多不敢出报,乃大索里闾。宰相豆卢瑑崔沆等,避匿张直方家,直方已为巢臣,惟友情尚笃,所以容纳公卿,藏匿复壁,不料被巢察觉,发兵攻入,搜得豆卢瑑崔沆等数人,一并枭斩,连直方亦被诛夷。谁叫他首先迎贼。将作监郑綦,库部郎中郑系,义不从贼,举家自杀。贼发卢携尸,戮诸市曹。左仆射于琮,右仆射刘邺,太子少师裴谂,御史中丞赵濛,刑部侍郎李汤,匿居民间,都被搜斩。于琮妻广德公主,见琮被杀,执住贼刃,慨然道:"我是唐室女,誓与于仆射同死。"贼不加诘问,抽刀砍去,可怜一位贤德公主,也随于驸马同逝黄泉。小子有诗赞道:

巾帼犹知不惜生,殉夫殉国两成名。
长安不少名门女,谁及当时公主贞?

巢既僭号长安,且遣尚让等寇凤翔,追赶僖宗。欲知僖宗蒙尘情状,待至下回再详。

黄巢渡江而南,中原已经解严,北方可稍纾寇患,所赖高骈一人,镇守淮南,截住寇踪。骈将张璘,勇冠一时,屡破贼众,假使巢在饶信时,骈率诸道兵，戮力攻巢，则巢易就擒，大盗可立平矣。奈何堕巢诡计，兼起私心，遣归外兵，致丧良将，后且逍遥河上，任贼长驱，故刘巨容之纵寇，已不胜诛，骈身膺都统，误国若是，罪不较巨容为尤甚乎？巢渡淮入关，如入无人之境，僖宗但恃一田令孜，而令孜尤为误国大蠹，倡议幸蜀，仓皇出走，卒致逆巢入都，僭号称尊，宗室无噍类，都市成灰烬，谁为厉阶，酿成此劫乎？故观于黄巢之乱，而益叹僖宗之不明。

第九十三回　奔成都误宠权阉　复长安追歼大盗

却说田令孜拥驾西行，日夜奔驰，不遑休息。趋至骆谷，适郑畋出镇凤翔，迎谒道左，请僖宗留跸讨贼。僖宗道："朕不欲密迩巨寇，且西幸兴元，征兵规复，卿可纠合邻道，勉立大功。"畋知僖宗不肯留跸，乃启奏道："道路梗涩，奏报难通，陛下委臣恢复，还请假臣兵权，便宜从事。"僖宗允诺，住了一宵，复启跸向兴元进发。畋送至十里外而还，乃召集将佐，会议拒贼，将佐齐声道："贼势方炽，且徐俟兵集，再图恢复。"畋勃然道："诸君欲畋臣贼么？"道言未绝，气向上冲，晕仆地上。经将佐扶救入寝，用药灌饮，好多时才得苏醒，但身子不能动弹，口亦不能出声，只是涕泣交下。忠义可敬。将佐见畋情状，不禁天良发现，愿效驱驰。畋用手点额，且麾令暂退。次日将佐等复入问疾，畋尚未能言，将佐叹息而出。忽由监军袁敬柔，召将佐会议，将佐应召而往，但见监军陪着一位贼使，盛筵相待，音乐铿锵，大家不胜惊愕。那袁敬柔恰宣言道："现在新天子颁下敕书，我等理应申谢，只因节使风痹，由我代为署名，草呈谢表。"说到表字，将佐忽发哭声，霎时间泪洒一堂。贼使惊问何故？幕宾孙储道："节使风痹，不能延客，所以大众生悲呢。"贼使亦觉扫兴，宴毕即去。当有人报知郑畋。畋跃起床上，不觉发言道："人心尚未厌唐，贼从此授首了。"前此不言，恐系做作，但借此感励将士，虽诈亦忠。遂刺指出血，写就表文，遣亲将赍诣行在，再召将佐喻以顺逆，众皆听命，复歃血与盟，然后完城堑，缮器械，训士卒，密约邻道，合兵讨贼。有声有色。

各道兵慕义向风，依次趋集。尚有禁军分镇关中，不下数万人，亦皆响应，来会凤翔。畋散财犒众，士气大振。巢相尚让，率众往攻，由畋将宋文通带领各军，一鼓杀退。让败归报巢，巢再遣部将王晖，赍书招畋。畋扯碎来书，杀死王晖，又令子凝缵报捷行在。僖宗早至兴元，诏令诸道出兵，收复京师。义成节度使王处存，涕泣入援，且遣千人从间道赴兴元，扈卫车驾。河中

第九十三回 奔成都误宠权阉 复长安追歼大盗

节度使王重荣,本已向巢通款,巢遣使征发,几无虚日。重荣语众道:"我本思屈节纾患,哪知反苦我吏民,此贼不除,如何得安?"乃将巢使一并杀死,整兵拒贼。巢遣朱温进攻,经重荣慷慨誓师,大破温众,夺得粮仗四十余船,遂遣使与王处存结盟,引兵出屯渭北,一面向行在告捷。僖宗在兴元过了残年,越年元旦,改广明二年为中和元年,从官因捷书屡至,相率庆贺。僖宗欲驻驾兴元,静俟规复,偏田令孜以储峙不丰,坚劝僖宗幸蜀。西川节度使陈敬瑄,亦遣步骑三千奉迎,僖宗乃转趋成都,由敬瑄迎入城中,借府舍为行宫。会兵部侍郎萧遘,及太子宾客分司王铎,先后驰抵行在,僖宗俱命为同平章事。裴澈由贼中自拔归,亦得官兵部尚书。且恐南诏乘隙入寇,遣使招抚,愿与和亲。更命高骈为东面都统,促使讨巢。还要用他。加河东节度使郑从谠兼侍中,守前行营招讨使,特任郑畋为京城四面诸军行营都统,所有蕃汉将士,赴难有功,悉听畋墨敕除官。畋奏调泾原节度使程宗楚为副都统,前朔方节度使唐弘夫为行营司马,传檄四方,征兵讨贼。

　　黄巢再遣尚让,率众五万,进寇凤翔,畋使唐弘夫伏兵要害,自督兵数千人,出阵高冈,多张旗帜,诱贼来攻。贼本书生视畋,料无将略,更见他据冈列阵,适犯兵忌,遂贪功竞进,鼓行而前。群贼争先恐后,无复行伍,趋至龙尾陂,被弘夫横击而出,冲断贼兵。贼众前后不及顾,彼此不相救,正觉得心慌意乱,招架为难。畋又麾兵趋下,奋呼杀贼,贼腹背受敌,且不知畋军多寡,总道有无数雄师,覆压下来,顿时东奔西窜,情急求生。哪知逃得越快,死得越多,凌藉了半日余,把头颅抛去了二万多颗。尚让仓皇走脱,遁归长安。

　　唐弘夫得此大胜,遂由程宗楚唐弘夫等,追贼至都,且檄河中节度使王重荣,义成节度使王处存,权知夏绥节度使拓跋思恭,并为后应。大家兴高采烈,趋集长安城下。尚让已经入城,报知黄巢,巢闻官军大至,无心固守,即率众东走。程宗楚自延秋门杀入,唐弘夫继进,王处存也率锐卒五千,鱼贯入城,坊市人民,欢呼出迎,或取瓦砾击贼,或拾箭械奉给官军,不到一夕,已是全京恢复,无一贼兵。宗楚恐诸将分功,不欲通报外军,但令军士释甲,就宿第舍。军士尚未肯安枕,掠取金帛妓妾,恣意图欢。王处存令部兵首系白巾为号,坊市无赖少年,也模仿军装,冒充名号,掠夺良民。*却是自己寻死。*贼众露宿灞上,诇知官军不整,且无后军相继,即引兵还袭,掩入都门。宗楚弘夫,未曾防备,蓦闻贼众又至,仓猝出战。军士方挟金帛,拥妓妾,分居取乐,一时不及调集,可怜宗楚弘夫二人,手下只有数百名士卒,不值贼众一扫,两人亦相继阵亡。*贪功丧躯,可作殷鉴。*王处存急集部众,出城还营。黄巢复入长安,恨人民迎纳官军,纵兵屠杀,流血成川,他却取出一个新名目,叫作洗城。各道官军闻报,一并退去,贼势益炽,上巢尊号,称为承天应运启圣睿文宣武皇帝。

代北监军陈景思，方率沙陀酋长李友金等，入援京师，到了绛州，将要渡河，绛州刺史瞿稹，亦沙陀人，迎白景思道："贼势方盛，未可轻进，不若且还代北，募兵数万，方可进行。"景思乃与稹同还雁门，招兵勤王，逾旬得三万人，统是北方杂胡，犷悍暴横，稹与友金不能制。友金系李克用族父，欲乘此召还克用父子，即劝景思拜表奏功，请赦克用父子罪，令他入统代北军士，立功赎愆。景思依言代奏，有诏依议。友金遂率五百骑士，赍诏至鞑靼，赦还克用父子。克用甚喜，即率鞑靼诸部万人，入屯雁门。克用移牒河东，说是奉诏讨巢，令招讨使郑从谠，具给资粮，一面进兵汾东。从谠恐克用尚有异心，特闭城设备，不应所请。克用自至城下大呼，求与从谠相见。从谠乃登城与语，许给钱米，待克用退去，遣人运给钱千缗米千斛。克用意尚未足，还陷忻代二州，遂在代州留驻，按兵不发。东面都统高骈，虽出屯东塘，移檄讨贼，但也口是心非，迁延观望。郑畋自宗楚等丧师长安，声威挫失，僖宗加封司空，兼同平章事，都统如故，仍令他锐图恢复，怎奈畋有志未逮，徒唤奈何！

忠武节度使周岌，已奉表降巢，监军杨复光，颇具忠忱，与岌尝有违言。一日，岌正夜宴，邀杨预席，左右进言道："周为贼臣，恐不利监军，不如勿往！"复光摇首道："事已如此，义不苟全。"即毅然前往，入席与饮。酒至半酣，岌语及唐事。复光泣下，良久与语道："大丈夫感恩图报，见义勇为，公自匹夫为公侯，奈何舍十八叶天子，甘心臣贼呢？"岌亦忍不住泪，徐徐答道："我不能独力拒贼，所以阳奉阴违，今日召公，正为此事。"复光立即起座，沥酒与盟，难得有此义阉。且因巢使方去，即遣养子守亮，追往驿馆，杀毙巢使。当下出召兵士，调集三千人，亲自带领，径诣蔡州。蔡州刺史秦宗权，素来跋扈，不从岌命，复光入城，勉以大义，宗权也觉心折，遣将王淑率兵三千，随复光往击邓州。邓州正为巢将朱温所陷，所以引兵急攻，王淑虽然从行，途次一再逗挠，被复光数罪处斩，并有淑众。乃再召忠武牙将鹿晏弘晋晖王建韩建张造李师泰庞从等至军，进破朱温，攻克邓州，逐北至蓝桥，方收军还镇。王建事始此。黄巢遣党目王玫为邠宁节度使，邠州镇将朱玫起兵诛贼，推别将李重古为节度使，自率部众讨巢，出屯兴平，与巢将王播接战，失利而退，返屯奉天。为下文谋逆伏案。

僖宗寓居成都，已是半年，因各道军胜负不一，终未能规复长安，他也不免焦烦。但终信任一田令孜，令为行在都指挥处置使，又由令孜倚畀陈敬瑄，拜他为相。敬瑄奏遣西川左黄头军使李铤，往讨黄巢。还有右使郭琪，留卫成都，令孜犒赏扈驾诸军，尝从优给，独不及西川军。琪因诱众作乱，焚掠坊市，令孜奉僖宗保东城，闭门登楼，命诸军击琪。琪突围夜走，渡江奔广陵，往依高骈。令孜骄横益甚，蔑视宰相，所有军国大事，但由令孜处决，宰相不得

第九十三回 奔成都误宠权阉 复长安追歼大盗

与闻。先是宦官权重,分宫廷为南北两司,北司属内侍,南司属宰相,两权分峙,及令孜专政,北司权过南司。左拾遗孟昭图痛心阉祸,愤然上疏,略云:

> 治安之代,遐迩犹应同心;多难之时,中外尤当一体。去冬车驾西幸,不告南司,遂使宰相以下,悉为贼所屠,独北司平善。前夕黄头军作乱,陛下独与田令孜及诸内臣,闭城登楼,并不召宰相入商,翌日亦不闻宣慰朝臣,臣备位谏官,至今未知圣躬安否,况疏冗乎?夫天下者,高祖太宗之天下,非北司之天下。天子者,九州四海之天子,非北司之天子。北司未必尽可信,南司未必尽无用,岂天子与宰相,了无关涉?朝臣皆若路人,臣恐收复之期,尚劳宸虑。尸禄之士,得以宴安。臣躬被宠荣,职司补衮,虽遂事不谏,而来者可追,还愿陛下熟察!

这疏呈将进去,田令孜屏匿不奏,反矫诏贬昭图为嘉州司户。昭图去后,又遣人挤溺蟆颐津,一道忠魂,竟归水窟。足令阅者发指。自是天愈怒,人愈乱,靖陵雨血,河东霜杀禾,流星如织,或大如杯碗,陨落成都,这是天怒的见端。至若乱端蜂起,更不胜述,最关紧要的是感化军牙将时溥,逐杀节度使支祥,纳赂令孜,即颁诏令溥为留后。寿州屠夫王绪,与妹夫刘行全,聚众五百,也居然倡乱,盗据寿州,转陷光州。秦宗权反保奏他为光州刺史,固始县佐王潮及弟审邽审知,皆以材气知名,愿为绪用。屠狗果出英雄,居然高坐黄堂,驱使名士。王潮事始此。就是凤翔节度使,兼京城四面诸营的郑司空,也为行军司马李昌言所围。郑畋登城诘问,众皆下马罗拜道:"相公原不负我曹,但粮馈不继,饥寒交迫,不得已出此一举。"畋叹息道:"汝等愿从司马,司马若能戢兵爱民,为国灭贼,我情愿让主军务,但望司马勿负我言。"昌言许诺。畋即开城自去,奔赴行在。畋亦如此,大杀风景。诏降畋为太子少傅分司,授李昌言凤翔节度使,时溥为感化节度使,令讨黄巢,且屡促高骈进兵。

骈与镇海节度使周宝,同出神策军,相待如兄弟,及封壤相邻,屡争细故,遂与有隙。骈檄宝入援,宝知骈无真意,亦不应召,骈遂表称宝将为患,不便离镇,竟罢兵还府。首相王铎,闻骈无心讨贼,乃发愤请行,泣涕面奏。僖宗乃命铎为诸道行营都统,权知义成节度使,得便宜行事,罢高骈都统职衔,但领盐铁转运使。中和二年正月,王铎自成都启行,奏举太子少师崔安潜为副都统,忠武节度使周岌,河中节度使王重荣为左右司马,河阳节度使诸葛爽,宣武节度使康实为先锋使,感化节度使时溥,为催遣纲运租赋防遏使,右神策观军容使西门思恭,为诸道行营都监。又令义成节度使王处存,鄜延节度使李孝昌,夏绥节度使拓跋思恭,为京城东西北三面都统,授杨复光为左骁卫上将军，兼南面行营都监使，且赐号夏州军为定难军，鄜坊军为保大军，共趋关中。行在一方面，复命郑畋为司空，兼同平章事。畋等议撤去高骈盐铁转运使，但加给侍中虚衔，以示笼络。骈既失兵柄，又解利权，遂攘袂大诟，上表诋毁朝廷。僖宗令畋草诏切责，骈因与朝廷决绝，不通贡赋。

王铎会同诸道兵马，进逼黄巢。巢将朱温，方署同华防御使，屡向巢请兵，捍御河中。巢因官军四逼，粮匮兵空，急切无从调遣。温知巢势日蹙，变计归唐，遂向王重荣通款，杀死监军严实，举州归降。重荣申告王铎，铎令温署同华节度使，且替温奏乞官阶。有诏授温为河中行营招讨副使，赐名全忠。种一绝大祸根。是时各道兵皆趋集关中，惟平卢不至，平卢节度使安师儒，为牙将王敬武所逐，自称留后，奉款附巢。王铎遣判官张浚往说道："人生应先晓逆顺，次知利害，黄巢系一贩盐虏，试问公叛累代帝王，靦颜事贼，究有何利？今天下各道兵马，竞集京畿，独淄青不至，一旦贼平，天子反正，公等有何面目见天下士？"敬武竦然起谢，即发兵数千，随浚西行。惟各道军尚畏贼焰，未敢轻进。王重荣商诸都监杨复光，复光请召李克用，且言："克用观望，系与郑从谠有嫌，若以朝旨喻郑公，令与修好，料克用必肯前来，定可平贼。"铎用墨敕召李克用，并谕郑从谠。从谠不得已贻克用书，劝令释嫌报国。克用因率兵四万，进趋河中。部兵皆着黑衣，沿途疾行如飞，势甚剽悍，贼党望尘却走，私相告语道："鸦子军到了，快逃生罢！"贼运已衰，故见克用军愈觉生畏。王铎奏请授克用为雁门节度使，克用受命，格外踊跃。中和三年正月，进击沙苑，大破巢弟黄揆，直捣华州。铎再向行在请命，授克用为东北面行营都统，杨复光为东面都统监军使，陈景思为北面都统监军使。僖宗已经允议，颁诏施行，偏田令孜欲归重北司，谓："铎讨黄巢，日久无功，幸得杨复光计议，始召沙陀兵破贼，铎不胜重任，应饬令赴义成军，罢去兵柄。"僖宗奉命维谨，但教阿父如何主张，无不乐从。好一个宦官孝子。遂诏命王铎赴镇，任令孜为十军十二卫观军容使。

会魏博节度使韩简，与巢相应，寇掠郓州及河阳。牙将乐行逢诛简，还镇上表，诏令为留后，寻加节度使，赐名彦桢。成德节度使王景崇卒，景崇系元逵孙。子镕年仅十龄，嗣为留后，诏授检校工部尚书，命发粟济师。李克用得镕输粟，士饱马腾，围攻华州。黄巢遣尚让往援，克用与王重荣，同率军邀击零口，大败尚让，尚让遁去。克用遂进军渭桥。忠武将庞从，河中将白志迁等，率军继进，黄巢亦倾众出来，至渭桥拦截官军。克用跃马构槊，领沙陀兵充当头阵，无坚不摧，任他逆巢是百战悍贼，见了克用，亦吓退三舍。庞白两将，也不肯落后，奋勇杀贼，贼众三却三进，官军三战三捷，更有义成义武诸军，陆续杀到，贼党方才大奔。寥寥数语，已写尽当日大战。克用等追薄城下，猛扑一昼夜，

第九十三回　奔成都误宠权阉　复长安追歼大盗

次日由光泰门杀入。黄巢巷战又败，焚去宫阙，出都遁去，擒住巢相崔璆，余众半死半降。巢出都后，恐官军追蹑，沿途散掷珍宝，以啗官军。官军果然争取，不愿追贼，巢得远遁。杨复光遣使告捷，百官入贺，诏留忠武等军二万人，居守京师，饬将巢相崔璆，就地处斩；加李克用朱玫，及保大军节度使夏侯逢，同平章事。升陕州为方镇，命王重盈为节度使，又建延州为保塞军，即命保大军司马李孝恭为节度使，各道镇帅中，惟克用年二十八，最号少壮，破黄巢，复长安，功居第一，兵亦最强。克用一目微眇，时人称为独眼龙。诸军入京，乘机四掠，无异贼众。长安民居，所存无几，好好一座首都，除四围城墙外，几成一片瓦砾场。回首当年，唏嘘欲绝。各军亦不愿久留，或归镇，或追贼。巢自蓝田入商山，使骁将孟楷往击蔡州，秦宗权出战不利，竟背唐降巢。陈州刺史赵犨，闻蔡州降贼，料知陈州必先被兵，亟缮城掘濠，募兵积粟，令弟昶翙及子麓林，分率兵士，出守项城要路，四面埋伏，专待贼众到来。果然贼将孟楷，移兵进攻，行至项城，恃胜无备，赵昶赵翙等一齐杀出，立斩孟楷，且将余贼扫尽无遗。

　　巢得败报，不禁大怒，即与秦宗权合兵，围攻陈州，掘堑五重，百道攻扑。犨慨谕兵士，誓死固守，有时觇贼少懈，即引锐卒开城出击，杀贼甚多。巢益大愤，扎营州北，为久持计。且掠人为粮，生投碓碍，并骨取食，号为舂磨寨。犨一面拒贼，一面向邻镇乞援。朱全忠方受命镇宣武军，邀同周岌时溥，引兵援陈，至鹿邑杀败贼党，嗣因巢奋力与斗，势且不支，因转向李克用告急。克用方出争昭义，一时无暇移师，至中和四年，告急书连番迭至，乃引蕃汉兵五万，往救陈州。陈州被围，几三百日，赵犨兄弟，与贼大小数百战，艰苦备尝，终不少懈。极写赵犨。至克用进援，击败贼将尚让，巢始解围趋汴。尚让且率败兵五千，转逼大梁。全忠又致书克用，请他速援。克用追贼至中牟，乘贼渡河，逆击中流，歼贼万余人。尚让穷蹙请降，巢逾汴北走，克用穷追不舍，至封邱杀贼数千，至兖州又杀贼数千，追至冤句，巢已远飚。俘巢幼子及乘舆服器等物，并贼所掠男女万余名。克用因裹粮已罄，尽将男女遣散，自回汴州。命尚让再行追巢。巢手下只有千人，走保泰山。时溥又遣将陈景瑜，与尚让穷追至狼虎谷。巢屡战屡败，自知难免，顾甥林言道："我本意欲入清君侧，洗濯朝廷，事成不退，原我自误；汝可取我首献天子，保得富贵。"你亦自知悔么？言尚不忍下手，巢自刎不殊，气已垂绝。言乃把巢首砍下，并斩巢兄弟妻子，函首往献时溥，途次为博野沙陀军所夺，且将言首一并取去，送至溥军。溥复派兵搜狼虎谷，得巢姬妾数十人，并巢首赍献行在。共计巢自倡乱至败亡，共历十年，杀人无算，好算是古今一大浩劫。唐室宗社，虽幸得尚存，也已保全无几了。小子有诗叹道：

连年寇贼酿兵灾，父老相传话劫灰。
巢贼杀人八百万，至今追忆有余哀。

巢首献至行在，僖宗御楼受俘，一切详情，容后再详。

郑畋倡义于先，功将成而忽败，李克用赴援于后，兵一奋而即成，非畋之忠义，出克用下也。畋以书生掌戎政，借一时之鼓励，号召诸军，程宗楚唐弘夫等，挟锐入都，一得手而即贪功弛备，复为贼乘，两将战死，余军不振，畋虽孤忠，究系儒者，徒凭意气以为感召，安能久持不敝乎？克用以新进英雄，奉诏讨贼，才足以御众，勇足以制人，而诸军又不足以牵制之，故一举而复京都，再举而歼逆贼，事半功倍，游刃有余，盖求人者难为功，求己者易为力也。余子碌碌，因人成事，王铎两出统军，始未战而即遁，继大举而仍无功，虽无田令孜之嫉忌，亦非真有专阃才。而昏庸如僖宗，骄横如田令孜，更不值齿数焉。

第九十四回　入陷阱幸脱上源驿　劫车驾急走大散关

却说僖宗闻巨寇已平，献入巢首，即御大玄楼受俘，当命将巢首悬示都门。至黄巢姬妾等，跪在楼下，约有二三十人，僖宗望将下去，统是花容惨澹，玉貌凄惶，美人薄命，天子多情，倒也动起怜香惜玉的意思来了，当下开口宣问道："汝等皆勋贵子女，世受国恩，如何从贼？"这句话由上传下，总道必是叩首乞怜，便好借此开恩，充没掖廷，慢慢儿的召幸，谁知跪在前面第一人，举首振喉道："狂贼凶悖，国家动数十万大众，不能剿除，竟致失守宗祧，播迁巴蜀，试想陛下君临宇宙，抚有万乘，尚且不能拒贼，乃反责一女子，女子有罪当诛，满朝公卿将相，应该从何处置？"强词颇足夺理。僖宗听了，不禁变怜为嗔，易爱成怒，即传谕左右，概令处斩，自己返驾入宫。可怜那数十个美人儿，只为那一念偷生，屈身从贼，终难免刀头一死。临刑时，吏役多生悯惜，争与药酒，各犯且泣且饮，统皆昏醉，独为首的妇女，不饮不泣，毅然就刑。前后总是一死，何不决死前日。刀光闪处，蝤首蛾眉，都成幻影，不必细说。色即是空。

且说李克用回军汴州，朱全忠开城出迎，固请克用入城，就上源驿作为客馆，款待甚优，馔具皆丰，音乐毕备。克用少年好酒，免不得多饮数杯，醉后忘情，言多必失。全忠更假意谦恭，克用却一味倨傲，于是全忠挟嫌生忿，遂起了一片毒心，欲将克用置诸死地。克用不无小过，全忠何竟太毒？是晚，宴犒克用兵士，统令部将劝酒，灌得他酩酊大醉。全忠返室，召部将杨彦洪入商，议定一策,密令兵士至大路间,联车竖栅,塞住不通,一面发兵围攻上源驿,呼声动地。克用醉卧方酣,毫不觉悟,帐外亲卒,只有薛志勤史思敬等十余人,已是惊醒,猛闻汴兵杀入,料知有变,亟持械出斗,独留郭景铢入内,唤醒克用。景铢叫了数声,并不见答,忙将克用掖置床下,用水沃面,才解去克用睡魔,报知祸事。克用始张目援弓,起身外出,志勤见克用出来,亟拈弓发矢,射毙汴兵数人,欲夺走路。怎奈汴兵纵起火来,烟焰四合,迷住双目,忍不住叫起苦来。老天却还保全克用,竟雷电交作,大雨倾盆,把烟焰扑灭无余,但黑沉沉的罩住营门。克用酒意未消,尚是支撑不定,幸经志勤见机奋勇,扶住克用,招呼左右数人,逾垣突围,趁着电光隐现,觅路急走。汴兵扼桥守住,由志勤力战得脱,史思敬孤身断后,竟至战死。志勤保护克用,登尉氏门,缒城得出。监军陈景思手下三百余人,本与克用同入汴城,至此均为所害。枉死城中,却多了一班枉死鬼。朱全忠闻克用得脱,忙与杨彦洪乘马急追,彦洪语全忠道:"胡人急必乘马,节使如见有乘马胡人,便当急射,休使走脱!"全忠点首应诺,相偕出城。彦洪见前面有人走动,飞马急追。全忠落后,因天黑不能辨认,错疑彦洪是沙陀将士,一箭立毙,这是该死。那克用却早已远远飚去了。

克用妻刘氏,颇多智略,随克用驻军营。克用左右,仓皇奔归,说是汴人为变,上下尽死。刘氏声色不动,竟把还兵杀毙,隐召大将入议,令约束全军,翌日还镇。到了天明,克用走归,欲勒兵往攻全忠,为雪恨计。刘氏道:"君为国讨贼,救人急难,今汴人不道,隐谋害君,君当上诉朝廷,剖明曲直,若遽举兵相攻,反致曲直不明,彼转有所借口了。"说得甚是。克用乃引兵北返,移书责问全忠。全忠复书,托言前夕兵变,仆未预闻,朝廷自遣使臣,与杨彦洪密议,彦洪已经伏罪,请公谅察!既经归咎彦洪还要架诬朝廷,凶狡尤甚。克用明知是假,怀恨不平。及返至晋阳,即表陈:"朱全忠负义反噬,命几不保,监军陈景思以下,枉死三百余人,乞即遣使按问,发兵讨罪!"僖宗得见此表,不禁大骇,暗思黄巢伏诛,方得少息,怎可再启兵端?乃与宰相等熟商,颁诏和解。克用不肯伏气,表至八上,极言全忠包藏祸心,他日必为国患,乞朝廷削他官爵,委臣率本道兵往讨,得除祸首,才免后忧。僖宗仍然不从,但遣中使杨复恭等传谕,说是事变甫定,卿当力顾大局,暂释私嫌。克用勉强遵旨,心下总是未怿,乃大治兵甲,密图报怨。

他有养子嗣源,本系胡人,名必估烈,年方十七,克用爱他骁勇,养为己子。上源一役,嗣源跟着克用,护翼出城,身冒矢石,独无所伤,因此益得克用爱宠,委以军务。还有韩嗣昭张嗣本骆嗣恩张存信孙存进王存贤安存孝七人,俱系少年多力,愿为克用养子,冒姓李氏,当时号为义儿,分统部众。克用又奏请令弟克修镇潞州,潞州本系昭义军属境。昭义迭经兵变,屡篡主帅,自孟方立得受旌节,因潞州地险人劲,意欲迁地为良,改就邢州为治所,潞人不悦,潜向李克用处乞师。克用正战胜黄巢,因遣弟克修等攻取潞州,且争邢洺磁三州地。嗣因朱全忠等,一再乞援,乃移师至汴,补前回所未详。此次乐得奏请,朝廷不敢不允,即命克修镇潞,惟此后分昭义为二镇,泽潞为一区,邢洺磁为一区。克修管辖泽潞二州,克用又晋爵陇西郡王。中使杨复恭往返数次,劝慰克用,克用暂按兵不发。复光即复恭兄,复光自收复长安,即致病殁,军中恸哭,累日不休。惟田令孜忌他威名,闻讣甚喜,且因复恭曾司枢密,屡与龃龉,即降复恭为飞龙使。幸僖宗素宠复恭,仍然倚任,所以复恭尚得自全。

复光麾下八都将,即前回所述忠武牙将鹿晏弘等。各率步兵散去。忠武将鹿晏弘,托言西赴行在,所过残掠,到了兴元,逐去节度使王勔,自称留后。僖宗闻报,亦无可奈何。并有东川节度使杨师立,居然谋变,独移檄行在及诸道,历数陈敬瑄十罪,也以入清君侧为名,造起反来。一击球镇将被逐,一击球镇将造反,确是优劣不同。这造反的原因,系为邛州牙官阡能,因公事违期,亡命为盗,聚众万人,横行邛雅。余盗罗浑擎勾胡僧罗夫子韩求等,群起响应,官军往讨,屡为所败。因恐上司见罪,往往掠取村民,充作俘虏。西川节度使陈敬瑄,不问是非,捕到即斩,于是村民亦逃避一空,或反趋附盗巢,遂致盗党益盛。峡贼韩秀升屈行从等,又霸占三峡,骚扰民间。陈敬瑄乃遣押牙官高仁厚,为都招讨指挥使,出讨阡能。仁厚谋勇兼优,六日即平五贼,即上文所述罗浑擎等。归报敬瑄。敬瑄大喜,保奏仁厚为行军司马,再令出讨峡路群贼,临行时且语仁厚道:"此去得成功回来,当为代奏,以东川旌节相酬。"仁厚谢别至峡,焚贼寨,凿贼船,贼众穷蹙,执秀升行从以降。仁厚械送二犯,献至行在,按律枭首,不劳细说。惟东川节度使杨师立,闻敬瑄语,将以东川赏功,好好一个大官,怎肯甘心让人?当然起了怨谤,传入敬瑄耳中。敬瑄转告田令孜,令孜召师立为仆射,师立越加愤迫,竟将令孜所遣的朝使,一刀杀死,并杀东川监军,发兵进屯涪城,声讨敬瑄。敬瑄复荐仁厚为东川留后,令孜讨师立。仁厚至鹿头关,与师立部将郑君雄接仗,用埋伏计,杀败君雄。君雄退保梓州,仁厚进攻不下,乃作书射入城中,但言师立元恶,应加诛戮,余皆不问。君雄遂引众倒戈,返攻师立,师立惶急自杀,由君雄入枭师立,取了首级,出献仁厚。仁厚传首行在,有诏授仁厚为节度使,安镇东川。

田令孜陈敬瑄二人,既得平乱,权焰益张,令孜为判官吴圆求郎官,郑畋不许,敬瑄自恃有功,欲班列宰相上首。畋援例指斥,谓使相品秩虽高,向来在首相下,不得上僭。两人遂交谮郑畋,罢畋为太子少保,以兵部尚书裴澈代相。令孜敬瑄,益肆行无忌,索性挟制天子,任所欲为。降贼叛唐的秦宗权,纵兵四出,侵掠汴州,朱全忠与战不利,向天平军乞援。急则求人,宽则噬人,乃是朱三惯伎。天平军节度使朱瑄,本为天平牙将,署濮州刺史。节度使曹全晸,与兄子存实,当黄巢叛乱时,先后阵亡,幸瑄入守郓州,击退贼众,因功拜节度使,有众三万人,既接全忠来牍,乃遣从弟瑾赴汴救急。瑾至合乡,破宗权兵,宗权退去,汴州解严。朱全忠出城犒军,厚待朱瑾。及瑾告别,托致瑄书,与瑄约为兄弟。靠不住。宗权旁寇他镇,到处焚掠,残暴比黄巢尤甚,北至卫滑,西及关辅,东尽青齐,南出江淮,均被蹂躏,千里间不见烟火。还有鹿晏弘据住兴元,仍麾众四扰,王建韩建张造晋晖李师泰等,也率众相从,不过因晏弘好猜,众心未曾固结。田令孜遣人招诱,王建等率众数千,奔诣行在,拜令孜为义父,各得封诸卫将军,受了朝命,往攻晏弘。晏弘弃去兴元,转陷襄州。山东南道节度使刘巨容,仓皇出走,逃往成都。前在荆门破黄巢,颇有智略,惟纵寇勿追,大为失计;此次不战即溃,想是天夺其魄。巨容有炼汞成银的秘方,田令孜向求不得,竟将巨容害死,并至灭族。那晏弘得了襄阳,旁掠房邓,转寇许州。忠武节度使周岌,也弃城遁去。又是一个逃将军。晏弘引众入城,自称留后。僖宗方拟回跸,恐沿途不靖,有碍行程,不得已授晏弘为节度使,且遣使招抚秦宗权。时王铎为中书令,上言:"汴许接壤,朱全忠在汴,已是骄悍难制,再加一鹿晏弘,两恶相济,必为国患,不如召还全忠,改授他官,方为釜底抽薪之良策。"僖宗恐全忠不肯应召,反致节外生枝,但命铎为义昌节度使,令他就近监制。

义昌军即沧州地,是太和中创设,与汴许相近,铎既受命,即携带眷属,指日启程。他本厚自奉养,侍妾仆从,不下百人,更有许多箱笼等件,统是惹人眼目,道出魏州,魏博节度使乐彦祯子从训,奉了父命,出迎王铎,行地主礼。从训少年好色,瞧着王铎侍妾,统是珠围翠绕,玉貌花姿,不由的垂起涎来。冶容诲淫。既已迎铎入馆,他却想了一计,令亲卒易去军服,扮了盗装,自己做了盗魁,乘夜至客馆中,明火执杖,破门直入。铎惊醒好梦,披衣出望,凑巧遇着从训,兜头一刀,首随刀落,复将仆从尽行杀死,单留着几个娇娇嫡嫡的丽姝,由从训搂住一个,怀抱而出。余皆令亲卒掠取,或抱或背,回寝取乐去了。铎老且淫,应遭此报,但侍妾等得了少夫,应该贺喜。彦祯舐犊情深,将从训事代为隐瞒,但说是王铎遇盗,表闻行在,一面殓铎入棺,送归铎家。僖宗正安排回都,还有何心查问,乐得糊涂过去。

会值南诏遣使迎女,僖宗曾许与和亲,因封宗女为安化长公主,遣嫁南诏,于是启跸还都。沿途一带,已是苍凉满目,触景生悲,及入都城,更觉得铜驼荆棘,狐兔纵横。趋至大内,只有几个老年太监,出来迎谒,所有前时宫嫔采女,都不知去向,连懿宗在日最爱的郭淑妃,也无影无踪。叙安化公主,及郭淑妃事,统是补足上文,不使遗漏。僖宗很是叹息,忽闻秦宗权僭号称尊,不奉朝命,免不得愁上添愁,勉强颁诏大赦,改元光启。惟宗权不赦,命时溥为蔡州行营都统,往讨宗权。溥尚未出兵,宗权部将孙儒,已陷入东都,逐去留守李罕之,复攻下邻道二十余州,只陈州刺史赵犨,与蔡州相距百里,日与宗权战争,始终不为所夺。有诏令犨为蔡州节度使,犨与朱全忠联络,共拒宗权,宗权乃不敢过犯。此外如光州刺史王绪,与宗权声气相通,已两三年,见前回。宗权发兵四扰,向绪催索租赋,作为饷需,绪不能给。宗权竟引众攻绪,绪弃城渡江,掠江洪虔诸州,南陷汀漳。他因道险粮少,下令军中,不得挈眷随行。惟王潮兄弟,奉母从军,绪恨他违令,欲斩潮母。潮等入请道:"天下未有无母的人物,潮等事母,如事将军,若将军欲杀潮母,不如潮等先死。"将士等亦代潮固请,绪乃舍潮母子,惟令潮不得奉母自随,潮只好唯唯而出。适有术士语绪,谓军中有王者气,绪因此疑忌,往往枉杀勇将,众皆危惧。及转趋南安,潮与前锋将商议,派壮士伏竹篁中,突出擒绪,反缚徇众。众遂奉潮为将军,拟引兵还光州,所过秋毫无犯,行及沙县,泉州人张延鲁等,因刺史廖彦若贪暴,偕耆老迎潮,愿奉潮为州将。潮乃袭击泉州,杀廖彦若,奉书与观察使陈岩,自请投诚。岩表请潮为泉州刺史。潮招携怀远,均赋缮兵,颇得吏民欢心,泉州以安。王绪被系数月,料知不能脱身,自尽了事。屠夫终无善果。

一波未平,一波又起,各藩镇互争权势,又惹动兵戈,闯出一场大祸。自僖宗返驾后,号令所及,不过河西山南剑南岭南数十州,义武节度使王处存,尚遵朝旨,且与李克用亲善,卢龙节度使李可举,与成德节度使王镕,忌克用兼忌处存,遂密约分义武地。当由可举遣将李全忠攻陷易州,镕亦遣将攻无极县,处存忙向克用处告急,克用率兵驰援,大破成德军。处存亦夜袭卢龙兵,击走李全忠,复取易州。全忠败还幽州,恐致得罪,竟掩攻可举,可举无从抵拒,阖室自焚。李全忠自为留后,朝廷随他起灭,倒也不必说了,偏田令孜招添禁军,自增权势,所虑藩镇各自租税,无复上供,一时腾不出军饷,如何赡给新军? 令孜想出一法,奏请收安邑解县两池盐赋,尽作军需,且自兼两池榷盐使,哪知有人出来反对,不使令孜得专盐权。原来两池盐税,本归盐铁使征收,充作国用,至中和年间,河中节度使王重荣,截留盐赋,但岁献盐三千车,上供朝廷。此次所得余利,复被令孜夺去,当然不肯干休,便上章奏驳令孜。彼此罪实从同。令孜竟徙重荣为泰宁节度使,调王处存镇河中,齐克让镇义武。看官试想,重荣不肯割舍盐利,与令孜争论,难道要他舍去河中,他反俯首从命么? 当下再表弹劾令孜,说他离间君臣,鳌陈至十大罪。令孜尚不止十罪,惟重荣亦岂得无过? 令孜乃密结邠宁节度使朱玫,凤翔节度使李昌符,抗拒重荣,更促王处存赴河中。处存谓重荣有功无罪,不应轻易,累表不省,只是

第九十四回　入陷阱幸脱上源驿　劫车驾急走大散关

颁诏促行。处存不得已引军就道，到了晋州，碰着一碗闭门羹，也无心与较，从容引还。重荣知己惹祸，也向李克用求救，克用正怨朝廷不罪朱全忠，招兵买马，将击汴州，乃复报重荣，俟先灭全忠，还扫鼠子。重荣又催促克用道："待公自关东还援，我已为所虏了。不若先清君侧，再擒全忠未迟。"克用闻朱玫李昌符，亦阴附全忠，乃上言："玫与昌符，与全忠相表里，欲共灭臣，臣不得不自救，已集蕃汉兵十五万，决定来春济河，北讨二镇，不近京城，保无惊扰，再还讨全忠，藉雪仇耻，愿陛下勿责臣专擅"云云。僖宗览表大骇，忙遣使谕解，冠盖相望，克用不应。朱玫欲朝廷声讨克用，屡遣人潜入京城，焚掠积聚，或刺杀近侍，伪言克用所为，京师大震，日起讹言。田令孜遣朱玫李昌符，及神策郾延灵夏等军，合三万人出屯沙苑，讨王重荣。重荣又乞克用相援，克用乃率兵趋至，与重荣同至沙苑，与朱玫李昌符等对垒，且表请速诛田令孜及朱玫李昌符。僖宗只颁诏和解，克用怎肯依命？于是即日开战。玫与昌符，本非克用敌手，又有重荣一支人马，也是精悍得很，战了半日，纷纷溃散，各败归本镇。克用遂进逼京城。自食前言。

　　田令孜闻报大惊，亟挟僖宗出走凤翔，长安宫室，方经京兆尹王徽，修治补葺，十完一二，至是复为乱兵入毁，仍无孑遗。克用闻僖宗出走，乃还军河中，与王重荣联名上表，请上还宫，仍乞诛田令孜。僖宗再授杨复恭为枢密使，将与复恭同行还都。偏令孜请转幸兴元，僖宗不从，谁知到了夜间，令孜竟引兵入行宫，胁迫僖宗，再走宝鸡。黄门卫士，扈从止数百人，宰相等俱未及闻，独翰林学士杜让能，值宿禁中，夤夜出城，追及御驾。翌日，复有太子少保孔纬等继至，宗正奉太庙神主至鄠，中途遇盗，将神主尽行抛去。朝臣陆续追驾，也被乱兵所掠，衣装俱尽。全是盗贼世界。僖宗授孔纬为御史大夫，令还召百官。纬复至凤翔宣诏，宰相萧遘裴澈等，方嫉令孜挟兵弄权，皆辞疾不见，台吏百官等，亦皆以无袍笏为辞。纬召三院御史，涕泣与语道："布衣亲旧，有急相援，况当天子蒙尘，臣子可奉召不往么？"御史等无辞可答，只托言办装，缓日可行。纬拂衣欲走道："我妻得病将死，尚且不顾，诸君乃这般迟疑，请善自为谋，纬从此辞！"我亦愤愤。乃出诣李昌符，请骑卫送至行在。昌符颇感他忠义，即赠装遣兵，送纬至宝鸡。看官阅过上文，应知朱玫李昌符二人，本与田令孜合谋，谁料联军败后，僖宗出走，两人亦幡然变计，与令孜反抗，统是小人行径。可巧宰相萧遘，令孜追还车驾，玫即引兵五千至凤翔，又与凤翔兵同追僖宗。令孜得报，复劫僖宗西走，命神策军使王建晋晖为清道斩斫使，官名奇突。沿途多系盗贼，由建率长剑手五百人，前驱奋击，乘舆乃得前进。僖宗以传国玺授建，令他负着，相偕登大散岭。适凤翔兵追至，焚去阁道丈余，势将摧折，建挟僖宗自烟焰中跃过，方得脱险，夜宿板下。僖宗枕住建膝,稍稍休息,既觉始得进食,僖宗解御袍赐建道:"上有泪痕,所以赐卿,留为纪念。"都是阿父所赐,奈何不孝敬阿父? 建乃拜谢。待至食毕,复启行入大散关,闭关拒邠岐兵。邠岐兵进攻不下,方才引归,途过遵涂驿,见肃宗玄孙襄王煴,病卧驿中,不能从行,朱玫即挟与同还凤翔。这一番有分教:

欲思靖乱反滋乱,未报丧君又立君。

朱玫既得襄王煴,遂欲奉煴为帝,又有一番大变动了。看官试阅下回,便知分晓。

田令孜,内贼也,各道镇帅,外贼也,内贼外贼,互相争阋,而乱日炽,而祸益迫,天下尚有不危且亡耶? 惟内贼田令孜,罪不胜数,无善可言,而各镇帅中尚有彼善于此之别。李克用奉诏入援,击败黄巢,拔朱温于虎口,恩施最厚,第以醉后嫚言,即遭上源驿之围攻,贝德如温,抑何太甚? 是固曲在温而不在克用也。及克用脱归,表请罪温,朝廷置诸不问,曲直不明,欲已乱而反滋乱,加以田令孜之东挑西拨,如抱薪而益火,遂致藩镇相攻,祸延畿辅,沙苑一败,令孜夺气,乃挟天子西行,闭关奔走,十军阿父,以此报君,可胜慨耶! 克用请诛令孜,理直气壮,王重荣等不足以比之,故外臣中只一克用,尚知有国,尚知有君,不得尽目为贼,外此无在非贼也,贼盗满天下,唐事已不可为矣。

第九十五回 襄王煴窜死河中
杨行密盗据淮甸

却说朱玫与襄王煴俱还凤翔,即与凤翔百官萧遘等,再行会奏行在,请诛田令孜,且对遘宣言道:"主上播迁六年,将士冒矢石,百姓供馈饷,或战死,或饿死,十减七八,仅得收复京城。主上但将勤王功绩,属诸敕使,委以大权,终致纲统废坠,藩镇扰乱。玫奉尊命,来迎大驾,不蒙明察,反类胁君。我辈心力已尽,怎能俯首帖耳,仰承阉人鼻息呢? 李氏子孙尚多,相公何不变计,另立嗣君?"遘答道:"主上无大过恶,不过因令孜专权,遂致蒙尘,近事本无行意,令孜陈兵帐前,迫上出走,为足下计,只有引兵还镇,拜表迎銮,废立重事,遘不敢闻命!"遘若能坚持到底,何致身污逆名。玫闻言变色,出即下令道:"我今立李氏一王,敢有异议,即当斩首!"百官统是怕死,只好权词附和。玫遂奉襄王煴权监军国事,承制封拜百官,仍遣大臣西行迎驾。玫自兼左右神策十军

第九十五回　襄王熅窜死河中　杨行密盗据淮甸

使，令遘为册命襄王文。遘托言文思荒落，乃使兵部侍郎郑昌图撰册，由熅北面拜受，然后朝见百官，即授昌图同平章事，兼判度支盐铁户部各置副使；调遘为太子太保，遘托疾辞官。适遘弟蘧为永乐令，乃往与弟处，不闻朝事。玫即奉熅至京师，自加侍中，大行封拜，藩镇多半受封。淮南节席使高骈，进爵中书令，充江淮盐铁转运副使。淮南右都押牙和州刺史吕用之，升授岭南东道节度使，两人很是喜欢，奉表劝进。独凤翔节度使李昌符，本与玫谋岭立熅，熅已受册，玫自专大权。昌符毫无好处，怏怏失望，乃更通表行在，报称朱玫擅立襄王，应加声讨。有诏进昌符为检校司徒，令就近图玫。

田令孜因人心愤怒，自知不为所容，因荐枢密使杨复恭为左神策中尉，自除西川监军，往依陈敬瑄。复恭斥令孜党羽，出王建为利州刺史，晋晖为集州刺史，张造为蓬州刺史，李师泰为忠州刺史；调他出外，亦未必无祸。一面与新任宰相孔纬杜让能等，共商还都事宜。计尚未定，忽报朱玫遣将王行瑜，率邠宁河西兵五万，进逼乘舆，已经占住凤翔，各道贡赋，都被遮断，令转运长安去了。看官！你想僖宗寓居兴元，从官卫士，却也不少，此次运道不通，坐致乏食，怎得不上下惊惶哩？杜让能乃献议道："从前杨复光与王重荣，同破黄巢，甚相亲善，复恭系复光兄，若由复恭致重荣书，晓以大义，想重荣当回心归国，重荣既来，李克用应亦服从，诛逆也不难了。"僖宗乃颁敕慰谕重荣，并附以杨复恭书，遣使往河中。重荣果然听命，且表献绢十万匹，愿讨朱玫自赎。去使回报僖宗，僖宗再欲宣慰克用，可巧克用亦表诣行在，愿讨朱玫及襄王熅。原来熅亦赐书至晋阳，通知克用，谓已由藩镇推戴，受册嗣统。克用大怒，毁来书，囚来使，表请进讨。诏令扈跸都将杨守亮，率兵二万出金州，会同重荣克用，共讨朱玫。

玫将王行瑜自凤州进拔兴州，势如破竹，僖宗急命神策都将李茂贞等，出兵抵御。茂贞博野人，本姓宋，名文通，因保驾有功，得赐姓名。<small>茂贞事始此。</small>茂贞颇有能力，与行瑜交战数次，俱得胜仗，复取兴州，且由杨复恭移檄关中，谓能得朱玫首级，立赏静难节度使。行瑜为茂贞所败，正在惶急，忽闻檄文中赏格，不禁转忧为喜，密与部众商议道："今无功回去，也是一死，死且无益，若与汝等斩玫首，定京城，迎帝驾，取邠宁节钺，岂不是绝好的机会么？"大众欣然应诺，遂引兵还长安。玫方立熅为帝，改元建贞，揽权行事，闻行瑜擅归，即召他入问。行瑜率众直入，玫即怒目相视道："汝擅自回京，欲造反么？"行瑜亦厉声答道："我不造反，特来捕诛反贼。"说至此，即麾众向前，竟将玫擒住，立刻斩首，并杀玫党百余人，京城大乱。郑昌图裴澈，亟奉襄王熅奔河中，王重荣正欲发兵，有人入报襄王熅到来，即跃起道："他自来寻死，尚有何说？"当下麾兵出迎，诱熅等入城中，刀兵齐起，将熅杀死。昌图与澈，无从逃避，没奈何束手就缚。重荣先函煴首，赍送行在，刑部请御兴元城南门受馘，百官毕贺，独太常博士殷盈孙，上言："煴为贼胁，并非倡逆，只是未能死节，不为无罪。古礼公族加刑，君且素服不举，今煴已就诛，应废为庶人，将首级归葬，俟玫首献至，方可行受俘礼。"僖宗如言施行，随授李茂贞为武定节度使，王行瑜为静难节度使。静难军即邠宁镇，武定军驻札洋州，是新设的藩镇，且下诏夺田令孜官爵，长流端州。令孜竟依兄陈敬瑄，并未往戍，后又自有表见。郑昌图裴澈，传旨并诛，连萧遘亦戮死岐山。当时朝士皆受煴伪封，法司都欲处置极刑，还是杜让能再三力争，才得十全七八，这也算是阴德及人呢。

　　僖宗乃还跸至凤翔，节度使李昌符，恐车驾还京，自己失宠，因托词宫室未完，固请驻跸府舍。僖宗也得过且过，将就数天，偏各道迭来警告，不是擅行承袭，就是互相攻夺。卢龙节度使李全忠死，子匡威自为留后；江西将闵勖逐荆南观察使，自主军务，勖又为淮西将黄皓所杀，皓又为衡州刺史周岳所杀，岳遂代为节度使；董昌部将钱镠，攻克越州，昌自往镇越，令镠知杭州事；天平牙将朱瑾，逐去泰宁节度使齐克让，自为节度使；镇海军将刘浩作乱，节度使周宝，出奔常州，浩迎度催勘使薛朗为留后，已而钱镠迎宝至杭州，宝即去世，镠擒杀薛朗，竟取常润二州；还有利州刺史王建，袭据阆州，逐去刺史杨茂实，自称防御使。头绪纷繁，不得不总叙数语。僖宗连番得报，也是无可奈何。

　　淮南都将毕师铎，曾由高骈遣戍高邮，控御秦宗权，宗权未曾入境，师铎先已倒戈，看官道是何因？原来高骈心腹，莫若吕用之，用之以邪术惑骈，得补军职，又引私党张守一诸葛殷为助，每日与骈同席，指天画地，诡辩风生，说得骈情志昏迷，非常悦服。骈初与郑畋有隙，用之语骈道："宰相遣刺客刺公，今日来了。"骈大惊惧，急向用之问计。用之转托张守一，守一许诺，乃使骈着妇人服，匿居别室，自代骈卧寝榻中，夜掷铜器，铿然有声，又密用猪血涂洒庭宇，似格斗状。及旦，始召骈回寝道："几落奴手。"骈见寝室中血迹，且谢且泣，竟视守一为再生恩，厚赠金宝。用之又刻青石为奇字，文为玉皇授白云先生高骈，密令左右置道院香案。骈得石甚喜，用之进贺道："玉皇因公焚修功著，将补仙官，想鸾鹤即当下降了。"仿佛是骗小孩儿。骈亦喜慰，遂就道院庭中，刻一木鹤，且着羽服跨行，妄称仙曹。用之自云磻溪真君，谓守一即赤松子，殷即葛将军，暗中却夺人财货，掠人妇女，荒淫骄恣，无恶不为。又虑人漏泄奸谋，劝骈屏除俗累，潜心学道。骈乃悉去姬妾，谢绝人事，宾客将吏，多不得见。用之得专行威福，毫无顾忌，将吏多归他署置，未尝白骈。平居出入，导从多至千人，侍妾百余，统由评花问柳，强夺而来。可充玉女。毕师铎有美妾，为用之所闻，必欲亲睹娇姿，聊慰渴念，偏是师铎不许。用之是色中饿鬼，伺师铎不在家中，突入彼家，逼令一见，问答时未免狎媟，及师铎回家，闻知此事，怒斥侍妾，遂与用之有隙，至出屯高邮，辄怀疑惧，心腹诸将，亦均劝师铎还诛用之。师铎遂与淮宁军使郑汉章，高邮镇遏使张神剑，割臂沥血，喝了一杯同心酒，当下推师铎为行营使，移书境内，极言："用之凶恶，与张守一诸葛殷朋比为奸，蟠据淮南，近由都中授他为岭南节度使，仍不赴任，横行无忌，应亟加诛，特奋义师，为民除恶"云云。神剑原名，本一雄字，因他善能使剑，所以叫作神剑。神剑以师铎成败，究未可料，愿留部众在高邮，接济兵粮，乃推汉章为行营副使，与师铎出兵逼广陵。城中互相惊扰，吕用之尚匿不告骈，骈登阁闻哗噪声，始问左右。左右才述变端，骈亟召用之入商。用之徐答道："师铎戍众思归，为门卫所阻，遂致惊噪，现已随宜处置，就使有变，但求玄女遣一力士，便可靖患，愿公勿忧！"玄女何处寻找，不若令侍妾摆一虚牝阵罢。骈沉着脸道："近已知君多涉虚诞了，幸勿使我作周宝第二。"你也知他虚诞么？还算聪明。说至此，不禁呜咽起来。用之退出，悬赏军中，令出城力战，稍稍杀退师铎，方得断桥塞门，为守御计。师铎初战不利，又见广陵城坚兵众，颇有惧色，忙遣属将孙约驰往宣州，向观察使秦彦处求援，预允破城以后，迎彦为帅。彦乃遣将秦稠，率三千人助师铎，日夕攻城。用之令讨击副使许戡，出劳师铎，竟为所杀。用之没法，大索城中丁壮，不论官吏书生，悉用白刃加颈，胁使登城。自朝至暮，不得休息，于是阖城怨苦，均生叛意。师铎射书入城，劝骈速诛朱吕张等三人，书为用之所得，立即毁去，且率甲士百人，入内见骈。骈骇匿寝室，良久方出语道："节度使居室无恙，为何领兵进来，莫非造反不成？"遂命左右驱出用之。用之誓与骈绝，再率壮士出御。那外城已被攻入，慌忙麾众出内城门，向北遁去。

师铎纵兵大掠，骈不得已遣人议和，愿撤兵备，与师铎相见。师铎乃入见骈，两下晤谈，如宾主礼。骈署师铎为节度副使，如左仆射，郑汉章等各迁官有差。都虞侯申及语骈道："逆党不多，诸门尚未曾把守，公须乘夜出发，募诸镇兵还取此城，还可转祸为福，若迟延过去，恐一二日后，逆党蟠固，及亦不得侍左右了。"骈犹豫不从。该死。到了次日，师铎即派兵分守城门，搜捕用之亲党，尽行处死，一面遣人促秦彦过江。或语师铎道："仆射举兵，无非为用之奸邪，高公不能区理，所以入城除害，今用之既败，军府廓清，仆射宜仍奉高公，自为副佐，但教握住兵权，号令境内，何敢不服？用之一淮南叛将，移书所至，立可成擒，外有推奉美名，内得兼并实效，若使高公聪明，必知内愧，万一不改，也是一机上肉，奈何如此功业，转付他人呢？"师铎不以为然，但逼骈出居南第，用兵监守，并将骈亲党十余人，一概收禁，所有高氏累年蓄积，都被乱兵劫掠一空。悖入悖出。既而捕得诸葛殷，杖毙道旁，怨家争抉眼舌，且投以瓦石，顷刻成冢。何不请仙翁救命？

独吕用之自广陵逸出，手下尚有千人，闻郑汉章妻孥，留居淮口，遂率众往攻，旬日不克。郑汉章引兵趋救，用之乃奔投杨行密。行密方署庐州刺史，前由用之诈为骈牒，令为行军司马，促使入援，行密乃悉众东趋，并借和州兵数千人，同至天长。用之情急往投，行密不即拒绝，留居军中。张神剑向师铎求赂，不得如愿，也归行密。海陵镇遏使高霸，及曲溪人刘金，盱眙人贾令威，复率属至行密军营。行密有众万七千人，声威颇盛，张神剑输粮接济，军食更不患虚枵，遂步步进逼，趋至广陵城下。是时秦彦已入广陵，自称权知节度使事，闻行密来攻，闭城自守，但遣毕师铎及部将秦稠，领兵八千，出城西迎击行密。行密军势甚锐，师铎招架不住，先行遁还。秦稠战死，八千人只剩了一二千。秦彦再遣毕师铎郑汉章为将，悉发城中兵士，出阵城西，延袤数里，与行密相持。行密命将金帛粮米，搬集一寨，寨内只留赢卒，寨外暗伏精兵，待两阵相交，行密佯败，绕寨西走。广陵兵入空寨中，争取金帛，一声鼓响，伏兵四起，行密又复杀还，那广陵兵如何抵当？被杀几尽。师铎汉章，单骑走还。秦彦乃不敢出师。高骈局居道院，尚是日夜祈祷，虔祝长生，怎奈秦彦毕师铎，供馈日薄，甚至左右乏食，取木像中革带，煮食疗饥。彦与师铎，因出兵屡败，且疑骈为厌胜，愈加疑忌。适有妖尼王奉仙白彦，谓扬州分野，应有灾祸，必死一大人，方无后忧。彦遂命部将刘匡时，入道院杀骈，并杀骈子弟甥侄，同埋坎中。这消息传达城外，行密命士卒尽服缟素，向城大哭三日，宣告大众，誓破此城。秦彦毕师铎，屡遣兵出战，大小数十仗，均被行密杀败。城中粮食早尽，连草根木实，亦采食无遗，甚至用堇泥为饼，取给军士。军士怎肯平白地饿死，不得不掠人为粮。彦部下更是凶横，驱缚屠割，视人似鸡犬一般，血流城市，满地朱红。吕用之部将张审威，潜率部下登城，启关纳外兵，守卒不战自溃。彦与师铎，急召妖尼王奉仙问计，奉仙道："走为上策。"*骈信方士而死，秦彦毕师铎且信重妖尼，真是每况愈下。*乃出开化门奔东塘。行密麾诸军入城，改葬高骈及族属，城中遗民，止数百家，统已槁饿不堪，奄奄垂尽。行密运西寨米赈给，才得生全。行密自称淮南留后，且遣兵追击秦彦毕师铎。秦毕两人，竟往投孙儒去了。

　　孙儒前为忠武军指挥使，出戍蔡州，部下有许人马殷，亦素称材勇，与儒同拒黄巢。及秦宗权叛命，儒等皆附属宗权，宗权令儒攻陷郑州，进取河阳，自称节度使。前东都留守李罕之，与濮州人张全义，联兵拒儒，儒乃弃去河阳，移兵东下。罕之收复河阳城，全义亦收复东都，因恐孙儒复来，共向河东求救。李克用得二人书，遂表荐罕之为河阳节度使，全义为河南令。全义明察，治民有惠政，劝农树艺，薄赋轻徭，无事横耒，有事荷戈，诸县户口，逐渐归复，野无旷土，桑麻蔚然。宣武节度使朱全忠，复纠合兖郓兵马，大破秦宗权，

第九十五回　襄王熅窜死河中　杨行密盗据淮甸

因此河南一带,更乏盗踪。独凤翔节度使李昌符,初意欲挟持天子,号令诸镇,嗣与杨复恭养子守立,争道相殴。僖宗命中使谕解,昌符不从,反纵火焚毁行营。守立急部勒禁军,杀败昌符,昌符退保陇州,诏命李茂贞往讨,昌符屡战屡败,穷蹙自杀。茂贞得受命为凤翔节度使,行在稍得纾忧。惟淮南迭经变乱,终未安靖,秦宗权且遣弟宗衡,领万人渡淮,与孙儒合兵攻广陵,即就城西下寨。秦彦毕师铎,也引众来会,大有并吞扬州之声势。会宗权为朱全忠所破,召宗衡等还蔡,同拒全忠,孙儒知宗权不能久持,称疾不行。宗衡屡次催促,激动儒怒,佯邀宗衡入宴,酒未及半,竟拔剑砍死宗衡,枭下首级,献与全忠。一面与秦彦毕师铎,往袭高邮。张神剑仓猝遇敌,弃城奔广陵。孙儒入高邮城,大肆屠戮。高邮残兵七百人,溃围至广陵城,杨行密虑他为变,使分隶诸将,夜间将七百人坑死,不留一人;次日复将张神剑诱至府中,也是一刀两段;又诱入海陵镇遏使高霸兄弟,亦一并杀死。想是杀星转世。吕用之初至天长,曾给行密,谓有银五万锭,埋藏居宅,俟入城后,足供麾下一醉。行密记在胸中,入城后诸事匆忙,不暇提及,至此因孙儒退兵,检阅士卒,始向用之索银。用之本是诳言,哪里取得出白镪,当然瞠目无词。用之偏遣兵搜掘,逼令同往,到了前时居宅,内外掘转,并无藏银,只中堂得一桐人,胸书高骈姓名,加钉于上,手足俱加桎梏,当由来兵携报行密。行密指责用之,用之无言可答,即被牵至阶下,腰斩以徇,家属屠割无遗。张守一亦归行密,为诸将采合仙丹,且欲干预军政,亦为行密所诛。两人却是该死。

　　僖宗闻淮南久乱,命朱全忠兼淮南节度使,全忠以行密势盛,表为留后。河阳节度使李罕之,与张全义甚是亲暱,嗣闻全义勤俭力穑,乃笑为田舍郎,屡向全义征求粟帛。全义勉力供应,罕之意尚未足,纵兵剽掠,且悉众攻降绛州,转略晋州。河南将佐,无不愤怒,遂怂恿全义,夜袭河阳。罕之逾垣遁去,全义尽俘罕之家属,自兼河阳节度使。及罕之奔往泽州,借李克用军来攻河阳,朱全忠发兵来救,击退河东军,命丁会为留后,仍令全义为河南尹。全义感全忠恩,尽心依附全忠,独罕之抄掠怀孟晋绛,数百里无人烟。河中牙将常行儒作乱,攻杀王重荣,重荣弟重盈,为兄复仇,捕诛行儒。僖宗令重盈承袭兄职,原是应分的处置,独魏博牙将罗弘信,擅杀乐彦桢父子,亦令他充魏博留后,这真是赏罚倒置,益长骄风,唐廷成为故事,毫不见怪。僖宗自凤翔回京,天禄已终,一病不起。小子有诗叹道:

　　　　世衰总为主昏多,丧乱相仍可若何?
　　　　十五年来无一治,虚名天子老奔波。

　　僖宗病剧,免不得又要立储,究竟何人嗣立,容至下回表明。

史称襄王煴素性谨柔，无过人材智，观其所为，确是一个傀儡。朱玫挟为奇货，无非欲借名窃权耳，玫败而煴罹祸，愚夫为人所愚，往往致此。郑昌图裴澈等，甘受伪命，死不足惜，萧遘拒玫不坚，同遭夷戮，无怪胡致堂之为遘叹息也。高骈系出将门，射雕擅誉，当其初操旄节，颇似有为，及移镇淮南，误信方士，身坐围城，毫无一策，是岂前勇而后怯，始明而终愚者欤？抑毋乃狂易失心，自取灭亡欤？杨行密为骈部将，兴兵援骈，不谓无名，骈死而缟素举哀，尤似理直气壮，但既得广陵，横加屠戮，杀吕用之张守一可也，杀张神剑高霸，果胡为乎？背盟不义，滥杀不仁，朱全忠之表为留后，亦盗与盗应之征耳。故识者不称行密为侠士，而当斥行密为盗臣。

第九十六回　讨河东王师败绩
　　　　　走山南阉党失机

却说僖宗还都，已经抱病，勉强趋谒太庙，颁诏大赦，改称光启五年为文德元年，入宫寝卧，无力视朝，未几即致大渐。群臣因僖宗子幼，拟立皇弟吉王保为嗣君，独杨复恭请立皇弟寿王杰。杰系懿宗第七子，为懿宗后宫王氏所出，僖宗一再出奔，杰随从左右，常见倚重。至是由复恭倡议，奏白僖宗，僖宗约略点首，遂下诏立寿王杰为皇太弟，监军国事。当由中尉刘季述，率禁兵迎入寿王，居少阳院，召宰相孔纬杜让能入见。群臣见他体貌明粹，饶有英气，亦皆私庆得人。恐是以貌取人。越日，僖宗驾崩，遗诏命太弟嗣位，改名为敏，僖宗在位十五年，改元五次，乾符广明中和光启文德。年止二十七岁。寿王即位柩前，是谓昭宗，追尊母王氏为皇太后，进宰相孔纬为司空，韦昭度为中书令。昭度初党田令孜，得宠僖宗，竟得入相，僖宗末年，且进爵太保。又授户部侍郎张浚同平章事。昭宗嗣统，各宰相依旧供职，纬与昭度，且得加封，未几出昭度为西川节度使，兼招抚制置使。

原来西川节度使陈敬瑄，庇匿田令孜，诱杀高仁厚，骄横日甚，利州刺史王建，袭据阆州，与续任东川节度使顾彦朗，互相联络，潜图敬瑄。敬瑄商诸田令孜，令孜谓建系义子，可以招致，乃作书相召。建颇喜从命，率麾下精兵千人与从子宗铎等，均趋鹿头关。哪知敬瑄复信参谋李乂言，遣人止建，不准入关。建不禁发怒，破关直入，迳达成都。田令孜登楼慰谕，令他退还。建率诸军罗拜道："十军阿父，既召建来，奈何复使建去？建能进不能退，只好辞别阿父，他去作贼了。"令孜也无词可答，还报敬瑄。敬瑄登城拒守，建向顾彦朗处乞师，得众数千，急攻成都，三日不克，退屯汉州。敬瑄上表朝廷，乞发兵讨建。

第九十六回　讨河东王师败绩　走山南阉党失机

诏遣中使和解，敬瑄不从，反断绝贡赋。王建得知消息，乐得据为口实，也上表请讨敬瑄，愿效力赎罪，并求邛州为屯兵地。顾彦朗亦代为申请，昭宗方恨藩镇跋扈，欲借此伸威，遂命昭度出镇西川，召敬瑄为龙武统军。敬瑄拒不受诏，乃割邛蜀黎雅四州，置永平军，命建为节度使，偕昭度同讨敬瑄，并宣布敬瑄罪状，削夺官阶。昭度西行，与建会师进攻，一时未能得手，只好蹉跎过去。

惟朱全忠受命讨蔡，屡破秦宗权，蔡将申丛，执宗权出降，全忠将宗权械送京师，可巧昭宗改元龙纪，百官庆贺，又得把累年横行的强寇，一旦捕诛，正是喜气盈廷，欢腾中外。偏宗权余党孙儒，东驰西突，骚扰不休，秦彦毕师铎郑汉章等，均为所杀，且悉锐袭入广陵。杨行密遁至庐州，收集余众，往攻宣州，宣州方为赵锽所得，不意行密猝至，急切不能抵御，又兼粮食未备，只好仓皇出奔，中途为行密部将田頵所擒，眼见得宣州一城，为行密所据。行密既入宣州，诸将争取金帛，独徐温据囷为粥，散给饥民，人已知有大志。徐温事始此。朱全忠与锽有旧，遣人索锽。行密将锽斩首，以首相遗，一面表闻朝廷，只说是为国除奸。朝廷不便细问，授他为宣歙观察使。行密转陷常州，刺史杜棱被擒毕命，留田頵居守。偏孙儒自广陵来争常州，頵复败走，常州又为儒所得。两下转战不息，江淮间成为赤地。还有朱全忠与李克用，仇怨日深，各思占拓地盘，为并吞计。全忠攻下洛孟诸州，克用也攻下邢磁洺诸州。全忠又联结云中防御使赫连铎，与卢龙节度使李匡威，上表请讨克用，乞朝廷速简统帅。昭宗正加上尊号，改龙纪二年为大顺元年，既见三镇表章，遂召宰相等集议。杜让能等俱言未可，台官等亦多主张议，独张浚献议道："先帝再幸山南，统是沙陀所为，臣尝虑他与河朔相连，今得两河藩镇，共请声讨，这是千载一时的机会，万不可失，愿陛下假臣兵柄，旬月可平。"谈何容易？杨复恭出驳道："先帝播迁，虽由藩镇跋扈，亦因在朝大臣，措置失宜，因致乘舆再出。今宗庙甫安，国家粗定，如何再造兵端？"复恭虽是权阉，足为唐祸，但此语却是可取。昭宗沉吟半晌，亦启口道："克用有兴复大功，今欲乘危往讨，未免不公。"偏孔纬亦赞成浚议，竟面奏道："陛下所言，是一时大体，张浚所言，是万世远利，还乞陛下俯从浚议。"一时尚是难保，还能顾到万世么？昭宗因两相同意，且正忌复恭擅权，不欲依言，乃语张浚孔纬道："此事颇关重大，朕特付卿二人，幸勿贻羞！"随即授浚为河东行营都招讨制置使，以京兆尹孙揆为副。且命朱全忠为南面招讨使，王熔为东面招讨使，李匡威为北面招讨使，副以赫连铎。

浚奉诏出师，陛辞时再白昭宗道："俟臣先除外忧，然后为陛下除内患。"杨复恭在外窃听，料知此语，与己有关，遂至长乐陂饯浚，携酒欢饮。浚一再固辞，复恭戏语道："相公杖钺专征，乃即欲作态么？"浚答道："待平贼回来，作态未迟,目下尚未敢出此呢!"复恭佯笑而别。浚出都西行,檄召宣武镇国静难凤翔保大诸军,同会晋州。朱全忠且乘势进图昭义。昭义军节度使,本是克用从弟克修,克用尝巡阅潞州,因克修供具不丰,横加诟辱,克修惭病而死,弟克恭代为留后。克恭骄暴,不习军事,牙将安居受作乱,焚杀克恭,贻书全忠,自愿归附。全忠遂遣河阳留后朱崇节,率兵往潞,到了潞州,居受已为众所杀,别将冯霸拒战不利,奔往克用。崇节得入潞城,克用遣将康君立李存孝围潞。存孝系克用养子,骁悍异常,既至城下,与崇节交战两次,崇节哪里是他的对手,杀得大败亏输,还城拒守,急向全忠处求援。全忠遣骁将葛从周,率健骑千名,乘夜犯围,入潞助守,遣别将李谠等,至泽州往攻李罕之,牵制克用,且奏促孙揆速援潞州。张浚亦恐昭义为全忠所据,即请旨命揆为昭义节度使,促使赴镇。揆乃自晋州出发,建牙杖节,裹衣大盖,拥众而行。至长子西谷中,忽有一彪军突出,为首一个少年,手执铁挝,径至孙揆马前,大呼道:"孙揆哪里走!"揆急欲拔剑招架,哪知已被来将拨下,活擒而去。揆众欲趋前往救,尽被敌骑杀退,死伤甚众。看官道何人擒揆? 原来就是李存孝。存孝闻揆将至潞,率三百骑伏住长子谷,掩击揆军,果然将揆擒住,解送克用。克用召揆入见,诱令降附,许为河东副使,揆奋然道:"我为天子大臣,兵败身死,分所当然,怎能复事镇使哩?"克用怒起,命用锯杀揆。锯不能入,揆骂道:"死狗奴,锯人当用夹板,奈何不知?"克用乃改用夹板锯揆,揆至死骂不绝口,好算是唐季一位忠臣。<small>疾风知劲草,板荡识忠臣。</small>克用再令存孝救泽州,直压汴寨。汴将邓季筠自恃勇力,引兵出战,存孝也出阵相迎,战不数合,但听存孝喝声道着,已把季筠擒去,余众窜散。李谠亦解围遁还,存孝罕之又合军追击,斩获汴军万人,及追至怀州,方收兵西归。罕之仍屯泽州,存孝复攻潞州,葛从周朱崇节等,惮存孝英勇,也弃城走还。昭义军归入克用,克用命康君立为昭义留后,存孝为汾州刺史,李匡威攻蔚州,也为克用养子李嗣源击退。嗣源慎重廉俭,口不言功,他将多自夸战绩,嗣源独徐徐道:"诸将喜用口击贼,嗣源但用手击贼哩。"诸将始惭沮而退。张浚闻汴军败走,尚不肯班师,率诸军出阴地关。克用遣存孝领兵五千,出屯赵城。镇国军节度使韩建,夜率壮士三百,劫存孝营。偏存孝先已防备,用了一个空营计,诱建杀入,待建慌忙退还,存孝却麾兵横击,亏得建策马飞奔,才算侥幸逃还。静难凤翔各军,闻建袭营失利,各生惶恐,不战先走,禁军亦溃。存孝乘胜逐北,直抵晋州西门。张浚出战,又复败绩,各镇兵陆续遁去,只剩禁军及宣武军,共计万人,闭城守御,不敢再出。存孝攻城三日,城将垂克,反号令军中道:"张浚宰相,俘获无益,天子禁军,亦不宜加害。"乃退五十里下寨。浚与韩建,始得开城遁归。存孝既入晋州,复取绛州,并大掠慈隰诸州,唐廷闻张浚败还,君臣震惧,独杨复恭自鸣得意。那李克用复连上二表,一再

陈冤,首表尚在张浚未败时,略云:

> 臣父子三代,受恩四朝,破庞勋,翦黄巢,黜襄王,存易定,致陛下今日冠通天之冠,佩白玉之玺,未必非臣之力也。朝廷当阽危之时,誉臣为韩彭伊吕,既安之后,骂臣为戎羯胡夷,天下握兵立功之臣,宁不畏陛下他日之骂乎?况臣果有大罪,六师征之,自有典刑,何必幸臣之弱,而后取之耶?今张浚既已出师,则臣固难束手,已集蕃汉兵五十万,欲直抵蒲潼,与浚格斗,若其不胜,甘从削夺,不然,轻骑叫阍,顿首丹陛,诉奸回于扆座,纳制敕于庙廷,然后自投司败,恭候铁质。

第二表乃在张浚既败以后,至大顺二年正月,始达唐廷,略云:

> 张浚以陛下万代之业,邀自己一时之功,知臣与朱温深仇,私相连结,臣今身无官爵,名是罪人,不敢归陛下藩方,且欲于河中寄寓,进退行止,伏俟指挥!

是时昭宗已加惩张浚,将他罢职,孔纬亦连坐免官,改相兵部侍郎崔昭纬,及御史中丞徐彦若,至克用二次表至,再贬绛为均州刺史,浚为连州刺史,赐克用诏,赏还官爵,令归晋阳。未几,又加克用中书令,更贬浚为绣州司户。浚至蓝田,转奔华州,依附韩建,密向全忠求救。全忠上表,代为诉冤,昭宗不得已并听自便。纬至商州驰还,亦寓居华州,李克用既得逞志,声焰越盛,乃父国昌,已经早殁,这是补笔。沙陀兵马及代北将士,尽归克用管辖。克用转攻云州,赫连铎败走吐谷浑,嗣为克用追击杀死。克用复转攻王熔,经李匡威出兵相救,克用方大掠而还,朱全忠欲攻克用,假道魏博,罗弘信不许,全忠遂遣丁会葛从周击魏,自率大军继进,五战皆捷。弘信不得已乞和,全忠乃命止攻掠,归还俘虏,还军河上。魏博自是附汴。徐州节度使时溥,亦与全忠失和,屡相争哄,南北东西,彼此逐鹿,几不识当时天下,究竟是谁氏的天下了。藩镇之弊,一至于此。

惟韦昭度王建两军,奉诏西征,昭度毫无韬略,但知沿途逗挠,一切攻守事宜,俱听王建处置。建取得邛州,降西川将杨儒,杀刺史毛湘;复略定简资嘉定四州,进逼成都,累攻未下。韦昭度率诸道兵十余万,逗留不进,反请赦陈敬瑄罪,撤归各道兵马。朝廷居然下诏,依昭度议,令王建等率兵归镇。建奉到诏书,慨然太息道:"大功垂成,奈何弃去?"参谋周庠在侧,便进言道:"公何不请韦公还朝,自攻成都,独成巨业?"建点首称善,即表称敬瑄令孜,罪不可赦,愿毕命以图成功。一面又劝昭度道:"关东藩镇,互相吞噬,这是腹心大疾,相公宜早归朝堂,与天子谋定关东,敬瑄不过疥癣,但责建办理,指日可除哩。"昭度迟疑未决。建竟擒昭度亲吏骆保,脔割烹食,说他私盗军粮,昭度大惧，遂托疾东归，将印节授建。建与昭度别后，奋力攻城，环城烽堠，亘五十里。陈敬瑄力不能支，田令孜登城语建道："老夫前待君甚厚，何为见逼如是？"建答道："父子至恩，建不敢忘，但朝廷命建来此，无非因陈公拒命，不得不然。若果改图，建复何求？"令孜下城商诸敬瑄，敬瑄无法可施，只好缴出旌节，托令孜至建营交付。建泣涕拜谢，愿为父子如初。建亦逞刁。令孜还白敬瑄，敬瑄开城迎建，建率军入城，自称西川留后，令敬瑄出居新津，给以一县租税，且表称收复成都，由敬瑄自甘退让，应令他子陶为雅州刺史。昭宗当然照准，并即授建为西川节度使。

东川节度使顾彦朗病逝，军中推顾弟彦晖知留后，彦晖据情奏闻，也即命为节度使，敕赐旌节。朝使宋道弼，赍诏出都，中途为山南西道节度使杨守亮所执，并发兵攻东川。守亮姓訾，因拜杨复恭为义父，冒姓杨氏，前为扈跸都将，后得出镇山南，全是复恭一手提拔。复恭总掌宿卫，独揽大权，诸假子统出司方镇，又养宦官子六百人，多充监军，内外勾连，威赫莫比，昭宗母舅王瓌，求为节度使，复恭不可，瓌怒诟复恭，复恭佯为谢过，奏请王瓌为黔南节度使。及瓌奉节至桔柏津，却被杨守亮阻住中流，拨翻瓌舟，瓌覆水溺死。昭宗闻耗，已疑是复恭主使，可巧天威都将李顺节，也将复恭阴谋，入白昭宗。诏宗大愤，出复恭为凤翔监军，复恭托疾不赴，自愿致仕。有昭赐官上将军，致仕归第。复恭居第近玉山营，因假子守信为玉山军使，屡往探视，且与他密谋为乱。事为昭宗所闻，亲御安喜门，命李顺节等往攻复恭居第。复恭与守信，乃挈族走兴元，往依杨守亮。守亮决计造反，所以拍住宋道弼，遣绵州刺史杨守厚，攻顾彦晖。彦晖急求王建过援，建发兵至梓州，守厚引还。守亮以讨李顺节为名，更欲自金商通道，入袭京师。幸金州防御使冯行袭邀击，大破守亮，才不得逞。守亮守厚，统是复恭假子，就是天威都将李顺节，原名叫作杨守立也系复恭义儿，昭宗恐他好勇作乱，特召居左右，赐姓名李顺节，令掌六军管钥，擢为天威都将，隐示笼络。顺节骤得贵显，遂与复恭争权，所以复恭密谋，多由顺节报达宫廷。及复恭被逐，顺节恃恩骄横，出入必用兵自随。中尉刘景宣，及西门君遂，屡为所辱，遂入奏昭宗，请除顺节，昭宗允诺。二人诱顺节入银台门，把他杀死，百官皆奉表称贺。全是丑态。昭宗亦颇喜慰，乃于大顺三年正月，改元景福。祸且日至，何福可言？

凤翔节度使李茂贞，静难节度使王行瑜，镇国节度使韩建，同州节度使王行约，秦州节度使李茂庄，相继上表，谓杨守亮容匿叛臣杨复恭，请即出兵加讨。王行瑜等并乞加茂贞为山南西道招讨使。昭宗接览各表，便令群臣集议，大众谓茂贞若得山南，不可复制，不如下诏和解为是。全靠和解，亦非政体。昭宗颁诏慰谕，五节度无一受命。茂贞行瑜，竟擅举兵击兴元，一面由茂贞上

第九十六回 讨河东王师败绩 走山南阁党失机

表,自求招讨使职衔,且贻杜让能及西门君遂手书,有怨谤朝廷等语。昭宗亦忍耐不住,再召群臣入商,宰相等多面面相觑,不敢发言。独给事中牛徽道:"先朝多难,茂贞有翼卫功,诸杨阻兵,亟出攻讨,未始非有心嫉恶,不过未奉诏命,太觉专擅。近闻他兵过山南,杀伤甚多,陛下倘尚靳节旄,不授他为招讨使,恐山南百姓,尽被屠灭了。"昭宗不得已授茂贞为招讨使。茂贞遂进取兴元,杨复恭及守亮等均奔往阆州,茂贞乃自请镇守兴元。朝廷特改任茂贞为山南西道节度使,将他凤翔节度使职任撤销。偏茂贞又不肯奉诏,累得昭宗无法对付,且模模糊糊的延宕过去。是时成德节度使王熔,为李克用所攻,卢龙节度使李匡威,率兵救熔,击退克用。匡威引还,谁知行至半途,乃弟匡筹,竟占据军府,自称留后,不欲匡威还镇,且用兵符追还行营兵。匡威部众,闻风离散。那时匡威归路已断,没奈何返奔镇州,这也是匡威自作自受,所以遭此剧变呢。原来匡筹妻有美色,匡威很是艳羡,只因匡筹同在军中,没法下手,望梅不能止渴,已不知滴了多少馋涎。至出救卢龙时,家人会别,阁室畅饮,匡筹夫妇,不觉多饮几杯,统皆醉倒。匡威却是有心,趁他弟妇醉卧床间,竟去做了一个采花使者,了却生平夙愿。及匡筹妻醒悟转来,才知着了道儿,悔已无及,当下泣诉匡筹。匡筹因此恨兄,乃把匡威拒绝。匡威奔往镇州,王熔事他如父,非常恭敬,偏匡威又欲图熔,镇人不服,攻杀匡威。该死久矣。匡筹闻报甚喜,遂得安据幽州。可惜绿头巾终难洗净。幽州将刘仁恭,前由匡威遣戍蔚州,过期未代,至是闻匡筹擅立,自为军帅,还攻幽州,不利而去,投奔河东,依附李克用。此外如杨行密攻杀孙儒,得封淮南节度使,朱全忠攻拔徐州,感化节度使时溥,登燕子楼,举族自焚。王建杀死陈敬瑄田令孜,只说敬瑄谋乱,令孜私通凤翔,当令判官冯涓草表,中有切要语云:"开柙出虎,孔宣父不责他人,当路斩蛇,孙叔敖盖非利己。专杀不行于阃外,先机恐失于彀中。"国家失刑,故得令强藩借口。昭宗也无可奈何,置诸不问。福建观察使陈岩病殁,都将范晖自称留后,晖骄侈不法,被王潮攻死。潮代任观察使,寻且进职节度使,群雄角逐,寰宇分崩,到了景福二年秋季,李茂贞抗表不逊,公然责备昭宗,与敌国相去无二。昭宗恼羞成怒,掷置来表,再拟兴师。正是:

> 河东覆辙方宜戒,京右来车又妄行。

欲知茂贞是否被讨,且至下回再详。

李克用功罪参半,不必讨而反欲讨之,杨复恭有罪无功,应讨而反不欲讨,此已可见昭宗之不明,其他可无论已。或谓昭宗固不欲讨克用,迫于张浚孔纬之力请,乃有招讨制置使之命,然试思君主时代,国家大事,究竟由谁主持耶?

一击不胜，丧师无算，转不得不屈体调停，上替下凌，因此益甚。杨复恭已走兴元，虽有若干义儿，实皆朝秦暮楚之流，不足一试，即如杨守立杨守亮等，匹夫徒勇，亦宁足成大事？为昭宗计，正可遣师进讨，借伸主威，况有五节度使之联表上请乎？乃迟回不决，转令李茂贞等擅自兴师，一再胁迫，不得已授以兵柄，于是朝廷日加退让，而方镇即日加跋扈矣。要之无主之国，非乱即亡，唐至昭宗之季，有主与无主等，虽欲不乱，乌得而不乱？虽欲不亡，亦乌得而不亡？

第九十七回　三镇犯阙辇毂震惊 一战成功邠宁戡定

却说李茂贞恃功骄横，不受朝命，且上表讥毁昭宗，表文略云：

  陛下贵为万乘，不能庇元舅之一身，指王瓌事。尊极九州，不能戮复恭之一竖，但观强弱，不计是非，体物辒辀，看人衡纩，军情易变，戎马难羁，唯虑甸服生灵，因兹受祸，未审乘舆播越，自此何之？

昭宗览此数语，禁不住愤怒起来，便拟发兵进讨，命宰相杜让能，专司兵事。让能进谏道："陛下初登大宝，国难未平，茂贞近在国门，不宜与他构怨，万一不克，后悔难追。"昭宗叹息道："王室日卑，号令不出国门，这正志士愤痛的时候，朕不能坐视陵夷，卿但为朕调兵输饷，朕自委诸王用兵，成败与卿无干。"让能道："陛下必欲兴师，亦当商诸中外大臣，集思广益，不应专事委臣。"昭宗又道："卿居元辅，与朕义关休戚，不宜畏难避事。"让能泣道："臣岂敢畏避？但时有未可，势又未能，恐他日徒为晁错，不能弭七国兵祸，所以临事踌躇。如陛下必欲委臣，臣敢不奉诏，效死以报。"果然死了。昭宗乃喜，命让能留居中书，计划调度，月余不归。偏崔昭纬阴结邠岐，代作耳目，让能朝发一言，二镇夕即知晓。茂贞暗令党羽混入都中，纠合市民数千，俟观军容使西门君遂，及崔昭纬等出来，即遮集马前，泣诉："茂贞无罪，不宜致讨，免使百姓涂炭。"君遂谓："事关宰相，于己无与。"昭纬且说道："此事由主上专委杜太尉，我辈不得预闻。"市人因乱投瓦石，昭纬等慌忙走避，才得脱身。昭宗闻报，命捕诛为首乱民，并一意遣将调兵，遂命覃王嗣周顺宗子经之后。为京西招讨使，讨李茂贞，神策大将军李鐬为副，出宰相徐彦若为凤翔节度使，令嗣周带着禁军三万，送徐赴镇，出驻兴平。茂贞联同王行瑜军，合兵六万，共至枊屋，抵拒禁军。禁军多系新募少年，哪里敌得过两镇雄师？一闻两镇兵至，未战先怯，至茂贞等进逼兴平，禁军多已骇散。嗣周及鐬，也只得奔还。茂贞

第九十七回　三镇犯阙挚毂震惊　一战成功邠宁戡定

乘胜进攻三桥,京师大震,盈廷惶惶。崔昭纬更密遣茂贞书,谓:"用兵非主上意,全出杜太尉一人。"茂贞因陈兵临皋驿,表列让能罪状,请即加诛。让能亦入白昭宗道:"臣尝料有此变,今已至此,请以臣为辞。"昭宗且泣且语道:"今与卿成诀别了。"遂下诏贬让能为梧州刺史,流观军容使西门君遂至儋州,内枢密使李周潼至崖州,段诩至驩州。茂贞等仍然未退,昭宗又御安福门,命斩君遂周潼诩三人,再贬让能为雷州司户,且遣使语茂贞道:"惑朕举兵,实出君遂等三人,非让能罪。"茂贞定欲诛死让能,方肯退兵。崔昭纬复从中怂恿,乃竟将让能赐死,连让能弟户部侍郎弘徽,亦迫令自尽。让能已是枉死,弘徽更属沈冤。再召东都留守韦昭度为司徒,御史中丞崔胤为户部侍郎,并同平章事,授茂贞为凤翔节度使,兼山南西道节度使,并官中书令。王行瑜进爵太师,加号尚父,特赐铁券,两镇兵方卷甲退归。嗣是朝廷动息,均须禀受邠岐二镇意旨,不得擅行。

　　景福三年,复改元乾宁,李茂贞入朝,大陈兵卫,阅数日归镇,自昭宗以下,无敢少忤。右散骑常侍郑綮,素号诙谐,多为歇后诗,讥嘲时事。昭宗还道他蕴蓄深沈,特手注班簿,命他为相。党吏争往告綮,綮微笑道:"诸君太弄错了。就使天下无人,也未必轮到郑綮。"堂吏答道:"事出圣意,的确不误。"綮又道:"果有此事,岂不令人笑话?"既而贺客趋集,綮搔首道:"歇后郑五作宰相,时事可知了。"<u>自知颇明。</u>当即上书固辞,有诏不许,乃勉强受职;已而复累表避位,解组竟归。<u>却是明哲保身。</u>昭宗复命翰林学士李谿为相,知制诰刘崇鲁,出班大恸。昭宗问为何因?崇鲁极言李谿奸邪,不胜重任,乃罢谿为太子少傅。谿上书自讼,亦丑诋崇鲁庭拜田令孜,为朱玫作劝进表,恸哭正殿,为国不祥,于是崇鲁亦即免官,内政不纲,外乱益炽。平卢节度使,任了王师范,镇海节度使,任了钱镠,柳玭为泸州刺史,刘隐为封州刺史,还算由朝廷封拜,奉命就职。他如杨行密擅取庐歙舒泗诸州,所置守吏,毫不禀承。孙儒余党刘建锋马殷,南走至洪州,招集党羽,得十万余人,攻下潭州,杀死节度使邓处讷,自称留后。王建也擅夺彭州,杀死节度使杨晟,及马步使安师建。李克用尝为养子存孝,表求为邢洺磁节度使。存孝为存信所谮,无从申诉,<u>存信为张氏子,亦为克用义儿,已见前九十四回。</u>竟潜结王熔及朱全忠,背叛克用。克用自引兵围攻邢州,存孝固守经年,城中食尽,乃出见克用,泥首谢罪。克用将他械住,囚归晋阳,车裂以徇。存孝骁勇绝伦,克用很加怜惜,意下令用刑时,诸将必代为请免,偏诸将嫉忌存孝,无一进言,坐致令出难回,一个昂藏勇士,分作四裂。存孝部将薛阿檀,勇悍不亚存孝,因与存孝通谋,恐致事泄,也即自杀。克用失去两人,心中好生不悦,好几日不视军事,过了半年,方因李匡筹屡侵河东,乃出师北向,拔武州,降新州,连败匡筹兵众,直捣幽州。匡筹逃往沧州，为义昌节度使卢彦威所杀。他的艳妻，不知如何下落？幽州军民，开城欢迎河东军，克用趋入府舍，命刘仁恭及养子李存审，略定各属，又表荐刘仁恭为卢龙节度使，唐廷不敢不从。

可巧护国节度使王重盈病亡，军中愿奉重荣子珂为留后，珂实重荣兄子，重荣养为己儿，重盈子王珙，曾为保义节度使，同弟晋州刺史王瑶，与珂争位。珂系李克用女夫，当然向克用告急，克用即为珂代求节钺。朝廷准珂为留后，珙与瑶未肯便休，却厚结王行瑜李茂贞韩建三帅，表称珂非王氏子，不应袭职。昭宗下敕相报，谓已先允克用所奏，不便食言。看官！你想这王行瑜李茂贞韩建三人，果肯降心相从，不复异议么？茂贞方攻拔阆州，逐走杨复恭，且献复恭致守亮书，中有："承天门为隋家旧业，汝但应积粟训兵，勿复贡献，试想我在荆榛中推立寿王，才得尊位，今废定策国老，天下有如此负心门生天子么？此恨不雪，决非丈夫。"昭宗得书甚怒，适韩建捕住复恭，及余党多人，书献阙下，枭首独柳。随笔了过杨复恭。两镇立此宏功，愈有德色。偏王珂王珙争位一案，联名上奏，竟撞了一鼻子灰，面子上很过不下去，王珙更遣使语三帅道："珂与河东联婚，将来必不利诸公，请先机加讨！"王行瑜首先发兵，令弟同州刺史王行约攻河中，自与茂贞及建，各率精骑数千人入朝。昭宗御安福门，整容以待。还算胆大。三帅到了门下，盛陈甲兵，拜伏舞蹈。昭宗俯语道："卿等不奏请俟报，便称兵驰入京城，意欲何为？若不能事朕，今日请避贤路。"行瑜茂贞，听到此言，倒也无词可答。惟韩建略述入朝情由，昭宗乃谕令入宴，三帅宴毕，又复面奏，略言："南北司可分朋党，紊乱朝政，韦昭度前讨西川，甚为失策，李谿虽已免相，尚且蟠踞朝堂，非亟诛无以慰众心。"昭宗不愿允行，又不敢毅然拒绝，只得以"且从缓议"四字，对付三帅。偏三帅出了殿门，竟招呼甲士，捕杀韦昭度李谿，及极密使康尚弼数人。目中岂尚有天子耶？又请除王珙为河中节度使，徙王珂至同州。昭宗惧为所胁，不得已暂从所请。三帅又密谋废立，拟另戴昭宗弟吉王保为帝。忽闻李克用起兵勤王，约期入关，三帅各有戒心，乃各留兵三千人宿卫京师，匆匆的辞归本镇去了。

后来昭宗察知三帅犯阙，由崔昭纬暗中怂恿，乃决意易相，再起孔纬同平章事，张浚为诸道租庸使，李克用闻浚复任事，因抗表固争，有"浚朝为相，臣夕至阙"等语。昭宗遣使慰谕，谓未尝相浚。克用乃申表王行瑜李茂贞韩建称兵犯阙，戕害大臣，愿率蕃汉兵南下，为国讨贼，一面移檄三镇，指斥罪状，王行瑜等统皆惊惶，克用长驱至绛州，刺史王瑶闭城守御，相持十日，竟被克用攻破，斩瑶示威。复进兵河中，王珂迎谒道旁，克用也不暇入城，即趋同州，王行约弃城遁走。行约弟行实，时为左军指挥使，奏称同华已没，沙陀将至，请车驾转幸邠州。枢密使骆全瓘，却请昭宗往凤翔，昭宗道："克用尚驻军河

第九十七回 三镇犯阙辇毂震惊 一战成功邠宁戡定

中,就使到来,朕自有法对付,卿等但各抚本军,勿使摇动为是。"两人怏怏退出。全瑾却去联结右军指挥使李继鹏,谋劫上趋凤翔。继鹏本姓阎名珪,因拜茂贞为假父,所以易姓改名。骆李等正在安排,事为中尉刘景宣所闻,告诸王行实。行实也欲劫上往邠州,孔纬面折景宣,谓车驾不应轻离宫阙。到了傍晚,继鹏又连请出幸,昭宗不从。哪知王行实竟召入行约,引左军攻右军,两下相杀,鼓噪震地。辇毂下如此横行,尚得谓有法纪么?昭宗闻乱,亟登奉天楼,传谕禁止,且命捧日都头李筠,率部军侍卫楼前。继鹏竟召凤翔兵攻筠,矢拂御衣,射中楼桷。左右扶昭宗下楼,继鹏复纵火焚宫门,烟焰蔽天,阖宫鼎沸。先是有盐州六都兵屯驻京师,为左右两军所惮,昭宗急令入卫,两军方才退走。昭宗至李筠营避乱,护跸都头李居实率众继至,昭宗稍稍放心。未几,复有谣言传入,说是行瑜茂贞,将入都来迎车驾。昭宗又恐他胁迫,乃命筠居实两都兵自卫,径出启夏门,道过南山,寄宿莎城镇。士民追从车驾,约数十万人,及至谷口,三成中喝死一成,夜间复遭盗劫,哭声遍野;百官多扈从不及,唯户部尚书薛王知柔先至,昭宗命权知中书事及置顿使。既而崔昭纬等皆至莎城,昭宗乃复移跸石门镇。

李克用闻昭宗出奔,遣判官王瓌趋问起居,一面督兵攻华州。韩建登城呼克用道:"仆与公未尝失礼,何为见攻?"克用应声道:"公为人臣,逼逐天子,公为有礼,何人为无礼呢?"说罢,即麾兵进攻。建亦极力拒守,彼此相持不下。适内侍郗延昱,赍诏至克用军,略言邠岐二镇,有劫驾消息,请即过援。克用乃释华州围,移驻渭桥。昭宗复遣供奉官张承业,诣克用营,克用留使监军,遂遣部将李存贞为先锋,又令史俨统三千骑士,诣石门扈驾,再命李存信李存审令同保大节度使李思存,即拓跋思恭弟。往梨园寨攻王行瑜,擒住敌将王令陶等,械送行在。李茂贞闻风知惧,召还李继鹏,把他斩首,传示石门,奉表谢罪,且遣使向克用求和。昭宗亦遣延王戒丕,玄宗子玢之后。往谕克用,令且赦茂贞,专讨行瑜。克用受命,遣子存勖还报行在。存勖年仅十一,状貌魁梧,昭宗叹为奇儿,用手抚顶道:"儿方为国栋梁,他日宜尽忠我家。"存勖拜谢而还。昭宗即命克用为邠宁四面行营都招讨使,保大节度使李思存为北面招讨使,定难节度使李思谏为东面招讨使,彰义节度使张铎为西面招讨使,共讨行瑜。

克用复表请还京,并愿拨骑兵三千,驻守三桥,防蔽京师。昭宗始启跸回都,到了京城,但见宫阙被焚,尚未葺茸,没奈何寓居尚书省,百官随驾往来,流离颠沛,亦多半无袍笏仆马,面目憔悴,形色苍凉。乱世君臣,大率如是。宰相孔纬,在途中感冒风寒,即致病死。崔昭纬罢为右仆射,再贬为梧州司马。徐彦若本出镇凤翔,因不得莅任,还为御史大夫,仍进授同平章事;户部侍郎王抟,亦得入相;崔胤已免复起;京兆尹孙偓,也受命为户部侍郎,一同辅政。

相臣四人，一个儿也不少，可惜都未能称职。王抟较孚物望，但硕果仅存，何足济事。昭宗专任克用，进命为行营都统，授昭义节度使，李罕之为检校侍中，充行营副都统，且特把后宫中的魏国夫人陈氏，赐与克用。不怕做元绪公么？陈氏才色双全，竟畀克用享受，当然感恩图报，愿尽死力，于是与邠宁兵交战数次，无不奏捷，再令李罕之李存信等，急攻梨园，堵绝粮道。城中无粮可食，自然溃散。罕之等纵兵邀击，杀获万余人，擒住行瑜子知进，及大将李元福。克用复亲往督攻，王行约行实等遁去。行瑜率精骑五千，退守龙泉寨，且飞使至凤翔告急，李茂贞发兵五千各往援，遇着沙陀将士，好似风卷残云，顷刻四散。行瑜复弃寨入邠州，克用追至城下，行瑜登城号哭，顾语克用道："行瑜无罪，胁迫乘舆，皆茂贞继鹏所为，请公移兵责问凤翔，行瑜愿束身归朝。"你是首先发难，为何诿过他人？克用答道："王尚父何谦恭乃尔？仆受诏讨三贼臣，公实与列，若欲束身归朝，仆却不敢擅允哩。"答语颇妙。行瑜知不免，涕泣下城，越宿，挈族出走。克用得入邠州，封府库，抚居民，禁兵四掠，邠人大悦。行瑜走至庆州境，为部下所杀，传首京师，邠宁告平。

克用还军渭北，昭宗封克用为晋王，加李罕之兼侍中，以河东大将盖寓领容管观察使，其余克用子弟及将佐，并进秩有差。克用遣书记李袭吉入朝谢恩，乘间代奏道："近来关辅不宁，强臣跋扈，若乘此胜势，遂取凤翔，这是一劳永逸的至计。臣今屯军渭北，取候进止。"昭宗迟疑未决，特与近臣熟商。或谓："茂贞复灭，沙陀益盛，朝廷且听命河东，亦非良策。"昭宗乃赐克用诏书，褒他忠勇，且言："跋扈不臣，惟一行瑜，茂贞韩建，近已悔罪，职贡相继，且当休兵息民，徐观后衅。"克用奉诏乃止，但私语诏使道："朝廷用意，似疑克用有异心，克用居心无他，特自料茂贞不除，关中恐仍无宁日哩。"诚如公言。言下很是叹息。未几，又有诏免他入觐，克用尚欲入朝，经盖寓劝止，乃表称臣总领大军，不敢径入朝觐，惊动宫廷。表至京师，上下始安。

克用引兵北归，茂贞仍骄横如故，河西州县，多为所据。还有威胜节度使董昌，历年苛敛，充作贡赋，唐廷宠命相继，他欲求为越王，未邀允准，竟居然称起越帝，自称大越罗平国，改元顺天，署城楼曰天册之楼，令群下呼为圣人。当时吴越间谣传有怪鸟，四目三足，鸣声几似人言，仿佛有"罗平天册"四字。昌指为鹭鹭，依鸟声为国号。实是妖孽。节度副使黄碣，会稽令吴镣，山阴令张逊，先后进谏，均被诛夷。又移书钱镠，详告开国情形，并授镠为两浙都指挥使。镠复书道："与其闭门作天子，与九族百姓，俱陷涂炭，何若开门作节度使，长保富贵？"昌不见省，镠遂表称董昌僭逆，不可不诛。昭宗乃命镠为浙东招讨使，令击董昌。镠遣部将顾全武许再思等，进兵浙东，昌发兵迎战，屡次失败。余姚石城，接连失守，慌忙向淮南乞援。杨行密令宁国节度使田頵，润州团练使安仁义,往攻杭州戍军,遥应董昌,且自率兵攻苏州,拔常熟镇,虏去刺史成及。镠急召全武还军,令防行密。全武已乘胜抵越州,不愿再还,因复报镠书道:"越州系贼根本,愿先取越州,再复苏州未迟。"镠依议而行。全武即猛攻越州,破入外郭,昌尚据牙城拒战,镠令降将骆团,往贻昌书,伪言已奉有诏命,令大王致仕归临安。昌乃送交牌印,出居清道坊。全武遣都监使吴璋,用舟载昌至杭州,途次把他杀死,并诛家属三百余人。镠得昌首,献入京师。罗平应改称荡平。昭宗加镠兼中书令,出王抟为威胜节度使。威胜军即浙东镇。镠却嘱两浙吏民,公同上表,请任镠兼领浙东。昭宗不得已仍留抟为相,命镠为镇海威胜两军节度使,更名威胜为镇东军。镠复令全武等克复苏州,淮南兵遁去。吴越一区,遂长为钱氏守土了。小子有诗叹道:

  果然乱世出英雄,戡定东南立巨功。
  为溯当年吴越事,迄今犹著大王风。

  东南暂定,东北又启纷争,待小子下回续叙。

  李茂贞王行瑜韩建,同为晚唐逆臣,为昭宗计,非不可讨,但讨罪须仗将士,试问当日有良将否乎?有勇士否乎?覃王嗣周,素无将略,贸贸然任为元戎,杜让能一书生耳,无裴晋公李赞皇之才略,而遽委以兵事,多见其不知量也。迨三帅犯阙,恃众横行,杜让能之贬死,冤过鼂错,韦昭度李谿之被杀,惨过武元衡,废立将成,神器不保,是非昭宗之自贻伊戚耶?幸李克用仗义兴师,吓退三帅,梨园一战,行瑜授首,假令移讨凤翔,更及华州,茂贞、韩建,指日可平,关辅从此弭兵,亦未可知也。乃惑于蜚言,阻止克用,前之讨茂贞也何其急?后之赦茂贞、韩建也又何其宽?自相凿枘,适召强藩之侮弄而已。至若吴越一区,更不暇问,钱镠自愿讨逆,始得平定董昌,于昭宗固无与焉。

第九十八回 占友妻张夫人进箴
    挟兵威刘太监废帝

  却说李克用还兵晋阳,正值朱全忠进攻兖郓,兖郓为天平军属境,节度使朱瑄兄弟,曾助全忠破秦宗权,全忠与他约为弟昆,倚若唇齿。见九十四回。及全忠兼有徐州,遂欲并吞兖郓,只苦无词可借,未便出师,蓦然想了一计,架诬朱瑄,但说他诏诱宣武军士,移书诮让。瑄怎肯受诬,自然复书抗辩。全忠即遣部将朱珍葛从周袭据曹州,并夺濮州。嗣是连年战争,互有胜负。乾宁二年,全忠大举攻兖州,朱瑄遣将贺瓌柳存薛怀宝,率兵万余人,往袭曹州,不意为全忠所闻,夤夜往追,至巨野南,生擒瓌存及怀宝,并获兖军三千余名,乃再至兖州城下,望见朱瑾巡城,便将俘虏推示,指语瑾道:"卿兄已败,何不早降?"瑾因兄瑄留守郓州,未闻失陷消息,料知全忠诳言,遂将计就计,伪称愿降,出送符节。全忠大喜,即使朱琼往迎。瑾被甲出城,立马桥上,令骁将董怀进埋伏桥下,待琼一到,即呼怀进何在?当由怀进突出,擒琼入城,不到片刻,即将琼首掷出城外。全忠易喜为怒,也将柳存薛怀宝杀毙,只因贺瓌素有勇名,留为己用,自己引兵还镇,但命葛从周屯兵兖州。

朱瑄闻兖州围急,屡遣使至河东,求他出援。李克用发兵数千,令史俨李承嗣为将,假道魏州,往援兖郓。继又遣李存信率兵万骑,作为后应,再向魏州假道。魏博节使罗弘信,初意颇愿和克用,放过史俨等军,及存信将至,适接到朱全忠书,谓克用志吞河朔,休中他假途灭虢的诡计。弘信信为真言,朱三反复狙诈,难道弘信尚未闻知么?遂发兵三万,夜袭存信。存信未曾防备,哪里敌得住许多魏军,立即大溃,资粮兵械,委弃殆尽。克用见存信逃归,始知弘信依附全忠,便兴兵往攻魏博。全忠正遣大将庞师古,会同葛从周军,径攻郓州,一闻克用攻魏,亟调从周赴洹水,为魏博声援。克用引兵击从周,从周令军士多掘深坎,引河东将士追击,屡踬坎中,俘去甚众。克用性起,也策马驰救,哪知一脚落空,也入坎窨,险些儿为汴军所擒。幸克用眼明手快,拈弓射毙一汴将,始得脱险奔还。河东兵退去,从周复还击兖郓,连破朱瑄兄弟。兖郓属境,统为汴军所据。克用再发兵赴援,辄为魏人所拒,不得前进。全忠遂命庞葛两将,并力攻郓,朱瑄兵少食尽,不复出战,但凿濠引水,聊以自固。师古等夜筑浮桥,冒险渡濠,直薄城下。瑄料不可守,弃城奔中都。葛从周麾兵追蹑,瑄为野人所执,献从周军。全忠得入郓城,命庞师古为天平留后,至从周解到朱瑄,复令从周速袭兖州。朱瑾方虑乏食,留部将唐怀贞守城,自与河东将史俨李承嗣,出掠徐境,接济军需。怀贞孤立失援,突闻汴军奄至,不觉大惊,只好开城迎降。

从周入兖州,捕得朱瑾妻孥,送往郓城。瑾妻饶有姿色,为朱全忠所见,即命侍寝,妇人家畏威怕死,没奈何含垢忍耻,供他淫污。这是妇人最坏处。全忠欢宿数宵,始引兵返汴,到了封邱,正值爱妻张氏,率众来迎。这位张夫人籍隶砀山,甚有智略,素为全忠所敬惮,无论军府大事,必经帷闱参谋,此次全忠还见妻面,不禁带着三分惭色。张夫人已瞧透机关,用言盘诘,知全忠已纳瑾妻,便笑语道:"妾虽妇人,不怀妒意,何妨请来相见。"全忠乃令瑾妻入谒,瑾妻俯首下拜。亏她老脸。张夫人亦答拜,且持瑾妻手泣语道:"兖郓与我同宗,约为兄弟,只因小故起嫌,遂致互动兵戈,使吾姒辱至此地,他日汴州失守,恐我亦不免似吾姒今日哩。"这一席话,说得瑾妻无地自容,泪涔涔下,连

第九十八回 占友妻张夫人进箴 挟兵威刘太监废帝

全忠亦自觉赧颜,汗流满面。晋汴举事不同,偏各得一贤妇。乃送瑾妻至佛寺为尼,斩朱瑄于汴桥。自是郓齐曹棣兖沂密徐宿陈许郑滑濮诸州,俱属全忠。惟王师范保有淄青一道,还算独立,但也与全忠通好,不敢擅行。

朱瑾闻兖郓俱失,无路可归,乃与史俨李承嗣走保海州,又恐为汴军所逼,即拥州民渡淮,投奔杨行密。行密至高邮迎劳,并表瑾为武宁节度使。淮南旧善水战,不娴骑射,及得河东兖郓兵,水陆兼备,军声大振。全忠闻行密招纳朱瑾,发兵往击,遣庞师古屯清口,葛从周屯安丰,自将中军屯宿州。行密与朱瑾统兵三万,出御汴军,瑾闻师古营地汙下,拟决淮水上流,灌入敌垒,当下向行密献计。行密欲先趋寿州,李承嗣进言道:"朱公计划甚善,清口破敌,全忠夺气,何必再行劳师。"行密遂依瑾议,瑾令军校潜决淮水,自率五十骑先渡。有人报知师古,师古尚谓讹言惑众,将他杀毙。及瑾已逼营,仓猝拒战,适值淮水大至,营中几成泽国,士卒骇乱,师古方手足失措,不料行密又统军杀到,与朱瑾并力夹攻,那时汴军大败,师古竟死乱军中。葛从周闻报骇退,被行密等乘胜追击,杀溺殆尽,生还只数百人。全忠亦扫兴奔归。行密大会诸将,极称李承嗣有谋,表领镇海节度,且待史俨亦甚厚,还军后各赐第宅及姬妾,两人遂愿为行密效力,屡次立功。李克用亦遣人贻书,求还史李二人,行密留住不放,但复书修好,只说待缓日遣归,由是得保据江淮,全忠不能与他争锋了。这是借用客将之效。

梧州司马崔昭纬,沿途逗留,不肯往就贬所,且因武安军方有乱事,节度使刘建锋,私通亲卒陈赡妻,为赡所杀,军中另立马殷为留后,他便借此借口,只推说道梗难通,一面贻书朱全忠,求他挽回,全忠置诸不理。唐廷已有所闻,乃遣中使追及荆南,勒令自尽,中外称快。独李茂贞韩建两人,素与昭纬表里为奸,不忍闻他诛死,因又欲伺隙发难,可巧昭宗置殿后四军,选补数万人,使延王戒丕等统带,借资护卫。李茂贞乘间上表,诡说延王将称兵讨臣,臣今勒兵入朝请罪。昭宗览表大惊,亟向河东告急。急时抱佛脚,已属无益。偏偏远水难救近火,河东尚未接洽,凤翔兵已逼京畿。覃王嗣周,带了卫军,出阻茂贞,茂贞不待晤谈,便指挥众士,杀退嗣周,直薄长安城下。延王戒丕,入白昭宗,谓:"关中藩镇,无可依托,不如由鄜州渡河,往幸太原。"昭宗因草草整装,挈着嫔妃嗣王等数十人,潜出都城,奔至渭北。连番奔波,莫非自取。韩建遣子从允奉表,请幸华州,昭宗知建不怀好意,未肯遽从,但命建为京畿都指挥,兼安抚制置,及催促诸道纲运等使,自启驾至富平。建又奉表固请,从官亦不愿远去,乃召建至行在,面议去留。

建抵富平,谒见昭宗,顿首泣陈道:"方今藩镇跋扈,不止茂贞一人,陛下若去,宗庙园陵,何人居守?臣恐车驾渡河,无复还期。今华州兵力虽微,控带关辅，尚足自固，臣积聚训厉，已十三年，西距长安不远，愿陛下惠临，徐图兴复，臣愿为陛下尽力。"口是心非。昭宗因偕建至华州，就府署为行宫。建请罢崔胤相职，改授尚书左丞陆扆同平章事，王抟亦相继免相，用左谏议大夫朱朴代任。崔胤密求朱全忠，替他转圜，且教他营修东都宫阙，表迎车驾。全忠依言上表，力言崔胤忠臣，不应免职，自愿率兵迎跸。韩建不免惊慌。乃复召胤为相，遣人谕止全忠，胤再黜再进，遂排挤陆扆，诬他党同李茂贞。扆竟遭贬为硖州刺史。茂贞入长安，又放了一把无名火，将重修的宫室市肆，焚毁俱尽。昭宗闻报，命宰相孙偓，为凤翔四面行营招讨使，讨李茂贞。茂贞才上表请罪，献助修宫室钱。韩建暗中袒护茂贞，阻偓出师，且奏称睦济韶通彭韩仪陈八王，均系唐朝宗室。谋劫车驾往河中。昭宗似信非信，召建入问。建又托疾不入，昭宗不得已，令八王诣建自陈。建又拒绝不见，但再表申请勒归私第，妙选师傅，教以诗书，不准典兵预政。昭宗已陷虎口，无法推诿，乃诏令诸王所领军士，遣归田里，建又请撤去殿后四军，昭宗亦不敢不从。天子亲军，至此尽撤。捧日都头李筠，为石门扈从第一功臣，建诬他谋变，请旨处斩。筠既冤死，建心尚未足，索性大起杀心，纵兵围诸王第，拿住覃王嗣周，延王戒丕，通王滋，沂王禋，彭王惕，丹王允，及韶王陈王韩王济王睦王等十一人，韶王以下，史失其名。共牵至石堤谷，冤诬反状，可怜诸王被发徒跣，极口呼冤，随他叫破喉咙，没一个出来救护，号炮一鸣，刀光四闪，十一王首级，都垂地下。暗无天日。建竟先斩后奏，以谋反闻。看官！你想昭宗至此，果安心不安心么？建又强慰昭宗，奏请立德王裕为皇太子，裕系昭宗冢嗣，为淑妃何氏所出。何氏方从幸华州，建向何氏讨好，立裕为储，并请册何氏为皇后。唐自宪宗以降，好几代不立正宫，至此复行册后礼，行辕草率，粗备仪文。看官听着！这已是着末一出了。

　　孙偓受诏不行，撤去招讨使，并罢相位。朱朴亦免，王抟再相，也无术维持国政。李茂贞官爵，忽夺忽还，毫无定策。东川为王建所并，节度使颜彦晖自杀。威武节度使王潮逝世，弟审知知军府事，魏博节度使罗弘信死，子绍威自称留后。当时虽皆上表奏闻，昭宗还有甚么辩论。不过有求必应，滥给诏书，予他旌节，便算了事。回鹘别部庞特勒后裔，及南诏嗣酋舜化，先后上书，唐廷也无暇报答，幸外夷亦多衰微，无心入寇，所以边疆尚靖，只内部分扰乱难平。李克用闻茂贞犯阙，拟再发兵进援。茂贞素惮克用，因诈称改过，累表谢罪。胤又闻朱全忠营洛阳宫，有迎驾意，复驰表行在，愿修复宫阙，奉昭宗归长安。韩建已与茂贞串同一气，也劝昭宗还都，昭宗乃令建为修宫阙使。建与茂贞共致书河东，愿与克用修和。克用正用兵幽州，乐得应允，韩建乃奉驾还都。看官阅过前回，应知幽州节度使刘仁恭，为克用所保荐，何故互动兵戈哩？原来仁恭莅镇，克用曾派亲兵千人监守，所有租赋，除供给军需外，悉

第九十八回　占友妻张夫人进箴　挟兵威刘太监废帝

令输送晋阳。至昭宗出奔华州，克用向仁恭征兵，一同入援，仁恭不应，经克用移书责备，他反掷书谩骂，拘住使人。克用大怒，自率兵往攻幽州，中途饮酒，被仁恭将单可及，设伏杀败，奔还晋阳。仁恭恐克用复仇，亟与朱全忠联络，全忠因会同幽州魏博两镇军士，攻拔邢洺磁三州，昭宗方还京大赦，下诏罪己，改元光化，一面命太子宾客张有孚，为河东汴州宣慰使，替他双方和解。克用颇欲奉诏，独全忠不从，泽州守将李罕之，本依附克用，平王行瑜，他本思代镇邠宁，克用谓不应恃功要君，乃怏怏还泽州。

　　会昭义节度使薛志勤病逝，罕之即自泽州入潞州，据有昭义军。克用遣使诘责，罕之遽输款朱全忠，乞为援助。全忠遂表荐罕之为昭义节度使。克用遣李嗣昭袭取泽州，掳得罕之家属，囚送晋阳。罕之惊惶成疾，竟致不起。全忠急使部将贺德伦代守潞州，嗣昭移军围攻，德伦夜遁，泽潞复归克用，克用表授孟迁为留后。你也上表，我也上表，其实统是盗名欺世。刘仁恭与魏州失欢，大举攻贝州，魏博节度使罗绍威，乞师汴梁，由朱全忠遣将李思安等，率兵救魏，大破幽州，斩仁恭骁将单可及。可及系仁恭妹婿，骁勇绝伦，绰号单无敌，至是堕思安计，中伏败死，幽州夺气。仁恭自督兵拒战，又被汴将葛从周杀退，丧失无算，仅与子守文狼狈遁还。从周乘胜攻河东，拔承天军，别将氏叔琮拔辽州。克用遣将周德威往破叔琮，生擒叔琮骁将陈夜叉，叔琮遁去，从周亦引还。保义军乱，杀死节度使王珙，另推都将李璠为留后。璠又为都将朱简所杀，简与全忠同姓，因作书相遗，改名友谦，愿为全忠子侄。全忠笑允来使，自是陕虢一带，亦为全忠属土。全忠又北攻镇州，成德节度使王熔乞和，献子为质，义武节度使王郜，驻守定州，也被全忠将张存敬所攻，出战大败，奔赴晋阳。兵马使王处直，出降全忠，用缯帛十万犒师，全忠乃还，仍为处直表求节钺。河北诸镇，又折入全忠肘下，全忠势力，直占有中原大半，各方镇莫与比伦了。为篡唐张本。

　　宰相崔胤，恃全忠为外援，屡与昭宗谋去宦官，枢密使宋道弼景务修，专权自恣，也连结岐华二镇，抵制崔胤。王抟从容入奏道："人君当明大体，不宜意存偏私，宦官擅权已数十年，何人不知弊害？但势难猝除，且俟外难渐平，再惩内蠹。"昭宗转告崔胤，胤即谓抟依附中官，万难再相。昭宗又疑胤怀私，竟将胤免职，复相陆扆。胤怎肯干休，乃浼全忠出头，硬要昭宗贬逐王抟，及道弼务修等人。昭宗乃贬抟为崖州司户，流道弼至骧州，务修至爱州，再用崔胤为相。胤更请命昭宗，令王抟等自尽，于是胤专制朝政，势震中外，宦官相率侧目，遂复酿出一场废立的大祸祟来。当时中尉刘季述，统领左军，曾与韩建谋杀诸王，及道弼务修等贬死，不免动了兔死狐悲的念头，遂与右军中尉王仲先，继任枢密使王彦范薛齐偓等密谋道："主上轻佻多诈，不堪奉事，我辈恐终罹祸患，不若奉立太子，引岐华二镇兵入援，控制诸藩，方得免害。"仲先等同声赞成。会昭宗出猎苑中，夜宴归来，醉后模糊，手刃黄门侍女数人。内外交讧，危亡在即，尚且游宴好杀，是非速祸而何？翌晨日上三竿，尚是酣寝宫中，未曾启户。季述诣中书省，语崔胤道："宫中必有变故，我系内臣，不便坐视，愿便宜从事。"胤半晌无言，季述竟率禁军千人，破门直入，访问宫中，具得昨晚情状，乃复出白崔胤道："主上所为如此，怎堪再理天下？不如废昏立明，为社稷计，不得不然。"胤怕他凶威，含糊答应。季述即召集百官，陈兵殿廷，令胤等连名署状，请太子监国。胤等统是怕死，无奈署名。季述仲先，带领禁军，大呼入思政殿，杀死宫人多名。昭宗闻殿前鼓噪，惊堕床下，及勉强起身，见季述仲先已在面前，吓得毛发直竖。季述等掖令坐定，出百官状递示昭宗。宫人忙走报何后，后趋入拜请道："中尉勿惊动官家，有事不妨徐议。"季述道："陛下厌倦大宝，中外群情，愿太子监国，请陛下移养东宫！"昭宗支吾道："昨与卿曹乐饮，不觉大醉，今日已悔悟了。"季述瞋目道："这非臣等所为，事出南司，众怒难犯，愿陛下且往东宫，待事稍就绪，再当迎还大内，休得自误！"何后见他声色俱厉，颇有惧容，乃顾昭宗道："陛下且依中尉语。"随即从床内取出传国玺，交与季述。季述叱令群阉，扶昭宗及何后登辇，并嫔御侍从十余人，诣少阳院。季述用银挝划地，数昭宗过失道："某时汝不从我言，某事汝又不从我言，罪至数十，尚有何说？"仿佛似父训子。语毕出门，亲自加锁，熔铁锢住，复遣左军副使李师虔率兵环守，穴墙为牖，俾通饮食。昭宗求钱帛纸笔，一概不与。天适大寒，嫔御公主无衣衾，号哭声直达墙外。季述迎太子入宫，矫诏令太子即位，改名为缜，奉昭宗为太上皇，何后为皇太后，加百官爵秩，优赏将士，凡宫人左右，前为昭宗宠信，一律搒死，更欲杀司天监胡秀林，秀林正色道："中尉幽求君父，尚欲多杀无辜么？"季述倒也不敢下手，听令自去。复恐崔胤密召朱全忠，立遣养子希度至汴，许把唐室江山，作为赠品。小子有诗叹道：

> 拚将社稷送强臣，逆竖居然作主人。
> 试看唐朝阉寺祸，江山从此付沉沦。

欲知全忠是否乐从？且至下回说明。

乱世无公理，亦几无天道。朱瑾曾救朱全忠，全忠乃诬罪加兵，夺其地，辱其妻，杀其兄，张夫人虽有微言，得释瑾妻为尼，然一经玷污，毕生难涤，全忠之恶，可胜数乎？然犹得横行河朔，无战不克，非后日老贼万段之举，尚何有所谓公理？又何有所谓天道也？若昭宗之被幽，无非自取，权幸虱于内，悍帅麾于外，尚游畋酣宴，恬不知戒，鱼游釜中，蝇集刀上，不死被幽，犹为幸事。但穷凶极恶如刘季述，亦为宦官最后之终点。观其银挺划地之言，试问由何人纵容，乃至于此？而且丧心病狂，竟欲送唐社稷于朱全忠，犬马犹思报主，而晚唐乃有此近臣，不吾忍闻，吾几不欲终读此篇矣。

第九十九回　以乱易乱劫迁主驾　用毒攻毒尽杀宦官

　　却说刘季述遣人至汴，愿以唐社稷为赠品，崔胤亦密召全忠，令他勤王。全忠接阅两书，踌躇莫决。已有心篡唐了。副使李振进言道："王室有难，便是助公霸业，今公为唐室桓文，安危所系，季述宦竖，乃敢囚废天子，若不能讨，如何号令诸侯？况且幼主位定，天下大权，尽归宦官，岂不是倒授人柄么？"全忠大悟，即将希度囚住，遣亲吏张玄晖赴京，与崔胤共谋反正。计尚未定，巧值神策指挥使孙德昭，因季述废立，常有愤言，胤微有所闻，即令判官石戬，往说德昭道："自上皇幽闭，中外大臣，莫不切齿，今独季述仲先等数人，悖逆不臣，公诚能诛此二人，迎上皇复位，岂非功成名立，传誉千秋？若再狐疑不决，恐此功将为他人所夺呢。"德昭且泣且谢道："德昭不过一个小校，国家大事，怎敢擅行？若相公有命，德昭何敢爱死？"戬即还白崔胤，胤割衣带为书，令戬转授德昭。德昭复结右军都将董彦弼周承诲等，拟至除夕举事，伏兵安福门外，掩捕凶竖，是时已为光化二年的暮冬了。

　　残年已届，宫廷内外，统是团圞守岁，畅饮通宵，独德昭等部勒军士，分头潜伏。转眼间天色熹微，鸡声报晓，王仲先驰马入朝，甫至安福门外，即由德昭突出，麾动兵士，将他拿下，趁手一刀，砍作两段。名为仲先，应该先诛。德昭持首诣少阳院，叩门大呼道："逆贼已诛，请陛下出劳将士！"何后正与昭宗对泣，骤闻呼声，尚是未信，因即应声道："逆贼果诛，首级何在？"德昭亟将仲先首级，从穴中递入。何后持示昭宗，果然不谬，乃破扉直出，崔胤也已到来，奉上御长乐门楼，自率百官称贺。周承诲亦擒住刘季述王彦范，押至楼下，昭宗正欲诘责，已被各军士用梃乱击，打成了一团糟。薛齐偓投井自尽，由军士搜出枭尸，遂灭四人家族，诛逆党二十余人。宦官奉太子匿左军，献还传国玺。昭宗道："裕尚幼弱，为凶竖所立，不足言罪，可还居东宫。"乃仍降裕为德王，仍复原名。赐德昭姓名为李继昭，承诲姓名为李继诲，彦弼亦赐姓李，继昭充静海节度使，继诲充岭南西道节度使，彦弼充宁远节度使，均兼同平章事职衔，留掌宿卫。阅十日始出还家，赏赐倾府库，时人号为三使相。进崔胤为司徒，朱全忠为东平王。李茂贞闻昭宗复位，特自凤翔入朝，诏封他为岐王。无功加封，益令跋扈。改元天复，大赉功臣子孙。

崔胤陆扆，联名上疏，谓："国家祸乱，皆由中官典兵，乞令臣胤主左军，臣扆主右军，庶宦官无从专擅，诸侯亦不敢侵陵，王室自然渐尊了。"李茂贞闻了此言，谓崔胤等欲翦灭诸侯，大加反对。昭宗乃召李继昭李继诲李彦弼三人入商，三人同声说道："臣等累世在军中，未闻书生可为军帅，且禁军若属南司，必多所变更，不若仍归北司为便。"于是复命枢密使韩全诲，凤翔监军张彦弘为左右军尉，祸水又成了。另用袁易简周敬容为枢密使。李茂贞辞行还镇，崔胤与茂贞商议，令留兵三千人，充作宿卫，监督宦官。茂贞允诺，令养子继筠为将，率三千人留京。谏议大夫韩偓道："留此兵必为国患。"胤不肯从，但日思裁抑宦官，削除内柄。从前杨复恭为中尉时，尝向度支使借拨卖曲榷赋，赡养两军，此后不复归偿。胤不欲宦官专利，特令酤酒家自己造曲，月输榷钱至度支，并近镇亦照例办理。李茂贞亦失利权，表乞入朝论奏。韩余诲更代为申请，乃许茂贞入朝。茂贞至京，全诲厚与相结，约为党援，胤始戒惧，益与朱全忠交欢，抵制茂贞。昭宗方倚胤为重，事无大小，先咨后行，每日召胤坐论，至晚方休。胤惟以除绝宦官为职志，奏对时辄加怂恿，宦官越觉侧目。中书舍人令狐涣，及谏议大夫韩偓，已擢为翰林学士，闻胤欲尽诛宦官，从旁屡谏，谓相持过急，恐防他变，胤始终不省。

蹉跎蹉跎，过了半年，昭宗召偓入问道："敕使中多半为恶，如何处置？"偓答道："前时东宫发难，敕使统是同恶，欲加处置，应在正旦，今已错过时机了。"昭宗道："卿在前日，何不与崔胤商决？"偓又道："臣见诏书，谓除刘季述四家外，余人一概勿问。人主所重惟信，既下此诏，不宜食言，若复戮一人，势必人人怕死，转致恟恟不安。况此辈杂居内外，不下万计，怎能一一尽诛？陛下不若择他最恶诸人，声罪正法，然后抚谕余党，选二三忠厚长者，令侍左右，庶几劝善惩恶，激浊扬清。目下至要事体，在方镇有权，朝廷无权，陛下能集权朝廷，中官亦何能有为？愿陛下熟权缓急，毋致误施。"偓语亦是非参半。昭宗颇以为然，无心诛阉。偏崔胤日夕营谋，先令宫人掌管内事，阴夺宦官权柄。韩全诲等泣语昭宗，求免摈斥，且求知书识字的美女数人，纳诸宫中，令之伺察胤谋。胤有所陈，辄为所闻，乃教禁军对上喧噪，只说胤减扣冬衣。胤方兼握三司使事，昭宗不得已撤胤盐铁使。胤知谋泄事急，不得不致书全忠，令他入清君侧。全忠正取河中晋绛等州，擒斩王珂，复攻下河东沁泽潞辽等州，威振四方，奉诏兼任宣武宣义即义成军，因全忠父名诚，改名宣义。天平护国节度使。既得胤书，遂自河中还大梁，指日发兵。韩全诲闻知消息，急与李继昭李继诲李彦弼，及李继筠等潜谋劫驾，先往凤翔。继昭独不肯允议，全诲以事在燃眉，势所必行，无论继昭允否，他却决计劫驾，便增兵分守官禁诸门，所有出纳文书，及进退诸人，一律搜察，盘诘甚严。昭宗闻报，忙召韩偓入语道："全忠入清君侧，大是尽忠，但须令李茂贞共同合谋，方不致两帅交争，卿可转告崔胤，速即飞书两镇，令他联络。"偓徐答道："这事恐办不到。"昭宗道："继诲彦弼等，骄横日甚，朕恐为他所害。"偓又道："此事实失诸当初，前时诸人立功，但应酬以官爵田宅金帛，不宜使他出入禁中，且崔胤欲留岐兵，监制中尉，今中尉岐兵合为一气，汴兵若来，必与斗阙下，臣窃寒心，不知将如何结局哩。"昭宗但愀然忧沮，不知所措。悔之晚矣。及偓既退出，全诲竟令继诲彦弼等，勒兵登殿，请车驾西幸凤翔。昭宗支吾对付，说是待晚再商，继诲等暂退。昭宗亲书手札，遣人密赐崔胤，札中有数语云："我为宗社大计，势须西行，卿等但东行便了。惆怅惆怅！"是夕即开延英殿，召全诲等议事。李继筠已遣兵入内库，劫掉宝货法物。全诲见了昭宗，但云"速幸凤翔"四字。昭宗不答，全诲退出，竟遣兵迫送诸王宫人，先往凤翔。适朱全忠有表到来，请昭宗幸东都，两下交逼，内外大骇。昭宗遣中使宣召百官，待久不至，惟全诲等复带兵登殿，厉声奏请道："朱全忠欲劫天子幸洛阳，求传禅，臣等愿奉陛下幸凤翔，集兵拒守。"昭宗不许，拔剑登乞巧楼。拔剑为何？全诲等随至楼上，硬逼昭宗下楼。昭宗才行及寿春殿，李彦弼已在御院纵火，烟焰外腾。比强盗还要凶悍。昭宗不得已，与后妃诸王百余人，出殿上马，且泣且行。沿途供奉甚薄，到了田家硇，始由李茂贞来迎。昭宗下马慰谕，茂贞请昭宗上马，相偕至凤翔。

朱全忠发兵至赤水，闻昭宗已经西去，拟即还兵。左仆射致仕张浚入劝道："韩建系茂贞私党，今正好乘便往取，否则必为后患。"全忠乃引兵至华州，建料不能拒，出城迎谒，愿献银三万两助军。全忠徙建为忠武节度使，派兵送往，令前商州刺史李存权知华州。独行独断，简直是个皇帝。会接崔胤来书，请全忠速迎车驾。全忠复书道："进以胁君，退即负国，不敢不勉力从事。"便顺道诣长安。胤率百官出迎长乐坡，列班申敬。全忠入都，因李继昭不肯附逆，格外礼待，命为两街制置使，赏给甚厚。继昭尽献部众八千人，全忠即使判官李择裴铸，赴凤翔奏事，谓臣系接奉密诏，及得崔胤书，令臣率兵入朝。昭宗已同傀儡，统由全诲茂贞等作主，矫诏复答全忠，但言朕避灾至此，并非宦官所劫，所有从前密诏，都出自崔胤矫制，卿宜敛兵归保土宇，不必西来。茂贞遣部将符道昭，屯兵武功，拒遏全忠。全忠与胤，接到矫诏，知非昭宗本意，遂由全忠派得康怀贞，领兵数千，作为前驱，全忠自统大军继进。怀贞击破符道昭，直抵凤翔城下，全忠亦至，耀武城东。茂贞登城语全忠道："天子避灾，非由臣下无礼，公为谗人所误，不免多劳。"全忠应声道："韩全诲劫迁天子，故我特来问罪，迎驾还宫。岐王若不与谋，何烦陈谕。"茂贞下城，逼昭宗登陴，自谕全忠，令他退兵。全忠本非实心勤王，不过经崔胤苦劝，勉强前来，既由昭宗面谕退还，乐得拜命奉辞，移趋邠州。彼此都是好心肠。

邠宁节度使李继徽，本是茂贞养子，闻全忠移师来攻，没法抵御，只好出城迎降。全忠引兵入城，继徽设宴相待，且出妻奉酒。全忠见她杏靥桃腮，非常美艳，不由的四肢酥麻，心神俱醉，待宴罢还营，寝不安枕，默筹了好多时，想定一策，待至天晓，即引兵再见继徽，令复姓名为杨崇本，仍镇邠州，但须交出妻孥，徙质河中，方许留镇。继徽惮他兵威，没奈何唯唯从命，当下唤出艳妻爱子，与他们诀别。全忠不待多言，即麾兵直前，把他妻子拥去，终不脱盗贼行径。自率兵退出邠州。蓦闻河东将李嗣昭，由沁州至晋州，来援凤翔，接应茂贞，当下不得不分兵往御，自己却匆匆还至河中，安置继徽妻孥，晚间即召继徽妻入行幄，不管她愿与不愿，把她解带宽衣，自逞肉欲。淫贼。

恋色忘时，又过了天复元年的残冬。河东将李嗣昭，在平阳击退汴兵，复会同别将周德威，攻克慈隰二州，进逼晋绛。全忠接连闻警，方遣兄子友宁，及部将氏叔琮，率精兵十余万人，往击河东。河东兵少，不及汴军半数，闻汴军大至，众情恟惧。周德威出战失利，密令嗣昭率后军先退，自督兵士且战且行。叔琮友宁，长驱追击，大败河东军，擒住克用子廷鸾，克用接得败报，忙遣李存信领兵往迎，到了清源，河东军多弃甲抛戈，狼狈奔还。随后便是汴军追至，存信登高遥望，见汴兵漫山遍野，吓得魂胆飞扬，慌忙收军还晋阳。汴军取还慈隰汾三州，乘胜薄晋阳城。周德威李嗣昭，甫入城中，余众尚未尽归，克用仓猝拒守，巡城俯视，见叔琮等攻城甚急，不由的长叹道："我不该信用李茂贞，遣兵攻凤翔，此次被汴军环攻，恐是城且将不保哩。"借克用口中，补述出兵缘由。遂召诸将入议，欲北走云州。存信主张北行，李嗣昭嗣源及周德威，一齐劝阻道："儿辈在此，必能固守，王勿为此谋，摇动人心。"克用乃昼夜登城，督众力守，甚至寝食不暇，日虞危险，复欲乘夜北走。刘夫人亦谏阻道："王常笑王行瑜轻意弃城，终致身死，奈何王亦蹈彼辙。且王前奔鞑靼，几不能免，幸朝廷多事，始得复归，今一足出城，祸且不测，塞外尚可得至么？"克用乃止。阅数日，溃兵还集，军府渐安。嗣昭嗣源，又屡募死士，夜袭汴营，辄有斩获。汴军惊扰不安，复因霪雨连绵，疫疾大作，叔琮等乃引兵退还。嗣昭与周德威，出城追敌，复取慈隰汾三州，河东复振。但克用遭此虚惊，敛兵静守，不敢与汴军相争，约有数年。全忠便得篡唐了。

昭宗寓居凤翔，已经半载，但任兵部侍郎卢光启，权勾当中书事，参知机务。韩全诲请罢免崔胤，李茂贞荐给事中韦贻范为相，昭宗不得不从，一面分道征兵，命讨朱全忠。杨行密据有江淮，特旨加封吴王，兼任讨汴行营都统。王建并有两川，亦由昭宗颁诏，令出师讨汴，其实统是全诲茂贞，强迫昭宗，下此敕命。行密与建，也是阳奉阴违，各营私利，崔胤因罢相情急，奔赴河中，泣请全忠迎驾。全忠与宴，胤且亲执檀板，长歌侑酒。不知自居何等？全忠乃发兵五万，再赴凤翔。李茂贞也督军出拒，行至虢县，与汴军相遇，斗了一仗，大败奔还。全忠进军凤翔城下，朝服向城泣拜道："臣但欲迎驾还宫，不愿与岐王角胜哩。"嗣是分设五寨，环攻凤翔。茂贞出兵拒击，屡战屡败，保大节度使李茂勋，系茂贞弟，引兵救凤翔，为汴将康怀贞击败。全忠且遣部将孔勍李晖，乘虚袭取鄜坊，茂勋进退无路，只好乞降全忠，改名周彝。茂贞养子继远彦询等，又皆奔赴全忠，王建又袭据山南州镇，弄得茂贞穷蹙失援，镇日里坐守孤城，愁眉不展。汴军诟城上人为劫天子贼，城上人诟汴军为夺天子贼，彼此一攻一守，又过数旬。凤翔城中食尽，天气已值隆冬，连番雨雪，冻死饿死，不可胜计，人肉每斤值百钱，犬肉值五百钱，每日进奉御膳，就把此肉充当。昭宗令鬻御衣，及后宫诸王服饰，暂充日用，军士多缒城出降汴军，茂贞无法可施，乃密谋诛戮宦官，自赎前愆，遂贻全忠书，归罪全海，请全忠扈跸还都。全忠复书道："仆举兵至此，无非为乘舆播迁，公能协力诛逆，尚有何言？"茂贞得复，独入见昭宗，请诛韩全海等，与全忠议和，奉驾还京。昭宗当然乐从，便遣殿中侍御史崔构，供奉官郭遵训，赍诏出慰全忠，密订和议。时又年暮，约以正月为期，尽诛阉党。全忠允约，遣崔构等还城，并饬军士缓攻，就在凤翔行营，过了残年。

天复三年正月，李茂贞收捕韩全海，及李继筠继诲彦弼等十六人，一并斩首，改任第五可范为左军中尉，仇承坦为右军中尉，王知古杨虔朗为枢密使，当由昭宗遣后宫赵国夫人，及翰林学士韩偓，囊全海等首级，持诣汴营，遣一妇人为使，不知何意。且传述诏语道："向来胁留车驾，不欲协和，均出若辈所为，今朕已与茂贞决议，一体诛夷，卿可将朕意晓谕诸军，俾伸众愤。"全忠总算拜受诏旨，遣判官李振奉表入谢，惟兵围仍然未撤。茂贞疑崔胤从中作梗，请昭宗飞书召胤，令率百官赴行在。胤竟迟迟不至，诏书连下，至六七次，仍不见胤到来。再令全忠作书相招，全忠乃作书戏胤道："我未识天子，请公速来，辩明是非。"胤才来至凤翔，入城谒见昭宗，请即回銮。茂贞无法挽留，但请求何后女平原公主，赐为子妇。后意却是未愿，昭宗叹道："且令我得还长安，何忧尔女？"剜肉补疮，且顾眼前。于是将平原公主，下嫁茂贞子侃，当即启跸出城，幸全忠营，崔胤搜诛扈从宦官，共七十二人。全忠又密令京兆尹，捕斩致仕诸阉，及留居京中各内侍，约九十人。一面迎驾入营，素服谢罪，顿首流涕。全是做作。昭宗命韩偓扶起全忠，且语且泣道："宗庙社稷，赖卿再安，朕与宗族，赖卿再生，卿真可谓再造王室了。"恐就要砍你的脑袋。说罢，即解下玉带，赐给全忠。全忠拜谢，遂命兄子朱友伦，统兵扈驾先行，自留部兵后队，焚撤诸寨。驾至兴平，始由崔胤召集百官，迎谒昭宗。昭宗复命胤为司空，兼同平章事，仍领三司如故。

及昭宗还都，全忠亦至，与胤上殿面奏，谓宦官典兵预政，倾危社稷，此根不除，祸终未已，请悉罢内诸司使，事务悉归省寺。诸道监军，俱召还阙下。昭宗听一句，应一声，及两人奏毕，退朝出来，即由全忠麾动兵士，大索宦官，捕得左右中尉，及枢密使等以下数百人，驱至内侍省，悉数枭首，冤号声远达内外。又命远方宾客诸中使，不问有罪无罪，概由地方官长，就近捕诛，止留黄衣幼弱三十人，在宫洒扫。嗣是宣传诏命，概令宫人出入，所有两军八镇兵，悉属六军，命崔胤兼判六军十二卫事。胤益专权自恣，忌害同僚，贬陆扆王溥韩偓，逼死卢光启，且奏请令皇子为诸道兵马元帅，副以朱全忠。昭宗欲简任德王裕，胤承全忠密旨，利在幼冲，特请任昭宗第九子辉王祚。昭宗不能坚拒，悉从胤议，且加封胤为司徒兼侍中，全忠进爵梁王，赐号回天再造竭忠守正功臣。凡全忠部将敬翔朱友宁以下，各赐号有差。全忠奏留步骑万人戍京，用朱友伦为宿卫使，张廷范为宫苑使，王殷为皇城使，蒋玄晖为卫使，随即陛辞还镇。正是：

宦官扫尽权归去，悍将留屯待再来。

全忠辞归，当有一番饯别情形，且俟下回申叙。

刘季述后，又有韩全诲，以天子为傀儡，任情侮弄，崔胤之志在尽诛，宜也。但胤身居何职，就近不能诛逆阉，但借外兵以快私忿，始倚李茂贞，继恃朱全忠，亦思茂贞全忠为何如人，而可教猱升木乎？且季述既诛，不闻惩前毖后，以致全诲复起，再劫乘舆，朱全忠逆迹久著，倚若长城，宦官虽歼，而唐室终覆，是亡唐者全忠，崔胤实其伥也。汉袁绍召董卓而汉亡，唐崔胤召朱全忠而唐亡，岂不哀哉？

第一百回　徒乘舆朱全忠行弑
　　　　　移国祚昭宣帝亡唐

却说朱全忠辞行归镇，昭宗御延喜楼，亲自宴饯，席间赐全忠诗，全忠依章属和，又进《杨柳枝词》五首，一褒一颂，无非是纸上风光。全忠奏荐清海节度使裴枢，可任国政，且谓臣与克用，无甚大嫌，乞厚加抚慰。昭宗惟命是从，全忠即谢宴启行。百官送至长乐驿，崔胤更远送至灞桥，至夜间二鼓，始还都城。昭宗尚召胤入对，问及全忠安否，置酒奏乐，至四鼓乃罢。方得息肩，又要长夜饮，可谓至死不变。克用闻胤得宠，语僚属道："胤外倚强贼，内胁孱君，权重怨必多，势均衅必生，破国亡家，就在目前了。"又闻全忠请抚慰河东，也

第一百回　徒乘舆朱全忠行弑　移国祚昭宣帝亡唐

不觉冷笑道："此贼欲有事淄青，恐我乘虚袭汴，所以假作慈悲呢。"忆则屡中。看官道全忠何故欲攻淄青？原来平卢节度使王师范，曾接凤翔伪诏，出讨全忠，攻克兖州。及全忠还汴，师范正遣兵围齐州，全忠令朱友宁援齐，击退师范，乘胜拔博昌临淄二县，直抵青州城下。师范向淮南乞援，杨行密遣将王茂章往救，与师范共破汴军，追斩友宁，汴军伤亡几尽。全忠闻报大愤，统兵二十万，兼程东行。师范逆战，大败亏输。茂章手下，不过数千人，眼见得支持不住，收兵退归。全忠留杨师厚攻青州，令葛从周攻兖州，自率余军还汴。师厚连败师范，擒住师范弟师克，师范恐弟为所杀，不得已乞降。兖州守将刘鄩，由师范谕令归汴，亦举城降从周。全忠表鄩为保大留后，师范为河阳节度使。既而友宁妻泣请复仇，全忠乃拘杀师范，并将他族属骈戮无遗。

会山南东道节度使赵德諲病卒，子匡凝依附全忠，复得全忠荐表，得袭父职。匡凝令弟匡明并据荆南，使为留后，岁时贡献朝廷，还算是方镇中的一位忠臣。褒中寓贬。邠宁节度使杨崇本，因妻为全忠所占，免不得惭怒交并，事见前面。乃复姓名为李继徽，遣使白李茂贞道："唐室将灭，朱温猖狂，阿父何忍坐视？"为了爱妻，始记义父，也是情理倒置。茂贞遂与继徽合兵，侵逼京畿，迫昭宗加罪全忠。全忠恐他再行劫驾，特出兵屯河中。左仆射张浚，致仕居长水，当王师范举兵时，欲取浚为谋主，事不果行，全忠虑浚为患，嘱令河南尹张全义，捕杀张浚。浚次子格子身逃脱，由荆南入蜀，投奔王建。这时建已晋封蜀王，与全忠本不相容，便留格在侧，待若子侄。全忠既出屯河中，欲乘势篡夺唐祚，辄与崔胤密书往来，隐露心迹。胤不禁良心发现，外面虽仍与全忠亲厚，暗中却徐图抵制。迟了！迟了！乃复告全忠，但说："长安密迩茂贞，不可不防，六军十二卫，徒有虚名，愿募兵补足，使公无西顾忧。"偏全忠窥破胤意，佯为应允，却密令麾下壮士，入都应募，伺察隐情。一个乖逾一个。胤全未知晓，每日与京兆尹郑元规等，缮治兵仗，兴高采烈。适宿卫使朱友伦，击毬坠马，重伤身死，全忠疑胤所为，遥令张廷范王殷蒋元晖，查出友伦击毬时伴侣，杀毙十余人。更遣兄子友谅，代掌宿卫，并密表崔胤专权乱国，请穷究党与，一体严惩。昭宗不得已罢免胤职，另授礼部尚书独孤损，同平章事，与裴枢分掌六军三司。更进兵部尚书崔远，翰林学士柳璨，一同辅政。胤虽罢相，但尚得为太子少傅，留居京师。不意朱友谅受全忠命，竟带领长安留军，突入胤宅，将胤砍毙，复出捕郑元规等，杀得一个不留。昭宗御延喜楼，正要召问友谅，那全忠已飞表到京，请昭宗迁都洛阳，免为邠岐所制。昭宗览表下楼，同平章事裴枢，也得全忠贻书，昂然入殿，严促百官东行。越日复驱徙士民，概令往洛。可怜都中人士，号哭满途，且泣且詈道："贼臣崔胤，召朱温来倾覆社稷，使我辈流离至此。"张廷范朱友谅等，令人监谤，任情捶击，血流满衢，昭宗尚不欲迁居，怎奈前后左右，统变作全忠心腹，不由昭宗主张，硬要他启驾东行，遂于天复四年正月下旬，挈后妃诸王等，出发长安。

车驾方出都门，张廷范已奉全忠命令，任御营使，督兵役拆毁宫阙，及官廨民宅，取得屋料，浮渭沿河而下。长安成为邱墟，洛阳却大加兴造，全忠发两河诸镇丁匠数万，令张全义治东都宫室，日夜赶造，所需材料，就是取诸长安都中，工匠却是交运。一面遣使报知昭宗。昭宗行至华州，人民夹道呼万岁，昭宗泣谕道："勿呼万岁！朕不能再为汝主了！"及就宿兴德宫，顾语侍臣道："都中曾有俚言云：'纥干山头冻杀雀，何不飞去生处乐？'朕今漂泊，不知竟落何所？"说至此，泪下沾襟。谁为之，孰令听之？左右亦莫能仰视。二月初旬，昭宗至陕，因东都宫室未成，暂作勾留。全忠自河中来朝，昭宗延他入宴，并令与何后相见。何后掩面涕泣道："自今大家夫妇，委身全忠了。"除死方休。全忠宴毕趋出，留居陕州私第。昭宗命全忠兼掌左右神策军，及六军诸卫事。全忠置酒私第中，邀上临幸，面请先赴洛阳，督修宫阙，昭宗自然面允。次日昭宗大宴群臣，并替全忠饯行，酒过数巡，众臣辞出，留全忠在座，此外更有忠武节度使韩建一人。何后自室内出来，亲捧玉卮，劝全忠饮。偏后宫晋国夫人至昭宗身旁，附耳数语，留宴强臣，亦不应使宫人耳语，这正自速其死。全忠已未免动疑。韩建又潜蹑全忠右足，全忠遂托词已醉，不饮而去。越宿全忠即赴东都，临行时，上书奏请改长安为佑国军，以韩建为佑国节度使。昭宗虽然准奏，心下很怀着鬼胎，夜间密书绢诏，遣使至西川河东淮南，分投告急。诏中大意，谓："朕被朱全忠逼迁洛阳，迹同幽闭，诏敕皆出彼手，朕意不得复通，卿等可纠合各镇，速图匡复"云云。未几就是孟夏，全忠表称洛阳宫室，已经构成，请车驾急速启行。适司天监王墀，奏言星气有变，期在今秋，不利东行。昭宗因欲延宕至冬，然后赴洛，屡遣宫人往谕全忠，说是皇后新产，不便就道，请俟十月东行，且证以医官使阎佑之诊后药方。全忠疑昭宗徘徊俟变，即遣牙官寇彦卿，带兵至陕，且嘱语道："汝速至陕，促官家发来。"彦卿到了行在，狐假虎威，迫昭宗即日登程。昭宗拗他不过，只好动身。全忠至新安迎驾，阴嗾医官许昭远，告讦阎佑之王墀及晋国夫人，谋害元帅，一并收捕处死。自崔胤被戮，六军散亡俱尽，所余击毬供奉内园小儿二百余人，随驾东来。全忠设食幄中，诱令赴饮，悉数缢死，另选二百余人，大小相类，代充此役。昭宗初尚未觉，数日乃寤。已经死了半个。嗣是御驾左右，统是全忠私人，所有帝后一举一动，无不预闻。

至昭宗已至东都，御殿受朝，改元天祐，更命陕州为兴唐府，授蒋玄晖王殷为宣徽南北院使，张廷范为卫使，韦震为河南尹，兼六军诸卫副使。召朱友恭氏叔琮为左右龙武统军，并掌宿卫，擢张全义为天平节度使，进全忠为护国宣武宣义忠武四镇节度使。昭宗毫无主权，专仰诸人鼻息，事事牵制，抑郁无

第一百回　徒乘舆朱全忠行弑　移国祚昭宣帝亡唐

聊，乃封钱镠为越王，罗绍威为邺王，尚望他热心王室，报恩勤王。那李茂贞李继徽李克用刘仁恭王建杨行密等，却移檄往来，声讨全忠，均以兴复为辞。全忠方欲西攻茂贞，恐昭宗尚有英气，不免生变，拟乘势废立，以便篡夺，乃遣判官李振至洛阳，与蒋玄晖朱友恭氏叔琮等，共同谋议。数人只知全忠，不知有昭宗，索性想出绝计，做出弑君大事来了。是年仲秋，昭宗夜宿椒殿，玄晖率牙官史太等百人，夜叩宫口，托言有紧急军事，当面奏皇帝。由宫人裴贞一开门，史太等一拥而进，贞一慌张道："如有急奏，何必带兵？"道言未绝，玉颈上已着了一刃，晕倒门前。玄晖在后大呼道："至尊何在？"昭仪李渐荣披衣先起，开轩一望，只见刀芒四闪，料知不怀好意，便凄声道："宁杀我曹，勿伤大家。"昭宗亦惊起，单衣跣足，跑出寝门，正值史太持刀进来，慌忙绕柱奔走。史太追赶不舍，李渐荣抢上数步，以身蔽帝，太竟用刀刺死渐荣，昭宗越觉惊慌，用手抱头，欲窜无路，但听得砉然一声，已是不省人事，倒地归天。年止三十八岁，在位一十六年，改元六次。龙纪景福乾宁光化天复天祐。

　　何后披发出来，巧巧碰着玄晖，连忙向他乞哀。玄晖倒也不忍下手，释令还内，遂矫诏称李渐荣裴贞一弑逆，宜立辉王祚为皇太子，改名为柷，监军国事。越日，又矫称皇后旨意，令太子柷在柩前即位。柷为何后所生，年仅十三，何知大政，就是昭宗死后，匆匆棺殓，何后以下，也不敢高声举哀，全是草率了事。惟全忠闻已弑昭宗，佯作惊惶，自投地上道："奴辈负我，使我受万代恶名。"还想美么么？乃趋至东都，入谒梓宫，伏地恸哭。装得还像，可惜欲盖弥彰。寻即觐见嗣皇，奏称友恭叔琮不戢士卒，应加贬戮，随即贬友恭为崖州司户，叔琮为白州司户，概令自尽。友恭系全忠养子，原姓名为李彦威，临死时，向人大呼道："卖我塞天下谤，但能欺人，不能欺鬼神，似此行为，尚望有后么？"你自己甘为所使，难道得免刑诛？嗣皇帝柷御殿受朝，是谓昭宣帝，尊何后为皇太后，奉居积善宫，号为积善太后。天平节度使张全义来朝，复任河南尹，兼忠武节度使，判六军诸卫事，命全忠兼镇天平。全忠乃辞归大梁，故相徐彦若，曾出任清海军节度使，彦若病故，遗表荐封州刺史刘隐，权为留后。隐重赂全忠，得他庇护，令掌节钺。

　　倏忽间又是一年，昭宣帝不敢改元，仍称天祐二年。全忠已决意篡唐，特使蒋玄晖邀集昭宗诸子，共宴九曲池。那时联翩赴宴，就是德王裕、棣王祤、虔王禊、沂王禋、遂王祎、景王秘、祁王祺、雅王禎、琼王祥等九人。全忠殷勤款待，灌得诸王酩酊大醉，即命武士入内，一一扼死，投尸池中。行同蛇蝎。昭宣帝怎敢过问，但奉昭宗安葬和陵，算是人子送终的大典。同平章事柳璨举进士及第，不过四年，骤得相位，专知求媚全忠，暨蒋玄晖张廷范等一班权奴，同列裴枢崔远独孤损三人，统负朝廷宿望，看轻柳璨，璨引为深憾。张廷范以优人得宠全忠,表荐为太常卿,枢支吾道:"廷范是国家功臣,方得重任,何需乐官?这事恐非元帅意旨,不便曲从。"全忠闻言,语宾佐道:"我尝谓裴十四想是裴枢小字。器识真纯,不入浮党,今有此议,是本态毕露了。"璨正欲推倒裴枢等人,乐得投石下井,向全忠处添些坏话,并将损远两相,一并牵入,谓系与枢同党。全忠遂请罢三相,另荐礼部侍郎张文蔚,吏部侍郎杨涉,同平章事。

到了孟夏,彗星出西北方,光长亘天,占验家谓变应君臣,恐有诛戮大祸,璨遂将平时嫉忌诸人物,列作一表,密贻全忠,且传语道:"此等皆怨望腹诽,可悉加诛戮,上应星变。"全忠尚在迟疑,判官李振进言道:"大王欲图大事,非尽除此等人物,不能得志。"璨振等比全忠尤凶。全忠乃奏贬独孤损为棣州刺史,裴枢为登州刺史,崔远为莱州刺史,吏部尚书陆扆为濮州司户,工部尚书王溥为淄州司户,太子太保致仕赵崇为曹州司户,兵部侍郎王赞为潍州司户。此外或系世胄,或由科名,得入三省台阁诸臣,稍有声望,俱一律贬窜,朝右为之一空。李振尚不肯干休,更劝全忠斩草除根。原来振屡试进士,终不中第,所以深恨搢绅,欲把他一网打尽。全忠因派兵至白马驿,截住裴枢等三十余人,尽行杀死,投尸河中。振始得泄恨,笑语全忠道:"此辈清流,应投浊流。"全忠亦含笑点首,引为快事。柳璨既诛逐同僚,因恐人心未服,特召前礼部员外郎司空图诣阙,欲加重任。图本见朝事丛脞,弃官居王官谷,至是不得已入朝,佯为衰野,坠笏失仪。璨复传诏,说他匪夷匪惠,难列朝廷,可仍放还,这数语正中图意,便飘然出都,还我初服。后来全忠篡位,又征图为礼部尚书,仍然不起。昭宣帝遇弑,图不食而死,完名全节,亘古流芳。特别表扬。这且不必细表。

且说朱全忠既揽大权,复受命为诸道兵马元帅,别开幕府,因闻赵匡凝兄弟,也与杨行密等联络一气,声言匡复,乃令杨师厚带兵取襄阳,进拔江陵。匡凝奔广陵,匡明奔成都,全忠欲乘胜攻淮南,亲督大军至襄州。敬翔谏阻不从,复进次枣阳,道遇大雨,尚不肯回军,再进至光州,路险泥泞,人马疲乏,士卒多半逃亡,没奈何敛兵退归。光州刺史柴再用,引兵抄截金忠后队,斩首三千级,获辎重万计。全忠悔不用敬翔言,很是躁忿,因欲急篡唐祚,乃返大梁。杨行密却命数将终,生了一年余的大病,他的长子名渥,曾出为宣州观察使,喜击毬,好饮酒,没有甚么令名。行密因诸子皆幼,不得不将渥召还,嘱咐后事。且令牙将徐温张颢,共同夹辅。未几,行密即死,渥袭职为节度使。朱全忠亦无暇过问,惟密嘱蒋玄晖等,迫令昭宣帝禅位。玄晖与柳璨等计议道:"自魏晋以来,大臣代有帝祚,必先封大国,加九锡殊礼,然后受禅。事当循序,不宜欲速。"柳璨亦以为然。偏宣徽副使王殷等,嫉玄晖权宠,隐思加害,遂私白全忠,谓玄晖与璨,欲延唐祚,所以从中阻挠。全忠大怒,诟责玄晖。玄晖亟至大梁,进谒全忠,全忠忿然道:"汝等巧述闲事,阻我受禅,难道我不

第一百回 徒乘舆朱全忠行弑 移国祚昭宣帝亡唐

加九锡,便不能作天子么?"玄晖道:"唐祚已尽,天命归王,玄晖与柳璨等,受恩深重,怎敢异议?但思晋燕岐蜀,统是劲敌,王遽受禅,恐反滋人口实,计不若曲尽义理,然后受禅,较为名正言顺呢。"无论迟速,总是篡位,从何处窃取义理?玄晖柳璨等恶贯已盈,因有此议,以自速其死耳。全忠呵叱道:"奴才奴才!汝果欲叛我了。"玄晖惶遽辞归,亟与柳璨议定,封全忠为相国,总掌百揆,晋封魏王,兼加九锡。全忠愤不受命,玄晖与璨,越加惶急,即奏称:"中外物望,尽归梁王,陛下宜俯顺人心,择日禅位!"看官!你想昭宣帝童年无识,朝政统由汴党主持,所有一切诏敕,名目上算是主命,其实昭宣帝何曾过目,统是一班狐群狗党,矫制擅行,一面修表呈入,一面即由柳璨承旨,出使大梁,传达禅位的意思。全忠又是拒绝,璨只好扫兴回来。卖国也这般为难,莫谓天下无难事。何太后居积善宫,得知消息,镇日里以泪洗面,且恐母子生命不保,暗遣宫人阿秋阿虔,出告玄晖,哀乞传禅以后,幸全母子两命。为此一着,又被王殷等借口,诬称玄晖柳璨张廷范,在积善宫夜宴,与太后焚香为誓,兴复唐祚。全忠不问真假,即令王殷等捕杀玄晖,揭尸都门外,焚骨扬灰。为附贼为逆者,作一榜样。王殷又说玄晖私侍太后,由宫人阿虔阿秋,作为牵头,通导往来。于是全忠密令殷等入积善宫,弑何太后,且请旨追废太后为庶人。阿秋阿虔,并皆杖死,贬柳璨为登州刺史,张廷范为莱州司户。才阅一日,复将柳璨张廷范拿下,置璨大辟,加廷范车裂刑。璨被推出上东门外,仰天呼道:"负国贼柳璨,该死该死!"要他自认,始知空中应有鬼神。这消息传达各镇,凡与全忠反对的镇帅,当然多一话柄,传檄讨罪,格外激烈。全忠却一时不敢篡夺,又延挨了一年。

魏博节度使罗绍威,曾娶全忠女为子妇,平时因军士跋扈,力不能制,乃遣人密告全忠。全忠发兵屯深州,伪言将进击幽沧,暗中欲援助绍威,可巧全忠女得病身亡,全忠即选精兵千人,充作担夫,贮兵械满橐中,挑入魏州,诈云会葬,全忠率大军为后继,会同绍威夜击牙军,屠灭军将八千家,老稚无遗。绍威深感全忠,留馆客舍,供张甚盛,声乐美妓,无不采奉。全忠耽恋声色,一住半年,绍威只好勉力供给,所杀牛羊豕等,不下七千万头,资粮亦耗费无算,蓄积一空。及全忠引兵渡河,往攻沧州,绍威始得息肩,且悔且叹道:"合六州四十三县铁,铸成大错,虽悔无及了。"

全忠至沧州城下,督兵围城。刘仁恭搜括兵民,得十万人,自幽州出驻瓦桥关,一面乞师河东。李克用恨他反复,未肯许援,还是存勖进谏,请克用释怨助兵,共御朱温。克用乃召幽州兵共攻潞州,牵制全忠。潞州节度使丁会,本由全忠举荐,因闻全忠弑帝及后,也觉心怀不忍,尝缟素举哀,至是闻克用进攻,竟举城请降。克用留李嗣昭为昭义节度使,令丁会诣河东,厚加待遇。全忠闻潞州失守,复返魏州,绍威情急,亟出迎全忠道:"今四方称兵,与王构怨，无非以翼戴唐室为名，王不如趁早灭唐，以绝人望。"全忠乃匆匆还镇。唐廷遣御史大夫薛贻矩，往劳全忠。贻矩到了大梁，请以臣礼相见，北面拜舞，且语全忠道："大王功德在人，三灵改卜，皇帝将行舜禹故事，臣怎敢违慢？"全忠侧身避座，心下很是喜欢，当下厚礼遣还。贻矩返白昭宣帝，劝令禅位，昭宣帝因即下诏，拟于天祐四年二月，禅位大梁，全忠佯上表乞辞。唐宰相张文蔚、杨涉等，复共请昭宣帝逊位，且至大梁劝进，全忠尚不肯受。何必做作？文蔚等返至东都，再请昭宣帝降札禅位，老奸巨猾的朱全忠，方应允受禅。张文蔚为册礼使，礼部尚书苏循为副，杨涉为押传国宝使，翰林学士张策为副，薛贻矩为押金宝使，尚书左丞赵光达为副，六个唐室大臣，带领百官，把唐朝二百八十九年的国祚，赠送盗魁朱全忠。全忠受了册宝，改名为晃，居然被服衮冕，做起大梁皇帝来了。唐朝自是灭亡，昭宣帝被废为济阴王，徙居曹州，由全忠派兵监守，越年将他鸩死，追谥为哀皇帝。及后唐明宗即位，始改谥为昭宣帝，昭宣帝在位止三年，年只一十七岁。

　　看官听着！当全忠受禅时，淮南节度使杨渥，并吞洪州，掳得镇南军留后钟匡时，卢龙节度使刘仁恭，为子守光所囚，守光自称节度使，武贞节度使雷彦恭，屡寇荆南，留后贺瓌闭门自守。朱全忠虑他怯懦，别调颖州防御使高季昌为留后，总计唐室故土，四分五裂，最大的为梁，次为晋李克用。岐李茂贞。吴杨渥。蜀，王建。共成五国，尚有吴越钱镠。湖南马殷。荆南高季昌。福建王审知。岭南。刘隐。历史上称为五大镇。此外如魏博、卢龙等，也是犬牙相错，割据一隅。小子叙述唐事，至此已完，所有五国五镇，及各处未了情形，不能琐叙，只好续编《五代史演义》，再行详述。看官少安毋躁，请续阅《五代史演义》便了。小子有七言诗二绝，作为《唐史演义》的终篇：

三百年间世乱多，几经流血几成波。
追原祸始由来久，开国诒谋已半讹。

妇寺乘权藩镇继，长安荆棘遍铜驼。
百回写尽沧桑感，留与遗民话劫磨。

　　本回叙朱温篡唐事，一气呵成，为全书之结束。弑昭宗，弑何太后，弑昭宣帝，并滥杀大臣及诸王，凶暴残虐，至温已极，但皆由贼臣等卖国而成。前有崔胤，后有柳璨，引狼入室，后为狼噬，朱友恭、氏叔琮、蒋玄晖、张廷范等，本为全忠爪牙，乃亦死诸全忠之手，党恶为虐者，果有何幸乎？张文蔚、杨涉等，迫主传禅，手捧册宝，赠献大梁，益足令人愧死。或谓唐之得国也由受禅，其失国也亦由传禅，冥冥之中，固自有天道存焉。然则祖宗创业，其果可不慎乎哉？

中国历朝通俗演义

五代史演义

《五代史演义》自序

读史至五季之世，辄为之太息曰："甚矣哉！中国之乱，未有逾于五季者也！"天地闭，贤人隐，王者不作而乱贼盈天下。其狡且黠者，挟诈力以欺凌人世，一或得志，即肆意妄行，君不君，臣不臣，父不父，子不子。铤而走险，虽夷虏犹尊亲也；急则生变，虽骨肉犹仇敌也。元首如弈棋，国家若传舍，生民膏血涂草野，骸骼暴原隰，而私斗尚无已时。天欤？人欤？何世变之亟，一至于此？盖尝屈指数之，五代共五十有三年，汴、洛之间，君十三，易姓者八，而南北东西之割据一隅，与五代相错者，前后凡十国，而梁、唐时之岐燕，尚不与焉。辽以外裔踞朔方，猾诸夏，史家以其异族也，而夷之。辽固一夷也，而如五代之无礼义、无廉耻，亦何在非夷？甚且恐不夷若也。宋薛居正撰《五代史》百五十卷，事实备矣，而书法未彰。欧阳永叔删芜存简，得七十四卷，援"笔则笔，削则削"之义，逐加断制，体例精严，既足声奸臣逆子之罪，复足树人心世道之防。后人或病其太略，谓不如薛史之渊博，误矣！他若王溥之《五代会要》，陶岳之《五代史补》，尹洙之《五代春秋》，袁枢之《五代纪事本末》，以及路振之《九国志》，刘恕之《十国纪年》，吴任臣之《十国春秋》等书，大都以裒辑遗闻为宗旨，而月旦之评，卒让欧阳。孔圣作《春秋》而乱贼惧，欧阳公其庶几近之乎？鄙人前编唐、宋《通俗演义》，已付手民印行，而五代史则踵唐之后，开宋之先，亦不得不更为演述，以餍阅者。叙事则蒐证各籍，持义则特仿庐陵，不敢拟古，亦不敢违古，将以借粗俗之芜词，显文忠之遗旨，世有大雅，当勿笑我为效颦也。抑鄙人更有进者，五代之祸烈矣，而推厥祸胎，实始于唐季之藩镇。病根不除，愈沿愈剧，因有此五代史之结果。今则距五季已阅千年，而军阀乘权，争端迭起，纵横捭阖，各戴一尊，几使全国人民，涂肝醢脑于武夫之腕下，抑何与五季相似欤？况乎纲常凌替，道德沦亡，内治不修，外侮益甚，是又与五季之世有同慨焉者。殷鉴不远，覆辙具存。告往而果能知来，则泯泯棼棼之中国，其或可转祸为福，不致如五季五十余年之扰乱也欤？书既竣，爰慨然而为之序。中华民国十有二年夏正暮春之月，古越蔡东藩自识于临江书舍。

五代世系图

梁
①太祖朱温 更名晃 在位六年
②末帝友贞 在位十一年

唐
①庄宗李存勖 在位四年
②明宗嗣源 在位八年
③闵帝从厚 在位一年　　④废帝从珂 在位二年

晋
①高祖石敬瑭 在位七年
②出帝重贵 在位四年

汉
①高祖刘知远 更名暠 在位二年
②隐帝承祐 在位二年

周
①太祖郭威 在位三年
②世宗荣 在位六年
③恭帝宗训 在位一年

以上五代十三主，共五十三年

　　　　　按上列年数应得五十七年，惟易代
　　　　　时尝同年改元，故实数止五十三年

第一回　睹赤蛇老母觉异征
　　　　得艳凤枭雄偿夙愿

治久必乱,合久必分,这是我中国古人的陈言。其实是太平日久,朝野上下,不知祖宗创业的艰难,守成的辛苦,一味儿骄奢淫佚,纵欲败度,所有先人遗泽,逐渐耗尽。造化小儿,又故意弄人,今年大水,明年大旱,害得饥馑荐臻,盗贼蜂起,平民无可如何。与其饿死冻死,不如跟了强盗,同去掳掠一番,倒反得食粱肉,衣文锦,或且做个伪官,发点大财,好夺几个娇妻美妾,享那后半世的荣华。于是乱势日炽,分据一方,就中有三五枭雄,趁着国家扰乱的时候,号召徒党,张着一帜,不是僭号称帝,就是拥土称王。咳!天下有许多帝,许多王,这岂还能平靖么?绝大道理,绝大议论。

小子旷览古史,查考遗事,似这种乱世分裂的情状,实是不止一两次,东周时有列国,后汉时有三国,东晋后有南北朝。晚唐后有五代,统是东反西乱,四分五裂,南北朝五代,更闹得一塌糊涂。小子方编完《唐史演义》,凡残唐时候的乱象,及四方分割的情形,还未曾交代明白,因此不得不将五代史事,继续演述。五代先后历五十三年,换了八姓十三个皇帝,改了五次国号,叫作梁、唐、晋、汉、周。史家因梁、唐、晋、汉、周五字,前代早已称过,恐前后混乱不明,所以各加一个后字,称为后梁、后唐、后晋、后汉、后周。还有角逐中原,称王称帝,与梁、唐、晋、汉、周五朝,或合或离,不相统属的国度,共计十数,著名史乘,称作十国,就是吴、楚、闽、南唐、前蜀、后蜀、南汉、北汉及吴越、荆南。提纲挈领。

看官!听说这五代十国的时势,简直是君不君,臣不臣,父不父,子不子,篡弑相寻,烝报无已,就使有一二君主,如后唐明宗、后周世宗两人,当时号为贤明英武,但也不过彼善于此,未足致治。故每代传袭,最多不过十余年,最少只有三四年,各国亦大都如此。古人说得好,木朽虫生,墙空蚁入,似此荡荡中原,没有混一的主子,那时外夷从旁窥伺,乐得乘隙而入,喧宾夺主,海内腥膻,土地被削,子女被掳,社稷被灭,君臣被囚。中国正纷纷扰扰,无法可治,再加那鲜卑遗种、朔漠健儿,进来蹂躏一场。看官!你想中国此时,苦不苦呢?危不危呢?言之慨然。

照此看来,欲要内讧不致蔓延,除非是国家统一,欲要外人不来问鼎,亦除非是国家统一!暮鼓晨钟。若彼争此夺,上替下凌,礼教衰微,人伦灭绝,无论什么朝局，什么政体，总是支撑不住，眼见得神州板荡，四夷交侵，好好一个大中国，变做了盗贼世界、夷虏奴隶，岂不是可悲可痛么！伤心人别具怀抱。列位不信，五代史就是殷鉴！待小子从头至尾，演述出来。

且说五代史上第一朝，就是后梁，后梁第一世皇帝，就是大盗朱阿三。原名是一温字，唐廷赐名全忠，及做了皇帝，又改名为晃。他的皇帝位置，是从唐朝篡夺了来，小子前编《唐史演义》，已将他篡夺的情状，约略叙明，只是他出身履历，未曾详述，现下续演五代史，他坐了第一把龙椅，哪得不特别表明。他是宋州砀山午沟里人，父名诚，恰是个经学老先生，在本乡设帐课徒。娶妻王氏，生有三子，长子名全昱，次名存，又次名温。温排行第三，小名便叫作朱阿三。相传朱温生时，所居屋上，有红光上腾霄汉，里人相顾惊骇，同声呼号道："朱家火起了！"当下彼汲水，此挑桶，都奔到朱家救火。哪知庐舍俨然，并没有甚么烟焰，只有呱呱的婴孩声，喧达户外。大家越加惊异，询问朱家近邻。但说朱家新生一个孩儿，此外毫无怪异，大家喧嚷道："我等明明见有红光，为何到了此地，反无光焰。莫非此儿生后，将来大要发迹，所以有此异征哩！"说本《旧五代史·梁太祖本纪》。盗贼得为帝王，也应该有此怪象。

一世枭雄，降生僻地，闹得人家惊扰，已见得气象不凡。三五岁时候，恰也没甚奇慧，但只喜欢弄棒使棍，惯与邻儿吵闹。次兄存与温相似，也是个淘气人物，父母屡次训责，终不肯改。只有长兄全昱，生性忠厚，待人有礼，颇有乃父家风。朱诚尝语族里道："我生平熟读五经，赖此糊口。所生三儿，惟全昱尚有些相似，存与温统是不肖，不知我家将如何结局哩！"

既而三子逐渐长大。食口增多，朱五经所入修金，不敷家用，免不得抑郁成疾，竟致谢世。身后四壁萧条，连丧费都无从凑集，还亏亲族邻里，各有赙赠，才得草草藁葬。但是一母三子，坐食孤帏，叫他如何存活，不得已投往萧县，佣食富人刘崇家，母为佣媪，三子为佣工。全昱却是勤谨，不过膂力未充，存与温颇有气力，但一个是病在粗疏，一个是病在狡惰。

刘崇尝责温道："朱阿三，汝平时好说大话，无事不能，其实是一无所能呢。试想汝佣我家，何田是汝耕作，何园是汝灌溉？"温接口道："市井鄙夫，徒知耕稼，晓得怎么男儿壮志，我岂长作种田佣么？"刘崇听他出言顶撞，禁不住怒气直冲，就便取了一杖，向温击去。温不慌不忙，双手把杖夺住，折作两段。崇益怒，入内去觅大杖。适为崇母所见，惊问何因。崇谓须打死朱阿三，崇母忙阻住道："打不得，打不得，你不要轻视阿三。他将来是了不得哩。"

看官！你道崇母何故看重朱温，原来温至刘家，还不过十四五岁，夜间熟寐时，忽发响声，崇母惊起探视，见朱温睡榻上面，有赤蛇蟠住，鳞甲森森，光芒闪闪，吓得崇母毛发直竖，一声大呼，惊醒朱温，那赤蛇竟杳然不见了。事

第一回　睹赤蛇老母觉异征　得艳凤枭雄偿凤愿

见《旧五代史》，并非捏造。嗣是崇母知温为异人，格外优待，居常与他栉发，当做儿孙一般，且尝诫家人道："朱阿三不是凡儿，汝等休得侮弄！"家人亦似信非信，或且笑崇母为老悖。崇尚知孝亲，因老母禁令责温，倒也罢手。温复得安居刘家，但温始终无赖，至年已及冠，还是初性不改，时常闯祸。

一日，把崇家饭锅窃负而去。崇忙去追回，又欲严加杖责，崇母复出来遮护，方才得免。崇母因戒朱温道："汝年已长成，不该这般撒泼，如或不愿耕作，试问汝将何为？"温答道："平生所喜，只是骑射。不若畀我弓箭，到崇山峻岭旁，猎些野味，与主人充庖，却是不致辱命。"崇母道："这也使得，但不要去射死平民！"这是最要紧的嘱咐。温拱手道："当谨遵慈教！"崇母乃去寻取旧时弓箭，给了朱温。并浼温母亦再三叮咛，切勿惹祸。

温总算听命，每日往逐野兽，矫捷绝伦，就使善走如鹿，也能徒步追取，手到擒来。刘家庖厨，逐日充牣，崇颇喜他有能。温兄存也觉技痒，愿随弟同去打猎，也向崇讨了一张弓，几枝箭，与温同去逐鹿。朝出暮归，无一空手时候，两人不以为劳，反觉得逍遥自在。

一日骋逐至宋州郊外，艳阳天气，明媚春光，正是赏心豁目的佳景。温正遥望景色，忽见有兵役数百人，拥着香车二乘，向前行去，他不觉触动痴情，亟往追赶。存亦随与俱行，曲折间绕入山麓，从绿树阴浓中，露出红墙一角，再转几弯，始得见一大禅林。那两乘香车，已经停住，由婢媪扶出二人。一个是半老妇人，举止大方，却有宦家气象；一个是青年闺秀，年龄不过十七八岁，生得仪容秀雅，骨肉停匀，眉宇间更露出一种英气，不等小家儿女，扭扭捏捏，腼腼腆腆。为张夫人占一身分。温料是母女入寺拈香，待他们联步进殿，也放胆随了进去。至母女拜过如来，参过罗汉，由主客僧导入客堂，温三脚两步，走至该女面前，仔细端详，确是绝世美人，迥殊凡艳。勉强按定了神，让她过去。该女随母步入客室，稍为休息，便即唤兵役伺候，稳步出寺，连袂上车，似飞的始行去了。温随至寺外，复入寺问明主客僧，才知所见母女，年大的是宋州刺史张蕤妻，年轻的便是张蕤女儿。温惊愕道："张蕤么？他原是砀山富室，与我等正是同乡，他现在尚做宋州刺史吗？"主客僧答道："闻他也将要卸任了。"温乃偕兄存出寺。

路中语存道："二哥！你可闻阿父在日，谈过汉光武故事么？"存问何事，温答道："汉光武未做皇帝时，尝自叹道：为官当做执金吾，娶妻当得阴丽华。后来果如所愿。今日所见张氏女，恐当日的阴丽华，也不过似此罢了。你道我等配做汉光武否？"写出朱温好色。存笑道："癞虾蟆想吃天鹅肉，真是自不量力！"温奋然道："时势造英雄，想刘秀当日，有何官爵，有何财产，后来平地升天，做了皇帝，娶得阴丽华为皇后。今日安知非仆？"存复笑语道："你可谓痴极了！想你我寄人庑下，能图得终身饱暖，已算幸事，还想甚么娇妻美妾！就是照你的妄想，也须要有些依靠，岂平白地能成大事么？"温直说道："不是投军，就是为盗。目今唐室已乱，兵戈四起，前闻王仙芝发难濮州，近闻黄巢复起应曹州，似你我这般勇力，若去随他为盗，抢些子女玉帛，很是容易，何必再在此厮混，埋没英雄！"志趣颇大，可惜不是正道。

这一席话，把朱存也哄动起来，便道："说得有理，我与你便跟黄巢去罢。"温又道："且回去辞别母亲，并及主人，明日便可动身。"两人计议已定，遂返至刘崇家，先去禀明老母，但说要出外谋生。朱母还放心不下，意欲劝阻。两人齐声道："儿等年已弱冠，不去谋点生业，难道要老死此间么？母亲尽管放心！"全昱闻二弟有志远出，也来问明行径。两人道："目下尚难预定，兄要去同去，否则在此陪着母亲，也是好的。"全昱是个安分守己的人物，便答道："我在此侍奉母亲，二弟尽管前去，得有生路，招我未迟。"两人应声称是。温感刘母好意，即入内陈明，刘母却也嘱咐数语，不消絮述。惟刘崇因两人在家，没甚关系，也听他自由。

两人过了一宿，越日早起，饱餐一顿，便去拜别母亲。再向刘母及崇告辞。由刘母赠给干粮制钱等，作为路费。又辞了全昱，欢跃而去。时正唐僖宗乾符四年。点醒年月，最是要笔。黄巢正据住曹州，横行山东，剽掠州县。郓州、沂州一带，也渐被巢众夺占。所有各处亡命子弟，统向投奔，巢无不收纳。朱温弟兄两人，趋往贼寨，贼目见他身材壮大，武艺刚强，当然录用。两人既入贼党，便与官军为敌，仗着全身勇力，奋往直前，官军无不披靡，遂得拔充队长。朱存乘势掠夺妇女，作为妻房。独温记念张女，几有除却巫山不是行云的意思，因此尚独往独来，做个贼党中的光棍。

过了年余，在贼中立功尤多，居然得在黄巢左右，充做亲军头目。他遂怂恿黄巢，往攻宋州，巢便遣他领众数千，进围宋州城。醉翁之意不在酒。哪知宋州刺史张蕤早已去任，后任守吏，恰是有些能耐，坚守不下，温已失所望，复闻援兵大至，遂率众趋归。

既而黄巢僭称冲天大将军，驱众南下，温留守山东，存随巢南行。巢众转战浙闽，趋入广南，沿途骚扰，鸡犬皆空。偏南方疫疠甚盛，贼众什死三四，更兼官军四集，险些儿陷入死路。巢乃变计北归，从桂州渡江，沿湘而下，免不得与官军相遇，大小数十战，互有杀伤，存战死。命该如此。巢由湘南出长江，渡淮而西，再召集山东留贼，并力西攻，拔东都，即洛阳，唐号为东都。入潼关，竟陷长安。即唐朝京都。唐僖宗奔往兴元，巢竟僭号称大齐皇帝，改元金统，命朱温屯兵东渭桥，防御官军。嗣复令温为东南面行营先锋，攻下南阳，再返长安，由巢亲至灞上，迎劳温军。

未几又遣温西拒邠、岐、鄜、夏各路官军,到处扬威。巢又欲东出略地,令温为同州防御使,使自攻取。温由丹州移军,攻入左冯翊,遂陷同州。这时候的唐室江山,已半归黄巢掌握,中原一带,统已糜烂不堪,所有民间村落,多成为瓦砾场。老弱填沟壑,丁壮散四方,最可怜的是青年妇女,被贼掠取,无非做了行乐的玩物,任意糟蹋,不顾生命。

朱温从贼有年,历次得伪齐皇帝拔擢,东驰西突,平时掠得美人儿,也不知几千几百,他素性好色,哪里肯做了猫儿,尽管吃素?惟情人眼里爱定西施,就使拣了几个娇娃,叫他侍寝,心中总嫌未足,还道是味同嚼蜡,无甚可取,今日受用,明日舍去,总不曾正名定分,号为妻室。老天有意做人美,偏把他的心上人,也驱至同州,为他部下所掠取,献至座前,趋伏案下。温定神一瞧,正是痦寐不忘的好女郎,虽然乱头粗服,尚是倾国倾城,便不禁失声道:"你是前宋州刺史的女公子么?"张女低声称是。温连声道:"请起!请起!女公子是我同乡,猝遭兵祸,想是受惊不小了!"

张女方含羞称谢,起立一旁。温复问她父母亲族,女答道:"父已去世,母亦失散,难女跟了一班乡民,流离至此,还幸得见将军,顾全乡谊,才得苟全。"温拊掌道:"自从宋州郊外,得睹芳姿,倾心已久,近年东奔西走,时常探问府居,竟无着落。我已私下立誓,娶妇不得如卿,情愿终身鳏居,所以到了今朝,正室尚是虚位。天缘辐辏,重得卿卿。这真所谓三生有幸呢!"天意好作成强盗,却也不知何理?

张女闻言,禁不住两颊生红,俯首无言。温即召出婢仆,拥张女往居别室,选择好日子,正式成婚。到了吉期,温穿着伪齐官服,出做新郎,张氏女珠围翠绕,装束如天仙一般,与温并立红毡,行过了交拜礼,然后洞房花烛,曲尽绸缪。欧史《张后传》,谓后为温少时所聘,案张女为富家子,温一孤贫儿,何从得耦?惟薛史谓温闻女美,曾有阴丽华之叹,后在同州得后于兵间,较为合理,今从之。小子有诗叹道:

居然强盗识风流,淑女也知赋好逑。
试看同州交拜日,和声竟尔配雎鸠。

朱温既得张女为妇,朝欢暮乐,正是快活极了。忽由黄巢传到伪诏,命他进攻河中,他才不得已督兵出发。欲知胜负如何,容小子下回表明。

本编踵《唐史演义》之后,虽尚为残唐时事,但唐室如何致亡,黄巢如何作乱,俱已见过唐史,无庸重述。惟朱温是本编第一代人物,所有出身履历,为《唐史演义》中所未及详者,应该就此补叙。温本一无赖,故后虽幸得帝位,究不令终。温素来好色,故始虽幸得如愿,仍致荒亡。观此回逐段叙来,已把朱温一生品行，全盘托出。盖能成大事者，即不为小节所拘，而窃釜等事，终非豪杰所屑为。汉光武固有阴氏之感，然光武之不愧中兴，大端并不在此处；且岂如温之得陇望蜀，犹是纵淫无忌乎？赤蛇之征，《旧五代史》载之，而《新五代史》略之，欧阳公之不肯右温，有以夫！

第二回　报亲恩欢迎朱母
　　　　　探妻病惨别张妃

却说唐僖宗西走兴元，转入蜀中，号召各镇将士，令他并力讨贼，克复长安。河中节度使王重荣，本已投顺黄巢，因巢屡遣使调发，不胜烦扰，乃决计反正，驱杀巢使，纠合四方镇帅，锐图兴复。黄巢闻知消息，即命朱温出击河中。温正新婚燕尔，不愿出师，但既为伪命所迫，没奈何备了粮草，带了人马，向河中进发。已是败象。途次与河中兵相遇，一场交战，被他杀得一败涂地，丧失粮仗四十余船，还亏自己逃走得快，侥幸保全性命。

重荣进兵渭北，与温相持。温自知力不能敌，急遣使至长安，报请济师，偏偏黄巢不允。温又接连表请，先后十上，起初是不答一词，后来且严词驳责，说他手拥强兵，不肯效力。温未免愤闷，及探明底细，才知为伪齐中尉孟楷，暗中谮间，因致如此。

可巧幕客谢瞳，入帐献议道："黄家起自草莽，乘唐衰乱，伺隙入关，并非有功德及人，足王天下，看来是易兴易亡，断不足与成大事。今唐天子在蜀，诸镇兵闻命勤王，云集景从，协谋恢复，可见唐德虽衰，人心还是未去呢。且将军在外力战，庸奴在内牵制，试问将来能成功否？章邯背秦归楚，不失为智，愿将军三思！"

温心下正恨黄巢，听了这番言语，不禁点首。复致书张氏，说明将背巢归唐，张氏也复书赞成，遂诱入伪齐监军严实，把他一刀杀死，携首号令军前，即日归唐。一面贻书王重荣，乞他表奏僖宗，情愿悔过投诚。时僖宗正遣首相王铎，出为诸道行营都统，闻得朱温投降，喜出望外，也代为保奏。僖宗览两处奏章，非常欣慰，且语左右道："这是上天赐朕哩！"他来夺你国祚，你道是可喜么？遂下诏授温为左金吾卫大将军，充河中行营招讨副使，赐名全忠。自是温与官军联络，一同攻巢。《唐史演义》上改称全忠，本编仍名为温，诛其首恶也。

僖宗自乾符六年后，复两次改元，第一次改号广明，一年即废，第二次改号中和，总算沿用了四年。朱温降唐，是在中和二年的秋季，越年三月，又拜温为汴州刺史,兼宣武军治汴州。节度使,仍依前充河中行营招讨副使,俟收复京阙,即行赴镇。

是年四月,河东治晋阳。节度使李克用等,攻克长安,逐走黄巢,巢出奔蓝田。温乃挈领爱妻张氏,移节至宣武军,留治汴州。可见长安收复,并非温功。即遣兵役百人,带着车马,至萧县刘崇家,迎母王氏,并及崇母。

崇家素居乡僻,虽经地方变乱,还幸地非冲要,不遭焚掠,所以全家无恙。惟自朱温弟兄去后,一别五载,杳无信息。五年无家禀,温亦未免忘亲。全昱却已娶妻生子,始终不离崇家。朱母时常惦念两儿,四处托人探问,或说是往做强盗,或说是已死岭南,究竟没有的确音信。及汴使到了门前,车声辘辘,马声萧萧,吓得村中人民,都弃家遁走,还道大祸临头,不是大盗进村劫掠,就是乱兵过路骚扰,连刘崇阖家老小,也觉惊惶万分。嗣经汴使入门,谓奉汴帅差遣,来迎朱太夫人及刘太夫人。朱母心虚胆怯,误听使言,疑是两儿为盗,被官拿住,复来搜捕家属,急得魂魄飞扬,奔向灶下躲住,杀鸡似的乱抖。还是刘崇略有胆识,出去问明汴使,才知朱温已为国立功,官拜宣武军节度使,特来迎接太夫人。

当下入报朱母,四处找寻,方得觅着,即将来使所言,一一陈述,朱母尚是未信,且颤且语道:"朱……朱三,落拓无行,不知他何处作贼,送掉性命!哪里能自致富贵?汴州镇帅,恐非我儿,想是来使弄错哩。"崇母在旁,却从容说道:"我原说朱三不是常人,目今做了汴帅,有何不确!朱母,朱母!我如今要称你太夫人了!一人有福,得挈千人,我刘氏一门,全仗太夫人照庇哩!"说至此,便向朱母敛衽称贺。朱母慌忙答礼,且道:"怕不要折杀老奴!"崇母握朱母手,定要她走出厅堂,自去问明,朱母方硬了头皮,随崇母出来。崇母笑语汴使道:"朱太夫人出来了!"汴使向朱母下拜,并询及崇母,知是刘太夫人,也一并行礼。且将朱温前此从贼,后此归正,如何建功,如何拜爵等情,一一详述无遗。朱母方才肯信,喜极而泣。确有此态,一经描写,便觉入神。

汴使复呈上盛服两套,请两母更衣上车,即日起程。朱母道:"尚有长儿全昱,及刘氏一家,难道绝不提及吗?"汴使道:"节帅俟两夫人到汴,自然更有后命。"朱母乃与刘母入内,易了服饰,复出门登车而去。萧县离汴城不远,止有一二日路程,即可到汴。距汴十里,朱温已排着全副仪仗,亲来迎接两母,既见两母到来,便下马施礼,问过了安,随即让两车先行,自己上马后随,道旁人民,都啧啧叹羡,称为盛事。及到了城中,趋入军辕,温复下马,扶二母登堂,盛筵接风。刘母坐左,朱母坐右,温唤出妻室张氏,拜过两母,方与张氏并坐下首,陪两母欢饮。

酒过数巡,朱母问及朱存。温答道:"母亲既得生温,还要问他做甚?"朱母道："彼此同是骨肉，奈何忘怀！"温又道："二兄已早死岭南，闻有二儿遗下，现因道途未靖，尚未收回，母亲也不必记念了！"是好心肠。朱母转喜为悲，因见温带有酒意，却也未敢斥责，但另易一说道："汝兄全昱，尚在刘家，现虽娶妇生子，不过勉力支撑，仍旧一贫如洗。汝既发达，应该顾念兄长。况且刘家主人，也养汝好几年，刘太夫人如何待汝，汝亦当还记着。今日该如何报德呢？"温狞笑道："这也何劳母亲嘱咐，自然安乐与共了。"朱母方才无言。及饮毕撤看，军辕中早已腾出静室，奉二母居住，且更派人送往刘家，馈刘崇金千两，赠全昱金亦千两。

既而黄巢窜死泰山，唐僖宗自蜀还都，改元光启，大封功臣，温得晋授检校司徒、同平章事，封沛郡侯。温母得貤封晋国太夫人。全昱亦得封官。就是刘崇母子，亦因温代请恩赐，俱沐荣封。温奉觞母前，上寿称庆，且语母道："朱五经一生辛苦，不得一第，今有子为节度使，晋登相位，浒膺侯爵，总算是显亲扬名，不辱先人了！"言毕，呵呵大笑。已露骄盈。

母见他意气扬扬，却有些忍耐不住，便随口答应道："汝能至此，好算为先人吐气；但汝的行谊，恐未必能及先人呢。"温惊问何故，母凄然道："他事不必论，阿二与汝同行，均随黄巢为盗，他独战死蛮岭，尸骨尚未还乡，二孤飘零异地，穷苦失依，汝幸得富贵，独未念及，试问汝心可安否？照此看来，汝尚不能无愧了！"温乃涕泣谢罪，遣使往南方取回兄榇，并挈二子至汴，取名友宁、友伦。全昱已早至汴州，见过母弟，自受封列官后，携家眷归午沟里，大起甲第，光耀门楣。他亦生有三子，长名友谅，次名友能，又次名友诲，后文自有表见。

光启二年，温且晋爵为王，自是权势日张，兀成强镇。俗语说得好，江山可改，本性难移。他生成是副盗贼心肠，专喜损人利己，遇着急难的时候，就使要他下拜，也是乐从；到了难星已过，依然趾高气扬，有我无人，甚且以怨报德，往往将救命恩公，一古脑儿迫入死地，好教他独自为王，这是朱温第一桩的黑心。特别表明。小子前编《唐史演义》，已曾详叙，此处只好约略表明。先是巢党尚让，率贼进逼汴城，河东军帅李克用，好意救他，逐去尚让，他邀克用入上源驿，佯为犒宴，夜间偏潜遣军士，围攻驿馆，幸亏克用命不该绝，得逾垣遁去，只杀了河东兵士数百人。是唐僖宗中和四年间事。后来尚让归降，又出了一个秦宗权，也是逆巢余党，据住蔡州，屡次与温争锋。温多败少胜，复向兖郓求救。兖郓为天平军驻节地，节度使朱瑄，与弟瑾先后赴援。温得借他兵势，破走秦宗权。他又故态复萌，诬称朱瑄兄弟，诱汴亡卒，发兵袭击二朱，把他管辖的曹濮二州，硬夺了来。是唐僖宗光启三年间事。一面进攻蔡州，擒住秦宗权，槛送京师，得进封东平郡王。

第二回　报亲恩欢迎朱母　探妻病惨别张妃

　　唐僖宗崩，弟昭宗嗣，他又阴赂唐相张浚，嗾他出征河东，浚为李克用所败，害得公私两丧，流贬远州。是昭宗大顺元年间事。他却乘间取利，故向魏博假道，要发兵助讨河东。魏博军帅罗弘信，与河东素无仇隙，当然不允，他即倾兵击魏，连战连胜。弘信敌他不过，没奈何奉贿乞和。他既得了厚贿，并不向河东进兵，又去攻略兖郓。前军为朱瑾所败，无从得志，索性迁怨徐州，由东而南。徐州节度使时溥，资望本出温上，偏权位不能如温，未免啧有烦言。会秦宗权弟宗衡，骚扰淮扬，唐廷命温兼淮南节度使，令他出剿宗衡。温遂借道徐州，溥竟不许，因为温援作话柄，移军攻徐州，连拔濠、泗二州。溥累战不利，死守彭城，温再四进攻，卒为所拔，溥举族自焚。是昭宗景福二年间事。
　　温兵势益张，便进图兖郓。可怜朱瑄兄弟，连年被兵，弄得师劳力竭，没法支持，不得已乞师河东。李克用恨温刁滑，倒也发兵东援，偏罗弘信与温和好，在中途截住克用，不令东行。兖郓属城，陆续被温夺去，朱瑄成擒，为温所杀。瑾脱身走淮南，妻子陷入温手。温见瑾妻姿色可人，迫令侍寝，奸宿数宵，挈归汴梁。经爱妻张夫人婉言讽谏，方出瑾妻为尼。是昭宗乾宁四年间事。张夫人讽谏语见《唐史演义》中，故不重述。
　　先是温母在汴，尝戒温妄加淫戮。温虽未肯全听母教，尚有三分谨慎。至是温母已早归午沟里，得病身亡，温失了慈训，自然任性横行，还亏妻室张氏，贤明谨饬，动遵礼法，无论内外政事，辄加干涉。温本宠爱异常，更因张氏所料，语多奇中，每为温所未及，所以温越加敬畏，凡一举一动，多向闺门受教。有时温已督兵出行，途次接着汴使，说是奉张夫人命，召还大王，温即勒马回军。就是平时侍妾，也不过三五人，未敢贪得无厌。古人谓以柔克刚，如温妻张氏，真是得此秘诀。不知老天何故生这慧女，为强盗的贤内助呢？褒贬悉宜。
　　温既据有兖郓等地，兼任宣武见前。宣义治滑州。天平见前。三镇节度使，复会同魏博军，攻李克用，拔洺、邢、磁三州。唐廷威令，已不能出国门一步，哪里还敢过问，温要什么，便依他什么。昭宗光化三年，中官刘季述，竟将昭宗幽禁，另立太子裕为皇帝。宰相崔胤，召温勤王。温正进取河中，未肯遽赴，好好一场复辟大功，归了神策指挥使孙德昭。季述诛，太子废，昭宗仍旧登基，改元天复。温不得与闻，后来亦未免自悔，但河中已幸夺取，因讽吏民上表唐廷，请己为帅，昭宗亦不敢不从。
　　偏偏唐宫里面，又出了一个韩全诲，代刘季述做了中尉，比季述还要狡黠，潜通凤翔节度使岐王李茂贞，劫了帝驾，竟赴凤翔。那时唐相崔胤，复召温西迎天子，温出兵至凤翔城东，耀武扬威，一住数日。茂贞胁昭宗下诏，饬温还镇，他本无心迎驾，不过假托名目，为欺人计；既接昭宗诏命，便引还河中。又遣将进攻河东，取慈、隰、汾三州，直抵晋阳。围攻了好几天，被河东军杀败，方命退师，慈、隰、汾三州，仍然弃去。可巧崔胤奔诣河中，坚劝温迎还昭宗，温乃再督兵五万，进围凤翔。茂贞连战失利，乃诛死韩全诲，放出唐昭宗，与温议和。温奉驾还京，改元天祐，大杀宦官，特旨赐温号为回天再造竭忠守正大功臣，加爵梁王，兼任各道兵马副元帅。

当时唐室大权，尽归温手，温遂思篡夺唐祚，把宫廷内外的禁卫军，一概撤换，自派子侄及心腹将士，代握宫禁兵权。待部署已定，即当强迫昭宗，令他禅位，偏得了汴梁消息，张夫人抱病甚剧，势将不起，乃陛辞昭宗，回汴探妻。

既返军辕，见爱妻僵卧榻中，已是瘦骨如柴，奄奄待毙。英雄气短，儿女情长，到此也不免洒了几点悲泪。张夫人闻有泣声，顿觉惊寤转来，勉睁病目，向外瞧着，见温立在榻前，自弹老泪，便强振娇喉，凄声问道："大王已回来了么？"温答声称是。张夫人道："妾病垂危，不日将长别大王了。"温越觉悲咽，握住妻手，恻然答道："自从同州得配夫人，到今已二十多年，不但内政仗卿主持，就是外事亦赖卿参议。今已大功告成，转眼间将登大宝，满望与卿同享尊荣，再做几十年太平帝后，哪知卿病至此，如何是好！"张夫人亦流泪道："人生总有一死，死亦何恨！况妾身得列王妃，已越望外，还想甚么意外富贵，就是为大王计，也算备受唐室厚恩，唐室可辅，还须帮护数年，不可骤然废夺。试想从古到今，有几个太平天子，可见皇帝是不容易做呢！"巾帼妇人，难得有此见识。温随口应道："时势逼人，不得不尔。"张夫人叹道："大王既有大志，料妾亦无能挽回，但上台容易，下台为难，大王总宜三思后行。果使天与人归，得登九五，妾尚有一言，作为遗谏，可好么？"温答道："夫人尽管说来，无不乐从。"张夫人半晌才道："大王英武过人，他事都可无虑；惟'戒杀远色'四字，乞大王随时注意！妾死也瞑目了。"药石名言，若朱温肯遵闺诫，可免刲腹之苦。说至此，不觉气向上涌，痰喘交作，延挨了一昼夜，竟尔逝世。温失声大恸，汴军亦多垂泪。原来温性残暴，每一拂性，杀人如草芥，部下将士，无人敢谏，独张夫人出为救解，但用几句婉言，能使铁石心肠，熔为柔软，所以军士赖她存活者，不可胜计，生荣死哀，也是应有的善报。言下寓劝世意。

温有嬖妾二人，一姓陈，一姓李，张夫人亦和颜相待，未尝苛害。就是温所掠归的朱瑾妻，已出为尼，亦时由张夫人赒给衣食，不使少匮。史家称她以柔婉之德，制豺虎之心，可为五代中第一贤妇。这原是真品评呢！张氏受唐封为魏国夫人，生子友贞，为温第四子。后来温篡唐室，即位改元，追封张氏为贤妃，寻复追册为元贞皇后。小子有诗咏道：

   巾帼聪明胜丈夫，遗箴端的是良谟。

妇言不用终罹祸，淫恶难逃身首诛！

张氏既殁，丧葬告终，野心勃勃的朱阿三，遂日谋夺唐祚，要想帝制自为了。欲知后事，试阅下回。

本回叙朱温事，以母妻二人为关键。《唐史演义》中皆未详叙，故是回特别表明。温之迎母至汴，非真孝思也，为自示豪侈计耳。观其母之询及朱存，而温不以为念，天下有孝子而不知悌弟乎！惟既经母训，尚知涕泣谢罪，取还兄榇，召抚二孤，是大盗犹有天良，彼世之不孝不友者，视温且有愧色矣。张氏为温贤妻，临殁之言，史中虽未曾尽载，但亦不得谓全出虚诬，苏长公所谓想当然者，此类是也。汴有张氏，晋有刘氏，皆为开国内助，贤妇之关系国家，固如此其重且大者。书中述朱温拓地一段，用简笔略过，免至繁复，阅者欲览详文，固自有《唐史演义》在也。

第三回　登大宝朱梁篡位
　　　　明正义全昱进规

却说朱温急欲篡唐，逐渐布置，首先与温反对的镇帅，乃是平卢军治青州。节度使王师范。《纲目》于师范攻兖州，曾以讨贼美名归之。故本书亦郑重揭出。师范颇好学，尝以忠义自期。岐王李茂贞，自凤翔贻师范书，谓温围逼天子，包藏祸心，师范不禁愤起，即发兵讨温，遣行军司马刘鄩攻取兖州，自督兵攻齐州。温遣兄子友宁领兵救齐，击退师范，更派别将葛从周围兖州。友宁乘胜拔博昌、临淄各城，直抵青州城下，师范得淮南援兵，大破汴军，友宁马蹶被杀。送死一个侄儿。

温闻败报，亲率强兵二十万，昼夜兼行，至青州城东，与师范大战一日，师范败走。乃留部将杨师厚攻青州，自引军还汴，师厚复连败师范，擒住他胞弟师克。师范恐爱弟受戮，没奈何举城请降。刘鄩亦将兖州城献还从周。温徙师范家族至汴梁，本拟举师范为河阳节度使，寻因友宁妻泣请复仇，乃将师范杀死，并及族属二百余人。残暴不仁。独署刘鄩为元帅府都押牙，权知郓州留后。

会闻李茂贞与养子继徽，举兵逼京畿。遂复出屯河中，请昭宗迁都洛阳。唐相崔胤，始知温有异图，拟召募六军十二卫，密为防御，且与京兆尹郑元规等，缮治兵甲，日夜不息。温正思诘问，适值兄子友伦，在京中留典禁军，因击毬坠马，竟致毙命。又断送一个侄儿。他遂借此为由，谓友伦暴死，实由崔胤、郑元规等暗中加害，表请昭宗案诛罪犯，毋使专权乱政等语。昭宗览表大惊，即将崔胤等免职。温尚恨恨不平，且遣兄子友谅，带兵入都，令为护驾都指挥使。一面胁昭宗迁洛，一面捕住崔胤、郑元规等，尽行杀毙。

昭宗已同傀儡，只好随了友谅，挈领何皇后等出都。行至陕州，温自河中入觐，由昭宗延入寝室，面赐酒器及衣物。何后泣语道："此后大家夫妇，委身全忠了。"昭宗命温兼判左右神策军，及六军诸卫事。温且将昭宗左右，如小黄门等十余人，及打毬供奉内园小儿等二百余名，也诱入行幄，一并斩首，把众尸埋瘗幕下，另选二百余人，入侍昭宗。于是昭宗名为共主，简直如犯人一般，悉受汴人管束。便好开刀。

温佯为恭顺，先赴洛整治宫阙，然后迎驾至洛，自己返入汴城。昭宗已入牢笼，自知命在旦暮，尚分颁绢诏，告难四方。晋王李克用、岐王李茂贞、蜀王王建、吴王杨行密，彼此移檄，声罪讨温。温索性一不做，二不休，竟令养子友恭，及部将氏叔琮、蒋玄晖等，弑了昭宗，改立昭宗第九子辉王柷为帝。他却假惺惺的驰至洛阳，匍伏昭宗柩前，放声大哭，恐是有声无泪。并且诿罪友恭、叔琮，牵出斩首。友恭临刑大呼道："卖我塞天下谤，人可欺，鬼神可欺么？"你也该死。温辞别还镇，辉王祝年只十三，后世号为昭宣帝。他虽身登帝座，晓得甚么国事，连年号都不敢更张，何皇后受尊为皇太后，移居积善宫，本来是个女流，没甚能力，此时更如坐针毡，自料母子难保，惟以泪洗面罢了。温又令蒋玄晖诱杀唐室诸王，凡昭宗长子德王裕以下，共死九人。更奏贬唐室故相裴枢、独孤损、崔远、陆扆、王溥等官，俟他出寓白马驿，发兵围捕，一古脑儿结果性命，投尸河中。尚有唐相柳璨，一味媚温，屡替温谋禅代事。温自思逆谋已遂，因遣使传示诸镇，表明代唐意思。晋、岐、蜀、吴当然不从，山南东道治襄州。节度使赵匡凝，与弟荆南留后赵匡明，也不肯听令。温立派大将杨师厚，率大兵攻襄州，逐去匡凝，再进拔江陵，逐去匡明，荆襄俱为温有。柳璨等反谓温有南征大功，请旨进温为相国，总制百揆，兼任二十一道节度使。温篡唐心急，还要甚么荣封，当下密嘱蒋玄晖，令与柳璨计议，指日迫唐帝传禅。偏玄晖与璨，谋事迂远，谓必须封过大国，加过九锡，然后禅位，方合魏晋以来的古制。乃再晋封温为魏王，加九锡，入朝不趋，赞拜不名，兼充天下兵马元帅。温勃然怒道："这等虚名，我有何用？但教把帝位交付与我，便好了事。"遂拒还诏命，不愿受赐。宣徽副使王殷、赵殷衡平时与璨等有隙，乘间至温处进谗，谓璨等欲延唐祚，所以种种留难，静候外援。温因此益愤，欲杀柳璨、蒋玄晖。璨闻信大惧，亟奏请传禅，且往汴自解，偏受了一碗闭门羹。还至东都，正值宫人传何太后旨，乞璨代为保护，传禅后子母生全，璨含糊答应。蒋玄晖、张廷范处，亦经太后谕意，复语如璨略同。王殷、赵殷衡又得了间隙，密

第三回　登大宝朱梁篡位　明正义全昱进规

报汴梁，诬称璨与玄晖、廷范，入积善宫夜宴，对太后焚香为誓，兴复唐祚。温素性暴戾，管甚么虚虚实实，竟令殷等收捕玄晖，殷等且说玄晖私通太后，索性把何太后一并弑死。玄晖枭首，焚骨扬灰。又执璨至上东门，赏他一刀，璨自呼道："负国贼柳璨，该死！该死！"死有余辜。廷范亦被拿下，车裂以徇。助逆者其听之。温即欲赴洛，把帝位篡夺了来，偏魏博军帅罗绍威，有密书到汴，请温发兵代除悍将，温乃自往魏州，屠戮魏州牙军八千家。又因幽州军帅刘仁恭，屡为魏患，便顺道渡河，围攻沧州。仁恭向河东乞援，李克用遣将周德威、李嗣昭等，出兵潞州，作为声援。潞州节度使丁会，即昭义节度使。本已归顺汴梁，至是为河东兵所攻，力不能支，且嫉温弑逆不道，竟举城降河东军。温攻沧州不下，又闻潞州失守，乃引兵还魏，由魏返梁。自经这番奔波，唐祚才得苟延了一年。唐昭宣帝天祐四年三月，东都遣御史大夫薛贻矩，到了汴城，传述禅位诏旨。温盛称符瑞，自言有庆云盖护府署，继又谓家庙中生五色芝，第一室神主上，有五色衣，显是代唐的预兆。贻矩北面拜舞，实行称臣，及返至东都，请昭宣帝即日禅位。昭宣帝无可奈何，只得遣宰相张文蔚、杨涉，及薛贻矩、苏循、张策、赵光逢等一班大臣，奉玉册传国宝，及诸司仪仗法驾，驰往汴梁。温命馆待上源驿，即下令改名为晃，取日光普照的意义。四月甲子日，张文蔚等自驿馆入城，登大梁殿廷，殿名金祥也是温临时定名。温戴着通天冕，穿着衮龙袍，大摇大摆，从殿后簇拥出来，汴将早鹄立两旁，拱手伺候。张文蔚、苏循奉册以进，由文蔚朗声读册道：

> 咨尔天下兵马元帅相国总百揆梁王：朕每观上古之书，以尧舜为始者，盖以禅让之典，垂于无穷，故封泰山，禅梁父，略可道者七十二君；则知天下至公，非一姓独有。自古明王圣帝，焦思劳神，惴若纳隍，坐以待旦，莫不居之则兢畏，去之则逸安。且轩辕非不明，放勋非不圣，尚欲游于姑射，体彼大廷，矧乎历数寻终，期运久谢，属于孤藐，统御万方者哉？况自懿祖之后，燮幸乱朝，祸起有阶，政渐无象，天纲幅裂，海水横流，四纪于兹，群生无庇，洎乎丧乱，谁其底绥？洎于小子，粤以冲年，继兹衰绪，岂兹冲昧，能守洪基？惟王明圣在躬，体于上哲，奋扬神武，戡定区夏，大功二十，光著册书。北越阴山，南逾粤海，东至碣石，西暨流沙，怀生之伦，罔不悦附，矧予寡昧，危而获存。今则上察天文，下观人愿，是土德终极之际，乃金行兆应之辰。十载之间，彗星三见，布新除旧，厥有明征，讴歌所归，属在睿德。今遣持节银紫光禄大夫同中书门下平章事张文蔚等，奉皇帝宝绶，敬逊于位。于戏！天之历数在尔躬，允执厥中，天禄永终，王其祗显大礼，享兹万国，以肃膺天命！

文蔚读毕,将册文交温,再由张策、杨涉、薛贻矩、赵光逢,依次递呈御宝,均由温接受。温遂俨然升座,文蔚等降至殿下,率百官舞蹈称贺。自问有愧心否?

礼毕退班,温休息半日。午后在内殿设宴,遍赐群臣。这殿叫做玄德殿,隐以虞舜自比,引用"玄德升闻"的成语。文蔚等俱蒙赐宴,侍坐两旁。温举觞与语道:"朕辅政未久,区区功德,未能遍及人民,今日得居尊位,实皆由诸公推戴,朕未免且感且惭!请诸公畅饮数杯!"何其客气!文蔚等听着此言,离席叩谢,但一时无词可答,也只有噤声不语。独苏循、薛贻矩及刑部尚书张祎,极力献谀,盛称陛下功德巍巍,正宜应天顺人,臣等毫无功力,唯深感陛下鸿恩,誓图后效云云。天良丧尽。温掀髯大笑,开怀痛饮,直至鼍鼓冬冬,方才撤席,大家谢恩而归。

越日大赦改元,国号大梁,废昭宣帝为济阴王。特下一诏令道:

王者受命于天,光宅四海,祇事上帝,宠绥万民。革故鼎新,谅历数而先定,创业垂统,知图箓以无差。神器所归,祥符合应,是以三正互用,五运相生。前朝道消,中原政散,瞻乌莫定,失鹿难追。朕经纬风雷,沐浴霜露,四征七伐,垂三十年,纠合齐盟,翼戴唐室。随山刊木,罔惮胼胝;投袂挥戈,不遑寝处。洎上穹之所赞,知唐运之不兴;莫谐辅汉之文,徒罄事殷之礼。忽比夏禹,忽拟周文,适足令人齿冷!唐主知英华易竭,算祀有终,释龟鼎以如遗,推剑绂而相授。朕惧德勿嗣,执谦允恭,避景命于南河,眷清风于颍水。吾谁欺,欺天乎?而乃列岳群后,盈廷庶官,东西南北之人,斑白缁黄之众,谓朕功盖上下,泽被幽深,宜顺天以应时,俾化家而为国。恐只有寡廉鲜耻等人,如是云云。拒彼亿兆,至于再三。史策无闻。且曰七政已齐,万几难旷:勉遵令典,爰正鸿名。告天地神祇,建宗庙社稷。顾惟凉德,曷副乐推,栗若履冰,怀如驭朽。金行启祚,玉历建元。方宏经始之规,宜布维新之令。可改唐天祐四年为开平元年,国号大梁。书载虞宾,斯为令范,《诗》称周客,盖有明文。是用先封,以礼后嗣,宜以曹州、济阴之邑奉唐主,封为济阴王。凡百轨仪,并遵故实。姬庭多士,比是殷臣。楚国群材,终为晋用。历观前载,自有通规。但遵故事之文,勿替在公之效。应是唐朝中外文武旧臣,现任前资官爵,一切仍旧。凡百有位,无易厥章,陈力济时,尽瘁事朕。此诏。

嗣是升汴州为开封府,定名东都。旧有唐东都洛阳,改称西都,废京兆府,易名大安府,长安县为大安县。置佑国军节度使,即令前镇国军治华州。节度使韩建充任。授张文蔚、杨涉为门下侍郎,薛贻矩为中书侍郎,并同平章事。改枢密院为崇政院,命太府卿敬翔为院使。敬翔系梁主温第一功臣,凡

第三回　登大宝朱梁篡位　明正义全昱进规

一切篡唐谋划，无不与商。所以梁主受禅，仍使他特掌机要。此后军国大事，必经崇政院裁定，然后宣白宰相。宰相非时奏请，皆由崇政院代陈。又特设建昌院，管领国家钱谷，即令养子朱友文知院事。友文本姓康，名勤，为梁主温所特爱，视同己出，改赐姓名，排入亲子行中。温有七子，长名友裕，次为友珪、友璋、友贞、友雍、友徽、友孜，友孜一作友敬。连友文共称八儿。友裕时已逝世，追封郴王，友珪为郢王，友璋为福王，友贞为均王，友雍为贺王，友徽为建王，友文亦受封博王；友孜尚幼，故未得王爵。追尊朱氏四代庙号，高祖黯为肃祖皇帝，妣范氏为宣僖皇后，曾祖茂琳为敬祖皇帝，妣杨氏为光孝皇后，祖信为宪祖皇帝，妣刘氏为昭懿皇后，父诚为烈祖皇帝，母王氏为文惠皇后。封长兄全昱为广王，追封次兄存为朗王。全昱子友谅为衡王，友能为惠王，友海为邵王，存子友宁、友伦已死，亦得追封：友宁为安王，友伦为密王。

　　温特开家宴，召集诸王宗戚，酣饮宫中。喝到酩酊大醉，尚是余兴未消，顿时取出五色骰子，与族属戏起赌来，一掷千金，呼喝甚豪，几把那皇帝架子，丢抛净尽，依然是个砀山无赖，满口呶呶，醉骂不休。倒是本色。

　　全昱平时本无心富贵，尝居砀山故里，携杖逍遥。唐廷曾授他为岭南西道治桂州。节度使，他却不愿赴任，仍旧辞职家居。此次闻温受禅，不得已来至大梁，就是得封王爵，也不过随遇而安，没甚喜欢。难能可贵。及见温使酒狂赌，很觉看不过去，便斜视温面道："朱阿三，汝本砀山小民，从黄巢为盗，目无法纪。一旦反正归唐，遭逢盛遇，天子用汝为四镇节度使，位极人臣，穷享富贵，也可谓不负汝志，汝奈何起了歹心，竟灭唐家三百年社稷！似此忘恩背义，恐鬼神未必佑汝，我恐朱氏一族，将被汝覆灭了！还赌出什么来！"快人快语。说至此，顺手取过骰盆，将骰子散掷地上。

　　看官！你想朱温到了此时，叫他如何忍受，不由的奋袂起座，要与全昱拚命。族属慌忙劝解，令全昱退出宫外，温尚恨恨不已，乱呼乱骂，几乎把朱氏祖宗十七八代，也一并揶揄在内。写尽狂奴。经大众劝他返寝，才算免事。全昱竟飘然自去，仍回砀山故里中，芒鞋竹杖，安享清福去了。及温次日起床，细思兄言，恰也有理，便搁过一边，不再提及。全昱竟得享天年，直至贞明二年，贞明为梁主友贞年号，见后文。寿终故里。

　　这且休表。且说唐祚已移，正朔复改，梁廷传诏四方，不准再用前唐年号。各镇多畏梁主势力，不敢抗命，独有四镇未服，仍奉唐正朔，且移檄讨梁，兴复唐室。看官道是哪四镇，就是上文所说的晋、岐、吴、蜀。小子更略述来历如下：

　　　　晋　即河东，为沙陀人李克用所据。原姓朱邪，父名赤心，以功任云州刺史，赐姓名李国昌。克用为云中守捉使，擅杀大同防御使段文楚，据住云州,败奔鞑靼。后因黄巢僭乱,入征有功,拜河东节度使,加封晋王。唐亡后不服梁命,仍称天祐四年。

岐　即凤翔,为深州人李茂贞所据。茂贞本姓宋,名文通,讨黄巢有功,改赐姓名,官凤翔节度使,累封至岐王。唐亡后亦不服梁命,仍称天祐四年。

吴　即淮南,为庐州人杨行密所据。行密少为盗,转投军伍,乘乱据庐州,平黄巢余党,得拜淮南节度使,晋封吴王。唐昭宣帝季年,行密殁,子渥嗣职,因见晋、岐不受梁命,亦仍奉唐正朔,称天祐四年。

蜀　即西川,为许州人王建所据。建以盐枭从忠武军,治许州。入关逐黄巢,得补禁军八都头之一。嗣入蜀并有两川,浔封至蜀王。唐亡后不受梁命,并因天祐为朱氏所改,不应遵名,但称为天复七年。

那时四镇变做四国,与梁分峙中原。晋最强,次为吴、蜀、岐。四国移檄讨梁,梁亦传檄讨四国,这真叫作中原逐鹿了。小子有诗叹道:

　　　　人心世道已沦亡,元恶公然作帝王。
　　　　差幸纲常存一线,尚留四镇抗强梁。

欲知四国后事,且看下回续表。

　　朱温于唐,无甚功绩,第因乘乱崛起,得肆其狡猾凶暴之手段,据唐祚而有之。从前王莽、曹操、司马懿、刘裕诸奸雄,其险恶犹不若温也。当时之献媚贡谀者,不一而足。温自以为一手掩尽天下耳目,庸讵知骨肉宗亲中,独有佼佼如全昱,仗义宣言,足以丧其魂而褫其魄耶!观全昱寥寥数语,使阅者浮一大白。而温敢弑昭宗,弑何太后,弑昭宣帝,独不能戕害一兄。盖义正词严,令彼无从躲闪,即令彼无从下手。而全昱复飘然归里,自适其所,卒得寿终,是亦一武攸绪之流亚欤? 安得以为温兄而少之哉?

第四回　康怀贞筑垒围潞州
　　　　　李存勖督兵破夹寨

　　却说晋王李克用、岐王李茂贞、吴王杨渥、蜀王王建,有志抗梁,移檄四方,兴复唐室。当时四方各镇,号称最大的,为吴越、湖南、荆南、福建、岭南五区。这五区见了檄文,并没有甚么响应,转令晋、岐、吴、蜀四国,亦急切未敢发难。究竟这五镇军帅,是何等人物,也不得不表明如下:为后文十国伏案。

吴越 系临安人钱镠据守地。镠曾贩盐为盗，改投石镜镇将董昌麾下，以功补都知兵马使。后与昌分据杭越。昌居越州，僭号称帝，镠由杭州发兵斩昌，传首唐廷，唐封镠为越王，继又改封吴王。

　　湖南 系许州人马殷据守地。殷初为秦宗权党孙儒裨将，儒败死，殷与同党刘建锋走洪州。建锋据湖南，为下所杀，众推殷为帅。殷表闻唐廷，唐乃授殷为淮南节度使。

　　荆南 系陕州人高季昌据守地。季昌少为汴州富人李让家僮。朱温镇汴，让以入赀见温，温令为义子，易姓名为朱友让。季昌亦因让进见，温与语颇以为能，命让畜为义儿，遂亦冒姓朱氏。后随温攻凤翔有功，得拜宋州刺史，仍复高姓。及温击走赵匡凝兄弟，见前回。遂保奏季昌为荆南留后，唐廷从之。

　　福建 系光州人王审知据守地。审知兄潮为县史，因乱从军，略定闽邑，由福建观察使陈岩举荐，得任泉州刺史。岩卒，潮进代岩职，审知亦得官副使。及潮殁，审知继任，寻且升任节度使，加封琅琊王。

　　岭南 系闽人刘隐据守地。隐祖安仁经商南海，留家居此。父谦为封州刺史，兼贺江镇遏使。谦殁，隐得袭职。岭南节度使徐彦若，表荐隐为节度副使，委以军事。彦若卒，军中推隐为留后，隐表闻唐廷，且纳贿朱温，遂得实授节度使。

　　看官，你想这五镇中，高季昌为梁主温所拔擢，当然为温效力，刘隐也得温好处，怎肯背梁？吴越、湖南、福建与温素无恶感，乐得袖手旁观。况自温受禅后，格外笼络，加封钱镠为吴越王，马殷为楚王，王审知为闽王，高季昌实授节度使，兼同平章事职衔，刘隐加检校太尉兼侍中，旋且晋封为南平王。这五镇自然岁修朝贡，稽首称臣，哪里还记得唐朝厚恩，愿附入晋、岐、吴、蜀四国，协图兴复呢？富贵误人。

　　此外尚有河北著名数大镇，唐季尝称雄割据，不奉朝命，至唐室衰亡，各镇非削即弱。成德军治镇州。节度使王镕，为唐累世藩臣，年龄未高，资望最著，向来与河东连和。自朱温得势，会同魏博军攻河东，取得邢、洺、磁三州，见第二回。遂作书招镕，令他绝晋归梁。镕尚犹豫未决，温率军进薄镇州城下，焚去南关，镕乃乞和，愿以子昭祚为质。温带昭祚还汴，妻以爱女，与镕结为儿女亲家，至开平元年，且封镕为赵王。时成德军已倾心归梁了。一镇属梁。

　　魏博军节度使罗绍威，素与梁和，长子廷规，娶温女为妇，结为婚姻。温尝替他屠灭悍卒，隐除内患。见前回。虽费了无数供亿，绍威尝有铸成大错的悔语；但德多怨少，总不肯无故背梁。温即帝位，且进贡魏州良木，为建造宫殿的材料,温赐他宝带名马,作为酬仪,彼此欢洽,不问可知。又一镇属梁。

卢龙军治幽州。节度使刘仁恭,据有幽、沧各州,与魏博不协。曾经温替魏往攻,因仁恭得河东声援,未能得利。见前回。这一镇是与晋通好,与梁为仇。哪知仁恭骄侈性成,既得击退梁兵,越觉穷奢极欲,恣情淫佚。幽州有大安山,四面悬绝,他偏在山上筑起宫室,备极华丽,采选良家妇女,令他居住,以供游幸。自恐精力不继,镇日里召集方士,共炼丹药,冀得长生,凡百姓所得制钱,勒令缴出,窖藏山中,民间买卖交易,但令用墐土代钱,各处怨声载道,他尚自称得计。平时第一爱妾,为罗氏女,生得杏脸桃腮,千娇百媚,偏为次子守光,暗中艳羡,勾搭上手,竟代父荐寝,与罗氏作云雨欢。事为仁恭所闻,立将守光笞责百下,逐出幽州。子肯代你效劳,何故黜逐?可巧梁将李思安,奉梁主命,领兵来攻幽州,仁恭尚在大安山,淫乐自如。守光从外引兵到来,击走梁军,随即遣部将李小喜、元行钦等,袭入大安山,把仁恭拘来,幽住别室,自称卢龙节度使。凡父亲罗氏以下,但见得姿色可人,一概取回城中,轮流伴宿,日夕烝淫。舍老得少,想彼时伴宿妇女,应亦赞同。乃兄守文,为义昌军治沧州。节度使,闻父被囚,召集将吏,且泣且语道:"不意我家生此枭獍,我生不如死,誓与诸君往讨此贼!"将吏应诺,守文遂督众至芦台,与守光部兵对仗。战了半日,互有杀伤,两下鸣金收军。越日,守文再进战蓝田,反为守光所败,乃返兵至镇,遣使向契丹乞援。守光恐守文复至,又虑梁兵乘隙来攻,因差人至梁,赍表乞降。梁主温即颁发诏命,授守光为卢龙节度使。想是性情相同,故不暇指斥。于是幽沧一方面,也为朱梁的属镇了。又一镇属梁。此三镇叙笔与前五镇不同。盖前五镇为后文十国伏案,与此三镇互有重轻,故详略互异。

此外如义武军治定州。节度使王处直,夏州节度使李思谏,朔方节度使韩逊,匡国军治同州。节度使冯行袭等,均已臣事朱梁,不生异心。此四镇为唐室旧臣,非由朱梁特授,故亦略表。所以晋、岐、吴、蜀各檄文,传达远近,终归无效。

蜀王王建,因贻晋王李克用书,请各帝一方。克用复书答云:"此生誓不失节!"克用生平,功不掩过,惟此一语特见忠忱。王建得书,又延宕数月,毕竟皇帝心热,竟僭号称尊。国号大蜀,改元武成,用王宗佶、韦庄为宰相,唐道袭为内枢密使,立子宗懿为皇太子。嗣复自上尊号,称英武睿圣皇帝。岐王李茂贞,也想照这般行为,究因地狭兵虚,未敢称帝,但开府置官,所有宫殿号令,略拟帝制罢了。

梁主温最忌晋王,篡位后即遣大将康怀贞,率兵数万,往攻潞州。晋将李嗣昭拒守,怀贞日夕猛攻,竟不能克。乃四面筑垒,成蚰蜒堑,蚰蜒虫名,取以名堑有坚耐意。分兵屯守,为久围计。嗣昭向晋告急。晋王李克用,即派周德威为行营都指挥使,率同李嗣本、史建瑭、安元信、李嗣源、安金全等,往援潞州。行至高河,遇着梁将秦武,前来拦阻,即麾兵杀去。秦武败走,康怀贞也向梁廷添兵。梁主温恨他无能,另授亳州刺史李思安为潞州行营都统,降怀贞为行营都虞侯。思安领河北兵西行,至潞州城下,更筑重城,内防城中冲突,外拒城中援军,取名叫作夹寨。且调山东人民,馈运军粮,俨然有垒高粮足,虎视眈眈的形势。晋将德威,不与力争,但日遣轻骑抄袭,彼出即归,彼归复出,为牵制梁军的计划,思安恐粮车被劫,再从东南出口,筑起甬道,与夹寨相接,免得疏漏。怎奈周德威与部下诸将,更番进攻,排墙填堑,时来骚扰,害得梁军日不得安,夜不得眠,只好坚壁不出,与晋军积久相持。李克用却命李存璋等分攻晋州、洺州,使梁军往来援应,东西奔命。梁主温也发河中陕州将士,驰赴行营,厚添兵力,两下里旗鼓相当,誓决雌雄,自梁开平元年秋季开战,直至二年正月,尚未解决。此为梁晋第一次大战争。

　　李克用因军务倥偬,半年不解,免不得忧劳交集,竟致疽发背中。卧床数日,疽患尤剧,无药可疗,自知病将不起,乃命弟振武军节度使单于东都护府。节度使克宁、监军张承业,及大将李存璋、吴珙、掌书记吴质等,立长子存勖为嗣。存勖为克用次妻曹氏所出,小名亚子,幼娴骑射,胆力过人,克用早目为奇儿。年十一,随克用立功,献捷唐廷。唐昭宗见他异表,特赏他瀫鷉卮、翡翠盘,且抚背道:"儿有奇姿,他日富贵,毋忘我家!"因此克用益加钟爱,特令袭封。并语克宁等道:"此儿志气远大,必能成我遗志,愿汝等善为教导,我死无恨了!"又召存勖至卧榻前,叮咛嘱咐道:"嗣昭守潞,方困重围,恨我不能亲身往援,恐与他要长别了。我死后,丧葬事了,汝速与德威等竭力救他,勿令陷没为要!"语至此,又令取过平时佩带的箭袋,拔出三矢,分交存勖,交付一支,谆嘱数语。第一矢是教他灭梁,第二矢是教他扫燕,第三矢是教他逐契丹。梁晋世仇,克用不能灭梁,原是一生大恨。燕指刘守光,守光叛晋降梁,也是克用所恨的。契丹酋长耶律阿保机,阿保机一译作按巴坚。曾与克用约为兄弟,及梁主受禅,阿保机与梁通好,自食前言,所以克用也引为恨事。存勖涕泣受命。事见欧阳氏《五代史·伶官列传》。克用复语克宁道:"此后以亚子累汝,汝勿负我!"说到我字,已是忍不住痛苦,一声狂呼,竟尔毕命。享年五十三岁。

　　存勖号哭擗踊,非常哀恸。克宁等料理丧事,忙乱了好几天。惟克用在日,养子甚多,衣服礼秩,与存勖相等,共有六七人。存勖嗣位,彼等心怀不服,捏造谣言,意图作乱。克宁久握兵权,又为军士所倾向,因此也涉嫌疑。监军张承业,本是唐朝宦官,当朱温扈驾入京,与崔胤大杀宦官时,见第二回。曾令各镇悉诛监军。李克用与承业友善,但杀罪犯一人,充作承业,承业仍监军如故，感克用恩，格外效力，至是代为衔忧。且见存勖久居丧庐，未曾视事，乃排闼入语存勖道："大孝在不坠基业，非寻常哭泣可了。目今汴寇压境，利我凶哀，我又内势未靖，谣言百出，一或摇动，祸变立至，请嗣王墨缞听政，勉持危局，方为尽孝。"存勖才出庐莅事，闻军中私议纷纷，也觉惊心。便邀克宁入室，凄然与语道："儿年尚幼，未通庶政，恐不足上承遗命，弹压各军。叔父勋德俱高，众情推服，且请制置军府，俟儿能成立，再听叔父处分。"克宁慨语道："汝系亡兄家嗣，且有遗命，何人得生异议？"本意却是不错。遂扶存勖出堂，召集军中将士，推戴存勖为晋王，兼河东节度使。克宁首先拜贺。将士等亦不敢不从，相率下拜。惟克用养子李存颢等，托疾不至。

至克宁退归私第，存颢独乘夜入谒，用言挑拨道："兄终弟及，也是古今旧事，奈何以叔拜侄呢？"克宁正色道："这是体统所关，怎得顾全私谊？"语未毕，忽屏后有人窃笑道："叔可拜侄，将来侄要杀叔，也只好束手受刃了！"克宁闻声返顾，见有一人出来，原来是妻室孟氏。便道："你如何也来胡说！"孟氏道："天与不取，必且受殃！你道存勖是好人么？"存颢得了一个大帮手，复用着一番甜言蜜语，竭力撺掇，说得克宁也觉心动。坏了！坏了！便叹息道："名位已定，叫我如何区处？"存颢道："这有何难？但教杀死张承业、李存璋，便好成功。"克宁道："你且去与密友妥商，再作计较。"

存颢大喜，出与同党计议，决奉克宁为节度使，并执晋王存勖，及存勖母曹氏归梁，愿为梁藩。大约是丧心病狂了。都虞侯李存质，也是克用养子，时亦在座与议，惟尝与克宁有嫌，议论时不免龃龉。存颢诉知克宁，竟诬称存质罪状，把他杀毙。克宁遂求为云中节度使，且割蔚、应、朔三州为属郡。存勖已是动疑，但表面上尚含糊答应。

既而幸臣史敬镕，入见太夫人曹氏，将克宁及存颢等阴谋，详细告闻。曹氏大骇，亟语存勖，存勖召张承业、李存璋入内，涕泣与语道："吾叔欲害我母子，太无叔侄情；但骨肉不应自相鱼肉，我当退避贤路，少抒内祸。"这是欲擒故纵之言，看官莫被瞒过。承业勃然道："臣受命先王，言犹在耳，存颢等欲举晋降贼，王从何路求生？若非大义灭亲，恐国亡无日了！"存勖乃与存璋等定谋，伏兵府署，诱克宁、存颢等入宴。才行就座，伏兵遽起，即将克宁、存颢等拿下。存勖流涕责克宁道："儿前曾让位叔父，叔父不取；今儿已定位，奈何复为此谋，竟欲将我母子执送仇雠，忍心至此，是何道理？"克宁惭伏不能对。存璋等齐呼速诛，存勖乃取出祖父神主，摆设香案，才将克宁枭首，存颢等一并伏诛，令克宁妻孟氏自尽。长舌妇有何善果！一场内乱，化作冰销。

正拟出救潞州，忽闻唐废帝暴死济阴，料知为朱温所害，遂缟素举哀，声讨朱梁。随笔了过唐昭宣帝。部众以周德威外握重兵，恐他谋变，且素与嗣昭不睦，未肯出力相援，因怂恿晋王存勖，调回德威。适梁主温自至泽州，黜退李思安，换用刘知俊，另派范君实、刘重霸为先锋，牛存节为抚遏使，驻兵长子。一面派使至潞州，谕令李嗣昭归降。嗣昭焚书斩使，厉兵死守，梁军又复猛扑。流矢中嗣昭足，嗣昭潜自拔去，毫不动容，仍然督兵力拒，因此城中虽已匮乏，兀自支撑得住。

梁主温闻潞州难下，拟即退师，诸将争献议道："李克用已死，周德威且归，潞州孤城无援，指日可下，请陛下暂留旬月，定可破灭潞城。"梁主温勉留数日，恐岐人乘虚来攻，截他后路，乃决自泽州还师，留刘知俊围攻潞州。

周德威由潞还晋，留兵城外，徒步入城，至李克用柩前，伏哭尽哀，然后退见嗣王，谨执臣礼。存勖大喜，遂与商及军情，且述先王遗命，令援潞州。德威且感且泣，固请再往。存勖乃召诸将会议，首先开言道："潞州为河东藩蔽，若无潞州，便是无河东了。从前朱温所患，只一先王，今闻我少年嗣位，必以为未习戎事，不能出师，我若简练兵甲，倍道兼行，出他不意，掩他无备，以愤卒击惰兵，何忧不胜？解围定霸，便在此一举了！"颇有英雄气象。张承业在旁应声道："王言甚是，请即起师。"诸将亦同声赞成。

存勖乃大阅士卒，命丁会为都招讨使，偕周德威等先行，自率军继进。到了三垂岗下，距潞州只十余里，天色已暮，存勖命军士少休，偃旗息鼓，衔枚伏着。待至黎明，适值大雾漫天，咫尺不辨，驱军急进，直抵夹寨。梁军毫不设备，刘知俊尚高卧未起，陡闻晋兵杀到，好似迅雷不及掩耳，慌忙披衣趿履，整甲上马，召集将士等出寨抵御。哪知西北隅已杀入李嗣源，东北隅已杀入周德威，两路敌军，手中统执着火具，连烧连杀，吓得梁军东逃西窜，七歪八倒，知俊料不能支，领了败兵数百，拨马先逃。梁招讨使符道昭，情急狂奔，用鞭向马尾乱挥，马反惊倒，把道昭掀落地上。凑巧周德威追到，手起刀落，剁成两段，梁军大溃，将士丧亡逾万，委弃资粮兵械，几如山积。败报到了汴梁，梁主温惊叹道："生子当如李亚子，克用虽死犹生！若似我诸儿，简直与豚犬一般呢！"似你得有美媳，也足慰你老怀。小子有诗咏道：

晋阳一鼓奋雄师，夹寨摧残定霸基。
生子当如李亚子，虎儿毕竟扫豚儿。

夹寨已破，周德威至潞州城下，呼李嗣昭开门，偏嗣昭弯弓搭箭，竟欲射死德威。究竟为着何事，容小子下回说明。

唐亡以后，虽有四国反抗朱梁，实则皆纯盗虚声，非真有心兴唐。惟晋王李克用，犹为彼善于此尔，余镇皆利禄熏心，受梁笼络，更不足道。惟唐梁之交,土宇分崩,群雄割据,几如乱猬一般,经作者一一叙清,才觉头头是道,得使阅者爽目。看似容易却艰辛,幸勿轻口滑过,至四国五镇,及关系《五代史》等藩属,俱已交代明白,方折到梁晋交战事。夹寨一役,为梁晋兴亡嚆矢,故叙事从详。至若克用父子,一终一继,亦不肯少略,俱为后文处处伏案。阅者悉心浏览,自知作者苦心,非寻常小说比也。

第五回　策淮南严可求除逆
　　　　　　战蓟北刘守光杀兄

却说周德威至潞州城下,呼李嗣昭开门,且遥语道:"先王已薨,今嗣王亲自来援,破贼夹寨,贼兵都遁去了。快开门迎接嗣王!"嗣昭闻言,竟抽矢欲射德威。左右连忙劝阻,嗣昭道:"我恐他为贼所得,由贼使他来诳我呢!"左右道:"他既说嗣王自来,何不求见嗣王,再作区处。"嗣昭乃答德威道:"嗣王既已到此,可否一见?"德威才退告存勖。存勖亲至城下,仰呼嗣昭。嗣昭见存勖素服,不禁大恸起来,军士亦相率泣下。乃下城开门,迎存勖入城。存勖好言慰劳,并述克用遗言,与德威同来援潞。嗣昭因与德威相见,彼此释嫌,欢好如初。

德威请进攻泽州,存勖令与李存璋等偕行。适梁抚遏使牛存节,率兵接应夹寨,至天井关遇见溃兵,才知夹寨被破,且闻晋军有进攻泽州消息,便号令军前道:"泽州地据要害,万不可失,虽无诏命,亦当趋救为是!"大众都有惧色,存节又道:"见危不救,怎得为义?畏敌先避,怎得为勇?诸君奈何自馁呢!"你从了弑君逆贼,难道可称义么么?遂举起马鞭,麾众前进。到了泽州城下,城中人已有变志,经存节入城拒守,众心乃定。周德威等率众到来,围攻至十余日,存节多方抵御,无懈可击。刘知俊又收集溃兵,来援存节,德威乃焚去攻具,退保高平。

晋王存勖,亦引兵归晋阳,休兵行赏。命德威为振武军节度使,更兄事张承业,升堂拜母,赐遗甚厚。一面饬州县举贤才,黜贪残,宽租税,抚孤穷,伸冤滥,禁奸盗,境内大治。复训练士卒,严定军律,信赏必罚,蔚成强国。潞州经李嗣昭抚治,劝课农桑,宽租缓刑,不到数年,军城完复,依旧变作巨镇。自是与朱梁争衡,成为劲敌了。*为后唐灭梁张本。*

梁主温既鸩死唐帝,复因苏循等为唐室旧臣,勒令致仕,共斥去十五人。*贡谀何益。*张文蔚死,杨涉亦免官,改用吏部侍郎于兢,礼部侍郎张策,同平章事。且因韩建尽忠梁室,亦加他同平章事职衔。越年复迁都洛阳,改称大梁

第五回　策淮南严可求除逆　战蓟北刘守光杀兄

为东都。命养子博王友文留守。会岐、蜀、晋三国，联兵攻梁雍州，为梁将刘知俊所拒，不能得志。三国兵陆续引还，再拟联结淮南，共图大举，偏淮南陡起内乱，也闹出弑逆大事来了。

淮南节度使杨渥，年少袭位，性好游饮，又善击球，居父丧时，尝燃烛十围，与左右击球为乐，一烛费钱数万。或单骑出外，竟日忘归，连帐前亲卒，都不知他的去向。左牙指挥使张颢，右牙指挥使徐温，统是行密旧臣，面受遗命，辅渥袭爵。渥尝袭取洪州，掳归镇南节度使钟匡时，<small>镇南军治洪州。</small>兼有江西地，嗣是骄侈益甚，日夜荒淫。颢与温入内泣谏，渥怒斥道："汝两人谓我不才，何不杀我，好教汝等快心？"<small>自己讨杀，真是奇闻。</small>颢、温失色而出。渥恐两人为变，召入心腹将陈璠、范遇，令掌东院马军，为自卫计。哪知颢、温已窥透渥意，乘渥视事，亲率牙兵数百人，直入庭中。渥不觉惊骇道："汝等果欲杀我么？"<small>你既怕死，何必讨杀。</small>颢、温齐声道："这却未敢，但大王左右，多年挟权乱政，必须诛死数人，方可定国。"渥尚未及言，颢、温见陈璠、范遇侍侧，立麾军士上前，把璠、遇二人曳下，双刀并举，两首落地，颢、温始降阶认罪，还说是兵谏遗风，非敢无礼。渥亦无可奈何，只好强为含忍，豁免罪名。从此淮南军政，悉归颢、温两人掌握。渥日夜谋去两人，但苦没法。两人亦心不自安，共谋弑渥，分据淮南土地，向梁称臣。<small>计亦太左。</small>颢尤迫不及待，竟遣同党纪祥等，贪夜入渥帐中，拔刃刺渥。渥尚未就寝，惊问何事，纪祥直言不讳。渥且惊且语道："汝等能反杀颢、温，我当尽授刺史。"大众颇愿应允，独纪祥不从，把手中刀砍渥。渥无从闪避，饮刃倒地，尚有余气未尽，又被纪祥用绳缢颈，立刻扼死。当即出帐报颢，颢率兵驰入，从夹道及庭中堂下，令兵站着，露刃以待，然后召入将吏，厉声问道："嗣王暴薨，军府当归何人主持？"大众都不敢对，颢接连问了三次，仍无音响，不由的暴躁起来。忽有幕僚严可求，缓步上前，低声与语道："军府至大，四境多虞，非公将何人主持？但今日尚嫌太速。"颢问为何故，可求道："先王旧属，尚有刘威、陶雅、李简、李遇等人，现均在外，公欲自立，彼等肯为公下否？不若暂立幼主，宽假时日，待他一致归公，然后可成此事。"颢听了这番言语，倒也未免心慌，十分怒气，消了九分，反做了默默无言的木偶。可求料他气沮，便麾同列趋出，共至节度使大堂，鹄立以俟，大众也莫名其妙。但见可求趋入旁室，不到半刻，仍复出来，扬声呼道："太夫人有教令，请诸君静听！"说着，即从袖中取出一纸，长跪宣读，诸将亦依次下跪，但听可求朗读道：

> 先王创业艰难，中道薨逝。嗣王又不幸早世，次子隆演，依次当立，诸将多先王旧臣，应无负杨氏，善辅导之，予有厚望焉！

读毕乃起,大众亦齐起立道:"既有太夫人教令,应该遵从,快迎新王嗣位便了。"张颢此时也已出来,闻可求所读教令,词旨明切,恰也不敢异议。乃由他主张,迎入隆演,奉为淮南留后。看官,你道果真是太夫人教令么？行密正室史氏,本来是没甚练达,不过渥为所出,并系行密元妃,例当奉为太夫人。可求乘乱行权,特从旁室中草草书就,诈称为史氏教令,诸将都被瞒过,连张颢亦疑他是真,未敢作梗。杨氏一脉,赖以不亡。可求诚杨氏功臣。

颢专权如故,默思徐温本是同谋,此次迎立隆演,温却置诸不问,转令自己孤掌难鸣。此中显有可疑情迹,计惟调他出去,免得一患。乃入白隆演,请出温为浙西观察使。可求闻知消息,即潜往说温道:"颢令公出就外藩,必把弑君罪状,加入公身,祸且立至了！"温大惊问计,可求道:"颢刚愎寡智,可以计诱,公能见听,自当为公设法。"温起谢可求。可求即转说颢道:"公与徐温同受顾命,令调温外出,他人都说公夺温卫兵,意图加害,此事真否？"颢惊道:"我无此意。"可求道:"人言原是可畏,倘温亦从此疑公,号召外兵,入清君侧,公将何法对待呢？"三寸舌确是善掉。颢少断多疑,闻可求言,果将原议取消,乃劝隆演任温如旧。隆演也是个庸柔人物,一一依从。

既而行军副使李承嗣,知可求有附温意,暗中告颢。颢夜遣刺客入可求室,阴刺可求,亏得可求眼明手快,用物格刀,讯明来意,刺客谓由颢所遣,可求神色不变,即对刺客道:"要死就死,但须我禀辞府主,方可受刃。"刺客允诺,执刀旁立,可求操笔为书,语语激烈,刺客颇识文字,不禁心折,便道:"公系长者,我不忍杀公,但须由公略出财帛,以便复命。"可求任他自取,刺客掠得数物,便去覆颢,但说可求已闻风遁去,但俟异日,颢亦只得静待。

可求恐颢再行加害,忙向温告变,力请先发制人,且谓左监门卫将军钟泰章,可与共事,温遂使亲将翟虔,邀泰章入室,与谋杀颢。泰章一力担承,归与壮士三十人,商定秘谋,刺臂流血,沥酒共饮。翌晨起来,装束停当,直入左牙都堂,正值颢升座视事,被泰章掷刀中脑,顿时倒毙。壮士一齐下手,杀死颢左右数十人。温率右牙兵亲来接应,左牙兵惮不敢动,当由温宣言道:"张颢实行弑逆,按律当诛,今已诛死首恶,尚有余党未尽,无论左右牙兵,但能捕除逆党,一概行赏！"左牙兵得此号令,踊跃而出,捕得纪祥等到来,由温命推出市曹,处以极刑。

一面入白史太夫人,史氏惶恐失色,向温泣语道:"我儿年幼,不胜重任,今祸变至此,情愿自率家口,返归庐州原籍,请公放我一条生路,也是一种大德呢。"可见她实是无能。温逡巡拜谢道:"颢为大逆,不可不诛。温岂敢负先王厚恩,愿太夫人勿再疑温,尽可放心！"史氏方才收泪,温乃趋退。当时淮南人士,总道徐温是杨氏忠臣,从前弑渥实未与闻,那知温与颢实是同谋,不过颢为傀儡,转被温所利用,强中更有强中手,就是这事的注脚哩。总断数语坐实温罪。

温既杀颢,遂得兼任左右牙都指挥使,军府事概令取决。隆演不过备位充数,毫无主意。严可求升任扬州司马,佐温治理军旅,修明纪律。支计官骆知祥,由温委任财赋,纲举目张,丝毫不紊。淮南人号为严骆,很是悦服。温原籍海州,少随杨行密为盗,行密贵显,倚为心腹,至是得握重权,尝语严可求道:"大事已定,我与公等当力行善政,使人解衣安寝,方为尽职。否则与张颢一般,如何安民!"可求当然赞成,举颢所行弊政,尽行革除,立法度,禁强暴,通冤滞,省刑罚,军民大安。不没善政。是善善从长之意。

温乃出镇广陵,大治水师,用养子知诰为楼船副使,防遏昇州。知诰系徐州人,原姓李名昪,幼年丧父,流落濠泗间,行密攻濠州,昪为所掠,年仅八岁,却生得头角峥嵘,状貌魁梧,行密取为养子,偏不为杨渥所容,乃转令拜温为义父,温命名知诰。及长,喜书善射,沉毅有谋,温尝语家人道:"此儿为人中俊杰,将来必远过我儿。"自是益加宠爱,知诰亦事温惟谨。所以温修治战舰,特任知诰为副使,知诰果然称职,经营舟师,整而且严。为南唐开国伏笔,故叙徐知诰较详。

过了三月,抚州刺史危全讽,联合抚、信、袁、吉各州将吏,进攻洪州。节度使刘威,遣使至广陵告急,自与僚佐登城宴饮,佯示从容。全讽疑威有备,不敢轻进,但屯兵象牙潭,派人至湖南乞师。楚王马殷见第四回。遣指挥使苑玫围高安,遥作声援。会广陵派将周本,率七千人援洪州,倍道疾趋,径抵象牙潭。全讽临溪营栅,绵亘数十里。本隔溪布阵,令羸卒挑战,诱全讽兵追来。全讽轻进寡谋,想打他一个下马威,便倾寨出追,不管好歹,麾众渡溪,甫至半渡,那周本却带领锐卒,前来截击。全讽始知中计,慌忙对仗,奈部众已无行列,东奔西散,只剩得亲卒数百人,保住全讽,又被周本兵围住,杀毙无数,好容易冲开一条血路,奔回溪岸,才得登陆,兜头碰着冤家,一声大呼,竟将全讽吓落马下,活活的被他捉去。真不济事。看官道是何人擒住全讽,原来就是周本。他见部兵围住全讽,便觑隙过溪,截他归路,可巧全讽奔回,掩他不备,遂得顺手擒来。复乘胜攻克袁州,获住刺史彭彦章。吉州刺史彭玕,率众奔湖南。信州刺史危仔倡,单骑奔吴越。湖南将苑玫,闻全讽被擒,撤去高安围军,正思引还,偏被淮南大将米志诚杀到,吃了一个败仗,抱头窜归。江西复平,淮南无恙,小子正好续述河北军情。

义昌节度使刘守文,因弟守光囚父不道,发兵声讨,偏偏连战不胜,不得已用着重贿,向契丹借兵,见前回。契丹酋长阿保机,发兵万人,并吐谷浑部众数千,来援守文。守文尽发沧、德两州战士,得二万余人,与契丹、吐谷浑两军会合，有众四万，出屯蓟州。守光闻守文又至，也将幽州兵士，全数发出，亲自督领，与乃兄相见鸡苏，争个你死我活。阵方布定，契丹、吐谷浑两路铁骑，分头突入，锐气百倍。守光部下，见他来势甚猛，料知抵敌不住，便即倒退。守光也无法禁止，只好随势退下。守文见外兵得胜，也骤马出阵，且驰且呼道："勿伤我弟！"迂腐之至。语尚未绝，忽听得飕的一声。知是有暗箭射来，急忙勒马一跃，那来箭正不偏不倚，射中马首，马熬痛不住，当然掀翻，守文亦随马倒地，仓猝中不知谁人把他掖起，夹入肘下，疾趋而去，又仔细辨认，才晓得是守光部将元行钦。此时暗暗叫苦，也已无及了。

守光见行钦擒住守文，胆气复豪，又麾兵杀回，沧、德军已失主帅，还有何心恋战，霎时大溃。契丹、吐谷浑两路人马，也被牵动，索性各走自己的路，一哄儿都去了。守光命部将押回守文，禁居别室，围以丛棘，更督兵攻沧州。

沧州节度判官吕兖、孙鹤，推立守文子延祚为帅，登陴守御。守光连日猛攻，终不能下，乃堵住粮道，截住樵采，围得他水泄不通，相持到了百日，城中食尽，斗米值钱三万，尚无从得购，人民但食堇泥，驴马互啖鬃尾。吕兖拣得羸弱男女，饲以豢面，乃烹割充食，叫作宰杀务，究竟人肉有限，不足饷军，满城枯骨累累，惨无人烟。孙鹤不得已输款守光，拥延祚出降。守光入城，命将沧州将士家属，悉数掳回幽州，连延祚亦带了回去，留子继威镇义昌军。派大将张万进、周知裕为辅，鸣鞭奏凯，得意班师。全无人心。且遣使告捷梁廷，并代父乞请致仕。梁主温准如所请，命仁恭为太师，养老幽州。封守光为燕王，兼卢龙、义昌两军节度使。义昌留守刘继威，后为张万进所杀，守光亦不能制。惟遣人刺死守文，佯为涕泣，归罪刺客，把他杀死偿命。又大杀沧州将士，族灭吕兖家，仅留孙鹤不杀。兖子琦年十五，被牵出市中，将要处斩。吕氏门客赵玉，急至法场大呼道："这是我弟赵琦，误投吕家，幸勿误诛。"监刑官乃命停刑。玉挈琦逃生，琦足痛不能行，由玉负他奔窜，变易姓名，沿途乞食，得转辗至代州。琦痛家门殄灭，刻苦勤学，始得自立。晋王存勖闻琦名，命署代州判官，并旌玉义，赐他金帛。小子有诗叹道：

> 幽父杀兄刘守光，朔方黑黯任倡狂。
> 尚余一个忠诚仆，窃负遗孤义独彰。

梁主温既得服燕，遂欲乘势并岐，遣大将刘知俊出兵，取得丹、延、鄜、坊四州，不意知俊竟起了变志，叛梁降岐。欲知他叛梁情由，容待下回声明。

淮南之乱，首恶为张颢，徐温其从犯也。颢既弑渥，而仍不得逞其志，是由严可求达权之效，追与温定谋，结钟泰章，手刃逆颢，虽未免存右袒之心，使温得避弑君之罪,然微温不能除颢。颢岂长肯为隆演下乎?然则杨氏之犹得保存,固可求之力居多,本编归功可求,良有以也。刘守光幽父不道,守文乞师外族,幸得少胜,此时苟得捕获守光,虽诛之不为过,乃对众号呼,愿勿伤弟,以丈夫之义愤,忽变而为妇人之仁柔。一何可笑!卒之身为所縶,死逆弟手,天下之愚昧寡识者,无过守文,而守光之行同枭獍,丧尽天良,且自是益著矣。作者叙守光事,略略点染,而恶已尽露,是固有关世道之文,不得以断烂朝报目之。

第六回　刘知俊降岐挫汴将
　　　　　周德威援赵破梁军

　　却说梁将刘知俊,曾受梁主温命令,为西路行营都招讨使,防御岐晋。梁佑国军注见第三回。节度使王重师,与知俊友善,尝偕知俊会师幕谷,大破岐兵。梁廷闻捷,更令知俊乘胜进军,连拔丹、延、鄜、坊四州。梁主温即令牛存节为保大军节度使,镇守鄜坊,高万兴为保塞军节度使,镇守丹延,唐置保大军于延州,统辖四州,后折为二镇。再命知俊进取邠州。邠州为岐王茂贞养子继徽所据,继徽原姓杨,名崇本,拥兵不多,尚有势力。知俊恐不能拔,托言缺粮,不肯遽进。

　　梁主温疑有异志,召使还朝。知俊正拟赴洛,忽闻王重师被逮,身诛族灭,另用刘捍为留后,不由的吃一大惊。原来重师镇长安数年,贡奉不时,统军刘捍,欲夺重师位置,密向梁主处进谗,但说重师暗通邠、岐,梁主遂召还重师,严刑惩罪,即以刘捍继任。看官,试想此时的刘知俊,能不动了兔死狐悲,鸟尽弓藏的念头么?接连又得弟知浣密书,教他切勿入朝,入朝必死,他越加恐惧,观望不前。知浣曾任梁廷指挥使,复在梁主前面请,愿自迎乃兄还朝。梁主温不知是假,当即允准,他竟挈领弟侄,同至知俊行营。知俊喜家属生全,遂据了同州,降附岐王茂贞,并阴赂长安诸将,令他执住刘捍,械送凤翔,自率部兵占住潼关。

　　梁主温再遣近臣招谕知俊,知俊不从,乃削知俊官爵,特派山南东道节度使杨师厚,率同马步军都指挥使刘鄩,往讨知俊。鄩至关东,得获知俊伏兵,令为前导,乘夜叩关,关吏未曾辨明,立即开门,鄩兵一拥而入,害得知俊措手不及,只得弃关西走,挈族奔岐。

　　岐王茂贞,正杀死刘捍,发兵援应知俊,不料知俊仓猝前来,不得已好言抚慰,特授中书令。命他往取灵州,俟得地后,即授封镇帅。知俊请得岐兵数千人，克日就道，径至灵州城下，把城池围困起来。梁朔方节度使韩逊，飞使告急，梁王温立遣镇国军唐镇国军治华州，梁迁置陕州，改华州为感化军。节度使康怀贞，感化军唐称徐州为感化军，梁改置。节度使寇彦卿，会师往援，兼攻邠宁。

怀贞等星夜前进，连下宁、衍二州，直入泾州境内。知俊解围还援，怀贞等亦退兵三水，偏知俊已绕出前面，据险邀击，把怀贞麾下的兵士，冲作数段，怀贞仓皇失措，不知所为，亏得左龙骧军使王彦章，持着两大杆铁枪，当先开路，左挑右拨，搠死岐兵数百人，岐兵吓退两旁，剩出一条走路，放过梁军。怀贞方得走脱，偏将李德遇、许从实、王审权等，统皆失散，不知下落，狼狈奔至升平，蓦有大山当道，两面峭壁，只一狭径可通人马。怀贞正在担忧，猛闻一声胡哨，那岐兵从谷中出来，堵住山口，为首一员大将，正是刘知俊，大呼怀贞快来受死。知俊亦颇能军，后被岐用，全是好猜所致。怀贞吓得手足冰冷，顾着王彦章道："这，这将奈何？"彦章道："节帅只随我前进。怕他甚么？"遂舞动两枪，杀入山口，一杆枪足重百斤，经他两手运动，好似篾片一般。知俊上前拦阻，怎经得彦章神力，战到三五个回合，已杀得汗流浃背，招架不住，慌忙勒马退还。彦章且战且前，怀贞紧紧随后，费了若干气力，才得杀透山谷，麾鞭遁去，手下许多军士，多被岐兵截住，不是杀死，就是受擒，一个都没有生还。独寇彦卿与怀贞分途进兵，闻怀贞败还，急急收军回来，还算不吃大亏。

知俊向岐王献捷，岐王授知俊为彰义节度，镇治泾州。梁主温因怀贞丧师，懊怅了好几日，复接了外镇许多军报，无心批驳，只好敷衍了事。一是夏州节度使李思谏病殁，子彝昌嗣职，为部将高宗益所杀，宗益又经将吏诛死，另推彝昌族叔仁福为帅，表闻梁廷，梁主即刻批准，授仁福为夏州节度使。后来即成为西夏国。一是魏博节度使罗绍威病亡，绍威长子廷规，即梁主女夫，亦早去世，次子周翰在镇，表请袭位，梁主亦批准发行。一是楚王马殷，求给赐号为天策上将军，梁主不觉自忖道："我既封他为王，还要这上将军名号，却是何用？"我亦不解。意欲批斥不准，转思笼络要紧，不如依他所请，免令反侧，乃亦许给名号，令为上将。楚王殷得报大喜，遂借天策上将军名目，开府置官，令弟赉存为左右相，居然也独霸一方了。三处皆用简笔叙过，不涉浪墨。

忽由成德军节度使赵王王镕，报称祖母寿终，乃遣使臣赉赐赙仪，兼令吊问。及使臣回来，谓晋使亦曾与吊，转令梁主温大起疑心，便欲并吞河北，省得为晋爪牙。乃遣供奉官杜廷隐、丁延徽为赵监军，且命他发魏博兵数千，分屯深、冀二州，托词助赵守御，暗中实嘱使袭赵。

赵将石公立方戍深州，急遣白王镕，愿拒绝梁使。镕不肯从，反召公立还镇州。公立出门，指城下涕道："朱氏灭唐社稷，三尺童子，犹知他居心叵测，

第六回　刘知俊降岐挫汴将　周德威援赵破梁军　617

我王反恃为姻好，令他屯兵，这叫做开门揖盗，眼见得全城为虏了！"至公立已去，梁使杜廷隐等，率魏博兵入城，深州人民，相率惊骇，奔匿城外，廷隐即将城门关住，尽杀赵戍卒，复照样袭取冀州。

石公立返谒王镕，极言梁人无信，镕尚半信半疑。至深、冀失守消息，报入镇州，才令公立再攻深、冀，杜廷隐等已浚濠拒守，严兵以待，哪里还能攻入！看官听着，这成德军的管辖地，只有镇、赵、深、冀四州；此时失去一半，教王镕如何不慌？当下四出求援，先遣说客至定州，用了甘言厚币，买通义武节度使王处直，与约拒梁。王处直见第四回。再派使至燕晋告急。

燕王刘守光不报，惟晋王李存勖，接见赵使，却毫不迟疑，允令出援。晋将多谏阻道："王镕臣事朱温，已有数年，岁输重赂，并结婚姻，此次向我求救，必有诈谋，愿大王勿允彼言！"存勖摇首道："汝等但知其一，不知其二。试想王氏在唐，尚且叛服无常，怎肯长为朱氏臣属？今朱氏出兵掩袭，王镕救死不暇，还顾及甚么姻好？我若不救，正堕朱氏计中，应急速发兵，会同赵军，共破朱氏，免得他踏平河朔，侵及河东哩！"英断过人。语未毕，定州亦派使到来，谓愿联合镇州，推晋王为盟主，合兵攻梁。存勖允诺，即将两使遣归，命周德威率兵万人，往屯赵州，助镕防守。

梁主温闻晋军援赵，也命王景仁、韩勍、李思安诸将，领兵十万，进逼镇州，直至柏乡。王镕大惧，复遣使向晋乞师。存勖乃亲自出马，留蕃汉副总管李存璠等守晋阳，自率大军东下，王处直亦派兵五千，前来从行。存勖至赵州，与周德威合军，进营野河，与柏乡只隔五里。梁兵坚壁不出，存勖命德威率兵挑战，仍没有一人出来接仗。德威令游骑进薄梁营，痛骂梁军，且发矢射入营帐。恼了梁军副使韩勍，开营逆战，出兵三万，怒马奔来，德威即麾军退回，勍哪里肯舍，分三万人为三队，追击晋军。晋军见梁军盔甲鲜明，光耀夺目，不禁心摇气馁，各有惧容。德威瞧着，便下令道："敌军皆汴州屠贩徒，衣铠虽是鲜明，统是没用，十人不足当汝一人，汝等尽可无虑。且汝等能擒他一卒，便得小富，这是奇货可居，不应坐失哩。"军士得令，方有起色，统回头想与搏斗。德威就分兵两路，攻击梁军两头，左驰右突，出入数四，俘获得百余人。乃且战且行，回至野河，存勖出兵接应，梁兵乃退。

德威既驰入大营，上帐献议道："贼势甚锐，宜按兵持重，待他疲敝，方可进攻。"存勖道："我率孤军远来，救人急难，利在速战，奈何按兵持重呢！"德威道："镇定兵只能守城，不能野战，我兵虽能驰骋，但惟旷野间方可冲突，今压贼寨门，无从展技，并且彼众我寡，势不相敌，倘被彼知我虚实，我必危了！"是谓知彼知己。存勖愀然不答，退卧帐中。德威出语张承业道："大王骤胜而骄，不自量力，专务速战，今去贼咫尺，只有一水相隔。彼若造桥迫我，我众恐立尽了,不如退屯高邑,依城自固,一面诱贼离营,彼出我归,彼归我出,再派轻骑掠彼粮饷,不出月余,定可破敌。"仍是从前攻夹寨之计。承业点首,入帐语存勖道:"这岂大王安枕时么?周德威老将知兵,言不可忽,愿大王注意!"存勖跃然起床道:"我正思德威言,颇有至理。"即出帐召入德威,令拔营徐退,回屯高邑。

嗣获得梁营侦卒,果然王景仁饬兵编筏,拟多造浮桥,以便进兵。存勖始称德威先见,奖劳有加,时已为梁开平四年冬季,两军休兵不战。

过了残冬,越年正月,晋军屡出游骑,截敌刍牧,凡刈刍饲马诸梁兵,多为所掳,梁兵遂闭门不出,周德威令游骑环噪梁营。梁兵疑有埋伏,愈不敢动,惟锉屋第坐席,喂饲战马,马多饿毙。德威见梁兵连日不战,定欲诱他出来,乃与史建瑭、李嗣源两将,带着精骑三千,自往诱敌,驰至梁寨门前,令骑士辱骂梁将,并及梁主,寨门仍寂然无声。再饬骑士下马,席地坐着,信口痛骂,直把那汴梁君臣的丑史,一古脑儿宣扬出来。约骂到一两个时辰,才把寨门骂开,梁兵似潮涌出,当先为梁将李思安,挺枪跃马,引兵前来。周德威忙令骑士上马,与他接战,约略数合,便即引退,一面走,一面追,至野河旁,已有浮桥筑着,晋将李存璋带着镇定兵士,护守浮桥,让过德威等人,方上前拦住梁兵。梁兵横亘数里,竞前夺桥,镇定兵左右抵御,多被梁兵杀退,势将不支,晋王存勖方登高观战,顾语都指挥使李建及道:"贼若过桥,不可复制了。"建及奋然跃出,号召长枪兵二百名,奔助存璋,一当十,十当百,努力向前,竟将梁兵杀退。梁兵稍稍休息,复来夺桥,存璋、建及等仍然死斗,不许越雷池一步,自已牌杀到未牌,尚是胜负未分。这是梁晋第二次恶战。

存勖语德威道:"两军已合,势不相下,我军兴亡,在此一举。我愿为公等先驱,公等继进,定要杀败了他,方泄我恨!"说至此,援辔欲行。德威叩马力谏道:"梁兵甚众,只可计取,不能力胜。彼去营数里,虽带着干粮,也无暇取食,俟战至日暮,饥渴两迫,兵刃外交,士卒劳倦,必有退志,我方出精骑掩击,必得大胜,此时还须静待哩!"存勖乃止。两军尚喊杀连天,奋斗不已。

既而夕阳西下,暮色横天,梁兵尚未得食,当然疲乏,渐渐的倒退下去。周德威登高大呼道:"梁兵遁走了!"说着,即麾动锐骑,鼓噪而进,梁兵已无斗志,纷纷逃生。王景仁、韩勍、李思安等,也拍马飞奔,远飏而去。李存璋率兵追击,且令军士齐呼道:"梁人也是吾民,但教解甲投戈,悉令免死!"梁兵闻言,统把甲兵弃去,委地如山。赵军怀着深、冀旧恨,不愿掠取,但操刀追敌,杀一个,好一个,汴梁精兵,斩馘几尽,自野河至柏乡,尸骸枕藉,败旗断戟,沿途皆是。晋军追至柏乡,梁营内已无一人,所弃辎重粮械,不可胜计。凡斩首二万级,获马三千匹,铠甲兵仗七万件,擒梁将陈思权以下二百八十五人。

第六回 刘知俊降岐挫汴将 周德威援赵破梁军

晋王存勖，收军屯赵州，拟休息一宵，进攻深、冀，哪知梁使杜廷隐等，即弃城遁去，所有二州丁壮，都掳去充做奴婢，老弱坑死。及赵州军入城检视，城中只剩得坏垣碎瓦，一片荒凉了。梁人凶毒一至于此。嗣是镇、定两镇，均与梁绝，改用唐天祐年号。

晋王李存勖，因魏博军助梁为虐，决计会同镇、定两军，移节攻魏。先颁发一篇檄文，说得堂堂正正，慷慨淋漓。文云：

> 王室遇屯，七庙被陵夷之酷，昊天不吊，万民罹涂炭之灾。必有英主奋庸，忠臣仗顺，斩长鲸而清四海，靖祆祲以泰三灵。予位忝维城，任当分阃，念兹颠覆，讵可宴安！故仗桓文辅合之规，问羿浞凶狂之罪。逆温砀山庸隶，巢孽余凶。当僖宗奔播之初，我太祖指克用。扫平之际，束身泥首，请命牙门，包藏奸诈之心，惟示妇人之态。我太祖抚怜穷鸟，曲为开怀，特发表章，请帅梁汴，才出萑蒲之泽，便居茅社之尊，殊不感恩，遽行猜忌，我国家祚隆周汉，迹盛伊唐，二十圣之镃基，三百年之文物，外则五侯九伯，内则百辟千官，或代袭簪缨，或门传忠孝，皆遭陷害，永抱沉冤。且镇、定两藩，国家巨镇，冀安民而保族，咸屈节以称藩。逆温唯伏阴谋，专行不义，欲全吞噬，先据属州。赵州特发使车，来求援助。予情惟荡寇，义切亲仁，躬率赋舆，赴兹盟约。贼将王景仁，将兵十万，屯据柏乡，遂驱三镇之师。授以七擒之略。鹡鹞才列，枭镜大奔，易如走阪之丸，势若燎原之火。僵尸仆地，流血成川，组甲雕戈，皆投草莽。谋夫猛将，尽作俘囚。群凶既快于天诛，大憝须垂于鬼篆。今则选搜兵甲，简练车徒，乘胜长驱，翦除元恶。凡尔魏博、邢洺之众，感恩怀义之人，乃祖乃孙，为盛唐赤子，岂徇虎狼之党，遂忘覆载之恩？盖以封豕长蛇，凭陵荐食，无方逃难，遂被胁从。空尝胆以衔冤，竟无门而雪愤。既闻告捷，想所慰怀。今义旅徂征，止于招抚。昔耿纯焚庐而向顺，萧何举族以从军，皆审料兴亡，能图富贵，殊勋茂业，翼子贻孙，转祸见机，决在今日。若能诣辕门而效顺，开城堡以迎降，长官则改补官资，百姓则优加赏赐，所经讹误，更不推穷。三镇诸军，已申严令，不得焚烧庐舍，剽掠马牛，但仰所在生灵，各安耕织。予恭行天罚，罪止元凶，已外归明，一切不问。凡尔士众，咸谅予怀，檄到如律令。末数语，隐然以皇帝自命。

檄文既发，遂令周德威、史建瑭趋魏州，张承业、李存璋趋邢州，自率李嗣源等继进。魏博军师罗周翰，急向梁廷乞援，一面出兵五千，堵住石灰窑口。周德威率骑兵掩击，迫入观音门，周翰闭壁自固。晋王存勖，亦率军到了魏州，会闻梁主温亲出援魏，屯兵白马坡，遣杨师厚领兵数万，先驱至邢州，存勖拟速拔魏城,再拒梁兵。

忽由镇州王镕,递到一书,连忙启视,乃是刘守光给与王镕,由王镕转递军前。匆匆一览,禁不住冷笑起来。正是:

> 狡狯难逃英主鉴,聪明反被别人欺。

欲知书中所说大略,待看下回表明。

四国抗梁,岐为最弱,所据共二十州,势不足与梁敌。梁将刘知俊率军西进,即夺去丹、延、鄜、坊四州,大局盖岌岌矣。乃天厌朱氏,偏令温猜忌知俊,迫其走险,叛梁降岐。康怀贞为知俊所挫,而梁军始不敢入岐境,是岐之得以保全,知俊之力也。晋王存勖,出军援赵。幸赖周德威之善谋,方得战胜柏乡,歼除大敌。故本回特推美德威,以明其功之所由成。至录入晋王檄文,特为朱氏声明罪恶,而深许晋王之加讨,盖亦一欧阳公之遗意也。

第七回　杀谏臣燕王僭号
　　　　却强敌晋将善谋

却说燕王刘守光,前次不肯救赵,意欲令两虎相斗,自己做个卞庄子。偏晋军大破梁兵,声势甚盛,他亦未免自悔,又想出乘虚袭晋的计策,竟治兵戒严,且贻书镇、定,大略说是两镇联晋,破梁南下,燕有精兵三十万,也愿为诸公前驱,但四镇连兵,必有盟主,敢问当属何人? 既欲乘虚袭晋,偏又致书二镇,求为盟主,是明明使晋预防。彼以为智,我笑其愚。王镕得书,因转递存勖。存勖冷笑数声,召语诸将道:"赵人尝向燕告急,守光不能发兵相助,今闻我战胜,反自诩兵威,欲来离间三镇,岂不可笑!"诸将齐声道:"云、代二州,与燕接境,他若扰我城戍,动摇人情,也是一心腹大患,不若先取守光,然后可专意南讨了。"存勖点头称善,乃下令班师,还至赵州。赵王镕迎谒晋王,大犒将士,且遣养子德明,随从晋军。德明原姓张,名文礼,狡猾过人,后来王镕且为所害,事见下文。存勖留周德威等助守赵州,自率大军返晋阳。

梁将杨师厚到了邢州,奉梁主温命令,教他留兵屯守。且遣户部尚书李振,为魏博节度副使,率兵入魏州。但托言周翰年少,未能拒寇,所以添兵防戍,其实是暗图魏博,阳窥成德。

王镕闻报大惊,又致书晋王存勖,相约会议。两王至承天军,握手叙谈,很是亲昵。存祐因镕为父执,称镕为叔,镕以梁寇为忧,面庞上似强作欢笑,

第七回　杀谏臣燕王僭号　却强敌晋将善谋

不甚开怀。存勖慨然道："朱温恶贯将满，必遭天诛。虽有师厚等助他为恶，将来总要败亡。倘或前来侵犯，仆愿率众援应，请叔父勿忧。"镕始改忧为喜，自捧酒卮，为晋王寿。晋王一饮而尽，也斟酒回敬，镕亦饮毕，又令幼子昭诲，谒见存勖。昭诲年仅四五龄，随父莅会。存勖见他婉娈可爱，许妻以女，割襟为盟。彼此欢饮至暮，方各散归。晋赵交好，从此益固。

镕返至镇州，正值燕使到来，求尊守光为尚父。镕大起踌躇，只好留入馆中，飞使往报晋王。存勖怒道："是子也配称尚父么？我正要兴兵问罪，他还敢夜郎自大么？"遂拟下令出师。诸将入谏道："守光罪大恶极，诚应加讨，但目今我军新归，疮痍未复，不若伪为推尊，令他稔恶速亡，容易下手，大王以为何如？"这便是骄兵计。存勖沉吟半晌，才微笑道："这也使得。"便复报王镕，姑尊他为尚父。镕即遣归燕使，允他所请。义武节度使王处直，也依样画着葫芦，与晋赵二镇，共推守光为尚父，兼尚书令。

守光大喜，复上表梁廷，谓晋赵等一致推戴，惟臣受陛下厚恩，未敢遽受，今请陛下授臣为河北都统，臣愿为陛下扫灭镇、定、河东。两面讨好，恰也心苦。梁主温也笑他狂愚，权令任河北采访使，遣使册命。

守光命有司草定仪注，将加尚父尊号。有司取唐册太尉礼仪，呈入守光，守光瞧阅一周，便问道："这仪注中，奈何无郊天改元的礼节？"有司答道："尚父乃是人臣，未得行郊天改元礼。"守光大怒，将仪注单掷向地上，且瞋目道："方今天下四分五裂，大称帝，小称王，我拥地三千里，带甲三十万，直做河北天子，何人敢来阻我！尚父微名，我简直不要了！你等快去草定帝制，择日做大燕皇帝！"有司唯唯而退。

守光遂自服赭袍，妄作威福，部下稍稍怫意，即捕置狱中，甚且囚入铁笼，外用炭火炽热，令他煨毙，或用铁刷刷面，使无完肤。孙鹤看不过去，时常进谏，且劝守光不应为帝，略谓"河东伺西，契丹伺北，国中公私交困，如何称帝？"守光不听，将佐亦窃窃私议。守光竟命庭中陈列斧锧，悬号示众道："敢谏者斩！"梁使王瞳、史彦章到燕，竟将他拘禁起来。各道使臣，到一个，囚一个，定期八月上旬，即燕帝位。孙鹤复进谏道："沧州一役，臣自分当死，幸蒙大王矜全，得至今日，臣怎敢爱死忘恩！为大王计，目下究不宜称帝！"与禽兽谈仁义，徒自取死，不得为忠。守光怒道："汝敢违我号令么？"便令军吏捽鹤伏锧，剐肉以食，鹤大呼道："百日以外，必有急兵！"守光益怒，命用泥土塞住鹤口，寸磔以徇。

越数日即皇帝位，国号大燕，改元应天。从狱中释出梁使，胁令称臣，即用王瞳为左相，卢龙判官齐涉为右相，史彦章为御史大夫。这消息传到晋阳，晋王存勖大笑道："不出今年，我即当向他问鼎了。"张承业请遣使致贺，令他骄盈不备。存勖乃遣太原少尹李承勋赴燕，用列国聘问礼。守光命以臣礼见，承勋道："我受命唐朝，为太原少尹，燕王岂能臣我？"守光大怒，械系数日，释他出狱，悍然问道："你今愿臣我否？"承勋道："燕王能臣服我主，我方愿称臣，否则要杀就杀，何必多问！"守光怒上加怒，竟命将承勋推出斩首。晋王闻承勋被杀，乃大阅军马，筹备伐燕，外面恰托言南征。

梁主温正改开平五年为乾化元年，大赦天下，封赏功臣，又闻清海军<small>即岭南</small>节度使刘隐病卒，也辍朝三日。<small>假惺惺。</small>令隐子岩袭爵，既而连日生病，无心治事，就是刘守光拘住梁使，自称皇帝，也只好听他胡行，不暇过问。

到了七八月间，秋阳甚烈，他闻河南尹张宗奭家，园沼甚多，遂带领侍从，竟往宗奭私第。宗奭原名全义，家世濮州，曾从黄巢为盗，充任伪齐吏部尚书。巢败死，全义与同党李罕之，分据河阳。罕之贪暴，尝向全义需索，全义积不能平，潜袭罕之。罕之奔晋，乞得晋师，围攻全义。全义大困，忙向汴梁求救。朱温遣将往援，击退罕之，晋军亦引去。全义得受封河南尹，感温厚恩，始终尽力，且素性勤俭，教民耕稼，自己亦得积资巨万，特在私第中筑造会节园，枕山引水，备极雅致，却是一个家内小桃源。朱温篡位，授职如故，全义曲意媚温，乞请改名，温赐名宗奭，屡给优赏。及温到他家避暑，自然格外巴结，殷勤侍奉，凡家中所有妻妾妇女，概令叩见。

温一住数日，病竟好了一大半，食欲大开，色欲复炽，默想全义家眷，多半姿色可人，乐得仗着皇帝威风，召她几个进来，陪伴寂寥。第一次召入全义爱妾两人，迫她同寝，第二次复改召全义女儿，第三次是轮到全义子妇，<small>简直是猪狗不如。</small>妇女们惮他淫威，不敢抗命，只好横陈玉体，由他玷污。甚至全义继妻储氏，已是个半老徐娘，也被他搂住求欢，演了一出高唐梦。<small>张氏妻女何无廉耻。</small>

全义子继祚，羞愤交并，取了一把快刀，就夜间奔入园中，往杀朱温，<small>还是他有些志气。</small>偏被全义看见，硬行扯回，且密语道："我前在河阳，为李罕之所围，啖木屑为食，身旁只有一马，拟宰割饲军，正是命在须臾，朝不保暮，亏得梁军到来，救我全家性命，此恩此德，如何忘怀！汝休得妄动，否则我先杀汝！"<small>不是报恩，直是怕死。</small>继祚乃止。

越宿，已有人传报朱温。温召集从臣，传见全义，全义恐继祚事发，吓得乱抖。妻储氏从旁笑道："如此胆怯，做甚么男儿汉？我随同入见，包管无事！"遂与全义同入，见温面带怒容，也竖起柳眉，厉声问道："宗奭一种田叟，守河南三十年，开荒掘土，敛财聚赋，助陛下创业，今年齿衰朽，尚何能为？闻陛下信人谗言，疑及宗奭，究为何意？"<small>恃有随身法宝，故敢如此唐突。</small>温被她一驳，说不出甚么道理，又恐储氏变脸，将日前暧昧情事和盘托出，反致越传越

第七回　杀谏臣燕王僭号　却强敌晋将善谋

丑,没奈何假作笑容,劝慰储氏道:"我无恶意,幸勿多言!"好个籍口方法。储氏夫妇,乃谢恩趋出,朱温也未免心虚,即令侍从扈跸还都。

忽闻晋、赵将联军南来,又想出些风头,亲至兴安鞠场,传集将吏,躬自教阅,待逐队成军,乃下令亲征。出次卫州,正在就食,又有人来报道:"晋军已出井陉了。"当下匆匆食毕,即拔寨北趋,兼程至相州,始接侦骑实报,晋军尚未南来,乃停兵不进,已而移军洹水,又得边吏奏报,晋、赵兵已经出境,累得梁主温坐食不安,急引军往魏县。军中时有谣传,一日早起,不知从何处得着风声,哗言沙陀骑兵,杂沓前来,顿时全营大乱,你逃我散。梁主命严刑禁遏,尚不能止。嗣探得数十里间,并无敌骑,军心才定。

梁主温疾已经年,只因夹寨柏乡,两次失利,不得不力疾北行,勉图报复。谁知又着了晋王声东击西的诡计,徒落得奔波跋涉,冒犯风霜,还是幸免,否则军志浮嚣,宁能不败?他不禁躁忿异常,所有功臣宿将,略犯过误,不是诛戮,就是斥逐,因此众心益惧,日夕恟恟。待了一月有余,仍不见有一个敌兵,乃南还怀州。怀州刺史段明远,出城迎谒,很是恭谨,梁主入城,供馈甚盛。明远有一妹子,荳蔻年华,芙蓉脸面,蓦被梁主温瞧着,问明明远,硬索侍寝。明远无可奈何,便令妹子盛饰入谒,亲承雨露。少妇嫁老夫,恐非段妹所愿。春风一度,深惬皇心,即面封段妹为美人,挈归洛阳。怎奈年周花甲,禁不住途中辛苦,并因色欲过度,精力愈衰,还洛后旧病复发,服过了无数参茸,才得起床。可巧前使史彦章回来,替刘守光代乞援师。梁主温怒道:"汝已臣事守光,尚敢来见朕么?"彦章伏奏道:"臣怎敢负恩事燕。只因晋赵各镇,推尊守光,嗾他背叛陛下,出来当冲,他却以渔人自居,稳收厚利。臣与王瞳暂时居燕,力劝守光勿负陛下,守光因复与各镇绝交,为陛下往攻易定。定州王处直,向晋、赵乞得援兵,夹攻幽州,幽州危急万分,若陛下坐视不救,恐河朔终非梁有了!"这一番花言巧语,又把梁主温的怒气平了下去。彦章又特随来的燕使,召入见温,呈上守光表文,中多悔过乞怜等语,惹动梁主雄心,许出援师,遂又督兵亲出。

到了白马顿,从官多不愿随行,勉强趱程,有三人剩落后面,一是左散骑常侍孙骘,一是右谏议大夫张衍,一是兵部郎中张俨,都至隔宿才到。梁主温恨他后至,一并处斩。行至怀州,段明远供张极盛,比前次还要华腆。此次变作国舅,应该比前巴结。梁主大喜,厚加赏赐,且改令明远名凝,及进次魏州,决议攻赵以纾燕难,乃命杨师厚为都招讨使,李周彝为副使,率三万人围枣强县,贺德伦为招讨接应使,袁象先为副使,也率三万人围蓨县。

两路兵马,同时发出,梁主温安居行幄,专候捷音。突有哨卒踉跄奔入,大声奏报道:"晋兵来了!"梁主温仓皇失措,忙出帐骑了御马,只带亲兵数百名，奔往杨师厚军前。看官！你道晋军有否到来？原来并不是晋军，乃是赵将符习，引数百骑逻侦消息，梁兵误作晋军，竟弃辎远飏，眼见得军心不固，便是败象哩。

杨师厚到了枣强，督兵急攻。枣强城小而坚，赵人用精兵守住，很是坚忍，任他如何攻扑，死战不退。一攻数日，城墙屡坏屡修，内外死伤，约以万计，既而城中矢石将竭，共议出降，有一卒奋然道："贼自柏乡战败，恨我赵人切骨，今若往降，徒自取死，我愿独入虎口，杀他一二员大将，或得使他解围，也未可知。"遂乘夜缒城而下，径至梁营诈降。李周彝召他入帐，问及城中情形，赵卒答道："城中粮械尚多，足有半月可持，但军使既收录微材，乞赐一剑，效死先登，愿取守城将首。"周彝恰还小心，不肯给剑，止令荷担从军，赵卒觑得间隙，竟举担击周彝首，周彝呼痛蹲地。左右急救周彝，立将赵卒砍死。赵卒颇有忠胆，可惜史册中不留姓名。梁主温闻报大怒，限令三日取城。师厚亲冒矢石，昼夜猛攻，越二日，得陷。入城中，不问老幼，一概骈戮，可怜这枣强城中，变做了一座血污城。极写梁主暴虐。

那贺德伦等进攻蓨县，蓨县为赵州属地，相距不远。赵州本由晋将周德威驻扎，后来调镇振武军，注见前。仅留李存审、史建瑭、李嗣肱等戍守，既得蓨县急报，当由存审主议，与建瑭、嗣肱熟商道："我王方有事幽蓟，无暇到此，南方军事，委任我等数人，今蓨县告急，我等怎能坐视？况贼得蓨县，必西侵深、冀，为患益深。我当与公等别出奇谋，使贼自遁。"建瑭、嗣肱齐声道："果有奇计，愿听指挥！"存审乃引兵趋下博桥，令建瑭、嗣肱分道巡逻，遇有梁卒刍牧，立刻擒来。自分麾下为五队，统令衔枚疾走，沿途遇着梁兵，无论为侦探，为樵采，一概捕住，带回下博桥。建瑭、嗣肱，也有一二百人捉回，存审命一一杀死，只留活数人，断去一臂，纵使还报道："汝等为我转达朱公，晋王大军已到，叫他前来受死！"断臂兵奔回梁营，当然依言禀报。适值梁主温引杨师厚兵，自就贺德伦营，助攻蓨县，听着断臂兵报语，恰也惊心，即与德伦分驻营寨，相隔里许。德伦也很是戒备，派兵四巡，慎防不测。不意到了日暮，营门外忽然火起，烟雾冲霄，接连是噪声大作，箭镞齐来。德伦忙命亲卒把守营门，严禁各军妄动。外面却乱了一两个时辰，待至天色昏黑，方闻散去。当由德伦检查军士，又失了一二百名，或说是变起本军，究竟不知真伪。偏是梁主营前，又有断臂兵突入，大呼晋军大至，贺军使营，已陷没了。梁主温惊愕异常，立命毁去营寨，乘夜遁走。天昏不辨南北，竟至失道，委曲行二三百里，始抵贝州。如此胆小，何必夸语亲征？

德伦闻梁主遁还，也即退军。再遣侦骑探明虚实，返入梁营，报称晋军实未大出，不过令先锋游骑，先来示威。德伦听着，虽带着三分惭色，尚得谓梁主先遁，聊自解嘲。只梁主闻知，叫他如何忍受，且忧且恚，病又增剧，不得已养疾贝州，令各军陆续退归。

当时晋军计却大敌，欢声雷动，统称存审善谋。小子把存审计划，上文第叙明一半，还有一半详情应该补叙。存审闻梁主自至，与德伦分营驻扎，已知梁主堕入计中。再将前时俘斩的梁卒，从尸身上剥下衣服，令游骑穿着，伪充梁兵，三三五五，混至德伦营前。德伦虽有巡兵四察，还道是本营士卒，不加查问。那伪充梁兵的晋军，遂就梁营前放火射箭，喊杀连天，乘间捕得几十个梁兵，依着存审密计，把他截臂纵去，令他往吓梁主。梁主被他一吓，果然远遁，连德伦也立足不住，拔营退去。经此一段说明，方知前文笔法之妙。仅仅几百个晋军，吓退了七八万梁兵，这都是李存审的妙计。小子有诗咏存审道：

疆场决胜在多谋，用力何如用智优。
任尔貔貅七八万，尚输良将幄中筹。

梁主温一病兼旬，好容易得有起色，复自贝州至魏州。博王友文，自东都过觐，请驾还都，梁主温乃启程南归。欲知后事，且阅下回。

刘守光一骏竖耳，如尚父皇帝之尊卑，尚不能辨，顾欲侈然称帝，凌压各镇，何不自量力若此！况前幽父，继杀兄，后且淫刑求逞，妄戮谏臣，天下有如此狂骏，而能不危且亡者，未之闻也。若梁主温之老奸巨猾，较守光固胜一筹；但暴虐不亚守光，淫恶比守光为尤甚。夹寨破，柏乡败，乃欲亲出报怨，两次督师，未遇敌而先怯，是正天夺之魄，阴促老奸之寿算耳。此而不悟，愈老愈虐，愈虐愈淫，几何而不受刺刃之惨也？善恶到头终有报，只争来早与来迟，斯言虽俚，亶其然乎！

第八回　父子聚麀惨遭刺刃
　　　　君臣讨逆谋定锄凶

却说梁主温还至洛阳，病体少愈，适博王友文，新创食殿，献入内宴钱三千贯，银器一千五百两，乃即就食殿开宴，召宰相及文武从官等侍宴。酒酣兴发，遽欲泛舟九曲池，池不甚深，舟又甚大，本来是没甚危险，不料荡入池心，陡遇一阵怪风，竟将御舟吹覆。梁主温堕入池中，幸亏侍从竭力捞救，方免溺死。别乘小舟抵岸，累得拖泥带水，惊悸不堪。不若此时溺死，尚免一刀之惨。时方初夏，天气温和，急忙换了龙袍，还入大内，嗣是心疾愈甚，夜间屡不能眠，常令妃嫔宫女，通宵陪着，尚觉惊魂不定，寤寐彷徨。那燕王刘守光屡陈败报，一再乞援，梁主病不能兴，召语近臣道："我经营天下三十年，不意太原余孽，猖獗至此，我观他志不在小，必为我患，天又欲夺我余年，我若一死，诸儿均不足与敌，恐我且死无葬地了！"语至此，哽咽数声，竟至晕去。近臣急忙呼救，才得复苏。只怕晋王，谁知祸不在晋，反在萧墙之内。嗣是奄卧床褥，常不视朝，内政且病不能理，外事更无暇过问了。

是年岐、蜀失和，屡有战争。蜀主王建，曾将爱女普慈公主，许嫁岐王从子李继崇，岐王因戚谊相关，屡遣人至蜀求货币，蜀主无不照给。寻又求巴、剑二州，蜀主王建怒道："我待遇茂贞，也算情义兼尽，奈何求货不足，又来求地，我若割地畀彼，便是弃民。宁可多给货物，不能割地。"乃复发丝茶布帛七万，交来使带还。赔贴妆奁，确是不少。奈彼尚贪心未餍何？茂贞因求地不与，屡向继崇说及，有不平意，继崇本嗜酒使气，伉俪间常有违言，至是益致反目。普慈公主潜遣宦官宋光嗣，用绢书禀报蜀主，求归成都。蜀主王建，遂召公主归宁，留住不遣，且用宋光嗣为阁门南院使。

岐王大怒，即与蜀绝好，遣兵攻蜀兴元，为蜀将唐道袭击退。岐王复使彰义节度使刘知俊，及从子李继崇，发大兵攻蜀。蜀命王宗侃为北路行营都统，出兵搦战，被知俊等杀败，奔安远军。安远军为兴元城西县号，障蔽兴元。知俊等进兵围攻，经蜀主倾国来援，大破岐兵，知俊等狼狈走还，后来知俊为岐将所谗，兵权被夺，举族寓秦州。越三年，秦州为蜀所夺，知俊因妻孥被掳，又背岐投蜀去了。后文慢表。

且说梁主温连年抱病，时发时止，年龄已逾花甲，只一片好色心肠，到老不衰，自从张妃谢世，篡唐登基，始终不立皇后，昭仪陈氏，昭容李氏，起初统以美色得幸，渐渐的色衰爱弛，废置冷宫。应第二回。陈氏愿度为尼，出居宋州佛寺，李氏抑郁而终，此外后宫妃嫔，随时选入，并不是没有丽容，怎奈梁主喜新厌故，今日爱这个，明日爱那个，多多益善，博采兼收，甚至儿媳有色，亦征令入侍，与她苟合，居然做个扒灰老。博王友文，颇有材艺，虽是梁主温假子，却很是怜爱，比亲儿还要优待，梁主迁洛，留友文守汴梁，见第五回。历年不迁。惟友文妻王氏，生得一貌似花，为假翁所涎羡，便借着侍疾为名，召她至洛，留陪枕席，王氏并不推辞，反曲意奉承，备极缱绻，但只有一种交换条件，迫令假翁承认，看官道是何事？乃是梁室江山，将来须传位友文。还记得乃夫么？

梁主温既爱友文，复爱王氏，自然应允，偏暗中有一反对的雌儿，与王氏势不两立，竟存一个你死我活的意见。这人为谁？乃是友珪妻室张氏。张氏姿色，恰也妖艳，但略逊王氏一筹，王氏未曾入侍，她已得乃翁专宠，及王氏应召进来，乃翁爱情，一大半移至王氏身上，渐把张氏冷淡下去，张氏含酸吃醋，很是不平，因此买通宫女，专伺王氏隐情。

一日合当有事，梁主温屏去左右，专召王氏入室，与她密语道："我病已深，恐终不起，明日汝往东都，召友文来，我当嘱咐后事，免得延误。"为了肉欲起见，遂拟把帝位传与假子，扒灰老也不值得。王氏大喜，即出整行装，越日登程。这个消息，竟有人瞧透机关，报与张氏，张氏即转告友珪，且语且泣道："官家将传国宝付与王氏，怀往东都，俟彼夫妇得志，我等统要就死了！"友珪闻言，也惊得目瞪口呆，嗣见爱妻哭泣不休，不由的泪下两行。

正在没法摆布，突有一人插口道，"欲要求生，须早用计，难道相对涕泣，便好没事么？"友珪愕然惊顾，乃是仆夫冯廷谔，便把他呆视片刻，方扯他到了别室，谈了许多密语。忽由崇政院遣来诏使已入大厅，他方闻信出来接受诏旨，才知被出为莱州刺史。他愈加惊愕，勉强按定了神，送还诏使，复入语廷谔，廷谔道："近来左迁官吏，多半被诛，事已万急，不行大事，死在目前了！"

友珪乃易服微行，潜至左龙虎军营，与统军韩勍密商，勍见功臣宿将，往往诛死，心中正自不安，便奋然道："郴王指友裕。早薨，大王依次当立，奈何反欲传与养子？主上老悖淫昏，有此妄想，大王诚宜早图为是！"又是一个薪上添火。遂派牙兵五百人，随从友珪，杂入控鹤士中，唐已有控鹤监，系是值宿禁中。混入禁门，分头埋伏，待至夜静更深，方斩关突入，竟至梁主温寝室，哗噪起来。侍从诸人，四处逃避，单剩了一个老头儿，揭帐启视，披衣急起，怒视友珪道："我原疑此逆贼，悔不早日杀却！逆贼逆贼！汝忍心害父，天地岂肯容汝么？"友珪亦瞋目道："老贼当碎尸万段！"臣忍杀君，子亦何妨弑父。惜友珪凶莩，未能反唇相讥！冯廷谔即拔剑上前，直迫朱温，温绕柱而走，剑中柱三次，都被温闪过，奈温是有病在身，更兼老惫，三次绕柱，眼目昏花，一阵头晕，倒翻床上，廷谔抢步急进，刺入温腹，一声狂叫，呜呼哀哉！年六十一岁。

友珪见他肠胃皆出，血流满床，即命将袡褥裹尸，瘗诸床下，秘不发丧，立派供奉官丁昭溥，赍着伪诏，驰往东都，令东都马步军都指挥使均王友贞，速诛友文。友贞不知是假，即诱入友文，把他杀死。友文妻王氏，未曾登途，已被友珪派人捕戮，一面宣布伪诏道：

朕艰难创业，逾三十年，托于人上，忽焉六载，中外协力，期于小康。岂意友文阴蓄异图，将行大逆，昨二日夜间，甲士突入大内，赖郢王友珪忠孝，领兵剿戮，保全朕躬，然疾因震惊，弥致危殆。友珪克平凶逆，厥功靡伦，宜令权主军国重事，再听后命。

越二日，丁昭溥自东都驰还，报称友文已诛，喜得友珪心花怒开，弹冠登极，再下一道矫诏，托称乃父遗制，传位次子，乃将遗骸草草棺殓，准备发丧，自己即位柩前，特授韩勍为侍卫诸军使，值宿宫中，勍劝友珪多出金帛，遍赐诸军，取悦士心，诸军得了厚赉，也乐得取养妻孥，束手旁观。惟内廷被他笼络，外镇却不受羁縻。

匡国军闻知内乱，都向节度使告变，时值韩建调任镇帅，置诸不理，竟为军士所害。此匡国军为陈许军号，与唐时之同州有别。杨师厚留戍邢魏，也乘隙驰入魏州，驱出罗周翰，据位视事。友珪惧师厚势盛，只好将周翰徙镇宣义，注见第二回。特任师厚为天雄军节度使。天雄军就是魏博，唐时旧有此号，屡废屡行，梁尝称魏博为天雄军，小子因前文未详，故特别表明。护国军治河中。节度使朱友谦，少时为石壕间大盗，原名只一简字，后来归附朱温，因与温同姓，愿附子列，改名友谦，温篡位后命镇河中，加封冀王。他闻洛阳告哀，已知有异，泣对群下道："先帝勤苦数十年，得此基业，前日变起宫掖，传闻甚恶，我备位藩镇，未能入扫逆氛，岂不是一大恨事！"道言未绝，又有洛使到来，加他为侍中中书令，并征他入朝，友谦语来使道："先帝晏驾，现在何人嗣立？我正要来前问罪，还待征召么？"

来使返报友珪，友珪即遣韩勍等往击河中。友谦举河中降晋，向晋乞援。晋王李存勖统兵赴急，大破梁军，勍等走还。看官听着，这朱友珪的生母，本是亳州一个营娼，从前朱温镇守宣武，见第一回。略地宋亳，与该娼野合生男，取名友珪，排行第二，弟兄多瞧他不起。况又加刃乃父，敢行大逆，岂逭罪友文，平空诬陷，就可瞒尽耳目，长享富贵么？至理名言。

糊糊涂涂的过了半年，已是梁乾化三年元旦，友珪居然朝享太庙，返受群臣朝贺。越日祀圜丘，大赦天下，改元凤历。均王友贞，已代友文职任，做了东都留守，至是复加官检校司徒，令驸马都尉赵岩，赍敕至东都，友贞与岩私宴，密语岩道："君与我系郎舅至亲，不妨直告，先帝升遐，外间啧有烦言，君在内廷供职，见闻较确，究竟事变如何？"岩流涕道："大王不言，也当直陈。首恶实嗣君一人，内臣无力讨罪，全仗外镇为力了。"友贞道："我早有此意，但患不得臂助，奈何？"岩答道："今日拥强兵、握大权，莫如魏州杨令公，近又加任都招讨使，但能得他一言，晓谕内外军士，事可立办了。"友贞道："此计甚妙。"

待至宴毕，即遣心腹将马慎，驰至魏州，入见杨师厚，并传语道："郢王弑逆，天下共知，众望共属大梁，公若乘机起义，帮立大功，这正所谓千载一时呢！"师厚尚在迟疑，慎又述均王言，谓事成以后，当更给犒军钱五十万缗。师厚乃召集将佐，向众质问道："方郢王弑逆时，我不能入都讨罪，今君臣名分已定，无故改图，果可行得否？"众尚未答，有一将应声道："郢王亲弑君父，便是

第八回 父子聚麀惨遭刲刃 君臣讨逆谋定锄凶

乱贼。均王兴兵复仇,便是忠义。奉义讨贼,怎得认为君臣? 若一旦均王破贼,敢问公将如何自处哩?"这人不知谁氏,也惜姓名不传。师厚惊起道:"我几误事,幸得良言提醒,我当为讨贼先驱哩!"遂与马慎说明,令归白均王,伫候好音,自派将校王舜贤,潜诣洛阳,与龙虎统军袁象先定谋,复遣都虞侯朱汉宾屯兵滑州,作为外应。舜贤至洛,可巧赵岩亦自汴梁回来,至象先处会商,岩为梁主温婿,象先为梁主温甥,当然有报仇意,妥商大计,密报梁魏。

先是怀州龙骧军系梁主温从前随军。三千,推指挥刘重霸为首,声言讨逆,据住怀州,友珪命将剿治,经年未平,汴梁戍卒,亦有龙骧军参入,友珪也召令入都。均王友贞也遣人激众道:"天子因龙骧军尝叛怀州,所以疑及尔等,一概召还,尔等一至洛下,恐将悉数坑死。均王处已有密诏,因不忍尔等骈诛,特先布闻。"戍卒闻言,统至均王府前,环跪呼吁,乞指生路。友贞已预书伪诏,令他遍阅,随即流涕与语道:"先帝与尔等经营社稷,共历三十余年,千征万战,始有今日。今先帝尚落人奸计,尔等从何处逃生呢?"说至此,引士卒入府厅,令仰视壁间悬像。大众望将过去,乃是梁主温遗容,都跪伏厅前,且拜且泣。友贞亦唏嘘道:"郢王贼害君父,违天逆地,复欲屠灭亲军,残忍已极,尔等能自趋洛阳,擒取逆竖,告谢先帝,尚可转祸为福呢!"大众齐声应诺,惟乞给兵械,以便趋洛。友贞即令左右颁发兵器,令士卒起来,每人各给一械,大众无不踊跃,争呼友贞为万岁,各持械而去。此计想由赵岩等指授。

友贞遣使飞报赵岩等人,赵岩、袁象先夜开城门,放诸军入都,一面贿通禁卒千人,共入宫城,友珪仓猝闻变,慌忙挈妻张氏,及冯廷谔共趋北垣楼下,拟越城逃生。偏后面追兵大至,喧呼杀贼,自知不能脱走,乃令廷谔先杀妻,后杀自己。廷谔亦自刭。都中各军,乘势大掠,百官逃散。中书侍郎同平章事杜晓,侍讲学士李珽,均为乱兵所杀,门下侍郎同平章事于兢,宣政院使李振代敬翔。被伤,骚扰了一日余,至暮乃定。

袁象先取得传国宝,派赵岩持诣汴梁,迎接均王友贞,友贞道:"大梁系国家创业地,何必定往洛阳,公等如果同心推戴,就在东都受册,俟乱贼尽除,往谒洛阳陵庙便了。"岩返告百官,百官都无异辞。乃由均王友贞,即位东都,削去凤历年号,仍称乾化三年,追尊父温为太祖神武元圣孝皇帝,母张氏为元贞皇太后,给还友文官爵,废友珪为庶人,颁诏四方道:

> 我国家赏功罚罪,必协朝章,报德伸冤,敢欺天道? 苟显违于法制,虽暂滞于岁时,终振大纲,须归至理。重念太祖皇帝尝开霸府,有事四方,迨建皇朝,载迁都邑,每以主留重务,居守需才,慎择亲贤,方膺寄任。故博王友文,才兼文武,识达古今,俾分忧于在浚之郊,亦共理于兴王之地,一心无易,二纪于兹,尝施惠于士民,实有劳于家国。去岁郢王友珪,

尝怀逆节，已露凶锋，将不利于君亲，欲窃窥夫神器，此际值先皇寝疾，大渐日臻，博王乃密上封章，请严宫禁。因以莱州刺史授于郓王，友珪才睹宣纶，俄行大逆，岂有自纵兵于内殿，翻诿罪于东都？伪造诏书，枉加刑戮，且夺博王封爵，又改姓名，冤耻两深，欺罔何极！伏赖上穹垂祐，宗社降灵，俾中外以叶谋，致遐迩之共怒。寻平内难，获诛元凶，既雪耻于同天，且免讥于共国，朕方期遁世，敢窃临人？遽迫推崇，爰膺缵嗣。冤愤既伸于幽显，霈泽宜及于下泉。博王宜复官爵，仍令有司择日归葬。友珪凶恶滔天，神人共弃，生前敢为大逆，死后且有余辜，例应废为庶人，以昭炯戒。特此布敕，俾远近闻知。

此诏下后，又改名为锽，进天雄军节度使杨师厚为检校太师，兼中书令，加封邺王。西京左龙虎统军袁象先为检校太保同平章事，加封开国公。这两人最为出力，所以封爵最优。余如赵岩以下，各升官晋爵有差。又遣使招抚朱友谦，友谦仍复归藩，称梁年号。惟对晋仍然未绝，算是一个骑墙派人物。梁廷至此，才得苟安。越二年始改元贞明，梁主友贞，又改名为瑱。小子有诗叹道：

　　多行不义必遭殃，稽古无如鉴后梁。
　　乃父淫凶子更恶，屠肠截胆有谁伤？

梁室粗定，晋已灭燕，欲知燕亡情形，且至下回再叙。

淫恶如朱温，宜有剚刃之祸，但为其子友珪所弑，岂彼苍故演奇剧，特假手友珪，以示恶报之巧乎！温为臣弑君，友珪为子弑父，有是父乃有是子，果报固不爽也。惟友珪弑逆不道，尚得窃位半年，杨帅厚兼雄镇，擅劲兵，未闻首先倡义，乃迫于均王之一激，部将之一言，始幡然变计，盖当时礼教衰微，几视篡弑为常事。非有大声疾呼者，唤醒其旁，几何不胥天下为禽兽也！然淫恶者终遭子祸，凶逆者卒受身诛。苍苍者天，岂真长此晦盲乎？老氏谓天地不仁，夫岂其然！

第九回　失燕土伪帝作囚奴
　　　　平宣州徐氏专政柄

　　却说刘守光僭称帝号，遂欲并吞邻镇，拟攻易定。参军冯道，系景城人，长乐老出身，应该略详。面谏守光，劝阻行军。守光不从，反将道拘系狱中。道素性和平，能得人欢，所以燕人闻他下狱，都代为救解，幸得释出。道料守光必亡，举家潜遁，奔入晋阳，晋王李存勖，令掌书记，且问及燕事，得知虚实。

　　正拟发兵攻燕，可巧王处直派使乞援，遂遣振武节度使周德威，领兵三万，往救定州。德威东出飞狐，与赵将王德明、义武即定州，见前。将程严，会师易水，同攻岐沟关。一鼓即下，进围涿州。刺史刘知温，令偏将刘守奇拒守。守奇有门客刘去非，大呼城下道："河东兵为父讨贼，干汝甚事，乃出力固守呢？"守兵被他一呼，各无斗志，多半逃去。知温料不能守，开门迎降。守奇奔梁，得任博州刺史。晋将周德威，即率众抵幽州城下，另派裨将李存晖等往攻瓦桥关。守关将吏，及莫州刺史李严皆降。守光连接败报，惊惶的了不得，卑辞厚币，向梁求援。梁主温督兵攻赵，为晋将李存审所却。见第七回。本段是回溯文字。幽州失一大援，益觉孤危，只好誓死坚守。

　　晋将周德威，因幽州城大且固，兵不敷用，再向晋阳济师。晋王李存勖，便调李存审援应，带领吐谷浑、契苾两部番兵，往会德威。德威已得增兵，即四面筑垒，为围攻计，守光益惧。

　　燕将单廷珪，素号骁勇，独请出战。守光乃拨精兵万人，令他开城逆击。廷珪披甲上马，扬鞭出城，一声狂呼，万人随进，左冲右突，恰是有些利害。晋军拦阻不住，退至龙头冈。冈峦高出云表，势颇险峻，周德威倚冈立寨，据险自固，猛见单廷珪跃马前来，势甚凶猛，即令部将排定阵势，自己登冈指挥，准备对敌。廷珪遥见德威，便顾左右道："今日必擒周阳五以献！"大言何益？阳五系德威小字。说毕，持着一枝长枪，当先突阵，枪锋所至，无人不靡。晋军三进三却，由廷珪冲过阵后，一人一骑，不管甚么死活，竟上冈去捉德威。德威究是老将，没甚慌忙，但佯作胆怯状，回马急走，跑上峰峦。廷珪也跃马追上，觑着德威背后，一枪刺去，正道是洞穿胸腹，哪知德威早已防着，闪过一旁，让开枪头，右手恰掣出铁树，向廷珪马头猛击，马忍痛不住，滚了下去，冈峦本是不平，这一滚约有数丈。任你廷珪如何骁悍，也是约束不住，人仰马翻，统跌得皮开血裂，凑巧下面尚有晋军，顺手揪住廷珪，把他捆绑起来。燕兵见主将被擒，慌忙退走，被晋军驱杀一阵，斩首三千级，余众逃入城中，全城夺气。

　　德威斩了廷珪，又分兵攻下顺州、檀州，复拔芦台军，再克居庸关。刘守光惶急异常，屡使人赴梁告急，正值梁廷内乱，不暇应命。他只得自去设法，命大将元行钦募兵山北，骑将高行珪出守武州，作为外援。晋王李存勖，即遣李嗣源往攻武州，行珪出战失利，遂降嗣源，嗣源乃退。元行钦闻武州失守，亟引兵攻行珪。行珪令弟行周往质晋军，求他援助。嗣源再进兵击行钦，八战八胜，行钦力屈乃降。嗣源爱他材勇，养为己子，令为代州刺史。

　　行周留事嗣源，常与嗣源养子从珂，分领牙兵，转战有功。从珂母魏氏，先为王氏妇,生子名阿三,嗣源随克用出师河北,掠得魏氏,见她秀色可餐,便纳为妾媵。阿三即拜嗣源为义父,取名从珂。及年已成立,以勇健闻。晋王存勖,尝呼他小字道:"阿三与我同年,勇敢亦与我相类,恰是个不凡子。"后来叛唐篡国,就是此人,事见下文。不第叙过从珂,并带过高行周。

且说周德威围攻幽州,已是逾年。从前因幽州四近,尚有燕兵散布,须要远近兼顾,内外合筹,一时不便进副,唯连营竖栅,与燕相持。嗣闻四面犄角,均已毁灭,乃进军南门,专力攻城。守光昼夜不安,自知兵力不支,不得已致书乞怜,愿为城下盟。德威笑语来使道:"大燕皇帝,尚未郊天,何故雌伏如此!我受命讨罪,不知他事,继盟修好,更非乐闻,请为我转语燕帝,休想乞和,快来一战。"揶揄得妙。遂叱退来使,不答一字。守光闻报,越加窘迫,又遣将周遵业,赍绢千匹,银千两,锦百段,献入晋营,哀求德威道:"富贵成败,人生常理,录功叙过,也是霸主盛业。我王守光,不欲为朱温下,所以背梁称尊。哪知得罪大国,劳师经年,现已自知罪戾,还祈少恕!"德威道:"能战即来,不能战即降,何必多言!"遵业尚欲开口,见德威起身入内,只好怏怏退还,报知守光。守光搔首挖耳,无法可施。踌躇了许多时候,突闻城外喊声大震,又来攻城,不得已硬着头皮,登陴巡守。遥见周德威跨着骏马,手执令旗,指挥战士,遂凄声遥呼道:"周将军!汝系三晋贤士,奈何迫人危急,不开一网呢?"淫威扫地。德威答道:"公已为俎上肉,但教责己,不必责人!"守光语塞,流涕而下。

既而平、营、莫、瀛诸州,均已降晋,他却情急智生,暗觑晋军少懈,自引兵夜出城中,潜抵顺州城下,假充晋军,呼开城门。守卒被他所绐,又当黑夜无光,竟开城放入。城门甫启,守光麾兵大进,乱杀乱砍,伤毙许多守卒,占住城池,复乘胜转趋檀州。那时周德威已经闻知,急引兵至檀州邀击。适与守光相遇,一场混战,大破守光,守光带领残卒百余骑,逃回幽州。晋王存勖,遣张承业犒慰行营,并与德威商议军情。事为守光侦悉,又致书承业,举城乞降。承业知他狡猾,拒回来使。急得守光真正没法,再派人往契丹,吁请援兵。契丹酋长阿保机,也闻他平日无信,不肯出援。无信之害如此。守光急上加急,除出降外无别法,乃屡遣使向德威乞降,德威始终不许,守光复登城语德威道:"我已力屈计穷,只求将军少宽一线,俟晋王亲至,我便开门迎谒,泥首听命!"皇帝也不愿做了。

德威乃托张承业返报晋王。晋王命承业居守,权知军府事,自诣幽州,单骑抵城下,呼守光与语道:"朱温篡逆,我本欲会合河朔五镇兵马,兴复唐祚,公不肯与我同心,乃效尤逆温,居然僭号称帝,且欲并吞镇、定,是以大众愤发,至有今日。成败亦丈夫常事,必须自择所向,敢问公将何从?"守光流涕

第九回　失燕土伪帝作囚奴　平宣州徐氏专政柄

道："我今已为釜中鱼，瓮中鳖了，惟王所命！"晋王也觉动怜，即折断弓矢，向他设誓道："但出来相见，保无他虞。"守光闻言，又道他是仁柔易欺，便含糊答应道："再俟他日！"是谓无信。

晋王且笑且愤，返入德威营中，决定明日督军猛攻，誓入此城。是夕有燕将李小喜，缒城来降，报称城中力竭。看官道这小喜是何等人物？他原是守光嬖臣，教守光切勿降晋，守光被他哄动，遇着危急时候，不得不作书乞降，其实是借此缓兵，并非实心投诚，不料小喜却先走一着，竟已奔投晋营。欺人者反为人欺，可为后鉴。晋王存勖，即命五更造饭，饬各军饱餐一顿，俟至黎明，一声鼓角，全营涌出。晋王亲披甲胄，督令进攻，这边竖梯，那边攀堞，四面八方，同时动手。燕兵已经力尽，哪里还能支持，就使有心拒守，也是防不胜防，霎时间合城鼎沸，纷纷乱窜。晋兵一齐登城，拔去燕帜，改张晋帜，趁势下城往捉守光。守光已挈妻李氏、祝氏，子继珣、继方、继祚等，逃出城外，南走沧州，只有乃父仁恭，还幽住别室，被晋军马到擒来。此外有家族三百口，逃奔不及，一齐作了俘囚。

晋王存勖入幽州城，禁杀安民，授德威卢龙节度使，兼官侍中，改命李嗣本为振武节度使，更遣别将追捕守光。可怜守光抱头南奔，途次又复失道，向荒径中走了数日，身旁未带干粮，只是枵腹逃难。到了燕乐界内，见有村落数处，乃遣妻祝氏乞食田家，可称作讨饭皇后。田家见她衣服华丽，并没有乞人形相，遂向他盘问，祝氏直言不讳。大抵想用皇后威势去吓平民。田家主人张师造，假意留她食宿，且令家人往给守光，一同到家，暗中却飞报晋军。晋军疾趋而至，将守光及二妻三子，一并捉住，械送军门。晋王存勖，方宴犒将士，见将吏擒到守光，便笑语道："王是本城主人，奈何出城避客？"守光匍伏阶下，叩首乞命。晋王命与仁恭同系馆舍，给与酒食。守光正是腹饥，乐得一饱。写尽狂愚。

越数日，晋王下令班师，令守光父子，荷校随行。守光父母，对着守光，且唾且骂道："逆贼破灭我家，竟到这般！"守光俯首无言。路过赵州，赵王镕盛帐行幄，迎犒晋军。且请晋王上坐，奉觞称寿，酒酣起请道："愿见大燕皇帝刘守光一面。"挖苦之极。晋王乃命将吏牵入仁恭父子，脱去桎梏，就席与饮。仁恭父子拜镕，镕亦答拜，又赠他衣服鞍马，守光饮食自如，毫无惭色。

及晋王辞别赵王返至晋阳，即将仁恭父子，用白练牵入太庙，自己亲往监刑，守光呼道："守光死亦无恨，但教守光不降，实出李小喜一人！"晋王召小喜入证，小喜瞋目叱守光道："囚父杀兄，上烝父妾，难道亦我教汝么？"晋王怒指小喜道："汝究竟做过燕臣，不应如此无礼！"便喝令左右，先将小喜枭首，然后命斩守光。守光又呼道："守光素善骑射，大王欲成霸业，何不开恩赦罪，令得自效！"晋王不答，二妻恰在旁叱责道："事已至此，生亦何为？我等情愿先死，即伸颈就戮！"还是二妇豪爽。守光临刑，尚哀求不已，直至刀起首落，方才寂然。独留住仁恭，不即处斩，另派节度副使卢汝弼，押仁恭至代州，剖心祭先王克用墓，然后枭首示众。所有刘氏家口，尽行处死，不消絮述。

王镕与王处直，推晋王存勖为尚书令。晋王三让乃受，始开府置行台，仿唐太宗故事，再命李嗣源会同周德威及镇州兵马，攻梁邢州。梁天雄节度使杨师厚，发兵救邢。晋军前锋失利，便即引还。

话分两头，且说淮南节度使杨隆演，既得嗣位，又由徐温遣将周本，戡定江西，内外无事。回应第五回。乃令将军万全感分诣晋、岐，报告袭位。晋、岐两国，承认他为嗣吴王，隆演自然喜慰。惟徐温辅政，权势日盛一日，镇南节度使刘威、歙州观察使陶雅、宣州观察使李遇、常州刺史李简，统是杨行密宿将，恃有旧勋，蔑视徐温。李遇尝语人道："徐温何人！我未曾与他会面，乃俨然为吴相么？"这语传入温耳，温派馆驿使徐玠，出使吴越，令他道过宣州，顺便召遇入朝。遇踟蹰未决。玠又说道："公若不即入谒，恐人将疑有反意了！"遇忿然道："君说遇反，日前与杀侍中，指杨渥，渥曾自兼侍中。还是反不是反呢？"及玠回来报温，温触着隐情，顿时动怒，便令淮南节度副使王玠，出为宣州制置使，即加遇抗命不朝的罪状，遣都指挥使柴再用，及徐知诰两人，领兵纳坛，乘势讨遇。遇怎肯听命，闭城拒守，再用等围攻月余，竟不能下。遇少子曾为淮南牙将，被温捕送军前，由再用呼遇指示道："如再抗命，当杀汝少子。"遇见少子悲号求生，心中好似刀割，乃答再用道："限我两日，当即报命！"再用乃牵遇少子还营，适值典客何荛，由温派令劝遇，即入城语遇道："公若不肯改图，荛此来亦不想求生，任凭斩首，止靠此一城，恐未能长持过去，不若随荛纳款，保全身家！"遇左思右想，实无良法，没奈何依了荛言，开门请降。哪知徐温却是利害，竟令柴再用把遇杀死，且将遇全家人口，一并诛夷。如此残虐，宜其无后。于是诸将相率畏温，不敢逆命。

知诰以功升昇州刺史，选用廉吏，修明政教，特延洪州进士宋齐邱，辟为推官，与判官王令谋，参军王翊，同主谋议，牙吏马仁裕、周宗、曹悰为腹心，隐然有笼络众心，缔造宏基的思想。惟向温通问，恪守子道，一些儿不露骄态。温尝谓诸子道："汝等事我，能如知诰否？"恐也着了道儿。从此知诰所请，无不依从。

知诰密陈刘威专恣，不可不防，温又欲兴兵往讨。

威有幕客黄讷，向威献议道："公虽遭逸谤，究竟未得确据，若轻舟见温，自然嫌疑尽释了。"威如讷言，便乘一小舟，只带侍从二三人，径诣广陵，陶雅

第九回　失燕土伪帝作囚奴　平宣州徐氏专政柄

亦至，与温相见。温馆待甚恭，以后进自居，且转达吴王隆演，优加二人官爵。威、雅很是悦服，一住经旬，方才告别。温盛筵饯行，席间备极殷勤，佯作恋恋不舍的状态，引得威、雅两人，死心塌地，誓不相负，方洒泪还镇去了。徐温颇有莽操手段。

已而温与威、雅，推吴王杨隆演为太师，温亦得升官加爵，领镇海军治润州节度使，兼同平章事职衔。温尚在广陵，遣将陈章攻楚，取得岳州，擒归刺史苑玫。又在无锡击退吴越兵。楚与吴越，先后诉梁，梁命大将王景仁为淮南招讨使，率兵万人，进攻庐、寿二州。温与东南诸道副都统朱瑾，联兵出御，大破梁军。温遂超任马步诸军都指挥使，并两浙招讨使，兼官侍中，晋爵齐国公。乃徙镇润州，留子知训居广陵，知训已得充淮南行军副使，至是更握内政，小事悉由知训裁决，大事始遥与温商。当时淮南一大镇，只知有徐氏父子，不知有杨隆演了。

梁主友贞，闻淮南势盛，恐东南各镇，或与淮南连兵，将为梁患，正拟设法牢笼。可巧荆南节度使高季昌，见第四回。造战舰五百艘，治城堑，缮器械，招兵买马，有志称雄，梁主亟封他为渤海王，赐给衮冕剑佩，为羁縻计。季昌意气益豪，日谋拓地，探得蜀有内变，即亲率战船，攻蜀夔州。小子先将蜀中乱事，大略补述，方好叙明战事。

蜀王王建，自僭号称帝后，与岐王失和构兵，争战经年，得将岐兵击退，气焰益张。见第八回。左相王宗佶，本王建养子，与太子宗懿不协，并因枢密使唐道袭，以舞僮得宠，素常轻视，致为所谮，被建扑死。宗懿改名元膺，豭喙龋齿，好勇善射，既与道袭谮死宗佶，复好面辱大臣，最喜与道袭戏谑，尝在大庭广众中，效为舞僮模样，任意揶揄。道袭老羞成怒，引为深恨。他本是王建宠臣，每事必与熟商，遂得乘隙进谗，诬称元膺谋乱。王建初尚未信，禁不得道袭再三浸润，复由诸王大臣，加添数语，也不觉动疑起来，遂令道袭召兵入卫。也怕作刘仁恭耶！元膺闻信，惊惧交并，遂嘱大将徐瑶、常谦等，引兵猝攻道袭，道袭身中流矢，坠马而亡。那时王建得报，果道是元膺为逆，即遣王宗侃调集大军，出讨元兵所杀。建追废元膺为庶人，改立幼子宗衍为太子。

高季昌以蜀遭内乱，有隙可乘，遂进攻夔州。夔州刺史王成先出兵逆战，季昌令军士乘风纵火，焚蜀浮桥。蜀兵颇有惧色，幸蜀将张武，举铁絙拒住敌舰。季昌仍不能进军，忽然间风势倒吹，害得季昌放火自燃，荆南兵不被焚死，也被溺死，季昌忙易小舟，狼狈奔还。小子有诗咏道：

返风扑火自当灾，数载经营一炬灰！
天意未容公灭蜀，艨艟多事溯江来。

荆蜀战罢,梁、晋又复交兵,欲知胜负如何,试看下回便知。

刘守光父子,有必亡之道,亦有应诛之罪。晋王存勖,出兵灭燕,絷归守光父子,声其罪而诛之,宜也,但必骈戮家属,毋乃过甚。李遇自恃旧勋,蔑视徐温,不过骄矜之失,无甚大恶,且既夸命出降,黜其官而赦之,可也,即不赦之,而家族何辜,宁必诛夷而后快!周文王治岐,罪人不孥,方卜世至八百年,盖不嗜杀人,方垂久远。李存勖已为过暴,而徐温尤甚。是欲垂裕后昆,其可得乎?蜀事随手叙入,亦为按时叙事起见,僭伪之徒,且不能自全骨肉,雄骛亦何益乎?

第十回　逾黄泽刘鄩失计
　　　　袭晋阳王檀无功

却说梁任杨师厚为天雄节度使,兼封邺王。师厚晚年,拥兵自恣,几非梁主所能制,幸享年不久,遽尔去世,梁廷私相庆贺。租庸使赵岩,判官邵赞,请分天雄军为两镇,减削兵权,梁主友贞依计而行。天雄军旧辖疆土,便是魏、博、贝、相、澶、卫六州,梁主派贺德伦为天雄节度使,止领魏、博、贝三州,另在相州置昭德军,兼辖澶、卫,即以张筠为昭德节度使,二人受命赴镇。梁主又恐魏人不服,更遣开封尹刘鄩,率兵六万名,自白马顿渡河,阳言往击镇、定,实防魏人变乱,暗作后援。

德伦至魏,依着梁主命令,将魏州原有将士,分派一半,徙往相州。魏兵皆父子相承,族姻结合,不愿分徙,甚至连营聚哭,怨苦连天。德伦恐他谋变,即报知刘鄩,鄩屯兵南乐,先遣澶州刺史王彦章,率龙骧军五百骑入魏州。魏兵益惧,相率聚谋道:"朝廷忌我军府强盛,所以使我分离,我六州历代世居,未尝远出河门,一旦骨肉分抛,生还不如死罢!"当即乘夜作乱,纵火大掠,围住王彦章军营。可见一动不如百静。彦章斩关出走,乱兵拥入牙城,杀死德伦亲卒五百人,劫德伦禁居楼上。德伦焦急万分,适有乱军首领张彦,禁止党人剽掠,但逼德伦表达梁廷,请仍旧制,德伦只好依他奉表。梁主得表大惊,立遣供奉官扈异,驰抚魏军,许张彦为刺史,惟不准规复旧制。彦一再固请,梁使一再往返,只是赍诏宣慰,始终不许复旧。彦怒裂诏书,散掷地上,戟手南指,诟詈梁廷,且愤然语德伦道:"天子愚暗,听人穿鼻,今我兵甲虽强,究难自立,应请镇帅投款晋阳,乞一外援,方无他患。"仍要求人,何如不乱。德伦顾命要紧,又只得依他言语,向晋输诚,并乞援师。

第十回　逾黄泽刘鄩失计　袭晋阳王檀无功

晋王得书，即命李存审进据临清，自率大军东下，与存审会。途次复接德伦来书，说是梁将刘鄩，进次洹水，距城不远，恳速进军。晋王尚虑魏人多诈，未肯轻进。德伦遣判官司空颋往犒晋军。颋系德伦心腹，既至临清，密陈魏州起乱情由，且向晋王献言道："除乱当除根，张彦凶狡，不可不除，大王为民定乱，幸勿纵容乱首！"

晋王乃进屯永济，召张彦至营议事，彦率党与五百人，各持兵仗，往谒晋王。晋王令军士分站驿门，自登驿楼待着，俟彦等伏谒，即喝令军士，将他拿下，并捕住党目七人。彦等大呼无罪，晋王宣谕道："汝陵胁主帅，残虐百姓，尚得说是无罪么？我今举兵来此，但为安民起见，并非贪人土地，汝向我有功，对魏有罪，功小罪大，不得不诛汝以谢魏人。"彦无词可答。即由晋王出令处斩，并及党目七人。杀得好。余众股栗，晋王复传谕道："罪止八人，他不复问。"众皆拜伏，争呼万岁。

越日，皆命为帐前亲卒，自己轻裘缓带，令他擐甲执兵，冀马前进，众心越觉感服。贺德伦闻晋王到来，率将吏出城迎谒。晋王从容入城，由德伦奉上印信，请晋王兼领天雄军。晋王谦让道："我闻城中涂炭，来此救民，公不垂察，即以印信见让，诚非本怀。"未免做作。德伦再拜道："德伦不才，心腹纪纲，多遭张彦毒手，形孤势弱，怎能再统州军？况寇敌逼近，一旦有失，转负大恩，请大王勿辞！"晋王乃受了印信，调德伦为大同节度使。德伦别了晋王，行抵晋阳，为张承业所留，不令抵任，后文再表。

且说晋王存勖，既得魏城，令沁州刺史李存进，为天雄都巡按使，巡察城市。遇有无故讹言，及掠人钱物，悉诛无赦，城中因是帖然，莫敢喧哗。一面派兵袭陷德、澶二州，梁将王彦章，奔往刘鄩军营，家属犹在澶州城内，被晋军掠取，仍然优待，且遣使招置彦章。彦章置家不顾，杀毙晋使，晋军乃把彦章家属，骈戮无遗。刘鄩进次魏县，晋王出军抵御，他素好冒险，但率百余骑往探鄩营，偏为鄩所探悉，分布伏兵，待晋王驰至，鼓噪而出，围绕数匝，晋王跃马大呼，麾骑冲突，所向披靡，骑将夏鲁奇，手持利刃，翼王突围，自午至申，杀死梁兵百余名，方得跃出，夺路驰回。梁军尚不肯舍，在后急追，鲁奇请晋王先行，自率百骑断后，又手刃梁兵数十人，身上亦遍受创伤，正危急间，救星已到。李存审率军前来，击退梁兵，随王回营。晋王检点从骑，虽多受伤，阵亡只有七人，乃顾语从骑道："几为虏笑。"从骑应声道："敌人怎敢笑王，适使他见王英武哩！"晋王因鲁奇独出死力，抚赏有加，赐姓名为李绍奇。

刘鄩驰入魏县城中，数日不出，杳无声迹。晋王怀疑，便命侦骑往探鄩军，返报城中并无烟火，只有旗帜竖着，很是整齐。晋王道："我闻刘鄩用兵，一步百计，这必是有诈谋哩！"乃再命侦探，始得确报，果系缚刍为人，执旗乘驴,分立城上。晋王笑道:"他道我军尽在魏州,必乘虚袭我晋阳,计策却很是利害,但他的长处在袭人,短处在决战,我料他前行不远,速往追击,不难取胜。"料事颇明。遂发骑兵万人,倍道急追,果然郭军潜逾黄泽岭,欲袭晋阳,途次遇着霪雨,道险泥滑,部众扳藤援葛,越岭西行,害得腹疾足肿,或且失足堕死,因此不能急进。晋阳城内,也已接得军报,勒兵戒严,郭军行至乐平,粮食且尽,又闻晋阳有备,后面又有追兵到来,免不得进退两难,惊惶交迫。大众将有变志,势且溃散,郭泣谕道:"我等去家千里,深入敌境,腹背皆有敌兵,山谷高深,去将何往?惟力战尚可得免。否则一死报君便了。"部众感他忠诚,才免异图。

晋将周德威本留镇幽州,见前回。闻刘郭西袭晋阳,亟引千骑往援,行至土门,郭已整众下山,自邢州绕出宗城,欲袭据临清,绝晋粮道。又复变计。德威兼程追郭,到了南宫,捕得郭谍数人,断腕纵还,令他还报道:"周侍中已到临清了!"郭始大惊,按兵不进,哪知中了德威诡计,直至次日迟明,始由德威军略过郭营,驰入临清,煞是斗智。郭始悔为德威所赚,亟引兵趋贝州。晋王连得军报,已知郭由西返东,追兵不能得手,乃出屯博州,遥应德威。德威追郭至堂邑,杀了一仗,互有死伤,郭移军莘县,设堑固守,自莘及河,筑甬道以通粮饷。晋王存勖,也出屯莘县西偏,烟火相望,一日数战,未分胜负。晋王分兵攻郭甬道,用着大刀阔斧,斩伐栅木,郭督兵坚拒,随坏随修,晋军亦无可奈何,只捕得数十人,便即退还。刘郭也算能军。

梁主友贞,偏责郭劳师费粮,催令速战,郭历奏行军情形,且言晋系劲敌,不能轻战,只有训兵养锐,徐图进取云云。这报呈将进去,又接梁主手谕,问他何时决胜,郭很是懊怅,竟复奏道:"臣今日无策,惟愿每人给千斛粮,始可破贼。"看官!试想这梁主友贞,虽然是素性优柔,见了这种奏语,也有些忍耐不住,便复下手谕道:"将军屯军积粮,究竟为郭饥呢?还是为破贼呢?"郭接得此谕,不得已召问诸将道:"主上深居禁中,不知军旅,徒与少年新进,谋画军机,急求一逞,无如敌势方强,战必不利,奈何奈何?"智囊也没法了。诸将齐声道:"胜负总须一决,旷日持久,亦非善策。"郭不禁变色,退语亲军道:"主暗臣谀,将骄卒惰,我未知死所了!"

越日,又召集诸将,每人面前置水一器,令他饮尽,大众皆面面相觑,无人敢饮。郭便对诸将道:"一器中水,尚难尽饮,滔滔河流,能一口吸尽么?"众始知他借水喻意,莫敢发言,偏是朝使到来,总是促战。郭乃自选精兵万余人,开城薄镇定军营。镇定军猝不及防,到也惊乱,偏晋将李存审、李建及等,左右来援,冲断郭军。郭腹背受敌,慌忙收兵奔还,已丧失了千余人,乃决计坚守,不准出兵,且详报梁主友贞,请勿欲速。

第十回　逾黄泽刘鄩失计　袭晋阳王檀无功

梁主友贞，疑信参半，连日不安，又因宠妃张氏，忽然得病，很是沉重。妃系梁功臣张归霸女，才色兼优，梁主友贞，早欲册她为后，张妃请待帝郊天，然后受册。友贞因连年战争，无心改元，所以郊天大礼，也延宕过去。至妃病已剧，亟册她为德妃，日间行礼，夜半去世，未免有情，谁能遣此！那梁主友贞，悲悼了好几日，自觉形神俱瘁，未晚即寝，到了夜间，梦寐中似有人行刺，骇极乃寤。正在彷徨时候，突闻御榻中有击刺声，越觉惊异。仔细一听，乃出自剑匣中，就开匣取剑，披衣亟起，自言自语道："难道果有急变么？"道言未绝，寝门忽启，有一人持刀直入，竟来行凶，不防梁主持剑以待，急忙转身返奔，被梁主抢上一步，将他刺倒，结果性命。侥幸侥幸。乃急呼卫士入室，令他验视尸骸。有人识是康王友孜的门客，因即令卫士往捕友孜，友孜正待刺客返报，一闻叩门，亲来启视，被卫士顺手牵来，押入内廷。梁主面加审讯，友孜无可抵赖，俯首无词，便由梁主喝令处斩。原来友孜系梁主幼弟，双目有重瞳子，遂自谓有天子相，欲弑兄自立，不意弄巧成拙，竟至丧命。既自命有异相，何不待兄终弟及，乃遽自送命耶？

越宿，梁主视朝，顾语租庸使赵岩及张妃兄弟汉鼎、汉杰道："几与卿等不得相见！"赵岩等尚未详悉，经梁主说明底细，方顿首称贺，且面奏道："陛下践祚，已越三年，尚未郊天改元，致被奸人觊觎，猝生内变，若陛下早已亲郊，早已改元，当不致有此事了！"梁主友贞，乃改乾化五年为贞明元年，亲祀圜邱，颁诏大赦，即命次妃郭氏，暂摄六宫事宜。郭氏为登州刺史郭归厚女，亦以姿色见幸，无容琐述，惟自友孜伏诛，梁主遂疏忌宗室，专任赵岩及张妃兄弟，参预谋议。岩等依势弄权，卖官鬻爵，逸间故旧将相，如敬翔、李振等一班勋臣，名为秉政，所言皆不见用。大家灰心懈体，眼见得朱梁七十八州，要陆续被人占去，不能长此安享了。为朱梁灭亡断笔。

梁主改元贞明，已在乾化五年十一月中，转瞬间就是贞明二年。刘鄩仍坚守莘城，闭壁不出。晋军乃屡次挑战，终无人出来接应，城上却守得甚固，无隙可乘。晋王存勗，留李存审守营，自往贝州劳军，阳言当返归晋阳。刘鄩乃奏请袭击魏州，梁主友贞答书道："朕举全国兵赋，付托将军，社稷存亡，关系此举，愿将军勉力！"鄩因令杨师厚故将杨延直，引兵万人，往袭魏州。延直夜半至城南，总道城中未曾备防，慢慢儿的扎营，不料营未立定，突来了一彪人马，统是精壮绝伦，所当辄靡。况且夜深天黑，几不知有多少敌军，只好见机急走，其实城中只有五百名壮士，潜出劫寨，却吓退了梁兵万人。

翌日晨刻，刘鄩率兵至城东，与延直相会，正拟督兵进攻，但听城中鼓声大震，城门洞开，有一大将领军杀出，前来接仗。鄩遥认是李嗣源，也摆开阵势，与他交锋。将对将，兵对兵，正杀得难解难分，突见贝州路上，也有一军杀到，当先一员统帅，服色不等寻常，面貌很是英伟，手中执着令旗，似风驱来。郭惊语道："来帅乃是晋王，莫非又被他赚了？"*果如尊言。*遂引兵却退。晋王与嗣源合兵，步步进逼，郭且战且行，奔至故元城西，后面喊声又震，李存审驱军杀来，郭叫苦不迭，急麾兵布成圆阵，为自固计。偏西北是晋王军，东南是存审军，两军皆布方阵，鼓噪而前，害得郭军四面受敌，合战多时，郭军不支，纷纷溃散。郭急引数十骑突围出走，所有步卒七万，经晋军一阵环击，杀死了一大半，余众侥幸逃脱，又被晋军追至河上，杀溺几尽，仅剩数千人过河，跟着刘郭退保滑州。

梁匡国军节度使王檀，密奏梁廷，请发关西兵掩袭晋阳，廷臣以为奇计，即令照行。檀发河中、陕、同、华诸镇兵，合三万人，出阴地关，掩至晋阳城下，果然城中未及预防，即由监军张承业，调发诸司丁匠，并市民登城拒守。檀昼夜猛攻，险些儿陷入城中，承业慌急异常。代北故将安金全，退居晋阳，入见承业道："晋阳系根本地，一或失守，大事去了！仆虽老病，忧兼家国，愿授我库甲，为公拒敌。"*幸有此人。*承业易忧为喜，立发库中甲械，给与金全，金全召集子弟，及退职故将，得数百人，夜出北门，袭击梁营，梁兵惊退，金全乃还。

过了一日，又由昭义军*即泽、潞二州。昭义军本统五州，自泽、潞入晋。余如邢、洺、磁三州，尚为梁有，统称昭义军，故五代初有两昭义军。*节度使李嗣昭，拨出牙将石君立，引五百骑来援。君立朝发潞州，夕至晋阳，突过汾河桥，击败梁兵，直抵城下，佯呼道："昭义全军都来了！"承业大喜，开城迎入。君立即与安金全等，夜出各门，分劫梁营，梁兵屡有死伤，王檀料不能克，又恐援军四集，遂大掠而还。是时贺德伦尚留住晋阳，部兵多缒城逃出，往投梁军。承业恐他内应，收斩德伦，然后报达晋王，晋王也不加罪。惟晋阳解围，并非由晋王授计，晋王素好夸伐，竟不行赏，还亏张承业抚慰有方，大众始无怨言。*晋室功臣，要算承业。*梁主友贞，闻刘郭败还，王檀又复无功，忍不住长叹道："我事去了！"乃召刘郭入朝。郭恐战败受诛，但托言晋军未退，不便离滑。梁主权授郭为宣义节度使，使将兵进屯黎阳。晋王使李存审往攻贝州，刺史张源德固守，屡攻不下。晋王自攻卫、磁二州，均皆得手，降卫州刺史米昭，斩磁州刺史靳绍。再派将分徇洺、相、邢三州，守吏或降或走，三州俱下。晋王命将相州仍归天雄军，惟邢州特置安国军，兼辖洺、磁，即令李嗣源为安国节度使，又进兵沧州。沧州已为梁所据，守将毛璋，至是亦降。只有贝州刺史张源德，始终拒晋，城中食尽，甚至啖人为粮，军士将源德杀死，奉款晋营，因恐久守被诛，请撤甲执兵，出城迎降。存审佯为应允，俟开城后，麾兵拥入，抚慰一番，乃令降众释甲。降众不知是计，各将甲兵卸置，不料一声号令，四面被围，见一个，杀一个，把降众三千人，杀得干干净净，一个不留。*存审亦太惨毒。*自是河北一带,均为晋有。惟黎阳尚由刘鄩守住,总算还是梁土。晋军往攻不克,班师而回。

晋王存勖,亟倍道驰归晋阳。原来存勖颇孝,累岁经营河北,必乘暇驰归,省视生母曹氏。此次因行军日久,所以急归。看官听着,晋祖李克用正室,本是刘氏,克用起兵代北,转战中原,尝令刘氏偕行。刘氏颇习兵机,又善骑射,尝组成宫女一队,教以武技,随从军中。克用所向有功,半出内助,及克用封王,刘氏亦受封秦国夫人。惟刘氏无子,与克用妾曹氏,相得甚欢,每与克用言及,曹氏相当生贵子,后来果生存勖,存勖嗣立,曹氏亦推为晋国夫人,母以子贵,几出刘氏右。刘氏毫不妒忌,欢爱逾恒,存勖归省曹氏,曹氏亦必令问候嫡母,不致缺仪。难得有此二贤如。小子有诗咏道:

尹邢相让不相争,王业应由内助成。
到底贤明推大妇,周南樛木好重赓。推重刘氏,为后文易嫡为庶伏案。

晋王存勖归省后,过了残年,忽闻契丹酋长阿保机,称帝改元,竟取晋新州,入围幽州。那时又要大动干戈了。欲知契丹入寇情事,请看官续阅下回。

本回叙梁、晋交争,为梁、晋兴亡一大关键。刘鄩良将也,一步百计,可谓善谋,然晋为劲敌,非智力足以胜之。观鄩之固守莘城,坚壁不出,最为良策,司马懿之所以能拒诸葛者,即是道也。梁主不察,屡次促战,幸致鄩不能牢守成见,堕入晋王诈计,魏州一役,丧师无算,渡河奔还,而河北遂为晋有矣。王檀之袭击晋阳,智不在刘鄩下,乃顿兵城下,又复无功。河东方盛,人谋无益,梁亡晋兴,实关此举。然梁主不分天雄二镇,尚不致有此败。兴亡之数,虽曰天命,岂非人事哉!况友孜谋逆,内变频兴,不能安内,乌能攘外,识者以是知朱梁之必亡!

第十一回　阿保机得势号天皇
　　　　　　胡柳陂轻战丧良将

却说中国北方,素为外夷所居,历代相沿,屡有变革。唐初突厥最大,后来突厥分裂,回鹘、奚、契丹,相继称盛。到了唐末,契丹最强,他本是鲜卑别种,散居潢河两岸,乘唐衰微,逐渐拓地,成为北方强国,国分八部。但皆利部、乙室活部、实活部、纳尾部、频没部、内会鸡部、集解部、奚嗢部。每部各有酋长,号为大人。又尝公推一大人为领袖,统辖八部,三年一任,不得争夺。居然有选举遗风。

到了唐朝季年,正值阿保机为八部统领,善骑射,饶智略,尝乘间入塞,攻陷城邑,掳得中国人民,择地使耕,辟土垦田,大兴稼穑。不到数年,居然禾麦丰收,户口蕃息。阿保机为治城郭,设廛市,立官置吏,仿中国幽州制度,称新城为汉城,汉人安居此土,不复思归。阿保机闻汉人言,谓中国君主,向来世袭,未尝交替,因此威制诸部,不肯遵行三年一任的老例,悠悠忽忽,已越九年。八部大人,各有违言,阿保机乃通告诸部道:"我在任九年,所得汉人,不下数万,现皆居住汉城,我今自为一部,去做汉城首领,不再统辖各部,可好么?"各部大人,当然允诺。阿保机遂徙居汉城,练兵造械,四出略地。

党项在汉城西,他率兵往攻,欲取党项为属地,不意东方的室韦部,乘虚来袭汉城,城中闻报皆惊,偏出了一个女英雄,披甲上马,号召徒众,竟开城搦战,击破室韦部众,追逐至二十里外,斩获无数,始收众回城。这人为谁?就是阿保机妻述律氏。<small>述律一作舒噜。</small>述律氏名平,系回鹘遗裔,小字月理朵,<small>一作鄂尔多。</small>生得身长面白,有勇有谋,阿保机行兵御众,多由述律氏暗中参议,屡建奇功。此次阿保机西侵党项,留她居守,她日夕戒备,竟得从容破敌。及阿保机闻变回来,敌人早已败走,全城安然无恙了。<small>梁兴有张妃,晋兴有刘妃,契丹之兴有述律氏,可见开国成家,必资内助。</small>汉城在炭山西南,素产盐铁,所出食盐,往往分给诸部。述律氏为阿保机设法,拟借此召集诸部大人,为聚歼计,阿保机遂遣使语诸部道:"我有盐池,为诸部所仰给,诸部得了盐利,难道不知有盐主么?何不一来犒我!"诸部大人乃各赍牛酒,亲诣汉城,与阿保机共会盐池。阿保机设筵相待,饮至酒酣,掷杯为号,两旁伏兵突发,持刀乱杀,八部大人,无一生还。阿保机即分兵往徇八部。八部已失了主子,哪个敢来抵挡,只好俯首听命,愿戴阿保机为国主,阿保机遂得雄长北方了。<small>阿保机并吞八部,叙笔不略。</small>

晋王李克用,闻梁将篡唐,意图声讨,因欲联络契丹,作为臂助,乃遣人往约阿保机,愿与联盟。阿保机率兵三十万,来会克用,到了云州东城,由克用迎入宴饮,约为兄弟,共举兵击梁,临别时赠遗甚厚。阿保机亦酬马千匹,不意梁既篡唐,阿保机竟背盟食言,反使袍笏梅老诣梁,<small>袍笏系番官名。</small>献上名马貂皮,求给封册。梁主温遣使答报,令他剿灭晋阳,方给封册,许为甥舅国。看官!你想李克用得此消息,能不引为大恨么?克用病终,曾付一箭与存勖,嘱他剿灭契丹。见前第四回。

存勖嗣立,先图河北,不便与契丹绝交,所以贻书契丹,仍称阿保机为叔父,述律氏为叔母。及存勖伐燕,燕王刘守光,使参军韩延徽往契丹乞师,阿保机不肯发兵。见前第九回。但留住延徽,令他为契丹臣。延徽不拜,惹动阿

第十一回　阿保机得势号天皇　胡柳陂轻战丧良将

保机怒意，罚使喂牛饲马，独述律氏慧眼识人，徐劝阿保机道："延徽守节不屈，正是当今贤士，若能优礼相待，当为我用，奈何使充贱役呢！"阿保机乃召入延徽，令延旁坐，与语军国大事，应对如流。阿保机大喜，遂待若上宾，用为谋主，延徽感怀知遇，竭力赞襄，教他战阵，导他侵略，东驰西突，收服党项、室韦诸部，又制文字，定礼仪，置官号，一切法度，番汉参半，尊阿保机为契丹皇帝。阿保机自称天皇王，令妻述律氏为天王皇后，改元天赞。即以所居横帐地名为姓，叫作世里，由中国文翻译出来，便是耶律二字。别在汉城北方，营造城邑宫室，称为上京，上京四近，各筑高楼，为往来游畋，登高憩望的区处，俗尚拜日崇鬼，每月逢朔望，必东向礼日，所以阿保机莅朝视事，亦尝东向称尊。这是梁贞明二年间事。

韩延徽却潜归幽州，探视家属，乘便到了晋阳，入见晋王李存勖。存勖留居幕府，命掌书记。偏有燕将王缄，密白晋王，说他反复无常，不宜信任。反复无常四字，确是延徽定评。晋王因也动疑，延徽瞧透隐情，便借省母为名，复走契丹。阿保机失了延徽，如丧指臂，及延徽复至，几疑他从天而下，大喜过望，即令延徽为相，叫作政事令。延徽致晋王书，归咎王缄，且云延徽在此，必不使契丹南牧，惟幽州尚有老母，幸开恩赡养，誓不忘德。晋王存勖，乃令幽州长官，岁时问延徽母，不令乏食。哪知契丹竟大举南寇，自麟、胜二州攻入，直抵蔚州。晋振武军节度使李嗣本，发兵往拒，众寡不敌，嗣本被擒。又值新州防御使李存矩，骄惰不恤军民，为偏将卢文进等杀死，文进亡入契丹，引契丹兵入据新州，留部校刘殷居守，云、朔大震。

晋王李存勖，正自河北归来，接连得着警报，亟调幽州节度使周德威，发兵三万，往拒契丹。德威至新州城下，望见契丹兵士，精悍绝伦，已有退志。嗣闻契丹皇帝阿保机，率兵数十万，前来援应，料知不能抵敌，引兵退还。到了半途，突闻后面喊声大震，契丹兵已经杀到。德威回马北望，那胡骑漫山遍野，踊跃奔来，急忙下令布阵，整备对仗，阵方布定，敌骑已至，凭着一股锐气，突入阵中，德威招架不住，没奈何麾军再走。偏敌骑驰骋甚速，霎时间又被冲断，裹去了无数人马，仅得数千人保住德威，狼狈急奔，始得回入幽州。德威老将，也有此败。契丹兵乘胜进薄城下，声言有众百万人，毡车毳幕，弥漫山泽，沿途俘获兵民，统用长绳捆住，连头带足，似缚豚相似，悬诸树上。恰是好看。兵民到了夜间，往往潜自解脱，伺隙逸去，契丹主也不过问，但督兵围攻幽州。周德威一面乞援，一面固守。契丹降将卢文进，请造火车地道，仰攻俯掘，德威用铜铁镕汁，上下挥洒，敌众多被沾染，无不焦烂，因此攻势少懈。

相持至百余日，晋将李嗣源、阎宝、李存审等，奉晋王命令，率步骑七万，进援幽州，嗣源与存审商议道："敌利野战，我利据险，不若自山中潜行，趋往幽州，倘或遇敌，亦可依险自固，免为所乘。"存审称善，遂逾大防岭东行，由嗣源与养子从珂率三千骑为先锋，衔枚疾走，距幽州六十里，与契丹兵相值，力战得进，行至山口，契丹用万骑阻住去路，嗣源仅率百余骑，至契丹阵前，免胄扬鞭，口操胡语道："汝无故背盟，犯我疆土，我王已麾众百万，直抵西楼，灭汝种族，汝等还在此甚么？"契丹兵听了此语，不免心惊，互相顾视，嗣源乘势突入，手舞铁桂，击死敌目一人，后军怒马继进，得将契丹兵冲退，径抵幽州。契丹主阿保机，攻城不下，又值大暑霖潦，班师回国，止留部将卢国用围城。说本《辽史·太祖纪》。国用闻救兵到来，列阵待着，李存审命步兵伏住阵后，戒勿妄动，但令赢卒曳柴燃草，鼓噪先进，那时烟尘蔽天，弄得契丹兵莫名其妙，不得已出阵逆战，存审始令阵后伏兵，齐向前进，趁着烟雾迷离的时候，人自为战，蹂躏敌阵。契丹兵大败而逃，由晋军从后追击，俘斩万计，乃收军入幽州。前写嗣源，后写存审。德威接见诸将，握手流涕，越日始遣人告捷。

晋王闻契丹败归，又决计伐梁，调回李嗣源等将士，指日出师，会值天寒水涸，河冰四合，晋王大喜道："用兵数载，只因一水相隔，不便飞渡，今河冰自合，正是天助我了！"遂急赴魏州，调兵南下。

是时梁黎阳留守刘鄩，应召入朝，接应前回。朝议责他失守河朔，贬为亳州团练使。河北失一大将，没人抵挡晋军，晋王视河冰坚冱，即引步骑渡河。河南有杨刘城，由梁兵屯守，沿河数十里，列栅相望。晋王麾军突进，毁去各栅，竟抵杨刘城，饬步兵各负葭苇，填塞城濠，四面攻扑，即日登城，擒住守将安彦之。梁主友贞，正在洛阳谒陵，拟行西郊祀天礼，忽闻杨刘城失守，晋军将抵汜水，急得不知所措，慌忙停罢郊祀，奔还大梁。嗣探得晋王略地濮郓，大掠而还，才得略略放心，安稳过了残年。

越年为贞明四年，梁主友贞，与近臣会议，欲发兵收复杨刘。梁相敬翔上疏道："国家连年丧师，疆宇日蹙，陛下居深宫中，惟与左右近臣商议军务，所见怎能及远？试想李亚子继位以来，攻城野战，无不身先士卒，亲冒矢石，近闻攻杨刘城，且身负束薪，为士卒先，所以一鼓登城，毁我藩篱。陛下儒雅守文，宴安自若，徒令后进将士，攘逐寇仇，恐非良策。为今日计，速宜周谘黎老，别求善谋，否则来日方长，后患正不少哩！"颇切时弊。梁主览奏，乃与赵、张诸臣商议。赵、张诸臣反说敬翔自恃宿望，口出怨言，竟请梁主下诏谴责。还是梁主曲意优容，但将奏疏搁起，置诸不理。

过了数日，令河阳节度使谢彦章，领兵数万，攻杨刘城。晋王存勖，已还寓魏州，接到杨刘警报，亟率轻骑驰抵河上。彦章筑垒自固，决河灌水，阻住晋军。晋王泛舟测水，见水势弥漫数里，深且没枪，也觉暗暗出惊，沉吟半晌，始笑顾诸将道："我料梁军并无战意，但欲阻水为固，使我自敝，我岂堕他狡

第十一回　阿保机得势号天皇　胡柳陂轻战丧良将

计！看我先驱渡水，攻他不备哩。"翌晨即调集将士，下令攻敌。自率魏军先涉，各军继进，裹甲横枪，整队后行，可巧水势亦落，深才及膝，大众欢跃而前。梁将谢彦章，率众数万，临水拒战，晋军冲突数次，统被击退。晋王眉头一皱，计上心来，即麾军却还。到了中流，回顾梁兵追来，复翻身杀回。军士亦皆返战，奋呼杀贼。彦章不防这着，竟被晋军冲散队伍，及奔还岸上，已是不能成列。晋王驱军大杀一阵，流血万人，河水为赤，彦章仓皇遁走，晋军遂陷入滨河四寨。极写晋王智勇。

晋王欲乘胜灭梁，四面征兵，令周德威率幽州兵三万人，李存审率沧、景兵万人，李嗣源率邢、洺兵万人，王处直遣将率易、定兵万人，及麟、胜、云、朔各镇兵马，同集魏州，还有河东、魏博各军，齐赴校场，由晋王升座大阅，慷慨誓师，各军齐声应诺，仿佛似海啸山崩，响震百里。梁兖州节度使张万进，望风股栗，遣使纳款。晋王乃带领全军，循河直上，立营麻家渡。梁命贺瑰为北面行营招讨使，率师十万，与谢彦章会兵濮州，出屯州北行台，相持不战。原是上策。

晋王屡发兵诱敌，梁营中始终不动，恼得晋王性起，自引轻骑数百人，到梁营前，踞坐辱骂。梁兵却出营追赶，险些儿刺及晋王，亏得骑将李绍荣，力战得免。众将皆谏，赵王镕及王处直亦致书晋王道："元元命脉，系诸王身，大唐命脉，亦系诸王身，奈何自轻若此！"晋王笑语来使道："自古到今，平定天下，多由百战得来，怎可深居帷闼，自溺宴安哩！"来使既去，晋王又出营上马，亲往挑战。李存审叩马泣谏道："大王当为天下自重，先登陷阵，乃是存审等职务，并非大王所应为！"晋王尚不肯止，经存审揽住马缰，方下马还营。

越日觑存审外出，复策马驰往敌营，随身仍不过百骑，且顾语左右道："老子妨人戏，令人惹厌！"既近梁营，营外有长堤，晋王跃马先登，随登的骑将，仅及十余人，不防堤下伏有梁兵，一声呼噪，持械突发，围住晋王至数十匝，晋王拚命力战，一时冲突不出，幸后骑陆续登堤，从外面攻入，方杀开一条血路，策马飞奔，李存审也领兵来援，方将梁兵杀退，晋王方信存审忠言，待遇益加厚了。存勖之不得善终，亦未始非轻躁之失。

两军相持，转瞬百日，晋王又暴躁起来，饬令进军，距梁营十里下寨。梁招讨使贺瑰，屡欲出战，均被谢彦章阻住。一日瑰与彦章阅兵营外，对营数里，适有高地，瑰指示彦章道："此地可以立栅。"彦章不答，及晋军进逼，果在高地上竖栅屯军，瑰遂疑彦章与晋通谋，密报梁主，诬称彦章挠阻军谋，私通寇敌。一面与行营都虞侯朱珪密谋，诱杀彦章，并骑将孟审澄、侯温裕。当下再奏梁主，只说三人谋叛，已与朱珪定计，将他诛死。梁主不辨虚实，竟升珪为平卢节度使，兼行营副指挥使。

晋王闻彦章被杀，喜语诸将道："将帅不和，自相鱼肉，这正是有隙可乘！

我若引军直指梁都,他岂能仍然坚壁,不来拦阻? 我得与战,当无不胜了。"周德威谏阻道:"梁人虽屡上将,兵甲尚是完全,若冒险轻行,恐难得利。"晋王不从,下令军中,老弱悉归魏州,所有精兵猛将,一概随行。当即毁营亟进,竟向汴梁进发。至胡柳陂,有侦骑来报道:"梁将贺瓌,也率大兵追来了。"晋王道:"我正要他追来,好与一战。"周德威又谏道:"贼众倍道来追,未曾休息,我军步步为营,所至立栅,守备有余,兵法上所谓以逸待劳,便是此策,请王按兵勿战,但由德威等分出骑兵,往扰敌垒,使他不得安息,然后一鼓出师,可以立歼,否则梁人顾念家乡,内怀愤激,锐气方盛,暮气未生,骤然与战,恐未必得志呢。"晋王勃然道:"前在河上,恨不得贼,今贼至不击,尚复何待? 公何胆怯至此!"说至此,复顾李存审道:"尔等令辎重兵先发,我为尔等断后,破贼即行。"勇则有余,慎则不足。德威不得已,引幽州兵从行,向子流涕道:"我不知死所了。"也是命数该终,所以良谋不用。

　　已而梁军大至,横亘数十里,晋王自领中军,镇定军居左,幽州军居右,辎重兵留屯陈西,晋王率亲军陷入梁阵,所向无前,十荡十决,往返至十余次,梁马军都指挥使王彦章,支持不住,竟率部众西走。晋辎重兵望见梁帜,还道他来袭辎重,顿时惊溃,驰入幽州军。幽州军亦被他扰乱,反令彦章乘隙捣入,斫死许多幽州军。周德威慌忙拒战,已是不及拦阻,再经贺瓌部众,也来帮助彦章,一场蹂躏,可怜德威父子,竟战死乱军中! 小子有诗叹道:

　　　　统兵百战老疆场,具有兵谋保晋王。
　　　　谁料渡河偏梗议? 将军难免阵中亡。

　　德威已死,晋军夺气,晋王存勖,忙据住高邱,收集散兵。梁兵四面会合,贺瓌亦占了对面的土山,与晋王再决胜负。欲知再战情形,俟小子下回续叙。

　　契丹阿保机之强,谋略多出述律氏,彼徒执哲妇倾城之语,以律人家国者,毋乃其所见太小耶! 盖惟妖媚妒悍之妇人,不误人家国不止,若果智勇深沉,好谋善断,则佐兴一国且有余,遑论一家乎! 但为阿保机设法,诱入八部大人,聚而歼旃,虽从此得统一契丹,而居心未免太毒,述律氏亦悍矣哉! 若夫晋之攻梁,名正言顺,不劳赘述。晋王之冒险轻进,原违临事而惧,好谋而成之诫,胡柳陂一役,宿将如周德威,亦致战死,此皆由轻率之害。但德威行军日久,奈何不预先戒备,竟为各军所乘! 然则其战死也,殆亦有自取之咎乎? 盖德威年已衰迈,暮气亦深,无怪其前遇契丹,即望风奔靡也。

第十二回　莽朱瑾手刃徐知训
　　　　　　病徐温计焚吴越军

　　却说梁将贺瓌,据住土山,为晋王所望见,即顾语将士道:"今欲转败为胜,必须往夺此山。"说着,即引骑兵下丘,驰至对面土山前,奋勇先登,李从珂、王建及等,随后踵至,统是努力向前,一拥而上,梁兵抵敌不住,纷纷下山,改向山西列阵,尚是气焰逼人。晋军相顾失色,各将请晋王敛兵还营,诘朝复战,独阎宝进言道:"王彦章骑兵,已西走濮阳,山下只有步卒,向晚必有归志,我乘高临下,定可破敌,且大王深入敌境,偏师失利,若再引退,必为敌乘,就使收众北归,河朔恐非王有,成败决诸今日,奈何退去?"晋王尚犹豫未决,此时何亦迟疑耶?李嗣昭亦进谏道:"贼无营垒,日暮思归,但使精骑往扰,使彼不得晚食,待他引退,麾众追击,必得全胜。"王建及擐甲横槊,慷慨陈词道:"敌兵已有倦容,不乘此时往击,更待何时?大王尽管登山,看臣为王破贼!"晋王见他声容俱壮,也奋然道:"非公等言,几误大计!"便令嗣昭、建及率领骑兵,先驱突阵,自率各军继进。

　　梁兵正虑枵腹,不防嗣昭、建及两大将,盛怒前来,大刀长槊,搅入阵中,刀过处头颅乱滚,槊到时血肉横飞,大众逃命要紧,立时溃散。那晋王又率大军驱到,好似泰山压卵一般,所当辄碎。贺瓌拍马返奔,部众大溃,死亡约三万人。这是梁、晋第三次鏖战。

　　晋王存勖,得胜还营,检点军士,倒也死了不少。又闻德威父子阵亡,不禁大恸道:"丧我良将,咎实在我,悔无及了!"德威尚有子光辅,为幽州中军兵马使,留守幽州,当即命为岚州刺史。惟李嗣源与从珂相失,且因军中讹传,晋王已渡河北返,也即乘冰北渡,嗣闻晋王得胜,进拔濮阳城,乃再南渡至濮阳,进谒晋王。晋王冷笑道:"汝道我已死么?仓猝北渡,意欲何为?"嗣源顿首谢罪。晋王以从珂有功,不忍加谴,且罚他饮酒一大觥,聊示薄惩。自引军北还魏州,遣嗣昭权知幽州军府事。

　　梁主友贞,接到贺瓌败耗,已是不安,随后有王彦章败卒奔还,说是晋军将至,越加惊惶,亟驱市人登城,又欲奔往洛阳,及得行营确报,方知晋军北还,始免奔波,但已是吃惊不小了。写出友贞庸柔。

　　先是晋王发兵攻梁,曾遣使至吴,约他南北夹攻。吴王杨隆演,命行军副使徐知训,为淮北行营都招讨使,偕副都统朱瑾等,领兵趋宋亳,与晋相应,且移檄州县,进围颍州。梁令宣武节度袁象先,出兵救颍,吴军不战即退。看官!你道吴军何故如此怯弱呢?原来徐知训骄倨淫暴,未惬舆情,所以士无斗志,不愿接仗,知训亦乐得退军,返至广陵,自耽淫乐。但是有势不可行尽,有福不可享尽,似徐知训的生平行谊,哪里能保有富贵,安佚终身? 借古警世,不啻暮鼓晨钟。说来又是话长,待小子略述知训的行为。

知训凭借父威,累任至内外都军使,兼同平章事职衔,平时酗酒好色,遇有姿色的妇女,百计营取。知抚州李德诚有家妓数十人,为知训所闻,即贻书德诚,向他分肥。德诚复书道:"寒家虽有数妓,俱系老丑,不足侍贵人,当为公别求少艾,徐徐报命。"知训得书大怒道:"他连家妓也不肯给我,我当杀死德诚,并他妻室都取了回来!看他能逃我掌中否?"德诚闻之大恐,亟购了几个娇娃,献与知训,知训方才罢休。

吴王隆演幼懦,尝被知训侮弄。一日,知训侍隆演宴饮,喝得酩酊大醉,便迫隆演下座,令与优人为戏,且使隆演扮作苍鹘,自己扮作参军。什么叫作参军苍鹘呢? 向例优人演戏,一人袯头衣绿,叫作参军,一人总角敝衣,执帽跟着参军,如僮仆状,叫作苍鹘。隆演不敢违拗,只好勉强扮演,胡乱一番罢了。想入非非。又尝与隆演泛舟夜游,隆演先行登岸,知训恨他不逊,用弹抛击隆演,还幸隆演随卒,格去弹子,才免受伤,既而至禅智寺赏花,知训乘着酒意,诟骂隆演,甚至隆演泣下,尚呶呶不休。左右看不上眼,潜扶隆演登舟,飞驶而去。知训怒上加怒,急乘轻舟追赶,偏偏不及,竟持了铁挝,寻击隆演亲吏,扑死一人,余众逃去,知训酒亦略醒,归寝了事。隆演有卫将李球、马谦,意欲为主除害,俟知训入朝时,挟隆演登楼,引着卫卒出击知训,知训随身也有侍从,即与卫士交战,只因寡不敌众,且战且却,可巧朱瑾驰至,知训急忙呼救,瑾返顾一麾,外兵争进,得将李球、马谦两人杀死,卫卒皆遁。知训欲入犯隆演,为瑾所阻,始不敢行,但从此益加骄恣,不特凌蔑同僚,并且嫉忌知诰。

知诰为昇州刺史,修筑府舍,振兴城市,很有富庶气象。润州司马陈彦谦,劝徐温徙治昇州,调知诰为润州团练使。知诰乘便入朝,辞行时,知训佯为宴饯,暗中伏甲,欲杀知诰。幸知训季弟知谏,素睦知诰,此时亦在座中,蹑知诰足,知诰始知诡计,佯称如厕,逾垣遁去。知训闻知诰已遁,拔剑出鞘,授亲吏刁彦能,令速追杀知诰。彦能追及中途,但以剑示知诰,纵使逃生,自己返报知训,只说是无从追寻,知训无法可施,也即罢论。

朱瑾前助知训,幸得脱难,他却不念旧德,阴怀猜忌。瑾尝遣家妓问候知训,知训将她留住,欲与奸宿。家妓知他不怀好意,乘间逸出,还语朱瑾,瑾亦愤愤不平,嗣又闻知训将他外调,出镇泗州,免不得恨上加恨,于是想出一计,请知训到家,盛筵相待,席间召出宠妓,曼歌侑酒,惹动知训一双色眼,目不转睛的瞟着歌妓。瑾暗中窃笑，佯为奉承，愿以歌妓相赠，并出名马为寿。引得知训手舞足蹈，喜极欲狂。瑾因知训仆从，多在厅外，急切未便下手，乃复延入内堂，召继妻陶氏出见。瑾妻为朱温所掳，已见前。陶氏敛衽而前，下拜知训，知训当然答礼，不防背后被瑾一击，立足不住，竟致踣地。户内伏有壮士，持刀出来，刀锋一下，那淫凶暴戾的徐知训，魂灵透出，向鬼门关挂号去了。趣语。

瑾枭下知训首级，持出大厅，知训从人，立即骇散。瑾复驰入吴王府，向杨隆演说道："仆已为大王除了一害！"说着，即将血淋淋的头颅举示隆演。隆演吓得魂不附体，慌忙用衣障面，嗫嚅答道："这……这事我不敢与闻。"一面说，一面走入内室。实是没用。瑾不禁忿怒交集，大声呼道："竖子无知，不足与成大事！"你亦未免太粗莽了。随即将首击柱，掷置厅上，挺剑欲出，不料府门已阖，内城使翟虔等竟勒兵拥至，争来杀瑾，瑾急奔回后垣，一跃而上，再跃坠地，竟至折足，后面追兵，也逾垣赶来，瑾自知不免，便遥语道："我为万人除害，以一身任患，也可告无罪了。"言已，把手中剑向颈一横，也即殒命。

徐温向居外镇，未知子恶，一闻知训被杀，愤怒的了不得，即日引兵渡江，径至广陵，入叩兴安门，问瑾所在。守吏报称瑾死，乃即令兵士搜捕瑾家，自瑾妻陶氏以下，一并拘至，推出斩首。陶氏临刑泣下，瑾妾恰恰然道："何必多哭，此行却好见朱公了！"陶氏闻言，遂亦收泪，伸颈就刑。一妻受污，一妻受戮，难乎其为朱瑾妻。家口尽被诛夷，并令将瑾尸陈示北门。瑾名重江淮，人民颇畏威怀德，私下窃尸埋葬。适值疫气盛行，病人取瑾墓土，用水和服，应手辄愈，更为墓上培益新土，致成高坟。徐温闻知，命剧发瑾尸，投入雷公塘下。后来温竟抱病，梦见瑾挽弓欲射，不由的惊惧交并，再命渔人网得瑾骨，就塘侧立祠，始得告痊。总计朱瑾一生，尚无大恶，也应受此庙祀。温本欲穷治瑾党，为此一梦，才稍变计，又因徐知诰、严可求等，具述知训罪恶，乃幡然道："孽子死已迟了！"遂斥责知训将佐，不能匡救，一律落职，独刁彦能屡有诤言，特别加赏。恐是由知诰代陈。进知诰为淮南节度副使，兼内外马步都军副使，通判府事，命知谏权润州团练事，温仍然还镇。庶政俱决诸知诰。

知诰乃悉反知训所为，事吴王尽恭，接士大夫以谦，御众以宽，束身以俭，求贤才，纳规谏，杜请托，除奸猾，蠲逋税，士民翕然归心。就是悍夫宿将，亦无一不悦服。用宋齐邱为谋主，齐邱劝知诰兴农薄赋，江淮间方无旷土，桑柘满野，禾黍盈郊，国以富强。务本之策，原无逾此。知诰欲重用齐邱，偏是徐温不愿，但令为殿直军判官。齐邱终为知诰效力，每夕与知诰密谋，恐属垣有耳，只用铁筋画灰为字，随书随灭，所以两人秘计，无人得闻。

严可求料有大志，尝语徐温道："二郎君指知诰。非徐氏子，乃推贤下士，笼络人望，若不早除，必为后患！"温不肯从，可求又劝温令次子知询，代掌内政，温亦不许。知诰颇有所闻，竟调可求为楚州刺史。可求知已遭忌，亟往谒徐温道："唐亡已十余年，我吴尚奉唐正朔，无非以兴复为名，今朱、李争逐河上，朱氏日衰，李氏日盛，一旦李氏得有天下，难道我国向他称臣么？不若先建吴国，为自立计。"这一席话，深中徐温心坎，原来温曾劝杨隆演为帝，隆演不答，因致迁延。在温的意思中，自虑权重位卑，得使吴王称帝，自己好总掌百揆，约束各镇。独严可求却另有一种思想，自恐知诰反对，不得不推重徐温，作一靠山。既要推重徐温，不得不阳尊吴王，彼此各存私见，竟似心心相印。

温即留可求参总庶政，令他草表，推吴王为帝，吴王杨隆演，仍然却还。温再邀集将吏藩镇，一再上表，乃于唐天祐十六年，这是淮南旧称。即梁贞明五年四月，杨隆演即吴王位，大赦国中，改元武义，建宗庙社稷，置百官宫殿，文物皆用天子礼，惟不称帝号。追尊行密为太祖，谥曰孝武王，渥为烈祖，谥曰景王，母史氏为太妃。拜徐温为大丞相，都督中外军事，封东海郡王，授徐知诰为左仆射，参知政事，严可求为门下侍郎，骆知祥为中书侍郎，立弟濛为庐江郡公，溥为丹阳郡公，浔为新安郡公，澈为鄱阳郡公，子继明为庐陵郡公。濛有材气，尝叹息道："我祖创造艰难，难道可为他人有么？"温闻言，惧不能制，竟出濛为楚州团练使。吴王杨隆演本意是不愿称制，只因为徐氏所迫，勉强登台，且见徐氏父子，专权日久，无论如何懊怅，不敢形诸词色，所以居常怏怏，镇日里沉饮少食，竟致疾病缠身，屡不视朝。想是没福为王。

哪知吴越忽来构衅。吴越王钱镠竟遣仲子传瓘，率战舰五百艘，自东洲击吴，警报与雪片相似，连达广陵。吴王隆演，病中不愿闻事，一切调兵遣将的事情，当然委任大丞相大都督了。先是吴越王钱镠，本与淮南不和，梁廷因得利用，令他牵制淮南，且加他兼职，授淮南节度使，充本道招讨制置使。钱镠亦尝奉表梁廷，极陈淮南可取状。嗣是屡侵淮南，互有胜负，及梁主友珪篡位，册钱镠为尚父，友贞诛逆嗣统，又授镠为天下兵马元帅。镠遂立元帅府，建置官属，雄据东南。至吴王隆演建国改元，梁主友贞，又颁诏吴越，令大举伐吴，因此钱镠复遣传瓘出师。

吴相徐温亟调舒州刺史彭彦章，及裨将陈汾，带领舟师，往拒吴越军。舟师顺流而下，到了狼山，正与吴越军相遇，可巧一帆风顺，不及停留，那吴越战舰，又复避开两旁，由他驰过，明明有计。吴军踊跃前进，不意后面鼓角齐鸣，吴越军帅钱传瓘，竟驱动战舰，扬帆追来，吴军只好回船与战。甫经交锋，吴越舰中，忽抛出许多石灰，乘风飞入吴船，迷住吴军双目，吴军不住的擦眼，他又用豆及沙，散掷过来，吴军已是头眼昏花，怎禁得脚下的沙豆，七高八低，立脚不住，又经吴越军乱劈乱斫，杀得鲜血淋漓，渍及沙豆，愈加圆滑，顿时彼倾此跌，全船大乱。传瓘复令军士纵火，焚毁吴船，吴军心惊胆落，四散奔逃。彭彦章还想力战，身被数十创，知穷力竭，情急自到。陈汾却先已逃回，坐视彦章战死，并不顾救，遂致战舰四百艘，多成灰烬，偏将被掳七十人，兵士伤亡数千名。

徐温闻报，立诛陈汾，籍没家产，半给彦章妻子，赡养终身。一面出屯无锡，截住敌军，一面令右雄武统军陈璋，率水军绕出海门，断敌归路，吴越军乘胜进军，与温相值，时当孟秋，暑气未退，温适病热，不能治军。判官陈彦谦亟从军中选一弁目，面貌似温，令他充作军帅，身环甲胄，号令军士，温得少休。既而吴越军来攻中军，温疾已少闲，亲自出战，遥见秋阳暴烈，两岸间蒦苇已枯，又值西北风起，正好乘势放火，烧他一个精光，便令军士挟着火具，四散纵火，火随风猛，风引火腾，吴越军立时惊溃。当由温驱兵追击，斩首万计，吴赵将何逢、吴建亦被杀死，只传瓘遁去。前曾以火攻胜吴，奈何自不及防，岂真一报还一报耶！走至香山，又被吴将陈璋，截住去路，好容易夺路逃回。十成水师，已失去七八成了。

徐温令收兵回镇，知诰请派步卒二千，假冒吴越旗帜，东袭苏州。温喟然道："汝策原是甚妙，但我只求息民，敌已远遁，何必多结仇怨！"也是有理。诸将又齐请道："吴越所恃，全在舟楫，方今天旱水涸，舟楫不便行驶，这正天亡吴越的机会，何不乘胜进兵，扫灭了他！"温又叹道："天下离乱，已是多年，百姓困苦极了，钱公亦未可轻视。若连兵不解，反为国忧，今我既得胜，彼已惧我，我且敛兵示惠，令两地人民，各安生业，君臣高枕，岂非快事！多杀果何益呢？"具有保境息民之意。遂引兵还镇。

嗣复用吴王书，通使吴越，愿归无锡俘囚。吴越王钱镠亦答书求和，两下释怨，休兵息民，彼此和好度日，却有二十年不起烽烟，这未始非徐温所赐呢。应该称美。

越年五月，吴王杨隆演，病已垂危。温自升州入朝，与廷臣商及嗣位事宜。或语温道："从前蜀先主临终时，尝语诸葛武侯，谓嗣子不才，君宜自取。"温不待词毕，即正色道："这是何言，我若有意窃位，诛张颢时即可做得，何必待至今日？杨氏已传三主，就使无男有女，亦当拥立，如有妄言，斩首不赦！"大众唯唯听命，乃传吴王命令，召丹阳公杨溥监国，徙溥兄濛为舒州团练使。未几隆演病逝，年仅二十四岁，弟溥嗣立，尊生母王氏为太妃，追尊兄隆演为高祖宣皇帝。小子有诗咏徐温道：

> 权兼内外总兵屯，报国犹知戴一尊。
> 试看入朝排众议，徐温毕竟胜朱温。

吴王溥已经嗣位，国中好几年无事，小子好别叙蜀中情形，欲知蜀事，且阅下回。

是回除首数行外，纯叙吴事，如徐知训之不道，朱瑾诛之宜也；但瑾之所为，未免卤莽，投鼠尚且忌器，岂有内为孱主，外有强镇，顾可为孤注之一掷乎？况徐温亦非真憒于事者，特未闻其子之过恶耳。为瑾计，何不致书徐温，直陈知训罪状，令他自行废置，乃诱诛知训，卒致杀身亡家，武夫之一往直前，不知审慎，往往有此大弊。幸徐温入都，心目中尚有吴王，不致篡夺，否则隆演之首，几何而不立陨也。史称温梦瑾挽射，始为改葬，瑾未必有此灵异，但亦因严可求、徐知谔之先陈子恶，未免生悔，悔则因致成梦耳。且隆演幼懦，内外军事，亦赖有徐氏主持，观吴越之大举侵吴，幸温用火攻计，转败为胜，淮南得以无恙。厥后隆演病剧，且使杨氏无男有女，亦当拥立之言，宁得以父子专政，遽谓其罪大功小哉？篇中抑扬得当，可作史评一则。

第十三回　嗣蜀主淫昏失德
　　　　　唐监军谏阻称尊

却说蜀主王建，杀死太子元膺，改立幼子宗衍为太子。见前第九回。建子有十一人，为何独立这幼子呢？原来蜀主正室周氏，才貌平常，且无子嗣，虽有妾媵数人，生了数子，怎奈没有丽色。嗣得眉州刺史徐耕二女，入侍后宫，一对姊妹花，具有丽容，仿佛与江东大小乔相似。看官，你想蜀主得此二美，尚有不爱逾珍璧么？大徐女生子宗衍，小徐女生子宗鼎。宗鼎先生，排行第七，宗衍后生，排行最幼。此外尚有宗仁、宗纪、宗辂、宗智、宗特、宗杰、宗泽、宗平等，均系别媵所出。王建僭号，十一子均得封王。元膺既死，建因宗辂类己，宗杰有才，两子中拟择一为嗣。大徐女已进封贤妃，小徐女亦进封淑妃，两妃专房用事，怎肯令一把龙椅，付与别子？当下令心腹太监唐文扆，赍金百镒，送与宰相张格，嘱他号召百官，立宗衍为太子。张格既得重贿，即草得一表，令百官署名，但说是已奉密旨，决立宗衍。百官以君相定策，不便违议，乐得署名呈入。蜀主览表惊疑道：“宗衍幼弱，好立做太子么？"未始无识。适值大徐妃在旁，便即进言道：“宗衍已十多岁了，相士谓后当大贵；不过陛下今日，却很为难；诸王十数，后宫充斥，哪里挨得着宗衍，妾情愿挈他出宫，免遭人妒，也省得陛下为难呢！”说至此，面上的泪珠儿，已扑簌簌的坠了下来。妇人惯技。蜀主连忙慰谕道："我并非不愿立宗衍，但恐他少不更事，反误国

第十三回　嗣蜀主淫昏失德　唐监军谏阻称尊

计。"徐妃复答道："相臣以下,且一致赞成,只有陛下圣明,虑及此着,妾恐陛下并不为此,无非是左右为难,借此诳妾呢!"蜀主一再申辩,徐妃一再撒娇,弄得蜀主情急起来,便道:"罢!罢!我明日决立宗衍便了。"徐妃方含泪谢恩。翌日即立宗衍为太子。

宗衍方颐大口,垂手过膝,顾目见耳,颇知学问,童年即能属文。只是性好靡丽,酷爱郑声,尝集艳体诗二百篇,署名《烟花集》,传诵全蜀。但不合人主身分。既得立为储贰,开府置官,专任一班淫朋狎客,充作僚属,除倡和淫词外,斗鸡击球,镇日戏狎。蜀主尝过东宫,闻里面喧呼声很是热闹,问明底细,乃是太子与诸王蹴鞠,不禁长叹道:"我百战经营,才立基业,此辈岂能守成么?"嗣是颇恨及张格,且有废立意。怎奈徐贤妃从中把持,但将一笑一颦的作态,竟制住这狡猾枭雄的蜀主王建,一成不变,无法改移。

宗杰为蜀主所爱,屡陈时政,不知为何中毒,四肢青黑,霎时身亡。明明是徐妃下毒。蜀主益加忧疑,并因年力衰迈,禁不住这般播弄,伤感成疾,无药可医,私念惟北面行营招讨使王宗弼,沉重有谋,可属大事,遂召还成都,令为马步都指挥使,当下宣入寝殿,并饬同宰相张格等,共受面嘱道:"太子仁弱,朕曲徇众请,越次册立。若他未能承业,可置居别宫,幸勿加害。我子尚多,幸择贤继立。徐妃兄弟,只可优给禄位,慎勿使他掌兵预政,藉示保全。"偏不由你算奈何?宗弼等唯唯而退,偏此语被徐妃闻知,转告唐文扆。文扆为内飞龙使,久握禁兵,兼参枢密,他竟派兵守住宫门,不令大臣再入。宗弼等三十余人,日夕问安,不得入见,只有慰抚的命令,逐日外颁。宗弼料文扆谋乱,正拟设法抵制,可巧皇城使潘在迎密报宗弼,说是文扆谋害大臣。宗弼遂带领壮士,排闼入谒,极言文扆罪状。蜀主王建,病虽加剧,尚知人事,乃召太子宗衍,入宫侍疾,并令东宫掌书记崔延昌,权判六军事,贬文扆为眉州刺史。翰林学士承旨王保晦,亦坐文扆私党,褫夺官爵,流戍泸州。所有内外财赋,及中书除授诸司,与一切刑牍案狱,统委翰林学士庾凝绩承办。都城及行营军旅,统委宣徽南院使宋光嗣管领。光嗣系小太监出身,专务揣摩迎合,因得重用。本来蜀主平时,内置枢密使,专用士人。此次恐太子年少,士人不为所用,因特改任宦官,哪知这两川土宇,要被这阉人破裂了!士人不可用,宦官更不可用,王建系残唐狡将,难道未鉴唐事么?

既而蜀主弥留,令宗弼兼中书令,光嗣任内枢密使,与功臣王宗绾、王宗瑶、王宗夔等,同受遗诏。宗弼、宗绾、宗瑶、宗夔,统是王建养子,改姓王氏,辅建有功,俱得兼中书令。及建已病殁,太子宗衍嗣位,除去宗字,单名为衍。宗弼等进封为王,尊父建为高祖皇帝,嫡母周氏为昭圣皇后。周氏哀毁成病,未几去世,乃尊生母徐贤妃为皇太后,太后妹徐淑妃为皇太妃,命宋光嗣判六军诸卫事,再夺唐文扆官爵,赐他自尽。王保晦亦诛死,贬宰相张格为茂州刺史,寻又谪为潍州司户。援立宗衍,究有何益？礼部尚书杨玢,吏部侍郎许寂,户部侍郎潘峭,皆坐格党贬官。一朝天子一朝臣,同平章事的位置,授与兵部尚书庾传素。即凝绩从兄。又用内给事王廷绍、欧阳晃、李周辂、宋光葆、宋承蕴、田鲁俦为将军,各参军事。兄弟诸王,俱使他兼领军使。彭王宗鼎,独遍白兄弟道："亲王掌兵,实是祸本,况主少臣强,谗间必兴,缮甲训兵,殊非我辈应做的事情哩。"遂辞去军使兼职,自营书舍,植松竹自娱,倒也逍遥快活,无是无非。惟宗弼已封巨鹿王,复晋封齐王,总揽大权,职兼文武,凡内外迁除官吏,均出他一人掌握,他得纳贿营私,擅作威福。蜀主衍毫不过问,镇日里醉酒唱歌,靡靡忘倦。即位时,册立一位皇后,乃是前兵部尚书高知言女,端庄沉静,颇有妇德,衍独谓她朴陋少文,不甚惬意。乃更令内教坊严旭,选取良家女子二十人,入备后宫。旭强搜民家,见有姿色女子,无论他家愿与不愿,硬要他献入宫中,惟该家厚给金帛,才得免选,民间怨声载道。旭却腰橐丰盈。至二十人已经满额,入宫覆旨。蜀主见他所选各女,统是芙蓉为面,杨柳为眉,不由的喜笑颜开,极称旭办事才能,即擢为蓬州刺史。嗣是左拥右抱,备极欢娱。还有太后太妃,也最喜冶游,时常至亲贵私第,酣饮达旦。有时蜀主亦与偕行,或同游近郡名山,饮酒赋诗,耗费不可胜计。太后太妃,又各出教令,卖官鬻爵,出价最多,得官最速。礼部尚书韩昭,素无才具,但以便佞得幸,又纳赂太后太妃,得升任文思殿大学士,位出翰林承旨上。后妃卖官,古今罕闻。他尝出入宫禁,面恳蜀主,乞买数州刺史官职,得金营第。蜀主衍居然应诺,这真可谓特别加恩了。

蜀主衍改元乾德。乾德元年,改龙跃池为宣华池,就池造苑,大兴工作,越年立高祖庙于万岁桥,蜀主衍奏明太后、太妃,挈后宫妃嫔等,入庙祭祀,参用亵味,并及郑声。华阳尉张士乔,上疏切谏,顿触衍怒,饬令处斩,还是徐太后当面谕阻,始得免诛,流窜黎州,士乔愤激得很,竟投水自尽。

未几,下诏北巡,蜀主衍出发成都,披金甲,冠珠帽,执弓矢而行,旌旗兵甲,亘百余里,人民疑为灌口祆神。到了安远城,令王宗俦、王宗昱、王宗晏、王宗信等,俱王建养子。统兵伐岐,进攻陇州。岐王李茂贞出屯汧阳,遥为援应,蜀偏将陈彦威,出散关至箭筈岭,遇着岐兵,打了一回胜仗,便即引还。蜀主衍接得捷报,亲赴利州,龙舟画舸,辉映江渚,州县供张,穷奢极丽,百姓各有怨言。

及抵阆州,见州民何康女,美丽过人,即命侍从强行取来。何女已经字人,出嫁有日,经蜀主问明底细,乃赍帛百匹,赐他夫家,饬令别娶,还算是浩荡皇恩,不使向隅,那何女却占为己有,乐得受用。谁料该未婚夫闻这急变,

第十三回　嗣蜀主淫昏失德　唐监军谏阻称尊

竟致一恸而亡！想也是个情种，可惜何女未能报他。

蜀主衍既得何女，也无心再游，即日归还成都，与何女缱绻月余，又觉得味同嚼蜡，平淡无奇。会奉徐太后往省母家，瞥见一个绝代佳人，极袅娜，极娉婷，端的是玉骨仙姿，不同凡艳。王衍怎肯轻轻放过，询明太后，知是徐耕孙女，与衍为中表姊妹，当下召令出见，携带进宫。看官！你想王衍是个蜀帝，叫徐氏如何违慢，只好睁着双眼，由他携去，入宫以后，颠鸾倒凤，自在意中。那徐女不但美艳，并且曲尽柔媚，极善奉承。引得这位伪天子，非常恋爱，宠冠六宫。既有大小徐妃，复有这位徐女，何徐娘之多耶！徐太后姊妹，因侄女又得专宠，可为母族增光，也为欣慰。偏王衍不欲娶诸母族，反托言是韦昭度女孙，竟封她为韦婕妤，嗣又加封为韦元妃，六宫粉黛，当然怀妒。最难堪的是正宫高氏，平时本已失宠，自韦妃入宫，更被疏薄，免不得略有怨言。王衍竟将她废去，遣令还家。乃父高知言，时已老迈，闻着此变，顿时惊仆，好容易灌救转来，还是涕泣涟涟，不愿进食，饿了数日竟致死去。何必如此？王衍也不加赗恤，即欲立韦妃为继后，无如宫内还有一位金贵妃，姿容恰也秀媚，兼通绘事。她出世时，天大风雨，母梦见赤龙绕庭，因得分娩，所以闺名叫作飞山，乾德初选入掖庭，曾得专宠，至韦妃入幸，也逐渐见疏。但资格比韦妃为优，势不能后来居上，且有赤龙梦兆，已具瑞征，王衍踌躇多日，不得已立金妃为继后。后来又欲废立，幸亏钱贵妃代为力争，才得定位。惟名目上虽然未易，情意中不甚相亲。蜀宫内佳丽日增，镇日里酣歌恒舞，变成一个花天酒地。俗语说得好，乐极悲生，似这蜀主衍的荒淫无度，尚能不自速危亡么？为下文伏笔。

可巧梁、晋交争，晋王李存勖，出次魏州，得了一个传国宝，系是僧人传真献入，谓由唐京丧乱时所得，秘藏已四十年，于是晋臣相率称贺，接连是上表劝进，怂恿晋王为帝。蜀主衍得知消息，也遣使致书，请晋王嗣唐称尊。劝人称帝，即能自保耶？晋王出书示僚佐道："昔王太师指王建。亦尝遗先王书，请各帝一方，先王尝语我云：'昔唐天子幸石门，我尝发兵诛贼，当然威震天下。我若挟天子，据关中，自作九锡禅文，何人敢阻？但我家世代忠良，不忍出此，他日务当规复唐室，保全唐祚，慎勿效若辈所为！'此语犹在耳中，我怎好背弃父训呢？"言已泣下，群臣乃暂将称尊事搁起，一时不敢多言。

这时候的梁、晋两国，方在德胜两城间，穷年鏖兵。德胜是个渡名，正当河北要冲，晋王命李存审夹河筑城，分作南北二郭，亦称夹寨。梁将贺瓌，率兵往争，大小百余战，终不能克。梁河中节度使冀王朱友谦，因为子令德表求节钺，不得所请，复举河中降晋。梁又起用刘𨥅为招讨使，令攻河中。𨥅与友谦素有婚谊，先移书谕以祸福，然后进兵。友谦不答，但向晋王处告急，晋王遣李存审往援。及郭待复不至，始进逼同州，那时李存审亦已驰至，两下交绥，郭军败走，梁副使尹皓、段凝等，密表梁主，诬郭徇亲误国，沿途逗挠，乃有此败。梁主友贞，遂潜令西都留守张宗弼，将郭鸩死，贺瓌又复病殁。

梁将中智推刘郭，勇推贺瓌，相继毕命，诸军夺气。晋军连得胜仗，声威愈振。于是一班攀龙附凤的臣僚，复提出劝进文，陆续呈上，无非说是天命攸归，人心属望，宜应天顺人，亟正大位等语。各镇节度使，又各献货币数十万，充作即位经费，还有吴王杨溥，亦贻书劝进，遂令这无心称帝的李存勖，也不能抱定宗旨，居然雄心勃勃，想做起皇帝来了。皇帝趣味，究竟动人。

独有一个唐室遗臣，闻知此信，大为不然，遂自晋阳趋魏州，面加谏阻。这人为谁？就是监军张承业，承业竭诚事晋，凡晋王出征，所有军府政事，俱委承业处置。承业劝课农桑，贮积金谷，收养兵马，征租行法，不宽贵戚，因此军政肃清，馈饷不乏。刘、曹两太夫人，尝重视承业，有时承业忤存勖意，两太夫人必痛责存勖，令谢承业。存勖加授承业为左卫上将军，兼燕国公，承业皆固辞不受，但称唐官终身。至是诸臣劝进，晋王已为所动，即至魏州面谏道："我王世忠唐室，历救患难，所以老奴事王，至今已三十余年，为王聚积财赋，召补兵马，誓灭逆贼，恢复本朝宗社，借尽臣心。今河北甫定，朱氏尚存，王乃遽即大位，实与前时征伐初意，殊不相同，天下谓王自相矛盾，必致失望，尚有不因此解体么？今为王计，最好是先灭朱氏，为列圣复仇，然后求立唐后，南取吴，西取蜀，泛扫宇内，合为一家。那时功德无比，就使高祖太宗，再生今世，也未能高居王上，王让国愈久，即得国愈坚，老奴并无他意，不过受先王大恩，欲为王立万年基业，请王勿疑！"为唐进言，志节可嘉。李存勖徐答道："这事原非我意，但众志从同，不便相违，奈何？"承业知不可止，忍不住恸哭道："诸侯血战，本为唐家，今王乃自取，不特误诸侯，兼误老奴了！"遂辞归晋阳，郁郁成疾，竟不能起。

存勖闻承业得病，一时也不愿称帝。会值成德军变，王镕养子王德明，原姓名为张文礼，竟弑死主将王镕，屠灭王氏家族，且遣使向晋告乱，乞典旌节，为这一番意外情事，又惹动李家兵甲，假仁仗义，往讨镇州。正是：

　　　　乱世屡生篡夺祸，强王又逞甲兵威。

欲知张文礼何故弑主，且看下回分解。

　　蜀主王建，明知幼子之不能守成，乃为徐贤妃所迫，唐文扆、张格等所怂恿，卒立为太子。举两川数十载之经营，不惜为孤注之一掷，何其误甚？但溯厥祸源，实为一妇人而起，好色者终为色误，云建其明鉴也！夫其父行劫，其子必且杀人，建因好色而误国，衍即因好色而亡国。父作而子述，其祸必有甚于乃父者，故祖父贻谋，断不可不慎耳！自来国家之患，莫如女色，尤莫如宦官。但宦官中亦非无贤者，如张承业之乃心唐室，始终不渝，洵足为庸中佼佼，铁中铮铮之特色。观其谏阻晋王，沥肝披胆，无非为复唐起见。及力谏不从，恸哭而返，遂至悒悒不起，彼其悔所辅之非人乎？笃于效忠，而短于料事，承业亦不得为智。但略迹原心，固足告无愧于天下！故《纲目》于承业之殁，特书曰唐河东监军使，而本回亦特别提明，不没忠节云。

第十四回　助赵将发兵围镇州　嗣唐统登坛即帝位

却说成德节度使赵王王镕，自与晋连合后，得一强援，因乏外患，他不免居安忘危，因佚思淫，大治府第，广选妇女，又宠信方士王若讷，在西山盛筑宫宇，炼丹制药，求长生术。居然一刘仁恭。每一往游，辄使妇人维系锦绣，牵持而上。既入离宫，连日忘归，一切政务，委任宦官李弘规、石希蒙。希蒙素善谄谀，尤见宠幸，尝与镕同卧起，会镕宿西山鹊营庄，李弘规进谏道："今天下强国莫如晋，晋王尚身自暴露，亲冒矢石，今大王搜括国帑，充作游资，开城空宫，旬月不返，倘使一夫闭门不纳，试问大王将归依何处？"镕闻言颇知戒惧，急命还驾。偏石希蒙从旁阻住，不令镕归。弘规怒起，竟遣亲事军将苏汉衡，率兵擐甲，直入庄中，露刃逼镕道："军士已劳敝了，愿从王归国！"镕尚未及答，弘规又继进道："石希蒙逢君长恶，罪在不赦，请亟诛以谢众士。"镕仍不应，弘规竟招呼甲士，捕斩希蒙，掷首镕前。镕无奈驰归，时长子昭祚，已挈梁公主归赵。回应卷前。镕遂与熟商，谋诛弘规、汉衡。昭祚转告王德明，遂将弘规、汉衡拿下，一并枭首，且骈戮二人族属。一面搜缉余党，穷究反状，亲军皆栗栗自危。

德明本来狡狯，至此有隙可乘，即煽诱亲军道："大王命我尽坑尔曹，从命实不忍，不从又获罪，应如何区处？"众皆感泣，愿听指挥，德明乃密令亲军千人，夜半逾垣，往弑王镕，适镕与道士焚香受箓，想是祈死。军士不费气力，立断镕首，携报德明。德明索性毁去宫室，大杀王氏家族，自昭祚以下，悉数毙命。惟梁女普宁公主，留下不杀，还有镕少子昭诲，年方十龄，由亲将救出，藏置穴中，幸得不死，后来潜往湖南，髡发为僧，易名崇隐。即卷前晋王许婚之昭诲。德明仍复姓名为张文礼，向晋告乱，求为留后。晋王即欲加讨，群臣谓方与梁争，不宜更树一敌，乃暂准所请。偏张文礼又密表梁主，但称王氏为乱兵所屠，幸公主无恙，请朝廷亟发精兵万人，由臣更乞契丹为助，自德隶渡河，往攻河东，晋可从此扫灭了。梁主友贞，览表未决，敬翔请乘衅规复河北，赵岩、张汉鼎、汉杰等，谓文礼首鼠两端，万不可恃，梁主乃按兵不发。文礼且一再驰书，多被晋军中途搜获。

赵将都指挥使符习，曾率兵万人，从晋王驻德胜城，文礼阴怀猜忌，召令还镇，愿以他将代任。习入谒晋王，涕泣请留。晋王与语道："我与赵王同盟讨贼，谊同骨肉，不料一旦遇祸，竟为所戕，我心很是痛悼。汝若不忘故主，能为复仇，我愿助汝兵粮，往讨逆贼！"有心讨逆，何必许为留后，此次遣习复仇，无非恨他通梁耳。习与部将三十余人，举身投地，且泣且语道："大王诚记念故主，许令复仇，习等不敢上烦府兵，情愿领本部前往，搏取凶竖，报王氏累世隆恩，虽死亦无恨了！"晋王大喜，立命习为成德留后，领本部兵先进，且遣大将阎宝、史建瑭为后应，自邢、洺北趋，直抵赵州，刺史王铤，自知不支，开城乞降。晋王仍令为刺史，即饬移军攻镇州。

文礼已经病疽，闻赵州失守，便即吓死，子处瑾秘不发丧，与他将韩正时等，悉力拒晋。晋兵渡滹沱河，进薄镇州，城上矢石雨下，史建瑭中箭身亡。晋王得建瑭死耗，拟分兵自往策应，凑巧获得梁军谍卒，俯首乞降，且言梁北面招讨使戴思远，将乘虚来袭德胜城，晋王亟命李存审屯兵德胜，李嗣源伏兵戚城，先用羸骑往诱梁兵，待他入境，鼓起伏发。李嗣源先出接仗，已将梁兵冲乱，李存审又从城中杀出，晋王复自率铁骑三千，迎头痛击，斩获梁兵二万余人。

思远窜去，晋王乃拟自往镇州，忽接到定州来书，劝阻进兵，转令晋王动起疑来，暗暗自忖道："王处直从我有年，奈何阻我！"乃即取出文礼与梁蜡书，寄示处直，且传语道："文礼负我，不能不讨！"看官道处直为何劝阻晋王？原来处直闻晋讨文礼，即与左右商议道："镇、定二州，互为唇齿，镇州亡，定州不能独存，此事不可不防。"乃致书晋王，请赦文礼。偏晋王复词拒绝，害得处直日夕耽忧。

处直有庶子名郁，素来无宠，亡奔晋阳，晋王克用，曾妻以爱女，累迁至新州防御使。此时处直贰晋，潜遣人语郁，令他重赂契丹，乞师南下，牵制晋军。郁求为继嗣，方才听命，处直不得已许诺。怎奈定州军士，都不欲召入契丹，就中又有处直养子刘云郎，改名为都，向为处直所爱，有嗣立意。至是闻郁得为嗣，眼见得定州节钺，被他取去，心下甚是不安，适有小吏和昭，劝都先行发难，都遂率新军数百人，闯入府第，挟刃大噪道："公误信孽子，私召外寇，大众无一赞成，昏谬如公，不能再理军事，请退居西宅，聊尽天年！"处直正要面驳，哪知军士一哄而上，把他拥出府中，竟往西第，又逼勒处直妻妾，同至西第中，

第十四回　助赵将发兵围镇州　嗣唐统登坛即帝位

一并锢住。所有王氏子孙，及处直心腹将士，杀戮无遗。引狼入室，宜遭此祸。都遂遣使报晋王，晋王以处直被幽，免为晋患，即令都代握兵权。都罪不亚文礼，胡为一讨一赏？都得晋王书，诣西第见处直，处直投袂奋起，搔胸大呼道："逆贼！我何负尔？"说至此，四顾无械，竟牵住都袂，张口噬鼻。都慌忙躲闪，掣袖外走，处直忧愤竟死。都复拨兵助晋，晋王即留李存审、李嗣源居守德胜，自率大军攻镇州，城中防守颇严，旬日不克。

蓦得幽州急报，契丹大举南下，涿州被陷，幽州亦在围中了。晋王拟分兵往援，偏定州亦来告急，报称契丹前锋，已入境内。那时晋王不能兼顾，只好先救定州，当下率军北进，行至新城，闻契丹兵已涉沙河，士卒皆有惧容，或潜自亡去，严刑不能止。诸将入帐请道："契丹锋盛，恐不可当，又值梁寇内侵，不如还师以救根本。"晋王却也难决，或说宜西入井陉，暂避寇锋。

正在聚议纷纭的时候，忽有一人朗声道："契丹前来，意在利人金帛，并非为镇州急难，诚意相援，大王新破梁兵，威振夷夏，若挫他前锋，他自然遁走了。"晋王瞧着，乃是中门副使郭崇韬，方欲答言，又有一人接入道："强兵在前，有进无退，怎可无故轻动，摇惑人心？"这数语出自李嗣昭，晋王挺身起座道："我意亦是如此！"遂出营上马，自麾铁骑五千，奋勇先进，诸将不敢不从。

至新城北，前面一带，统是桑林，晋军从林中分趋，逐队驰至，可巧契丹兵骤马前来，见桑林中尘埃蔽天，几不知有多少人马，当即回辔返奔。晋王分兵追击，驱契丹兵过沙河，多半溺死，契丹主阿保机子，被晋军擒还，阿保机退保望都。晋王收兵入定州，王都迎谒马前，愿以爱女妻王子继岌。继岌系晋王第五子，为宠妃刘氏所出，尝随晋王军前，晋王慨然许婚。

休息一宵，便引兵趋望都，中途遇奚酋秃馁，一作托辉。带着许多番骑，前来拦截。晋王兵少，被番骑困在垓心，晋王麾军力战，出入数四，尚不能解，幸李嗣昭率兵三百骑，上前救应，横击奚兵，奚酋乃退。晋王乘势奋击，连败奚酋，契丹主亦立足不住，北奔易州。晋王追赶不及，转入幽州，契丹兵解围遁去，会大雪经旬，平地数尺，虏兵冻毙甚多，阿保机懊怅而还。

先是契丹出兵，实由王郁乞请，郁曾语阿保机道："镇州美女如云，金帛如山，天皇即速往取，可以尽得，否则将为晋有了。"阿保机大喜，独番后述律道："我有羊马千万头，坐踞西楼，自多乐趣，为何劳师远出，乘危徼利呢？况我闻晋王用兵，天下无敌，倘一失败，后悔难追！"此非述律预能知败，实恐阿保机取得赵女，自己必致失宠，故有此谏。阿保机跃然道："张文礼有金五百万，留待皇后，我当代为取来，供给内费。"不出郭崇韬所料。遂不从述律言，悉众南下，不幸吃了几个败仗，嗒然回去，私心懊闷，无处可泄，遂将王郁絷归，锢住狱中。

晋王闻番兵远遁，巡阅番营故址，见他随地布蘽，回环方正，均如编剪，虽去无一枝倒乱，不禁长叹道："用法严明，乃能至此，非我中国所可及，后患正不浅哩！"隐伏后文。道言甫毕，那德胜城递到军报，说是梁兵乘虚袭魏，现正吃紧，亟请济师。晋王忙招呼亲军，倍道南行，五日即抵魏州，梁将戴思远，烧营遁去。

晋王以南北两敌，均已击退，镇州援绝势孤，可以立拔，偏偏兵家得失，不能逆料，大将阎宝，竟为镇州兵所破，退保赵州。原来阎宝抵镇州城下，筑起长垒，连日围攻，又绝滹沱水环城，断绝内外。城中食尽，夜出五百人觅食，宝亦探知消息，故意纵使出来，拟伏兵掩捕，一鼓尽歼，谁知这五百人鼓噪而至，竟攻长围。宝见他兵少，尚不为备，俄顷有数千人继至，各用大刀阔斧，破围径出，来烧宝营。宝抵挡不住，只好弃营窜去，往守赵州。营中刍粟甚多，统被镇州兵搬去，数日不尽。

晋王闻报，急改任李嗣昭为招讨使，代宝统军。嗣昭驰至镇州，正值镇州守将张处瑾遣兵千人，出城迎粮，被嗣昭率军掩至，杀获几尽，有数人避匿墙墟间，嗣昭跃马弯弓，迭发迭中。不意城上有暗箭射来，正中嗣昭脑上。嗣昭忍痛拔箭，返射守卒，一发即殪，时已日暮，回营裹创，血流不止，竟尔晕毙。凶信传到魏州，晋王很是悲悼，好几日不食酒肉，继闻嗣昭遗言，暂将泽潞兵授判官任圜，令督诸军攻镇州，晋王依言而行，一面调李存进为招讨使，进营东垣渡，立栅未就，镇州将张处球即处瑾弟。领兵七千人，突来劫寨。存进慌忙对敌，出斗桥上，杀毙镇兵无数，自己亦战殁阵中。

镇州力竭粮尽，张处瑾等束手无策，只好遣使至魏州乞降，使人方去，晋王已遣李存审到来，挥兵猛扑，两下相持至暮。城中守将李再丰，愿为内应，乘着夜阑月黑，投缒招引晋军，晋军缘缒而上，到了黎明，全军毕登，擒住张文礼妻，及子处瑾、处球、处琪，及余党高蒙、李翥、齐俭等，拟送魏州，赵人请命军前，愿得此数人，为故主泄恨。存审报明晋王，准如所请，赵人将数人醢为肉泥，顷刻食尽，又掘发张文礼尸，寸磔市曹。且向故宫灰烬中，捡出赵王王镕遗骸，以礼祭葬。授赵将符习为成德节度使，习泣辞道："故使无后，习当斩衰送葬，俟礼毕听命。"既而葬毕，仍诣魏州，赵人请晋王兼领成德军。晋王许诺，另拟割相、卫二州，置义宁军，即命习为节度使。习复辞道："魏博霸府，不应分疆，愿得河南一镇，归习自取，方不虚糜廪禄呢。"乃以习为天平节度使，兼东南面招讨使，加李存审兼侍中。

是时晋魏州刺史李存儒，原姓名为杨婆儿，以俳优得幸。既为刺史，专事剥民，州民交怨，梁将段凝、张朗等，引兵袭入，执住存儒，遂拔卫州，又与戴思远攻陷淇门、共城、新乡，于是澶州以西，相州以南，复为梁有。还有泽潞留后李继韬，竟叛晋降梁，受梁命为节度使。继韬系李嗣昭次子，嗣昭曾任泽潞节

第十四回　助赵将发兵围镇州　嗣唐统登坛即帝位

度使,及战殁镇州,长子继俦袭职,因秉性懦弱,为弟继韬所囚。晋王以用兵方殷,无暇过问,权命继韬为留后。泽潞本置昭义军,至是改称安义军。继韬虽得窃位,心中终不自安,幕僚魏琢、牙将申蒙,复语继韬道:"晋朝无人,将来终为梁所并,不如先机归梁为是。"继韬弟继远亦劝兄降梁。继韬乃遣继远奉表梁廷,梁主喜甚,立授继韬节度使。

惟昭义旧将裴约,曾戍泽州,涕泣誓众道:"我服事故使,已逾二纪,尝见故使分财享士,志灭仇雠,不幸一旦捐馆,柩尚未葬,乃郎君遽背君亲,甘心降贼,诚不可解?我宁死不肯相从哩!"也是符习流亚。遂据城自守,梁遣偏将董璋往攻,久不能克。继韬散财募士,尧山人郭威应募,尝杀人系狱,继韬惜他才勇,纵令逸去。郭威事始此。一面发新募各兵,往助董璋,裴约向魏州乞援,偏晋王李存勖,创行帝制,镇日间编订礼仪,竟无心顾及泽州。

看官阅过上文,应知晋臣劝进,已不止一二次,只因监军张承业,力加谏阻,又延宕了一两年。偏承业得病不起,奄卧年余,竟致逝世,晋王虽似含哀,却带着三分喜意,僚佐觑透隐情,因复上笺劝进。五台山僧人,又献入古鼎,目为祥瑞。晋王乃命有司制置百官省寺,仗卫法物,定期四月举行,派河东判官卢质为大礼使,就在魏州牙城南面,筑起坛堀,行即位礼。晋王本奉唐正朔,称为天祐二十年,至四月上旬,升坛称帝,祭告天神地祇,改元同光,国号唐。宣制大赦,授行台左丞相豆卢革为门下侍郎,右丞相卢澄为中书侍郎并同平章事,中门使郭崇韬、昭义监军使张居翰并为枢密使,判官卢质、掌书记冯道俱充翰林学士,升魏州为东京兴唐府,号太原即晋阳为西京,镇州为北都,令魏博判官王正言为兴唐尹,都虞侯孟知祥为太原尹,充西京副留守,泽潞判官任圜为真定尹,充北京副留守,凡李存审、李嗣源等一班功臣,统加官进秩,兼任节度使如旧。追尊曾祖执宜为懿祖皇帝,祖国昌为献祖皇帝,父克用为太祖皇帝,立庙晋阳。除三代外,又奉唐高祖、太宗、懿宗、昭宗四主,分建四庙。与懿祖以下,合成七室,尊生母曹氏为皇太后,嫡母刘氏为皇太妃。刘氏毫不介意,依着故例,向太后曹氏处称谢,曹氏恰有惭色,离坐起迎,露出那踟躇不安的状态,刘氏独怡然道:"愿吾儿享国无穷,使我得终天年,随先君于地下,已是万幸!此外还计较甚么?"曹氏亦相向欷歔。嗣命宫中开宴,彼此对坐,略迹言情,尽欢而罢。后人共称刘太妃的美德。小子恰有一诗道:

　　并后犹防祸变随,况经嫡庶乱尊卑。
　　私图报德成愚孝,亚子开基礼已亏!

晋王李存勖,已改号为唐,当然称为唐主,其时尚留魏州,意欲攻梁,巧值梁郓州将卢顺密奔唐，献袭取郓州策，唐主乃召群臣会议，议决后如何进止，待至下回表明。

张文礼弑养父王镕，固有应讨之罪，晋王讨之，宜也。但文礼宜讨，而王都亦曷尝不宜讨？晋王独以私废公，授彼节钺，闻急赴援，且与之约为婚姻，所谓见利忘义者非耶！即是以观晋王之心术，已可见矣。镇州虽下，逆子骈诛，而卫州一带，复为梁取，李继韬又以潞州降梁，是固非称帝之时，乃以张承业之去世，五台山僧之献鼎，即称尊魏州，前时之假面具，一举尽撤，既食前言，兼露骄态，识者已知其不终。况于生母而尊之，于嫡母而抑之，嫡庶倒置，贻谋不臧，宁待刘后之专权乱政，始肇危机耶？阅者于文字间细心求之，褒贬固自不苟云。

第十五回　王彦章丧师失律
　　　　　　梁末帝陨首覆宗

却说唐主李存勖，因郓州将卢顺密来降，即欲依顺密计议，进袭郓州。当下与诸臣商定进止，郭崇韬等都说未可。唐主独召李嗣源入商，嗣源尝自悔胡柳渡河，致遭谴罚，见十二回。至是欲立功补过，即慨然进言道："我朝连年用兵，生民疲敝，若非出奇取胜，大功何日得成？臣愿独当此任，勉图报命！"唐主大悦，立遣他率兵五千，潜趋郓州，行至河滨，天色昏暮，夜雨沉阴，军士多不欲进行，前锋将高行周宣言道："这是天助我成功哩！郓人今日，必不防备，我正好出他不意，进取此城。"遂渡河东趋，直抵城下，李从珂缘梯先登，军士踊跃随上，守卒至此始觉，哪里还及抵敌，徒落得身首分离，做了数十百个刀头鬼。从珂开城迎入嗣源，再攻牙城，一鼓即下，擒住州官崔笏，判官赵凤，送入兴唐府。唐主喜甚，叹嗣源为奇才，即命为天平节度使。

梁主友贞，闻郓州失守，惊惶的了不得，斥罢北面招讨使戴思远，严促他将段凝、王彦章等，发兵进战。梁相敬翔，自知梁室将危，即入见梁主道："臣随先帝取天下，先帝录臣菲才，言无不用，今敌势益强，陛下乃弃忽臣言，臣尸位素餐，生亦何用，不如就此请死罢！"说至此，即从靴中取出一绳，套入颈中，作自经状。居常未见良谟，遇急则以死相胁，是乃儿女子态，不足与言相道。梁主急命左右救解，问所欲言。敬翔道："大局日危，事机益急，非用王彦章为大将，万难支持了！"用一王彦章，即能救亡么？梁主点首，即擢彦章为北面招讨使，段凝为副。彦章入见梁主，梁主问他破敌的期限，彦章答以三日，左右都不禁失笑。

第十五回　王彦章丧师失律　梁末帝陨首覆宗

及彦章退出，即向滑州进发，两日即至，召集将士，置酒大会，暗中却遣人至杨村具舟，夜命甲士六百人，各持巨斧，与冶工一同登舟，顺流而下。时饮尚未散，彦章佯起更衣，从营后趋出，引精兵数千，循河南岸，直趋德胜南城。德胜守将为朱守殷，唐主曾遥嘱道："王铁枪勇决过人，必来冲突德胜，汝宜严备为是。"守殷屯兵北城，总道彦章出兵，无此迅速，所以未曾预防。哪知彦章所遣的兵船，乘风前来，先由冶工炽炭，烧断河中的铁锁，再由甲士用斧砍断浮桥，南城孤立失援。王彦章麾兵驰至，急击南城，立被破入，杀毙守兵数千人，计自彦章受命出师，先后正值三日，已将德胜南城夺下。朱守殷忙用小船载兵，渡河往援，又被彦章杀退。彦章复进拔潘张、麻家口、景店诸寨，军势大振。

唐主闻报，亟遣宦官焦守宾，趋杨刘城，助镇使李周固守。且命守殷弃去德胜北城，拆屋为筏，载着兵械，俱至杨刘。王彦章亦撤南城屋材，浮河而下，作为攻具。两造各行一岸，每遇湾曲，便即交斗，飞矢雨集，一日百战，兵械往往覆没，各有损伤。彦章又偕副使段凝，率十万众进攻杨刘，好几次冲毁城堞，赖李周悉力堵御，始得保全。彦章猛攻不下，退屯城南，另用水师据守河津。

李周飞使告急，唐主自率兵赴援，至杨刘城，见梁兵堑垒复叠，无路可通，也不禁忧急起来。当下向郭崇韬问计，崇韬答道："今彦章据守津要，实欲进取东平，若我军不能南进，彼必指日东趋，郓州便不可守了。臣请在博州东岸，筑城戍兵，截住河津，既可接应东平，复可分贼兵势。但或被彦章诇知，前来薄我，使我无暇筑城，恰是一桩大患。臣愿陛下募敢死士，日往挑战，牵缀彦章，彦章十日不得东行，城已筑就，当可无虑了。"唐主一再称善。即命崇韬率兵万人，黉夜往博州，至麻家口渡河筑城，昼夜不息。

唐主在杨刘城下，与彦章日夕苦战，杀伤相当，才阅六日，彦章得知崇韬筑城，便统兵往攻。城方筑就，未具守备，且沙土疏恶，不甚坚固。崇韬亟鼓励部众，四面拒战。彦章兵约数万，且用巨舰十余艘，横亘河流，断绝援路，气势张甚。犹幸崇韬身先士卒，死战不退，尚自支持得住，一面请唐主济师，唐主自杨刘驰援，列阵新城西岸。城中望见援师，顿时增气，呼叱梁军。梁军始有惧色，断继收缆，彦章亦自知无成，解围退去。前时虽得幸胜，此次不免却退，王铁枪亦徒勇耳。郓州奏报始通，李嗣源密表唐主，请正朱守殷罪状，唐主不从。守殷系唐主旧役苍头，所以不忍加罪。为私废公，终属未当。随即引兵南下，彦章等复趋杨刘，唐骑将李绍荣，先驱至梁营，擒住梁谍牧人，复纵火焚梁连舰，段凝首先怯退，彦章亦自杨刘退保杨村，唐军奋力追击，斩获梁兵万人，仍得屯德胜城，杨刘城中，已三日无食，至此始得解围，守兵乃共庆更生了。

先是彦章在军，深恨赵、张乱政，尝语左右道："待我成功还朝，当尽诛奸臣以谢天下。"机事不密则害成，可见彦章是徒勇无谋。这二语为赵、张所闻，私相告语道："我等宁受死沙陀，不可为彦章所杀！"因结党构陷彦章。段凝尝倚附赵、张，素与彦章不协，在军时动与龃龉，多方牵掣。每有捷奏，赵、张即归功段凝，至败书报入，乃归咎彦章。梁主友贞，高居深宫，怎知外事。且恐彦章成功难制，召还汴梁，把军事悉付段凝。自是将士灰心，梁室覆亡不远了。叙出梁亡之由来。

唐主闻彦章已退，乃还军兴唐府。泽州守将裴约，连章告急，唐主叹息道："我兄不幸，生此枭獍！"嗣昭为克用养子，故唐主称嗣昭为兄。裴约能知顺逆，不可使陷没敌中。"乃顾指挥使李绍斌道："泽州系弹丸地，朕无所用，卿为我救裴约，叫他回来。"绍斌奉命而去，及趋至泽州，城已被陷，裴约战死，乃返报唐主，唐主悲悼不已。

嗣闻梁将段凝，继任招讨使，督军河上，且从酸枣决河，东注曹濮及郓州，隔绝唐军，不由的冷笑道："决水成渠，徒害民田，难道我不能飞渡么？"遂统军出屯朝城。可巧梁指挥使康延孝得罪梁主，引百骑来奔。唐主召入，赐他锦袍玉带，温颜问以梁事。延孝答道："梁朝地不为狭，兵不为少，但梁主暗懦不明，赵岩、张汉杰等，揽权专政，内结宫掖，外纳货赂，段凝本无智勇，徒知克剥军饷，私奉权贵，王彦章、霍彦威诸宿将，反出凝下。梁主不善择帅，并且用人不专，每一发兵，辄令近臣监制，进止可否，悉取监军处分。近又闻欲数道出兵，令董璋趋太原，霍彦威寇镇定，王彦章攻郓州，段凝当陛下，定期十月大举。臣窃观梁朝兵力，聚固不少，分即无余。陛下但养精蓄锐，待他分兵，趁着梁都空虚的时候，即率精骑五千，自郓州直抵大梁，不出旬月，天下可大定了。"策固甚善，但叛梁降唐，又为唐献议灭梁，心术殊不可问。唐主大喜，即授延孝为招讨指挥使。

果然不到数日，即闻王彦章进攻郓州。原来彦章应召还梁，入见梁主，用笏画地，历陈胜败形迹，赵岩等劾他不恭，勒归私第。旋拟分道进兵，乃再命彦章攻郓州，仅给保銮将士五百骑，及新募兵数千人，归他统领。另使张汉杰监彦章军，彦章怏怏东行。梁主又令段凝带着大兵，牵制唐主。凝屡遣游骑至澶、相二州间，抄掠不休。泽、潞二州，为梁援应。契丹因前次败还，日思报复，传闻俟草枯冰合，深入为寇。唐主至此，颇费踌躇。宣徽使李绍宏等，都说是郓州难守，不如与梁讲和，掉换卫州及黎阳，彼此划河为界，休兵息民，再图后举。唐主勃然变色道："诚如此言，我等无葬身地了！"遂叱退绍宏等人，另召郭崇韬入议，崇韬进言道："陛下不栉沐，不解甲，已十有五年，无非欲翦灭伪梁，雪我仇耻，今已正尊号。河北士庶，日望承平，方得郓州尺寸土，乃仍

第十五回　王彦章丧师失律　梁末帝陨首覆宗

欲弃去,还为梁有,臣恐将士解体,将来食尽众散,就使画河为境,何人为陛下拒守哩?臣尝细问康延孝,已知伪梁虚实。梁悉举精兵授段凝,据我南鄙,又决河自固,谓我不能飞渡,可以无患。彼却使王彦章侵逼郓州,两路下手,摇动我军,计非不妙。但段凝本非将才,临机未能决策。彦章统兵不多,又为梁主所忌,亦难成事。近得敌中降卒,俱言大梁无兵,陛下若留兵守魏,固保杨刘,自率精兵与郓州合势,长驱入汴,彼城中既经空虚,势必望风瓦解,伪主授首,敌将自降。否则今年秋谷不登,军粮将尽,长此迁延,且生内变,俗语有云:筑室道旁,三年不成。愿陛下奋志独断,勿惑众议!帝王应运,必有天命,为甚么畏首畏尾哩?"<u>崇韬智勇,确是过人。</u>唐主闻言,不禁眉飞色舞道:"卿言正合朕意,大丈夫成即为王,败即为虏,我便决计进行了!"

既而得李嗣源捷报,谓已遣李从珂等,击败王彦章前锋,彦章退保中都。唐主顾语崇韬道:"郓州告捷,足壮吾气,就此进兵,下必迟疑!"当下命将士遣还家属,尽入兴唐府,并将随身第三妃刘氏,及皇子继岌,也遣归兴唐,自送至离亭,唏嘘与诀道:"国家成败,在此一举,事若不济,当就魏宫中聚我家属,悉数尽焚,毋污敌手!"刘氏独怡然道:"陛下此去,必得成功,妾等将长托鸿庥,何致变生意外呢?"言已,从容告别。<u>能博唐主欢心,就在此处。</u>

唐主嘱李绍宏送归刘氏母子,且饬他与宰相豆卢革,兴唐尹王正言等,同守魏城。自率大军由杨刘渡河,直至郓州,与李嗣源会师。即命嗣源为前锋,乘夜进军,三鼓越汶河,逼梁中都。中都素无守备,虽由王彦章屯扎,怎奈兵不满万,且多是新来募兵,将卒不相习,行阵不相谙,任你百战不殆的王彦章,也是有力难使,孤掌难鸣。初得侦报,闻唐主亲自到来,忙选前锋数千人,出城十里,前往堵截,不值唐军一扫,剩得几个败卒,逃回中都。彦章焦急异常,正拟弃城奔回,城外已鼓角齐鸣,炮声大震,唐军数万人,乘胜杀到。彦章登城遥望,但见戈铤耀日,旌旗蔽空,一班似虎似黑的将士,拥着一位后唐主子李存勖,踊跃前来,禁不住仰天叹道:"如此强敌,叫我如何对付呢?"当下饬军登陴,谕令固守。偏各兵士望见唐军,统已魂驰魄散,意变神摇,勉强守了半日,那唐军的强弓硬箭,接连射上,飞集城头,守兵多中箭晕仆,余卒哗走城下。彦章料不可支,没奈何开城突围,仗着两杆铁枪,挑开血路,破了一重,又有一重,破了两重,又有两重,等到重重解脱,向前急奔,身上已遍受重创,手下已不过数十骑,只因逃命要紧,不得不勉力趱路。偏后面有人叫道:"王铁枪!王铁枪!"彦章不知为谁,回马相顾,那来人手起槊落,刺伤彦章马头,马即仆地,彦章当然跌下,时已重伤,无力跳免,眼见被来将捉去。<u>徒勇者终不得其死。</u>

看官道是何人捉住彦章?原来是唐将李绍奇。唐主麾动兵士,围捕梁将,擒住监军张汉杰,曹州刺史李知节,及裨将赵廷隐、刘嗣彬等二百余人,斩首至数千级。王彦章尝语人道:"李亚子系斗鸡小儿,怕他做甚?"至是被绍奇缚送帐下,唐主笑问道:"汝尝目我为小儿,今日肯服我否?"彦章不答,唐主又问道:"汝系著名大将,奈何不守兖州,独退处危城?"彦章正色道:"天命已去,尚复何言?"唐主惜彦章材勇,谕令降唐,且赐药敷他创痕。彦章长叹道:"我本一匹夫,蒙梁朝厚恩,位至上将,与皇帝交战十五年,今兵败力竭,不死何为!就使皇帝意欲生我,我有何面目见天下士,岂可朝为梁将,暮作唐臣么?"忠壮可风。

唐主令暂居别室,再遣李嗣源往谕。嗣源小名邈佶烈,彦章倨卧自若,毅然说道:"汝非邈佶烈么?休来诱我!"嗣源忿然归报。唐主大开盛筵,宴集将佐,即命嗣源列坐首席,举酒相属道:"今日战功,公为首,次为郭卿崇韬。向使误听绍宏等言,大事去了。"又语诸将道:"从前所患,只一王彦章,今已就擒,是天意已欲灭梁了。但段凝尚在河上,究竟我军所向,如何为善?"诸将议论不一,或言宜先徇海东,或言须转攻河上,独康延孝请亟取大梁。李嗣源起座道:"兵贵神速,今彦章就擒,段凝尚未及知,就使有人传报,他必半信半疑。如果知我所向,即发救兵,亦应由白马南渡,舟楫何能猝办?我军前往大梁,路程不远,又无山险梗阻,可以方阵横行,昼夜兼程,信宿可至,窃料段凝未离河上,友贞已为我所擒了!陛下尽可依延孝言,率大军徐进,臣愿带领千骑,为陛下前驱!"唐主遂令撤宴,即夕遣嗣源先行。

翌晨,唐主率大军继进,令王彦章随行,途次问彦章道:"我此行能保必胜否?"彦章道:"段凝有精兵六万,岂肯骤然倒戈,此行恐未必果胜呢!"唐主叱道:"汝敢摇我军心么?"遂令左右推出斩首,彦章慨然就刑,颜色不变。及处斩后,献上首级,唐主亦叹为忠臣,即命藁葬。越二日,到了曹州,梁守将开城迎降。

梁主友贞,迭接警报,慌得手足无措,亟召群臣问计,大众面面相觑,不发一言。梁主泣语敬翔道:"朕自悔不用卿言!今事已万急,幸勿怨朕,为朕设一良谋!"翔亦泣拜道:"臣受先帝厚恩,已将三纪,名为宰相,不啻老奴,事陛下如事郎君。臣尝谓段凝不宜大用,陛下不从。今唐兵将至,段凝限居河北,不能入援。臣欲请陛下避狄,谅陛下必不肯从,欲请陛下出奇合战,陛下亦未必决行。今日虽良、平复出,亦难为陛下设法,请先赐臣死,聊谢先帝!臣不忍见宗社沦亡哩!"全是怨言,何济国难。梁主无词可答,只得相向恸哭。哭到无可如何,乃令张汉伦驰骑北去,追还段凝军。汉伦到了滑州,坠马伤足,又为河水所限,竟不能达。梁都待援不至,越加惶急。城中只有控鹤军数千,朱珪请率令出战,梁主不从,但召升封尹王瓒,嘱托守城。瓒无兵可调,不得已驱迫市民,登城为备。唐军尚未薄城,城内已一日数惊,朝不保夕了。

　　先是梁故广王全昱子友诲,为陕州节度使,颇得人心,或诬他勾众谋乱,召还都中,与友诲兄友谅、友能,并锢别第。及唐军将至,梁主恐他乘危起事,一并赐死,并将皇弟贺王友雍、建王友徽,亦勒令自尽,自登建国楼,欷歔北望,或请西奔洛阳,或请出诣段凝军。控鹤都指挥使皇甫麟道:"凝本非将材,官由幸进,今时事万急,能望他临机制胜,转败为功乎?且凝闻彦章军败,心胆已寒,恐未必能为陛下尽节呢!"赵岩亦从旁接口道:"事势至此,一下此楼,谁心可保?"既亡梁室,复弑梁主,汝心果如何生着?梁主乃止,复召宰相郑珏等问计,珏答道:"愿请将陛下传国宝,赍送唐营,为缓兵计,徐待外援。"梁主道:"朕本不惜此宝,但如卿言,事果可了否?"珏俯首良久,乃出言道:"尚恐未了。"左右皆从旁匿笑,珏怀惭而退。梁主日夜涕泣,不知所为,及在卧寝间检取传国宝,已不知何时失去,想已被从臣窃出,往献唐军了。越日传到急耗,唐军将至城下,最信任的租庸使赵岩,又不别而行,潜奔许州。梁主已无生望,乃召语皇甫麟道:"李氏是我世仇,理难低头,我不俟他刀锯,卿可先断我首!"麟答道:"臣只可为陛下仗剑,效死唐军,怎敢奉行此诏?"梁主道:"卿欲卖我么?"麟急欲自刎,梁主阻手道:"当与卿俱死!"说至此,即握麟手中刃,向颈一横,鲜血直喷,倒毙楼侧,麟亦自杀。史称梁主友贞为末帝,在位十年,享年止三十六岁。梁自朱温篡位,国仅一传,共得一十六年而亡。小子有诗叹道:

　　　　登楼自尽亦堪哀,阶祸都由性好猜。
　　　　宗室骈诛黎老弃,覆宗原是理应该!

　　过了一日,唐前锋将李嗣源,始到大梁城下,王瓒即开城迎降。欲知后事,且至下回再阅。

　　梁室大将,只一王彦章,然角力有余,角智不足。观其取德胜南城,适与三日之言相符。第一时之侥幸耳。彼守德胜者为朱守殷,故为所掩袭,若易以他将,宁亦能应刃而下耶?迨晋主自援杨刘,用郭崇韬计,筑城博州东岸,而彦章即无从施技。迭次败北,及奉召还朝,用筹画地,亦无非堂陛空谈,何怪梁主之不肯信任也!若段凝更不足道!决河阻敌,反致自阻,及梁室已亡,又不能如王彦章之决死,欧阳公作死节传,首列彦章,其固因彼善于此,而特为表扬乎?梁主友贞,所任非人,故未至而已内溃,首先陨而即亡家,愚若可悯,咎实自取,且死期已至,尚忍摧残骨肉,天下有如是忮刻者,而能长享国家乎?史称其宠信赵、张,疏弃敬、李,以至于亡,是尚未能尽梁主之失也。

第十六回　灭梁朝因骄思逸　册刘后以妾为妻

却说唐将李嗣源,到了大梁城下,王瓒开门迎降。嗣源入城,抚安军民。未几唐主亦至,嗣源率梁臣出迎。梁臣拜伏请罪,由唐主温词抚慰,令仍旧职。又举手引嗣源衣,用首相触道:"我有天下,统是卿父子的功劳,此后富贵,应与卿父子同享了!"暗射下文。既入城,御元德殿受贺,梁相李振语敬翔道:"新主已有诏赦罪,我辈理当入朝。"翔慨然道:"我二人同为梁相,君昏不能谏,国亡不能救,新君若问及此事,将如何对答呢?"李振退出,次日竟入谒唐主。有人报告敬翔,翔叹道:"李振谬为丈夫,国亡君死,有何面目入建国门呢?"遂投缳自尽。还算有志。

唐主命缉梁主友贞,有梁臣携首来献,当由唐主审视,怃然叹道:"古人有言,敌惠敌怨,不在后嗣。朕与梁主十年对垒,恨不得生见他面。今已身死,遗骸应令收葬;惟首级当函献太庙,可涂漆收藏。"左右闻谕,当然依言办理。一面遣李从珂等,出师封邱,招降段凝。凝正率兵入援,遣部将杜晏球为先锋,途次接得唐主诏敕,晏球即贻书从珂,情愿投降,凝众五万,统随凝投诚。凝诣阙请罪,唐主好言抚慰,并温谕将士,仍使得所。

凝扬扬自得,毫无愧容。梁室旧臣,相见切齿,凝遂暗地进谗,极力排斥。于是贬梁相郑珏为莱州司户,萧顷为登州司户,翰林学士刘岳为均州司马,任赞为房州司马,封翘为唐州司马,李怿为怀州司马,窦梦徵为沂州司马,崇政院学士刘光素为密州司户,陆崇为安州司户,御史中丞王权,为随州司户,共计十一人,同日黜逐。段凝意尚未足,再与杜晏球联名上书,谓梁要人赵岩、张汉杰、朱珪等,窃弄威福,残害群生,不可不诛。唐主再下诏令,首罪敬翔、李振,说他党同朱氏,共倾唐祚,宜一并诛夷。朱珪助虐害良,张氏族属,涂毒生灵,一应骈戮。赵岩在逃,饬严加擒捕,归案正法。

这诏一下,除敬翔已死外,所有李振、朱珪、张汉杰、张汉伦等,均被缚至汴桥下,尽行处斩。所有妻孥人等,亦被收戮,敬翔家属,也并受诛。赵珪逃至许州,为匡国节度使温韬所杀,献首唐廷。岩家满门抄斩,自不必说。以上诸人非无应诛之罪,但由段凝媒孽,始命诛夷,唐主于凝何德?于群臣何仇耶?赐段凝姓名为李绍钦,杜晏球姓名为李绍虔。追废朱温、朱友贞为庶人,毁去梁宗庙神主,并欲发朱温墓,斫棺焚尸。河南尹张宗奭,已复名全义,自河南入朝唐

第十六回 灭梁朝因骄思逸 册刘后以妾为妻

主,唐主与语掘墓事,全义面陈道:"朱温虽陛下世仇,但死已多年,刑无可加,乞免焚斫,藉示圣恩!"不忆妻女被淫否？唐主乃止,只令铲除阙室,削去封树,便算了事。乃颁诏大赦,凡梁室文武职员将校,概置不问。令枢密使郭崇韬权行中书事,寻进封为太原郡侯,赐给铁券,并兼成德军节度使,崇韬职兼内外,竭忠无隐,唐主亦倚为心膂。豆卢革、卢程等,本没有甚么材能,无非因唐室故旧,得厕相位,坐受成命罢了。

唐主命肃清宫掖,捕戮朱氏族属。所有梁主妃嫔,多半怕死,统是匍匐乞哀,涕乞求免,独贺王友雍妃石氏,兀立不拜,面色凛然。唐主见她丰容盛鬋,体态端庄,不禁爱慕起来,便谕令入侍巾栉。石氏瞋目道:"我乃堂堂王妃,岂肯事你胡狗。头可斩,身不可辱!"朱氏中有此烈妇,安可不传！唐主怒起,即令斩首。继见梁末帝妃郭氏,缟裳素袂,泪眼愁眉,仿佛似带雨梨花,娇姿欲滴,便和颜问她数语,释令还宫。此外一班妃妾,或留或遣,多半免刑。是夕召郭氏侍寝,郭氏贪生畏死,没奈何解带宽衣,一任唐主戏弄,这也是朱温淫恶的孽报,该当有此出丑哩。好淫者其听之。

已而唐主第三夫人刘氏,及皇子继岌,自兴唐府至汴,当由唐主迎入,重叙欢情。刘氏家世本微,籍隶成安,乃父黄须,通医卜术,自号刘山人。唐主攻魏,裨将袁建丰掠得刘女,年不过六七龄,生得聪明伶俐,娇小风流。唐主爱她秀慧,挈入晋阳,令侍太夫人曹氏。太夫人教她吹笙,一学即能,再教以歌舞诸技,无不心领神会,曲尽微妙。转瞬间已将及笄,更觉得异样鲜妍,居然成了一代尤物。唐主随时省母,上觞称寿,自起歌舞,曹氏即命刘女吹笙为节,悠扬宛转,楚楚动人,尤妙在不疾不徐,正与歌舞相合。唐主深通音律,闻刘女按声度曲,一些儿没有舛误,已是惊喜不置,又见她千娇百媚,态度缠绵,越觉可怜可爱,只管目不转睛,向她注射。曹太夫人也已觉着,便把刘女赐与为妾。唐主大喜过望,便拜谢慈恩,挈她同至寝室,去演那龙凤配了。当时唐主正室,为卫国夫人韩氏,次为燕国夫人伊氏,自从刘女得幸,作为第三个妻房,也封为魏国夫人。刘氏生子继岌,貌颇类父,甚得唐主欢心,刘氏因益专宠。

唐主经营河北,每令刘氏母子相随。刘叟闻女已贵显,诣魏宫入谒,自称为刘氏父,唐主令袁建丰审视,建丰谓得刘氏时,曾见此黄须老人,挈着刘氏,偏刘氏不肯承认,且大怒道:"妾离乡时,尚略能记忆,妾父已死乱兵中,曾由妾恸哭告别,何来这田舍翁,敢冒称妾父呢?"忍哉此妇！因命笞刘叟百下,可怜刘叟老迈龙钟,哪里禁受得起？昏晕了好几次,方得苏转,大号而去。入谒时,何不一卜,乃受此无情杖耶！看官！你想这位刘夫人,连生父尚不肯认,何况是他人呢?

既至汴宫,闻唐主召幸梁妃,自然生了醋意,便提出一番正语,与唐主大起交涉。唐主也自觉不合,乃出梁妃为尼。这位梁妃郭氏,被唐主占宿数宵,仍然不得享受荣华,只好洒泪别去。唐主慨赠金帛,并赐名誓正,作为最后的恩典。刘氏尚恐他藕断丝连,定要唐主遣发远方。唐主因命送往洛阳,为尼终身。

　　此事一传,内外共知刘氏权重,相率献谀。宋州节度使袁象先入朝,赍珍宝数十万,先赂刘夫人,次及唐主亲幸,遂得宫廷称誉,备邀宠赉,赐姓名为李绍安。此外如梁将霍彦威、戴思远等,亦皆纳赂宫中,阴结内援,得蒙唐主恩赐。段凝既改姓名为李绍钦,仍为滑州留后,他又因伶官景进,献宝入宫,刘夫人替他揄扬,竟升任泰宁节度使。还有河中节度朱友谦,博州刺史康延孝,相继入朝,无一不打通内线,厚沐恩施。友谦得赐姓名为李继麟,延孝得赐姓名为李绍琛,匡国节度使温韬,从前助梁肆虐,发唐山陵,此次因献赵岩首,仍居方镇,闻袁象先等俱受宠荣,也赍金入都,遍赂宫禁,即由唐主召见,再三慰劳,赐姓名为李绍冲,旬日遣还许州。郭崇韬劾他罪状,唐主不问。

　　既而楚遣使入贡,吴遣使入贺,岐遣使奉表称臣,引得唐主志满气盈,不是出外游畋,就是深居宴乐。刘夫人善歌舞,唐主欲取悦刘氏,尝自傅粉墨,与优人共戏庭中。优人呼为"李天下"。唐主亦以"李天下"自称。一日在庭四顾道:"李天下!李天下!"优人敬新磨,竟上前批唐主颊,唐主失色,余优大骇。新磨从容说道:"李天下只有一人,尚向谁呼呢?"唐主乃转怒为喜,厚赏新磨。

　　越数日出畋中牟,践害民禾,中牟令叩马前谏道:"陛下为民父母,奈何损民稼穑,令他转死沟壑呢!"唐主恨他多言,叱退中牟令,意欲置诸死刑,新磨追还该令,牵至马前,佯加诟责道:"汝为县令,独不知我天子好猎么?奈何纵民耕种,有碍吾皇驰骋哩!汝罪当死!"唐主听了此言,也不禁哑然失笑,乃赦该令罪,仍使还宰中牟。_{该令不失为强项,敬磨也有谲谏风。}

　　惟伶官流品混杂,有几个能如敬新磨,并因刘夫人爱看戏剧,辄召伶人入戏,多多益善,诸伶得出入宫掖,侮弄搢绅。群臣侧目,莫敢发言,或反相依附,取媚深宫。最有权势的是伶官景进,平时常采访民间琐事,奏闻唐主。唐主亦欲探悉外情,遂恃进为耳目,进得乘间行谗,蠹民害政,连将相都怕他凶威。_{唐主本英武过人,乃灭梁以后,即如此糊涂,殊不可解。}

　　宰相卢程,才不称职,已罢为左庶子。郭崇韬荐引尚书左丞赵光胤,豆卢革荐引礼部侍郎韦说,俱授为同平章事。其实光胤是轻率好夸,说亦不过谨重守常,都没有相国材略。况值此嬖幸当道,朝政昏蒙,单靠这几个庸夫,怎能斡旋大局呢?

第十六回 灭梁朝因骄恩逸 册刘后以妾为妻　　671

　　荆南节度使高季昌，闻唐已灭梁，颇加畏惮，特避唐祖国昌庙讳，改名季兴，亲自入朝。司空梁震进谏道："大王系梁室故臣，今唐已灭梁，必将南下，大王严兵守险，尤恐难保，奈何自投虎口，甘为鱼肉呢？"季兴不从，留二子居守，但率卫士三百人，竟至汴都。唐主果欲留住季兴，经郭崇韬婉言相劝，谓新得天下，宜示宽大，乃优礼相待，并赐盛宴。席间趁着酒兴，由唐主笑问季兴道："朕仗着十指，得取天下，现在各镇多已称臣，惟吴、蜀二国，未肯归命，今欲为统一计，应先取吴呢？还是取蜀呢？"季兴暗思蜀道艰险，未易进攻，乃故意答说道："吴地卑下，不如蜀土富饶，况蜀主荒淫日甚，民多怨言，若王师进攻，无患不胜。待全蜀扫平，顺流东下，取吴亦似反掌哩。"唐主称善，尽欢而散。越宿，即遣使归镇。

　　季兴闻命，立即陛辞，倍道南归，行至襄州，投宿驿馆，忽然心动起来，即命卫士斩关夜逸。果然襄州刺史刘训，夜得唐主飞诏，令他羁住季兴。哪知季兴已早驰去，追亦无益，只好据实复命。原来季兴入朝，伶官阉人，屡向季兴索赂，季兴虽有馈赠，尚未偿他心愿，所以季兴辞行，便由伶宦等互劝唐主，拘住季兴。季兴幸已脱身，驰回江陵，握梁震手道："不用君言，几致不免，但新朝百战经营，才得河南，便自矜功烈，色荒禽荒，怎能久享？我可无庸多虑了！"旁观者清。乃缮城积粟，招纳梁朝散卒，日加操练，为战守计。那唐主藐视季兴，就使被他幸脱，也不甚注意。

　　河南尹张全义，因前时梁主至洛，将行郊礼，被唐军一鼓吓回，见十一回。剩下仪仗法物，俱未取归。此时江山易姓，乐得趋奉新主，表请唐主幸洛郊天，仪物俱备，唐主大喜，加拜全义太师尚书令，即择期仲冬吉日，挈着家属，由汴赴洛，全义竭诚迎接，匍伏道旁，怎奈年力衰迈，一经跪下，两足已觉酸痛。至唐主谕令平身，他欲伸足起来，偏偏一个脚软，复致跌倒。描写丑态。唐主亟命左右扶持，方得勉强起身，导入洛城。当下检验仪物，准备南郊，独刘夫人别具私心，但言仪物未齐，不足示尊，须再加制造，方可大祀。唐主专信妇言，遂嘱全义增办仪物，改期来年二月朔日，行郊祀礼，且见洛阳宫阙，较汴梁尤为华丽，索性就此定都，不愿还汴。仍复汴州开封府为宣武军。且改前梁永平军大安府即长安。为西京，仍置京兆尹，称晋阳为北京，仍复镇州为成德军。此外如宋州宣武军，改名归德军。华州感化军，改名镇国军。许州匡国军，复为忠武军。滑州宣义军，复为义成军。陕府镇国军，复为保义军。耀州静胜军，复为顺义军。潞州匡义军，复为安义军。郎州武顺军，复为武贞军。延州置彰武军，邓州置威胜军，晋州置建雄军，安州置安远军，所有天下官府名号，及寺观名额，曾经梁室改名，一律复旧。

　　安义军李继韬，前已叛唐降梁。见十四回。梁亡后，欲北走契丹。唐主召他诣阙，他尚却顾不前。惟生母杨氏，素善蓄财，积资百万，以为钱可通灵，不妨入朝，遂率子偕行。一入洛阳，遍赂伶宦，且由杨氏入宫，厚赠刘妃金宝，乞为解免。刘妃即代白唐主，极言嗣昭功臣，宜加恩贷，伶宦等亦替继韬乞哀，说他本无邪意，但为奸人所惑，因致误为，唐主乃召入继韬。继韬叩头谢罪，泣言知悔，当经唐主慨谕赦免，且屡命从畋，渐渐的宠幸起来。独唐主弟薛王存渥，不直继韬，屡加面责，继韬未免不安，复赂宦官伶人，乞请还镇。唐主不许，继韬密贻弟继远书，令佯嘱军士纵火，冀唐主遣归安抚。哪知诡谋被泄，立遭枭首，继远亦受捕伏诛。

乃兄继俦，前为继韬所囚，至此受命袭职，出来报怨，悉取继韬产物，并将他妻妾一并夺去，恣意淫污。继韬弟继达大怒道："吾兄被诛，大兄无骨肉情，毫不悲痛，反劫他货财，淫他妻妾，此等人面兽心，尚堪与同处么？"乃为继韬服缞麻，使私党入杀继俦。节度副使李继珂，又募市人攻继达，继达自刎而亡。唐主闻报，即命李继珂知潞州事，便算了案。

越年为同光二年，唐主遣皇弟存渥，及皇子继岌，同往晋阳，迎太后太妃至洛。刘太妃道："陵庙在此，若同往洛阳，岁时何人奉祀呢？"因留居晋阳，但与曹太后饯行，涕泣而别。曹太后遂诣洛阳，由唐主迎居长寿宫，还有唐主正妃韩氏，次妃伊氏，也随同到洛，分居宫中，母子团圆，妻妾欢聚，经唐主开筵接风，畅饮通宵，自不消说。独有这位貌美心凶的刘夫人，外面佯作欢容，暗中非常焦灼。她本想册为皇后，一意蛊惑唐主，求达奢愿，唐主颇有允意，只因韩、伊两夫人，位次在刘氏上，究不便越次册立，所以随时迁延，怀意未发。刘夫人屡次设谋，未见成效，前此拟行郊祀，从旁力阻，也是她借端梗议，欲令唐主立她为后，然后再行郊礼。唐主虽改定郊期，终究未定后位，此次韩、伊两夫人，又复到来，眼见得正宫位置，要被她两人夺去，当下情急智生，亟嘱使伶人宦官，运动相臣。

豆卢革素来模棱，自然乐允。惟郭崇韬位兼将相，遇事不阿，平常嫉视伶宦，未易进言。乃转令他故人子弟，往说崇韬。崇韬正虑伶宦用事，与己不利，见了故人子弟，谈及后患，故人子弟便答道："为公计，莫如请立刘氏为后。刘氏专宠，公所深知，主上早有意册立，惟恐公不肯相从。今公能先行陈请，上结主欢，内得后助，虽有千百谗人，也无从撼公了。"崇韬不禁点首，遂与豆卢革等联名上书，请立刘氏为皇后。徒中后计，无补后来。

唐主自然欣慰。因郊祀届期，崇韬复献劳军钱十万缗。二月朔日，唐主亲祀南郊，命皇子继岌为亚献，皇弟存纪为终献，礼毕退班，宰相以下，就次称贺，还御五凤楼，宣诏大赦。过了数日，即册刘氏为皇后，封皇子继岌为魏王。时洛都已建太庙，皇后刘氏既受册宝，遂乘重翟车，卤簿鼓吹，行庙见礼。她本是个脂粉班头,更兼那珠冠玉佩,象服翚衣,愈显出万种妖娆,千般婀娜。洛阳士女,夹道聚观,称美不置。可惜不合国母身分。还宫后相率朝贺,只韩、伊两夫人,很是不平,未肯往朝。唐主不得已封韩氏为淑妃,伊氏为德妃。小子有诗叹道:

> 漫将妾媵册中宫,禁掖甘心启女戎。
> 纵使英雄多好色,小星胡竟乱西东!

刘氏既得为后,益复选用伶宦,群小幸进,宫廷竟从此多事了。欲知后来如何,待至下回再表。

本回叙后唐兴亡关键,为承上启下之转捩文字。唐主李存勖,以英武闻,虽有强兵猛将,不足以制之,而独受制于一妇人之手!倘所谓以柔克刚者非耶?刘氏出身微贱,无德可称,徒以色进,而唐主乃宠爱逾恒,视如珍宝,随军数载,朝夕不离,其蛊惑唐主也,亦已久矣。灭梁以后,先至汴都,唐主自傅粉墨,与优为戏,取悦爱妾,何其惑也!且伶入宦官,由此而进,媚子谐臣,借此而荣,以视前日知人善任,披甲枕戈之唐主,几不啻判若两人,盖骄则思侈,侈则思淫,而刘氏益得乘间献媚,玩弄唐主于股掌之上。蛾眉不肯让人,狐媚偏能惑主,斯言其信然乎?甚至以妾为妻,越次册立,嫡庶倒置,内乱已生,外侮乘之而起,自在意中,独惜郭崇韬名为智士,乃不能急流勇退,反堕刘氏阴谋,代为陈请,富贵误人,一至于此,可胜叹哉!

第十七回　房帏溺爱牝鸡司晨　酒色亡家牵羊待命

却说唐主既册立刘后,嫡庶倒置,已成大错,更且听信刘氏,复用宦官为内诸司使,及诸道监军,嗣更命伶人陈俊、储德源为刺史。郭崇韬力谏不从,功臣多半愤悒,渐起怨声。再加租庸副使孔谦,得兼任盐铁转运副使,凡赦文所蠲赋税,仍旧征收。自是每有诏令,人多不信,百姓亦愁怨盈途。唐主尚自加尊号,封赏幸臣,并加封岐王李茂贞为秦王,荆南节度使高季兴为南平王,夏州节度使李仁福为朔方王,赐吴越王钱镠金印玉册,并遣客省使李严赴蜀,探察虚实。严返报唐主,谓蜀主王衍,童骏荒纵,不亲政务,斥逐故老,昵比小人,贤愚易位,刑赏失常,若大兵一临,定可成功等语。唐主乃决意攻蜀,整备兵马粮械,指日出师。

会秦王李茂贞病死，此老竟得善终，可谓万幸。遗表令长子继曮权知军府事。唐主拜继曮为凤翔节度使，赐名从曮，且征兵会同伐蜀。从曮尚未出军，那契丹已进蔚州，乃将攻蜀事暂行搁起，即授李嗣源为招讨使，出御契丹。嗣源既奉命出师，唐主又与郭崇韬商议，令嗣源镇守成德军，调崇韬兼镇汴州。崇韬兼镇成德军事，见前回。崇韬面辞道："臣富贵已极，何必更领藩方？且群臣或经百战，所得不过一州，臣无汗马功劳，得居高位，本已深抱不安，今因委任亲贤，使臣得解旄节，正出陛下圣恩，使臣免疚！况汴州冲要富繁，臣不至治所，徒令他人摄职，也与空城无二，为甚么设此虚名，无补国本呢？"唐主道："卿言亦是，但卿为朕画策，保固河津，直趋大梁，成朕帝业，岂百战功所得比么？"崇韬一再固辞，乃许他解除兼职，令蕃汉总管李嗣源，出镇成德军。嗣源受命莅镇，因家在太原，表请授从珂为北京内牙指挥使，俾得顾家。唐主览表，恨他为家忘国，竟斥从珂为突骑指挥使，令率数百人戍石门镇。嗣源正击退契丹，闻从珂被黜，惶恐求朝，唐主不许，嗣源至此，更不免疑上加疑，忧上加忧了。唐主与嗣源曾有富贵与共之约，此时嗣源并无异志，乃激使起疑，岂非自寻祸祟么？且说唐主闻契丹已退，北顾无忧，又好肆志畋游，耽情声色，尝与刘后私幸大臣私第，酣饮达旦，最多往返的是张全义宅中。全义屡陈贡献，半输内府，半入中宫，刘后很是满意，自念母家微贱，未免为妃妾所嫌，不如拜全义为养父，得借余光，乃面奏唐主，自言幼失怙恃，愿父事张全义。唐主慨然允诺。刘后遂乘夜宴时，请全义上坐，行父女礼。全义怎敢遽受？刘后令随宦强他入座，竟尔亭亭下拜，惹得全义眼热耳红，急欲趋避，又被诸宦官拥住，没奈何受了全礼。唐主在旁坐着，反嘻笑颜开，叫全义不必辞让，并亲酌巨觥，为全义上寿。全义谢恩饮毕，复搬出许多贡仪，赠献刘后。大约算是妆奁。俟帝后返宫时，赍送进去。

越日，刘后命翰林学士赵凤，草书谢全义。凤入奏道："国母拜人臣为父，从古未闻，臣不敢起草！"唐主微笑道："卿不愧直言，但后意如此，且与国体亦没甚大损，愿卿勿辞！"凤无可奈何，只好承旨草书，缴入了事。

唐主复采访良家女子，充入后庭。有一女生有国色，为唐主所爱幸，竟得生子。刘后很怀妒意，时欲将她摔去。可巧李绍荣丧妇，唐主召他入宫，赐宴解闷，且谕行钦道："卿新赋悼亡，自当复娶，朕愿助卿聘一美妇。"刘后即召唐主爱姬，指示唐主道："陛下怜爱绍荣，何不将此女为赐？"唐主不便忤后，佯为允许。不意刘后即促绍荣拜谢，一面即嘱令宦官，扶掖爱姬出宫，一肩乘舆，竟抬入绍荣私第去了。绍荣何幸，得此美妇！唐主愀然不乐，好几日称疾不食，始终拗不过刘皇后，只好耐着性子，仍然与刘后交欢。

刘后素性佞佛，自思贵为国母，无非佛力保护，平时所得货赂，辄赐给僧尼，且劝唐主信奉佛教。有胡僧从于阗来，唐主率刘后及诸子，向僧膜拜。僧游五台山，因遣中使随行，供张丰备，倾动城邑。又有五台僧诚惠，自言能降伏天龙，呼风使雨，先时尝过镇州，王镕不加礼待，诚惠忿然道："我有毒龙五百，归我驱遣，今当遣一龙揭起片石，恐州民皆成鱼鳖了！"越年镇州大水，漂坏关城，人乃共称为神僧。唐主闻他神奇，饬中使延令入宫，自率后妃下拜。诚惠居然高坐，安身不动，至唐主已经拜毕，留居别馆，他乘着闲暇，昂然出游，百官道旁相遇，莫敢不拜。独郭崇韬不肯从众，相见不过拱手，诚惠尚傲不为礼。冤冤相凑，洛阳天旱，数旬不雨。崇韬奏白唐主，请令诚惠祈雨。诚惠无可推辞，便令筑坛斋醮，每日登坛诵咒，也似念念有词，偏龙神不来听令，赤日尽管高升，遂被崇韬指摘，说他祷雨无验，拟在坛下积薪，将他焚死。不意有人报知诚惠，吓得诚惠神色仓皇，乘夜遁去。后来闻他逃回五台，只恐都中饬捕，竟致忧死。<small>妖僧惑人，大都如此。</small>唐主及刘后，尚自言信佛未虔，不能留住高僧，引为悔恨！<small>刘氏不足责，唐主何昏庸至此？</small>许州节度使温韬，闻刘后佞佛，情愿改私第为佛寺，替后荐福。奏疏一上，得旨嘉奖。还有皇后教令，亦联翩下去，优加褒美。当时太后旨意称诰令，皇后旨意称教令，与唐主诏旨并行，势力相等。内外官吏，接到后教，也奉行维谨，不敢稍违，所以中宫使命，愈沿愈多，还幸太后诰令，罕有所闻，大众尚得少顾一面，免得头绪纷繁。

同光三年，太妃刘氏，得病晋阳，曹太后亲拟往省，为唐主谏止。嗣闻太妃病逝，又欲自往送葬，再经唐主泣谏，与群臣交章请留，太后虽难拂众意，未曾启行，但哀痛异常，累日不食。过了一月，也魂归地下，往寻那位刘太妃，再续生前睦谊去了。<small>却是难得。</small>唐主初遭母丧，却也号恸哭泣，至绝饮食，百官连表劝慰，阅五日始进御膳，渐渐的悲怀减杀，又把那佚游故态，发作出来。

是年春夏大旱，至六月中方才下雨。一雨至七十五日，天始开霁，百川泛滥，遍地浸淫。宫中本是高地，至此亦患暑湿。唐主欲登高避暑，苦乏层楼，似乎闷闷不乐。宦官等即进言道："臣见长安全盛时，宫中楼阁，不下百数，今陛下乃无一避暑楼，亦太不适意了。"唐主道："朕富有天下，岂不能缮筑一楼？"宦官又道："郭崇韬常眉头不展，屡与租庸使孔谦，谈及国用不足，陛下虽欲营缮，恐终不可得呢。"<small>借端诬人，利口可畏。</small>唐主变色道："朕自用内府钱，何关国帑？"遂命宫苑使王允平，赶造清暑楼。因恐崇韬进谏，特遣中使传谕道："朕昔在河上，与梁军对垒，虽行营暑湿，被甲乘马，未尝觉疲。今居深宫，荫大厦，反不堪苦热，未识何因？"崇韬即托中使转奏道："陛下前在河上，强敌未灭，深念仇耻，虽遇盛暑，不介圣怀。今外患已除，海内宾服，虽居珍台凉馆，尚患郁蒸，这乃是艰难逸豫，为虑不同！陛下能居安思危，便觉今日暑湿，变为清凉了！"唐主闻言，默然不语。宦官又进谗道："崇韬居第，无异皇宫，怪不得未识帝热哩。"唐主由是隐恨崇韬。崇韬闻允平营楼，日役万人，费至巨万，因复进谏道："今河南水旱，军食不充，愿息役以俟丰年！"看官试想，唐主既偏信谗言，尚肯依他奏请么？还有河南令罗贯，人品强直，系由崇韬荐拔，伶宦有所请托，贯守正不阿，屡将请托书献示崇韬。崇韬一再奏闻，唐主亦置诸不理，伶宦等尤加切齿。张全义亦恨罗贯，密诉刘后，刘后遂谮贯不法，唐主含怒未发。会因曹太后将葬坤陵，先期往祀，适天雨道泞，桥梁亦坏，唐主问明宦官，谓系河南境内，属贯管辖，当即拘贯下狱，狱吏拷掠，几无完肤，至祀陵返驾，且传诏诛贯。崇韬进谏道："贯不过失修道路，罪不至死。"唐主怒道："太后灵驾将发，天子朝夕往来，桥路不修，尚得说死无罪么？"崇韬又叩首道："陛下贵为天子，乃嫉一县令，使天下谓陛下用法不公，罪在臣等！"唐主拂袖遽起道："卿未免与贯为党，但卿既爱贯，任卿裁决！"言已，返身入宫。崇韬也起身随入，还欲辩论。唐主竟阖门不纳，崇韬懊怅而出。贯竟被杀，暴尸府门，远近共呼为冤，独伶宦等互相道贺。崇韬尚恋栈不去，意欲何为？

　　既而唐主召集群臣，会议伐蜀。宣徽使李绍宏，保荐李绍钦为帅。崇韬奋然道："段凝即绍钦，详见前回。系亡国旧将，徒知谀谄，有何材略！"群臣乃更举李嗣源。崇韬又说道："契丹方炽，李总管即嗣源。不应调开河朔。"唐主乃问崇韬道："公意果属何人？"崇韬道："魏王地当储嗣，未立殊功，请授为统帅，俾成威望。"保荐继岌亦是误处。唐主道："继岌年幼，何能独往？当更求副帅。"崇韬尚未及答，唐主复道："朕意属卿，烦卿一行。"崇韬不好违命，便拜称遵谕。乃命魏王继岌充西川四面行营都统，崇韬充西川北面都招讨制置等使，悉付军事。又命荆南节度使高季兴，充西川东南面行营招讨使，凤翔节度使李从曮，充供军转运应接等使，同州节度使李令德，充行营副招讨使，陕府节度使李绍琛，充蕃汉马步军都排阵斩斫使，西京留守张筠，充西川管内安抚应接使，华州节度使毛璋，充左厢马步军都虞侯，邠州节度使董璋，充右厢马步军都虞侯，客省使李严为安抚使，率兵六万，西向进发。寻又任工部尚书任圜，翰林学士李愚，并随魏王出征，参预军机。

　　蜀主王衍，尚南巡北幸，淫昏无度。中书令王宗俦，与王宗弼密谋废立。宗弼犹豫未决，宗俦忧愤身亡，蜀主衍仍得安位，日与狎客美人，纵情游客。自宣华苑告成后，中有重光、太清、延昌、会真等殿，清和、迎仙等宫，降真、蓬莱、丹灵等亭，又有飞鸾阁、瑞兽门、怡神院等名目，统是金碧辉煌，备极奢丽。每令后宫妇女，戴金莲冠，着女道士服，扈从至苑，列座畅饮，不问晨夕。又往往参入近臣，得与宫人并坐并饮，到了得意忘情的时候，男女嫖亵，脱冠露髻，

第十七回　房帏溺爱牝鸡司晨　酒色亡家牵羊待命

恣意喧呶,毫无禁忌。大约是与人同乐的意思。有时令宫人浓施朱粉,号为醉妆,上行下效,全国通行。会逢太后、太妃,游青城山,宫人衣服,统绘云霞,飘飘如神仙中人。衍自作甘州曲,侈述仙状,往返山中,沿途歌唱。宫人依声属和,娇喉清脆,娓娓可听,确是一种赏心悦耳的形景。他又以为与唐修好,可以无虞,撤出边疆兵戍,安享太平。

宣徽北院使王承休,本是一个宦官,恰娶有妻室严氏。严氏具有绝色,由王衍屡召入宫,与她同梦。承休与严氏,本是一对假夫妇,乐得借妻求宠,仰沐恩荣。后世之纵妻为奸,冀得升官者,想都从承休处学来,可惜身非阉宦。果然夫因妻贵,得升任龙武军都指挥使,用裨将安重霸为副。重霸狡佞善媚,劝承休入求秦州节度使,且授他奏语。承休即入见王衍道:"秦州多美妇人,愿为陛下采献。"王衍大悦,即授承休为秦州节度使,兼封鲁国公。承休挈妻赴镇,毁府署,作行宫,大兴力役,强取民间女子,教导歌舞,当将歌女绘成图像,并画秦州花木,赍送成都尹韩昭,托他代奏,请驾东游。

衍览图甚喜,即拟登程,群臣交章谏阻,衍皆不从。王宗弼上表力争,反被衍掷弃地上。徐太后涕泣劝止,亦不见效。前秦州判官蒲禹卿上书极谏,几二千言,韩昭语禹卿道:"我收汝表,俟主上西归,当使狱吏字字问汝!"恐不及待了。禹卿退去,王衍既记念严氏,欲续旧欢,承休既借妻求宠,何不留妻在宫?又因承休所呈各图,统皆中意。无论何人规谏,也是阻他不住。当下改元咸康,颁诏东巡,令兵士数万扈跸,出发成都。

行次汉州,武兴节度使王承捷,报称唐军西来,衍尚未信,且大语道:"我正欲耀武,怕他甚么?"及进至梓潼,遇大风发木拔屋。随行史官占兆,谓此风为贪狼风,当有败军覆将的大患。衍亦未省,在途与狎客赋诗,毫不为意。再进抵利州城,始接到警信,威武城守将唐景思,已迎降唐将李绍琛了。衍方信承捷军报,实非谎言。越宿由威武溃军,陆续奔来,说是凤、兴、文、扶四州,已由节度使王承捷,一并献唐,那时才觉惶急,令随驾清道指挥使王宗勋、王宗俨及待中王宗昱,并为招讨使,率兵三万,往拒唐军。

唐军倍道前进,势如破竹。李绍琛等为先驱,所过城邑,不战自破。既收降威武城,并得凤、兴、文、扶四州,遂令降将为向导,入攻兴州。兴州刺史王承鉴弃城遁去。郭崇韬命承捷摄兴州刺史,再促绍琛等进兵,拔绍州,下成州,到了三泉,与蜀三招讨使相遇,凭着一股锐气,横冲直撞,杀将过去。蜀兵连年不练,很是窳惰,怎禁得百战雄师,乘胜前来,顿时你惊我惧,彼逃此散。三招讨使本非将才,统吓得魂魄飞扬,抱头鼠窜,所领部众,被唐军杀死五千人,余皆四溃。

蜀主衍闻三泉又败,急自利州西还,留王宗弼屯戍利州,且令斩三招讨使,以振士心。唐将李绍琛,昼夜兼行,径向利州进发,西川大震。蜀武德留后宋光葆,贻郭崇韬书,请唐军不入辖境,当举巡属内附,否则当背城决战。崇韬复书如约。光葆遂举梓、绵、剑、龙、普五州降唐。武定节度使王承肇,山南节度使王宗戚,阶州刺史王宗岳,也闻风生畏,各遣使至唐营中,奉土投诚。一班降将军,送完蜀土。秦州节度使王承休,与副使安重霸谋袭唐军,重霸道:"一击不胜,大事去了;但公受国恩,闻难不可不赴,愿与公西行入援。"承休以为真情,整军出城,重霸随至城外,忽向承休下拜道:"国家取得秦陇,何等竭力,若从公还朝,谁人守此?重霸愿代公留守!"说至此,竟麾亲军还城,承休无可奈何,只好西行。重霸竟举秦陇归唐。

王宗弼闻各属瓦解,正在惊惶,可巧唐使到来,投入郭崇韬书,为陈利害,勉令归降。他已怦然心动,无意守城,又值王宗勋等狼狈到来,即出示诏书,相持而泣。宗勋等流涕道:"国危至此,统由主上一人荒淫所致,公今日依诏,杀我三人,他日必轮及公身了!愿公亟图变计!"宗弼道:"我正怀此意,所以出示诏书,同筹良策。"三人齐声道:"不如降唐罢?"宗弼徐说道:"公等先送款唐军,我且往成都一行,何如?"宗勋等当然赞成,便分头行事。

宗弼弃城西归,距蜀主衍返都时,仅隔五六日。衍至成都,百官及后宫出迎,衍驰入妃嫔中,令宫人排作回鹘队,送拥入宫。还有这般兴致。至宗弼到来,登太元门,严兵自卫。徐太后与蜀主衍,同往慰劳,宗弼竟趁势图逆,劫迁太后及蜀主,幽置西宫。所有后宫及诸王,一同锢禁,收取国宝,及内库金帛,俱入私第,自称西川兵马留后。嗣闻唐军已入鹿头关,进据汉州,当即拨出币马若干,牛酒若干,遣人迎犒唐军。且因唐安抚使李严,曾至蜀聘问,与有一面交,遂伪作蜀主书,送达李严道:"公来我即降!"降将军外,又出这叛将军,西蜀可谓多人。严既得书,便欲驰往,或阻严道:"公首议伐蜀,蜀人怨公,深入骨髓,奈何轻往!"严微笑不答,竟率数骑入成都,抚谕吏民,告以大军继至,悉命撤去楼橹。且入西宫见蜀主衍,衍向严恸哭。儿女子态,有何用处?严婉言劝慰,谓出降以后,必能保全家属。衍乃收泪,引严见太后,以母妻为托。一面令翰林学士李昊草降表,同平章事王锴草降书,遣兵部侍郎欧阳彬,赍奉书表,偕严同迎唐军。唐统帅继岌,郭崇韬等,闻蜀已愿降,即兼程至成都,令李严再行入城,引蜀君臣出降马前。蜀主衍白衣首绖,衔璧牵羊,蜀臣衰绖徒跣,舆榇俟命,继岌受璧,崇韬解缚焚榇,承制赦蜀君臣罪,衍率百官向东北拜谢,导唐军入成都。总计蜀自王建据守,一传即亡,共计一十九年。小子有诗叹道:

> 休言蜀道是崎岖,徒险终难阻万夫。
> 刘李以来王氏继,荒淫亡国付长吁!

蜀主出降时，尚有王宗弼一番举动，且至下回表明。

前半回承述前文，历述刘后行谊，一无可取，而唐主反事事听从，益见唐主之为色所迷，致兆危亡之渐。郭崇韬已遭主忌，尚不知引退，为唐主嘅，尤为崇韬惜，寓意固深且远也。下半回叙伐蜀事，蜀主以淫昏致亡，正为唐主一大对照。唐军西入，势如破竹，仅有三泉之战，一交锋而即溃，各镇望风迎降，不待遗镞。而王宗弼且弃城走还，劫迁蜀主及太后，并后宫诸王，卒致牵羊衔璧，面缚舆榇，淫昏失德者，终局如是，非唐主之殷鉴乎？然郭崇韬以得蜀而益危，唐主以得蜀而益骄，是蜀之亡，未见唐利，反为唐害，杜牧所谓后人哀之而不鉴之，使后人复哀后人，正本回之注脚也。

第十八回　　得后教椎击郭招讨
遘兵乱劫逼李令公

却说王宗弼纳款唐军，并斩内枢密使宋光嗣、景润澄，及宣徽使李周辂、欧阳晃，说他荧惑唐主，函首送唐帅继岌，又责韩昭佞谀，枭首金马坊门，又令子从班，劫得蜀主后宫，及珍奇宝玩，赍献继岌及郭崇韬，求为西川节度使。继岌笑道："这原是我家应有物，何用他献来呢？"及大军既入成都，露布告捷，当由崇韬禁止侵掠，市不改肆。自出师至此，只七十日，得方镇十，州六十四，县二百四十九，兵三万，铠仗钱粮，金银缯帛，以千万计。当时平蜀首功，要算李绍琛，独崇韬与董璋友善，每召璋入议军情，不及绍琛。绍琛位在璋上，很是不平，顾语董璋道："我有平蜀大功，公等朴樕喻小材也。相从，反向郭公前饶舌，难道我为都将，不能用军法斩公么？"璋不禁怀惭，转诉崇韬。崇韬竟表荐璋为东川节度使，绍琛益怒道："我冒白刃，越险阻，手定两川，乃反令董璋坐享么？"遂入见崇韬，极言东川重地，不应位置庸臣，现惟任尚书兼文武材，宜表为镇帅。崇韬变色道："我奉上命，节制各军，公怎得违我处置？"绍琛怏怏而退。绍琛固误，崇韬尤误。王宗弼欲镇西川，为继岌所拒，复密赂崇韬，乞令保荐。崇韬佯为允许，始终不为出奏。宗弼乃率蜀人列状，请留崇韬镇蜀。宦官李从袭，随继岌至成都，他本挟望而来，想乘此多得财帛，偏军中措置，全属崇韬，无从染指，遂入语继岌道："郭公专横，今又使蜀人请已为帅，心迹可知，王宜预防为是！"继岌道："主上倚郭公如山岳，怎肯令他出镇蛮方？且此事亦非我所应闻，姑俟班师以后，由汝等诣阙自陈便了。"原来崇韬有五子，长廷诲，次廷信，随父从军，廷诲私受货赂，蜀臣自宗弼以下，多由廷诲先容,馈遗崇韬,宝货妓乐,连日不绝。惟都统牙门,寂然无人,继岌所得,不过匹马束帛,及唾壶麈尾等件,心下亦觉不平,再加从袭在旁谗构,自然疑忿交乘,有时与崇韬晤谈,语多讥讽。崇韬不能自明,乃欲归罪宗弼,特向宗弼索犒军钱数万缗,宗弼靳不肯给。由崇韬唆动军士,纵火喧噪,一面入白继岌,召入宗弼,责他贪黩不忠,牵出斩首。该杀。并收诛宗勋、宗渥,骈戮族属,籍没家产,并将宗弼尸骸,陈诸市曹,蜀人剖肉烹食,聊泄怨恨。

先是乾德中曾传童谣云:"我有一帖药,名目叫阿魏,卖与十八子。"至是始验。原来宗弼系王建养子,原姓名为魏宏夫,自王建为假父,始改姓名。宗弼已诛,王承休亦自秦州到来,进谒崇韬。崇韬亦数责罪状,枭示军辕。也是该死,但严氏不知如何下落?因复荐孟知祥为西川节度使,知祥本留守北都,与崇韬为故交,所以荐引。屡引私人,已觉不当,且使全蜀得归孟氏,未始非崇韬贻患。知祥从北到西,一时未能莅蜀,蜀中留驻的大军,不便遽行班师,且因盗贼四起,随处须剿,特由崇韬派遣偏师,令任圜、张筠等分领,四出招讨。

唐主遣宦官向延嗣,促令大军还朝。延嗣到了成都,崇韬未尝郊迎,及入城相见,叙及班师事宜,崇韬且有违言,延嗣好生不乐。因与李从袭僚谊相关,密谈情愫,从袭得间进言道:"此间军事,统由郭公把持,伊子廷诲,复日与军中骁将,及蜀土豪杰,把酒狎饮,指天誓日,不知怀着何意?诸将皆郭氏羽党,一或有变,不特我等死无葬地,恐魏王亦不免罹祸了!"言已泣下。阉人丑态,不曾妇女。延嗣道:"俟我归报宫廷,必有后命。"

越日,即向继岌、崇韬处辞行,匆匆还洛,入诉刘后。刘后亟白唐主,请早救继岌。唐主闻蜀人请崇韬为帅,已是怀疑,及阅蜀中府库各籍,更不惬意,至此闻刘后言,即召入延嗣,问明底细。延嗣统归咎崇韬,且言蜀库货财,俱入崇韬父子私囊,惹得唐主怒气上冲,复遣宦官马彦珪,速诣成都,促崇韬归朝,且面谕道:"崇韬果奉诏班师,不必说了。若迁延跋扈,可与魏王继岌密谋,早除此患!"彦珪唯唯听命,临行时入见刘后道:"蜀中事势,忧在朝夕,如有急变,怎能在三千里外,往复禀命呢?"刘后再白唐主,唐主道:"事出传闻,未知虚实,怎得便令断决!"后不得请,因自草教令,嘱彦珪付与继岌,令杀崇韬。

崇韬方部署军事,与继岌约期还都。适彦珪至蜀,把刘后教令,出示继岌,继岌道:"今大军将还,未有衅端,怎可作此负心事?"唐主父子,非无一隙之明,乃卒为所蒙,以底危亡。彦珪道:"皇后已有密敕,王若不行,倘被崇韬闻知,我辈无噍类了。"继岌道:"主上并无诏书,徒用皇后手教,怎能妄杀招讨使?"李从袭等在旁,相向环泣,并捕风捉影,说出许多利害关系,恐吓继岌,令继岌不敢不从。乃命从袭召崇韬议事,继岌登楼避面,嘱使心腹将李环,藏着铁

第十八回　得后教椎击郭招讨　遵兵乱劫逼李令公

椎，俟立阶下。崇韬昂然入都统府，下马升阶，那李环急步随上，出椎猛击，正中崇韬头颅，霎时间脑浆迸裂，倒毙阶前。

继岌在楼上瞧着，见李环已经得手，亟下楼宣示后教，收诛崇韬子廷诲、廷信。崇韬左右，统皆窜避，惟掌书记张砺，诣魏王府前抚崇韬尸，恸哭失声。推官李崧进语继岌道："今行军三千里外，未接皇上敕旨，擅杀大将，若军心一变，归路皆成荆棘了。大王奈何行此危事？"继岌方着急起来，自述悔意，且向李崧问计。崧乃召书吏数人，登楼去梯，伪造敕书，钤盖蜡印，再行颁示，但言罪止及崇韬父子，不及他人，于是军心略定。适任圜平盗还军，继岌令他代总军政，乃遣彦珪还报阙廷，唐主再饬继岌还都，且令王衍入觐，赐他诏书道："固当裂土而封，必不薄人于险，三辰在上，一言不欺！"衍奉诏大喜，语母及妻妾道："幸不失为安乐公！"未必。遂转告继岌，愿随入洛。继岌正要动身，凑巧孟知祥亦至，遂留部将李仁罕、潘仁嗣、赵廷隐、张业、武璋、李延厚等，佐知祥守成都。自率大军启程，押同王衍家属，向东北进发。沿途山高水长，免不得随驿逗留，那时唐主已下诏暴崇韬罪状，并杀崇韬三子，抄没家资。保大军节度使，睦王李存义，系唐主第五弟，曾娶崇韬女为妻，宦官欲尽诛崇韬亲党，杜绝后患。乃入奏唐主道："睦王闻郭氏诛夷，攘臂称冤，语多怨望。"唐主大怒，竟发兵围存义第，悉加诛戮。全然昏愦。伶官景进，又诬称存义与李继麟通谋。继麟就是朱友谦，任护国军节度使，常苦伶宦索货，屡拒不与，大军征蜀，曾遣子令德从行。逸人罔极，藉端株连。刚值继麟惧谗入朝，意欲自白心迹，偏唐主已先惑蛊言，待他入居馆舍，竟嘱令朱守殷，发兵至馆，驱他出徽安门外，一刀杀死，复坐名为朱友谦。且传诏至继岌军前，令诛令德。继岌尚未出蜀境，才至武连，遇着敕使，即谕令董璋依敕行事，董璋将令德杀毙。

李绍琛率领后军，与继岌相隔三十里，闻令德被诛，但委董璋，不及自己，遂怒语诸将道："国家南取大梁，西定巴蜀，定策由郭公，战胜由我侪，至若去逆效顺，与国家协力破梁，实出朱公友谦。今朱、郭皆无罪族灭，我若归朝，亦必及祸，冤哉冤哉！奈何奈何？"部将焦武等，本由河中拨隶绍琛，曾随友谦麾下，闻绍琛言，便一齐号哭道："朱公何罪？阖门受戮！我辈归即同诛，决不复东行了。"遂同拥绍琛，由剑州西还。绍琛自称西川节度使，移檄成都，招谕蜀人，有众五万。

继岌闻变，立授任圜为副招讨使，令与董璋率兵数万，追绍琛至汉州。绍琛麾众接战，胜负未分，忽后队纷纷溃乱，另有一彪人马，长驱突入，穿过绍琛阵内，接应任圜等军。绍琛腹背受敌，哪里支持得住，当下拚命杀出，仅率十余骑奔绵竹，途中被唐军追及，一鼓围住，任你绍琛勇武绝伦，也只好束手成擒了。看官道后军何来？原来就是新任西川节度使孟知祥。知祥得绍琛檄文，料他必进窥成都，不如先行出兵，堵截绍琛。可巧绍琛与任圜等对仗，便乘机夹攻，把绍琛一阵杀败，追擒而归。

当下至汉州犒军，与任圜、董璋，置酒高会，引绍琛槛车至座中，知祥自酌大卮，递饮绍琛，且与语道："公身立大功，何患不富贵，乃甘心觅死么？"绍琛道："郭公为佐命第一功臣，兵不血刃，手定两川，一旦无罪族诛，如绍琛等怎能保全？因此不敢还朝。今日杀绍琛，明日恐将及公等了！"知祥却也心动，但对着大众，不便措词，伏下文王蜀事。只好令任圜等押送洛阳。绍琛被解至凤翔，由宦官向延嗣赍敕到来，诛死绍琛，复姓名为康延孝。朱友谦与康延孝，首先叛梁归唐，至此亦相继被戮，可为卖国求荣者戒。

继岌因绍琛变后，恐王衍在途脱逃，特令李从曮发凤翔军，与李严送衍入洛，得先交卸，从曮等押衍家族，及蜀臣眷属三千人，行至长安，忽接唐主敕书，止令入都。这事发生的原因，系由邺都作乱，洛阳亦未免惊慌，恐王衍入都为变，所以将他截留长安，督令西京留守，把他看管。邺都就是魏州，唐主在魏州即位，因号为邺都。

魏博指挥使杨仁晸，曾率兵戍瓦桥关，逾年受代，当然归邺。偏唐主因邺都空虚，恐还兵生变，降敕令仁晸留屯贝州。当时邺下谣传，谓郭崇韬杀死继岌，自王蜀中，因致族灭。或且说继岌被杀。刘皇后归咎唐主，已加弑逆。邺都留守兴唐尹王正言，年老怕事，急召监军史彦琼入商。彦琼本由伶人得宠，在邺专恣，藐视将佐，及与正言密议终日，便令人心惶惑，讹言益甚。

仁晸部兵皇甫晖，因人情不安，遂号召徒众，入劫仁晸道："主上抚有天下，都是我魏军百战得来，魏军甲不去体，马不解鞍，约有十余年。今天子不念旧劳，更加猜忌，远戍逾年，方喜代归，乃去家咫尺，不使相见。今闻皇后弑逆，京师已乱，将士愿与公俱归。表闻朝廷，若天子万福，兴兵致讨，似我魏博兵力，亦足拒敌，或更得意外富贵，也未可知，请公不必迟疑！"仁晸怒道："这是何言？"晖亦厉色道："公如不允，祸在目前！"仁晸尚欲呵叱，已被晖指麾徒众，乱刀交挥，立将仁晸砍死，又欲劫一小校为帅，仍不见从，并为所杀。

效节指挥使赵在礼闻乱，衣不及带，逾垣出走。晖率众追及，曳在礼足，示以二首。在礼恐遭毒手，勉强承认。晖等遂奉他为帅，焚掠贝州，南越临清、永济、馆陶等县，所过剽掠，警报飞达邺都。都巡检使孙铎等，急白史彦琼，请授甲登城。彦琼尚疑铎有异志，谓俟贼到城，防守未迟。贼竖可杀。哪知到了黄昏，贼队已到城下，环攻北门，彦琼仓猝召兵，登北门楼拒守。幕闻贼众大噪，便即骇散，彦琼单骑奔洛阳，贼拥在礼入邺都，孙铎等拒战不胜，也即遁去。在礼据住宫城，署皇甫晖、赵进为马步都指挥使，纵兵大掠。王正言尚莫名其妙，方据案召吏草奏，竟无一至，他遂拍案大呼。家人入禀道："贼已

第十八回　得后教椎击郭招讨　遵兵乱劫逼李令公　　**683**

入城,焚掠都市,吏皆逃散,公尚呼谁人呢?"正言才惊起道:"有这等事么?"不是老昏,定是重听。急命家人索马,四觅无着,踌躇良久,不得已步出府门,走谒在礼,再拜请罪。倒是个急救良方。在礼亦答拜道:"士卒思归,不得不然,公勿过自卑屈,尽可无虞。"正言涕泣求归,由在礼送他出城,晖等以邺都无主,即推在礼为魏博留后。在礼出示安民,闻北京留守张宪家族,留住邺都,即着人慰问,且致书张宪,诱使入党。宪得书未曾启封,立将使人斩讫,举原书奏闻唐主。

唐主正欲派将往剿,适值史彦琼奔还洛阳,由唐主令他择将。不加彼罪,反令择将,真是糊涂!彦琼推荐李绍宏,绍宏转荐李绍钦,独刘皇后谓些须小事,但使李绍荣往办,即虽敉平。唐主乃颁敕宋州,令归德节度使李绍荣,诣邺都招抚,仍使史彦琼监绍荣军。绍荣率兵至邺都,驻扎南门,先遣人入城,持敕抚谕。赵在礼用羊酒犒师,且罗拜城上道:"将士思家擅归,劳公代为奏明,如得免死,敢不自新?"遂奉敕遍谕将士,偏彦琼戟手大骂道:"群死贼!城破万段!"可恨可杀!皇甫晖见彦琼情状,便语众道:"史监军这般说法,想不得蒙恩赦了!"遂鼓噪拒守,撕坏敕书,绍荣攻城失利,退至澶州,招集兵马,再行进攻。裨将杨重霸,率数百人,奋勇登城,后面无人继上,徒落得身首分离,无一生还。

唐主闻报,欲自征邺都,适从马直军士王温等,擅杀军使,闹乱都下,虽幸得即日捕诛,终究是惊疑不安。看官听着!唐王尝选勇士为亲军,叫作从马直,亲军生变,心腹已溃,教唐主如何放心自行出征?接连是邢州兵赵太等,结党四百人,戕官据城,居然自称留后。沧州相继生乱,由小校王景戡讨平,亦以留后自称,彼此俱自说有理,表闻洛都。唐主命东北面招讨副使李绍真,往讨赵太。绍真即霍彦威,由唐主改赐姓名。另派人抚谕王景戡。独邺都日久未下,又拟督师亲征。宰相等交章谏阻,并荐李嗣源为帅,代李绍荣。

嗣源已为唐主所忌,征令入朝。宣徽使李绍宏,与嗣源友善,力为救护。唐主密令朱守殷伺察嗣源,守殷反私语嗣源道:"令公勋业震主,宜自图归藩,毋自婴祸!"嗣源道:"我心诚不负天地,所遇祸福,听诸命数罢了!"及邺都乱起,嗣源尚在洛中,廷臣以绍荣无功,乃奏令赴邺。唐主道:"朕惜嗣源,欲留他为宿卫,所以不便遣往。"李绍宏从旁力请,张全义亦乞命嗣源出师,唐主乃令他总率亲军,渡河北讨。

嗣源拜命即行,至邺城西南,正值李绍真荡平邢州,擒住赵太等叛徒,亦来邺会师。嗣源与绍真相见,即令绍真推出赵太等人,至城下斩首以徇,为邺都作一榜样。当即下令军中,立营休息,待诘旦攻城。不意时至夜半,从马直军士张破败,竟纠众大哗,杀都将,焚营舍,直逼中军。嗣源率亲军出营,大声呵叱道："尔等意欲何为？"乱众哗声道："将士从主上十余年，百战得天下，今贝州戍卒思归，主上不赦，从马直数卒喧闹，便欲悉众诛夷，我等本无叛志，今为时势所逼，不得不死中求生。现经大众定议，与城中合势同心，请主上帝河南，令公帝河北。"全是唐主一人激使出来。嗣源不禁失色，涕泣劝导，终不见从。嗣源复道："尔等不听我言，任尔所为，我当自归京师。"乱众又道："令公去将何往？若不见机，将蹈不测了！"遂抽戈露刃，拥嗣源入城。

嗣源尚不肯行，经李绍真蹑足示意，乃越濠而入。城中不受外兵，由皇甫晖开城邀击，阵斩张破败，乱众尽溃。只剩嗣源、绍真，进退无路。恰巧赵在礼出迎，率将校罗拜嗣源，且泣谢道："将士等负令公，在礼愿从公命！"嗣源偕绍真入城，在礼设宴相待，酒酣登南楼，阅视形势，当由嗣源诡词道："此城险固，可作根据，但必须借资兵力，城中兵不敷用，应由我出招各军，才好举事。"在礼随口赞成，嗣源即与绍真出城，寄宿魏县，将佐稍集，但亦不过百人。

先是李绍荣屯兵城南，众尚逾万，嗣源为乱兵所逼，即遣牙将高行周等，密召绍荣，共攻乱卒，绍荣不应，引众径去。及嗣源出次魏县，才得百人归集，又无兵仗，幸绍真所领镇兵五千，留营以待，仍来归命。嗣源流涕道："国家患难，一至于此！我惟有归藩待罪，再图后举。"绍真道："此语不便果行。公为元帅，不幸为凶人所劫，李绍荣不战而退，必且指公为逆，公若归藩，便是据地邀君，适资谗人口实。不若亟驰诣阙，面陈天子，尚可自明。"中门使安重诲，所言略同。嗣源乃南趋相州，遇马坊使康福，给官马数千匹，始得成事。

嗣闻绍荣退至卫州，飞章奏嗣源叛逆，与贼通谋。嗣源很是惶急，忙遣使上章申辩，接连数奏，并不见有朝旨到来，益觉慌张得很，忽有一人驰入道："明公何不速筹善策！难道愿束手受戮么？"嗣源便惊问道："公意将如何办法？"那人不慌不忙，便说出一条计策出来。为这一计，有分教：

　　　　佐命功臣同叛命，平戎大将反兴戎。

欲知何人献计，容待下回表明。

　　　　郭崇韬有取死之咎，而无应诛之罪，刘后何人，敢自草教令，命继岌杀崇韬！继岌又何人，敢私奉后教，令李环击死崇韬？母子二人，轻信谗言，擅戕功臣，唐主不罪刘后，不罪继岌，且并崇韬家属而尽戮之，溺爱不明，偏听生乱，曾有如此昏愦，而尚不至亡国败家乎！贝州戍兵之乱，一也；都城从马直之乱，二也；邢州赵太等之乱，三也；沧州王景戡之乱，四也。四乱俱起，或幸得立时扑灭，而邺都终未得告平。李嗣源一至邺下，即为乱兵所劫，乱愈炽而国亦愈危矣。谁生厉阶，相寻不已？阅是书者当有以知乱源之由来也。

第十九回　郭从谦突门弑主
　　　　　李嗣源据国登基

　　却说李嗣源正在惶急，帐下有人献议，请嗣源速决大计。这人为谁？乃是左射军使石敬瑭。敬瑭沙陀人，父名臬捩鸡，从李克用转战有功，官至洺州刺史。臬捩鸡殁，子敬瑭得随嗣源麾下，所向无前，得署左射军使。<small>敬瑭为后晋开国主，故世系较详。</small>至是独进言道："天下事成自果决，败自犹豫，宁有上将为叛卒所劫，同入贼城，他日尚得无恙么？大梁为天下要会，愿假敬瑭三百骑，先往占据，公引军亟进，藉大梁为根本地，方可自全！"突骑都指挥使康义诚亦接入道："主上无道，军民怨愤，公从众乃生，守节必死。"嗣源想了多时，除此亦无别法，乃令安重诲移檄会兵，决向大梁。

　　唐主先得绍荣奏报，即遣嗣源长子从审，往谕嗣源。行至卫州，为绍荣所阻，欲杀从审。从审道："公等既不谅我父，我亦不能径往父所，愿复还宿卫。"绍荣乃释令还都。从审返见唐主，泣诉绍荣阻挠，唐主恰也矜怜，赐名继璟，待他如子。嗣源前后奏辩，亦被绍荣截住，不使上达。

　　是时两河南北，屡患水溢，人民流徙，饿莩盈途。<small>即阴气太盛之兆。</small>京师财赋减收，军食不足，唐主尚挈领后妃，出猎白沙，历伊阙，宿兔涧，卫士万骑，责民供给。可怜百姓已卖妻鬻子，啼饥号寒，还有甚么钱财，上应征求？辇驾所经，逃避一空。卫兵愤无所泄，甚至毁庐舍；坏什器，东骧西突，比强盗还要逞凶，地方有司，亦畏他如虎，亡窜山谷。至唐主还都，军士因在途枵腹，各起怨声，租庸使孔谦，且因仓储将罄，尅扣军粮，各营中流言愈甚。唐主亦有所闻，反下一诏敕，预借明年夏秋租税。

　　看官试想，当年租赋，百姓尚无从措缴，哪里缴得出次年的租税哩？官吏奉诏苛迫，累得人民怨苦异常，激成天变，太史上奏客心犯天库，防有兵变，宜速颁内帑，散给禳灾。宰相等亦上表固请，唐主意欲准奏，偏是刘后不肯，愤语唐主道："我夫妇君临天下，虽借武功，亦由天命，命既在天，人不足畏了！"<small>颇似桀纣口吻，不过男女不同。</small>唐主乃停诏不下，宰相等又入陈便殿。刘后在屏后窃听，闻相臣等仍固执前议，她即令宫人取出妆具，及银盆三件，并皇幼子三人，挈至帝前，竖着两道柳眉，带嗔带笑道："四方贡献，给赐已尽，宫中只有此数，鬻财给军！"唐主不禁色变，宰相等统瞠目伸舌，陆续退去。及嗣源举事，警报频传，河南尹张全义，恐连坐嗣源，竟致急死。唐主乃令指挥使白从晖，扼守洛阳桥，且出内府金帛，给赐诸军，军士诟詈道："我等妻子，均已饿死，还要这金帛何用？"唐主闻言，悔已无及，飞诏李绍荣还洛。

绍荣至鹞店，由唐主亲出慰劳。绍荣面请道："邺都乱兵，欲渡河袭取郓、汴，愿陛下亟幸关东，招抚各军，免为所诱。"唐主点首，返入都城，调集卫士，计日出发。

伶官景进，因事生风，即入白唐主道："西南未安，王衍族党不少，闻车驾东征，未免谋变，不如早除为妥。"唐主已忘却前言，急遣向延嗣赍敕西行，敕中写着，乃是王衍一行，并从杀戮云云。枢密使张居翰，取敕复视，亟就殿柱上揩去"行"字，改为"家"字。一字活人无数。始付延嗣赍去。延嗣到了长安，由西京留守接诏，即至秦川驿中，收捕王衍全眷，尽行处斩。衍母徐氏临刑，搏膺大呼道："我儿举国迎降，反加夷戮，信义何在？料尔唐主亦将受祸了！"徐氏母子既死，所有衍妻妾金氏、韦氏、钱氏等，一并陨首。惟幼姜刘氏，最为少艾，发似乌云，脸若朝霞，被监刑官瞧着，暗生艳羡，指令停刑。刘氏慨然道："国亡家破，义不受污，幸速杀我！"不没烈妇。刑官无可如何，乃概令受刃。此外蜀臣家属，及王衍仆役，悉数获免，不下千余人。亏得张居翰。

延嗣还都复命，唐主乃出发洛阳，遣李绍荣带着骑兵，沿河先行，自率卫兵徐进。行次汜水，凡与嗣源亲党相关，多半逃亡。独嗣源子继璟，尚然随着。唐主命他再谕嗣源。他终不肯应命，情愿请死。旋经唐主慰谕再三，强使召父，不得已奉谕登程。道遇绍荣，竟被杀死。还有嗣源家属，留居真定，经虞侯将王建立，出为保护，杀毙监军，正拟与嗣源通书告慰，凑巧嗣源养子从珂，自横水率军到来，遂与建立会合，倍道从嗣源。嗣源大喜，即分兵三百骑，归石敬瑭统带，令为前驱。李从珂为后应，向汴梁进发。又檄召齐州防御使李绍虔，即杜晏球。泰宁节度使李绍钦，即段凝。贝州刺史李绍英，原姓名为房知温，由唐主改赐姓名。北京右厢马军都指挥使安审通，约期来会。随即渡河至滑州，再召平卢节度使符习。习自天平军徙镇平卢，习镇天平，见十四回。闻梁臣多半被诛，已有惧意，一闻嗣源相召，便即过从，安审通亦引兵驰至，军势大振。

知汴州孔循，既遣使奉迎唐主，复遣使输款嗣源。好一条两头蛇。嗣源前锋石敬瑭，星夜抵汴，突入封邱门，遂据大梁，亟使人催促嗣源。嗣源从滑州急行，亦赍夜赶入大梁城。时唐主方至荥泽，命龙骧指挥使姚彦温，率三千骑为前军，且面谕道："汝等俱系汴人，我入汝境，不欲使他军前驱，恐扰汝室家，汝宜善体我意！"彦温应声即发，行抵汴城，见嗣源已经据守，便释甲入见，向嗣源进言道："京师危迫，主上为绍荣所惑，不可复事了。"嗣源冷笑道："汝自不忠，何得妄毁！"遂夺他军印，收三千骑为己属。指挥使潘环，守王村寨，有刍粟数万，亦献入大梁。

第十九回　郭从谦突门弑主　李嗣源据国登基

唐主进次万胜镇，接得各种军报，不由得神色沮丧，登高唏嘘道："吾事不济了！"前日英雄，而今安在？遂下令旋师。还至汜水，卫军已逃去半数，乃留秦州都指挥使张唐，驻守汜水关。李绍荣请唐主招抚关东，便是此关。自率余军西归，道过罂子谷，山路险窄，见从官执仗扈卫，辄用好言慰抚，且与语道："魏王已将入京，载回西川金银五十万，当尽给汝等，酬汝劳绩！"从官直陈道："陛下至今日慨赐，已太迟了！恐受赐各人，亦未感念圣恩哩。"唐主又恨又悔，不禁流涕，乃向内库使张容哥，索取袍带，欲赐从臣。容哥方说出"颁给已尽"四字，那卫士一拥直上，大声叱道："国家败坏，都出尔阉竖手中，尚敢多言么！"道言未绝，即抽刀逐容哥，还是唐主涕泣谕止，才得罢休。容哥私语同党道："皇后吝财至此，今乃归咎我等，事若不测，我等必被他碎尸，我不忍待遭此惨了！"竟投河自尽。唐主至石桥西，置酒悲涕，凄然语绍荣等道："卿等事我有年，富贵休戚，无不与共，今使我至此，难道无一策相救么？"绍荣等百余人，皆截发置地，共誓死报。无非相欺。唐主乃驰入洛都。

越宿，即闻汜水关急报，嗣源前军石敬瑭，已抵关下。李绍虔、李绍英等皆与嗣源合军，气势益盛云云。宫廷很是惊惶，宰相枢密等，奏称魏王将率军到来，请车驾亟控汜水，收抚散兵，静俟西军接应。唐主乃自出上东门，搜阅车乘，约期诘旦启行，复赴汜水。

同光四年四月朔日，急述年月，点醒眉目。为唐主再往汜水的行期，严装将发，骑兵列宣仁门外，步兵列五凤门外，专候御驾出巡。唐主方在早餐，忽闻皇城兴教门口，喊声大震，料知有变，慌忙放下匕箸，召集近卫骑兵，亲督出御。至中左门，见乱兵已突入门内，声势汹汹，乱首乃是从马直禁指挥使郭从谦，惹得唐主躁怒异常，麾动卫骑，迎头痛击。从谦抵敌不住，率乱军退出门外，当将城门关住，再遣中使至宣仁门外，速召骑兵统将朱守殷，入剿乱党。哪知守殷并不见到，郭从谦更纠集多人，焚兴教门，且有许多乱兵，援城而入。唐主再欲抵御，四顾近臣宿将，多半逃匿，只有散员都指挥使李彦卿，军校何福进、王全斌等，尚随着唐主，挺刃血战。唐主亦冒险格斗，杀死乱兵百余人，突有一箭飞来，正中唐主面颊，唐主痛不可忍，几乎晕倒。鹰坊人善友，见唐主中箭，忙上前扶掖，还至绛霄殿庑下，拔去箭镞，流血盈身。唐主渴懑求饮，宦官承刘后命，奉进酪浆，一杯才下，遽尔殒命。年才四十二岁。

李彦卿、何福进、王全斌等，见唐主已殂，皆恸哭而去。善友敛乐器覆尸，放起一把无名火，将乐器及唐主遗骸，俱付灰烬，免得乱兵蹂躏，然后遁去。统计唐主称帝，仅及四年，先时承父遗志，灭伪燕，扫残梁，走契丹，三矢报恨，还告太庙，及家仇既雪，国祚中兴，几与夏少康、汉光武相似。偏后来妇寺擅权，优伶乱政，戮功臣，忌族戚，不恤军民，酿成祸患，就是作乱犯上的郭从谦，也是优人出身,平白地令典亲军,致为所弑。这可见女子小人,最为难养,两害相兼,断没有不危且亡哩。伏笔如椽。

刘皇后最得恩宠,闻夫主伤亡,并不出视,亟与唐主第四弟申王存渥,及行营招讨使李绍荣等,收拾金宝,贮入行囊,匆匆出宫,焚去嘉庆殿,引七百骑出狮子门,向西遁走。宫中大乱,纷纷避匿。那朱守殷至此才入,并不设法平乱,先选得宫人三十余名,各令自取乐器珍玩,带回私第,去做那李存勖第二,寻欢取乐去了。夫妻尚且不顾,遑问苍头。各军遂大掠都城,昼夜不息。

是夕李嗣源已至罂子谷,闻唐主凶耗,泣语诸将道:"主上素得士心,只为群小所惑,惨遭此变,我今将何归呢?"好去做皇帝了。诸将当然劝慰,才见收泪。越日,由朱守殷遣使到来,报告京城大乱,请即入抚。嗣源乃引军入洛,暂居私第,禁止焚掠。守殷进见,当由嗣源面语道:"公善为巡徼,静待魏王。淑妃、德妃在宫,淑妃、德妃见十六回。供给尤应丰备!我俟山林葬毕,社稷有主,仍当归藩尽职,为国家捍御北方呢!"真耶!假耶!说至此,即命守殷往收唐主遗骨,在灰烬中拾出,妥加棺殓,留殡西宫。宰相豆卢革、韦说等,即率百官奉笺劝进,嗣源召谕道:"我奉诏讨贼,不幸部曲叛散,意欲入朝自诉,偏为绍荣所遏,披猖至此,我本无他意,今为诸君所推,殊非知己,幸勿复言!"于是驰书远近,报告主丧。

魏王继岌,因蜀乱稽延,至此始至兴平,得悉洛阳变乱,恐嗣源不能相容,复引兵西行,谋保凤翔。西京推官张昭远,劝留守张宪,上劝进表,宪慨然道:"我一书生,自布衣至服金紫,均出先帝厚恩,怎可偷生怕死,背主求荣呢?"昭远感泣道:"公能如此,忠义不朽了!"先是晋阳城中,曾由唐主遣吕、郑二幸臣,监督兵赋,至是又有唐主近属李存沼,自洛阳奔至晋阳,与吕、郑二人密谋,拟害死张宪,据住晋阳。汾州刺史李彦超,得知消息,即劝宪先发制人。宪又说道:"仆受先帝厚恩,不忍出此,若为义亡身,乃是天数,怎得趋避呢!"未免近迂。彦超趋出,免不得与将士叙谈,将士不待命令,乘夜起事,杀毙存沼,及吕、郑二人。宪闻变起,出奔忻州。适值洛都使至,出嗣源书,由彦超号令士卒,城中始安。当即遣回洛使,奉表劝进。都中百官,又三次上笺,请嗣源监国。嗣源始允,入居兴圣宫,百官班见,下令称教。后宫尚存侍女千余人,宣徽使选得数百名,献诸嗣源。嗣源道:"留此何用?"宣徽使答道:"宫中使令,亦不可阙。"嗣源道:"宫中充使,宜谙故事。此辈年少无知,不能充选。"乃悉令出宫还家,无家可归,令戚党领去。另用老旧宫人,分掌各职。即用安重诲为枢密使,张延朗为副使。延朗本梁旧臣,善事权要,与重诲相结,所以引入。

嗣源又令内外有司,访求诸王。永王存霸,系唐主存勖次弟,本留守北京,李绍荣自洛阳奔出,撇去刘后,欲往依存霸,行至平陆,为野人所执,送往

第十九回　郭从谦突门弑主　李嗣源据国登基

虢州，刺史石潭，击断绍荣足骨，置入囚车，解至洛阳。嗣源怒骂道："我儿有何负汝，乃遭汝毒手？"绍荣道："先皇帝有何负汝，乃叛命入都？"嗣源怒甚，即命推出斩首。还有通王存确，雅王存纪，系唐主季弟，逃匿民间，安重诲查有着落，即与李绍真密谋，遣人杀死二王，免人属目。过了月余，嗣源方才闻知，切责重诲，但已不能重生，只好付诸一叹罢了。也是一番假慈悲。

存渥与刘后奔晋阳，途次昼行夜宿，备历艰辛。刘后因绍荣他去，只恐存渥也即分离，索性相依为命，献身报德。存渥见嫂氏多姿，虽已三十余龄，风韵不减畴昔，乐得将错便错，与刘后结成露水缘。妇人之坏，无所不至。及抵晋阳，李彦超不纳存渥，存渥走至凤谷，被部下所杀。刘后无处存身，没奈何削发为尼，就把怀金取出，筑一尼庵，权作羁栖。偏监国嗣源，不肯轻恕，竟遣人至晋阳，刺死刘后。一代红颜，到此才算收场。无非恶贯满盈。

北京留守永王存霸，闻兄弟多遭杀戮，自然寒心，即弃镇奔晋阳，往依彦超，愿为山僧。彦超欲奏取进止，偏部众不肯纵容，定要置他死地。存霸骇极，即祝发披缁，潜出府门，奈被军士阻住，拔刀斫去，死于非命。薛王存礼，是唐主三弟，与唐主子继潼、继漳、继憺、继峣等，俱不知所终。惟唐主介弟存美，素有风疾，幸得免死。克用本有七子，只一存美仅存，存勖五子，四子未知下落。

继岌行至武功，宦官李从袭，又劝继岌驰赴京师，往定内难。继岌又复东行，到了渭河。西都留守张籛，折断浮桥，不令东渡，乃只好沿河东趋，途中随兵，陆续奔散，从袭又语继岌道："大事已去，福不可再，请王早自为计。"继岌彷徨泣下，徐语李环道："我已道尽途穷，汝可杀我。"环迟疑多时，乃语继岌乳母道："我不忍见王死，王若无路求生，当卧榻踣面，方可下手。"乳母泣白继岌，继岌面榻偃卧，环遂取帛套颈，把他缢死。从袭自往华州，也为都监李冲所杀。任圜后至，收集余众，得二万人还洛。嗣源命石敬瑭慰抚，军士皆无异言，各退还原营。

百官因继岌已死，仍累表劝进。嗣源始有动意，大行赏罚，先责租庸使孔谦奸佞苛刻，将他处斩。废去租庸使名目，悉除苛政。又罢诸道监军使，历数宦官劣迹，令所在地一概加诛。李绍真总决枢机，擅收李绍钦、李绍冲下狱。安重诲语绍真道："温、段罪恶，皆在梁朝，今监国新平内乱，冀安万国，岂专为公复仇么？"绍真意沮，乃禀明监国，复两人姓名为段凝、温韬，放归田里。召孔循为枢密使。循与绍真，皆入白监国，请改建国号。嗣源道："我年十三事献祖，即存国昌，见十四回。献祖因我关宗属，视我犹子，又事太祖、指克用，亦见十四回。先帝垂五十年，经营攻战，未尝不预。太祖基业，就是我的基业，先帝天下，就是我的天下，那有同家异国的道理？当令执政更议！"礼部尚书李琪，承旨入对道："若改国号,是先帝成为路人,梓宫何所依托? 不但殿下不忘三世旧君,就是我辈人臣,问心也自觉不安! 前代以旁支入继,不一而足,请用嗣子柩前即位礼,才算得情义两全了。"嗣源称善,群议乃定。

过了两日,嗣源自兴圣宫转赴西宫,自服斩衰,至柩前即位,百官俱服缟素,既而御衮冕受册,百官皆改着吉服,行朝贺礼,颁诏大赦。即改同光四年为天成元年。酌留后宫百人,宦官三十人,教坊百人,鹰坊二十人,御厨五十人,自余任从他适。中外毋得献鹰犬奇玩,诸司有名无实,一体裁革。分遣诸军就食近畿,减省馈运,除夏秋税省耗,各道四节供奉,不得苛敛百姓,刺史以下,不得贡奉。封赏百官,进任圜同平章事,复李绍真、李绍虔、李绍英等姓名,仍为霍彦威、房知温、杜晏球。晏球又自称为王氏子,仍复姓王。又有河阳节度使夏鲁奇,洺州刺史米君立,本由唐主李存勖赐姓名为车绍奇、李绍能,至是俱复原姓名,听郭崇韬归葬,赐还朱友谦官爵,安葬先帝李存勖于雍陵,庙号庄宗。小子有诗叹道:

得国非难保国难,霸图才启即摧残。
沙陀派接虽犹旧,毕竟雍陵骨早寒!

朝廷易主,庶政维新。欲知后事,请看下回续叙。

唐主存勖,不死于他人,而独死于伶人郭从谦之手,天之留示后世,何其微而显也! 堂堂天子,宁有与优人为戏,足以治国平天下者? 其遇弑也,正天之所以加谴也! 然则李嗣源果为无罪乎? 曰:薄乎云尔,恶得无罪。嗣源为部众所逼,拥入邺都,尚出于不得已,及移檄会兵,进据大梁,无君之心,固已暴露,入洛以后,何不亟诛首逆,为故主复仇? 且魏王在外,未尝遣使奉迎,通、雅二王,由安重诲、霍彦威等,定谋致毙。徒以一责了事,自饰逆迹,古人所谓欲盖弥彰者,可为嗣源论定矣。至若存霸之死于晋阳,继岌之死于渭南,且未闻一言痛悼,并假面具亦揭去矣。百僚劝进,靦然即真,谓非篡逆得乎? 读是回毕,当下一断词曰:弑庄宗者为郭从谦,令从谦得弑庄宗者实李嗣源!

第二十回　立德光番后爱次子
　　　　　　　杀任圜权相报私仇

却说李嗣源即位以后,更张庶政,改易百官,宰相任圜,尽心佐治,朝纲渐振,军民各饱食无忧。邺都守将赵在礼,却请唐主嗣源,转幸邺都。唐主

第二十回　立德光番后爱次子　杀任圜权相报私仇

颇以为疑,徙在礼为义成节度使。在礼不肯离邺,但表称军情未协,乃改拜邺都留守兴唐尹。尚有从马直指挥使郭从谦,本是个弑君首恶,唐主嗣源入都,并未过问,仍复旧职。既而出调为景州刺史,乃遣使加诛,并令夷族。入洛时,并未声讨,直至后来诛夷,转若罚非其罪,赵在礼明是乱首,乃一意优容,嗣源之心不大可见耶。嗣源自不知书,四方奏事,统令安重诲旁读。重诲亦不能尽通,因奏请选用文士,上供应对。乃命翰林学士冯道、赵凤,俱充端明殿学士。端明学士的职位,向无此官,至是创设。唐主因侍读得人,使重诲兼领山南东道节度使。重诲奏言襄阳重地,不可乏帅,未便兼领,因此表辞。唐主始收回成命。但重诲自恃功高,未免挟权专恣,盈廷大臣,又要从此侧目了。奈何不鉴郭崇韬!

这且慢表,且说契丹主阿保机,自沙河败退,未敢入寇。见十四回。同光年间,反遣使聘唐通好,唐亦释嫌馆使,优礼相待。阿保机南和东战,恰出击渤海,进攻扶馀城。适唐廷遣使姚坤,至契丹告哀,且报明新主嗣位。阿保机尚未返西楼,由番官伴坤东行,往谒行幄。坤入帐中,但见阿保机锦袍大带,与妻述律氏对坐。俟坤行过了礼,便启问道:"闻尔河南北有两天子,可真么?"坤答道:"天子因魏州军乱,命总管李令公往讨,不幸变起洛阳,御驾猝崩。总管返兵河北,赴难京师,为众所推,勉副人望,现已正位有日了。"

阿保机闻言变色,突然起座,仰天大哭道:"晋王与我约为兄弟,河南天子,就是我兄弟的长儿,今果因变致么。我闻中国有乱,未知确实,正拟率甲马五万,来助我儿,只因渤海未除,坐此迁延,哪知我儿竟长逝了!"说毕复哭,哭毕复说道:"我儿既殁,理应遣人北来,与我商量,新天子怎得自立?"仿佛是无赖徒口吻。坤又道:"新天子统师二十年,位至大总管,所领精兵三十万,上应天时,下从人欲,哪里还好延宕呢?"阿保机尚未及言,长子突欲,一作托允。入帐指驳道:"唐使不必多渎,尔新天子究臣事故主! 擅自称尊,岂不为过!"坤正色道:"应天顺人,岂徇匹夫小节,试问尔天皇王得国,究由何人授受? 难道也是强取么!"突欲不能再驳,只好默然。阿保机乃和颜语坤道:"理亦应尔。"随即廷坤旁坐,徐语坤道:"我闻此儿有宫婢二千人,乐官千人,放鹰走狗,嗜酒好色,任用不肖,不惜人民,应该遭祸致败。我得知消息,即举家断酒,解放鹰犬,罢散乐官,若效我儿所为,亦将同归覆没了!"外人尚知借鉴,所以渐臻强盛。坤答道:"今新天子圣明英武,剔清宿弊,庶政一新,即位才经旬月,海内慰望,亿兆咸怀。天皇王诚有心修好,令南北人民,共享太平,岂不甚善!"阿保机道:"我与汝新天子并无宿怨,不妨修好,但须割河北地归我,我从此决不南侵,与汝国长敦睦谊了!"坤又说道:"这非使臣所敢与闻!"阿保机复道:"河北不肯让我,但与我镇、定、幽州,也算了事。"说至此,从案上取过纸笔,令草让书。坤朗声道:"外臣为告哀来此,岂为割地来么?"遂缴还纸笔,不肯草写。

阿保机将他拘住,不使南归。及夺得扶余城,改名东丹国,留长子突欲镇守,号为人皇王,挈次子德光回国,号为元帅太子,途次遇病,竟致殁世。由皇后述律氏护丧返西楼,突欲亦奔丧归来。当由述律氏召集部酋,商议继统问题。述律后素爱德光,至是命二子乘马,俱立帐前,乃宣告诸部酋道:"二子皆我所爱,未知所立,还请汝等审择一人。如已审择得宜,可趋前执辔。"说至此,以目斜视德光,诸酋长素惮雌威,瞧着述律后形状,已经窥测意旨,便各趋德光马前,握住马缰。述律后喜道:"众志从同,我怎敢故违?"遂立德光为契丹嗣主。舍长立次,究属未当。令突欲仍归东丹,一面释出唐使姚坤,令他归国报丧。

坤还洛都,报明唐主嗣源,唐主以使臣得归,不便决裂,乃遣使吊问。德光尊述律氏为太后,送阿保机归葬木叶山,庙号太祖。述律太后征集各酋长夫妻,一同会葬,临葬时,问诸酋长道:"汝等思先帝否?"诸酋长自然同声道:"我等受先帝恩,怎得不思?"述律太后微笑道:"汝等既思先帝,我当令汝相见地下。"遂指令左右,引诸酋长至墓前,杀死殉葬。各酋长妻皆失色大恸。述律太后又传谕道:"汝等不得多哭,我今寡居,汝等岂可不效我么?"全没道理。各酋长妻无法违拗,只好退去。述律太后见左右桀黠,又常与语道:"为我传达先帝!"说毕,即牵至阿保机墓前,杀毙了事。前后被杀,不下百数,最后轮到阿保机宠臣赵思温,独不肯行。述律太后道:"汝尝亲近先帝,怎得不往?"思温答道:"亲近莫如皇后;太后若行,臣自当相随!"此子可谓有胆。述律太后道:"我非不欲追随先帝,侍奉地下,但因嗣子幼弱,国家无主,所以不便往殉呢。"道言未已,竟取剑截去左腕,令左右携置墓中。恰是一奇。赵思温竟得免死。

述律太后临朝谕政,大小国事,均由裁决,仍令韩延徽为政事令,见第十一回。纳侄女为德光帝后。德光性颇孝谨,每遇太后有恙,忧急异常,甚至不进饮食,太后疾愈,仍复常度。礼失求野,所以叙及。越三年始改元天显。述律太后素有智谋,德光亦勇略过人,所以雄长北方,依然如旧,并不闻有甚么大变哩。惟契丹卢龙节度使卢文进,由唐主嗣源遣人游说,谓易代以后,无复嫌怨,何不归朝!文进部下皆华人,闻言思归,不由文进不从,乃率众归唐。文进降契丹亦见第十一回。唐主令为义成军节度使,寻复徙镇威胜军,加授同平章事,这真所谓特别宠荣了。

是时蜀亡岐降,吴尚照旧。岭南镇将南海王刘岩,因兄隐死后,承袭旧封。梁末建国号越,自称皇帝,改元乾亨。寻又改国号汉,更名为陟。尝与唐

第二十回　立德光蕃后爱次子　杀任圜权相报私仇

主存勖书,自称大汉国主。唐廷令改定国书,汉使何词不从,返报汉主。谓唐主骄淫,必不能久,汉主遂与唐绝好。南诏与汉境接壤,当时酋长蒙氏,为部下郑旻所灭,改国号为长和。旻遣使郑昭淳至汉,献上朱鬃白马,并乞和亲。汉王赐昭淳宴,赋诗属和,昭淳随口吟咏,压倒汉臣。汉主乃以兄女增城公主,遣嫁郑旻。其实旻已有后马氏,就是楚王马殷女,那增城公主到了长和,无非是备作媵嫱罢了。既而汉南宫忽现白龙,汉王应瑞改名,易陟为龑。有胡僧呈入谶书,谓灭刘者龑,汉主乃更采飞龙在天的意义,杜造一个龑字,定音为俨,取以为名。白龙已不足信,至自造名字,更属无谓。未几,与楚失和,楚人入攻封州,龑颇有惧意,筮易得"大有卦",乃改元大有,遣将苏章救封州,用诱敌计,尽覆楚军。楚王马殷,乃遣使贡唐,联唐拒汉,自是楚汉相持,各按兵不动。

　　汉东就是福建,自王审知受梁封爵,称号闽王。同光三年,审知病殁,子延翰嗣,受唐封为节度使。至庄宗遇弑,中原多故,延翰也建国称王,表面上尚奉唐正朔。只是延翰好色,妻崔氏貌甚丑陋,却异常妒悍,延翰广选良家女,充当妾媵,被崔氏接连加害,一年中伤毙至八十四人,崔氏为冤鬼所祟,也致暴亡。延翰得拔眼中钉,很是欣幸,乐得淫纵暴虐,任所欲为。弟延钧上书极谏,反被黜为泉州刺史。延钧很是不平,便与延禀私下设谋,欲杀延翰。延禀为审知养子,本姓周氏,原名彦琛,素与延翰有隙,曾任建州刺史,此次遂合兵进袭福州。延禀先至,缘城得入。延翰为色所迷,一些儿未曾预闻,至延禀突入宫门,方惊走床后。延禀早已瞧着,令部兵牵出门外,面数罪状,将他杀死。即开城迎纳延钧,推为留后。延钧仍令延禀还守建州,一面详报唐廷。唐封延钧为闽王。但闽已立国,与汉相似,不过汉已绝唐,闽尚臣唐,所以后唐天成元年,分为四国三镇。唐、吴、汉、闽为四国,吴越、荆南、湖南为三镇,吴、汉不服唐命,此外还算称臣唐室,列作屏藩。此段是补叙文字,亦即是点醒文字,遥应前第三回,表明大势沿革。但荆南节度使南平王高季兴,与唐是阳奉阴违,当唐师伐蜀时,曾命充西川东南面行营招讨使,见十七回。他却请自取夔、忠、万、归、峡等州,唐庄宗当然允许。哪知他实作壁上观,按兵不发。嗣闻蜀已被灭,不禁大惊道:"这是老夫的过失哩!"司空梁震道:"唐主得蜀,势必益骄,骄必速亡,何足深虑!且安知不为吾福?"季兴乃放着大胆,竟遣兵士截住江中,遇有唐吏押解蜀物,送往洛阳,即就中途邀劫,夺得蜀货四十万,并杀死唐押牙官韩珙等十余人,会唐都大乱,不暇过问。至嗣源即位,遣人诘问季兴,季兴满口抵赖,只说是押官覆溺,当问水神。嗣源闻报,未免含愤,但因即位未久,不便劳师进讨。哪知季兴得步进步,且乞将夔、忠、万等州,归属荆南。唐主嗣源,还是含忍优容，勉强允许，惟刺史须由唐廷简放。偏季兴先袭踞夔州，拒绝唐官。那时唐主忍耐不住，遥饬襄州镇帅刘训为招讨使，进攻荆南。老天似暗助季兴，竟连日霪雨，不肯放晴，刘训部军，多半病疫，且因粮运不继，没奈何引兵退还。季兴遂并取忠、万、归、峡四州，已而唐将西方邺，突出奇兵，把夔、忠、万三州夺还，更欲入攻荆南，季兴才有惧意，竟举荆、归、峡三州，向吴称臣去了。同一称臣，何必舍北逐南。

唐相豆卢革、吴说，为谏议大夫萧希旨所劾，说他不忠故主，一并罢职，朝政悉令任圜主持。枢密使孔循，独荐引梁臣郑珏，得擢为相，寻又荐入太常卿崔协，任圜以协无相才，拟改用吏部尚书李琪。偏郑珏与琪不协，极力阻挠，安重诲又袒护郑珏，与任圜屡起龃龉。一日在御前争议，任圜愤然道："重诲未悉朝中人物，为人所卖，协虽出名家，识字无多，臣方愧不学，谬居相位，奈何复添入崔协，惹人笑议！"唐主嗣源道："宰相位高责重，应仔细审择。朕前在河东时，见冯书记博学多材，与人无忤，看来且可任为相呢。"语毕退朝。孔循面带愠色，拂衣先走，且行且语道："天下事统归任圜，究竟任圜有甚么才能？如果崔协暴死，也不必说了；协如不死，总要入相，看任圜如何对待呢？"全是蛮话。嗣是好几日称疾不朝。唐主令重诲慰谕，方入朝莅事，重诲私语任圜道："现在朝廷乏人，姑令崔协备员，想亦无妨。"圜答道："公舍李琪，相崔协，好似弃苏合丸，取蛣蜣粪了。"重诲不答，心中很是不乐，每与孔循相结，毁琪誉协，唐主竟为所蒙，命冯道、崔协同平章事。看官！你想圜既短协，协必嫉圜，两人共掌朝纲，还能和衷共济吗？圜奈何还不辞职！

任圜自蜀入相，兼判三司，素知成都富饶，前时除犒军外，尚余钱数百万缗，乃遣太仆卿赵季良，为三川制置转运使，令送犒军余钱至京使。西川节度使孟知祥，怒不奉命，但因季良旧交，留居蜀中，不使任事。知祥妻李氏，系唐庄宗从姊，曾封琼华长公主，自与董璋分镇两川，内恃帝戚，外拥强兵，权势日盛，及季良至蜀，不得输送犒军余钱，唐廷颇加疑忌。安重诲尤欲设法除患，客省使李严，自请为西川监军，严母面谕道："汝倡谋伐蜀，侥幸成功。今日尚好再往么？"严谓食君禄，当尽君事，竟不遵母教，得请即行。得意不宜再往，此去真是送死了。既至成都，知祥盛兵出迎，入城与宴，酒至半酣，知祥勃然道："公前奉使王衍，归即请公伐蜀，庄宗信用公言，遂致两川俱亡，今公复来，蜀人能不怀惧么？况现今各镇，俱废监军，公独来监我军，究是何意？"严方欲答辩，知祥已顾部将王彦铢，令他动手。彦铢率严下座，严始惶恐乞哀。知祥道："蜀人俱欲杀公，并非出自我意，公亦知众怒难违吗？"遂不由分说，竟被彦铢推至阶下，一刀两段。遂上表唐廷，诬严他罪，且请授赵季良为节度副使。

第二十回　立德光番后爱次子　杀任圜权相报私仇

唐主嗣源,尚欲以恩信羁縻,再遣客省使李仁矩赴蜀慰谕。并因琼华公主及知祥子昶,尚留住都中,亦命仁矩乘便送去,知祥总算厚待仁矩,遣归洛阳,申表称谢,但心中已不免藐视唐廷了。<u>为后文伏案。</u>

时平卢军校王公俨作乱,幸得讨平,公俨伏诛,支使官名。韩叔嗣坐党并死。叔嗣子熙载奔吴,邺都军亦蠢然思动,留守赵在礼恐不能制,密求移镇。唐主徙在礼为横海节度使,授皇甫晖为陈州刺史,赵进为贝州刺史,遣皇次子从荣镇守邺都。卢台兵变,由副招讨使房知温,与马军指挥使安审通,合兵围击,才得荡平。

宰相任圜,与安重诲同议内外重事,多半不合,唐主因敉平外乱,多出重诲主张,所以专信重诲。向例使臣出四方,必由户部给券,重诲拟改从内出。任圜与他力争廷前,声色俱厉,唐主也看不过去,怏怏入内。适有宫嫔接着,见唐主含有怒意,便问道:"陛下与何人议事,声彻内廷?"唐主说是宰相任圜,宫嫔道:"妾在长安宫中,从未见宰相奏事,如此放肆,莫非轻视陛下不成?"想是花见羞,详见下文。唐主被她挑拨,愈滋不悦,卒从重诲言。圜因求罢,遂免他相职,令为太子少保,圜心不自安,更请致仕,也由唐主允准,退老磁州。<u>已经迟了。</u>

嗣因唐主出巡汴州,行至荥阳,民间讹言纷起,都说车驾将调迁镇帅。朱守殷正出镇宣武军,颇怀疑惧。判官孙晟,劝守殷先发制人,守殷遂召都指挥使马彦超,与谋叛命。彦超不从,守殷便砍死彦超,登城拒守。唐主急遣宣徽使范延光往谕,延光道:"往谕何益,不如急攻。否则彼得缮备,反致城坚难下了。臣愿得五百骑速趋汴城,乘他无备,方可收功。"唐主乃拨骑兵五百,星夜前往,飞驰二百里,到了大梁城下,天尚未明,喊声动地。守殷从睡梦中惊醒,急忙号召徒众,开城搦战,两下里杀到黎明,御营使石敬瑭,又率亲军趋至,杀得汴军人仰马翻。守殷正要退回,遥见有一簇人马,拥着黄盖乘舆,呼喝前来。不由的意忙心乱,策马返奔,哪知城上已竖起降旗,守兵一齐拥出,向前迎降,眼见是禁遏不住,无路可归,没奈何拔刀自刎,血溅身亡!<u>死有余辜。</u>

唐主入城,搜诛余党,共死数十百人,独孙晟乘间逃脱,径奔淮南。安重诲尚恨任圜,诬称圜与守殷通谋,密遣供奉官王镐赴磁州,矫制赐任圜自尽。圜受命怡然,聚族酣饮,然后仰药自杀。圜系京兆人氏,素有政声,相业卓著,不幸抗直遭谗,无辜毕命。小子有诗叹道:

　　　　折槛留旌抗直臣,汉成庸弱尚知人。
　　　　如何五季称贤辟,坐使忠良枉杀身!

重诲既矫制杀圜,然后出奏,究竟唐主嗣源如何主张? 待至下回说明。

本回多叙外事，是前后过渡文字，前数回是专叙后唐，无暇述及外情，即如灭蜀一段，亦系唐廷直接用兵，唐为主，蜀固为客也。此回叙契丹事，兼及南方各镇，是契丹为主，而各镇为客，经此一回表明，则既足顾应上文，俾阅者知所沿革，下文因事叙人，自不至无绪可寻矣。至若孟知祥之杀李严，及平卢之乱，邺都之乱，汴州之乱，俱用简笔叙过，绝不渗漏。而任圜柱死，即顺手带出，后唐贤相莫如圜，特别提明，正所以表其贤而惜其死也。

第二十一回　王德妃更衣承宠
　　　　　　唐明宗焚香祝天

却说唐主李嗣源，宠任枢密使安重诲，连他矫制与否，亦未尝过问。重诲冤杀任圜，才行奏闻，唐主反诏数圜罪，说他不遵礼分，潜附守殷，应该处死。惟骨肉亲戚仆役等，并皆赦罪云云。在唐主的意见，还算是格外矜全，其实已为重诲所蒙蔽，枉害忠良了。

重诲为佐命功臣，因此得宠。还有一个后宫宠妃，与重诲阴相联络，每在唐主面前，陈说重诲好处，唐主益深信不疑。原来唐主正室，系是曹氏，只生一女，封永宁公主，次为夏氏，生子从荣、从厚，妾为魏氏，就是从珂生母，由平山掳掠得来。见前文。又有一个王氏女，出自邠州饼家，为梁将刘鄩所买，作为侍儿，及年将及笄，居然生成一副绝色，眉如远山，目如秋水，鼻似琼瑶，齿似瓠犀，当时号为"花见羞"。得鄩钟爱，鄩死后，此女无家可归，流寓汴梁。适嗣源次妻夏夫人去世，另求别耦。有人至安重诲处，称扬王氏美色，重诲即转白嗣源，嗣源召入王氏，仔细端详，果然是艳冶无双，名足称实。虽王氏行谊不同刘后，但也是一朝尤物。从来好色心肠，人人所同，难道唐主嗣源，见了美色，有不格外爱怜么？况王氏身虽无主，尚带得遗金数万，至此多赍给嗣源。嗣源既得丽姝，又得黄金，自然喜上加喜，宠上加宠。即位未几，封曹氏为淑妃，王氏为德妃。

王氏尚有余金，又赠遗嗣源左右，与嗣源诸子。大家得了钱财，哪个不极口称赞，并且王氏性情和婉，应酬周到，每当嗣源早起，盥栉服御，统由她在旁侍奉，就是待遇曹淑妃，亦必恭必敬，不敢少忤。及曹淑妃将册为皇后，密语王氏道："我素多病，不耐烦劳，妹可代我正位中宫。"王氏慌忙拜辞道："后为帝匹，即天下母，妾怎敢当此尊位呢？"初意却还可取。既而六宫定位，曹氏虽总掌内权，如同虚设，一切处置，多出王氏主张。

王氏既已得志，倒也顾念恩人，如遇重诲请托，无不代为周旋。重诲有数

第二十一回　王德妃更衣承宠　唐明宗焚香祝天

女,经王氏代为介绍,欲令皇子从厚娶重诲女为妇,唐主恰也乐允。偏重诲入朝固辞,转令王氏一番好意,无从效用。看官阅此,几疑安重诲是个笨伯,有此内援,得与后唐天子,结作儿女亲家,尚然不愿,岂不是转惹冰上人懊怅么?哪知重诲并非不愿,却是受了孔循的愚弄。循也有一女,方运动作太子妃,一闻重诲行了先着,不禁着急起来,他本是刁猾绝顶的人,便往见重诲道:"公职居近密,不应再与皇子为婚,否则转滋主忌,恐反将外调呢。"重诲是喜内恶外,又与循为莫逆交,总道是好言进谏,定无歹意,因此力辞婚议。聪明反被聪明误。循遂托宦官孟汉琼,入白王德妃,愿纳女为皇子妇。王氏因重诲辜负盛情,未免介意,此时由汉琼入请,乐得以李代桃,便乘间转告唐主,玉成好事。重诲渐有所闻,才觉大怒,即奏调孔循出外,充忠武军节度使,兼东都留守,唐主勉从所请。

可巧秦州节度使温琪入朝,愿留阙下。唐主颇喜他恭顺,授为左骁卫上将军,别给廪禄。过了多日,唐主语重诲道:"温琪系是旧人,应择一重镇,俾他为帅。"重诲答道:"现时并无要缺,俟日后再议。"又隔了月余,唐主复问重诲,重诲勃然道:"臣奏言近日无阙,若陛下定要简放,只有枢密使可代了。"唐主亦忍耐不住,便道:"这也无妨,温琪岂必不能做枢密使么?"重诲也觉说错,无词可对。谁叫你如此骄横。温琪得知此事,反暗生恐惧,好几日托疾不出。

成德节度使王建立,亦与重诲有隙,重诲说他潜结王都,阴怀异志。建立亦奏重诲专权,愿入朝面对。唐主即召令入都,建立奉诏即行,驰入朝堂,极言重诲植党营私,且说枢密副使张延朗,以女嫁重诲子,得相援引,互作威福。唐主已疑及重诲,又听得建立一番奏语,当然不乐,便召重诲入殿。重诲也含怒进来,惹得唐主愈加懊恼,便顾语重诲道:"朕拟付卿一镇,暂俾休息,权令王建立代卿,张延朗亦除授外官。"重诲不待说毕,厉声答道:"臣披除荆棘,随陛下已数十年,值陛下龙飞九重,承乏机密,又阅三载,天下幸得无事,一旦将臣摈弃,移徙外镇,臣罪在何处?敢乞明示!"唐主愈怒,拂袖遽起,退入内廷。

适宣徽使朱弘昭入侍,便与语重诲无礼,弘昭婉奏道:"陛下平日待重诲如左右手,奈何因一旦小忿,遽加摈斥,臣见重诲语多拗戾,心实无他,还求陛下三思!"唐主怒为少霁,越日复召入重诲,温言抚慰。建立乃陛辞归镇,唐主道:"卿曾言入分朕忧,奈何辞去?"建立道:"臣若在朝,反累陛下动怒,不若告辞!"唐主道:"朕知道了。"会同平章事郑珏,表请致仕,有诏允准,即令建立为右仆射,兼同平章事。

既而皇子从厚纳孔循女为妃,循乘便入朝,厚赂王德妃左右,乞留内用。

安重诲再三奏斥，仍促令赴镇。皇侄从璨素性刚猛，不为人屈。从前唐主幸汴，往讨朱守殷，留他为皇城使，他召客宴会节园，酒后忘情，戏登御榻，当日并无人纠弹，蹉跎年余，反由重诲提出劾奏，贬为房州司户参军，寻且赐死。此外挟权胁主，党同伐异，尚难尽述。

义武节度使王都，在镇十余年，因与庄宗结为姻亲，曾将爱女嫁与继岌，所以累蒙宠眷，属州得自除刺史，所出租赋，皆赡本军。至庄宗已殁，继岌自杀，唐主嗣源即位，尚是曲意优容，不加征索，独安重诲屡加裁抑，且说他逼父夺位，心不可问，因之唐主亦随时预防。会契丹屡次犯塞，唐廷调兵守边，多屯驻幽、易间，免不得仰给定州，都不愿输运，遂有异图。再加心腹将和昭训，劝都为自全计，都即遣人至青、徐、歧、潞、梓五镇，赍投蜡书，约同起事。偏五镇概不答复，令都孤掌难鸣，乃复募得说客，令劝北面副招讨使王晏球。晏球不但不从，反飞表唐廷，报称都反。唐主便命晏球为招讨使，发诸道兵进攻定州。

都至此已势成骑虎，不能再下，只好纠众拒守。不反乌乎死，不死乌能泄养父遗恨！一面向奚酋秃馁处求救，啗以重赂，秃馁遂率万骑来援，突入定州。晏球见番兵气盛，不如让他一舍，退保曲阳。那秃馁即扬扬自得，与都合兵进攻。将至曲阳附近，伏兵猝发，左右夹击，把秃馁等一鼓杀退。晏球乘胜追击，拔西关城，作为行府，令祁、易、定三州土民，输税供军。都与秃馁困守孤城，呼秃馁为馁王，屈身奉事，求他设法免患。秃馁乃替他乞师契丹，契丹亦发兵相助。都遣部将郑季璘、杜弘寿等，往迎契丹军，适被晏球侦悉，潜师邀击，把季璘、弘寿一并擒回，斩首示众。

都益觉气沮，至契丹兵到，方与秃馁开城相会，合兵袭破新乐，复逼曲阳。晏球凭城遥望，见来军轻佻不整，可以力破，便召集将校，指示敌隙，方下城宣谕道："王都恃有外援，跃马前来，我看他趾高气扬，必然无备，可一战成擒哩。今日乃诸军报国的时间，宜悉去弓矢，概用短兵接战，不得回顾，违令立斩！"此令一下，全军应命，当即开城出战，骑兵先驱，步兵继进，或奋挝，或挥剑，或持斧，或挺刃，不管甚么死活，一齐冲杀过去。晏球在后督战，有进无退，任你番骑精壮得很，也被杀得七零八落，死亡过半，余众北遁，都与秃馁，拚命逃还。

契丹败卒，走回本国，途中又被卢龙军截杀一阵，只剩得寥寥无几，脱归告败。契丹主耶律德光，再遣酋长惕隐一作特哩衮，系契丹官名。来救定州，又为王晏球杀败，仍然遁回。卢龙节度使赵德钧，复遣牙将武从谏，埋伏要路，截住归踪。惕隐不及防备，被从谏突出一枪，搠落马下，活捉而去；并擒得番目五十人，番兵六百人。赵德钧遣使献俘，解至洛都。廷臣请骈戮示威，唐主道："此等皆虏中骁将，若尽加诛戮，使彼绝望，不如暂行留存，藉纾边患。"乃

第二十一回　王德妃更衣承宠　唐明宗焚香祝天

赦惕隐及番目五十人，余六百人一体处斩。

契丹两次失败，不敢再入。唐主即遣使促晏球攻城，晏球与朝使联辔并行，至定州城下，指阅形势，扬鞭密语道："此城如此高峻，就使城主听外兵登城，亦非梯冲所及，徒丧精兵，无损贼势，不若食三州租赋，爱民养兵，静俟内溃，自可不战而下了。"确是将略。朝使返报唐主，唐主乃不再催逼。好容易过了残年，直至次年即天成四年。二月，定州内乱，都指挥使马让能，开城迎纳官军，晏球麾军直入，都阔家自焚。负心人应该如此。秃馁被唐军擒住，械送大梁，就地枭首。贪小失大。晏球振旅而还，已而入朝，唐主褒劳有加。晏球口不言功，但说是久劳馈运，不免怀惭，因此益契主心，拜为天平军节度使，兼中书令，未几又徙镇平卢，寻即病逝。追赠太尉。晏球虽是两朝臣，但将略可称，故特详叙。会吴丞相徐温病殁，吴主杨溥，自称皇帝，改元乾贞，追尊行密为太祖武皇帝，渥为烈宗景皇帝，隆演为高祖宣皇帝，授徐知诰太尉兼侍中，拜温子知询为辅国大将军，兼金陵尹。因荆南高季兴称藩表贺，特封秦王。应前回。季兴侵楚，至白田击败楚师，获将吏三十四人，献入吴国。楚王马殷，遣使诉唐，且请建行台。唐封殷为楚国王，殷始升潭州为长沙府，立宫殿，置百官，命弟宾为静江军节度使，子希振为武顺军节度使，次子希声，判内外诸军事，姚彦章为左相，许德勋为右相，整兵添戍，控制边疆。

吴主杨溥，闻唐楚相结，遣使与唐修好，国书中自称皇帝。安重诲谓杨溥敢与朝廷抗礼，遣使窥视，不应延纳，遂将吴使拒绝，吴使自去。杨溥以唐既绝好，索性再发兵攻楚。到了岳州，楚人早已预备，不待吴兵列阵，便迎头痛击，擒得吴将苗璘、王彦章。尚有几个败卒，逃归报知吴主。吴主方有惧色，亟遣人赴楚求和，请放还苗、王二将。楚王殷乃将二将释归，与吴息争。

荆南节度史高季兴死，有子九人，长子从诲，向吴告哀，吴令从诲承袭父职。从诲既得嗣位，召语僚佐道："唐近吴远，务远舍近，终非良策，不如服唐为是。"乃遣使如楚，浼楚王殷代为谢罪，情愿仍修贡职，一面令押牙官刘知谦，奉表唐廷，进赎罪银三千两。唐主许令赦罪，拜从诲节度使，追封季兴为楚王。

先是季兴在日，闻楚得富强，赖有谋臣高郁，乃屡遣门客至楚，进说楚王，阴加反间。楚王殷始终不信，待郁如初。及希声用事，又向楚散布谣言，谓马氏当为高郁所夺，希声已是动疑，又经妻族杨昭遂，谋代郁任，屡向希声前谮郁，希声竟夺郁兵柄，左迁为行军司马，郁愤愤道："犬子渐大，即欲咋人，我将归老西山，免为所噬！"这数语为希声所闻，立矫父命杀郁，并及族党。数语杀身，可见语言不可不慎。是日大雾四塞，马殷深居简出，尚未知郁死耗，及瞧着大雾，方语左右道："我昔从孙儒渡淮，每杀无辜，必遭天变，难道今日有冤死的人么？"翌日始闻郁死，殷拊膺大恸道："我已老耄，政非己出，使我勋旧横罹冤酷，可悲可痛！看来我亦不能长久了。"不死何为。越年殷即病死，年已七十九。

长子希振，因弟握大权，自愿让位，遂由希声承袭父职，报达唐廷。唐以殷官爵俱高，无可追赠，惟赐谥武穆。并授希声为武安、静江等军节度使。希声嗜食鸡汁，每日必烹五十鸡，至送殷安葬，并无戚容，且食尽鸡臁数器，然后出送。礼部侍郎潘起道："从前阮籍居丧，尝食蒸豚，何代没有贤人呢！"希声尚莫名其妙，还道他是赞美词，烹鸡如故。惟去建国成制，复藩镇旧仪，尽心事唐，尚不失畏天事大的意义。且因享国不永，二载即亡，所以保全首领，尚得善终。

此外如吴越王钱镠，当庄宗末年，也据国称尊，改元宝正。后来致安重诲书，语多倨傲，重诲奏遣供奉官乌昭遇、韩玫，出使吴越，传旨诘问。吴越王钱镠，还算照旧接待，不曾摆出帝王的架子，胁迫唐使。及唐使北返，韩玫却诬劾昭遇，说他屈节称臣，向镠拜舞，昭遇竟致枉死。重诲请削镠王爵，但令以太师致仕，所有吴越朝聘使臣，悉令所在系治。镠令子传瓘等上表讼冤，均被重诲揥阻，不得自伸。嗣是重诲身为怨府，连藩镇亦痛心疾首了。死期将至。

惟自唐主嗣源即位后，励精图治，不事畋游，不耽货利，不任宦官，不喜兵革，志在与民更始，共享承平，所以四方无事，百谷用成。唐主改名为亶，表示诚意，且与宰相等从容坐论，谈及乐岁，亦自觉有三分喜色。冯道在旁讽谏道："臣昔在先皇幕府，奉使中山，道出井陉，路甚险阻。臣自忧马蹶，牢持马缰，幸不失坠。及行入坦途，放辔自逸，竟至颠陨。可见临危时未必果危，居安时未必果安，行路尚且如此，何况治国平天下呢！"述冯道语，是不以人废言之意。唐主点首称善，又接口问道："今岁虽是丰年，百姓果家给人足否？"道又答道："凶年患饿毙，丰年伤谷贱，丰凶皆病，惟农家如是。臣尝记进士聂夷诗云：'二月卖新丝，五月粜新谷，医得眼前疮，剜却心头肉。'语虽鄙俚，却曲尽田家情状。总之民业有四，农为最苦，人主最应体恤呢。"

唐主甚喜，命左右录聂夷诗，时常讽诵，差不多似座右铭，且因自己年逾花甲，料不能久，每夜在宫中沐手焚香，向天叩祝道："某本胡人，因天下扰乱，为众所推，权居此位，自惭不德，未足安民，愿天早生圣人，为生民主，俾某早得息肩，乃是四海的幸福了！"相传宋太祖赵匡胤，便是后唐天成二年，降生洛阳的夹马营内。乃父叫作赵弘殷，曾在后唐掌领禁军，至匡胤开国登基，海内才得统一。这都由唐主嗣源，一片诚心，感格上苍，方生此真命天子呢。小子有诗咏道：

敢将诚意告苍穹，一片私心愿化公。
夹马营中征诞降，果然天意与人同。

天成五年二月，唐主复改元长兴。过了二月，河中忽报兵变，逐去节度使李从珂。欲知变乱原因，容待下回分解。

史称唐明宗不迩声色，语难尽信。王德妃为梁将刘鄩侍儿，曾有"花见羞"之美名，至为唐主所得，极承宠眷，尚得谓非好色耶！况唐主纳德妃时，度其年已逾半百，此时已非少壮，尚为美色所迷，盥栉服御，悉出妃手，是其溺情床第，朝夕不离，已可想见。安重诲虽为佐命功臣，而挟权专恣，实由妃酿成之。设重诲不失妃欢，始终固结，吾知在明宗朝，未必其即遭危祸也。自王都受诛，四方无事，亦不过为一时之幸遇。至焚香祝天一事，史家播为美谈，夫既无心为帝，则何不迎立继岌，岂必知继岌之不足治民，乃起而暂代耶？斯时当五季，如天成、长兴之小康，已属仅见，故史官不无溢美之词。本编叙明宗事，瑕瑜并采，毁誉存真，是固犹是董狐史笔也。

第二十二回 攻三镇悍帅生谋
失两川权臣碎首

却说唐主养子李从珂，屡立战功，就是唐主得国，亦亏他引兵先至，才得号召各军，从珂未免自恃，与安重诲势不相下。一日重诲宴饮，彼此争夸功绩，究竟从珂是武夫，数语不合，即起座用武，欲殴重诲。幸重诲自知不敌，急忙走匿，方免老拳。越宿，从珂酒醒，亦自悔卤莽，至重诲处谢过，重诲虽然接待，总不免怀恨在心。度量太窄。唐主颇有所闻，乃出从珂为河中节度使。从珂至镇，性好游猎，出入无常。重诲意欲加害，矫传密旨，谕河东牙内指挥使王彦温，令觑随逐从珂。彦温奉命，会从珂出城阅马，彦温即勒兵闭门，不容从珂入内，从珂叩门呼问道："我待汝甚厚，奈何见拒？"彦温从城上应声道："彦温未敢负恩，但受枢密院密札，请公入朝，不必还城！"从珂没法，只好退驻虞乡，遣使表闻。

唐主毫不接洽，自然召问重诲。重诲不便实陈，诈称由奸人妄言，应速加讨。唐主欲诱致彦温，面讯虚实，乃除授彦温为绛州刺史，促令入朝。看官试想，此时矫诏害人的安重诲，肯令彦温入朝面证么？当下一再请讨，始由西都留守索自通，步军都指挥使药彦稠，率兵往讨彦温。唐主却面嘱彦稠道："彦温拒绝从珂，想是有人主使，汝至河中，须生絷彦温回来，朕当面问底细。"彦稠应命而去，及驰抵河中，彦温尚未悉情由，出城相迎。不料见了彦稠，未曾发言，那刀锋已经过来，好头颅竟被斫去。恐做鬼也莫明其妙。彦稠既杀了彦温,即传首阙下,唐主怒彦稠违命,下敕严责,重诲独出为解免,竟不加罪。明是串通一气。从珂知为重诲所构,诣阙自陈,偏唐主不令详辩,责使归第。重诲再讽令冯道、赵凤等,劾奏从珂失守河中,应加罪谴。唐主道:"我儿为奸党所倾,未明曲直,奈何亦出此言,岂必欲置诸死地么?朕料卿等受托而来,未必出自本意。"道与凤不禁怀惭,无言而退。

翌日由重诲独自进见,仍劾从珂罪状。唐主艴然道:"朕昔为小校时,家况贫苦,赖此儿负石灰,收马粪,得钱养活,朕今日贵为天子,难道不能庇护一儿!卿必欲加他谴责,试问卿将若何处置?"愤懑已极。重诲道:"陛下谊关父子,臣何敢言!惟陛下裁断!"唐主道:"令他闲居私第,也算是重处了,此外何必多言!"重诲更奏保索自通为河中节度使,有诏允准。自通至镇,承重诲意旨,检点军府甲仗,列籍上陈,指为从珂私造。赖王德妃从中保护,从珂因得免罪。看官阅过前回,已知王德妃为了婚议,渐疏重诲。是时德妃已进位淑妃,取外库美锦,造作地毯。重诲上书切谏,引刘后事为戒。这却不得咎重诲。惹起美人嗔怒,始与重诲两不相容。重诲欲害从珂,王德妃偏阴护从珂,究竟枢密权威,不及帷房气焰,重诲尚未知敛抑,特徙磁州刺史康福,出镇朔方。朔方为羌胡出没地,镇帅往往罹害,福受知唐主,为重诲所忌,欲令他出当戎冲,亏得主恩隆重,特遣将军牛知柔、卫审峻等,率万人护送,沿途掩击逆羌,杀获几尽,转令福安抵塞上,大振声威。人各有命,谋害何益?

重诲计不得逞,也只好付诸缓图。偏是一波才了,一波又起,西川节度使孟知祥,雄踞成都,渐露异志,重诲又出预军谋,献上二议,一是分蜀地以铄蜀势,一是增蜀官以制蜀帅。两策不得谓非,可惜调度未善。唐主却也称善,便委重诲调度。重诲令夏鲁奇为武信军节度使,镇治遂州。又割东川中的果、阆二州,创置保宁军,授李仁矩为节度使。并命武虔裕为绵州刺史,各置戍兵。这种处置,实为防备两川起见。东川节度使董璋,首先动起疑来。原来李仁矩曾往来东川,先时因唐主祀天,持诏谕璋,令献礼钱百万缗,仁矩到了梓州,由璋设宴相待,一再催请,至日中尚然未至。璋不禁怒起,带领徒卒,持刃入驿,仁矩方拥妓酣饮,蓦闻璋至,仓皇出见。璋令他站立阶下,厉声呵斥道:"公但闻西川斩李客省,难道我不能杀汝么?"仁矩始有惧意,涕泣拜请,才得乞免。璋乃遣仁矩归,但献钱五十万缗。仁矩本唐主旧将,又与安重诲友善,挟怨归来,极言璋必叛命,重诲因命他出镇阆州,使与绵州刺史武虔裕联络,控制东川。虔裕系重诲表兄,重诲益恃为心腹,密令伺璋。嗣是唐廷屡得密报,竟言璋将发难,重诲又饬武信军节度使夏鲁奇,亟治遂州城隍,严兵为备。

那时董璋很是惊惶,不得不自求生路,实行抵制。他与孟知祥素有宿嫌,未尝通问,此次因急求外援,不得不通好知祥,愿与知祥结为婚媾。知祥见梓

第二十二回　攻三镇悍帅生谋　失两川权臣碎首

州使至，召入问明，本意是不愿连和，只因道路谣传，朝廷将割绵、龙二州为节镇，自思祸近剥肤，与董璋同病相怜，也只好弃嫌修好。当下商诸副使赵季良，季良亦请合纵拒唐。知祥遂遣梓州使还报，愿招璋子为女夫，并令季良答聘梓州。季良归语知祥道："董公贪残好胜，志大谋短，将来必为患西川，不可不防！"后来两川交哄，由此一言。知祥始欲悔婚，但一时不好渝盟，姑与董璋虚与周旋，约他联名上表，略言"阆中建镇，绵遂增兵，适启流言，震动全蜀，请收回成命"等语。嗣得唐廷颁敕，不过略加慰谕，毫不更张。董璋乃诱执武虔裕，幽锢府廷，发兵至剑门，筑起七寨，复在剑门北置永定关，布列烽火，一面募民入伍，剪发黥面，驱往遂、阆二州，剽掠镇军。孟知祥又表请割云安十二盐监，隶属西川，将盐值拨给宁江戍兵。于是两难并发，反令唐廷大费踌躇。

唐主嗣源，因董璋已露叛迹，不若知祥尚隐逆萌，乃许知祥所请，另派指挥使姚洪，率兵千人，从李仁矩戍阆州。董璋闻阆州又增兵戍，忍无可忍，他本有子光业，在都为宫苑使，便致书嘱子道："朝廷割我支郡，分建节镇，又屡次拨兵戍守，是明明欲杀我了。你为我转白枢要，若朝廷再发一骑入斜谷，我不得不反，当与汝永诀呢。"光业得书，取示枢密院承旨李虔徽，虔徽转告安重诲。重诲怒道："他敢阻我增兵么？我偏要增兵，看他如何区处！"既已挑动二憨，还要抱薪赴火。随即派别将苟咸义再率千人西行。光业闻知，急语虔徽道："此兵西去，我父必反，我不敢自爱，恐烦朝廷调发，糜饷劳师，不若速止此兵，可保我父不反。"虔徽又转白重诲，重诲哪里肯依。果然咸义未到阆州，董璋已经倡乱。

阆州镇将李仁矩，遂州镇将夏鲁奇，与利州镇将李彦琦，飞表奏闻。唐主召群臣会议军事，安重诲进言道："臣早料两川必反，但陛下含容不讨，因致如此！"若非你去逼反，度亦未必至此。唐主道："我不负人，人既负我，不能不讨了。"遂饬利、遂、阆三州，联兵进讨。偏三镇尚未出师，两川先已入犯，反使三镇自顾不暇，还想甚么联军。看官道两川兵马，如何这般迅速？原来唐廷会议发兵，适有西川进奏官苏愿，得知消息，立遣从官驰报知祥。知祥与赵季良计议。季良道："为今日计，莫若令东川先取遂阆，然后我拨兵相助，并守剑门。彼时大军虽至，我已无内顾忧了！"知祥依议而行，遣使约董璋起兵。璋愿引兵击阆州，请知祥进攻遂州。知祥乃遣指挥使李仁罕为行营都部署，汉州刺史赵廷隐为副，简州刺史张业为先锋，率兵三万，往攻遂州，再派牙内指挥使侯弘实、孟思恭等，领兵四千，助董璋攻阆州。

阆中镇帅李仁矩，本来是个糊涂虫，一闻川兵到来，便欲出城搦战，部将皆进谏道："董璋久蓄反谋，来锋必不可当，不如固垒拒守，挫他锐气，俟大军到来，贼自然走了。"仁矩怒道："蜀兵懦弱，怎能当我精卒呢？"遂不从众言，居然出战。诸将因良谋不纳，各无斗志，未曾交锋，便即溃退，仁矩亦策马逃归。董璋乘势追击,险些儿突入城中,幸经姚洪断后,抵敌一阵,才得收兵入城,登阵拒守。璋曾为梁将,姚洪尝隶璋麾下,至是用密书招洪,诱令内应,洪投诸厕中。璋昼夜攻城,城中除姚洪外,都不肯为仁矩效力,眼见得保守乏人,坐致陷没。仁矩立被杀毙,家属尽死。姚洪巷战被执,由董璋向他面责道:"我尝从行间拔汝,今日如何相负!"洪瞋目道:"老贼!汝昔为李氏奴,扫除马粪,得一脔残炙,感恩无穷。今天子用汝为节度使,有何负汝,乃竟尔造反呢?汝犹负天子,我受汝何恩,反云相负!我宁为天子死,不愿与人奴并生!"璋闻言大怒,令壮士扛镬至前,刲洪肉入镬烹食,洪至死尚骂不绝声。不没忠节。

唐廷闻阆州失守,乃下诏削董璋官爵,诛璋子光业,命天雄军节度使石敬瑭为招讨使,夏鲁奇为副,右武卫上将军王思同为先锋,率兵征蜀,且令孟知祥兼供馈使。知祥已与璋同反,唐主尚欲笼络,所以有此诏命。毋乃太愚。知祥当然不受,反益兵围遂州,并促董璋速攻利州。璋向利州进发,途次遇雨,饷运不继,仍退还阆州。知祥闻报大惊道:"阆中已破,正好进取利州,我闻李彦琦无甚勇略,必望风遁去,若得他仓廪,据险拒守,北军怎能西救遂州!今董公僻处阆中,远弃剑阁,必非良策,一旦剑门失陷,两川都吃紧了!"知祥谋略,远过董璋,故董璋卒为所败。遂遣人驰白董璋,愿发兵三千人,助守剑门。璋答言剑门有备,不劳遣师。知祥乃更派将下夔州,取泸州,更分道往略黔涪。

过了旬日,果得董璋急报,谓石敬瑭前军已袭据剑门,守将齐彦温被他擒去。知祥顿足道:"董公果误我了!"急召都指挥使李肇入见,令他率兵五千,倍道往据剑州。又遣人诣遂州,令赵廷隐分兵万人,会屯剑州。再派故蜀永平节度使李筠领兵四千,据守龙州要害。西川诸将多系郭崇韬留成,崇韬冤死,诸将多归咎朝廷,故愿为知祥效力。时适隆冬,天寒道滑,赵廷隐自遂州移军,士卒多观望不前。廷隐泣谕道:"今北军势盛,若汝等不肯力战,妻孥皆为人有了!"于是众志始奋,亟向剑州进发。

先是西川牙内指挥使庞福诚,昭信指挥使谢锽,屯来苏村,闻剑门失守,互相告语道:"若北军更得剑州,两蜀恐难保了。"遂引步兵千余人,从间道趋剑州,适值石敬瑭前锋王思同,与阶州刺史王弘贽,泸州刺史冯晖等,从此山驰下,望将过去,不下万余人,福诚便语谢锽道:"我军只有千余名,来军总在万人以上,就使以一敌十,尚虑不足,今已天暮,待至明晨,我辈恐无遗类了。"谢锽道:"不若乘着今夜,先去劫营,杀他一个下马威,免他轻视。"福诚道:"我意也是如此!但敌众我寡,只好用着疑兵计,前后夹攻,令他惊退,便好保住剑州了。"锽奋然道:"我挡敌前,君挡敌后,可好么?"福诚大喜,便与锽分路潜进,是夜唐军已越北山,就在山下扎营,约至黎明进攻剑州。夜色将阑,忽闻营外喊声骤起,急忙出兵对敌,不意来兵甚猛,所持皆系利刃,乱冲乱斫,

第二十二回　攻三镇悍帅生谋　失两川权臣碎首

好似生龙活虎一般。时当黑夜,也不知来兵若干,情急心虚,已觉遮拦不住,又听得山上吹角鸣鼓,响彻行营,不由的惊上加惊,立即弃营遁去,还保剑门,十多日不敢出军。

庞、谢二将,已将唐军吓退,安返剑州,计议用明写,次战用虚写,笔法灵活。赵廷隐、李肇两军,亦陆续到来,剑州已保无虞,再加董璋遣将王晖,也来助守,兵厚势盛,足敌官军。那庞、谢二将,仍出镇原汛去了。

石敬瑭到了剑门,才奏称知祥拒命。有诏夺知祥官爵,促敬瑭即日进讨。知祥闻剑州已固,方大喜道:"我但恐唐军进据剑州,扼守险要,或分兵直趋朴州,董公必弃阆州奔还,我军失援,也只好撤遂州围。两川震动,势甚可虞,今乃顿兵剑门,连日不出,我定可济事了。"遂命赵廷隐、李肇等,整备迎敌。石敬瑭带着大军,进屯北山。赵廷隐在牙城后面,依山列阵,使李肇、王晖出阵河桥。敬瑭引步兵进击廷隐,饬骑兵冲突河桥,两路兵马,统被蜀兵用强弩射退。到了日暮,敬瑭引退,又被廷隐等追杀一阵,丧失至千余人,仍还屯剑门。

当下飞使至洛,极言蜀道险阻,未易进兵,关右人民,转饷多劳,往往窜匿山谷,聚为盗贼,情势可忧,务乞睿断等语。敬瑭亦不免推诿。唐主接得军报,愀然语左右道:"何人能办得了蜀事?看来朕当自行呢。"安重诲在旁进言道:"臣职忝机密,军威不振,由臣负责,臣愿自往督战!"唐主道:"卿愿西行,尚有何言!"

重诲拜命即行,日夜驰数百里,西方藩镇,闻重诲西来,无不惶骇,急将钱帛刍粮,运往利州。天寒道阻,人畜毙踣,不可胜计。凤翔节度使季从曮,已徙镇天平军,继任为朱弘昭,闻重诲过境,迎拜马前,留馆府舍,供张甚谨,连妻子也出来拜谒。重诲还道他是义重情深,与语朝事,无非说是谗言可畏,此行誓为国家宣力,杜塞谗口。弘昭尚极力称扬,及重诲既去,他即上书奏陈,说是重诲怨望,不可令至行营。小人之不可与处也如此。又贻书石敬瑭,劝他阻止重诲,免夺兵权。敬瑭正防到此着,再引兵出屯北山,与赵廷隐等交战数次,未见得利。且因遂州被陷,夏鲁奇阵亡,心下很是焦烦,一得弘昭来书,连忙拜表唐廷,但言重诲远来,转惑军心,乞即征还。

唐主早不悦重诲,别用范延光为枢密使,又因宣徽使孟汉琼出使军前,还言两川变乱,统由重诲一人所致,再加王德妃从旁媒蘖,越使唐主动疑,遂召重诲东归。重诲方到三泉,接到诏敕,不得已马首东瞻。

石敬瑭闻重诲东还,即生退志,适知祥枭夏鲁奇首,遣人持示行营。鲁奇有二子随军,共向敬瑭泣陈,愿取父首。敬瑭道:"知祥长厚,必葬汝父,较诸身首异处,不更好么?"越日果由知祥传命,收还首级,备棺殓葬。敬瑭即毁去营寨,班师北归,两川兵从后追蹑,直至利州。李彦琦亦弃城奔还。自是利、遂、阆三镇,尽为蜀有。知祥复遣李仁罕等,攻夺忠、万、夔三州,声势大振。董璋乃收兵还东川。

唐主闻敬瑭奔还,并不加遣,但欲归罪重诲。重诲还,过凤翔,再想与朱弘昭谈心,弘昭已经变脸,闭门不纳。重诲怅怅还都,途中奉诏,命为河中节度使,不必入觐,方转趋河中去了。

未几,由唐廷宣敕,复吴越王钱镠官爵,再起李从珂为左卫上将军,出镇凤翔。重诲愈觉不安,乃上章乞休,朝命以太子太师致仕,另简皇侄从璋为河中节度使,并遣步军药彦稠率兵同行,使防重诲变状。重诲有二子,长崇绪,次崇赞,宿卫京师,一闻制下,即日私奔至河中,省视重诲。重诲道:"尔等来此,有无朝命?"二子答言未曾,重诲大惊道:"未奉敕旨,怎得擅来!"说至此,不禁顿足,半晌才歇欷道:"我知道了,这事非尔等意,有人诱使尔等,陷我重罪,我以死报国罢了,余复何言!"乃将二子械送阙下。行至陕州,已有制敕传到,令就地下狱。

重诲既发遣二子,自如不妙,日夕防有后命。忽有中使到来,见了重诲,尚未开口,即向他恸哭。重诲亦流涕问故。中使道:"人言公有异志,朝廷已遣药彦稠领兵来了。"重诲泫然道:"我久受国恩,死不足报,尚敢另生异志,更烦国家发兵,贻主上忧么?"已而李从璋、药彦稠到来,与重诲相见,尚无恶意。重诲正要交卸,不防来了皇城使翟光邺,传着密旨,令从璋转图重诲。从璋即带兵围重诲第,自入门见重诲。甫至庭中,便即下拜。重诲惊出,降阶答礼,偏从璋手出一锤,趁着重诲俯首时,猛击过去,砉然一声,流血满庭。重诲妻张氏,三脚两步的走了出来,抱住重诲大呼道:"令公就使得罪,死亦未晚,何必这般辣手!"从璋又用锤击张氏首,可怜一对夫妇,就此毕命,同归地下。享尽荣华,难免有此一日。

看官听着!翟光邺奉遣至河中,不过由唐主密嘱,谓重诲果有异志,可与从璋密商。光邺素恨重诲,即授意从璋,击死重诲夫妇,然后返报唐主,只说重诲已蓄异图。唐主即日下诏,把断绝钱镠及离间孟知祥、董璋等事,一古脑儿归至重诲身上,并将他二子并诛,惟族属得免连坐。小子有诗叹道:

> 大臣风度贵休休,贪利终贻家国忧。
> 一奋铁锤双陨命,生前何不早回头!

唐主已诛死重诲,又命西川进奏官苏愿,东川进奉军将刘澄,各还本道,传谕安重诲专命兴兵,今已伏辜了。毕竟两川如何对待,且至下回表明。

安重诲恃宠擅权,其足以致死也,由来久矣。从珂虽唐主养子,但为唐主所垂爱,且已立有大功,语云疏不间亲,宁重诲独未之闻乎?顾因杯酒小嫌,必欲陷害从珂，计尚未遂，而君臣之疑忌，已从此生矣。王德妃为重诲内援，特以制锦铺地之谏阻，即致失欢，重诲不乘此乞休，尚欲何为？至于两川发难，必激之使变，已属乖方。且李仁矩、武虔裕等，皆非将才，乃一以私党而令镇阆州，一以私亲而使守绵州，用人失当，专顾私图，几何而不偾事也！逮夫内外交构，不死何待，彼尚自诩为一死报国。为问其所谓报国者，果属何在耶？或犹以死非其罪惜之，夫罪如重诲，死何足惜，所惜者唐主嗣源，不能明正其罪，乃徒为李从璋所击毙耳。重诲不死于国法，而死于从璋之手，宜后人之为彼呼冤也。

第二十三回　杀董璋乱兵卖主　宠从荣骄子弄兵

却说孟知祥据有西川，得进奉官苏愿归报，已知朝廷有意诏谕，且闻在京家属，均得无恙，乃遣使往告董璋，欲约他同上谢表。璋勃然道："孟公家属皆存，原可归附，我子孙已经被戮，还谢他甚么？"遂将来使斥归。知祥再三遣使，往说董璋，略言主上既加礼两川，若非奉表谢罪，恐复致讨。我曲彼直，反足致败，不如早日归朝，得免后祸。璋始终不从。越年为唐主长兴元年，知祥再遣掌书记李昊诣梓州，极陈利害。璋不但不允，反将昊诟骂一番，撵出府门。昊怏怏回来，入白知祥道："璋不通谋议，且欲入窥西川，公宜预备为是。"知祥乃增戍设防，按兵以待。

果然到了孟夏，董璋率兵入境，攻破白杨林镇，把守将武弘礼擒去。当董璋出兵时，与诸将谋袭成都，诸将统皆赞成，独部将王晖道："剑南万里，成都为大，时方盛夏，师出无名，看来似未必成功哩。"璋不肯依言，遂进兵白杨林镇。

知祥闻武弘礼被擒，亟集众将会议。副使赵季良道："董璋为人，轻躁寡恩，未能抚循士卒，若据险固守，却是不易进攻，今不守巢穴，前来野战，乃是舍长用短，不难成擒了。惟董璋用兵，轻锐皆在前锋，公宜诱以赢卒，待以劲兵，始虽小衄，终必大捷。愿公勿忧！"季良善谋。知祥又问何人可为统帅，季良道："璋素有威名，今举兵突至，摇动人心，公当自出抵御，振作士气。"赵廷隐独插入道："璋有勇无谋，举兵必败，廷隐当为公往擒此贼！"知祥大喜，即命廷隐为行营马步军都部署，率三万人出拒董璋。

廷隐部署军伍，已经成队，乃入府辞行，适外面递入董璋檄文，指斥知祥悔婚败盟，又有遗季良、廷隐及李肇书，文中语气，似与三人已订密约，有里应外合的意思。知祥阅毕,递视廷隐,廷隐举书掷地道:"何必污目!想总是行反间计,欲公杀副使及廷隐呢。"再拜而行,知祥目送廷隐道:"众志成城,当必能济事了。"

才阅两日,又接汉州败报,守将潘仁嗣,与董璋交战赤水,大败被擒,接连又得汉州失守警耗。知祥投袂起座,命赵季良守成都,自率八千人趋汉州,行至弥牟镇,见廷隐驻营镇北,遂与他会师。次日见董璋兵至,会廷隐列阵鸡踪桥,扼住敌冲,又令都知兵马使张公铎,列阵后面,自登高阜督战。

董璋至鸡踪桥畔,望见西川兵盛,也有惧意,退驻武侯庙前,下马休息。帐下骁卒忽大噪道:"日已亭午,曝我做甚?何不速战!"璋乃上马趋进,前锋甫交,东川右厢马步指挥使张守进,即弃甲投戈,奔降知祥。知祥召问军情,守进道:"璋兵尽此,无复后继,请急击勿失。"知祥乃麾军逆击,两下里一场鏖斗,东川兵恰也利害,争夺鸡踪桥,廷隐部下指挥使毛重威、李瑭,相继阵亡,惹得廷隐性起,拚死力战,三进三却,总敌不住东川兵。都指挥副使侯弘实,见廷隐不能得利,也挥兵倒退。知祥立马高阜,瞧着情形,不禁捏着一把冷汗,亟用马箠指麾后阵,令张公铎上前救应。公铎部下,养足锐气,一经知祥指麾,骤马突出,大呼而进。东川兵已杀得筋疲力软,不防一支生力军,从刺斜里杀将过来,顿时旗靡辙乱,不能支持。廷隐、弘实,又乘势杀转,把东川兵一阵蹂躏,擒住东川指挥使元积、董光裕等八十余人。先败后胜,果如季良所料。董璋拊膺长叹道:"亲兵已尽,我将何依?"遂率数骑遁去,余众七千人投降知祥。潘仁嗣也得逃还。知祥再引兵穷追,至五侯津,又收降东川都指挥使元瓌,长驱入汉州城。董璋早弃城东奔,西川兵入璋府第,觅璋不得,但见有刍粮甲械,遗积甚多,大众相率搬取,无心去追董璋,璋因是得脱。

惟赵廷隐带着亲卒,追至赤水,复得收降东川散卒三千人。知祥命李昊草牓,慰谕东川吏民,且草书劳问董璋,谓将至梓州,诘问负约情由,及见侵罪状,一面至赤水会廷隐军,进攻梓州。璋奔至梓州城下,肩舆入城。王晖迎问道:"公全军出征,今随还不及十人,究属何因?"报复语虽然痛快,究非臣下所宜。璋无言可答,只向他流涕下泪。晖却冷笑而退。及璋入府就食,不意外面突起喧声,慌忙投箸出窥,略略一瞧,乱兵不下数百,为首有两员统领,一个正是王晖,一个乃是从子都虞侯董延浩,自知不能理喻,亟率妻子从后门逃出,登城呼指挥使潘稠,令讨乱兵。稠引十卒登城,竟把璋首取去,献与王晖。璋妻及子光嗣,统自经死。适西川军将赵廷隐,驰抵城下,晖即开城迎降。

廷隐趋入梓州,检封府库,候知祥到来发落。偏是知祥有疾,中途逗留。那李仁罕自遂州到来,由廷隐出迎板桥,仁罕并不道贺,且侮嫚廷隐。廷隐非常衔恨,强延仁罕入城。既而知祥疾瘳,方入梓州,犒赏将士,本欲令廷隐为

第二十三回 杀董璋乱兵卖主 宠从荣骄子弄兵

东川留后,偏是仁罕不服,也欲留镇梓州,乃由知祥自行兼领,调廷隐为保宁军留后,仍饬仁罕还镇遂州,两人才算受命,各归镇地。

山南西道王思同,奏达唐廷,谓董璋败死,知祥已并有两川。当由唐主商诸辅臣,枢密使范延光道:"知祥虽据全蜀,但士卒皆东方人,知祥恐他思归为变,亦欲借朝廷威望,镇压众心,陛下不如曲意招抚,令彼自新。"唐主道:"知祥本我故人,为谗人离间至此,朕今日招抚故交,也不好算是曲意哩。"乃遣供奉官李存瓌赴蜀,宣慰知祥。知祥已还成都,闻存瓌持诏到来,即遣李昊出迎,延入府第,存瓌即开读诏词,略云:

> 董璋狐狼,自贻族灭。卿邱园亲戚,皆保安全,所宜成家世之美名,守君臣之大节。既往不咎,勉释前嫌,卿其善体朕意!

知祥跪读诏书,拜泣受命。存瓌将诏书递交知祥,然后与知祥行甥舅礼。原来存瓌系李克宁子,克宁妻孟氏,即知祥胞妹。克宁为庄宗所杀,子孙免罪。克宁被杀,见第四回。存瓌留事阙下,得为供奉官。知祥见甥儿无恙,恰也欣慰。留住数日,便遣存瓌东归,上表谢罪。且因琼华长公主,即知祥妻,见前文。已经病逝,讣告丧期,又表称将校赵季良五人,平东有功,乞授节钺。唐主再命存瓌西行,赐故长公主祭奠,赠绢三千匹,赏还知祥官爵,并赐玉带。所有赵季良等五将,候知祥择地委任,再请后命。知祥乃复请西川文武将吏,乞许权行墨制,除补始奏。唐主一一允许。知祥遂用墨制授季良等为节度使。越年且由唐廷派遣尚书卢文纪,礼部郎中吕琦,册封知祥为东西川节度使蜀王,自是知祥得步进步,隐然有帝蜀的思想了。隐伏下文。

是时吴越王钱镠,亦已老病,奄卧多日,自知病必不起,召诸将吏入寝室,流涕与语道:"我子皆愚懦,恐不足任后事,我死,愿公等择贤嗣立!"诸将吏皆泣下道:"大王令嗣传瓘,素从征伐,仁孝有功,大众俱愿受戴,请以为嗣!"镠乃召入传瓘,悉出印钥相授道:"将士推尔,尔宜善自守成,无忝所生!"传瓘拜受印钥,起侍寝侧,镠又与语道:"世世子孙,当善事中国,就使中原易姓,亦毋失事大礼,切记勿忘!"传瓘亦唯唯遵教,未几镠殁,享寿八十一岁。

相传镠生时适遇天旱,道士东方生指镠所居,谓池龙已生此家。时镠正产下,红光满室,父宽以为不祥,弃诸井旁。惟镠祖母知非常儿,抱归抚养,名为婆留,且号井为婆留井。及镠年数岁,尝在村中大木下,指示群儿,戏为队伍,颇得军法。后来骁勇绝伦,善射与槊。邑中有衣锦山,上列石镜,阔二尺七寸,镠对石自顾,身服冕旒,如封王状。虽尝隐秘不言,但因此有自负意。至受梁封为吴越王后,广杭州城,筑捍海石塘。江中怒潮急湍,版筑不就,镠采山阳劲竹,制成强弩五百,硬箭三千,选弓弩手出射潮头,潮乃退趋西陵,遂得竖椿垒石，筑成长堤。射潮事传为美谈，其实潮汐长落，本有定时，镠特借此以鼓动工役耳。且建候潮、通江等城门，并置龙山、浙江两闸，遏潮入河。嗣是钱塘富庶，冠绝东南。为民奠土，不为无功。

镠自少年从军，夜未尝寐，倦极乃就圆木小枕，或枕大铃，枕欹辄寤，名为警枕。寝室内置一粉盘，有所记忆，即书盘中，至老不倦。平时立法颇严，一夕微行，还叩北城门，门吏不肯启关，自内传语道："就使大王到来，亦不便启门！"诘旦镠乃从北门入，召入北门守吏，嘉他守法，厚给赏赐。有宠姬郑氏父，犯法当死，左右替他乞免。镠怒道："为一妇人，欲乱我法么？"并命宫人牵出郑姬，斩首以徇。纯是权术。每遇春秋荐享，必鸣咽道："今日贵盛，皆祖先积善所致，但恨祖考不及见哩。"孝思可嘉。晚年礼贤下士，得知人誉。自传瓘袭职，传讣唐都，唐主赐谥武肃，命以王礼安葬，且令工部侍郎杨凝式撰作碑文。浙民代请立庙，奉诏俞允。越二年庙成供像，历代不移。浙人称为海龙王，或沿称为钱大王。补叙钱镠故事，亦不可少。

传瓘为镠第五子，《十国春秋》谓为第七子。曾任镇海、镇东两军节度使，嗣位后改名元瓘，以遗命去国仪，仍用藩镇法，除民逋赋，友于兄弟，慎择贤能，所以吴越一方，安堵如恒。

惟闽王王延钧杀兄攘位，据闽数年，会遇疾不能视事，延禀竟率子继雄自建州来袭福州。延钧忙遣楼船指挥使王仁达往御，仁达遇继雄军，为立白帜，作乞降状。继雄信为真情，过舟慰抚，被仁达一刀杀死，乘势追擒延禀，牵至延钧帐前。延钧病已少愈，面责延禀道："兄尝谓我善继先志，免兄再来，今日烦兄至此，莫非由我不能承乎？"回应前第二十回。延禀惭不能答，即由延钧喝令推出，枭首示众，复姓名为周绍琛。遣弟延政往抚建州，慰抚军民，闽地复安。

延钧渐萌骄态，上书唐廷，内称楚王马殷，吴越王钱镠，统加尚书令，今两王皆殁，请授臣尚书令。唐廷置诸不理。延钧遂不通朝贡。已而信道士陈守元言，建宝皇宫，自称皇帝，改名为鏻。守元又妄称黄龙出现，因改元龙启，国仍号闽，追尊审知为太祖，立五庙，置百官，升福州为长乐府，独霸一方。唐廷力不能讨，由他逞雄。

武安军节度使马希声病死，弟希范向唐报丧，唐主准令袭职，不烦细表。定难军治夏州。节度使李仁福，也因病去世，子彝超自称留后，唐主欲稍示国威，徙彝超镇彰武军，治延州。别简安从进为定难留后。偏彝超不肯奉命，但托词为军民所留，不得他往。唐廷令从进往讨彝超，卒因饱道不继，无功引还。彝超上表谢罪，自陈无叛唐意，不过因祖父世守，上下相习，所以迁徙为难，乞恩许留镇。廷议以夏州僻远，不若权事羁縻，省得劳师费财。唐主也得过且过，授彝超得节度使，姑息偷安罢了。将外事并作一束，无非是插叙文字。

第二十三回　杀董璋乱兵卖主　宠从荣骄子弄兵

　　外事粗定，内乱复萌，骨肉竟同仇敌，萧墙忽起干戈，这也是教训不良，酿成祸变，说将起来，可叹可悲！突起一峰，笔不平直。原来唐主嗣源，生有四子，长名从璟，为元行钦所杀，元行钦即李绍荣。已见前文。次名从荣，又次名从厚，又次名从益。天成元年，从荣受命为天雄军节度使，兼同平章事。次年，授从厚同平章事，充河南尹，判六军诸卫事。从荣闻从厚位出己上，未免怏怏。又越年，徙从荣为河东节度使，兼北都留守。未几，又与从厚互易，从荣得为河南尹，判六军诸卫事。两人为一母所生，见二十一回。性情却绝不相同。从厚谨慎小心，颇有老成态度，独从荣躁率轻夸，专喜与浮薄子弟，赋诗饮酒，自命不凡。唐主屡遣人规劝，终不肯改，也只好付诸度外。教之不从，奈何置之。长兴元年，封从荣为秦王，从厚为宋王。从荣既得王爵，开府置属，益招集淫朋为僚佐，日夕酣歌，豪纵无度，一日入谒内廷，唐主问道："尔当军政余暇，所习何事？"从荣答道："暇时读书，或与诸儒讲论经义。"唐主道："我虽不知书，但喜闻经义，经义所陈，无非父子君臣的大道，足以益人智思，此外皆不足学。我见庄宗好作歌诗，毫无益处，尔系将家子，文章本非素习，必不能工，传诸人口，徒滋笑谤，愿汝勿效此浮华哩！"从荣勉强答应，心中却不以为然。惟当时安重海尚在禁中，遇事抑制，为从荣所敬惮，故尚未敢为非。及重海已死，王淑妃、孟汉琼居中用事，授范延光、赵延寿为枢密使。延光以疏属见用，没甚重望。延寿本姓刘，为卢龙节度使赵德钧养子，冒姓刘氏，因巧佞得幸，尚唐主女兴平公主，参入枢要。从荣都瞧不上眼，任意挪揄。石敬瑭自西蜀还朝，受任六军诸卫副使。他本娶唐主女永宁公主为妻，公主与从荣异母，素相憎嫉，敬瑭恐因妻得祸，不愿与从荣共事，屡思出补外任，免惹是非。就是延光、延寿也与敬瑭同一思想，巴不得离开殿廷，省却无数恶气，只恨无隙可请，没奈何低首下心，虚与周旋。

　　会契丹东丹王兀欲，怨及母弟，越海奔唐，唐赐姓名为李赞华，授怀化军节度使，就是从前卢龙献俘的惕隐，治慎州。见二十一回。也授他官职，赐姓名为狄怀忠。契丹遣使索还，唐廷不许，遂屡次入寇。唐主欲简择河东镇帅，控御契丹，延光、延寿遂荐举石敬瑭，及山南东道节度使康义诚。敬瑭幸得此隙，立即入阙，自请出镇，乃授敬瑭为河东节度使，敬瑭拜命，即日登程。既至晋阳，用部将刘知远、周瓌为都押衙，委以心腹，军事委知远，财政委瓌，静听内处消息，相机行事。后晋基业，肇始于此。唐主调回康义诚，令掌六军诸卫副使，代敬瑭职。出从珂为凤翔节度使，加封潞王。四子从益为许王，并加秦王从荣为尚书令，兼官侍中。从益乳母王氏，本宫中司衣，因见秦王势盛，欲借端依托，为日后计，乃暗瞩从益至唐主前，求见秦王。唐主以幼儿思兄，人情常事，乃遣王氏挈往秦府。王氏见了从荣，非常诣谀，甚且装出许多媚态，殷勤凑奉。从荣最喜奉承，又见王氏有三分姿色，乐得移篙近舵，索性将从益哄出，令婢媪抱见王妃刘氏，自与王氏搂入别室，做了一出鸳鸯梦。待至云收雨散，再订后期，且嘱王氏伺察宫中动静。王氏当然依嘱，仍带从益回宫。嗣是王氏常出入秦府，传递消息，所有宫中情事，从荣无不与闻。又有太仆少卿致仕何泽，乘机希宠，表请立从荣为皇太子。唐主览表泣下，私语左右道："群臣请立太子，朕当归老太原旧第了！"六十余岁，尚恋恋尊荣耶？不得已令宰相枢密会议。从荣闻信，亟入见唐主道："近闻有奸人请立太子，臣年尚幼，愿学治军民，不愿当此名位呢。"唐主道："这是群臣的意思，朕尚未曾决定。"从荣乃退，出语延光、延寿道："执政欲立我为太子，是欲夺人兵权，幽入东宫哩。"延光等揣知上意，且惧从荣见怪，遂奏请授从荣为天下兵马大元帅，位宰相上。有诏准奏，于是从荣总揽兵权，得用禁军为牙兵。每一出入，侍卫盈途，就是入朝时候，从骑必数百人，张弓挟矢，驰骋皇衢，居然是六军领袖，八面威风。小子有诗咏道：

> 皇嗣何堪使帅师？春秋大义贵先知。
> 只因骄子操兵柄，坐使萧墙祸乱随。

从荣擅权，朝臣畏祸，最着急的莫若两人。看官道两人为谁？待小子下回再表。

读此回而知唐明宗之未足有为，不过一庸柔主耳。两川交争，正可借此进兵，坐收渔人之利，董璋出师，能间道以袭东川，易如反手，否则侯孟知祥入东川时，乘虚捣成都，亦是攻其无备之一策。璋固败死，知祥亦疲，下庄子之所以能刺二虎者，由是道也。乃事前毫不注意，事后徒知慰谕，遂令知祥坐大，并有两川，是非失策之甚者乎？至若对待藩镇，同一柔弱，甚至不能制驭其子，酿成骄戾，卫州吁之致乱，咎在庄公，岂尽厥子罪哉！况年已老迈，尚不欲择贤为嗣，当断不断，反受其乱，识者有以窥明宗之心术矣。

第二十四回　毙秦王夫妻同受刃　号蜀帝父子迭称雄

却说唐廷大臣，见秦王从荣擅权，多恐惹祸，就中最着急的，乃是枢密使范延光、赵延寿两人。屡次辞职，俱不得唐主允许。嗣因唐主有疾，好几日不能视朝，从荣却私语亲属道："我一旦得居南面，定当族诛权幸，廓清宫廷！"如

第二十四回　毙秦王夫妻同受刃　号蜀帝父子迭称雄

此狂言,奈何得居南面!"延光、延寿得闻此语,越加惶急,复上表乞请外调。唐主正日夕忧病,见了此表,遽掷置地上道:"要去便去,何用表闻!"延光、延寿急得没法。究竟延寿是唐室驸马,有公主可通内线。公主已进封齐国,颇得唐主垂爱,遂替延寿入宫陈情,但说是延寿多病,不堪机务,唐主还未肯遽允。延寿又邀同延光,入内自陈道:"臣等非敢惮劳,愿与勋旧迭掌枢密,免人疑议。且亦未敢俱去,愿听一人先出,若新进不能称职,仍可召臣,臣奉诏即至便了。"唐主乃令延寿为宣武节度使,延寿懽跃而去。枢密使一缺,召入节度使朱弘昭继任。弘昭入朝固辞,唐主怒叱道:"汝等皆不欲侍侧,朕养汝等做什么?"弘昭始不敢再言,悚惶受命。前日待安重诲机变得很,此次却上钩了。

范延光见延寿外调,欣羡得很,他恨无玉叶金枝作为妻室,只好把囊中积蓄,取了出来,送奉宣徽使孟汉琼,托他恳求王淑妃,代为请求,希望外调。无非拜倒石榴裙下,不过难易有别。毕竟钱可通灵,一道诏下,授延光为成德军节度使。延光如脱重囚,即日陛辞,向镇州莅任去了。晦气了一个三司使冯赟,调补枢密使,枢密使非不可为,但惜朱、冯二人,才不称职耳。外此如近要各官,亦多半求去。有蒙允准的,有不蒙允准的,允准的统是喜慰,不允准的统是忧愁。康义诚度不能脱,遣子服事秦王,为自全计,唐主还道他朴忠可恃,命为亲军都指挥使,兼同平章事,其实义诚是佯为恭顺,阴持两端,有甚么朴忠可恃呢!一班狡徒,任内外事,安得不乱?

先是大理少卿康澄,目击乱萌,曾有五不足惧,六可畏一疏,奏入宫廷,当时称为名论。疏中略云:

> 臣闻安危得失,治乱兴亡,曾不系于天时,固非由于地利,童谣非祸福之本,妖祥岂隆替之源?故雉雊升鼎而桑谷生朝,不能止殷宗之盛;神马长嘶而玉龟告兆,不能延晋祚之长。是知国家有不足惧者五,有深可畏者六,阴阳不调不足惧,三辰失行不足惧,小人讹言不足惧,山崩川涸不足惧,蛮贼伤稼不足惧,此不足惧者五也。贤人藏匿深可畏,四民迁业深可畏,上下相徇深可畏,廉耻道消深可畏,毁誉乱真深可畏,直言蔑闻深可畏,此深可畏者六也。伏惟陛下尊临万国,奄有八纮,荡三季之浇风,振百王之旧典,设四科而罗俊彦,提二柄而御英雄。所以不轨不物之徒,咸思革面;无礼无义之辈,相率悛心。然而不足畏者,愿陛下存而勿论,深可畏者,愿陛下修而靡忒。加以崇三纲五常之教,敷六府三事之歌,则鸿基与五岳争高,盛业共磐石永固矣。谨此疏闻。

唐主览疏,虽优诏褒答,但总未能切实举行。所以六可畏事,始终失防,徒落得优柔寡断,上下蒙蔽,几乎又惹出伦常大变,贻祸宫闱。

长兴四年十一月，唐主病体少瘥，出宫赏雪，至士和亭宴玩半日，免不得受了风寒。回宫以后，当夜发然，急召医官诊视，说是伤寒所致，投药一剂，未得挽回。次日且热不可耐，竟至昏昏沉沉，不省人事。秦王从荣，与枢密使朱弘昭、冯赟，入问起居，三呼不应。王淑妃侍坐榻旁，代为传语道："从荣在此。"唐主又不答。淑妃再说道："弘昭等亦在此。"唐主仍然不答。从荣等无言可说，只好退出。

既至门外，闻宫中有哭泣声，还疑是唐主已崩。从荣还至府中，竟夕不寐，专俟中使迎入。哪知候到黎明，一些儿没有影响，自己却倦极思眠，便在卧室中躺下，呼呼睡去，等到醒来，已是午牌时候，起问仆从，并没有宫廷消息，不由的惊惧交并，一心思想做皇帝，可惜运气未来。当即遣人入宫，诈称遇疾，私下召集党人，定一密谋，拟用兵入侍，先制权臣。遂遣押衙马处钧，往告朱弘昭、冯赟道："我欲带兵入宫，既便侍疾，且备非常，当就何处居住？"弘昭等答道："宫中随便可居，惟王自择。"嗣又私语处钧道："皇上万福，王宜竭力忠孝，不可妄信浮言。"处钧还白从荣，从荣又遣处钧语二人道："尔等独不念家族么？怎敢拒我！"二人大惧，入告孟汉琼。汉琼转白王德妃，德妃道："主上昨已少愈，今晨食粥一器，当可无虞。从荣奈何敢蓄异图！"汉琼道："此事须要预防，一经秦王入宫，必有巨变！看来惟先召康义诚，调兵入卫，方免他虑。"德妃点首，汉琼自去。

原来唐主嗣源，昏睡了一昼夜，到了次日夜半，出了一身微汗，便觉热退神清，蹶然坐起。四顾卧室，只有一个守漏宫女，尚是坐着。便问道："夜漏几何？"宫女起答道："已是四更了。"唐主再欲续问，忽觉喉间微痒，忙向痰盂唾出数片败肉，好似肺叶一般，随又令宫女携起溺壶，撤下许多涎液，当有宫女启问道："万岁爷曾省事否？"唐主道："终日昏沉，此刻才能知晓，未知后妃等何往？"宫女道："想是各往寝室，待去通报便了。"语毕，便抢步外出，往报后妃。六宫闻信，陆续趋集，互相笑语道："大家还魂了！"汝等去做什么？因相率请安，并问唐主腹可饥否？唐主颇欲进食，乃进粥一器，由唐主食尽，仍然安睡，到了天明，神色更好了许多。

惟从荣尚未得知，还疑是宫中秘丧，将迎立他人，不得不先行下手。至孟汉琼往晤康义诚，义诚爱子情深，未免投鼠忌器，但嗫嚅对答道："仆系将校，不敢预议，凡事须由宰相处置！"汉琼见义诚首鼠两端，忙去转告朱弘昭。弘昭大惊，夜邀义诚入私室，一再详问，义诚仍执前言，未几辞去。是夕已由从荣召集牙兵千人，列阵天津桥，待至黎明，即遣马处钧至冯赟第，叩门传语道："秦王决计入侍，当居兴圣宫，公等各有宗族，办事应求详允，祸福在指顾间，幸勿自误！"赟未及答，处钧已去，转告康义诚，义诚道："王欲入宫，自当奉

第二十四回　毙秦王夫妻同受刃　号蜀帝父子迭称雄

迎。"于是冯赟、康义诚,各怀私意,俱驰入右掖门。朱弘昭相继驰至,孟汉琼自内趋出,与弘昭等共至中兴殿门外,聚议要事。赟具述处钧传语,且顾语义诚道:"如秦王言,心迹可知,公勿因儿在秦府,左右顾望,须知主上禄养吾徒,正为今日,若使秦王兵得入此门,将置主上何地!我辈尚有遗种么?"义诚尚未及答,门吏已仓皇趋入,大声呼道:"秦王已引兵至端门外了。"孟汉琼闻报,拂袖遽起道:"今日变生仓猝,危及君父,难道尚可观望么?如我贱命,有何足惜,当自率兵拒击哩!"说着,即趋入殿门,朱、冯两人,联步随入。义诚不得已,也跟在后面。汉琼入白唐主道:"从荣造反,已引兵攻端门,若纵他入宫,便成大乱了!"宫人听了此言,相向号哭,唐主亦惊语道:"从荣何苦出此!"还是溺爱。便问朱、冯两人道:"究竟有无此事?"两人齐声道:"确有此事,现已令门吏闭门了。"唐主指天泣下,且语义诚道:"烦卿处置,勿惊百姓!"还是相信。

适从珂子控鹤指挥使重吉在侧,也由唐主与语道:"我与尔父亲冒矢石,手定天下,从荣等有何功劳,今乃为人所教,敢行悖逆!我原知此等竖子,不足付大事,当呼尔父来朝,授他兵柄。汝速为我闭守宫门!"重吉应命,即召集控鹤兵,把宫门堵住。

孟汉琼披甲上马,出召入马军都指挥使朱弘实,令率五百骑讨从荣。从荣方扼住天津桥,踞坐胡床,令亲卒召康义诚。亲卒行至端门,见门已紧闭,转叩左掖门,亦没人答应,便从门隙中瞧将进去,遥见朱弘实引着骑兵踊跃而来。慌忙走白从荣,从荣惊惶失措,忙起座擐甲,弯弓执矢。俄而骑兵大至,冒矢直进,朱弘实遥呼道:"来军何故从逆,快快回营,免得连坐!"从荣部下的牙兵,应声散去,慌得从荣狼狈奔回。走入府第,四顾无人,只有妻室刘氏,在寝室中抖做一团。正在没法摆布,又听得人声鼎沸,突入门来,刘氏先钻入床下,从荣急不暇择,也匍匐进去,与刘氏一同避匿。似此怯弱,何故作威!皇城使安从益,先驱驰入,带兵搜寻,从外至内,上下一顾,已见床下伏着两人,便即顺手拽出,一刀一个,结果性命。夫妻同死,不意安重诲后,复有从荣。再从床后搜寻,尚躲着少子一人,也即杀死,各枭首级,携归献功。

唐主闻从荣被杀,且悲且骇,险些儿堕落御榻。再绝再苏,疾乃复剧。从荣尚有一子,留养宫中,诸将请一体诛夷。唐主泣语道:"此儿何罪?"语未毕,孟汉琼入奏道:"从荣为逆,应坐妻孥,望陛下割恩正法!"唐主尚不肯遽允,偏将吏哗声遽起,无可禁止。只得命汉琼取出幼儿,毕命刀下,追废从荣为庶人。诸将方才散归。

宰相冯道率百寮入宫问安,唐主泪下如雨,呜咽与语道:"我家不幸,竟致如此,愧见卿等!"冯道等亦泣下沾襟,徐用婉言劝慰,然后退出。行至朝堂，朱弘昭等正在聚议，欲尽诛秦府官属，道即抗声道："从荣心腹，只有高辇、刘陟、王说三人，若判官任赞任事才及半月，王居敏、司徒诩，因病告假，已过半年，岂与从荣同谋？为政宜尚宽大，不宜株连无辜！"弘昭尚不肯从，冯赟却赞同道议，与弘昭力争，乃止诛高辇一人。刘陟、王说，也得免死，长流远方。任赞、王居敏、司徒诩等贬谪有差。

时宋王从厚，已调镇天雄军，唐主命孟汉琼驰驿往召，即令汉琼权知天雄军府事。从厚奉命还都，及至宫中，那唐主李嗣源，已先三日归天了。总计唐主嗣源在位，共得八年，寿六十有七。史称他性不猜忌，与物无竞，即位后年谷屡丰，兵革罕用，好算是五代贤君，小子也不暇评驳，请看官自加体察便了。*不断之断，尤善于断。* 越年四月，始得安葬徽陵，庙号明宗。这且慢表。

且说宋王从厚，既至洛都，便在枢前行即位礼。阅七日始缞服朝见群臣，给赐中外将士。至群臣退后，御光政楼存问军民，无非是表示新政，安定人心。及还宫后，谒见曹后、王妃，恰也尽礼，不消细说。适朱弘实妻入宫朝贺，司衣王氏与语秦王从荣事，歔欷说道："秦王为人子，不在左右侍疾，反欲引兵入卫，原是误处；但必说他敢为大逆，实是冤诬！朱公颇受王恩，奈何不为辩白呢？"语虽近是，但汝与他私通，忽出此语，转令人愈加疑心。弘实妻归告弘实，弘实大惧，亟与康义诚同白嗣皇，且言王氏曾私通从荣，尝代诇宫中情事。一番奏陈，断送王氏生命，有诏令她自尽。*好去与从荣叙地下欢了。* 既而辗转牵连，复累及司仪康氏，也一并赐死。寻复株连王德妃，险些儿迁入至德宫，幸曹后出为洗释，才算无事，但嗣皇从厚，待遇王德妃，即因是浸薄了。

越年正月，改元应顺，大赦天下。加封冯道为司空，李愚为右仆射，刘煦为吏部尚书，并兼同平章事。进康义诚为检校太尉，兼官侍中，判六军诸卫事。朱弘实为检校太保，充侍卫马军都指挥使。且命枢密使朱弘昭、冯赟及河东节度使石敬瑭，并兼中书令。赟以超迁太过，辞不受命，乃改兼侍中，封邠国公。*康义诚以下并得加封，岂因其杀兄有功耶？居心如此，安得令终！* 外如内外百官，俱进阶有差。就是荆南节度使高从诲，也进封南平王，湖南节度使马希范，得进封楚王，两浙节度使钱元瓘，并进封吴越王。惟加蜀王孟知祥为检校太师。知祥却不愿受命，遣归唐使，嘱使代辞。

看官听着！知祥既并有两川，野心勃勃，欲效王建故事。闻唐主已殂，从厚入嗣，遂顾语僚佐道："宋王幼弱，执政皆胥吏小人，不久即要生乱哩。"僚佐闻言，已知他富有深意，但因岁月将阑，权且蹉跎过去。未几就是孟春，乃推赵季良为首，上表劝进，且历陈符命，什么黄龙现，什么白鹊集，都说是瑞征骈集，天与人归。知祥假意谦让道："孤德薄不足辱天命，但得以蜀王终老，已算幸事！"季良进言道："将士大夫，尽节效忠，无非望附翼攀鳞,长承恩宠,今王不正大统,转无从慰副人望,还乞勿辞!"季良本臣事后唐,乃赴蜀后,专媚知祥,曲为效力,可鄙可叹!知祥乃命草定帝制,择日登位。国号蜀,改元明德。

届期衮冕登坛,受百寮朝贺。偏天公不肯做美,竟尔狂风怒号,阴霾四塞,一班趋炎附势的人员,恰也有些惊异。但且享受了目前富贵,无暇顾及天心。何不亦称符瑞? 当下授赵季良为司空同平章事,王处回为枢密使,李仁罕为卫圣诸军马步军指挥使,赵廷隐为左匡圣步军都指挥使,张业为右匡圣步军都指挥使,张公铎为捧圣控鹤都指挥使,李肇为奉銮肃卫都指挥使,侯弘实为副使,掌书记。毋昭裔为御史中丞,李昊为观察判官,徐光溥为翰林学士。所有季良等兼领节使,概令照旧。追册唐长公主李氏为皇后,夫人李氏为贵妃。妃系唐庄宗嫔御,赐给知祥,累从知祥出兵,备尝艰苦。一夕梦大星坠怀,起告长公主,公主即语知祥道:"此女颇有福相,当生贵子。"既而生子仁赞,就是蜀后主昶。昶系仁赞改名,详见下文。史家称王建为前蜀,孟知祥为后蜀。

知祥僭号以后,唐山南西道张虔钊,式定军节度使孙汉韶,皆奉款请降,兴州刺史刘遂清尽撤三泉、西县、金牛、桑林戍兵,退归洛阳。于是散关以南,如阶、成、文诸州,悉为蜀有。

过了数月,张虔钊等入谒知祥,知祥宴劳降将。由虔钊等奉觞上寿,知祥正欲接受,不意手臂竟酸痛起来,勉强受觞,好似九鼎一般,力不能胜,急忙取置案上,以口承饮,及虔钊等谢宴趋退,知祥强起入内,手足都不便运动,成了一个疯瘫症。延至新秋,一命告终。遗诏立子仁赞为太子,承袭帝位。

赵季良、李仁罕、赵廷隐、王处回、张公铎、侯弘实等,拥立仁赞,然后告丧。仁赞改名为昶,年才十六,暂不改元。尊知祥为高祖,生母李氏为皇太后。

知祥据蜀称尊,才阅六月,当时有一僧人,自号醋头,手携一灯檠,随走随呼道:"不得灯,得灯便倒!"蜀人都目僧为痴,及知祥去世,才知灯字是借映登极。又相传知祥入蜀时,见有一老人状貌清癯,挽车趋过,所载无多。知祥问他能载几何? 老人答道:"尽力不过两袋。"知祥初不经意,渐亦引为忌讳,后来果传了两代,为宋所并。小子有诗咏道:

两川窃据即称尊,风日阴霾蜀道昏。
半载甫经灯便倒,才知释子不虚言。

知祥帝蜀,半年即亡。这半年内,后唐国事,却有一番绝大变动,待小子下回再详。

观从荣之引兵入卫，谓其即图杀逆，尚无确证，不过急思承祚，恐为乃弟所夺耳。孟汉琼、朱弘昭、冯赟等，遽以反告，命朱弘实、安从益率兵迎击，追入秦府，杀于床下。从荣死不足责，但罪及妻孥，毋乃太甚！唐主嗣源，始不能抑制骄儿，继不能抑制莽将，徒因悲骇增病，遽尔告终。宋王入都，已死三日，幸当时如潞王者，在外尚未闻丧计。否则阋墙之衅，早起阙下，宁待至应顺改元后耶！蜀王知祥，乘间称帝，彼既知从厚幼弱，不久必乱，奈何于亲子仁赞，转未知所防耶！观人则明，对己则昧，知祥亦徒自哓哓耳。

第二十五回　　讨凤翔军帅溃归
　　　　　　　入洛阳藩王篡位

　　却说唐主从厚，已改元应顺，尊嫡母曹氏为太后，庶母王氏为太妃，所有藩镇文武臣僚，更一体覃恩，俱给赏赐。独疑忌潞王从珂，听信朱、冯两枢密，出从珂子重吉为亳州团练使。重吉有妹名惠明，在洛为尼，亦召入禁中。从珂闻子被外黜，女被内召，料知新主有猜忌意，免不得瞻顾彷徨。他本为明宗所爱，夙立战功，明宗病剧，只遣夫人刘氏入省，自在凤翔观望。及明宗去世，亦谢病不来奔丧。彼时已料有内衅，坐觇成败。果然嗣皇从厚，信谗见猜，屡遣使侦察从珂。朱弘昭、冯赟，又捕风捉影，专喜生事。内侍孟汉琼，与朱、冯结为知己，朱、冯说他有功，加官至开府仪同三司，且赐号忠贞扶运保泰功臣。汉琼有何功绩，只杀从荣一事，由他首倡。此时汉琼出守天雄军，见上回。意欲邀他回都，协同办事，于是奏请召还汉琼，徙成德节度使范延光，转镇天雄军。河东节度使石敬瑭，移镇成德军。潞王从珂，却叫他改镇河东，兼北都留守。天下本无事，庸人自扰之。从厚也不知利害，俱从所请，遣使出发四镇，分头传命。

　　从珂镇守凤翔，距都最近，第一个接到敕使，满肚中怀着鬼胎。忽又闻洋王从璋，前来接替，更觉疑虑不安。看官阅过上文，应知从璋为明宗从子，前时简任河中，手杀安重诲。这番调至凤翔，从珂也恐他来下辣手，随即召集僚佐，商议行止。大众应声道："主上年少，未亲庶事，军国大政，统由朱、冯两枢密主持。大王威名震主，离镇是自投罗网，不如拒绝为是！"观察判官冯胤孙，独出为谏阻道："君命召，不俟驾而行，诸君所议，恐非良图。"大众闻言，统哑然失笑，目为迂谈。从珂乃命书记李专美，草起檄文，传达邻镇，大略谓朱弘昭、冯赟等，乘先帝疾亟，杀长立少，专制朝权，疏间骨肉，动摇藩垣，从珂将整甲入朝，誓清君侧，但虑力不逮心，愿乞灵邻藩，共图报国云云。

第二十五回　讨凤翔军帅溃归　入洛阳藩王篡位

檄文既发，又因西都留守王思同，挡住出路，不得不先与联络，特派推官郝诩，押牙朱廷乂等，相继诣长安，说以利害，饵以美妓。思同却慨然道："我受明宗大恩，位至节镇，若与凤翔同反，就使成事，也不足为荣。一或失败，身名两丧，反致遗臭万年。这事岂可行得！"遂将郝诩、朱廷乂拘住，详报唐廷。此外各镇，接到从珂檄文，或与反对，或主中立，惟陇州防御使相里金，有心依附，即遣判官薛文遇，往来计事。

唐主从厚，既闻从珂叛命，拟遣康义诚出兵往讨。义诚不欲督师，请饬王思同为统帅，羽林都指挥使侯益为行营马步都虞侯。益知军情将变，辞疾不行，遂被黜为商州刺史，<small>侯益尚不失为智，义诚却很是狡诈。</small>即命王思同为西面行营马步军都部署，前静难军节度使药彦稠为副，前绛州刺史苌从简为马步都虞侯，严卫步军左厢指挥使尹晖，羽林指挥使杨思权等，皆为偏裨，出师数万，往讨从珂。又命护国节度使安彦威，为西面行营都监，会同山南西道，及武定、彰义、静难各军帅，夹攻凤翔。一面令殿直楚昭祚，往执亳州团练使李重吉，幽锢宋州。洋王从璋，行至中途，闻从珂拒命，便即折还。

王思同等会同各道兵马，共至凤翔城下，鼙鼓喧天，兵戈耀日，当即传令攻城。城堞低浅，守备不多，由从珂勉谕部众，乘陴抵御。怎奈城外兵众势盛，防不胜防，东西两关，为全城保障，不到一日，都被攻破，守兵伤亡，不下千百，急得从珂危惧万分，寝食不遑。好容易过了一宵，才见天明，又听得城外喧声，一齐趋集，好似那霸王被困，四面楚歌。<small>极写唐军声势，反射后文降溃。</small>

从珂情急登城，泣语外军道："我年未二十，即从先帝征伐，出生入死，金疮满身，才立得本朝基业，汝等都随我有年，亦应目睹，今朝廷信任谗臣，猜忌骨肉，试想我有何罪，乃劳大军痛击，必欲置我死地呢！"说至此，就在城上大哭起来。内外军士，相率泣下。忽西门外跃出一将，仰首大呼道："大相公真是我主哩！"遂率部众解甲投戈，愿降潞王。从珂开城放入，思权用片纸呈入，内书数语云：愿王克京城日，授臣节度使，勿用作防团。从珂即下城迎劳，援笔批入纸中，写就思权为邠宁节度使七字，授与思权。思权舞蹈称谢。<small>为彼一人，断送社稷，试问彼心何忍？</small>且登城招诱尹晖，尹晖即遍呼各军道："城西军已入城受赏了！我等应早自为计！"说着，也将甲胄脱卸，作为先导，各军遂纷纷弃械，乞降城中。从珂复开了东门，迎纳尹晖等降军。

王思同毫不接洽，骤见乱兵入城，顿时仓皇失措，与安彦威等五节度使，统皆遁去。凤翔城下，依旧是风清日朗，雾扫云开。从珂转惊为喜，大括城中财帛，犒赏将士，甚至鼎釜等器，亦估值作为赏物。大众都得满愿，欢声如雷。长安副留守对遂雍，闻思同败还，也生异志，闭门不纳。思同等只好转走潼关。从珂建大将旗鼓，整众东行，尚恐思同据住长安，并力拒守。及行次岐山，闻刘遂雍不纳思同，大喜过望，便即遣人慰抚。遂雍悉倾库帑，遍赏从珂前军，前军皆不入城，受赏即去。至从珂到来，由遂雍出城迎接，复搜索民财，充作供给。从珂也无暇入城，顺道东趋，径逼潼关。

唐廷尚未得败报，至西面步军都监王景从等，自军中奔还，才识各军大溃。唐主从厚，惊慌的了不得，亟召康义诚入议，凄然与语道："先帝升遐，朕在外藩，并不愿入都争位，诸公同心推戴，辅朕登基。朕既承大业，自恐年少无知，国事都委任诸公，就是朕对待兄弟，也未尝苛刻。不幸凤翔发难，诸公皆主张出师，以为区区叛乱，立可荡平，今乃失败至此，如何能转祸为福？看来只有朕亲往凤翔，迎兄入主社稷，朕仍旧归藩。就使不免罪谴，亦所甘心，省得生灵涂炭了！"徒然哀鸣，有何益处？朱弘昭、冯赟等，面面相觑，不发一言。不能收火，如何放火？

康义诚眉头一皱，计上心来，便进议道："西师惊溃，统由主将失策，今侍卫诸军尚多，臣请自往抵敌，扼住要冲，招集离散，想不至再蹈前辙，愿陛下勿为过忧！"唐主从厚道："卿果前往督军，当有把握，但恐寇敌方盛，一人不足济事，且去召入石驸马，一同进兵，可好么？"义诚道："石驸马闻徙镇命，恐亦未愿，倘有异心，转足资寇，不如由臣自行，免受牵制！"巧言如簧。从厚总道他语出至诚，毫不动疑，便召将士慰谕，亲至左藏，悉发所储金帛，分给将士。且更面嘱道："汝等若平凤翔，每人当更赏二百缗。"将士无功得赏，益加骄玩，各负所赐物，出语途人道："到凤翔后，再请给一份，不怕朝廷不允！"途人闻言，有几个见识较高，已料他贪狡难恃，康义诚独扬扬得意，调集卫军，入朝辞行。

都指挥使朱弘实，进白唐主道："禁军若都出拒敌，洛都归何人把守？臣意以为先固洛阳，然后徐图进取，可保万全。"义诚正恨弘实主兵，击毙从荣，此时又出来阻挠，顿觉怒气上冲，厉声叱道："弘实敢为此言，莫非图反不成？"弘实本是莽夫，怎肯退让，也厉声答道："公自欲反，还说别人欲反么？"这二语的声音，比义诚还要激响，适值从厚登殿，听是弘实口音，心滋不悦，便召二人面讯。二人争讼殿前，弘实仍盛怒相向，义诚独佯作低声，两下各执一词。义诚便面奏道："弘实目无君上，在御座前，尚敢这般放肆，况叛兵将至，不发兵拦阻，却听他直入都下，惊动宗社，这尚得谓非反么？"从厚不禁点首，义诚又逼紧一层道："朝廷出此奸臣，怪不得凤翔一乱，各军惊溃，今欲整军耀武，必须将此等国蠹，先正典刑，然后将士奋振，足以平寇！"从厚被他一激，遂命将弘实绑出市曹，斩首以徇。各禁军见弘实冤死，无不惊叹，那康义诚得泄余恨，遂带着禁军，一麾出都去了。

从厚见义诚就道，以为长城可靠，索性令楚匡祚杀死李重吉，并将重吉

第二十五回　讨凤翔军帅溃归　入洛阳藩王篡位

妹惠明,也勒令自尽,眼巴巴的专待捷音。当下宣诏军前,命康义诚为凤翔行营都招讨使,王思同为副。那知思同奔至潼关,被从珂前军追至,活擒而去,解至从珂行辕。从珂面加诘责,思同慨然道:"思同起自行间,蒙先帝擢至节镇,常愧无功报主;非不知依附大王,立得富贵,但人生总有一死,死后何颜往见先帝?今战败就擒,愿早就死!"忠有余而才略不足,终致杀身。从珂也自觉怀惭,改容起谢道:"公且休言!"遂命羁住后帐,偏杨思权、尹晖二人,羞与相见,屡劝从珂心腹将刘延朗,谋毙思同。延朗遂乘从珂醉后,擅将思同杀死。及从珂醒后报闻,托言思同谋变,从珂徒付诸一叹罢了。

再进军入华州,前驱又执到药彦稠,命系狱中。越日进次阌乡,又越日进次灵宝,各州邑无一拒守,如入无人之境。护国节度使安彦威,与匡国节度使安重霸,望风迎降。独陕州节度使康思立,闭门登城,拟俟康义诚到来,协同守御。从珂前驱至城下,中有捧圣军五百骑,前曾出守陕西,至此为从珂所诱,令充前锋,便向城上仰呼道:"城中守吏听着!现我等禁军十万,已奉迎新帝,尔等数人,尚为谁守?徒累得一城人民,肝脑涂地,岂不可惜!"守兵应声下城,开门出迎。思立禁遏不住,也只好随了出来,迎从珂入城。

从珂入城安民,与僚佐再商行止。僚佐献议道:"今大王将及京畿,料都中人必皆丧胆,不如移书入都,慰谕文武士庶,令他趋吉避凶,定可不劳而服了。"从珂依言,即驰书都中,略言大兵入都,惟朱弘昭、冯赟两族不赦外,此外各安旧职,不必忧疑。时侍卫马军指挥使安从进,方受命为京城巡检,一得此书,即潜布心腹,专待从珂军到,好出城迎降。

唐主从厚,尚似睡在梦中,诏促康义诚进兵。义诚军至新安,部下将士,争弃甲兵,赴陕投降。及抵乾壕,十成中走去了九成半,只剩得寥寥数十人。义诚心本叵测,此次自请出兵,意欲尽举卫卒,迎降从珂,作为首功,不意卫卒已走了先着,顿失期望。可巧途次遇着从珂候骑,即与他相见,自解所佩弓剑,令携去作为信物,传语请降。心术最坏,莫如此人。警报飞达都中,可怜唐主从厚,急得不知所为,忙遣中使宣召朱弘昭。弘昭正忧心如焚,突然闻召,即惶遽出涕道:"急乃召我,是明明欲杀我谢敌呢!"当即投井自尽。安从进闻弘昭已死,竟引兵入弘昭第,枭了弘昭首级,乘便往杀冯赟,把冯家男女长幼,尽行屠戮,遂将朱、冯两颗头颅送入陕中。

从厚得弘昭死耗,复闻冯族被屠,自知危在旦夕,不得不避难出奔。适值孟汉琼自魏州归来,便令他再往魏州,整备行辕,以便出幸。汉琼佯为应命,及趋出都门,却扬鞭西驰,投奔陕府去了。保泰功臣,所为也如是么?从厚尚未得知,自率五十骑至玄武门,顾语控鹤指挥使慕容进道:"朕且幸魏州,徐图兴复,汝可率控鹤兵从行!"进系从厚爱将,便即应声道:"生死当从陛下!请陛下先行一步，俟臣召集部众，出卫乘舆！"从厚乃驰出玄武门。一出门外，门便阖住。看官道是何人所阖？原来就是慕容进。进给出主子，立即变卦，安安稳稳的居住都中，并没有从驾的意思。

宰相冯道等入朝，到了端门，始知朱、冯皆死，车驾出走，因怅然欲归。李愚道："天子出幸，并未向我等与谋，今太后在宫，我等且至中书省，遣小黄门入宫请示，取太后进止，然后归第，诸公以为何如？"道摇首道："主上失守社稷，人臣将何处禀承？若再入宫城，恐非所宜。潞王已处处张榜，不若归俟教令，再作计较。"已生变志。乃共归至天宫寺。安从进遣人与语道："潞王倍道前来，行将入都，相公宜带领百官，至谷水奉迎。"道等乃入憩寺中，传召百官。中书舍人卢导先至，道与语道："闻潞王将至，应具书劝进，请舍人速即起草！"便欲劝进，太无廉耻。导答道："潞王入朝，百官只可班迎，就使有废立情事，亦当俟太后教令，怎得遽往劝进呢？"道又说道："凡事总须务实。"导答驳道："公等身为大臣，难道有天子出外，遽向别人劝进吗？若潞王尚守臣节，举大义相责，敢问公等具何词对答呢？为公等计，不如率百官径诣宫门，进名问安，取太后进止，再定去就，方算是情义兼尽了。"

道尚踌躇未决，那安从进复遣人催促道："潞王来了，太后太妃，已遣中使迎劳潞王，奈何百官尚未出迎？"道慌忙出寺，李愚、刘昫等，也纷然随行。到了上阳门外，伫候了半日有余，并不见潞王到来，但只有卢导趋过。道复召与语，导对答如初。李愚喟然道："舍人所言甚当，我等罪不胜数了。"罪止贪生，何必过谦。乃相偕还都。

是时潞王从珂，尚留陕中，康义诚至陕待罪，从珂面责道："先帝晏驾，立嗣由诸公，今上居丧，政事出诸公，何为不能终始，陷吾弟至此？"你也口是心非。义诚大惧，叩头请死。本意想立首功，谁知当场出丑！从珂冷笑道："你且住着，再听后命！"已露杀机。义诚不得已留住行黄，马步都虞侯苌从简，左龙武统军王景戡，均为从珂军所执，匍匐乞降。从珂俱命系狱，遂遣人上笺太后，一面由陕出发，东趋洛都。至渑池西，遇着孟汉琼，汉琼伏地大哭，欲有所陈。一哭便能保命么？从珂勃然道："汝也不必多言，我已早知道了！"遂命左右道："快了此阉奴！"汉琼魂不附体，连哀求语都说不出来，刀光一闪，身首分离。杀得好。

从珂复引兵至蒋桥，唐相冯道等，已排班恭迎。丑极。从珂传令，说是未谒梓宫，不便相见。道等又上笺劝进，越丑。从珂并不审视，但令左右收下，竟尔昂然入都。先进谒太后、太妃，再趋至西宫，拜伏明宗柩前，泣诉诣阙的缘由。冯道等跟了进来，俟从珂起身，列班拜谒。从珂亦答拜。冯道等又复劝进。从珂道："我非来夺位，实出自不得已。俟皇帝归阙，园寝礼终，当还守

第二十五回　讨凤翔军帅溃归　入洛阳藩王篡位

藩服,诸公遽议及此,似未谅我的苦衷了!"吾谁欺？欺天乎！看官！你道从珂此言,果然好当真么？翌日即由太后下令,废少帝从厚为鄂王,命从珂知军国事。又翌日复传出太后教令,谓潞王从珂,应即皇帝位。从珂并不固辞,居然在枢前行即位礼,受百官朝贺了。写得从珂即位之速,返射上文伪言。

先是从珂在凤翔,有瞽者张濛,自言知术数事,尝事太白山神。神祠就是北魏崔浩庙。每遇人问休咎,由濛祷告,神即附体传语,颇有应验。从珂亲校房暠,酷信濛术,曾托濛代询潞王吉凶。濛即传神语道:"三珠并一珠,驴马没人驱。岁月甲庚午,中兴戊己土。"暠茫然不解,请濛代释。濛答道:"这是神语,我亦未能解释呢。"暠转白从珂,从珂亦莫明其妙,至入都受册,文中起首,便是应顺元年岁次甲午,四月庚午朔三语,从珂回视房暠道:"张濛神言,果然应验了！"惟三珠两语,尚难索解,再令暠往延张濛,共相研究。濛言三珠指三帝,驴马没人驱,便是失位的意义。是耶非耶！乃授濛为将作少监同正,敕赐金紫,作为酬谢。

还有一种奇怪的应兆,凤翔人何叟,年逾七十,无疾猝死。冥中见了阴官,凭几告叟道:"为我白潞王,来年三月,当为天子二十三年。"叟方闻此语,一声怪响,竟尔还阳。自思阴官所言,不便转告,仍秘匿过去。逾月又死,复见阴官,向他怒叱道:"怎得违我命令,不去转达！今再放汝还阳,速即传报！"阴官必欲转白,究是何因？叟惶恐遵教,退见廊庑下簿书,便问守吏。守吏道:"朝代将易,这就是升降人爵的簿籍呢。"及叟已再苏,不敢隐匿,乃转告从珂亲校刘延朗,延朗转白从珂,从珂召叟入问,叟答道:"请待至来年三月,必有征信,否则戮我未迟。"从珂乃给与金帛,嘱他不再泄漏,遣令还家,及期果验。但从珂据国,先后仅及三年,何故讹作二十三年,后人仔细研求,方知从珂生日,是正月二十三日,小字二十三,浑名便叫作阿三。二十三年,就是三年,究竟此事真假,小子也无从辨明。但史乘上载有此语,不妨依言录述,聊供看官谈助。并随笔写入一诗道:

　　同胞兄弟尚操戈,异类何能保太和。
　　养子可曾如养虎,明宗以后即从珂。

从珂篡位,故主从厚,究竟往何处去了？欲知详情,试阅下回便知。

明宗既殂,从厚依次当立,名正言顺,本无可乘之隙。且即位仅及数月,无甚失德,亦何至速即危亡,所误者任用非人耳！朱弘昭、冯赟等,前时尝畏惮从荣,不敢入任枢密使。至从荣既死,从珂犹存,阿三骁勇善战,出从荣上,亟宜设法笼络,曲予羁縻。彼于从厚入都之时,不过在外观望,未尝反唇相讯,是固非觊觎神器者比。何物朱、冯,乃轻令徙镇,激之使反乎!且王思同等率领大军,围攻凤翔,东西关陷,围城岌岌,而杨思权大呼先降,尹晖随靡,遂致众军大溃,是思权之罪,且比朱、冯为尤甚。康义诚居心叵测,更过思权,从厚误信而用之,几何而不亡国杀身耶!然观当时卖国诸臣,皆属先朝遗老,是其咎尤不在从厚,而在明宗。祖父欲传国于子孙,不为之择贤而辅,虽举国家而授之,亦属无益。此贻谋之所以宜慎也。

第二十六回　卫州廨贼臣缢故主
　　　　　长春宫逆子弑昏君

却说潞王从珂,入洛篡位的期间,正故主从厚,流寓卫州驿,剩得一个匹马单身,穷极无聊的时候。他自玄武门趋出,随身只五十骑兵,四顾门已阖住,料知慕容进变卦,不由的自嗟自怨,踯躅前行。到了卫州东境,忽见有一簇人马,拥着一位金盔铁甲的大员,吆喝而来。到了面前,那大员滚鞍下马,倒身下拜,仔细瞧着,乃是河东节度使石敬瑭。便即传谕免礼,令他起谈。敬瑭起问道:"陛下为什么到此?"从厚道:"潞王发难,气焰甚盛,京都恐不能保守,我所以匆匆出幸,拟号召各镇,勉图兴复,公来正好助我!"敬瑭道:"闻康义诚出军西讨,胜负如何?"从厚道:"还要说他甚么,他已是叛去了!"敬瑭俯首无言,只是长叹。也生歹心。

从厚道:"公系国家懿戚,事至今日,全仗公一力扶持!"敬瑭道:"臣奉命徙镇,所以入朝。麾下不过一二百人,如何御敌?惟闻卫州刺史王弘贽,本系宿将,练达老成,愿与他共谋国事,再行禀命!"从厚允诺。敬瑭即驰入卫州,由弘贽出来迎见,两下叙谈。敬瑭即开口道:"天子蒙尘,已入使君境内,君奈何不去迎驾?"弘贽叹息道:"前代天子,亦多播越,但总有将相侍卫,并随带府库法物,使群下得所依仰。今闻车驾北来,只有五十骑相随,就使有忠臣义士,赤心报主,恐到了此时,亦无能为力了!"乐得别图富贵。

敬瑭闻言,也不加评驳,但支吾对付道:"君言亦是,惟主上留驻驿馆,亦须还报,听候裁夺。"便别了弘贽,返白从厚,尽述弘贽所言。从厚不禁陨涕。旁边恼动了弓箭使沙守荣、奔洪进,奔与贲同系洪进姓。直趋敬瑭前,正辞诘责道:"公系明宗爱婿,与国家义同休戚,今日主忧臣辱,理应相恤,况天子蒙尘播越,所恃惟公,今公乃误听邪言,不代设法,直欲趋附逆贼,卖我天子呢!"说至此,守荣即拔出佩刀,欲刺敬瑭。忠义可嘉,惜太莽撞。敬瑭连忙倒退,部将陈晖即上前救护敬瑭,拔剑与守荣交斗,约有三五个回合。敬瑭牙将指挥使

第二十六回　卫州嬖贼臣缢故主　长春宫逆子弑昏君

刘知远，遽引兵入驿，接应陈晖。晖胆力愈奋，格去守荣手中刀，把他一剑劈死。洪进料不能支，也即自刎。知远见两人已死，索性指挥部兵，趋至从厚面前，将从厚随骑数十人，杀得一个不留。从厚已吓做一团，不敢发声，那知远却麾兵出驿，拥了敬瑭，竟驰往洛阳去了。不杀从厚，还算是留些余地。看官！你想此时的唐主从厚，弄得形单影只，举目无亲，进不得进，退不得退，只好流落驿中，任人发落。卫州刺史王弘贽，全不过问，直至废立令下，乃遣使迎入从厚，使居州廨。明知从厚难保，因特视为奇货。一住数日，无人问候，惟磁州刺史宋令询，遣使存问起居。从厚但对使流泪，未敢多言。皇帝失势，一至于此，后人亦何苦欲做皇帝。既而洛阳遣到一使，入见弘贽，向贽下拜，这人非别，就是弘贽子峦，曾充殿前宿卫。贽问他来意，他即与贽附耳数语。贽频频点首，便备了鸩酒，引峦往见从厚。从厚识是王峦，便询都中消息。峦不发一语，即进酒劝饮。从厚顾问弘贽道："这是何意？"弘贽道："殿下已封鄂王，朝廷遣峦进酒，想是为殿下饯行呢。"从厚知非真言，未肯遽饮，弘贽父子，屡劝不允，峦竟性起，取过束帛，硬将从厚勒毙，年止二十一岁。

从厚妃孔氏，即孔循女。尚居宫中，生子四人，俱属幼稚。自王峦弑主还报，从珂遣人语孔妃道："重吉等何在？汝等尚想全生么？"孔妃顾着四子，只是悲号。不到一时，复有人持刃进来，随手乱斫，可怜妃与四子，一同毙命。从厚只杀一重吉，却要六人抵命，如此凶横，宁能久存！

磁州刺史宋令询，闻故主遇害，恸哭半日，自缢而亡。从厚之死，尚有宋令询死节，后来从珂自焚，无一死事忠臣，是从珂且有愧乎矣。从珂即改应顺元年为清泰元年，大赦天下，惟不赦康义诚、药彦稠。义诚伏诛，并且夷族。此举差快人意。余如苌从简、王景戡等，一律释免。葬明宗于徽陵，并从荣、重吉遗棺，及故主从厚遗骸，俱埋葬徽陵域中。从厚墓土，才及数尺，不封不树，令人悲叹。至后晋石敬瑭登基，乃追谥从厚为闵帝，可见从珂残忍，且过敬瑭，怪不得他在位三年，葬身火窟哩。莫谓天道无知。

从珂下诏犒军，见府库已经空虚，乃令有司遍括民财，敲剥了好几日，也止得二万缗。从珂大怒，硬行科派，否则系狱。于是狱囚累累，贫民多赴井自尽，或投缳自经。军士却游行市肆，俱有骄色。市人从旁聚诟道："汝等但知为主立功，反令我等鞭胸杖背，出财为赏，自问良心，能无愧天地否？"军士闻言，横加殴逐，甚至血肉纷飞，积尸道旁，人民无从呼吁。犒军费尚属不敷，再搜括内藏旧物，及诸道贡献，极至太后、太妃，亦取出器物簪珥，充作犒赏，还不过二十万缗。当从珂出发凤翔时，曾下令军中，谓入洛后当赏人百缗，至是估计，非五十万缗不可，偏仅得二十万缗，不及半数。从珂未免怀忧。

适李专美夜值禁中，遂召入与语道："卿素有才名，独不能为我设谋筹足军赏么?"专美拜谢道:"臣本驽劣,材不称职,但军赏不足,与臣无咎。自长兴以来,屡次行赏,反养成一班骄卒。财帛有限,欲望无穷,陛下适乘此隙,故能得国。臣愚以为国家存亡,不在厚赏,要当修法度,立纪纲,保养元气,若不改前车覆辙,恐徒困百姓,存亡尚未可知呢!今财力已尽,只得此数,即请酌量派给,何必定践前言哩!"从珂没法,只得下了制敕,凡在凤翔归命,如杨思权、尹晖等,各赐二马一驼,钱七十缗,下至军人钱二十缗,在京军士各十缗。诸军未满所望,便即造谣道:"去却生菩萨,扶起一条铁。"生菩萨指故主从厚,一条铁指新主从珂。玩他语意,已不免怀着悔心了。全为下文写照。

当下大封功臣,除冯道、李愚、刘昫三宰相,仍守旧职外,用凤翔判官韩昭胤为枢密使,刘延朗为副,房暠为宣徽北院使,随驾牙将宋审虔为皇城使,观察判官马裔孙为翰林学士,掌书记李专美为枢密院直学士。康思立调任邢州节度使,安重霸调任西京留守,杨思权升任邠州节度使,尹晖升任齐州防御使,安重进升任河阳节度使,相里金升任陕州节度使。加封天雄军节度使范延光为齐国公,宣武军节度使驸马都尉赵延寿为鲁国公,幽州节度使赵德钧,封北平王,青州节度使房知温,封东平王,天平节度使李从昭仍回镇凤翔,封西平王。惟石敬瑭自卫州入朝,虽由从珂面加慰劳,礼貌颇恭,但前此同事明宗,两人各以勇力自夸,素不相下,此时从珂为主,敬瑭为臣,不但敬瑭易勉强趋承,就是从珂亦勉强接待。相见后留居都中,未闻迁调,敬瑭很自不安,以致愁病相侵,形同骨立。亏得妻室永宁公主,出入禁中,屡与曹太后谈及,请令大婿仍归河东。公主本曹太后所出,情关母女,自然竭力代谋。从珂入事太后、太妃,还算尽礼,因此太后较易进言。有时公主入谒,与从珂相见,亦尝面陈微意。从珂乃复令敬瑭还镇河东,加官检校太师兼中书令,封公主为魏国长公主。

凤翔旧将佐,入劝从珂,都说应留住敬瑭,不宜外任。惟韩昭胤、李专美两人,谓敬瑭与赵延寿,并皆尚主,一居汴州,一留都中,显是阴怀猜忌,未示大公,不如遣归河东为便。从珂也见他骨瘦如柴,料不足患,遂遣使还镇。敬瑭得诏即行,好似那凤出笼中,龙游海外,摆尾摇首,扬长而去。原是得意。

既而进冯道为检校太尉,相国如故。李愚、刘昫,一太苛察,一太刚褊,议论多不相合。或至彼此诟詈,失大臣体。从珂乃有意易相,问及亲信,俱说尚书左丞姚顗,太常卿卢文纪,秘书监崔居俭,均具相才,可以择用。从珂意不能决,因书三人姓名,置诸琉璃瓶中,焚香祝天,用箸挟出,得姚、卢两人。遂命姚顗、卢文纪同平章事,罢李愚为左仆射,刘昫为右仆射。寻册夫人刘氏为皇后,授次子重美为右卫上将军,兼河南尹,判六军诸卫事。嗣且命兼同平章事职衔,加封雍王。一朝规制,内外粗备,那弑君篡国的李从珂,遂高拱九重,

第二十六回　卫州僻贼臣缢故主　长春宫逆子弑昏君

自以为安枕无忧了。笔伐口诛,不肯放过。小子按时叙事,正好趁着笔闲,叙及闽中轶闻。回应二十三回。

闽主延钧,既僭称皇帝,封长子继鹏为福王,充宝皇宫使,尊生母黄氏为太后,册妃陈氏为皇后。先子而后及母妻,是依时事为录述,并非倒置于此,见闽主之溺爱不明,卒遭子祸。看官道陈氏是何等人物？她本是延钧父王审知侍婢,小名金凤。说起她的履历,更属卑污。他本是福清人氏,父名侯伦,年少美丰姿,曾事福建观察使陈岩。岩酷嗜南风,与侯伦常同卧起,视若男妾。偏岩妾陆氏,也心爱侯伦,眉来眼去,竟与侯伦结不解缘,只瞒了一个陈岩,未几,岩死,岩妻弟范晖,自称留后。陆氏复托身范晖,产下一女,便是金凤。此女系侯伦所生,由晖留养,至王审知攻杀范晖,金凤母女,乘乱走脱,流落民间。幸由族人陈匡胜收养,方得生存。审知据闽,选良家女充入后宫,金凤幸得与选,年方十七,姿貌不过中人,却生得聪明乖巧,娇小玲珑。一入宫中,便解歌舞。审知喜她灵敏,即令贴身服事。

延钧出入问安,金凤曲意承迎,引得延钧很是欢洽,心痒难熬。惟因老父尚在,不便勾搭,没奈何迁延过去。至审知一殁,延钧嗣位,还有甚么顾忌,便即召入金凤,侑酒为欢,郎有心,妾有意,彼此不必言传,等到酒酣兴至,自然拥抱入床,同作巫山好梦。这一夜的颠鸾倒凤,备极淫荡。延钧已娶过两妻,从没有这般滋味,遂不禁喜出望外,格外情浓。及僭号称帝,拟册正宫,元配刘氏早卒,继室金氏,貌美且贤,不过枕席上的工夫,很是平淡,延钧本不甚欢昵。到了金凤入幸,比金氏加欢百倍。那时闽后的位置,当然属诸金凤了。只是要做元绪公,奈何！既立金凤为皇后,即追封他假父陈岩为节度使,母陆氏为夫人,族人守恩、匡胜为殿使。别筑长春宫,作藏娇窟。

延钧尝用薛文杰为国计使,文杰敛财求媚,往往诬富人罪,籍没家资,充作国用,以此得大兴土木,穷极奢华。并且广采民女,罗列长春宫中,令充侍役。每当宫中夜宴,辄燃金龙烛数百枝,环绕左右,光明如昼。所用杯盘,统是玛瑙、琥珀及金玉制成,且令宫婢数十人擎住,不设几筵。匪夷所思。饮到醉意醺醺,延钧与金凤,便将衣服尽行卸去,裸着身体,上床交欢。床四围共有数丈,枕可丈余,当两人交欢时,又令诸宫人裸体伴寝,互为笑谑。嗣复遣使至安南,特制水晶屏风一具,周围四丈二尺,运入长春宫寝室。延钧与金凤淫狎,每令诸宫女隔屏窥视,金凤常演出种种淫态,取悦延钧。或遇上巳修禊,及端午竞渡,必挈金凤偕游。后宫妇女,杂衣文锦,夹拥而行。金凤作乐游曲,令宫女同声歌唱,悠扬宛转,响遏行云。还有兰麝气,环珮声,遍传远近,令人心醉。这真可谓淫荒已极了。

延钧既贪女色,复爱娈僮。有小吏归守明,面似冠玉,肤似凝酥,他即引入宫中,与为欢狎,号为归郎。淫女尤喜狂,且顿令这水性杨花的金凤姑娘,也为颠倒梦想,愿与归郎作并头莲。归郎乐得奉承,便觑隙至金凤卧房,成了好事。金凤得自母传,不意归郎竟似候伦。起初尚顾避延钧,后来延钧得疾,变成一个疯瘫症。于是金凤与归郎,差不多夜夜同床,时时并坐了。但宫中婢妾甚多,有几个狡黠善淫的,也想亲近归郎,乘机要挟。害得归郎无分身法,另想出一条妙计,招入百工院使李可殷,与金凤通奸。金凤多多益善,况可殷是个伟岸男子,仿佛是战国时候的嫪毒,独得秘缄,益足令金凤惬意。归郎稍稍得暇,好去应酬宫人,金凤也不去过问。惟可殷不在时,仍令归郎当差。当时延钧曾命锦工作九龙帐,掩蔽大床,国人探悉宫中情形,作一歌词道:"谁谓九龙帐,只贮一归郎!"延钧哪里得知,就使有些知觉,也因疾病在身,振作不起。

　　天下事无独必有偶,那皇后陈金凤外,又出一个李春燕。凤后有燕,何畜生之多也!春燕为延钧侍妾,妖冶善媚,不下金凤。姿态比金凤尤妍。延钧也加爱宠,令居长春宫东偏,叫作东华宫。用珊瑚为梲榆,琉璃为檽瓦,檀楠为梁栋,缀珠为帘幕,范金为柱础,与长春宫一般无二。自延钧骤得疯瘫,不能御女,金凤得了归守明、李可殷等,作为延钧的替身,春燕未免向隅,势不免另寻主顾。凑巧延钧长子继鹏,愿替父代劳,与春燕联为比翼,私下订约,愿作长久夫妻。乃运动金凤,乞她转告延钧,令两人得为配偶。延钧本来不愿,经金凤巧言代请,方将春燕赐给继鹏,两人自然快意,不消絮述。

　　惟延钧素性猜忌,委任权奸。内枢密使吴英,为国计使薛文杰所潜,竟致处死。英尝典兵,得军士心,军士因此嗟怨。忽闻吴人攻建州,当即发兵出御,偏军士不肯出发,请先将文杰交出,然后起程。延钧不允,经继鹏一再固请,乃将文杰捕下,给与军士,军士乱刀分剖,脔食立尽,始登途拒吴。吴人退去。

　　既而延钧复忌亲军将领王仁达,勒令自尽,一切政事,统归继鹏处置。皇城使李仿,与春燕同姓,冒认兄妹,遂与继鹏作郎舅亲,自恣威福。李可殷尝被狎侮,心怀不平,密与殿使陈匡胜勾结,逸构李仿及继鹏。继鹏弟继韬,又与继鹏不睦,党入可殷,密图杀兄。偏继鹏已有所闻,也尝与李仿密商,设法除患。会延钧病剧,继鹏及仿,放胆横行,竟使壮士持梃,闯入可殷宅中。正值可殷出来,当头猛击,脑裂而死。死得猝不及防。

　　看官试想,这李可殷是皇后情夫,骤遭惨毙,教阿凤何以为情?慌忙转白延钧,不意延钧昏卧床上,满口谵语,不是说延禀索命,就是说仁达呼冤。金凤无从进言,只好暗暗垂泪,暂行忍耐。到了次日,延钧已经清醒,即由金凤入诉,激起延钧暴怒,力疾视朝。呼入李仿,诘问可殷何罪?仿含糊对付,但言当查明复旨。跟跄趋出,急与继鹏定计,一不做,二不休,号召皇城卫士,鼓噪入宫。

延钧正退朝休息,高卧九龙帐中,蓦闻哗声大至,亟欲起身,怎奈手足疲软,无力支撑。那卫士一拥突入,就在帐外用槊乱刺,把延钧搠了几个窟窿。金凤不及奔避,也被刺死。归郎躲入门后,由卫士一把抓住,斫断头颅。李仿再出外擒捕陈守恩、匡胜两殿使,尽加杀戮。继韬闻变欲逃,奔至城门,冤家碰着对头,适与李仿相值,拔刀一挥,便即陨首。延钧在九龙帐中,尚未断气,宛转啼号,痛苦难忍,宫人因卫士已去,揭帐启视,已是血染床褥,当由延钧嘱咐,自求速死,令宫人刺断喉管,方才毕命。小子有诗叹道:

　　九龙帐内闪刀光,一代昏君到此亡。
　　荡妇狂且同一死,人生何苦极淫荒。

延钧被弑,这大闽皇帝的宝座,便由继鹏据住,安然即位。欲知此后情形,俟小子下回说明。

唐主从厚,与闽主延钧,先后被弑,正是两两相对。惟从厚生平行事,不若延钧之淫昏,乃一则即位未几,即遭变祸,一则享国十年,才致陨命;此非天道之无知,实由人事之有别。明宗末年,乱机已伏,不发难于明宗之世,而延及于从厚之身,天或者尚因明宗之逆取顺守,尚有令名,特不忍其亲罹惨祸,乃使其子从厚当之耳。延钧嗣位,闽固无恙,初年尚不甚淫荒,至僭号为帝,立淫女为后,于是愈昏愈乱,而大祸起矣。本回叙入闽事,全从《十国春秋》中演出,并非故意媟亵,导人为淫。阅者当知淫昏之适以致亡,勿作秽语观可也。

第二十七回　嘲公主醉语启戎　　援石郎番兵破敌

却说王继鹏弑父杀弟,并将仇人一并处死,喜欢的了不得,遂假传皇太后命,即日监国。到了晚间,没一人敢生异议,便登了帝座,召见群臣。群臣皆俯伏称贺。继鹏改名为昶。册李春燕为贤妃。命李仿判六军诸卫事。仿为弑君首恶,心常自疑,多养死士,作为护卫。继鹏恐他复蓄异谋,密与指挥使林延皓计议,托名犒军,大享将士,暗中布着埋伏,专候李仿进来,顺便下手。仿昂然直入,趋至内殿,猝遇伏甲突出,将他拿下,立即枭斩。当下阖住内城,严防外乱,并将仿首悬示启圣门外,揭仿弑君弑后,及擅杀继韬等罪状。仿部众不服,攻应天门,未能得手,转焚启圣门,由林延皓率兵拒守,也不得逞。但将仿首取去,东奔吴越。

继鹏闻乱兵溃去,心下大悦,当命弟继严权判六军诸卫,用六军判官叶翘为内宣徽使,追号父镡即延钧,见前。为惠宗皇帝,发丧安葬,改元通文。尊皇太后黄氏为太皇太后,进册李春燕为皇后。继鹏本有妻李氏,自得了春燕,将妾作妻,正室反贬入冷宫。春燕好淫工媚,善伺主意,继鹏非常宠爱,坐必同席,行必同舆,别造紫微宫,专供春燕游幸,繁华奢丽,且过东华。好算跨灶。春燕所言,继鹏无不允从。内宣徽使叶翘,博学质直,本为福邸宾僚,继鹏待以师礼,多所裨益。及入为宣徽使,反致言不见用,翘固请辞职,却屡承慰留。既而为李后事,上书切谏,惹动继鹏怒意,援笔批答道:"一叶随风落御沟!"是古今批语中所罕有。遂放翘归水泰原籍,翘幸得寿终。

这且慢表,且说河东节度使石敬瑭,既抵晋阳,尚恐为朝廷所忌,阴图自全,常称病不理政事。有二子重英、重裔,留仕都中,重英任右卫上将军,重裔为皇城副使,皆受敬瑭密嘱,侦探内事。两人贿托太后左右,每有所闻,即行传报。所以唐主从珂,与李专美、李崧、吕琦、薛文遇、赵廷义等,日夕密谈,无不探悉。适契丹屡寇北边,禁军多屯戍幽州。敬瑭乃与幽州节度使赵德钧,联名上表,乞请增粮。有诏借河东菽粟,及镇州输绢五万匹,出易粮米。特派镇、冀二州车千五百乘,运粮至幽州戍所。敬瑭复自率大军,出屯忻州。

是时天旱民饥,百姓既苦乏食,又病徭役。敬瑭督促甚急,未免怨声载道。凑巧唐廷遣使到来,赐给敬瑭军夏衣,军士急呼万岁,声澈全营。敬瑭独自耽忧,幕僚段希尧进言道:"将在外,君命有所不受。今军士不由将令,预先传呼万岁,是目中已无主帅了,他日如何使用?请查出首倡,明正军法!"敬瑭乃令刘知远查究,得三十六人,推出处斩,为各军戒。朝使闻此消息,返报从珂。从珂越生疑忌,即派武宁军节度使张敬达,为北面行营副总管,名目上是防御契丹,实际上是监制敬瑭。敬瑭并非笨伯,猜透从珂微意,格外加防。药线已设,总要爆裂。

好容易到了清泰三年,正月上浣,即值从珂诞辰,宫中号为千春节,置酒内廷,文武百官,联翩趋入,奉觞进贺。从珂已喝了许多巨觥,带着一片醉意,宴毕回宫,巧值魏国长公主,自晋阳来朝祝寿,便即捧上瑶觞,表达贺忱。从珂接饮毕,便笑问道:"石郎近日何为?"公主答道:"敬瑭多病,连政务都不愿亲理,每日惟卧床调养,需人侍奉罢了。"为夫托疾,究竟女生外向。从珂道:"我忆他筋力素强,何致骤然衰弱?公主既已至京,且在宫中宽留数日,由他去罢。"公主着急道:"正为他侍奉需人,所以今日入祝,明日即拟辞归。"从珂不待词毕,便作醉语道:"才行到京,便想西归,莫非欲与石郎谋反么?"公主闻言,不禁俯首,默然趋退。从珂亦即安寝。

次日醒来,即有人入谏从珂,说他酒后失言。此人为谁?乃是皇后刘氏。从珂即位后,曾追尊生母鲁国夫人魏氏为太后,册正室沛国夫人刘氏为皇后。此是补叙之笔。刘氏素性强悍,颇为从珂所畏,她闻从珂醉语,一时不便进规,待至诘旦,方才入谏。从珂已经失记,至由刘后述及,方模模糊糊的记忆起来,心中亦觉自悔。当下召入魏国长公主,好言抚慰,并说昨夕过醉,语不加检,幸勿介怀。公主自然谦逊,一住数日,方敢告辞。从珂且进封她为晋国长公主,俾她悦意,且赐宴饯行。

毕竟夫妇情深,远过兄妹,公主还归晋阳,即将从珂醉语,报告敬瑭。敬瑭益加疑惧,即致书二子,嘱令将洛都存积的私财,悉数载至晋阳,只托言军需不足,取此接济。于是都下谣言,日甚一日,都说是河东将反。

唐主从珂,时有所闻,夜与近臣从容议事,因与语道:"石郎是朕至亲,本无可疑,但谣言不靖,万一失欢,将如何对待呢?"群臣皆不敢对,彼此支吾半晌,便即退出。学士李崧,私语同僚吕琦道:"我等受恩深厚,怎能袖手旁观?吕公智虑过人,究竟有无良策?"琦答道:"河东若有异谋,必结契丹为援。契丹太后,以赞华投奔我国,屡求和亲,赞华事见二十三回。只因我拘留番将,未尽遣还,所以和议未成。今若送归番将,再饵以厚利,岁给礼币十余万缗,谅契丹必欢然从命,河东虽欲跳梁,当亦无能为了。"和亲亦非良策,不过少延岁月。崧答道:"这原是目前至计,惟钱谷皆出三司,须先与张相熟商,方可奏闻。"说着,即邀吕琦同往张第。

张相乃是张延朗,明宗时曾充三司使,从珂篡位,命他为吏部尚书,兼同平章事职衔,仍掌三司。后唐称度支、盐铁、户部为三司。闻李、吕二人进谒,当即出迎。李崧代述琦计。延朗道:"如吕学士言,不但足制河东,并可节省边费。若主上果行此计,国家自可少安,应纳契丹礼币,但向老夫责办,定可筹措,请两公速即奏陈。"二人大喜,辞了延朗。至次日入内密奏,从珂颇以为然,令二人密草国书,往遗契丹,静俟使命。

二人应命退出,从珂复召入枢密直学士薛文遇,与商此事。文遇道:"堂堂天子,若屈身夷狄,岂不足羞!况虏性无厌,他日求尚公主,如何拒绝!汉成帝献昭君出塞,后悔无穷,后人作昭君诗云:'安危托妇人。'这事岂可行得?"从珂不禁失声道:"非卿言,几乎误事!"

越日急召崧、珂入后楼,二人总道是索阅国书,怀稿入见。不料从珂在座,满面怒容,待二人行过了礼,便叱责道:"卿等当力持大体,敷佐承平,奈何徒出和亲下策!朕只一女,年尚乳臭,卿等欲弃诸沙漠么?且外人并未索币,乃欲以养士财帛，输纳虏廷，试问二卿究怀何意？"二人慌忙拜伏道："臣等竭愚报国，并非敢为虏计，愿陛下熟察！"从珂怒尚未息，李崧只管磕头，吕琦拜了两拜，便即停住。从珂瞋目道："吕琦强项，尚视朕为人主么？"琦亦抗声道："臣等为谋不臧，但请陛下治罪，若多拜即可邀赦，国法转致没用了！"尚有丈夫气。从珂被他一驳，颜才少霁，令二人起身，各赐卮酒压惊。二人跪饮，拜谢而退。

未几即降调琦为御史中丞，不令入直。朝臣窥测意旨，哪敢再言和亲。忽由河东呈入奏章，系是石敬瑭自陈羸疾，乞解兵柄，或徙他镇。从珂览奏，明知非敬瑭真意，但事出彼请，乐得依从，便拟将敬瑭移镇郓州。李崧、吕琦又上书谏阻，还有升任枢密使房暠，亦力言不可。独薛文遇奋然道："俗语有言，道旁筑室，三年不成，此事应断自圣衷，群臣各为身谋，怎肯尽言！臣料河东移亦反，不移亦反，不若先事防维为是！"也是汉晁错流亚。从珂大喜道："卿言正合朕意。前日有术士言，谓朕今年应得贤佐，谋定天下，想应验在卿身了！"不从彼言，何致焚身？立命学士院草制，徙敬瑭为天平节度使，特命马军都指挥使宋审虔出镇河东，且令张敬达为西北蕃汉马步都部署，促敬瑭速移郓州。

看官试想，这石敬瑭表请移镇，明明是有意尝试，那知弄假成真，竟颁下这道诏命。慌忙召集将佐，私下与商道："我再来河东时，主上曾许我终身在此，不更换人接替，今忽有是命，是与千春节向公主言，同一忌我，我难道便来就死么？"幕僚段希尧，及节度判官赵莹，观察判官薛融等，俱劝敬瑭暂且忍耐，姑往郓州。旁有一将闪出道："不可不可！明公今往郓州，是所谓迁乔入谷了。试思明公在此，兵强马壮，若称兵传檄，帝业可成，奈何以一纸诏书，甘投虎口呢？"敬瑭闻言瞧着，正是都押牙刘知远，彼固不屑在人下者。方欲出言回答，又有一人接入道："明公入朝，今上新即位，岂不知蛟龙异物，不宜纵入深渊，乃仍把河东授公，这是天意相助，非人谋所得违。况明宗遗爱在人，今上以养子入继，名不正，言不顺，公系明宗爱婿，反招今上疑忌，若不早图，后悔无及了！"敬瑭视之，是掌书记桑维翰，一推一挽，拥起此石。乃向二人拱手道："二公所言甚明，但恐河东一镇，未能抵制朝廷。"维翰又道："从前契丹主子，与明宗约为兄弟，今部兵出没西北，公诚能推诚屈节，服事契丹，万一有急，朝呼夕至，何患不成？"甘心事狄，沦十六州为左衽，维翰实为罪魁。敬瑭遂决意发难，特令维翰草起表文，请唐主从珂让位。略云：

> 臣河东节度使石敬瑭，谨顿首上言：古者帝王之治天下也，立储以长，传位以嫡，为古今不易之良法。晋献公以骊姬之故，废太子，立奚齐，晋之乱者数十年。秦始皇不早立储君，杀扶苏，立胡亥，卒至自亡其国。

第二十七回　嘲公主醉语启戎　援石郎番兵破敌

唐之天下，明宗之天下也。明宗皇帝，金戈铁马之所经营，麦饭豆粥之所收拾，持三尺剑，马上得天下，厥功亦非小可。近者宫车晏驾，宋王登基，陛下乃以养子入纂大统，天下忠义之士，皆为扼腕。区区臣愚，欲望陛下退处藩邸，传位许王，有以对明宗皇帝在天之灵，有以服天下忠臣义士之心。不然，同兴问罪之师，稍正纂位之罪，徒使流血污庭，生灵涂炭，彼时悔之，亦噬脐矣！冒昧上言，复候裁夺。

原来从珂纂位时，除弑死故主从厚外，所有明宗后妃，及少子许王从益，俱安居宫中，未尝冒犯。所以敬瑭此表，迫从珂传位从益。情理颇正，但问汝入洛后，何故不拥立许王？看官！你想从珂是肯依不肯依呢？表文到京，一入从珂目中，无名火引起三丈，立即撕碎，抛掷地上，令学士书诏斥责道：

卿于鄂王，固非疏远，卫州之事，卿实负之。许王之言，何人肯信？卿其速往郓州，毋得徘徊不进，致干罪戾，特此谕知。

敬瑭得诏，复与刘知远等商议，知远道："先发制人，后发为人制。今日已成骑虎，不能再下，请即传檄四方，且求救契丹，即日举义，当无不克！"敬瑭依计而行，忽报雄义都指挥使安元信，率部下六百人来降，即由敬瑭迎入，婉言慰问道："朝廷称强，河东称弱，公为何舍强归弱呢？"元信道："元信不能知星识气，但据人事而论，帝王能治天下，惟信最重。今主上与明公最亲，尚不能以信相待，况疏贱呢？无信如此，亡可立待，怎得为强！"敬瑭大悦，委以军事，命为亲军巡检使。既而振武西北巡检使安重荣，及西北先锋指挥使安审信、张万迪等，各率部兵归晋阳。敬瑭一一欣纳。

嗣闻朝旨次第颁下，削夺河东节度使官爵，这尚是意中所有的事情。未几，由探卒入报，张敬达为四面排阵使，张彦琪为马步军都指挥使，安审琦为马军都指挥使，相里金为步军都指挥使，武廷翰为壕塞使，率兵数万，杀奔太原来了。一急。又未几再得急报，张敬达为太原四面都部署，杨光远为副，高行周为太原四面招抚排阵等使，调集各道马步兵，已自怀州进行，不日要到太原了。二急。

敬瑭召语将佐道："事急了！快到契丹求救罢。"言未已，复有一凶耗传来，乃是亲弟都指挥使敬德，及从弟都指挥使敬殷，并二子重英、重裔，一并被诛，险些儿将敬瑭痛死，半晌才哭出声来。此急非同小可。一声大恸，又复将喉咙塞住，但用两手捶胸，好容易迸出声泪，且哭且语道："我受明宗皇帝厚恩，出力报国，今乃使子弟冤死，含恨九泉！若非举兵向阙，恐一门无噍类了！我非敢负明宗，实朝廷激我至此，不得不然。皇天后土，实闻此言！"各将佐等都从旁劝慰。

敬瑭亟命桑维翰草表，向契丹称臣，且愿事以父礼，乞即发兵入援。事成以后，愿割卢龙一道，及雁门关以北诸州，作为酬谢。刘知远忙出阻道："称臣已足，何必称子，厚许金币，亦足求援，何必割畀土地。今日因急相许，他日必为中国大患，悔无及了！"颇得先见，可惜敬瑭不从。敬瑭道："且管眼前要紧，顾不得日后了。"便令维翰缮讫，遣使持表赴契丹。

契丹主耶律德光，曾梦一神人从天而下，庄容与语道："石郎使人唤汝，汝宜速去！"及醒后，转告述律太后，太后以为梦兆无凭，不足注意。及敬瑭使至，览表大喜，慨然允诺。入白述律太后道："梦兆已验，天意早使我援石郎呢。"述律太后也即喜慰，因打发回书，仍令原使赍还，约言秋高马肥，当倾国入援。敬瑭得书，稍稍放怀，惟整缮兵备，固守城濠。

过了数日，张敬达率军大至，来攻晋阳。敬瑭授刘知远为马步军指挥使，所有安重荣、张万迪诸降将，悉归节制。知远用法无私，不分新旧，因此士心归附，俱乐为用。敬瑭身披重甲，亲自登城，任他城下各军，飞矢投石，一些儿没有畏缩，只是坐镇城楼。知远在旁进言道："观敬达辈无他奇策，不过深沟高垒，为持久计，愿明公分道遣使，招抚军民，免得与我为难。若守城尚是容易，知远一人，已足担当，请公勿忧！"敬瑭握知远手，且抚背道："得公如此，我自无忧了。"遂下城自去办事，一切守城计画，悉委知远。

知远日夕不懈，小心拒守，张敬达屡攻不下。那催督攻城的朝使，却一再至军，嗣又令吕琦犒师。兵马副使杨光远语琦道："愿附奏皇上，幸宽宵旰，贼若无援，旦夕当平，就使契丹兵到来，亦可一战破敌呢！"谈何容易。琦返报唐主从珂，从珂很是欣慰。偏偏过了旬日，未见捷报，免不得再下诏谕，饬诸军速攻晋阳。敬达恰也心焦，四面围攻，适值秋雨连绵，营垒多被冲坏，长围竟不能合。晋阳城中，粮储日罄，也不免焦急起来，专望契丹入援。

契丹主耶律德光，如约出师，号令军前道："我非为石郎兴兵，乃奉天帝敕使，汝等但踊跃前进，必得天助，保无他患！"可见梦兆之言，或由德光设词欺众，并非果有此事。军士齐声应命，共得五万铁骑，浩荡南来，扬言大兵三十万，从扬武谷趋入，直达晋阳，列营汾北。德光先遣人通报敬瑭道："我今日即拟破敌，可好么？"敬瑭亟遣人驰告德光，谓南军势盛，未可轻战，不如待至明日。使人方去，遥闻鼓角齐鸣，喊声大震，料知两边已经交锋，忙令刘知远带着精兵，出城助战。

说时迟，那时快，契丹主德光，已遣轻骑三千，进薄张敬达大营。敬达早已防着，见来兵皆不被甲，纵马乱闯，还道他轻率不整，便尽出营兵搠战，一场驱逐，把契丹兵赶至汾曲，契丹兵涉水自去。唐兵尚不肯舍，沿岸追击，那知芦苇中尽是伏兵，几声胡哨，尽行突出，将唐兵冲做数截。唐步兵已追过北岸，多为所杀，惟骑兵尚在南岸，一齐引退。敬达忙收军回营，营内忽突出一彪人马，首先一员大将，跃马横枪，大声呼道："张敬达休走，刘知远已守候多时了。"敬达不觉着忙，急率败军南遁，又被追兵掩杀一阵，伤亡约万余人。

晋阳解围，敬瑭即整备羊酒，亲出犒契丹兵士。见了契丹主德光，行过臣礼。德光用手搀扶，且语敬瑭道："会面很迟，今日是君臣父子，幸得相会，也好算是盛遇了！"敬瑭拜谢，认虏为父已出不情，况敬瑭年龄当比德光为长，奈何以父礼事之！起身复问道："皇帝远来，士马疲倦，骤与唐兵大战，竟得大胜，这是何因？"德光大笑道："闻汝带兵多年，难道尚未知兵法么？"乐得嘲笑。敬瑭怀惭，只好侧身恭听。正是：

战败适形中国弱，兵谋竟让外夷优。

毕竟德光如何说法，且看下回续叙。

有从珂之弑君篡位，必有石敬瑭之叛命兴师，以逆召逆，非特天道，人事亦如是耳。从珂，明宗之养子也。敬瑭，明宗之爱婿也。养子得之，何如爱婿得之。从珂因而忌敬瑭，敬瑭亦因之拒从珂。薛文遇谓河东移亦反，不移亦反，原是确论，但不结契丹以制河东之死命，徒激之使反，果何益乎？敬瑭急于叛命，甘臣契丹。称臣不足，继以称子，称子不足，继以割燕云十六州，刘知远谏阻不从，卒使十六州人民，沦入夷狄，敬瑭之罪，莫大于此。故其叛从珂也，情尚可原，而其引契丹入中国也，罪实难恕。敬瑭其五代时之祸首乎！

第二十八回　契丹主册立晋高祖
　　　　　　述律后笑骂赵大王

却说契丹主耶律德光，因石敬瑭问及兵谋，便笑答道："我出兵南来，但恐雁门诸路，为唐军所阻，扼守险要，使我不得进兵，嗣使人侦视，并无一卒，我知唐无能为，事必有成，所以长驱深入，直压唐营。我气方锐，彼气方沮，若非乘势急击，坐误事机，胜负转未可知了。这乃是临机应变，不能与劳逸常理，一般评论哩。"敬瑭很是叹服，便与德光会师，进逼唐军。

张敬达等奔至晋安寨，收集残兵，闭门固守，当被两军围住，几乎水泄不通。敬达检点兵卒，尚不下五万人，战马亦尚存万匹，怎奈士无斗志，无故自惊，敬达也自知难恃，忙遣使从间道驰出，赍表入京，详告败状，并乞济师。唐主从珂，当然惶急，更命都指挥使符彦饶，率洛阳步骑兵，出屯河阳，天雄节度使范延光,卢龙节度使赵德钧,耀州防御使潘环,三路进兵,共救晋安寨。一面下敕亲征。次子雍王重美入奏道:"陛下目疾未痊,不宜远涉风沙,臣儿虽然幼弱,愿代陛下北行!"从珂巴不得有人代往,既得重美奏请,即欲依议,尚书张延朗及宣徽使刘延朗等入谏道:"河东联络契丹,气焰正盛,陛下若不亲征,恐士卒失望,转误大事。还请陛下三思!"从珂不得已,自洛阳出发。

途次语宰相卢文纪道:"朕素闻卿有相才,所以重用,今祸难至此,卿可为朕分忧否?"文纪无言可答,惟惶恐拜谢。及进次河阳,再由从珂召集群臣,谘询方略。文纪才进言道:"国家根本,实在河南,胡兵忽来忽往,怎能久留?晋安大寨甚固,况已发三路兵马,克日往援,兵厚力集,不难破敌。河阳系天下津要,车驾可留此镇抚南北,且遣近臣前往督战,就使不得解围,进亦未晚。"善承意旨,总算相才。张延朗亦插入道:"文纪所言甚是,请陛下准议便了。"

看官听着!张延朗曾劝驾亲征,为什么到了中途,骤然变计。他因忠武节度使赵延寿,随驾北行,兼掌枢务,大权为彼所握,自己未免失势。此时闻文纪请遣近臣,正好将他派往,免得争权,因此竭力赞成。到此还要倾轧,可叹可恨!从珂怎识私谋,还道两人爱己,只是点首。待延朗说毕,乃问何人可派往督战,延朗又开口道:"赵延寿父德钧,率卢龙兵赴难,陛下何不遣延寿往会,乘便督战。"从珂迟疑未答,翰林学士须昌、和凝等,一同怂恿,方命延寿率兵二万,前往潞州。延寿领命去讫。

从珂数日不接军报,因复出次怀州,遍谕文武官僚,令他设谋拒敌。各官吏多半无能,想不出甚么计策,惟吏部侍郎龙敏,上书献议道:"河东叛命,全仗契丹帮助,契丹主倾国入寇,内顾必然空虚,臣意请立李赞华为契丹主,派天雄、卢龙二镇,分兵护送,自幽州直趋西楼,令他自乱。朝廷不妨露檄说明,使契丹主内顾怀忧,回兵备变,然后命行营将士,简选精锐,从后追击,不但晋安可以解围,就是寇叛亦不难扫灭,这乃是出奇捣虚的上计。"确是良策。从珂却也称妙,偏宰相卢文纪等,谓契丹太后,素善用兵,国内不致无备,反多使二镇将士,送命沙场,因是议久不决,从珂反弄得毫无主张,但酣饮悲歌,得过且过。

群臣或又劝从珂北行,从珂道:"卿等勿言石郎,使我心胆堕地!"想是天夺其魄,所以索然气馁。于是群臣箝口,相戒勿言。独赵德钧上表行在,愿调集附近兵马,自救晋安寨,从珂总道他忠心为国,优诏传奖,且命他为诸道行营都统。赵延寿为河东道南面行营招讨使,父子在潞州相见,延寿便将所部二万人,尽付德钧。天雄节度使范延光,正奉命出屯辽州,德钧欲并延光军,延光不从,德钧即逗留潞州,延挨不进。从珂一再敦促,未闻受命。又是一个变脸。乃遣吕琦赐德钧手敕,并赉金帛犒师,德钧乃引军至团柏,屯营谷口,再行观望。

契丹主耶律德光,进兵榆林,所有辎重老弱,留住虎北口,相机行事,胜即进,败即退。赵延寿欲探知消息,出兵掩击,入白德钧,德钧笑道:"汝尚未知我来意么?我且为汝表奏行在,请授汝为成德节度使,若得旨俞允,我父子姑效忠朝廷,否则石氏称兵,欲图河南,我难道不能行此么?"延寿颇怨及延朗,也乐得依了假父,即日上表,略言臣德钧奉命远征,幽州势孤,欲使延寿往驻镇州,以便接应,请朝廷暂假旄节云云。从珂得表,面谕来使道:"延寿方往击贼,何暇移驻镇州,俟贼平后,当如所请。"来使返报德钧,德钧又复上表,坚请即日简命。从珂大怒道:"赵氏父子,必欲得一镇州,究为何意?他能击却胡寇,虽入代朕位,朕亦甘心。若徒玩寇要君,恐犬兔俱毙,难道畀一镇州,便能永远富贵么?"遂叱回来使,不允所请。

德钧闻报,即遣幕客厚赍金帛,往赂契丹。契丹主德光,问他来意,幕客便进言道:"皇帝率兵远来,非欲得中国土地,不过为石郎报怨。但石郎兵马,不及幽州,今幽州镇帅赵德钧,愿至皇帝前请命;如皇帝肯立德钧为帝,德钧兵力,自足平定洛阳,将与贵国约为兄弟,永不渝盟。石氏一面,仍令常镇河东,皇帝不必久劳士卒,尽可整甲回国,待德钧事成,再当厚礼相报。"这番言语,却把德光哄动起来。暗思自己深入唐境,晋安未下,德钧尚强,范延光出屯辽州,倘或归路被截,反致腹背受敌,陷入危途,不若姑允所请,一来可卖情德钧,二来仍保全石郎,取了金帛,安然归国,也可谓不虚此行了。便留住德钧幕客,徐与定议。

早有敬瑭探马,报知敬瑭。敬瑭大惊,忙令桑维翰谒见德光。德光传入,由维翰跪告道:"皇帝亲提义师,来救孤危,汾曲一战,唐兵瓦解,退守孤寨,食尽力穷,转眼间即可扫灭。赵氏父子,不忠不信,素蓄异图,部下皆临期召集,更不足畏,彼特惧皇帝兵威,权词为饵,皇帝怎可信他诡言,贪取微利,坐隳大功。且使晋得天下,将尽中国财力,奉献大国,岂小利所得比呢!"德光半晌答道:"尔曾见捕鼠否?不自防备,必致啮伤,况大敌呢!"维翰又道:"今大国已扼彼喉,怎能啮人!"德光道:"我非背盟,不过兵家权谋,知难乃退。况石郎仍得永镇河东,我也算是保全他了。"维翰急答道:"皇帝顾全信义,救人急难,四海人民,俱系耳目,奈何一旦变约,反使大义不终,臣窃为陛下不取哩。"德光尚未肯允,经维翰跪在帐前,自旦至暮,涕泣固争,说得德光无词可驳,只好屈志相从。便召出德钧幕客,指着帐外大石,且示且语道:"我为石郎前来,石烂乃改此心。汝去回报赵将军,他若晓事,且退兵自守,将来不失一方面,否则尽可来战!"德钧幕客,料知不便再说,只好辞归。

德光乃使维翰返报敬瑭，敬瑭即至契丹军营，亲自拜谢。但管自己，不管子孙，真正何苦！德光喜道："我千里来援，总要成功方去。观汝气貌识量，不愧中原主，我今便立汝为天子，可好么？"敬瑭闻言，好似暖天吃雪，非常凉快。但一时不好承认，只得推辞道："敬瑭受明宗厚恩，何忍遽忘？今因潞王篡国，恃强欺人，致烦皇帝远来，救危纾难。若自立为帝，非但无以对明宗，并且无以对大国！此事未敢从命！"德光道："事贵从权，立汝为帝，方使中国有主，何必固辞！"敬瑭含糊答应，但言回营再议。

既返本营，诸将佐已知消息，当然奉书劝进。遂在晋阳城南，筑起坛位，先受契丹主册封，命为晋王。然后择吉登坛，特于唐清泰三年十一月间，行即位礼。届期这一日，契丹主德光，自解衣冠，遣使赍授，并给册命。相传册中词句，因夷夏不同，特命桑维翰主稿，册文有云：

维天显九年，天显系契丹年号，见前文。岁次丙申，十一月丙戌朔，十二日丁酉，大契丹皇帝若曰：于戏！元气肇开，树之以君，天命不恒，人辅以德。故商政衰而周道盛，秦德乱而汉图昌。人事天心，古今靡异。咨尔子晋王，神钟睿哲，天赞英雄，叶梦日以储祥，应澄河而启运。追事数帝，历试诸艰。武略文经，乃由天纵，忠规孝节，固自生知。猥以眇躬，奄有北土，暨明宗之享国也，与我先哲王保奉明契，所期子孙顺承，患难相济，丹书未泯，白日难欺。顾予纂承，匪敢失坠，尔维近戚，实系本支，所以予视尔若子，尔待予犹父也。朕昨以独夫从珂，本非公族，窃据宝图，弃义忘恩，逆天暴物，诛剪骨肉，离间忠良，听任矫诳，威虐黎献，华夷震悚，内外崩离。知尔无辜，为彼致害，敢征众旅，来逼严城。虽并吞之志甚坚，而幽显之情何负！达予闻听，深激愤惊，乃命兴师，为尔除患。亲提万旅，远殄群雄，但赴急难，罔辞艰险。果见神祇助顺，卿士协谋，旗一麾而弃甲平山，鼓三作而僵尸遍野。虽已遂予本志，快彼群心，将期税驾金河，班师玉塞。矧今中原无主，四海未宁，茫茫生民，若坠涂炭。况万几不可以暂废，大宝不可以久虚，拯溺救焚，当在此日。尔有庇民之德，格于上下；尔有戡难之勋，光于区宇；尔有无私之行，通乎神明；尔有不言之信，彰乎兆庶。予懋乃德，嘉乃不绩，天之历数在尔躬，是用命尔，当践皇极。仍以尔自兹并土，首建义旗，宜以国号曰晋。朕永与为父子之邦，保山河之誓。于戏！诵百王之阙礼，行兹盛典，成千载之大义，遂我初心。尔其永保兆民，勉持一德，慎乃有位，允执阙中，亦惟无疆之休，其诚之哉！中国主子，受外夷册封，史不多见，故录述全文。

敬瑭登坛，拜受册命，并接过衣冠，穿戴起来。好一个不华不夷的主子，南面就座,受部臣朝贺。礼毕乃鼓吹而归。当时附和诸臣,又盛言符谶,托为符瑞。相传朱梁开国时,壶关县庶穰乡中,有乡人伐树,树分两片,中有六字云:"天十四载石进。"潞州行营使李思安,呈报梁主朱温,温令大臣考察,均不能解。乃藏诸武库。至敬瑭称帝,遂有人强为解释,谓天字两旁,取四字旁两画加入,便成丙字,四字去中间两画,加入十字,便成申字。如此牵强,无不可解。这就是应在丙申年。《周易》晋卦彖辞,有晋者进也一语,国号大晋,岂非明验。又当晋阳受困时,城中北面,有毗沙门天王祠,竟夜献灵,金甲执殳,巡行城上,既而不见,内外俱惊为神奇。牙城内有崇福坊,坊西北隅有泥神,首上忽出现烟光,如曲突状。询诸坊憎,谓唐庄宗得国时,神首上亦曾出烟。今烟又重出,当有别应。嗣是日旁多有五色云气,如莲芰状,术士多指为天瑞。敬瑭也目为祥征,因此乘势称帝,号令四方。

即位以后,又至番营拜谢德光,愿割幽、蓟、瀛、莫、涿、檀、顺、新、妫、儒、武、云、应、环、朔、蔚十六州,作为酬谢,并输契丹岁币三十万匹。何其慷慨。德光自然心喜,就在营内设宴,与敬瑭欢饮而别。

敬瑭返入晋阳,即于次日御崇元殿,降制改元,号为天福。一切法制,皆遵唐明宗故事。命赵莹为翰林学士承旨,桑维翰为翰林学士,权知枢密院事。刘知远为侍卫马军都指挥使,客将景延广为步军都指挥使。此外文武将佐,封赏有差,册立晋国长公主李氏为皇后,大赦天下。布置已定,再会契丹兵攻晋安寨。

晋安寨已被围数月,待援不至,营将高行周、符彦卿等,屡出突围,均被契丹兵杀回,寨中刍粮俱尽,张敬达决志死守,毫无叛意。杨光远、安审琦等,入劝敬达,谓不如投降契丹,保全一营性命。敬达怒叱道:"我为元帅,兵败被围,已负重罪,奈何反教我降敌呢!且援兵旦暮且至,何妨再待数日。万一援绝势穷,汝等可降,我却不降,宁可刎首,俾汝等出献番虏,自求多福,我终不愿背主求荣哩!"还算忠臣。光远斜睨审琦,意欲令他下手。审琦不忍加害,转身趋出,告知高行周,行周也服敬达忠诚,常引壮骑为卫。敬达未识情由,反语人道:"行周尝随我后,意欲何为?"不识好人,终致一死。行周乃不敢相随。杨光远觑得此隙,屡召诸将密议,诸将常称敬达为张生铁,各有怨言,遂与光远合谋,决杀敬达。诘旦敬达升帐,光远伴称启事,趋至案前,拔出佩刀,竟将敬达刺死,开寨出降契丹。

契丹主德光,收纳降众,入寨检查,尚存马五千匹,铠仗五万件,悉数搬归,交与敬瑭,并将降将降卒,亦尽归敬瑭约束,且面谕道:"勉事尔主!"又因张敬达为忠死事,收尸礼葬,语部众及晋诸将道:"汝等身为人臣,当效法敬达呢!"唐马军都指挥使康思立,听了此言,且惭且愤,即致病终。思立尚有人心,足愧杨光远等。敬瑭复请命德光，会师南下。德光语敬瑭道："桑维翰为汝尽忠，汝当用以为相。"敬瑭乃授维翰为中书侍郎，赵莹为门下侍郎，并同平章事，赐号推忠兴运致理功臣。敬瑭欲留一子守河东，亦向德光询明。德光令尽出诸子，以便审择。敬瑭当然遵命，令诸子进谒德光。德光仔细端详，见有一人貌类敬瑭，双目炯炯有光，即指示敬瑭道："此儿目大，可任留守。"敬瑭答道："这是臣养子重贵。"德光点首，乃令重贵留守太原，兼河东节度使。看官听说！这重贵是敬瑭兄敬儒子，敬儒早卒，敬瑭颇爱重贵，视若己儿，就是后来的出帝。

晋阳既有人把守，遂由德光下令，遣部将高谟翰为先锋，用降卒前导，迤逦进兵，自与敬瑭为后应。前锋到了团柏，赵德钧父子，未战先遁。符彦饶、张彦琪、刘延朗、刘在明各将吏，本皆由从珂遣往救应，至是亦相继溃散。士卒自相践踏，伤亡无算，再经契丹兵从后尾击，杀得唐军尸横遍野，血流成渠。及德光、敬瑭至团柏谷口，唐军早不知去向，仅剩得一片荒郊，枯骨累累了。

唐主从珂，留寓怀州，尚未得各军消息，至刘延朗、刘在明等，狼狈奔还，方知晋安失守，团柏又溃，敬瑭已自称帝，杨光远等统皆叛去，急得神色仓皇，不知所措。众议天雄军未曾交战，军府远在山东，足遏敌氛，不如驾幸魏州，再作计较。从珂也以为然。但因学士李崧，素与范延光友善，乃召崧入议。薛文遇未知情由，亦踵迹入见，从珂勃然变色。崧料知为着文遇，急蹑文遇靴尖，文遇会意，慌忙退出。从珂乃语崧道："我见此物，几乎肉颤，恨不拔刀刺死了他！"本是贤佐，奈何欲将他刺死？崧答道："文遇小人，浅谋误国。何劳陛下亲自动手！"从珂怒意少解，始与崧议东幸事。崧谓延光亦未可恃，不如南还洛阳。从珂依议，遂谕令起程还都。

洛阳人民，闻北军败溃，车驾遁还，顿时谣言四起，争出逃生。门吏禀请河南尹重美，出令禁止，重美道："国家多难，未能保护百姓，倘再欲绝他生路，愈增恶名，不如听他自便罢！"乃纵令四窜，众心少安。

从珂自怀州至河阳，闻都下有慌乱情形，也不敢遽返，且在河阳暂住，命诸将分守南北城。一面遣人招抚溃将，为兴复计。哪知人心瓦解，众叛亲离，诸道行营都统赵德钧，与招讨使赵延寿，已迎降契丹，被耶律德光拘送西楼去了。原来德钧父子，奔至潞州，敬瑭先遣降将高行周，劝令迎降，德钧到也乐从。既而敬瑭与德光同至潞州，德钧父子，即迎谒高河。德光尚好言慰谕，惟敬瑭掉头不顾，任他谒问，始终不与交言。德光知两下难容，乃将德钧父子，送解西楼。

德钧见述律太后，把所赍宝货，及田宅册籍进献。述律太后问道："汝近日何故往太原？"德钧道："奉唐主命。"述律太后指天道："汝从吾儿求为天子,奈何作此妄语?"说着,又自指胸前道:"此心殊不可欺哩!"德钧俯伏在地,不敢出声。至此亦知愧悔否?述律太后又说道:"我儿将行,我曾诫我儿云:'赵大王若伺我空虚,北向渝关,汝急宜引归,自顾要紧!太原一方的成败,管不得许多了。'汝果欲为天子,俟击退我儿,再行打算,也不为迟。汝本为人臣,既不思报主,又不能击敌,徒欲乘乱徼利,不忠不义,尚有甚么面目,来此求生呢?"爽快之至,读至此应浮一大白!德钧吓得乱抖,只是叩首乞哀。述律太后又问道:"货物在此,田宅何在?"德钧道:"在幽州。"述律太后道:"幽州今属何人?"德钧道:"现属太后!"述律太后道:"既属我国,要你献什么?"德钧惭汗交流,只恨地上无隙,不能钻入。还是述律太后大发慈悲,令暂拘狱中,俟德光回来,再行发落。可怜德钧至此,又不能不磕头称谢,退至番狱待罪。及德光北归,才将他父子释出。德钧怏怏而亡,延寿却得为翰林学士。小子有诗叹道:

> 番妇犹知忠义名,如何华胄反偷生。
> 房廷俯伏遭呵责,可有人心抱不平。

欲知耶律德光何时归国,容至下回叙明。

从珂以骁勇著名,乃石郎一反,即致心胆坠地,是非前勇而后怯也,盖未得富贵以前,冒险进取,虽死不顾,故能以百战成名。既得富贵以后,志愿既盈,其气渐衰,故转至一蹶不振。且也从珂得国,由于篡窃而来,不意石郎之起而议其后,自问心虚,益致气馁。而当时文武将佐,又属朝秦暮楚,成为习惯,四顾无一人可恃,安能不为之沮丧也。惟石敬瑭乞怜外族,恬不知羞,同一称臣,何如不反,既已为帝,奈何受封,虽为唐廷所迫,不能不倒行逆施,然名节攸关,岂宜轻骤!谋之不臧,非特贻害子孙,抑且沦陷民族,惜不令述律太后,以责赵德钧者责石敬瑭,而竟使其靦为民上也。

第二十九回 一炬成灰到头孽报
三帅叛命依次削平

却说晋王石敬瑭,既入潞州,即欲引军南向。契丹主耶律德光,意欲北归,乃置酒告别,举杯语敬瑭道:"我远来赴义,幸蒙天佑,累破唐军。今大事已成,我若南向,未免惊扰中原,汝可自引汉兵南下,省得人心震动。我令先锋高谟翰,率五千骑护送,汝至河梁,尚欲谟翰相助,可一同渡河,否则亦听汝所便。我且留此数日,候汝好音,万一有急,可飞使报我,我当南来救汝!若洛阳既定,我即北返了。"敬瑭很是感激,与德光握手,依依不舍,泣下沾襟。亦知德光之为胡酋否?德光亦不禁泪下,自脱白貂裘,披住敬瑭身上。且赠敬瑭良马二十匹,战马千二百匹,并与订约道:"世世子孙,幸勿相忘!"敬瑭自然应命。德光又说道:"刘知远、赵莹、桑维翰,统是汝创业功臣,若无大故,不得相弃!"敬瑭亦唯唯遵教。随即拜别德光,与契丹将高谟翰,进逼河阳。

唐都指挥使符彦饶、张彦琪等,自团柏败还,密白唐主从珂道:"今胡兵得势,即日南来,河水复浅,人心已离,此处断不能固守,不如退归洛都。"从珂乃命河阳节度使苌从简,与赵州刺史赵在明,协守河阳南城,自断浮桥归洛阳。遣宦官秦继旻,与皇城使李彦绅,突至李赞华第中,将他击死,聊自泄忿。哪知石敬瑭一到河阳,苌从简马上迎降,且代备舟楫,请敬瑭渡河,一面执住刺史刘在明,送入敬瑭营中。敬瑭释在明缚,令复原官,遂渡河向洛阳进发。

唐主从珂,亟命都指挥使宋审虔、符彦饶,及节度使张彦琪,宣徽使刘延朗,率千余骑至白马阪,巡行战地,准备驻守。忽见晋军渡河而来,约有五千余骑,登岸先驱,符彦饶等已相顾骇愕,共语审虔道:"何地不可战?何苦在此驻营,首当敌冲!"说着,便即驰还。审虔独力难支,也即退归。从珂见四将还朝,尚是痴心妄想,与议恢复河阳,四将面面相觑,不发一言。迎新送旧,已成常态。

那警报如雪片传来,不是说敌到某处,就是说某将迎敌,最后报称是胡兵千骑,分扼渑池,截住西行要路,从珂方仰天叹道:"这是绝我生机了!"既有今日,何必当初!遂返入宫中,往见曹太后、王太妃,潸然泪下。王太妃不待说出,已知不佳,便语曹太后道:"事已万急,不如权时躲避,听候姑夫裁夺!"太后道:"我子孙妇女,一朝至此,我还有何颜求生,妹请早自为计!"曹太后亦有呆气,何不死于从厚时,而独为养子死耶?王太妃乃抢步趋出,带了许王从益,窜往球场去了。

从珂奉着曹太后,并挈皇后刘氏,及次子雍王重美,并都指挥使宋审虔等,携传国宝,登玄武楼,积薪自焚。刘皇后回顾宫室,语从珂道:"我等将葬身火窟,还留宫室何用?不如一同毁去,免入敌手!"妇人心肠,究比男子为毒。重美在旁谏阻道:"新天子入都,怎肯露居!他日重劳民力,死且遗怨,亦何苦出此辣手哩!"于是后议不行,就在玄武楼下,纵起火来。一道烟焰,直冲霄汉,霎时间火烈楼崩,所有在楼诸人的灵魂,统随了祝融氏驰往南方去了。

从珂一死,都城各将吏,统开城迎降,解甲待罪。晋主石敬瑭,即率兵入都,暂居旧第。命刘知远部署京城,扑灭玄武楼余火,禁止侵掠,使各军一律还营。所有契丹将卒留馆天宫寺中,全城肃然,莫敢犯令。从前窜匿诸人民,数日皆还,悉复旧业。当由晋主下诏,促朝官入见,文武百官,俱在宫门外谢恩。车驾乃移入大内,御文明殿,受群臣朝贺,用唐礼乐,大赦天下。惟从珂旧臣张延朗、刘延浩、刘延朗三人,罪在不赦,应正典刑。延浩自缢,两延朗皆处斩。追谥鄂王从厚为闵帝,改行礼葬,闵帝妃孔氏为皇后,祔葬闵帝陵。并为明宗皇后曹氏举哀,辍朝三日,拾骨安埋。觅得王德妃及许王从益,迎还宫中。妃自请为尼,晋主不许,引居至德宫,令皇后随时省问,事妃若母。封从益为郇国公,独废故主从珂为庶人。或取从珂膂及髀骨以献,乃命用王礼瘗葬。从珂享年至五十一岁,史家称为废帝。总计后唐,自庄宗起,至废帝止,四易主,三易姓,只过了十三年。

后唐已亡,变作后晋,仍用冯道同平章事,卢文纪为吏部尚书,周瑰为大将军,充三司使。符彦饶为滑州节度使,苌从简为许州节度使,刘凝为华州节度使,张希崇为朔方节度使,皇甫遇为定州节度使,余镇多沿用旧帅。命皇子重义为河南尹。追赠皇弟敬德、敬殷为太傅,皇子重英、重裔为太保,改兴唐府为广晋府,唐庄宗晋陵为伊陵。饯契丹将士归国,送回李赞华丧,封赠燕王。前学士李崧、吕琦,逃匿伊阙,晋主闻他多才,赦罪召还,授琦为秘书监,崧为兵部侍郎,兼判户部。寻且擢崧为相,充枢密使。桑维翰兼枢密使。

时晋主新得中原,藩镇未尽归服,就使上表称贺,也未免反侧不安。再加兵燹余生,疮痍未复,公私两困,国库空虚,契丹独征求无厌,今日索币,明日索金,几乎供不胜供,屡苦支绌。维翰劝晋主推诚弃怨,厚抚藩镇,卑辞厚礼,敬事契丹,训卒缮兵,勤修武备,劝农课桑,藉实仓廪,通商惠工,俾足财货,因此中外欢洽,国内粗安。

契丹主耶律德光,闻晋主已经得国,当即北还,道出云州,节度使沙彦珣出迎,为德光所留。城中将吏,奉判官吴峦,管领州事,闭城拒寇。德光自至城下,仰呼吴峦道:"云州已让归我属,奈何拒命?"言未已,忽有一箭射下,险些儿穿通项领。幸亏闪避得快,才将来箭撇过一旁,德光大怒,立命部众攻城,城上矢石如雨,反击伤许多番兵,一连旬日,竟不能下。倒是一位硬汉子。德光急欲归国,乃留部将围攻,自己带领亲卒,奏凯而回。吴峦固守至半年,尚不稍懈,但苦城孤粮竭,不得已遣使至洛,乞即济师。晋主不便食言,一面致书契丹,请他解围,一面召还吴峦,免他作梗,契丹兵果解围引去,峦亦奉召入都,晋主令为宁武军节度使。还有应州指挥使郭崇威,亦耻臣契丹,挺身南归。十六州土地人民,悉数割与契丹。中国外患,从此迭发,差不多有三百年,这都是石晋酿成大祸呢!痛乎言之!

卢龙节度使卢文进,自思为契丹叛将,恐契丹向晋索捕,乃弃镇奔吴。文进归唐见前文。吴徐知诰方谋篡国,引为己用,当时中原多故,名士耆儒,多拔身南来。知诰预使人招迎淮上,赠给厚币。既至金陵,即縻以厚禄,客卿多乐为效用。知诰又阴察民间,遇有婚丧乏赀,辄为赒恤。盛暑不张盖操扇,尝语左右道:"士众尚多暴露,我何忍用此!"士民为所笼络,相率归心。他因生时曾得异征,有一赤蛇从梨中出,走入母刘氏榻下,刘氏就此得孕,满月而产。及为杨行密所掠,令拜徐温为义父,温又梦得一黄龙,所以格外垂爱。为此种种征兆,遂靠了养父余烈,牢笼人士,日思篡吴。

吴王杨溥,尚无失德,知诰苦无隙可乘,乃阳请归老金陵,留子景通为相,暗中却嘱使右仆射宋齐邱,劝吴王溥徙都金陵。不怀好意。吴人多不愿迁都,溥亦无心移徙,仍遣齐邱往谕知诰,罢迁都议。知诰计不得逞,再令属吏周宗驰诣广陵,讽吴王传禅。齐邱独以为未可,请斩宗以谢吴人,因黜宗为池州刺史。既而节度副使李建勋,及司马徐玠等,屡陈知诰功业,应早从民望,乃复召宗为都押牙,封知诰为东海郡王,嗣复加封尚父太师大丞相天下兵马大元帅,进封齐王。

知诰复忌吴王弟临川王濛,诬他藏匿亡命,擅造兵器,竟降濛为历阳公,幽锢和州,令控鹤军使王宏监守。濛突出杀宏,奔往庐州,欲依节度使周本。本子祚将濛执住,解送金陵,为知诰所杀。知诰遂开大元帅府,自置僚属。闽越诸国,皆遣使劝进。那时吴王杨溥已成赘瘤,乐得推位让国。把乃父传下的土地人民,悉数交给,即遣江夏王璘奉册宝至金陵,禅位齐王。知诰建太庙社稷,改金陵为江宁府,即皇帝位,改吴天祚三年为升元元年,国号大齐。尊吴王溥为高尚思玄弘古让皇帝,上册自称受禅老臣。用宋齐邱、徐玠为左右丞相,周宗、周廷玉为内枢密使,追尊徐温为太祖武皇帝。温子知询,与知诰未洽,已被褫官。独知询弟知证、知谔,素与知诰亲睦,因封知证为江王,知谔为饶王。且以知字应该避嫌,不如自将知字除去,单名为诰。吴太子琏,尝娶诰女为妃,宋齐邱请与绝婚,且迁让皇溥居他州。诰遂徙让皇溥至润州丹阳宫,派兵防守,阳称护卫,阴实管束。降吴太子琏为弘农郡公,封琏妃即诰女。为永兴公主。可怜杨溥父子,抑郁成疾,父死丹阳宫,子死池州康化军。得保首领,还是大幸。就是这位皇女永兴公主,也朝夕悲切,闻宫人呼公主名,越多涕泪,渐渐的形瘵骨瘦,也致病终。

诰立宋氏为皇后,子景通为吴王,改名为璟。徐氏子知证、知谔,请诰复姓,诰佯为谦抑,只言不敢忘徐氏恩。旋经百官申请,乃复姓李氏,改名为昪。自言为唐宪宗子建王恪四世孙,因再易国号为唐,立唐高祖太宗庙,追尊四代祖恪为定宗,曾祖超为成宗,祖志为惠宗,父荣为庆宗。奉徐温为义祖。以江宁为西都。广陵为东都。庐州节度使周本,亦曾至金陵劝进,归途自叹道:

第二十九回　一炬成灰到头尊报　三帅叛命依次削平

"我不能声讨逆臣,报杨氏德,老而无用,还有何颜事二姓呢?"返镇未几,即至去世。既知自愧,何必劝进?

自李昪改国号为唐,史家恐与唐朝相混,特标明为南唐。先是江南童谣云:"东海鲤鱼飞上天。"至是南唐大臣,趁势附会,谓鲤李音通,东海系徐氏祖籍,李昪过养徐氏,乃得为帝,这便是童谣的应验。又江西有杨花一株,变成李花,临川有李树生连理枝,相传为李昪还宗预兆。江州陈氏,宗族多至七百口,仍不析居,每食必设广席,长幼依次,坐食。又畜犬百余,也共食一牢,一犬不至,诸犬不食。当时称为德政所及,因有此瑞。州县有司,采风问俗,报明孝子悌弟,不下百数,五代同居,共计七家,由李昪颁下制敕,旌表门闾,蠲免役赋。这也无非是铺张扬厉,粉饰承平罢了。抹倒一切。

事且慢表,且说天雄军节度使范延光,闻晋军入洛,自辽州退归魏州,及晋主颁敕招抚,不得已奉表请降。但事出强迫,未免阳奉阴违。他未贵显时,曾有术士张生,与谈命理,谓他日必为将相。至张言果验,格外信重。又尝梦蛇入腹,仍要张生详梦,张生谓蛇龙同种,将来可做帝王。蛇钻七窍,还有何吉。嗣是侈然自负,阴怀非望。因唐主从珂,素加厚待,一时不忍负德,所以蹉跎过去。到了石晋开国,还有什么顾恋,不过仓猝发兵,恐非晋敌,乃虚与周旋,敷衍面子,暗中致齐州防御使秘琼书,欲与为乱。琼得书不报,延光恐他密报晋主,使人伺琼,乘他因事出城,把他刺死。随即聚卒缮兵,意图作乱。

晋主闻知消息,颇以为忧。桑维翰请晋主徙都大梁,且献议道:"大梁北控燕赵,南通江淮,是一个水陆都会,资用很是富足。今延光反形已露,正好乘时迁都。大梁距魏,不过十驿,彼若有变,即可发兵往讨,迅雷不及掩耳,庶可制彼死命!"晋主称善,遂托词东巡,出发洛都。留前朔方节度使张从宾为东都巡检使,辅皇子重义居守,自挈后妃等赴汴。沿途由百官扈跸,安安稳稳,到了大梁。下诏大赦,进封凤翔节度使李从曮为岐王,平卢节度使王建立为临淄王,两人是范延光陪宾。就是将反未反的范延光,也加封临清王,权示羁縻。

延光得了王爵,也把反意一半打消。偏左都押牙孙锐,与澶州刺史冯晖合谋,屡劝延光发难。延光尚是踌躇,会有病恙,不能视事,锐竟擅上表章,诋斥朝廷。及延光得知,使人已经出发,不能追回。乃召锐面询,锐本延光心腹,久知一切底细,便伸述延光梦兆,催他乘机发难,必得成功。否则何至速死!延光又觉心热,遂依了锐计,遣兵渡河,焚劫草市。

滑州节度使符彦饶,据实奏闻。当由晋主调动兵马,令马军都指挥使白奉进,率骑兵千五百人,出屯白马津。再命东都巡检使张从宾为魏府西南面都部署,续派侍卫都军使杨光远,率步骑万人屯滑州。护圣都指挥使杜重威,率步骑五千屯卫州。那知人情变幻，不可预料，西南面都部署张从宾，出兵讨魏，反为延光所诱，也一同造起反来。

晋主方令杨光远为魏府四面都部署，以从宾为副。忽闻此报，急调杜重威移师往讨。重威未及移兵，从宾已还陷河阳，杀死节度使皇子重信，再入洛阳，杀死东都留守皇子重义，并进兵据汜水关，将逼汴州。有诏令都指挥使侯益，统禁兵五千，会同杜重威，往击从宾，并饬宣徽使刘处让，从黎阳分兵会讨。远水难救近火，急得汴城里面，烽火惊心，从官无不惊惧。独桑维翰指画军事，从容不迫，神色自如。晋主戎服戒严，密议奔往晋阳。夺位时非常踊跃，即位后非常胆怯，这都为富贵所误。维翰叩头苦谏道："贼烽虽盛，势不能久，请少待数日，不可轻动！"晋主乃止，但促各军分头进剿。

白奉进至滑州，与符彦饶分营驻扎。军士有乘夜掠夺，由奉进遣兵出捕，共得五人，三人系奉进部下，二人系彦饶部下，奉进尽令斩首，然后通知彦饶。彦饶以奉进不先关白，很觉不平，奉进乃率数骑至彦饶营，婉言谢过。彦饶道："军中各有部分，公奈何取滑州军士，擅加诛戮！难道不分主客么？"奉进也不禁怒起，便勃然答道："军士犯法，例当受诛，仆与公同为大臣，何分彼此！况仆已引咎谢公，公尚不肯解怒，莫非欲与延光同反么？"语亦太激。说着，拂衣竟去，彦饶并不挽留，由他自去。偏帐下甲士大噪，持刀突出，竟杀奉进。所有奉进从骑，仓皇逃脱，且走且呼。诸军各擐甲操兵，喧噪不休。左厢都指挥使马万，禁遏不住，意欲从乱。巧遇右厢都指挥使卢顺密，率兵出营，厉声语万道："符公擅杀白公，必与魏州通谋，我等家属，尽在大梁，奈何不思报国，反欲助乱，自求灭族呢？今日当共擒符公送天子，立大功，军士从命有赏，违命即诛，何必再疑！"万嘿然不答，部下且还有数人，呼跃而出，被顺密麾动亲军，捕戮数人，余众才不敢动。万亦只好依了顺密，与都虞侯方太等，共攻牙城，一鼓即拔，擒住彦饶，令方太解送大梁，诏赐自尽。即授马万为滑州节度使，卢顺密为果州团练使，方太为赵州刺史。

杨光远为滑州变乱，急自白皋至滑城，士卒欲推光远为主。光远叱道："天子岂汝等贩弄物！晋阳乞降，出自穷蹙，今又欲改图，乃真是反贼了！"士卒始不敢再言。及抵滑城，已是风平浪静，重见太平。乃奏请滑州平乱情形，归功卢顺密。

晋主因三镇迭叛，不免惊惶，遂向刘知远问计。知远道："陛下前在晋阳，粮不能支五日，尚成大业，今中原已定，内拥劲兵，外结强邻，难道尚怕这鼠辈么？愿下抚将相以恩，臣等驭士卒以威，恩威并著，京邑自安，本根深固，枝叶自不致伤残了！"确是至论。晋主转忧为喜，委知远整饬禁军。知远严申科禁，用法无私，有军士盗纸钱一幞，事发被擒，知远即令处死。左右因罪犯轻微，代求赦宥。知远道："国法论心不论迹，我诛彼情，岂计价值呢！"由是众皆畏服，全城安堵。

及得杨光远奏报，复命光远为魏府行营都招讨使，兼知行府事。调昭义节度使高行周为河南尹，兼东都留守，授杜重威昭义节度使，充侍卫马军都指挥使，命侯益为河阳节度使。且因重威方在讨逆，卢顺密平乱有功，先调顺密为昭义留后，令重威、侯益与光远进军讨贼。光远驱众至六明镇，正值魏州叛将冯晖、孙锐等，渡河前来，当即掩他不备，横击中流。晖与锐不能抵当，大败走还，众多溺死。重威、侯益乘胜至氾水，遇张从宾众万余人，迎头痛击，俘斩殆尽。从宾慌忙西走，乘马渡河，竟致溺死。党与张延播、张继祚、娄继英等，统被擒住，送至阙下。那时还有何幸，当然身首分离，妻孥骈戮了。两镇既平，范延光知事不济，归罪孙锐，把他族诛。因贻书杨光远，乞他代奏阙廷，情愿待罪。正是：

> 失势复成摇尾犬，乞怜再作磕头虫。

杨光远代为奏闻，能否邀晋主允准，容待下回叙明。

俚语有云：风吹墙头草，东吹东倒，西吹西倒。观五代时之将吏，正与里谚相符。从珂得势，则归从珂，从珂失势，即降敬瑭，是而欲国家治安，百年不乱，其可得乎！但从珂弑鄂王，杀孔妃，及其四子，篡逆不道，隐干天诛，其举室自焚，宜也！非不幸也！敬瑭入洛，虽未能迎立从益，昌言仗义，但奉养王德妃，仍封从益以公爵，不忘故主，犹为可取。范延光为唐大臣，不能效死于晋阳，反欲称兵于魏博，朝降晋，夕叛晋，不忠不义，乌能成事？符彦饶、张从宾等，益等诸自郐以下，不足讥焉。然敬瑭入洛，仅阅一年，而叛者迭起，降臣之不足信也，固如是夫！

第三十回　杨光远贪利噬人
　　　　　王延羲乘乱窃国

却说晋主得杨光远奏报，不欲遽允，仍敕光远进攻魏州。光远意存观望，遇有军事调度，辄与朝廷龃龉。晋主曲意含容，且令光远长子承祚，尚帝女长安公主，次子承信，亦拜美官，光远乃整军徐进。到了魏州城下，驻立大营，亦不过虚张声势，迁延时日。自天福二年秋季进兵，直至次年秋季，仍不损魏州片堞。惟招降前澶州刺史冯晖，荐请授官。晋主特擢晖为义成节度使，欲借此诱劝魏州将士，偏魏州坚守如故，杨光远旷日无功。为下文谋叛伏案。

晋主因师老民疲，没奈何再议招抚，乃遣内职朱宪，往谕延光，许以大藩，且使朱宪传谕道："汝若投降，决不杀汝，如或食言，白日在上，不得享国！"至此与设重誓，何如前日允请！延光乃顾副使李式道："主上重信，许我不死，想不至有他虑了。"遂撤去守备，厚待朱宪，遣令归报。宪覆命后，好几日不得延光降表，因复遣宣徽使刘处让往谕，申说再三，始由延光令二子入质，并派牙将奉表待罪。晋主颁赐赦书，延光素服出迎，顿首受诏。接连是恩诏迭下，改封延光为高平郡王，调任天平军节度使，仍赐铁券。所有延光将佐李式、孙汉威、薛霸等，各授防御使、团练使、刺史。牙兵皆升为侍卫亲军，就是张从宾、符彦饶余党，一并赦罪，不再株连。未免太宽。魏州步军都监使李彦珣，本为河阳行军司马，随张从宾同反。从宾败死，他得脱奔魏州，延光令为都监使，登城拒守。彦珣有母在邢州，为杨光远军捕取，推至城下，招降彦珣。彦珣拈弓搭箭，竟将老母射死。及延光复降，晋主却令彦珣为坊州刺史。近臣言彦珣杀母，恶逆已甚，不宜轻赦。晋主道："赦令已行，如何再改呢？"即许令莅任。叛君之罪尚可赦，弑母之罪乌可恕！晋主欲全小信，反失大义，故特揭之。授杨光远为天雄节度使，加官检校太师，兼中书令。光远已恃宠生骄，尝与宣徽使刘处让叙谈，多不平语。处让答言朝廷处置，均由李、桑二相主议，并非出自宸断。光远不禁动怒道："宰相得兼枢密，自前代郭崇韬后，无此重官。今闻李、桑二相，皆兼枢密，怪不得他独断独行。主上尚肯优容，我光远却忍耐不下呢！"既而处让归朝，光远即托呈密奏，极言执政失。晋主明知他有意刁难，但因军事甫平，不得已曲从所请，乃加桑维翰兵部尚书，李崧工部尚书，撤去枢密使兼职，即令刘处让代任。光远益加专恣，随时上表，尚指斥宰辅不已。晋主见他跋扈，恐将来势大难制，密与桑维翰熟商。维翰谓天雄重镇，屡生叛乱，应析土分众，减杀势力。延光可使守洛阳，调虎离山，免为后患。晋主依议，即升汴州为东京，置开封府，改洛京为西京，雍京为晋昌军，即加杨光远为太尉，命任西京留守，兼河阳节度使。升广晋府为邺都，即魏州。设置留守，就命高行周调任。升相州为彰德军，以澶、卫二州为属郡，置节度使，由贝州防御使王延胤升任。升贝州为永清军，以博、冀二州为属郡，也置节度使，由右神武统军王周升任。自高行周以下，俱奉命莅镇，毫无异言。独杨光远怏怏失望，勉强移镇，密赂契丹货赂，诋毁晋室君臣。自养壮士千余人，作为爪牙。既而诬劾桑维翰，迁除不公，与民争利。晋主不得已出维翰镇相州，调王延胤为义武节度使，另用刘知远、杜重威同平章事。知远有佐命大功，得升宰辅，自谓应当此职。重威出讨魏州，略有微勋，怎能与知远相比，不过尚帝妹乐平公主，得列外戚，也居然与揽朝纲。知远羞与为伍，杜门托疾，不受朝命。晋

第三十回　杨光远贪利噬人　王延羲乘乱窃国

主不觉怒起,召问赵莹道:"知远坚拒制敕,太觉不恭,朕意拟削夺兵权,令归私第。"莹拜请道:"陛下前在晋阳,兵不过五千人,为唐兵十余万所攻,危如朝露,若非知远心同金石,怎能成此大业？奈何因区区小过,便欲弃置,窃恐此语外闻,反不足示人君大度呢！"晋主意乃少解,即命学士和凝,诣知远第慰谕。知远才起床拜受。范延光自郓州入朝,面请致仕,经晋主慰留,仍行还镇。嗣复屡表乞休,乃命以太子太师致仕,留居大梁。越年,延光又请归河阳私第,奉诏允准,遂重载而行。西京留守杨光远,偏奏称延光叛臣,不居洛汴,归处里门,他日逃入敌国,适贻后患,请思患预防,禁止归里云云。晋主乃命延光寓居西京,延光到了洛阳,光远即遣子承贵,带领甲士,把他围住,逼令自杀。延光道:"天子在上,赐我铁券,许我不死,尔父子怎得如此！"承贵不允,挺着白刃,驱延光上马,胁见光远。途中遇河过桥,被承贵推落桥左,连人带马,坠了下去,活活沉死。死固其宜。只不应为光远父子所杀。所有延光载归宝货,统为承贵所劫,一古脑儿搬回府署,光远大喜。无非为此。

奏闻晋廷,但说延光赴水自尽。晋主也诇破阴谋,但畏光远强盛,不敢诘责,只征令光远入朝。光远还算听命,入阙面觐,晋主与语道:"围魏一役,卿左右各立功劳,未授重赏,今当各除一州,遍给恩荣,免他失望。"光远代为谢恩,晋主遂选择光远亲将数人,分授各州刺史。待他出发,却下了一道诏敕,徙光远为平卢节度使,进爵东平王。光远才识中计,悯悯出都,驰赴青州去了。

时契丹改元会同,国号大辽。公卿百官,皆仿中国制度,且参用中国人,进赵延寿为枢密使,兼政事令。一面遣人入洛,接归延寿妻燕国长公主。即兴平公主进爵燕国。夫妇同入虏廷,延寿遂一心一意,为辽效力。晋主闻契丹改辽,乃遣使上辽尊号,命宰相冯道为辽太后册礼使,左仆射刘昫为辽主册礼使,备着卤簿仪仗,直抵西楼。辽主大悦,优待二使,厚赏遣归。晋主事辽甚谨,奉表称臣,尊辽主为父皇帝,每辽使至,必至别殿拜受诏敕,岁输金帛三十万外,吉凶庆吊,岁时赠遗,相续不绝。凡辽太后、元帅、太子、诸王大臣,各有馈遗,稍不如意,即来消让,朝廷均引为耻事,独晋主卑辞厚礼,忍辱含羞。前已铸成大错,此时不得不尔。辽主见他诚意,屡止晋主上表称臣,但令称儿皇帝,如家人礼。嗣且颁给册宝,加晋主号为英武明义皇帝。晋主受册,事辽益恭。辽主既得幽州,改名南京,用唐降将赵思温为留守。思温子延照在晋,晋主命为祁州刺史。思温密令延照代奏,谓虏情终变,愿以幽州内附,晋主不许。吐谷浑在雁门北面,本属中国,自卢龙一带,让归辽有,吐谷浑亦皆辽属。因苦辽贪虐,仍思归晋,遂挈千余帐来奔。辽主因此责晋,晋主忙派兵逐回,才得无事。

北方稍得安静，始思控驭南方。吴越王钱元瓘，楚王马希范，南平王高从诲，均向晋通好，尚守臣礼。独闽自王延钧称帝后，与中原久绝通问，嗣主继鹏，改名为昶，晋天福二年，曾遣弟继恭，入修职贡，且告嗣位。晋主以三镇方乱，不暇南顾。但礼待继恭，即日遣还。次年冬季，始命左散骑常侍卢损为册礼使，封闽主昶为闽王，赐给赭袍，闽主弟继恭为临海郡王。

　　使节方发，闽主昶已有所闻，即令进奏官林恩，入白晋相，谓已袭帝号，愿辞册使。晋主不追回卢损，损竟至福州，昶辞疾不见，但令弟继恭招待，不受册命。有士人林省邹，私语卢损道："我主不事君，不爱亲，不恤民，不敬神，不睦邻，不礼宾，怎能久享国家？我将僧服北逃，他日当相见上国呢！"*不为国讳，亦非所宜*。损遂辞归。昶仍不出面，但令继恭署名奉表，遣礼部员外郎郑元弼，随损入贡。晋主召元弼入见，谕令归国禀明，此后上表，不应再由继恭出名。元弼唯唯而去，还白闽主。闽主昶置诸不理，但与宠后李春燕，及六宫嫔御，彻夜宴饮，淫媟不休。*弑父逆子，独守家法，也算难得*。应二十七回。

　　方士陈守元、谭紫霄，以房术得幸。守元号天师，紫霄号正一先生，两人受贿入请，言无不从。通文二年建白龙寺，四年作三清殿，统是雕甍画栋，备极辉煌。白龙寺的缘起，是由谭紫霄等捏称白龙夜现，乃命建筑。三清殿是由天师怂恿，内供宝皇大帝、元始天尊、太上老君像。统用黄金铸成，约需数千斤。日焚龙脑薰陆诸香，佐以铙钹诸乐。每晨祷祝，谓可求大还丹，命巫祝林兴住持殿中。一切国政，均由兴传宝皇命，裁决施行。*确是捣鬼*。兴与闽主叔父延武、延望有怨，假托神语，谓二叔将生内变。闽主昶不察虚实，即令兴率壮士夜杀二叔，及他五子。判六军诸卫事建王继严，*即昶弟，见二十七回*。颇得士心，昶又信林兴言，罢他兵柄，令改名继裕，别命季弟继镕掌判六军，革去诸卫字样。既而兴谋发觉，尚不加诛，只流戍泉州。方士等又上言紫微宫中，恐有灾祲，乃徙居长春宫。*两宫俱见二十六回*。淫酗如故。有时且召入诸王，强令饮酒，伺他过失。从弟继隆，因醉失礼，即命处斩，又屡因醉后动怒，诛戮宗室。

　　左仆射平章事延羲，系昶叔父，佯狂避祸，由昶赏给道士服，放置武夷山中。嗣复召还，幽锢私第。国用不足，专务苛征，甚至果蔬鸡豚，无不有赋，因此天怒人怨，众叛亲离。

　　先是昶父在日，曾袭开国遗制，设二卫军，号为控宸、控鹤二都，昶独另募壮士二千人为腹心，号为宸卫都，禄赐比二都较厚。或言二都怨望，恐将为乱。昶因欲将他遣出，分隶漳、泉二州，二都相率惊惶。控宸军使朱文进，控鹤军使连重遇，又屡为昶所侮弄，阴怀不平。会北宫大火，求贼不得，昶令重遇率内外营兵，扫除灰烬，限日告成。又疑重遇与谋纵火，意欲加诛。内学士

第三十回　杨光远贪利噬人　王延羲乘乱窃国

陈郯，私告重遇，重遇因夜入值，竟号召二都卫兵，焚毁长春宫，攻逼闽王。且使人就延羲私第，追出延羲，令从瓦砾中直入，奉为主帅，共呼万岁。复召外营兵共逐闽主。

闽主昶仓皇出走，引着皇后李春燕，及妃妾诸王，奔至宸卫都营中，宸卫都慌忙拒战。怎奈火势燎原，不可向迩，那控宸、控鹤二都，又乘势杀来，令人无从拦阻。彼此乱杀多时，宸卫都一半伤亡，剩得残兵千余人，奉闽主昶等逃出北关。行至梧桐岭，众稍溃散。忽闻后面喊声大震，延羲兄子继业，统兵追来。昶素来善射，引弓射毙多人。俄而追兵云集，射不胜射，昶投弓语继业道：「卿为人臣，臣节何在？」继业道：「君无君德，臣怎得有臣节？况新君系是叔父，旧君乃是兄弟，孰亲孰疏，不问可知！」可作昏君棒喝。昶无词可答，即由继业麾动兵士，拥与俱还。行至陁庄，用酒灌昶，令他醉卧，用帛搤死。皇后李春燕，及昶诸子，并昶弟继恭，一并被杀，藁葬莲花山侧。后来冢上生树，树生异花，似鸳鸯交颈状，时人号为鸳鸯树。可谓一双同命鸟。

继业返报延羲，延羲遂自称闽王，易名为曦，改元永隆。讣闻邻国，反说是宸卫都所弑，假意改葬故主，谥昶为康宗，一面向晋称藩，遣商人间道上表。晋乃遣使至闽，授曦为检校太师中书令，福州威武军节度使，兼封闽国王。曦虽受晋命，一切措施，仍如帝制。天师陈守元等，已为重遇所杀，更命泉州刺史，诛死林兴，用太子太傅致仕李真为司空，兼同平章事，闽中粗安。

曦因宫阙俱焚，另造新宫居住，册李真女为皇后。曦性嗜酒，后性亦嗜酒，一双夫妇，统视杯中物为性命。闽主累世嗜饮，应改称为酒国。所以终日痛饮，不醉不休。一日在九龙殿宴集群臣，从子继柔在侧，向不能饮，偏曦令概酌巨觥，不得少减。继柔实饮不下去，伺曦旁顾，倾酒壶中，不意被曦瞧着，怒他违令，竟命推出斩首。群臣相顾骇愕，不知所措，勉强饮了数觥，偷看曦面，亦有醉容，便陆续逃席，退出殿外。只翰林学士周维岳，尚在席中。曦醉眼模糊，顾左右道：「下面坐着，系是何人？」左右答是维岳，曦微笑道：「维岳身子矮小，为何独能容酒？」左右道：「酒有别肠，不在长大。」曦作色道：「酒果有别肠么？可捽他下殿，剖腹验肠。」此语说出，吓得维岳魂不附身，面无人色。幸亏左右代为解免，向曦禀白道：「陛下如杀维岳，何人侍陛下终饮？」曦乃免杀维岳，叱令退去。维岳忙磕头谢恩，急趋而出，三脚两步的逃回私第。

泉州刺史余廷英，尝矫曦命，掠取良家女，曦闻报大怒，即欲加诛。廷英即进买宴钱十万缗，曦尚是嫌少，便道：「皇后土贡，奈何没有！」廷英乃复献皇后钱十万，因得赦罪。

曦尝嫁女，全朝士尽献贺礼，否则加答。御史刘赞，坐不纠举，亦将答责。谏议大夫郑元弼，入朝面净，曦叱责道：「卿何如魏郑公，乃敢来强谏么？」元弼答道:"陛下似唐太宗,臣亦敢自拟魏征了!"曦乃心喜,释赞不答。

曦又纳金吾使尚保殷女为妃,尚妃生有殊色,甚得宠幸。每当曦酣醉时,妃欲杀即杀,欲宥即宥,朝臣时虞不测。曦弟延政,出任建州刺史,屡上书规兄,曦不但不从,反覆书痛詈,且遣亲吏邺翘,监建州军。

翘与延政议事,屡起龃龉,翘语延政道:"公欲反么!"延政遽起,欲拔剑斩翘。翘狂奔而出,往投南镇,依监军杜汉崇。延政发兵进攻,南镇兵溃,翘与汉崇俱逃回福州。曦见二人奔归,乃遣统军使潘师逵、吴行真等,率兵四万,往击延政。兵至建州城下,分扎二营,师逵驻城西,行真驻城南,皆阻水自固,所有城外庐舍,悉数焚毁。镇日里烟雾迷蒙。延政登城四顾,未免惊心,亟遣使至吴越乞援。吴越王元瓘,命同平章事仰仁诠,都监使薛万忠,领兵救建州。兵尚未至,那延政已攻破闽军,杀退大敌。原来师逵在营,轻率寡谋,被延政探悉情形,先遣将林汉徽等,出兵挑战,诱至茶山,由城中出军接应,两路夹攻,斩首千余级。越宿复募敢死士千余人,昏暮渡水,潜劫师逵营,因风纵火,城上鼓噪助威,吓得师逵脚忙手乱,闯营出奔。凑巧碰着建州都头陈诲,一枪刺去,坠落马下,再复一枪,断送性命。余众四溃,待至黎明,整兵再攻行真寨,行真闻潘营尽覆,正想遁走,蓦闻鼓声遥震,亟弃营奔逃。建州兵追杀一阵,约死万余人。延政遂分兵进取水平、顺昌二城。

会值吴越兵至,延政出牛酒犒师,说是闽军败去,请他回军。偏仰仁诠等不肯空回,竟至城西北隅下营,想与建州为难。正是多事。建州已经过两战,人马劳乏,更因分兵出攻,愈觉空虚,不得已想出一策,延入名幕,写了一封急书,遣人诣闽求救。闽主曦本与延政为敌,得了来书,怎肯遽允,但书中说得异常恳切,引着阋墙御侮的大义,前来劝勉,乃令泉州刺史王继业为行营都统,率兵二万驰援,并遣轻兵绝吴越粮道。吴越军食尽欲归,由延政麾兵出击,大破吴越军,俘斩万计,仁诠等仓皇窜免。这叫做自讨苦吃。

延政乃遣牙将赍了誓书,女奴捧了香炉,赴闽盟曦。曦与建州牙将,同至太祖审知墓前,歃血与盟,总算是罢战息争,再敦睦谊。但宿嫌未泯,总不能贯彻始终。

未几延政添筑建州城,周围二十里,一面向闽王乞请,拟升建州为威武军,自为节度使。曦以威武军是福州定名,不应复称,但称建州为镇安军,授延政节度使,加封富沙王。延政复改镇安为镇武,不从曦议。曦因是复忌延政。

汀州刺史延喜,系是曦弟,曦疑他与延政通谋,发兵捕归。又闻延政与继业书,有勾通意,因即召继业还闽,赐死郊外。并杀继业子于泉州,别授继严为刺史。后来复疑及继严,罢归酖死,专用子亚澄同平章事,掌判六军诸卫,自称为大闽皇。已而僭号为帝,授子亚澄为威武节度使,兼中书令,封长乐王。寻且加封闽王。王延政亦自称兵马大元帅,与曦失和,再行攻击,两下互有胜负。至晋天福八年,也公然称帝。国号殷,改元天德。偌大一个闽国,生出了两个皇帝来。仿佛两头蛇。小子有诗叹道:

　　　　阋墙构衅肇兵争,宁识君臣与弟兄。
　　　　分守一隅蜗角似,如何同气不同情!

闽乱未靖,晋廷亦变故多端,俟小子下回再表。

　　杨光远为后唐部将,从张敬达出讨晋阳,战败以后,遽杀敬达出降,其心迹之不足恃,已可概见。及魏州一役,侥幸成功,彼即拥兵自恣,要挟多端。晋主曲为优容,愈足养成跋扈。范延光乞休归里,载宝甚多,虽象齿焚身,咎由自取,然光远安得而杀之,亦安得而夺之!身为人臣,目无法纪,彼岂尚肯为晋室臣乎?闽祖王审知,虽起自盗贼,而好礼下士,有长者风。乃子孙不贤,淫酗无度,鏻后有昶,昶后有曦。篡杀相寻,祸乱无已。要之五季之世,君不君,臣不臣,父不父,子不子,一晦盲否塞之天下也,胥中国而夷狄之,禽兽之,可悲也夫!

第三十一回　讨叛镇行宫遣将
　　　　　　　　纳叔母嗣主乱伦

　　却说晋成德节度使安重荣,出自行伍,恃勇轻暴,尝语部下道:"现今时代,讲甚么君臣,但教兵强马壮,便好做天子了。"府署立有幡竿,高数十尺,尝挟弓矢自诩道:"我射中竿上龙首,必得天命。"说着,即将一箭射去,正中龙首。投弓大笑,佻然自负。嗣是召集亡命,采买战马,意欲独霸一方,每有奏请,辄多逾制,朝廷稍稍批驳,他便反唇相讥。镇帅多跋扈不臣,都是当日的主子教导出来。

　　晋主惩前毖后,尝有戒心。义武军节度使皇甫遇,与重荣为儿女亲家,晋主恐他就近联络,特徙遇为昭义军节度使,并命刘知远为北京留守,隐防重荣。重荣不愿事晋,尤不屑事辽,每见辽使,必箕踞嫚骂,有时且将辽使杀毙境上,辽主尝贻书诮让,晋主只好卑辞谢罪。重荣越加气愤,适遇辽使拽剌一作伊呼。过境,便派兵捕归。再遣轻骑出掠幽州人民,置诸博野。又上表晋廷,略言吐谷浑、突厥、契苾、沙陀等,各率部众归附,党项等亦纳辽牒,愿备十万众击辽。朔州节度副使赵崇,已逐去辽节度使刘山,求归中国,此外旧臣沦没虏廷,亦皆延颈企踵,专待王师,天道人心,不便违拒,兴华扫虏,正在此时。陛下臣事北虏,甘心为子,竭中国脂膏,供外夷欲壑,薄海臣民,无不惭愤。何勿勃然变计,誓师北讨,上洗国耻,下慰人望,臣愿为陛下前驱云云。晋主览奏,却也有些心动,屡召群臣会议。北京留守刘知远,尚未出发,劝晋主毋信重荣,桑维翰正调镇泰宁军,闻知消息,亦即密疏谏阻,略云:

窃谓善兵者待机乃发,不善战者彼己不量。陛下得免晋阳之难,而有天下,皆契丹之功,不可负也。今安重荣恃勇轻敌,吐谷浑假手报仇,皆非国家之利,不可听也。臣观契丹数年以来,士马精强,吞噬四邻,战必胜,攻必取。割中国之土地,收中国之器械,其君智勇过人,其臣上下辑睦,牛马蕃息,国无天灾,此未可与为敌也。且中国初定,士气雕沮,以当契丹乘胜之威,其势相去甚远。若和亲既绝,则当发兵守塞。兵少不足以待寇,兵多则馈运无以继之。我出则彼归,我归则彼至,臣恐禁卫之士,疲于奔命,镇定之地,无复遗民。今天下粗安,疮痍未复,府库虚竭,兵民疲敝,静而守之,犹惧不济,其可妄动乎?契丹与国家恩义非轻,信誓甚著,彼无间隙而自启衅端,就使克之,后患愈重。万一不克,大事去矣!议者以为岁输缯帛,谓之耗蠹,有所卑逊,谓之屈辱。殊不知兵连而不休,祸结而不解,财力将匮,耗蠹孰甚焉!用兵则武吏功臣,过求姑息,边藩远郡,得以骄矜,屈辱孰甚焉!臣愿陛下训农习战,养兵息民,俟国无内忧,民有余力,然后观衅而动,则动必有成矣。近闻邺都留守,尚未赴镇,军府乏人。以邺都之富强,为国家之藩屏,臣窃思慢藏诲盗之言,勇夫重闭之戒。乞陛下略加巡幸,以杜奸谋,是所至盼。冒昧上言,伏乞裁夺。

晋主看到此疏,方欣然道:"朕今日心绪未宁,烦懑不决,得桑卿奏,似醉初醒了。"遂促刘知远速赴邺都,并兼河东节度使,且诏谕安重荣道:

尔身为大臣,家有老母,尚不思难,弃君与亲。吾因契丹得天下,尔因吾致富贵,吾不敢忘德,尔乃忘之。何耶?今吾以天下臣之,尔欲以一镇抗之,不亦难乎!宜审思之,毋取后悔。

重荣得诏,反加骄慢,指挥使贾章,一再劝谏,反诬以他罪,推出斩首。章家中只遗一女,年仅垂髫,因此得释。女慨然道:"我家三十口,俱罹兵燹,独我与父尚存。今父无罪见杀,我何忍独生!愿随父俱死。"重荣也将女处斩。镇州人民,称为烈女,已料重荣不能善终。<small>不没烈女。</small>饶阳令刘岩,献五色水鸟,重荣妄指为凤,畜诸水潭。又使人制大铁鞭,置诸牙门,谓铁鞭有神,指人

第三十一回　讨叛镇行宫遣将　纳叔母嗣主乱伦

辄死,自号铁鞭郎君,每出必令军士抬鞭,作为前导。镇州城门,有抱关铁像,状似胡人,像头无故自落。重荣小字铁胡,虽知引为忌讳,但反意总未肯消融。取死之兆。

山南东道节度使安从进,与重荣同姓,恃江为险,隐蓄异谋,重荣遂阴相结托,互为表里。晋主既虑重荣,复防从进,乃遣人语从进道:"青州节度使王建立来朝,愿归乡里,朕已允准。特虚青州待卿,卿若乐行,朕即降敕。"要使就徙,必先使人探问,主权已旁落了。从进答道:"移青州至汉江南,臣即赴任。"晋主闻他出言不逊,颇有怒意,但恐两难并发,权且含容。从进子弘超,为宫苑副使,留居京师,从进请遣子归省,晋主也依言遣归。弘超既至襄州,从进遂决计造反。

天福六年冬季,晋主忆桑维翰言,北巡邺都。学士和凝已升任同平章事,独入朝面请道:"陛下北行,从进必反,理应预先布置。"晋主道:"朕已留郑王重贵,居守大梁,卿意还有何说?"凝又奏道:"兵法有言,先人乃能夺人,陛下此行,京中事恐难兼顾,愿留空名宣敕三十通,密付留守郑王,一旦闻变,便可书诸将名遣往讨逆了。"晋主称善,依议而行,遂留重贵居守,自向邺都进发。及驾入邺都,留守刘知远,已遣亲将郭威,招诱吐谷浑酋长白承福,徙入内地,翦去安重荣羽翼,专待晋主命令,听候发兵。晋主因重荣虽有反意,尚无反迹,但遣杜重威为天平节度使,马全节为安国节度使,密令调军储械,控制重荣。

重荣致书从进,教他即日起事,趁着大梁空虚,掩击过去。从进遂举兵造反,进攻邓州。郑王重贵闻报,立派西京留守高行周,为南面行营都部署,前同州节度使宋彦筠为副,宣徽南院使张从恩为监军,就从空敕填名,颁发出去,令讨从进。邓州节度使安审晖,方闭城拒守,飞促高行周赴援。行周亟命武德使焦继勋,先锋都指挥使郭金海,右厢都监陈思让等,带着精兵万人,往援邓州。从进得侦卒探报,谓邓州援师将至,不禁惊诧道:"晋主未归,何人调兵派将,来得这般迅速呢?"乃退至唐州,驻扎花山,列营待战。陈思让跃马前来,挺枪突入,焦、郭二将,挥兵后应,一哄儿冲入从进阵内。从进不防他这般勇猛,吓得步步倒退。主将一动,士卒自乱,被思让等一阵扫击,万余人统行溃散。襄州指挥使安弘义,马蹶被擒,从进单骑走脱,连山南东道的印信,都致失去。如此不耐战,也想造反,真是自不量力。既返襄州,慌忙集众守御。高行周、宋彦筠、张从恩等,陆续至襄州,四面围住。从进很是危急,重荣尚未闻知,竟集境内饥民数万,南向邺都,声言将入朝行在。晋主知他诈谋,即命杜重威、马全节进讨,添派前贝州节度使王周,为马步都虞侯。重威率师西趋,至宗城西南,正与重荣相值。重荣列阵自固,由重威一再挑战,均被强弩射退。重威颇有惧色,便欲退兵。指挥使王重胤道:"兵家有进无退,镇州精兵,尽在中军,请公分锐卒为二队,击他左右两翼。重胤等愿直冲中坚,彼势难兼顾,必败无疑。"重威依议,分军并进,重胤身先士卒,闯入中坚。镇军少却,重威、全节,见前军已经得势,也麾众齐进,杀死镇军无数。镇州将赵彦之,卷旗倒戈,奔降晋军。晋军见他铠甲鞍辔,俱用银饰,不由的起了贪心,也无暇问及来由,即把他乱刀分尸,掷首与敌,所有铠甲鞍辔等,当即分散。此等军士,实不中用,奈安重荣更属不济,所以败死。重荣见全军失利,已是惊心,更闻彦之降晋被杀,益觉战慄不安。遂退匿辎重中,飞奔而去。部下二万余人马,一半被杀,一半逃散。是年冬季大冷,逃兵饥寒交迫,至无孑遗,重荣仅率十余骑,奔还镇州。驱州民守城,用牛马皮为甲,闹得全城不宁。重威兵至城下,镇州牙将自西郭水碾门,引官军入城,杀守陴民二万人,城中大乱。重荣入守牙城,又被晋军攻破,没处奔逃,束手就戮,枭首送邺。晋主御楼受馘,命漆重荣首级,赍献辽主,改镇州成德军为恒州顺国军,即用杜重威为顺国节度使,令镇恒州。

先是辽主耶律德光,闻重荣擅执辽使,即遣人驰责晋廷。晋主恐他犯塞,亟遣邢州即安国军。节度使杨彦珣为使,至辽谢罪。辽主盛怒相见,彦珣却从容说道:"譬如家出逆子,父母不能制伏,奈何?"辽主怒乃少解,但尚拘留彦珣,不肯放归。至重荣已反,始信罪在重荣,与晋无涉,乃释彦珣归晋。既而重荣首级,已至西楼,晋廷以为可告无罪,那知辽使复来诘责,问晋何故招纳吐谷浑?晋主以吐谷浑酋长,阴附重荣,不得已徙入内地。偏辽使索白承福头颅,致晋主无从应命,为此忧郁盈胸,渐渐的生起重病来了。谁叫你向虏称臣,事虏为父?

是时已是天福七年,高行周攻克襄州,安从进自焚死,执住从进子弘超,及将佐四十三人,送往大梁。晋主尚在邺都,病已不起,但闻捷报,不能还京受俘,徒落得唏嘘叹息,一命呜呼。统计在位七年,寿五十一岁,后来庙号高祖,安葬显陵。

晋主生有七子,四子被杀,散见上文,二子早殁,只剩幼子重睿,尚在冲龄。晋主卧疾,宰相冯道入见,由晋主呼出重睿,向道下拜,且令内侍抱置道怀,意欲托孤寄命,使道辅立幼主。及晋主病终,道与侍卫马步都虞侯景延广商议,延广谓国家多难,应立长君。道本是个模棱人物,依了延广,竟与议定拥立重贵,飞使奉迎。

重贵已晋封齐王,接得来使,星夜赴邺,哭临保昌殿,就在柩前即位,大赦天下。内外文武官吏,进爵有差。会襄州行营都部署高行周,都监张从恩等,自大梁献俘至邺。由嗣主重贵,御乾明门受俘,命将安弘超等四十余人,斩首

第三十一回　讨叛镇行宫遣将　纳叔母嗣主乱伦

市曹。随即就崇德殿宴集将校，行饮至受赏礼，命高行周为宋州节度使，加检校太尉，改调宋州节度使安彦威为西京留守，兼河南尹，张从恩为东京留守，兼开封尹，加检校太尉。降襄州为防御使，升邓州为威胜军，即授宋彦筠为邓州节度使，此外立功将校，并皆进阶。加景延广同平章事，兼侍卫马步军都指挥使。延广恃定策功，乘势擅权，禁人不得偶语，官吏相率侧目。从前高祖弥留，曾有遗言，命刘知远辅政。延广密劝重贵，抹煞遗旨，加知远检校太师，调任河东节度使。知远由是怏怏，失望而去。暗映下文。

冯道、景延广等，拟向辽告哀，草表时互有争议，延广谓称孙已足，不必称臣。既已称孙，何妨称臣。道不置一词。长乐老惯作此态。学士李崧，新任为左仆射，独从旁力诤道："屈身事辽，无非为社稷计，今日若不称臣，他日战衅一开，贻忧宵旰，恐已无及了！"延广犹辩驳不休。重贵正倚重延广，便依他计议，缮表告哀。晋使至辽，辽主览表大怒，遣使至邺，问何故称孙不称臣？且责重贵不先禀命，遽即帝位，亦属非是。景延广怒目道："先帝为北朝所立，所以奉表称臣。今上乃中国所立，不过为先帝盟约，卑躬称孙，这已是格外逊顺，有什么称臣的道理！况国不可一日无君，若先帝晏驾，必须禀命北朝，然后立主，恐国中已启乱端，试问北朝能负此责任么？"强词非不足夺理，奈将士乏材何？辽使偃强不服，怀忿北归，详报辽主。辽主已怒上加怒，再经政事令兼卢龙节度使赵延寿，从旁挑拨，好似火上添油。那时辽主德光，自然愤不能平，便欲兴兵问罪，入捣中原了。后来战祸，实始于此。

晋主重贵，毫不在意，反日去勾搭一位釐居娇娘，竟得称心如愿，一淘儿行起乐来。看官道釐妇为谁？原来是重贵叔母冯氏。冯氏为邺都副留守冯濛女，很有美色，晋高祖素与濛善，遂替季弟重胤，娶濛女为妇，得封吴国夫人。不幸红颜薄命，竟失所天，冯氏寂居寡欢，免不得双眉锁恨，两泪倾珠。重贵早已生心，只因叔侄相关，尊卑须辨，更兼晋高祖素严阃范，不敢胡行，蓝桥无路，徒唤奈何！及为汴京留守，正值元配魏国夫人张氏，得病身亡，他便想勾引这位冯叔母，要她来做继室。转思高祖出幸，总有归期，倘被闻知，必遭谴责。况且高祖膝下，单剩一个幼子重睿，自己虽是高祖侄儿，受宠不殊皇子，他日皇位继承，十成中可希望七八成，若使乱伦得罪，岂非这个现成帝座，恰为了一时淫乐，把他抛弃吗？于是捺下情肠，专心筹画军事，得平定安从进，成了大功。

到了赴邺嗣位，大权在手，正好任所欲为，求偿宿愿。可巧这位冯叔母，也与高祖后李氏，重贵母安氏等，同来奔丧，彼此在梓宫前，素服举哀。由重贵瞧将过去，但见冯氏缟衣素袂，越觉苗条。青溜溜的一簇乌云，碧澄澄的一双凤目，红隐隐的一张桃腮，娇怯怯的一搦柳肢，真是无形不俏，无态不妍，再加那一腔娇喉,啼哭起来,仿佛莺歌百啭,饶有余音。此时的重贵呆立一旁,几不知如何才好。那冯氏却已偷眼觑着,把水汪汪的眼波,与重贵打个照面,更把那重贵的神魂,摄了过去。及举哀已毕,重贵方按定了神,即命左右导入行宫,拣了一所幽雅房间,使冯氏居住。

到了晚间,重贵先至李后、安妃处,请过了安,顺便路行至冯氏房间。冯氏起身相迎,重贵便说道:"我的婶娘,可辛苦了么?我特来问安!"冯氏道:"不敢不敢!陛下既承大统,妾正当拜贺,那里当得起问安二字!"开口已心许了。说至此,即向重贵裣衽,重贵忙欲搀扶,冯氏偏停住不拜,却故意说道:"妾弄错了!朝贺须在正殿哩。"重贵笑道:"正是,此处只可行家人礼,且坐下叙谈。"冯氏乃与重贵对坐。重贵令侍女回避,便对冯氏道:"我特来与婶娘密商,我已正位,万事俱备,可惜没有皇后!"冯氏答道:"元妃虽薨,难道没有嫔御?"重贵道:"后房虽多,都不配为后,奈何?"冯氏嫣然道:"陛下身为天子,要如何才貌佳人,尽可采选,中原甚大,宁无一人中意么?"重贵道:"意中却有一人,但不知她乐允否?"冯氏道:"天威咫尺,怎敢不依!"满口应承。重贵欣然起立,凑近冯氏身旁,附耳说出一语,乃是看中了婶娘。冯氏又惊又喜,偏低声答道:"这却使不得,妾是残花败柳,怎堪过侍陛下!"重贵道:"我的娘!你已说过依我,今日是就要依我了。"说着,即用双手去搂冯氏。冯氏假意推开,起身趋入卧房,欲将寝门掩住。重贵抢步赶入,关住了门,凭着一副膂力,轻轻将冯氏举起,掖入罗帏。冯氏半推半就,遂与重贵成了好事。这一夜的海誓山盟,笔难尽述。

好容易欢恋数宵,大众俱已闻知。重贵竟不避嫌疑,意欲册冯氏为后,先尊高祖后李氏为皇太后,生母安氏为皇太妃,然后备着六宫仗卫,太常鼓吹,与冯氏同至西御庄,就高祖像前,行庙见礼。宰臣冯道以下,统皆入贺。重贵怡然道:"奉皇太后命,卿等不必庆贺!"道等乃退。重贵挈冯氏回宫,张乐设饮,金樽檀板,展开西子之鬟,绿酒红灯,煊出南威之色。重贵固乐不可支,冯氏亦喜出望外。待至酒酣兴至,醉态横生,那冯氏凭着一身艳妆,起座歌舞,曼声度曲,宛转动人,彩袖生姿,蹁跹入画。重贵越瞧越爱,越爱越怜,蓦然间忆及梓宫,竟移酒过奠,且拜祷道:"皇太后有命,先帝不预大庆!"真是昏语。一语说出,左右都以为奇闻,忍不住掩口胡卢。重贵亦自觉说错,也不禁大笑绝倒,且顾语左右道:"我今日又做新女婿了!"冯氏闻言,嗤然一笑,左右不暇避忌,索性一笑哄堂。重贵趁势揽冯氏手,竟入寝宫,再演龙凤配去了。小子有诗咏道:

叔母何堪作继妻,雄狐牝雉太痴迷!
北廷暴恶移文日,曾否疚心悔噬脐?

转瞬间又阅一年，晋主重贵，已将高祖安葬，奉了太后、太妃，及宠后冯氏，一同还都。欲知后事，请看下回。

　　安从进与安重荣，材具平庸，且无功绩之足言，徒以攀龙附凤，得为镇帅，富贵已达极点，而犹不知足，敢生异志者，无非欲为石敬瑭第二，妄冀非分之尊荣耳。迨晋军分道出兵，而二憨即归殄灭，不度德，不量力，害必至此，何足怪乎！重贵以兄子继统，甫经莅事，即听景延广言，开罪契丹。外衅已开，自速其祸，而又纳叔母冯氏，渎伦伤化，败德乱常，名为人主，而行同禽兽，亦安能不危且亡也！若冯氏以叔母之尊，甘与犹子为偶，淫妇无耻，殊不足责，厥后与重贵同毙沙漠，正天道恶淫之报。此淫之所以为万恶首也！

第三十二回　悍弟杀兄僭承汉祚　　逆臣弑主大乱闽都

　　却说晋主重贵，由邺都启行还汴，暂不改元，仍称天福八年。自幸内外无事，但与冯皇后日夕纵乐，消遣光阴。冯氏得专内宠，所有宫内女官，得邀冯氏欢心，无不封为郡夫人。又用男子李彦弼为皇后都押衙，正是特开创例，破格用人。重贵已为色所迷，也不管甚么男女嫌疑，但教后意所欲，统皆从命。独不怕为元绪公么？后兄冯玉，本不知书，因是椒房懿戚，擢知制诰，拜中书舍人。同僚殷鹏，颇有才思，一切制诰，常替玉捉刀，玉得敷衍过去。寻且升为端明殿学士，又未几升任枢密使，真个是皇亲国戚，比众不同。可惜是块碱砝。

　　小子因专叙晋事，把别国别镇的状况，未免失记。此处乘晋室少暇，不得不将别国情形，略行叙述。南汉主刘龑，自遣何词入唐后，已知唐不足惧，并因击败楚军，越加强横。事见第二十回。龑生十九子，俱封为王。长子耀枢，次子龟图，已皆早世。三子弘度，受封秦王。四子弘熙，受封晋王，两人素性骄恣。惟五子弘昌封越王，颇能孝谨，且有智识。龑欲使为储贰，惟越次册立，心殊未安，因此蹉跎过去。且自龑僭位后，岭南无恙，全国太平，他却安安稳稳过了二十多年。年龄虽越五十，尚属体强力壮，没甚病痛，总道是寿命延长，不妨将立储问题，宽延时日。哪知六气偶侵，二竖为祟。当后晋天福七年，即南汉大有十五年，竟染了一场重症，医药罔效。当下召入左仆射王翻，密与语道："弘度、弘熙，寿算虽长，但终不能任大事，弘昌类我，我早欲立为太子，苦不能决，我子孙不肖，恐将来骨肉纷争，好似鼠入牛角，越斗越小呢。"说至此，泣下唏嘘。翻劝慰道："陛下既属意越王，须赶紧筹备，臣意拟将秦、晋二王，调守他州，方可无虞。"龑点首称是，乃拟徙弘度守邕州，弘熙守容州。

计议已定，适崇文使萧益入问起居，龑又述明己意。益力谏道："废长立少，必启争端，此事还求三思！"龑被他一说，又害得没有主意，蹉跎了好几日，竟尔毕命。弘度依次当立，遂即南汉皇帝位，更名为玢，改大有十五年为光天元年。命弟晋王弘熙辅政，尊龑为天皇大帝，庙号高祖。龑僭位二十六年，享年五十四岁，生平最喜杀人，创设汤镬铁床等具，有灌鼻、割舌、支解、剐剔、炮灸、烹蒸诸刑，或就水中捕集毒蛇，即将罪人投入，俾蛇吮噬，号为水狱。每决罪囚，必亲往监视，往往垂涎呀呷，不觉朵颐。想是豺狼转生。又性好奢侈，尽聚南海珍宝，作为玉堂珑宫。晚年更筑起一座南薰殿，柱皆镂金饰玉，础石间暗置香炉，朝夕燃香，有气无形，真个是穷奢极丽，不惜工资。

到了弘度即位，比乃父更觉骄奢，更添一种好色的奇癖，专喜观男女裸逐，混作一淘，外面作乐，里面饮酒，镇日间嬉戏淫媟，不亲政事。或夜间穿着墨缞，与娼女微行，出入民家，毫无顾忌。左右稍稍谏阻，立被杀死。惟越王弘昌及内常侍吴怀恩，屡次进谏，虽然言不见从，还算是顾全脸面，不加杀戮。

晋王弘熙，日进声伎，诱他荒淫。昏迷了好几月，度过残冬，已是光天二年，弘熙阴图篡位，知乃兄素好手搏，特嘱指挥使陈道庠，引力士刘思潮、谭令禋、林少疆、林少良、何昌廷等五人，聚习晋府，习角抵戏。技艺有成，献入汉宫。弘度大悦，亲加验视，果然拳法精通，不同凡汉，遂留五人为侍卫，有暇辄命他角逐，评量优劣，核定赏罚。未几已届暮春，召集诸王至长春宫，宴饮为欢。侑乐以外，即令五力士演角抵戏，且饮且观。五力士抖擞精神，卖弄拳技，引得弘度心花大开，尽管把黄汤灌将下去，顿时酩酊大醉，不省人事。弘熙发出暗号，那陈道庠即指示刘思潮等，掖着弘度，就势用力，竟将弘度干骨拉断。但听得一声狂叫，遽尔暴亡。可怜这位少年昏君，只活得二十四岁，便被害死。速死为幸。

后来谥为殇帝。所有宫内侍从，都杀得一个不留，诸王乘势逸出，不敢入视。待至翌晨，始由越王弘昌，带着诸弟，哭临寝殿。因即迎弘熙嗣位，易名为晟，改光天二年为应乾元年。命弟弘昌为太尉，兼诸道兵马都元帅，少弟循王弘杲为副，并预政事。陈道庠及刘思潮等，皆赏赉有差。南汉吏民，虽不敢公然讨逆，但宫中篡弑情形，已是无人不晓，免不得街谈巷议，传作新闻。循王弘杲，请斩刘思潮等以谢中外。不能仗义讨逆，徒欲归咎从犯，安得不自取死亡！看官试想，这弑君杀兄的刘弘熙，岂肯把佐命功臣，付诸典刑么？思潮等闻弘杲言，反诬称弘杲谋反，弘熙遂嘱思潮暗伺行踪。会弘杲宴客，思潮即纠集谭令禋等，带同卫兵，持械突入。弘杲不及趋避，立被刺死。弘熙闻报，很是欣慰，且大出金帛，厚赏思潮、令禋等人。一面严刑峻法，威吓臣下，并且猜忌骨

第三十二回　悍弟杀兄僭承汉祚　逆臣弑主大乱闽都

肉，比前益甚。南汉高祖十九子，除长次二子早死外，三子五子被害，第九子万王弘操，先在交州阵亡，此时尚剩十四子。弘熙欲将十三人尽行加害，陆续设法，杀一个，少一个，结果是同归于尽，这便是南汉主龑好杀的惨报呢。大声疾呼。

小子因隔年太远，不应并叙下去，只好将汉事暂搁，另述唐事。唐主徐知诰，已复姓李氏，改名为昪。见二十九回。自命为江南强国，与晋廷不相聘问，独向辽通使，彼此互有往来。每当辽使至唐，辄给厚贿。及送至淮北，已入晋境，暗使人刺杀辽使，竟欲嫁祸晋廷，令他南北失和，自己可收渔人厚利。晋天福五年，晋安远节度使李金全，为亲吏胡汉筠所怂恿，擅杀朝使贾仁沼，为晋所讨，不得已奉表降唐。唐主昪遣鄂州屯营使李承裕、段处恭等，率兵三千，往迎金全。金全驰诣唐军，承裕遂入据安州。晋廷别简节度使马全节，兴师规复，与李承裕交战安州城南，承裕败走。晋副使安审晖领兵追击，复破唐兵，斩段处恭，擒李承裕，自唐监军杜光邺以下，尽被捕获。全节杀死承裕及俘卒千五百人，械送光邺等归大梁。

时晋主石敬瑭尚存，闻光邺等被械入都，不禁叹息道："此曹何罪！"遂各赐马匹及器服，令还江南。唐主昪严拒不纳，送还淮北，且遗晋主书，内有边校贪功，乘便据垒，军法朝章，彼此不可四语。晋主仍遣令南归，偏唐主昪派了战船，力拒光邺，光邺只好仍入大梁。晋主授光邺官，编光邺部兵为显义都，命旧将刘康统领，追赠贾仁沼官阶，算是了案。李金全到了金陵，唐主昪待他甚薄，只命为宣威统军，金全已不能归晋，没奈何昪颜受命，此段文字，补前文所未详。嗣是昪无心窥晋，惟知保守吴疆。

既而吴越大火，焚去宫室府库，所储财帛兵甲，俱付一炬。吴越王钱元瓘，骇极成狂，竟致病殁。将吏奉元瓘子弘佐为嗣，弘佐年仅十三，主少国疑，更因火灾以后，元气萧条。吴越事就便带过。南唐大臣，多劝昪进击吴越，昪摇首道："奈何利人灾殃！"这是李昪仁心，不得谓其迂腐。遂遣使厚赍金粟，吊灾唁丧，此后通好不绝。昪客冯延已好大言，尝私讥昪道："田舍翁怎能成大事？"昪虽有所闻，也并不加罪。但保境安民，韬甲敛戈，吴人赖以休息。

好容易做了七年的江南皇帝，年已五十六岁，未免精力衰颓。方士史守冲，献入丹方，照方合药，服将下去，起初似觉一振，后来渐致躁急。近臣谓不宜再服，昪却不从。忽然间背中奇痛，突发一疽，他尚不令人知，密召医官诊治，每晨仍强起视朝。无如疽患愈剧，医治无功，乃召长子齐王璟入侍，未几已近弥留，执璟手与语道："德昌宫积储兵器金帛，约七百余万，汝守成业，应善交邻国，保全社稷。我试服金石，欲求延年，不意反自速死，汝宜视此为戒！"说至此，牵璟手入口，啮指出血，才行放下，涕泣嘱咐道："他日北方当有事，勿忘我言！"为后文伏笔。

璟唯唯听命。是夕昪殂，璟秘不发丧，先下制命齐王监国，大赦中外。越数日不闻异议，方宣遗诏，即皇帝位，改元保大。太常卿韩熙载上书，谓越年改元，乃是古制，事不师古，勿可以训。璟优旨褒答，但制书已行，不便收回，就将错便错的混了过去。

璟初名景通，有四弟景迁、景遂、景达、景邋。景迁蚤卒，由璟追封为楚王。景遂由寿王进封燕王，景达由宣城王进封鄂王，景邋为昪妃种氏所出。昪既受禅，方得此子，颇加宠爱。种氏以乐妓得幸，至此亦加封郡夫人。蛾眉擅宠，便思夺嫡，尝乘间进言，谓景邋才过诸兄。昪不禁发怒，责他刁狡，竟出种氏为尼，且不加景邋封爵。及昪殁璟继，种氏恐璟报怨，且泣且语道："人尽骨醉，将复见今日了！"以小人心，度君子腹。幸璟笃爱同胞，晋封景邋为保宁王，并许种氏入宫就养。璟母宋氏，尊为皇太后，种氏亦受册为皇太妃。议定父昪庙号，称为烈祖。

寻改封景遂为齐王，兼诸道兵马元帅，燕王景达为副。璟与诸弟立盟枢前，誓兄弟世世继立，景遂等一再谦让，璟终不许。给事中萧俨疏谏，亦不见报，但封长子弘冀为南昌王，兼江都尹。虔州妖贼张遇贤作乱，派将荡平。中书令太保宋齐邱，自恃勋旧，树党擅权，由璟徙宋为镇海军节度使。宋齐邱暗生忿怼，自请归老九华，一表即允，赐号九华先生，封青阳公。齐邱去后，引用冯延己、常梦锡为翰林学士，冯延鲁为中书舍人，陈觉为枢密使，魏岑、查文徽为副使。这六人中除梦锡外，半系齐邱旧党，且专喜倾轧，贻误国家，吴人目为五鬼。梦锡屡言五人不宜重用，璟皆不纳。

既而璟欲传位景遂，令他裁决庶政。冯延己、陈觉等，乘机设法，令中外不得擅奏，大臣非经召对，不得进见。给事中萧俨，复上疏极谏，俱留中不发。连宋齐邱在外闻知，亦上表谏阻。侍卫都虞侯贾崇，排闼入诤道："臣事先帝三十年，看他延纳忠言，孜孜不倦，尚虑下情不能上达，陛下新即位，所恃何人，遽与群臣谢绝。臣年已衰老，死期将至，恐从此不能再见天颜了！"言毕，泣下呜咽。璟亦不觉动容，引坐赐食，乃将前令撤销。表扬谏臣。

忽由闽将朱文进，弑主称王，遣使入告，唐主璟斥他不道，拘住来使，拟发兵声讨。群臣谓闽乱首祸，为王延政，应先讨伪殷，方足代除乱本。延政不过叛兄，未尝弑主，唐臣所言不免偏见。因将闽使遣归，特派查文徽为江西安抚使，令觇建州虚实，再行进兵。看官道闽中大乱，从何而起？小子在前文三十回中，已叙闽主曦酗乱情形，早见他不能久享。唐主璟即位，曾贻闽主曦及殷主延政书，责他兄弟寻戈，有乖友爱。曦复书辩驳，引周公诛管蔡，及唐太宗杀建成、元吉事，作为比附，自护所短。延政且驳斥唐主篡吴，负杨氏恩。唐主

第三十二回　悍弟杀兄僭承汉祚　逆臣弑主大乱闽都

怒起,便与两国绝好,尤恨延政无礼,意图报怨。释闽攻殷,伏机于此。可巧闽拱宸都指挥使朱文进,突然发难,再弑闽主,激成祸乱,于是全闽大扰,利归南唐。

先是文进与连重遇,分统两都,重遇弑昶立曦,入任阁门使,控鹤都归魏从朗统带,从朗亦朱、连党羽,统军未久,为曦所杀。文进、重遇,未免兔死狐悲,阴生疑贰。曦又召二人侍宴,酒兴方酣,遽吟唐白居易诗云:"惟有人心相对间,咫尺之情不能料!"二人知曦示讽,忙起座下拜道:"臣子服事君父,怎敢再生他志?"曦微笑无言,二人佯为流涕,亦不闻慰答。宴毕趋出,文进顾语重遇道:"主上忌我已深,毋遭毒手!"重遇应诺。

会曦后半氏,妒害尚妃。俱见三十回。密欲图曦,改立子亚澄为闽主,遂使人告文进、重遇道:"主上将加害二公,如何是好?"夫主不可信,别人可么?二人闻言益惧,即密谋行弑。适后父李真有疾,曦至真第问安,文进、重遇,暗嘱拱宸马步使钱达,挟曦上马,乘便拉死。

侍从奔散,文进、重遇,拥兵至朝堂,率百官会议。当由文进宣言道:"太祖皇帝,光启闽国,已数十年,今子孙淫虐,荒坠厥绪,天厌王氏,应该择贤嗣立,如有异议,罪在不赦!"大众统是怕死,没一人敢发一言。重遇即接口道:"功高望重,无过朱公,今日应当推立了!"大众又噤不发声。文进并不推让,居然升殿,被服衮冕,南面坐着。重遇率百官北面朝贺,再拜称臣,草草成礼。即由文进下令,悉收王氏宗族。自太祖子延熹以下,少长共五十余人,一体骈戮。就是曦后李氏,曦子亚澄,也同时被杀。李真闻变惊死,余官得过且过,乐得偷生。惟谏议大夫郑元弼,抗辞不屈,拟奔建州,为文进所害。元弼虽死犹荣,不若曦后、曦子之死有余辜。文进自称威武军留后,权知闽国事。葬闽主曦,号为景宗。用重遇总掌六军,兼礼部尚书判三司事,进枢密使鲍思润同平章事,令羽林统军使黄绍颇,为泉州刺史,左军使程文纬为漳州刺史,汀州刺史许文稹,举郡降文进,文进许为原官。部署少定,因派人四出报告,且向晋奉表称藩。晋授文进为威武节度使,知闽国事。独殷主延政,倡议讨逆,先遣统军使吴成义,率兵击闽,与战不利。再遣部将陈敬佺,领兵三千,屯尤溪及古田,卢进率兵二千屯长溪,作为援应。

泉州指挥使留从效,语同僚王忠顺、董思安、张汉思道:"朱文进屠灭王氏,遣腹心分据诸州,我辈世受王氏恩,乃交臂事贼,一旦富沙王攻克福州,我辈且死有余愧了!"王、董等也以为然,从效即召部下壮士,夜饮家中,酒酣与语道:"富沙王已平福州,密旨令我等讨黄绍颇,我观诸君状貌,皆非贫贱士,何不乘此讨贼?能从我言,富贵可图,否则祸且立至了!"众壮士不以为诈,踊跃效命,各出持白梃,逾垣入刺史署,擒住绍颇,剁作两段。从效入取州印,赴延政族子王继勋宅中，请主军府，自称平贼统军使，函绍颇首，遣兵马使陈洪进勋诣建州。延政立授继勋为泉州刺史，从效、洪进为都指挥使。漳州将陈谟，闻风起应，亦杀刺史程文纬，请王继成权知州事。继成也是延政族子，与继勋同居疏远，所以文进篡位，王氏亲族多死，惟二人幸全。汀州刺史许文稹，又见风驶帆，奉表降殷。

朱文进闻三州生变，慌得手足无措，忙悬重赏募兵，得二万人，令部下林守谅、李廷谔为将，往攻泉州，钲鼓声达百里。殷主延政，也遣大将军杜进，率兵二万救泉州。留从效得了援师，开城出战，与杜进夹攻闽军。闽军兵皆乌合，似鸟兽散，林守谅战死，李廷谔被擒。捷报飞达建州，延政因促吴成义，率战舰千艘，速攻福州。朱文进求救吴越，遣子弟为质，吴越尚未出师，殷军已集城下。那时唐主璟已从查文徽请，遣都虞侯边镐攻殷。吴成义吓迫闽人，反诈称唐军援己，闽人大恐。朱文进无法可施，因遣同平章事李光准诣建州，赍献国宝。

光准方行，部吏已有贰心。南廊承旨林仁翰，密语徒众道："我辈世事王氏，今受制贼臣，倘富沙王到来，有何面目相见呢？"众应声道："愿听公令！"仁翰便令众被甲，径趋连重遇第，重遇严兵自卫，由仁翰执槊直前，刺杀重遇，斩首示众道："富沙王将至，恐汝等要族灭了！现我已杀死重遇，去一逆党，汝等何不亟取文进，赎罪图功？"大众听到此言，一齐摩拳擦掌，闯入阙廷，饶你文进威焰熏天，至此变成一个独夫，立被乱军拖出，乱刀齐下，粉骨碎身！恶人终有恶报，世人何苦作恶！

当下大开城门，迎吴成义入城。成义验过二人首级，传送建州，并由闽臣附表，请殷主延政归闽。延政因唐兵方至，未暇徙都，但命从子继昌，出镇福州，改号福州为南都，且复国号为闽。发南都侍卫及左右两军甲士万五千人，同至建州，抵御唐兵。小子有诗叹道：

> 外侮都从内讧招，一波才了一波摇。
> 闽江波浪喧豗甚，春色原来已早凋。

欲知闽唐争战情形，且容下回续叙。

五季之世，虽为天地闭塞之时，然亦未尝无公理。南汉主刘龑，暴虐不仁，以杀人为快事，竟得安享国家，至二十有六年之久，且生子至十有九人，几疑天心助暴，公理尽亡。且弘熙杀兄屠弟，淫刑以逞，弘度荒耽酒色，死不足惜，诸弟无辜，亦遭毒手，冥漠岂真无凭，意者其假手弘熙，俾龑子之无噍类，以偿其杀人之罪恶乎！即如闽乱情形，成自篡弑，子可弑父，弟何不可叛兄！臣何不可戕君！朱文进、连重遇两逆，连毙二主，自以为凶横无敌，而卒归诛夷，报施不爽，公理固自在也。彼唐主昪虽得国不正，而休兵息民，终为彼善于此。嗣主璟笃爱同胞，迎养庶母，孝友可风，大节已著，即无失政，而卒免篡弑之祸。阅者于夹缝中求之，可知公理昭昭，著书人固已道破也。

第三十三回　得主援高行周脱围 迫父降杨光远伏法

却说唐闽交争的时候，正晋辽失好的期间。晋主重贵，自信任一个景延广，向辽称孙不称臣，辽主已有怒意，见三十一回。会辽回图使乔荣，来晋互市，置邸大梁。回图使系辽官名，执掌通商事宜。荣本河阳牙将，从赵延寿降辽，辽主因他熟悉华情，令充此使。偏景延广喜事生风，说荣为虎作伥，力劝晋主捕荣，拘系狱中。晋主不管好歹，惟言是从。延广既将荣下狱，复把荣邸存货，尽行夺取，再命境内所有辽商，一律捕诛，没货充公。仿佛强盗行径。晋廷大臣，恐激怒北廷，乃上言辽有大功，不应遽负。晋主重贵，难违众议，因释荣出狱，厚礼遣归。

荣过辞延广，延广张目道："归语尔主，勿再信赵延寿等谰言，轻侮中国，须知中国土马，今方盛强，翁若来战，孙有十万横磨剑，尽足相待，他日为孙所败，贻笑天下，悔无及了！"大言不惭者，其鉴之。荣正虑亡失货财，不便归报，既闻延广大言，遂乘机对答道："公语颇多，未免遗忘，敢请记诸纸墨，俾便览忆！"延广即令属吏照词笔录，付与乔荣。荣欢然别去，归至西楼，即将书纸呈上。辽主耶律德光，不瞧犹可，瞧着此纸，勃然大怒，立命将在辽诸晋使，絷住幽州，一面集兵五万，指日南侵。

是时晋连遭水旱，复遇飞蝗，国中大饥。晋廷方遣使六十余人，分行诸道，搜括民谷。一闻辽将入寇，稍有知识的官吏，自然加忧。桑维翰已入为侍中，力请卑辞谢辽，免起兵戈。独景延广以为无恐，再四阻挠。那晋主重贵，始终倚任延广，还道平辽妙策，言听计从。朝臣领袖，除延广外，要算维翰，维翰言不见用，还有何人再来多嘴。河东节度使刘知远，料定延广卤莽，必致巨寇，只因不便力争，但募兵戍边，奏置兴捷武节等十余军，为固圉计。为后文代晋张本。

平卢节度使杨光远，已蓄异谋。见三十回。从前高祖尝借给良马三百匹，景延广又特传诏命，发使索还。光远不得已取缴，密语亲吏道："这明明是疑我呢！"遂发使至单州，召子承祚使归。承祚本为单州刺史，闻召后，即托词母病，夜奔青州。晋廷遣飞龙使何超权知单州事，且颁赐光远金帛，及玉带御马，隐示羁縻。这却不必。光远视恩若仇，竟密遣心腹至辽，报称晋主负德背盟，境内大饥，公私困敝，乘此进攻，一举可灭等语。辽主已跃跃欲动，再加赵延寿从旁怂恿，便语延寿道："我已召集山后及卢龙兵五万人，令汝为将。汝此去经略中原，如果得手，当立汝为帝！"

延寿闻命，喜欢的了不得，忙伏地叩谢。谢毕起身，即统兵起程。到了幽州，适留守赵思温子延照，自祁州奔至父所。见三十回。当由延寿命为先锋，驱军南下，直逼贝州。

晋主重贵方因即位逾年，御殿受贺，庆赏上元，忽接到贝州警报，说是危急异常。重贵召群臣计议，群臣多说道："贝州系水陆要冲，关系甚大，但前此已拨给刍粟，厚为防备，大约可支持十年，为什么一旦遇寇，便这般紧急哩！"重贵道："想是知州吴峦，虚张敌焰，待朕慢慢儿的遣将援他便了！"救兵如救火，奈何迟缓？

过了数日，又有警信到来，乃是贝州失守，吴峦死节。于是晋廷君臣，才觉着忙。看官阅过前文，应知吴峦在云州时，守城半年，尚不为动，此次何故速败，与城俱亡？原来贝州升为永清军，曾由节度使王周管辖。见三十回。王周调任，改用王令温。令温因军校邵珂，凶悖不法，将他斥革。珂阴怀怨望，潜结辽军。会令温入朝执政，保举吴峦，权知州事。峦才到任，辽兵大至，城中将卒，与峦素不相习，怎能驱使得人？峦尚推诚抚士，誓众守城，将士颇为感奋，愿效死力。那居心叵测的邵珂，也居然在吴峦前，自告奋勇，情愿独当一面。峦不知有诈，优词奖勉，令他率兵守南门，自统将吏守东门。赵延寿麾众猛扑，经峦登陴督守，所有辽人攻具，多被峦用火扑毁，残缺不全。极写吴峦。既而辽主耶律德光，亲率大军至贝州城下，再行进攻，峦毫不胆怯，一面向晋廷乞援，一面督将吏死守。不意邵珂竟大开南门，迎纳辽兵。辽兵一拥而入，全城大乱。峦懊悔不及，尚率将吏巷战，待至支持不住，自赴井中，投水殉难。贝州遂陷，被杀至万人。

晋廷闻报，乃命归德节度使高行周为北面行营都部署，河阳节度使符彦卿为马军左厢排阵使，右神武统军皇甫遇为马军右厢排阵使，陕府节度使王周为步军左厢排阵使，左羽林将军潘环为步军右厢排阵使，率兵三万，往御辽兵。晋主重贵，更下诏亲征，择日启銮。可巧成德节度使杜威，即杜重威，因避晋主名讳，去一重字。遣幕僚曹光裔至青州，为杨光远陈说祸福。光远即令光裔入奏，诡言存心不二，臣子承祚私归，实由省视母病，既蒙恩宥，全族荷恩，怎敢再作他想，重贵信以为真，仍命光裔复往慰谕。其实光远何尝变计，不过为缓兵起见，权作哀词。重贵以为东顾无忧，可以安心北征，命前邠州节度使李周为东京留守，自率禁军启行。授景延广为御营使，一切方略号令，悉归延广主裁。

途次连接各道警报，河东奏称辽兵入雁门关，恒、邢、沧三州，亦俱报寇入

第三十三回　得主援高行周脱围　迫父降杨光远伏法

境内，滑州又飞奏辽主至黎阳。重贵乃命河东节度使刘知远为幽州道行营招讨使，成德节度使杜威为副。再派右武卫上将军张彦泽等，赴黎阳御辽。因恐辽兵势盛，未可轻敌，更派译官孟守忠，致书辽主，乞修旧好。辽主复书道："事势已成，不可复改了！"

重贵未免心焦，硬着头皮，行至澶州。探报谓辽主屯元城，赵延寿屯南乐，又觉得与敌相近，益加愁烦。镇日里军书旁午，应接不遑。太原刘知远，奏破辽伟王于秀容，斩首三千级，余众遁去。一喜。知郓州颜衎，遣观察判官窦仪驰报，说是博州刺史周儒举城降辽，又与杨光远通使往来，引辽兵自马家口渡河，左武卫将军蔡行遇战败，竟为所擒。一忧。

重贵忧喜交并，只好请出这位全权大使景延广，与议军情。窦仪语延广道："虏若渡河，与光远合，河南两面受敌，势且难保了！"延广也以为然，乃派侍卫马军都指挥使李守贞，及神武统军皇甫遇，陈州防御使梁汉璋，怀州刺史薛怀让，统兵万人，沿河进御。甫接高行周、符彦卿等急报，谓军至戚城，被辽兵围住，请即发兵相援。延广本已下令，饬诸将分地拒守，毋得相救，此次来使请师，稍与军令有违，不如观望数天，再作计较。以人命为儿戏，安能不亡国败家！

嗣是戚城军报，日紧一日，始入白重贵。重贵大惊道："这是正军，怎得不救！"延广道："各军已皆派往别处，现在只有陛下亲军，难道也派往不成！"重贵奋然道："朕自统军赴援，有何不可！"改怯为勇，想是被延广激起。遂召集卫军，整辔前行。

将至戚城附近，遥闻鼓角喧天，料知两军开战，当下麾军急进，仅越里许，已达战场。遥见敌骑甚众，纵横满野，一少年骁将，白袍白马，翼住行营都部署高行周，冲突出围，敌骑四面追来，被少将张弓迭射，左射左倒，右射右倒，敌皆披靡。重贵乘势杀上，高行周见御驾亲援，也翻身再战，救出左厢排阵使符彦卿，及先锋指挥使石公霸，杀毙辽兵甚多。辽兵遁去。

重贵登戚城古台，慰劳三将，三将齐声道："臣等早已告急，待援不至，幸蒙陛下亲临，始得重生。"重贵不禁失声道："这皆为景延广所误！延广迟报数日，所以朕来得太迟了。"三人凄然道："延广与臣等何仇，不肯遣兵救急？"说至此，相对泣下。经重贵好言抚慰，始各收泪。重贵问少将为谁？行周道："是臣儿怀德。"点出高怀德，语加郑重。重贵立即召见，赐给弓马，怀德拜谢，重贵仍返次澶州。

这边方奏凯班师，那边亦捷书驰至，李守贞等至马家口正值辽兵筑垒，步兵为役，骑兵为卫，当由守贞等冲杀过去，骑兵退走。晋军乘胜攻垒，应手即下，辽兵大溃，乘马赴河，溺死数千人，战殁亦数千人，还有驻扎河西的辽兵，见河东失败，也痛哭退还，辽人始不敢东侵了。守贞生擒敌将七十八人，及部众五百人，解送澶州，一并伏法。又有夏州节度使李彝殷，奏称合蕃、汉兵四万，从麟州渡河，攻入辽境，牵制敌势，有诏授彝殷为西南面招讨使。寻闻杨光远欲西会辽兵，即命前保义节度使石赟，分兵屯戍郓州，防御光远。且命刘知远带领部众，自土门出恒州，会同杜威各军，掩击辽兵。知远不肯受命，但移屯乐平，逗留不进。

辽主耶律德光，闻各路失利，已萌退志，又未甘遽退，特想出一计，伪弃元城，声言北归，暗在古顿、邱城旁，埋伏精骑，等候晋军。邺都留守张从恩，屡奏称虏已遁去，晋军意欲追击，为霖雨所阻，方才停止。辽兵埋伏经旬，并不见晋军追来，反弄得人马饥疲。辽主因计不得逞，唏嘘不已。赵延寿进策道："晋军畏我势盛，必不敢前，不如进薄澶州，四面合攻，得据住浮梁，便可长驱中原了！"辽主依议，即于三月朔日，自督兵十余万，进攻澶州。自城北列阵，横亘至东西两隅，端的是金戈挥日，铁骑成云。高行周等自戚城进援，前锋与辽兵对仗，自午至晡，不分胜负。辽主自领精骑，前来接应，晋主重贵，亦出阵待着。辽主望见晋军颇盛，顾语左右道："杨光远谓晋遇饥荒，兵多馁死，为何尚这般强盛呢？"遂分精骑为两队，左右夹击晋军，晋军屹立不动。等到辽兵趋近，却发出一声梆响，接连是万弩齐发，飞矢蔽空，辽兵前队，多半中箭，当然退却。又攻晋军东偏，两下里苦战至暮，互有杀伤。辽主知不能胜，引兵自去，至三十里外下营。

既而北去，有帐中小校窃马来奔，报称辽主已收兵北归，景延广疑他有诈，闭营高坐，不敢追蹑。那辽主却分军为二，一出沧德，一出深冀，安然归去。所过焚掠一空，留赵延寿为贝州留后。别将麻答陷德州，把刺史尹居璠拘去。嗣由缘河巡检梁进，募集乡社民兵，乘敌出境，复将德州取还。

晋主重贵，因辽兵已退，留高行周、王周镇守澶州，自率亲军归大梁。侍中桑维翰，劾奏景延广不救戚城，专权自恣，乃出延广为西京留守。延广郁郁无聊，唯日夕纵酒，藉以自娱。旋因朝使出括民财，河南府出缗钱二十万，延广擅增至三十七万，意欲把十七万缗，中饱私囊。判官卢亿进言道："公位兼将相，富贵已极，今国家不幸，府库空虚，不得已取诸百姓，公奈何额外求利，徒为子孙增累呢！"延广也不觉怀惭，方才罢议。尚有人心。

各道横敛民财，锁械刀杖，备极苛酷，百姓求生不得，求死不能。再加朝旨驱民为兵，号武定军，得七万余人，每七户追出兵械，供给一卒，可怜百姓无从呼吁，统害得卖妻鬻子，荡产破家。那晋主重贵，尚下诏改元开运，连日庆贺，朝欢暮乐，晓得甚么民间痛苦，草野流离。坐是速亡。

邺都留守张从恩，上言赵延寿虽据贝州，部众统久客思归，正好伺隙进击。奉诏授为贝州行营都部署，督将士规复贝州。当下麾兵往攻。及抵贝州

第三十三回　得主援高行周脱围　迫父降杨光远伏法

城下，赵延寿已弃城遁去。城中烟焰迷濛，余火未息。从恩入城扑救，盘查府库，已无一钱，民居亦被劫无遗，徒剩得一座空城了。

未几滑州河决，水溢汴、曹、单、濮、郓五州，朝命发数道丁夫，堵塞决口，好容易才得堵住。晋主重贵，欲刻碑记事，中书舍人杨昭进谏，疏中有"刻石纪功，不若降哀痛之诏，染翰颂美，不若颁罪己之文"，四语最为恳切。重贵方将原议搁起。

嗣有人谓宰相冯道，依违两可，无补时艰，特出道为匡国军节度使，进任桑维翰为中书令，兼枢密使。维翰再秉国政，尽心措置，纪纲少振，颇有转机。且授刘知远为北面行营都统，晋封北平王，杜威为招讨使，督率十三节度，控御朔方。维翰在内指挥，自行营都统以下，无敢违命，时人多服他胆略。惟权位既重，四方赂遗，竞集门庭，仅阅一岁，积资巨万。并且恩怨太明，睚眦必报，又生成一张大面，耳目口鼻，无不广大。僚属按班进见，仰视声威，无不失色，所以秉政岁余，渐有谤言。磨穿铁砚之桑维翰，亦未能免俗，可叹！

杨光远素为维翰所嫉，至是维翰必欲除去光远，遂专任侍卫马步都虞侯李守贞，率步骑二万，进讨青州。光远方自棣州败还，突闻守贞兵到，慌忙领兵守城，且遣使求救辽廷。守贞奋力督攻，四面兜围，困得水泄不通。光远日望辽兵来援，那知辽兵只来得千余人，被齐州防御使薛可言，中途击退。城中援绝势孤，粮食渐尽，兵士多半饿死。光远料不能出，自登城上，遥向北方叩首道："皇帝皇帝，误我光远了！"谁叫你叛国事虏？言已泣下，光远子承勋、承信、承祚等，劝光远出降，光远摇首道："我在代北时，尝用纸钱驼马祭天，入池沉没，人皆说我当作天子，我且死守待援，勿轻言降晋哩！"承勋等怏怏退下，回忆谋叛首领，实出判官邱涛，及亲校杜延寿、杨瞻、白承祚数人，乃俟光远回府，竟号召徒众，杀死邱、杜、杨、白四人，函首出送晋营。一面纵火大噪，劫光远出居私第，然后开城迎纳官军，派即墨县令王德柔上表谢罪。

德柔赍表入都，晋主重贵览表，踌躇未决，召桑维翰入问道："光远罪大宜诛，但伊子归命，可否为子免父？"维翰忙接口道："岂有逆状滔天，尚可轻赦？望陛下速正明刑。"重贵始终怀疑，俟维翰退后，惟传命军前，饬李守贞便宜从事。守贞已入青州，接到廷寄，乃遣客省副使何延祚，率兵入光远私第，拉死光远，便算了案。上书报闻，诡言光远病死。晋主重贵，反起复杨承勋为汝州防御使。乃父叛君，诸子劫父，不忠不孝，同一负辜，可笑那重贵赏罚不明，纵容叛逆，徒养成一班无父无君的禽兽，哪里能保有国家呢！评论精严！

先是光远叛命，中外大震，有朝士扬言道："杨光远欲谋大事么？我实不值！光远素患秃疮，伊妻又尝跛足，天下岂有秃头天子，跛脚皇后么？"为这数语，转令人心渐靖，不到一年，光远果然伏诛了！

辽主耶律德光，闻光远被诛，青州归晋，又拟大举入寇。令赵延寿引兵先进，前锋直达邢州。成德节度使杜威，飞章告急。晋主复欲亲征，会遇疾不果，乃调张从恩为天平节度使，马全节为邺都留守，会同护国军节度使安审琦，武宁军节度使赵在礼，共御辽兵。在礼屯邺都，余军皆屯邢州，两下俱按兵不战。辽主德光，复率大兵踵至，建牙元氏县，声势甚盛。各军已有惧意，再经晋廷戒他慎重，越加惶恐，顿时未战先却，沿途抛弃甲仗，无复部伍。匆匆奔至相州，勉强过了残冬。
　　开运二年正月，朝旨命赵在礼退屯澶州，马全节还守邺都，另遣右神武统军张彦泽，出戍黎阳，西京留守景延广，出扼胡梁渡。辽兵大掠邢、洺、磁三州，进逼邺境。张从恩、马全节、安审琦三军，同时会集，列阵相州安阳水南，为截击计。神武统军皇甫遇，方加官检校太师，出任义成军节度使，也闻难前来，与濮州刺史慕容彦超，带着数千骑兵，作为游骑，先去侦探敌势。自旦至暮，未见回来，安阳诸将，免不得惊讶起来。正是：

　　　　军情艰险原难测，兵报稽迟促暗惊。

　　究竟皇甫遇驰往何处，容至下回表明。

　　石晋之向辽称臣，原一大谬。但铸错已成，势难骤改。重贵新立，皇纲未振，乃误信一景延广，向辽挑衅，辽主入寇无功，旋即引去，此岂重贵之果能却敌，实由天夺之鉴，促其速亡耳！景延广虽被劾外调，而进任者为一桑维翰，悉心秉政，颇有转机。然贿赂公行，恩怨必报，究非大臣风度。且幽、涿十六州，沦没虏廷，创此议者为谁，而可谓无罪乎？杨光远引虏入侵，甘心叛主，实欲效石敬瑭故事，但秃疮天子，跛脚皇后，久为世笑，安能有成？惟重贵不能明正典刑，徒令李守贞之遣人拉死，反以病卒见告，叛命者可以免罪，则天下谁不思藉蛮夷力，窃皇帝位乎？故辽兵再举，而虎伥甚多。石晋不亡于内乱，而亡于外寇，有以夫！

第三十四回　战阳城辽兵败溃
　　　　　　　失建州闽主覆亡

　　却说义成节度使皇甫遇，与濮州刺史慕容彦超，往探敌踪，行至邺县漳水旁，正值辽兵数万，控骑前来。遇等且战且却，至榆林店，后面尘头大起，见辽兵无数驰至，遇语彦超道："我等寡不敌众，但越逃越死，不如列阵待援。"彦

第三十四回　战阳城辽兵败溃　失建州闽主覆亡

超亦以为然，乃布一方阵，露刃相向。辽兵四面冲突，由遇督军力战，自午至未，约百余合，杀伤甚众。遇坐马受伤，下骑步战。仆人顾知敏，让马与遇。遇一跃上马，再行冲锋，奋斗多时，才见辽兵少却。旁觅知敏，已经失去，料知为敌所擒，便呼彦超道："知敏义士，怎可轻弃！"彦超闻言，便怒马突入辽阵，遇亦随往，从枪林箭雨中，救出知敏，跃马而还。义勇可风。

时已薄暮，辽兵又调出生力军，前来围击，遇复语彦超道："我等万不可走，只得以死报国了！"乃闭营自固，以守为战。安阳诸将，怪遇等至暮未归，各生疑虑。安审琦道："皇甫太师，寂无声问，想必为敌所困。"言未已，有一骑士驰来，报称遇等被围，危急万状。审琦即引骑兵出行。张从恩问将何往？审琦慨然道："往救皇甫太师！"如闻其声。从恩道："传言未必可信，果有此事，房骑必多，夜色昏昏，公往何益！"审琦朗声道："成败乃是天数，万一不济，亦当共受艰难，倘使房不南来，坐失皇甫太师，我辈何颜还见天子！"审琦亦颇忠勇。说至此，已扬鞭驰去，逾水急进，辽兵见有援师，便即解围。遇与彦超，才得偕归相州。

张从恩道："辽主倾国南来，势甚汹涌，我兵不多，城中粮又不支一旬，倘有奸人告我虚实，彼房悉众来围，我等死无葬地了。不若引兵就黎阳仓，倚河为拒，尚保万全。"审琦等尚未从议，从恩麾军先走，各军不能坚持，相率南趋，扰乱失次，如邢州溃退时相同。从恩只留步卒五百名，守安阳桥，夜已四鼓。

知相州事符彦伦，闻各军退去，惊语将佐道："暮夜纷纭，人无固志，区区五百步卒，怎能守桥！快召他入城，登陴守御。"当下遣使召还守兵，甫经入城，天色已曙。遥望安阳水北，已是敌骑纵横。彦伦命将士乘城，扬旗鸣鼓，佯示军威。辽兵不知底细，总道是兵防严密，不敢径进。彦伦复出甲士五百，列阵城北，辽兵益惧，至午退归。

北面副招讨使马全节等，奏称房众引还，宜乘势大举，出袭幽州。振武节度使折从远，又表称截击归寇，进攻胜朔。于是晋主重贵，复起雄心，召张从恩入都，权充东京留守，自率亲军往滑州。命安审琦屯邺都，再从滑州趋澶州，马全节部军，依次北上。刘知远在河东，得知消息，不禁叹息道："中原疲敝，自守尚恐不足，今乃横挑强胡，幸胜且有后患，况未必能胜呢！"你也未免观望。

辽主尚未知晋主亲出，但取道恒州，向北旋师。前驱用羸兵带着牛羊，趋过祁州城下，刺史沈斌，望见辽兵羸弱，以为可取，遂派兵出击。不意兵已出发，那后队的辽兵，突然掩至，竟将州兵隔断，趁势急攻。斌登城督守，赵延寿在城下指挥辽兵，仰首呼斌道："沈使君！你我本系故交，想区区孤城，如何得保！不如趋利避害，速即出降。"斌正色答道："公父子失计，陷没房廷，忍心害理,敢率犬羊遗裔,来噬父母宗邦,试问公具有天良,奈何不自愧耻,尚有骄色。斌弓折矢尽,宁为国家死节,终不效公所为!"对牛弹琴。延寿恼羞成怒,扑攻益急,两下相持一昼夜,待至诘朝,城被攻破,斌即自杀。延寿掳掠一周,出城自归。

晋主再命杜威为北面行营都招讨使,领本道兵,会马全节等进军。杜威乃进兵定州,派供奉官萧处钧,收复祁州,权知州事。一面会同各军,进攻泰州,辽刺史晋廷谦开城出降。晋军乘胜攻满城,擒住辽将没剌,复移兵拔遂城。

辽主耶律德光,还至虎北口,迭接晋军进攻消息,又拥众南向,麾下约八万人。晋营哨卒,报知杜威,威不禁生畏,拔寨遽退,还保泰州。及辽军进逼,再退至阳城,那辽主不肯休息,鼓行而南,晋军退无可退,不得不上前厮杀。可巧遇着辽兵前锋,即兜头拦截,一阵痛击,杀败辽兵,逐北十余里,辽兵始逾白沟遁去。

越二日,晋军结队南行,才经十余里,忽遇辽兵掩住,四面环攻。晋军突围而出,至白团卫村,依险列阵,前后左右,排着鹿角,权作行寨。辽兵一齐奔集,攒聚如蚁,又把晋营围住,并用奇兵绕出营后断绝晋军粮道。是夜东北风大起,拔木扬沙,很是利害。晋营中掘井取水,方见泉源,泥辄倒入,军士用帛绞泥,得水取饮,终究不能解渴,免不得人马俱疲。挨至黎明,风势愈剧,辽主德光,踞坐胡车,大声发令道:"晋军止有此数,今日须一律擒住,然后南取大梁。"遂命铁鹞军辽人称精骑为铁鹞。同时下马,来蹦晋营。拔去鹿角,用短兵杀入,后队更顺风扬火,声助兵威。

晋军至此,却也愤怒起来,齐声大呼道:"都招讨使!何不下令速战!难道甘束手就死么?"杜威尚是迟疑,徐徐答道:"俟风少缓,再定进止。"李守贞进言道:"敌众我寡,现值风扬尘起,彼尚未辨我军多少,此风正是助我,若再不出军奋击,一俟风缓,吾属无噍类了!"说至此,便向众齐呼道:"速出击贼。"又回头语威道:"公善守御,守贞愿率中军决死了。"马军排阵使张彦泽欲退,副使药元福力阻道:"军中饥渴已甚,一经退走,必且崩溃。敌谓我不能逆风出战,我何妨出彼所料,上前痛击,这正是兵法中诡道哩!"马步军都排阵使符彦卿,亦挺身出语道:"与其束手就擒,宁可拚生报国!"遂与彦泽、元福,拔关出战。皇甫遇亦麾兵跃出,纵横驰骤,锐不可当,辽兵辟易,倒退至数百步。风势越吹越大,天愈昏暗,几乎不辨南北,彦卿与守贞相遇,并马与语道:"还是曳队往来呢?还是再行前进,以胜为度呢?"守贞道:"兵利速进,正宜长驱取胜,怎得回马自沮!"彦卿乃呼集诸军,拥着万余骑,横击辽兵,呐喊声震动天地。辽兵大败而走,势如崩山,晋军追逐至

第三十四回　战阳城辽兵败溃　失建州闽主覆亡

二十余里。

辽铁鹞军已经下马，仓猝不能复上，委弃马仗，满积沙场，及奔至阳城东南水上，始稍稍成列。杜威闻胜出追，行至阳城，遥见辽兵正在布阵，乃下令道："贼已破胆，不宜更令成列！"因遣轻骑驰击，也来驶顺风船么？辽兵皆逾水遁去。耶律德光乘车北走千余里，得一橐驼，改乘急走。诸将请诸杜威，谓急追勿失。杜威独扬言道，"遇贼幸得不死，尚欲索取衣囊么？"总不肯改过本心。李守贞接入道："两日以来，人马渴甚，今得水畅饮，必患脚肿；不如全军南归为是。"乃退保定州，嗣复自定州引还，晋主也即还都。

杜威归镇，表请入朝，晋主不许。看官道他何意？原来杜威久镇恒州，自恃贵戚，贪纵无度，往往托词备边，敛取吏民钱帛，入充私囊。富室藏有珍货，及名姝骏马，必设法夺取，甚且诬以他罪，横加杀戮，没资充公。至虏骑入境，他却畏缩异常，任他纵掠，属城多成榛莽。自思境内残敝，又适当敌冲，不如入都觐主，面请改调。晋主重贵不许，他竟不受朝命，委镇入朝。

朝廷闻报，相率惊骇。桑维翰入奏道："威常凭恃勋亲，邀求姑息，及疆场多事，无守御意，擅离边镇，藐视帝命。正当乘他入朝，降旨黜逐，方免后患！"晋主重贵，默然不答，面上反露出二分愠意。维翰又道："陛下若顾全亲谊，不忍加罪，亦只宜授他近京小镇，勿复委镇雄藩。"重贵才出言道："威与朕至亲，必无异志，但长公主欲来相见，所以入朝，愿卿勿疑！"维翰怏怏趋出。嗣是不愿再言国事，托词足疾，上表乞休。晋主总算慰留。

未几杜威入都，果挈妻同至。妻系晋主女弟，已进封宋国长公主，至是入宫私觐，替威面请，求改镇邺都。晋主重贵，立即应诺，命威为邺都留守，仍号邺都为天雄军，令兼充节度使。为了兄妹的私情，竟把宗社送掉了。调故留守马全节镇成德军。威欣然辞行，挈妻偕往。马全节调任未几，即报病殁，后任为定州节度使王周，用前易州刺史安审约充定州留后，这也无容絮述。

且说辽主连年入寇，中国原被他蹂躏，受害不堪，就是北廷人畜，亦多致亡死。述律太后语德光道："今欲令汉人为辽主，汝以为可行否？"德光答言不可。述律太后复道："汝不欲汉人主辽，奈何汝欲主汉？"德光答道："石氏负我太甚，情不可容！"述律太后道："汝今日虽得汉土，亦不能久居，万一蹉跌，后悔难追！"又顾语群下道："汉儿怎得一向眠，自古但闻汉和蕃，不闻蕃和汉，若汉儿果能回意，我亦何惜与和。"这消息传入大梁，桑维翰含忍不住，复劝晋主向辽修和，稍纾国患。晋主重贵，乃使供奉官张晖，奉表称臣，往辽谢过。

辽主德光道："使景延广、桑维翰自来，再割镇、定两道与我，方可言和。"张晖不敢多辩，归白晋主。晋主谓辽无和意，不再遣使。且默忆辽兵两入，均得击退，自谓可无后虞，乐得安享太平，耽恋酒色。凡四方贡献珍奇，尽归内府，选嫔御，广宫室，多造器玩，崇饰后庭。在宫中筑织锦楼，用织工数百，制成地毯，期年甫成。又往往召入优伶，夤夜歌舞，赏赐无算。寻且因各道贡赋，统用银两，遂命将银易金，取藏内库，笑语侍臣道："金质轻价昂，最便携带。"后人即指为北迁预兆。骄侈如此，即无以金易银之举，宁能免亡！桑维翰复进谏道："强邻在迩，未可偷安！曩时陛下亲御胡寇，遇有战士重伤，且不过赏帛数端。今优人一谈一笑，偶尔称旨，辄赐束帛万缣，并给锦袍银带，彼战士宁无见闻！将谓陛下待遇优伶，远过战将，势必灰心懈体，尚谁肯奋身效力，为陛下保卫社稷呢？"重贵不从。

枢密使冯玉，专事逢迎，甚得主欢，兄妹本是同情。竟升任同平章事。玉尝有微疾，乞假在家，重贵语群臣道："自刺史以上，俟冯玉病愈视事，方可迁除。"嗣是内外官吏，多趋奉冯玉，门庭如市。还有宣徽南院使李彦韬，倾邪憸巧，素为高祖幸臣，至此复与冯玉联络，得充侍卫马军都指挥使，晋官检校太保。两嬖专权，朝政益坏。

先是重贵有疾，桑维翰尝遣女仆入宫，朝见太后，且问皇弟重睿，曾否读书。语为重贵所闻，未免芥蒂。至冯玉擅权，偶与谈及，玉即谓维翰有意废立，益触动重贵疑心。李彦韬是冯家走狗，当然与玉相联，排斥维翰。还有天平节度使李守贞，亦与维翰有隙，内外构陷，立将维翰摔去，罢为开封尹，进前开封尹赵莹为中书令，左仆射李崧为枢密使，司空刘昫判三司。维翰政权被夺，遂屡称足疾，谢绝宾客，不常朝谒。或语冯玉道："桑公系是元老，就使撤除枢务，亦当委任重藩，奈何令为开封尹，徒治理琐务呢！"玉半响才道："恐他造反啰！"或又道："彼乃儒生，怎能造反？"玉复道："自己不能造反，难道不能教人造反么？"朝臣以玉党同伐异，啧有烦言。玉内恃懿戚，外结藩臣，遂把那石氏一家，轻轻的送与他人了。

小子因开运二年的秋季，闽为唐灭，不得不按时叙入，只好把晋事暂停，另述闽事。应三十二回。闽主延政，与唐相拒，不分胜负。唐安抚使查文徽，屡请益兵，唐主璟更派都虞侯何敬洙为建州行营招讨使，将军祖全恩为应援使，姚凤为都监，率兵数千攻建州，由崇安进屯赤岭。闽主延政，遣仆射杨思恭，统军使陈望，率兵万人，前往抵御。望列栅水南，旬余不战，唐人也不敢进逼。偏思恭传延政命，促望出击。望答道："江淮兵精将悍，不可轻敌，我国安危，系此一举，须谋出万全，然后可动！"思恭变色道："唐兵深入，主上寝不交睫，委命将军。今唐军不过数千，将军拥众万余，不急督兵出击，徒然老师糜饷，试问将军如何对得住主上呢？"望不得已引军涉水，与唐交仗。

唐将祖全恩见闽兵到来，只用千人对仗，佯作亏输，诱望穷追。望猛力追

第三十四回　战阳城辽兵败溃　失建州闽主覆亡

去，蓦听得后队大噪，急忙回顾，已被唐兵截作数段，顿时脚忙手乱，不及施救。唐将姚凤搅入中坚，先将帅旗砍翻，祖全恩又自前杀入。两唐将交逼陈望，望心胆愈裂，偶然失防，身已中槊，一个倒栽葱，跌落马下，立刻送命。望能守，不能战，故致丧身。杨思恭并不援应，一闻陈望阵亡，即慌忙逃回。延政大惧，婴城自守，且向泉州调将董思安、王忠顺，使率本州兵五千，分防建州要害。王、董二人见三十二回。

偏建州未能免兵，福州又复生变。从前福州指挥使李仁达，叛曦奔建州，延政用以为将。及朱文进叛曦，仁达复奔还福州，为文进谋取建州。文进虑他多诈，黜居福清。尚有著作郎陈继珣，亦叛延政入福州。至延政子继昌，由延政派为福州镇守，仁达、继珣，恐难免罪，意欲先发制人。继昌暗弱嗜酒，不恤将士，部下多生怨谤，延政曾防到此着，遣指挥使黄仁讽，为镇遏使，率兵保护继昌。继昌瞧不起仁讽，仁讽亦不免介意。仁达、继珣，乘间进语仁讽道："今唐兵乘胜南下，建州孤危，富沙王不能保有建州，怎能顾及福州？昔王潮兄弟，皆光山布衣，取福建尚如反掌，况我等乘此机会，自图富贵，难道不及王潮兄弟么！"仁讽也不多说，但点首示表同情。仁达、继珣退出，即密召党羽，乘夜突入府舍，杀死王继昌。吴成义闻变来援，双手不敌四拳，也为所杀。

仁达初欲自立，恐众心未服，特迎雪峰寺僧卓岩明为主，托言此僧两目重瞳，手垂过膝，真天子相。党徒同声附和，遂将秃奴拥入，代解衲衣，被服衮冕，就在南面高坐起来。大约亦是盘坐。仁达率将吏北面拜舞，年号恰遵晋正朔，称为天福十年。遣使至大梁，上表称藩。闽主延政闻报，族灭黄仁讽家，更派统军使张汉真，带领水军五千，会漳泉兵往讨岩明。

到了福州东关，船甫下椗，那城内突出一将，领着数千弩手，飞射来船。汉真不及备御，所带战舰，均被射得帆折樯摧。当下麾船欲遁，不防江中驶出许多小舟，舟中载着水兵，七铦八叉，来捉汉真。汉真措手不迭，被他叉落水中，活擒而去。余众或逃或死，不在话下。该统将入城报功，即将汉真砍为两段。看官道该将为谁？原来就是黄仁讽。仁讽因家族夷灭，无愤可泄，所以勇往直前，擒戮来将，聊报仇恨。亦是错想。那半僧半帝的卓岩明，毫无他能。惟在殿上噀水散豆，喃喃诵呪，谓为镇压来兵，因得胜仗。赏劳已毕，派人至莆田迎入乃父，尊为太上皇。仁达自判六军诸卫事，使黄仁讽守西门，陈继珣守北门。

仁讽事后追思，忽觉怀惭，是良心发现处。从容语继珣道："人生世上，贵有忠信仁义，我尝服事富沙王，中道背叛，忠在那里？富沙王以从子托我，我反帮同乱党，将他杀毙，信在那里？近日与建州兵交战，所杀多乡曲故人，仁在那里？抛撇妻子，令为鱼肉，受人屠戮，义在那里？身负数恶，死有余愧了！"说着，泪如雨下。继珣劝慰道："大丈夫建功立名，顾不到甚么妻子，且置此事，勿自取祸！"两人密谈心曲，偏为外人所闻，往报仁达。仁达竟诬称两人谋反，猝遣兵役捕至，枭首示众。仁讽实是该死。

既而大集将士，请卓岩明亲临校阅。岩明昂然到来，甫经坐定，由仁达目视部众，众已会意，竟登阶刺杀岩明，仁达却佯作惊惶，仓皇欲走，当被大众拥住，迫居岩明坐位。仁达令杀伪太上皇，自称威武军留后，用南唐保大年号，向唐称臣，又遣人入贡晋廷。唐命仁达为威武节度使，赐名弘义，编入国籍。仁达又派使至吴越修好。

闽主延政，因国势日危，亦遣使至吴越乞援，愿为附庸。吴越尚未发兵，那唐军却锐意进攻，日夕不休。延政左右，密告福州援兵，有谋叛情状，乃收还甲仗，遣归福州。暗中却出兵埋伏，待至半途，突起围住，杀得一个不留，共得八千余尸骸，载归为脯，充作兵粮。看官试想，兔死尚且狐悲，这守兵也有天良，怎忍残食同类，因此人人痛怨，瓦解土崩。或劝董思安早择去就，思安慨然道："我世事王氏，见危即叛，天下尚有人容我么？"部众感泣，始无叛意。

唐先锋使王建封，攻城数日，侦得守兵已无固志，遂缘梯先登。唐兵随上，守卒尽遁。闽主延政，无可奈何，只好自缚请降。王忠顺战死，董思安整众奔泉州，汀州守将许文稹，泉州守将王继勋，漳州守将王继成，闻建州失守，相继降唐。闽自王审知僭据，至延政降唐，凡六主，共五十年。小子有诗叹道：

> 不经弑夺不危亡，祸乱都因政失常。
> 五十年来王氏祚，可怜一战入南唐！

延政被解至金陵，能否保全性命，待至下回再表。

兵贵鼓气，气盛则一往莫御，观此回白团卫村之战，知晋之所以能胜辽者，全在气盛而已。然杜威、张彦泽之临阵畏缩，偷生畏死，已见一斑。若非李守贞、药元福、符彦卿、皇甫遇诸人，踊跃直前，彼早觍颜降虏矣。晋主重贵，任用非人，反以威为懿亲，有功王室，违命不诛，拒谏不从，能保狼子之不反噬乎！若闽主延政，势成弩末，既无保邦却敌之材，复有好猜嗜杀之失，倒行逆施，不亡何待？彼雪峰寺僧卓岩明，是何侥幸，一跃称帝！但有非分之福，必有无妄之灾。僭位未几，父子骈戮，求再披缁而不可得，富贵其可幸致耶！览此书，可作当头棒喝。

第三十五回　拒唐师李达守危城　　中辽计杜威设孤寨

　　却说王延政被虏至金陵，入见唐主。唐主降敕赦罪，授为羽林大将军，所有建州诸臣，一概赦免。惟仆射杨思恭，暴敛横征，剥民肥己，建州人号为杨剥皮，唐主特数罪处斩，以谢建人。另简王崇文为永安节度使，令镇建州。崇文治尚宽简，建人遂安。

　　越年三月，唐泉州刺史王继勋，贻书福州，意在修好。李弘义即李仁达。以泉州本隶威武军，素归节制，此时平行抗礼，与前不符，免不得暗生愤怒，拒书不受。嗣且遣弟弘通，率兵万人，往攻泉州。泉州指挥使留从效，语刺史王继勋道："李弘通兵势甚盛，本州将士，因使君赏罚不明，不愿出战，使君且避位自省罢！"继勋沉吟未决，当由从效指挥部众，把继勋掖出府门，逼居私第。自称代领军府事，部署行伍，出截弘通。战至数十回合，从效用旗一麾，部兵都冒死直上，弘通招架不住，回马返奔。主将一逃，全军大乱，走得快的还算幸免，稍迟一步，便即丧生。从效追至数十里外，方才凯旋，便遣人至金陵告捷。唐主璟授从效为泉州刺史，召继勋归金陵，徙漳州刺史王继成为和州刺史，汀州许文稹为蕲州刺史，惩前毖后，为休息计。

　　燕王景达，用属掾谢仲宣言，面白唐主，谓宋齐邱系国家勋旧，弃诸草莱，未惬众望。宋齐邱归老九华，见三十二回。唐主乃复召齐邱为太傅，但奉朝请，不令预政。偏齐邱未肯安闲，硬要来出风头。枢密使陈觉，向与齐邱交好，遂托齐邱上疏推荐，愿往召李弘义入朝。齐邱乐得吹嘘。未奉批答，觉又自上一书，谓孑身往说弘义，不怕弘义不来。唐主乃令觉为福州宣谕使，赍赐弘义金帛，并封弘义母妻为国夫人，四弟皆迁官。

　　觉到了福州，满望弘义出迎，就可仗他三寸舌，劝令入觐。不意弘义高坐府署，但遣属吏导觉入见，弘义惟稍稍欠身，面上含着一种杀气，凛凛可畏。两旁更站住刀斧手，仿佛与觉为仇，有请君入瓮的情状。吓得陈觉魂胆飞扬，但传唐主赐命，不敢说及入朝二字。弘义但拱手言谢，即使属吏送觉入馆，以寻常酒饭相待。觉很觉没趣，住了一昼夜，便即辞归。可谓扫脸。

　　行至剑州，越想越惭，越惭越愤，便矫诏使侍卫官顾忠，再至福州，召弘义入朝。自称权领福州军府事，且擅发汀、建、抚、信各州戍卒，命建州监军使冯延鲁为将，前往福州，促弘义入朝。延鲁先致弘义书，晓谕祸福。弘义毫不畏怯，竟复书请战，特遣楼船指挥使杨崇葆，率舟师抵拒延鲁。觉恐延鲁独力难支，续派剑州刺史陈诲，为沿江战棹指挥使，援应延鲁。一面拜表金陵，但说福州孤危，旦夕可克。

唐主璟并未接洽，接阅表文，才知觉矫制调兵，专擅的了不得，禁不住怒气勃发。学士冯延己已进任首相，与朝上一班大臣，多是陈觉党羽，慌忙上前劝解，统说是兵逼福州，不宜中止，且俟战胜后再作区处。唐主乃权时忍耐。未几接得军报，延鲁已得胜仗，击败杨崇葆。又未几复接军报，延鲁进攻福州西关，被弘义一鼓击退，士卒多死。连左神威指挥使杨匡邺，都为所擒。那时唐主不能罢手，只好将错便错的做了下去。当下命永安节度使王崇文，为东南面都招讨使，漳泉安抚使魏岑，为东面监军使，延鲁为南面监军使，会兵进攻福州。凭着人多势厚，陷入外郭。弘义收集残众，固守内城，改名弘达，奉表晋廷。晋授弘达为威武节度使，知闽国事，惟不过授他虚名，并没有甚么帮助。唐兵在福州外城，攻扑以外，一再招诱。福州排阵使马捷，愿为内应，遂引唐军至善化门桥。弘达不防内变，几乎手足失措，还亏都指挥使丁彦贞，率敢死士百人，用着短兵，闯入唐兵阵内，再荡再决，才将唐兵击却，不令入门。但孤城总危急得很，弘达寝卧不安，复改名为达，遣使至吴越乞援，奉表称臣。再四改名，有何益处？适唐漳州将林赞尧作乱，杀死监军使周承义。剑州刺史陈诲，忙会同泉州刺史留从效，往平漳乱，逐去赞尧。即用故闽将董思安权知漳州事，且联名保荐思安，唐主因授思安为漳州刺史。思安以父名章，上书辞职。这也未免迂拘。唐主特改称漳州为南州，且令他与从效合兵，助攻福州。

福州已如累卵，怎禁得住唐兵合攻，只好再三派使，至吴越催促援军。吴越王弘佐，召诸将商议进止，诸将统言道路险远，不便往援，惟内都监使邱昭券，主张出师。弘佐道："唇亡齿寒，古有明戒，我世受中原命令，位居天下兵马元帅，难道邻国有难，可坐视不救么？诸君只乐饱食安坐，奈何为国！"说着，便命统军使张筠、赵承泰，调兵二万，水陆南下，往援福州。李达闻援兵到来，急开水城门迎接。吴越军自晋浦夜进，得入城中。偏唐军闻风急攻，进东武门。李达偕吴越军拚命出拒，鏖斗多时，不能得胜，只勉强保守危城。

唐主更遣信州刺史王建封，再往福州，满拟添兵益将，指日成功。偏建封素性倔强，不肯服从王崇文。陈觉、冯延鲁、魏岑、留从效等，又彼此争功，彼进此退，彼退此进，好似满盘散沙，不相团结，因此将士灰心，各无斗志。唐主召江州观察使杜昌业为吏部尚书，昌业查阅簿籍，慨然叹道："连年用兵，国帑将罄，如何能持久呢？"为下文伏笔。

且说晋主重贵，本欲发兵援闽，因北寇方深，无暇南顾，只好虚词笼络，得过且过。定州西北有狼山，土人入山筑堡，意在避寇。堡中有佛舍，由女尼孙

第三十五回　拒唐师李达守危城　中辽计杜威设孤寨

深意住持,深意妖言惑众,远近奉若神明。中山人孙方简,及弟行友,与深意联宗。自居侄辈,敬事深意。深意病死,方简诡称深意坐化,用漆髹尸,置诸神龛中,服饰如生,香花供奉。徒党辗转依附,多至数百人。时晋、辽绝好,北方赋役繁重,寇盗充斥。方简兄弟,自言有天神相助,可庇人民。百姓奔趋如鹜,求他保护,他遂选择壮丁,勒成部伍,舍寺作寨,号为一方保障。初意却是可取。

辽兵入寇,即督众邀击,夺得甲兵牛马军资,分给徒众,众皆欢跃。乡民闻风往依,携老挈幼,络绎不绝,历久得千余家,自恐为吏所讨,归款晋廷。晋廷亦借他御寇,令署东北招收指挥使,方简遂屡入辽境抄掠,辄有杀获,渐渐的骄恣起来,尝向晋廷多方要求。晋廷怎能事事依他,他不得如愿,即叛晋降辽,愿为向导,引辽入寇。匪人之不可恃也如此!会河北大饥,饿莩载道,兖、郓、沧、贝一带,盗贼蜂起,吏不能禁。天雄军节度使杜威,遣部将刘延翰,出塞市马,竟为方简所掳,押献辽廷。途次被延翰脱逃,还奔大梁。报称方简为辽作伥,亟宜预防。晋主乃命天平节度使李守贞为北面行营都部署,义成节度使皇甫遇为副,彰德节度使张彦泽充马军都指挥使,义武节度使李殷,充步军都指挥使,并遣指挥使王彦超、白延遇等,率步兵十营戍邢州。守贞虽为统帅,但与内廷都指挥使李彦韬未协。彦韬方党附冯玉,掌握军权,应前回。往往牵制守贞。守贞佯为敬奉,暗中实怒恨不平。看官!你想内外不和,形同水火,国事尚堪再问么!呼应语不可少。

晋主恐吐谷浑等,再为辽诱,屡召白承福入朝,宴赐甚厚,白承福降晋见三十一回。令戍滑州。承福令部众仍往太原,择地畜牧。番众不知法律,尝犯河东禁令。节度使刘知远,依法惩办,不肯少贷。番目白可久,渐生怨望,率所部先亡归辽。

知远得报,密与亲将郭威计议道:"今天下多事,番部出没太原,实是腹心大病,况白可久已先叛去,能保不辗转相诱么!"威答道:"顷闻可久奔辽,辽授他云州观察使,倘被承福闻知,必望风欣羡,阴生异图。俗语说得好:'擒贼先擒王',承福一除,部落自衰。且承福拥资甚厚,饲马尝用银槽,我若得资饷军,雄踞河东,就使中原生变,也可独霸一方。天下事安危难测,愿公早为决计!"威亦乱世枭雄。知远称善,因密表吐谷浑反复无常,请迁居内地。晋主遂派使押还蕃众,分置诸州。

知远料承福势孤,即遣郭威召诱承福,俟承福入太原城,用兵围住,诬他谋叛,把承福亲族四百余口,杀得精光。所有承福遗资,一并籍没,事后奏达晋廷,仍然将谋叛二字,作为话柄。晋主哪里知晓,颁敕褒赏,吐谷浑从此衰微,河东却从此雄厚了。为刘氏代晋张本。

既而辽兵三万寇河东。想由白可久导入!刘知远命郭威出拒阳武谷,击破辽兵，斩首七千级，露布告捷。张彦泽亦报称泰、定二州，连败辽人，俘馘二千名。晋廷君臣，得意扬扬，还道是北虏浸衰，容易剿灭。

适幽州来了一个弁目，谓赵延寿有意归国。枢密使李崧、冯玉信为真情，遽使杜威致书延寿，具述朝旨，啖他厚利。嗣得延寿覆书，略言久处异域，思归故国，乞发大兵接应，即当自拔来归。冯玉等更怀痴望，且派使往幽州，与延寿约定师期。延寿假意承认，暗地里报知辽主。辽主将计就计，且嘱瀛州刺史刘延祚，遗乐寿监军王峦书，佯言愿举城内附。并云城中辽兵不满千人，朝廷若发兵往袭，自为内应，城可立下。今秋又值多雨，瓦桥以北，积水漫天，辽主已归牙帐，虽闻关南有变，道远水阻，如何能来？请朝廷乘势速行等语。王峦得书，飞使表闻。

冯玉、李崧，喜欢的了不得，拟先发大军，往迎延寿与延祚。杜威亦上言瀛、莫可取状。深州刺史慕容迁，且献入瀛、莫地图。玉与崧遂奏白晋主，请用杜威为都招讨使，李守贞为副。中书令赵莹，私语冯、李二人道："杜为国戚，身兼将相，尚所欲无餍，心常慊慊，此岂还可复假兵权！必欲有事朔方，不如专任守贞，尚无他虑呢！"亦非知本之言。冯、李亦不以为然，遂授杜威行营都招讨使，李守贞为兵马都监，安审琦为左右厢都指挥使，符彦卿为马军左厢都指挥使，皇甫遇为马军右厢都指挥使，他如梁汉璋、宋彦筠、王饶、薛怀让诸将，统随往北征。且下敕谤道，专发大军，往平黠虏，先收瀛、莫，安定关南，次复幽、燕，荡平塞北。能说不能行奈何？结末一行，是有能擒获虏主者，除上镇节度使，赏钱万缗，绢万匹，银万两。是敕一下，各军陆续出发。偏偏天不助美，自六月积雨，至十月末止，军行粮输，免不得拖泥带水，各生怨言。

杜威到了广晋，与李守贞会师，北向进行，且恐兵马不足，再令妻宋国公主入都，乞请添兵。晋主将禁军多半拨往，顾不得宿卫空虚，但望他克期奏捷。威带领全军，直往瀛州，遥见城门大开，寂若无人，不由的暗暗惊疑，彷徨却顾。当下驻营城外，分遣侦骑四往探听。俟得侦报，谓辽将高漠翰，已引兵潜出，刺史刘延祚不知去向，威乃令马军排阵使梁汉璋，引二千骑往追辽兵。此时应知中计，何不速退？还要令梁汉璋往追，想是汉璋该死此地了。汉璋奉令前进，行至南阳务，陷入伏中，辽兵四面齐起，把汉璋困住垓心。汉璋左冲右突，竟不能脱，徒落得全军覆没，暴骨沙场。

败报递入威营，威慌忙引还。那时辽主耶律德光，闻知晋军已退，遂大举南来，追蹑晋军。杜威素来胆小，星夜南奔，张彦泽时在恒州，引兵往会，主张拒敌。威乃与同趋恒州，使彦泽为先锋。进至中渡桥，桥据滹沱河中流，辽兵已上桥扼守，由彦泽麾众与争，三却三进，辽兵焚桥退去，与晋军夹河列营。

辽主德光，见晋军大至，争桥失利，恐晋军急渡滹沱，势不可当，正拟引众

第三十五回　拒唐师李达守危城　中辽计杜威设孤寨

北归。嗣闻晋军沿河筑寨，为持久计，乃逗留不去。杜威筑垒自固，闭门高坐，偏裨皆节度使，无一奋进，但日相承迎，置酒作乐，罕谈军事。磁州刺史李榖献策道："今大军与恒州相距，不过咫尺，烟火相望。若多用三股木置水中，就木上积薪布土，桥可立成，更密约城中举火相应，夜募壮士，斫入虏营，表里合势，虏自惊溃了！"确系退敌之策。诸将皆以为然，独杜威不从。惟遣榖南至怀孟，督运军粮。

辽主德光，见杜威久不出兵，料知恇怯无能，遂用大兵潜压晋营，暗遣部将萧翰，与通事刘重进，领骑兵百人，及步卒数百，潜渡滹沱河上游，绕出晋军后面，断晋粮道。途中遇着晋军樵采，便即掠去。有几个脚生得长的，逃回营中，张皇虏势，说有无数辽兵，截我归路。营中得此消息，当然恟惧。辽将萧翰等驰至栾城，如入无人之境，城中戍兵千余人，猝不及防，竟被翰等闯入，没奈何狼狈乞降。翰俘得晋民，黥面为文，有"奉敕不杀"四字，各纵使南走。运粮诸役夫，从道旁遇着，总道是虏兵深入，不如赶紧逃生，遂把粮车弃去，四处奔溃。一时风声鹤唳，传遍中原。中国专思骗人，偏被外人骗去。李榖在怀孟闻警，忙自缮奏疏，密陈大军危急，请车驾速幸澶州，并召高行周、符彦卿扈从，急发兵守澶州、河阳，防备敌冲。这疏由军将关勋飞马走报，晋廷接到榖疏，相率惊惶。那杜威又奏请益兵，都城卫士，已遣发军前，只剩得宫禁守兵数百名，又一齐调赴，并命发河北及滑、孟、泽、潞刍粮五十万，往诣军前，追呼严急，所在鼎沸。已而杜威复遣使张祚告急，晋廷无从派兵，但遣祚归报行营，令他严守。祚还至途中，竟被辽兵掳去。嗣是内外隔绝，两不相通。

开封尹桑维翰目击危状，求见晋主，拟进陈守御计画。晋主正在苑中调鹰，只图快乐，不欲维翰入见，当遣内侍拒绝。维翰不得已入枢密院，与冯玉、李崧，谈及国事。话不投机半句多，任你桑维翰韬略弘深，议论确当，那冯、李两公，只是摇首闭目，不答一词。维翰怅然趋出，还语所亲道："晋氏将不血食了！"

过了两三天，军报益急，晋主因欲亲自出征，都指挥使李彦韬入阻道："陛下亲征，孰守宗社？臣闻千金之子，坐不垂堂；况陛下尊为天子，难道可屡冒矢石么？"晋主乃命高行周为北面都部署，副以符彦卿，共戍澶州，遣西京留守景延广，出屯河阳。

杜威在中渡桥，与辽兵相持多日，不展一筹，恼了指挥使王清，入帐见威道："我军暴露河滨，无城为障，营孤食尽，势且自溃。清愿率步兵二千为先锋，夺桥开道，公率诸军继进，得入恒州，守御有资，始可无恐了！"威踌躇半晌，方才许诺。派宋彦筠领兵千人，与清俱往。清挺身直前，逾河进战，约数十回合，杀毙辽兵百余人，虏势少却。宋彦筠胆小如鼷，一遇辽兵接仗，不到半刻，便即退缩。辽兵从后追杀，彦筠凫水逃回。独清尚带着孤军，猛力奋斗,互有杀伤。一再遣使至大营,促威进兵,威安坐营幄,竟不使一人一骑,往救王清。清力战至暮,顾语部众道:"上将握兵,坐视我等围困,不肯来援,想必另有异谋。我等食君禄,当尽力君事,迟早总是一死,不如以死报国罢!"部众都为感动,死战不退。既而天色渐昏,辽主腾出新军,来围王清。可怜王清势孤力竭,与众尽死。临死时尚格毙辽兵数名。小子有诗叹道:

沙场战死显忠名,壮士原来不惜生。
只恨贼臣甘误国,前驱殉节尚无成。

王清既死,诸军夺气,辽兵乘胜逾河,环逼晋营。究竟杜威如何抵敌,容至下回再详。

倾南唐之全力,尚不能拔一孤城,可见师克在和,不和必败。彼李仁达四处乞援,仅得一吴越偏师,拒战失利,假令南唐各将,齐心协力,取孤城如反手,亦何至旷日无功耶?若杜威虽中辽计,坐失一梁汉璋,然尚无损大局。苟联合张彦泽等,逾滹沱河以杀敌,则一举可逐辽兵,抑或从王清言,并力俱进,亦得入据恒州,固守却敌。失此不行,徒致良将丧躯,强虏四逼,天下未有将帅不和,而能出师告捷者也。南唐尚不足责,如杜威者,其石氏之贼臣乎!

第三十六回　张彦泽倒戈入汴
　　　　　　石重贵举国降辽

却说辽兵环逼晋营,气焰甚盛,晋营中势孤援绝,粮食且尽。杜威计无所施,惟有降辽一策,或尚得保全性命。当与李守贞、宋彦筠等商议,众皆无言。独皇甫遇进言道:"朝廷以公为贵戚,委付重任,今兵未战败,遽欲靦颜降虏,敢问公如何得对朝廷!"遇后来为晋殉难,故特别提出。威答道:"时势如此,不能不委曲求全!"遇愤慨而出。威密遣心腹将士,驰往辽营请降,且求重赏。辽主德光道:"赵延寿威望素浅,未足为中原主子;汝果降我,当令汝为帝。"仍是骗局。这语由将士还报,威大喜过望,即令书记官草好降表。越宿召集诸将,出表相示,令他依次署名。诸将虽然骇愕,但多半贪生怕死,依令画诺,惟皇甫遇未曾与列。威再遣阁门使高勋,赍奉降表,呈入辽营。辽主优诏慰纳,遣勋报威,即日受降。

威便令军士出营列阵,军士踊跃趋出,摩拳擦掌,等待厮杀。俄见威出帐宣谕道:"现已食尽途穷,当与汝等共求生计,看来只有降敌了。"说着,遂命

第三十六回　张彦泽倒戈入汴　石重贵举国降辽

军士释甲投戈,军士惊出意外,禁不住号哭起来,霎时闻声震原野。威与守贞同时扬言道:"主上失德,信用奸邪,猜忌我军,我等进退无路,不如投顺北朝,别求富贵。"杜威原是丧心,不意守贞亦复如此。

语未毕,已有一辽将带着辽骑,整辔前来,身上穿着赭袍,很是鲜明。看官道是何人?原来就是赵延寿。延寿到了军前,抚慰士卒,杜威以下,相率迎谒。延寿命随行辽兵,递上赭袍,交与杜威。威欣然披服,向北下拜,及起身向众,居然趾高气扬,隐隐以中国皇帝自命。廉耻扫地。延寿即引威等往谒辽主。辽主语威道:"汝果立功中国,我当不负前言!"威率众将舞蹈谢恩。辽主面授威为太傅,李守贞为司徒。

威愿为前驱,引辽主至恒州城下,招谕守将王周,劝他出降。周即开城迎入,辽主率大军入城,派兵往袭代州,刺史王晖,亦举城迎降。辽主复遣通事耿崇美,招降易州。易州刺史郭璘,素具忠忱,每当辽兵过境,必登陴拒守,无懈可击。辽主德光,尝恐他邀截归路,屡有戒心,每过城下,必指城叹息道:"我欲吞并中原,恨为此人所扼,迟早总要除他哩。"至是命崇美往抚易州,易州兵吏,闻风生畏,争先出降。璘不能禁阻。但痛詈崇美。崇美怒起,拔剑杀璘,应手而倒。不愧忠臣。

易州归辽,义武军节度使李殷,安国军留后方泰,相继降辽。辽主命孙方简为义武节度使,麻答为安国节度使,另派客省副使马崇祚权知恒州事。遂引兵自邢相南行,杜威率降众随从。皇甫遇不欲降辽,偏辽主召他入帐,令先驱入大梁。遇固辞而出,泣谓左右曰:"我位为将相,败不能死,尚忍倒戈图主么!"是夜引从骑数人,行至平棘,顾语从骑道:"我已数日不食了,尚何面目南行!"遂扼吭而死。节尚可取。

辽主改命张彦泽先进,用通事傅住儿一译作富珠哩。为都监,偕彦泽前职大梁。彦泽引兵二千骑,倍道疾驰,星夜渡白马津,直抵滑州。晋主重贵,始闻杜威败降,接连收到辽主檄文,乃是由彦泽传驿递来,内有纳叔母于中宫,乱人伦之大典等语。想是晋臣所为。慌得重贵面色如土,急召冯玉、李崧、李彦韬三人,入内计事。三人面面相觑,最后是李崧开口道:"禁军统已外出,急切无兵可调,看来只有飞诏河东,令刘知远发兵入卫呢!"重贵闻言,忙命李崧草诏,遣使西往。

过了一宵,天色微明,宫廷内外,竞起喧声。重贵惊醒起床,出问左右,才知张彦泽领着番骑,已逼城下。嗣又有内侍入报道:"封邱门失守,张彦泽斩关直入,已抵明德门了!"重贵越加慌忙,急令李彦韬搜集禁兵,往阻彦泽。不意彦韬已去,宫中益乱,有两三处纵起火来。重贵自知难免,携剑巡宫,驱后妃以下十余人,将同赴火,亲军将薛超,从后赶上,抱住重贵,乞请缓图。俄递入辽主与晋太后书,语颇和平,重贵乃令亲卒扑灭烟火,自出上苑中,召入翰林学士范质,含泪与语道:"杜郎背我降辽,太觉相负,从前先帝起太原时,欲择一子为留守,商诸辽主,辽主曾谓我可当此任,卿今替我草一降表,具述前事,我母子或尚可生活了。"

质依言起草,援笔写就,但见表中列着:

> 孙男臣重贵言:顷者唐运告终,中原失驭,数穷否极,天缺地倾。先人有田一成,有众一旅,兵连祸结,力屈势孤。翁皇帝救患摧刚,兴利除害,躬擐甲胄,深入寇场,犯露蒙霜,度雁门之险,驰风击电,行中冀之诛,黄钺一麾,天下大定,势凌宇宙,义感神明;功成不居,遂兴晋祚,则翁皇帝有大造于石氏也。旋属天降鞠凶,先君即世。臣遵承遗旨,纂绍前基。谅闇之初,荒迷失次,凡有军国重事,皆委将相大臣。至于嬗继宗祧,既非禀命,轻发文字,辄敢抗尊,自启衅端,果贻赫怒。祸至神惑,运尽天亡,十万师徒,望风束手,亿兆黎庶,延颈归心。臣负义包羞,贪生忍耻,自贻颠覆,上累祖宗,偷度朝昏,苟存视息。翁皇帝若惠顾畴昔,稍霁雷霆,未赐灵诛,不绝先祀,则百口荷更生之德,一门衔周报之恩,虽所愿焉,非敢望也。臣与太后暨妻冯氏,及举家戚属,见于郊野,面缚待罪,所有国宝一面,金印三面,今遗长子陕府节度使延煦,次子曹州节度使延宝,管押进纳,并奉表请罪,陈谢以闻。

表文草就,呈示重贵。重贵正在瞧着,突有一老妇踉跄进来,带哭带语道:"我曾屡说冯氏兄妹,是靠不住的。汝宠信冯氏,听他妄行,目今闹到这个地步,如何保全宗社!如何对得住先人!"重贵转眼旁顾,进来的不是别人,正是皇太后李氏。当下心烦意乱,也无心行礼,只呆呆的站立一旁,李太后尚欲发言,外面又有人趋入道:"辽兵已入宽仁门,专待太后及皇帝回话!"太后乃顾问重贵道:"汝究竟怎么样办?"重贵答不出一句话儿,只好将降表奉阅,太后约略一瞧,又恸哭起来。

范质在旁劝慰道:"臣闻辽主来书,无甚恶意,或因奉表请罪,仍旧还我宗社,亦未可知。"痴呆子语。太后也想不出别法,徐徐答道:"祸及燃眉,也顾不得许多了。他既致书与我,我也只好复答一表,卿且为我缮草罢。"质乃再草一表。其文云:

> 晋室皇太后新妇李氏妾言:张彦泽、傅住儿至,伏蒙阿翁皇帝降书安抚。妾伏念先皇帝顷在并汾,适逢屯难,危同累卵,急若倒悬,智勇俱穷,朝夕不保。皇帝阿翁,发自冀北,亲抵河东,跋履山川,逾越险阻,立平巨孽,遂定中原。救石氏之覆亡,立晋朝之社稷。不幸先皇帝厌代,嗣

第三十六回　张彦泽倒戈入汴　石重贵举国降辽

子承祧，不能继好息民，反且辜恩亏义。兵戈屡动，驷马难追，咸实自贻，咎将谁执！今穹旻震怒，中外携离，上将牵羊，六师解甲，妾举宗负衅，视景偷生。惶惑之中，抚问斯至，明宣恩旨，曲示含容，慰谕丁宁，神爽飞越，岂谓已垂之命，忽蒙更生之恩！省罪责躬，九死未报。今遣孙男延煦、延宝，奉表请罪，陈谢以闻！

太后与重贵，把表文略瞧一周，便召入延煦、延宝，令他赍着表文，往谒辽营。相传延煦、延宝，系是重贵从子，重贵养为己儿，或说由重贵亲生，未知孰是。两人素居内廷，所兼节度使职衔，乃是遥领，并未莅任。此次入奉主命，只好赍表前去。那辽通事傅住儿，已入朝来宣辽主敕命，重贵无法拒绝，勉强出见。傅住儿令重贵脱去黄袍，改服素衣，下阶再拜，听读辽敕。重贵顾命要紧，不得已唯言是从，左右皆掩面而泣。满朝皆妇人，如何守国？

待傅住儿读毕出朝，重贵垂泪入内，特遣内侍往召张彦泽，欲与商量后事。彦泽不肯应召，但使内侍覆报道："臣无面目见陛下！"重贵还道他怀羞怕责，因此不来。再遣使慰召，彦泽微笑不应，自至侍卫司中，捏称晋主命令，召开封尹桑维翰入见。维翰应命前来，行至天街，适与李崧相遇，立马与谈。才说了一二语，有军吏行近维翰马前，长揖与语道："请相公赴侍卫司。"维翰料为彦泽所欺，势难免祸，乃语李崧道："侍中当国，今日国亡，反令维翰死事，究为何因？"崧怀惭自去。

维翰既入侍卫司，望见彦泽堂皇高坐，面色骄倨，不禁愤恨交并，指斥彦泽道："去年脱公罪戾，使领大镇，继授兵权，主上待公不薄，公奈何负恩至此！"彦泽无词可答，但令置诸别室，派兵看守。

一面索捕仇人，稍有嫌隙，无不处死。复纵兵大掠，掳得珍宝，多取为己有。贫民亦乘势闯入富家，杀人越货，抢劫至两昼夜，都城一空。彦泽所居，宝货山积，自谓有功北朝，日益骄横，出入骑从，常数百人，前面导着大旗，上书赤心为主四字。道旁士民，免不得笑骂揶揄。随军闻声拿捕，有几个晦气的，被他拿至彦泽面前，彦泽不问所犯，但瞋目竖起三指，便将犯人枭首。宣徽使孟承诲，匿避私第，也被彦泽捕至，结果性命。阊门使高勋，外出未归。彦泽乘醉入高勋家，勋有叔母及弟，出来酬应，片语未合，俱被杀死，陈尸门前。都下咸有戒心，差不多似豺虎入境，寝食不安。

先是彦泽尝为彰义军节度使，擅杀掌书记张式，甚至决口剖心，截断四肢。又捕住亡将杨洪，先截手足，然后处斩。河阳节度使王周，曾奏劾彦泽不法二十六条，刑部郎中李涛等，亦交章请诛，彦泽坐贬为龙武将军。后来御辽有功，因复擢用。上文所载桑维翰语，就指此事。补叙明白。

李涛时为中书舍人，私语所亲道："我若逃匿沟渎，仍不得免，何如亲自往见，听他处置！"遂大胆前往，至彦泽处投刺直入，朗声呼道："上疏请杀太尉人李涛，谨来请死！"彦泽欣就接见。且笑语道："舍人今日，可知惧否？"涛答道："涛今日惧足下，仿佛足下前日惧涛，向使朝廷早用涛言，何致有今日事！"彦泽益发狂笑，命从吏酌酒与饮。涛取饮立尽，从容自去，旁若无人。彦泽倒也无可如何。

未几令部兵入宫，胁迁重贵家属至开封府，宫中无不痛哭。重贵与太后李氏，皇后冯氏，得乘肩舆，宫人宦官十余名，随后步行。彦泽见重贵等携有金珠，又使人前语道："北朝皇帝，就要来京，库物却不应取藏哩。"重贵没法，悉数缴出。彦泽择取奇玩，余仍还封库中，留待辽主。及重贵等已入开封府署，更派控鹤指挥使李筠率兵监守，内外不通。汉奸比外夷更凶，彦泽可见一斑。重贵姑母乌氏公主，以金帛赂守卒，始得入见重贵及太后，相持一恸，诀别而归，夜自经死。倒还是个烈妇。重贵使取内库帛数匹，库吏不肯照给，且厉声道："这岂尚是晋主所有么？"重贵又向李崧求酒，崧语使人道："非敢爱酒，恐陛下饮酒后，更致忧躁，别生不测，所以不敢奉进。"宗社已失，还要酒帛何用，这是重贵自取其辱。重贵因所求不得，再欲召见李彦韬。待久不至，正在潸然泪下，忽由彦泽差来悍吏，硬索楚国夫人丁氏。丁氏系延煦母，年逾三十，华色不衰，为彦泽所垂涎。重贵禀白太后，不欲使往，太后当然迟疑。怎奈彦泽一再强迫，连太后亦不能阻难，丁氏更身不由主，被他载去。冶容诲淫，想总不能保全名节了！不索冯皇后，还保存重贵体面。是夕彦泽竟杀死桑维翰，用带加颈，遣报辽主，诡云维翰自缢身亡。辽主怅然道："我并不欲杀维翰，奈何自尽！"遂传命厚恤家属。晋将高行周、符彦卿，都诣辽营请降。辽主传入，两人拜谒帐前，但听辽主宣言道："符彦卿！你可记得阳城战事否？"见三十四回。彦卿答道："臣当日出战，但知为晋主效力，不暇他想，今日特来请罪，死生惟命！"你既知有晋主，到此何故变节！辽主解颐笑道："也好算一个强项士，我赦你前罪罢了！"彦卿拜谢，与高行周一同退出。

适延煦、延宝，奉表入帐，并呈上传国宝等，辽主览过表文，也不多言，惟接受传国宝时，却反复摩挲，最后问延煦道："这印可真吗？"延煦答言是真，辽主沉吟道："恐怕未必！"遂从案上取过片纸，草草写了数行，递给延煦道："你去交与重贵便了。"二人趋出，即返报重贵。重贵见辽主手书，乃是模模糊糊的汉文。略云：

> 大辽皇帝付与孙石重贵知悉，孙勿忧恐，必使汝有啖饭处。惟所献传国宝，未必是真，汝既诚心归降，速将真印送来！

重贵看了前数语，心下略略放宽。及瞧到后数语，又不免焦急起来，便自

第三十六回　张彦泽倒戈入汴　石重贵举国降辽

言自语道："我家只有此宝,奈何说是假的!"忽又猛然省悟道："不错!不错!"旁顾左右,只有愁容惨澹的妃嫔几个,没人可代为书状。乃援笔自书道:

先帝入洛京时,为伪主从珂自焚,传国旧宝,不知所在,想必与之俱烬。先帝受命,旋制此宝,臣僚备知此事。臣至今日,何敢藏宝勿献!谨此状闻。

这奏状着人递去,才免辽主诘责。嗣闻辽主渡河来京,意欲与太后前往奉迎,先告知张彦泽。彦泽不欲令见辽主,特遣人奏白辽主道："天无二日,宁有两天子相见路旁?"辽主依议,不许重贵郊迎,赵延寿等语辽主道："晋主既已乞降,当使衔璧牵羊,大臣舆榇,恭迎郊外。"辽主摇首道："我遣奇兵直取大梁,并非前往受降,何必用这般古礼!惟景延广前言不逊,很是可恨,应即速捕来!"遂派兵往捕延广,自引亲军渡河南行。途次传令晋臣,一切如故,朝廷制度,仍用汉仪。晋臣请备齐法驾,迎接辽主。辽主又复报道："我方擐甲督兵,太常仪卫,尚未暇用,尽可不必施行!"

及行至封邱,景延广自来谒见。辽主怒责道："两国失欢,皆汝一人所致,汝尚敢来见我么?十万横磨剑,今日何在!"妙甚,趣甚!延广极口抵赖。辽主召乔荣入证,那延广尚不肯承认,经乔荣取出一纸,就是当日笔录,字迹分明。见三十三回。此时证据显然,百喙难辩。荣复证成延广罪案十条,每服一事,即授一筹。筹至八数,辽主忿然道："罪不胜诛,说他做甚!"延广浑身发抖,伏地请死。由辽主喝令锁着,押往北庭,延广夜宿陈桥,俟守兵少懈,扼吭而死。得免刀头痛苦,还是幸事。

时已岁暮,到了除夕这一日,晋廷文武百官,闻辽主翌日到京,夤夜出宿封禅寺。越日为正月元旦,百官在寺内排班,遥辞晋主,改服素衣纱帽,出迎辽主。但见辽兵整队前来,前步后骑,统是雄纠纠的健儿,声蹀蹀的壮马。当中拥着一位辽皇帝,貂帽貂裘,裹着铁甲,高坐逍遥马上,英气逼人。惹得晋臣眼花缭乱,慌忙匍伏道旁,叩头请罪。辽主见路左有一高阜,纵辔上登,笑盈盈的俯视晋臣,徐令亲军传谕,叫晋臣一律起身,仍易常服。晋臣三呼万岁,响彻云霄。越写越丑。

晋左卫上将军安叔千,起身出班,趋至高阜前,再行跪下,口作胡语。辽主哂道："汝就是安没字么?汝从前镇守邢州,已累表通诚,我尝记着,至今未忘。"叔千听着,好似小儿得饼,非常喜欢,便磕了几个响头,呼跃而退。毫无羞耻。他本喜习夷言,罕识汉文,时人呼为安没字,所以辽主亦如此相呼。

晋臣已皆起立,引导辽主入封邱门。才到门前,晋主重贵,偕太后等一齐出城,来迎辽主。辽主拒不令见,但使往寓封禅寺中,自率大军径入。城内百姓，惊呼骇走。辽主上登城楼，遣通事宣谕道："我亦犹人，汝等百姓，无庸惊慌，此后当使汝等苏息！我本无意南来，汉人引我至此哩！"百姓闻谕，稍稍安静。辽主再下楼入明德门，门内就是宫禁，他却下马拜揖，然后入宫。令枢密副使刘敏权知开封尹事。到了日暮，辽主仍出屯赤冈。不欲污乱宫闱，夷狄尚知礼义。

晋阁门使高勋，上诉辽主，谓张彦泽妄杀家人；百姓亦争投牒疏，详列彦泽罪状。辽主命将彦泽系至，宣示百官，问彦泽应否处死？百官统言应斩。辽主道："彦泽应加死刑，傅住儿亦不为无罪，索性叫他同死罢。"遂令并捕傅住儿，与彦泽绑至北市，派高勋监刑。号炮一响，双首齐落。彦泽前时所杀士大夫的子孙，俱经杖来观，且哭且詈。高勋命将彦泽尸骸，断腕剖心，祭奠枉死诸人。百姓且破脑取髓，脔肉分食，顷刻即尽。未知延煦母丁氏意中如何？

辽主又命将晋主宫眷，尽徙入封禅寺，派兵把守。会连日雨雪，外无供亿，重贵等冻馁不堪。李太后使人语寺僧道："我尝饭僧至数万金，今日独不相念么？"可为施僧者鉴。僧徒谓虏意难测，不敢进食，太后哭泣不止。重贵复密求守兵，丐得粗粝烂饭，勉强充饥。过了数日，辽主颁下诏敕，废重贵为负义侯。晋自石敬瑭僭位，只得一传，共计二主，凑成十一年而亡。小子有诗叹道：

> 大敌当前敢倒戈，皇纲不正叛臣多。
> 追原祸始非无自，成也萧何败也何？

重贵被废后，还要迁他到黄龙府。欲知底细，请看官续阅下回。

观本回杜威、张彦泽事，令人发指，但亦由石氏自取其咎耳。石敬瑭为明宗婿而灭唐，杜威为石氏婿而灭晋，报应显然，何足深怪！张彦泽反颜事仇，为虏效力，屠掠京邑，劫辱帝妃，罪较杜威为尤甚，然当日杀人负罪，廷臣交章请诛，石氏何为姑息养奸，略从贬抑，便即迁擢，仍使之典握兵权，倒戈反噬耶！况石重贵奸淫叔母，宠信佞臣，太后屡诫不知悛，谋臣献议不知纳，国危身辱，仓皇出降，不亦宜乎！故有石敬瑭之为父，必有石重贵之为子，其父暴兴，其子暴亡，因果诚不爽哉！

第三十七回　迁漠北出帝泣穷途
　　　　镇河东藩王登大位

却说辽主废去晋主重贵，且令徙往黄龙府。黄龙府本渤海扶余城，辽太祖东征渤海，还至城下，见有黄龙出现城上，因改号为黄龙府。重贵闻要徙至辽

第三十七回　迁漠北出帝泣穷途　镇河东藩王登大位

东,哪得不慌,哪得不悲! 就是李太后以下诸宫眷,统是相向号泣,用泪洗面。有何益处? 辽主却使人传语李太后道:"闻重贵不从母言,因致覆亡。汝可自便,不必与重贵偕行。"李太后泣答道:"重贵事妾甚谨,不过违背先君,失和上国,所以一举败灭。今幸蒙大恩,全生保家,母不随子,将安所归?"语亦太迂。

辽主乃仍自赤岗入宫,所有内外各门,统派辽兵守卫。每门磔犬洒血,并用竿悬挂羊皮,作为厌胜。当下面谕晋臣道:"从今以后,不修甲兵,不买战马,轻赋省役,好与天下共享太平了。"遂撤销东京名目,降开封府为汴州,府尹为防御使。辽主改服中国衣冠,百官起居,悉仍旧制。赵延寿荐引李崧,说他才可大用。还有辽学士张砺,从前也做过晋臣,与延寿同时降辽,亦谓崧可入相,辽主因授崧为太子太师,充枢密使。适威胜军节度使冯道,自邓州入朝,辽主亦素闻道名,即时召见。道拜谒如仪,辽主戏问道:"你是何等老子?"道答道:"无才无德,痴顽老子。"辽主不禁微笑,又问道:"汝看天下百姓,如何救得?"道应声道:"此时即一佛出世,亦恐救不得百姓;惟皇帝尚可救得呢。"无非面谀。辽主甚喜,仍令道守官太傅,充枢密顾问。随即遣使四出,颁诏各镇,诸藩争上表称臣。独彰义节度使史匡威,据住泾州,不受辽命。雄武节度使何重建,手刃辽使,举秦、成、阶三州降蜀。

杜威自降辽后,仍复名重威,率部众屯驻陈桥。辽主在河北时,恐他兵众生变,曾令缴出铠仗数百万,搬贮恒州,战马数万,驱归北庭。及辽主渡河入梁,意欲派遣胡骑,驱众入河,尽行处死。部将谓他处晋兵,闻风知惧,必皆拒命,不若权时安抚,缓图良策。辽主虽然罢议,心中总不能无疑,所以供给不时,累得陈桥戍卒,昼饿夜冻,怨骂重威。

重威不得已表达军情,辽主召赵延寿入议,仍欲尽诛晋兵。延寿道:"皇帝亲冒矢石,取得晋国,是归诸己有呢? 还是替他人代取呢?"辽主变色道:"我倾国南征,五年不解甲,才得中原,难道甘心让人么?"延寿又道:"晋国南有唐,西有蜀,皇帝可曾闻知否?"辽主道:"如何不闻!"延寿复道:"晋国东自沂密,西及秦凤,延袤数千里,接连吴蜀,晋尝用兵防守,连年不懈。臣想南方暑湿,非北人所能久居,他日车驾北归,无兵守边,吴蜀必乘虚入寇,恐中原仍非皇帝所有,岂不是历年辛苦,终归他人么!"辽主愕然道:"我未曾料到此着,据汝所说,今将奈何?"延寿道:"最好将陈桥降卒,分守南边,吴蜀便不能为患了。"辽主道:"我前在潞州,一时失策,尽把唐兵授晋,晋得此兵,反与我为仇,转战数年,才得告捷。今幸入我手,若非悉数歼除,后患仍不浅哩!"延寿道:"从前留住晋兵,不质妻孥,故有此患,今若将戍卒家属,徙置恒、定、云、朔间,每岁分番,使戍南边,料他必顾念妻子,不敢生变。这却是目前上策哩!"辽主方才称善,即命陈桥降卒,分遣还营。

看官！你道延寿此言，是为辽呢？是为晋呢？还是为降卒呢？小子不必评断，但看上文辽主与延寿言，许他为中国皇帝，他喜出望外，便可知他的心术，话中有话了。含蓄得妙。

且说晋主重贵，得辽主敕命，迁往黄龙府，重贵不敢不行，又不欲遽行，延挨了好几日。那辽主已派骑士三百名，迫令北迁，没奈何挈眷起行。除重贵外，如皇太后李氏，皇太妃安氏，皇后冯氏，皇弟重睿，皇子延煦、延宝，相偕随往。还有宫嫔五十人，内官三十人，东西班五十人，医官一人，控鹤官四人，御厨七人，茶酒三人，仪鸾司三人，亲军二十人，一同从行。辽主又派晋相赵莹，枢密使冯玉，都指挥使李彦韬，伴送重贵。沿途所经，州郡长吏，不敢迎奉。就使有人供馈，也被辽骑攫去，可怜重贵以下诸人，得了早餐，没有晚餐，得了晚餐，又没有早餐，更且山川艰险，风雨凄清，触目皆愁，噬脐何及！回忆在大内时，与冯后等调情作乐，谑浪笑傲，恍同隔世。富贵原是幻梦。

及入磁州境内，刺史李毂，迎谒路隅，相对泣下。毂且泣且语道："臣实无状，负陛下恩！"重贵流涕不止，仿佛似有物堵喉，一语都说不出来。毂倾囊献上，由重贵接受后，方说了"与卿长别"四字！辽兵不肯容情，催毂速去，毂乃拜别重贵，自返磁州。重贵行至中渡桥，见杜重威寨址，慨然愤叹道："我家何负杜贼，乃竟被他破坏！天乎天乎！"说至此，不禁大恸。谁叫你信任此贼！左右勉强劝慰，方越河北趋。

到了幽州，阖城士庶，统来迎观。父老或牵羊持酒，愿为献纳，都为卫兵叱去，不令与重贵相见。重贵当然悲惨，州民亦无不唏嘘。至重贵入城，驻留旬余，州将承辽主命，犒赏酒肉。赵延寿母，亦具食馔来献，重贵及从行诸人，才算得了一饱。

既而自幽州启行，过蓟州、平州，东向榆关，榛莽塞路，尘沙蔽天，途中毫无供给，大众统饿得饥肠辘辘，困顿异常。夜间住宿，也没有一定馆驿，往往在山麓林间，瞌睡了事。幸喜木实野蔬，到处皆有，宫女从官，自往采食，尚得疗饥。重贵亦借此分甘，苟延残命。

又行七八日至锦州，州署中悬有辽太祖阿保机画像，辽兵迫令重贵等下拜。重贵不胜屈辱，拜后泣呼道："薛超误我！不使我死。"求死甚易，恐仍口是心非。再走了五六日，过海北州。境内有东丹王墓，特遣延煦瞻拜。嗣是渡辽水抵渤海国铁州，迤逦至黄龙府，大约又阅十余天，说不尽的苦楚，话不完的劳乏。李太后、安太妃两人，年龄已高，委顿的了不得。安太妃本有目疾，至是连日流泪，竟至失明。就是冯皇后以下诸妃嫔，均累得花容憔悴，玉骨销磨，这真所谓物极必反，数极必倾，前半生享尽荣华，免不得有此结果呢！当头棒喝。

第三十七回　迁漠北出帝泣穷途　镇河东藩王登大位

辽主德光，已将重贵北迁，据有中原。遂号令四方，征求贡献。镇日里纵酒作乐，不顾兵民。赵延寿请给辽兵饷糈，德光笑道："我国向无此例，如各兵乏食，令他打草谷罢了。"看官道"打草谷"三字，作何解释？原来就是劫夺的别名，自辽主有此宣言，胡骑遂四出剽掠，凡东西两京畿，及郑、滑、曹、濮数百里间，财畜俱尽，村落一空。

辽主又尝语判三司刘昫道："辽兵应有犒赏，速宜筹办！"刘昫道："府库空虚，无从颁给，看来只有括借富民了！"辽主允诺。遂先向都城士民，括借钱帛，继复遣使数十人，分诣各州，到处括借。民不应命，即加苛罚。百姓痛苦异常，不得已倾产输纳。那知辽主并未取作犒赏，一古脑儿贮入内库，于是内外怨愤，连辽兵亦都解体了。

杨光远子承勋，由汝州防御使，调任郑州。见三十三回。辽主因他劫父致死，召令入都，承勋不敢不至。及进谒辽主，被辽主当面呵斥，且置诸极刑，令部兵脔割分食。别用承勋弟承信为平卢节度使，使承杨氏宗祀。匡国军节度使刘继勋，曾参预绝辽政策，至是入朝辽主，亦为辽主所责，命他锁住，将解送黄龙府。宋州节度使赵在礼，闻辽将述轧、拽剌等入据洛阳，急自宋趋洛，进谒辽将。述轧、拽剌踞坐堂上，绝不答礼，反勒令献出财帛。在礼很是愤闷，但托言入朝大梁，再行报命。侥幸脱身，转趋郑州，接得刘继勋被拘消息，自恐不免，便在马枥间缢死。死已晚矣。辽主闻在礼死耗，方将继勋释出，继勋已惊慌成疾，未几毕命。为此种种情事，遂致各镇耽忧，别思拥戴一尊，驱逐胡兵。可巧河东节度使刘知远，乘势崛起，雄长西陲，于是中原帝统，迫归刘氏身上，又算做了一代的乱世君主。特笔提出，成一片段。

刘知远镇守河东，本来是蓄势待时，审机观变，所以晋主绝辽，他亦明知非策，始终未尝入谏。及辽主入汴，亟派兵分守四境，防备不虞，且恐辽兵强盛，一时不便反抗，特遣客将王峻，赍奉三表，驰往大梁。一是贺辽主入汴，二是说河东境内，夷夏杂居，随在须防，所以未便离镇入朝，三是因辽将刘九一，驻守南川，有碍贡道，请将刘军调开，俾便入贡。辽主德光，览毕表文，很是喜欢，便令左右拟诏褒奖。诏书草定，由辽主过目，特提起笔来，将刘知远三字上，加一儿字。又取出木枴一支，作为赐物，命王峻持诏及枴，还报知远。向例辽主赏赐大臣，以木枴为最贵，大约如汉朝旧制，颁赐几杖相似。辽臣中惟皇叔伟王，才得此物。王峻负枴西行，辽兵望见，相率避路，可见得这枝木枴，是非常郑重的意思。

及峻到河东，复报知远，呈上辽主诏书，及所赐木枴，知远略略一瞧，并没有什么希罕，但问及大梁情形。峻答道："辽主贪残，上下离心，必不能久有中原，大王若举兵倡义，锐图兴复，海内定然响应，胡儿虽欲久居，也不可得了！"

知远道："我递去三表，原是缓兵计策，并不是甘心臣虏。借知远口中，说出贵表本意。但用兵当审察机宜，不可妄动，今辽兵新据京邑，未有他变，怎可轻与争锋？好在他专嗜财货，欲壑已盈，必将北去。况且冰雪已消，南方卑湿，虏骑断不便久留。我乘他北走，进取中原，方可万全了。"计策固是，奈百姓何！于是按兵不发，专俟大梁动静，再定进止。

辽主未得知远谢表，疑有贰心，又派使催贡方物。知远乃遣副留守白文珂入献奇缯名马。辽主面语文珂道："汝主帅刘知远，既不事南朝，又不事北朝，究竟怀着甚么意思？"文珂权词解免。经辽主令他回报，即兼程西归，报明知远。孔目官郭威在侧，便即进言道："虏恨已深，不可不防！"知远道："且再探听虚实，起兵未迟。"

忽由大梁传到辽诏，上书大辽会同十年，大赦天下。知远大惊道："辽主颁行正朔，宣布赦文，难道真要做中国皇帝么？"行军司马张彦威入劝道："中原无主，惟大王威望日隆，理应乘此正位，号召四方，共逐胡虏。"知远笑道："这却未便，我究竟是个晋臣，怎可背主称尊！且主上北迁，我若可半道截回，迎入太原，再谋恢复，庶几名正言顺，容易成功了。"遂下令调兵，拟从丹陉口出发，往迎晋主。特派指挥使史弘肇，部署兵马，预戒行期。

看官！你道刘知远的举动，果是真心为晋么？他探听得大梁消息，多推尊辽主为中国皇帝，不禁心中一急，因急生智，独想出一个迎主的名目，试验军情。揭出肺肠。究竟大梁城内，是何实迹？小子不得不据实叙明。

辽主德光，入据大梁，已经匝月，乃召晋百官人议，开口问道："我看中国风俗，与我国不同，我不便在此久留，当另择一人为主，尔等意下如何？"语才说毕，即听得一片喧声，或是歌功，或是颂德，结末是说的中外人心，都愿推戴皇帝。大家都是摇尾狗。辽主狞笑道："尔等果是同情么？"语未已，又听了几十百个是字。辽主道："众情一致，足见天意，我便在下月朔日，升殿颁赦便了。"大众才退。

到了二月朔日，天色微明，晋百官已奔入正殿，排班候着。但见四面乐悬，依然重设，两旁仪卫，特别一新。大众已忘故主，只眼巴巴的望着辽主临朝。好容易待至辰牌，才闻钟声震响，杂乐随鸣，里面拥出一位华夷大皇帝，戴通天冠，着绛纱袍，手执大珪，昂然登座。晋百官慌忙拜谒，舞拜三呼。极写丑态。朝贺礼毕，辽主颁正朔，下赦诏，当即退朝。

晋百官陆续散归，都道是富贵犹存，毫无怅触。独有一个为虎作伥的赵延寿，回居私第，很是怏怏。他本由辽主面许，允立为帝，见三十三回。此时忽然变幻，无从称尊，一场大希望，化作水中泡，哪得不郁闷异常，左思右想，才得一策，越日即进谒辽主，乞为皇太子。亏他想出。辽主勃然道："你也太误

第三十七回　迁漠北出帝泣穷途　镇河东藩王登大位

了！天子儿方可做皇太子，别人怎得羼入！"延寿连磕数头，好似哑子吃黄连，说不出的苦衷。辽主徐说道："我封你为燕王，莫非你还不足么？我当格外迁擢便了。"延寿又不好多嘴，只得称谢而出。辽主乃召入学士张砺，令为赵延寿迁官。时方号恒州为辽中京，张砺因奏拟延寿为中京留守，大丞相录尚书事都督中外诸军事，兼枢密使。辽主见了奏草，援笔涂去二语，单剩得中京留守兼枢密使八字，颁给延寿。延寿不敢有违，惟益怨辽主食言，越加愤愤。

谁知赵延寿未得称帝，刘知远恰自加帝号，居然与辽抗衡。河东指挥使史弘肇，奉知远命，召诸军至球场，当面传言，令他即日迎主。军士齐声道："天子已被掳去，何人作主？现在请我王先正位号，然后出师！"弘肇转白知远，知远道："虏势尚强，我军未振，宜乘此建功立业，再作计较。士卒无知，速应禁止乱言！"恐非由衷之论。遂命亲吏驰诣球场，传示禁令。军士方争呼万岁，俟闻禁令传下，方才少静，次第归营。

是夕即由行军司马张彦威等，上笺劝进，知远尚不肯允。翌日复迭上二笺，知远乃召郭威等入商。郭威尚未开言，旁有都押衙杨邠进言道："天与不取，反受其咎，王若再谦让不居，恐人心一移，反致生变了！"郭威亦接入道："杨押衙所言甚是，愿王勿疑！"知远道："我始终未忍忘晋，就使权宜正位，也不应骤改国号，另颁正朔。"郭威道："这也何妨！"知远乃诹吉称尊，择定二月辛未日，即皇帝位。

届期这一日，知远在晋阳宫内，被服衮冕，登殿受朝。将吏等联翩拜贺，三呼万岁。即由知远传制，仍称晋朝，惟略去开运年号，复称天福十二年。蹩躞得很。礼成还宫，又传谕诸道，凡为辽括借钱帛，一概加禁。且指日出迎故主，令军士部署整齐，护驾启行。已经称帝，还要迎甚么故主，这明是掩耳盗铃。小子记得唐朝袁天罡与李淳风同作推背图，曾传下谶语道：

宗亲散尽尚生疑，岂识河东赤帝儿！
顽石一朝俱烂尽，后图惟有老榴皮。

自刘知远称帝后，人始能解此谶文，首句是隐斥石重贵，次句是借汉高祖的故事，比例知远，三句是本辽主石烂改盟语，见二十八回。见得辽主灭晋，石已烂尽，应该易姓，四句老榴皮，是榴刘同音，作为借映。此语未免牵强。照此看来，似乎万事都有定数呢。闲文少表，且请看官续阅下回，再叙刘知远出兵详情。

前半回叙及晋主北迁，写出无限痛苦，为后世乱政失国者，作一龟鉴。李太后以下，随往沙漠，历受艰辛，尚足令人叹息。若如冯氏之嫁侄失节，得为皇后，始若以为可幸，及北徙以后，奔波劳悴，求死不得，乃知有奇福者必有奇祸，守节者未必果死，失节者亦未必幸生也。后半回叙刘知远事，见得知远之处心积虑，无非私图。彼于《五代史》中，得国可谓较正，乃以堂堂正正之举，反作鬼鬼祟祟之为，忽臣晋，忽臣辽，忽欲自帝，心术不纯，终属可鄙，以视豁达豪爽之刘季，相去为何如耶？上下数千年，得汉高祖二人，名同迹异，优劣固自有别也。

第三十八回　闻乱惊心辽主遄返 乘丧夺位燕王受拘

却说刘知远已即位称帝，才亲督军士，出发寿阳，托词北趋，邀迎故主。是时石重贵等，早已过去，差不多要到黄龙府，哪里还能截回？知远乃分兵戍守，自率亲军还入晋阳。*假惺惺何为。*当下拟敛取民财，犒赏将士，将士已不得有重赏，当然没有异言。独有一位新皇内助，闻知此事，便乘知远入宫时，直言进谏道："国家创业，虽由天意，但亦须与民同治。陛下即位，不闻惠民，先欲剥民，这岂是新天子救民的本意，妾请陛下毋取民财！"知远皱眉道："公帑不足，如何是好？"语未毕，又听得答语道："后宫颇有积蓄，何妨悉数取出，赏劳各军！就使不能厚赏，想各军亦当原谅，不生怨言。"知远不禁改容道："卿言足豁我心，敬当从命！"遂检出内库金帛，尽行颁赏，军士格外感激，愈加欢跃。看官道这位贤妇，系是何人？原来是刘夫人李氏。李氏本晋阳农女，颇有才色，知远为校卒时，牧马晋阳，偶然窥见李氏，便欲娶她为妻，先向李家求婚。偏李家不愿联姻，严词拒绝，惹得知远性起，邀同伙伴，乘夜闯入李家，把李氏劫取回来。*实是强盗行为。*李家素来微贱，无从申诉，只好由他劫去。李氏不得脱身，没奈何从了知远，成为夫妇，不意遇难成祥，转祸为福，知远迭升大官，进王爵，握兵权，李氏随夫贵显，亦得受封为魏国夫人。*农家女得此厚福，可谓难得！*此次知远为帝，事出匆匆，未及立后，李氏已乘隙进言，情愿将半生私积，一并充公。农家女有此大度，怪不得身受荣封，转眼间就为国母了。

这且慢表。且说辽主德光，闻知远称帝河东，勃然大怒，立夺知远官爵，派通事耿承美为昭义节度使，守住泽潞，高唐英为彰德节度使，守住相州，崔廷勋为河阳节度使，守住孟州。三面扼定，断绝河东来路，且好相机进攻。哪知各处人民，苦辽贪虐，又经游兵辗转招诱，相聚为盗，所在揭竿。

滏阳贼帅梁晖，集众千人，送款晋阳，愿效驱策，磁州刺史李毂，也遣人密

第三十八回　闻乱惊心辽主遄返　乘丧夺位燕王受拘

报知远,令晖往袭相州。晖侦知相州空虚,高唐英尚未到来,急率壮士数百名,乘夜潜行,直抵相州城下。城上毫无守备,便悄悄的架起云梯,有好几十个矫捷健儿,陆续登城。城内尚未闻知,直至健儿下城启关,纳入众人,一哄儿杀将进去,守城将吏,才得惊醒。急切如何抵御,只得拚命闯出,夺路飞跑,一半送命,一半逃生。梁晖入据相州,自称留后,一面报捷晋阳。

还有陕府指挥使赵晖、侯章,及都头王晏等,杀死辽监军刘愿,悬首府门。众推赵晖为留后,侯章为副,奉表晋阳,输诚投效。

刘知远闻两处响应,即欲进取大梁。郭威道:"晋代未平,不宜远出,且先攻取二州,然后规画大梁。"知远乃遣史弘肇率兵五千,往攻代州。

代州刺史王晖,背晋降辽,总道是高枕无忧,忽闻晋阳兵到,慌忙调兵守城。无如兵难猝集,敌已先登,霎时间满城皆敌,无处逃避,立被河东兵拘住,牵至史弘肇马前,一刀毕命。

代州既下,晋州亦相继归顺。原来知远登极,曾遣部吏张晏洪、辛处明等,招谕晋州。适晋州留后刘在明,往朝辽主,由副使骆从朗,权知州事,从朗拘住张、辛二使,置诸狱中。可巧辽吏赵熙,奉命驰至,括借民财。从朗格外巴结,相助为虐,民不聊生。大将药可俦,代抱不平,且闻河东势盛,有意归向,乃纠众攻杀从朗,并戮赵熙,就在狱中释出张、辛二使,推张为留后,辛为都监。张、辛便奏报晋阳,知远自然欣慰。

接连是潞州留后王守恩,亦上表输诚,又未几得澶州表章,乞请速援。澶州已为辽属,由辽将耶律郎五或作郎乌,亦作郎郚。居守,郎五贪酷,为吏民所苦。水运什长王琼,连接盗首张乙,得千余人,袭据南城,围攻郎五。郎五一面拒守,一面求救。王琼亦恐辽兵来援,寡不敌众,忙令弟超奉表晋阳,求发援师。知远召超入见,赏赉甚厚,越日遣还,但言援兵即发。超驰回澶州,琼已败死,徒落得怅断鸰原,自寻生路罢了!连叙数事,为辽去汉兴之兆。

惟辽主迭闻变乱,未免心惊,乃遣天雄军节度使杜重威,泰宁军节度使安审琦,武宁军节度使符彦卿等,各归原镇,用汉官治汉人,冀免反抗,仍用亲吏监军。适赵延寿新赋悼亡,意欲续婚。他的妻室,即燕国公主,本是唐明宗女。尚有妹子永安公主,出居洛阳,延寿闻阿姨有姿,遂请诸辽主,愿以妹代姊。辽主当然允诺。即遣人至洛,迎永安公主入京。

这永安公主,是许王从益胞妹,素由王德妃抚养。石敬瑭篡唐即位,曾迎王德妃母子,留养宫中。且封从益为郇国公,继承唐祀。见二十九回。至重贵嗣立,动加猜忌,王德妃自请出外,挈领从益兄妹,往居洛阳。此时接得辽敕,王德妃是一女流,怎敢违慢,即与郇国公从益,送永安公主入京,亲主婚礼,顺便请谒辽主。辽主德光,亦下座答礼,且语王德妃道:"明宗与我约为弟兄,尔是我嫂,怎好受拜!"胡人尚顾名分。德妃令从益入谒,辽主亦欢颜相待,令母子俱居客馆。已而婚嫁礼毕,王德妃母子,向辽主辞行。辽主面授从益为彰信军节度使。德妃以从益年少,未达政事,替他代辞。辽主乃令随母还洛,仍封从益为许王。自己尚欲留主中原,命张砺、和凝同平章事,且亲临崇元殿,易服赭袍,令晋臣行入阁礼。唐朝故事,天子正殿叫作衙,便殿叫作阁,辽主饬行入阁礼,无非随时咨问,求治弭乱的意思。

不料礼仪甫定,那宋、亳、密各州,俱有警报,并称为盗所陷。辽主长叹道:"中国人如此难制,正非我所意料!"嗣是惹动归思,即拟北返,天气渐暖,春光将老,辽主越不耐烦,便召晋臣入谕道:"天时向暑,我难久留,意欲暂归北庭,省问太后。此处当留一亲将,令为节度使,料亦不至生变。"晋臣齐声道:"皇帝怎可北去!如因省亲不便,何妨派使奉迎。"辽主道:"太后族大,好似古柏蟠根,不便移动。我意已定,无容多议了!"晋臣不敢再言,纷纷退出。已而有诏颁下,复称汴梁为宣武军,令国舅萧翰为节度使,留守汴梁。翰系述律太后的兄子,有妹为辽主后,赐姓为萧,于是辽国后族,世称萧氏。

辽主欲令晋臣一并从行,嗣恐摇动人心,乃只命文武诸司,及诸军吏卒,随往北庭,统计已达数千人,又选宦官宫女数百名,饬令随侍,所有库中金帛,悉数捆载整装起行。萧翰送辽主出城,仍然还守。辽主向北进发,见沿途一带,村落皆空,却也不免唏嘘,立命有司发榜数百纸,揭示人民,招抚流亡。偏胡骑性喜剽掠,遇有人民聚处的地方,仍往劫夺,辽主也未尝禁止。夷夏大防,万不可溃,一溃防闲,必雁此祸。昼行夜宿,到了白马津,率众渡河,顾语宣徽使高勋道:"我在北庭,每日射猎,很觉适意。自入中原后,局居宫廷,毫无乐趣,今得生还,虽死无遗恨了!"死在目前。

行抵相州,正值辽将高唐英围攻州城,与梁晖相持不下。辽主纵兵助攻,顿时陷入,梁晖巷战亡身。城中所有男人,悉被屠戮,婴儿赤子,由胡骑掷向空中,举刃相接,多半剖腹流肠,或竟坠落地上,跌作肉饼。妇女杀老留少,驱使北去,留高唐英守相州。唐英检阅城中遗民,只剩得七百人,髑髅约十数万具。看官试想,惨不惨呢!

辽主闻磁州刺史李穀,密通晋阳,派兵拘至,亲加质讯。穀诘问证据,反使辽主语塞,佯从车中引手,索取文书。经穀窥破诈谋,乐得再三穷诘,声色不挠。辽主竟被瞒过,乃命释归。算是大幸。

嗣因所过城邑,满目萧条,遂遍语蕃、汉群臣道:"使中国如此受殃,统是燕王一人的罪过。"又顾相臣张砺道:"汝也算一个出力人员!"虎伥原是可恨,虎亦不谓无罪。砺俯首怀惭,无言可答,闷闷的随向北行,毋庸细述。

独宁国军都虞侯武行德,为辽主所遣,与辽吏督运兵仗,用舟装载,自汴

第三十八回　闻乱惊心辽主遄返　乘丧夺位燕王受拘

入河,溯流北驶。行德麾下,有士卒千余人,驶至河阴,密语士卒道:"我等为虏所制,离乡远去,人生总有一死,难道统去做外国鬼么?今虏主已归,虏势渐衰,何不变计逐虏,据守河阳,待中原有主,然后臣服,岂不是一条好计呢!"士卒一体赞成,愿归驱使,行德遂举舟中甲仗,分给士卒,一声号令,全军俱起,把辽吏砍成肉泥,乘势袭击河阳城。辽节度使崔廷勋,方派兵助耿廷美,进攻潞州,城内无备,突被行德杀入,逐去廷勋,据住河阳,令弟行友持奉蜡书,从间道驰诣晋阳,表明诚意。

那时潞州留守王守恩,已向晋阳告急,刘知远命史弘肇为指挥使,率兵援潞。弘肇用部将马诲为先锋,星夜进兵,驰诣潞州城下,寂静无声,并不见有辽兵,马诲大起疑心。及王守恩出城相迎,两下晤谈,方知辽兵闻有援师,已经退去。马诲奋然道:"虏闻我军到来,便即退兵,这是古人所谓弩末呢。我当前往追击,杀敌报功!"正说着,史弘肇继至,即由马诲请令,麾兵追虏。途中遇着辽兵,大呼直前,挟刃齐进,好似风扫落叶一般,不到一时,已枭得虏首千余级,余众遁去。

马诲方奏凯回军,辽将耿崇美退保怀州,崔廷勋亦狼狈奔至。就是洛阳辽将拽剌等,亦闻风胆落,趋至怀州,与崇美、廷勋等会晤,相对咨嗟,且会衔报闻辽主。

辽主得报,大为失意,继且自叹道:"我有三失,怪不得中国叛我呢!我令诸道括钱,是第一失;纵兵打草谷,是第二失;不早遣诸节度使还镇,是第三失。如今追悔无及了!"前责人,后责己,尚非愚愎者比。看官听着!辽主德光,也是一个好大喜功的雄主,此番大举入汴,到处顺手,已经如愿以偿,但他尚思久据中原,偏偏不能满意,连得许多警耗,由愤生悔,由悔生忧,竟至怏怏成疾。到了栾城,遍体苦热,用冰沃身,且沃且啖。及抵杀狐林,病势愈剧,即日毕命。

亲吏恐尸身腐臭,特剖腹贮盐,腹大能容积盐数斗,乃载尸归国,晋人号为帝䐗。辽太后述律氏,抚尸不哭,且作恨辞道:"汝违我命,谋夺中原,坐令内外不安,须俟诸部宁一,才好葬汝哩。"

原来辽主一死,形势立变,赵延寿恨主背约,首先发难。他本内任枢密,遥领中京,至是扈跸前驱,欲藉中京为根据地。便引兵先入恒州,且语左右道:"我不愿再入辽京了!"哪知人有千算,天教一算,似这卖国求荣,糜烂中原的赵延寿,怎能长享富贵,得使考终!借古讽世,是著书人本意。延寿入恒州时,即有一辽国亲王,蹑迹前来,亦带兵随入。延寿不敢拒绝,只好由他进城。这辽亲王为谁?乃是耶律德光的侄儿,东丹王突欲的长子。突欲奔唐,唐赐姓名为李赞华,留居京师。赞华为李从珂所杀,事见前文。独突欲子尚留北庭,未尝随父归唐。看官欲问他名字,乃是叫作兀欲。旧作乌裕,亦作鄂约。德光因他舍父事己,目为忠诚,特封为永康王。

兀欲随主入汴,复随主归国,尝见延寿怏怏,料他蓄怨,特暗地加防。此次追踪而至,明明是夺他根据。一入城门,即令门吏缴出管钥,进至府署,复令库吏缴出簿籍,全城要件,已归掌握,辽将又多半归附,愿奉他为嗣君。兀欲登鼓角楼,与诸将商定密谋,择日推戴。那赵延寿尚似在睡梦中,全然没有知晓,反自称受辽主遗诏,权知南朝军国事,且向兀欲要求管钥簿籍,兀欲当然不许。

有人通知延寿道:"辽将与永康王聚谋,必有他变,请预备为要。今中国兵尚有万人,可藉以击虏,否则事必无成!"延寿迟疑未决,后来想得一法,拟于五月朔日,受文武官谒贺。晋臣李崧入语道:"虏意不同,事情难测,愿公暂从缓议。"延寿乃止。

辽永康王兀欲,闻延寿将行谒贺礼,即与各辽将商定,届期掩击。嗣因延寿罢议,不得不另想别法。可巧兀欲妻自北庭驰至,探望兀欲,兀欲大喜道:"妙计成了,不怕燕王不入彀中。"遂折柬往邀延寿,及张砺、和凝、冯道、李崧等,共至寓所饮酒。延寿如约到来,就是张砺以下,皆应召而至。兀欲欢颜迎入,请延寿入坐首席,大众依次列坐,兀欲下坐相陪。酒醴具陈,肴核维旅。彼此饮了好几觥,谈了许多客套话,兀欲方语延寿道:"内子已至,燕王欲相见么?"延寿道:"妹果来此,怎得不见!"即起身离座,与兀欲欣然入内,去了多时,未见出来,李崧颇为担忧。和凝、冯道私问张砺道:"燕王有妹适永康王么?"张砺摇首道:"并非燕王亲妹,我与燕王在辽有年,始知永康王夫人,与燕王联为异姓兄妹,所以有此称呼。"借张砺口中说明,无非倒戟而出之笔法。道言未绝,兀欲已由内出外,独不见延寿偕出。李崧正要启问;兀欲笑语道:"燕王谋反,我已将他锁住了!"这语说出,吓得数人面面相觑,不发一言。兀欲复道:"先帝在汴时,遗我一筹,许我知南朝军国事,至归途猝崩,并无遗诏。燕王怎得擅自主张,捏称先帝遗命,惟罪止燕王一人,诸公勿虑。请再饮数觥!"和凝、冯道等唯唯听命,勉强饮毕,告谢而出。

越日由兀欲下令,宣布先帝遗制,略云:"永康王为大圣皇帝嫡孙,人皇王长子,太后钟爱,群情允归,可就中京即皇帝位。"看官阅此,当知遗制为兀欲所捏造。但恐未知大圣皇帝,及人皇王为何人?小子应该补叙明白。大圣皇帝,就是辽太祖阿保机的尊谥,人皇王就是突欲。阿保机在世时,自称天皇王,号长子突欲为人皇王,因此兀欲捏造遗制,特别声明。兀欲始举哀成服,传讣四方,并遣人报知述律太后。太后怒道:"我儿平晋国,取中原,有大功业,伊子留侍我侧,应该嗣立。人皇王叛我归唐,兀欲为人皇王子,怎得僭立呢!"当下传谕兀欲,令取消成议。兀欲哪里肯从,竟在恒州即皇帝位,受蕃汉各官朝贺。寻即撤去丧服,鼓吹作乐,声彻内外。

忽闻述律太后,将发兵声讨,便恨恨道:"我不逼人,人且逼我,这尚可坐视么?"遂命亲将麻答守恒州,并晋臣文武吏卒,一概留住,自率部兵北行。选得宫女、宦人、乐工数百人,随从马后。最后复有军士数十名,押着一乘囚车,内坐一个燕王赵延寿,揶揄极了。小子走笔至此,口占一诗,随笔录出,为赵延寿写照。诗云:

　　失身事虏已堪羞,况复甘心作寇仇!
　　自古贤奸终有报,好从马后看羁囚。

兀欲北去,刘知远南来。欲知南北各事,且看下回分解。

辽主之不能久据中原,或谓由天限华夷,迫令北返,是实不然。当时廉耻道丧,官吏以送旧迎新为得计。中原人民,手无尺寸柄,畴能反抗强虏?假令辽主入汴,但以噢咻小惠,笼络臣民,中国可坐而定也。误在贪酷残虐,激成众怨,遂致枭桀四起,与辽为难。辽主怅然北归,自陈三失,亶其然乎!赵延寿叛唐降辽,又引辽灭晋,嗣复欲背辽自主,居心叵测,不可复问。辽永康王兀欲,一举而拘絷之,诚为快事。且其称帝恒州,办非全然无理,立嫡以长,古有明训,谁令辽太后溺爱少子,舍长立幼,违大经而生巨变,正辽太后之自取也!于兀欲乎何尤?

第三十九回　故妃被逼与子同亡　御史敢言奉母出戍

却说赵延寿为兀欲所拘,带归辽京,消息传至河东,河东军将,以河中节度使赵匡赞,为延寿子,正好乘势招谕,劝他归降。刘知远依议办理,派使至河中宣抚。既而传说纷纷,言延寿已死,再由郭威献策,着人往河中吊祭。其实延寿还是活着,过了二年,始受尽折磨,瘐死狱中。只难为永安公主。

知远遂召集将佐,商议进取,诸将哗声道:"欲取河南,应先定河北。为今日计,不若出师井陉,攻取镇、魏二州。镇州即恒州。二镇得下,河北已定,河南自拱手臣服了。"知远沉吟道:"此议未免迂远,我意从潞州进行。"言至此,有一人抗声谏阻道:"两议皆未可行。今虏主虽死,党众尚盛,各据坚城。我出河北,兵少路迂,旁无应援,倘群虏合势共击,截我前锋,断我后路,我不能进，又不能退，援绝粮尽，如何支持！这是万不可行的。若从潞州进兵，山路险窄，粟少兵残，未能供给大军，亦非良策。臣意谓应从陕、晋进发，陕、晋二镇，新近款附，引兵过境，必然欢迎，饷通路便，万无一失，不出两旬，洛、汴可俱定了。"三议相较，自以此议为善。知远点首道："卿言甚善，朕当照行。"

节度判官苏逢吉，已升任中书侍郎，独出班进言道："史弘肇屯兵潞州，群虏相继遁去，不如出师天井关，直达孟津，更为利便。"知远也以为然。嗣经司天监奏称太岁在午，不利南行，宜由晋、绛抵陕。知远乃决，准于天福十二年五月十二日，自太原启銮。告谕诸道，一面部署内政，厘定乃行。遂册魏国夫人李氏为皇后，皇弟刘崇为太原尹，从弟刘信为侍卫指挥使。皇子承训、承祐、承勋及皇侄承赟为将军，杨邠为枢密使，郭威为副使，王章为三司使，苏逢吉、苏禹珪同平章事。凡首先归附诸镇将，如赵晖、王守恩、武行德等，皆实授节度使。

转瞬间已是启銮期限，即命太原尹刘崇留守北都，赵州刺史李存瓌为副，幕僚李骧为少尹，牙将蔚进为马步指挥使，佐崇驻守。知远挈领全眷，及部下将士三万人，由太原出发。越阴地关，道出晋、绛，意欲召还史弘肇，一同扈驾。苏逢吉、杨邠谏阻道："今陕、晋、河阳，均已向化，虏将崔廷勋、耿崇美，亦将遁去，若召还弘肇，恐河南人心动摇，虏势复盛，转足为患了。"知远尚在踌躇，使人谕意弘肇，弘肇遣还使人，附呈奏议，与苏、杨相符。乃令弘肇屯潞，规取泽州。

泽州刺史翟令奇，坚壁拒守，弘肇已派兵往攻，经旬未下，部将李万超，愿往招降，得弘肇允许，骑至城下，仰呼令奇道："今虏兵北遁，天下无主，太原刘公，兴义师，定中土，所向风靡，后服者诛；君奈何不早自计！"令奇迟疑未答，万超又道："君为汉人，奈何为虏守节？况城池一破，玉石不分，君甘为虏死，难道百姓亦愿为虏死么？"令奇被他提醒，方答称愿降，开门迎纳官军。弘肇闻报，亦驰入泽州。安民已毕，留万超权知州事，自还潞州镇守。

会辽将崔廷勋、耿崇美等，又进逼河阳，节度使武行德，与战失利，飞向潞州求援。弘肇率众南下，甫入孟州境内，廷勋等已拥众北遁。经过卫州，大掠而去。行德出迎弘肇，两下联合，分略河南。弘肇为人，沉毅寡言，御众严整，将校有过，立杀无赦，兵士所至，秋毫无犯，因此士皆用命，民亦归心。刘知远从容南下，兵不血刃，都由弘肇先驱开路，抚定人民，所以有此容易哩。反射后文。

辽将萧翰，留守汴梁，闻知远拥兵南来，崔、耿诸将，统已遁还，自知大势已去，不如北归。筹画了好几日，又恐中原无主，必且大乱，归途亦不免受祸。乃从无策中想出一策，捏传辽主诏命，令许王李从益，知南朝军国事。当即派

第三十九回　故妃被逼与子同亡　御史敢言奉母出戍

遣部将，驰抵洛阳，礼迎从益母子。王德妃闻报大惊道："我儿年少，怎能当此大任！"说着，忙挈从益逃匿徽陵城中。徽陵即唐明宗陵，见前文。辽将蹑迹找寻，竟被觅着，强迫从益母子，出赴大梁。萧翰用兵拥护从益，即日御崇元殿。从益年才十七，胆气尚小，几乎吓下座来，勉强支撑，受蕃、汉诸臣谒贺。翰率部将拜谒殿上，令晋百官拜谒殿下，奉印纳册，由从益接受。方才毕礼，王德妃明知不妙，自在殿后立着。至从益返入，心尚未定。偏晋臣联袂入谒，德妃忙说道："休拜！休拜！"晋臣只管屈膝，黑压压的跪下一地。此时屈膝，比拜虏还算有光。德妃又连语道："快……快请起来！"等到大众尽起，不禁泣下道："我家母子，孤弱得很，乃为诸公推戴，明明非福，眼见得是祸祟了！奈何奈何！"大众支吾一番，尽行告退。翰留部将刘祚带兵千人，卫护从益，自率蕃众北去。

王德妃昼夜不安，屡派人侦探河东军，当下有人入报道："刘知远已入绛州，收降刺史李从朗，留偏将薛琼为防御使，自率大军东来了。"未几又有人走报，谓刘知远已抵陕州，又未几得知远檄文，是从洛阳传到，宣慰汴城官民。凡经辽主补署诸吏，概置勿问。晋臣接读来檄，又私自聚谋，欲迎新主，免不得伺隙窃出，趋洛投效，也想做个佐命功臣。丑极。

王德妃焦急万分，与群臣会议数次，欲召宋州节度使高行周，河阳节度使武行德，共商拒守事宜。使命迭发，并不见到，德妃乃召语群臣道："我母子为萧翰所逼，应该灭亡，诸公无罪，可早迎新主，自求多福，勿以我母子为念！"说至此，那两眶凤目中，已堕落无数珠泪。花见羞要变成花见怜了。大众也被感触，无不泣下。忽有一人启口道："河东兵迂道来此，势必劳敝，今若调集诸营，与辽将并力拒守，以逸待劳，不致坐失，能有一月相持，北救必至，当可无虑。"德妃道："我母子系亡国残余，怎敢与人争夺天下，若新主悯我苦衷，知我为辽所劫，或尚肯宥我余生。今别筹抵制，惹动敌怒，我母子死不足惜，恐全城且从此涂炭了！"是谓妇人之仁，但此外亦别无良策。大众闻言，尚交相聚论，主张坚守。三司使刘审交道："城中公私俱尽，遗民无几，若更受围一月，必无噍类。愿诸公勿复坚持，一听太妃处分！"众始无言。德妃再与群臣议定，遣使奉表洛阳，迎接刘知远。表文首署名衔，乃是臣梁王权知军国事李从益数字，从益出居私第，专候刘知远到来。

知远至洛阳后，两京文武百官，陆续迎谒。至从益表至，因命郑州防御使郭从义，领兵数千，先入大梁清宫。临行时密谕从义道："李从益母子，并非真心迎我，我闻他曾召高行周等，与我相争，行周等不肯应召，始穷蹙无法，遣使表迎。汝入大梁，可先除此二人，切切勿误！"郭从义奉命即行，到了大梁，便率兵围住从益私第，传知远命，迫令从益母子自杀。王德妃临死大呼道："我家母子,究负何罪,何不留我儿在世,使每岁寒食节,持一盂麦饭,祭扫徽陵呢!"说毕,乃与从益伏剑自尽。

　　大梁城中,多为悲恸,惟从义遣人报命。刘知远独欢慰异常,未免太忍。乃启行入大梁,汴城百官,争往荥阳迎驾。辽将刘祚,无法归国,亦只好随同迎降。知远纵辔入城,御殿受贺,下诏大赦。凡辽主所除节度使,下至将吏,各安职任,不复变更。乃称汴梁为东京,国号大汉,惟尚用天福年号。顾语左右道:"我实未忍忘晋呢!"还要骗人。嗣是封赏功臣,犒劳兵士,当然有一番忙碌。小子述不胜述,姑从阙如。

　　当时各道镇帅,先后纳款。就是吴越、湘南、南平三镇,亦遣人表贺。大汉皇帝刘知远,得晋版图,南面垂裳,又是一新朝气象了。可惜不长。南唐主李璟,当辽主入汴时,曾派使贺辽,且请诣长安修复诸陵,即唐高祖太宗诸陵。辽主不许。会晋密州刺史皇甫晖,棣州刺史王建,皆避辽奔唐,淮北贼帅,亦多向江南请命。唐史馆修撰韩熙载上疏道:"陛下恢复祖业,正在今日。若虏主北归,中原有主,恐已落人后,必至规复无期。"唐主览书感叹,颇欲出师,怎奈福州军事,尚未成功,反且败报传来,丧师不少,自慨国威已挫,哪里还能规取中原。

　　福州李达,得吴越援军,与唐兵相持,小子前已叙过。见三十五回。两下里攻守逾年,未判成败。吴越复令水军统帅余安,领着战舰千艘,续援福州,行抵白虾浦,海岸泥淖,须先布竹簧,方可登岸。唐兵在城南瞧着,弯弓竞射,簧不得施。余安正没法摆布,静待多时,既而箭声已歇,便纵兵布簧,悉数登岸,进击唐兵。唐将冯延鲁,抵挡不住,弃师先走,冤冤枉枉的死了多人,并阵亡良将孟坚。原来唐兵停射,系是延鲁主见,延鲁欲纵敌登岸,尽加歼除,孟坚苦谏不从。至吴越兵登岸,大呼奋击,锐不可当。延鲁遁去,孟坚战死。唐将留从效、王建封等,亦相继披靡,城中兵又出来夹攻,大破唐兵,尸横遍野。还亏唐帅王崇文,亲督牙兵三百人,断住后路,且战且行,才得保全残众,走归江南。这番唐兵败衄,丧师二万余人,委弃军资器械,至数十万,府库一空,兵威大损。

　　唐主以陈觉矫诏,冯延鲁失策,咎止二人,拟正法以谢中外,余皆赦免。御史江文蔚本系中原文士,与韩熙载同具盛名,熙载奔唐,文蔚亦坐安重荣叛觉,惧罪南奔。安重荣事见三十一回。唐主喜他能文,令充谏职,他见唐主诏敕只罪陈觉、冯延鲁,不及冯延己、魏岑,心下大为不平,遂对仗纠弹,上书达数千言。说得淋漓痛快,小子不忍割爱,因限于篇幅,节录如下:

　　　　臣闻赏罚者帝王所重。赏以进君子,不自私恩;罚以退小人,不自私怨。陛下践阼以来,所信重者冯延己、延鲁、魏岑、陈觉四人,皆擢自下

第三十九回　故妃被逼与子同亡　御史敢言奉母出戍

僚，骤升高位，未尝进一贤臣，成国家之美，阴狡弄权，引用群小，在外者握兵，居中者当国。师克在和，而四凶邀利，迭为前却，使精锐者奔北，馈运者死亡，谷帛戈甲，委而资寇，取弱邻邦，贻讥海内。今陈觉、冯延鲁虽已伏辜，而冯延己、魏岑犹在，本根未殄，枝干复生。延己善柔其色，才业无闻，凭恃旧恩，遂阶任用。蔽惑天聪，敛怨归上，以致纲纪大坏，刑赏失中。风雨由是不时，阴阳以之失序。伤风败俗，蠹政害人，蚀日月之明，累乾坤之德。天生魏岑，朋合延己，蛇豕成性，专利无厌。逋逃归国，鼠奸狐媚，谗疾君子，交结小人，善事延己，遂当枢要，面欺人主，孩视亲王，侍燕喧哗，远近惊骇，进俳优以取容，作淫巧以求宠，视国用如私财，夺君恩为己惠，上下相蒙，道路以目。征讨之柄，在岑折简，帑藏取与，系岑一言。福州之役，岑为东面应援使，而自焚营壁，纵兵入城，使穷寇坚心，大军失势。军法逗留畏懦者斩，律云：主将守城，为贼所攻，不固守而弃去，及守备不设，为贼掩覆者皆斩。昨敕赦诸将，盖以军政威令，各非己出。岑与觉、延鲁更相违戾，互肆威权，号令并行，理在无赦。况天兵败衄，宇内震惊，将雪宗庙之羞，宜醢奸臣之肉。已诛二罪，未塞群情，尽去四凶，方祛众怒。今民多饥馑，政未和平。东有伺隙之邻，北有霸强之国。市里訛言，遐迩危惧。陛下宜轸虑殷忧，诛钼厎峨。延己谋国不忠，在法难原，魏岑同罪异诛，观听疑惑，请并行典法以谢四方，则国家幸甚！

　　文蔚上疏时，明知词太激烈，恐触主怒，先在江中备着小舟，载送老母，立待左迁。果然唐主下敕，责他诽谤大臣，降为江州司士参军。文蔚即奉母赴江州。直臣虽去，谏草具存，江南人士，辗转传写，纸价为之一昂。究竟有名无利，宜乎谀媚日多。太傅宋齐邱，曾荐陈觉为福州宣谕使，见三十五回。至是竭力营救，竟得准请。赦免陈觉、冯延鲁死罪，但流觉至蕲州，延鲁至舒州。韩熙载亦忍耐不住，上书并劾齐邱，兼及冯延己、魏岑二人。唐主但撤延己相位，降为少傅，贬岑为太子洗马，齐邱全不加谴，宠任如故。熙载又屡言齐邱觉与，必为祸乱，齐邱益与熙载为仇，劾他嗜酒猖狂，被黜为和州司士参军。是时辽主归死，辽将萧翰，亦弃汴北遁，唐主又想经略北方，用李金全为北面招讨使。哪知刘知远已捷足先得，驰入大梁，还要他费什么心，动什么兵哩！统是空思想。

　　吴越军将，解福州围，凯旋钱塘。吴越王弘佐，另派东南安抚使鲍修让，助戍福州。未几吴越王病殁，年仅二十，无子可承，弟弘倧依次嗣立，颁敕至福州，李达令弟通权知留后，自诣钱塘，朝贺新君。弘倧加达兼官侍中，赐名孺赟，寻且遣归。达已返福州，与鲍修让两不相下，屡有龃龉，复欲举兵降唐，杀鲍自解，偏被修让察觉。先引兵往攻府第，一场蹂躏，不但杀死李达，并将他全家老小,一并诛夷。凶狡如达,应该至此。随即传首钱塘,报明情状。吴越王弘倧,别简丞相吴程,出知威武军节度使事。

自是福州归吴越,建州归南唐,各守疆域,相安无事。那北方最强的大辽帝国,偏由兀欲继统,仇视祖母,彼此争哄。兀欲得着胜仗,竟把一位聪明伶俐的述律太后,拘至辽太祖阿保机墓旁,锢禁起来。小子有诗叹道:

> 虏廷挺出女中豪,佐主兴邦不惮劳。
> 只为立储差一着,被孙拘禁祸难逃。

欲知辽太后被幽详情,且至下回再阅。

辽将北去,刘氏南来,偏夹出一个李从益来,权知南朝军国事。从益母子,系亡国遗裔,谁乐推戴,而萧翰乃迫而出之,舍安土而入危境,不死何待!但母子茕茕,受人迫胁,原为不得已之举;且于刘知远无名分之嫌,知远又臣事唐明宗,胡为必杀之而后快?残忍若此,宜其享年不永,而传祚亦最短也。南唐为当时强国,苟任用得人,本可乘时出师,与刘知远共争中原,尚未知鹿死谁手,乃庸臣当国,呆竖弄兵,仅攻一残破之福州,犹不能下,反且丧师败北,致遭大挫,何其无英雄气象耶!直言如江文蔚,反遭罢斥,而金壬宵小,仍得窃位,南唐之不振也亦宜哉;读江中丞弹文,可为南唐一哭。

第四十回　徙建州晋太后绝命
　　　　　幸邺都汉高祖亲征

却说辽永康王兀欲,在恒州擅立为帝,便即率兵北向,归承大统。到了石桥,正遇辽太后遣来的兵士,为首的乃是降将李彦韬。彦韬随辽主北去,进谒辽太后,太后见他相貌魁梧,语言伶俐,即令他隶属麾下。以貌取人,失之彦韬。此时闻兀欲进来,便命彦韬为排阵使,出拒兀欲。兀欲前锋,就是伟王。伟王大呼道:"来将莫非李彦韬么?须知新主是太祖嫡孙,理应嗣位。汝由何人差遣,前来抗拒?若下马迎降,不失富贵;否则刀下无情,何必来做杀头鬼!"彦韬见来军势盛,本已带着惧意,一闻伟王招降,乐得滚鞍下马,迎拜道旁。伟王大喜,更晓谕彦韬部众,教他一体投诚,免受屠戮。大众亦抛戈释甲,情愿归降。两军一合,倍道急进,不到一日,便达辽京。述律太后方派彦韬出战,总道他肯尽死力,不意才阅一宵,即闻伟王兵到,惊得手足失措,悲泪满颐。老婆娘亦有此日耶!

第四十回　徙建州晋太后绝命　幸邺都汉高祖亲征

城中将吏,又素感兀欲厚恩,争先出迎。原来兀欲平日,性情豪爽,散财下士。前由德光赐绢数千匹,便悉数分散,顷刻而尽。所以将士多受笼络,相率爱戴。伟王入城,兀欲继至,述律太后束手无策,只好听他处置,当有数骑入宫,拥出太后,胁往木叶山。木叶山就是阿保机葬处,墓旁多筑矮屋,派人守护。那述律太后被迫至此,没奈何在矮屋栖身,昼听猿啼,夜闻鬼哭,任她铁石心肠,也是忍受不住,况且年力已衰,猝遭此变,自己也情愿速死,忧能致疾,未几告终。是前杀酋长之报。

兀欲易名为阮,自号天授皇帝,改元天禄。国舅萧翰驰至国城,大局已经就绪,孤掌当然难鸣,也只能得过且过,进见兀欲,行过了君臣礼,才报称张砺谋反,已与中京留守麻合,将他伏诛。兀欲也不细问,但令翰复职了事。

看官道张砺被杀,是为何因?砺随辽主德光入汴,尝劝德光任用镇帅,勿使辽人,翰因此怀恨。及自汴州还至恒州,即与麻合说明,麾骑围张砺第,牵砺出问道:"汝教先帝勿用辽人为节度使,究怀何意?"砺抗声道:"中国人民,非辽人所能治,先帝不用我言,所以功败垂成。我今还当转问国舅,先帝命汝守汴,汝何故不召自来呢?"理论固是,但问他何故引虏入寇,残害中原? 翰无言可诘,惟益加忿恚,饬左右将砺锁住。砺又恨恨道:"欲杀就杀,何必锁我!"翰置诸不理,但令左右牵他下狱。越宿由狱卒入视,砺已气绝仆地,想已是气死了。看官记着!张砺、赵延寿,同是汉奸,同是虏伥。砺拜相,延寿封王,为虏效力,结果是同死虏手。古人有言:"惠迪吉,从逆凶。"这两人就是榜样呢!苦口婆心。

兀欲已经定国,乃为先君德光安葬,仍至木叶山营陵,追谥德光为嗣圣皇帝,庙号太宗。临葬时遣人至恒州召晋臣冯道、和凝等会葬,可巧恒州军乱,指挥使白再荣等,逐出麻答,并据定州。冯道等乘隙南归,仍至中原来事新主,免为异域鬼魂。这正是不幸中的大幸。惟恒州乱源,咎由麻答一人。麻答为辽主德光从弟,平生好杀,在恒州时,残酷尤甚,往往虐待汉人,或剥面抉目,或髡发断腕,令他辗转呼号,然后杀死。出入必以刑具自随,甚至寝处前后,亦悬人肝胫手足,人民不胜荼毒,所以酿成变乱。已而白再荣等,表顺汉廷,于是恒、定二镇,仍为汉有。这且无庸细表。

惟辽负义侯石重贵,自徙居黄龙府后,曾奉述律太后命令,改迁至怀密州,州距黄龙府西北千余里。重贵不敢逗留,带领全眷,跋涉长途。故后冯氏,不堪艰苦,密嘱内官搜求毒药,将与重贵同饮,做一对地下鸳鸯。可奈毒药难求,生命未绝,不得不再行趱路。行过辽阳二百里,适辽嗣皇兀欲入都,幽禁述律,特下赦文,召重贵等还居辽阳,略具供给。重贵等仍得生机,全眷少慰。越年四月,兀欲巡幸辽阳,重贵带着母妻,白衣纱帽,往谒帐前,还算蒙兀欲特恩,令易常服入见。重贵伏地悲泣,自陈过失。兀欲令人扶起,赐他旁坐。当下摆起酒席,奏起乐歌,令重贵入座与饮,分尝一胾。那帐下的伶人从官,多由大梁掳去,此时得见故主,无不伤怀。至饮毕散归,各赍衣服药饵,饷遗重贵。重贵且感且泣,自思被掳至此,才觉得苦尽甘来,倒也安心过去。想冯氏亦不愿服药了。

偏偏福无双至,祸不单行。兀欲住居旬日,因天气已近盛夏,拟上陉避暑,竟向重贵索取内官十五人,及东西班十五人,还要重贵子延煦,随他同行,重贵不敢不依,心中很是伤感,最苦恼的是膝下娇雏,也被蕃骑取去。父女惨别,怎得不悲!原来兀欲妻兄禅奴,一作绰诺锡里。见重贵身旁有一幼女,双鬟绰约,娇小动人,便欲取为婢妾。面向重贵请求,重贵以年幼为辞。禅奴转白兀欲,兀欲竟遣一骑卒,硬向重贵索去,赐给禅奴。到了仲秋,凉风徐拂,暑气尽消,兀欲乃下陉至霸州。陉系北塞高凉地,夏上陉,秋下陉,乃向来辽主惯例。

重贵忆念延煦,探得兀欲下陉消息,即求李太后往谒兀欲,乘便顾视。李太后因驰至霸州,与兀欲相见,延煦在兀欲帐后,趋谒祖母,老少重逢,悲喜交集。兀欲顾李太后道:"我无心害汝子孙,汝可勿忧!"李太后拜谢道:"蒙皇帝特恩,宥妾子孙,没世衔感。但在此坐食,徒劳上国供给,自问亦未免怀惭,可否在汉儿城厕,赐一隙地,俾妾子孙得耕种为生?如承俯允,感德更无穷了!"向房主求一隙地,何如速死为是。兀欲温颜道:"我当令汝满意便了。"又顾延煦道:"汝可从汝祖母同返辽阳,静待后命。"延煦遂与李太后一同拜辞,仍至辽阳候敕。

未几即有辽敕颁到,令南徙建州,重贵复挈全眷启行。自辽阳至建州又约千余里,途中登山越岭,备极艰辛。安太妃目早失明,禁不起屡届困苦,镇日里卧着车中,饮食不进,奄奄将尽。当下与李太后等诀别,且嘱重贵道:"我死后当焚骨成灰,南向飞扬,令我遗魂得返中国,庶不至为虏地鬼了!"悲惨语,不忍卒读。说着,痰喘交作,须臾即逝。重贵遵她遗命,为焚尸计,偏道旁不生草木,只有一带砂碛,极目无垠,那里寻得出引火物!嗣经左右想出一法,折毁车轮,作为火种,乃向南焚尸。尚有余骨未尽,载至建州。

建州节度使赵延晖,已接辽敕,谕令优待,乃出城迎入,自让正寝,馆待重贵母子。一住数日,李太后商诸延晖,求一耕牧地,延晖令属吏四觅,去建州数十里外,得地五千余顷,可耕可牧。当下给发库银,交与重贵,俾得往垦隙地,筑室分耕。重贵随从尚有数百人,尽往种作,莳蔬植麦,按时收成,供养重贵母子。重贵却逍遥自在,安享天年,随身除冯后外,尚有宠姬数人,陪伴寂寥,随时消遣。

一日正与妻妾闲谈,忽来了胡骑数名,说是奉皇子命,指索赵氏、聂氏二

第四十回　徙建州晋太后绝命　幸邺都汉高祖亲征

美人。这二美人是重贵宠姬,怎肯无端割舍!偏胡骑不肯容情,硬扯二人上舆,向北驰去。看官!你想重贵此时,伤心不伤心么?重贵伏案悲号,李太后亦不胜凄惋。冯氏拔去眼中钉,想是暗地喜欢。大家哽咽多时,想不出甚么法儿,可以追回,只好撒手了事。惟李太后睹此惨剧,长恨无穷,蹉跎过了一年,已是后汉乾祐三年。李太后寝疾,无药可医,尝仰天号泣,南向戟手,呼杜重威、李守贞等姓名,且斥且詈道:"我死无知,倒也罢了,如或有知,地下相逢,断不饶汝等奸贼!"骂亦无益。嗣是病势日重,延至八月,已是弥留。见重贵在侧,呜咽与语道:"从前安太妃病终,曾教汝焚骨扬灰,我死,汝也可照办,我的烬骨,可送往范阳佛寺,我也不愿作虏地鬼哩!"语与安太妃略同,恰另具一种口吻。是夕即殁,重贵与冯氏宫人,及宦官东西班,均被发徒跣,舁柩至赐地中,焚骨扬灰,穿地而葬。

　　后来重贵夫妇,不知所终。至后周显德年间,有中国人自辽逃归,说他尚在建州,惟随从吏役,多半亡故,此后遂无消息,大约总难免一死,生作异乡人,死作异乡鬼罢了。卅六鸳鸯同命鸟,一双蝴蝶可怜虫。史家因重贵北迁,号为出帝,或因他年少失国,号为少帝,究竟他何年死,何地死,无从查考。小子也不能臆造,权作阙文,愿看官勿笑我疏忽哩。叙法周密。

　　且说刘知远入主大梁,四方表贺,络绎不绝。河南一带,统已归顺,辽兵或降或遁,辽将高唐英驻守相州,为指挥使王继弘、楚晖所杀,传首诣阙。知远大悦,免不得有一番封赏。湖南节度使马希广,派人告哀,并报称兄终弟及,有乞请册封的意思。知远遂加希广为检校太尉,兼中书令,行天策上将军事,镇守湖南,加封楚王。

　　希广即希范弟,希范曾受石晋册封,岁贡不绝。生平豪侈,挥金如土,尝造会春园及嘉宴堂,费至巨万。继筑九龙殿,用沉香雕成八龙,外饰金宝,抱柱相向,自言己身亦是一龙,故称九龙。辽兵灭晋,中原大乱,湖南牙将丁思瑾,劝希范出兵荆襄,进图汴洛,成一时霸业。希范也惊为奇论,但终不能照行。思瑾意图尸谏,扼吭竟死。无如希范纵乐忘返,哪里肯发愤为雄!昼聚狎客,饮博欢呼,夜罗美女,荒淫狎亵,后宫多至数百人,尚嫌不足,甚至先王妾媵,多加无礼。又往往嘱令尼僧,潜搜良家女子,闻有容色,强迫入宫。一商人妇甚美,为希范所闻,胁令该夫送入,该夫不愿,立被杀毙,取妇而归。偏该妇颜如桃李,节若冰霜,誓志不辱,投缳自尽。足与罗敷齐名,可惜不载姓氏。希范毫不知悔,肆淫如故,尝语左右道:"我闻轩辕御五百妇女,乃得升天,我亦将为轩辕氏呢?"果然贪欢成痨,一病不起。

　　濒危时召入学士拓跋常,常一作恒。以母弟希广相属,令他辅立。拓跋常有敢谏名,素为希范所嫉视,至是却嘱以后事,想是迴光返照,一隙生明。但希广尚有兄希萼，为朗州节度使，舍长立少，仍然非计。希范殁，希广入嗣，拓跋常虑有后患，劝希广以位让兄，独都指挥使刘彦瑫，天策学士李弘皋，定欲遵先王遗命，乃即定议。继受汉主册封，似乎名位已定，可免后忧，哪知骨肉成仇，阋墙不远。湖南北十州数千里，从此祸乱无已，将拱手让人了。插入楚事，为湖南入唐伏案。小子因楚乱在后，汉乱在先，且将楚事暂搁，再叙汉事。
　　天雄军节度使杜重威，天平军节度使李守贞等，前奉辽主命令，各得还镇。刘知远入汴，重威、守贞，皆奉表归命。适宋州节度使高行周入朝，朝命行周往邺都，镇天雄军，调重威镇宋州。并徙河中节度使赵匡赞镇晋昌军，调守贞镇河中，此外亦各有迁调，无非是防微杜渐，免得他深根固蒂，跋扈一方。各镇多奉命转徙，独有一反复无常的杜重威，竟抗不受命，遣子弘璲，北行乞援。时辽将麻答，尚在恒州，即拨赵延寿遗下幽州兵二千人，令指挥使张琏为将，南援重威。重威请琏助守，再求麻答济师，麻答又派部将杨衮，率辽兵千五百人，及幽州兵千人，共赴邺都。汉主刘知远，得知消息忙命高行周为招讨使，镇宁军节度使慕容彦超为副，率兵往讨重威。并诏削重威官爵，饬二将速即出师。
　　行周与彦超，同至邺州城下，彦超自恃骁勇，请诸行周，愿督兵攻城。行周道："邺都重镇，容易固守，况重威屯戍日久，兵甲坚利，怎能一鼓即下哩！"彦超道："行军全靠锐气，今乘锐而来，尚不速攻，将待何时？"行周道："兵贵持重，见可乃进，现尚不应急攻，且伺城内有变，进攻未迟！"彦超又道："此时不攻，留屯城下，我气日衰，彼气益盛，况闻辽兵将至，来援重威，他日内外夹攻，敢问主帅如何对付？"行周道："我为统帅，进退自有主张，休得争执！"彦超冷笑道："大丈夫当为国忘家，为公忘私，奈何顾及儿女亲家，甘误国事！"行周闻言，越觉动恼，正要发言诘责，彦超又冷笑数声，疾趋而出。原来行周有女，为重威子妇，所以彦超疑他营私，且扬言军前，谓行周爱女及贼，因此不攻。应有此嫌。行周有口难分，不得已表达汉廷。
　　汉主虑有他变，乃议亲征。当下召入宰臣苏逢吉、苏禹珪等，商谘亲征事宜，两人模棱未决。汉主转询吏部尚书窦贞固，贞固与知远同事石晋，素相和协，至是独赞成亲征。还有中书舍人李涛，未曾与议，却密上一疏，促御驾即日征邺，毋误时机。汉主因二人同心，并擢为相，便下诏出巡澶、魏，往劳王师。越二日即拟启行，命皇子承训为开封尹，留守大梁，凑巧晋臣李崧、和凝等，自恒州来归，报称辽将麻答，已经被逐，可绝杜重威后援。汉主甚喜，面授崧为太子太傅，凝为太子少保，令佐承训驻京。且颁诏恒州，宣抚指挥使白再荣，命为留后。见上文。复称恒州为镇州，仍原名为成德军。
　　号炮一振，銮驾出征，前后拥卫诸将吏，不下万人。行径匆匆，也不暇访察民情，一直趋至邺下行营。高行周首先迎谒，泣诉军情。汉主知曲在彦超,因当彦超谒见时,面责数语,且令向行周谢过。行周意乃少解,随即遣给事中陈观,往谕重威,劝他速降。重威闭城谢客,不肯放入。陈观复命,触动汉主怒意,便命攻城。彦超踊跃直前,领兵先进,行周不好违慢,也驱军接应。汉主登高遥望,但见城上的矢石,好似雨点一般,飞向城下,城下各军,冒险进攻,也是个个争先,人人努力。怎奈矢石无情,不容各军进步,自辰至午,仍然危城兀立,垣堞依然,那时只得鸣金收军,检点士卒,万余人受伤,千余人丧命。汉主始叹行周先见,就是好勇多疑的慕容彦超,至此亦索然意尽,哑口无言。

行周入帐献议道:"臣来此已久,城中闻将食尽,但兵心未变,更有辽将张琏助守,所以明持不下。请陛下招谕张琏,琏若肯降,重威也无能为力了。"汉主依议,遣人招张琏降,待他不死。偏偏琏不肯从,一再往劝,始终无效。迁延至两旬有余,围城中渐觉不支,内殿直韩训献上攻具。汉主摇首道:"守城全恃众心,众心一离,城自不保,要用甚么攻具呢?"韩训怀惭而退,忽由帐外报入,有一妇人求见,汉主问明底细,才命召入。正是:

　　　　猖獗全凭强虏助,窃危要仗妇人扶。

毕竟妇人为谁,待至下回表明。

辽太后为朔漠女豪,佐夫相子,奄有北方,而受制于其孙。李太后为石氏内助,因宴传言,激成大举。而被累于其子。南北暌违,事适相合,何两智妇结果之不幸也!但辽太后幽死墓侧,得随夫于地下,李太后羁死建州,徒作鬼于房中,两两相较,当以李太后之死为尤惨焉。杜重威身亡晋室,引虏覆邦,罪不容于死,不特李太后骂为奸贼,至死不忘,即中原人士,亦谁不思食其肉,寝其皮乎?刘氏入汴,不加显罚,仍令守官,几若多行不义之人,亦得幸免,乃移镇命下,复思抗拒,枭獍心肠,不死不止,而天意亦故欲迫诸死地,以为奸恶者戒,汉主亲征,犹然招降,虽得苟延残喘,而终不免于诛夷。李太后有知,庶或可少泄余恨也夫!

第四十一回　奉密谕王景崇入关
　　　　　　　　捏遗诏杜重威肆市

　　却说汉主刘知远,传见来妇,看官道妇人为谁?原来是重威妻宋国公主。公主入谒汉主,行过了礼,由汉主赐令旁坐,问及重威情形,公主道:

"重威因陛下肇兴,重见天日,不胜庆幸,但恐陛下追究既往,负罪难逃,所以一闻移镇,虑蹈不测,适辽将又来监守,遂致触犯天威,劳动王师。今愿开城谢罪,令臣妾前来乞恩,望陛下网开一面,曲贷余生!"汉主道:"朕信重威,重威尚不信朕么?况朕已一再招降,奈何拒命!"公主道:"重威非敢抗陛下,实由虏将张琏,挟制重威,不使迎降。"虽是诳言,但欲为夫解免,不得不尔,阅者尚当为公主曲原。汉主道:"虏将独不怕死么?"公主道:"正为怕死,所以阻挠。"汉主沉吟半晌,方微笑道:"朕一视同仁,既赦重威,何不可赦张琏,烦汝入城回报,如果真心出降,不问华夷,一体赦免!"公主起身拜谢,辞别回城。

重威得公主传语,转告张琏,琏答道:"公可全生,琏难幸免,愿守此城,以死为期!"倒是个硬汉。重威道:"粮食早尽,兵皆枵腹,看来是不能不降了,汉主谓一体赦免,谅不欺人,请君勿虑!"琏又道:"恐怕未必。"重威道:"我再遣次子弘琏,前去请求,能得一朝廷赦书,大家好安心出降了。"琏方才允诺,弘琏即出往汉营。过了半日,持到汉主手谕,许琏归国。重威乃复遣判官王敏,先送谢表。旋即素服出降,拜谒汉主。汉主赐还衣冠,仍授检校太师,守官太傅,兼中书令。大军随汉主入城,城内已饿殍载道,满目萧条。辽将张琏,亦来拜见,汉主忽瞋目道:"全城兵民,为汝一人,害得这般凄惨,汝可知罪否?"琏不意有此一诘,一时转无从措词。汉主便令推出斩首,复捕斩弁目数十人,天子无戏言,奈何背约!惟什长以下,放还幽州。辽众无从报怨,将出汉境,大掠而去。枢密使郭威入帐,与汉主附耳数语,汉主即令他会同王章,按录重威部下诸亲将,一并拿下,悉数处斩。又将重威私赀,及僚属家产,抄没充公,分赐战士。重威似刀剜肉,无从呼吁,只好与妻孥相对,暗地流涕罢了。还是小事,请看后来。

汉主住邺数日,下令还都,留高行周为邺都留守,充天雄军节度使。行周固辞,汉主语苏逢吉道:"想是为着慕容彦超了,我当命他徙镇泰宁军,卿可为我谕意。"逢吉转谕行周,行周乃受命留邺。汉主且晋封行周为临清王,即命杜重威随驾还都。既归大梁,加封重威为楚国公。重威平时出入,路人辄旁掷瓦砾,且掷且詈,亏得他脸皮素厚,还是禁受得起,但威风已尽扫地了。所有宋州一缺,不愿再任重威,但令史弘肇兼镇,毋庸细表。看似闲文,实补前回未了之文。

且说汉主刘知远原籍,本属沙陀部落,知远以自己姓刘,改国号汉,强引西汉高祖,东汉光武帝,作为远祖。当尊汉高为太祖,光武帝为世祖,立庙祭享,历世不祧。高祖湍尊为文祖,妣李氏为明贞皇后,曾祖昂为德祖,妣杨氏为恭惠皇后,祖僎为翼祖,妣李氏为昭穆皇后,父琠为显祖,母安氏为章懿皇

第四十一回　奉密谕王景崇入关　捏遗诏杜重威肆市

后,共立四庙,与汉高祖光武帝并列,合成六庙。命太常卿张昭,厘定六庙乐章舞名。知远以邺都告平,入庙告祖,所有订定乐舞,概令举行,真个是和声鸣盛,肃祀明禋。

不料皇子开封尹承训,自助祭后,感冒风寒,逐日加剧。汉主因承训孝友忠厚,明达政事,格外留心看护,多方医治。怎奈区区药物,不能挽回造化,竟于天福十二年十二月中,悠然而逝,年止二十六。汉主在太平宫举哀,哭得涕泗滂沱,几致晕去。经左右极力劝慰,勉强收泪,亲视棺殓,追封魏王,送归太原安葬。此子若存,刘氏不至遽亡。嗣是常带悲容,少乐多忧,一代枭雄,又将谢世。

蹉跎过了残年,便是元旦,汉主因身躯未适,不受朝贺,自在宫中调养。转眼间已过四天,病体少瘥,乃出宫视朝,改天福十三年为乾祐元年,颁诏大赦。越数日,易名为暠,晋封冯道为齐国公,兼官太师。兵部递上奏牍,报称凤翔节度使侯益,与晋昌节度使赵匡赞,叛国降蜀,蟠踞关中,请速派将往讨云云。汉主闻变,即命右卫大将军王景崇,将军齐藏珍,调集禁兵数千,往略关西。

原来蜀主孟昶,嗣知祥位,除去强臣李仁罕、张业,国内太平,十年无事。辽主灭晋,晋雄武节度使何重建,举秦、成、阶三州降蜀。见三十七回。蜀主昶遂欲吞并关中。遣山南西道节度使孙汉韶等,攻下凤州。适晋昌军节度使赵匡赞,闻杜重威得罪,恐自己亦未保全,索性向蜀投降,别图富贵。遂派人奉表蜀主,乞遣兵援应长安,即晋昌军。兼略凤翔。蜀主甚喜,即命中书令张虔钊,为北面行营招讨安抚使,宣徽使韩保贞为都虞侯,率兵五万,道出散关。又饬何重建为副使,领部众出陇州,与张虔钊等会师,同趋凤翔。一面令都虞侯李廷珪,统兵二万出子午谷,为长安声援。

凤翔节度使侯益,接得侦报,知蜀主大举入侵,惊慌的了不得。正拟拜表告急,忽来了雄武军弁吴崇恽,递入何重建手书,并附蜀枢密使王处回招降文,内容大意,无非是晓示利害,劝益归蜀,益恐待援不及,不如依书乞降,免得惊惶。遂缴出地图兵籍,使吴崇恽带还,附表请平定关中,且贻书赵匡赞,约为掎角互相帮扶。偏赵匡赞狐疑未定,复听了判官李恕,仍然上表汉廷,自请入朝。东倒西歪,比墙头草且勿如。

这李恕本是赵延寿幕僚,延寿令佐匡赞,为晋昌军节度判官,当匡赞降蜀时,恕已出言谏阻,匡赞不从,至是复极谏道:"燕王入胡,本非所愿,今汉家新得天下,方务招怀,若谢罪归朝,必能保全爵禄,入蜀恐非良策哩,蹄涔不容尺鲤,愿公三思,毋贻后悔!"匡赞听了,很觉有理,因遣恕入朝谢罪,情愿面觐汉主,听受处分。汉主问恕道:"匡赞何故附蜀?"恕答道:"匡赞以身受虏言,父在房廷,恐陛下未肯俯谅,所以附蜀求生。臣一再谏诤,谓国家必应存抚,匡赞亦自知悔悟,故遣臣来祈哀!"汉主道:"匡赞父子,本吾故交,不幸陷房。今延寿方坠槛阱,我何忍再害匡赞呢?汝可返报匡赞,不必多疑,尽可来朝!"恕拜谢而去。

嗣得侯益表章,也与匡赞一般见解,谢罪请朝。时王景崇尚未启行,汉主召入卧内,密谕景崇道:"赵匡赞、侯益,虽俱来请朝,未知他有无诡计,汝率兵西去,当密观动静!他若真心入朝,不必过问,倘或迁延观望,汝可便宜从事,勿堕狡谋!"景崇应声遵旨,即日启行,西赴长安。

赵匡赞恐蜀兵驰至,转难脱身,不待李恕返报,便离长安,趋入大梁。途次与李恕接着,得知汉主谕言,益放心前行。复与景崇晤谈,景崇亦让他过去,自率兵径谒长安。才入长安城中,军报已陆续到来,统说蜀兵已入秦州,就要来攻长安。景崇因随兵不多,恐未足敌蜀,忙发本道兵马,及赵匡赞牙兵千余人,同拒蜀人。又虑匡赞牙兵,或有叛亡等情,意欲黥字面中,使不得逭。当下与齐藏珍商议,藏珍尚不甚赞成,那牙兵将校赵思绾,已入请黥面,为部兵倡。景崇当然心喜。藏珍待思绾退出,私语景崇道:"思绾面带杀气,恐非良将,况黥面命令,尚未发出,他即先来面请,越是诡谀,越是狡诈,此人万不可恃,速除为宜!"甚是,甚是。景崇摇首道:"无罪杀人,如何服众!"遂不从藏珍计议,自督兵往堵蜀军。

蜀将张廷珪,正自子午谷出师,探得匡赞入朝音信,便欲引归。不意景崇突至,险些儿措手不及,仓猝对敌,已被景崇麾兵入阵,冲破中坚,没奈何且战且行,奔回至十里外,才免追袭。手下兵士,已伤亡至数千名,懊丧而去。侯益闻景崇得胜,廷珪败还,自然顺风使帆,决计拒蜀。蜀帅张虔钊行至宝鸡,略悉侯益反覆情形,便与诸将会商。或主进,或主退,弄得虔钊无可解决,只好按兵暂住。忽闻汉将王景崇,召集凤翔、陇、邠、泾、鄜、坊各兵,纷纷前来,吓得魂不附体,急忙引兵夜遁。及景崇追到散关,蜀兵已奔入关中,只剩得后队四百人,被景崇一鼓掳归。

景崇两次告捷,朝命景崇兼凤翔巡检使,因即引兵至凤翔。侯益开门迎入,与景崇谈入朝事,语带支吾。景崇未免动疑,即派部军分守诸门,再伺侯益行止。蓦然间接到朝旨,御驾升遐,皇次子承祐即皇帝位,不由的心下一动,倒有些踌躇起来。小子且慢叙景崇意见,先将汉主临崩大略,演述出来。

<u>顺事叙入,而文法独奇。</u>

汉主刘知远,自长子承训殁后,感伤成疾,屡患不豫。亏得参苓补品,逐日服饵,才支撑了一两月。乾祐元年正月终旬,病体加重,服药无灵,乃召宰相苏逢吉,枢密使杨邠、郭威,入受顾命。还有都指挥使史弘肇,虽命他兼镇

第四十一回　奉密谕王景崇入关　捏遗诏杜重威肆市

宋州，却是在都遥制，所以亦得奉召。四大臣同入御寝，见汉主病已大渐，俱作愁容，汉主顾谕道："人生总有一死，死亦何惧。但承训已殁，承祐依次当立，朕虑他幼弱，后事一切，不得不嘱托诸卿！"四人齐声道："敢不效力！"汉主又长叹道："眼前国事，尚无甚危险，但须善防杜重威！"说到威字，喉中如有物梗住，不能出声。四人慌忙趋退，请后妃、皇子等送终。

未几即发哀声，当由苏逢吉趋入道："且慢！且慢举哀！皇帝有要旨传下，须立刻办了，方可发丧。"后妃等未识何因，只因逢吉身任首相，且是顾命中第一个大臣，料他必有要图。当即停住了哀，令他出办。逢吉退出，见杨邠、郭威等，已拟好诏敕。即饬侍卫带领禁军，往拿杜重威及重威子弘璋、弘琏、弘璨。重威在私第中，安然坐着，毫不预防，至禁军入门，仓皇接诏，甫经下跪，那冠带已被禁军褫去。且听侍卫宣诏道：

> 杜重威犹贮祸心，未悛逆节，枭首不改，虺性难驯。昨朕小有不安，罢朝数日，而重威父子，潜肆凶言，怨谤大朝，煽惑小辈。今则显有陈告，备验奸期，既负深恩，须置极法。其杜重威父子，并令处斩。所有晋朝公主及外亲族，一切如常，仍与供给。特谕。

重威听罢，魂飞天外，急得带哭带辩。偏侍卫绝不留情，即令禁军缚住重威，并将他三子拿下，一并牵出，连他妻室宋国公主，都不使诀别。匆匆驱至市曹，已有监刑官待着，指麾两旁刽子手，趋至重威父子身旁，拔出光芒闪闪的刀儿，剁将过去，只听得有三四声，重威父子的头颅，皆已堕落。父子同时入冥府，未始非天伦乐事。遗骸陈设通衢，都人士在旁聚观，统激起一腔义愤，或诟骂，或蹴击，连军吏都禁遏不住。霎时间成为肉泥，几无从辨认了。该有此报，但至此始见伏法，已不免为失刑。

重威既诛，方为故主发丧。并传出遗制，封皇子承祐为周王，即日嗣位，朝见百官，然后举哀成服。先是汉主刘知远欲改年号，宰臣进拟乾和二字。御笔改为乾祐，适与嗣主名相同，当时目为预征，所以后来沿称乾祐，不复改元。太常卿张昭，拟上先帝谥法，称为睿文圣武昭肃孝皇帝，庙号高祖，嗣葬睿陵。统计刘知远称帝，未满一年，不过时已易岁，历史上算做二年，享年五十四岁。

承祐既立，尊母李氏为皇太后，颁诏大赦，号令四方。关中接得诏书，王景崇踌躇未定，便是为处置侯益的问题。侯益非常狡黠，为景崇所疑。或劝景崇杀益，景崇叹道："先帝原许我便宜行事，但谕出机密，恐嗣皇帝未曾闻知，我若杀益，转近专擅。况赦文已下，更觉难行，我只好密奏朝廷，再作计较。"主见已定，便草密疏奏请，疏未缮发，那侯益已私离凤翔，星夜入都去了。景崇不禁大悔，甚至自诟不休。

这侯益却是机变，一入都门，便诣阙求见。嗣主承祐，问他何故引入蜀军？益并不慌忙，反从容答道："蜀兵屡寇西陲，臣意欲诱他入境，为聚歼计。"承祐不由的哂了一声，令益退出。似乎有些识见。益见嗣主形态，倒也自危，幸喜家资富厚，好仗那黄白物，运动相臣。金银是人人喜欢，宰相以下，得了他的好处，哪有不替他说项。你吹嘘，我称扬，究竟承祐年未弱冠，也道是前日错疑，即授益为开封尹，兼中书令。益又贿通史弘肇等，谗构景崇，说他如何专恣，如何骄横。承祐不得不信，派供奉官王益至凤翔，征赵匡赞牙兵诣阙。

赵思绾很是不安，复由景崇激他数语，越觉心慌，既随王益启行，到了半途，语同党常彦卿道："小太尉已落人手，我等若至京师，自投死路，奈何奈何！"小太尉指赵匡赞。彦卿道："临机应变，自有方法，愿勿再言！"

越日行抵长安，长安已改号永兴军。节度副使安友规，巡检使乔守温，出迎王益，置酒客亭。思绾入请道："部下军士，已在城东安驻。惟将士家属，多在城中，意欲暂时入城，挈眷出宿城东。"友规不知是计，且见思绾并无铠仗，乐得做个人情，应允下去。思绾便引弁目驰入西门，适有州校坐守门侧，腰剑下悬，为思绾所注目，突然趋进，顺手夺剑，挺刃一挥，剁落州校头颅。<small>州校真是枉死。</small>当下顾令党羽，一齐动手，急切里无从得械。便向附近觅得白梃，左横右扫，击死门吏十余人，遂把城门阖住，自入府署劈开武库，取出甲仗，分给部众，把守各门。友规等在外闻变，惊惶失措，不待饮毕，便已溜去。朝使王益，也逃之夭夭，不知去向。思绾据住城池，募集城中少年，得四千余人，缮城隍，葺楼堞，才经十日，守具皆备。王景崇不知声讨，反讽凤翔吏民上表，请令自己知军府事。正是：

功业未成先跋扈，嫌疑才启即猖狂。

欲知汉廷如何处置，容至下回说明。

汉主刘知远，杀张琏而赦杜重威，赏罚不明，无逾于此。琏不过一房将耳。既已请降，抚之可也，纵之亦可也。诱使降顺，突令处斩，是为不信，是为不仁。重威引房亡晋，罪已难逃；况复叛复靡常，负恶益甚，不杀果胡为者？彼侯益、赵匡赞之忽叛忽服，亦无非藐视汉威，同儿戏耳。迨知远已殂，始由苏逢吉等捏称遗诏，捕诛重威。所颁诏文，实是无端架诬，不足为重威罪。罪可杀而杀非其道，犹之失刑也。前过宽，后过暴，何怪三叛之又复连兵乎。

第四十二回　智郭威抵掌谈兵
　　　　　　勇刘词从容破敌

　　却说王景崇暗讽吏民，代求节钺。汉主承祐，与群臣会议，都料是景崇诡计，不肯允行，别徙邠州节度使王守恩，为永兴节度使，陕州节度使赵晖，为凤翔节度使，调景崇为邠州留后，令即赴镇。景崇迁延观望，不肯遽行。那时又突出一个叛臣，竟勾通永兴、凤翔两镇，谋据中原。这人为谁？就是河中节度使李守贞。守贞为三叛之首，故特提一笔。

　　守贞与重威为故交，重威诛死，也未免兔死狐悲。默思汉室新造，嗣君才立，朝中执政，统是后进，没一个可与比伦，不若乘时图变，倒可转祸为福，遂潜纳亡命，暗养死士，治城堑，缮甲兵，昼夜不息。参军赵修己，颇通术数。守贞召与密议，修己谓时命不可妄动，再三劝阻。守贞半信半疑。修己辞职归田，忽有游僧总伦，入谒守贞，托言望气前来，称守贞为真主。守贞大喜，尊为国师，日思发难。一日召集将佐，置酒大会，畅饮了好几杯，起座取弓。遥指一虎舐掌图，顾语将佐道："我将来若得大福，当射中虎舌。"说着，即张弓搭箭，向图射去，飕的一声，好似箭镞生眼，不偏不倚，正在虎舌中插住。将佐同声喝采，统离座拜贺。守贞益觉自豪，与将佐入席再饮，抵掌而谈，自鸣得意。将佐乐得面谀，益令守贞手舞足蹈，乐不可支。饮至夜静更阑，方才散席。

　　未几有使人自长安来，递上文书。经守贞启视，乃是赵思绾的劝进表，不由的心花怒开，使人复献上御衣，光辉灿烂，藻锦氤氲。守贞到了此时，是喜欢极了，略问来使数语，令左右厚礼款待，阅数日才命归报，结作爪牙。自是反谋益决，妄言天人相应，僭号秦王。遣使册思绾为节度使，令仍称永兴军为晋昌军。

　　同州节度使张彦威，因与河中相近，诇知守贞所为，时常戒备，且密表请师。汉廷派滑州指挥使罗金山，率领部曲，助戍同州。因此守贞起事，同州得以无恐。守贞遣骁将王继勋，出兵据潼关。军报驰入大梁，汉主乃命澶州节度使郭从义，充永兴军行营都部署，与客省使王峻，率兵讨赵思绾，邠州节度使白文珂，为河中行营都部署，率兵讨李守贞。继复派出夔州指挥使尚洪迁，为永兴行营都虞侯，阆州防御使刘词，为河中行营都虞侯。

　　各军同时西行，独尚洪迁恃勇前驱，趋至长安城下。赵思绾正养足锐气，专待官军对仗，遥望洪迁前来，立即麾众杀出，与洪迁交锋。洪迁尚未列阵，思绾已经杀到，主客异形，劳逸异势，就使洪迁骁悍过人，至此亦旗靡辙乱，禁遏不住。勉强招架，终究是不能支撑，看看士卒多伤，便麾兵先退，自率亲军断后，且战且行。思绾力追不舍，恼动了洪迁血性，拚死力斗，才把思绾击退。但洪迁身上，已受了数十创，回至大营，呕血不止，过了一宵，便即捐生。写洪迁阵亡情状，又另是一种写法。

郭从义、王峻二人，因洪迁战死，未免畏缩，敛兵不进。峻与从义，又两不相容，越觉得你推我诿，延宕不前。汉廷再遣泽潞节度使常恩，领兵援应，可巧郭从义也分兵往迎，两下会师，总算克复了一座潼关，由常恩屯兵守着。河中行营都部署白文珂，逗留同州，未尝进兵。新授凤翔节度使赵晖，到了咸阳，部署兵士，一时也不能急进。汉主承祐，颇以为忧，特派枢密使郭威为西面军前招慰安抚使，所有河中、永兴、凤翔诸军，悉归郭威节制。

威奉命将行，先诣太师冯道处问策。冯道徐语道："守贞宿将，自谓功高望重，必能约束士卒，令他归附。公去后，若勿爱官物，尽赐兵吏，势必众情倾向，无不乐从，守贞自无能为了！"威谢教即行，承制传檄，调集各道兵马，前来会师。并促令白文珂趋河中，赵晖趋凤翔。晖已探得王景崇降蜀，并通李守贞，连表奏闻，有诏命郭威兼讨景崇。威乃与诸将会议军情，熟权缓急，诸将拟先攻长安、凤翔。时华州节度使扈彦珂，亦奉调从军，独在旁献议道："今三叛连兵，推守贞为主，守贞灭亡，两镇自然胆落，一战可下了。古人有言，擒贼先擒王，不取首逆，先攻王、赵，已属非计。况河中路近，长安、凤翔皆路远，攻远舍近，倘王、赵拒我前锋，守贞袭我后路，岂非是一危道么！"诚然！诚然！威待他说毕，连声称善，乃决分三道攻河中，白文珂及刘词自同州进，常恩自潼关进，自率部众从陕州进。沿途所经，与士卒同甘苦，小功必赏，微过不责，士卒有疾，辄亲自抚视，属吏无论贤愚，有所陈请，均和颜悦色，虚心听从。虽由冯道处得来秘诀，但亦能得法意外。因此人人喜跃，个个欢腾。

守贞初闻郭威统兵，毫不在意，且因禁军尝从麾下，曾受恩施，若一到城下，可坐待倒戈，不战自服。哪知三路汉兵，陆续趋集，统是扬旗伐鼓，耀武扬威。郭威所带的随军，尤觉得气盛无前，野心勃勃。当下已有三分惧色，凭城俯瞰，见有认识军将，便呼与叙旧。未曾发言，已听得一片哗声，统叫自己为叛贼，几乎无地自容，转思木已成舟，悔恨无益，只得提起精神，督众拒守。郭威竖栅城西，白文珂竖栅河西，常恩竖栅城南。威见恩立营不整，又见他无将领才，遣令归镇，自分兵驻扎南城。诸将竞请急攻，威摇首道："守贞系前朝宿将，健斗好施，屡立战功，况城临大河，楼堞完固，万难急拔。且彼据高临下，势若建瓴，我军仰首攻城，非常危险，譬如驱士卒投汤火，九死一生，有何益处？从来勇有盛衰，攻有缓急。时有可否，事有后先。不若且设长围，以守为战,使他飞走路绝。我洗兵牧马,坐食转饷,温饱有余,城中乏食,公私皆竭。然后设梯冲,飞书檄,且攻且抚,我料城中将士,志在逃生,父子且不相保,况乌合之众呢!"一番大议论,确有特见。诸将道:"长安、凤翔,与守贞联结,必来相救,倘或内外夹攻,如何是好?"威微笑道:"尽可放心,思绾、景崇,徒凭血气,不识军谋,况有郭从义等在长安,赵晖往凤翔,已足牵制两人,不必再虑了!"成算在胸。乃发诸州民夫二万余人,使白文珂督领,四面掘长壕,筑连垒,列队伍,环城围住。越数日,见城上守兵,尚无变志,威又语诸将道:"守贞前畏高祖,不敢嚣张。今见我辈崛起太原,事功未著,有轻我心,故敢造反。我正宜守静示弱,慢慢儿的制伏呢。"遂命将吏偃旗息鼓,闭垒不出。但沿河遍设火铺,延长至数十里,命部兵更番巡守。又遣水军舣舟河滨,日夕防备,水陆扼住。遇有间谍,无不捕获,于是守贞计无所出,只有驱兵突围一法。偏郭威早已料着,但遇守兵出来,便命各军截击,不使一人一骑,突过长围。所以守贞兵士,屡出屡败,屡败屡还。守贞又遣使赍着蜡书,分头求救,南求唐,西求蜀,北求辽,均被汉营逻卒,掩捕而去。城中益穷蹙无计,渐渐的粮食将尽,不能久持,急得守贞日蹙愁眉,窘急万状。国师总伦,时常在侧,守贞当然加诘。总伦道:"大王当为天子,人不能夺,惟现在分野有灾,须待磨灭将尽。单剩得一人一骑,方是大王鹊起的时光哩。"真是呆话。守贞尚以为然,待遇如初。利令智昏,一至于此。

王景崇据住凤翔,既与守贞勾通,受他封爵,便杀死侯益家属七十余人,只有一子仁矩,曾为天平行事司马,在外得免。仁矩子延广,尚在襁褓,乳母刘氏,易以己子,抱延广潜逃,乞食至大梁。狡如侯益,不期得此乳母。侯益大恸,哀请朝廷诛叛复仇。汉主传诏军前,促攻凤翔。

赵晖时已进攻,与景崇相持,忽闻蜀兵来援景崇,已至散关,当即派遣都监李彦从,潜师袭击,杀退蜀兵,且乘势夺取凤翔西关。景崇退守大城,晖屡用赢兵诱战,不见景崇出师。乃别设一计,暗令千余人绕出南山,伪效蜀装,张着蜀旗,从南山趋下。又命围城军士,佯作慌张,哗称蜀兵大至。景崇本已遣子德让,诣蜀乞援,眼巴巴的望着好音,一闻蜀兵到来,还辨甚么真假,即派兵数千往迎。出城未及里许,蓦闻号炮声响,晖军四面攒集,把数千凤翔兵围住,凤翔兵士,方知中伏,可怜进退无路,统被晖军杀尽。晖颇能军。景崇闻报,徒落得垂头丧气,懊悔不及,自是不敢轻出。

那蜀主孟昶,果遣山南西道节度使安思谦,率兵救凤翔,另派雄武节度使韩保贞,引兵出沔阳,牵制汉军。景崇子德让,先行入报,景崇才令部将李彦舜等,出迓蜀兵。赵晖得蜀兵来信,亟分兵遏守宝鸡。蜀将申贵,为思谦前驱,用诱敌计来诱汉兵。汉兵已入宝鸡城内,见蜀兵稀少,出城追赶,遇伏败还，不意城内已被蜀兵掩入，竟将宝鸡夺去。幸赵晖先事预防，恐宝鸡戍兵，不足敌蜀，更派精兵五千人援应，途中遇着败军，两下会合，复将宝鸡夺还。思谦引军至渭水，经申贵还报，始知先胜后挫。再欲进攻，因探得宝鸡有备，料一时不能攻下，遂语大众道："敌势尚强，我军粮少，未便与他久持，不若暂退，再作后图。"实是怯懦。乃退屯凤州，寻归兴元。

王景崇闻蜀兵退归，再遣使向蜀告急，蜀臣多不愿发兵。经景崇再三表请，始由蜀主下令，仍命安思谦出援。思谦请先运粮四十万斛，方可出境，蜀主太息道："思谦未曾出兵，先来索粮，意已可知，岂肯为朕进取？朕且拨粮颁给，看他愿出兵否？"乃发兴州、兴元米数万斛，交与思谦。思谦始自兴元出凤州，再由凤州进散关，另派部将申贵、高彦俦等，击破汉箭筈、安都诸寨。宝鸡戍卒，出截玉女津，也为蜀兵所败，仍然退归。思谦进驻模壁，韩保贞也出新关，同至陇州会齐，将攻宝鸡。赵晖再欲分军接应，因怕势分力弱，反为景崇所乘，乃饬宝鸡兵吏，严守城池，不得妄动。一面移文至河中，向郭威乞师。

威正欲破灭李守贞，适值南唐起兵，来援河中，不得不分师邀击，暂缓攻城。守贞幕下，有游客二人，一是狂士舒元，一是道士杨讷。二人见守贞围困，特扮作平民，出城南向，求救唐廷。舒元易姓为朱，杨讷易姓名为李平，好容易混出重围，奔至金陵，吁请救急。唐主璟犹豫未决，谏议大夫查文徽，兵部侍郎魏岑，怂恿唐主出师。唐主因命北面行营招讨使李金全出救河中，以清淮节度使刘彦贞为副，文徽为监军使，岑为沿淮巡检使，相偕俱出，同至沂州。

金全令部众暂憩，遣探骑侦察汉营，再定行止。探骑去了多时，至午未回，营中已备好午餐，一齐会食。那探骑入帐通报道："距此地十数里外，有一长涧，涧北有汉兵驻守，不过数百人，且甚羸弱，请急击勿失！"金全不待说毕，厉声叱退，仍然安坐食饭。诸将莫名其妙，待至大众食毕，都至金全面前，请即出战。金全又厉声道："敢言出战者斩！"两层写来，事奇笔亦奇。诸将默然退出，免不得交头接耳，私谤金全。待至夕阳西下，暮色苍黄，金全又下令道："营内队伍，须要整齐，各军器械，不得抛离，大家守住营门，毋得妄动，违令立斩！"又作一层疑案。诸将越加疑心，但军令如山，不敢不遵，只好依言备办。

蓦听得鼓声大震，四面八方，有兵掩至，统到营门前呐喊，几不知有多少人马。金全营内，但守住营垒，无人出战，那来兵喧嚷多时，恰也不闻进攻，四散而去。到了起更，已寂静无声，方奉金全命令，造饭会食。

金全问诸将道："汝等试想，午后可出战么？"诸将始齐声道："大帅料敌如神，幸免危祸，但究竟从何料着？"金全微笑道："兵法有言，知己知彼，百战不殆。汉帅系是郭威，号称能军，难道我军远来，彼尚未能侦悉么？涧北设着

第四十二回　智郭威抵掌谈兵　勇刘词从容破敌

赢兵,明明是诱我过涧,堕他伏中。我军至暮不出,伏兵无用,当然前来鼓噪,乱我军心,待见我壁垒森严,无隙可乘,不得已知难而退,明眼人何难预料呢!"诸将方才拜服。

金全一驻数日,复探得汉垒严密,料知河中必危,便语诸将道:"郭威为帅,守贞断难幸免,我等进援,有损无益,不如退师为是。"查文徽、魏岑等,前时乘兴而来,至此也兴尽欲返,即拔营退驻海州。且遣使入奏唐主,详陈一切情形,唐主复贻汉书,婉谢前失,请仍通商旅,并乞赦李守贞。

汉廷置诸不答,但闻赵晖情急,饬郭威设法往援。威计却唐兵,亲督兵往援赵晖,行抵华州,接晖来文,谓蜀兵食尽退去,因即折回。途次过了残腊,便是乾祐二年。白文珂闻郭威将至,引兵往迎,河中行营,只留都指挥使刘词,主持一切。

先是郭威西行,曾戒白文珂、刘词道:"贼不能突围,迟早难逃我手,若彼突出,我等且功败垂成,成败关键,全在此举,我看贼中骁锐,尽在城西,我去必来突围。汝等须要严防,切切毋忽!"白文珂、刘词两人,依着威言,日夕注意,守兵也不敢出来。到了文珂迎威,城中已经探悉,潜遣人夜缒出城,沽酒村墅,任人赊欠。逻骑多半嗜酒,见了这杯中物,不禁垂涎,况又是不需现钱,乐得畅饮数杯。你也饮,我也饮,饮得酩酊大醉,统向营中睡熟,不复巡逻。杯中物误人甚大,故酒色财气中列为第一。刘词恰也小心,惟这一着未尝预防,险些儿堕他狡计。

一夕已经三鼓,词觉有倦意,和衣假寐,正要朦胧睡去,忽闻栅外有鼓噪声,欻然惊起,趋出寝所,向外一望,已是火势炎炎,光明如昼,部兵东张西望,不知所为。词故意镇定,绝不变色,且下令道:"区区小盗,怕他甚么!"遂率众堵御,冒烟而出。客省使阎晋卿道:"贼甲皆黄,为火所照,容易辨认,惟众无斗志,颇觉可忧!"裨将李韬朗声道:"无事食君禄,有急可不死斗么?我愿当先,诸将士快随我来!"说至此,即援勋先进,大众也趁势随上。俗语说得好,一夫拼命,万夫莫当,况经李韬一言,激动众愤,就使火势燎原,一些儿没有怕惧,只管向前奋击。河中兵相率辟易,为首骁将王继勋,勇敢善斗,至此也杀得大败,身受重伤,逃入城中,手下剩得百余骑,跟跄随回,余众皆死。

刘词方收军入栅,扑灭余火,贪夜修补,次日仍壁垒一新。待郭威到来,词出迎马首,向威请罪。威欣然道:"我正愁此一着,非兄健斗,几为虏笑,今幸破贼,贼技已穷,可无他虑了。"至入栅后,厚赏刘词及李韬,将士等亦各给财帛。惟严申酒禁,非俟破城犒宴,不准私饮。爱将李审,首犯军令,饮酒少许,威察得情迹,召审入诘道:"汝为我帐下亲将,敢违我令,若非加刑,何以示众!"遂喝令左右,推审出辕,斩首示众。小子有诗赞道:

用威用爱两无私，便是诸军用命时。

莫怪将来成帝业，尧山兵法本来奇。郭威尧山人，见下。

李审就诛，全营股栗。嗣是令出必行，成功就在目前了。欲知河中克复情形，请看官续阅下回。

三叛连兵，首发难者为赵思绾，继以李守贞、王景崇，似乎思绾之罪为最大，而守贞次之，景崇又次之。实则不然，守贞背晋降虏，罪与杜重威相同，倘有明王，早已不赦。乃幸得免死，仍予旌节，复敢效重威故智，再生叛乱，罪恶至此，死有余辜。景崇受命讨叛，反自为叛，《春秋》之戮，宁能后诸！赵思绾一狂暴徒耳，若非守贞、景崇之为逆，一将平之足矣。故本回叙事，于河中为最详，次凤翔，次长安，而于郭威之首攻河中，赵晖之分攻凤翔，亦具有褒词，一褒一贬，笔下固自有阳秋也。

第四十三回　覆叛巢智全符氏女　投火窟悔拒汉家军

却说河中叛帅李守贞，被围逾年，城中粮食已尽，十死五六，眼见是把守不住。左思右想，除突围外无他策。乃出敢死士五千余人，分作五路，突攻长围的西北隅。郭威遣都监吴虔裕，引兵横击，把河中兵扫将过去，五路俱纷纷败走，多半伤亡。越数日又有守兵出来突围，陷入伏中，统将魏延朗、郑宾，俱为汉兵所擒。威不加杀戮，好言抚慰，魏、郑二人，大喜投诚，因即令他作书，射入城中，招谕副使周光逊，及骁将王继勋、聂知遇。光逊等知不可为，亦率千余人出降。嗣是城中将士，陆续出来，统向汉营归命。郭威乃下令各军，分道进攻，各军闻命，当然踊跃争先，巴不得一鼓就下。怎奈城高堑阔，一时尚攻它不进，因此一攻一守，又迁延了一两月。想是守贞命数中，尚有一两月可延。

可巧郭从义、王峻，报称赵思绾已有降意，惟此人不除，终为后患，应该如何处置，听命发落。郭威令他便宜行事。于是首先发难的赵思绾，也首先伏诛。思绾为郭从义、王峻所围，苦守经年，曾遣子怀义，诣蜀乞援。蜀兵尚未能到河中，怎能入援长安？援绝犹可，最苦粮空。思绾本喜食人肝，尝亲自持刀，剖肝作脍，脍已食尽，人尚未死。又好取人胆作下酒物，且饮且语道："吞人胆至一千，便胆气无敌了。"至城中食尽，即掠妇女幼稚，充作军粮。糜肉饲兵，自己吞食肝胆，权代饭餐。有时且用人犒军，计数分给，如屠羊豕一般。可怜城中冤气冲天，镇日里笼着黑雾，不论晴雨，统是这般。郭从义乃使人诱降。

第四十三回　覆叛巢智全符氏女　投火窟悔拒汉家军

先是思绾少时,求为左骁卫上将军李肃仆从,肃适致仕,谢绝不纳。肃妻张氏,系梁、晋两朝元老张全义女,具有远识,特问肃何故不纳思绾?肃慨然道:"是人目乱语诞,他日必为叛贼!"张氏道:"妾意亦然,但君今拒绝,他必挟恨无穷,一旦逞志,必遭报复,我家恐无遗类。不若厚赠金帛,遣令图生!"肃如言召入思绾,馈赠多金,思绾拜谢而去。

后来入据长安,正值李肃闲居城中,思绾即往谒见,拜伏如故。肃惊起避席,禁不住思绾勇力,将肃捺入座中,定要肃完全受拜,且尊呼肃为恩公。肃勉强敷衍,心中委实难过,及思绾退出,急入语张夫人道:"我说此人必叛,今果闯乱,复来见我,我且受污,奈何!"张氏道:"何不劝他归国!"肃又道:"他已势成骑虎,怎肯遽下!我若劝他,反惹他疑心,自招屠戮了。"张氏道:"长安虽固,料他必不能久据。他若舍此而去,不必说了,否则官军来攻,总有危急这一日,那时容易进言,自无他患。"肃也以为然,暂且纾忧。

思绾屡遣人送奉珍馐,加以裘帛,肃不好峻拒,又不便接受,百端为难。自思将来多凶少吉,不如图个自尽,免致株连,因觅得毒药,即欲服下。亏得张氏预先觉察,将药夺去,始得免死。及长安围急,日食人肉,张氏复语肃道:"今日正可入府劝降。幸勿再延!"相时知机,好一个贤智妇人。肃乃往见思绾,思绾倒屣相迎,推肃上坐,便开口问道:"恩公前来,想是怜念思绾,设法解围,愿乞明教!"肃答道:"公本与国家无嫌,不过因惧罪起见,据城固守,今国家三道用兵,均未成功,公若乘此变计,幡然归顺,料朝廷必然喜悦,保公富贵,为二镇劝。公试自思,坐而待毙,亦何若出而全身呢!"思绾道:"倘朝廷不容我归顺,岂不是欲巧反拙!"肃又道:"这可无虑,包管在我手中。我虽致仕,朝廷未尝不知,若由公表明诚意,再附我一疏,为公洗释前愆,当无有不允了!"

思绾尚未能决,判官程让能,正受郭从义密书,有意出降,乘着李肃进言时,也即入劝,熟陈祸福。思绾乃即令让能起草,撰成二表,一表是由肃出名,一表是思绾出名,遣使诣阙。待过旬余,得去使返报,知朝廷已允赦宥,且调任他镇,思绾大喜。未几即有诏敕颁到行营,授思绾检校太保,调任华州留后。当由郭从义传入城中,令思绾出城受诏,思绾释甲出城,拜受朝命,遂与郭从义面约行期,指日往华州任事。从义允诺,许令还城整装,惟派兵随入,守住南门。思绾迟留未发,托言行装未整,改易行期,至再至三。从义乃与王峻商议道:"狼子野心,终不可用,不如早除,杜绝后患!"王峻不甚赞成,但言须禀命郭威。便是两不相容之故。

从义因遣人至河中行营,请除思绾。既得威诺,即与王峻按辔入城,陈列步骑,直至府署。遣人召思绾出署道:"太保登途,不遑出饯,请就此对饮一杯，便申别意。"思绾不得不从，一出署门，便被从义一声暗号，麾动军士，将他拿下。并入署搜捕家属，及都指挥常彦卿，一并牵至市曹，枭首示众。且籍没思绾家赀，得二十余万贯，一半入库，一半赈饥。城中丁口，旧有十余万，至是仅遗万人。从义延入李肃，请他主持赈务，肃自然出办。两日即尽，入府销差，归家与张夫人说明，一对老夫妻，才得高枕无忧，白头偕老了。应该向闽中道谢。

思绾伏法，郭威免得兼顾，日夕督兵攻城，冲入外郭。李守贞收拾余众，退保内城，诸将请乘胜急攻，威说道："鸟穷犹啄，况一军呢！今日大功将成，譬如涸水取鱼，不必性急了。"守贞知已必死，在衙署中多积薪刍，为自焚计。迁延数日，守将已开城迎降，有人报知守贞，守贞忙纵火焚薪，举家投入火中。说时迟，那时快，官军已驰入府衙，用水沃火，应手扑灭，守贞与妻及子崇勋，已经焚死，尚有数子二女，但触烟倒地，未曾毙命。官军已检出尸骸，枭守贞首，并取将死未死的子女，献至郭威马前。

威查验守贞家属，尚缺逆子崇训一人，再命军士入府搜拿。府署外厅已毁，独内室岿然仅存。军士驰入室中，但见积尸累累，也不知谁为崇训，惟堂上坐一华妆命妇，丰采自若，绝不慌张。大众疑是木偶，趋近谛视，但听该妇呵声道："休来！休来！郭公与我父旧交，汝等怎得犯我！"好大胆识。军士更不知为何人，但因她词庄色厉，未敢上前锁拿，只好退出府门，报知郭威。威亦惊诧起来，便下马入府，亲自验明。那妇见郭威进来，方下堂相迎，亭亭下拜。威略有三分认识，又一时记忆不清，当即问明姓氏。及该妇从容说出，方且惊且喜道："汝是我世侄女，如何叫汝受累呢！我当送汝回母家。"该妇反凄然道："叛臣家属，难缓一死，蒙公盛德，贷及微躯，感恩何似！但侄女误适孽门，与叛子崇训结褵有年，崇训已经自杀，可否令侄女棺殓，作为永诀！得承曲允，来生当誓为犬马，再报隆恩！"威见该妇情状可怜，不禁心折，便令指出崇训尸首，由随军代为殓埋。该妇送丧尽哀，然后向威拜谢，辞归母家。威拨兵护送，不消细叙。惟该妇究为何人？她自说与崇训结褵，明明是崇训妻室。惟她的母家，却在兖州，兖州即泰宁军节度使魏国公符彦卿，就是该妇的父亲。画龙点睛。

先是守贞有异志，尝觅术士卜问休咎。有一术士能听声推数，判断吉凶。守贞召出全眷，各令出声。术士听一个，评一个，统不与寻常套话。挨到崇训妻符氏发言，不禁瞿然道："后当大贵，必母仪天下！"术士既知吉凶，如何专推符氏，不言守贞全家之多凶。守贞果信术士言，何不转诘崇训之可否为帝。史家所载，往往类此，本编亦依史演述云尔。守贞闻言，益觉自夸道："我媳且为天下母，我取天下，当然成功，何必再加疑虑呢！"于是决计造反。

第四十三回　覆叛巢智全符氏女　投火窟悔拒汉家军

及城破后，守贞葬身火窟。崇训独不随往，先杀家人，继欲手刃符氏，符氏走匿隐处，用帷自蔽，令崇训无从寻觅。崇训惶遽自杀，符氏乃得脱身，东归兖州。符彦卿贻书谢威，且因威有再生恩，愿令女拜威为父，威也不推辞，复称如约。惟女母对此鳌雏，说她夫家灭亡，孑身仅存，无非是神明佑护，不如削发为尼，做一个禅门弟子，聊尽天年。符氏独摇首道："死生乃是天命，无故毁形祝发，真是何苦呢？"还要去做皇后，怎肯为尼。后来再嫁周世宗，果如术士所言，这且待后再表。

且说郭威攻克河中，检阅守贞文书，所有往来信札，或与朝臣勾结，或与藩镇交通，彼此统指斥朝廷，语多悖逆。威欲援为证据，一并奏闻，秘书郎王溥进谏道："魑魅乘夜争出，见日自消，愿一概付火，俾安反侧！"保全甚多。威闻言称善，乃将河中所留文牍，尽行焚去。当即驰书奏捷。召赵修己为幕宾，掌管天文。四面搜缉伪丞相靖崎、孙愿，伪枢密使刘芮，伪国师总伦等犯，与守贞子女，分入囚车，派将士押送阙下。

汉主承祐，御明德楼，受俘馘，宣露布，百官称贺。礼毕，即命将罪犯徇行都城，悬守贞首于南市，诛各犯于西市。二叛既平，但有凤翔一城，朝夕可下。朝旨令郭威还朝，留扈彦珂镇守河中，所有华州一缺，即命刘词补任。授郭从义为永安节度使，兼加同平章事职衔。此外立功将士，封赏有差。

郭威奉诏还都，入阙朝见，汉主承祐，令威升阶，面加慰劳，亲酌御酒赐威，威跪饮尽卮，叩首谢恩。汉主又命左右取出赏物，如金帛衣服玉带鞍马等类，一一备具。威复拜辞道："臣受命期年，只克一城，何功足录！且臣统兵在外，凡镇安京师，拨运军食，统由诸大臣居中调度，使臣得灭叛诛凶，臣怎敢独膺此赐？请分赏朝廷诸大臣！"汉主承祐道："朕亦知诸大臣功勋，当有后命。此物但足赏卿，卿毋固辞！"威乃拜辞而出。翌晨威复入朝，汉主拟使威兼领方镇，威又拜辞道："杨邠位在臣上，未受茅土，臣何敢当此！且臣尝蒙陛下厚恩，忝居枢密，帷幄参谋，不能与将帅同例。史弘肇为开国功臣，夙总武事，所以兼领藩封，臣万不敢受！"汉主乃上威检校太师，兼职侍中，且加赐史弘肇、苏逢吉、苏禹珪、窦贞固、杨邠等兼职，与威略同。惟中书侍郎李涛，已早罢相，不得与赐。汉主尚欲特别赏威，威一再叩谢道："运筹建画，出自庙堂；发兵馈粮，出自藩镇；暴露战斗，出自将士；今功独归臣，再三加赏，反足使臣折福。愿勾余生为陛下效力，嗣有他功，再当领赏便了！"差不多似三揖三让。汉主方才罢议。

嗣因受赐诸臣，谓恩赏只及亲近，不录外藩，未免重内轻外。于是再议加恩，加天雄节度使高行周为太师，山南东道节度使安审琦为太傅，泰宁即上文兖州。节度使符彦卿为太保，河东节度使刘崇兼中书令，忠武节度使刘信，天平节度使慕容彦超,平卢节度使刘铢,并兼侍中,朔方节度使冯晖,夏州节度使李彝殷,并兼中书令,义武节度使孙方简,武宁节度使刘赟,并加同平章事。他如镇州节度使武行德,凤翔节度使赵晖等,也各加封爵,不胜殚述。

赵晖围攻凤翔,已历年余,闻河中长安,依次平定,独凤翔不下,功落人后,免不得焦急异常。遂督部众努力进攻,期在必克。王景崇困守危城,也害得智穷力竭,食尽势孤。幕客周璨,入语景崇道:"公前与河中、长安,互为表里,所以坚守至今。今二镇皆平,公将何恃?蜀儿万不可靠,不如降顺汉室,尚足全生。"景崇道:"我一时失策,累及君等,虽悔难追!君劝我出降,计亦甚是,但城破必死,出降亦未必不死,君独不闻赵思绾么?"璨知不可劝,退出署外。

越数日外攻益急。景崇登陴四望,见赵晖跨马往来,亲冒矢石,所有将士,无不效命,城北一隅,攻扑更是利害,不由俯首长吁,猛然间得了一计,立即下城,召语亲将公孙辇、张思练道:"我看赵晖精兵,多在城北,来日五鼓,汝二人可毁城东门,诈意示降,勿令寇入。我当与周璨带领牙兵,突出北门,攻击晖军。幸而得胜,或守或去,再作良图。万一失败,也不过一死,较诸束手待毙,似更胜一筹了。"两将唯唯听命,景崇又与周璨约定,诘旦始发,是时准备停当,专待天明。

既而城楼谯鼓,已打五更,公孙辇、张思练两人,行至东门,即令随兵纵起火来,周璨也到了府署,恭候景崇出门。不意府署中忽然火起,烧得烟焰冲天,不可向迩。璨急召牙兵救火,待至扑灭,署内已毁去一半,四面壁立,独有景崇居室,一些儿没有遗留,眼见是景崇全家,随从那祝融回禄,同往南方去了。辇与思练,正派弁目来约景崇,突然见府舍成墟,大惊失色。急忙返报,急得两将没法,只好弄假成真,毁门出降。周璨早有降意,当然随降赵晖。晖引兵入城,检出景崇烬骨,折作数段。当即晓谕大众,禁止侵掠。立遣部吏报捷大梁。汉廷更有一番赏赐,无容细表,于是三叛俱亡。

当时另有一位大员,也坐罪屠戮。看官欲问他姓名,就是太子太傅李崧。李崧受祸的原因,与三叛不同。从前刘氏入汴,崧北去未归,所有都中宅舍,由刘知远赐给苏逢吉,逢吉既得崧第,凡宅中宿藏,及洛阳别业,悉数占有。至崧得还都,虽受命为太子太傅,仍不得给还家产。自知形迹孤危,不敢生怨,又因宅券尚存,出献逢吉。马屁拍错了。逢吉不好面斥,强颜接受。入语家人道:"此宅出自特赐,何用李崧献券!难道还想卖情么?"从此与崧有嫌。崧弟屿,嗜酒无识,尝与逢吉子弟往来,酒后忘情,每怨逢吉夺他居第。逢吉闻言,衔恨益深。

翰林学士陶穀,先为崧所引用,至此却阿附逢吉,时有谤言。可巧三叛连兵,都城震动,史弘肇巡逻都中,遇有罪人,不问情迹轻重,一古脑儿置入叛案,悉数加诛。李屿仆夫葛延遇,逋负失偿,被屿杖责,积成怨隙,遂与逢吉仆李澄,同谋告变,诬屿谋叛。结怨小人,祸至灭家。但陶穀文士,以怨报德,遑论一仆!逢吉得延遇诉状,正好乘隙报怨,遂将原状递交史弘肇。且遣吏召崧至第,从容语及葛延遇事,佯为叹息。崧还道是好人,愿以幼女为托。逢吉又假意允许,不使归家,即命家人送崧入狱。

崧才识逢吉刁狡,且悔且忿道:"从古以来,没有一国不亡,一人不死,我死了便休,何用这般倾陷呢!"及为吏所鞫,屿先入对簿,断断辩论。崧上堂闻声,顾语屿道:"任汝舌吐莲花,也是无益,当道权豪,硬要灭我家族,毋庸哓哓了!"屿乃自诬伏罪,但说与兄弟僮仆二十人,同谋作乱,又遣人结李守贞,并召辽兵。逢吉得了供词,复改二十字为五十字,有诏诛崧及屿,兼戮亲属,无论少长,悉斩东市,葛延遇、李澄,反得受赏,都人士统为崧呼冤。小子有诗叹道:

遭谗诬伏愿拼生,死等鸿毛已太轻。
同是身亡兼族灭,何如殉晋尚留名!

欲知后事如何,且至下回续叙。

永兴围城中,有一李肃妻张氏,河中叛眷内,有一李崇训妻符氏,本回特别叙明,于军马倥偬之际,独显出两个女豪,尤足使全回生色。惟张氏以智全夫,且令叛贼出降,长安得以戡定,为家为国,共得保安,七尺须眉,对之具有愧色矣。符氏胆识过人,智不在张氏下。但夫死不嫁,礼有明文,女母令削发为尼,实欲为女保全贞节。符氏乃不从母言,志在再醮。虽其后果为国母,而绳以礼律,毋乃犹有遗憾欤!若夫三叛之亡,咎皆自取,而李崧族灭,不无冤诬。然试问谁与亡晋,谁与降辽,而得长享富贵耶?故苏逢吉固不得杀崧。而崧之罪实无可逭;都下称冤,其犹为一时之偏见也夫!

第四十四回 弟兄构衅湖上操戈
将相积嫌席间用武

却说汉主承祐,因三叛已平,内外无事,自然欣慰异常,除赏赐诸臣外,复加封吴越、荆南、湖南三镇帅。吴越王弘倧,秉性刚严,统军使胡进思,骄横不法,为弘倧所嫉视,密与指挥使何承训商议,谋逐进思。承训佯为定计,出与进思说明。进思即带领亲兵，夤夜叩宫，戎服入见。弘倧惊问何事？进思以下，语多狂悖，急得弘倧骇奔，跑入义和院，闭门避祸。进思反锁院门，矫传王命，诡言猝得疯痰，不能视事，可传位王弟弘俶等语。弘俶本出镇台州，当弘倧嗣立时，召入钱塘，赐居南邸，参相府事。进思既颁发伪敕，即召集文武大吏，至南邸迎谒弘俶。弘俶愕然道："能全我兄，方敢承命。否则宁避贤路，幸勿强迫！"进思拜手道："愿遵王言！"诸官吏亦俯伏称贺。弘俶乃入元帅府南厅，受册视事，徙故王弘倧至锦衣军，遣都头薛温率兵保护。且戒温道："此后有非常处分，均非我意，汝当死拒，不得相从！"温受命而去。

进思屡劝弘俶害兄，弘俶始终不从，且严防进思。何承训希承意旨，复请弘俶速诛进思。弘俶恨他反复无常，猝命左右拿下承训，推出斩首。杀得爽快。进思闻承训卖己，却也说是该杀，惟日虑弘迴报复，又捏称弘俶命令，饬薛温毒死弘倧。温抗声道："温受命时，未闻此言，不敢妄发！"进思复夜遣私党二人，逾垣突入，持刀前进。亏得弘迴日夜戒惧，闻声大呼，温急率众趋救，捉住二贼，剁毙庭中。诘旦面报弘俶，弘俶大惊道："保全我兄，全出汝力。"乃赏温金帛，仍令加意。进思无从下手，忧惧日积，猝然间疽发背上，呼号而死。命该如此。

弘俶仍奉汉正朔，奏达弘倧传位情形。汉主承祐，授弘俶为东南面兵马都元帅，兼镇海、镇东等军节度使，封吴越国王。未几以平乱覃恩，加授尚书令，弘倧得弘俶优待，移居东府，优游二十年，安然告终，吴越号为让王。友爱家风，足矫乱世。这是后话。同时荆南节度使高从诲病殁，子保融嗣。先是汉高祖起兵太原，高从诲尝遣使劝进，一面且入贡大梁，取媚辽主。至汉已定国，从诲上表称贺，并求给郢州，未得俞允。从诲遂潜师寇郢，被刺史尹实击退。又发水军袭襄州，也为节度使安审琦所破，败归荆南。从诲两次失败，恐汉兵南讨，急向唐、蜀称臣，求他援助。时人见他东奔西走，南投北降，见利即趋，见害即避，呼他为高无赖。乾祐元年，从诲因与汉失和，北方商旅不通，境内贫乏，复上表汉廷，自陈悔过，愿修职贡。汉廷方虑三叛构兵，无暇诘责，乃派使臣宣抚荆南。既而从诲寝疾，命三子保融判内外兵马事。从诲旋殁，保融嗣知留后，告哀汉廷，汉授保融荆南节度使，同平章事。越年汉平三叛，推恩加封，命保融兼官侍中，与吴越同时颁诏。

尚有湖南节度使楚王马希广，亦得进授太尉，算是大汉隆恩。希广当然拜命，独希广兄希萼，据有朗州，也遣使至汉，表求节钺。小子于前四十回中，曾已叙明希萼为兄，希广为弟，弟承王位，兄独向隅，势不免同室操戈，想看官当已阅过。果然为时未几，即致暴裂。希广有庶弟希崇，曾为天策左司马，素性狡险，阴遗希萼书，内言指挥使刘彦瑫等，妄称遗命，废长立少。愿兄勿为所欺云云。希萼得书览毕，激动怒意，遂借奔丧为名，入探虚

第四十四回　弟兄构衅湖上操戈　将相积嫌席间用武

实。行至砾石,早被刘彦瑫闻知,请命希广遣都指挥使周廷诲,带着水军,往迎希萼。两下会着,由廷诲逼他释甲,然后导入。希萼见廷诲军容,不敢不屈意相从,卸甲改装,随廷诲入国城,成服丧次,留居碧湘宫。及丧葬礼毕,希萼求还。廷诲入白希广道:"王若能让位与兄,不必说了;否则为国割爱,毋使生还!"劝人杀兄,亦属非是。希广道:"我何忍杀兄,宁可分土与治。"乃厚赠希萼,遣归朗州。

希萼大为失望,还镇后即上诉汉廷,谓希广越次擅立,事出不经,臣位次居长,愿与希广各修职贡,置邸称藩。汉廷以希广已受册封,未便再封希萼,乃不允所请,但谕以兄弟一体,毋得失和,所有贡献,当附希广以闻。又别赐希广诏书,亦无非劝他友爱,弭衅息争。希广原是受命,希萼偏不肯从,募乡兵,造战舰,将与希广从事,争个你死我活。

适南汉主晟,本名弘熙,见三十二回。杀死诸弟,骄奢淫佚,特遣工部郎中钟允章,赴楚求婚,哪知希广不许,谢绝允章。允章还报,晟愤愤道:"马氏尚能经略南土否?"允章道:"马氏方启内争,怎能害我?"晟又道:"果如卿言,我正好乘隙进取了。"允章极口赞成。晟遂遣指挥使吴珣,内侍吴怀恩,率兵攻贺州。楚主希广,忙派指挥使徐知新、任廷晖,统兵往救。到了贺州城下,见城上已遍竖敌旗,惹起众愤,立刻攻城,鼓声一起,各队竞进,忽听得几声怪响,地忽裂开,前驱兵士,统坠入地下去了。令人惊讶。徐知新等忙令收军,十成中已失去四五成,且恐敌兵出击,星夜奔回,乞请济师。希广责他不肯尽力,立将徐、任二将处斩。看官听着!这徐、任二将的败衄,并非畏怯,实出卤莽。南汉统将吴珣,陷入贺州,就在城外凿一大阱,上覆竹箔,附以土泥。复从堑中穿穴达阱,设着机轴。专待禁军来攻。若徐、任等能小心查察,当可免祸,误在麾兵轻进,徒然把前驱士卒,送死阱中。罪固难贷,情尚可原。希广当日,何妨令他带罪立功,乃骤加显戮,伤将士心,如何能御敌固防呢!评断精确。南汉兵转攻昭、桂、连、宜、严、梧、蒙诸州,多半被陷,大掠而去。希萼乘势发兵,督领战舰七百艘,将攻长沙,妻苑氏进阻道:"兄弟相攻,无论胜负,俱为人笑,不如勿行!"希萼不听,引兵趋潭州。即长沙。希广闻变,召入刘彦瑫等,慨然与语道:"朗州是我兄镇治,不可与争,我情愿举国让兄。"言之有理,惜为群小所误。刘彦瑫固言不可,天策学士李弘皋、邓懿文,亦同声谏阻,乃命岳州刺史王赟为战棹指挥使,出拒希萼。即命刘彦瑫监军。彦瑫与赟,驶舟至仆射洲,巧值朗州战船,逆风前来。赟据住上风,麾众截击,大破朗州兵,获住战舰三百艘,复顺风追赶,将及希萼坐船,忽后面有差船到来,传希广命,说是勿伤我兄!既不能让国,还要戒以勿伤,真是妇人之仁。赟乃引还,希萼得从赤沙湖遁归。苑氏闻希萼败还,泣语家人道:"祸将到了!我不忍见屠戮呢。"遂投井自尽。未免轻生。

　　静江军节度使马希瞻,系希广弟,闻两兄交争,屡次作书劝戒,各不见从,也病疽而殁。希萼因败益愤,招诱辰溆州及梅山蛮,共击湖南,蛮众贪利忘义,争来赴敌,与希萼同攻益阳。希广遣指挥使陈璠往援,交战淹溪,璠竟败死。希萼又遣群蛮破迪田,杀死镇将张延嗣,希广再命指挥使黄处超赴剿,也致败亡。希萼连得胜仗,再向汉廷上表,请别置进奏务于京师。汉主承祐,仍优诏不许,惟劝他兄弟修和。希萼遂改道求援,臣事南唐。唐令楚州刺史何敬洙,将兵往助希萼,共攻希广。

　　希广到了此时,哪得不焦灼万分,慌忙遣使至汉,表称荆南、岭南、江南连兵,谋分湖南,乞速发兵屯澧州,扼住江南、荆南要路。汉廷并未颁发覆谕,急得希广寝食不安。刘彦瑫入见希广道:"朗州兵不满万,马不盈千,何足深惧!愿假臣兵万余人,战舰百五十艘,径入朗州,缚取希萼,为大王解忧。"言之不怍。希广大悦,即授彦瑫为战棹指挥使,兼朗州行营都统,亲出都门饯行。

　　彦瑫辞别希广,航行入朗州境,父老各赍牛酒犒军。彦瑫总道是民心趋附,定可进取,战舰既过,即用竹木自断后路,表示决心。也想学项羽之破釜沉舟耶!行次湄州,望见朗州战舰百余艘,装载州兵、蛮兵各数千,即乘风纵击,且抛掷火具,焚毁敌船。敌兵惊骇,正思返奔,忽风势倒吹,火及彦瑫战船,反致自焚,彦瑫不遑扑救,只好退走,无如后路已断,追兵又至,士卒穷蹙无路,战死溺死,不下数千人。

　　彦瑫单舸走免,败报传入长沙,希广忧泣终日,不知所为。或劝希广发帑犒师,鼓励将士,再行拒敌。希广素来吝啬,没奈何颁发内帑,取悦士心。或又谓希崇流言惑众,反状已明,请速诛以绝内应。希广又是不忍,潸然流涕道:"我杀我弟,如何见先王于地下。"迂腐之极。将士见希广迂懦,不免懈体。马军指挥使张晖,从间道击朗州,闻彦瑫败还,也退屯益阳。嗣因朗州将朱进忠来攻,诡词诳众道:"我率麾下绕出贼后,汝等可留城中待我,首尾夹击,不患不胜。"说着,引部众出城,竟从竹头市逃归长沙。进忠闻城中无主,驱兵急攻,遂陷益阳。守兵九千余人,尽被杀死。

　　希广见张晖遁归,急上加急,不得已遣僚属孟骈,赴朗州求和。希萼令骈还报道:"大义已绝,不至地下,不便相见了!"希广益惧,忽又接朗州探报,希萼自称顺天王,大举入寇。那时无法可施,只好飞使入汉,三跪九叩首的,乞请援师。汉主承祐,倒也被他感动,拟调将遣兵,往援湖南。偏值外侮猝乘,内变纷起,连自己的宗社,也要拱手让人,哪里还能顾到南方!说来又是话长,小子按年叙事,不得不依着次第,先述汉乱。界限划清,次第分明。

　　汉主承祐嗣位,倏经三年,起初是任用勋旧,命杨邠掌机要,郭威主征伐,

第四十四回 弟兄构衅湖上操戈 将相积嫌席间用武

史弘肇典宿卫，王章总财赋，四大臣同寅协恭，国内粗安。惟国家大事，尽在四大臣掌握，宰相苏逢吉、苏尚珪等，反若赘瘤。二苏多迁补官吏，杨邠谓虚糜国用，屡加裁抑，遂致将相生嫌，互怀猜忌。适关西乱起，纷扰不休，中书侍郎兼同平章事李涛，请调杨、郭二枢密，出任重镇，控御外侮，内政可委二苏办理。这明明是思患预防，调停将相的意思。不意杨、郭二人，误会涛意，疑他联络二苏，从旁倾轧，竟入宫泣诉太后，自请留奉山陵。李太后又疑承祐喜新厌旧，面责承祐，经承祐述及涛言，益增母怒，立命罢涛政柄，勒归私第。种种误会，构成隐患。承祐欲使母生欢，更重用杨、郭、史、王四大臣，除弘肇兼官侍中外，三大臣皆加同平章事兼衔。二苏益致失权，愈抱不平。既而郭威出讨河中，朝政归三大臣主持。邠司黜陟，重武轻文，文吏升迁，多方抑制。弘肇司巡察，怙权专杀，都人犯禁，横加诛夷。章司出纳，加税增赋，聚敛苛急，不顾民生。由是吏民交怨，恨不得将三大臣同时捽去。

及三叛告平，郭威还朝，今日赐宴，明月颁赏，仿佛是四海清夷，从此无患。承祐年已浸长，性且渐骄，除视朝听政外，辄与近侍戏狎宫中。飞龙使后匡赞，茶酒使郭允明，最善谄媚，大得主宠，往往编造廋词，杂以媟语，不顾主仆名分，乱嘈嘈的聚做一堆，互相笑谑。李太后颇有所闻，常召承祐入宫，严词督责。承祐初尚遵礼，不敢发言，后来听得厌烦，竟反唇相讥道："国事由朝廷作主，太后妇人，管甚么朝事！"说至此，便抢步趋出，徒惹起太后一场烦恼，他却仍往寻乐去了。太常卿张昭，得知此事，上疏切谏，大旨在远小人，亲君子。承祐怎肯听受，置诸不理。

到了乾祐三年初夏，边报称辽兵入寇，横行河北，免不得召集大臣，共商战守。会议结果，是遣枢密使郭威出镇邺都，督率各道备辽。史弘肇复提出一议，谓威虽出镇，仍可兼领枢密。苏逢吉据例辩驳，弘肇愤然道："事贵从权，岂必定授故例，况兼领枢密，方可便宜行事，使诸军畏服。汝等文臣，怎晓得疆场机变哩！"逢吉畏他凶威，不敢与较，但退朝语人道："用内制外，方得为顺。今反用外制内，祸变不远了！"逢吉能料大局，如何不能料自身？越日有诏颁出，授郭威为邺都留守天雄军节度使，仍兼枢密使，凡河北兵甲钱谷，见威文书，不得违误。为此一诏，汉社遂墟。

是夕宰相窦贞固，为威饯行，且邀集朝贵，列座相陪，大家各敬威一樽，才行归座。弘肇见逢吉在侧，引酒满觥，故意向威厉声道："昨日廷议，各争异同，弟应为君尽此一杯。"说毕一饮而尽。逢吉亦忍耐不住，举觞自言道："彼此都为国事，何足介意！"杨邠亦举觞道："我意也是如此！"是几时孟光接了梁鸿案。遂与逢吉同饮告干。郭威恰过意不下，用言解劝。弘肇又厉声道："安朝廷，定祸乱，须恃长枪大剑，毛锥子有何用处？"王章闻言，代为不平，也插嘴道：“没有毛锥子，饷军财赋，从何而出？史公亦未免欺人了！”真是舌战，不是钱客。弘肇方才无言。

少顷席散，各怏怏归第。威于次日入朝辞行，伏阙奏请道："太后随先帝多年，具有经验，陛下春秋方富，有事须禀训乃行，更宜亲近忠直，屏逐奸邪，善善恶恶，最宜明审！苏逢吉、杨邠、史弘肇，皆先帝旧臣，尽忠殉国，愿陛下推心委任，遇事谘询，当无失败！至若疆场戎事，臣愿竭愚诚，不负驱策，请陛下勿忧！"承祐敛容称谢。待威既北去，仍然置诸脑后，不复记忆。那三五朝贵，却暗争日烈，好似有不共戴天的大仇。

一日由王章置酒，宴集朝贵。酒至半酣，章倡为酒令，拍手为节，节误须罚酒一樽。大家都愿遵行，独史弘肇喧嚷道："我不惯行此手势令，幸毋苦我！"客省使阎晋卿，适坐弘肇肩下，便语弘肇道："史公何妨从众，如不惯此令，可先行练习，事不难为，一学便能了。"说着，即拍手相示，弘肇瞧了数拍，到也有些理会，因即应声遵令。令既举行，你也拍，我也拍。轮到弘肇，偏偏生手易错，不禁忙乱，幸由晋卿从旁指导，才免罚酒。苏逢吉冷笑道："身旁有姓阎人，自无虑罚酒了！"道言未绝，忽闻席上豁喇一声，几震得杯盘乱响。随后即闻弘肇诟骂声，大众才知席上震动，由弘肇拍案所致。好大的手势令。逢吉见弘肇变脸，慌忙闭住了口。弘肇尚不肯干休，投袂遽起，握拳相向。逢吉忙起座出走，跨马奔归。弘肇向王章索剑，定要追击逢吉，杨邠从旁泣劝道："苏公是宰相，公若加害，将置天子何地！愿公三思后行！"弘肇怒气未平，上马径去。邠恐他再追逢吉，也即上马追驰，与弘肇联镳并进，直送至弘肇第中，方才辞归。

看官试想，逢吉虽出言相嘲，也无非口头套话，并不是甚么揶揄，为何弘肇动怒，竟致如此？原来弘肇籍隶郑州，系出农家，少时好勇斗狠，专喜闯祸，惟乡里有不平事，辄能扶弱锄强。酒妓阎氏，为势家所窘，经弘肇用力解决，阎氏始得脱祸。娼妓多情，以身报德，且潜出私蓄，赠与弘肇，令他投军。阎氏颇似梁红玉，可惜弘肇不及韩蕲王。弘肇投入戎伍，得为小校，遂感阎氏恩，娶为妻室。到了夫荣妻贵，相得益欢。逢吉所言，是指阎晋卿，弘肇还道是讥及爱妻，所以怒不可遏，况已挟有宿嫌，更带着三分酒意，越觉怒气上冲。还亏逢吉逃走得快，侥幸全生。逢吉遭此不测，始欲外调免祸，继且自忖道："我若出都门，只烦仇人一处分，便成齑粉了。"乃打消初意。王章亦郁郁不乐，欲求外官。还是杨邠慰留，也致迁延过去。统是出去为妙。汉主承祐，探悉情形，特命宣徽使王峻，设席和解，仍然无效。小子有诗叹道：

岂真杯酒伏戈矛，攘臂都因宿忿留。
天子徒为和事老，不临死地不知休！

将相不和,内变已伏,尚有各种诳构情形,待小子下回再叙。

希广、希萼,阋墙构衅,与吴越适成反比例。故吴越虽有内乱,而得免破裂,湖南一启纷争,而即促危亡,甚矣兄弟之不宜相残也!希萼凶悍,希广迂懦,刘彦瑫等喜懦惧凶,故舍长立少,庸讵知迂懦者之终难成事耶!但推原祸始,实由希范,有事或可达权,无事必宜守经,否则,未有不乱且亡者也。夫兄弟不和,家必破;将相不和,国必亡。楚以兄弟不和而破家,汉以将相不和而亡国。同时肇乱,又若不相谋而适相合。著书人读书得间,合成一回,使其两相对照,标目生新,是亦一文字中之特色也。

第四十五回　伏甲士骈诛权宦
　　　　　溃御营窜死孱君

却说杨邠、史弘肇等,揽权执政,势焰薰天,就是皇帝老子,亦奈何他不得。汉主近侍,及太后亲戚,夤缘得位,多被邠等撤除。太后有故人子,求补军职,弘肇不但不允,反把他斩首示众。还有太后弟李业,充武德使,夙掌内帑,适宣徽使出缺,业密白太后,乞请升补。太后转告承祐,承祐复转语执政,邠与弘肇,俱抗声说道:"内使迁补,须有次第,不得超擢外戚,紊乱旧纲!"理非不正,语亦太激。承祐入禀太后,只好作为罢论。客省使阎晋卿,依次当升宣徽使,久不得补。这是何理?枢密承旨聂文进,飞龙使后匡赞,茶酒使郭允明,皆汉主幸臣,亦始终不得迁官。平卢节度使刘铢,罢职还都,守候数月,并未调任。因此各生怨恨,渐启杀机。

承祐三年服阕,除丧听乐,赐伶人锦袍玉带。伶人知弘肇骄横,不得不前去道谢,果然触怒弘肇,当面叱辱道:"士卒守边苦战,尚未得此重赏,汝等何功,乃得此赐。"立命脱下,还贮官库。伶人固不应重赏,但亦须上疏谏阻,不得如此专横。承祐尝娶张彦成女为妃,不甚和协。嗣得一耿氏女,秀丽绝伦,大加宠信,便欲立她为后。商诸杨邠,邠谓立后太速,且从缓议。何不辨明嫡庶。偏偏红颜薄命,遽尔夭逝。速死实是幸事。累得承祐哀毁,如丧考妣,且欲用后礼殓葬。又被邠从旁阻挠,不得如愿。承祐已恨为所制,积不能平。有时与杨邠、史弘肇商议政事,承祐面谕道:"事须审慎,勿使人有违言!"邠与弘肇齐声道:"陛下但禁声,有臣等在,还怕何人!"骄恣极了。承祐虽不敢斥责,心中却懊恨很得。退朝后与左右谈及恨事,左右趁势进言道:"邠等专恣,后必为乱,陛下如欲安枕,亟宜设法除奸!"承祐尚不能决,是夕闻作坊锻声,疑有急兵,起床危坐，达旦不寐。嗣是虑祸益深，遂欲除去权臣，为自安计。

宰相苏逢吉与弘肇有隙，屡用微言挑拨李业，使诛弘肇。业即与文进、匡赞、允明，定好密计，入白承祐，承祐令转禀太后。太后道："这事何可轻发，应与宰相等熟权利害，方可定议。"业答道："先帝在日，尝谓朝廷大事，不可谋及书生，文人怯懦，容易误人。"太后终不以为然，召入承祐，嘱他慎重。承祐愤愤道："国家重事，非闺阁所知，儿自有主张。"言已，拂衣径出。业等亦退告阎晋卿，晋卿恐谋事不成，反致及祸，急诣弘肇第求见，欲述所闻。也是弘肇恶贯已盈，适有他故，不遑见客，竟命门吏谢绝晋卿。晋卿不得已驰归。

越日天明，杨邠、史弘肇、王章入朝，甫至广政殿东庑，忽有甲士数十人驰出，拔出腰刀，先向弘肇砍去，弘肇猝不及防，竟被砍倒，杨邠、王章骇极欲奔，怎禁得甲士攒集，七手八脚，立将两人砍翻，结果又是三刀，三道冤魂，同往冥府。殿外官吏，不知何因，都惊惶的了不得，忽由聂文进趋出，宣召宰相朝臣，排班崇元殿，听读诏书。宰臣等硬着头皮，入殿候旨。文进复趋入宣诏道："杨邠、史弘肇、王章，同谋叛逆，欲危宗社，故并处斩，当与卿等同庆。"大众听诏毕，退出朝房，未敢散去。嗣由汉主承祐，亲御万岁殿，召入诸军将校，面加慰谕道："杨邠、史弘肇、王章，欺朕年幼，专权擅命，使汝等常怀忧恐。朕今除此大憝，始得为汝等主，汝等总可免横祸了！"大众皆拜谢而退。又召前任节度使、刺史等升殿，晓谕如前，大众亦无异言，陆续趋退。无如宫城诸门，尚有禁军守住，不放一人，待至日旰，始放大众出宫。大众步行归第，才知杨邠、史弘肇、王章三家，尽被屠戮，家产亦籍没无遗了。<small>可为争权夺利者鉴。</small>

到了次日，又闻得缇骑四出，收捕杨、史、王三人戚党，并平时仆从，随到随杀。大众都恐连坐，待至日暮无事，才得安心。侍卫步军都指挥使王殷，向与弘肇友善，此时正出屯澶州，承祐闻信李业等言，遣供奉官孟业，赍着密敕，令业弟澶州节度使李洪义，乘便杀殷。又因邺都留守郭威，素与杨、史等联络一气，也遣使赍诏，密授邺都行营马军指挥使郭崇威，步军指挥使曹威，令杀郭威及监军王峻。<small>令两威杀一威，恐还是一威利害。</small>

是时高行周调镇天平，符彦卿调镇平卢，慕容彦超调泰宁，俱由承祐颁敕，令与永兴节度使郭从义，同州节度使薛怀让，郑州防御使吴虔裕，陈州刺史李谷，一同入朝。命宰相苏逢吉权知枢密院事，前平卢节度使刘铢，权知开封府事；侍卫马步都指挥使李洪建，权判侍卫司事；客省使阎晋卿，权充侍卫马军都指挥使。逢吉虽与弘肇有嫌，但李业等私下定谋，实是未曾预议。蓦闻此变，也觉惊心，私语同僚道："事太匆匆，倘主上有言问我，也不至这般仓皇了！"刘铢索性残忍，既任开封尹职务，便与李业合谋，为斩草除根的计画，凡郭威、王峻的家族，一律捕戮，老少无遗。李洪建本为业兄，业使他捕诛王

第四十五回　伏甲士骈诛权宦　溃御营窜死孱君

殷家属,他却不肯逞凶,但派兵吏监守殷家,仍令照常寝食,殷家竟得平安。独殷在澶州,尚未知悉,忽有李洪义入帐,递交密诏,令殷自阅。殷览毕大惊,问从何处得来？洪义道:"朝廷正遣孟业到此,嘱洪义依着密旨,加害使君,洪义与使君交好有年,怎忍下此毒手？"殷慌忙下拜道:"如殷余生,尽出公赐！"又问孟业尚在否？洪义道:"适与他同来,想在门外。"说至此,即出引孟业,同入见殷。殷问及朝事,略得数语,已是愤愤,便将业囚住,立派副使陈光穗,转报邺都。

郭威至邺都后,去烦除弊,严饬边将谨守疆场,不得妄动,如遇辽人寇掠,尽可坚壁清野,以逸待劳。边将相率遵令,辽人也不敢入侵,河北粗安。

一日正与宣徽使监军王峻,出城巡阅,坐论边事,忽来澶州副使陈光穗,便即延入。光穗呈上密书,由威披阅,才知京都有变,将来书藏入袖中,即引光穗回入府署。王峻尚未知底细,也即随归。威遽召入郭崇威、曹威及大小三军将校,齐集一堂,当面宣言道:"我与诸公拔除荆棘,从先帝取天下,先帝升遐,亲受顾命,与杨、史诸公弹压经营,忘寝与餐,才令国家无事。今杨、史诸公,无故遭戮,又有密诏到来,取我及监军首级。我想故人皆死,亦不愿独生,汝等可奉行诏书,断我首以报天子,庶不至相累呢！"

郭崇威等听着,不禁失色,俱涕泣答言道:"天子幼冲,此事必非圣意,定是左右小人,诬罔窃发；假使此辈得志,国家尚能治安么？末将等愿从公入朝,面自洗雪,荡涤鼠辈,廓清朝廷,万不可为单使所杀,徒受恶名！"威尚有难色,假意为之。枢密使魏仁浦进言道:"公系国家大臣,功名素著,今握强兵,据重镇,致为群小所构,此岂辞说所能自解？时事至此,怎得坐而待毙！"翰林天文赵修己亦从旁接入道:"公徒死无益,不若顺从众请,驱兵南向,天意授公,违天是不祥呢！"威意乃决,留养子荣镇守邺都。

荣本姓柴,父名守礼,系威妻兄子,天姿沉敏,为威所爱,乃令为义儿。汉命荣为贵州刺史,荣愿随义父麾下,未尝赴任,故留居邺城,任牙内都指挥使,遥领贵州。为后文入嗣周祚,故特从详。威以留守有人,遂命郭崇威为前驱,自与王峻带领部众,向南进发。道出澶州,李洪义、王殷,出郊相见,殷对威恸哭,愿举兵属威,乃率部众从威渡河。途次获得一谍,审讯姓名,叫作鸾脱,是汉宫中的小竖,受汉主命,来探邺军进止。威喜道:"我正劳汝还奏阙廷。"当下命随吏属草,缮起一疏,置鸾脱衣领中,令他返奏。疏中略云：

> 臣威言：臣发迹寒贱,遭际圣明,既富且贵,实过平生之望,唯思报国,敢有他图！今奉诏命,忽令郭崇威等杀臣,即时俟死,而诸军不肯行刑,逼臣赴阙,令臣请罪廷前,且言致有此事,必是陛下左右谮臣耳！今鸾脱至此,天假其便,得伸臣心,三五日当及阙朝。陛下若以臣有欺天之

罪，臣岂敢惜死。若实有谮臣者，乞陛下缚送军前，以快三军之意，则臣虽死无恨矣！谨托鸾脱附奏以闻。

郭威既遣还鸾脱，驱众再进。到了滑州，节度使宋延渥，本尚高祖女永宁公主，自思力不能敌，开城迎威。威入城取出库物，犒赏将士，且申告道："主上为谗邪所惑，诛戮功臣，我此来实不得已。但以臣拒君，究属非是，我日夜筹思，益增惭汗。汝等家在京师，不若奉行前诏，我死亦无恨了！"还要笼络军士。诸将应声道："国家负公，公不负国家，请公速行毋迟！安邦雪怨，正在此时！"威乃无言，王峻却私谕军士道："我得郭公处分，俟克京城，听汝等旬日剽掠！"观王峻言，则郭威之志在灭汉，不问可知。况剽掠何事，乃堪令经旬日耶！众闻命益奋，怂恿郭威，飞速进兵。威乃与宋延渥同出滑城，直趋大梁。

是时汉廷君臣，已闻郭威南来，拟发兵出拒。可巧慕容彦超，与吴虔裕应召入朝。汉主承祐，即与商发兵事宜，慕容彦超力请出师。前开封尹侯益，亦列朝班，独出奏道："邺军前来，势不可遏，宜闭城坚守，挫他锐气！臣意谓邺都家属，多在京师，最好是令他母妻，登城招致，可不战自下哩！"郭威正防到此着，故前此一再谕军。彦超应声道："这是懦夫的愚计哩！叛臣入犯，理应发兵声讨，侯益衰老，不足与言大计！"看你有何妙策。汉主承祐道："慎重亦是好处，朕当令卿等同行便了！"乃令益与彦超，及阎晋卿、吴虔裕，并前鄜州节度使张彦超，率禁军趋澶州。

诏敕甫下，正值鸾脱回朝，报称郭威军已至河上，且取出原疏，呈上御览。承祐且阅且惧，且惧且悔，忙召宰臣等入商。窦贞固首先开口道："日前急变，臣等实未与闻。既得幸除三逆，奈何尚连及外藩？"承祐亦叹息道："前事原太草草，今已至此，说亦无益了。"李业在旁，抗声说道："前事休提！目今叛兵前来，总宜截击，请倾库赐军，重赏下必有勇夫，何足深虑！"苏禹珪驳业道："库帑一倾，国用将何从支给？臣意以为未可！"这语说出，急得李业头筋爆绽，向禹珪下拜道："相公且顾全天子，勿惜库资！"乃开库取钱，分赐禁军，每人二十缗，下军十缗。所有邺军家属，仍加抚恤，使通家信诱降。

未几接得紧急军报，乃是威军已到封邱，封邱距都城不过百里。宫廷内外，得此消息，相率震骇。李太后在宫中闻悉，不禁泣下道："前不用李涛言，应该受祸，悔也迟了！"我说尚不止此误。承祐也很觉不安。独慕容彦超自恃骁勇，入朝奏请道："前因叛臣郭威，已至河上，所以陛下收回前命，留臣宿卫。臣看北军如同蝼蚁，当为陛下生擒渠魁，愿陛下勿忧！"又来说大话了。承祐慰劳一番，令出朝候旨。彦超退出，碰见聂文进，问北来兵数，及将校姓名，由文进约略说明，彦超方失色道："似此剧贼，到也未易轻视哩！"徒恃血气，不战即馁！

俄顷有朝旨颁出，令慕容彦超为前锋，左神武统军袁㚟，前邓州节度使

第四十五回　伏甲士骈诛权宦　溃御营窜死屏君

刘重进，与侯益为后应，出拒郭威。彦超即领军出都，至七里店驻营，掘堑自守，令坊市出酒色饷军。袁䴡、刘重进、侯益，也出都驻扎赤岗，两军待了半日，未见邺军到来。俄而天色已暮，各退守都城。翌日复出，至刘子坡，与邺军相遇，彼此下营，按兵不战。

承祐欲自出劳军，禀白李太后。太后道："郭威是我家故旧，非死亡切身，何至如此！但教守住都城，飞诏慰谕。威必有说自解，可从即从，不可从再与理论。那时君臣名分，尚可保全，慎勿轻出临兵！"尚不失为下策。承祐不从，出召聂文进等扈驾，竟出都门。李太后又遣内侍戒文进道："贼军向迩，大须留意！"文进答道："有臣随驾，必不失策，就使有一百个郭威，也可悉数擒归！太后何必多心！"比彦超还要瞎闹。内侍自去，文进即导车驾至七里店，慰劳彦超，留营多时，又值薄暮，南北军仍然不动，乃启跸还宫。彦超送承祐出营，复扬声道："陛下宫中无事，请明日再莅臣营，看臣破贼！臣实不必与战，但一加呵叱，贼众自然散归了。"还要说大话。承祐很是欣慰，还宫酣睡。

越日早起，用过早膳，又欲出城观战。李太后忙来劝阻，禁不住少年豪兴，定要自去督军，究竟慈母无威，只好眼睁睁的由他自去。承祐率侍从出城，忽御马无故失足，险些儿将乘舆掀翻。已示不祥。亏得扈从人多，忙将马缰代为勒住，方得前进。既至刘子坡，立马高阜，看他交战。南北军各出营列阵，郭威下令道："我此来欲入清君侧，非敢与天子为仇。如南军未曾来攻，汝等休得轻动！"

道言甫毕，突闻南军阵内，鼓声一震，那慕容彦超，引着轻骑，跃马前来。邺军指挥使郭崇威，与前博州刺史李筠，也领骑兵出战。两下相交，喊声震地，约有数十回合，未见胜负。郭威又遣前曹州防御使何福进，前复州防御使王彦超，领劲骑出阵，横冲南军。彦超未及防备，骤被突入，眼见得人仰马翻，不可禁遏，自尚仗着勇力，上前拦阻。怎禁得铁骑纵横，劲气直达，扑喇一声，竟将彦超坐马撞倒，邺军一齐上前，来捉彦超。幸彦超跃起得快，改乘他马，再欲督战，左右旁顾，见敌骑已围裹拢来，自恐陷入垓心，不如速走，乃怒马冲出，引兵退去，麾下死了百余人。汉军里面，全仗这位慕容彦超，彦超败退，众皆夺气，陆续走降北军。侯益、吴虔裕、张彦超、袁䴡、刘重进等，俱向威通款，威军大振。一班不要脸的狗官，令人愤叹！彦超知不可为，自率数十骑奔兖州。威知汉主孤危，顾语宋延渥道："天子方危，公系国戚，可率牙兵往卫乘舆。且又面奏主上，请乘间速至我营，免生意外！"延渥奉令，引兵趋汉营，但见乱兵云扰，无从进步，只得半途折还。

是夕汉主承祐，与宰相从官数十人，留宿七里寨。吴虔裕、张彦超等，相继遁去，侯益且潜奔威营，自请投降，余众已失统帅，当然四溃。到了天明，由汉主承祐起视,只剩得一座空营,慌忙登高北望,见邺营高悬旗帜,烨烨生光。将士出入营门,甚是雄壮,不由的魂飞天外,当即策马下岗,加鞭驰回。行至玄化门,门已紧闭,城上立着开封尹刘铢,厉声问道:"陛下回来,如何没有兵马!"承祐无词可对,回顾从吏,拟令他代答刘铢,蓦闻弓弦声响,急忙闪避,那从吏已应声倒地,吓得承祐胆裂,回辔乱跑,向西北驰去。苏逢吉、聂文进、郭允明等,尚跟着同跑,一口气趋至赵村。后面尘头大起,人声马声,杂沓而来,承祐料有追兵,慌忙下马,将入民家暂避,不意背后刺入一刀,痛苦至不可名状,一声狂号,倒地而亡,享年只二十岁。小子有诗叹道:

主少由来虑国危,况兼群小日相随。
将军降敌君王走,刺刃胸中果孰悲!

欲知何人弑主,待至下回叙明。

　　杨邠、史弘肇专权自恣,目无君上,王章横征暴敛,民怨日滋,声其罪而诛之,谁曰不宜!乃与群小密谋,伏甲图逞,已失人君之道。幸而得手,则权恶已诛,余宜赦宥以示宽大,乃必屠其家,夷其族,何其酷也!不宁唯是,且于积功最著之郭威,又欲并诛之而后快,天下有淫刑以逞者,而可保有国家耶!邺军一出,全局瓦解,仅一慕容彦超,亦乌足恃!刘子坡一战,彦超虽败,止伤亡百余人,而余将即通款邺营,不战自降,盖鉴于立功之被戮,毋宁卖主以求荣,有激而来,非必其皆无耻也。惟郭威引兵向阙,托言入清君侧,一再申令,似与窥窃神器者不同。抑知大奸似忠,大诈似信,观其申谕将士之言,无非激成众愤,入阙图君。王峻且谓克君以后,任军士剽掠旬日,是可忍,孰不可忍乎!《纲目》以承祐被弑,归罪郭威,谅哉!

第四十六回　清君侧入都大掠
　　　　　　　遭兵变拥驾争归

　　却说汉主承祐,走入赵村,背后忽有刀刺入,立时倒毙。看官道是何人所刺?原来就是茶酒使郭允明。他见后面追兵大至,还道是邺都将士,因欲弑主报功,恶狠狠的下此毒手。不料追兵近前,仔细一望,并非邺军,乃仍是汉主承祐的亲兵,前来扈卫。允明才知弄错,心下一急,便把弑主的刀儿,向脖颈上一横,也即倒毙。好与承祐同至森罗殿对簿受罪去了。苏逢吉还要逃走,偏前面有一人挡路,浑身血污,状甚可怖。模糊辨认,正是故太子太傅李崧,事

第四十六回　清君侧入都大掠　遭兵变拥驾争归

见四十三回。这一吓非同小可，顿时心胆俱碎，跌落马下，立即归阴。独有聂文进逃了一程，被追兵赶上，乱刀竞斫，分作数段。李业、后匡赞，尚在城中，闻北郊兵败，便从宫中攫取金宝，藏入怀中，混出城外。业奔陕州，匡赞奔兖州。阎晋卿在家自尽，都中大乱。

郭威得汉主被弑消息，放声恸哭。这副急泪，如何得来？将佐都入帐劝慰，威且哭且语道："我早晨出营巡视，尚望见天子车驾，停着高坡，正思下马免冑，往迎天子，偏车驾已经南去，我总料是回都休息，不意为奸竖所弑，怎得不悲？细想起来，实是老夫的罪孽哩。"你既自知罪孽，何不自缚入都，听候太后发落。将佐道："主上失德，应有此变，与公无涉，请速入都平乱，保国安民！"威乃收泪，率军入都，甫在玄化门，尚见刘铢拒守，箭如雨下，乃转向迎春门，门已大开，难民载道。威无心顾恤，纵辔驰入，先至私第中探望，门庭无恙，人物一空，回首前时，忍不住几点痛泪。这是真哭。便遣何福进守明德门，纵兵四掠，可怜满城屋宇，悉被蹂躏。毁宅纵火，杀人取财，闹得一塌糊涂，不可收拾。前滑州节度使白再荣，闲居私第，被乱兵闯将进去，把他缚住，尽情劫掠。既将财物取尽，复向再荣说道："我等尝趋走麾下，今无礼至此，无面见公。公不如慨给头颅罢！"说至此，即拔刀刺再荣首，扬长自去。

吏部侍郎张允，积资巨万，性最悭吝，虽亲如妻孥，亦不使妄支一钱。甚至箱笼锁钥，统悬挂衣间，好似妇人家环佩一般，行动震响，戛戛可听。妙语解颐。至是畏匿佛殿中，尚恐有人觅着，特在重檐下面的夹板间，扒将进去，跽伏似鼠。怎奈乱兵不可放过，先至他家中拷逼妻孥，迫令说明去向，然后入殿搜寻，到处寻觅，未见踪迹，便上登重檐，从夹板中窥视，果然有人伏着，当即用手牵扯，张允尚不肯出来，拚死相拒，一边躲，一边扯，两下里用力过猛，那夹板却不甚坚固，竟尔脱笋，连人带板，坠将下来，乱兵似虎似狼，揿住张允，把他衣服剥下，连锁钥一并取去。允已跌得头青眼肿，不省人事，渐渐的苏醒还阳，开眼一望，只剩得一个光身，又痛又冷，又可惜许多钥匙，急欲出殿还家，已是手不能动，足不能行，正在悲惨的时候，幸得家人来寻，才将他扛昇回去。一入家门，问明妻子，听得历年家蓄，尽被抢完，唯的一声，狂血直喷，不到半日，呜呼哀哉。守财奴请视此。

乱兵越抢越凶，夜以继日，满城烟火冲天，号哭震地。右千牛卫大将军赵凤，看不过去，挺身直出道："郭侍中举兵入都，为锄恶安良起见，鼠辈敢尔，与乱贼何异！难道侍中本意，教他这般么？"遂持弓挟矢，带着从卒数十名，出至巷口，踞坐胡床。遇有乱兵劫掠，即与从卒迭射，射死了好几人，巷中民居，才得安全。次日辰牌，郭崇威语王殷道："兵扰已甚，若不止剽掠，再经一日，要变作空城了！"乃请命郭威，严行部署，令将弁分道巡城，不得再加剽掠，违令立斩。兵士尚怙有原约,未肯罢手,及见有数人悬首市曹,乃敛迹归营,时已斜日下山了。

郭威偕王峻入宫,向李太后问安,太后已泣涕涟涟。只因事成既往,无法挽回,不得已出言慰抚。威复面请太后,此后军国重事,须俟太后教令,然后施行。太后也不多言,惟命威为故主发丧,另择嗣君。威唯唯而出,令礼官驰诣赵村,检验故主尸骸,妥为棺殓,移入西宫。威部下争议丧礼,或说宜如魏高贵乡公即魏曹髦。故事,以公礼葬。威太息道:"祸起仓猝,我不能保护乘舆,负罪已大,奈何尚敢贬君呢!"乃择日举哀,命前宗正卿刘皞主丧,且禀承太后命令,宣召百官入朝,会议后事。

太师冯道,最号老成,实最无耻。率百官入见郭威。威尚下阶拜道,道居然受拜,仍如前日,且徐徐说道:"侍中此行,好算是不容易呢?"威闻道言,不觉色变,半晌才复原状。语中有刺。旁顾百官,多半在列,惟不见窦贞固、苏禹珪二相。及问明冯道,方知二人从七里寨逃归,匿居私第。当下遣吏往召。二人不敢再拒,只好入朝。威仍欢颜与叙,请他照常办事,才得把二人忧虑,一概消除。

于是共同会议,指定罪魁为李业、阎晋卿、聂文进、后匡赞、郭允明等人。阎、聂、郭三人已死,李业、后匡赞在逃,还有权知开封府事刘铢,权判侍卫府事李洪建,亦属从犯,尚留都下,立即派兵往捕,将他拿到,囚住狱中。冯道乘间进言道:"国家不可无君,明日当禀白太后,请旨定夺!"百官当然赞同,郭威也不能不允。文字中俱寓微意。大致议定,已是日晡,始退朝散归。翌晨由郭威会同冯道,诣明德门,候太后起居,且奏述军国大议,并请早立嗣君。太后召冯道入内商量了好多时,才由道赍着教令,出宫宣告。其词云:

懿维高祖皇帝,翦乱除凶,变家为国,救生民于涂炭,创王业于艰难,甫定寰区,遽遗弓剑!枢密使郭威、杨邠,侍卫使史弘肇,三司使王章,亲承顾命,辅立少君,协力同心,安邦定国。旋属四方多事,三叛连衡,吴蜀内侵,契丹启衅,蒸黎恟惧,宗社阽危。郭威授任专征,提戈进讨,躬当矢石,尽扫烟尘,外寇荡平,中原宁谧。复以强敌未殄,边塞多艰,允赖宝臣,往临大邺,疆场有藩篱之固,朝廷宽宵旰之忧。不谓凶竖连谋,群小得志,密藏锋刃,窃发殿廷,已杀害其忠良,方奏闻于少主,无辜受戮,有口称冤。而又潜差使臣,矫赍宣命,谋害枢密使郭威,宣徽使王峻,侍卫步军都指挥使王殷等。人知无罪,天不助奸。今者郭威,王峻,澶州节度使李洪义,前曹州防御使何福进,前复州防御使王彦超,前博州刺史李筠,北面行营马步都指挥使郭崇威,步军都指挥使曹威,护圣都指挥使白重赞、索万进、田景咸、樊爱能、李万全、史彦超,奉国都指挥使张铎、王

第四十六回　清君侧入都大掠　遭兵变拥驾争归

晖、胡立、弩手指挥使何瓒等，径领兵师，来安社稷。逆党皇城使李业，内客省使阎晋卿，枢密都承旨聂文进，飞龙使后匡赞，茶酒使郭允明，胁君于大内，出战于近郊，及至力穷，遂行弑逆，冤愤之极，今古未闻。今则凶党既除，群情共悦。神器不可以无主，万几不可以久旷，宜择贤君，以安天下。河东节度使崇，许州节度使信，皆高祖之弟，徐州节度使赟，开封尹承勋，皆高祖之男，俱列磐维，皆居屏翰，宜令文武百辟，议择所宜，嗣承大统，毋再迁延！特此谕知。

教令读毕，郭威等与百官退入朝堂，择选嗣君。郭威宣言道："高祖子三人，只剩一前开封尹承勋，今欲择嗣，舍彼为谁？"大众齐声道："这是不易的至理，还有何疑！"郭威道："众志佥同，我等就入禀太后便了。"随即率众出朝，再入明德门，进至万岁宫，面谒李太后，请立承勋为嗣君。"太后道："承勋依次当立，名正言顺，但他自开封卸任，久罹羸疾，致不能起，奈何！"威答道："可否令大众一见病状？"太后道："有何不可！"便令左右入内，舁出承勋坐床，举示大众，大众才无异言。

郭威顾王峻道："这且如何是好！"王峻道："看来只好迎立徐州节度使了。"威沉吟半晌，方徐声答道："且至朝堂再议罢。"言下有不悦意。遂相偕出宫，再至朝堂，询问大众，大众却愿立刘赟。威亦未便梗议，但淡淡的说道："时候不早，我等不应再入宫中，向太后絮烦，看来只好表闻罢。"大众又应声道："甚善！甚善！即请侍中属吏草表便了。"威应声而出，众亦散去。及威归私第，便令书记草表，草就后，由威审阅，尚未惬意，再令改窜，仍然未惬，没奈何将就了事。无非是不愿立赟。

越日入朝，百官统已在列，即由威取出表文，推冯道为首，自己与百官陆续署名，名已署毕，乃命内侍呈入。俄而得太后旨，召入冯道、郭威，允议立赟。命冯道代撰教令，择日往迎。冯道是个著名圆滑的人物，实是老奸巨滑。料得此次迎赟，非威本意。不如用言推诿，较为妥当；遂禀太后道："迎立新主，须先酌定礼仪，就是教令亦须斟酌，俟臣与郭威出外商定，再行奏闻。"太后点首称是。道与威便即辞出，且行且语道："郭侍中幕下多才，所有教令礼仪，请侍中酌定为是。"威笑道："太师何必过谦。"道皱眉道："我已老了，前日教令，太后命我起草，我搜索枯肠，勉成此令，今番却饶了我罢。"郭威道："我是武夫，不通文墨，幕下亦无甚佳士，惟忆我出征河中，每见朝廷诏书，处分军事，均合机宜。当时问明朝使，说是翰林学士范质手笔，现未知他留住都中否？"道答言范质未曾归里，想总尚在都中，威喜道："待我前去访求便是。"遂分途自行。

时已隆冬，风雪漫天，威冒雪前进，到处访问，方得范质住址。造门入见，相知恨晚。威即脱所服紫袍，披上质身，质当然拜谢。便由威邀他入朝，替太后代作教令。质谓前代故事，太上皇传言，例得称诰，皇太后称令，今是否仍遵古制？威答说道："目下国家无主，凡事须凭太后裁断，不妨径称为诰。"质即应命，提笔作诰文，一挥立就。诰曰：

> 天未悔祸，丧乱弘多。嗣主幼冲，群凶蔽惑，构奸谋于造次，纵毒蛮于斯须。将相大臣，连颈受戮，股肱良佐，无罪见屠，行路咨嗟，群情扼腕。我高祖之弘烈，将坠于地。赖大臣郭威等，激扬忠义，拯救颠危，除恶蔓以无遗，俾缀旒之不绝。宗祧事重，缵继才难，既闻将相之谋，复考蓍龟之兆，天人协赞，社稷是依。徐州节度使赟，禀上圣之资，抱中和之德，先皇视之如子，钟爱特深，固可以子育兆民，君临万国，宜令所司择日备法驾奉迎，即皇帝位。于戏！神器至重，天步方艰，致理保邦，不可以不敬，贻谋听政，不可以不勤，允执厥中，祗膺景命。

看官览这诰文，应知刘赟是知远养子，并非亲生。究竟他生父为谁？就是河东节度使刘崇，崇为知远弟，赟即知远侄儿，知远爱赟，引为己子。此次奉迎礼节，为汉家所未有，范质援古证今，仓皇讨论，即日撰定，威取示廷臣，大家同声赞美，莫易一词。当由威上奏太后，请遣太师冯道，及枢密直学士王度，秘书监赵上交，同赴徐州，迎赟入朝。太后便即批准，颁下诰令。

冯道得诰，又不免吃惊，沉思良久，竟往见郭威道："我已年老，奈何还使往徐州。"威微笑道："太师勋望，比众不同，此次出迎嗣君，若非太师作为领袖，何人胜任？"道应声道："侍中此举，果出自真心么？"威怅然道："太师休疑，天日在上，威无异心。"好似《西游记》中猪八戒，专会罚咒。道乃与王度、赵上交，出都南下。途次顾语二人道："我生平不作谬语人，今却作谬语了。"

威既送道出都，复率群臣上禀太后，略言嗣皇到阙，尚须时日，请太后临朝听政。太后俞允，立颁诰命，想仍是翰林学士范质手笔。词云：

> 昨以奸邪构衅，乱我邦家，勋德效忠，蕑除凶慝。俯从人欲，已立嗣君，宗社危而复安，纪纲坏而复振。皇帝法驾未至，庶事方殷。百辟上言，请予莅政，宜允舆议，权总万几，止于浃旬，即复明辟。此诰！

李太后既允听政，当然陟赏功臣，升王峻为枢密使兼右神武统军，袁鸢为宣徽南院使，王殷为侍卫马步军都指挥使，郭崇威为侍卫马军都指挥使，曹威为步军都指挥使。惟三司事宜，权命陈州刺史李榖充任。

忽接到兖州奏牍，乃是节度使慕容彦超，拿住前飞龙使后匡赞，押送东都，因有此奏。郭威待匡赞解到，便令押送法司，与刘铢、李洪建两犯，一并审讯，定谳后刑。嗣经法司呈入谳案，谓后匡赞、刘铢、李洪建，已一并伏罪。匡

第四十六回　清君侧入都大掠　遭兵变拥驾争归

赞与苏逢吉、李业、阎晋卿、聂文进、郭允明等同谋，令散员都虞侯奔德等下手，杀害杨邠、史弘肇、王章。刘铢、李洪建党附李业等，屠害将相家属，供据确凿，罪应诛夷。惟李业尚在逃未获，宜移文陕州，勒令节度使李洪信，速拿业赴阙，并案正法云云。威乃飞使赴陕，勒交李业。业前时奔赴陕州，正因节度使李洪信，为业从兄，欲往投靠，洪信知业闯祸，不敢容纳，挥令他适。业西奔晋阳，道出绛州，为盗所伺，利他多金，杀业夺货而去。洪信闻郭威入都，恐防连坐，遣人捕业，查知为盗所杀，便即奏闻。使人在途，与朝使相遇，一并入都，报知郭威。威遂将全案处置，奏闻太后，太后当然准议。

先是刘铢被获时，铢顾语妻室道："我死，汝不免为人婢。"妻泣答道："如君所为，正合如是。妾为君罹罪，恐为婢不足，还要一同枭首哩。"铢默然无言，随吏下狱，惟妻言适为郭威所闻，颇加怜念，因使人入狱责铢道："我常与君同事汉室，岂无故人情谊！家属屠灭，虽有君命，汝何不留一线情，忍使我全家受戮！敢问君家有无妻子，今日亦知顾念否？"铢无可解免，竟强辩道："铢当时只知为汉，无暇他顾，今日但凭郭公处分，尚有何言！"使人还报郭威。威乃戮铢及子，但释铢妻。王殷家属，前由李洪建保全。殷屡向威请求，乞免洪建一死，威独不许，惟赦免家属。刘铢、李洪建、后匡赞，同日处斩，并枭苏逢吉、阎晋卿、郭允明、聂文进首级，悬诸市曹。允明弑主，罪恶尤甚，此时异罪同刑，已可见郭威之心。蓦接镇、邢二州急报，谓辽主兀欲，发兵深入，屠封邱，陷饶阳，乞即调师出援。郭威遂入禀太后。太后即令威统师北征，国事权委窦贞固、苏禹珪、王峻，军事委王殷，授翰林学士范质为枢密副使，参赞机要。威即于十二月朔日，领大军出发都城。行至滑州，接着徐州来使，乃是奉刘赟命，令慰劳诸将。赟亦未免太急。诸将见郭威辞色，微露不平，遂面面相觑，不肯拜命，且私相告语道："我等屠陷京师，自知不法，若刘氏复立，我等尚有遗种么？"威闻言，似作惊愕状，便遣还徐使，立麾军士趋澶州。

途次正值天晴，冬日荧荧，很觉可爱。诸将乘势献谀，谓郭威马前，有紫气拥护而行。威佯若不闻，驱兵渡河，进至澶州留宿，诘旦起来，早餐已毕，再下令启行。忽听得军士大噪，声如雷动，他却不慌不忙，返身入内，将门闭住。军士逾垣直入，向威面请道："天子须由侍中自为，大众已与刘氏为雠，不愿再立刘氏子弟了！"威未及答言，军士已将威绕住，前扶后拥，或即扯裂黄旗，披威身上，竞呼万岁。威无从禁止，累得声势沮丧，形色仓皇。入门时并未慌忙，对众时却似遑遽，好一种欺人手段！待至众声少静，方宣言道："汝等休得喧哗，欲我还朝，亦须奉汉宗庙，谨事太后，且不准骚扰人民！从我乃归，不从我宁死！"众应声道："愿从钧谕！"威乃率众南还，沿途禁止喧扰。

到了河滨，河冰初解，须筑浮桥，然后可渡。威命军士驻扎一宵，俟明日筑桥渡河，到了夜半，朔风大起，天气骤寒，待旦视河，冰复坚冱，各军即拥威南渡，号为凌桥。渡毕风止，冰亦渐解。小子有诗叹道：

> 入都报怨揽权威，北讨南侵任手挥。
> 岂是天心真有属，凌桥特渡"雀儿"归！雀儿系郭威绰号，详见下回。

威已越河南还，当有人驰报都中。朝内诸大臣，究竟如何对付，待至下回再详。

观本回写郭威事，处处似忠，却处处是诈。彼既以清君侧为名，奈何入都纵掠，置诸不理，反俟郭崇威、王殷之请，然后谕禁乎？冯道谓此行不易，乃不敢自立，初议立高祖三子承勋，继议立高祖从子赟，廷臣皆未知其伪，独冯道从旁窥破，知其言不由衷，道固料事明而虑患深者，惜其模棱苟合，甘为长乐老以终也！澶州之变，非郭威之暗中运动，谁其信之？经作者一一叙述，虽未揭橥隐衷，而已具匣剑帷灯之妙，欲知箇中意，尽在不言中。妙笔亦妙文也。

第四十七回　废刘宗嗣主被幽　易汉祚新皇传诏

却说枢密使王峻，马步军都指挥使王殷，本是郭威心腹，一闻澶州兵变，料知威必南还，自为天子。当即派马军指挥使郭崇威，率骑兵七百人，驰赴宋州，阳言往卫刘赟，阴实使图刘赟。至崇威出发，便与窦贞固等商议，往迎郭威。窦、苏两相，本来是庸懦得很，况又手无兵权，怎能与郭威对垒，没奈何承认下去。可巧郭威有人差到，奉笺李太后，谓由诸军所迫，班师南归，军士一致戴臣，臣始终不忘汉恩，愿事汉宗庙，母事太后等语。掩耳盗铃。峻等即将笺呈入，一介女流，屡经巨变，只有在宫暗泣，一些儿没有他策。窦贞固、苏禹珪已与王峻、王殷等，出至七里店，迎接郭威。一俟威到，即在道旁伛偻鸣恭，趋跄表敬。可恨可叹。威尚下马相见，共叙寒暄，略谈数语，便由窦贞固等，捧呈一篇劝进文，所有朝内百僚，一并署名。威喜形眉宇，形式上很是谦逊，口口声声，说是未奉太后诰敕，不敢擅专。贞固等请即入都，威总以未奉诰敕为词，留驻皋门村。

是夕贞固等还朝，报明太后，不知如何胁迫，取了一道诰文，即于次日黎明，赍诣威营，当面宣读诰文。其词云：

> 枢密使侍中郭威，以英武之才，兼内外之任，翦除祸乱，弘济艰难，功

第四十七回　废刘宗嗣主被幽　易汉祚新皇传诏

业格天，人望冠世。今则军民爱戴，朝野推崇，宜总万机，以允群议。可即监国，中外庶事，并取监国处分，特此通告。

威拜受诰敕，便称孤道寡起来，也有一道教令，传示吏民。略云：

寡人出自军戎，并无德望，因缘际会，叨窃宠灵。数语恰是的确。高祖皇帝甫在经纶，待之心腹，洎登大位，寻付重权。当顾命之时，受忍死之寄，与诸勋旧，辅立嗣君。旋属三叛连衡，四郊多垒，谬膺朝旨，委以专征，兼守重藩，俾当劲敌，敢不横身戮力，竭节尽心，冀肃静于疆场，用保安于宗社！不谓奸邪构乱，将相连诛，偶脱锋铓，克平患难。志安刘氏，顺报汉恩，推择长君以绍丕构，遂奏太后，请立徐州相公，奉迎已在于道途，行李未及于都辇。寻以北面事急，寇骑深侵，遂领师徒，径往掩袭。行次近镇，已渡洪河，十二月二十日，将登澶州，军情忽变，旌旗倒指，喊叫连天，引袂牵襟，迫请为主。环绕而逃避无所，纷纭而逼胁愈坚。顷刻之间，安危不保。事不获已，须至徇从，于是马步诸军，拥至京阙。今奉太后诰旨，以时运艰危，机务难旷，传令监国，逊避无由，黾勉遵承。凤夜忧愧，所望内外文武百官，共鉴微忱，匡予不逮，则寡人有深幸焉！布教四方，咸使闻知！

岁聿云暮，转眼新年。郭威仍留驻皋门村，拟俟新岁入都，即位改元，做一个新朝天子。那徐州节度使刘赟，尚未曾得悉，使右都押牙巩廷美，教练使杨温，居守徐州。自与冯道等西来，在途仪仗，很是烜赫，差不多似天子出巡，左右皆呼万岁。赟得意扬扬，昂然前进，到了宋州，入宿府署。翌晨起床，闻门外有人马声，不知是何变故，急忙阖门登楼，凭窗俯瞩，见有许多骑士，声势汹汹，环集门外。为首的统兵将官，扬鞭仰望，也觉英气逼人，便惊问道："来将为谁？如何在此喧哗！"言未毕，已听得来将应声道："末将是殿前马军指挥使郭崇威，目下澶州军变，朝廷特遣崇威至此，保卫行旌，非有他意！"赟答道："既如此说，可令骑士暂退，卿且入见！"崇威不答，俯首迟疑。赟乃遣冯道出门，与崇威叙谈片刻，崇威才下马入门，随道登楼，向赟谒见。赟执崇威手，抚慰数语，继以泣下。来时何等轩昂，至此如何胆落。崇威道："澶州虽有变动，郭公仍效忠汉室，尽可勿忧！"崇威并未称臣，内变可知。赟稍稍放心，彼此又问答数语，崇威即下楼趋出。

徐州判官董裔入见道："崇威此来，看他语言举止，定有异谋。道路谣传，统说郭威已经称帝，陛下尚深入不止，未免少吉多凶！陛下有指挥使张令超护驾，何不召入与商，谕以祸福，令乘夜劫迫崇威，夺他部众，明日掠取睢阳金帛，北走晋阳，召集大兵，再行东下。想郭威此时，新定京邑，必无暇遣兵追袭,这乃是今日的上策呢!"赟犹豫未决。还应入做皇帝么?董裔叹息而出。赟夜不安枕,辗转筹思,才觉裔言有理。至天明宣召令超,哪知令超已为崇威所诱,不肯进见,眼见得大事已去了。

未几由冯道入见,奉上一书,乃是郭威寄赟,内言兵变大略,召道先归安抚,留王度、赵上交奉跸入朝。赟亦明知是郭威欺人,一时却不便说破。道竟开口辞行,赟始愀然道:"寡人此来,所恃惟公,公为三十年旧相,老成望重,所以不疑。今崇威夺我卫兵,危在旦夕,问公何以教寡人?"还要自称寡人。道语带支吾,但云待回京后,抚定兵变,再行报命。赟部将贾贞在侧,瞋目视道,且举佩剑示赟,赟摇手道:"休得草率!这事与冯公无涉,勿疑冯公。"实可杀却,何必放归。道乘势辞出,星夜驰回。未几即有太后诰命,传到宋州,由郭崇威赍诏示赟,令赟拜受。诰云:

比者枢密使郭威,志安社稷,议立长君,以徐州节度使赟,为高祖近亲,立为汉嗣,爰自藩镇征赴京师。虽诰命寻行,而军情不附,天道在北,人心靡东,适取改卜之初,俾膺分土之命。赟可降授开府仪同三司,检校太师上柱国,封湘阴公,食邑三千户,食实封五百户。钦哉唯命!

赟受诰后,面色如土。郭崇威更绝不容情,立迫赟出就外馆,不准逗留府署。董裔、贾贞,代抱不平,硬与崇威理论。崇威竟麾动部众,拿下二人,立刻枭首。可怜这位湘阴公刘赟,鼻涕眼泪,流作一堆。没奈何迁居别馆,由崇威派兵监守,寸步难移。王度、赵上交,仍奉郭威命令,召还都中。

王峻等助威为虐,又遣申州刺史马铎,率兵诣许州,监制节度使刘信。信为刘知远从弟。曾任侍卫马军都指挥使,知远将殂,杨邠等出信镇许,不准入辞,信号泣而去。承祐嗣位,信任官如旧。及邠等被诛,信大集将佐,开宴庆贺,且与语道:"我还道老天无眼,令我三年不能适意,主上孤立,几落贼手,今幸天日重开,贼臣授首,乐得与诸公畅饮数杯了!"既而邺军入都,承祐被弑,信又惶急无计,食不下咽。寻闻迎立刘赟,即命子往徐州奉迎。谁知一波未平,一波又起,马铎竟领兵到来,突然入城。信情急无聊,索性自尽了事。铎遣人复命。

王峻、王殷等,已为郭威除去二患,便于正月五日,迎威入都,一面胁令李太后下诰,把汉室所有国宝,悉数赍送郭威,威敬谨受诰。诰云:

邈古以来,受命相继,系不一姓,传诸百王。莫不人心顺之则兴,天命去之则废。昭然事迹,著之典书。予否运所丁,遭家不造,奸邪构乱,朋党横行,大臣冤枉以被诛,少主仓猝而及祸,人自作孽,天道宁论!监国威,深念汉恩,切安刘氏,既平乱略,复正颓纲。思固护于基局,择继嗣

第四十七回 废刘宗嗣主被幽 易汉祚新皇传诏

于宗室。而狱讼尽归于西伯,讴歌不在于丹朱,六师竭推戴之诚,万国仰钦明之德。鼎革斯启,图箓有归。予作佳宾,固以为幸。今奉符宝授监国,可即皇帝位。于戏!天禄在躬,神器自至,允集天命,永绥兆民,敬之哉!

威受诰后,并接收国宝,便自皋门入大内,被服衮冕,御崇元殿,受文武百官朝贺。苏禹珪、窦贞固以下,联翩入朝,舞蹈山呼。就是历朝元老冯太师,自宋州驰归,也入殿称臣,躬与朝谒。不记当日受拜时耶!礼毕退班,即由新天子下诏道:

自古受命之君,兴邦建统,莫不上符天意,下顺人心。是以夏德既衰,爰启有商之祚,炎风不竞,肇开皇魏之基。朕早事前朝,久居重位。受遗辅政,敢忘伊、霍之忠,仗钺临戎,复委韩、彭之任。匪躬尽瘁,焦思劳心,讨叛涣于河、潼,张声援于岐、雍,竟平大憝,粗立微劳。才旋师于关西,寻统兵于河朔,训齐师旅,固护边陲。只将身许国家,不以贼遗君父。外忧少息,内患俄生。群小联谋,大臣遇害,栋梁既坏,社稷将倾。朕方在藩维,已遭逸构。逃一生于万死,径赴阙廷;枭四罪于九衢,幸安区宇。将延汉祚,择立刘宗,征命已行,军情忽变。朕以众庶所迫,逃避无由,扶拥至京,尊戴为主。谁为为之!孰令听之!重以中外劝进,方岳推崇,黾勉虽顺于众心,临御实惭于凉德。改元建号,祗率旧章,革故鼎新,宜覃沛泽。朕本姬氏之远裔,虢叔之后昆,积庆累功,格天光表,盛德既延于百世,大命复集于眇躬。今连国宜以大周为号,可改汉乾祐四年为周广顺元年。自正月五日昧爽以前,一应天下罪人,为常赦所不原者,咸赦除之。故枢密使杨邠,侍卫都指挥使史弘肇,三司使王章等,以劳定国,尽节致君,千载逢时,一旦同命,悲感行路,愤结重泉,虽寻雪于沉冤,宜更伸于渥泽,并可加等追赠,备礼归葬,葬事官给,仍访子孙叙用。其余同遭枉害者,亦与追赠。马步诸军将士等,戮力协诚,输忠效义,先则平夷内难,后乃推戴朕躬,言念勋劳,所宜旌赏。其原属将士等,各与等第,超加恩命,仍赐功臣名号。内外前任、现任文武官致仕官,各与加恩、如父母在未有恩泽者即与恩泽,已有恩泽者,更与恩泽;如亡没未曾追封赠者,更与封赠。一应天下州县所欠乾祐二年以前夏秋残税,并与除放。澶州已来官路,两边共二十里内,得除放乾祐三年残税欠税。河北沿边州县,曾经契丹蹂践处,豁免通欠,如澶州同。凡天下仓场库务,宜令节度使专切钤辖,掌纳官吏,一依省条指挥,无得收斛余秤耗。旧所进羡余物色,今后一切停罢。乘舆服御,官闱器用,大官常膳,概从俭约。诸道所有进奉，只助军国之费，诸无用之物，不急之务，并宜停罢。帝王之道，德化为先，崇饰虚名，朕所不取。未必。今后诸道所有祥瑞，不得辄有奏献。古者用刑，本期止辟，今兹作法，义切禁非，宽以济猛，庶臻中道。今后应犯窃盗贼赃及和奸者，并依晋天福元年以前条制施行。罪人非判逆，毋得诛及亲族，籍没家资。天下诸侯，皆有戚友，自可慎择委任，必当克效参神。朝廷选差，理或未当，宜矫前失，庶叶通规。其先时由京差遣军将，充诸州郡都押牙、孔目官、内知客等，并可停废，仍勒却还旧处职役。近代帝王陵寝，令禁樵采，唐庄宗、明宗、晋高祖诸陵，各置守陵十户，汉高祖陵前，以近陵人户充署职员及守官人，时日荐飨，并旧有守陵人户等，一切如故。仍以晋、汉之胄为二王后，委中书门下处分。值景运之方新，与天下为更始，兴利除弊，一道同风，朕实有厚望焉！此诏。

翌日再行视朝，派前曹州防御使何福进，权许州节度使；前复州防御使王彦超，擢徐州节度使；前澶州节度使李洪义，权宋州节度使。这三缺最是要紧。又越日上汉太后尊号，称为昭圣皇太后，徙居西宫。命有司择日为故主发丧，丧期已定，周主郭威，亲至西宫成服。祭奠举哀，辍朝七日。禁坊市音乐。追谥故主为汉隐帝，且遵古制殡灵七月，始遣前宗正卿刘皞，护灵辆，备仪仗，送葬许州。五代享年，汉祚最短，先后两主，仅得四年。汉前开封尹承勋，即于是年去世，追封陈王。汉太后又延寿三年，即显德元年。病殁宫中，袝葬汉高祖陵，这也不在话下。了结汉事。惟小子前叙郭威，只及官爵功勋，未曾叙及履历籍贯。此次郭威为帝，追尊四代。应将他少年家世，补叙明白。

威本邢州尧山人，父名简，曾为晋顺州刺史，被兵死难。威时仅数龄，随母王氏走潞州，母又道殁，赖姨母韩氏提携抚育，始得成人。潞州留后李继韬，即李嗣源子。招募壮士。威年方十八，依故人常氏家，闻命应募，编入行伍。素性好刚使气，不肯为人下。继韬爱他勇敢，就使逾法犯禁，亦特别贷免。尝游行市中，见有屠夫豪横武断，为众所惮，不由的愤怒起来。便呼屠割肉，稍不如意，更加呵叱。屠夫坦腹相示道，汝敢刺我否？道言未绝，已被威刺刀入胸。市人大惊，拥威付吏，继韬不忍杀他，纵令亡去。嗣得友人李琼，授以《阃外春秋》，方折节读书，得谙兵法。娶同里女柴氏为妻，柴氏家颇殷实，所得嫁奁，易钱给威，令再出从军，乃走依汉高祖麾下，积功发迹，代汉为帝。

追尊高祖璟为信祖，妣张氏为睿恭皇后；曾祖湛为僖祖，妣申氏为明孝皇后；祖蕴为义祖，妣韩氏为翼敬皇后；父简为庆祖，母王氏为章德皇后。夫人柴氏早卒，进册为后，谥曰圣穆。继室杨氏，也早病逝。再继室为张氏，自威出镇邺都，留张氏居京师，为刘铢所杀。子青哥、意哥，侄守筠、奉超、定哥，孙

第四十七回　废刘宗嗣主被幽　易汉祚新皇传讹

宜哥、喜哥、三哥，同时被屠。周主顾念前情，追封继室杨氏为淑妃，再继室张氏为贵妃；子青哥赐名为侗，追赠太保；意哥赐名为信，追赠司空；守筠改名为愿，追赠左领军将军；奉超赠左监门将军；定哥赐名为逊，赠左千卫将军；宜哥赠左骁卫大将军，赐名为谊；喜哥赠武卫大将军，赐名为诚；三哥赠左领卫大将军，赐名为諴。家属以外，进封故旧，高行周进位尚书令，仍封齐王；安审琦封南阳王，符彦卿封淮阳王，遣归原镇。王殷加同平章事职衔，充邺都留守，典军如故。前太师冯道为中书令弘文馆大学士，以司徒兼门下侍郎同平章事。前宰相窦贞固为侍中，兼修国史，苏禹珪守司空平章事。此外各进爵有差。追封杨邠为恒农郡王，史弘肇为郑王，王章为琅琊郡王，召还郭崇威，令为洋州节度使，兼检校太保，曹威为荆州节度使，兼检校太傅，各领军如故。郭崇威避周主讳，省去威字；曹威易名为英。皇养子荣，闻镇邺有人，表请入觐，有旨不必来朝，调授澶州节度使，兼检校太保，封太原郡侯。

河东节度使刘崇，为赟生父，初闻故主遇害，拟发兵南向，继得赟入嗣消息，欣然说道："我儿为帝，尚有何求？"遂按兵不进，但使人至郭威处，探明虚实。威少时微贱，尝在颈上黥一飞雀，时人号为郭雀儿。当时语河东来使道："郭雀儿要做天子，也不待今日了！"继又自指颈上，示来使道："世上岂有雕青天子？请转告刘公，不必多疑。"来使便即辞行，返报刘崇，崇益喜慰。独太原少尹李骧进言道："公休信郭威，看他志不在小，必将自取。请公速引兵逾太行，据孟津，俟徐州殿下即位，然后还镇，方不为他所卖。"崇拍案大怒道："腐儒欲离间我父子么？左右快推出斩首！"良言不用，枉送儿命。还要杀死李骧，真是愚悖。骧大呼道："我负经济才，为愚夫谋事，死也应该！但家有老妻，愿与同死！"崇闻言益怒，竟令属吏捕取骧妻，一同处斩。

及赟既见废，被锢宋州，乃遣徐州押牙巩廷美，奉表周廷，求赟调藩。为这一表，要将赟送到枉死城中去了。小子有诗叹道：

　　不听忠言错已成，归藩一表促儿生。
　　雕青天子欺人惯，肯使湘阴入汴京！

欲知周主如何答复，请看下回便知。

刘赟以旁支入承正统，本非创闻；但内有郭威之专政，即令赟得入都，果嗣大位，能保威之不为曹丕、刘裕乎？为赟计，能辞则辞，不能辞，亦当向河东请兵，作为声援，自率大军诣阙，则郭氏或尚不敢动。至行抵宋州，受逼郭崇威，即从董裔言，遁归晋阳，已非上策。乃犹迁延不决，不死奚待乎？郭威入都称帝，易汉为周，新制下颁，犹存礼义，较之梁、唐、晋、汉，似进一筹，然亦由文字之优长，始觉规模之粗备。五季以乱易乱，文学寖衰，不值一盼，有范质以振兴之，始稍见右文之治。文事盛而武力绌，正天之所以开赵宗也。否则军阀骄横，兵争益甚，大乱果何日靖乎？

第四十八回　陷长沙马希萼称王　攻晋州刘承钧折将

却说周主郭威，接到巩廷美来表，踌躇一回，特想出数语，作为答复河东文书。大略说是：

> 湘阴公近在宋州，正拟令搬取赴京，但勿忧疑，必令得所。惟公在彼，固请安心，若能同力扶持，别无顾虑，即当便封王爵，永镇北门，铁契丹书，必无爱惜！特此复谕。

巩廷美接得复文，转达刘崇，且言周主多诈，不可不防。请即发兵援徐，愿与教练使杨温，固守徐州，静待后命。刘崇得报，也欲称帝晋阳，与周抗衡，一时无暇遣援。那知巩廷美、杨温二人，已奉刘赟妃董氏为主，仍张汉帜，不服周命。周主遣新授节度使王彦超，率兵驰诣徐州，且遗湘阴公刘赟书，令他转示廷美等人，嘱使静候新节度入城，各除刺史。刘尚依言致书，嘱巩、杨迎王彦超，巩、杨不肯从命，一意拒守。王彦超到了城下，射书谕降，仍然不从，乃督兵围攻。巩、杨二将，日夜戒备，专待河东援兵。

河东节度使刘崇，决计抗周，就在晋阳宫殿中，南面称帝。国仍号汉，沿用乾祐年号，据有并、汾、忻、代、岚、宪、隆、蔚、沁、辽、麟、石十二州，命节度判官郑珙，观察判官赵华，同平章事，次子承钧为侍卫亲军都指挥使兼太原尹，副使李存瓌为代州防御使，裨将张元徽为马步军都指挥，陈光裕为宣徽使。存瓌、元徽等，请建立宗庙，崇慨然道："朕因高祖皇帝的基业，一旦坠地，不得已南面称尊，权承汉祚。究竟我是何等天子，尔等是何等将相呢？宗庙且不必立，但如家人祭礼，延我宗祀。得能规复中原，再修庙貌，妥我先灵，也未为迟哩。"将吏方才罢议。惟河东地窄民贫，岁入无多，百官俸给，不得不格外减省，宰相俸钱，月止百缗，节度使月止三十缗，此外惟薄有资给罢了。历史上称崇为东汉，或号为北汉，免与南汉相混。小子因南北分称，容易记忆，故此后叙及河东，概以北汉为名。叙事明析。

北汉主称帝这一日，就是湘阴公赟毕命的时期。当时宋州节度使李洪义，讣报周廷，只说是刘赟暴亡。后来《涑水通鉴》、司马光著。《紫阳纲目》朱

第四十八回 陷长沙马希萼称王 攻晋州刘承钧折将

熹著。大书特书云:"周主威弑湘阴公赟于宋州。汉刘崇称帝于晋阳。"可见得刘赟暴亡,实是李洪义密奉主命,暗中下手。且直书为弑,令郭威更无从躲闪,所以千秋万世,统称他是直笔呢。引古为证,取义谨严。

闲文少表,且说周主郭威即位,颁诏四方,荆南节度使高保融,首先表贺。且报称去年十一月间,朗州节度使马希萼破潭州,十二月缢杀楚王马希广,自称天策上将军武安、武平、静江、宁远等军节度使嗣楚王。周主郭威,因国家初定,无暇南顾,但优旨嘉奖高保融,加封渤海郡王。但高保融奏报楚事,仅据纲领,欲知详细,还须另行叙明。

自楚王马希广,出师屡败,益阳失守,长沙吃紧,希萼大举入寇,希广向汉告急,汉适内乱,不遑出援。应四十四回。希萼知希广势孤,急引兵进攻岳州,刺史王赟登城坚拒,无懈可击。希萼在城下呼赟道:"公非马氏旧臣,不事我,反欲事异国么?既为人臣,独怀贰心,岂非贻辱先人!"赟从容答道:"亡父为先王将,亦破淮南兵,今大王兄弟构兵,适贻淮南厚利,且先王破淮南,后嗣臣淮南,贻辱何如!大王诚能释憾罢兵,不伤同气,赟愿尽死事大王兄弟,怎敢别生贰心!"希萼闻言,颇也知惭,引兵转趋长沙。部将朱进忠,已自益阳攻陷玉潭,再与希萼会师,屯兵湘西。

希广令刘彦瑫召集水师,与水军指挥使许可琼,率战舰五百艘,守城北津,迤及南津,独派庶弟希崇为监军。前已有人请诛,置诸不理,此时更派作监军,痴极笨极!又遣马军指挥使李彦温,领骑兵屯驼口,扼住湘阴路,步军指挥使韩礼,率步兵屯杨柳桥,扼住栅路,与希萼相持数日,胜负未决。强弩指挥使彭师暠,登城西望,入白希广道:"朗人骤胜致骄,行列未整,更有蛮兵夹入,益见喧嚣。若假臣步卒三千,从巴陵渡江,绕出湘西,攻敌后面,再令许可琼带领战舰,攻敌前面,背腹夹攻,不怕敌人不走。一场败北,将来自不敢轻入了。"此计甚妙。希广却也称善,便召可琼入议。那知可琼已阴与希萼密约,分治湖南,至是闻师暠计议,反瞠目伸舌道:"这是危道,决不可从,况师暠出身蛮都,能保他不生异心么?"自己通敌,还说别人难恃,此等人安可不杀!希广乃止。且命诸将尽受可琼节制,日给可琼五百金。可琼时常闭垒,不使士卒知朗军进退,或且诈称巡江,与希萼密会水西,愿为内应。希广反叹为良将,言听计从。彭师暠闻可琼通敌,入谏希广道:"可琼将叛,国人尽知,请速加诛,毋贻后患!"希广叱道:"可琼世为楚将,岂有此事!"师暠退出,喟然长叹道:"我王仁柔寡断,败亡可立俟呢!"

已而长沙大雪,平地积四尺许。两军苦不得战,希广迷信僧巫,抟土作鬼神形,举手指江,谓可却退朗人。又命众僧日夜诵经,向佛祷告,希广也披缁膜拜,高念宝胜如来,声彻户外。是谓祈死。朗州步军指挥使何敬真,乘雪少霁，即率蛮兵三千，迫韩礼营，阴遣小校雷晖，冒充长沙兵士，混入礼寨，用剑击礼。礼骇走狂呼，一军惊扰，敬真乘乱掩入，立将礼营捣破。礼军大溃，礼受创奔回，越日毙命。于是朗兵水陆齐进，急攻长沙。长沙某军指挥使吴宏，与小门使杨涤相语道："强敌凭陵，城且不保，我等不效死报国，尚待何时？"遂各引兵出战，宏出清泰门，涤出长乐门。统怒马争先，以一当十，奋斗至三四时，朗兵少却。刘彦瑫与许可琼，袖手旁观，并不出援。宏士卒饥疲，先退入城，涤亦还军就食。

朗兵复竞进扑城，彭师暠挺槊突出，与朗兵交战城北，未分胜负。朗将朱进忠带引蛮众，至城东纵起火来，城上守兵，为烟雾所迷，不免惊惶，忙招许可琼军，令他救城。可琼竟举军降希萼。守兵见可琼降敌，当然惊乱，朗兵遂一拥登城，长沙遂陷。希广亟带领妻孥，走匿慈堂。朗兵及蛮兵，杀官民，焚庐舍，彻夜不休。自马殷立国后，所积珍宝，尽被夺散。宫殿屋宇，统成灰烬，闹得人声鼎沸，烟焰迷离。

李彦温尚屯兵驼口，望见城中火起，急引兵还援。至清泰门，朗人已据城拒战，矢石交下，正拟冒险进攻，忽有千余人绕城而来，统是神色仓皇，备极狼狈。为首的且凄声呼道："李将军快寻生路罢！"彦温瞧着，正是刘彦瑫，便问主子如何？彦瑫道："不知下落。我已觅得先王及今王诸子，从旁门逃出，幸与君相遇，正好结伴同奔，朗兵利害得很，若不急走，恐一经追杀，必无噍类了！"彦温被他一吓，也觉惊慌，遂与彦瑫等同奔袁州，转降南唐。

希萼入城后，即与希崇相见，希崇率将吏进谒，上书劝进。吴宏战血满袖，顾视希萼道："我不幸为许可琼所误，今日虽死，地下也好对先王了！"彭师暠投槊地下，大呼道："师暠不降，情愿请死！"希萼叹道："这可谓铁石人了！"纵令自便，不欲加诛。也是保全忠臣，却是难得。希崇遂导希萼入府视事，闭城搜捕希广夫妇，及掌书记李弘皋、弘节，都军判官唐昭胤，学士邓懿文，小门吏杨涤等，先后拘至，尽作俘囚。

希萼首问希广道："你我承父兄余业，难道不分长幼么？"希广流涕道："将吏见推，朝廷见命，所以权受，并非出自本心。"希萼也不禁恻然，便顾左右道："这是钝夫，怎能作恶？徒受群小欺蒙，因致如此。"遂命牵往狱中。嗣讯弘皋、弘节等，多半说是先王遗命，不肯伏罪，惹得希萼怒起，命将弘皋、弘节、唐昭胤、杨涤四人，绑出府门，凌迟处死，分饷蛮军。邓懿文少说数语，总算从宽一线，枭首市曹。似此残忍，何能久享！遂自称天策上将军武安、武平、静江、宁远等军节度使，嗣爵楚王。授希崇节度副使，判军府事，其余要职，悉用朗人充任。

越日，语将吏道："希广懦夫，受制左右，我欲使他不死，汝等以为然否？"诸将皆不敢对，独朱进忠尝为希广所笞，乘此报怨，奋然进言道："大王血战三

第四十八回　陷长沙马希萼称王　攻晋州刘承钧折将

年,始得长沙,一国不容二主,今日不除,他日悔无及了!"乃命牵出勒死。希广临刑,尚喃喃诵佛书,至死才觉绝口。希广妻搥毙杖下,彭师暠不忘故主,棺殓希广,瘗诸浏阳门外,后人号为废王冢。希萼命子光赞为武平留后,遣何敬真为朗州都指挥使,统兵戍守,且因故学士拓拔恒,曾劝希广让国,召令复职。恒称疾不起,希萼亦无可如何。

未几令掌书记刘光辅入贡南唐,唐主璟命右仆射孙晟,客省使姚凤为册礼使,册封希萼为楚王。希萼又令光辅报谢,唐主厚待光辅,并问湖南情形。光辅密奏道:"湖南民疲主骄,陛下若发兵往取,易如反掌呢。"又是一个卖国臣。唐主乃命都虞侯边镐为信州刺史,屯兵袁州,渐渐的谋吞湖南了。

南方正扰攘不休,北方亦兵戈迭起。北汉主刘崇,闻赟死人手,向南大恸道:"我悔不用忠臣言,致伤儿命!"遂命为李骧立祠,岁时致祭。一面整兵缮甲,锐意复雠。可巧辽将潘聿拈,奉辽主命,贻书崇子承钧,通问国情。刘崇即使承钧复书,略说本朝沦亡,因袭帝位,欲循晋室故事,求援北朝。聿拈转报辽主。辽主兀欲,得了复书,当然欣允,发兵屯阴地、黄泽、团柏,遥作声援。刘崇即命皇子承钧为招讨使,白从晖为副,李存瓌为都监,统兵万人,分作五道,出攻晋州。

晋州节度使王晏,闭门不出,城上旗帜兵仗,亦散乱不整。承钧还道他是不能拒守,饬兵士蚁附登城。不料一声鼓响,那堞内伏兵,霎时齐起,挟着硬弓毒矢,接连射下,还有长枪大戟,巨斧利矛,钩的钩,斫的斫,把北汉兵杀伤无数,承钧忙鸣金收军,退出濠外。王晏竟驱兵杀出,前来追击,承钧哪里还敢恋战,麾兵急奔,跑了十多里,方不见有追兵,择地下寨,招集散卒,死伤已千余人,并失去副兵马使安元宝,不知是否阵亡,后经探骑报闻,才知元宝被擒,投降晋州了。

承钧且惭且愤,移攻隰州,行至长寿村,突遇隰州步军指挥使孙继业,从刺斜里杀将出来,顿使承钧又吃一大惊。前锋牙将程筠,不管好歹,竟挺枪跃马,出战继业,两马相交,双枪并举。约有一二十合,被继业大喝一声,把程筠刺落马下。隰州兵捉住程筠,立刻斩首,枭示军前。承钧大怒,麾兵前斗,要与继业拚命。偏继业刁猾得很,率军急退,竟回入城中去了。承钧追至城下,城上早已准备,由隰州刺史许迁,亲自督守,再加孙继业登陴相助,里守外攻,约过了数昼夜,北汉兵毫无便宜,反伤亡了许多人马,只好一齐退去。北汉兵两次败退,这叫作出手就献丑。

北汉主刘崇,接得败报,正在焦灼,怎奈不如意事,接踵而来。徐州一城,被周将王彦超陷入,杀死巩廷美、杨温,只湘阴公夫人董氏,还算由周主特恩,安抚保护,未曾殉难。徐州事虽用带笔,恰是毫不渗漏。崇忧愤交并,立遣通事舍人李荨，赴辽乞援。辽主兀欲，本来是用两头烧通的计策。当周主郭威称帝时，已从饶阳回师，应四十六回。派蕃将朱宪奉书周廷，称贺即位，周廷亦遣尚书右丞田敏报聘。此次联络北汉，明明使他鹬蚌相争，自己好做个渔翁。至李荨到辽乞师，兀欲尚不肯发兵，先遣使臣拽剌梅里，与荨同诣北汉，捏称周使田敏，已约输岁贡十万缗。刘崇不禁情急，忙使宰相郑珙，赍着金帛，与拽剌梅里同往，纳赂辽主。国书中且自称侄皇帝，致书于叔天授皇帝，见四十回。请行册礼。辽主兀欲，喜如所愿，厚待郑珙，日夕赐宴。珙在途已感受风寒，禁不起肉酪厚味，一夕宴毕归馆，竟致暴亡。兀欲发还珙丧，并遣燕王述轧，一作舒斡。政事令高勋，同至北汉，册封刘崇为大汉神武皇帝，妃为皇后。刘崇情急求人，也顾不得甚么屈膝，只好对着辽使，拜受册封，改名为旻，令学士卫融等，诣辽报谢，乞即济师。

辽主召集诸部酋长，拟即日大举，援汉侵周，诸部酋长多不愿南行。兀欲强令从军，自督部众至新州。驻宿火神淀，夜间忽遭兵变，由燕王述轧，及伟王子呕里僧为首，持刀入帐，竟将兀欲劈死。也有此日。

辽太宗德光子齐王述律，一作舒噜。在军闻变，走入南山。述轧即自立为帝，偏各部酋长不乐推戴，情愿往迎述律，攻杀述轧及呕里僧。述律乃自火神淀入幽州，即辽主位，号天顺皇帝，改元应历，当下为故主兀欲发丧，并遣使至北汉告哀。

刘崇派枢密直学士王得中等，贺述律即位，且吊兀欲丧，仍称述律为叔，请兵攻周。述律素好游畋，不亲政事，每夜酣饮，达旦乃寐，日中方起，国人号为睡王。北汉乞援再四，方遣彰国军节度使萧禹厥，统兵五万，与北汉会师，自阴地关进攻晋州。

时晋州节度使王晏，与徐州节度使王彦超对调，晏已离镇，彦超未至。巡检使王万敢权知晋州军事，与龙捷都指挥使史彦超，虎捷都指挥使何徽，募兵拒守。辽兵五万人，北汉兵二万人，共至晋州城北，三面营垒，日夜攻扑。王万敢等多方抵御，且飞使至大梁求援。周主郭威，命王峻为行营都部署，发诸道兵援晋州，威自至西庄饯行，亲赐御酒三卮，峻饮毕拜别，上马径去，驰至陕州，留军不进。周主闻报，免不得遣使促行，并欲督师亲征，正是：

将军故意留西鄙，天子劳心欲北征。

究竟王峻何故逗留，待至下回表明。

希广不能让兄，又不能拒兄，潭州之陷，咸本自诒，况忠如彭师暠而不用，奸如许可琼而独任，迷信僧巫，至死且讽诵佛经，愚昧至此，安能不亡？若希萼之加刃同胞,啇食旧臣,残忍太甚,几何而不俱灭也！刘崇不从李骧之言,以致刘赟死于非命,虽悔奚追,厥后甘心事狄,出师屡败,欲泄忿而不得,欲报怨而未能,乃知失之毫厘,谬以千里,天下之不听忠言,自致危祸者,皆类是耳。特揭出之以为后世鉴云。

第四十九回　降南唐马氏亡国
　　　　　　征东鲁周主督师

却说王峻留驻陕州,并非故意逗挠,他却另有秘谋,不便先行奏闻。周主郭威,闻报惊疑,拟自统禁军出征,取道泽州,与王峻会救晋州。一面遣使臣翟守素,往谕王峻,峻与守素相见,屏去左右,附耳密语道:"晋州城坚,可以久守。刘崇会合辽兵,气势方锐,不可力争,峻在此驻兵,并非畏怯,实欲待他气馁,然后进击,我盛彼衰,容易取胜。今上即位方新,藩镇未必心服,切不可轻出京师！近闻慕容彦超据住兖州,阴生异志,若车驾朝出汜水,彦超必暮袭京城,一或被陷,大事去了！幸转达陛下,勿生他疑！"守素唯唯遵教,即日驰还京城,报知周主郭威,威闻言大悟,手自提耳道:"几败我事！"遂将亲征计议,下敕取消。郭雀儿亦有失策时耶?

是时已为广顺元年十二月,天气严寒,雨雪霏霏。峻乃下令各军,速即进发,到了绛州,也无暇休息,便语都排阵使药元福道:"晋州南有蒙阬,地最险恶,若为敌兵所据,阻我前进,却很费事。汝引部卒三千,赶紧前行,得能越过蒙阬,便可无忧了！"元福应命前驱,冒雪急进,到了蒙阬相近,见地势果然险恶,幸无敌兵把守,便纵马飞越,出了蒙阬,方才扎住。令部校回报王峻,峻私喜道:"我事得成了！"因即麾军继进,过了蒙阬径路,与药元福相会,向晋州进兵。

北汉主刘崇,及辽将萧禹厥,正虑攻城不下,粮食将尽,更兼大雪漫天,野无所掠,未免智穷力尽,日思退归。忽接哨骑探报,知王峻已逾蒙阬,不由的心惊胆战,立命烧去营垒,黉夜返奔。至王峻到了晋州,敌兵早遁。城内王万敢、史彦超、何徽等,出迎王峻,导入城中。彦超便禀王峻道:"寇兵虽去,相距未远,若使轻骑追击,必得大胜。"峻答说道:"我军远来劳乏,且休养一宵,明日再议。"彦超乃退。翌晨值峻升厅,彦超又来禀白,药元福等亦从旁怂恿,峻乃令药元福统兵,与指挥使仇弘超,左厢排阵使陈思让、康延诏,策马出追,驰至霍邑,追及敌众,便奋击过去。敌军后队,统是北汉兵,一闻追兵到来,都越山四跑,急不择路,或坠崖,或堕谷,死了无数。元福催后军急进,偏偏延诏懦怯，沿途逗留，且语元福道："地势险窄，恐有伏兵，且回兵徐图进取。"元福忿然道："刘崇挟胡骑南来，志吞晋绛，今气衰力惫，狼狈遁还，不乘此时扫灭，必为后患。"言未已，那王峻遣人到来，说是穷寇勿追，饬令回军，元福长叹数声，收军而还。王峻亦非真良将。

辽兵还至晋阳，人马什丧三四，萧禹厥自耻无功，诿罪一部酋，钉死市中。刘崇亦丧兵无数，复因辽兵归去，不得不畀他厚赆，害得府库空虚，人财两失，只好付诸一叹，缓图报怨罢了。智力原不及郭威。

且说楚王马希萼，得据长沙，刑戮无度，已失人心。更且纵酒荒淫，尽把军府政事，委任希崇。小门使谢彦颙，系家僮出身，面目清扬，姣如处女，希萼很是宠爱，尝令与妃嫔杂坐，视同男妾。不怕作元绪么？彦颙恃宠生骄，凌蔑大臣，就是手握大权的王弟希崇，他亦未加尊敬，或且拊肩搭背，戏狎靡常，希崇引为恨事。向例王府开宴，小门使只能伺候门外，希萼独使彦颙与座，甚至列诸将上，诸将亦愤愤不平。希萼因府舍被焚，命朗州指挥使王逵，副使周行逢，率部曲千余人修葺府署，执役甚劳，毫无犒赐。士卒统有怨言，逵与行逢密语道："众怒已深，不早为计，祸将及我两人了！"遂率众逃归朗州。

希萼沉醉未醒，左右不敢白，越宿始报知希萼。希萼大怒，立遣指挥使唐师翥，领兵往追，直抵朗州城下，被王逵等伏兵邀击，士卒尽死，师翥孑身逃归。逵入朗州城，逐去留后马光赞，别奉希萼兄子光惠知朗州事，寻且立为节度使。光惠愚懦嗜酒，不能服众。逵与行逢，商诸朗州戍将何敬真，废去光惠，推立辰州刺史刘言，权知留后，逵自为副使。因恐希萼往讨，特向南唐求请旌节，唐主不许。乃奉表周廷，自称藩臣，周主也不给复谕，置诸不闻。

希萼本与许可琼密约，分治湖南，及攻入潭州，背约食言，且恐可琼怨望，暗通朗州，遽出为蒙州刺史。一面派马步指挥使徐威，左右军马步使陈敬迁，水军指挥使鲁公绾，牙内侍卫指挥使陆孟俊，率兵出城西北隅，立营置栅，预备朗兵。

徐威等劳役经旬，并未抚问，免不得怨声又起。希崇已知众怒，未尝进谏。一日希萼置酒端阳门，宴集将吏，徐威等不得预宴，希崇亦称疾不至，威等遂共谋作乱。先使人驱蹑啮马数十匹，闯入府署。自率徒众持械相随，待马奔入府中，即托言絷马，掩入座上，纵横击人，颠踣满地，希萼骇奔，逾垣欲走，被威等追及，缚置囚车，并执小门使谢彦颙，自顶至踵，剉成齑粉。南风不竞，致罹此祸。遂推希崇为武安留后，大掠两日，方才安民。

希崇欲借刀杀人，特令彭师暠拥住希萼，解往衡山县锢禁，随时管束。希萼已去，随接到朗州檄文，数希崇篡逆罪状，希崇方觉心惊。忽又闻朗州留后刘言，派马步军至益阳，将逼潭州，顿时仓皇失措，急发兵二千往御，且遣人赴

第四十九回　降南唐马氏亡国　征东鲁周主督师

朗州求和,愿为邻藩。平时很是刁滑,此时奈何若此。刘言见了潭使,颇费踌躇,掌书记李观象进议道:"希萼旧将,尚在长沙,必不欲与公为邻,公不若先檄希崇,令他取各首来献,然后可和。希崇若从此议,取湖南如反掌了。"言依议而行,即令潭使返报,果然希崇畏言,杀死希萼旧臣杨仲敏、魏光辅、魏师进、黄勍等十余人,函首送朗州,派前辰阳令李翙为使,翙至朗州纳入首级,统已血肉模糊,不可辨认。言与王逵,遂说他以伪冒真,呵叱李翙。翙且愤且惧,撞死阶下。言也为心动,暂许希崇和议,调回益阳等军。希崇闻朗军调回,安然无忌,乐得纵情酒色,终日寻欢。不意彭师暠押送希萼,到了衡山,竟与衡山指挥使廖偃,共立希萼为衡山王,改县为府,断江立栅,编竹成战舰,居然与希崇为敌。这都是希崇弄巧成拙,反害自身!原来师暠受希崇差遣,明知是借刀杀人,及与廖偃相见,慨然与语道:"要我弑君,我却不愿,宁可以德报怨,不甘枉受恶名!"廖偃也以为然,即与师暠拥立希萼,召募徒众,旬日间得万余人,且遣判官刘虚己,向唐乞援。师暠以德报怨,已属矫枉过正,更且引敌亡楚,尤觉失策。

希崇得悉此变,也遣使奉表唐廷,请兵拒朗。唐主璟立命袁州戍将边镐,西趋长沙。楚将徐威等又欲杀希崇。被希崇先期察觉,左思右想,无可为计,只好赶紧迎镐,尚可自全。忽闻镐军已至醴陵,适如所望,急发库款犒军。去使回报希崇,传述镐言,谓此来拟平楚乱,并非代灭朗兵,如欲自保,速即迎降。希崇听了,半晌无言,嗣且泪下。没奈何迫令前学士拓跋恒,奉笺镐军,情愿降唐。恒怅然道:"我久不死,徒为小儿等赍送降表,岂不可叹!"乃诣镐军请降。究竟贪生。

镐率兵抵潭州,希崇率弟侄出城,望尘迎拜。镐下马宣慰,与希崇等同入城中,寓居浏阳门楼,湖南将吏,相率趋贺,镐即发湖南仓库,取出金帛粟米,金帛给将吏,粟米赈饥民,阖城大悦。慷他人之慨,何乐不为。唐武昌节度使刘仁赡,乘势取岳州,安抚吏民,舆情翕然。

捷报驰入金陵,唐百官额手称庆,独起居郎高远道:"乘乱取楚,原是容易,但观统兵各将,均非良才,恐易取却难守哩。"为后文伏线。唐主璟独喜出望外,授边镐为武安节度使,征马氏全族入朝。希崇不欲东行,聚族相泣,并愿重赂边镐,令他代为奏请,仍准留居长沙。镐微笑道:"我朝与公家世为仇敌,屈指将六十年,但未尝大举入境,欲灭公家。今公兄弟阋墙,穷蹙乞降,这是天意欲归我朝。公若再图反复,恐人肯恕公,天也未肯恕公了!"可作世人棒喝。希崇无词可答,只得挈领宗族,及将佐千余人,号哭登舟,共赴金陵。谁叫你陷害骨肉?

马希萼据住衡山,还想经略岭南,特命龙峒戍将彭彦晖,移屯桂州。桂州节度副使马希隐，系是马殷少子，不愿彦晖前来，急檄蒙州刺史许可琼，同拒彦晖。可琼引兵趋桂州，与希隐合兵，杀退彦晖。彦晖奔回衡山，希萼大惊。适唐将李承戬，奉边镐命，引兵数千至衡山，促希萼入朝金陵，逼得希萼忧上加忧。就是廖偃、彭师暠，也想不出救急方法，索性投顺南唐，乃是无策中之一策，乃与希萼沿江东下，往朝南唐。

先是湖南有童谣云："鞭打马，马急走！"至是果验。马希隐闻二兄降唐，还想据守岭南，负嵎自固，偏南汉主刘晟，遣内侍吴怀恩入境，先乘虚袭入蒙州，继乘胜进逼桂州。希隐与许可琼，保守不住，乘夜斩关，带领遗众，向全州遁去。吴怀恩得了蒙、桂，复略定连、梧、严、富、昭、流、象、龚等州，于是南岭以北属南唐，南岭以南属南汉。只有朗州一隅，尚为刘言所据，但亦不复属马氏。自马殷据有湖南，至希崇降唐，共得六主，合成五十六年。

希萼兄弟，先后至金陵。唐主璟嘉他恭顺，命希萼为江南西道观察使，驻守洪州，仍封楚王。希崇为永泰军节度使，驻守扬州。其余湖南将吏，以次拜官，且因廖偃、彭师暠二人，忠事故主，特授偃为左殿直军使兼莱州刺史、师暠为殿直都虞侯。湖南刺史，俱望风朝唐。最可惜的是前岳州刺史王赟，至此已改调永州，独伤心故国，不忍降唐。经唐廷一再征召，勉强入觐。唐主璟责他后至，赐鸩而死。人生到此，天道难论，这叫做有幸有不幸呢！褒贬咸宜。

南唐既并有湖南，复议北略。参军韩熙载，入任户部侍郎，独上书谏阻道："郭氏奸雄，不亚曹、马，得国虽浅，守境已固。我若妄动兵戈，恐不独无成，反且有害呢！"唐主璟乃罢兵不发。偏是兖州节度使慕容彦超，叛周起兵，向唐求援，遂令唐主璟触动雄心，出兵五千人，令指挥使燕敬权为将，往援彦超。从南唐出援，接入彦超叛周事，绾合无痕。彦超自汴京逃归，心常疑惧，昼夜不安，特遣人贡献方物，自表歉忱，探试周主意向。周主加授彦超为中书令，并遣翰林学士鱼崇谅，至兖州传旨抚慰。略云：

> 向以前朝失德，少主用谗。仓猝之间，召卿赴阙，卿即奔驰应命，信宿至京，救国难而不顾身，闻君召而不俟驾。以至天亡汉祚，兵散梁郊，降将败军，相继而至，卿即便回马首，径返龟阴。为主为时，有终有始，所谓危乱见忠臣之节，疾风知劲草之心。若使为臣者皆复如是，则有国者谁不欲大用斯人！朕潜龙河朔之际，平难浚郊之时，缘不奉示谕之言，亦不得差人至行阙。且事主之道，何必如斯？若或二三于汉朝，又安肯效忠于周室，以此为惧，不亦过乎？卿但悉力推心，安民体国，事朕之节，如事故君，不惟黎庶获安，抑亦社稷是赖！但坚表率，未易替移，由衷之诚，言尽于此，卿其勿疑！

第四十九回　降南唐马氏亡国　征东鲁周主督师

彦超得了此谕,心终未释;且闻刘赟暴死,益不自安。募壮士,蓄刍粮,购战马,潜使人通书北汉,为关吏所获,奏报周廷。周主郭威,命中书舍人郑好谦,申谕彦超,与订誓约。彦超始终未信,特令都押牙郑麟诣阙,伪输情款,实觇机事。又捏造天平节度使高行周书,说是约他造反,因此出首。周主郭威,披书审阅,语多指斥朝廷,不禁微笑道:"鬼蜮伎俩,怎能欺人!"遂将书颁示行周,行周果然奏辩,兼且谢恩。周主即遣阁门使张凝,领兵赴郓州,为行周助守。彦超计不得逞,复表请入朝,竟由周主允准。未几又得彦超复奏,伪称境内多盗,不便离镇。周主付诸一笑,但待他发难,兴师问罪便了。<small>并非姑息养奸,实是请君入瓮。</small>

好容易过了一载,已是广顺二年。彦超召乡兵入城,引泗水注入城濠,预备战守。且令部吏伪扮商人,混入南唐,求请援师。一面募集群盗,剽掠邻境。寻得朝廷诏敕,命沂、密二州,不复属泰宁军。彦超怎肯失去二州,决计抗命。判官崔周度谏阻道:"东鲁素习诗书,自伯禽周公子。以来,不能霸诸侯,但用礼仪守国,自可长世。况公对朝廷,并无私憾,何必自疑?主上又再三谕慰,公能撤备归诚,定可长享富贵,安如泰山。公岂不闻杜重威、李守贞故事,奈何自取灭亡呢?"彦超不从,竟尔叛周。周主命侍卫步军都指挥使曹英,为兖州行营都部署,齐州防御使史彦韬为副,皇城使向训为都监,陈州防御使药元福为都虞侯,东讨彦超。

彦超闻周廷出师,忙遣人南行,约唐夹攻。唐将燕敬权已到下邳,恐众寡不敌,退屯沭阳。不料徐州巡检使张令彬,潜师袭击,捣破唐营,竟将燕敬权活捉了去,献入周廷。周主郭威,欲借此笼络南唐,命将敬权释缚,赐他衣服金帛,放归本土。敬权感泣谢罪,周主面谕道:"奖顺除逆,各国从同,难道江南独异致么?我国贼臣,据城肆逆,殃及万民,尔国乃出助凶逆,诚为不解。尔可归语尔主,勿再失算!"敬权应命辞行,返报唐主。唐主也觉感激,不敢再援彦超。

彦超失一大援,不得已登城守御。曹英等到了城下,猛攻不克,乃筑垒围城。可巧王峻自晋州还师,也由周主拨至兖州。彦超见周军迭至,很是心慌,屡率壮士出城突围,统为药元福所败,只好闭城固守。周军四面围住,困得兖州水泄不通。自春至夏,守兵疲敝不堪,彦超因库资告罄,令大括民财,犒赐守兵。前陕州司马阎弘鲁,倾资出献,彦超尚说有私藏,命崔周度至弘鲁家,实行搜括。到处搜遍,毫无所得,乃返报彦超。彦超斥周度包庇弘鲁,俱令下狱。适弘鲁家有乳母,从泥土中拾得金缠臂,献与彦超,欲赎弘鲁。彦超益恨弘鲁藏金,遣军校搒掠弘鲁夫妇,硬要他献出私藏,可怜弘鲁夫妇,无从取献,宛转哀号,同毙杖下。死在眼前,还要这般毒虐。

周度连坐处斩。看官听着！这周度坐罪,尚不是全为弘鲁,大半由前日忠谏,触怒彦超,所以遭此奇祸呢。

周主郭威,因兖州久攻未下,下诏亲征。命李穀、范质同平章事,留李穀权守东京,兼判开封府事,进郑仁诲为枢密使,权充大内都点检,郭崇充在京都巡检。布置已定,乃自京城出发,直抵兖州。先令人招谕彦超,守卒出言不逊,始督诸军进攻。诸军因御驾亲临,当然冒险进取,伐鼓渊渊,振旅阗阗,有分教一座坚城,从此崩陷,凶狡贪横的慕容彦超,要全家诛戮了。小子有诗叹道:

休笑人家尽懦夫,蛮横到底伏天诛。
试看身首分离日,谁惜昂藏七尺躯。

欲知攻克兖州情形,下回再行续叙。

古人有言,家必自毁而后人毁之,国必自伐而后人伐之。观马氏兄弟之阋墙构衅,遂致全国让人,举族入唐,边镐兵不血刃,即得三楚,非马氏之自致覆亡,曷由致此！阅边镐言,凡天下之兄弟不和者,亦曷不亟自猛省也！慕容彦超,有勇无谋,亡汉不足,反欲叛周。周主郭威,再三慰谕,始终不从,甚且杀崔周度,毙阎弘鲁,如此凶戾,不死何为？乃知马希崇之覆国,与慕容彦超之亡家,无在非自取也。

第五十回　逐边镐攻入潭州府
　　　　　　拘刘言计夺武平军

却说慕容彦超,困守兖州,已是势穷力竭,并且素性贪吝,所括民财,半犒兵士,半充囊橐,因此士无斗志,相继出降。周主郭威,又亲至城下,督军猛攻,眼见得保守不住,彦超无法可施,竟至镇星祠中,禳灾祈福。这镇星祠乃是何神？原来彦超将反,有术士占验天文,谓镇星行至角亢,角亢为兖州分野,当邀神祐。彦超信为真言,特设一祠,令民家遍立黄幡,每日一祭。此时穷蹙无计,不得不仰求星君。蓦闻城被攻陷,急忙出祠督战,那周军似潮冲入,怎能招架得住？巷战良久,手下兵皆溃散。再奔至镇星祠旁,放起一把无名火,将祠毁去,然后驰入府署,挈妻投井,顷刻溺毙。子继勋率残众五百人,出奔被擒,立即磔死。彦超枭尸,所有家族,悉数诛夷。应该如此。兖州平定,周主留端明殿学士颜衎,权知兖州军府事,降泰宁军为防御州,并欲尽诛彦超将佐。翰林学士窦仪,心下不忍,特商诸宰臣冯道、范质,请他释免。两宰臣面奏周主,说是胁从罔治,周主乃赦罪不问。

启跸赴曲阜县,谒孔子祠,行释奠礼。登殿将拜,左右劝阻道:"孔子乃是陪臣,不当受天子拜!"周主道:"孔子为百世帝王师,难道可不敬礼么?"遂虔诚拜讫,命将祭器留藏祠中。又至孔林拜孔子墓,访得孔子四十三世孙孔仁玉,命为曲阜令;颜渊后裔颜涉,命为主簿。即令视事。仍饬兖州修葺孔祠,永禁墓旁樵采,然后还都,饮至犒赏,当然有一番手续。

过了数日,德妃董氏,病殁宫中。天子悼亡,免不得辍乐举哀,饰终尽礼。董氏镇州人,本嫁同里刘进超。进超仕晋,充内廷职使。辽兵犯阙,进超殉难,董氏嫠居洛阳。汉高祖自太原入京师,郭威从军过洛,闻董氏德艺兼长,纳为妾媵。后来出镇邺中,只命董氏随行,所以家属被屠,董氏幸得脱祸。及威已称帝,中宫虚位,但册董氏为德妃,摄掌宫事。至此竟遭病殁,享年三十九岁。总觉命薄。叙出董氏,补前文所未逮。

郭威既悲妃殁,复触旧痛,好几日不愿视朝。接连是天平节度使高行周,病终任所,又辍朝数日,犹幸内外无事,朝政清闲。惟冀州边境,为辽兵所掠,由都监杜延熙,一鼓驱退,倒也损失有限,不足厪忧。既而武平军留后刘言,遣牙将张崇嗣入奏,报称收复湖南,愿如马氏故事,乞请册封。周主留馆来使,又有一番廷议,处置湖南事宜。

自唐将边镐入据长沙,潭民市不易肆,称镐为边菩萨,一体悦服。后来镐佞佛设斋,筑寺置观,所入赋税,除贡献金陵外,尽充佛事,浮费无节,凡地方一切政治,置诸不理,于是潭人失望。菩萨本来高搁,望他奚为?南汉内侍省丞潘崇彻,及将军谢贯,乘机攻郴州。镐出兵与争,大败奔还。郴州被陷。镐坐失军威。

唐指挥使孙朗、曹进,从镐平楚,部下所得廪给,反不及湖南降卒,军士已有怨言。唐复遣郎中杨继勋等,征取湖南租税,务从苛刻,行营粮料使王绍颜,希承继勋意旨,克减军粮,益激众怒。孙朗、曹进,投袂奋起,率部众入攻绍颜,绍颜走匿囷下,屏息无声。大众四觅无着,转趋府署,向镐要求,请斩绍颜以谢将士。镐含糊应允,待孙朗等退归营中,并不将绍颜取出,枭首示众。所以孙、曹两人,并谋杀镐,夜率部众焚府门,适值天雨,屡燃屡灭。镐本有戒心,至是闻府门被火,出兵格斗,且令传吹鼓角,作将旦状。孙朗等堕入镐谋,恐天晓军集,转难脱身,不如斩关出去,往投朗州,一声吆喝,麾退党徒,纷纷投关出城,夤夜向朗州奔去。

走了两三日,方抵朗州城外,求见刘言。言召他入署,问明原委,很是喜欢。王逵在旁问朗道:"我欲再取湖南,恐唐兵来援,多一阻碍,奈何?"朗答道："朗臣唐数年，备知底细，现在朝无贤臣，军无良将，忠佞无别，赏罚不当，得能保守淮南，已是幸事，还有何暇兼顾湖南，朗愿为公前驱，取湖南如拾芥呢！"朗为唐臣，嗾人往取湖南，亦非好人。逵心亦喜，厚待孙朗及曹进，整兵治舰，预谋大举。

　　唐主璟方用冯延己、孙晟同平章事。两相意见未合，晟尝语左右道："金杯玉碗，乃竟盛狗矢么？"延己闻言，恨晟益深。唐主尝遣将军李建期出屯益阳，使图朗州，又命知全州事张峦，兼桂州招讨使，使图桂州。两军出驻多日，未闻报功，唐主召语冯延己、孙晟道："楚人归我，意在息肩。我未能抚息疮痍，反欲劳民费财，恐失楚意。现欲将桂林、益阳两处戍军，悉数调回，特授刘言旌节，俾得息兵，卿等以为何如？"孙晟道："陛下诚念及此，不但安楚，并足安唐。"延己勃然道："臣意以为非是，前出偏将下湖南，远近震惊，一旦三分失二，适令他人藐视。请委任边将窥察形势，可进即进，可退乃退。"唐主因遣统军使侯训，率兵五千，往与张峦合兵，共攻桂州。训与峦联军南下，将到桂州城下，被南汉兵内外夹击，杀得大败亏输。训竟战死，峦收残卒数百人，奔回全州。败报到了唐延，唐主决拟召回李建期，授刘言为节度使。偏冯延己又出来反对，谓宜召言入朝，察他举止，果肯效顺，再授旌节未迟。唐主乃遣使至朗州，召言入朝。

　　言与王逵密商行止，逵答道："武陵负江面湖，带甲百万，怎甘拱手让人！况边镐抚字无方，士民不附，可一战成擒，怕他甚么？"言尚在沉吟，逵又道："行军贵速，一或迟延，反令镐得为备，不易进攻了。"乃遣归唐使，佯约入朝。一面召集何敬真、张仿、蒲公益、朱全琇、宇文琼、彭万和、潘叔嗣、张文表等牙将，皆授指挥使，令周行逢为行军司马。部署队伍，即日发兵。行逢善谋，文表善战，叔嗣善冲锋，三人情好颇深，和衷共进。王逵为统军元帅，分道趋长沙，令孙朗、曹进为先锋，直抵沅江，擒住唐都监刘承遇，收降唐军校李师德，乘胜进逼益阳，用着大刀阔斧，砍入唐守将李建期寨内。建期慌忙抵敌，被孙朗、曹进二将，绕住厮杀。张文表、潘叔嗣，持槊助战，任你建期如何力大，也被他七手八脚，活捉了去。所有戍兵二千人，尽行授首，一个不留。嗣是朗兵水陆并进，势如破竹，破桥口，入湘阴，直薄潭州。这位大慈大悲的边菩萨，变做无人无势的边和尚，自知不能敌朗兵，慌忙遣使乞援。怎奈远水难救近火，唐兵不能速到，朗兵已是登城。边镐弃城夜走，吏民俱溃，人多马杂，把醴陵桥门踏断，溺死压死，共约一万余人。得之甚易，失亦甚易。

　　王逵入城视事，自称武平军节度副使，权知军府事，遣何敬真等追镐。镐已狂窜回去，追赶不及，但杀死溃卒五百名。逵又令蒲公益攻岳州，唐岳州刺史宋德权，及监军任镐，不战即溃。湖南各州县唐吏，闻风震慄，相继遁去。

从前马氏岭北故土,一古脑儿归入刘言,只郴、连二州,为南汉有。王逵复欲攻取郴州,自督诸军及峒蛮,共约五万人,将郴州围住。南汉将潘崇彻,夤夜趋救,出其不意,掩击朗兵,朗兵大败。

王逵走还,乃发使至朗州,请刘言入主长沙。言不愿舍朗,因上表周廷,报捷称臣。且称潭州残破,乞移使府治朗州。周主与群臣会议,大众都主张招抚,乃于广顺二年正月,表刘言为武平节度使,兼朗州大都督,升朗州为湖南首府,位出潭州上。王逵为武安节度使,周行逢为武安行军司马,何敬真为静江节度使,朱全琇为静江节度副使,张仿为武平节度副使。这诏旨颁到朗州,刘言以下,统皆拜受。

惟唐主璟因败惩罪,削边镐官爵,流戍饶州,斩宋德权、任镐,罢冯延己、孙晟为左右仆射,自悔前失,乃议休兵息民。左右劝璟道:"陛下能数十年不用兵,国可小康。"璟愤然道:"璟将终身不用兵!何止数十年哩!"岂千年不死耶?不到数月,复召冯延己为相,廷臣统呼为怪事。这且待后再表。

且说王逵入潭州后,与何敬真、朱全琇等,各置牙兵,分厅视事,吏民几不知所从。有时宴集诸将,也不辨尊卑,不分主客,彼此喧呶,毫无规律。逵引以为忧。惟周行逢、张文表二人,事逵尽礼。每有政议,逵倚二人为左右手。敬真全琇,未免疑逵,且已受周廷命令,往镇静江军,当即辞去。逵得拔去眼中钉,恰也心慰。惟自恃有功,不肯为刘言下,平居与言通书,词多倨傲。言不肯容忍,积成嫌隙,隐欲图逵。

逵颇有所闻,时常戒惧。行逢亦语逵道:"刘言与我辈不协,敬真、全琇,又与公有隙,若不先下手,将来两路发难,公将如何处置!"逵答道:"君言甚是,逵早已加忧,苦无良策!"行逢与逵附耳数语,逵大喜道:"与公除凶党,同治潭、朗,尚复何忧?"遂遣行逢至朗州,进谒刘言。言问他来意,行逢道:"南汉已兴兵入寇,全、道、永三州,统已吃紧,行逢特来报闻!"言说道:"王节度何不出御?"行逢道:"南汉势大,非潭州兵力,所能抵御,须合武平、静江两路军马,方足却寇。"言踌躇半晌,方答语道:"我处兵马不多,且是军阃要地,不便远离,看来只好檄调静江军,与潭军会同御敌罢!"正受你出此策。行逢道:"如此甚妙,请大都督照行!"言遂檄令何敬真为南面行营招讨使,朱全琇为先锋使,促赴潭州会师,共御南汉。

行逢辞言先归,复进逵密计,逵待敬真、全琇到来,出郊迎劳,相见甚欢。两人问及敌情,逵答道:"我已拨兵往堵,想寇势不即蔓延,公等远来,且入城休息,缓日往剿便了!"遂邀敬真、全琇入城,摆酒接风,并召入美妓侑酒,惹得两人眼花缭乱,情志昏迷。饮罢散席,仍嘱各妓留侍客馆,夜以继日。俗语说得好,酒不醉人人自醉,色不迷人人自迷。敬真、全琇,一住数日,几与各妓结不解缘，朝朝暮暮，怜我怜卿，还记得甚么军事。逵又日供佳酿，兼给嘉肴，使他酒食流连，沉湎不醒。一面又着人至朗州，再请济师。

刘言又拨指挥使李仲迁，率部兵三千，到了潭州。逵使与敬真相见，敬真令他先发，趋往岭北，待着后军。仲迁率兵逾岭，在岭北扎营数日，并不见敬真到来，亦未闻有甚么南汉兵。正在惊疑得很，那都头符会，因士卒思归，竟劫仲迁还朗州。都在行逢计中。

敬真尚留居馆中，镇日昏醉，忽来了朗州使人，传刘言命，责敬真玩寇荒宴，把他缚住，送入潭州狱中。敬真醉眼朦胧，怎知真伪？其实朗州使人，是由潭卒假扮，就是南汉入寇，也由行逢捏造出来。朱全琇闻变急遁，由逵派兵追捕，也即拿还。当下从狱中牵出敬真，与全琇同斩市曹。并遣人报知刘言，诬称敬真全琇，私通南汉，托故逗留，不得不军法从事。李仲迁等私自逃归，亦请加罪。言召诘仲迁，仲迁归罪符会，言竟将符会枭首，复报王逵。

行逢复语王逵道："武平节度副使李仿，系敬真亲戚，仿若不除，将为敬真复雠。公宜加意预防！"逵即转达刘言，请遣副使李仿，会同御寇。言本是个笨伯，一次中计，尚不觉悟；复遣仿至潭州。逵又殷勤迎入，设宴待仿，帐后暗置伏兵。待至酒意半阑，掷杯为号，立见伏兵杀出，将仿剁成肉泥。于是留行逢守潭州，由逵自率轻骑，往袭朗州。

朗州毫不防备，被逵掩入，直趋府署。指挥使郑皎，出来拦阻，未曾开口，项下已着了一刀，倒地而死。刘言闻变，尚不知为何因，冒冒失失的走将出来，兜头碰着王逵，逵麾动徒众，将言拥至别馆，拘禁起来。朗州兵士，仓皇欲遁，逵下令城中，谓言通款南唐，故特问罪。此外概不株连。兵士未沐言恩，哪个肯来助言，况朗州本由逵夺取，言不过坐享成功，各军又多逵故部，乐得依从逵命，得过且过。

逵安然据朗，奉表至周，也说刘言欲举周降唐。惟又添出许多诳语，谓言欲攻潭州，部众不从，将他幽禁，臣至朗州抚安军府，幸得平定，仍移军府至潭州，特此奏闻。周主郭威，虽然明睿，究竟相隔太远，无从辨别虚实。且湖南是羁縻地，更不必详细诘究，但教称臣纳贡，不妨俯从，因即派通事舍人翟光裔，宣抚王逵，悉如所请，且授逵为武平军节度使，兼中书令。逵厚贶光裔，送他还周，自取朗州图籍，还居潭州。别遣潘叔嗣往杀刘言。言镇朗州凡三年，朗人尝号言为刘咬牙。先是有童谣云："马去不用鞭，咬牙过今年。"鞭边音通，边镐徙马氏，刘言逐边镐，王逵又杀刘言，是童谣亦已应验了。暂作一束。

且说镇宁节度使郭荣，莅镇以后，由周主选择朝臣，令为僚佐。用王敏、崔颂为判官，王朴为掌书记，皆一时名士，辅导有方。荣妻刘氏，曾封彭城县君，前时留居大梁，为刘铢所屠。至周主即位，追封刘氏为彭城郡夫人，复因荣断弦待续，另为择配。荣闻符彦卿女，智足保身，孀居母家，未曾他适，特请诸义父，愿纳为继室。周主本认符氏为义女，乐得为养子玉成，遂致书彦卿，求为义媳。彦卿自然遵命，当将孀女送至澶州，与荣结为夫妇。怨女旷夫，各得其所，自不消说。回应四十三回。

荣在镇二年，屡请入朝，王峻时已入相，忌荣英明，辄从旁沮止。会黄河决口，峻奉命巡视，荣觑隙陈情，再乞入觐。果得周主批准。即日启行，驰诣阙下，父子相见，止孝止慈，即授荣为开封尹，兼功德使，加封晋王。王峻得知消息，遽自河上返大梁，固请辞职，周主不许。峻再乞外调，复经周主慰留，且命兼领平卢节度使。峻尚连章求解相职，并辞枢密，好几日不出视事。周主令近臣征召，仍然托疾不朝。嗣后因枢密直学士陈同，与峻相善，特遣他传示谕旨，谓峻再不出，当亲临视疾。峻乃不得已入谒。周主虽温颜劝勉，心下已存芥蒂。峻尚不知返省，屡有请求，遂令患难君臣，凶终隙末，免不得变起脸来。小子有诗讥王峻道：

> 难得功臣保始终，鸟飞已尽好藏弓。
> 如何恃宠成骄态，坐使勋名一旦空。

欲知王峻如何得罪，容俟下回续详。

　　有边镐之俘马氏，即有刘言之逐边镐，有刘言之逐边镐，即有王逵之杀刘言。所谓螳螂捕蝉，黄雀已随其后，特当局未之觉耳。且刘言为逵所推，而逵杀之，何敬真、朱全琇等，佐逵成功，而逵并杀之；争权攘利，不杀不止，彼后世之拥兵求逞，酿成战祸者，何一不可作如是观也！本回叙王逵之攻潭州，写得非常踊跃，及其图朗州也，又写得非常鬼秘，此由笔性之妙，足夺人目，不得以寻常小说目之。

第五十一回　滋德殿病终留遗嘱
　　　　　高平县敌忾奏奇勋

　　却说周枢密使同平章事王峻，恃宠生骄，屡有要挟，周主虽然优容，免不得心存芥蒂。峻又在枢密院中，增筑厅舍，务极华丽，特邀周主临幸。周主颇尚俭约，因不便诘责，只好敷衍数语，便即回宫。会周主就内苑中，筑一小殿，峻独入奏道："宫室已多，何用增筑？"周主道："枢密院屋宇，也觉不少，卿何为添筑厅舍呢？"峻惭不能对，方才趋退。

一日适当寒食，周主未曾视朝，百官亦请例假。辰牌甫过，周主因起床较迟，尚未早膳，偏峻趋入内殿，称有密事面陈。周主还道他有特别大事，立即召见。峻行礼已毕，便面请道："臣看李穀、范质两相，实未称职，不若改用他人。"周主道："何人可代两相？"峻答道："端明殿学士尚书颜衎，秘书监陈观，材可大用，陛下何不重任！"周主怏怏道："进退宰相，不宜仓猝，俟朕徐察可否，再行定议。"峻絮聒不休，硬要周主承认。周主时已枵腹，恨不将他叱退，勉强忍住了气，含糊说道："俟寒食假后，当为卿改任二人便了。"亏他能耐。峻乃辞出。

周主入内用膳，越想越恨。好容易过了一宵，诘旦即召见百官。峻昂然直入，被周主叱令左右，将峻拿下，拘住别室。且顾语冯道诸人道："王峻是朕患难弟兄，朕每事曲容。偏他凌朕太甚，至欲尽逐大臣，翦朕羽翼。朕只一子，辄为所忌，百计阻挠，似此目无君上，何人能忍？朕亦顾不得许多了！"冯道等略为劝解，请贷死贬官，乃释峻出室，降为商州司马，勒令即日就道。峻形神沮丧，狼狈出都，行至商州，忧恚成疾，未几遂死。颜衎、陈观坐王峻党，同时贬官。

邺都留守王殷，与王峻同佐周主，俱立大功。峻既得罪，殷亦不安。何不求去。先是殷出镇邺都，仍领亲军，兼同平章事职衔，自河以北，皆受殷节制。殷专务聚敛，为民所怨。周主尝遣使诫殷道："朕起自邺都，帑廪储蓄，足支数年，但教汝按额课民，上供朝廷，已足国用，慎勿额外诛求，取怨人民！"殷不以为然，苛敛如故。且所属河北戍兵，任意更调，毫不奏闻，周主很是介意。广顺三年九月，为周主诞日，号永寿节，殷表请入朝庆寿，周主疑殷有异志，不准入朝。到了冬季，预备郊祀礼仪，不意殷竟擅自入都，麾下带着许多骑士，出入拥卫，烜赫异常。适值周主有疾，得此消息，很是惊疑。又因殷屡求面觐，并请拨给卫兵，藉防不测。周主越有戒心，遂力疾御滋德殿，召殷入见。殷甫上殿阶，即命侍卫出殿，将殷拿下，责他擅离职守，罪在不赦。一篇诏敕，把殷生平官爵，尽行削夺，长流登州。至殷既东去，复着将吏赍诏，追至半途，说他有意谋叛，拟俟郊祀日作乱，可就地正法等语。殷无从辩诬，只好伸颈就戮，一道冤魂，投入冥府，与前时病死的王峻，再做阴间朋友去了。功臣之不得其死，半由主忌，半由自取。

周主既杀死二王，方免后忧，当命皇子晋王荣判内外兵马事。改邺都为天雄军，调天平节度使符彦卿往镇，加封卫王。徙镇州节度使何福进镇天平军，加同平章事。镇州一缺，命侍卫步军都指挥使曹英出任，澶州一缺，命侍卫马军都指挥使郭崇出任。此外亦各有迁调，不可殚述。惟周主病体，始终未痊。残冬已届，周主勉强支持，亲飨太庙，自斋宫乘辇至庙廷，才行下辇，

第五十一回　滋德殿病终留遗嘱　高平县敌忾奏奇勋

由近臣扶掖升阶,甫及一室,已是痰喘交作,不能行礼。只得命晋王荣恭代,自己仍退居斋宫。夜间痰喘愈甚,险些儿谢世归天,幸经良医调治,始得重生。越日就是广顺四年元旦,周主又复强起,亲至南郊,大祀圜丘。自觉身体疲乏,未能叩拜,只好仰瞻申敬,草草成礼,礼毕还宫,御明德楼,受百官朝贺,宣制大赦,改广顺四年为显德元年。内外文武百官,加恩优赉,命妇并与进封,毋庸细叙。周主经此一番劳动,疾愈加剧,停止诸司进奏,遇有大事,由晋王荣入禀进止,然后宣行。

晋王荣总握内外兵柄,每日在府中办事,人心少安。忽由澶州牙校曹翰,入都见荣,拜谒已毕,即与荣密言道:"大王为国储嗣,当思孝养。今主上寝疾,大王不入侍医药,镇日在外办事,如何慰天下仰望呢!"言外寓意。荣不禁大悟,便留翰居府,代决政务,自己入侍禁中,朝夕侍奉。

周主谕荣道:"朕若不起,汝速治山陵,毋令灵柩久留殿内。陵所务从俭素,不得劳役百姓,不得多用工匠,勿置下宫,不要守陵宫人,并不必用石人石兽,但用纸衣为敛,瓦棺为椁,入窆后,可募近陵人民三十户,蠲免征徭,令他守视。陵前只立一石,镌刻数语,可云周天子平生好俭,遗令用纸衣瓦棺。嗣主不敢有违,如此说法,便足了事。汝若违我遗言,我死有知,必不福汝!"防患未然,可云明哲。荣含糊应命,周主见他怀疑,又申诫道:"从前我西征时,见唐朝十八帝陵,统遭发掘,这都由多藏金玉,致启盗心。汝平时读史,应知汉文帝素好俭素,葬在霸陵原,至今完好如旧。每年寒食,可差人祭扫,如没人差去,遥祭亦可。并饬在河府、魏府间,各葬一副剑甲,澶州葬通天冠绛纱袍,东京葬平天冠衮龙袍,千万千万,勿忘遗言!"荣乃唯唯受教。

周主又命荣传敕,著宰臣冯道,加封太师,范质加尚书左仆射,兼修国史,李榖加右仆射,兼集贤殿大学士,升端明殿学士尚书王溥同平章事,宣徽北院使郑仁诲为枢密使,枢密承旨魏仁浦为枢密副使,司徒窦贞固进封沂国公,司空苏禹珪进封莒国公,授龙捷左厢指挥使樊爱能为侍卫马军都指挥使,虎捷左厢指挥使何徽为侍卫步军都指挥使,且加殿前都指挥使李重进为武信军节度使,检校太保,仍典禁军。

重进母系周主胞姊,曾封福庆长公主,周主以重进谊属舅甥,所以用为亲将。及周主大渐,特召重进入内,嘱受顾命。且令向荣下拜,示定君臣名分,重进一一遵旨,周主又叹息道:"朕观当世文才,无过范质、王溥,今两人并相,我死无遗恨了!"哪知他后来降宋?是夕周主病逝滋德殿,寿五十一岁。

晋王荣秘不发丧,越三日已经大殓,迁灵柩至万岁殿,乃召集文武百官,颁宣遗制,令晋王荣即皇帝位,百官奉敕,遂奉荣即位柩前。是岁自正月朔日起,天色屡昏,日月多晕,及嗣主即位,忽然晴朗,天日为开,中外相率称奇。

嗣主荣居丧数日，由宰臣冯道等，表请听政，三疏乃允，见群臣于万岁殿东庑下，始亲莅事。命太常卿田敏为先帝拟谥，敏上尊谥为圣神恭肃文武孝皇帝，庙号太祖。

忽由潞州节度使李筠，报称北汉主刘崇，与辽将杨衮，率兵数万，自团柏谷入寇潞州。周主荣甫经践阼，即闻此事，恰也有些心惊。幸亏他天姿英武，不以为忧，即召群臣会议，志在亲征。冯道等以为未可，且言刘崇自晋州奔还，势弱气夺，未必即能再振。现恐由潞州谣传，李筠未战先怯，遽行奏闻，贻忧宵旰。陛下初承大统，人心未定，先帝山陵，方才启工，不应轻率出征。如果刘崇入寇，但教命将出御，便足制敌云云。周主荣摇首道：“刘崇幸我大丧，闻我新立，自谓良好机会，可以入伺中原。目下潞州告急，必非虚语，我若亲自出征，庶几先声夺人，免致轻觑！”冯道等一再固诤，周主荣又道：“从前唐太宗创业，屡次亲征，朕岂怕河东刘崇么？”道独答道：“陛下未可便学太宗。”周主荣奋然道：“刘崇众至数万，统是乌合，如遇王师，可比泰山压卵，必胜无疑。”道又道："陛下试平心自问，果能作得泰山否？"冯道历事四朝，未闻献议，此次硬加谏阻，无非怯敌所致。周主荣拂袖起座，返身入内。

越宿颁出诏敕，分发各道，令他招募勇士，送入阙下。各道节度使得旨，陆续送致壮丁，由周主编入禁卫军，逐日操练，准备扈驾。俄又接得潞州急报。但见纸上写着：

> 昭义军节度使臣李筠，万急上言，河东叛寇刘崇，幸祸伐丧，结连契丹入寇。臣出守太平驿，遣步将穆令均前往迎击，被贼将张元徽用埋伏计，诱杀令均，士卒丧亡逾千。寇焰愈张，兵逼驿舍，臣不得已回城固守，效死勿去，谨待援师。臣措置乖方，自取丧师之罪，乞付有司议谴！谨昧死上闻，翘切待命！李筠败绩，从奏报中叙明，亦一变体。

周主荣得了此报，也不欲与冯道等续商。但召王溥、王朴两人，入议亲征事宜。溥与朴赞成亲征，奏请先调各道兵马，会集潞州，然后车驾启行。周主乃诏天雄军节度使符彦卿，自磁州进兵赴潞州，击敌后路，以澶州节度使郭崇为副；河中节度使王彦超，自晋州进兵赴潞州，击敌东面，以陕府节度使韩通为副；又命马军都指挥使樊爱能，步军都指挥使何徽，滑州节度使白重赞，郑州防御使史彦超，前耀州团练使符彦能等，引兵先赴泽州，以宣徽使向训为监军。一面令冯道恭奉梓宫，往赴山陵，留枢密使郑仁诲居守京师，车驾自三月上旬启行。

到了怀州，闻刘崇已引兵南向，拟兼程速进。控鹤都指挥赵晁，密语通事舍人郑好谦道：“贼势甚盛，未可轻敌，主上拟倍道进兵，恐非良策。”好谦入

第五十一回　滋德殿病终留遗嘱　高平县敌忾奏奇勋

阻周主,周主荣发怒道:"汝怎得阻挠军情,想是有人主使,从速供出,免得受刑!"好谦慌忙吐实,说是赵晁所言。周主荣系晁入狱,即日下令启行,麾众急进。

不数日已到泽州,驻营东北隅。北汉主刘崇,引着辽兵,行过潞州,不欲进攻,竟向泽州进发。至高平南岸,听得周军已到,才据险立营,只派前锋挑战,被周军邀击一阵,便即败退。周主荣恐他遁去,再命诸军贪夜前进,且促河阳节度使刘词,赶紧派兵援应。诸将因刘词未至,不免寒心,但因周主军令甚严,又未敢中途逗挠,不得已驱军前行。翌晨至巴公原,望见敌兵,北汉将张元徽,在东列阵,辽将杨衮,在西列阵,行伍很是整齐。周主命滑州节度使白重赞,与马步都虞侯李重进,率左军居西,樊爱能、何徽,率右军居东,向训、史彦超率精骑居中央,殿前都指挥使张永德,率禁兵护住御驾。

两阵对圆,周军与敌兵相较,不过三分有二。刘崇见周军较少,悔召辽兵,顾语诸将道:"我观敌垒,与我本部兵相差不多,早知如此,何必借援外人!今日不但破周,且可使外人心服,倒也是一举两得了。"慢着。诸将上前道贺,独辽将杨衮,策马上前,望了多时,退见刘崇道:"周军严肃,不可轻敌!"老将有识。刘崇奋髯道:"时不可失,愿公勿言!看我与周军决战,今日必报儿仇。"徒夸无益。衮默然退去。忽东北风大起,吹得两军毛发森竖,个个惊悚,少顷转做南风,势亦少杀。北汉副枢密使王延嗣,及司天监李义,进语刘崇道:"风势已小,正可出战。"刘崇便下令进兵。枢密直学士王得中叩马谏阻道:"风势逆吹,与我不利,李义素司天文,乃未知风势顺逆,昏昧若此,罪当斩首!"确是可杀。刘崇怒叱道:"我意已决,老书生休得妄言!如再多嘴,我先斩汝!"得中吓退一旁,刘崇即麾动东军,令张元徽先进。

元徽率千骑击周右军,正与樊爱能、何徽相遇,两下交锋,不过数合,樊爱能、何徽,忽然引退,右军遂溃,步兵千余人,解甲投戈,走降北汉,喧呼万岁。刘崇望见南军阵动,亲督诸军继进。矢如飞蝗,石如雨点,周军不免惊乱。

周主荣自引亲兵,躬冒矢石,向前督战。那时恼动了一位周将,大声呼道:"主危如此,我等怎得不致死!"又语张永德道:"贼气已骄,力战即可破敌,公麾下多弓弩手,请趁势西出为左翼,末将愿自为右翼,冒险夹击,不患不胜。国家安危,正在此一举了!"永德称善,遂与那将分统二千人,左右出战。那将身先士卒,驰犯敌锋,士卒亦接连跟着,捣入敌阵,无不以一当百。北汉兵不能抵御,纷纷倒退。看官道那将为谁?原来就是将来的宋太祖赵匡胤。提笔醒目。匡胤涿郡人,父名弘殷,曾任岳州防御使。匡胤系出将门,入充宿卫,此时随驾出征,见周主身入危境,不由的激动热忱,勇往直前,把北汉兵杀得大败。匡胤履历,详见《宋史演义》,故此编不过略叙。

内殿直马仁瑀,也呼语徒众道:"使乘舆受敌,何用我辈!"遂跃马直出,引弓迭射,连毙数十人,士气益振。殿前右番行首马全义,至周主前面请道:"贼已披靡,将为我擒,愿陛下按兵不动,徐观臣等破贼!"说着,即引数百骑进陷敌阵,可巧碰着张元徽,出来拦阻,全义即拨马舞刀,与元徽大战数十合,马仁瑀暗助全义,觑正元徽马首,一箭射去,说一声着,正中马眼。马负痛乱跃,立将元徽掀落地上,全义趁势一刀,把元徽挥作两段。元徽为北汉骁将,骤被杀死,北汉兵大为夺气。天空中的南风,越吹越猛,周军顺风冲杀,其势益盛。刘崇料不可支,慌忙自举赤帜,鸣金收军。偏军士已经溃散,一时无从收拾。辽将杨衮,望见周军得胜,不敢进援,且恨刘崇妄自尊大,不知进退,乐得袖手旁观,引还全军。北汉大败,周军大胜。

　　惟樊爱能、何徽,领着残众,擅自南归,沿途遇着粮车,反控弦露刃,硬行剽掠。运夫仓猝骇走,伤亡甚多。周主荣遣军校追回,竟不奉诏,甚且杀死来使,纵辔奔驰。凑巧遇着河阳节度使刘词,率兵来援,爱能忙摇手道:"辽兵大至,我军退回,公何必前去寻死!"刘词道:"天子安否?"徽答道:"我辈亏得速奔,还保生命,主上尚不肯退归,大约已走入泽州了。"词勃然道:"主辱臣死,奈何不救?"足愧樊、何。遂引兵北趋,驰至战场。

　　正值敌众败退,尚有残兵万余人,阻涧屯列。天日将暮,南风尚劲,词带着一支生力军,越涧争锋,呐一声喊,杀入敌阵。北汉兵已经怯馁,还有何心对仗?死的死,逃的逃。词麾众追去,还有涧南休息的周军,遥见词军得胜,也鼓动余勇,跃涧齐进,与词军并力追击。可怜北汉兵没处逃生,或死或降,刘词等直追至高平,方才回军。但见僵尸满野,血流成渠,所弃辎重器械,不可胜计。周军陆续搬入御营,时已昏黄。周主荣尚在野次,随便营宿,各军统夜巡逻,捕得樊、何麾下降敌诸兵,悉数处死。

　　越日复进军高平。刘崇闻周主将至,急忙被褐戴笠,乘着胡马,由雕窠岭遁归。入夜迷路,强迫村民为导,村民误引至晋州。行百余里,才知错误,杀死村民,返辔北走。所至得食,方拟举箸,传闻周兵追来,忙将碗筷抛去,上马急奔。格外夸能,格外胆小。崇已老惫,昼夜驰骤,几不能支。幸乘马为辽主所赠,特别精良。由崇伏住鞍上,始得奔回晋阳。

　　周主荣因刘崇已遁,料知追赶不及,且令各军休息高平。选得北汉降卒数千人,号为效顺指挥军,命前武胜行军司马唐景思为将,发往淮上,防御南唐。还有二千余降卒,每人赐绢二匹,并给还衣装,放归本部。各降卒罗拜而去。也是欲擒故纵之法。周主荣转入潞州,由节度使李筠迎入,正欲赏赉功臣,忽报樊爱能、何徽二人,前来请罪。周主微笑道:"他尚敢来见朕么?"遂呼左右趋出,将他二人拘住,不必进见,听候发落。正是:

到底英君能破敌,管教叛贼送残生。

未知二人性命如何？容俟下回再叙。

周主郭威临终之言,为死后计,未始不善；但徒尚薄葬,犹非知本之论。为人君者,诚能泽被生民,功昭当世,则后人谁不钦而敬之？试问五帝三王之墓,果有何人窃发耶？郭威自觉心虚,因有此嘱。且命在魏府、河府间,各葬剑甲,澶州洛阳,葬冠服,既云示俭,何必多设虚冢？毋乃与曹操之七十二疑冢,隐隐相合耶？晋王嗣位,即有北汉之入寇,挟辽兵势,直抵泽潞,内有冯道,外有樊爱能、何徽,向使君主怯敌,大局立溃。郭威但诛及二功臣,不知卖国求荣者,固大有人在,微嗣君之英武聪明,宗社尚能自保乎！然以柴代郭,血统已亡,辛苦一世,徒为他人作马牛,亦可慨已！

第五十二回　丧猛将英主班师　筑坚城良臣破虏

却说周主荣夜宿行宫,暗思樊爱能、何徽,是先帝旧臣,徽尝守御晋州,积有功劳,不如贷他一死。转念二人不诛,如何振肃军纪,辗转踌躇,不能自决。适值张永德入内值宿,便加询问,永德道:"爱能等本无大功,忝为统将,望敌先逃,一死尚未足塞责,况陛下方欲削平四海,不申军法,就使得百万雄师,有何用处？"周主荣正倚枕假寐,听永德言,蓦然起床,掷枕地上,大呼称善。当下出帐升座,召入樊爱能、何徽,两人械系至前,匍伏叩头。周主叱责道:"汝两人系累朝宿将,素经战阵,此次非不能战,实视朕为奇货,意欲卖与刘崇。今复敢来见朕,难道尚想求生么？"两人无法解免,除叩首请死外,乞赦妻孥。周主道:"朕岂欲加诛尔曹,实因国法难逃,不能曲贷。家属无辜,朕自当赦宥,何必乞求！"两人拜谢毕。即由帐前军士,将两人如法绑出,斩首示众,并诛两人部将数十名,悬首至旦,便令棺殓,特给榇车归葬。恩威并用,令人心服。自是骄将惰卒,始知戒惧,不敢仍前疲玩了。

次日按功行赏,命李重进兼忠武军节度使,向训兼义成军节度使,张永德兼武信军节度使,史彦超为镇国军节度使,余亦升转有差。永德保荐赵匡胤,说他智勇双全,特授殿前都虞侯,领严州刺史。一面遣人至怀州,释赵晁囚,许令建功赎罪。晁忙至潞州谢恩,随驾如故。

周主荣更命天雄军节度使卫王符彦卿,为河东行营都部署,知太原行府事,澶州节度使郭崇为副,向训为都监,李重进为马步都虞侯,史彦超为先锋都指挥使，领步骑二万，进讨河东。又敕河东节度使王彦超，陕府节度使韩通，引兵入阴地关，与彦卿合军西进。用刘词为随驾都部署，以鄜州节度使白重赞为副。官职或叙或不叙，俱有斟酌，并非缺漏。彦卿、彦超两军，指日登程，刘词等尚在潞州，俟车驾出发，然后从行。

北汉汾州防御使董希颜，守城不下。彦超自阴地关进兵，第一重门户，就是汾州城，围攻数日，竟不能拔。彦卿前军亦到，与彦超合攻，四面猛扑，锐不可当。迟时守兵恂惧，彦超忽下令停攻，各部将都来谏阻，彦超道："城已垂危，旦暮可下，我士卒精锐，必欲驱使先登，非不可克，但死伤必多，何若少待一二日，令他降顺为是！"乃收兵入营，只遣部吏入城投书，谕令速降。果然希颜从命，开城相迎。彦超入城安民，休息一宵，彦卿继至，便会师进逼晋阳。

北汉主刘崇，收散卒，缮甲兵，完城堑，防御周军。辽将杨衮，还屯代州，刘崇遣部吏王得中送行，顺便至辽廷乞援。辽主述律许发援兵，先遣得中回报，途次未免耽搁。那刘崇待援未至，只好固守晋阳，无暇顾及属地。辽州刺史张汉超，沁州刺史李廷诲，先后降周。石州刺史安彦进，为王彦超所擒，解送潞州，城亦陷没。周主荣闻前军得手，也命驾启行，亲征河东。甫出潞州，又接符彦卿军报，北汉宪州刺史韩光愿，岚州刺史郭言，亦举城归顺。周主格外喜慰，既入北汉境内，河东父老，箪食壶浆，争迎王师，且泣诉刘氏苛征，民不聊生，愿上供军需，助攻晋阳。

周主本无意吞并河东，不过欲耀武扬威，使刘崇不敢轻视，及见河东人民，夹道相迎，始欲一劳永逸，为兼并计。当下与诸将商议，誓灭晋阳。诸将多虑刍粮未足，请且班师，再图后举。周主已经出发，怎肯退回！英武之主，大都类是。遂麾军亟进，直抵晋阳城下。符彦卿、王彦超等，已在晋阳城外安营。闻御驾亲临，当然出营迎谒。周主入彦卿营，与彦卿谈及军事，彦卿密奏道："晋阳城固，未易猝拔，我军远来，师劳饷匮，恐一时未能取胜，况辽兵有来援消息，还望陛下三思，慎重进止！"周主默然不答。

嗣闻代州防御使郑处谦，逐去辽将杨衮，遣人纳款投诚，周主语彦卿道："代州来归，忻州必孤，卿可移军往攻，此处由朕督领，定要扫灭河东，方无后虑。"彦卿不便再说，勉强应命。周主遂命郭从义为天平军节度使，令与向训、白重赞、史彦超等，随彦卿北进，自率各军环攻。旌旗蔽天，戈铤耀日，延袤至四十里。且取安彦进至城下，枭首揭竿，威慑守兵，一面令宰臣李穀，调度刍粮，饬发泽、潞、晋、隰、慈、终各州，及山东近便诸人夫，运粮馈军。怎奈行营人马，差不多有数十万，所至粮草，随到随尽，军士不免剽掠，遂致人民失望，渐渐的窜入山谷，避死求生。周主颇有所闻，敕诸将招抚户口，禁止侵扰。但

第五十二回　丧猛将英主班师　筑坚城良臣破虏

令征纳当年租税，及募民输纳刍粟，凡输粟至五百斛，纳草至五百围，即赐出身，千斛千围，即授州县官。亦伤政体。

看官！你想河东百姓，已经离散，还有何人再来供应？徒然颁出了一纸文书，有名无实，城下数十万兵马，仍旧是仰给饷运，别无他望。那符彦卿的奏报，络绎不绝。第一次要紧报闻，是辽主囚住杨衮，另派精骑至忻州。周主即授郑处谦为节度使，令他接济彦卿。第二次要紧报闻，是忻州监军李勍，杀死刺史赵皋，及辽通事杨耨姑，举城请降。周主又授李勍为忻州刺史，令彦卿速趋忻州。第三次要紧报闻，是代州军将桑珪、解文遇，杀死郑处谦，托言处谦通辽。彦卿防有他变，请速济师。周主再遣李筠、张永德将兵三千，往援彦卿。最后一次，是报称进兵忻口，先锋都指挥使史彦超，追敌阵亡。周主虽然英武，到此也不禁心惊。联翩叙下，借宾定主。原来符彦卿等行至忻州，正值郑处谦被杀，桑、解两人，因彦卿到来，却也迎谒，但彦卿总加意戒备。至李筠、张永德赴援，兵力较厚，稍觉安心。无如辽兵时来城下，游弋不休，彦卿乃决计出击，与诸将开城列阵，静待敌兵厮杀。俄见敌骑驰至，三三五五，好似散沙一般，前锋史彦超自恃骁勇，哪里看得上眼，当即怒马突出，杀奔前去，从骑只二十余人，敌骑略略招架，就四散奔走，彦超驱马急赶，东挑西拨，越觉得兴高采烈，不肯回头。

彦卿恐彦超有失，亟命李筠引兵接应。李筠走得慢，彦超走得快，两下里无从望见。及李筠行了一程，见前面统是山谷，林箐丛杂，崖壑阴沉，四面探望，并不见有彦超，也不见有辽兵。自知凶多吉少，只好仔细窥探，再行前进。猛听得几声胡哨，深谷中涌出许多辽兵，当先一员大将，生得眼似铜铃，面似锅底，手执一柄大杆刀，高声喝道："杀不尽的蛮子，快来受死！"李筠心下一慌，也管不及彦超生死，只好火速收军，回马急奔。说时迟，那时快，番兵番将，已经杀到，冲得周军七零八落。筠至此不遑后顾，连部兵统行弃去，一口气跑回大营。番将哪里肯舍，骤马追来，幸亏彦卿出兵抵住，放过李筠，与番将大战一场，杀伤相当。

日将西下，番将方收兵回去，彦卿亦敛兵回城，这一次开仗，丧失了一员大将史彦超，及彦超带去二十余骑，一个也没有逃回。就是李筠麾下，亦十死七八。彦卿长叹道："我原说不如回军，偏偏主上不允，害得丧兵折将，如何是好！"说至此，遂命侦骑黄夜出探，访问彦超下落。至翌晨得了侦报，彦超被辽兵诱入山中，冲突不出，杀毙辽兵甚多，力竭身亡。彦卿也堕了数点眼泪，便令随员缮好奏疏，报明败状，自请处分。且乞周主班师回朝。

周主荣接阅奏章，忍不住悲咽道："可惜可惜！丧我猛将，罪在朕躬！"乃追赠彦超为太师，命彦卿觅得遗骸，即返御营。周主本欲吞并北汉，日日征兵催饷，凡东自怀孟，西及蒲陕，所有丁壮夫马，无不调遣。役徒已劳敝不堪，更兼大雨时行，疫疠交作，更不便久顿城下，周主始兴尽欲归，一闻彦超战死，归计益决。

先是北汉使臣王得中，被周军隔断，不能回入晋阳，暂留代州，桑珪将他拘住，送入周营，周主许令释缚，并赐酒食及带马，和颜问道："汝往辽求援，辽兵果何时到来？"得中道："臣受汉主命令，送杨衮北返，他非所知。"周主冷笑道："汝休得欺朕。"得中答以不欺。周主乃令退居后帐，嘱将校再加盘诘。将校往语得中道："我主优容，待公不薄，若非据实陈明，一旦辽兵猝至，公尚得全生么？"得中叹息道："我食刘氏禄，应为刘氏尽忠！况有老母在围城中，若以实告，不特害我老母，恐且误我君上，国亡家亦亡，我何忍独生？宁可杀身取义，保我国家，我虽死亦瞑目了！"此人却有烈志。至周主决计南归，遂责得中欺罔，将他缢死。

会符彦卿等自忻州驰还，入见周主，面奏彦超遗骸，无从寻觅。不得已招魂入棺，殓以旧时衣冠，饬令随兵舁归。周主也只好付诸一叹，出营亲奠，奠毕入营，便命军士收拾行装，即日班师。同州节度使药元福入奏道："进军容易退军难，陛下须慎重将事！"周主道："朕一概委卿。"元福乃部署卒伍，步步为营，俟各军先行，自为后殿。营内尚有粮草数十万，不及搬取，一并毁去。此外随军资械，亦多抛弃，大众匆匆就道，巴不得立刻入京，队伍散乱，无复行列。北汉主刘崇，出兵追蹑，亏得药元福断后一军，严行戒备，列成方阵，俟北汉兵将近，屹立不动，镇定如山。北汉兵冲突数次，几似铜墙铁壁，无隙可钻，渐渐的神颓气沮。那元福阵内，却发出一声梆响，把方阵变为长蛇阵，来击北汉兵，北汉兵顿时骇退，反被元福驱杀数里，斩首千余级，方徐徐再退，向南扈驾去了。元福能军。

周主还至潞州，休息数日，乃复启行至新郑县。县中为嵩陵所在处，嵩陵即周太祖陵，太师冯道，监工早竣，梓宫告窆，道亦病死。周主荣拜谒嵩陵，望陵号恸，俯伏哀泣，至祭奠礼毕，乃收泪而退。一意黩武，至送葬俱未亲到。柴荣亦未免负恩。饬赐守陵将吏，及近陵户帛有差。追封冯道为瀛王，赐谥文懿。道卒年已七十三，历相四代，且受辽封为太傅，逢迎为悦，阿谀取容。尝自作《长乐老》叙，自述历朝荣遇。后来宋欧阳修著《五代史》，讥他寡廉鲜耻，有愧虢州司户王凝妻。

凝病殁任所，有子尚幼，妻李氏携子负尸，返过开封府，投宿旅舍。馆主不肯留宿，牵李氏臂，迫使出门。李氏仰天大恸道："我为妇人，不能守节，乃任他牵臂么？"见门旁有斧，便顺手取来，把臂砍去，晕仆门外，好容易才得苏醒。道旁行人，相顾嗟叹，都责主人不情。主人乃留她入舍，给帛缠臂，乃得

第五十二回 丧猛将英主班师 筑坚城良臣破虏

无恙。开封尹闻知此事，厚恤李氏，笞责馆主，且为李氏请旌朝廷。看官听说，忠臣不事二主，烈女不事二夫。如王凝妻才算烈女，冯道最是无耻，最是不忠，若与王凝妻相较，真正可羞，愿后世勿效此长乐老呢！仿佛晨钟。

周主荣还至大梁，立卫国夫人符氏为皇后，备礼册命。果被想到。进符彦卿为太傅，改封魏王。国丈应该加封。郭从义加兼中书令，刘词移镇长安，王彦超移镇许州，与潞州节度使李筠，并加兼侍中。李重进移镇宋州，加同平章事衔，兼侍卫亲军都指挥使；张永德加检校太傅，兼滑州节度使；药元福移镇陕州，白重赞移镇河阳，并加检校太尉；韩通移镇曹州，加检校太傅。这都算从征有功，所以迁官加爵。其实止高平一战，杀退劲敌，不谓无功。若进攻晋阳，有损无益，就是前时所得北汉州县，一经周主还师，所置刺史，望风遁回，地仍归入北汉。惟代州桑珪，婴城自守，终被北汉兵攻破，珪亦遁去。周主耗去了无数军饷，结果是不得一城，可见用兵是不应轻率哩！随笔示儆。

嗣是周主逐日视朝，政无大小，悉由亲断，百官但拱手受成，不加可否。河南府推官高锡，上书切谏，大致劝周主择贤任能，毋亲细事，周主不从。一日语侍臣道："兵贵精，不贵多。今有农夫百人，不足养甲士一名，奈何尚徒豢惰卒，坐涸民膏？且健懦不分，如何劝众？朕观历代宿卫，羸弱居多，又骄蹇不肯用命，一经大敌，非走即降，回溯数十年来，国姓屡易，都坐此弊。朕惟有简阅诸军，留强汰弱，方能振作军心，免蹈前辙哩！"侍臣一体赞成，遂命殿前都虞侯赵匡胤，大阅军士，挑选精锐，充作卫兵。又饬募各镇勇士，悉令诣阙，仍归匡胤简选，遇有材艺出众，即令补入殿前诸班。周主欲惩前弊，令匡胤简阅诸军，原是当时要策，但匡胤之得受周禅，即伏于此。人定不能胜天，令人徒唤奈何！此外马步各军，各命统将选择。凡从前骄兵惰卒，一概汰去。宫廷内外，尽列熊罴，军务方有起色了。

是年冬季，北汉主刘崇，忧愤成疾，竟至逝世。次子承钧向辽告哀，辽册承钧为汉帝，呼他为儿。承钧亦奉表称男，易名为钧。又在晋阳创立七庙，尊刘崇为世祖，改元天会，复向辽乞师复仇。辽遣高勋为将，率兵助刘钧。刘钧即令部将李存瓌，与勋同攻潞州，不克乃还。勋亦归国。刘钧知不能胜周，乃罢兵息民，礼贤下士，境内粗安。只辽骑却屡窥周边，不免骚扰。周主因大兵甫归，疮痍未复，但戒各边将固守边疆，不得出战。

未几已是显德二年，周主仍遵旧时年号，不复改元。忽闻夏州节度使李彝兴，不奉朝命，拒绝周使。周主与群臣商议，群臣多说道："夏州地处偏隅，朝廷素来优待，此次不通周使，无非因府州防御使杜德扆，厚沐国恩，得加旌节，彝兴耻与比肩，所以有此变态。臣等以为府州褊小，无足重轻，不若抚谕彝兴，善全大体。"周主怫然道："朕至晋阳，德扆即率众来朝，且为我力拒刘氏。朕授他节钺，不过报功，奈何一旦弃置！夏州止产羊马，贸易百货，悉仰我国，我若与他断绝往来，他便穷蹙，有何能为呢？"借周君臣口中补叙夏州府州事，笔墨较省。乃遣供奉官驰诣夏州，赍诏诘责，果然李彝兴惶恐谢罪，不敢抗违。

周主喜如所期，更下诏求言，详询内情，并及边事。边将张藏英上书献策，谓深、冀二州交界，有葫芦河横亘数百里，应改掘使深，足限胡马南来，以人力济天险，最为利便等语。周主因遣许州节度使王彦超，曹州节度使韩通，起发兵夫，往掘河道。一面令张藏英绘图立说，再行详闻。藏英奉诏，绘就地形要害，请旨入朝，面陈图说，请俟葫芦河凿深后，即就河岸大堰口，筑城置垒，募兵设戍，无事执耒，有事操戈，且愿自为统率，随宜进止等语。周主喜道："卿熟谙地势，悉心规画，定能为朕控御边疆。朕准卿所请，可即前去调度，毋负朕望！"

藏英立即拜辞，回镇月余，募得边民千余人，个个是身强力壮，矫健不群。那辽主述律，闻周军筑城堰口，派兵来争。王彦超、韩通分头堵御，却也敌得住辽兵。无如辽兵忽来忽去，行止无常。周军进击，他即退去，周军退回，他又进来，害得王、韩两将，日夕防备，不遑寝食。一班凿河筑城的民夫，也是惊惶得很，旋作旋辍。可巧张藏英募齐兵丁，前来大堰口，与王彦超、韩通会议，决计自作前驱，王、韩为后应，杀他一个痛快，使不再来。当下引众驰击，横厉无前，辽兵已是披靡。藏英又挺着长矛，左旋右舞，挑着处人人落马，刺着处个个洞胸。任你辽兵如何刁狡，也逃不脱性命。再经王彦超、韩通，从后追上，杀毙辽兵无数，剩得几个脚长的，抱头鼠窜，不知去向。

藏英追赶至二十里外，远望不见辽兵，方才退归。于是葫芦河疏凿得成，大堰口城垒渐竣。王彦超、韩通同时返镇，单留张藏英保守城寨，已足抵制辽人。周廷改称大堰口为大宴口，号屯军为静安军，即令藏英为静安军节度使。小子有诗赞道：

> 凿河筑垒费经营，扼要才堪却虏兵。
> 胡骑不来河北静，武夫原可作干城。

长城有靠，朔漠无惊，英武过人的周主荣，又想西征南讨了。欲知后事，请看后文。

知进不知退，是英主好处，亦即英主坏处。高平之战，非周主荣之决计进兵，则北汉炽张，长驱南下，河北必非周有矣。至北汉主已败入晋阳，缮甲兵，完城堑，坚壁以待，志在决死，加以辽兵为助，左右掎角，此固非可轻敌者，况以逸待劳,以主待客,难易判然,安能必胜?周主知进而不知退,此其所以损兵折将,弃械耗财,而卒致废然自返也。若张藏英之浚河筑城,正以守为战之计,可进可退,绰有余裕,胡马不敢南来,两河可以无患,谓非良将得乎!史彦超恃勇而死,张藏英好谋而成。为将者于此觇休咎,为主者亦可于此判优劣焉。

第五十三回　宠徐娘赋诗惊变　俘蜀帅得地报功

却说周主荣既败汉却辽,遂思西征南讨,统一中国。当下召入范质、王溥、李穀诸宰臣,及枢密使郑仁诲等,开口宣谕道:"朕观历代君臣,欲求治平,实非容易。近自唐、晋失德,天下愈乱,悍臣叛将,篡窃相仍。至我太祖抚有中原,两河粗定,惟吴、蜀、幽、并,尚未平服,声教未能远被。朕日夜筹思,苦乏良策。想朝臣应多明哲,宜令各试论策,畅陈经济,如可采择,朕必施行,卿等以为何如?"范质、王溥等,齐声称善,乃诏翰林学士承旨徐台符以下二十余人,入殿亲试。每人各撰二文,一是"为君难,为臣不易论";一是"平边策"。徐台符等得了题目,各去撰著。有的是攒眉蹙额,煞费苦心;有的是下笔成文,很是敏捷。自辰至未,陆续告成,先后缴卷。周主逐篇细览,多半是徒托空言,把孔圣人的"修文德,来远人"二语,敷衍成篇,不得实用。惟给事中窦仪,中书舍人杨昭俭,谓宜用兵江、淮,颇合周主微意。还有一篇崇论闳议的大文,乃是比部郎中王朴所作。略云:

> 臣闻唐失道而失吴、蜀,晋失道而失幽、并,观所以失之之由,知所以平之之术。当失之时,君暗政乱,兵骄民困,近者奸于内,远者叛于外,小不制而至于大,大不制而至于僭。天下离心,人不用命。吴、蜀乘其乱而窃其号,幽、并乘其间而据其地。平之之术,在乎反唐、晋之失而已。必先进贤退不肖以清其时,用能去不能以审其材,恩信号令以结其心,赏功罚罪以尽其力,恭俭节用以丰其财,时使薄敛以阜其民。俟其仓廪实,器用备,人可用而举之。彼方之民,知我政化大行,上下同心,力强财足,人安将和,有必取之势,则知彼情状者,愿为之间谍,知彼山川者,愿为之先导。彼民与此民之心同,是即与天意同。与天意同,则无不成之功矣。凡攻取之道,从易者始。当今惟吴易图,东至海,南至江,可挠之地二千里。从少备处先挠之,备东则挠西,备西则挠东,彼必奔走以救其弊。奔走之间,可以知彼之虚实,众之强弱,攻虚击弱,则所向无前矣。攻虚击

弱之法，不必大举，但以轻兵挠之。南人懦怯，知我师入其地，必大发以来应；数大发则民困而国竭，一不大发，则我可乘虚而取利。彼竭我利，则江北诸州，乃国家之所有也。既得江北，则用彼之民，扬我之兵，江之南亦不难平之也。如此则用力少而收功多。得吴则桂、广皆为内臣，岷、蜀可飞书而召之。若其不至，则四面并进，席卷而蜀平矣。吴、蜀平，幽州亦望风而至。惟并州为必死之寇，不可以恩信诱，必须以强兵攻之。然彼自高平之败，力已竭，气已丧，不足以为边患，可为后图。方今兵力精练，器用具备，群下知法，诸将用命，一稔之后，可以平边。臣书生也，不足以讲大事，至于不达大体，不合机变，惟陛下宽之！

周主览到这篇文字，大加称赏，便引与计议。朴谈论风生，无不称旨，因授为左谏议大夫。未几且命知开封府事。就是窦仪、杨昭俭，也得升官；仪为礼部侍郎，昭俭为御史中丞。特用声西击东的计策，先命偏师攻蜀，继出正军击唐。

先是秦、成、阶三州入蜀，蜀人又取凤州。见前文。蜀主孟昶，好游渔色，浪费无度，国用不足，专向民间取偿。秦、凤人民，迭遭苛税，仍欲归隶中原，乃相次诣阙，乞举兵收复旧地。周主正要发兵，又得了这个机会，更加喜悦，立命凤翔节度使王景，及宣徽南院使向训，为征蜀正副招讨使，西攻秦、凤。蜀主闻报，忙遣客省使赵季札，趋赴秦、凤二州，按视边备。季札本没有甚么材干，偏他目中无人，妄自尊大。一到秦州，节度使韩继勋迎入城中，与谈军事，多经季札吹毛索瘢，免不得唐突数语，季札怏怏而去。转至凤州，刺史王万迪，见他趾高气扬，也是不服，勉强应酬了事。自大者必遭众忌。季札匆匆还入成都，面白蜀主，谓韩、王皆非将才，不足御敌。蜀主亦叹道："继勋原不足当周师，卿意属在何人？"季札朗言道："臣虽不才，愿当此任，管教周军片甲不回！"令人好笑。蜀主乃命季札为雄武节度使，拨宿卫兵千人，归他统带，再往秦、凤扼守。又派知枢密王昭远，按行北边城塞，部署兵马，防备周师。自己仍评花问柳，赌酒吟诗，日聚后宫佳丽，教坊歌伎，以及词臣狎客，一堂笑乐，好似太平无事一般。

广政初年，广政即蜀主昶年号，见前。内廷专宠，要算妃子张太华，眉目如画，色艺兼优，蜀主昶爱若拱璧，出入必偕，尝同辇游青城山，宿九天文人观中，月余不返。忽一日雷雨大作，白昼晦暝，张太华身轻胆怯，避匿小楼，不意霹雳无情，偏向这美人头上，震击过去，一声响亮，玉骨冰销。想系房帷不谨，触动神怒，故遭此谴。昶悲悼的了不得，因张妃在日，曾留恋此观，有死后瘗此的谶语，乃用红锦龙褥，裹瘗观前白杨树下。

昶即日回銮，悼亡不已。一班媚子谐臣，欲解主忧，因多方采选丽姝。天

第五十三回　宠徐娘赋诗惊变　俘蜀帅得地报功

下无难事，总教有心人，果然得一绝色娇娃，献入宫中。昶仔细端详，花容玉貌，仿佛太华，而且秀外慧中，擅长文墨，试以诗词歌赋，无一不精，直把这好色昏君，喜欢得不可名状。绸缪数夕，即拜贵妃，别号花蕊夫人，寻又赐号慧妃。妃爱赏牡丹芙蓉，所以蜀中有牡丹苑，有芙蓉锦城。牡丹苑中，罗列各种，无色不备。芙蓉锦城，是在城上种植芙蓉，秋间盛开，蔚若锦霞，因此号为锦城。

蜀地素称饶富，又经十年无事，五谷丰登，斗米三钱，都下士女，不辨菽麦，多半是采兰赠芍，买笑寻欢。上行下效，捷如影响。蜀主昶见近置远，居安忘危，除花蕊夫人外，又广选良家女子，充入后宫，各赐位号，有昭仪、昭容、昭华、保芳、保香、保衣、安宸、安跸、安情、修容、修媛、修娟等名目，秩比公卿大夫，甚至舞娼李艳娘，亦召入宫中，厕列女官，特赐娼家钱十万缗，代作聘金。

是年周蜀开衅，适当夏日，昶既派出赵季札、王昭远两人，还道是御敌有余，依旧流连声色。渐渐的天气炎热，便挈花蕊夫人等，避暑摩诃池上，夜凉开宴，环侍群芳，昶左顾右盼，无限欢娱。及谛视嫔嫱，究要推那花蕊夫人，作为首选，酒酣兴至，就命左右取过纸笔，即席书词，赞美花蕊夫人，第一句写下道："冰肌玉骨清无汗"，第二句接写道："水殿风来暗香满。"从战鼓冬冬中，忽插一段香艳文字，越觉夺目。再拟写第三句，突有紧急边报到来，乃是周招讨使王景，自大散关至秦州，连拔黄牛八寨。昶不禁掷笔道："可恨强寇，败我诗兴！"乃并撤酒肴，即召词臣拟旨，派都指挥使李廷珪为北路行营都统，高彦俦为招讨使，吕彦琦为副招讨使，客省使赵崇韬为都监，出拒周师。一面促赵季札速赴秦州，援应韩继勋。

季札奉命出军，连爱妾都带在身旁，按驿徐进，兴致勃然。到了德阳，闻周军连拔诸寨，气势甚盛，不由的畏缩起来。嗣经朝旨催促，越觉进退两难。床头妇人，权逾君上，劝令还都避寇，不容季札不依。季札遂疏请解任，托词还朝白事，先遣亲军保护爱妾，与辎重一同西归，然后引兵随返。既至成都，留军士在外驻扎，单骑入城。都中人民，还疑他是孑身逃回，相率震恐。及季札入见蜀主，由蜀主问他军机，统是支吾对答，并没有切实办法。蜀主大怒道："我道汝有甚么材能，委付重任，不料愚怯如此！"遂命将季札拘住御史台，付御史审勘。御史劾他挈妾同行，擅自回朝，应加死罪。蜀主批准，令把季札推出崇礼门外，斩首示众。谋及妇人，宜其死也。蜀行营都统李廷珪率兵至威武城，正值周排阵使胡立，带领百余骑，前来巡逻。廷珪即麾军杀上，把胡立困在垓心，胡立兵少势孤，冲突不出，被蜀将射落马下，活擒而去。立部下多为所获，只剩数十骑逃归周营。李廷珪得了小胜，报称大捷，并命军衣上绣作斧形，号为破柴都。周主本姓为柴，故有此号。虚名何益？

蜀主昶接着捷报，很是喜慰，且遣使至南唐、北汉，约共出兵攻周。偏是得意事少，失意事多，捷报才到，败报又来。廷珪前军，为周将所败，掳去将士三百人。蜀主乃复遣知枢密使伊审征抚勉行营，再行督战。

　　审征驰诣军前，与廷珪商定军谋，遣先锋李进据马岭寨，截住周军来路。再派游击队旁出斜谷，进屯白涧，作为偏师。又令染院使王峦，引兵出凤州北境，至堂仓镇及黄花谷，绝周粮道，三路出师，审征、廷珪等择地扎营，专待消息，准备接应。

　　王峦率兵三千人，径趋堂仓，先令侦骑至黄花谷中，探明敌踪，还报谷外有周军往来，统是输运辎重，接济周营，并没有大将弹压。峦大喜道："我去把他辎重军，一齐夺来，管教他粮食中断，全军溃走了。"我亦说是妙计，无如不从汝愿。遂驱军前进，驰入黄花谷。谷长路窄，兵士不能并行，只好鱼贯而入，慢慢儿的蛇行过去。哪知周军伏在谷口，见蜀兵出谷前来，立即突出。打倒一个捉一个，打倒两个捉一双，王峦押着后队，尚未得知，只管催军速趱，待至前队已擒去千人，方悉谷外警报，慌忙传令退还，怎奈后面的谷口，也有周军出现，峦拚命杀出，手下只剩百余骑，紧紧随着，此外都陷入谷中，被周军前后搜捕，一古脑儿捉去。峦带百余骑还奔堂仓，急急如漏网鱼，累累如丧家犬，恨不得三脚两步，即抵大营。甫至堂仓镇附近，见前面摆着一彪人马，很是雄壮，为首的戴着兜鍪，穿着铁甲，立马横枪，朗声呼道："我周将张建雄也！来将快下马受缚，免我动手。"峦至此叫苦不迭，自思进退无路，只好硬着头皮，纵马来战。两下交锋，一个是胆壮气雄，一个是心惊力怯，才及四五合，杀得王峦满身臭汗，招架不住。建雄大喝一声，把峦扯住衣襟，摔落马下，周军顺手掀住，将峦缚好，牵往马前。蜀兵只有百余骑，怎能夺回主将，兼且无路脱奔，没奈何哀求乞降。建雄令军士反绑蜀兵，仍然由原路回军。那时黄花谷内，已将蜀兵捉得精光，仔细检点，刚刚捉了三千人，一个也不少，一个也不多。更奇的是一个不死，各由建雄带去，回营报功。原来王景、向训等，早已防蜀兵劫粮，伏兵黄花谷口，巧巧王峦中计，遂致全军覆没。

　　李进在马岭寨中，得知此信，吓得战战兢兢，还道周军具有神力，能使片甲不留。要逃性命，走为上策，便弃了马岭寨，奔回大营。白涧屯兵，也闻声奔溃。伊、李两蜀将的规画，一并失败，自知立脚不住，不如见机早退，因弃营返奔，直至青泥岭下，依险扎住。雄武节度使韩继勋，亦乐得逃生，画个依样葫芦，走还成都。一班逃将军。秦州观察判官赵玭，召官属与语道："敌兵甚锐，战无不胜，我国所遣兵将，向称骁勇，一经战阵，非死即逃，我等怎可束手待毙，去危就安，正在今日，未知诸君意下如何？"大众都是贪生怕死，听了玭言，应声如响，即开城迎纳周军。

第五十三回 宠徐娘赋诗惊变 俘蜀帅得地报功

王景等已入秦州,便分兵攻成、阶二州,自督军往围凤州。成、阶二州之刺史,闻秦州失守,当即迎降,独凤州固守不下。自韩继勋逃回成都,蜀主昶把他褫职,改用王环为威武节度使,赵崇溥为都监,往援秦州。两将行至中途,接得秦州降周消息,忙引兵转趋凤州。甫入凤州城,那王景已率师来攻,急登陴守御。景四面攻扑,都被赵崇溥督兵拒却,乃筑垒成围,断绝城中樵汲,令他自毙。适曹州节度使韩通,奉周主命,来助王景。景令他往城固镇,堵住蜀中援师。城中饷竭援穷,渐渐支撑不住,每夜有兵将缒城出降。王景乘危督攻,一鼓登城,城上守兵俱靡,王环、赵崇溥,尚率众巷战。怎奈士无斗志,陆续逃散,只剩王、赵两将,无路可奔,统被周将擒住,崇溥愤不欲生,绝粒而死,环被拘狱中。于是秦、凤、成、阶四州,俱为周有。

王景露布奏捷,静候朝命。周主传谕优奖,且命赦四州所获将士,愿归诸人,给资遣还。愿留诸人,各予俸赐,编为怀恩军,即令降将萧知远带领,暂住凤州。嗣因兴兵南讨,欲罢西征,遂遣萧知远率兵西归。

蜀中兵败地削,上下震惊,伊审征、李廷珪等,奉表请罪。蜀主概置不问,但命在剑门、白帝城各处,多聚刍粮,为备御计。一面鼓铸铁钱,禁民间私用铁器。国人很觉不便,都归咎李廷珪等将士。昶母李氏,亦屡言典兵非人,除高彦俦忠诚足恃外,应悉数改置。昶不能从,<small>后来惟彦俦死节,方知李氏有识,可惜孟昶不用。</small>但罢廷珪兵柄,令为检校太尉。及萧知远等还蜀,蜀主昶亦放还周将胡立等八十余人,并嘱立带转国书,向周请和。

立还至大梁,呈上蜀主昶书。周主展开一阅,但见起首二语,乃是大蜀皇帝,谨致书于大周皇帝阁下,不禁忿然道:"他尚敢与朕为敌么?"嗣复看将下去,乃是一篇骈体文。略云:

> 窃念自承先训,恭守旧邦,匪敢荒宁,于兹二纪。顷者晋朝覆灭,何建来归,不因背水之战争,遂有仇池之土地。洎审晋君北去,中国且空,暂兴敝邑之师,更复成都之境。厥后贵朝先皇帝应天顺人,继统即位,奉玉帛而未克,承弓剑之空遗,但伤嘉运之难谐,适叹新欢之且隔。以至去载,忽劳睿德,远举全师,土疆寻肄于大朝,将卒亦拘于贵国。幸蒙皇帝惠其首领,颁以衣裘,偏裨尽补其职员,士伍遍加以粮赐,则在彼无殊于在此,敝都宁比于雄都!方怀全活之恩,非有放还之望。今则指导使萧知远等,押领将士子弟,共计八百九十三人,还入成都,具审皇帝迥开仁悫,深念支离,厚给衣装,兼加巾屦,给沿程之驿料,散逐分之缗钱。此则皇帝念疆场几经变革,举干戈不在盛朝,特轸优容,曲全情好。求怀厚谊,常贮微衷。载念前在凤州,支敌虎旅,曾拘贵国排阵使胡立以下八十余人,嘱令军幕收管,令各支廪食,各给衣装,只因未测宸襟,不敢放还乡

国。今既先蒙开释,已认冲融,归朝虽愧于后时,报德未稽于此日。其胡立以下,令各给鞍马、衣装、钱帛等,专差御衣库使李彦昭部领,送至贵境,望垂宣旨收管。矧以昶昔在龆龄,即离并都,亦承皇帝凤起晋阳,龙兴汾水,合叙乡关之分,以申玉帛之欢。倘蒙惠以嘉音,即伫专驰信使,谨因胡立行次,聊陈感谢。词不尽意,伏惟仁明洞鉴,瞻念不宣。

周主览毕,颜色少霁,便语胡立道:"他向朕乞和,情尚可原,但不应与朕钧礼,朕不便答复。汝在蜀多日,能悉蜀中情形否?"立叩陈蜀主荒淫情事,且自请失败罪名。周主道:"现在有事南方,且令蜀苟延一二年,俟征服南唐,再图西蜀未迟。朕赦汝罪,汝且退出去罢!"立谢恩而退。

蜀主昶俟周复书,始终不至,竟向东戟指道:"朕郊祀天地,即位称帝时,尔方鼠窃作贼,今何得藐我至此!"遂仍与周绝好,复为敌国。小子有诗咏道:

> 丧师失地尚非羞,满口骄矜最足忧。
> 幸有南唐分敌势,尚留残喘度春秋。

蜀事暂从缓叙,小子要述及周唐战争了。看官不嫌词费,还请再阅下回。

声色二字,最足误人,而国君尤甚,自古迄今,未闻有耽情声色,而能保邦致治者。蜀主孟昶,据有两川,因佚思淫,因淫致侈,幸经中原多故,方得十余年无事。然周师一出,即失四州,所遣诸将,非死即逃,盖淫靡成风,将骄卒惰,欲其杀敌致果也得乎?逮夫修书乞和,不得答复,复有庞然自大之言。师徒挠败不之忧,土宇侵削不之惧,几何而不亡国败家也。厥后徐妃入宋,咏述亡国之由来,有"十四万人齐解甲,可无一个是男儿!"二语,后世竟传诵之,然美人误国,厥罪维钧,半老徐娘,亦宁能辞咎乎?而蜀主昶固不足责焉。

第五十四回　李重进涉水扫千军
　　　　　　　赵匡胤斩关擒二将

却说蜀主昶致书乞和,周主虽不答复,却为着南讨兴师,暂罢西征,令各将振旅言旋,别命宰臣李穀为淮南道前军行营都部署,兼知庐、寿等州行府事,许州节度使王彦超为副,都指挥使韩令坤等一十二将,一齐从征,向南进发,并先谕淮南州县道:

> 朕自缵承基构,统御寰瀛,方当恭己临朝,诞修文德,岂欲兴兵动众,专耀武功!顾兹昏乱之邦,须举吊伐之义。蠢尔淮甸,敢拒大邦!因唐

第五十四回　李重进涉水扫千军　赵匡胤斩关擒二将

室之凌迟,接黄寇之纷扰,飞扬跋扈,垂六十年,盗据一方,僭称伪号。幸数朝之多事,与北境以交通,厚启兵端,诱为边患。晋、汉之代,寰境未宁,而乃招纳叛亡,朋助凶慝,李金全之据安陆,李守贞之叛河中,大起师徒,来为援应,攻侵高密,杀掠吏民,迫夺闽、越之封疆,涂炭湘、潭之士庶。以至我朝启运,东鲁不庭,发兵而应接叛臣,观衅而凭陵徐部。沭阳之役,曲直可知,尚示包荒,犹稽问罪。迩后维扬一境,连岁阻饥,我国家念彼灾荒,大许籴易。前后擒获将士,皆遣放还。自来禁戢边兵,不令侵挠。我无所负,彼实多奸,勾诱契丹,至今未已,结连并寇,与我为仇,罪恶难名,神人共愤。今则推轮命将,鸣鼓出师,征浙右之楼船,下朗陵之戈甲,东西合势,水陆齐攻。吴孙皓之计穷,自当归命,陈叔宝之数尽,何处偷生!一应淮南将士军人百姓等,久隔朝廷,莫闻声教,虽从伪俗,应乐华风,必须善择安危,早图去就。如能投戈献款,举郡来降,具牛酒以犒师,纳圭符而请命,车服玉帛,岂吝旌酬,土地山河,诚无爱惜。刑赏之令,信若丹青。若或执迷,宁免后悔!王师所至,军政甚明,不犯秋毫,有如时雨。百姓父老,各务安居,剽掳焚烧,必令禁止。须知助逆何如效顺,伐罪乃能吊民。朕言尽此,俾众周知。

这道谕旨,传入南唐,江淮一带,当然震动。唐主璟只信用二冯,冯延己尝坐罪罢相。_{见前文潭州失守事。}不到数月,便命复职,冯延鲁又入任工部侍郎,兼东都副留守。_{东都即广陵,见前。}就是陈觉、魏岑等,亦相继起用,奸佞盈廷,国政日紊。每年冬季,淮水浅涸,唐主本发兵戍守,号为把浅兵。寿州监军吴廷绍,以为疆场无事,奏请撤戍,竟邀唐主俞允。清淮节度使刘仁赡,固争不得,自决藩篱。忽闻周师将至,正值天寒水涸的时候,淮上人民,很是恐慌。独刘仁赡神色自若,部分守御,不异平时,众情少安。唐主命神武统军刘彦贞,为北面行营都部署,率兵二万趋寿州,奉化节度使同平章事皇甫晖,为北面行营应援使,常州团练使姚凤为应援都监,率兵三万屯定远县,召镇南节度使宋齐邱,还至金陵,又授户部尚书殷崇义知枢密院事,与齐邱共预兵谋,居中调度。

周都部署李穀等,引兵至正阳镇,见淮上防守无人,便赶造浮梁,数夕即成,越淮而东,直指寿州城下。虽有唐兵二千余人,半途拦阻,哪里是周军对手,略略交锋,便即溃去。周都指挥使白延遇,乘胜长驱,进至山口镇,又遇唐兵千余名,也不值周军一扫。惟进攻寿州,却是城坚难拔,用了许多兵力,毫不见功。李穀屡驰书周廷,报明情实,周主即拟亲征,适枢密使郑仁诲病逝,朝右失一谋臣,周主很是叹惜,亲往吊丧。近臣奏称年月方向,不利驾临,周主摇首道:"君臣义重,尚顾得年月方向么?"可称豁达。遂亲至郑宅,哭奠而归。_{特叙仁诲之死,惜其贤也。}

嗣由吴越王钱弘俶，遣来贡使，入献方物，周主召见使臣，嘱令赍诏回国，谕吴越王发兵击唐。吴越王应诏发兵，特简同平章事吴程，出袭常州。唐右武卫将军柴克宏，引军邀击，大破吴越军，斩首万余级，吴程遁还，克宏复移援寿州，途中忽然遇疾，竟尔暴亡。也是寿州晦气。

寿州尚是固守，李俶久攻不克，便在行营中过年，越年已是周显德三年了。周主闻寿州不下，决计亲征，命宣徽南院使向训，权任留守，端明殿学士王朴为副，彰信节度使韩通，权任点检侍卫司，及在京内外都巡检。派侍卫都指挥使李重进为先锋，前往正阳，河阳节度使白重赞，出屯颍上，遥应重进。两人先发，自督禁军启行。

那时唐将刘彦贞，已引兵援寿州，并具战船数百艘，令驶往正阳，毁周浮梁。李俶探知敌谋，召将佐集议道："我军不能水战，若正阳浮梁，为贼所毁，势且腹背受敌，退无所归，不如还保正阳，伫候车驾到来，听旨定夺。"乃一面报明周主，一面焚去刍粮，拔营齐退。

周主行至固镇，接到李俶奏报，不以为然。急遣中使驰往俶营，谕止退兵。俶已到正阳，才得谕旨，乃更复奏道："贼将刘彦贞来救寿州，臣却不惧，只虑贼舰顺流掩击，断我浮梁，截我后路，所以不得已退守正阳。今贼舰日进，淮水日涨，若车驾亲临，万一粮道断绝，危且不测，愿陛下驻跸陈颍，俟臣审度可否，再行进取未迟！"周主览奏，愀然不乐，飞促李重进驰诣淮上，与俶会师。且传谕道："唐兵且至，须急击勿失！"

重进奉命抵正阳，那唐将刘彦贞，到了寿州，见周军退去，便欲追击。刘仁赡谏阻道："公军未至，敌已先退，想是畏公声威，故即遁去，但能固我边圉，何用速战！倘或追击失利，大事反去了。"彦贞道："火来水挡，兵来将御，敌已怯退，正好乘此进击，奈何不行！"池州刺史张全约，又力为谏止，怎奈彦贞坚执不从，驱军急进。死期已至，如何挽回！仁赡长叹道："果遇周军，必败无疑！看来寿州是难保了。我当为国效死，城存与存，城亡与亡。"说毕泣下，部众统是感奋，乃入城登陴，修堞益兵，决计死守。

这位不识进退的刘彦贞，他本是无才无能，不娴军旅，平时靠着刻薄百姓的手段，日朘月削，积财巨万，一半儿充入宦囊，一半儿取赂权要。所以冯延己、陈觉、魏岑等，争相标榜，或称他治民如龚、黄，龚遂、黄霸，汉时循吏。或誉他用兵如韩、彭，韩信、彭越，汉时良将。唐主信以为真，一闻周师入境，便把兵权交付与他，他亦直受不辞，贸然专阃，裨将咸师朗等，亦皆轻率寡谋，毫不足用。当下违谏进兵，直抵正阳，旌旗辎重，亘数百里。

周先锋将李重进，望见唐兵到来，便渡淮东进，也不及与彦贞答话，便身先士卒，冲入唐军。唐将咸师朗，自恃骁勇，策马舞刀，抵住重进，兵器并举，战到四五十合,不分胜负,重进佯输,跑马绕阵而走。师朗不知是计,骤马急追,约有二百余步,由重进按住了刀,挽弓搭箭,回放一矢。师朗刚刚追上,相距只有数武,急切无从闪避,左肩上着了一箭,忍痛不住,撞落马下。唐兵忙来抢救,被重进回马杀退,捉住师朗,遣部卒解入縠营。

縠闻重进得胜,也拨韩令坤等将士,越淮接应。重进正杀入唐阵,凭着一把大刀,左劈右斫,挥死多人。刘彦贞随兵虽众,统是酒囊饭袋,不耐争战,暮遇重进一支人马,已似虎入羊群,望风奔避。再加韩令坤等相继杀来,哪里还敢抵敌,霎时间狂奔乱窜,四散逃生。单剩刘彦贞亲军数百人,如何支持,当然拥着彦贞,落荒西走。重进怎肯饶他,紧紧追蹑。前面有一小陂,地势不高,却很峻削。唐军越陂而逃,彦贞也跃马上陂,不防马失后蹄,倒退下来,竟将彦贞送落马后,滚坠陂下。凑巧重进追到,顺手一刀,把彦贞劈做两段!钱难买命,何如不贪?此外四窜的唐兵,被周军分头赶杀,斩首万余级,伏尸三十里,军资器械,遍地抛弃。由周军慢慢搬去,共得二十余万件。

唐刺史张全约,方运粮进饷前军,途次见败卒逃归,报称彦贞战死,急将粮车折回寿州。所有彦贞残众,也共逃入寿州城内。刘仁赡表举全约为马步左厢都指挥使,同守州城。皇甫晖、姚凤,闻彦贞覆师,不敢屯留定远县,即退保清流关。滁州刺史王绍颜,已委城遁去。

周主得知正阳胜仗,也自陈州至正阳,命李重进代为招讨使。但令縠判寿州行府事,自督大军进攻寿州,在洰水南下营,徙正阳浮梁至下蔡镇,且召宋、亳、陈、颍、徐、宿、许、蔡等处数十万,围攻寿州,昼夜不息。刘仁赡已备足守具,镇日里发矢掷石,鸣炮扬灰,使周军不能薄城。周军虽多,无从进步,只好顿留城下;周主亦无可如何。

忽报唐都监何延锡,率战舰百余艘,驻营涂山,为寿州声援,乃召殿前都虞侯赵匡胤入帐道:"何延锡来援寿州,但在涂山下立营,不敢到此,想亦没有甚能力。惟寿州城内的守兵,得此声援,却不易摇动,汝可引兵前去,破灭此营。"匡胤领命,即率兵五千,趋往涂山,遥见唐兵维舟山下,一排儿却很整齐,岸上只有一营,想是何延锡驻着,便顾语部将道:"我军是陆兵,敌军是水师。主客殊形,如何破敌!我惟有用计除他便了。"遂选老弱兵百余骑,授他密语,往诱敌营,自引精骑埋伏涡口。何延锡正在营中坐着,自思寿州孤危,不好不救,又不能遽救,心下好同辘轳一般。突有军吏入报道:"周军来了!"延锡忙即上马,招集水军,出营角斗。营外只有百余骑周兵,更兼老少不齐,或长或短,延锡不禁大笑道:"我道周军如何利害,怎知是这等人物!也想来踹我营么?"便麾兵杀上。那周兵并未对仗,立即返奔。延锡追了一程,也欲回军,但听得敌骑笑骂道:"料你这等没用的贼奴,不敢追来,我有大军在涡口，你等如再追我，管教你人人陨首，个个丧生！"不欺之欺，尤善于欺。延锡被他一激，不肯罢休，索性再赶，且嘱令战舰五十艘，驶至涡口，就使遇着不测，也可下船急走。于是周兵前奔，唐兵后追，不多时已至涡口，只见前面统是芦苇，长可称身，并没有周军驻扎。延锡胆愈放大，又听得敌骑揶揄，仍然如故，便当先力追，那敌骑却从芦苇中，窜了进去。延锡不知好歹，也纵马入芦苇间，追杀敌骑，不意两旁伏着绊马索，竟将马足绊住，马忽坠倒，延锡也跌做一个倒栽葱。慌忙爬起，突来了一位面红大将军，兜头一棍，击破延锡脑袋，死于非命。

看官不必细猜，便可知是赵匡胤，匡胤既击死何延锡，指挥伏兵，驱杀唐军，唐军都做了刀头鬼。有几个跑得快的，远远逃去，哪里还好下船！所有战船五十艘，急急驶来，正好被匡胤夺住，乘船至御营报功，周主自然嘉奖。又接得庐、寿、光、黄巡检使司超，奏称在盛唐地方，击败唐兵，夺得战舰四十余艘。周主大喜，且谕匡胤道："我军处处得胜，先声已振，只是寿州不下，阻我前进。我欲进击清流关，卿以为可行否？"匡胤道："臣愿得二万人，往取此关。"周主道："清流关颇称雄壮，除非掩袭一法，未易成功，卿既欲往，就烦前去。"匡胤道："臣即引兵前往便了。"周主便派兵二万名，令匡胤带领了去。复遣人往谕朗州节度使王逵，命他出攻鄂州，特授南面行营都统使。王逵应诏出师，后文自有交代。

且说赵匡胤往袭清流关，星夜前进，路上偃旗息鼓，寂无声响，但令各队衔枚疾走。及距关十里，分部兵为两队，前队兵直往关下，自引兵从间道而去。皇甫晖、姚凤两人，探得周兵到来，开关迎敌，正在山下列阵。不防山后杀出一队雄师，喊呐前来，径去抢关。晖、凤连忙回军，奔入关门，那周军已经驰到，守兵阖门不及，被周军一拥杀进，吓得晖、凤手足失措，没奈何逃往滁州，周军队里的大将，就是赵匡胤，既占住清流关，便进薄滁城。

晖、凤才入城中，后面已有鼓声传到，回头遥望，远远的旗帜飘扬，如飞而至。就中有一最大的帅旗，上面隐约露一赵字。皇甫晖叫苦不迭，忙令把城外吊桥，立即拆去，阻住来军。自与姚凤阖门拒守，登城俯眺，见周军已逼城壕，一齐下马凫水，越过濠西。那赵匡胤更来得突兀，勒马一跃，竟跳过七八丈阔的大渠，晖不禁伸舌！未几即见匡胤指麾兵士，督令攻城，当下开口传呼道："赵统帅不必逞雄，彼此各为其主，请容我列阵出战，决一胜负，幸勿逼人太甚！"匡胤笑道："你尽管出来交锋，我便让你一箭地，容你列阵，赌个你死我活，叫你死而无怨！"说至此，便用鞭一挥，令部众退后数步，自己亦勒马倒退，伫候守兵出战。好整以暇。

待了多时，听得城门一响，两扉骤辟，守兵滚滚出来，后面便是晖、凤二人,并辔督军。两阵对圆,匡胤持着一杆通天棍,上前突阵,且大呼道:"我止擒皇甫晖,他人非我敌手,休来送死!"唐兵见他来势甚猛,便即让开两旁,由他驰入,他即冲至皇甫晖马前,晖忙拔刀迎战。刀棍相交,才及数合,被匡胤用棍架开晖刀,右手拔剑,向晖脑袋上斫去,晖将首一偏,不由的眼花缭乱,再经匡胤用棍一敲,就从马上坠下,姚凤急来相救,那马首已着了一棍,马蹄前蹶,也将姚凤掀翻。周军乘势齐上,把晖、凤都活捉了去。唐兵失了主帅,自然溃散,滁州城唾手取来,匡胤入城安民,遣人报捷。

周主命马军副指挥使赵弘殷,东取扬州,道过滁城,已值昏夜。弘殷为匡胤父,拟入城休息,即至城下叩门。匡胤问明来意,便道:"父子虽系至亲,但城门乃是王事,深夜不便开城,请父亲权宿城外,俟诘旦出迎便了!"公而忘私。弘殷只好依言,在城外留宿一宵。越日天明,方由匡胤出谒,导父入城。嗣又连接钦使,一个是翰林学士窦仪,来籍滁州帑藏,一个是左金吾卫将军马承祚,来知滁州府事。还有一个蓟州人赵普,来做滁州军事判官。匡胤一一接见,很是欢洽,一面将皇甫晖、姚凤等,解献行在。晖已受伤,入见周主,不能起立,但委卧地上道:"臣非不忠于所事,但士卒勇怯不同,所以被擒。臣前此亦屡与辽人交战,未尝见兵精如此,今贵朝兵甲坚强,又有统帅赵匡胤,智勇过人,无怪臣丧师委命,臣死也值得了!"虽是勉强解嘲,还算有些忠节。周主颇加怜悯,命左右替他释缚,留在帐后养疴,晖竟病死。周主诇知扬州无备,令赵弘殷速即进兵,再派韩令坤、白延遇两将,援应弘殷。弘殷时已抱病,力疾从公,既与韩、白二人会晤,便即引兵去讫。

唐主璟屡接败报,很是惶急,特遣泗州牙将王知朗,奉书周主,情愿求和。书中自称唐皇帝奉书大周皇帝,请息兵修好,兄事周主,愿岁输货财,补助军需。周主得书不答,斥归知朗。唐主没法,再遣翰林学士钟谟,工部侍郎李德明,赍献御药,及金器千两,银器五千两,缯帛二千匹,犒军牛五百头,酒二千斛,直至寿州城下,奉表称臣。周主命大陈军备,自帐内直达帐外,两旁统站着赳赳武夫,握刀操兵,非常严肃,然后令唐臣入见。钟谟、李德明,一入御营,瞧着如许军容,已觉惊惶得很。没奈何趋近御座,见上面坐着一位威灵显赫的周天子,不由的魂悸魄丧,拜倒案前。正是:

上国耀兵张御幄,外臣投地怵天威。

欲知周主如何对付唐使?请看下回便知。

观南唐之不能敌周,说者多归咎于唐主之第知修文,不知经武。实则不然;唐主之误,误在任用非人耳。五鬼当朝,始终不悟,又加一自命元老之宋齐邱,为五鬼之首领,斥忠良,进奸佞。贪庸如刘彦贞,第以权奸之称誉,任为统帅,一战即死,坐失藩篱。皇甫晖、姚凤等,皆庸碌子。清流关未战即溃,滁州城遇敌成擒,以阘茸无能之将士,欲其保守淮南,固必无是事也。子舆氏有言:不用贤则亡,削何可得?彼淮南之丧师削地,犹得苟延至十数年,意者其犹为淮南之幸欤!

第五十五回　唐孙晟奉使效忠
　　　　　　　李景达丧师奔命

　　却说唐使钟谟、李德明,入谒周主,拜倒座前,战兢兢的自述姓名,说明来意,并呈上唐主表文,由周主亲自展阅。表中略云:

　　　　臣唐主李璟上言:窃闻舍短从长,乃推通理;以小事大,著在格言。伏惟皇帝陛下,体上帝之姿,膺下武之运,协一千而命世,继八百以卜年。大驾天临,六师雷动,猥以退败之俗,亲为跋扈之行。循省伏深,兢畏无所,岂因薄质,有累蒸人!今则仰望高明,俯存亿兆,虔将上国,永附天朝,冀诏虎贲而归国,用巡雉堞以回兵。万乘千官,免驰驱于原隰,地征土贡,常奔走于岁时,质在神明,誓诸天地。别呈贡物,另具清单,伏冀赏纳,伫望宏慈。谨表!

　　周主览毕,掷置案上,顾语唐使道:"汝主自谓唐室苗裔,应知礼义。我太祖奄有中原,及朕嗣位,已经六年有余,汝国只隔一水,从未遣一介修好。但闻泛海通辽,往来报问,舍华事夷,礼义何在?且汝两人来此,是否欲说我罢兵。我非愚主,岂汝三寸舌所得说动。今可归语汝主,亟来见朕,再拜谢过,朕或鉴汝主诚意,许令罢兵。否则朕即进抵金陵,借汝国库资,作我军犒赏。汝君臣休得后悔呢!"谟与德明,素有口才,至此俱震慑声威,一语不敢出口,惟有叩头听命,立即辞行。文武都是怕死。周主留住钟谟,遣还德明。嗣又得广陵捷报,韩令坤、白延遇等,掩入扬州,逐去唐营屯使贾崇,执住扬州副留守冯延鲁。惟赵弘殷在途遇病,已返滁州云云。周主乃复命令坤转取泰州。看官听着!广陵就是扬州,从前扬州市中,有一疯人游行,诟骂市民道:"俟显德三年,当尽杀汝等。"继又改语道:"若不得韩、白二人,汝等必无遗类。"市民以为疯狂,毫不理睬。哪知周显德三年春季,果然有周军掩至,周将白延遇先入城中,唐东都营屯使贾崇,不敢抵抗,即焚去官府民舍,弃城南走。继而韩令坤踵至,饬捕守吏。冯延鲁本为副留守,一时逃避不及,慌忙削发披缁,

第五十五回　唐孙晟奉使效忠　李景达丧师奔命

匿居僧寺。偏偏有人认识，报知周军，似僧非僧的冯侍郎，竟被周军寻着，把他牵出，当作猪奴一般，捆缚了去。韩、白两将，既得延鲁，便禁止杀掠，使民安堵，果如疯人所言。令坤奉周主命，转取泰州。泰州为杨氏遗族所居，杨溥让位李昪，病死丹阳，子孙徙居泰州，锢住永宁宫中，断绝交通，甚至男女自为匹偶，蠢若犬豕。唐主璟因江北鏖兵，恐杨氏子孙，乘势为变。特遣园苑使尹延范，迁置京口，统计杨氏遗男，尚有六十余人，妇女亦不下数十，延范承唐主密嘱，竟将杨氏男子六十余人，驱至江滨，一并杀死，仅率妇女渡江，杨氏遂绝。唐主璟反归咎延范，下令腰斩。延范有口难言，也冤冤枉枉的受了死刑。不得谓之冤枉，恐难偿六十余人性命！后来唐主泣语左右道："延范亦成济流亚。魏成济助司马昭刺死曹髦，旋为司马昭所杀。我非不知他效忠，因恐国人不服，没奈何处他死刑呢！"遂命抚恤延范家属，毋令失所。国将危亡，尚如此残忍，莫谓李璟优柔。嗣闻泰州被韩令坤取去，刺史方讷遁归。接连是鄂州长山寨守将陈泽，为朗州节度使王逵所擒，解献周营。天长制置使耿谦，举城降周。常州、宣州，又有吴越兵入侵，静海军制置使姚彦洪，投奔吴越。急得李璟心慌意乱，日夕召入宋齐邱、冯延己等，会议军情。齐邱、延己等也是无法，只劝唐主向辽乞援。唐主不得已遣使北往，行至淮北，被周将截住，搜出蜡书，拘送寿州御营。

　　唐廷待援不至，再由冯延己奏请，特派司空孙晟，及礼部尚书王崇质，赍表如周，愿比两浙、湖南，奉周正朔。晟语延己道："此行本当属公，惟晟受国厚恩，始终当不负先帝，愿代公一行，可和即和，不可和即死。公等为国大臣，当思主辱臣死的大义，毋再误国。"一士谔谔，但与冯延己相谈，未免对牛弹琴。延己惭不能答。惟更令工部侍郎李德明，与晟等偕行。晟退语王崇质道："君家百口，宜自为谋，我志已定；终不负永陵一抔土，他非所计了！"永陵即李昪陵。遂草草整了行装，与崇质、德明二人，并及从吏百名，出都西去。

　　途次又迭闻败耗，光州兵马都监张延翰降周，刺史张绍弃城遁走，舒州亦被周军陷没，刺史周宏祚投水自尽，蕲州将李福，为周所诱，杀死知州王承儁，亦举州降周。唐失各州，叙笔随此不同，可谓化板为活。晟不禁长叹道："国事可知，我此行恐不复返了！"仿佛易水荆卿。便兼程前进，直抵寿州城下，进谒周主。当将表文呈入，大略说是：

　　　　朝阳委照，爝火收光，春雷发声，蛰户知令。伏念天祐之后，率土分摊，或跨据江山，或革迁朝代，皆为司牧，各拯黎元。臣由是克嗣先基，获安江表，诚以瞻乌未定，附凤何从？今则青云之候，明悬白水之符，斯应仰祈声教，俯被遐方，岂可远动和銮，上劳薄伐！倘或俯悯下国，许作功臣,则柔远之风,其谁不服!无战之胜,自古独高。别进金千两,银十万两,罗绮二千匹,宣给军士,伏祈赐纳!

周主且阅且语道:"一纸虚文,又来搪塞,朕岂被汝所欺么?"晟从容答道:"称臣纳币,并非虚文。况陛下南征不庭,已由敝国谢罪归命。叛即讨,服即舍,古来圣帝明王,大都如是。望陛下俯纳臣言!"周主又道:"朕率军南来,岂为这区区金帛?如果欲朕罢兵,速将江北各州县,悉数献朕。休得迟疑!"晟亦正色道:"江北土地,传自先朝,并非得自大周,且江南亦奉表称臣,已不啻大周藩服,陛下何勿网开一面,稍假隆恩呢!"周主怒道:"不必多言,汝国若不割江北,朕决不退师!"随又顾语李德明道:"汝前来见朕,朕叫汝归语汝主,自来谢罪,今果何如?"德明慌忙叩首,且忆及延己密嘱,愿献濠、寿、泗、楚、光、海六州,更岁输金帛百万,乞请罢兵,当下便尽情吐出。周主道:"光州已为朕所得,何劳汝献!此外各州,朕亦不难即取,惟寿州久抗王师,汝国节度使刘仁赡,颇有能耐,朕却很加怜惜,汝等可替朕招来!"德明尚未及答,晟已目视德明,似含着一腔怒意。周主已经瞧透,索性逼晟前去,招降仁赡。晟却慨然请行。

周主遣中使监晟,同至城下,招呼仁赡答话。仁赡在城上拜手,问晟来意。晟仰语道:"我来周营议和,尚无头绪。君受国恩,切不可开门纳寇,主上已发兵来援,不日就到了!"也是一个晋解扬。语毕自回,中使入报周主,周主召晟叱责道:"朕令汝招降仁赡,如何反教他坚守?"晟朗声道:"臣为唐宰相,好教节度使外叛么?若使大周有此叛臣,未知陛下肯容忍否?"周主见他理直气壮,倒也不能驳斥,便道:"汝算是淮南忠臣,奈天意欲亡淮南,汝虽尽忠,亦无益了。"随命晟留居帐后,优礼相待,惟与李德明、王崇质商议和款,定要南唐献江北地,方准修好。

德明、崇质,不敢力争,但说须归报唐主,当遵谕旨。周主乃遣二人东还,并付给诏书。略云:

> 朕擅一百州之富庶,握三十万之甲兵,农战交修,士卒乐用,苟不能恢复内地,申画边疆,便议班旋,直同戏剧。至于削去尊称,愿输臣节,孙权事魏,萧詧奉周,古也固然,今则不取。但存帝号,何爽岁寒,倘坚事大之心,必不迫人于险,事资真悫,辞匪枝游。俟诸郡之悉来,即大军之立罢,言尽于此,更不烦云。苟曰未然,请从兹绝。特谕!

李德明、王崇质两人,得了诏书,便还诣金陵,把周主诏书呈与唐主过目。唐主沉吟未决,宋齐邱从旁进言道:"江北是江南藩篱,江北一失,江南亦不能保守了。德明等往周议和,并不是去献地,如何反替周主传诏,叫我国割献江

第五十五回　唐孙晟奉使效忠　李景达丧师奔命

北呢？"德明忍耐不住，竟抗声答道："周主英武过人，周军气焰甚盛，若不割江北，恐江南也遭蹂躏呢。"齐邱厉声道："汝两人也想学张松么？张松献西川地图，古今唾骂，汝等奈何不闻！"王崇质被他一吓，慌忙推诿，专归咎德明一人。于是枢密使陈觉，及副使李征古，同时入奏道："德明奉命出使，不能伸国威，修邻好，反且输情强敌，自示国弱，情愿割弃屏藩，坐捐要害，这与卖国贼何异！请陛下速正明刑，再图退敌！"德明闻言，越加暴躁，竟攘袂诟詈陈觉等人。惹得唐主大怒，立命绑出德明，责他卖国求荣的罪状，枭首市曹。德明若早知要死，不如死在周营，好与孙晟齐名。乃更简选精锐，得六万人，命太弟齐王景达为诸道兵马元帅，统兵拒周。授陈觉为监军使，起前武安节度使边镐为应援都军使，次第出发。

中书舍人韩熙载上书，略谓皇弟最亲，元帅最重，不必另用监军。唐主不听，又遣鸿胪卿潘承祐速赴泉州，招募勇士。承祐荐举前永安节度使许文缜，静江指挥使陈诚，及建州人郑彦华、林仁肇，俱说是可为将帅。唐主因命文缜为西面行营应援使，彦华、仁肇，各授副将，再与周军决战。还有右卫将军陆孟俊，也自常州率兵万人，往攻泰州。

周将韩令坤，已回屯维扬，只留千人守泰州城，兵单力寡，哪里敌得过孟俊，当然遁走，泰州复被孟俊占去。俊又乘胜攻扬州，兵至蜀冈，令坤闻孟俊兵众，却也心惊，又且新纳爱姬杨氏，正在朝欢暮乐的时候，更不免英雄气短，儿女情长。当下令部兵护出杨氏，先行避敌，自己也弃城出走。忽有诏旨颁到，已遣滑州节度使张永德来援，那时只好勒马回城，入城以后，复闻赵匡胤调守六合，下令军中，不准放过扬州兵，如有扬州兵过境，一概刖足。自思归路已断，不如决一死战，与孟俊见个高下。计画已定，索性将爱姬杨氏，亦追了回来，整兵备械，专待孟俊攻城，好与他鏖斗一场。

孟俊不管死活，领着兵到了扬州，方就城东下寨。令坤先发制人，骤马杀出，领着敢死士千人，大刀阔斧，搅入孟俊寨内。孟俊不及预防，顿时骇退，主将一逃，全军四溃。独令坤不肯舍去，只管认着孟俊，紧紧追上，大约相距百余步，即抠弓搭箭，把孟俊射落马下，麾兵擒住，收军还城。

正拟将孟俊解送行在，偏是冤冤相凑，由爱姬杨氏出厅哭诉，要将孟俊剖心复仇。原来杨氏是潭州人，孟俊前时，曾随边镐往攻潭州，杀死杨氏家眷二百余口，惟杨氏有色，为楚王马希崇所得，充作妾媵。希崇降唐，出镇舒州，留家属居扬州。及韩令坤得扬州城，保全希崇家属，惟见杨氏华色未衰，勒令为妾。杨氏系一介女流，如何抵拒，只好随遇而安。到底是杨花水性。此时见了仇人孟俊，便请令坤借公报私，令坤当然依从，便将孟俊洗刷干净，活祭杨氏父母，挖心取肝，脔割了事。

那边唐元帅李景达，闻孟俊败死，急自瓜步渡江。行至六合县附近，探知赵匡胤据守六合，料不是好惹的人物，便在六合东南二十余里，安营设栅，逗留不进。赵匡胤早已侦悉，也按兵勿动。诸将请进击景达，匡胤道："景达率众前来，半道下寨，设栅自固，是明明怕我呢。今我兵只有二千，若前去击他，他见我兵寥寥，反足壮胆，不若待他来攻，我得以逸待劳，不患不胜。"

果然过了数日，城外鼓声大震，有唐兵万余人杀来，匡胤已养足锐气，立即杀出，自己仗剑督军，与唐兵奋斗多时，不分胜负。两军都有饥色，各鸣金收军。翌晨匡胤升帐，令军士各呈皮笠，笠上留有剑痕，约数十人，便指示军士道："汝等出战，如何不肯尽力！我督战时，曾斫汝皮笠，留为记号，如此不忠，要汝等何用？"遂命将数十人绑出军辕，一一斩讫。军法不得不严。部兵自是畏服，不敢少懈。

匡胤即令牙将张琼潜引千人出城，绕出唐军背后，截住去路，自率千人径捣唐营。唐营中方在早餐，蓦闻周军驰至，急忙开营迎敌。景达亦出来观战。不防周军勇猛得很，个个似生龙活虎，不可捉摸，突然间冲入中军，竟将景达马前的帅旗，用矛钩翻。景达吃一大惊，忙勒马返奔。帅旗是全军耳目，帅旗一倒，全军大乱，况且景达奔去，军中已没人主持，你也逃，我也走，反被周军前截后追，杀毙了无数人马。景达奔至江口，巧值周将张琼，列阵待着，要想活擒景达，还亏景达部将岑楼景，抵住张琼，大战数十回合，景达得带着残军，拚命冲出，觅舟径渡。岑楼景尚与张琼力战，后面又值匡胤追到，也只可舍了张琼，夺路逃生。张琼与匡胤合兵，追至江口，杀获约五千人，余众多泅水遁去，又溺毙了数千。周军始奏凯还城。

这次大战，景达挑选精卒二万人，自为前驱，留陈觉、边镐为后应。觉与镐正要渡江，偏景达已经败归，精卒伤亡了一大半。惟赵匡胤兵只二千，能把唐兵二万人，驱杀过江，自然威名大震，骇倒淮南！为后来得国的预兆。

周主闻六合大捷，尚拟从扬州进兵，宰相范质等，叩马力谏，大致谓兵疲食少，乞请回銮。周主尚未肯从，经质再三泣谏，才有归意。可巧唐主又遣使上表，力请罢兵。大略说是：

> 圣人有作，曾无先见之明，王祭弗供，果致后时之责。六龙电迈，万骑云屯，举国震惊，群臣惴悚。遂驰下使，径诣行宫，乞停薄伐之师，请预外臣之籍。天听悬邈，圣问未回，由是继飞密表，再遣行人，致江河羡海之心，指葵藿向阳之意。伏赐亮鉴，不尽所云！

周主得表，乃整备回銮。留李重进围寿州，更派向训权淮南节度使，兼充沿江招讨使，韩令坤为副招讨使，自往濠州巡阅各军，再至涡口亲视浮梁。适值唐舒州节度使马希崇，率兄弟十七人奔周，独不记杨氏么？周主命为右羽林统军，随驾北归。并将唐使臣孙晟、钟谟，及所获冯延鲁等，也一并带回，且召赵匡胤父子还都。

匡胤留兵捍守六合，自领亲兵入滁州，省父弘殷。弘殷病已少瘥，乃奉父启行。判官赵普，相偕随归。道过寿州，正值南寨指挥使李继勋，被刘仁赡出兵袭破，所储攻具，多遭焚掠，将士伤毙数百人。继勋走入东寨，李重进在东寨中，仅能自保。军士经此一挫，相率灰心，意欲请旨班师，幸赵匡胤驰入行营，助他一臂，代为搜乘补阙，修垒济师，部署了十余日，周军复振。乃辞别重进，驰还大梁。

周主加封赵弘殷为检校司徒，兼天水县令，匡胤为定国军节度使，兼殿前都指挥使。匡胤复荐普可大用，乃即令为定国军节度推官。

忽由吴越王表奏常州军情，说为唐燕王弘冀所败，丧师万计，周主不胜惊叹。嗣又接到荆南奏表，代报朗州节度使王逵，为下所杀，军士推立潭州节度周行逢为帅。周主又叹息道："吴越丧师，湖南又失去一支人马，恐唐兵乘隙猖狂，仍须劳朕再出呢。"小子有诗咏周主荣道：

　　　　南征北讨不辞劳，战血何妨洒御袍。
　　　　五代史中争一席，郭家养子本英豪。

究竟王逵何故被戕？下回再行补叙。

南唐非无忠臣，如司空孙晟，刚直不阿，颇胜大任，而乃为冯延己所排挤，令充国使。是明明欲借刀杀人，聊泄私忿而已。晟仗节至周，理直气壮，而往谕刘仁赡数语，可质天地，宁死不辱君命，足为淮南生色。淮南有此忠臣而不能用，无怪其日削日危以底于亡也。李景达以唐主介弟，不堪一战，尤为可鄙。亲贵无一足恃，仅恃此妃黄俪白之文词，欲乞周主罢兵，何其瞢欤！古谓有文事必有武备，武备不足，文言奚益！本编迭录唐表，正以见虚文之无补云。

第五十六回　督租课严夫人归里
　　　　　　尽臣节唐司空就刑

却说王逵据有湖南，始由潭州夺朗州，令周行逢知朗州事，自返长沙。继复由潭州徙朗州，调行逢知潭州事。用潘叔嗣为岳州团练使。周既授逵节钺,因谕令攻唐,逵乃发兵出境。道出岳州,潘叔嗣特具供张,待逵甚谨。逵左右皆是贪夫,屡向叔嗣索赂,叔嗣不肯多与,致遭谗构。逵不免误信,遂将叔嗣诘责一番。两下里争论起来,惹得王逵性起,当面呵斥道:"待我夺得鄂州,再来问汝。"说毕自去。自取其死。

既入鄂州境内,忽有蜜蜂数万,攒麾盖上,驱不胜驱,或且飞集逵身,逵不禁大惊。左右统是谀媚,向逵称贺,谓即封王预兆,逵始转惊为喜。果然进攻长山寨,一战得胜,突入寨中,擒住唐将陈泽。正拟乘势再进,忽接朗州警报,乃是潘叔嗣挟恨怀仇,潜引兵掩袭朗州。逵骇愕道:"朗州是我根本地,怎可令叔嗣夺去!"遂仓猝还援,自乘轻舟急返。行至朗州附近,先遣哨卒往探,返报全城无恙,城外亦没有乱兵。逵似信非信,命舟子急驶数里,已达朗州。遥见城上甲兵整列,城下却也平静,那时也不遑细问,立即登岸。

时当仲春,百卉齐生,岸上草木迷离,瞧不出甚么埋伏。谁知走了数步,树丛中一声暗号,跑出许多步卒,来捉王逵。逵随兵不过数十人,如何抵敌,当即窜去。逵亦抢步欲逃。偏被步卒追上,似老鹰拖小鸡一般,把他攫去。牵至树下,有一大将跨马立着,不是别人,正是岳州团练使潘叔嗣。仇人相见,还有何幸,立被叔嗣叱骂数语,拔刀砍死。原来叔嗣欲报逵怨,竟攻朗州,料知逵必还援,特探明行踪,伏兵江岸,得将逵获住处死。

当下引军欲还,部将俱请入朗州。叔嗣道:"我不杀逵,恐他战胜回来,我等将无噍类,所以不得已设此一策。今仇人已诛,朗州非我所利,我不如仍还岳州罢!"部将道:"朗州无主,将归何人镇守?"叔嗣道:"最好是往迎周公,他近来深得民心,若迎镇朗州,人情自然悦服了。"说着,即留部将李简,入谕朗州吏民,自率众回岳州。

李简入朗州城,令吏民往迎周行逢。大众相率踊跃,即与简驰往潭州,请行逢为朗州主帅。行逢乃趋往朗州,自称武平留后。或为叔嗣作说客,请把潭州一缺,令叔嗣升任。行逢摇首道:"叔嗣擅杀主帅,罪不容诛,我若反畀潭州,是我使他杀主帅了。这事岂可使得!"因召叔嗣为行军司马,叔嗣托疾不至。可见前时退还岳州,实是畏惧周行逢。行逢道:"我召他为行军司马,他不肯来,是又欲杀我了。"乃再召叔嗣,佯将授付潭州,令他至府受命。叔嗣欣然应召,即至朗州。行逢传令入见,自坐堂上,使叔嗣立庭下,厉声斥责道:"汝前为小校,未得大功,王逵用汝为团练使,待汝不为不厚,今反杀死主帅,汝可知罪否?我未忍斩汝,乃尚敢拒我命么?"说至此,即喝令左右,拿下叔嗣,推出斩首。部众各无异言,行逢即奉表周廷,陈述详状。周主授行逢为武平军节度使,制置武安、静江等军事。

行逢本朗州农家子,出身田间,颇知民间疾苦,平时励精图治,守法无私。

第五十六回　督租课严夫人归里　尽臣节唐司空就刑

女夫唐德,求补吏职,行逢道:"汝实无才,怎堪作吏!我今日畀汝一官,他日奉职无状,反不能为法贷汝,汝不如回里为农,还可保全身家呢。"看似行逢无情,实是顾全之计。乃给与农具,遣令还乡。府署僚属,悉用廉士,约束简要,吏民称便。

　　先是湖南大饥,民食野草,行逢尚在潭州,开仓赈贷,活民甚众,因此民皆爱戴,独自奉不丰,终身俭约。有人说他俭不中礼,行逢叹道:"我见马氏父子,穷奢极欲,不恤百姓,今子孙且向人乞食,我难道好效尤吗?"能惩前辙,不失为智。行逢少年喜事,尝犯法戍静江军,面上黥有字迹。及得掌旄节,左右统劝他用药灭字。行逢慨然道:"我闻汉有黥布,不失为英雄。况我因犯法知戒,始有今日,何必灭去?"左右闻言,方才佩服。惟秉性勇敢,不轻恕人,遇有骄惰将士,立惩无贷。一日闻有将吏十余人,密谋作乱,便即暗伏壮士,佯召将吏入宴。酒至半酣,呼壮士出厅,竟将十数人一并拖出,声罪处斩。部下因相戒勿犯,民有过失,无论大小,多加死刑。

　　妻严氏得封勋国夫人,见行逢用刑太峻,未免自危,尝从旁规谏道:"人情有善有恶,怎好不分皂白,一概滥杀呢!"行逢怒道:"这是外事,妇人不得预闻!"严氏知不可谏,过了数日,乃伪语行逢道:"家田佃户,多半狡黠,他闻公贵,不亲琐务,往往惰农自安,倚势侵民,妾愿自往省视。"行逢允诺,严氏即归还故里,修葺故居,一住不返。居常布衣菜饭,绝无骄贵气象。行逢屡遣仆媪往迓,严氏却辞以志在清闲,不愿城居。惟每岁春秋两届,自著青裙,押佃户送租入城。行逢谕止不从,且传语道:"税系官物,若主帅自免家税,如何率下?"行逢也不能辩驳。

　　一日闲着,带领侍妾等人,驰回故里,见严氏在田亩间,督视农人,催耕促种,不禁下马慰劳道:"我已贵显,不比前时,夫人何为自苦?"严氏答道:"君不忆为户长时么?民租失时,常苦鞭挞,今虽已贵,如何把陇亩间事,竟不记忆呢!"行逢笑道:"夫人可谓富贵不移了!"遂指令侍妾,强拥严氏上舆,抬入朗州。严氏住了一二日,仍向行逢辞行。行逢不欲令归,再三诘问,严氏道:"妾实告君,君用法太严,将来必失人心。妾非不愿留,恐一旦祸起,仓猝难逃,所以预先归里,情愿辞荣就贱,局居田野,免致碍人耳目,或得容易逃生哩。"一再讽谏,用意良苦。行逢默然。俟严氏归去后,刑威为之少减。

　　严氏秦人,父名广远,曾仕马氏为评事,因将女嫁与行逢。行逢得此内助,终得自免,严氏亦获考终。史家采入《列女传》,备述严氏言行,这真不愧为巾帼丈夫呢!极力褒扬,风示女界。

　　且说周主还入大梁,闻寿州久攻不下,更兼吴越、湖南,无力相助,又要启跸亲征。宰相范质等仍加谏阻,因此尚在踌躇。

唐驾部员外郎朱元，颇有武略，上书白事，历言用兵得失事宜，唐主因命他规复江北，统兵渡江。更派别将李平，作为援应。朱元往攻舒州，周刺史郭令图，弃城奔还。唐主即授元为舒州团练使，李平亦收复蕲州，也得任蕲州刺史。从前唐人苛榷茶盐，重征粟帛，名目叫作薄征，又在淮南营田，劳役人民，所以民多怨讟。周师入境，沿途百姓，很表欢迎，往往牵羊担酒，迎犒周军。周军不加抚恤，反行俘掠。于是民皆失望，周主前攻北汉，亦蹈此弊，可见用兵之难。自立堡寨，依险为固，襞纸作甲，操耒为兵，时人号为白甲军。这白甲军同心御侮，守望相助，却是有些利害。每与周军相值，奋力角斗，不避艰险，周军屡为所败，相戒不敢近前。朱元因势利导，驱策民兵，得连复光、和诸州，兵锋直至扬、滁。周淮南节度使向训，拟并力攻扑寿州，反将扬、滁二州将士，调至寿州城下，扬、滁空虚，遂被唐兵夺去。

　　刘仁赡守寿州城，见周兵日增，屡乞唐廷济师，唐主只令齐王景达赴援。景达惩着前败，但驻军濠州境内，未敢前进。还有监军使陈觉，胆子比景达要小，权柄却比景达要大。凡军书往来，统由觉一人主持，景达但署名纸尾，便算了事。所以拥兵五万，并无斗志。部众亦乐得逍遥，过一日，算一日。惟唐将林仁肇等，有心赴急，特率水陆各军，进援寿州。偏周将张永德屯兵下蔡，截住唐援。仁肇想得一法，用战船载着干柴，因风纵火，来烧下蔡浮梁。永德出兵抵御，为火所熘，险些儿不能支撑。幸喜风回火转，烟焰反扑入唐舰，仁肇只好遁还。永德乃制铁缏千余尺，横绝淮流，外系巨木，遏绝敌船，大约距浮梁十余步外，东西缆住，免得唐军再来攻扑。惟仁肇等心终未死，一次失败，二次复来。永德特悬重赏，募得水中善泅的壮士，潜游至敌船下面，系以铁锁，然后派兵四蘗，绕击敌船。敌船不能行动，被永德夺了十余艘，舰内唐兵，无处逃生，只好扑通扑通的跳下水去，投奔河伯处当差。仁肇单舸走免。

　　永德大捷，自解所佩金带，赐给泗水的总头目。惟见李重进持久无功，暗加疑忌。当上表奏捷时，附入密书，略谓重进屯兵城下，恐有贰心。周主以重进至戚，当不至此，特示意重进，令他自白。重进单骑诣永德营，永德不能不见，且设席相待。重进从容宴饮，笑语永德道："我与公同受重任，各拥重兵，彼此当为主效力，不敢生贰，我非不知旷日持久，有过无功，无如仁赡善守，寿春又坚，一时实攻他不入，公应为我曲谅，为什么反加疑忌呢！天日在上，重进誓不负君，亦不负友！"后来为周死节，已在言中。永德见他词意诚恳，不由的心平气和，当面谢过，彼此尽欢而散。军帅乘和，必有大功。一日重进在帐内阅视文书，忽由巡卒捉到间谍一名，送至帐下。那人不慌不忙，说有密事相报，请屏左右。重进道："我帐前俱系亲信，尽管说来！"那人方从怀中取出蜡丸，呈与重进。重进剖开一瞧，内有唐主手书。书云：

第五十六回　督租课严夫人归里　尽臣节唐司空就刑

语曰：知彼知己，百战百胜，知己知彼，百战不殆。今闻足下受周主之命，围攻寿州，顿兵经年，此危道也。吾守将刘仁赡，有匹夫不可夺之志，城中府库，足应二年之用，婴城自固，捍守有余。吾弟景达等近在濠州，秣马厉兵，养精蓄锐，将与足下相见。足下自思，能战胜否？况周主已起猜疑，别派张永德监守下蔡，以分足下之势，永德密承上旨，闻已腾谤于朝，言足下逗留不进，阴生贰心。以雄猜之主，得媒蘖之言，似漆投胶，如酒下麯，恐寿州未毁一堞，而足下之身家，已先自毁矣。若使一朝削去兵柄，死生难卜，亦何若拥兵敛甲，退图自保之为愈乎？不然，择地而处，惠然南来，孤当虚左以待，与共富贵。铁券丹书，可以昭信。惟足下察之。

重进览毕，大怒道："狂竖无知，敢来下反间书么？"一口喝破。即令左右拿住来人，特差急足驰奏蜡书。

周主亦阅书生愤，传入唐使孙晟，厉色问道："汝屡向朕言，谓汝主决计求成，并无他意，为何行反间计，招诱我朝军将？我君臣同心一德，岂听汝主诳言？但汝主刁猾得很，汝亦明明欺朕，该当何罪？"说着，即将原书掷下，令晟自阅。晟取阅毕，神色自若，且正襟答道："上国以我主为欺，亦思上国果真心相待否？我主一再求和，如果慨然俯允，理应班师示诚，乃围我寿州，经年不撤，这是何理？臣奉使北来，原奉我主谕意，订约修好，迄今已住数月，未奉德音，怪不得我主变计，易和为战了！"言之有理。周主越怒道："朕前日还都，原为休兵起见，偏汝唐兵不戢，夺我扬、滁各州，这岂是真心求和么？"晟又道："扬、滁各州，原是敝国土地，不得为夺。"周主拍案道："汝真不怕死吗？敢来与朕斗嘴！"晟奋然道："外臣来此，生死早置度外，要杀就杀，虽死无怨！"

周主起身入内，令都承旨曹翰，送晟诣右军巡院，且密嘱数语，并付敕书。翰应命而出，呼晟下殿，偕至右军巡院中，饬院吏备了酒肴，与晟对饮。谈了许多时候，无非盘问唐廷底细，偏晟讳莫如深，一句儿不肯出口。翰不禁焦躁，起座与语道："有敕赐相公死！"晟怡然道："我得死所了！"便索取靴笏，整肃衣冠，向南再拜道："臣孙晟以死报国了！"言已就刑，从吏百余人，一并遭戮。惟赦免钟谟，贬为耀州司马。

既而周主自悔道："有臣如晟，不愧为忠！朕前时待遇加厚，每届朝会，必令与俱，且常赐饮醇醴，哪知他始终恋旧，不愿受恩，如此忠节，朕未免误杀了。"恐仍是笼络人心。乃复召谟为卫尉少卿。谟首鼠两端，怎能及得孙晟？晟死信传至南唐，唐主流涕甚哀，赠官太傅，追封鲁国公，予谥文忠。擢晟子为祠部郎中，厚恤家属，这且不必细表。已经表扬得够了。

且说周主既杀死孙晟，更决意征服南唐。自思水军不足，特命就城西汴水中，造战舰数百艘，即令唐降将日夕督练，预备出发。但连年征讨，需用浩繁，国库未免支绌，遂致筹饷为艰。闻得华山隐士陈抟，具有道骨，能知飞升黄白各术，乃遣吏驰召，征抟诣阙。抟因主命难违，没奈何随吏入都。由周主宣令入见，温颜咨询道："先生通飞升黄白诸术，可否指教一二。"抟答道："陛下贵为天子，当究心治道，何用这种异术呢？"是高人吐属。周主道："先生期朕致治，用意可嘉，朕愿与先生共治天下，还请先生留侍朕躬！"抟又道："臣山野鄙人，未识治道，且上有尧、舜，下有巢、由，盛世未尝无畸士。今臣得寄迹华山，长享承平，未始非出自圣恩呢！"周主尚欲挽留，命为左拾遗，抟再三固辞，乃许令还山。临行时，口占一诗道：

> 十年踪迹走红尘，回首青山入梦频。
> 紫阁峥嵘怎及睡？朱门虽贵不如贫。
> 愁闻剑戟扶危主，闷听笙歌聒醉人。
> 携取旧书归旧隐，野花啼鸟一般春。

抟既还山，周主又令州县长吏，随时存问，且特赐诏书道：

> 朕以卿高谢人寰，栖心物外，养太浩自然之气，应少微处士之星。既不屈于王侯，遂甘隐于岩壑，乐我中和之化，庆乎下武之期。而能远涉山涂，暂来城阙，浃旬延遇，宏益居多，白云暂驻于帝乡，好爵难縻于达士。昔唐尧之至圣，有巢、许为外臣，朕虽寡德，庶遵前鉴。恐山中所阙，已令华州刺史，每事供须。乍返故山，履兹春序，缅怀高尚，当适所宜。故兹抚问，想宜知悉。

抟奉诏后，又尝作诗一章道：

> 华泽吾皇诏，图南抟姓陈。
> 三峰十年客，四海一闲人。
> 世态从来薄，诗情自得真。
> 超然居物外，何必使为臣？

这两首诗，俱传诵一时，时人称他为答诏诗。小子也有一诗赞陈抟道：

> 不贪荣利不求名，甘隐林泉老一生。
> 世俗浮尘都洗净，西山留得好风清。

陈抟事至后再表，下回又要叙南北战争了。看官幸勿性急，试看下回表明。

里谚曰：家有贤妻，不遭横祸。如周行逢妻严氏，可谓贤矣。行逢持己以俭，待民以恩，未始非湖南杰士，独用法太峻，不留余地，肘腋之间，危机存焉。严氏能居安思危，归里课耕，以命妇而操贱役，处豪家而忆微时，既足规夫，复足风世，一举而两善备。故本回特揭载不遗，所以示妇道也。唐司空孙晟，奉使求成，始终不屈，置死生于度外，卒未肯输情敌国，委曲求全。观其临死怡然，南向再拜，从容就义，有足多者，本回亦特从详叙，所以示臣道也。至如陈抟之入阙辞官，还山高隐，亦足矫末俗而愧鄙夫。连类并书，有以夫！有以夫！

第五十七回　破山寨君臣耀武
　　　　　失州城夫妇尽忠

却说周兵围攻寿州，经年不下，转眼间已是显德四年，城中渐渐食尽，有些支持不住。刘仁赡连日求救，齐王景达，尚在濠州，闻报寿州危急万分，乃遣应援使许文缜，都军使边镐，及团练使朱元等，统兵数万，溯淮而上，来援寿州。各军共据紫金山，列十余寨，与城中烽火相通，又南筑甬道，绵亘数十里，直达州城。当下通道输粮，得济城中兵食。

李重进亟召集诸将，当面嘱咐道：“刘仁赡死守孤城，已一年有余，我军累攻不克，无非因他城坚粮足，守将得人。近闻城内粮食将罄，正好乘势急攻，偏来了许文缜、边镐等军，筑道运粮，若非用计破敌，此城是无日可下了。今夜拟潜往劫寨，分作两路，一出山前，一从山后，前后夹攻，不患不胜。诸君可为国努力！”众将齐声应令，时当孟春，天气尚寒，重进令牙将刘俊为前军，自为后军，乘着夜半肃霜的时候，严装潜进，直达紫金山。

唐将朱元，也虑重进夜袭，商诸许文缜、边镐，请加意戒备。边、许自恃兵众，毫不在意。元叹息回营，惟令部下严行巡察，防备不虞。回应朱元武略。三更已过，元尚未敢安睡，但和衣就寝。目方交睫，忽有巡卒入报道：“周兵来了！”元一跃起床，命军士坚守营寨，不得妄动，一面差人报知边、许二营。许文缜、边镐，已经睡熟，接得朱元军报，方从睡梦中惊醒，号召兵士出寨迎敌。周将刘俊，已经杀到，一边是劲气直达，游刃有余，一边是睡眼朦胧，临阵先怯，更兼天昏夜黑，模糊难辨。前队的唐兵，已被周军乱斫乱剁，杀死多名。边、许两人，手忙脚乱，只好倾寨出敌。不防寨后火炬齐鸣，又有一军杀入，当先大将，正是李重进，吓得边、许心胆俱裂，急忙弃去正营，逃入旁寨。朱元保住营帐，无人入犯，惟觉得一片喊声，震动耳鼓，料知边、许失手，乃令壕寨使朱仁裕守营,自率部将时厚卿等,出营往援。巧值李重进跃马麾兵,蹂躏诸寨,元大吼一声,率众抵敌,与周军鏖战多时,杀了一个平手。边镐、许文缜见朱元来援,始稍稍出头,前来指挥。重进恐防有失,与刘俊等徐徐退回,朱元也不追赶。惟与边、许检查营盘,刚刚破了二寨,正是边、许二人的正营。士卒伤数千人,粮车失去数十车。边、许懊悔不及,只朱元寨中,不折一矢,不丧一兵。元向边、许冷笑数声,回营安睡去了。

刘仁赡闻边、许败绩,倍加愤恚,即致书齐王景达,请令边镐守城,自督各军决战。偏景达复书不从。仁赡懊闷成疾,渐渐的不能起床。少子崇谏,恐父病垂危,城必不守,不如潜出降周,还可保全家族,乃乘夜出城,拟泛舟渡往淮北,偏被小校拦住,执送城中。仁赡问明去意,崇谏直供不讳。仁赡大怒道:"生为唐臣,死为唐鬼,汝怎得违弃君父,私出降敌呢!左右快与我斩讫报来!"左右不好违令,只好将崇谏绑出,监军使周廷构,止住开刀,独驰入救解。仁赡令掩住中门,不令廷构入内,且使人传语道:"逆子犯法,理应腰斩,如有为逆子说情,罪当连坐。"廷构闻言,且哭且呼,号叫了好一歇,并没有人开门。慌忙另遣小吏,向仁赡夫人处求救。仁赡夫人薛氏,蹙然与语道:"崇谏是我幼子,何忍置诸死地,但彼既犯令,罪实难容,军法不可私,臣节不可隳,若宥一崇谏,是我刘氏一门忠孝,至此尽丧,尚有何面目见将士呢!"夫妇同心,古今罕有。说着,更派使促令速斩,然后举丧。众皆感泣,周廷构独说他夫妇残忍,代为不平。为后文降周伏笔。

李重进闻得消息,也为感叹。部将多有归志,谓仁赡军令如山,不私己子,更有紫金山援兵,虽败未退,看来寿州是不易攻入,不如奏请班师,姑俟再举。重进不得已出奏,候旨定夺。

周主得重进奏章,犹豫未决。适李穀得病甚剧,给假还都,周主特遣范质、王溥,同诣穀宅,问及军事进止。穀答道:"寿州危困,亡在旦夕,盖御驾亲征,将士必奋,先破援兵,后扑孤城。城中自知必亡,当然迎降,唾手便成功了。"

范质、王溥还白周主,周主再下诏亲征。仍命王朴留守京城,授右骁卫大将军王环,为水军统领,带领战舰数十艘,自闵河沿颍入淮,作为水军前队,自己亦坐着大舟,督率战舰百余艘,鱼贯而进,端的是舳舻横江,旌旗蔽空。

先是周与唐战,陆军精锐,非唐可敌,惟水军寥寥,远不及唐,唐人每以此自负。至是见周军战櫂,顺流而下,无不惊心。朱元留心军事,探得周军入淮,便登紫金山高冈,向西遥望,果见战船如织,飞驶而来,或纵或横,指挥如意,也不禁失声道:"罢了!罢了!周军鼓棹,如此锐敏,我水军反不相及,真是出人不料了!"说着,那周军已薄紫金山。周主躬擐甲胄,带着许多将士,陆

第五十七回　破山寨君臣耀武　失州城夫妇尽忠

续登岸，就中有一威风凛凛的大将，随着周主。龙颜虎步，与周主不相上下，不由的暗暗喝采。有将校曾经战阵，认得是赵匡胤，随即报明。元即下冈至边、许寨中，与二人语道："周军来势甚锐，未可轻战，我军只好守住山麓，相戒勿动，待他锐气少衰，方可出与交锋。"许文缜道："彼军远来，正宜与他速战，奈何怯战不前！"

言未已，即有军吏入报道："周将赵匡胤前来踹营了！"许文缜便即上马，领兵杀出，边镐亦随了同去。独朱元留住不行，且语部曲道："此行必败。"果然不到多时，边、许两军，狼狈奔回，各说赵匡胤厉害。朱元接着，便微哂道："我原说周军势盛，不便力争，只可坚壁以待，两公不听忠告，乃有此败。"边、许尚不肯认错，还埋怨朱元不救。朱元道："我若来接应两公，恐各寨统要失去了。"说罢，愤愤回营。

许文缜因此恨元，密报陈觉，请觉表求易帅。觉已因朱元恃功不逊，上书弹劾，此时又补上弹章，诬元如何骄蹇，如何观望。唐主璟信觉疑元，另派武昌节度使杨守忠代元。守忠至濠州，觉遂传齐王景达命令，召元诣濠州议事。元料有他变，喟然叹道："将帅不才，妒功忌能，恐淮南要被他断送了。我迟早总是一死，不如就此毕命罢！"说着，拔剑出鞘，意欲自刎。忽有一人突入，把剑夺住，抗声说道："大丈夫何往不富贵，怎可为妻子死！"元按剑审视，乃是门下客宋珪，便道："汝叫我降敌么？"珪答道："徒死无益，何若择主而事。"元叹息道："如此君臣，原不足与共事，但反颜事敌，亦觉自惭。罢罢！我也顾不得名节了。"朱元为南唐健将，唐不能用，原是大误。惟元甘降敌，终亏臣节。乃把剑掷去，密遣人输款周军。

周主当然收纳，乘势督攻紫金山。许文缜、边镐两人，尚恃着兵众，下山抵敌，被赵匡胤用诱敌计，引至寿州城南，三路杀出，把唐兵冲作数段。吓得边、许连声叫苦，飞马奔还。后面的周军，紧紧追来，他两人只望朱元出救，不防朱元寨内，已竖起降旗，自知立足不住，没奈何弃山逃走。朱元开营迎敌，只裨将时厚卿不肯从命，为元所杀。

周军既破紫金山大寨，又由周主督众追赶，沿淮东趋。周主自北岸进行，令赵匡胤等自南岸追击。水军统领王环，领着战船，自中流而下，沿途杀获万余人。那边镐、许文缜，正向淮东窜去，适遇杨守忠带兵来援，且言濠州全军，都已从水路前来。边、许又放大了胆，与守忠合作一处，来敌周军，冤冤见凑，又与赵匡胤相遇。

杨守忠不知好歹，便来突阵，周军阵内，由骁将张琼突出，抵住守忠。两人战了十多合，守忠战张琼不下，渐渐的刀法散乱，许文缜拨马来助，周将中又杀出张怀忠，四马八蹄，攒住厮杀。忽听得扑㩵一声，杨守忠被拨落马，由周军活捉过去。文缜见守忠受擒，不免慌忙，一个失手，也被张怀忠擒住。唐军中三个将官，擒去一双，当然大乱。边镐拨马就走，由赵匡胤驱军追上，用箭射倒边镐坐马，镐堕落地上，也由周军向前，捆缚过来，余众逃无可逃，多半跪地乞降。

这时候的齐王景达，及监军使陈觉，正坐着艨艟大舰，扬帆使顺，来战周军。周水军统领王环，适与相值，便在中流大战起来，两下里正在酣斗，但闻岸上鼓声大震，两旁统是周军站住，发出连珠箭，迭射唐兵。唐舰中多中箭倒毙，景达手足失措，顾陈觉道："莫非紫金山已经陷没么！"陈觉道："紫金山如已陷没，奈何杨守忠一军，亦杳无踪迹哩！"两人仿佛做梦。景达道："岸上统是周军，看来凶多吉少，我军将如何抵挡呢？"陈觉道："不如赶紧回军，再或不退，要全军覆没了。"景达忙传令退回。战舰一动，顿时散乱。王环乘势杀上，把唐舰夺了无数；所得粮械，更不胜计。唐兵或溺死，或请降，差不多有二三万名。景达、陈觉，统逃还濠州去了。

周主追至镇淮军，方才停住，天色已暮，就在镇淮军留宿。越日又发近县丁夫数千人，至镇淮军筑城，夹淮为垒，左右相应。且将下蔡浮梁，移徙至此，扼住濠州来路，省得他再援寿州。会淮水盛涨，唐濠州都监郭廷谓，率水军溯淮来毁浮梁，偏被周右龙武统军赵匡赞探悉，伏兵邀击，把他杀败。廷谓慌忙逃回，陈觉闻廷谓又败，连濠州都不敢留住，竟怂恿景达，同返金陵。只静江指挥使陈德诚一军，未曾对敌，还是完全无恙，他见景达等都已奔归，也恐孤军难保，渡江退还。

唐主闻诸军败退，拟自督诸将拒周。中书舍人乔匡舜，上书极谏，唐主说他阻挠众志，流戍抚州。嗣又将守御方略，问及神卫统军朱匡业、刘存忠。匡业不好直言，但诵罗隐诗道："时来天地皆同力，运去英雄不自由。"存忠亦从旁进言，谓臣意与匡业相同。唐主怒道："汝等坐视国危，不知为朕画策，反欲吟诗调侃，朕岂由汝等嘲弄么？"两人叩首谢罪，唐主怒终未释，竟贬匡业为抚州副使，流存忠至饶州。一面部署兵马，即欲亲行。偏经陈觉奔还，运动宋齐邱等，代为解免。且言周军精锐异常，说得唐主一腔锐气，化作虚无，竟把督军自出的问题，搁过一边，不再提起。于是濠、寿一带，孤危益甚。

周主命向训为淮南道行营都监，统兵戍镇淮军，自率亲军回下蔡，贻书寿州，令刘仁赡自择祸福。过了三日，未见复音，乃亲至寿州城下，再行督攻。刘仁赡闻援兵大败，扼吭叹息，遂致病上加病，卧不能起，至周主贻书，他亦未曾寓目，但昏昏沉沉的睡在床中，满口呓语，不省人事。周廷构见周主复来，攻城益急，料知城不可保，乃与营田副使孙羽，及左骑都指挥使张全约，商议出降。当下草就降表，擅书仁赡姓名，派人赍入周营，面谒周主。周主览表甚喜，即遣阁门使张保续入城，传谕宣慰。刘仁赡全未预闻，统由周廷构、孙羽等款待来使，且迫令仁赡子崇让，偕张保续同往周营，泥首谢罪。周主乃就寿州城北，大陈兵甲，行受降礼。廷构令仁赡左右，舁仁赡出城，仁赡气息仅属，口不能言，只好由他播弄。好汉只怕病来魔。周主温言劝慰，但见仁赡瞟了几眼，也未知他曾否听见，乃复令舁回城中，服药养疴。一面赦州民死罪，凡曾受南唐文书，聚迹山林，抗拒王师之壮丁，悉令复业，不问前过，平日挟仇互殴，致有杀伤，亦不得再讼。旧时政令，如与民不便，概令地方官奏闻。加授刘仁赡为天平节度使，兼中书令，且下制道：

刘仁赡尽忠所事，抗节无亏，前代名臣，几人可比？朕之南伐，得尔为多，其受职勿辞！

看官试想！此为国效死的刘仁赡，连爱子尚且不顾，岂肯骤然变志，背唐降周？只因抱病甚剧，奄奄一息，任他舁出舁入，始终不肯渝节，过了一宿，便即归天。说也奇怪，仁赡身死，天亦怜忠，晨光似晦，雨沙如雾，州民相率巷哭，偏裨以下，感德自到，共计数十人，就是仁赡妻薛夫人，抚棺大恸，晕过几次，好容易才得救活，她却水米不沾，泣尽继血，悲饿了四五天，一道贞魂，也到黄泉碧落，往寻藁砧去了。夫忠妇节，并耀江南。

周主遣人吊祭，追封彭城郡王，授仁赡长子崇赞为怀州刺史，赐庄宅各一区。寿州故治寿春，周主因他城坚难下，徙往下蔡，改称清淮军为忠正军，慨然太息道："我所以旌仁赡的忠节呢！"唐主闻仁赡死节，亦恸哭尽哀，追赠太师中书令，予谥忠肃，且焚敕告灵，中有三语云：

魂兮有知，鉴周惠耶？歆吾命耶？

是夜唐主梦见仁赡，拜谒墀下，仿佛似生前受命情状。及唐主醒来，越加惊叹，进封仁赡为卫王，妻薛氏为卫国夫人，立祠致祭。后来宋朝亦列入祀典，赐祠额曰忠显，累世庙食不绝。人心未泯，公道犹存，忠臣义妇，俎豆千秋，一死也算值得了。小子有诗赞道：

孤臣拼死与城亡，忠节堪争日月光。
试看淮南隆食报，千秋庙貌尚留芳。

周主复命朱元为蔡州防御使，周廷构为卫尉卿，孙羽为太仆卿，开仓发粟，分给寿州饥民。另派右羽林统军杨信，为忠正军节度使，管辖寿州，自率亲军还都，留李重进等进攻濠州。欲知濠州能否攻入？且待下回分解。

南唐健将，首为刘仁赡，次为朱元。朱元智能拒敌，而为陈觉、许文缜等所忌，迫令降周，元虽不免负主，然非激之使叛，亦何至铤而走险耶？许文缜、边镐，庸奴耳！景达驽竖，陈觉鄙夫，讵足与周主相敌，独刘仁赡誓守孤城，忠而且勇。妻薛氏亦知守大节，甘斩亲儿，国而忘家，公而忘私，诚为古今所罕有，南唐有此忠臣，并有此义妇，乃忍使五鬼为蔽，双忠毕命，岂不足令人太息乎！阐扬名节，责在后人，大书特书，正以维纲常而砭末俗尔。

第五十八回　楚北鏖兵阖城殉节
　　　　　　　淮南纳土奉表投诚

却说唐将郭廷谓守住濠州，因闻周主北还，潜率水军至涡口，折断浮梁，又袭破定远军营，周武宁节度使武行德，猝不及防，竟将全营弃去，孑身逃免。廷谓报捷金陵，唐主擢廷谓为滁州团练使，兼充淮上水陆应援使。独周主接得败警，按律定罪，降武行德为左卫将军，又追究李继勋失寨罪名，见五十五回。降为右卫将军。

周主本生父柴守礼，以太子少保光禄卿致仕，常与前许州行军司马韩伦，游宴洛阳。韩伦系令坤父，也是一个大封翁，守礼更不必说。两人恃势恣横，洛人无敢忤意，竟以阿父相呼。

一日，与市民小有口角，守礼竟麾动家丁，格死数人。韩伦也在旁助恶，殴詈不休。市民不甘枉死，激动公愤，即向地方官起诉。地方官览这诉状，吓得瞠目伸舌，不敢批答，只好挽人调处，曲为和解。那柴、韩二老，怎肯认过？市民亦不愿罢休，索性叩阍讼冤。当时周廷对待守礼，虽未明言为天子父，但元舅懿亲，声势亦大，当时接得冤诉，无人敢评论曲直，只有上达宸聪。周主顾念本生，把守礼略过一边，惟查究韩伦劣迹，嗣闻韩伦干预郡政，武断乡曲，公私交怨，罪恶多端，乃命刑官定谳，法当弃市。韩令坤伏阙哀求，情愿削职赎罪，乃只夺韩伦本身官爵，流配沙门岛。令坤任官如故，守礼不复论罪。守礼为周主生父，似难坐罪，惟枉法全恩，亦属非是，此亦一瞽瞍杀人之案。误在周主未知迎养，致有此弊。

内供奉官孙延希，督修永福殿，役夫或就瓦中啖饭，用梜为箸，不意为周主所见，责延希虐待役夫，叱出处死，并黜退御厨使董延勋，副使张皓等。左库藏使符令光，历职内廷，素来清慎。至是周主又欲南征，敕令光督制军士袍襦，限期办集。令光不能如限，又有敕处斩。宰相等入廷救解，周主拂衣入内，不愿从谏，令光竟戮死都市。为这二案，都人代为呼冤。周主亦尝追悔，但素性暴躁，一或忤旨，便欲加刑。亏得皇后符氏，从中解劝，还算保全不少。

显德四年十一月，又欲出征濠、泗，符后以天气严寒，力为谏阻。周主执

第五十八回　楚北鏖兵阖城殉节　淮南纳土奉表投诚

意不从，累得符后抑郁成疾，饮食少进。周主不遑内顾，命王朴为枢密使，仍令留守东京，自率赵匡胤等出都，倍道至镇淮军。五鼓渡淮，直抵濠州城西，濠州东北十八里，有一巨滩，唐人在滩上立栅，环水自固。周主使内殿直康保裔，乘着橐驼，率军先济，赵匡胤为后应。保裔尚未毕渡，匡胤已跃马入水，截流而进。骑兵追随恐后，霎时间尽登滩上，攻入敌栅。栅内守兵，措手不及，纷纷溃散，遂得拔栅通道，径至濠州城下。

李重进早攻濠州南关，连日不下，忽闻御驾复来督师，大众奋勇百倍，或缘梯，或攀堞，不到半日，已攻入南关城。城东复有水寨，与城中作为犄角，王审琦奉周主命，领兵捣入，也将水寨据住。城北尚屯敌船数百艘，船外植木，防遏周军，周主命水师拔木进攻，纵火焚敌，敌船不能扑灭，被毁去七十余艘，余船遁去。

濠州诸防，种种失败，只剩得斗大孤城，如何保守？郭廷谓想出一法，遣人至周营上表，但说臣家属留居江南，今若遽降，必至夷族，愿先着人至金陵禀命，然后出降。周主微笑道："他无非是缓兵计，想往金陵乞援。朕亦不妨允他，等他援兵到来，一鼓歼灭，管教他死心塌地，举城出降了！"料事如神。遂留兵濠州城下，自移军往攻泗州。行至涣水东，遇着敌船，大约又有数百艘。当下水陆夹击，斩首五千余级，降卒二千余人，因即鼓行而东，所至皆下。赵匡胤为前锋，直薄泗州，焚南关，破水寨，拔月城。泗州守将范再遇，惊慌的了不得，即开城乞降。匡胤入城，禁止掳掠，秋毫无犯，州民大悦，争献刍粟犒军。周主至城下，再遇迎谒马前，受命为宿州团练使，拜谢而去。匡胤出奏周主，报称全城安堵，周主乃不复入城，分三道进兵。匡胤率步骑自淮南进，自督亲军从淮北进，诸将率水军由中流进。

淮滨因战争日久，人不敢行，两岸葭苇如织，且多泥淖沟堑。周军乘胜长驱，踊跃争趋，几忘劳苦。沿途与唐兵相值，且战且进，金鼓声达数十里。行至楚州西北，地名清口，有唐营驻扎，保障楚州，由唐应援使陈承昭扼守。赵匡胤溯淮而上，贪夜袭击，捣入唐营，陈承昭不及预备，慌忙逃生。匡胤入帐，不见承昭，料他从帐后遁去，急急追赶，马到擒来，所有清口唐船，除焚荡外，尚得三百余艘，将士除杀溺外，收降七千人，淮上唐舰，扫得精光，周水军出没纵横，毫无阻碍。

濠州守将郭廷谓，曾遣使至金陵乞援，及使人返报，谓当促陈承昭援泗，所以闭城待着。不料承昭被擒，全军覆没，廷谓无法可施，只得依着周主命令，送呈降表。当令录事参军李延邹起草。延邹勃然道："城存与存，城亡与亡，这是人臣大义，奈何靦颜降敌！"廷谓道："我非不能效死，但满城生灵，无辜遭戮，我实未忍。况泗州已降，清口覆军，区区一城，如何保全，不如通变达权,屈节保民,愿君勿拘拘小节!"此语亦聊自解嘲。延邹掷笔道:"大丈夫终不负国,为叛臣作降表!"掷地作金石声。廷谓大怒,拔剑相逼道:"汝敢不从我命么?"延邹道:"头可断,降表不可草!"言未毕,已被廷谓把剑一挥,头落地上。濠州尚有戍兵万人,粮数万斛,廷谓举城降周,全城兵粮,俱为周有。

周主因泗州已降,不必后顾,当然大喜,敕授廷谓为亳州防御使,另派将吏驻守,自往楚州攻城。廷谓驰谒行幄,周主语廷谓道:"朕南征以来,江南诸将,败亡相继,独卿能断涡口浮梁,破定远寨,也可算是报国了。濠州小城,怎能持久,就使李璟自守,亦岂足恃!卿可谓知机。现命卿往略天长,卿可愿否?"廷谓便称愿往,周主即令自率所部,往攻天长。再遣铁骑右厢都指挥使武守琦,率数百骑趋扬州。甫至高邮,扬州守将,已毁去官府民庐,驱人民渡江南行,及守琦入扬州城,已是空空洞洞,成了一片瓦砾场,此外只剩十余人。不是老病,就是残疾,死多活少,未便远行,因此还是留着。守琦付诸一叹,据实奏闻。

周主仍命韩令坤往抚扬州,招缉流亡,权知军府事宜,又派兵将拔泰州,陷海州。惟楚州防御使张彦卿,与都监郑昭业,硬铁心肠,仿佛寿州的刘仁赡。周主亲御旗鼓,连日攻扑,城外庐舍,扫尽无遗,更发州民凿通老鹳河,引战舰入江,水陆夹击楚州城。炮声震地,鼓角喧天,彦卿绝不为动,惟与郑昭业同心堵御,视死如归。彦卿子光祚,随父登城,望见周军势盛,城中危在旦暮,乃泣谏彦卿道:"敌强我弱,万难支持,城外又无一人来援,看来徒死无益,不如出降。"彦卿不答一词,旁顾诸将道:"那里有敌军来攻,汝等可望见否。"诸将侧身他顾,光祚亦掉头瞧着,不防彦卿拔出腰剑,竟向光祚顶后劈去,砉然一声,首随刀落。诸将闻有剑声,慌忙转视,但见一颗血淋淋的头颅,已在城上摆着,禁不住大家咋舌!彦卿却泣语诸将道:"这是彦卿爱子,劝彦卿降敌,彦卿受李氏厚恩,义不苟免。这城就是我死所哩!诸君畏死欲降,尽可从便,但不得劝我,若劝我出降,请视我子首级!"仁赡杀子,彦卿亦杀子,可谓无独有偶。诸将皆感泣思奋,莫敢言降。

苦守至四十日,猛听城外一声怪响,好似天崩地塌一般。城上守卒,腾入天空,城墙坍陷至数十丈,那时堵不胜堵,周军从城缺杀入,一拥进来。原来周主督攻月余,焦躁异常,乃命军士凿城为窟,内纳火药,引以为线,线燃药发,把城轰坍,城遂被陷。彦卿尚结阵城内,誓死巷斗,战到日暮,杀得枪折刀缺,尚未肯休。既而退至州廨,矢刃俱尽,彦卿举绳床搏斗,犹格毙周军数十人,自身亦受了重伤,便大呼道:"臣力竭了!"遂自刎而死。

郑昭业为周将所杀,余众千数百人,个个战死,无一生降。周军亦伤亡不少。周主大怒,下令屠城,自州署以及民舍,俱付一炬,吏民死了万余人。周主身死国亡,未始非由此所致。赵匡胤搜诛彦卿家属,男女多死,惟留一彦卿少子光祐,谓是忠臣遗裔,不当尽歼。俟屠城已毕,方入奏周主,请留彦卿一脉,为臣教忠。周主怒气已平,乃准如所请。复令修筑城垣,募民实城。仍须百姓,何必尽屠。

嗣接郭廷谓奏报,唐天长军使易赟,已举城归顺,周主仍令赟为刺史。自发楚州,转趋扬州。韩令坤迎入城内,城乏居民,满目萧条。周主见城内空虚,特命在故城东南隅,另筑小城,俾便驻守。未几又接黄州刺史司超捷报,谓与控鹤指挥使王审琦,败舒州军,擒唐刺史施仁望,于是淮右粗平。

周主出巡泰州,复至迎銮镇,进攻江南,临江遥望。见有敌舰数十艘,停泊江心,即命赵匡胤带着战船,前往攻击。敌舰不敢迎战,望风退去。匡胤直抵南岸,毁唐营栅,乃收军驶回。越日,周主又遣都虞侯慕容延钊,右神武统军宋延渥,水陆并进,沿江直下。延钊至东泲州,大破唐兵,江南大震。

先是江南小儿,遍唱檀来。人不知为何因,颇以为怪。至周师入境,先锋骑兵,皆唱蕃歌,首句即为"檀来也"三字,才识童谣有验,益加恟惧。

是时已为周显德五年三月,即唐主璟中兴元年。唐主嗣位,年号保大,是年已为保大十六年,改称中兴元年。唐主闻周军临江,恐即南渡,又耻降号称藩,意欲传位皇弟景遂,令他出面求和。景遂本为皇太弟,至是上表辞位,略言不能扶危,自愿出就外藩。齐王景达,因出师败还,辞元帅职。唐主乃改封景遂为晋王,兼江南西道兵马元帅,景达为浙西道元帅,兼润州大都督。立皇子燕王弘冀为太子,参治朝政,派枢密使陈觉,奉表至迎銮镇,谒见周主,贡献方物,且请传位太子,听命中朝。

周主谕觉道:"汝主果诚心归顺,何必传位?且江北郡县,尚有庐、舒、蕲、黄四州,及鄂州汉阳、汉川二县,未曾归我,如欲乞和,即须献纳,方可开议!"觉叩伏案前,不敢违命。但言当遣还随员,再取表章。周主道:"朕欲取江南,亦非难事,不特我军鼓勇争先,战胜攻取,就是荆南、吴越,也助顺讨逆,来请师期。"说至此,即检出二表,取示陈觉。觉一一接阅,一表是荆南高保融,奏称本道舟师,已至鄂州,一表是吴越王钱弘俶,奏称已发战棹四百艘,水军一万七千人,停泊江岸,候命进止。两表阅罢,觉愈加惊惶,且见迎銮镇一带,战舶如林,兵戈如蚁,大有气吞江南的形状,不由的形神觳觫,磕了无数响头,再四乞哀。鬼头鬼脑,不愧为五鬼之一。周主方道:"汝速遣人取表,割献江北,朕得休便休,也不定要汝江南了。"觉拜谢而退,立遣随员还金陵,盛说周主声威,宜速割江北,还可保全江南。

唐主不得已,乃再遣阁门承旨刘承遇,至迎銮镇,愿将庐、舒、蕲、黄四州,及鄂州汉阳、汉川二县,尽行奉献。惟乞海陵盐监,仍属江南,周主不许。经承遇苦苦哀求,请岁结赡军盐三十万石,方邀允准。此外如奉周正朔,岁输土贡等款，亦由陈觉、刘承遇等承认，周主乃许令罢兵，且颁诏江南道：

> 皇帝恭问江南国主无恙，使人至此，奏请分割舒、庐、蕲、黄等州，画江为界，朕已尽悉。顷逢多事，莫通玉帛之欢，适自近年，遂构干戈之役，两地之交兵未息，蒸民之受弊斯多。日昨再辱使人，重寻前意，将敦久要，须尽缕陈。今者承遇爰来，封函复至，请割州郡，仍定封疆，猥形信誓之辞，备认始终之意，既能如是，又复何求！边陲顿静于烟尘，师旅便还于京阙，永言欣慰，深切诚怀。其常、润一带，及沿江兵棹，今已指挥抽退；兼两浙、荆南、湖南水陆兵士，各令罢兵，以践和约。言归于好，共享承平，朕有厚望焉。

陈觉、刘承遇，既得求成，乃向周主处辞行。周主又语觉道："传位一事，尽可不必，朕有手书，烦汝转达汝主便了。"随即取书给觉，觉与承遇，复拜谢而去。还至金陵，将周主原书呈与唐主。书中写着：

> 别睹来章，备形缛旨，叙此日传让之意，述向来高尚之怀。仍以数岁已还，交兵不息，备论追悔之事，无非克责之辞，虽古人有引咎责躬，因灾致惧，亦无以过此也。况君血气方刚，春秋甚富，为一方之英主，得百姓之欢心。即今南北才通，疆场甫定，是玉帛交驰之始，乃干戈载戢之初，岂可高谢君临，轻辞世务！与其慕希夷之道，曷若行康济之心。重念天灾流行，分野常事，前代贤哲，所不能逃。苟盛德之日新，则景福之弥远。勉修政务，勿倦经纶，保高义于初终，垂远图于家国。流芳贻庆，不亦美乎！特此谕意，君其鉴之！

周主既遣还陈觉等人，乃诏吴越、荆南军各归本道，赐钱弘俶犒军帛二万匹，高保融帛一万匹，命就庐州置保信军，简授右龙武统军赵匡赞为节度使，自从迎銮镇还扬州。唐主又遣同平章事冯延己，给事中田霖，为江南进奉使，献入犒军银十万两，绢十万匹，钱十万贯，茶五十万斤，米麦二十万石，附以表文。略云：

> 臣闻孟津初会，仗黄钺以临戎，铜马既归，推赤心而服众。皇帝量包终古，德合上元，以其执迷未复，则薄赐徂征；以其向化知归，则俯垂信纳。仰荷含容之施，弥坚倾附之念。然以淮海遐陬，东南下国，亲劳玉趾，久驻王师，以是忧惭，不遑启处。今既六师返斾，万乘还京，合申解甲之仪，粗表充庭之实。望风陈款，不尽依依。

延己等既至扬州，呈入表文，接连又遣汝郡公徐辽，客省使尚全，恭上买宴钱二百万缗。又有一篇四六表文，有云：

伏以柏梁高会,展极居尊,朝臣咸侍于冕旒,天乐盛张于金石,莫不竞输宝瑞,齐献寿杯。而臣僻处偏隅,回承睠顾,虽心存于魏阙,奈日远于长安,无由觐咫尺之颜,何以罄勤拳之意!遂令戚属躬拜殿廷,纳忠则厚,致礼则微,诚惭野老之芹,愿献华封之祝。

周主连得二表,特在行宫赐宴。冯延己、田霖、徐辽、尚全,一并列座。辽代唐主李璟捧上寿觞,并进金酒器御衣犀带金银锦绮鞍马等物,周主亦各有赠赐。宴毕辞去,车驾乃启程还京。诏进侍卫诸军及诸道将士官阶,优给行营将士,追恤临阵伤亡各家属,子孙并量材录用。新得淮南十四州六十县,所欠赋税,并准蠲免。即授唐将冯延鲁为太府卿,充江南国信使,并以卫尉少卿前唐使钟谟为副,令赍国书及本年历书,还赴江南,并赐唐主御衣玉带,及锦绮罗縠共十万匹,金器千两、银器万两,御马五匹,散马百匹,羊三百匹,犒军帛千万匹。

唐主李璟得书,乃去帝号,自称国主,用周显德年号,一切仪制,皆从降损;并因周信祖庙讳为璟,即郭威高祖,见前文。特将本名除去偏旁,易名为景。再遣冯延鲁、钟谟至周都,奉表谢恩。周主命在京师置进奏院,馆待来使,更升任延鲁为刑部侍郎,谟为给事中,仍遣归江南。小子有诗咏道:

连年争战苦兵戈,割地称臣始许和。
我为淮南留一语,国衰只为佞臣多!

此外尚有俘获唐将,亦陆续放还,俟至下回开篇,再行详叙。

周师入淮,势如破竹,各城多望风乞降,其能为国捐躯者,除孙晟、刘仁赡外,尚有李延邹之不草降表,及张彦卿等之千人皆死。虽曰无补,忠足尚焉。彦卿杀子,见诸赵鼎臣《竹隐畸士集》,子可杀,君不可负,大义灭亲,臣节凛然。说者或讥其愚忠,夫时当五季,纲纪沦亡,得张彦卿等之秉节不挠,实足羽翼名教。即曰近愚,愚亦不可及矣。否则如陈觉、冯延己等,匍匐乞哀,割地不知惜,屈节不知羞,偷生畏死,甘为奴隶,国家亦乌用此庸臣为耶!唐主璟之任用非人,以致蹙国降号,是乃所谓愚夫也已。

第五十九回　惩奸党唐主施刑
　　　　　正乐悬周臣明律

却说唐使冯延鲁、钟谟,自周遣还,又释归南唐降卒,共五千七百五十人。嗣又将许文缜、边镐、周廷构等,也一并放归。先是冯延己、陈觉等,自诩多才，睥睨一切，尝俗谈天下事，以为经略中原，可运掌上。延己尤善长聚咏，著有乐章百余阕，统是铺张扬厉，粉饰隆平。唐主璟本好诗词，与延己互相倡和，工力悉敌，璟因引为同调。翰林学士常梦锡，屡次进谏，极言延己等浮夸无术，不应轻信。怎奈延己正得君心，任你舌敝唇焦，也是无益！淮南战起，唐兵屡败，梦锡又密谏道："延己等奸言似忠，若陛下再不觉悟，恐国家从此灭亡了！"唐主璟仍然不从。至李德明被杀，虽由宋齐邱、陈觉等从旁怂恿，见五十五回。延己也串同一气，斥德明为卖国贼，应该伏诛。及许文缜等战败紫金山，同作俘虏，陈觉与齐王景达，自濠州遁归，国人恂惧，唐主璟召入延己等，会商军事，甚至泣下，延己尚谓无恐。枢密副使李征古，与延己同党，且大言道："陛下当治兵御敌，奈何作儿女子态，徒对臣等涕泣，莫非是酒醉不成，还是由乳母未至呢！"对君敢如此放肆，可知唐主之不堪为君。唐主不禁色变，征古却举止自若。

会司天监奏天文有变，人主应避位禳灾，唐主乃复召谕群臣道："国难未纾，我欲释去万机，栖心冲寂，究竟何人可以托国？"李征古先答道："宋公齐邱，系再造国手，陛下如厌弃国机，何不举国授与宋公！"陈觉亦从旁插嘴道："陛下深居禁中，国事皆委任宋公，先行后闻，臣等可随时入侍，与陛下同谈释老了。"唐主闻言，目顾延己，延己亦似表同情。乃命中书舍人陈乔草诏，将委国与宋齐邱。乔俟群臣退后，独持入草诏，造膝密陈道："宗社重大，怎可假人！今陛下若署此诏，从此百官朝请，皆归齐邱，尺地一民，俱非己有。就使陛下甘心澹泊，脱屣万乘，独不念烈祖创业，如何艰难，难道可一朝委弃吗？古有齐淖齿，赵李兑，皆战国时人。近有让皇，且为陛下所亲见。抚今思昔，能不寒心！臣恐大权一去，求为田舍翁，且不可得了！"唐主愕然道："非卿言，几落贼人彀中！"于此益见李璟之愚。乃将草诏撕毁，引乔入见皇后钟氏，及太子弘冀，且指语道："这是我国忠臣！他日国家急难，汝母子可托付大事，我虽死无遗恨了。"嗣是乃疑忌宋齐邱、陈觉等人。

觉诣周议和，还至金陵，矫传周主诏命，谓江南连岁拒周，皆由严续主谋，须立杀无赦。续为故相严可求子，尚唐烈祖李昇女。性颇持正，不入宋党。唐主命为门下侍郎，兼同平章事。觉与续有嫌，因借此构陷。唐主已有三分明白，不忍杀续，但罢为少傅，且令觉退出枢密，但令为兵部侍郎。并将左相冯延己，亦罢除相位，降为太子少傅，黜枢密副使李征古，令为晋王景遂副倅。

及钟谟南归，入见唐主，乘隙进言道："宋齐邱累受国恩，见危不能致命，反谋篡窃，陈觉、李征古等，阴为羽翼，罪实难容，请陛下申罪正法！"唐主忽忆及觉言，便问谟道："觉曾传周主命，迫诛严续，卿在周廷，果闻有此语否？"谟答道："臣未闻此言，恐是由觉捏造。就是前时李德明，与臣同往议和，他亦无

第五十九回 惩奸党唐主施刑 正乐悬周臣明律

非衡量强弱,因请割地求成,齐邱与觉,说他卖国,遂致诛死,试问今日觉往通款,比前时德明所请,得失何如? 德明受诛,觉怎得无罪?"虽未免袒护德明,却是言之有理。唐主沉吟多时,乃语谟道:"究竟周主欲诛严续否?"谟又道:"臣谓周主必无此言。如若不信,臣可至周廷问明。"唐主点首,因令谟再赍表入周,略言久拒王师,皆由臣昏愚所致,严续无与,请加恩宽宥。周主览表,不禁惊诧道:"朕何曾欲诛严续? 就使续欲拒朕,彼时桀犬吠尧,各为其主,朕亦何必过事苛求。"谟乃述及严续刚正,及陈觉等矫诈情状,周主又道:"据汝说来,严续为汝国忠臣,朕为天下主,难道教人杀忠臣么?"谟叩谢而归,报明唐主。

唐主因欲诛宋齐邱等,又遣钟谟诣周禀白。周主道:"诛佞录忠,系汝国内政,但教汝主自有权衡,朕不为遥制呢。"谟即兼程还报,唐主乃命枢密使殷崇义,草诏惩奸,历数宋齐邱、陈觉、李征古罪恶,放齐邱还九华山,谪觉为国子博士,安置饶州,夺征古官,流戍洪州。觉与征古,悯悯出都,途中复接唐主敕书,赐令自尽。南唐五鬼,陈觉为首,还有魏岑、查文徽,已病死,此外只剩二冯。唐主不复问罪,寻且迁任延己为太子太傅,延鲁为户部尚书,宠用如故。

唐主尝曲宴内殿,从容语延己道:"吹皱一池春水,何干卿事!"延己答道:"怎能如陛下所咏:'小楼吹彻玉笙寒',更为高妙呢。"时江南丧败不支,苟延岁月,君臣不能卧薪尝胆,乃各述曲宴旧诗,作为评谑,无怪他一蹶不振,终致灭亡。评断有识。惟宋齐邱至九华山,唐主命地方有司,锁住齐邱居宅,不准自由,但穴墙给与饮食。齐邱叹道:"我从前为李氏谋画,幽住让皇帝族于泰州,天道不爽,理应及此,我也不想再活了!"遂自经死。唐主谥为丑缪,追赠李德明为光禄卿,赐谥曰忠。亦未见得。

因复遣使报周,并贡冬季方物。周主特派兵部侍郎陶穀报聘,穀素有才名,周主闻江南人士,多擅文才,故令穀充使职。穀既至金陵,见了唐主,吐属风流,温文尔雅,唐主亦颇起敬,特命韩熙载陪宾,殷勤款待。熙载素称江南才子,家中藏书甚多,穀向他借观,且嘱馆伴抄录,一时不能脱身。唐宫中有歌妓秦蒻兰,知书识字,色艺兼优,唐主命她至客馆中,充作女役。不怀好意。穀见她容颜秀丽,体态娉婷,已不禁暗暗喝采,惟身为使臣,不便细询姓氏,总还道是驿吏女儿,未敢唐突。哪知娟娟此豸,故意撩人,有时眼角留情,有时眉梢传语,有时轻颦巧笑,卖弄风骚,惹得陶穀支持不定,未免与她问答数语。偏她应对如流,无论甚么诗歌,多半记忆,益令陶穀倾心钟爱,青眼垂怜,渐渐的亲近香肤,引为腻友。美人解意,才子多情,哪有不移篙近岸,图成美事? 一宵好梦,备极欢娱。

越宿起床,那美人儿出外自去,镇日里没有见面。縠已是启疑,适由韩熙载奉唐主命,邀令晚宴,縠不好固辞,随着同行。既入唐廷,自有内侍趋出,导引入内殿中,唐主已经待着,降阶相迎。寒暄已罢,即请入席,且召歌妓侑觞,縠很是矜持,唐主微讽道:"公南来有日,久居馆中,独不嫌岑寂么?"縠答称借阅韩书,幸免岑寂。唐主道:"江南春色,闻已为公采得一枝,何必相欺!"縠极力答辩,唐主付诸一笑,仍举觥劝饮,縠饮了一二杯,忽听得歌声幽咽,从屏后出来。歌云:

好姻缘,恶姻缘,只得邮亭一夜眠。

縠听此二语,已觉惊心,复又有歌词续下道:

别神仙。琵琶拨尽相思调,知音少! 再把鸾胶续断弦,是何年!

这词名为"春光好"。縠博通词曲,当然知晓,且料有别因,忙从屏间一瞧,果然走出一个歌娘,似曾相识,微皱眉山,仔细谛视,就是昨夜相偎相抱的秦蒻兰,禁不住面上生惭,汗涔涔下,中冓之言,不可道也,所可道也,言之丑也。便即起座谢宴,托言醉不能饮,经唐主嘲讽数语,也只好似痴似聋,转身退去。次日便即辞行,自回大梁去了。唐主如此弄人,成何大体。唐主自鸣得意,且不必说。

惟南汉主晟,闻唐为周败,不免加忧。他自篡位以后,猜忌骨肉,把弘昌以下十三弟,杀得一个不留。诸侄因尽加歼戮,惟选得几个美色的侄女,取入宫中,迫为婢妾。禽兽不如。且派兵入海,掠得商贾金帛,增筑离宫数千间,殿侧皆置宫人,令她候晓,名为候窗监。每值宴会,晟独坐殿廷间,侍宴百官,各结彩亭,列坐殿旁两庑。宴酣后,令有司槛兽而进,两旁翼以刀戟。晟下殿射兽,兽未死,即用戈戟戮毙,算作乐事。又尝夜饮大醉,用瓜置伶人尚玉楼项间,拔剑劈瓜,并斩尚首。翌日酒醒,再召玉楼侍宴,左右谓昨已受诛,方才叹息。后宫专宠,有两个李妃,一号李丽妃,一号李蟾妃。宫人卢琼仙、黄琼芝,色美性狡,特授为女侍中,朝服冠带,参决政事。宦官中最宠林延遇,诸王夷灭,俱由延遇主谋。延遇临死,荐同党龚澄枢自代。澄枢刁滑,与延遇相类。朝政不修,权出嬖幸。至闻周征服淮南,意欲入贡周廷,因为湖南所隔,不便通道,乃治战舰,修武备,为自固计。未几又自叹道:"我身得免祸患,已是幸事,还要管甚么子孙呢?"自知颇明。会月食牛女间,出书占卜,谓为自己应该当灾,乃纵情酒色,为长夜饮,渐渐的精枯色悴,加剧而亡。年三十九岁。

长子继兴嗣立,改名为𬬮。尊故主晟为中宗。时𬬮年十六,委政中官,龚澄枢、陈延寿权势最重,又进卢琼仙为才人,内政皆取决琼仙,台省官仅备员

第五十九回　惩奸党唐主施刑　正乐悬周臣明律

数,不得与闻国政。铼性好奢,筑万政殿,一柱费用,须白金三千锭。又建天华宫,筑黄龙洞,日费千万,毫不吝惜。宦官李托,有二养女,均有姿色,长女入为贵妃,次女亦得为才人,一时并宠。还有宫婢波斯女,黑腯而慧,光艳动人,性善淫媚,赐名媚猪。尚书右丞钟允章,欲整肃纲纪,惩治奸滑,适为宦官所忌,诬称允章谋反,迫铼加刑,竟致族诛。遂擢李托为内太师,兼六军观军容使,国事皆禀托后行。铼日与大小李妃,及波斯媚猪,恣为淫乐,自称萧闲大夫,不复临朝视事。中官多至七千余,或加至三公三师职衔,女官亦不下千人,也有师傅令仆的名目。陈延寿又引入女巫樊胡子,戴远游冠,衣紫霞裙。踞坐帐中,自称有玉皇附见,能预知祸福,呼铼为太子皇。铼极端迷信,往往向胡子就教。卢琼仙及龚澄枢等,争相依附,胡子乃伪言琼仙、澄枢、延寿,统是上天差来,辅佐太子皇,不宜轻加罪谴。铼信用益坚,视国事如儿戏,但因僻处岭南,周天子无暇问罪,所以昏愦糊涂的刘铼,尚得荒纵数年,等到赵宋开国,然后灭亡。这且待《宋史演义》中,再行详述,本书已将终篇,不必絮谈了。界画分明。

且说周主还都后,皇后符氏薨逝,年止二十有六,谥曰宣懿。后妹亦颇有容色,出入宫中,周主欲册为继后,因南征得手,又思北讨,所以未遑行礼。未几即为显德六年,高丽女真,均遣人入贡方物。周主御崇德殿,召见番使,命有司遍设乐悬,藉示汉仪。四面钟磬陈列,有几处止属虚设,未闻击响。待番使退朝,周主召问乐工,何故不击钟磬。乐工谓向例如此,不敢妄击。周主再加细诘,乐工多不能答,乃命端明殿学士窦仪,讨论古今雅乐,考订阙失。窦仪谓通晓乐音,臣不如朴,因令朴订定乐律。朴援据古今,具疏胪陈,略云:

> 臣闻礼以检形,乐以治心。形顺于外,心和于内,而天下不治者,未之有也。夫乐生于人心,而声成于物,物声既成,复能感人之心,是谓之乐。昔黄帝吹九寸之管,得黄钟正声,半之为清声,倍之为缓声,三分损益之,以成十二律,旋相为宫,以生七调为一均,凡十二均,八十四调而大备。遭秦灭学,历代罕能用之。唐祖孝孙考正大乐,其法始备,安史之乱,十亡八九,至于黄巢,荡尽无遗。时有博士殷盈孙,铸镈钟十二,编钟二百四十。处士萧承训,校定石磬,今之在悬者是也。虽有钟磬之状,殊无相应之和,其镈钟不问音律,但循环而击,编钟编磬,徒悬而已。丝竹匏土,仅有七声,黄钟之宫,止存一调;盖乐之缺坏,无甚于今。陛下临视乐悬,知其亡失,以臣尝学律吕,宣示古今乐录,命臣讨论,臣虽不敏,敢不奉诏!

朴上疏后，援照古法，用秬黍定尺，一黍为分，十黍为寸，积成九寸，径三分，为黄钟律管。推演得十二律，因作律准。共分十有三弦，长九尺，依次设柱，系弦成声。第一弦为黄钟律，第二弦为大吕律，第三弦为太簇律，第四弦为夹钟律，第五弦为姑洗律，第六弦为仲吕律，第七弦为蕤宾律，第八弦为林钟律，第九弦为夷则律，第十弦为南吕律，第十一弦为无射律，第十二弦为应钟律，第十三弦为黄钟清声。声律既调，用七律为一均，错成五音：宫声为主，徵声、商声、羽声、角声，互为联属。五音相续，迭声不乱，合成八十四调，然后配以笙簧，间以钟磬，凡四面乐悬，无不协响，合成节奏。无论何种歌曲，但好谱入乐声，均能应腔合拍，不疾不徐。朴又上言此法久绝，出臣独见，乞集百官校正得失。有诏令百官再行参酌。百官多半是门外汉，晓得甚么音律奥旨，彼此同声附和，统复称王朴高才，非臣等所及。乃命乐工演试，果然五声有序，八音克谐，乐得周主心花怒开，极称盛事。

周主又究心贡举，务求得人，裁并寺院，严禁左道。平居辄留意农事，刻木为农夫、蚕妇，列置殿廷。且诏散骑常侍艾颖等三十四人，分行诸州，均定田租。又诏诸州并乡村，率以百户为团，团置耆长三人，令司民事，课耕劝稼。又从汴口疏河通淮，以达舟楫，再导汴水入蔡水，以便漕运公私交利，上下翕然。周世宗为五代贤主，故历叙美政。周主遣王朴巡视汴口，督建斗门。工既告竣，还过故相李榖第，忽然疾作，晕仆座上。慌忙用人舁归，医治无效，竟尔谢世，年五十四岁。周主亲往吊丧，用玉钺叩地，痛哭再四，不能自止。左右从旁慰劝，周主仰天叹道："天不欲我平中原么？何为夺我王朴，有这般迅速哩！"吊毕回宫，数日不欢。朴精究术数，谈言多中，周主志在统一，常恐运祚短促，不能如愿。一日从容问朴，谓朕躬践阼，能得几年？朴答道："陛下有心致治，尝以苍生为念，天高听卑，自当蒙福。臣本固陋，一知半解，推演数理，可得三十年。三十年后，非臣所能知呢。"周主喜道："诚如卿言，朕当为主三十年，十年开拓天下，十年养百姓，十年致太平，朕志足了！"后来征辽回师，便即晏驾，计在位止及五年零六个月，似与朴言不符。或谓五六乃三十成数，朴不便直言，故用隐谜相答。究竟朴能否预知，小子也不能断定，只好援据遗闻，随笔录叙。因继咏一诗道：

怀才挟术佐明王，天不假年剧可伤。
岂是庆陵周世宗陵。将晏驾，先归地下待吾皇。

王朴既殁，周主失一股肱，但北伐雄心，仍然不改，因即下诏亲征。欲知周主北伐情形，下回再当详叙。

唐为周败，国威不振，至于割地请和，始正宋党之罪，论者已嫌其太迟。窃谓亡羊补牢，犹为未晚，越王勾践，其前师也。唐主璟诚自惩前败，黜佞任良，则十年生聚，十年教训，二十年后，与北宋角逐中原，尚未知鹿死谁手。顾犹信用二冯，吟风嘲月。迨周使远来，则密嘱歌妓以狎侮之，饵人不足，结怨有余，多见其不知量也。刘晟父子，更出璟下，故其亡也，比江南为尤速。至若周世宗之英武过人，王朴之智谋绝俗，天独未假以年，不获共谋统一，命耶数耶？是固在可解不可解之间矣。然世宗美政，王朴长材，不容过略，故类叙之以风示后世云。

第六十回　得辽关因病返跸　殉周将禅位终篇

　　却说周主南征时，北汉主刘钧，乘虚袭周，发兵围隰州。隰州刺史孙议，得病暴亡，后任未至，骤闻河东兵至，不免惊惶，幸亏都监李谦溥，权摄州事，浚城隍，严兵备，措置有方，不致失手。时方盛夏，河东兵冒暑围城，谦溥引二小吏登城，从容督御，身服绨绤，手挥羽扇，毫无慌张形状。河东将士，却也料他不透，未敢猛攻。谦溥又潜约建雄军节度使杨廷璋，各募敢死士百人，夜劫河东兵寨。河东兵猝不及防，仓皇散走，谦溥自率守军，开城追击，逐北数十里，斩首数百级，隰州解围。

　　当下奏报行在。周主即令谦溥为隰州刺史，且命昭义军节度使李筠，与杨廷璋联兵北讨，共伐狡谋。李筠遂进攻石会关，连破河东六寨，廷璋仍命李谦溥往侵汉境，夺得一座孝义县城。北汉主刘钧，不禁生忧，小挫即忧，想甚么乘虚袭人？慌忙飞使至辽，乞请济师。辽主述律，不愿出兵，支吾对付，急得刘钧忧急万分。再三通使求援，辽主乃授南京留守萧思温为兵部都总管，助汉侵周。周主已征服南唐，返至大梁，接得辽汉合寇的消息，决意亲征。他想北汉跳梁，全仗辽人为助，若要釜底抽薪，不如首先攻辽，辽人一败，北汉势孤，自然容易讨平。

　　计议已定，乃命宣徽南苑使吴延祚权东京留守，宣徽北院使昝居润为副，三司使张美为大内都部署。其余各将，各领马步诸军，及大小战船，驰赴沧州，自率禁军为后应。都虞侯韩通，由沧州治水道，节节进兵，立栅乾宁军南，修补坏防，开游口三十六，可达瀛、莫诸州。周主亦自至乾宁军，规画地势，指示军机，遂下令进攻宁州。宁州刺史王洪，自知不能守御，开城乞降。乃派韩通为陆路都部署，赵匡胤为水路都部署，水陆并举，向北长驱。车驾自御龙舟,随后继进。

朔方州县,自石晋割隶辽邦,好几年不见兵革,骤闻周师入境,统吓得魂胆飞扬。所有官吏人民,望风四窜,周军顺风顺水,直薄益津关。关中守将终廷辉,登阙南望,但见河中敌舰,一字儿排着,旌旗招飐,矛戟森严,不由的心虚胆怯,连打了好几个寒噤。正在没法摆布,可巧有一人到来,连呼开关,廷辉瞧将下去,乃是宁州刺史王洪。便问他来意,洪但说有密事相商,须入关面谈。廷辉见他一人一骑,不足生畏,乃开关纳入,两下晤谈。洪先自述降周的原因,并劝廷辉也即出降,可保关内百姓。廷辉尚在狐疑,洪又道,"此地本是中国版图,你我又是中国人民,从前为时势所迫,没奈何归属北廷,今得周师到此,我辈好重还祖国,岂非甚善!何必再事迟疑?"廷辉听了这番言语,自然心动,便允出降。

周主令王洪返守宁州,留廷辉守益津关,各派兵将助守,遣赵匡胤为先锋,溯流西进。渐渐的水路促狭,不便行舟,乃舍舟登陆,入捣瓦桥关。匡胤到了关下,守将姚内斌,见来兵不多,即率数千骑士,出城截击。经匡胤大杀一阵,内斌麾下,伤亡了数百名,方才退回。越日,周主亦倍道趋至,都指挥使李重进以下,亦相继到来,还有韩通一军,收降莫州刺史刘楚信,瀛州刺史高彦晖,沿途毫无阻碍,也到瓦桥关下会师。眼见得周军云集,慑服雄关。

匡胤督军攻城,先在城下招降姚内斌,大略谓王师前来,各城披靡,单靠这偌大关隘,万难把守,若见机投顺,不失富贵,否则玉石俱焚,幸勿后悔!内斌沉吟多时,方答言明日报命。匡胤也不强迫,便按兵不攻。静守一宵,次日拟再往攻关,已有探骑报入,敌将姚内斌,开城来降。匡胤乃待他到来,导见周主。内斌拜倒座前,周主好言抚慰,面授为汝州刺史,内斌叩首谢恩,随起引周军入关。

周主置酒大会,遍宴群臣,席间议进取幽州,诸将奏对道:"陛下出师,只四十二日,兵不过劳,饷不过费,便得关南各州,这都由陛下威灵,所以得此奇功。惟幽州为辽南要隘,必有重兵把守,将来旷日持久,反恐不美,还请陛下三思!"周主默然不答。散宴后,便召指挥使李重进入帐道:"我军前来,势如破竹,关南各州县,不劳而下,这正是灭辽扫北的机会,奈何中道还师!且朕欲统一中原,平定南北,时不可失,决意再进!汝可率兵万人,翌日出发。朕即统兵接应,不捣辽都,定不回军!"重进料难劝阻,只好应声退出。又传谕散骑指挥使孙行友,率骑兵五千名,往攻易州,行友亦奉旨去讫。

重进于次日启行。行至固安,城门洞辟,守吏已经遁去,一任周兵拥入。重进令军士略憩,另派哨骑探视行径。返报固安县北,有一安阳水,既无桥梁,又无舟楫,想是由辽兵惧我前往,所以拆桥藏舟,阻我去路。重进闻报,颇费踌躇,忽闻周主驾到,乃即出城迎谒,禀明前途阻碍。周主锐图进取,当即与重进往阅河流,果然水势汪洋,深不见底。巡视一回,便谕重进道:"此水不能徒涉,只好速筑浮梁,方便进兵。"重进当然应命。周主乃令军士采木作桥,限期告竣,自率亲军还驻瓦桥关。

天有不测风云,人有旦夕祸福。周主忽然得病,连日未痊。那孙行友却已攻下易州,擒住刺史李在钦,献入行营。周主抱病升帐,问他愿降愿死,在钦偏抗声不屈,触动周主怒意,即命推出斩首。此人却有别肠,莫非命中该死。自觉支持不住,退入寝所。又越两日,仍然未瘳,当由赵匡胤入帐劝归。周主不得已照允,乃改称瓦桥关为雄州,留陈思让居守,益津关为霸州,留韩令坤居守,然后下令回銮。

返至澶渊,却逗留不行。宰辅以下,只令在寝门外问疾,不许入见,大众都惶惑得很。澶州节度使,兼殿前都点检张永德,与周主为郎舅亲,独得入寝所问视,婉言进谏道:"天下未定,根本空虚,四方藩镇,多是幸灾乐祸,但望京师有变,可从中取利。今澶、汴相去甚迩,车驾若不速归,益致人心摇动,愿陛下俯察舆情,即日还都为是!"周主怫然道:"谁使汝为此言?"永德道:"群臣统有此意。"周主目注永德道:"我亦知汝为人所教,难道都未喻我意么?"未几又摇首道:"我看汝福薄命穷,怎能当此!"永德闻言,竟莫明其妙,只管俯首沉思。实是一片疑团。猛听周主厉声道:"汝且退去,朕便回京!"

永德慌忙趋出,部署各军,专待周主出来,周主也即出帐,乘辇还都。看官!你道周主何故疑忌永德?原来周主因病南还,途次稍觉痊可,偶从囊中取阅文书,忽得直木一方,约长三尺,上有字迹一行,乃是点检作天子五字!不由的惊异起来。他亦不便询问左右,仍然收贮囊中,默思石敬瑭为明宗婿,后来篡唐为晋,今永德亦尚长公主,难道我周家天下,也要被他篡夺么?左思右想,无从索解,及见永德劝他回京,心中忍耐不住,遂露了一些口风。永德哪里知晓,当然摸不着头脑,只好搁过一边。

及周主入京,病体略松,便册宣懿皇后胞妹符氏为继后,封长子宗训为梁王,次子宗让为燕国公。命范质、王溥两相,参知枢密院事。授魏仁浦为枢密使,兼同平章事,吴延祚亦授枢密使。都虞侯韩通得兼宋州节度使,加检校太尉,赵匡胤为殿前都点检,加检校太傅,兼忠武军节度使。此外文武诸官,亦迁转有差。独叙韩通、赵匡胤,实为下文伏案。独免都点检张永德官,但令为检校太尉,留奉朝请。朝臣统是惊疑,不知葫芦里卖甚么药,惟啧啧私议罢了。

先是周主微时，尝梦神人畀一大伞，色如郁金，上加道经一卷，周主审视道经，似解非解，及醒后追思，尚记忆数语。嗣是福至心灵，举措无不合宜，遂得身登九五，据有大宝。及征辽归国，常患不豫，有时勉强视朝，数刻即退，御医逐日诊治，终乏效验。一日卧床休养，恍惚间复见神人，来索大伞及道经。周主当即交还，又欲向神探问后事，神人不答，拂袖竟去。周主追曳神衣，突闻一声朗语，竟致惊醒。开眼一瞧，手中牵着的衣袂，乃是榻前的侍臣。就是梦中听见的声音，亦无非侍臣惊问，不觉自己也好笑起来，转思梦中情景，甚觉不祥，便起语侍臣道："朕梦不祥，想是天命已去了。"侍臣答道："陛下春秋鼎盛，福寿正长，梦兆不足为凭，请陛下安心！"周主道："汝等哪里能知？朕不妨与汝等说明。"随将前后梦象，略述一遍。侍臣仍然劝解，偏是得梦以后，病竟增剧。

显德六年六月，忽至弥留，急召范质等入受顾命，嘱立梁王宗训为太子，并命起用故人王著，委以相位。质等应诺，及退出宫门，互相窃议道："翰林学士王著，日在醉乡，怎堪为相，愿彼此勿泄此言。"众皆点头会意。是夕周主竟病崩万岁殿中，享年三十九岁。可怜这年华韶稚的新皇后，正位仅及匝旬，忽然遭此大故，叫她如何不哀，如何不哭！*实属可怜，后来还要可痛。*还有梁王宗训，年仅七岁，晓得甚么国事，眼见是寡妇孤儿，未易度日。

宰相范质等亲受遗命，奉着七龄帝制，即位柩前。服纪月日，一依旧制，翰林学士兼判太常寺窦俨，追上先帝尊谥，为睿武孝文皇帝，庙号世宗。是年冬奉葬庆陵。总计五代十二君，要算周世宗最号英明，文武参用，赏罚不淆，并且知民疾苦，兴利除害，所以在位五年有余，武功卓著，文教诞敷，升遐以后，远近哀慕。惟纳李崇训妻为皇后，夫妇一伦，不无遗议；纵本生父柴守礼杀人，父子一伦，亦留缺憾；就是因怒杀人，往往刑不当罪，未免有伤躁急。但瑕不掩瑜，得足抵失。可惜享年不永，赍志以终，遂使这寡妇孤儿，受制人手，一朝变起，宗社沉沦。这或是天数使然，非人力所可挽回呢！*特加论断。为周世宗生色。*

闲话休表，且说周幼主宗训嗣位，一切政事，均由宰相范质等主持，尊符氏为皇太后，恭上册宝。朝右大臣，也有一番升迁，说不胜说。惟宋州节度使兼检校太尉韩通，调任郓州节度使，仍充侍卫亲军副都指挥使。改许州节度使赵匡胤为宋州节度使，仍充殿前都点检，兼检校太傅。封晋国长公主张氏，*即张永德妻。*为大长公主，令驸马都尉兼检校太尉张永德，为许州节度使，进封开国公。所有范质、王溥、魏仁浦、吴延祚四人，均加公爵。*仅叙数人升迁，均寓微意。*

北面兵马都部署韩令坤，奏败辽骑五百人于霸州。周廷以国遇大丧，未

第六十回　得辽关因病返跸　殉周将禅位终篇

暇用兵，但饬边戍各将，慎守封疆，毋轻出师。辽主述律，本来是沉湎酒色，无志南侵，当关南各州失守时，他尝语左右道："燕南本中国地，今仍还中国，有甚么可惜呢？"<u>可见后来辽兵入寇，实是故意讹传。</u>北汉主刘钧，屡战皆败，亦不敢轻来生事。不过三国连界，彼此戍卒，未免龃龉，或至略有争哄情事，自周廷遥谕静守，边境较安。<u>都为后文返照。</u>

好容易过了残年，周廷仍未改元，沿称显德七年。正月朔日，幼主宗训，未曾御殿，但由文武百僚，进表称贺。蓦然间接得镇定急报，说是辽兵联合北汉，大举入寇，请速发大兵防边。宰相范质等，亟入白符太后。符太后是年轻女流，安知军事，一听范质等处置。范质等派定殿前都点检赵匡胤，会师北征，令副都点检慕容延钊为前锋，率兵先发。此外如高怀德、张令铎、张光翰、赵彦徽等，陆续会齐，即祃纛兴师，逐队出都。匡胤亦陛辞而行。

京都下起了一种谣传，谓将册点检为天子，市民多半避匿。究竟这种传言，是由何人首倡，当时亦无从推究。廷臣中也有几个闻知，总道是口说荒唐，不足凭信。那符太后及幼主宗训，全然不闻此事。哪知正月三日出兵，正月四日晚间，即由陈桥驿递到警信，急得满廷百官，都错愕不知所为。原来赵匡胤到了陈桥，竟由都指挥高怀德、都押衙李处耘、掌书记赵普等，与匡胤弟匡义密商，推立点检为天子。数人忙了一宵，已把将士运动妥当，便于正月四日黎明，齐至匡胤寝所，喧呼万岁。匡胤闻声惊觉，欠身徐起，当由匡义入室报闻。匡胤尚未肯承认，出谕将士，但见众校已露刃环列，由高怀德捧入黄袍，披在匡胤身上。众将校一律下拜，三呼万岁。匡胤还要推辞，<u>总有这番做作。</u>偏众人不由分说，竟将他扶掖上马，迫令还汴。匡胤揽辔传谕道："汝等能从我命，方可还都。否则我不能为汝主！"众皆听令。匡胤乃与约法三条，一是不得惊犯太后母子，二是不得欺凌公卿大夫，三是不得侵掠朝市府库。经大众齐声答应，然后肃队入都。

殿前都指挥石守信，都虞侯王审琦，已接匡义密报，具知大略。他两人与匡胤兄弟，素来莫逆，有心推戴匡胤。便暗中传令禁军，放匡胤全军入城，禁军乐得攀龙附凤，不生异言。匡胤等竟安安稳稳，趋入大梁。甫抵都城，先遣属吏楚昭辅，入慰匡胤家属。时匡胤父弘殷已殁，独老母杜氏在堂，闻报惊喜道："我儿素有大志，今果然出此！"<u>一语作为铁证。</u>

及匡胤入城，已是正月五日上午。百官早朝，正议论陈桥消息，忽见客省使潘美，驰入朝堂，报称点检由各军推戴，奉为天子，现已入都，专待大臣问话。范质等仓皇失措，独侍卫亲军副都指挥使韩通，慌忙退朝，拟集众抵御。途次遇着匡胤部校王彦昇，朗声呼道："韩侍卫快去接驾，新天子到了！"通大怒道："天子自在禁中，何物叛徒，敢思篡窃，汝等贪图富贵，去顺助逆，更属可恨！速即回头，免致夷族！"彦昇不待说毕，已是怒不可遏，便即拔刀相向。通手无寸铁，怎能与敌，没奈何回身急奔。彦昇紧紧追捕，通跑入家门，未及阖户，已被彦昇闯入。彦昇手下，又有数十名骑兵，一拥进去，通只有赤身空拳，无从趋避，竟被彦昇手起刀落，砍翻地上，一道忠魂，奔入鬼门关，往见那周世宗，诉冤鸣枉去了。可对周世宗于地下。彦昇已杀死韩通，索性闯将进去，把韩通一家老小，杀得一个不留，然后出报匡胤。

匡胤入城后，命将士一律归营，自己退居公署。不到半日，由军校罗彦瓌等，将范质、王溥等人，拥入署门。匡胤流涕与语道："我受世宗厚恩，被六军胁迫至此，惭负天地，奈何奈何！"范质等面面相觑，仓猝不敢答言。彦瓌即厉声道："我辈无主，今日愿奉点检为天子，如有人不肯从命，请试我剑！"说至此，即拔剑出鞘，露刃相向，吓得王溥面色如土，降阶下拜。范质不得已亦拜。有愧韩通。匡胤忙下阶扶住，导令入座，与商即位事宜。掌书记赵普在旁，便提出法尧禅舜四字，作为证据，范质等亦只好唯唯相从。遂请匡胤诣崇元殿，行受禅礼。一面宣召百官，待至日晡，始见百官齐集。仓猝中未得禅诏，偏翰林学士陶穀，已经预备，从袖中取出一纸，充作禅位诏书。宣徽使引匡胤就庭，北面拜受，随即登崇元殿，被服衮冕，即皇帝位，受文武百官朝贺。

草草毕礼，即命范质等入内，胁迁周主宗训，及太后符氏，移居西宫。寡妇孤儿，如何抗拒，当由符太后大哭一场，挈了幼主宗训，向西宫去讫。匡胤下诏，奉周主为郑王，符太后为周太后，命周宗正郭玘祀周陵庙，仍饬令岁时祭享。周亡，总计周得三主，共九年有余，总算作了十年。未几，又徙周郑王至房州，越十二年而殁，年止一十九岁，追谥为周恭帝。周太后符氏，也随殁房州。

赵匡胤既为天子，改国号宋，改元建隆，遣使遍告郡国藩镇。所有内外官吏，均加官进爵有差。追赠周韩通为中书令，饬有司依礼殓葬。并拟加王彦昇罪状，经百官代为乞恩，方得宥免。擅杀一家，尚堪恩宥么？说也奇怪，那辽、汉合寇情事，竟不提起，华山隐士陈抟，闻宋主受禅，欣然说道："天下从此太平了！"后来果如抟言。

惟宋主嗣位初年，中原尚有五国，除赵宋外，就是北汉、南唐、南汉、后蜀；朔方尚有一辽，其余为南方三镇，一是吴越，一是荆南，一是湖南。嗣经宋朝遣兵派将，依次削平。惟辽主述律，后为庖人所杀。述律一作兀律，复改名璟，辽尊为穆宗。嗣子贤继立，不似乃父嗜酒渔色，反渐渐的强盛起来。一再相传，屡为宋患，这事都详叙《宋史演义》中。本编但叙五代史事，把十三主五十三

第六十回　得辽关因病返跸　殉周将禅位终篇

年的大要,演述告终。看官欲要续阅,请再看《宋史演义》便了。小子尚有俚句二绝,作为本书的收场。诗云:

六十年来话劫灰,江山摇动令人哀;
一言括尽全书事,军阀原来是祸胎。

频年篡弑竟相寻,礼教沦亡世变深;
五代一编留史鉴,好教后世辨人禽。

　　周主征辽,不两月而三关即下,曩令再接再厉,即不能入捣辽都,而燕云十六州,或得重还中国,亦未可知。况辽主述律,沉湎酒色,已视燕南为不足惜,乘势攻取,犹为易事。奈何天不祚周,竟令英武过人之周主荣,得病未瘥,不得已而归国。岂十六州之民族,固当长沦左衽耶!周主年未四十,即致病殂,符后入宫正位,仅及十日。梁王宗训嗣祚,不过七龄,寡妇孤儿之易欺,未有甚于此时者也。辽、汉合兵入寇,明明是匡胤部下,讹造出来。陈桥之变,黄袍加身,早已预备妥当。乌有匡胤未曾与闻,而仓猝生变者乎?即如点检作天子之谶,亦未始不由人谋,明眼人岂被瞒过。当时为周殉节者,止一韩通。疾风知劲草,板荡识忠臣,可为《五代史》上作一殿军。而宋太祖之得国不正,即于此可见矣。